新譯古文辭類纂(六)

黃鈞　劉上生
彭丙成　饒東原
葉幼明　注譯

三民書局

國家圖書館出版品預行編目資料

新譯古文辭類纂(六)／黃鈞,彭丙成,葉幼明,劉上生,饒東原注譯.——初版二刷.——臺北市：三民，2024
冊；　公分.——(古籍今注新譯叢書)

ISBN 978-957-14-4504-5（平裝）

830　　95004082

古籍今注新譯叢書

新譯古文辭類纂(六)

注譯者　黃　鈞　彭丙成　葉幼明　劉上生　饒東原

創辦人　劉振強
發行人　劉仲傑
出版者　三民書局股份有限公司(成立於1953年)

三民網路書店
https://www.sanmin.com.tw

地　　址　臺北市復興北路386號　(復北門市)　(02)2500-6600
臺北市重慶南路一段61號(重南門市)　(02)2361-7511

出版日期　初版一刷 2006年4月
初版二刷 2024年7月
書籍編號　S032960
ISBN　978-957-14-4504-5

新譯古文辭類纂　目次

第六冊

卷六十五　辭賦類　四

卷六十六　辭賦類　五

卷六十七　辭賦類　六

哀祭類

卷七十五　哀祭類　三

附　錄

卷六十五 辭賦類 四

惜誓

賈生

【題解】本篇出自《楚辭》。關於作者，王逸說：「不知誰所作也。或曰賈誼，疑不能明也。」但自宋洪興祖、朱熹以來，學者多認為是賈誼作。如王夫之就說：「今按賈誼渡湘水，為文以弔屈原，其詞旨略與此同。……蓋誼所著作，不嫌複出類如此，則其為誼作審矣。」但僅據「玩其辭，實亦瑰異奇偉，計非誼莫能及」（朱熹語）而作出結論，證據不足。其篇名的解釋及創作的意圖亦有不同說法。王逸說：「惜者，哀也。誓者，信也，約也。言哀惜懷王，與己信約，而復背之也。」王夫之說：「惜誓者，惜屈原之誓死，而不知變計也。」他們的解釋雖不同，但都認為是弔屈之作。而劉熙載《藝概》說：「惜誓者，余釋以為惜者，惜己不遇於時，發乎情也；誓己不改所守，止乎禮義也。此與篇中語意俱合。」他對「惜誓」提出新解，並認為是賈誼自歎身世之作。而馬積高《賦史》說：「此賦決不可能是賈誼的作品，而是西漢末年一位被貶謫的失意者所為。」此說有一定道理。因篇中所說「亂世」，只能是指西漢末年。因為賈誼從未將漢文帝時代看作「亂世」。且賈誼死時年僅三十三歲，不得稱老，而本篇一開頭即言「余年老而日衰兮」，與其情不合。本篇指斥了當時賢愚顛倒、小人得勢而賢士遭殃的黑暗現實，抒發了作者懷才不遇的哀傷和寧遠遊高舉而不願與群小為伍的意願。這種處亂世的態度正是後世許多正直的知識分子常常採用的一種處世的方式。

惜余年老而日衰兮，歲忽忽❶而不反❷。登蒼天而高舉❸兮，歷眾山而日遠。觀江河之紆曲❹兮，離❺四海之霑濡❻。攀北極❼而一息❽兮，吸沆瀣❾以充虛❿。飛朱鳥⓫使先驅兮，駕太乙⓬之象輿⓭。蒼龍⓮蚴虯⓯於左驂兮，白虎⓰騁而為右騑⓱。建日月以為蓋⓲兮，載玉女⓳於後車。馳騖於杳冥⓴之中兮，休息虖崑崙之墟㉑。樂窮極而不厭㉒兮，願從容㉓乎神明。涉丹水㉔而馳騁兮，右大夏㉕之遺風㉖。黃鵠之一舉兮，知山川之紆曲；再舉兮睹天地之圜方㉗。臨中國㉘之眾人兮，託回飆㉙乎尚羊㉚。乃至少原之壄㉛兮，赤松、王喬㉜皆在旁。二子擁瑟而調均㉝兮，予因稱乎〈清商〉㉞。澹然㉟而自樂兮，吸眾氣㊱而翱翔。念我長生而久僊兮，不如反予之故鄉。黃鵠後時而寄處兮，鴟梟㊲群而制㊳之。神龍失水而陸居兮，為螻蟻之所裁㊴。夫黃鵠神龍猶如此兮，況賢者之逢亂世哉？

【章旨】本段由歎息年華流逝，引出遊仙學道的遐想，從而抒發其憤世嫉俗的情懷。

【注釋】❶忽忽　形容時間匆匆流逝。❷反　同「返」。返回。❸高舉　高高升起。指上天。❹紆曲　紆迴曲折。❺離　同「罹」。遭遇。❻霑濡　沾濕。指衣服被風浪打濕。❼北極　北極星的簡稱，也叫北辰，天樞。《晉志》云：「北極五星，天運無窮，三光迭耀，而極星不移。」❽一息　休息一會。❾沆瀣　北方夜半之氣。❿充虛　充飢。王逸說：「吸清和之氣，以充空虛，療飢渴也。」⓫朱鳥　二十八宿中南方七宿（井、鬼、柳、星、張、翼、軫）的總名。七宿連起來像鳥形。朱，赤色，象火，南方屬火，所以叫朱鳥。⓬太乙　神名，《史記・封禪書・索隱》引宋均曰：「天一、太一，北極神之別名。」

⑬象輿　用象牙裝飾的車。⑭蒼龍　東方七宿的合稱，即角、亢、氐、房、心、尾、箕七宿。⑮蚴虯　屈曲行動貌。⑯白虎西方七宿的合稱，即奎、婁、胃、昴、畢、觜、參七宿。⑰騑　即驂馬，在服馬兩旁拉車的馬。聞一多說：「騑字不入韻，疑此下脫去兩句。」⑱蓋　車蓋。車上遮陽擋雨的傘。⑲玉女　神女。⑳杳冥　高遠昏暗貌。此指高空。㉑墟　同「虛」。大丘。㉒厭　通「饜」。飽；滿足。㉓從容　舉動。此指遊樂。㉔丹水　猶「赤水」。神話中水名。《淮南子．地形》謂出崑崙東南，向南流。㉕大夏　外國名。《淮南子．地形》云：「九州之外有八殥，西北方曰大夏。」㉖遺風　遺留的風俗。㉗圜方　古人認為天圓地方。圜，同「圓」。㉘臨中國　俯視京師。臨，由上視下。中國，京師；首都。㉙回飆　回風；旋風。㉚尚羊　同「徜徉」。往返回旋貌。㉛少原之壄　仙人所居。壄，古「野」字。㉜赤松王喬　皆仙人名。《淮南子．齊俗》：「今夫王喬、赤松子，吹嘔呼吸，吐故內（同納）新，遺形去智，抱素反真，以遊玄眇，上通雲天。」㉝均　古樂器的調律器。《國語．周語下》韋昭注：「均者，均鍾，木長七尺，有弦繫之，以均鍾者，度鍾大小清濁也。」㉞清商　古歌曲名。㉟澹然　恬靜；安適。㊱眾氣　指六氣。㊲鴟梟　鴟為猛禽，傳說梟食母，古人以為皆惡鳥。喻奸邪惡人。㊳制　控制。這二句王逸說：「言黃鵠一飛千里，常集高山茂林之上，設後時而欲寄處，則鴟梟群聚，禁而制之，不得止也。言賢者失時後輩，亦為讒佞所排逐。」㊴裁　制裁。此二句王逸說：「言神龍常潛深水，設其失水，居於陵陸之地，則為螻蟻、蚍蜉所裁制，而見啄齧也。以言賢者不居廟堂，則為俗人所侵害也。」

【語　譯】痛惜我年歲已老而一天天衰弱啊，歲月匆匆逝去而不回返。登上蒼天而高高升起啊，經過許多山峰而一天天走遠。觀看著江河的紆迴曲折啊，遭遇四海的風浪打濕我的衣裳。攀持北極星而休息一下啊，吸取沆瀣之氣以填飽飢腸。使朱鳥七宿起飛為我在前面開道啊，駕著太乙神的車子用象牙裝璜。蒼龍七宿在左邊驂馬的位置蜿蜒前進啊，白虎七宿做右邊驂馬而馳騁匆忙。樹立起日月作為車蓋啊，載著玉女在後面的車廂。在昏暗的高空馳騁飛翔啊，休息在崑崙山的山旁。快樂到了極點我還不滿足啊，希望跟隨神明嬉戲徬徨。渡過丹水我放馬馳騁啊，崇尚大夏國遺留的風俗優良。黃鵠一飛啊知道山川的紆曲，飛兩次啊就看清了天圓地方。俯視京師的芸芸眾生啊，我只好依託旋風而徘徊徜徉。就來到仙人居住的少原之野啊，赤松子、王喬皆在身旁。兩位仙人抱著瑟而調準音律啊，我於是稱頌那支美妙的樂曲〈清商〉。恬靜閒適而自我娛樂啊，吸著六氣而不斷地飛翔。想到我可以長生而久作仙人啊，不如返回我的故鄉。黃鵠落後於時機而寄居別處啊，鴟梟就群起而抵制謀害。神龍失去深水而居於陸地啊，就被螻蛄螞蟻制裁責怪。那黃鵠、神龍尚且如此啊，何況賢能之士遭遇到了混亂的時代？

壽冉冉❶而日衰兮，固儃回❷而不息。俗流從❸而不止兮，眾枉聚❹而矯直❺。或偷合❻而苟進兮，或隱居而深藏。苦稱量❼之不審❽兮，同權概❾而就衡❿。或推迻⓫而苟容兮，或直言之諤諤⓬。傷誠是⓭之不察兮，并紉茅絲⓮以為索⓯。方世俗之幽昏⓰兮，眩⓱白黑之美惡。放⓲山淵之龜玉⓳兮，相與貴夫礫石⓴。梅伯㉑數諫而至醢兮，來革㉒順志而用國㉓。悲仁人之盡節兮，反為小人之所賊㉔。比干㉕忠諫而剖心兮，箕子㉖被髮而佯狂。水背流而源竭㉗兮，木去根而不長㉘。非重軀㉙以慮難兮，惜傷身之無功。已矣哉！獨不見夫鸞鳳之高翔兮，乃集大皇㉚之壄。循四極而回周㉛兮，見盛德而後下。彼聖人之神德兮，遠濁世而自藏。使麒麟㉜可得羈㉝而係兮，又何以異乎犬羊？

【章旨】本段借歷史事實，指斥了小人得勢，賢士遭殃的黑暗現實，指出只有遠遁高翔以「遠濁世而自藏」。

【注釋】❶壽冉冉 年紀漸漸。壽，壽命；年紀。❷儃回 猶「儃佪」。徘徊貌。此為運轉，前進之意。❸俗流從 時俗隨波逐流。❹枉聚　邪曲地聚集一起。枉，邪曲。❺矯直　矯正端直。即揉直為曲。矯，矯正。❻偷合　猶苟合。❼稱量猶「衡量」。指測量輕重和容積的多少。❽審　周密；慎重。❾權概　稱錘和平斗斛的木棍。❿衡　平。此二句王逸說：「言患苦眾人，稱物量穀，不知審其多少，同其稱平，以失情實，則使眾人怨也。以言君不稱量士之賢愚，而同用之，則使智者恨也。」⓫推迻　或推或移。指順從。迻，同「移」。⓬諤諤　直言貌。⓭傷誠是　猶「誠傷是」。是，此。指上文「稱量之不審」等情況。⓮并紉茅絲　言將茅草與絲綿一併絞合。紉，將兩縷捻合成繩。茅，茅草。比喻苟合之人。絲，絲綿。比喻賢智之士。⓯索　繩索。此二句王逸說：「言己誠傷念君待遇苟合之人與忠直之士，曾無別異，猶并紉茅與絲共為索也。」⓰幽昏　昏暗不明。昏，「昏」本字。⓱眩　迷惑；迷亂。⓲放　拋棄。⓳龜玉　神龜與美玉。皆神靈貴重之物。⓴礫石　小的石子。㉑梅伯　商紂王賢臣。紂為政無道，他多次進諫，剛毅不屈，被剁成肉泥。㉒來革　即惡來，商紂王寵臣。蜚廉之子，以力大著稱，為人阿諛奉承，詭計多端。時嚴寒結冰，行人冒寒涉水，他教唆紂王，下令砍去涉水者腳脛，以相取樂。周武王滅商，與紂同被殺。朱熹說：「來，惡來也，與革皆紂之佞臣也。」則來、革為二人。㉓用國　見用於國；被國家任用。㉔賊　傷害。㉕比干　商紂王叔父，官至少師。紂淫虐無度，國勢危殆。他以死力諫，勸以修善行仁。紂惱羞成怒，將他殺死，剖其腹以驗心。㉖箕子　商紂王叔父。官至太師。受封於箕，有較高的政治才能和文化知識。紂殺比干後，他懼而佯狂為奴，被紂囚禁。周武王滅商誅紂，被釋放，咨以國事。㉗水背流而源竭　朱熹說：「疑當作背源而流竭。王逸注云『水背其源，泉則枯竭』，似當時本未誤也。」㉘不長　言枝葉不長。此二句王逸說：「言人背仁義，違忠信，亦將遇害也。」一說，喻臣為君所棄則必致喪生殞命。㉙重軀　看重自身。重，形容詞用作意動詞。看重；重視。㉚大皇　猶言「大荒」。指遼闊的原野或邊遠的地方。一說，大，通「太」。皇，美。太皇，極美之意。㉛回周　回旋周流。此四句王逸說：「言鸞鳥、鳳皇乃高飛於大荒之野，循於四極，回旋而戲，見仁聖之王，乃下來集，歸於有德也。以言賢者亦宜處山澤之中，周流觀望，見高明之君，乃當仕也。」㉜麒麟　傳說中仁獸名。借喻傑出的人物。㉝羈　馬籠頭。用作動詞。捆縛、拘束之意。

【語譯】年紀漸漸地日趨衰老啊，本來就時光運轉而不停息。時俗都隨波逐流而不停止啊，一般人都邪曲地聚集在一起來矯正端直。有的人隨從附和而苟且進用啊，有的人隱居而深自潛藏。苦於稱輕重量多少而不周密啊，用同一個稱錘和平斛木來進行衡量。有的人順從旨意而苟合取容啊，有的人直言極諫而無所迴避。的確傷痛這種情況的不周詳考察啊，合併茅草與絲綿一起絞合成繩索。正當世俗如此昏暗不明啊，混淆了黑白和美惡。拋棄山林與深淵裡的神龜與美玉啊，互相一道把小石子當作寶貝。梅伯多次進諫而被砍成肉泥啊，惡來卻因順從旨意而重用於國。悲歎仁人志士的竭盡臣節啊，反而被小人所傷害。比干忠心進諫而被剖腹觀心啊，箕子披頭散髮而假裝顛狂。水背棄源泉水流就要枯竭啊，木離開樹根就枝葉不長。不是看重自身而顧慮患難啊，痛惜傷害了自身而又白幹一場。算了吧！偏獨沒看見那鸞鳥、鳳皇的高高飛翔啊，就棲息在極荒遠的原野。遵循四方極遠之地而回旋周遊啊，看到盛德的君主才肯落下。那些聖人的神聖德行啊，遠離這混濁的世道而深深隱藏。假使麒麟可以捆縛而拘繫啊，那又憑什麼不同於犬羊？

【研　析】關於本篇的藝術特色，朱熹說：「今玩其辭，實亦瑰異奇偉，計非誼莫能及。」王夫之也說：「文辭瑰瑋激昂，得屈宋之遺風。」的確，本篇在抒發憤世嫉俗的激憤之情方面，確實寫得激昂慷慨；在表現清高自許的高潔之情方面，也表現出不隨波逐流。而且都富有真情實感，而非矯揉做作。這些都確實保持了屈宋之遺風。但本篇的前段主要模擬屈原的〈遠遊〉，後段則與賈誼本人的〈弔屈原賦〉有著近似之處，句式亦純用騷體。它無論在構思立意、謀篇布局、遣詞造句諸方面，都缺乏獨創性。辭賦發展至西漢以後，追逐模擬之風漸起，本篇在一定程度上正反映了這種賦風。不過，它在模擬之作中還算有真實情感，比那些擬騷之作中的無病呻吟之作是高出一籌的。朱熹、王夫之看重本篇，是有他們的理由的。

鵩鳥賦 有序

賈　生

【題　解】〈鵩鳥賦〉最早見於《史記》、《漢書》。鵩鳥，鳥名，又名山鴞，古以為不祥之鳥。序，是《漢書・賈誼傳》收入此賦時寫在賦前的說明作賦背景的文字，《史記》與之略同。《文選》收錄時始名之曰序。賈誼是西漢初一位有遠見卓識的政治家、思想家，對漢初的政治經濟均有深入的研究，並對改革當時政治提出了一系列主張。但因受周勃、灌嬰等元老重臣的排斥，不被重用，還貶為長沙王太傅。本篇就假託與鵩鳥的問答，抒發了他懷才不遇的牢騷，並以齊生死、等禍福的老莊思想來自我排遣，開後世落魄文人在政治上受打擊之後故作曠達以自我寬慰的先聲。其實，本篇提出世界上萬事萬物都是不斷變化發展並可以互相轉化的，人們對於某些所謂吉凶禍福，應採取豁達大度，用辯證的觀點去看待。這是正確的。但如果將這種變化發展想像為神祕莫測，只能聽從命運安排，那就陷入了不可知論和宿命論的泥坑。從賈誼的一生來看，他是不甘心這樣做的。這種複雜的思想情緒，只是他遭遇不幸而又無可奈何的痛苦悲愁和哀怨憂憤的情緒的反映。

誼為長沙王傅❶，三年❷，有鵩鳥飛入誼舍，止於坐隅❸。鵩似鴞❹，不祥鳥也。誼既以謫❺居長沙，長沙卑溼，誼自傷悼，以為壽不得長，乃為賦以自廣❻。

其辭曰：

【章　旨】本段是序，說明寫作本篇的背景和動機。

【注　釋】❶長沙王傅　長沙王的太傅。長沙王，指長沙靖王吳著。漢文帝三年即位，在位二十一年，薨，無後，國除。長沙，漢初諸侯國名，治所在今湖南長沙。傅，太傅，官名，掌輔導諸侯王。❷三年　賈誼於漢文帝四年貶為長沙王太傅，三年即漢文帝六年（西元前一七四年）。❸坐隅　座位旁。坐，同「座」。隅，角落；邊側之地。❹鴞　猛禽，晝潛夜出，俗稱貓頭鷹。❺謫　貶謫；降級調往外地。❻自廣　自我寬慰。

【語　譯】賈誼做長沙王太傅，三年，有鵩鳥飛進了賈誼的住處，停在他的座位旁。鵩鳥像貓頭鷹，是一種不吉祥的鳥。賈誼既因為貶謫來到長沙，長沙是低下潮濕的地方，賈誼自己感傷悲痛，以為壽命不會長久，就寫了這篇賦來自我寬慰。它的賦辭說：

單閼❶之歲兮，四月孟夏❷。庚子日斜兮，鵩集予舍。止於坐隅兮，貌甚閒暇❸。異物❹來萃❺兮，私怪其故。發書❻占之兮，讖❼言其度❽。曰：「野鳥入室，主人將去。」請問于鵩❾：「予去何之？吉乎告我，凶言其災。淹速❿之度兮，語余其期。」鵩乃歎息，舉首奮翼，口不能言，請對以臆⓫。

【章旨】本段寫作者交代寫作此賦的緣起。

【注釋】❶單閼　古代太歲紀年法，太歲在卯曰單閼。漢文帝六年歲在丁卯。❷孟夏　古代將一季度的三個月分別以孟、仲、季表示。孟夏即夏季的第一個月，亦即農曆四月。❸閒暇　從容不迫貌。❹異物　猶言「怪物」。不平常的東西。此指鵩鳥。❺萃　李善注：「集也。」即棲止之意。❻書　指占卜的策數之書。❼讖　指策數之書所說的預示吉凶的話。❽度　即「數」。吉凶的定數。❾子鵩　《漢書》顏師古曰：「子鵩者，言加其美稱也。」子本古代對老師的稱呼，於鵩前加子，故為美稱。❿淹速　謂死生之遲速。淹，遲。⓫臆　通「意」。示意。謂以示意作答。一說，臆，胸。言以胸中所想作答。以下皆假託鵩鳥作的回答。

【語　譯】太歲在卯的那一年啊，四月孟夏時節。庚子那一天太陽西斜的時候啊，鵩鳥棲息在我的房舍。停止在我的座位的旁邊啊，樣子非常地從容不迫。奇異的野物進來棲止啊，我私下裡感到奇怪。打開占卜書來占卜它啊，預言吉凶的話說出了它的定數。說：「野鳥進入房屋啊，主人將要離去。」我請問鵩鳥：「我將去向哪裡？吉利嘛請告訴我，凶險嘛請說出它的禍災。生死遲速的定數啊，請告訴我它的日期。」鵩鳥就長聲歎息，舉起頭振動雙翼。口不能夠說話，請回答以你的示意。

萬物變化兮，固無休息。斡流❶而遷兮，或推而還。形氣❷轉續兮，變化而嬗❸。沕穆❹無窮兮，胡可勝言？禍兮福所倚❺，福兮禍所伏❻。憂喜聚門兮，吉凶同域。彼吳彊大兮，夫差以敗；越棲會稽兮，句踐霸世❼。斯遊遂成兮，卒被五刑❽。傅說胥靡兮，乃相武丁❾。夫禍之與福兮，何異糾纆❿？命不可說兮，孰知其極？水激則旱⓫兮，矢激則遠。萬物回薄⓬兮，振盪相轉。雲蒸⓭雨降兮，糾錯⓮相紛。大鈞⓯播物⓰兮，坱圠⓱無垠。天不可預慮兮，道不可預謀。遲速有命兮，焉識其時？

【章旨】本段寫世界上萬事萬物都是發展變化並且互相轉化的，禍福倚伏，吉凶難測。

【注釋】❶斡流　運轉。❷形氣　相對而言，形指有形之物，氣指無形之物。❸而嬗　如蟬之蛻化。而，如。嬗，通「蟺」。蛻變。一說，嬗，相連。❹沕穆　深遠精微貌。❺倚　因。❻伏　藏。此二句出自《老子》。❼彼吳四句　春秋時吳越相爭，初，吳王夫差敗越王句踐，句踐棲於會稽山，稱臣於吳。後越王句踐復興越國，又滅吳稱霸。用此以說明禍福之相互倚伏。❽斯遊二句　斯，李斯，輔佐秦始皇統一天下，官至丞相，後被殺。遊，指西遊於秦。遂成，遂志成功。指身居相位。遂，達到。五刑，一種殘酷的死刑。據《漢書．刑法志》：當三族者，皆先黥劓、斬左右趾，梟其首，菹其骨于市，其毀謗詈詛者，又先斷舌，故謂之具五刑。❾傅說二句　傅說，殷高宗時人，初築於傅巖，武丁舉以為相。胥靡，古代處分輕罪犯的刑罰。其法是將犯人繫在一起，相隨而行，以服勞役。胥，相。靡，繫。武丁，殷高宗。❿糾纆　兩股捻合的繩曰糾，三股捻合的繩曰纆。概言之即指繩索。⓫旱　通「悍」。疾猛。⓬回薄　回環相迫。薄，逼；迫。⓭蒸　因熱而上升。⓮糾錯　糾纏錯雜。⓯大鈞　指造化，大自然。鈞，輪。指製作陶器所用的轉輪。陰陽造化，如大輪運轉以造陶器，故稱大鈞。⓰播物　指運轉萬物。⓱坱圠　無邊際貌。雙聲聯綿詞。

【語譯】萬物的變化啊，本來無休無息。它運轉而遷徙啊，有時推移卻又回轉相逼。有形之物與無形之氣輾轉相續啊，如蟬之蛻化而不可預測。它的變化深遠精微而無窮盡啊，怎麼可以盡說？禍啊是福的依憑，福啊是禍的潛伏。憂和喜同聚一門啊，吉和凶同在一個地域。那吳國多麼強大啊，夫差卻因此失敗。越國被迫棲息於會稽山啊，句踐卻因此稱霸。李斯遊仕志遂功成啊，最終受遍了五種酷刑。傳說被綑縛勞作啊，卻輔相了殷高宗武丁。那災禍與福澤啊，跟絞合一起的繩索有何差異？天命不可以說明啊，誰知道它的終極？水被激盪就迅猛飛濺啊，箭被激盪就飛得很遠。萬物都回環相迫啊，互相震盪而回轉。如雲氣上升雨就下降啊，事物都互相糾纏錯雜而紛紜。大自然運轉萬物啊，變化運轉無際無垠。天命不可以預先知曉啊，大道不可以預先謀見。死生的遲迅有命運控制啊，怎能預知它的期限？

且夫天地為鑪[1]兮，造化[2]為工[3]；陰陽為炭[4]兮，萬物為銅[5]。合散消息[6]兮，安有常則[7]？千變萬化兮，未始有極。忽然為人兮，何足控摶[8]？化為異物兮，又何足患？小智[9]自私兮，賤彼貴我[10]；達人大觀[11]兮，物無不可。貪夫徇財[12]兮，烈士[13]徇名，夸者[14]死權兮，品庶[15]每生[16]。怵迫[17]之徒兮，或趨西東[18]。大人[19]不曲[20]兮，意變[21]齊同[22]。愚士繫俗[23]兮，窘若囚拘。至人[24]遺物[25]兮，獨與道俱[26]。眾人惑惑[27]兮，好惡積億[28]。真人[29]恬漠[30]兮，獨與道息[31]。釋智[32]遺形[33]兮，超然自喪[34]。寥廓忽荒[35]兮，與道翱翔。乘流則逝兮，得坻[36]則止。縱軀委命[37]兮，不私與己。其生兮若浮[38]，其死兮若休[39]。澹[40]乎若深淵之靜，泛[41]乎若不繫之舟。不以生故自寶[42]兮，養空而游[43]。德人[44]無累[45]兮，知命不憂。細故[46]蔕芥[47]兮，何足以疑？

【章　旨】本段寫人應該因任自然，樂天知命，對吉凶禍福亦應豁達大度，不繫於心。

【注　釋】❶鑪　同「爐」。冶金的熔爐。❷造化　指自然的創造化育。❸工　冶煉的工匠。❹陰陽為炭　陰陽所以鑄化萬物，故喻之為炭。陰陽，古以陰陽二氣的運轉解釋萬物的生化。❺萬物為銅　冶煉鑄造以銅為原料，自然化育則以萬物為對象，故喻萬物為銅。❻消息　息滅生發。消，滅。息，生。❼常則　經常的法則。❽控摶　意謂貪戀愛惜。控，引持。摶，撫弄。❾小智　小智之人；智慧淺陋之人。❿賤彼貴我　以他物為賤，以自身為貴。《莊子・秋水》：「以道觀之，物無貴賤；以物觀之，自貴而相賤。」⓫大觀　心胸開闊，所見遠大。⓬徇財　捨身為財。徇，順從；曲從。⓭烈士　重義輕生的人。⓮夸者　貪求名位權勢的人。⓯品庶　眾庶；一般的人。⓰每生　貪生。⓱怵迫　被財利和貧賤所誘迫。⓲趨西東　東奔西走，趨利被害。⓳大人　指與天地合其德的偉人。《周易・乾卦・文言》：「夫大人者與天地合其德。」⓴不曲　不蔽於一隅。即不拘守一偏之見。《禮・中庸》：「其次致曲。」朱熹注：「曲，一偏也。」㉑意變　千變萬化。意，同「億」。十萬曰億。㉒齊同　等量齊觀；一視同仁。即莊子齊物之意。㉓繫俗　被世俗所拘繫。㉔至人　指有至德之人。《莊子・天下》：「不離於真，謂之至人。」㉕遺物　遺棄物累。言不為外物所牽累。遺，忘；棄。㉖與道俱　與大道同在一起。道，指道家的因順自然之道。㉗惑惑　惑亂之甚。㉘積億　謂積累甚多。億，極言其多。一說，億，通「臆」。謂積之於胸臆。㉙真人　指得天地之道的人。《文選》李善注引《文子》：「得天地之道，故謂之真人也。」㉚恬漠　恬靜無為；清虛寡欲。恬，安。漠，靜。㉛息　本義為人的呼吸。引申有生長、休息二義。與道息，也就是與道並存、同在之意。㉜釋智　拋棄智慧，即道家的「絕聖棄智」。㉝遺形　遺忘自己的形體。即《莊子・齊物論》所謂的「形如槁木，心如死灰」。㉞自喪　即《莊子・齊物論》所謂的「忘我」，意為忘記自我，指超脫於生死、是非、得失等現實生活的矛盾之外的精神狀態。㉟寥廓忽荒　皆雙聲聯綿詞，《文選》李善注謂為「元氣未分之貌」。按：此指人釋智遺形，恬淡寡欲的那種空闊靜穆的精神狀態。㊱坻　水中小洲。此二句謂人生如木之浮水，行止隨流。㊲縱軀委命　放縱其身軀，委之於命運，不以身為自己之物而有所執著，一切任憑自然。㊳浮　謂若物之浮水，隨流而逝。㊴休　休息；止息。《莊子・刻意》：「其生若浮，其死若休。」㊵澹　安靜。㊶泛　浮動；漂浮。㊷自寶　自以為寶。謂不以生於世之故而自以為寶貴。㊸養空而游　謂養其空虛之性以浮游於人世。㊹德人　有至德之人。《莊子．天地》：「德人者，居無思，行無慮，不藏是非美惡。」㊺無累　沒有外物的牽累。㊻細故　細微的事故。㊼蔕芥　小鯁；小刺。指細小的橫梗於心的不快之事。此指「鵩集予舍」乃細小的不快意之事，故下云「何足以疑」。

【語　譯】並且用天地做熔爐啊，造物主做冶工。用陰陽做木炭啊，用萬物做黃銅。集合分散息滅生長啊，哪裡有固定的法則？千變萬化啊，從未有過終極。偶然的機會做了人啊，哪裡值得貪戀愛惜？化去成為異物啊，又哪裡值得憂慮？小智之人只顧自身啊，賤視他物而看重自己。通達之人所見遠大啊，萬物無不合適。貪婪的人捨身為財啊，重義輕生的人捨身為名。貪求名位的人為權而死啊，一般的人怕死貪生。被財物和貧賤誘迫的人啊，有的就奔西走東。偉大的人不拘守一偏啊，千萬變化他看做齊一等同。愚人被世俗拘繫啊，窘困得像被囚禁拘留。至德之人遺棄物累啊，只與大道同遊。一般人迷惑又迷惑啊，喜好厭惡積累上億。真純的人清靜寡欲啊，只與大道生息。拋棄智慧遺忘形骸啊，超脫地忘記自己。精神空闊寂靜啊，與大道上下遊息。像物件跟隨流水逝去啊，遇到小洲就停止。放縱身軀委託於命啊，不私自歸與自己。他活著啊如物之漂浮，他死去啊像物的停留。安靜啊像深淵般平靜，漂浮啊像沒有繫住的小舟。不因為活著就自以為寶啊，保養空虛之性而四處浮游。至德之人沒有外物牽累啊，知道天命就不發愁。細小的事故如同小的鯁刺啊，哪裡值得疑慮擔憂？

【研　析】本篇賦既不似屈原賦之抒情言志，也不似宋玉賦之描寫體物，而是通過與鵩鳥的問答來闡述老莊哲學中齊生死、等禍福、因任自然的哲理，全篇純以議論出之，是賦史上第一篇成熟的哲理賦，開啟後世哲理賦的一派，在辭賦中別具一格。全篇雖是議論說理，但並不枯燥乏味。一是它採用寓言的形式來寫。這些議論全是通過鵩鳥回答作者關於生死吉凶的疑問來展開的，讀來就如同讀《莊子》的寓言故事一樣引人入勝。一是作者用了大量形象的比喻來說理，把一些抽象的道理說得形象具體，淺顯易懂。其中許多句子，如：「水激則旱兮，矢激則遠。萬物回薄兮，振盪相轉。雲蒸雨降兮，糾錯相紛。大鈞播物兮，坱圠無垠。」「且夫天地為鑪兮，造化為工；陰陽為炭兮，萬物為銅。」這種形象的語言，生動的比喻，就把這種樸素的辯證法思想形象化了。

七發

枚叔

【題解】〈七發〉是枚乘賦作的傑出代表，也是漢賦著名的代表作之一。《文心雕龍・雜文》說：「蓋七竅所發，發乎嗜欲，始邪末正，所以戒膏粱之子也。」而《文選》李善注說：「七發者，說七事以啟發太子也。」校之二說，當以李善注為徑直。蓋本篇設楚太子有疾，吳客往問，先分析太子病源，然後陳說音樂、飲食、車馬、遊觀、田獵、觀潮和要言妙道以逐步啟發太子，故稱「七發」。那何以只說七事呢？俞樾《文體通釋敘》說：「古人之詞，少則曰一，多則曰九，半則曰五，小半曰三，大半曰七。是以枚乘〈七發〉，至七而止；屈原〈九歌〉，至九而終。不然，〈七發〉何以不六？〈九歌〉何以不八？」這就是〈七發〉只說七事的原因。

本篇不像其他漢代散體大賦那樣「勸百而諷一」，而是有較為充實的內容。枚乘「久為大國上賓」，熟悉貴族階層的生活。因此，他對貴族青年「玉體不安」的病根的分析就十分中肯。他告誡貴族青年不要縱欲戕生，必須擺脫這種腐朽生活才能治好疾病。這對那些過慣腐朽生活的貴族是一付良好的清醒劑，在今天也有一定的借鑑意義。尤其是作者雖論述了貪圖安逸就等於吃毒藥的道理，但目的不只是在論養生之道，而是批評貴族階層腐朽生活本身就是病態，而這種生活方式又源於腐朽的思想作風，即「浩唐之心，遁佚之志」。治這種病，藥石針灸無能為力，只有「要言妙道」才是對症良藥。而「君子」就是「要言妙道」的傳播者。他們只有親近賢士，「常無離側，以為羽翼」，才能藥到病除。這種親近賢士，改變思想作風的意見，不僅是獻給貴族階層的良藥，對今天那些貪圖享樂，追求安逸，而意志衰退的人，仍具有啟發作用。

楚太子❶有疾，而吳客往問之，曰：「伏聞太子玉體不安，亦少間❷乎？」

太子曰：「憊！謹謝客。」客因稱曰：「今時天下安寧，四宇[3]和平，太子方富於年[4]，意者久耽[5]安樂，日夜無極，邪氣襲逆[6]，中若結轖[7]。紛屯[8]澹淡[9]，噓唏煩酲[10]，惕惕怵怵[11]，臥不得瞑[12]。虛中[13]重聽[14]，惡聞人聲。精神越渫[15]，百病咸生。聰明[16]眩曜[17]，悅怒不平。久執[18]不廢，大命乃傾[19]。太子豈有是乎？」太子曰：「謹謝客。賴君之力，時時有之，然未至於是也。」客曰：「今夫貴人之子，必宮居而閨處[20]，內[21]有保母[22]，外[23]有傅父[24]，欲交無所。飲食則溫淳[25]甘膬[26]，脭醲[27]肥厚；衣裳則雜遝[28]曼煖[29]，燂爍[30]熱暑。雖有金石之堅，猶將銷鑠[31]而挺解[32]也，況其在筋骨之間乎哉？故曰縱耳目之欲，恣[33]支[34]體之安者，傷血脈之和。且夫出輿[35]入輦，命曰蹷痿[36]之機[37]；洞房[38]清宮[39]，命曰寒熱之媒[40]；皓齒蛾眉[41]，命曰伐性[42]之斧；甘脆肥膿[43]，命曰腐腸之藥。今太子膚色靡曼[44]，四支委隨[45]，筋骨挺解，血脈淫濯[46]，手足惰窳[47]；越女[48]侍前，齊姬奉後，往來遊讌，縱恣乎曲房[49]隱間[50]之中。此甘餐毒藥，戲猛獸之爪牙也。所從來者至深遠，淹滯[51]永久而不廢，雖令扁鵲[52]治內[53]，巫咸[54]治外[55]，尚何及哉？今如太子之病者，獨宜世之君子，博見強識[56]，承間[57]語事[58]，變度易意[59]，常無離側，以為羽翼[60]。淹沉之樂[61]，浩唐[62]之心，遁佚[63]之志，其奚由至哉？」太子曰：「諾。病已[64]，請事[65]

此言。」客曰：「今太子之病，可無藥石(66)針刺灸療(67)而已，可以要言妙道說(68)而去也，不欲聞之乎？」太子曰：「僕願聞之。」

【章　旨】本段為引言，寫吳客分析楚太子的病源，乃是貴族的腐朽生活所致。

【注　釋】❶楚太子　與下吳客均為作者假託的人物。這就是《文心雕龍・詮賦》所說的「述客主以首引」，後成為散體大賦的定格。❷少間　稍微好些。少，同「稍」。間，間隙；間斷。此指病癒。❸四宇　四方。❹富於年　年紀輕。富，指未來的年歲很多。❺耽　迷戀；嗜好。❻襲逆　猶言「侵犯」。❼結轖　鬱結阻塞。轖，《說文》云：「車箱交革也。」本指車箱四周交錯的皮革。引申為結塞之意。❽紛屯　煩悶昏亂之貌。疊韻聯綿詞。❾澹淡　搖蕩不定之貌。疊韻聯綿詞。❿煩酲　煩惱如病酒。酲，酒醉。⓫惕惕怵怵　憂煩驚懼貌。⓬瞑　閉目安眠。⓭虛中　指五臟衰弱，中氣虛竭。⓮重聽　聽力不好；耳聾。⓯越渫　散發；渙散。⓰聰明　指聽力和視力。⓱眩曜　惑亂貌。⓲久執　久持。言久患此病。⓳傾　壞；危。⓴闈處　處於閨門之內。闈，本指宮中小門。引申為深宮內院。㉑內　指宮中。㉒保母　照管太子生活的婦女。㉓外　指朝廷之上。㉔傅父　保育輔導太子的師傅。㉕溫淳　指味厚的食物。㉖甘膬　甘甜酥脆的食物。膬，古「脆」字。㉗腥醲　指肥肉厚酒。此為錯綜句，猶言「腥肥醲厚」。㉘雜遝　眾多紛雜貌。疊韻聯綿詞。㉙曼煖　輕而又煖。曼，輕細。㉚燀爍　火熱。爍，熱。㉛銷鑠　熔化。㉜挺解　弛散。挺，寬緩。《禮・月令》：「挺重囚」，注：「挺，猶寬也。」㉝恣　放縱；聽憑。㉞支　同「肢」。㉟輿　與下「輦」皆指車。輿，車箱。泛指車。輦，人拉的車。㊱蹷痿　肢體麻痺癱瘓。㊲機　契機；機兆。《呂氏春秋・本生》：「出則以車，入則以輦，務以自佚，命曰佁蹷之機。」㊳洞房　幽深的房屋。㊴清宮　清幽的宮室。㊵媒　媒介；中介。㊶皓齒蛾眉　指美女。㊷伐性　摧戕性命。伐，戕害。性，性命；生命。《呂氏春秋・本生》：「靡曼皓齒，鄭衛之音，務以自樂，命曰伐性之斧。」㊸膿　同「醲」。厚酒。《呂氏春秋・本生》：「肥肉厚酒，務以相強，命曰爛腸之食。」㊹靡曼　細嫩柔弱。雙聲聯綿詞。㊺委隨　柔弱貌。疊韻聯綿詞。㊻淫濯　脹大。指血管硬化膨脹。《爾雅・釋詁》：「淫、濯，大也。」㊼惰窳　衰弱無力。㊽越女　與下「齊姬」均泛指各地的美女。㊾曲房　深宮。㊿隱間　幽隱間隔之處。即祕室。(51)淹滯　拖延；耽擱。(52)扁鵲　古代名醫。《史記・扁鵲倉公列傳》說他姓秦，名越人，得長桑君禁方，視病盡見五臟。53治內　指醫治身體內部疾病。54巫咸　傳說中的神巫，能以祝禱祛除疾病。55治外　指在身體之外進行祝禱之類。56強識　猶「強記」。記憶豐富。識，同「誌」。記憶。57承間　乘機會；找空隙。58語事　討論世事；貢獻意見。59變度易意　改變思想。度，思慮。60羽翼　借指輔佐。61淹沉之樂　使人沉溺的娛樂。62浩唐　即「浩蕩」。廣大貌。又聲轉為荒唐。63遁佚　放縱。64已　止。指病癒。65事　從事；實行。66藥石　治病的藥物。67針刺灸療　皆中醫治病的方法。謂用針刺或以艾火灼穴位。68要言妙道　至理名言；精妙的道理。

【語　譯】楚太子有病，吳客去探望他，說：「聽說太子貴體不安，稍微好了一點嗎？」太子說：「很疲乏，謝謝客人。」吳客於是說道：「現在天下安寧，四方太平，太子正當年紀輕輕，想來是長時間迷戀安逸歡樂，日日夜夜沒有止息，邪氣侵入體內，胸中鬱結阻塞。煩悶昏亂，震盪不寧，唉聲嘆氣，煩惱如酒醉不醒，煩憂驚懼，睡覺也不能安睡目瞑。中氣虛竭，聽覺不靈，厭惡聽到人聲。精神渙散，各種疾病都一齊產生。聽力視力迷亂不清，喜悅憤怒混亂而不平衡。久患此病不停止，大命就會危殆傾覆。太子難道有這種情況嗎？」太子說：「謝謝客人，憑仗君主的保佑，時時有這種情況，但是還未達到這個程度。」吳客說：「現在那些貴人的子弟，必定住在宮中，處在深宮內院，在家內有保母服侍，在朝廷有師傅輔導規勸，想與人交往，也無法如願。喝的吃的是溫熱淳厚，甘甜酥脆，肉肥酒烈；穿的衣服是紛雜輕煖，溫悶灼熱。即使有金石一樣堅強的體魄，還將會被熔化和銷解，何況它只在筋骨之間呢？所以說放縱耳目的欲望，聽憑肢體的安逸，就會傷害身體的調和。並且出出進進都以車代步，這稱做麻痺癱瘓的契機；幽深的房屋和清幽的宮室，這名叫感寒受熱的媒介；漂亮的姑娘，這叫做戕害性命的大斧；甘甜酥脆肥肉美酒，這名叫腐爛腸胃的毒藥。現在太子膚色細嫩柔弱，四肢無力，筋骨鬆弛，血脈急促，手足衰弱；越地的美人在前面陪伴，齊國的美人在後奉侍，往來遊樂，放縱恣肆於深宮祕室之中。這就是甘心吃毒藥，戲弄猛獸的爪牙。你的病根源非常深遠，長時間耽誤而不治療，即使叫扁鵲治體內之病，巫咸在體外祈禱，哪裡還來得及呢？現在像太子這種疾病，只適宜世上那些見聞廣博學識豐富的君子，找空隙與你討論世事，改變你的思想，經常不離開你的身邊，作為你的輔佐。那些沉溺的娛樂，荒唐的心意，放縱的想法，又能從哪裡來呢？」太子說：「好的。我的病好了，就實行你說的這些。」吳客說：「現在太子的病，可以不用藥物、針刺、灸療的方法去治療，可以用至理名言，精妙的道理勸說而去掉，你不想聽聽嗎？」太子說：「我願意聽聽它。」

客曰：「龍門❶之桐❷，高百尺而無枝。中鬱結❸之輪菌❹，根扶疏❺以分離。上有千仞之峰，下臨百丈之谿。湍流❻遡波❼，又澹淡❽之。其根半死半生，冬則烈風漂霰❾飛雪之所激也，夏則雷霆霹靂之所感❿也。朝則鸝黃、鳱鴠⓫鳴焉，暮則羈雌⓬迷鳥⓭宿焉。獨鵠⓮晨號乎其上，鵾雞⓯哀鳴翔乎其下。於是背秋涉冬⓰，使琴摯⓱斫斬以為琴，野繭⓲之絲以為絃，孤子之鉤⓳以為隱⓴，九寡㉑之珥㉒以為約㉓。使師堂㉔操〈暢〉㉕，伯子牙㉖為之歌。歌曰：『麥秀㉗蔪㉘兮雉朝飛，向虛壑㉙兮背槁槐，依絕區㉚兮臨迴溪㉛。』飛鳥聞之，翕翼㉜而不能去；野獸聞之，垂耳而不能行；蚑蟜㉝螻蟻聞之，柱喙㉞而不能前。此亦天下之至悲也，太子能強起聽之乎？」太子曰：「僕病，未能也。」

【章旨】本段寫吳客以美妙動聽的音樂啟發楚太子，太子不能接受。

【注釋】❶龍門　山名，在今山西和陝西之間。❷桐　木名，其材質宜於製作琴瑟。❸鬱結　此指桐木紋理緊密。❹輪菌　曲屈貌，疊韻聯綿詞。❺扶疏　四布貌。疊韻聯綿詞。❻湍流　急流的水。❼遡波　逆流的波浪。❽澹淡　搖蕩。❾漂霰　飛飄的雪珠。漂，同「飄」。❿感　觸；擊。⓫鸝黃鳱鴠　皆鳥名。鸝黃，即黃鸝鳥。鳱鴠，即鶡鴠，鳱（寒部）鶡（曷部）

平入對轉。李善注引郭璞《方言》注說：「鳥似雞，冬無毛，晝夜鳴。」⓬羈雌　失去配偶的雌鳥。《禮記・內則》：「男角女羈」，疏：「羈者，隻也。」⓭迷鳥　迷失方向的鳥。⓮獨鵠　孤獨的天鵝。⓯鶡雞　鳥名，似鶴。⓰背秋涉冬　意即經歷了許多秋冬。指桐樹生長年深日久。背秋，離開了秋。涉冬，度過了冬。⓱琴摯　春秋時魯國的太師（主管音樂的官），稱太師摯或師摯，以善鼓琴，故又謂之琴摯。⓲野繭　野蠶之繭。⓳鉤　帶鉤；束腰革帶上的金屬鉤。⓴隱　琴上的裝飾物。㉑九寡　多子的寡婦。《列女傳・母儀》：「魯之母師，九子之寡母也，不幸早喪夫，獨與九子居。」㉒珥　耳飾。㉓約　琴徽；琴上的一種標記。張銑曰：「取孤子寡婦之寶而用之，欲其聲多悲聲。」㉔師堂　即師堂子京。據《韓詩外傳》五，孔子曾學琴於師堂子京。㉕暢　琴曲名。胡紹煐說：「《風俗通》：『凡琴曲和樂而作者，命之曰暢。』暢者，言其通暢而美也。陳暘《樂書》曰：『堯之神人暢為和樂而作。』然則暢為琴曲名，亦謂之張。〈琴賦〉曰『田連操張』是也。」五臣本正作「張」。㉖伯子牙　人名，即俞伯牙，以善鼓琴著稱。㉗秀　穀類抽穗開花叫秀。㉘蔪　麥芒尖而長貌。㉙虛壑　空曠的山谷。㉚絕區　危絕的地方。指懸崖、斷岸一類地方。㉛迴溪　曲折的溪澗。㉜翕翼　合攏翅膀。翕，合。㉝蚑蟜　均蟲名。一說，蚑，蟲爬行貌。㉞柱喙　支撐著嘴。柱，支；張開。喙，嘴。

【語譯】吳客說：「龍門山的桐樹，高百尺而無分枝。中心紋理緊密而屈曲，根遠布而四散分離。上面有千仞高的山峰，下面面對百丈深的山谷澗溪。山澗的急流逆波，又沖刷搖蕩它的根基。它的根半死半生，冬天就被大風、飄霰、飛雪所激盪，夏天就被雷霆閃電和炸雷所震撼。早晨就有黃鸝鳥、鳱鴠鳥在樹上悲鳴，夜晚就有失偶的雌鳥，迷失方向的野鳥在樹上棲宿。孤獨的天鵝早晨在它的上面哀號，鶡雞在它的下面哀鳴飛逐。於是經歷了許多秋冬，有人使琴摯砍下它拿來做琴，用野蠶繭的絲做琴絃，用失父的孤子的帶鉤做裝飾，用有九子的寡婦的耳飾做琴徽。使師堂演奏〈暢〉這支琴曲，伯子牙跟著他高歌。歌唱道：『麥苗開花長又尖啊，野雞早晨到處飛。飛向空虛山谷去啊，離開乾枯槐樹枝。依憑危絕斷山崖啊，面對曲折小山溪。』飛鳥聽到了它，合攏翅膀不能離去；野獸聽到了它，垂下耳朵不能行走；蚑、蟜、螻、蟻聽到了它，支撐著嘴不能向前。這是天下最悲涼的音樂，太子能勉強起來聽一聽它嗎？」太子說：「我病了，不能去聽。」

客曰：「犓牛❶之腴❷，菜以筍蒲❸。肥狗之和❹，冒❺以山膚❻。楚苗之實❼，安胡❽之飯，摶❾之不解，一啜❿而散。於是使伊尹⓫煎熬，易牙⓬調和。熊蹯⓭之臑⓮，勺藥之醬⓯。薄耆⓰之炙⓱，鮮鯉之鱠⓲。秋黃之蘇⓳，白露之茹⓴。蘭英之酒㉑，酌以滌口。山梁㉒之餐㉓，豢豹㉔之胎。小飯大歠㉕，如湯沃雪㉖。此亦天下之至美也，太子能強起嘗之乎？」太子曰：「僕病，未能也。」

【章 旨】本段寫吳客以飲食滋味啟發楚太子，楚太子不能接受。

【注 釋】❶犓牛　小牛。❷腴　肥肉。❸菜以筍蒲　用竹筍和香蒲攙和著。菜，古時專指蔬菜。這裡用作動詞。用菜攙和。蒲，香蒲，嫩莖可食。❹和　和羹；用不同調味品配製的羹湯。❺冒　通「芼」。用菜雜肉為羹。❻山膚　石耳菜，多產於山地的懸崖石壁上，因名。可供食用和藥用。❼楚苗之實　指楚地產的稻穀。楚地的禾苗。實，果實。一說，楚苗，李善注：「楚地苗山出禾，可以為食。」古時南楚多苗民，故楚苗連言。實，《文選》作「食」，指主食品。❽安胡　即彫胡、菰米，生於河邊、陂澤，可作蔬菜。其實如米，稱彫胡米，可作飯，古以為六穀之一。❾摶　捏之成團。❿啜　吃；嘗。⓫伊尹　商湯王賢臣，曾以割烹要湯。⓬易牙　春秋時齊桓公幸臣，長調味，能辨別淄、澠二水的不同滋味。⓭熊蹯　熊掌，是一種珍貴的食品。⓮臑　同「胹」。煮爛。⓯芍藥之醬　舊解不一。一說，芍藥，藥草名，其根主和五藏，又辟毒氣，故合之於蘭桂五味，以助諸食。一說，芍藥，讀為酌略，引〈南都賦〉：「歸雁鳴鵽香稻鮮魚以為勺藥」為證，謂即調和五味之意。案：據前說，則芍藥之醬，為芍藥與其他調和合成之醬。據後說，則為調和五味之醬。二說雖異，實則只是加芍藥與否之不同，可兩存之。⓰薄耆　切成薄片的獸脊肉。⓱炙　烤肉。⓲鱠　魚片；把魚肉切成片。⓳蘇　紫蘇。⓴白露之茹　經歷霜露的蔬菜。茹，蔬菜。㉑蘭英之酒　用蘭花浸泡的酒。㉒山梁　指野雞。《論語・鄉黨》：「山梁雌雉，時哉時哉。」因稱雌雉為山梁。㉓餐　可餐者。指野雞肉。㉔豢豹　被人飼養的豹。這句指用豹胎作成的食物。㉕小飯大歠　小吃大飲。飯，用作動詞。吃。歠，飲。㉖如湯沃雪　如沸水澆在雪上。言食之易。湯，熱水；開水。沃，澆；灌。

【語譯】吳客說：「小牛的肥肉，攙和著竹筍和香蒲。肥狗肉烹製的和羹，調和著石耳又名山膚。楚地苗山出產的稻米，彫胡米蒸煮的飯，捏成一團不散開，口中一咬便解散。於是使伊尹煎熬，使易牙烹調。熊掌的炖煮，芍藥製成的醬。薄脊肉燒烤的肉片，鮮鯉魚切成的魚片。秋天變黃了的紫蘇，經過霜露的蔬菜。蘭花浸泡過的酒，倒來用它漱口。野雞的肉，飼養的豹的胎，小吃大飲，如開水澆灌白雪。這是天下最好的美味，太子能勉強起來嘗嘗它嗎？」楚太子說：「我病了，不能品嘗。」

客曰：「鍾岱❶之牡❷，齒至之車❸，前似飛鳥，後類距虛❹。穱麥❺服處❻，躁中煩外❼。羈堅轡❽，附易路❾。於是伯樂❿相其前後，王良、造父⓫為之御，秦缺、樓季⓬為之右⓭。此兩人⓮者，馬佚能止之，車覆能起之。於是使射⓯千鎰之重⓰，爭千里之逐⓱。此亦天下之至駿⓲也，太子能強起乘之乎？」太子曰：「僕病，未能也。」

【章旨】本段寫吳客用車馬啟發楚太子，楚太子亦不感興趣。

【注釋】❶鍾岱　均地名，出產良馬。《漢書·地理志》：「鍾、代、石、北，迫近胡寇。」鍾，未詳所在。清錢坫《新斠注漢書地理志》謂指鍾山，即陰山，為今河套北、大漠以南諸山的統稱。岱，即「代」。古國名，地在今河北蔚縣一帶。❷牡　公馬。❸齒至之車　用適齡的馬駕的車。齒至，適齡的馬。一說，齒，指車牙。即車輪的外圈。齒至，言車輪甚堅固。❹距虛　獸名，善走。❺穱麥　早熟的麥。❻服處　分劑飼養；攙和餵養。❼躁中煩外　言馬因飼養極好，則中急躁而外煩擾，想要狂奔。❽羈堅轡　套上堅牢的韁繩。羈，繫上籠頭。❾附易路　沿著平坦的道路。附，遵循。易，平易。❿伯樂　古代善相馬的人，名孫陽，春秋初秦穆公時人。⓫王良造父　均古代善駕車馭馬的人。王良，春秋時晉國趙簡子的御者。造父，周穆王時人。周穆王周遊天下，由他駕車。⑫秦缺樓季　皆古代勇士。秦缺，未詳。樓季，魏文侯之弟，善攀登跳躍。⑬右車右；車主的警衛人員。⑭此兩人　指秦缺、樓季。一說，指王良、造父。⑮射　打賭；比賽賭博。⑯千鎰之重　千鎰重的賭注。二十四兩為一鎰。⑰逐　追逐。指賽馬。⑱至駿　最好的駿馬。

【語譯】吳客說：「鍾山、代地出產的公馬，正當齡的馬駕的車，前面的像飛鳥，後面的像距虛。早熟的麥調劑飼養，中急躁而外煩擾。套上堅韌的轡繩，沿著平坦的道路。於是使伯樂察看牠的前後，使王良、造父駕著牠，秦缺、樓季做車右。這兩個人，馬奔逸能制止牠，車翻了能扶起它。於是使大家下千鎰重的賭注，競爭千里路的追逐。這是天下最好的駿馬，太子能勉強起來騎騎牠嗎？」楚太子說：「我病了，不能去騎。」

客曰：「既登景夷之臺①，南望荊山②，北望汝海③，左江右湖④，其樂無有。於是使博辯之士，原本山川，極命⑤草木，比物屬事⑥，離辭⑦連類⑧，浮游⑨覽觀。乃下置酒於虞懷⑩之宮，連廊四注⑪，臺城層構⑫，紛紜⑬玄綠⑭。輦道邪交⑮，黃池紆曲⑯。溷章、白鷺，孔雀、鶤鵠，鵷雛、鵁鶄⑰，翠鬣⑱紫纓⑲。螭龍德牧⑳，邕邕㉑群鳴。陽魚㉒騰躍，奮翼振鱗。漃漻㉓薵蓼㉔，蔓草芳苓㉕。女桑㉖河柳㉗，素葉紫莖。苗松㉘豫章㉙，條上造天。梧桐并櫚㉚，極望㉛成林。眾芳芬鬱㉜，亂於五風㉝。從容㉞猗靡㉟，消息陽陰㊱。列坐縱酒，蕩樂㊲娛心。景春㊳佐酒㊴，杜連㊵理音㊶。滋味雜陳，肴糅㊷錯該㊸。練色㊹娛目，流聲㊺悅耳。於是乃發〈激楚〉㊻之結風㊼，揚鄭、衛㊽之皓樂㊾。使先施、徵舒、陽文、段干、吳娃、閭娵、傅予㊿

之徒，雜裾51垂髾52，目窕53心與，揄流波54，雜杜若55，蒙清塵56，被蘭澤57，嬿服而御58。此亦天下之靡麗皓侈廣博之樂59也，太子能強起游乎？」太子曰：「僕病，未能也。」

【章旨】本段寫吳客以遊觀聲色之樂啟發楚太子，楚太子仍不感興趣。

【注釋】❶景夷之臺　楚臺名。近人王文濡《古文辭類纂音注》謂即荊臺（也作「京臺」，又作「強臺」），東漢邊讓〈章華臺賦〉謂荊臺即章華臺，春秋時楚靈王建造的臺觀。荊臺，在今湖北監利北。❷荊山　在今湖北南漳西。❸汝海　指汝水，源出河南魯山，東流入淮河。❹湖　指洞庭湖。❺極命　窮究其名。極，窮盡。引申有推究之意。命，名。❻比物屬事　排比萬物，連綴事類。意即將萬事萬物加以排比歸類。❼離辭　編成文辭。離，相並列。❽連類　以類相連。這句意謂依類將其編成文辭。❾浮游　漫遊；隨意遨遊。❿虞懷　李善說為宮名。案：虞，五臣本作「娛」。虞懷，即娛懷，言其宮可使人心懷愉快，不必指實為宮名。⓫連廊四注　連接各建築物的走廊通向四面。注，通。⓬臺城層構　有樓臺的城牆上的建築物高聳。層構，言樓臺是一層層構築起來的，形容其高。⓭紛紜　此指色彩鮮盛貌。疊韻聯綿詞。⓮玄綠　深綠色。玄，黑色。⓯輦道邪交　車道迂迴交錯。輦道，可通車的路。邪，同「斜」。⓰黃池紆曲　池沼彎曲。黃，通作「潢」。積水池。紆，曲。⓱溷章白鷺三句　皆鳥名。溷章，未詳。一說，水邊的翠鳥。孔鳥，孔雀。鳥，五臣本作「雀」。鶤，鶤雞。鵠，天鵝。鵷鶵，鸞鳳之屬。鵁鶄，水鳥名。⓲鬣　頭部的毛。⓳纓　頸部的毛。⓴螭龍德牧　李善說：「並鳥，形未詳。」胡紹煐說：「《漢書．司馬相如傳》張揖注：『螭，雌龍也。』螭為雌，則龍為雄矣。此借螭、龍言之，螭龍猶言雌雄耳。」又引《山海經．中山經》：「五采而文，名曰鳳凰，首文曰德」，〈海內經〉：「鳳皇首文曰德」及《爾雅．釋畜》：「（牛）黑腹，牧」，因謂：「然則螭龍德牧，謂鳥雌雄首腹之有文者，如上云『翠鬣紫纓』也。」案：胡說近是。㉑邕邕　群鳥和鳴聲。㉒陽魚　指魚。李善注引曾子曰：「鳥魚皆生於陰而屬於陽，故鳥魚皆卵生。」（見《大戴記．本命》）以其屬陽，故稱陽魚。㉓淑漻　即「宋寥」。水清淨貌。一說，草在水中貌。㉔薵蓼　豬草和水蓼。王念孫謂淑漻薵蓼四字皆疊韻，薵蓼即淑漻之複語。㉕芳苓　即「芳蓮」。苓，古「蓮」字。一說，草名，即蒼耳子。㉖女桑　柔嫩的桑。㉗河柳　木名。《爾雅．釋木》：「檉，河柳。」郭璞注：「今河旁赤莖小楊也。」㉘苗松　木名。或說即苗山之松。五臣本作「松柏」。㉙豫章　木名。即樟樹。㉚并櫚　一作「栟櫚」。棕櫚樹。㉛極望　盡目力所望見之處。㉜芬鬱　香氣濃烈。㉝亂於五風　即被五風所亂。指香氣彌漫開來。五風，五方之風。㉞從容　舒徐貌。疊韻聯綿詞。㉟猗靡　隨風舞動貌。疊韻聯綿詞。㊱消息陽陰　何焯說：「言與陰陽相消息也。」意即樹木花草的榮枯，隨著自然界陰陽之氣的消長而變化，四時朝暮都不相同。㊲蕩樂　猶「縱樂」。無拘忌地遊樂。㊳景春　戰國時期的縱橫家。㊴佐酒　助飲；勸酒。㊵杜連　舊說即田連，善鼓琴者。㊶理音　理其琴音。即彈琴。㊷肴糅　多種魚肉類的葷菜。《一切經音義》引《通俗文》曰：「肴雜曰糅。」㊸錯該　各色俱備。該，備有。㊹練色　精選的美色。練，選擇。㊺流聲　放蕩的聲音。即所謂「淫聲」。流，即《禮記・樂記》：「使其聲足樂而不流」之「流」，放蕩之意。㊻激楚　楚國歌曲名。楚民風剽悍，樂調激昂，故稱〈激楚〉。㊼結風　歌曲結尾的餘聲。〈招魂〉：「激楚之結，獨秀先些」，《淮南子・原道》：「結激楚之遺風」，義並與此同。㊽鄭衛　春秋時國名，二國以產生新音樂著稱，當時稱為「鄭、衛之音」。㊾皓樂　淫放之樂。「皓」與「浩」同音通用。《淮南子・原道》：「揚鄭、衛之浩樂，……此齊民所以淫泆流湎」。李善本篇注引作「皓樂」。浩的本義是大水，引申有放蕩之義。〈離騷〉：「怨靈脩之浩蕩」，浩蕩即放蕩。「皓」又與「喬」同音，《說文》：「喬，放也。」鄭、衛之音淫放，故《淮南子》說「所以淫泆流湎」。㊿先施徵舒陽文段干吳娃閭娵傅予　皆古代美女名。先施，即西施。先，五臣本作「西」。徵舒，疑為春秋時陳國夏徵舒之母夏姬。陽文，楚之美人。吳娃，吳國以美女為娃，吳有館娃宮。閭娵，梁王魏嬰之美人。段干傅予，未詳。(51)雜裾　雜色衣裙。裾，本指衣襟。此指衣裙。(52)鬌　燕尾形的髮髻。(53)目窕　以目傳情。窕，同「挑」。挑逗。(54)揄流波　引水洗濯。宮臨潰池，故引水洗濯以自潔。揄，引。(55)雜杜若　雜採杜若，以自修飾。杜若，香草名。(56)蒙清塵　犯清塵。言其移步而來，足犯清塵，猶曹植〈洛神賦〉所謂「淩波微步，羅襪生塵」也。蒙，犯。(57)被蘭澤　頭上塗抹有浸漬著蘭草香氣的脂膏。(58)嬿服而御　穿著便服來奉侍。嬿服，便服。嬿，同「燕」。安息。御，進御。即奉侍。(59)靡麗皓侈廣博之樂　美妙豪華盛大的遊樂。皓，通「浩」。大。

【語　譯】吳客說：「既已登上了景夷之臺，向南眺望荊山，向北眺望汝海，左有長江，右有洞庭湖，那種快樂世界上沒有。於是使博學善辯的人士，陳說山川的本原，窮究草木的名類，排比萬物，連綴事類，編成文辭，相連以類，隨意遨遊覽觀。於是下來在使人心懷愉快的宮殿裡擺下酒宴，連接各宮殿的走廊通向四面，城牆上的樓臺高聳，色彩鮮盛而深綠。車道迂迴交錯，池沼彎彎曲曲。溷章、白鷺，孔雀、鶤鵠，鵷雛、鵁鵲，青色的頭頂，紫色的項頸。雌雄首腹有文，和諧地一道相鳴。魚兒跳躍，奮起魚鰭，振起魚鱗。浸在水中的藉草和水蓼，蔓生的雜草和芳香的蓮苓。嫩桑、河柳，白色的葉和紫色的莖。苗松、樟樹，枝條上指到了天庭。梧桐、棕櫚，放眼望去，都成樹林。各種香氣非常濃烈，被五風吹得四處飄零。舒徐地隨風舞動，隨著陰陽的變化而消失產生。並列而坐盡興喝酒，無拘忌地歡樂以愉快心情。景春來勸酒，杜連來彈琴。各種美味錯雜陳列，多種魚肉各色俱備。精選的美色愉悅眼睛，放蕩的聲音愉悅雙耳。於是就奏出〈激楚〉的餘聲，揚起鄭、衛的淫放音樂。使西施、徵舒、陽文、段干、吳娃、閭娵、傅予一類美人，穿著雜色的衣裙，垂著燕尾形的髮髻，目相挑逗，心相許與，引水洗濯，雜採杜若，冒犯清塵，塗抹蘭澤，穿著便服而奉侍。這是天下美妙豪華盛大的遊樂，太子能勉強起來遊玩嗎？」楚太子說：「我病了，不能夠去參加。」

客曰：「將為太子馴騏驥❶之馬，駕飛軨❷之輿，乘牡駿❸之乘。右夏服❹之勁箭，左烏號❺之彫弓❻。游涉乎雲林❼，周馳乎蘭澤❽，弭節❾乎江潯❿。揜青蘋⓫，游清風⓬。陶陽氣⓭，蕩春心⓮。逐狡獸，集輕禽⓯。於是極犬馬之才，困野獸之足，窮相御之智巧⓰，恐虎豹，慴⓱鷙鳥⓲。逐馬⓳鳴鑣⓴，魚跨㉑麋角㉒。履游㉓麕㉔兔，蹈踐麖㉕鹿，汗流沫墜，冤伏㉖陵窘㉗。無創而死者，固足充後乘㉘矣。此校獵㉙之至壯也，太子能彊起游乎？」太子曰：「僕病，未能也。」然陽氣見於眉宇之間㉚，侵淫㉛而上，幾滿大宅㉜。客見太子有悅色也，遂推而進之曰：「冥火㉝薄天㉞，兵車雷運㉟，旌旗偃蹇㊱，羽旄㊲肅紛㊳。馳騁角逐㊴，慕味爭先㊵。

徼墨[41]廣博，望之有圻[42]。純粹全犧[43]，獻之公門。」太子曰：「善！願復聞之。」

客曰：「未既。於是榛林[44]深澤，煙雲闇莫[45]，兕[46]虎並作[47]。毅武孔猛[48]，袒裼[49]身薄[50]。白刃磑磑[51]，矛戟交錯。收獲掌功[52]，賞賜金帛。掩蘋肆若[53]，為牧人席[54]。旨酒嘉肴，羞炰[55]膾炙[56]，以御賓客。涌觴[57]並起，動心驚耳[58]。誠必[59]不悔，決絕以諾[60]；貞信之色，形[61]於金石[62]。高歌陳唱，萬歲無斁[63]。此真太子之所喜也，能彊起而游乎？」太子曰：「僕甚願從，直恐為諸大夫累耳。」然而有起色矣。

【章旨】本段寫吳客以田獵啟發楚太子。田獵在古代實為軍事演習。當時戰國養士餘風尚存。楚太子願意養一批願為出力的游士，故願聞而精神亦有起色。

【注釋】❶騏驥　良馬；千里馬。❷飛軨　輕快的車。軨，有窗的車子。❸乘牡駿　乘騎雄駿的馬。牡，公畜。引申有雄壯之意。猶雄為公雞。引申有雄傑之意。❹夏服　夏后氏的箭囊。夏后氏的良弓名繁弱，其箭亦良。繁弱箭的服，故曰夏服。服，通「箙」。盛箭的袋子。❺烏號　相傳為黃帝使用的良弓名。《史記・封禪書》說，黃帝乘龍升天，小臣不得上，持龍鬚，鬚拔，墮黃帝弓，小臣抱弓而號，因名烏號。❻彫弓　雕鏤有花紋的弓。❼雲林　雲夢之林。雲夢，古大澤名，在今湖北、湖南兩省交界處。❽蘭澤　生長蘭草的沼澤。此與前「被蘭澤」之「蘭澤」不同。❾弭節　放下馬鞭。即「按轡徐行」之意。❿潯　水邊。⓫揜青蘋　踐踏青蘋。指車馬在草地上驅馳。揜，覆。此指淩轢而過。蘋，生於沼澤中的植物，又名田字草。⓬游清風　在清風中行遊。⓭陶陽氣　舒展陽氣。陶，暢；舒展。陽氣，春天的氣息。⓮蕩春心　滌蕩春心。蕩，滌蕩；搖動。春心，春天的感傷心情。⓯集輕禽　箭集中射向輕捷的飛鳥。集，指矢集。⓰窮相御句　指用盡衛士與車夫的智能技巧。窮，盡。相，佐。指車上的衛士。一說，相，指相馬者。一說，作「導」解。指射獵時的嚮導。⓱慴　威懾；恐嚇。⓲鷙鳥　凶猛的鳥。⓳逐馬　飛奔的馬。⓴鳴鑣　鑣上的鸞鈴鳴響。鑣，馬的嚼口。㉑魚跨　跨過魚獸。古有魚獸，陸璣《毛詩義疏》：

「魚獸似豬，東海有之。」或當時雲夢澤中亦有此獸，也可能是賦家誇飾之詞，不必實有。㉒麋角　攔截而抓住麋鹿。角，通作「捔」。遮截而束縛之意。㉓履游　與下句「蹈踐」同義。踏，踏倒。㉔麢　鹿類動物，即麞。㉕麖　大鹿。㉖冤伏　倦困而伏。冤，困；屈。㉗陵窘　促迫而窘困。陵，促迫；急迫。㉘充後乘　裝滿跟隨在後面的車子。充，實。㉙校獵　圍獵。《漢書·司馬相如傳》顏師古注：「校獵者，以木相貫穿，總為闌校，遮取禽獸而獵取之。」一說，發動軍隊獵取禽獸。校，漢代軍隊的一種組織。㉚然陽氣句　然而興奮之色在眉額之間表現出來。陽氣，喜悅、興奮之色。見，同「現」。眉宇，眉額之間。㉛侵淫　逐漸；漸漸。疊韻聯綿詞。㉜幾滿大宅　差不多充滿了整個臉部。幾，幾乎；差不多。大宅，指整個臉部。㉝冥火　黑夜的火光。㉞薄天　照亮天空。薄，迫；近。㉟雷運　像雷聲隆隆地滾動。㊱偃蹇　高聳貌。疊韻聯綿詞。㊲羽旄　指旄旗上裝飾翠鳥羽和旄牛尾。㊳肅紛　整齊而紛繁。㊴角逐　爭奪迫逐。㊵慕味爭先　貪戀美味而奮勇爭先。㊶徼墨　圈定的焚燒的獵區。徼，界劃。墨，焚燒的野地。古時狩獵，往往縱火除地。㊷圻　同「垠」。邊際；界限。㊸純粹全犧　毛色純一、軀體完整的獵獲物。純粹，指毛色純一不雜。全犧，都是獸類的專稱。體完叫全，色純叫犧。全，今寫作「牷」。㊹榛林　叢林。㊺闇莫　同「暗漠」。昏暗無光貌。㊻兕　野牛。㊼作　出現。㊽毅武孔猛　果敢英武而甚猛之人。孔，甚；很。㊾袒裼　赤身露臂。㊿身薄　親身搏取。薄，迫。(51)磑磑　同「皚皚」。五臣本正作「皚皚」，銀光閃閃。(52)收獲掌功　此指收取獵獲而掌記功勞的人。掌，主管。言射獵結束，收獲掌功者就賞賜勇士以金帛。(53)掩蘋肆若　覆蓋青蘋，鋪陳杜若。掩，覆蓋。肆，布；鋪陳。若，杜若。(54)為牧人席　作為牧人的坐席。牧人，《周禮》有牧人，為管牲畜的官。此似指參加射獵的將士。(55)羞炰　以炰為羞；以烤肉為美餐。羞，通「饈」。美膳；精美的食物。用作意動詞。以為羞膳。炰，燒烤的肉。(56)膾炙　以炙為膾。膾，切細的肉食。用作使動詞。把肉切細。炙，烤肉。(57)涌觴　滿杯。觴，酒杯。(58)動心驚耳　指賓客的語言非常動聽。(59)誠必　忠誠果決。必，果決；說一不二。(60)決絕以諾　已經許諾，毫不猶豫。決絕，堅決而果斷。以，同「已」。諾，許諾。(61)形　表現。(62)金石　指如金石之堅。一說，金石，指樂器。言忠貞誠信之心在所奏音樂中表現出來。(63)斁　厭倦。

【語譯】吳客說：「將替太子訓練日行千里的良馬，駕駛輕快的有窗的車子，乘坐著雄駿的馬匹拉的車輛。右邊是夏后氏箭袋的強勁的箭，左邊是名叫烏號的雕花的弓。遊獵度過雲夢澤的樹林，周回馳騁在長有蘭草的沼澤，在江水邊按轡徐行。踐踏青蘋，在清風中遊行。舒展春天的氣息，滌蕩春日的傷感心情。追逐狡黠的野獸，集中箭射向輕捷的飛禽，於是使盡獵犬和駿馬的才能，使野獸的足力困窘，用盡衛士和車夫的智慧技巧，使虎豹震恐，使猛禽恐懼。飛奔的馬嚼口上的鸞鈴鳴響，跨過魚獸而又抓獲麋鹿。踏倒麞兔，踐踏大鹿。汗水直流涶沫飛墜，疲倦俯伏，迫促而困窘，沒有受傷就死去的，本來足夠裝滿後面跟隨的車輛了。這是圍獵中最為壯觀的，太子能勉強起來去玩一玩嗎？」楚太子說：「我病了，不能去。」然而喜悅高興之色在眉額之間表現了出來，漸漸向上擴展，幾乎充滿了整個臉部。吳客看到楚太子有高興之色，就向前進一步說：「黑夜的火光照亮天空，兵車像雷聲隆隆般滾動。旗幟高高聳峙，翠鳥羽和旄牛尾裝飾的旗整齊而高聳。馳騁競相追逐，貪戀美味而奮勇爭先。焚燒的獵區非常廣大，一眼望去僅見邊界。毛色純一而軀體完整的獵物，進獻到公侯的門前。」楚太子說：「好！希望還能聽聽。」吳客說：「還沒說完。於是叢林廣澤，煙霧昏暗，野牛老虎一齊出現。果敢英武而甚勇猛之士，赤身露臂，親自薄近搏戰。雪白的刀刃銀光閃閃，長矛叉戟交錯紛亂。收取獵獲掌記功勞的官，賞賜勇士以金寶帛絹。覆蓋青蘋，布設杜若，作為將士的坐席飲宴。美酒嘉肴，而以細切的烤肉作為美膳，進獻給賓客做下飯。滿杯的酒同時舉起，賓客的語言動心驚面。忠誠果決而決不後悔，已經許諾就堅決果斷。貞忠誠信之色，如金石般堅決表現。高聲歌唱，歷久不厭。這真是太子所最喜愛的，能夠勉強起來玩一玩嗎？」楚太子說：「我非常願意跟隨而去，只是恐怕成為諸位大夫的累贅呢。」然而有些起色了。

客曰：「將以八月之望❶，與諸侯遠方交遊兄弟，並往觀濤乎廣陵❷之曲江❸。至則未見濤之形也，徒觀水力之所到，則卹然❹足以駭矣。觀其所駕軼者❺，所擢拔❻者，所揚汩❼者，所溫汾❽者，所滌汔❾者，雖有心略辭給❿，固未能縷形其所由然⓫也。怳兮忽兮⓬，聊兮慄兮⓭，混⓮汩汩⓯兮。忽兮慌兮，俶兮儻兮⓰，浩瀇瀁[17]兮，慌[18]曠曠[19]兮。秉意[20]乎南山[21]，通望乎東海[22]。虹洞[23]兮蒼天，極慮[24]乎崖涘[25]。流攬[26]無窮，歸神日母[27]。汩[28]乘流而下降兮，或不知其所止。或紛紜其流折兮，忽繆[29]往而不來。臨朱汜[30]而遠逝兮，中虛煩而益怠。莫離散而發曙[31]兮，內存心[32]而自持。於是澡概[33]胸中，灑練[34]五藏[35]，澹澉[36]手足，頮濯[37]髮齒。揄棄[38]恬怠[39]，輸寫[40]淟濁[41]，分決[42]狐疑，發皇[43]耳目。當是之時，雖有淹病滯疾[44]，猶將伸傴[45]起躄[46]，發瞽[47]披[48]聾而觀望之也，況直眇[49]小煩懣酲醲[50]病酒之徒哉！故曰發蒙[51]解惑，不足以言也。」太子曰：「善！然則濤何氣哉？」客曰：「不記[52]也。然聞於師曰，似神而非者三：疾雷[53]聞百里；江水逆流，海水上潮[54]；山出內雲[55]，日夜不止；衍溢[56]漂疾[57]，波涌而濤起。其始起也，洪淋淋[58]焉，若白鷺之下翔。其少進也，浩浩[59]溰溰[60]，如素車白馬帷蓋[61]之張。其波涌而雲亂[62]，擾擾[63]焉如三軍之騰裝[64]。其旁作[65]而奔起[66]也，飄飄焉如輕車[67]之勒兵[68]。六駕蛟龍[69]，附從太白[70]。純馳浩蜺[71]，前後絡繹。顒顒卬卬[72]，椐椐彊彊[73]，莘莘將將[74]。壁壘[75]重堅，沓雜似軍行。訇隱匈磕[76]，軋盤[77]涌裔[78]，原不可當。觀其兩旁，則滂渤[79]怫鬱[80]，闇漠[81]感突[82]，上擊下硉[83]，有似勇壯之卒，突怒[84]而無畏。蹈壁[85]衝津[86]，窮曲[87]隨[88]隈，踰岸出追[89]；遇者死，當者壞。初發乎或圍[90]之津涯，荄軫谷分(91)，迴翔(92)青篾(93)，銜枚(94)檀桓，弭節伍子之山(95)，通厲(96)胥母之場(97)。淩(98)赤岸(99)，篲(100)扶桑(101)，橫奔似雷行。誠奮厥(102)武，如振(103)如怒。沌沌渾渾(104)，狀如奔馬。混混庉庉(105)，聲如雷鼓(106)。發怒庢沓(107)，清(108)升踰跇(109)，侯波(110)奮振，合戰於藉藉之口(111)。鳥不及飛，魚不及迴(112)，獸不及走。紛紛翼翼(113)，波涌雲亂。蕩取南山，背(114)擊北岸。覆虧(115)丘陵，平夷(116)西畔。險險戲戲(117)，崩壞陂池(118)，決勝乃罷(119)。瀄汩(120)潺湲(121)，披揚流灑(122)。橫暴之極，魚鼈失勢，顛倒偃側(123)，沋沋湲湲(124)，蒲伏(125)連延(126)。神物怪疑，不可勝言，直使人踣(127)焉，洄闇(128)悽愴(129)焉。此天下怪異詭觀(130)也，太子能彊起觀之乎？」太子曰：「僕病，未能也。」

【章旨】本段寫吳客以觀潮之樂啟發楚太子，楚太子卻仍不感興趣。

【注釋】❶望　夏曆每月十五日叫望。夏曆八月十五日是潮汐最盛的時候。❷廣陵　按：《水經注》以枚乘所言繫於浙江（今錢塘），後人因以廣陵為錢塘（今杭州市）。據清人汪中考證，實即今揚州市。然今揚州已不見潮信。唐李紳〈入揚州郭詩序〉云：「潮水舊通揚州郭內，大曆以後，潮信不通矣。」❸曲江　指揚州南長江的一段。一說為地名，在揚州附近，後被沙磧漲沒，今不復存。❹卹然　驚恐貌。❺所駕軼者　水力超越之處。❻擢拔　高聳突起。❼揚汩　激盪簸揚。❽溫汾　旋轉聚結。❾滌汔　洗蕩沖刷。❿心略辭給　有心計和辯才。心略，心智；心計。辭給，有辯才；能說會道。⓫縷形其所由然　詳細形容產生這種情況的原由。縷，詳盡；詳細。⓬怳兮忽兮　怳忽，同「恍惚」。浩淼無際，望不真切貌。雙聲聯綿詞。下文「忽慌」義同。《老子》：「惚兮恍兮，其中有象。恍兮惚兮，其中有物。」⓭聊兮慄兮　聊慄，驚懼之貌。雙聲聯綿詞。⓮混　即混混，大水匯合奔流貌。⓯汩汩　水疾流貌。一說，波浪聲。⓰俶兮儻兮　俶儻，卓異而不可羈繫貌。此形容潮頭無拘無束地向前滾動。雙聲聯綿詞。⑰瀇瀁　水深廣無際貌。疊韻聯綿詞。⑱慌　同「恍」。形容江濤混沌一片。⑲曠曠　空曠無際貌。⑳秉意　集中注意力。秉，執。㉑南山　指潮水所來方向的山。㉒東海　潮水所往之處。此二句由近及遠，言觀潮者注視著潮水沖刷的南山，一直望到潮水所去的東海。㉓虹洞　相連貌。疊韻聯綿詞。㉔極慮　窮極思慮；很耽心。㉕崖涘　水岸。此二句由上及下，言仰觀則水天相連，俯視則很耽心兩岸是否能夠承受。㉖流攬　周流觀覽；四面展望。㉗日母　指太陽。《文選》李善注引《春秋內事》云：「日者，陽德之母。」此二句謂四面展望，只見江潮無窮無盡，只好將其神妙的作用歸之於日了。案：我國古代較早即認識到潮汐與日月有關，然或主日，或主月，意見不一。唐以後始認識到與月的關係更為密切。這裡將潮汐之神妙歸之於日，可見枚乘尚未認識月對潮汐的作用。㉘汩　迅疾貌。㉙繆　通「樛」。纏結。㉚朱汜　李善說：「蓋地名，未詳。」案：此段所提到的地名，除廣陵外，多不可考，可能是賦家隨意命名，不必深考。㉛發曙　天亮。此句謂觀潮者自暮即精神離散，直至天亮。而姚鼐原注云：「鼐按：暮離散者，晚潮去也；發曙者，早潮來也。」㉜內存心　內心才收其驚悸之心，控制住自己。一說，指觀潮者對江潮之印象極深而念念不忘。㉝澡概　清洗。概，同「溉」。五臣本作「溉」。㉞灑練　沖洗。灑，古「洗」字。練，汰；沖洗。㉟五藏　指心、肝、脾、肺、腎。藏，同「臟」。㊱澹澉　洗滌。㊲頮濯　洗濯。頮，以水洗臉。㊳揄棄　拋棄。揄，五臣本作「投」。㊴恬怠　懶散。㊵輸寫　猶言「排除」。寫，同「瀉」。㊶淟濁　汙垢。㊷分決　分辨決斷。㊸發皇　發明；使耳目聰明。此八句極寫觀潮之後使精神面貌煥然一新。㊹淹病滯疾　纏綿日久的疾病。㊺傴　傴僂；駝背。㊻躄　跛足。㊼瞽　瞎子。㊽披　開。㊾眇　亦「小」之意。㊿酲醲　沉醉。(51)發蒙　啟發愚昧。(52)不記　不見記載。一說，猶「不識」。(53)疾雷　驟然而發的響雷。此句李善注：「言聲似疾雷而聞百里，一也。」(54)上潮　潮水逆行而上。李善注：「言能令二水逆流上潮，二也。」(55)山出內雲　言潮勢如山，吞吐雲氣。內，同「納」。李善注：「山內雲而日夜不止，三也。」李善將「江水」四句分兩層，合上句為「似神而非者三」。張銑則曰：「此二也。」則將此四句作一層，與上一句和下二句各作一層，以合「似神而非者三」之數。案：前一句寫潮聞聲未至之時，此四句寫潮來時的兇猛之勢，下二句寫潮水四散擴張之狀。張說似較勝。(56)衍溢　平滿貌。(57)漂疾　急流貌。此句連下句，呂向曰：「其三也。」(58)洪淋淋　洪水傾瀉而下。洪，洪水；大水。淋淋，傾瀉貌。(59)浩浩　深廣之貌。(60)溰溰　高白之貌。(61)帷蓋　車帷車蓋。(62)雲亂　如雲一般紛亂。(63)擾擾　紛亂貌。(64)騰裝　李善注：「裝，束也。」騰束為何意，殊不明確。近人釋為軍隊裝備整齊，奔騰前進，亦殊覺牽強。案：二字意義不相連屬，「裝」疑為「襄」之訛。襄即「驤」之借。《漢書・敘傳》：「雲起龍襄，化為侯王。」龍襄即龍驤。「裝」、「襄」形聲均相近，故訛。騰襄，即騰舉、奔躍之意。(65)旁作　橫出；

向旁邊湧出。(66)奔起　向上湧起。(67)輕車　一種兵車。這裡指將帥所乘之指揮車。(68)勒兵　指揮軍隊。勒，部署；控制。(69)六駕蛟龍　以六條蛟龍駕車。(70)太白　李善引許慎《淮南子》注：「太白，河伯也。」一說，太白，旗名。《史記・周本紀》：「武王持太白旗以麾諸侯。」則太白旗為軍中的指揮旗。(71)純馳浩蜺　李善注：「純，專。浩蜺，即素蜺也。波濤之勢若素蜺之馳，言其長也。」胡紹煐謂「純」通作「屯」，解「純馳」為或屯或馳。又引〈西京賦〉：「直墆蜺以高居」，〈魯靈光殿賦〉：「白鹿孑蜺於欂櫨」，謂「蜺」有高義，釋「浩蜺」為高大。案：李善解「純馳」頗為迂曲難通，胡說尤牽強。疑「純馳」當解為白色的車馬。《左傳・昭公十七年》：「嗇夫馳。」杜注「車馬曰馳」。以前已有「素車白馬」之喻，故這裡改用「純馳」以避複。浩蜺，當從李善說解作素蜺。(72)顒顒卬卬　波高貌。(73)椐椐彊彊　波浪橫恣貌。椐，通「倨」。(74)莘莘將將　多而高貌。一說，相激盪貌。(75)壁壘　軍中營壘。(76)訇隱匈磕　皆象聲詞。形容江潮衝擊怒吼之聲。(77)軋盤　廣大無邊貌。(78)涌裔　騰涌。雙聲聯綿詞。(79)滂渤　水湧流貌。(80)怫鬱　本指人心中有鬱結，此指潮水鬱結激怒之貌。疊韻聯綿詞。(81)闇漠　見前注。此指江濤迷濛汪洋之狀。(82)感突　衝起貌。(83)硉　從高處推石而下叫硉。引申為向下滾動。(84)突怒　奔突發怒。(85)蹈壁　指潮水衝上岸壁。(86)衝津　衝擊渡口。(87)曲　與下「隈」皆指江灣曲折處。(88)隨　追隨。與前「窮」皆「無所不至」之意。(89)出追　越出沙堆。追，古「堆」字。(90)或圍　地名，今無可考。(91)荄軫谷分　李周翰曰：「荄，隴也。軫，隱也。言如山隴之相隱，如川谷之區分。」意謂江濤所至，高山深谷都改變了樣子。荄，借作「陔」。山隴。(92)迴翔　即回旋。指水盤旋回轉。(93)青篾　與下「檀桓」皆地名。(94)銜枚　此指潮水寂靜無聲，如行軍之銜枚以止喧嘩。(95)伍子之山　因伍子胥而得名的山。(96)通厲　遠奔。(97)胥母之場　即胥母之山，《史記・伍子胥列傳》載，吳王殺子胥投之江中，吳人為立祠於江上，因命曰胥山。又《越絕書》：「闔閭旦食䱇山，晝游於胥母。」二書所記，略有不同，然可證吳地有胥母之山。案：《論衡・書虛》篇：「吳王殺子胥，投之江，子胥恚恨，驅水為濤，以溺殺人。今時會稽丹徒大江，錢塘浙江，皆立子胥之廟，蓋欲慰其恨，止其怒濤也。」此伍子之山，胥母之場，大概即此類古跡，亦不必確求其地。胥，古文「胥」字。(98)淩　侵逼；超越。(99)赤岸　地名。(100)篲　掃帚。用作動詞。掃。(101)扶桑　神話中日出之處。(102)厥　其。代詞。(103)振　同「震」。威懾。(104)沌沌渾渾　波相追隨之貌。(105)混混庉庉　波濤滾滾的聲音。(106)雷鼓　雷聲、鼓聲。(107)庢沓　阻礙騰湧。沓，李善注引《埤蒼》曰：「釜沸出也。」引申為沸騰之意。(108)清　清波。指潮勢漸緩，水現澄清。(109)踰跐　超越。此二句李善曰：「言初發怒礙止而涌沸，少選之頃，清者上升，遞相踰跐也。」(110)侯波　陽侯之波。指大波。詳見〈哀郢〉注。(111)藉藉之口　蓋地名，不詳所在。(112)迴　避開；迴避。(113)紛紛翼翼　眾盛而壯健。皆狀潮勢之大。(114)背　回轉。二句言潮水沖激而奔上南山，回轉又衝擊北岸。115覆虧　傾覆破壞。116平夷　蕩平。117險險戲戲　傾側危險之貌。118陂池　同「陂陁」。斜坡。119罷　同「疲」。指衰竭。120瀄汩　波濤相擊之貌。疊韻聯綿詞。121潺湲　水流貌。疊韻聯綿詞。122披揚流灑　水花紛紛四濺之狀。123顛倒偃側　言魚鱉在水中東倒西歪。頭朝下叫顛，傾身臥倒叫偃。124沇沇湲湲　魚鱉在水中顛倒失據之狀。125蒲伏　本指伏地手足並行，此指魚鱉在水中狼狽之狀。雙聲聯綿詞。126連延　延續貌。猶言一個跟著一個。疊韻聯綿詞。127踣　向前跌倒。128泂闇　驚駭失智貌。129悽愴　心境悲涼之貌。雙聲聯綿詞。130詭觀　奇絕的景觀。

【語譯】吳客說：「將在陰曆八月十五日，與諸侯和遠方的朋友兄弟，一起到廣陵的曲江去觀看潮水。剛到還沒有看到潮頭，只看到水力所到的地方，就驚恐地足夠詫異了。看到那水力所超越之處，所高聳突起之處，所激盪簸揚之處，所旋轉聚結之處，所洗滌沖刷之處，即使有心計和能言善辯，也完全不能詳細地形容那產生這種狀況的原由。浩淼呀縱橫啊，膽戰呀心驚啊，匯合急流而急湍奔騰啊。浩蕩呀無際啊，卓絕呀不可羈繫啊。深廣而不見岸畔啊，混沌而汪洋一片啊。觀潮者注視著潮水沖刷的南山，一直望著潮水所去的東海，仰觀只見天水相連，俯視則耽心崖岸能否承受得起沖洗。四面展望，只見江潮無窮無盡，只好將其神妙歸之於日母。潮水迅疾地隨江流而下落啊，有時竟不知其止於何地。有時眾浪紛紜而其流曲折啊，忽而糾纏盤結，去而不來。潮頭奔向朱汜而遠遠逝去啊，觀潮者則心中感到空虛煩悶而逐漸懈怠。自日暮即精神離散而直到天亮啊，內心才收住驚悸而控制住自己。於是清洗了胸中，沖洗了五臟，洗滌了手足，洗刷了髮齒，拋棄了懶散，排除了汙濁，分決了疑慮，聰明了耳目。當這個時候，即使有纏綿日久的疾病，還將會使駝背伸直，使跛足站立，使瞎子開眼，使聾子聽見，而來觀望它呢，何況只是小小的煩惱苦悶，沉醉而病於酒的這一類呢！所以說，啟發愚昧，解除疑惑，是不值得一提的小事了。」楚太子說：「好！那麼潮水是什麼氣呢？」吳客說：「不見記載。然而我從老師那裡聽說，它似有神助而並非神助的特點有三點：它聲似驟發的響雷，使百里都能聽到；江水倒流，海水逆行而上，潮勢如山，能吞吐雲氣，日夜也不止息；江水平滿而急流，波濤洶湧而騰起。它剛開始興起，洪水傾瀉而下呢，好像白鷺向下飛翔。它稍微進展，深廣而高白，好像白車白馬白色的車帷車蓋的撐張。它波濤涌起如雲翻滾，亂紛紛呢好像三軍奔躍騰驤。它向旁邊涌而向上騰起，輕裝前進，好像將帥的指揮車在部署軍隊奔向戰場。它如以六條蛟龍駕車，附有隨從的指揮旗太白，白色的車馬白色蜺霓旗，前前後後絡繹不絕。潮頭高聳，旁迸橫涌，眾多而高聳。營壘重疊而堅固，眾多好像軍隊的行列在運動。轟隆澎湃，廣大洶涌，本不可阻壅。看那潮頭的兩旁，則涌流激怒，迷濛汪洋，左衝右突，向上排擊，向下衝撞，有似勇壯的士卒，奔突發怒而無畏懼驚慌。衝上岸壁，衝擊渡口，江灣曲折之處，潮水無不窮極追隨。越過堤岸，越出沙堆，遇到它的就溺死，碰上它的就沖壞。最初在或圍的渡口邊發生，山隴被淹沒，山谷被離分，在青篾盤旋回轉，在檀桓寂靜無聲，在伍子山按轡徐行，在胥母山遠遠奔騰。超過赤岸，掃過扶桑，四處亂涌好似雷霆猖狂。的確發揮了它的威力，如威懾，如震怒，波濤一浪接著一浪，狀如奔騰的野馬。波濤轟隆滾動，聲音如鳴雷，如擊鼓。潮水發怒是因受阻而騰涌，過一會就清波上升，超越而過。大波奮發振起，交戰在藉藉之口。鳥來不及起飛，魚來不及迴避，獸來不及逃走。潮勢眾盛而壯健，波濤涌起如雲翻滾，衝擊而奔上南山，回轉又衝擊北岸。傾覆損虧丘陵，蕩平西側的岸畔。險側傾危，崩壞斜坡，取得勝利才衰竭而疲。波濤相擊而奔流，水花紛紛四濺。橫行暴虐到了極點，魚鱉都失去權勢，而被沖得東倒西轉，在水中顛倒失據，狼狽不堪而連接不斷。如神奇之物可怪可疑，不可盡言其妙，只使人向前跌倒，驚駭失智而心境悲悽。這是天下怪異奇妙的景觀，太子能勉強起來去看看它嗎？」楚太子說：「我病了，不能去看。」

客曰：「將為太子奏❶方術之士有資略❷者，若莊周、魏牟、楊朱、墨翟、便蜎、詹何❸之倫。使之論天下之精微❹，理❺萬物之是非。孔、老❻覽觀❼，孟子持籌❽而算之，萬不失一。此亦天下要言妙道也，太子豈欲聞之乎？」於是太子據几❾而起，曰：「渙乎❿若一聽聖人辯士之言。」涊然⓫汗出，霍然⓬病已。

【章旨】本段寫吳客擬以聖人辯士之要言妙道啟發楚太子，楚太子之病霍然而癒。

【注釋】❶奏　進；推薦。❷資略　資材智略。❸莊周魏牟句　皆春秋戰國時思想家。莊周，戰國時宋國蒙人，道家學派的代表人物。魏牟，中山國公子，「身在湖江之上，心居魏闕之下」，是他的名言。楊朱，戰國時思想家，倡「為我」之說，與墨子「兼愛」之說相對立。墨翟，春秋戰國之際的思想家，魯國人，倡「兼愛」、「非攻」之說，創立墨家學派。便蜎，又作蜎蠉、玄淵，或以為即環淵，楚人，老子弟子，學黃、老道德之學，又擅長釣術。詹何，戰國時學者，與魏牟同時，長於釣術。❹精微　精深微妙的道術。❺理　治；判斷。❻孔老　孔子、老子。❼覽觀　此為審議、判斷之意。❽籌　籌碼。古代計數工具。❾據几　撐著几。几，一種矮小的桌子。❿渙乎　清醒貌。此上「曰」字，近人吳闓生說：「此『曰』字當是衍文，刪去之，文乃可讀。」以此句為作者的敘述語，可供參考。⓫涊然　汗出透貌。⓬霍然　疾速貌。

【語譯】吳客說：「將為太子推薦一些方術之士中有資材智略的，如莊周、魏牟、楊朱、墨翟、便蜎、詹何之輩，使他們論說天下精深微妙的道術，判斷萬物的是非。孔子、老子來審議，孟子拿著籌碼來計算它，一萬裡不會有一個失誤。這是天下簡要的語言精妙的道理，太子難道不想聽聽它嗎？」於是太子扶著几站了起來，說：「清醒啊好像聽到了聖人辯士的言論。」透透地出了一身大汗，很快地病就痊癒了。

【研析】本篇在藝術上很有值得稱道之處。它吸收了《楚辭・招魂》、〈大招〉的鋪陳描寫，推衍了〈卜居〉、〈漁父〉、〈風賦〉的體式，借鑑了戰國縱橫家以誇張鋪陳的語言進行誘導的手法，創造了以客主問答、韻散結合和誇張鋪陳為特點的散體大賦，奠定了漢賦發展的基礎。本篇的構思與戰國游士的說詞相似，只是枚乘把游士說詞常用的誘導方法擴展了。他在對貴族子弟猛唱一聲之後，就開始誘導，先從貴族子弟熟悉但不大尋常的感官享樂說起，逐漸提高其健康、新奇的程度，至觀潮而達到極點，以振奮太子的情緒，然後才引導其超脫感官的享受，去追求更高的精神享受。因此，它的描寫就不僅僅是在表現技巧，炫耀辭藻，而是在逐步擴大太子的眼界，提高他的趣味，以便接受諷諫。全文的描寫，除奇味一段頗與「溫淳甘膬，脭醲肥厚」難以區別之外，其他各段均頗為精彩。尤以觀潮一段最為出色。這是我國文學史上第一次對潮水所作的生動描寫。其描寫之具體形象，其描寫層次之分明而多變，其運用比喻、重疊詞、雙聲、疊韻聯綿詞之多，皆前所罕見，正體現著漢賦發展在藝術上的一種趨向。因此，本篇是標誌漢代散體大賦正式形成的第一篇作品，對漢賦的發展有重大影響。他所創造的這種「七」體，也成為後世辭賦的一種重要形式。

秋風辭

漢武帝

【題解】辭是我國古代一種富有文彩、韻節、兼具散文化傾向的文體。因它產生於戰國時的楚國而稱「楚辭」，又以屈原〈離騷〉為代表而稱「騷體」。漢人以為辭與賦屬同一體裁，故統稱為辭賦。這篇辭最早見於《漢武故事》。據《文選》的序說：「上行幸河東，祠后土，顧視帝京，忻然中流，與群臣飲燕。上歡甚，乃自作〈秋風辭〉。」據《漢書‧武帝紀》，漢武帝曾五次「行幸河東，祠后土」，有四次都在「春三月」，只有元鼎四年（西元前一一三年）一次是在冬十一月。本篇大概即作於是年，時漢武帝四十四歲。本篇在內容上無非是寫人生易老的一點感慨，這是許多行將衰老的人常有的感覺。文中子說是「樂極哀來，其悔心之萌乎」，沈德潛在《古詩源》中譽之為「〈離騷〉遺響」，似是過譽。

秋風起兮白雲飛，草木黃落兮雁南歸。蘭有秀兮菊有芳❶，懷佳人❷兮不能忘。泛樓船❸兮濟汾河❹，橫中流兮揚素波。簫鼓鳴兮發棹歌❺，歡樂極❻兮哀情多。少壯幾時兮奈老何！

【注釋】❶芳　芳香。此指芳香的花。此句朱熹《楚辭後語》云：「蘭秀菊芳，以興下句之詞，與〈湘夫人〉及〈越人歌〉同法，知此則知興之體矣。」❷佳人　五臣注呂延濟曰：「謂群臣也。」按：當以喻賢者。❸樓船　有樓的大船。李善注引應劭《漢書注》曰：「作大船上施樓，故號曰樓船。」❹汾河　又稱汾水，黃河支流，源出山西寧武管涔山，南流至曲沃西折，至河津入黃河。❺棹歌　船工行船時所唱的歌。❻極　頂點；最高限度。

【語　譯】秋風吹拂啊白雲飄飛，草木枯黃凋落啊北雁南歸。蘭有香花啊菊有花香，懷念佳人啊不能遺忘。乘坐著有樓的大船啊渡過汾河，橫貫水流之中啊揚起白色的水波。簫管鼓樂一齊演奏啊船工唱著划船的歌，歡樂到了極點啊哀情增多。少壯能有多少時間啊人對衰老無可奈何！

【研　析】本篇在藝術上非常成功。作品以秋景起興，「顧視帝京，忻然中流」，就眼前所見，寫出這種人生易老的感覺產生的具體環境，而且境界蒼茫闊大，情調悲涼慷慨。孫鑛說：「仿佛〈九歌〉風調，詞太豪太快，便是鮑明遠、李太白派頭所自。」這正指出了它對後世詩歌發展的影響。歷來視為名作，絕非偶然。

瓠子歌

漢武帝

【題　解】本篇最早見於《史記・河渠書》，《樂府詩集》收入〈雜歌謠辭〉。瓠子，地名，在今河南濮陽南，亦稱瓠子口。漢武帝元光三年（西元前一三二年），河決於瓠子，東南注鉅野，通於淮、泗，為害於居民。二十餘年後，至元封二年（西元前一〇九年），使汲仁、郭昌發卒數萬人，塞瓠子決河。漢武帝並親臨決何，沉白馬、璧玉，令群臣從官皆負薪填決河，卒塞瓠子，復禹舊跡，梁、楚之地復寧，無水災。歌，古代詩歌的一種體裁。吳訥《文章辨體序說》曰：「放情長言曰歌。」因本篇用騷體寫成，故姚鼐將其收入〈辭賦類〉。漢武帝一生好大喜功，鋪張浪費，國庫幾為耗盡。但本篇則表現了漢武帝對瓠子決河為害的深深憂慮，表達了他對百姓遭受水災的深切同情，抒發了他希望填好決口、造福於民的殷切期望，而且親臨決河，親率群臣從官填塞決口。這都表現了他關心民生疾苦的一點仁愛之心。晁補之曰：「先是帝封禪，巡祭山川，殫財極侈，海內為之虛耗。及為此歌，乃閔然有籲神憂民惻怛之意云。」（轉引自朱熹《楚辭後語》）說的就是這種情況。

瓠子決兮將奈何？浩浩洋洋❶，慮❷殫為河。殫為河兮地不得寧，功無已時兮吾山❸平❹。吾山平兮鉅野❺溢，魚弗鬱❻兮柏❼冬日。正道弛❽兮離常流，蛟龍騁兮放遠遊。歸舊川兮神哉沛❾，不封禪❿兮安知外⓫？皇⓬謂河伯⓭兮何不仁，泛濫不止兮愁吾人。齧桑⓮浮兮淮、泗⓯滿，久不反兮水維⓰緩。

【章旨】本段寫河決瓠子，梁、楚一帶災情嚴重，塞河之事刻不容緩。

【注釋】❶浩浩洋洋　水盛大貌。《史記》作「皓皓旰旰」，此據《樂府詩集》。❷慮　大抵；大凡。❸吾山　一名魚山，在今山東東阿大清河西。❹平　指洪水高與山平。❺鉅野　古藪澤名，又名「大野澤」，在今山東鉅野北。❻弗鬱　王念孫曰：「弗鬱，讀為沸渭。沸渭猶汾沄，魚眾多之貌也。」一說，「憂不樂也。」❼柏　通「迫」。近。言時雖已近冬，而洪水仍在氾濫。❽弛　壞。❾沛　盛大貌。❿封禪　古代帝王祭祀天地的典禮。漢武帝於元封元年（西元前一一〇年）登封泰山，禪梁父。⓫外　指函谷關之外的水災情況。⓬皇　漢武帝自指。《史記・封禪書》、《樂府詩集》皆作「為我」，《漢書・溝洫志》作「皇」。⓭河伯　傳說中的黃河之神。《史記・滑稽列傳》：「苦為河伯娶婦。」《正義》曰：「河伯，華陰潼鄉人，姓馮氏，名夷，浴於河中而溺死，遂為河伯也。」⓮齧桑　地名，在江蘇沛縣西南。⓯淮泗　均水名。淮，源出河南桐柏山，東流經安徽、江蘇，至盱眙縣注入洪澤湖。泗，源出山東泗水縣陪尾山，西南流經曲阜、兗州等縣，至濟寧南注入運河。⓰水維　《漢書》顏師古注：「水維，水之綱維也。」指水的維護。即堵塞瓠子決口，維護黃河水流的工程。

【語譯】瓠子口決堤啊將怎麼處置？洪水滔滔啊大抵盡成水鄉澤國。盡成水鄉澤國啊土地不得安寧，堵塞之功沒有了結之時啊吾山被洪水淹平。吾山被淹平啊鉅野澤洪水四溢，魚兒眾多啊又迫近冬日。黃河的正道破壞啊離開了正常的奔流，蛟龍馳騁啊正向遠方浮游。回歸黃河故道啊神靈偉大，不去封禪啊怎知關外？我告訴河伯啊多麼不慈仁，氾濫不已啊愁苦我的子民。齧桑漂浮啊淮水、泗水漲滿，長久不返回故道啊維護河道的工程進展遲緩。

河湯湯❶兮激潺湲❷，北渡❸回兮迅流難。搴❹長茭❺兮湛❻美玉，河伯許兮薪不屬❼。薪不屬兮衛人❽罪，燒蕭條❾兮噫乎何以御❿水？隤林竹⓫兮揵⓬石菑⓭，宣防⓮塞兮萬福來！

【章　旨】本段寫堵塞瓠子決口的情況，並祝其功成福來。

【注　釋】❶湯湯　大水急流貌。❷潺湲　激流貌。疊韻聯綿詞。❸北渡　指引導黃河北歸故道，因黃河是向南決口。❹搴　取。❺茭　《史記集解》引臣瓚曰：「竹葦絙謂之茭，下所以引致土石者也。」即竹篾編的粗繩，用來堵住土石。《集解》又引如淳曰：「茭，草也。一曰，茭，竿也。取長竿樹之，用著石間以塞決河也。」案：二說皆可通。❻湛　同「沉」。漢武帝親臨決河，沉白馬玉璧以祭河神。❼薪不屬　柴薪供應不上。是時東郡燒草，以故柴薪少。❽衛人　東郡瓠子，古屬衛地，故云。❾燒蕭條　言東郡人燒草，柴薪少，田野蕭條。❿御　通「禦」。抵禦。⓫隤竹林　指伐淇園之竹。是時東郡柴薪少，故下淇園之竹。隤，倒；砍下。⓬揵　《史記》集解引如淳曰：「樹竹塞水決之口，稍稍布插接樹之，水稍弱，補令密，謂之揵。」即在水決口處打竹樁一排以堵住填塞的土石被沖走。⓭石菑　即今所謂石樁。《漢書》顏師古注：「石菑者，謂臿石立之，然後以土就填塞也。」。⓮宣防　一作「宣房」。宮名，在今河南濮陽西南瓠子堰上。瓠子決口堵塞成功以後，漢武帝立宮於堤上，名曰「宣防宮」。

【語　譯】河水滔滔啊激盪潺湲，黃河北歸的故道迂迴啊，叫它迅速奔流太難。取來長長的竹索啊，沉下美玉，河伯許諾保佑啊，柴薪供應不連續。柴薪供應不連續啊，是衛人之罪，燒得田野蕭條啊，哎呀拿什麼來抵禦水害？砍下淇園的竹林啊，打下竹樁壘起石堆，宣防宮的決口被堵塞啊，萬福齊來。

【研　析】本篇在藝術上亦頗成功。全篇二章。首章敘決河之象，極寫災情之嚴重，昭示自己關心民瘼，決心堵塞。二章敘填決之舉，雖柴薪不足，功難速成，決心伐淇園之竹以揵石填塞，並祝其成功。描寫具體生動，敘述簡明扼要，把漢武帝對黃河決口造成長時間水患的深沉憂慮與他對民生疾苦的深切關注以及他高瞻遠矚的雄才大略，都充分地表現出來。而且文字古樸，語言雄健，感情激盪，氣魄闊大，表現出帝王的氣象與胸懷。《古詩賞析》評云：「二歌悲惘為懷，筆力古奧，帝王著作，冠冕西京。」這在漢代確屬上乘之作。

招隱士

淮南小山

【題　解】本篇最早見於《楚辭》，《文選》收錄。關於本篇的主題，歷來聚訟紛紜。王逸以為：「小山之徒閔傷屈原，又怪其文昇天乘雲，役使百神，似若仙者。雖身沉沒，名德顯聞，與處山澤無異。故作〈招隱士〉之賦以章其志也。」吳汝綸曰：「此疑為小山之徒，戒王憂讒之作。『枳棘之蓁蓁兮，猨狖擬而不敢下』，即此旨也。文中王孫謂王安也。」而王夫之曰：「此篇義盡於招隱，為淮南招致山谷潛伏之士，絕無閔屈而章之之意。」史載：「淮南王安為人好書，鼓琴，不喜弋獵狗馬馳騁，亦欲以行陰德拊循百姓，流名譽，招致賓客方術之士數千人。」（《漢書・淮南王傳》）本篇極寫隱居山林之淒清可怖，而結以「王孫兮歸來，山中兮不可以久留」。細玩文意，當是為劉安「招致天下俊偉之士」張目，為一篇藩國游士的得意之辭，與屈原了不相涉，與「戒王憂讒」亦於史無徵，當以王夫之說為允。本篇招隱，並非直接誘以富貴利祿，而是通過反覆鋪陳令人恐怖的深山野林的淒涼景象，巧妙地表達出召喚和規勸隱士趁早來歸的真切情意，寫得情致纏綿，韻味雋永，成為「自可嗣音屈宋」（王夫之語）的名作。

【作　者】淮南小山，生平不詳。王逸《楚辭章句》說：「〈招隱士〉者，淮南小山之所作也。昔淮南王安，博雅好古，招懷天下俊偉之士，自八公之徒，咸慕其德而歸其仁，各竭才智，著作篇章，分造辭賦，以類相從，故或稱小山，或稱大山，其義猶《詩》有〈小雅〉、〈大雅〉也。」據此，則〈招隱士〉為淮南王劉安的臣下所作。然所稱小山，究為作者別名，還是作品體制的名稱，王逸言之不詳，今已無從考定。《文選》逕題為劉安作，似亦無據。不過姚鼐說：「王逸以為淮南小山之辭，蓋〈藝文志〉所云淮南群臣賦也。《文選》直題為淮南王安作。鼐疑昭明之世，容有班固、賈逵所解《楚詞》，或據異說題之。」茲錄以供參考。

桂樹叢生兮山之幽❶，偃蹇❷連卷❸兮枝相繚❹。山氣巃嵸❺兮石嵯峨❻，谿谷嶄巖❼兮水曾波❽。猨狖❾群嘯❿兮虎豹嗥⓫，攀援桂枝兮聊淹留。王孫⓬遊兮不歸，春草生兮萋萋⓭。歲莫兮不自聊⓮，蟪蛄⓯鳴兮啾啾⓰。

【章旨】本段寫隱士長年獨居的深山野嶺的凶險恐怖。

【注釋】❶幽　幽僻之處。❷偃蹇　高聳貌。疊韻聯綿詞。❸連卷　屈曲貌。疊韻聯綿詞。❹繚　纏繞；交錯。❺巃嵸　雲氣聚結貌。疊韻聯綿詞。❻嵯峨　高聳貌。疊韻聯綿詞。❼嶄巖　險峻貌。疊韻聯綿詞。❽水曾波　形容水流迅疾，掀起層層波浪。曾，通「層」。❾猨狖　猴類動物。猨，同「猿」。猿猴。狖，猿屬，長尾而昂鼻。❿嘯　鳴叫。⓫嗥　同「嘷」。咆哮；嚎叫。⓬王孫　本指王者之孫或後代，這裡代指隱士。⓭萋萋　茂盛貌。⓮不自聊　不自聊賴。謂心煩意亂，無可依託。聊，依賴；寄託。⓯蟪蛄　蟬的一種。黃綠色，翅有黑白條紋。雄蟲腹部有發音器，夏末自早至暮鳴聲不息。⓰啾啾　象聲詞。這裡指蟬鳴聲。

【語譯】桂樹成叢生長啊在幽僻的山谷，高聳屈曲啊枝相交錯。山氣聚結啊大石高聳，溪谷險峻啊水流洶涌。猿狖成群鳴叫啊虎豹咆哮，攀援著桂枝啊姑且逍遙。王孫遊於山中啊不肯來歸，春草生長啊茂盛芳菲。年歲已晚啊不自優遊，蟪蛄鳴叫啊唧唧啾啾。

坱兮軋❶，山曲岪❷，心淹留兮恫❸荒忽❹。罔兮沕❺，憭兮慄❻，虎豹岤❼，叢薄❽深林兮人上慄❾。嶔岑❿碕礒⓫兮碅磳⓬磈硊⓭，樹輪相糾⓮兮林木茷骫⓯。青莎⓰雜樹⓱兮薠⓲草靃靡⓳，白鹿麏⓴麚㉑兮或騰或倚㉒。狀貌崟崟兮峨峨㉓，淒淒兮漇漇㉔。獮猴㉕兮熊羆㉖，慕類兮以悲。

【章　旨】本段極寫深山環境的險惡和隱士生活的淒清。

【注　釋】❶坱兮軋　即「坱軋」。霧氣瀰漫之貌。雙聲聯綿詞。❷曲岪　山勢曲折貌。❸恫　痛苦。❹荒忽　因痛苦而神智不清貌。雙聲聯綿詞。❺罔兮沕　即「罔沕」。失魂落魄貌。雙聲聯綿詞。❻憭兮慄　即「憭慄」。淒涼貌。雙聲聯綿詞。❼岤　同「穴」。《楚辭章句》作「穴」。用作動詞。謂虎豹在山穴居。❽叢薄　草木叢生。❾慄　恐懼。❿嶔崟　高峻貌。⓫碕礒　山石錯落不平貌。嶔崟、碕礒，皆疊韻聯綿詞。⓬硱磈　山石高危貌。⓭磳硊　山石高峻貌。⓮樹輪相糾　指樹的橫枝互相糾纏。輪，指橫枝。⓯茷骫　枝葉盤紆屈曲貌。⓰莎　莎草。即香附子草。⓱雜樹　猶言叢生。⓲薠　草名，似莎。⓳靃靡　草木柔弱貌。形容隨風披拂之狀。疊韻聯綿詞。⑳麏　獸名。即獐。㉑麚　同「麡」。雄鹿。㉒倚　立。㉓崟崟兮峨峨　皆頭角高聳貌。㉔淒淒兮漇漇　皆毛色潤澤貌。㉕獮猴　猿的一種，又名沐猴，俗稱猢猻。㉖羆　熊一類的猛獸。

【語　譯】霧氣啊瀰漫，山勢啊曲折，心想停留啊痛苦迷惑。失魂啊落魄，淒涼啊寒徹。虎豹作穴，叢生的草木和深邃的樹林啊，人上去都恐懼戰慄。山石高聳錯落啊高峻險絕，樹的橫枝互相交錯啊，林木盤紆糾結。青青的莎草叢生啊，薠草隨風搖曳。白鹿獐麡啊有的蹦跳有的站立，狀貌是頭角高聳啊毛色潤澤。獮猴啊熊羆，思慕同類啊哀鳴悲切。

攀援桂枝兮聊淹留，虎豹鬭兮熊羆咆❶，禽獸駭❷兮亡其曹❸。王孫兮歸來，山中兮不可以久留。

【章　旨】本段正面召喚隱士出山入世。

【注　釋】❶咆　咆哮；怒吼。❷駭　驚駭；恐懼。❸曹　同類；同伴。

【語　譯】攀援著桂枝啊姑且停留，虎豹爭鬥啊熊羆咆哮，禽獸驚駭啊失去了牠們的同伴好仇。王孫啊歸來，山中啊不可以久留。

【研　析】本篇主旨是招隱士，但極少直接寫情，而只致力於形象的刻劃與氣氛的渲染，描繪出一種既幽靜，又恐怖，既高潔，又孤寂的境界，而將重點放在恐怖與孤寂的刻劃上，借以啟發隱士從山中歸來。這種既不損害隱士形象，又否定了隱居之樂的構思，在藝術處理上是很高明的。同時，環境描寫和氣氛渲染又十分成功。作者善於選擇和集中山中的怪石群獸，迷霧深林這些具有代表性的事物，來表現環境特徵，創造氛圍，加上作者濃厚的感情色彩，組成一派陰森可怖的景象，將隱士放在這種環境之中，自然突現了他的孤寂無聊和疑懼不安的心情，使環境氣氛與心理狀態和諧統一，相得益彰。語句整齊而又錯落有致，繁弦急節，工於變化。辭彩華茂，使用很多雙聲、疊韻聯綿詞和重疊詞，讀來韻律和諧。孫鑛曰：「全是急節，略無緩和意，然造語特精峭，咄咄敲金擊石。」的確如此。

客　難

東方曼倩

【題　解】本篇最早見於《漢書・東方朔傳》，《文選》收錄，題作〈答客難〉。本篇是一篇散文賦。它通過客主問答，抒發了作者落拓不遇，懷才莫展的滿腹牢騷，深刻地反映了戰國縱橫之士與封建中央集權專制制度下士人的不同處境，揭露了封建專制制度下士人不得不聽憑封建帝王隨意擺布的可悲命運。戰國時期，由於有多個互相敵對的封建割據政權存在，士人可以朝秦暮楚，擇主而仕。即使西漢之初，雖已建立起封建中央集權的統治，但是由於分封了一批諸侯王。這些諸侯王都有一定的勢力與獨立性。他們之中就有傾心養士，致意文術之士者。如當時的楚、吳、梁、淮南、河間等諸侯王都招致大批士人麕集於其門下。到漢武帝時期，情況就不同了。由於諸侯王勢力的衰落，中央集權專制統治的進一步加強，諸侯王貴族養士之風的衰落，士人的服務對象已不能自由選擇，只能為最高封建統治者效力。從此，士人不為山林隱逸，就只能成為封建帝王的臣屬。「學成文武藝，貨與帝王家」，成為士人的唯一出路。這是中國士人命運的根本轉變。本篇就深刻地反映了士人命運的這一根本轉變，因而具有較深刻的歷史意義。就其抒發作者的真情實感，反映歷史的真實面目來說，那些以反映封建貴族宮廷生活為主要內容的散體大賦，是遠遠地不能與之相比擬的。

客難❶東方朔曰：「蘇秦、張儀❷，一當❸萬乘之主，而都❹卿相之位，澤及後世。今子大夫❺修先王之術，慕聖人之義，諷誦《詩》、《書》、百家之言，不可勝記，著於竹帛❻，脣腐齒落，服膺❼而不釋❽。好學樂道之效，明白甚矣。自以智能海內無雙，則可謂博聞辯智矣。然悉力盡忠以事聖帝❾，曠日持久，官不過侍郎❿，位不過執戟⓫。意者尚有遺行⓬邪？同胞之徒，無所容居⓭，其故何也？」

【章旨】本段假設客詰難作者為什麼學識如此淵博，卻不能取得高官厚祿。

【注釋】❶難　詰責。❷蘇秦張儀　並戰國時縱橫家。蘇秦，字季子，東周洛陽（今洛陽市東）人。燕昭王時，赴燕遊說，受到信任，以聯韓、趙、魏、齊、燕五國合縱抗秦，迫使秦退還部分侵地。趙封他為武安君。後在齊被忌之者刺死。張儀，魏國人，遊說入秦，首創連衡。秦惠王以為相，封武信君。❸當　對；遇到。❹都　居。❺子大夫　稱東方朔。子，古代對男子的敬稱。東方朔曾拜太中大夫給事中，故稱他為大夫。❻竹帛　指書籍。竹指竹簡，帛指白絹。古代初無紙，用竹簡和白絹書寫，故稱書籍為竹帛。❼服膺　牢記胸中；衷心信服。❽釋　廢置；放下。❾聖帝　指漢武帝。❿侍郎　官名，秦漢時郎中令的屬官有侍郎，是宮廷的近侍。⓫執戟　秦漢時的宮廷侍衛官，因值勤時手持戟而名。⓬遺行　可遺棄的行為；失於檢點的行為。⓭容居　猶言「安身」。

【語　譯】客人詰責東方朔說：「蘇秦、張儀一遇到能出萬乘兵車的大國君主，就親身占居卿相的職位，恩澤流及後世。現在你大夫研究先王的道術，仰慕聖人的德義，熟讀《詩》、《書》、百家的言論，不可盡都記述，把它寫作在書籍上了，嘴脣腐爛了，牙齒脫落了，衷心信服而不放棄，你愛好學問喜歡道術的效驗，是非常明白的了。你自己以為智慧才能四海之內沒有第二個，真可以說是見聞廣博，有口才，有智慧了。然而你使盡氣力，竭盡忠心，來侍奉聖明的皇帝，荒廢時日，堅持了很久，積累起來幾十年，官位不超過侍郎，職位不超過執戟。想來還有失於檢點的行為吧？你的那些親兄弟，都是無處安身，那其中的緣故又是什麼呢？」

東方先生喟然長息，仰而應之，曰：「是固非子之所能備。彼一時也，此一時也，豈可同哉？夫蘇秦、張儀之時，周室大壞，諸侯不朝，力政❶爭權，相禽❷以兵❸，并為十二國❹，未有雌雄，得士者彊，失士者亡，故談說行焉。身處尊位，珍寶充內，外有廩倉❺，澤及後世，子孫長享。今則不然。聖帝流德❻，天下震慴，諸侯賓服，連四海之外以為帶，安於覆盂❼。天下平均❽，合為一家，動發舉事，猶運之掌❾，賢不肖何以異哉？遵天之道，順地之理，物無不得其所。故綏❿之則安，動之則苦；尊之則為將，卑之則為虜⓫；抗之則在青雲之上，抑之則在深淵之下；用之則為虎⓬，不用則為鼠⓭。雖欲盡節效情，安知前後⓮？夫天地之大，士民之眾，竭精談說，並進輻湊⓯者，不可勝數。悉力募⓰之，困於衣食，或失門戶⑰。使蘇秦、張儀與僕並生於今之世，曾不得掌故⑱，安敢望侍郎乎？傳⑲曰：『天下無害菑，雖有聖人，無所施才；上下和同，雖有賢者，無所立功。』故曰時異事異。」

【章　旨】本段分析蘇秦、張儀與自己所處時代的不同歷史條件，說明自己不得功名的原因，以回答客對自己官位卑下的詰責。

【注　釋】❶力政　用武力征討。政，通「征」。❷禽　通「擒」。擒獲。❸兵　兵器。指武力。❹十二國　指魯、衛、齊、楚、宋、鄭、魏、燕、趙、中山、秦、韓十二國。❺廩倉　李善注引蔡邕《月令章句》曰：「穀藏曰倉，米藏曰廩。」❻流德　猶「布德」。流布德澤。❼覆盂　覆置的盂。比喻局勢穩固。盂，盛湯漿或食物之器，上大下小，覆置，故穩定。❽平均　指各地形勢齊一均等。❾運之掌　在手掌上運轉它。極言其容易。❿綏　安；安撫。⓫虜　奴僕。⓬虎　比喻當權者有威勢。⓭鼠　比喻失勢者驚懼潛藏。⓮前後　前指「尊之」、「抗之」、「用之」；後指「卑之」、「抑之」、「不用」。⓯輻湊　車輻集中於軸心。比喻人或物聚集在一起。輻，車輪中連接軸心和輪圈的直木條。⓰募　《說文》：「募，求也。」《文選》作「慕」。⓱失門戶　謂找不到門戶。一說，謂被誅戮，喪其家室。⓲掌故　漢代官名，太常的屬官，掌禮樂制度等故事，秩百石。⓳傳　指經以外的古籍，有解釋經的，如《詩》有《毛傳》，《春秋》有《公羊傳》之類。諸子之書亦稱傳。

【語　譯】東方先生長長地歎息了一聲，抬起頭回答他，說：「這本來就不是你所能詳知的。那是一個時代，現在又是一個時代，哪裡能夠相同呢？那蘇秦、張儀的時代，周王朝完全衰敗，諸侯不朝見天子，用武力征討以爭奪權力，互相用武力擒獲，合併為十二個國家，分不出高下勝負，得到士人的就強，失去士人的就亡，所以言談遊說就能夠實行。本人處在尊貴的地位，珍貴的寶物充滿家內，外面有廩有倉，恩澤流及後世，子孫長久分享。現在就不是這樣了。聖明的皇帝流布德澤，天下震動畏懼，諸侯歸順臣服，連結四海以外的地方成為一條衣帶，安穩得如同覆置的盂缽。天下各地形勢齊一平均，合成為一個大家，舉動辦事，如同將它運轉在手掌上，賢能與不才有什麼差異呢？遵循天的正道，順從地的事理，萬物無不得到應得的處所。所以安撫他就安定，驚動他就受苦；抬舉他就做上將，輕視他就做奴僕；舉起他就在青雲的上面，壓制他就在深淵的底部；任用他就成為猛虎，不用他就成為老鼠。即使想要竭盡臣節，報效忠誠，怎麼知道其結果是前是後？天地的廣博，士民的眾多，大家竭盡精力奔波遊說，一道前進像輻條湊集軸心一樣的人多得不可盡數。盡全力去追求它，穿衣吃飯都有困難，有時就失去了上進的門路。假使蘇秦、張儀與我一道生在當今的時代，竟然得不到一個掌故，哪裡還敢盼望侍郎呢？古書上說：『天下沒有禍災，即使有聖人，無處施展大才；上下和睦齊同，即使有賢人，沒有地方立功。』所以說時代不同，情況就不一樣。

「雖然，安可以不務修身❶乎哉？《詩》曰：『鼓鐘于宮，聲聞❷于外。』『鶴鳴于九皋❸，聲聞于天。』苟能修身，何患不榮？太公❹體行❺仁義，七十有二，乃設用❻於文武❼，得信❽厥說，封於齊，七百歲❾而不絕。此士所以日夜孳孳❿，修學敏行⓫而不敢怠也。辟⓬若鶺鴒⓭，飛且鳴⓮矣。傳曰⓯：『天不為人之惡寒而輟其冬，地不為人之惡險而輟其廣，君子不為小人之匈匈⓰而易⓱其行。天有常度，地有常形，君子有常行。君子道⓲其常，小人計其功。詩⓳云：「禮義之不愆⓴，何恤㉑人之言？」』故曰：『水至清則無魚，人至察則無徒㉒。冕㉓而前旒㉔，所以蔽明；黈纊㉕充耳㉖，所以塞聰。』明有所不見，聰有所不聞。舉大德，赦小過㉗，無求備於一人㉘之義也。『枉而直之，使自得之；優㉙而柔㉚之，使自求之；揆而度之㉛，使自索㉜之。』蓋聖人之教化如此，欲其自得之，自得之，則敏且廣矣。今世之處士㉝，魁然㉞無徒，廓然㉟獨居；上觀許由㊱，下察接輿㊲；計同范蠡㊳，忠合子胥㊴；天下和平，與義相扶；寡耦㊵少徒，固其宜也，子何疑於予哉？若夫燕之用樂毅，秦之任李斯，酈食其㊶之下齊，說行如流，曲㊷從如環；所欲必得，功若丘山㊸；海內定，國家安；是遇其時也，子又何怪之邪？

【章旨】本段申述聖人修身的教導，表明自己堅持修身自守，功名不成是因為不遇時，以回答客疑己有「遺行」的詰責。

【注釋】❶修身　修養身心。為《禮記・大學》提出的格物、致知、誠意、正心、修身、齊家、治國、平天下的教育八條目之一。❷聞　傳布。這兩句詩見《詩經・小雅・白華》。比喻有質於中，必形於外。❸九皐　深遠的水澤淤地。這兩句詩見《詩經・小雅・鶴鳴》。比喻身處卑位而名聲可傳播高遠。❹太公　太公望呂尚。他年七十釣於渭水之濱，遇周文王，尊為師。後佐周武王伐紂滅商，建立周朝，分封於齊。❺體行　親自實行。❻設用　施用。❼文武　指周文王、周武王。❽信　伸展；伸張。❾七百歲　齊自呂尚始封於齊，傳至西元前三八六年田和代齊，遷齊康公於海上，近七百年。❿孳孳　同「孜孜」。勤勉不懈。⓫敏行　勉行。指勉於修身。敏，猶「勉」。⓬辟　借作「譬」。⓭鶺鴒　即脊令，又寫作鶺領，鳥名，大如鷃雀。⓮飛且鳴　又飛又鳴。言其勤苦。《詩經・小雅・小宛》：「題彼脊令，載飛載鳴。」鄭箋：「則飛則鳴，翼也口也，不有止息。」⓯傳曰　以下引文見《荀子・天論》，文字稍異。⓰匈匈　同「洶洶」。喧嘩聲。⓱易　變更；更易。⓲道　由；遵循。⓳詩　逸詩，指沒有收入《詩經》的古詩。⓴愆　過失。㉑恤　顧慮。此句下姚鼐原註云：「上既云當修身矣，而東方行事乃如有遺行者，故此下復言己之修身，乃在大德而不拘小節，但求自得本心之安而已，故世尤不能識之。」錄以供參考。㉒徒　伴侶；眾。㉓冕　古代帝王諸侯卿大夫戴的禮帽。用作動詞。戴上禮帽。㉔前旒　前面加上旒。旒，古代冠冕前後垂的玉串。㉕黈纊　黃色的絲綿。古代冠制，以黃綿大如丸，懸於冕的兩旁，以示不聽無益之言。㉖充耳　又叫「瑱」。古代貴族冠冕兩旁懸掛的玉，下垂至耳，用以堵塞靈敏的聽覺。以上引文見《大戴禮・子張問入官》，原作「故古者冕而前旒，所以蔽明也；統纊塞耳，所以弇聰也；故水至清則無魚，人至察則無徒。」㉗赦小過 《論語・子路》載孔子曰：「赦小過，舉賢才」。㉘無求備於一人 見《論語・微子》。㉙優 優容；寬緩。㉚柔 懷柔。指感化。㉛揆而度之 揆、度，都是揣測、估量的意思。㉜索 求。以上六句見《大戴禮・子張問入官》。㉝處士 未出仕或不出仕的人。東方朔雖出仕而官卑，自稱是「陸沉於俗，避世金馬門」（《史記・滑稽列傳》），故仍自稱處士。㉞魁然 孤獨貌。魁，通「塊」。㉟廓然 空曠貌。㊱許由 堯時隱士。堯授天下於他，他不受而逃，隱於箕山。㊲接輿 春秋末楚國狂士，佯狂避世，稱為楚狂。㊳范蠡 春秋末越國人，佐越王句踐滅吳，後逃入五湖。㊴子胥 伍子胥，名員，春秋末楚國人，逃至吳，輔佐吳王闔閭成就霸業，後被吳王夫差所殺。㊵耦 匹耦。這裡指志同道合的人。耦，通「偶」。成雙；配偶。㊶酈食其 西漢初辯士，曾為漢高祖劉邦說齊王田廣歸漢。後韓信襲齊，田廣以為賣己，遂烹之。㊷曲 通「屈」。屈尊。指人主降低身分。㊸功若丘山 比喻功勳巨大。

【語譯】「雖然如此，怎麼可以不專注於修養身心呢？《詩經》上說：『在宮廷裡敲鐘擊鼓，聲音傳布到宮廷以外。』『鶴鳴叫在深遠的水澤之中，聲音傳播到了天空。』假如能夠修養身心，哪裡擔心不獲殊榮？姜太公親身實行仁愛道義，七十二歲才得到周文王、周武王重用，能夠伸展他的學說，分封在齊國，傳七百年而不絕。這就是士人日日夜夜研究學問、勉力修身而不敢懈怠的原因。譬如那鳥兒鶺鴒，又飛又鳴。古書上說：『天不因為人厭惡寒冷而停止寒冬，地不因為人厭惡險阻而停止寬廣，君子不因為小人喧嘩，而改變德行。』天有固定的法度，地有固定的外形，君子有固定的品行。君子由其常道，小人計較其功效。古詩說：「禮義沒有過愆，何必顧慮別人的閒言？」』所以說：『水清澈到了極點，就沒有魚；人明察到了極點，就無伴侶。戴禮帽前後垂著玉串，是用以遮蔽視線；耳邊懸掛玉瑱黃綿，是用來阻塞聽信讒言。』視力好有所不見，聽力好有所不聞。重視大德，赦勉小過，不對一個人責備求全的意思。『邪曲的就矯直他，使他自己懂得正確；寬容他的過失而感化他，使他自己得到啟發；估量他的得失而開導他，使他自己求得正道。』大致聖人的教育感化就是這樣，想他自己得到正道。自己得到正道，就迅速而且廣博了。現在世界上像我這樣的處士，孤獨地沒有伴侶，空曠地獨自居住；向上觀摩許由，向下察看接輿；計謀同於范蠡，忠心合於伍子胥；天下和睦太平，處士與道義相符。他少匹偶少伴侶，本來就是應該的，你先生又何必對我有疑慮呢？至於燕國任用樂毅，秦國任用李斯，酈食其降下齊國，游說成功如流水般順利，人主屈尊聽從如環轉動那麼容易；他們所想要的一定得到，功績如丘山一般堆積；海內穩定，國家安逸。這是他們遇到了好時機。你又何必對它感到怪異呢？

「語❶曰：以筦❷闚❸天，以蠡❹測海，以莛❺撞鐘，豈能通其條貫❻，考其文理❼，發其音聲❽哉？繇❾是觀之，譬猶鼱鼩❿之襲狗，孤豚⓫之咋⓬虎，至則靡⓭耳，何功之有？今以下愚而非處士，雖欲勿困，固不得已。此適足以明其不知權變，而終惑於大道也。」

【章旨】本段諷刺客之難己是以管窺天，不知時變，是答辭的總結。

【注釋】❶語　指古語、俗語。❷筦　同「管」。指細長圓形中空之物，如小竹管之類。❸闚　同「窺」。小視；竊視。❹蠡　貝殼做的瓢。❺莛　草莖。❻條貫　條理；系統。此就「闚天」言，指掌握天的條理。❼文理　花紋；條理。此就「測海」言，指考究海水情狀。❽音聲　此指「撞鐘」言，指顯現鐘聲的洪亮。❾繇　同「由」。❿鼱鼩　鼠名，又名地鼠，奚鼠，穴居田圃間，夜出活動，捕食昆蟲蚯蚓等。⓫孤豚　單獨的小豬。⓬咋　咬。⓭靡　碎滅；靡爛。

【語譯】「俗語說：用小竹管去窺測天，用小蠡瓢去測量海，用小草莖去撞擊，哪裡能夠通觀天的全貌，考研海的情狀，發出鐘洪亮的聲音呢？由此看來，譬如一隻小田鼠去襲擊狗，一隻孤單的小豬去咬虎，一去就會碰得靡爛，哪裡能有成功呢？現在憑著一個下等愚人來非難處士，即使想要不受窘困，本來就不能得到呢。這只是足夠用來說他不懂得隨機應變，而最終對大道感到迷惑不解。」

【研　析】本篇在形式上，上承宋玉〈對楚王問〉，純以淋漓酣暢的散文，中間夾雜著疏密不等的押韻，以表明它是韻文而非純粹的散文；設為客主問答，以詼諧嘲弄的口吻進行論難，批駁客的詰責而為自己辯解，實則是巧妙而痛快淋漓地抒發自己的牢騷和不滿，表明它不是純粹的論文而是抒情意味極濃的辭賦體，從而在辭賦中專門形成一種客主論難的「設論」體辭賦。這是一個傑出的創造。因此，本篇在內容和形式上都對辭賦的發展產生過較大的影響。後來，揚雄的〈解嘲〉、班固的〈答賓戲〉、崔駰的〈達旨〉、張衡的〈應間〉、蔡邕的〈釋誨〉、郭璞的〈客傲〉、夏侯湛的〈抵疑〉，以至韓愈的〈進學解〉、柳宗元的〈起廢答〉等，都是模仿本篇而作的。然而思想意義大多未能超過〈客難〉，唯揚、韓、柳之作尚可一讀，其餘則不足觀矣。

非有先生論

東方曼倩

【題　解】本篇最早見於《漢書．東方朔傳》，《文選》亦收錄。非有先生是作者假設的人物。本篇的中心是論述向人主進說的不容易。而進說不容易的關鍵在於人主的賢明與否。忠言逆耳。直言極諫之士的忠直之言，大都於國於民有利，而對人主個人的感官享受沒有好處，甚至還要加以限制。明主賢君從國家民眾的利益出發，多能接受忠諫。而昏庸之主只圖個人享受，或只顧滿足個人的權勢欲望，容不得忠直之言。直言極諫之士往往因此而慘遭殺身之禍。這種事例歷史與現實中都屢見不鮮。《漢書．東方朔傳》說：「朔上書陳農戰強國之計，因自訟獨不得大官，欲求試用。其言專商鞅、韓非之語也，指意放蕩，頗復詼諧，辭數萬言，終不見用。朔因著論。」東方朔雖為人詼諧，好調笑，但他敢於直言極諫。而漢武帝總是把他當作俳倡一類人看待，不任以政事。東方朔對此是深為不滿的。可見此篇並非泛泛而論，乃是有所為而發。駱鴻凱曰：「此篇假仕吳之事，明君臣之義，以諷武帝者也。入後『正明堂之朝，齊君臣之位，……薄賦斂，省刑辟』，句句切指武帝時弊，諷刺之意至顯。」（《文選學．附編一》）的確，本篇實際上是給包括漢武帝在內的昏庸專橫之主的沉重的一擊，表達了志士仁人懷才不遇的滿腔悲憤。

非有先生仕於吳，進❶不稱往古以厲❷主意，退❸不能揚君美以顯其功，默然無言者三年矣。吳王怪而問之曰：「寡人獲先人之功❹，寄於眾賢之上，夙興夜寐，未嘗敢怠也。今先生率然❺高舉❻，遠集❼吳地，將以輔治寡人，誠竊嘉❽之。體不安席，食不甘味，目不視靡曼❾之色，耳不聽鐘鼓之音，虛心定志，欲聞流議❿者，三年於茲矣。今先生進無以輔治，退不揚主譽，竊不為先生取之也。蓋懷能而不見，是不忠也；見而不行，主不明也。意者寡人殆不明乎？」非有先生伏而唯唯。吳王曰：「可以談矣，寡人將竦意⓫而覽焉。」先生曰：「於戲！可乎哉？可乎哉？談何容易！夫談有悖於目，拂於耳，謬於心，而便於身者；或有說於目，順於耳，快於心，而毀於行者。非有明王聖主，孰能聽之？」吳王曰：「何為其然也？中人⓬以上，可以語上⓭也。先生試言，寡人將聽焉。」

【章　旨】本段假設非有先生與吳王的問答，提出全文的主旨：談何容易。

【注　釋】❶進　指在朝。❷厲　激勵；激勉。❸退　指居外。❹功　指功業、事業。❺率然　輕舉之貌。❻高舉　高飛；遠去。❼集　《國語．晉語》韋昭注：「集，至也。」❽嘉　形容詞用作意動詞。以為嘉，讚美之意。❾靡曼　柔美；華麗。❿流議　猶言「餘論」。流，末流。⓫竦意　專意；專心。《漢書》顏師古注：「竦，企待也。」企待即有專注之意。⓬中人　中等材質的人。⓭語上　告訴上道。語，告訴。上，指上道，高深的道理。此二句見《論語．雍也》。

【語　譯】非有先生在吳國做官，在朝廷上不能稱述往古的歷史事件以激勵君主的意志，退居在外不能稱揚君主的美德來顯揚他的功業，默默地不言不語三年了。吳王感到奇怪，就問他說：「我獲得祖先傳下的事業，寄託在諸位賢者之上，早起晚睡，從來不敢懈怠。現在先生輕快地高高飛翔，遠遠地來到吳國，將要求輔助我治理國家，的確我私心裡是讚美你的。我身體不安臥於席墊，吃東西對美味不感到甜美，眼睛不看華麗的色彩，耳朵不聽鐘鼓的聲音，虛靜其心，安定其志，想聽聽你的餘論，到現在三年了。現在先生在朝廷沒有用什麼來輔佐我治理，退居在外沒有頌揚君主的聲譽，我私心裡認為先生不應該這樣。大致懷有才能而不表現，這是不忠心；表現了而不實行，是君主不賢明。想來我大概是不賢明吧？」非有先生俯伏在地，恭敬地連聲答應。吳王說：「你可以談了，我將專心專意來觀覽呢。」非有先生說：「哎呀！可以了嗎？可以了嗎？談怎麼會容易！談話有逆於視覺，違背聽覺，違反心意而對本身有利的，有看著愉快，聽來順耳，喜悅於心而對品行有損害的，不是明王聖主，誰能夠聽信它呢？」吳王說：「為什麼會這樣呢？中等材質以上的人，可以告訴他深奧的道理。先生試著說說，我將要聽聽呢。」

先生對曰：「昔者關龍逢❶深諫於桀，而王子比干❷直言於紂。此二臣者，皆極慮盡忠，閔❸主澤❹不下流，而萬民騷動。故直言其失，切諫其邪者，將以為君之榮，除主之禍也。今則不然，反以為誹謗君之行，無人臣之禮，果紛然傷於身，蒙不辜❺之名，戮及先人，為天下笑，故曰談何容易！是以輔弼之臣瓦解，而邪諂之人並進，及蜚廉、惡來革❻等。二人皆詐偽，巧言利口以進其身，陰奉琱瑑刻鏤❼之好，以納❽其心。務快耳目之欲，以苟容為度。遂往不戒❾，身沒❿被戮，宗廟⓫崩阤⓬，國家為虛⓭，放戮聖賢，親近讒夫。《詩》不云乎？『讒人罔極⑭，交亂四國⑮』，此之謂也。故卑身賤體⑯，說色微辭⑰，愉愉⑱呴呴⑲，終無益於主上之治，則志士仁人不忍為也。將儼然⑳作矜嚴㉑之色，深言直諫，上以拂㉒主之邪，下以損㉓百姓之害，則忤㉔於邪主之心，歷㉕於衰世之法。故養壽命之士㉖莫肯進也，遂居深山之間，積土為室，編蓬㉗為戶，彈琴其中，以詠先王之風㉘，亦可以樂而忘死矣。是以伯夷、叔齊㉙避周，餓於首陽㉚之下，後世稱其仁㉛。如是，邪主之行，固足畏也。故曰談何容易！」

【章旨】本段列舉昏庸之主，容不得忠直之言，還殘害忠諫之士，忠諫之士只有隱居避禍，以論證談何容易。

【注釋】❶關龍逢　夏桀王時賢臣。相傳他直言敢諫，為桀忌恨。後桀作酒池，淫湎放蕩，荒於政事。他極力勸阻，被桀囚禁殺害。❷王子比干　商紂王之叔。紂淫虐無度，國勢危殆。他以死力諫。紂惱羞成怒，將他殺死，剖腹驗心。❸閔　通「憫」。惋惜。❹主澤　君主的恩澤。❺不辜　無罪。❻蜚廉惡來革　皆商紂王時奸佞。蜚廉，捷足善走，技絕一時。周武王滅商，將他趕到海濱處死。惡來革，蜚廉之子，以力大著稱。為人阿諛逢迎，詭計多端。時嚴寒結冰，行人冒寒涉水，他教唆紂王，下令砍去涉水者腳脛，以相取樂。周武王滅商，與紂同時被殺。蜚，同「飛」。❼琱瑑刻鏤　指珍貴的金玉玩好之物。琱，同「雕」。❽納　結納；討好。❾遂往不戒　言順君之行而不進諫戒。《國語・周語》韋昭注曰：「遂，順也。」《國語・晉語》韋昭注曰：「往，行也。」❿沒　通「歿」。死亡。⓫宗廟　古代帝王祭祀祖先的處所，也以宗廟作為王室、國家的代稱。⓬崩阤　猶「坍塌」。阤，潰塌。⓭虛　「墟」的本字。廢址；廢墟。⓮罔極　無有窮極。罔，無。⓯四國　四方之國。此二句見《詩經・小雅・青蠅》。言讒言之害無有窮極，不只近者不安，雖四遠之國亦並搞亂，其禍甚大。⓰卑身賤體　指讒諂小人偽作謙恭。⓱微辭　言詞委婉。此指討好的話。⓲愉愉　態度和順。⓳呴呴　語言恭順。⑳儼然　莊重貌。㉑矜

嚴　端莊嚴肅。㉒拂　同「弼」。糾正；矯正。㉓損　減少。王念孫曰：「損當為捐，言將以捐除百姓之害，非但減之而已也。」㉔忤　逆；抵觸；不順從。㉕歷　《漢書》顏師古注：「猶經也，離也。」即遭遇；遭受。㉖養壽命之士　保養壽命的人士。指顧及個人生命安全的人士。㉗蓬　草名，蓬蒿。二句指過著窮居野處的簡陋生活。㉘風　教化；風俗。㉙伯夷叔齊　參見卷二〈伯夷頌〉。㉚首陽　山名，在今山西永濟南。㉛後世稱其仁　《論語・述而》：「子貢曰：『伯夷、叔齊怨乎？』子曰：『求仁而得仁，又何怨？』」句意大約指此。

【語譯】非有先生回答說：「從前，關龍逢對夏桀王直言極諫，而王子比干對商紂王也直言不諱。這兩位人臣，都極盡思慮，竭盡忠誠，惋惜君主的恩澤不能向下流布，而百姓動亂不安，所以直接地說訴他們的過失，深切勸阻他們的邪惡，將用來作為君主的福澤，除去君主的禍患。現在卻不是這樣，反而認為他們誹謗君主的德行，沒有人臣的禮貌，果然胡亂地傷害了他們的身體，蒙受了沒有罪過的惡名，羞辱還達到了他們的祖先，被天下恥笑。所以說，談說怎麼會容易！因此，輔佐的臣下離散，而邪僻諂諛之人一齊進用，而和蜚廉、惡來革等人共事。這兩個人都虛詐偽巧，花言巧語，能言善辯而使他們進用；暗中奉獻雕琢刻鏤的金玉一類玩好之物，來納結他們的心，致力於愉悅君主耳目的欲望，以苟合取容為準則，順君之行而不諫戒，結果本人被殺死，祖廟被毀壞，國家成為廢墟。放逐殺戮賢聖之士，親近讒邪之人，《詩經》上不是說過嗎？『讒人為害無有窮極，一併搞亂四方各國』，說的就是這種情況。所以他們降低身分，和顏悅色，溫言軟語，態度謙和，語言恭順，最終卻對君主的治理沒有好處，那是志士仁人不忍心去做的。他們將嚴肅地表現出莊嚴的臉色，深切地談說，直捷地勸諫，對上糾正君主的邪僻，對下減少百姓的禍害，這就忤逆君主的心意，觸犯衰敗之世的法網。所以那些顧及個人生命安全的人士，不肯進用，於是隱居深山之間，堆起土來建棟房子，編織蓬蒿作為門戶，在其中彈琴，來歌詠先王的教化，這也可以快樂而忘記死亡了。因此伯夷、叔齊逃避周王朝，餓死在首陽山下，後世還稱頌他們的仁。像這樣，邪僻之主的行為，本來就值得畏懼。所以說，談說怎麼會容易！」

於是吳王懼然易容，捐薦❶去几❷，危坐而聽。先生曰：「接輿❸避世，箕子❹被髮佯狂，此二人者，皆避濁世以全其身者也。使遇明王聖主，得清燕❺之間，寬和之色，發憤❻畢誠，圖畫安危，揆度得失，上以安主體，下以便萬民，則五帝三王之道，可幾而見也。故伊尹蒙恥辱，負鼎俎❼，和五味❽以干湯，太公釣於渭之陽以見文王，心合意同，謀無不成，計無不從，誠得其君也。深念遠慮，引義以正其身，推恩以廣其下，本仁祖❾義，褒有德，祿賢能，誅惡亂，總❿遠方，一統類⓫，美風俗，此帝王所由昌也。上不變天性⓬，下不奪人倫⓭，則天地和洽⓮，遠方懷⓯之，故號聖王。臣子之職既加⓰矣，於是裂地定封，爵為公侯，傳國子孫，名顯後世，民到於今稱之，以遇湯與文王也。太公、伊尹以如此，龍逢、比干獨如彼，豈不哀哉！故曰談何容易。」

【章旨】本段列舉明主賢君信任忠良之士，因而國泰民安，以與濁世昏君對比，進一步說明談何容易。

【注釋】❶薦　坐席；草墊。❷几　小桌子。古代設於座側，以便憑倚。❸接輿　春秋時楚國隱士，佯狂避世，稱楚狂。❹箕子　商紂王之叔。紂殺比干後，他懼而佯狂為奴，被紂囚禁。❺清燕　清靜安定。燕，同「宴」。安逸；閒適。❻發憤　抒發其內心的想法。《論語・述而》：「不憤不啟」，朱熹注：「憤者，心未通而未得之意。」❼鼎俎　鼎鍋和砧板。❽五味　指酸、苦、甘、辛、鹹。❾祖　始。❿總　統領。⓫統類　大綱和條目。《荀子・非十二子》：「壹統類」，楊倞注：「統，謂綱紀；類，謂比類。大謂之統，分別謂之類。」⓬不變天性　指順應自然。⓭人倫　指社會中人的倫理關係。《孟子・滕文公上》：「使契為司徒，教以人倫：父子有親，君臣有義，夫婦有別，長幼有序，朋友有信。」⑭洽　協調；協和。⑮懷　懷柔；歸順。⑯加　擔任。此指臣下已負起各自的職責。

【語　譯】於是吳王驚懼不安地變了臉色，捐除草墊，去掉几桌，端正地坐著聽。非有先生說：「接輿逃避時世，箕子披頭散髮假裝癲狂。這兩個人都是逃避亂世而保全自身的人。假使他們遇到明王聖主，得到君主清靜安定的閒暇，寬緩祥和的臉色，抒發他們的想法，竭盡他們的忠誠，圖謀謀劃國家的安危，揣測估量國家的得失，對上用來安定君主身體，對下用來便利萬民百姓，那麼五帝三王的大道，就差不多可以見到了。所以伊尹蒙受著恥辱，肩負著鼎鍋砧板，調和著五種滋味去干求湯，姜太公在渭水的北岸垂釣而遇見周文王。他們心相合，意相同，謀劃無不成功，計策無不聽從，的確得到了好君主。深湛的想法，深遠的思慮，引用正義來端正他們自身，推廣恩惠來寬慰他們的下屬，以仁愛為根本，以道義為開始，褒獎有德之人，給賢能之士以俸祿，懲罰兇惡暴亂之人，統領遠方各地，統一政綱法紀，美化風俗習慣，這就是帝王昌盛的原由。上不改變自然的本性，下不擾亂人的等級關係，就天地和順協調，遠方之人懷柔歸順，所以稱之為聖王。臣子的職責已經盡到了，於是分割土地，確定封地，爵位是公侯，國家傳授到子孫，名聲顯揚於後世，人民到現在還稱頌他們，因為他們遇到了商湯王與周文王。姜太公、伊尹像這樣，關龍逢、比干偏獨像那樣，難道不可哀歎嗎！所以說，言談怎麼會容易！」

於是吳王穆然❶，俛而深惟，仰而泣下交頤❷，曰：「嗟乎！余國之不亡也，緜緜連連❸，殆哉世之不絕也！」於是正明堂之朝❹，齊君臣之位，舉賢材，布德惠，施仁義，賞有功；躬節儉，減後宮之費，損車馬之用；放❺鄭聲❻，遠佞人❼，省庖廚，去侈靡；卑宮館，壞苑囿❽，填池塹❾，以予貧民無產業者；開內藏⑩，振貧窮，存⑪耆老⑫，卹⑬孤獨；薄賦斂，省刑辟⑭。行此三年，海內晏然，天下大治，陰陽⑮和調，萬物咸得其宜；國無災害之變，民無飢寒之色，家給人足，畜積⑯有餘，囹圄⑰空虛；鳳凰來集，麒麟在郊，甘露既降，朱草萌芽⑱；遠方異俗之人，鄉⑲風慕義，各奉其職而來朝賀。故治亂之道，存亡之端，若此易見，而君人者莫肯為也，臣愚竊以為過。故《詩》云：「王國克生⑳，惟周之楨㉑，濟濟㉒多士，文王以寧㉓。」此之謂也。

【章旨】本段假設吳王接納非有先生意見後，政治上取得顯著成效，說明忠直之言對國家的重要作用，以抨擊昏君，抒發憤懣。

【注釋】❶穆然　猶「默然」。靜思貌。❷頤　腮；下頷。❸緜緜連連　延續微弱貌。《說文》：「緜，聯微也。」段玉裁注：「聯者，連也；微者，眇也。其相連者甚微眇，是曰緜。」❹正明堂之朝　猶言「整頓朝廷」。明堂，古代帝王宣明政教的地方。❺放　放棄；拋棄。❻鄭聲　古代鄭地的俗樂，音調與雅樂不同，被指為淫蕩的樂歌。❼佞人　善於花言巧語，阿諛奉承的人。❽苑囿　畜養禽獸的圈地。❾池塹　城壕。❿內藏　猶「內庫」。指皇宮的府庫。⓫存　問候；省視。⓬耆老　老人。《禮記・曲禮上》：「六十曰耆。」⓭卹　同「恤」。體恤；憐憫。⓮辟　法。⓯陰陽　指化育萬物的陰陽二氣。⓰畜積　同「蓄積」。積聚；儲藏。⓱囹圄　牢獄；監獄。⓲鳳凰四句　古人認為這些是祥瑞之兆，是天下太平的象徵。《禮記・禮運》：「天降膏露」，鄭注：「膏，猶甘也。」又曰：「鳳凰麒麟皆在郊棷。」孔疏引《孝經・援神契》曰：「德及於天甘露降，德至草木則朱草生，德至鳥獸則麒麟來。」⓳鄉　嚮往。⓴王國克生　言文王之國能誕生賢士。克，能。㉑楨　主幹；支柱。㉒濟濟　眾多貌。㉓以寧　賴以安寧。這四句詩見《詩經・大雅・文王》。

【語譯】於是吳王默默不語，低下頭深深地思考，抬起頭淚水流滿了腮邊，說：「哎呀！我的國家沒有滅亡，勉勉強強延續了下來，危險啊，世代沒有斷絕。」於是端正明堂的朝會，整齊君臣的職位，選舉賢才，布施德惠，施行仁義，獎賞有功之人；親自節儉，削減後宮的開支，減少車馬的費用；放棄淫蕩的鄭聲，疏遠阿諛的小人，減省廚房的費用，去掉奢侈華麗；簡陋宮殿館舍，毀除苑囿，填塞城壕，用來給予沒有產業的貧民；打開皇宮府庫，振濟貧窮之人，問候年老之人，憐恤鰥寡孤獨；減輕賦稅，減省刑法。實行這些作法三年，國內安定，天下大治，陰陽二氣和順協調，萬物都得到它們適宜的生長環境；國家沒有災害的變故，人民沒有飢寒的臉色，家家富裕，人人充足，蓄積有多餘，牢獄都空了；鳳凰來此棲息，麒麟來到郊野，甘露已經降下，朱草萌發嫩芽；遠方風俗不同的人嚮往教化，仰慕道義，各自帶著他們的職守來朝見祝賀。所以治亂的規律，存亡的端倪，像這樣容易看到，可是做人君主的人不肯去做，我私下裡認為是個錯誤。所以《詩經》說：「文王之國能生賢臣，這是周室的骨幹賢能。濟濟一堂這麼多賢士，文王就賴以安寧。」說的就是這種情況。

【研　析】本篇純粹是一個虛構的寓言故事，以抒發東方朔生不逢時的滿腔悲憤，與《莊子》的寓言故事是同一性質。它與歷史故事是全然不同的。不僅故事純屬虛構，連人物也是虛構的。這種以虛構故事與人物來展開議論或描寫的表現方法，對辭賦的發展有很好的啟發作用，對寓言的發展也有很大影響，甚至這種虛構本身就是受到辭賦「設客主以首引，極聲貌以窮文」(《文心雕龍．詮賦》)的啟發，與辭賦確有相通之處，故姚鼐將其收入「辭賦」一類。不過，本篇也純粹是散文，是寓言故事，《文選》將其作為議論文而收入到「論」一類，當然也欠妥當；姚鼐將其收入「辭賦」，似亦有可以商榷之處。

卷六十六　辭賦類　五

子虛賦

司馬長卿

【題解】本篇最早見於《史記・司馬相如列傳》及《漢書・司馬相如傳》，《文選》亦收錄。子虛與烏有先生及亡是公皆賦中假託的人物。《史記・司馬相如列傳》說：「相如以子虛，虛言也，為楚稱；烏有先生者，烏有此事也，為齊難；亡是公者，亡是人也，明天子之義。」本篇乃子虛誇稱楚國之美而折以齊難，故以〈子虛賦〉名篇。〈子虛賦〉與〈上林賦〉，《史記》及《漢書》均糅合為一篇，至《文選》始分為兩篇。但《史記》、《漢書》皆明言司馬相如遊梁時作〈子虛賦〉，至漢武帝時，他才請為〈天子游獵賦〉，則〈上林賦〉自是〈子虛賦〉的續作。雖在寫〈上林賦〉時，為使與〈子虛賦〉前後一貫，可能對〈子虛賦〉作過某些修改，但兩篇仍各有相對的獨立性，故姚氏依《文選》仍分為二篇。〈子虛賦〉是假設子虛與烏有先生的問答，以齊楚對比，通過烏有先生之口，批評楚國「游戲之樂，苑囿之大」，不合諸侯禮制。《史記・梁孝王世家》載：「孝王，竇太后少子也，愛之，賞賜不可勝道。於是孝王築東苑，方三百餘里。廣睢陽城七十里。得賜天子旌旗，出從千乘萬騎，東西馳獵，擬於天子。出言蹕，入言警。」本篇正作於司馬相如遊梁之時，明明是假齊楚之事諷諫梁孝王，勸導梁孝王不要僭越，應遵守諸侯之禮。《史記・梁孝王世家》又載：「招延四方豪傑，自山以東遊說之士莫不畢至，齊人羊勝、公孫詭、鄒陽之屬。公孫詭多奇邪計，初見王，賜千金，官至中尉，梁號之曰公孫將軍。梁多作兵器弩弓矛數十萬，而府庫金錢且百巨萬，珠玉寶器多於京師。」這說明梁國在當時既是一個獨立的政治中心，又是一個文學中心。而〈子虛賦〉所賦正是藩國之事，同〈七發〉一樣，是典型的藩國宮廷文學。就形式說，本篇「述客主以首引，託諷諭以申情」，自是一個完整的結構。只是在首段無端插入一個「亡是公」，為〈上林賦〉埋下伏筆而已。

楚使子虛使於齊，王悉發車騎，與使者出畋❶。畋罷，子虛過奼❷烏有先生，亡是公存焉。坐定，烏有先生問曰：「今日畋樂乎？」子虛曰：「樂。」「獲多乎？」曰：「少。」「然則何樂？」對曰：「僕樂齊王之欲夸僕以車騎之眾，而僕對以雲夢❸之事也。」曰：「可得聞乎？」子虛曰：「可。王駕車千乘，選徒萬騎，畋於海濱，列卒滿澤，罘網❹彌山，掩❺兔轔❻鹿，射麋腳❼麟❽，騖❾於鹽浦❿，割鮮⓫染輪⓬，射中獲多，矜⓭而自功⓮，顧謂僕曰：『楚亦有平原廣澤遊獵之地，饒樂若此者乎？楚王之獵，孰與寡人乎？』僕下車對曰：『臣，楚國之鄙人也。幸得宿衛⓯十有餘年，時從出遊，遊於後園，覽於有無⓰，然猶未能徧覩也，又焉足以言其外澤⓱乎？』齊王曰：『雖然，略以子之所聞見而言之。』

【章　旨】本段寫子虛向烏有先生陳述齊王自誇畋獵車騎之眾和詢問楚王遊獵的情況。

【注　釋】❶畋　田獵；射獵。❷過奼　訪問並誇耀。過，過存；過訪。奼，借作「詫」。誇飾；誇耀。❸雲夢　大澤名，在今湖北、湖南兩省交界處，跨長江兩岸，面積八、九百里，後淤塞。❹罘網　捕兔的網。❺掩　指用網捕捉。❻轔　用車輪輾壓。❼腳　《史記》索隱引司馬彪曰：「腳，掎也。」《說文》云：「掎，偏引一腳也。」腳，用作動詞，指抓住一隻腳。❽麟　《說文》曰：「大牡鹿也。」即大的公鹿，非指傳說中的麒麟。❾騖　縱馬馳騁。❿鹽浦　即海邊的鹽灘。浦，水邊。⓫鮮　生肉。⓬染輪　指切割生肉而血染車輪。染為汙的意思。一說，指撩取車輪上的鹽和生肉而食之。染，通「擩」。搵也。此為撩取的意思。⓭矜　誇耀；自負其能。⓮自功　自以為功。⓯宿衛　在帝王宮廷內值宿警衛。⓰覽於有無　謂觀看園中何者為有，何者為無。一說，言有時有所見，有時無所見，即下文「未能徧覩」的意思。⓱外澤　對「後園」而言，指宮禁外的藪澤。

【語譯】楚國派遣子虛出使到齊國，齊王發動國境之內全部的士卒，準備了很多車輛馬匹，跟使者出外射獵。射獵完畢，子虛拜訪並向烏有先生誇耀，亡是公也在座。坐了下來，烏有先生問道：「今天的射獵快樂嗎？」子虛說：「快樂。」「獵獲物多嗎？」子虛說：「少。」「那麼快樂什麼呢？」子虛說：「我快樂的是齊王想向我誇耀他車輛馬匹的眾多，而我回答他有關雲夢澤的事。」烏有先生說：「可以說來聽聽嗎？」子虛說：「可以。齊王駕起車輛千乘，選拔徒眾上萬騎，射獵在大海之濱。眾多士卒布滿藪澤，捕兔網羅張滿山林。網住了野兔和輾死了野鹿，射死了麋鹿抓住了麟。馳騁在海邊的鹽灘，切割鮮肉而血染車輪。每發必中而擒獲眾多，十分驕傲而自以為功勳，回過頭來告訴我說：『楚國也有平原廣澤遊獵的地方，像這樣的快樂嗎？楚王的射獵跟我比又怎麼樣呢？』我走下車來回答說：『我是楚國一個見識很淺陋的人，幸而能在宮廷內值宿警衛十多年，有時跟從楚王出去遊玩，遊玩在後花園，看看園有什麼和沒有什麼，然而沒有能夠全面看到，又怎麼能夠說到那宮禁之外的藪澤呢？』齊王說：『雖然如此，大略地把你聽到的和看到的說說吧。』

「僕對曰：『唯唯。臣聞楚有七澤，嘗見其一，未覩其餘也。臣之所見，蓋特其小小者耳，名曰雲夢。雲夢者，方九百里，其中有山焉。其山則盤紆❶岪鬱❷，隆崇❸嵂崒❹；岑崟❺參差❻，日月蔽虧❼；交錯糾紛❽，上干❾青雲，罷池陂陁❿，下屬⓫江河。其土則丹青赭堊⓬，雌黃⓭白坿⓮，錫碧⓯金銀，眾色炫燿⓰，照爛龍鱗⓱。其石則赤玉⓲玫瑰⓳，琳瑉昆吾⓴，瑊玏㉑玄厲㉒，碝石㉓碔砆㉔。其東則有蕙圃㉕，衡蘭芷若㉖，芎藭㉗菖蒲㉘，茳蘺蘪蕪㉙，諸柘㉚巴苴㉛。其南則有平原廣澤，登降陁靡㉜，案衍㉝壇曼㉞，緣以大江，限以巫山㉟。其高燥則生葴菥苞荔㊱，薛莎㊲青薠㊳。其埤㊴溼則生藏莨㊵蒹葭㊶，東蘠㊷彫胡㊸，蓮藕菰蘆㊹，菴閭㊺軒于㊻，眾物居㊼之，不可勝圖㊽。其西則有涌泉清池，激水推移㊾；外㊿發芙蓉菱華(51)，內隱鉅石白沙。其中則有神龜蛟鼉(52)，瑇瑁(53)鼈黿(54)。其北則有陰林(55)巨樹，楩柟豫章(56)，桂椒木蘭，檗離朱楊(57)，樝棃(58)樗栗(59)，橘柚(60)芬芳。其上則有鵷鶵孔鸞(61)，騰遠射干(62)。其下則有白虎玄豹，蟃蜒貙豻(63)。

【章　旨】本段描寫雲夢澤的形勢和四周風景及其豐富的物產。

【注　釋】❶盤紆　迂迴曲折。❷岪鬱　山曲折貌，疊韻聯綿詞。❸隆崇　山聳起貌，疊韻聯綿詞。❹嵂崒　山高危貌。按：隆崇、嵂崒皆同一語根之聲轉，故義得相近或相同，亦猶徘徊與徬徨之比。❺岑崟　山高峻貌，疊韻聯綿詞。❻參差　山高低不齊貌，雙聲聯綿詞。❼蔽虧　指全遮蔽或者半缺。❽糾紛　雜亂糾結。❾干　犯；觸及。❿罷池陂陁　皆疊韻聯綿詞，古韻皆屬歌部，聲相同，義亦相近，皆山坡傾斜貌。⓫屬　連接。此句《漢書》顏師古注：「下屬江河者，總言山之廣大，所連者遠耳。」案：古時江，專指今長江；河，專指今黃河。此河字是因江字連類而及以湊韻。⓬丹青赭堊　指丹砂、青雘、赤土、白土，皆可製顏料之礦石。⑬雌黃　礦物名，可製顏料，與雄黃同類而小有區別。⑭白坿　即石灰。一說為白石英。⑮碧　青白色的玉。⑯炫耀　光輝貌。⑰照爛龍鱗　《漢書》顏師古注：「言采色相耀，若龍鱗之間雜也。」言閃耀著燦爛的色彩若龍鱗之間雜。爛，燦爛。⑱赤玉　赤色的玉。一名赤瑾。⑲玫瑰　火齊珠。⑳琳瑉昆吾　皆玉石名。琳，美玉。瑉，一種次於玉的石。昆吾，《史記》作「琨珸」，也是次於玉的石。㉑瑊功　次於玉的石。㉒玄厲　黑石，可用以磨刀。㉓碝石一種似玉的美石，顏色白中帶赤。㉔碔砆　一種赤質白文的玉石。按：自上文「其中有山焉」至此句，寫雲夢澤中部的山。㉕蕙圃　蕙草的園圃。㉖衡蘭芷若　皆香草名。衡，杜衡。蘭，蘭草。芷，白芷。若，杜若。㉗芎藭　香草名，生山谷間，葉似芹，可入藥。㉘菖蒲　草名，生於水邊，根可入藥。㉙茳蘺蘼蕪　皆香草名。㉚諸柘　即甘蔗。諸，通「藷」。柘，通「蔗」。《史記》正作「蔗」。㉛巴苴　即巴蕉。一說，即蘘荷，莖葉似薑，根香脆可食，亦可入藥。按：自「其東則有蕙圃」至此句，寫雲夢澤東部的園囿花草。㉜陁靡　斜平貌。疊韻聯綿詞。按：「陁靡」與「罷池」、「陂陁」皆同一語根之音轉，義並同。㉝案衍　低下貌。㉞壇曼　平寬貌。此與案衍皆疊韻聯綿詞。㉟巫山　在今四川巫山縣東。或謂當指雲夢澤中的陽臺山，在今湖北漢陽境內。按：據宋玉〈高唐賦〉，巫山與陽臺（即高唐觀所在之處）似當為二。此言「限以巫山」，是極言雲夢澤之大，不必牽合陽臺山。㊱葴菥苞荔　四種草名。葴，即馬藍。菥，似燕麥。苞，苞茅。荔，一種似蒲而小的草。㊲薜莎　皆蒿類植物。薜，《爾雅．釋草》：「薜，山麻。」注：「似人家麻，生山中。」莎，莎草，有細長紡錘形之塊根，稱香附子，入藥。㊳青薠　似莎而大的植物。㊴埤　同「卑」。《史記》正作「卑」，指卑下之處。㊵藏莨　狗尾草。㊶蒹葭　荻葦和蘆葦，為常見值錢的水草。㊷東蘠　水蓼的種子，可食。㊸彫胡　菰米，可食。㊹菰蘆　指菰茭和蘆筍。菰茭是菰米的嫩莖。㊺菴閭　蒿艾一類的植物，其種子可以入藥。㊻軒于　即蕕草，莖似蕙而臭。㊼居　生存；生長。㊽圖　計。高步瀛說：「言草木眾多，不可勝計也。」按：自「其南則有平原廣澤」至此句，寫雲夢澤南部原野的花草。㊾推移　言波浪相逐。㊿外　指水面。(51)菱華　菱角的花。菱，水中植物，果實叫菱角。華，同「花」。(52)蛟鼉　水中的爬行動物。蛟，蛟龍，鱷魚一類的動物。鼉，爬蟲類動物，今稱揚子鱷。(53)瑇瑁　龜一類的動物。(54)黿　似鱉而大。按：自「其西則有涌泉清池」至此句，寫雲夢澤西部的水池及其動物。(55)陰林　《史記集解》引郭璞曰：「林在山北陰地。」言在山北，故曰陰林。而《漢書》顏師古曰：「陰林，言其樹木眾而且大，常多陰也。」(56)楩柟豫章　皆木名。楩，大木，似梓，即黃楩木。柟，即楠木，生南方，幹甚端偉，高者十餘丈，巨者數十圍，木質堅密芳香，為建築及製造器物的良材。柟，同「楠」。豫章，樟類，常綠喬木，其材紋理細密。(57)檗離朱楊　皆木名。檗，《史記》作蘗，黃蘗，皮可入藥。離，借作「欐」。山梨。赤楊，生於河邊的赤莖小楊。㊽樝梨　即鐵梨，肉堅酸澀，煮熟則甜滑。㊾梬栗　一名梬棗，似柿而小，俗稱丁香柿。㊿柚　似橘而大。61鵷鶵孔鸞　皆鳥名。鵷鶵，據說其形似鳳。孔，孔雀。鸞，鸞鳥，形如翟而五采文。62騰遠射干　皆獸名。騰遠，未詳。梁章鉅、王先謙謂即騰猿，猿類動物。一說，蛇名。射干，似狐而小，能緣木。63蟃蜒貙犴　皆獸名。蟃蜒，大獸名，似貙而長，狼屬。貙犴，一種猛獸，貙虎之大者。此句下《史記》有「兕象野犀，窮奇獌狿」二句，《漢書》、《文選》均無。

【語　譯】「我回答說：『好！好！我聽說楚國有七個大澤，曾經見到過其中一個，沒有看到過其餘的。我所見到的，大概僅僅是其中最小最小的罷了，名叫雲夢。雲夢澤，周長九百里，其中部有山。那山就迂迴曲折，聳立高險。陡峭而高低不齊，太陽月亮或全遮蔽，或遮去半邊。交間錯雜而零亂糾結，向上觸及到了青天。山坡傾斜，下與江河相連。那泥土就有丹砂、青雘、赤土、白堊、雌黃石灰、錫、碧玉和金銀。各種色彩光輝燦爛，閃耀著爛漫的彩色美若相間雜的龍鱗。那石頭就有赤瑾、火齊珠，有美玉和似美玉的瑉和昆吾。有次於玉的瑊玏和黑色的磨刀石，有似玉的美石和赤質白文的玉石碔砆。那東面有蕙草的園圃，有杜蘅、蘭草、白芷和杜若，有似芹的芎藭草和菖蒲苗。有茳蘺和蘼蕪，有甘蔗和巴蕉。那南面就有平坦的原野和寬廣的藪澤，上下平坦而傾斜。低下寬闊，以大江為邊緣，以巫為界涯。那高而乾燥之處，就生長馬藍、菥草、苞茅、薜荔，還有蒿草和大莎。那低下潮濕之處，就生長狗尾草和荻葦、蘆葦，水蓼和菰米都很可口。有蓮、藕和菰茭、蘆筍，還有蒿艾和蕕草。各種植物都生長在那裡，不可以全都計數。那西面就有湧出的泉水和清澈的水池，激蕩的水波彼此相逐。水面上開著荷花菱花，水底下隱現著大石白沙。那水中有神龜、蛟龍和鼉龍，瑇瑁龜，水鱉和大鱉也在此安家。那北面就有茂密的森林和巨大的樹木，有黃楩，楠木和香樟。有桂樹，花椒和木蘭花，有黃蘗，山梨和赤莖小楊。有鐵梨和梬棗，橘子柚子一片芳香。那樹上有小鳳鳥，孔雀和鸞鳥，還有騰猿和似狐的射干。那樹下就有白虎和黑豹，似貍的大狼和兇猛的貙虎之大者名叫貙犴。

『於是乎乃使專諸❶之倫，手格❷此獸❸。楚王乃駕馴駮❹之駟❺，乘雕玉之輿❻，靡❼魚須❽之橈旃❾，曳❿明月⓫之珠旗，建干將⓬之雄戟⓭，左烏號⓮之雕弓，右夏服⓯之勁箭；陽子⓰驂乘⓱，纖阿⓲為御；案節⓳未舒⓴，即陵㉑狡獸，蹴蛩蛩㉒，轔㉓距虛㉔，軼㉕野馬，轊㉖騊駼㉗；乘遺風㉘，射游騏㉙，倏眒倩浰㉚，雷動猋至㉛，星流㉜霆擊㉝，弓不虛發，中必決眥㉞，洞㉟胸達掖㊱，絕乎心繫㊲，獲若雨㊳獸，揜草蔽地。於是楚王乃弭節㊴徘徊，翱翔容與，覽乎陰林㊵，觀壯士之暴怒，與猛獸之恐懼，徼㊶谻㊷受詘㊸，殫睹眾物之變態㊹。

【章旨】本段寫楚王在雲夢澤中射獵的盛況。

【注釋】❶專諸 春秋時吳國勇士，曾為公子光（即吳王闔閭）刺死吳王僚。❷格 擊；搏。❸此獸 即指上文的白虎玄豹，蟃蜒貙豻等猛獸。❹馴駮 馴服的毛色不純的馬。駮，同「駁」。指馬的毛色不純一。❺駟 指四匹馬合駕的車。❻雕玉之輿 雕刻的美玉裝飾的車。❼靡 同「麾」。今寫作「麾」。麾動。❽魚須 指以海魚須做旗幟上的旒穗。須，同「鬚」。❾橈旃 曲柄的旗。❿曳 搖動。⓫明月 明月珠，旗上的飾物。⓬干將 本利劍名。這裡用以形容戟的鋒利。⓭雄戟 即三刃戟，古代兵器名。⓮烏號 相傳為黃帝弓名。黃帝乘龍上天，小臣不得上，持龍鬚，鬚拔，墮黃帝弓，臣下抱弓而號，因名烏號。⓯夏服 夏后氏的箭囊。夏后氏之良弓名繁弱，其矢亦良，裝繁弱箭之服，因名夏服。服，借作「箙」，箭袋子。⓰陽子 名孫陽，字伯樂，春秋時人，善相馬。一說，指仙人陽陵子。⓱驂乘 即車右。指居於車之右側陪乘的人。⓲纖阿 古之善於駕車的人。一說，指給月神駕車的御者。⓳案節 猶言按轡徐行。⓴未舒 言未縱馬馳騁。舒，舒展；盡意馳驅。㉑陵 陵轢；踐踏。㉒蛩蛩 青色的獸，狀如馬，善奔跑。㉓轔 車輪輾壓。㉔距虛 獸名，似騾而小，善走。㉕軼 突過。王念孫說：讀作「迭」，衝犯、侵陵之意。㉖轊 車軸頭，代指車。用作動詞，用車撞殺。王念孫說：借作「躛」，踢殺之意。㉗騊駼 相傳為產於北海的獸，狀如馬。騊駼與野馬亦為互文。㉘遺風 千里馬名。㉙游騏 遊蕩的騏。騏，毛呈青黑色而有花紋的馬。㉚倏眒倩浰　皆迅疾之貌。眒即「瞬」字之異體。此形容車馬奔馳之迅速。㉛猋至　言如狂風之驟至。猋，通「飆」。旋風；暴風。㉜星流　言如流星之墜落。㉝霆擊　言如雷霆之轟擊。此二句皆形容楚王車騎氣勢之威猛，奔馳之迅速。㉞決眥　裂開眼眶。眥，眼眶。㉟洞　射穿。㊱掖　同「腋」。《史記》正作「腋」，禽獸翅腿與腹部連接處。㊲心繫　連著心的血脈經絡。㊳雨　用作動詞，如下雨一般，形容獵獲野獸之多。㊴弭節　猶言「案節」，讓車馬緩緩行進。弭，止。節，馬鞭。㊵陰林　姚鼐原注：「此即其北之陰林。」㊶徼　攔截；徼擊。㊷卻　疲倦之極。㊸詘　同「屈」。力盡。卻、詘皆指野獸而言。㊹變態　各種不同的姿態。

【語　譯】『於是乎就使專諸一類人，徒手擊殺這些猛獸。楚王就駕著馴服了的毛色不純的四匹馬，乘坐著雕刻的美玉裝飾的車輿，揮動著海魚鬚做旒穗的曲柄旗幟，搖曳著明月珠裝飾的旌旗，樹建起像干將一樣鋒利的三刃戟，左邊是名叫烏號的雕飾之弓，右邊是夏后氏箭囊裡的強勁的箭；孫陽做車右陪乘，纖阿做車夫駕御；按轡徐行還未放馬驅馳，就踩死了狡捷的野獸。踐踏了善跑的蛩蛩，輾死了善走的距虛。突過了野馬，撞殺了野獸騊駼。乘坐著千里馬，射死了遊蕩的青黑而有花紋的騏。車騎奔馳之迅疾威猛，如雷之震響，如狂風之驟至，如流星之墜落，如雷霆之轟擊，弓不徒然發射，射中必定決裂眼目。射穿胸膛而達到腋下，射斷連著心的血脈經絡。獵獲的野獸如下雨般掉落，掩蓋了野草和遮蔽了泥土。於是楚王就放下馬鞭而往返回旋，悠閒遊樂而自得安閒。在密茂的樹林裡遊觀，看壯士的暴怒，與猛獸的恐懼不安，攔截其極疲倦者和收取其力屈者，全都看到了各種動物不同姿態與傷殘。

『於是鄭女曼姬❶，被阿緆❷，揄❸紵縞❹，雜纖羅❺，垂霧縠❻，襞積❼褰縐❽，紆徐委曲❾，鬱橈❿谿谷⓫；衯衯裶裶⓬，揚袘⓭戌削⓮，蜚襳⓯垂髾⓰；扶輿⓱猗靡⓲，翕呷萃蔡⓳，下摩蘭蕙，上拂羽蓋⓴；錯翡翠㉑之威蕤㉒，繆繞㉓玉綏㉔；

眇眇忽忽㉕，若神仙之髣髴㉖。於是乃相與㉗獠㉘於蕙圃㉙，媻姍勃窣㉚，上乎金隄㉛，揜㉜翡翠，射鵔鸃㉝，微矰㉞出，孅㉟繳㊱施，弋白鵠㊲，連㊳駕鵝㊴，雙鶬㊵下，玄鶴加㊶。怠而後發，游於清池㊷，浮文鷁㊸，揚旌栧㊹，張翠帷，建羽蓋。罔㊺瑇瑁，鉤紫貝㊻，摐㊼金鼓㊽，吹鳴籟㊾，榜人㊿歌，聲流喝(51)，水蟲駭，波鴻沸(52)，涌泉起，奔揚(53)會，礧石(54)相擊，硠硠磕磕(55)，若雷霆之聲，聞乎數百里之外。將息獠者，擊靈鼓(56)，起烽燧(57)，車按行，騎就隊，纚(58)乎淫淫(59)，般(60)乎裔裔(61)。於是楚王乃登雲陽之臺(62)，怕(63)乎無為，憺(64)乎自持(65)，勺藥之和具(66)而後御之。不若大王終日馳騁，曾不下輿，脟割(67)輪焠(68)，自以為娛。臣竊觀之，齊殆不如。』於是齊王無以應僕也。」

【章　旨】本段描寫楚王與美女獵於蕙圃，遊於清池的盛況和列隊歸宴的情景，並折服齊王。

【注　釋】❶鄭女曼姬　均指美女。鄭女，鄭國的女子。鄭國多美女。曼姬，顏色嬌好皮膚光澤的美女。曼，指膚色細嫩。姬，婦女之總稱。❷阿緆　細繒和細布。此指用細繒和細布縫製的衣服。❸揄　拖曳著。❹紵縞　麻布和素絹。此指用麻布和素絹製的裳裙。❺纖羅　細紋的羅綺。❻霧縠　薄如煙霧的薄紗。❼襞積　指裙子腰間的摺疊很多，疊韻聯綿詞。❽褰縐　形容衣服紋理很多。褰，縮。縐，蹙。❾紆徐委曲　皆指衣裙線條的婉曲多姿。而《文選》五臣注呂向曰：「裙下垂貌。」❿鬱橈　深曲貌。⓫谿谷　亦深曲貌。李善注引張揖曰：「其縐中文理，茀鬱有似於谿谷也。」⓬衯衯裶裶　皆衣長之貌。⓭揚袘　提起裙的下緣。揚，舉；提。袘，裙的下緣。一說，衣袖。⓮戌削　衣服邊緣整齊之貌。雙聲聯綿詞。⓯蜚襳　飄動的衣帶。蜚，古「飛」字，此形容飄動如飛。襳，婦女上衣上裝飾的長帶。⓰髾　指婦女上衣如燕尾形的下端。按：襳，髾都是婦女袿衣（上衣）之飾。《漢書》顏師古注與王先謙《漢書補注》引郭嵩燾說對襳、髾的解釋正相反，今從顏說。⑰扶輿　衣服稱身而體態婀娜之貌。⑱猗靡　衣服稱美之貌。與「扶輿」皆疊韻聯綿詞。「猗靡」與「婀娜」、「旖旎」為同一語根之音轉。⑲翕呷萃蔡　皆衣服飄動所發出的聲音，皆雙聲聯綿詞。⑳羽蓋　用羽毛裝飾的車蓋。李善注：「垂髾飛襳，飄揚上下，故或摩蘭蕙，或拂羽蓋。」㉑翡翠　鳥名，羽毛紅者為翡，羽毛青者為翠。㉒葳蕤　羽毛鮮豔貌，疊韻聯綿詞。㉓繆繞　同「繚繞」。纏結。㉔綏　車上引人登車的繩。一說，綏，應作「緌」，冠纓的末梢。㉕眇眇忽忽　行蹤飄忽不定之貌。㉖髣髴　見不真切貌，雙聲聯綿詞。㉗相與　指楚王與鄭女曼姬等美女一起。㉘獠　打獵。㉙蕙圃　姚鼐原注：「此即東之蕙圃。」㉚媻姍勃窣　皆緩行貌，皆疊韻聯綿詞。按：媻、勃與姍、窣皆雙聲字，媻姍、勃窣為同一語根之音轉，故義得相同或相近，亦如徘徊與盤桓之比。㉛金隄　言水之堤塘堅如金。一說，堤名。㉜揜　同「掩」。用網捕捉。㉝鵔鸃　雉一類的鳥，羽毛呈五彩。㉞矰　古代繫有生絲繩用以射鳥的箭。㉟孅　同「纖」。《史記》正作「纖」，細。㊱繳　繫在射鳥的箭上的生絲繩。㊲白鵠　一種水鳥。陸璣說：「鴻鵠羽毛光澤，純白，似鶴而大，長頸，肉美如雁。又有小鴻，大小如鳧，色亦白，今人直謂鴻也。」按此白鵠與稱為天鵝的黃鵠，當是同類而異種。㊳連　指用「矰」射中鳥後絲繩將鳥牽連而下。㊴駕鵞　野鵞。㊵鶬　鶬鴰，似雁而黑。㊶加　射中。㊷清池　姚鼐原注：「此即西之涌泉清池。」按此二句《漢書》無「發」字，兩句作一句讀，意謂打獵疲倦之後就遊於清池。㊸文鷁　繪有文彩的船。鷁，水鳥。古代天子所乘之船，船首畫有鷁，因以鷁代指船。㊹旌栧　指船上的旗和划船的槳。旌，《史記》作「桂」。桂栧，桂木所製的槳，與「文鷁」對舉，於義為長。㊺罔　通作「網」。用作動詞，用網捕捉。㊻紫貝　紫色黑文的介類動物。㊼摐　擊。㊽金鼓　鉦一類的樂器，即今鐃鈸或大鑼一類的樂器，形似鼓，故名金鼓。㊾籟　簫。㊿榜人　船夫。(51)流喝　言喝聲流轉不斷。喝，嘶聲，此指船夫划船時的曖乃聲。曖乃，即欸乃，行船搖櫓聲。(52)鴻沸　大起而沸騰。鴻，大。(53)奔揚　奔騰揚起，指湧泉。(54)礧石　堆疊的石頭。(55)硠硠磕磕　礧石轉動時發出的相撞擊之聲。(56)靈鼓　六面的鼓。(57)烽燧　此指火炬。按：擊鼓、舉火是表示畋獵即將結束。(58)纚　相連屬貌。(59)淫淫　漸進。(60)般　借作「班」，《史記》正作「班」，用作動詞，依班次。(61)裔裔　徐行貌。(62)雲陽之臺　即陽臺，在雲夢澤中。而姚鼐原注云：「雲陽在巫山下，此即至其南也。」(63)怕　同「泊」。(64)憺　同「澹」。按：怕、憺，《史記》、《漢書》均作「泊」、「澹」。泊、澹，互文，安靜無為之貌。(65)自持　指保持寧靜的心境。(66)勺藥之和具　意即各種調料都齊備。和，指調料。具，具備。參閱〈七發〉「勺藥之醬」注。(67)脟割　把鮮肉切成塊。脟，同「臠」。肉塊。(68)輪焠　輪流烤著吃。輪，流轉。焠，烤炙。一說，輪焠，同「染輪」。指用鮮肉塊撩取車輪上的鹽，與上文「割鮮染輪」的後一說相應。

【語　譯】『於是鄭國的美女和膚色細嫩的美姬，穿著細繒和細布縫製的衣服，拖著麻布和素絹縫製的裳裙。裝飾著細紋的綺羅，垂著薄如煙霧的紗紋。裙子的折疊麻麻密密，衣裙的線條婉曲多姿。縐中的文理深而又曲，有似於山谷深溪。衣服長而又長，提起裙子的下緣，邊緣整整齊齊。飄揚的長帶和下垂的衣端，十分合身而相宜。衣裙飄動而窸窸窣窣，下面摩擦蘭草蕙草，上面拂拭羽毛裝飾的車蓋車帷。錯雜著翡翠羽毛的鮮豔光澤，纏繞著飾有玉串的車綏。美女們步履輕盈飄忽，若神仙之髣髴神奇。於是楚王與她們一起在蕙草的園圃打獵，緩緩地行進，走上堅固如金的塘堤。用網捕捉了翡翠鳥，用箭射中了毛色五彩的鵕鸃。細細的繫有絲繩的箭射出，小小的繫在箭上的絲繩因放射而下垂。射下了白色的天鵝，野鵝射中被絲繩牽持。一雙鶬鴰鳥墜落在地，黑鶴被射中而鳴悲。疲倦了而後出發，遊玩在清澈的水池。漂浮著繪有文采的船，旌旗和船槳一齊揚起。張掛著翠羽裝飾的帷帳，把鳥羽裝飾的遮陽傘樹立。釣起紫色的貝，網住瑇瑁龜。敲起銅鉦，嘹亮的簫聲在吹。船夫們唱著歌，歌聲欸乃流俐。水中的動物驚駭，波浪大起而騰沸。洶湧的泉水湧起，奔騰揚起而相會。堆疊的石頭互相撞擊，砰砰磅磅，好像雷霆的響聲，傳到了幾百里之外。將要使打獵的人休息，敲響六面的大鼓，點起熊熊的火炬，車輛依照行列進行，馬騎各歸隊列前去。隊伍連屬慢慢前進，依班次緩緩漫步。於是楚王就登上雲陽臺，安靜地心裡泰然無事，恬靜地保持心境寧靜，各種美味都已經齊備，而後享用。不像你大王整天地放馬馳騁，竟然不下車輿，割下肉塊輪流著燒烤，還自以為歡娛，據我看來，齊國恐怕不如。』於是齊王默默地沒有什麼話來回答我。」

烏有先生曰：「是何言之過也！足下不遠千里，來貺❶齊國，王悉發境內之士，備車騎之眾，與使者出畋，乃欲戮力致獲❷，以娛左右，何名為夸哉？問楚地之有無者，願聞大國之風烈❸，先生之餘論也。今足下不稱楚王之德厚，而盛推雲夢以為高，奢言淫樂而顯侈靡，竊為足下不取也。必若所言，固非楚國之美也。無而言之❹，是害足下之信也。彰君惡，傷私義，二者無一可，而先生行之，必且輕於齊而累❺於楚矣。且齊東陼❻鉅海，南有琅邪❼，觀❽乎成山❾，射乎之罘❿，浮渤澥⓫，游孟諸⓬，邪與肅慎⓭為鄰，右以湯谷⓮為界。秋田乎青丘⓯，傍徨⓰乎海外，吞若雲夢者八九於其胸中，曾不蔕芥⓱。若乃俶儻⓲瑰瑋⓳，異方殊類⓴，珍怪鳥獸，萬端鱗崪㉑，充牣㉒其中，不可勝記，禹不能名，卨㉓不能計。然在諸侯之位，不敢言游戲之樂，苑囿之大；先生又見客㉔，是以王辭不復㉕，何為無以應哉！」

【章旨】本段寫烏有先生折服子虛，並誇耀齊王的畋獵。

【注釋】❶貺　猶言「惠賜」，「惠顧」。❷致獲　得到獵獲。❸風烈　風俗功業。❹無而言之　此句上《史記》、《漢書》均有「有而言之，是章君之惡也」二句，《文選》無。李善注云：「彰君惡，害私義，非楚國之美，彰君惡也；害足下之義，傷私義也。本或云有而言之，是彰君之惡者，非也。」按：據下文「彰君惡，傷私義」，當有此二句，文義更足。❺累　取罪受累。❻陼　水邊，用作動詞，邊臨；靠近。❼琅邪　即琅琊，山名，在今山東諸城東南海邊。❽觀　遊觀。一說，讀作去聲，宮觀，用作動詞，修建宮觀。❾成山　在今山東榮成東。❿之罘　山名，在今山東福山東北。⓫渤澥　即渤海。⓬孟諸　古藪澤名，在今河南商丘東北，已淤塞。⓭肅慎　古國名，在今東北地區，今黑龍江、吉林、遼寧諸省，皆其故境。⓮湯谷　即暘谷，日所出處。司馬彪曰：「以為東界也。」李善曰：「言為東界，則右當為左，字之誤也。」按：古以東為左，疑善說是。⓯青丘　古國名，相傳在海東三百里。⓰徬徨　徘徊不進貌，疊韻聯綿詞，實與徘徊、盤桓、蹣跚、襄羊等均為同一語根之音轉的聯綿詞，義並相近。⓱蔕芥　小鯁；刺鯁，疊韻聯綿詞，詳〈鵩鳥賦〉「細故蔕芥」注。此句極言齊國之大。⓲俶儻　不平凡。李善注引郭璞曰：「猶非常也。」雙聲聯綿詞，字又作「倜儻」。⓳瑰瑋　珍奇，疊韻聯綿詞。⓴異方殊類　指不同地方的不同物類。㉑鱗崪　像魚鱗般會集。崪，同「萃」。《史記》正作「萃」。萃集；聚集。㉒牣　滿。㉓卨　古「契」字，人名，堯時為司徒。㉔見客　被尊為客人。見，表被動的能願動詞，被。客，用作意動詞，以之為客，王先謙說：「猶言見禮於王耳。」㉕王辭不復　謂齊王不以言辭回答。復，答復。此句《史記》作「王辭而不復」。據《史記》，則「辭」當作辭謝解。

【語　譯】烏有先生說：「這是多麼錯誤的話！足下不以千里為遠，來惠顧齊國，我大王出動境內全部的士卒，準備眾多的車騎，跟使者出去打獵，就是想並力得到獵獲，來娛樂左右之人，怎麼能叫做誇耀呢？問問楚地的有和無，是希望聽到大國的風俗功業和先生的高論。現在你先生不稱揚楚王的德政的深厚，卻極力推崇雲夢澤以為了不得，誇張地談論過分的娛樂而顯揚奢侈浪費，我私下認為足下不該這樣做。如果真的如你所說，本來就不是楚國的優點；沒有這些而談論它，這就傷害了足下的誠信。顯揚君主的缺點，傷害個人的道義，兩者沒一條是對的，而先生卻這樣做了，這必將被齊國人輕視而在楚國獲罪受牽累了。並且齊東面臨近大海，南面有名山琅琊，在成山遊觀，射獵在大山之罘，漂浮在渤海，遊覽到孟諸澤，斜著跟肅慎是鄰國，右邊以暘谷為邊界。秋天打獵到青丘國，徘徊逗留在大海之外，吞下像雲夢那樣的藪澤八九個，它在胸中一點也不感到梗塞。至於非常珍奇的寶物，各不同地方的不同物類，珍奇怪異的鳥獸，各色各樣像魚鱗般集萃，充滿其中的事物，不可盡記。夏禹不能叫出名稱，卨也不能統計。然而齊王在諸侯的地位，不敢談說遊戲的娛樂，苑囿的巨大；先生又被尊為貴客，因此大王不以言辭回答，怎麼認為是沒有什麼話用來回答呢！」

【研　析】本篇與下篇〈上林賦〉雖寫作時間不同——遊梁時與見漢武帝時，寫作目的也不一樣——諷諫梁王遵守諸侯之禮與諷諫漢武帝崇儉詘奢。但兩篇在內容上既有相通之處——張大天子聲威以壓倒諸侯王勢力；結構上尤其互相銜接。首先是子虛、烏有先生和亡是公三人的論難，本篇只寫了子虛、烏有先生兩人，留下亡是公充當〈上林賦〉的主角；其次是本篇寫烏有先生的反駁後即戛然而止，〈上林賦〉即緊接亡是公批評子虛、烏有先生開端，兩篇緊相銜接；還有是本篇雖已極鋪陳，然尚緊峭凝鍊，為〈上林賦〉的極力鋪張揚厲留地步，以便形成一浪高過一浪的氣勢。所以俞瑒說：「〈子虛〉一賦，遒勁絕倫，妙在齊、楚之問答，工力悉敵，針鋒相對，不作相下之勢，便隱然為〈上林〉留地步。」（《文選集評》引）孫鑛也說：「〈子虛〉、〈上林〉，雖非一時所作，然意實相承。〈子虛〉緊峭，〈上林〉衍博，相映帶以見作法也。賦家至此，才見大開合處。」（孫批《文選》）其他相關說明請參見下篇〈上林賦〉研析。

上林賦

司馬長卿

【題 解】上林，苑名，在長安之西，本秦時舊苑，漢武帝加以擴建，南傍終南山，北濱臨渭水，周圍三百里，內有離宮七十所，能容千乘萬騎。本篇乃寫天子（即漢武帝）在上林苑射獵的盛況，因以名篇。本篇是〈子虛賦〉的續篇。篇中假設亡是公的話，極力誇張天子上林苑的廣大，遊獵的壯觀，最後以制禮作樂、發政施仁而歸於節儉以為諷諫。據《漢書·揚雄傳》：「武帝廣開上林，東南至宜春、鼎湖、御宿、昆吾，旁南山，西至長楊、五柞，北繞黃山，濱渭而東，周袤數百里。穿昆明池象滇河，營建章、鳳闕、神明、馺娑，漸臺、泰液象海水周流方丈，瀛洲、蓬萊，遊觀侈靡，窮妙極麗。」又據《漢書·東方朔傳》，漢武帝「入山下馳射鹿豕狐兔，手格熊羆，馳騖禾稼稻秔之地，民皆號呼詈罵。」本篇就是要諷諫漢武帝的奢華和縱獵，與他的上書諫畋獵之意正同。同時，西漢之初，漢高祖不喜儒術，文、景亦不好辭賦，文人學士在帝王宮廷尚無立足之地。當時一些著名的學者文人皆麕集於諸侯王門下。至漢武帝時期，由於漢景帝的「削藩」和漢武帝的「推恩」政策，諸侯王勢力急劇衰落，中央專制統治極大加強；加以漢武帝好辭賦，喜楚辭，廣泛招致文學之士，當時的著名文人全都集中到漢武帝的宮廷，成為宮廷文學侍從。本篇就歌頌了大一統中央專制集權政治無可比擬的氣魄和聲威，聯繫〈子虛賦〉，又含有張大天子威勢，壓倒諸侯王勢力的意思，是一種典型的宮廷文學；從〈子虛賦〉到〈上林賦〉，反映著藩國宮廷文學向天子宮廷文學的轉變，反映著中央王朝對封建割據勢力鬥爭的勝利。這是這篇賦的另一重要意義。

亡是公听然❶而笑曰：「楚則失矣，而齊亦未為得也。夫使諸侯納貢❷者，非為財幣，所以述職❸也；封疆畫界❹者，非為守禦，所以禁淫❺也。今齊列為東藩❻，而外私❼肅慎，捐國踰限，越海而田，其於義固未可也。且二君之論，不務明君臣之義，正諸侯之禮，徒事爭游戲之樂，苑囿之大，欲以奢侈相勝，荒淫相越，此不可以揚名發譽，而適足以㝵❽君自損也。

【章　旨】本段寫亡是公批評子虛、烏有先生誇耀楚齊的畋獵不合諸侯之禮，說明此時天子地位大大提高，已不允許諸侯踰越禮制，與寫〈子虛賦〉時情況已有不同。

【注　釋】❶听然　笑貌。❷納貢　繳納貢物，諸侯或藩國向天子貢獻方物。❸述職　諸侯向天子陳述履行職責的情況。《孟子．梁惠王下》：「諸侯朝於天子曰述職。述職者，述所職也。」古代諸侯五年一朝天子，向天子陳述政事方面的情況。❹封疆畫界　畫定疆域界限。❺淫　過分。此指放縱越軌的行為。❻東藩　東方藩國。藩，本指藩籬，籬笆。古時稱諸侯為藩，意謂對天子起屏藩作用。❼私　用作動詞，私自來往之意。❽㝵　古「貶」字，《史記》正作「貶」，貶低。

【語　譯】亡是公嘻嘻地笑著說：「楚國是錯了，齊國也不見得就正確。大抵叫諸侯繳納貢物，不是為了錢財，是用來向天子陳述職守的方式；畫定疆域界限，不是為了守禦，是用來禁止僭越禮制的辦法。現在齊國列為東方藩國，而向外私自和肅慎國交往，捐棄自己的國土和超越自己的界限，越過大海去打獵，這對於道義本來說就是不許可的。並且你們二人的談論，不講求君臣的名分，訂正諸侯的禮制，徒然在遊戲的娛樂，苑囿的廣大方面進行爭執，想用奢侈來戰勝對方，用荒淫來超越對方，這不可以用來播揚名聲，發揚聲譽，而只足以貶低君主而損傷自己。

「且夫齊楚之事，又烏足道乎？君未覩夫巨麗也，獨不聞天子之上林乎？左蒼梧[1]，右西極[2]，丹水[3]更其南，紫淵[4]徑其北。終始[5]霸滻[6]，出入涇渭[7]，酆鎬潦潏[8]，紆餘委蛇[9]，經營[10]乎其內。蕩蕩[11]乎八川[12]分流，相背而異態。東西南北，馳騖[13]往來，出乎椒丘[14]之闕[15]。行乎洲淤[16]之浦，經乎桂林之中，過乎泱漭[17]之壄。汩[18]乎混[19]流，順阿[20]而下，赴隘陿[21]之口。觸穹石[22]，激堆埼[23]，沸[24]乎暴怒，洶涌[25]彭湃[26]。滭弗[27]宓汩[28]，偪側[29]泌瀄[30]，橫流逆折，轉騰[31]潎洌[32]，滂濞[33]沆溉[34]，穹隆[35]雲橈[36]，宛潬[37]膠盭[38]；踰波[39]趨浥[40]，涖涖[41]下瀨[42]；批巖[43]衝擁[44]，奔揚[45]滯沛[46]，臨坻[47]注壑，瀺灂[48]霣[49]墜，沉沉[50]隱隱[51]，砰磅訇礚[52]，潏潏淈淈[53]，湁潗[54]鼎沸。馳波跳沫，汩急[55]漂疾[56]。悠遠長懷[57]，寂漻[58]無聲，肆[59]乎永歸。然後灝溔潢漾[60]，安翔[61]徐回[62]，翯[63]乎滈滈[64]，東注太湖[65]，衍溢[66]陂池[67]。於是乎蛟龍赤螭[68]，䱭鰽漸離，鰅鰫鰬魠，禺禺魼鰨[69]，揵[70]鰭掉[71]尾，振鱗奮翼，潛處乎深巖[72]。魚鼈讙[73]聲，萬物眾夥。明月[74]珠子[75]，的皪[76]江靡[77]，蜀石[78]黃碝[79]，水玉(80)磊砢(81)，磷磷爛爛(82)，采色澔汗(83)，藂積乎其中。鴻鷫鵠鴇，駕鵝屬玉，交精旋目，煩鶩庸渠，箴疵鵁盧(84)，群浮乎其上。沉淫泛濫(85)，隨風澹淡(86)，與波搖蕩，奄薄(87)水渚，唼喋(88)菁藻(89)，咀嚼菱(90)藕。於是乎崇山矗矗(91)，巃嵸崔巍(92)，深林巨木，嶄巖(93)嵾嵯(94)。九嵕(95)巀嶭(96)，南山(97)峩峩(98)，巖陁甗錡(99)，摧崣(100)崛崎(101)。振溪(102)通谷，蹇產(103)溝瀆(104)，谽呀豁閜(105)，阜陵別隝(106)，崴磈嵔廆(107)，丘虛堀礨(108)，隱轔鬱壘(109)，登降施靡(110)，陂池(111)貏豸(112)，沇溶淫鬻(113)，散渙(114)夷陸(115)，亭皋(116)千里，靡不被築(117)。揜(118)以綠蕙，被以江離，糅以蘪蕪，雜以留夷(119)。布結縷(120)，攢(121)戾莎(122)，揭車衡蘭，稾本射干，茈薑蘘荷，葴持若蓀，鮮支黃礫，蔣苧青薠(123)，布濩(124)閎澤(125)，延曼(126)太原(127)，離靡(128)廣衍(129)，應風披靡，吐芳揚烈(130)，郁郁菲菲(131)，眾香發越(132)，肸蠁(133)布寫(134)，晻薆咇茀(135)。於是乎周覽泛觀，縝紛(136)軋芴(137)，芒芒(138)恍忽(139)，視之無端，察之無崖，日出東沼，入乎西陂(140)。其南則隆冬生長，涌水(141)躍波；其獸則獑旄貘犛，沉牛麈麋，赤首圜題，窮奇象犀(142)。其北則盛夏含凍裂地，涉冰揭(143)河；其獸則麒麟角端，騊駼橐駝，蛩蛩驒騱，駃騠驢驘(144)。於是乎離宮別館(145)，彌山跨谷；高廊四注(146)，重坐(147)曲閣；華榱(148)璧璫(149)，輦道纚屬(150)；步櫚(151)周流(152)，長途中宿(153)。夷嵕(154)築堂，累臺增成(155)，巖突(156)洞房，頫杳眇(157)而無見，仰屮[158]橑[159]而捫[160]天；奔星[161]更於閨闥[162]，宛虹[163]拖於楯軒[164]。青龍蚴蟉[165]於東箱[166]，象輿[167]婉僤[168]於西清[169]；靈圄[170]燕[171]於閒館，偓佺[172]之倫，暴[173]於南榮[174]。醴泉[175]涌於清室[176]，通川[177]過乎中庭。盤石[178]裖崖[179]，嶔巖[180]倚傾[181]，嵯峨嶕嶫[182]，刻削[183]崢嶸。玫瑰碧琳，珊瑚叢生，瑉玉旁唐[184]，玢豳[185]文鱗[186]；赤瑕[187]駮犖[188]，雜臿[189]其間，鼂采[190]琬琰[191]，和氏[192]出焉。於是乎盧橘[193]夏熟，黃甘橙楱，枇杷橪柿，亭柰厚朴，梬棗楊梅，櫻桃蒲陶，隱夫薁棣，荅遝離支[194]，羅乎後宮，列乎北園，貤[195]丘陵，下平原。揚翠葉，扤[196]紫莖，發紅華，垂朱榮[197]，煌煌扈扈[198]，照曜鉅野。沙棠櫟櫧，華楓枰櫨，留落胥邪，仁頻并閭，欃檀木蘭，豫章女貞[199]，長千仞，大連抱[200]，夸[201]條直暢，實葉葰楙[202]，攢[203]立[204]叢倚，連卷[205]欐佹[206]，崔錯[207]癹骫[208]，抗衡[209]閜砢[210]，垂條扶疏[211]，落英幡纚[212]，紛溶[213]箾蔘[214]，猗狔[215]從風，藰莅[216]芔歙[217]，蓋象金石之聲，管籥[218]之音。偨池茈虒[219]，旋還[220]乎後宮，雜襲[221]絫輯[222]，被山緣谷，循坂下隰[223]，視之無端，究之無窮[224]。於是乎玄猨[225]素雌[226]，蜼玃飛蠝，蛭蜩蠼猱，獑胡豰蛫[227]，棲息乎其間，長嘯哀鳴，翩幡[228]互經，夭蟜[229]枝格[230]，偃蹇杪顛，踰絕梁[231]，騰殊榛[232]，捷垂條[233]，掉希間[234]，牢落[235]陸離[236]，爛熳[237]遠遷。若此者數百千處，娭[238]遊往來，宮宿館舍[239]，庖廚不徙，後宮不移，百官[240]備具。

【章　旨】本段描寫上林苑的寬廣壯美和物產的珍奇富饒，充分發揮賦體的特點，極力鋪陳，以壓倒子虛、烏有先生所誇耀的雲夢澤和孟諸藪。

【注　釋】❶蒼梧　漢代郡名，郡治在今廣西蒼梧。此或為上林苑中的地名。❷西極　《爾雅・釋地》以「西至於邠國」為西極。此亦可能為上林苑中地名。按：舊說多以〈上林賦〉所寫四界，即當時漢之版圖，地理名物皆為實指。梁玉繩《史記志疑》曰：「余謂上林地本廣大，且天子以天下為家，故所敘山谷水泉，統形勝而言之。至羅陳萬物，亦惟麟鳳蛟龍一二語為增飾。觀《西京雜記》、《三輔黃圖》，則奇禽異木，貢自遠方，似不全妄。況相如明著其旨，曰子虛、烏有、亡是，特致諷諫之義耳，不必從地望所奠，土毛所產而較有無也。」梁說最為通達。賦家之言，虛實參錯，文中所敘，宜皆活看，不應以歷史家之眼光去衡量文學作品。❸丹水　發源於陝西商縣之冢嶺山，東流入河南。❹紫淵　水名。李善注引文穎曰：「西河穀羅縣有紫澤，在縣西北，於長安為在北也。」❺終始　謂灞滻二水自始至終流在苑中。❻霸滻　二水名，源出陝西藍田，合流入渭水。霸，一作灞。❼涇渭　二水名，源出甘肅，東流至陝西高陵合流入黃河。❽酆鎬潦潏　皆水名。酆水源出陝西秦嶺山中，流經長安，入渭水。鎬水源出長安南，北流入渭水。潦水，也作澇水，源出陝西鄠縣，北流入渭水。潏水源出秦嶺，西北流入渭水。❾紆餘委蛇　皆水流屈曲貌，並皆疊韻聯綿詞。❿經營　猶言「周旋」。⓫蕩蕩　水奔流貌。⓬八川　指灞、滻、涇、渭、酆、鎬、潦、潏八水。⓭馳騖　形容水流如馬之奔馳。一說，水流交錯貌。⓮椒丘　長有花椒樹的山丘。⓯闕　本指皇宮門前兩邊的樓，或墓門外所立的雙柱。這裡形容兩峰對峙，有如宮闕。⓰洲淤　水中小洲。《方言》：「水中可居為洲，三輔謂之淤。」⓱泱漭　廣大貌，疊韻聯綿詞。⓲汩　水疾流貌。⓳混　豐大。《說文》：「混，豐流也。」段注：「盛滿之流。」指水勢盛大。⓴阿　大的丘陵。㉑隘陿　即狹隘。陿，同「狹」。㉒穹石　大石。㉓堆埼　沙壅而成的曲岸。堆，沙堆。埼，曲岸頭。㉔沸　水聲。㉕洶涌　水波騰起之貌。㉖彭湃　水波互相衝擊貌。洶涌、彭湃皆疊韻聯綿詞。㉗滭弗　水盛貌，古雙聲聯綿詞。㉘宓汩　水急流貌。㉙偪側　水驚湧貌。宓汩、偪側皆疊韻聯綿詞。㉚泌瀄　水驚湧急流貌，疊韻聯綿詞。㉛轉騰　轉折翻騰。㉜潎洌　水翻騰衝擊之聲。疊韻聯綿詞。㉝滂濞　水勢洶湧貌。㉞沆溉　水鼓怒不平之貌。滂濞、沆溉皆雙聲聯綿詞。按：滂濞即澎湃之音轉，音義並相近。沆溉與忼慨為同一語根之聯綿詞，人的感情激動不平為忼慨，水鼓怒不平為沆溉。㉟穹隆　水勢高起之貌。㊱雲橈　如雲之曲橈。橈，曲。王先謙《漢書補注》曰：「言水勢起伏，乍穹然而上揚，旋如雲而低曲也。」㊲宛潬　水流蜿蜒盤曲貌，疊韻聯綿詞。㊳膠盭　水糾纏縈繞貌。盭，古「戾」

字。㊴踰波　後波踰越前波。㊵趨浥　趨向卑下幽濕之處。浥，濕。㊶浰浰　水疾流貌。㊷瀨　水流經沙灘或石磧之上而形成的急湍。㊸批巖　沖擊多巖石的崖岸。㊹擁　同「壅」。《史記》正作「壅」，壅塞之處，指堤防或水流彎曲之處。㊺奔揚　指奔騰揚沸的水波。㊻滯沛　水奔流貌，疊韻聯綿詞。㊼坻　水中高地。㊽瀺灂　小水聲，古雙聲聯綿詞。㊾霣　同「隕」。隕落。㊿沉沉　水深貌。[51]隱隱　水盛貌。[52]砰磅訇磕　皆水流鼓怒之聲。砰磅，雙聲聯綿詞。訇磕，〈七發〉作「訇隱匈磕」，義並同。[53]潏潏淈淈　皆水湧出貌。[54]湁潗　水沸騰貌，疊韻聯綿詞。[55]汩急　水急轉貌。[56]漂疾　同「剽疾」。指水勢猛悍迅疾。[57]懷　李善注引郭璞曰：「懷亦歸，變文耳。」[58]寂漻　同「寂寥」。寂靜無聲貌，疊韻聯綿詞。[59]肆　安。[60]灝溔潢漾　皆水無涯際貌，皆疊韻聯綿詞。灝溔為潢漾之音轉，音義並相近。[61]安翔　猶言「徐行」。[62]徐回　緩緩地回旋。[63]翯　水白光貌。[64]滈滈　水泛白光貌。一說，同「浩浩」。指水勢浩大。[65]太湖　舊注以為指江蘇太湖，疑非是。太湖，即大湖，當指關中巨澤，一說即指上林苑中的昆明湖。[66]衍溢　水平滿溢出貌，雙聲聯綿詞。[67]陂池　指小池小湖。《禮記·月令》注：「畜水曰陂，穿地通水曰池。」按：自「左蒼梧」句至此句，寫上林苑中的水勢。[68]螭　有角曰龍，無角曰螭，皆龍一類動物。[69]䱭鰽三句　皆魚名。䱭鰽，形似鱔，長鼻軟骨，口在頷下。漸離，《史記》作「螹離」，不詳其狀，胡紹煐疑為蚌蟹一類的介類水族動物。鰅，皮上有紋，相傳出於朝鮮海內。鰫，似鰱而黑，即花鰱。鰬，似鱔，即大鮎魚。魠，一名黃頰魚，頰黃口大，能食小魚。禺禺，皮有毛，黃地黑文。魼，比目魚。鰨，鯢魚，似鮎有四足，聲如嬰兒，即娃娃魚。按：以上諸魚，各家解說不盡同，詳王先謙《漢書補注》，今依郭璞說，餘不錄。[70]揵　揚起。[71]掉　擺動；搖動。[72]深巖　岸底。[73]讙　喧譁。[74]明月　明月珠，即大珠。[75]珠子　小珠。[76]的皪　珠光閃耀貌，疊韻聯綿詞。[77]靡　借作「湄」。水邊。[78]蜀石　次於玉的石。[79]黃碝　黃色的次於玉的石。[80]水玉　水晶石。[81]磊砢　玉石累積貌。[82]磷磷爛爛　玉石色彩燦爛貌。[83]澔汗　采色輝映之貌，雙聲聯綿詞。[84]鴻鷫五句　皆鳥名。鴻，大雁。鷫，鷫鷞，雁屬，羽毛呈綠色。鵠，黃鵠，即天鵝。鴇，似雁而無後趾。駕鵝，野鵝。屬玉，似鴨而大，長頸赤目，羽毛紫紺色，性善鬥。交精，形似鳧，腳高，有紅毛冠。旋目，水鳥，大於鷺而尾短。煩鶩，似鴨而小。庸渠，俗名水雞，似鴨而雞足，毛呈灰色。箴疵，水鳥，毛呈蒼黑色。鵁盧，即鸕鷀，善捕魚的水鳥。[85]沉淫泛濫　皆水鳥浮游水上之貌。沉淫，《史記》、《漢書》、《文選》均作「汎淫」。[86]澹淡　隨風飄浮貌，雙聲、疊韻聯綿詞。[87]奄薄　止息依集，言止息依集於水渚之上。[88]唼啑　水鳥食物聲。啑，俗「喋」字。[89]菁藻　都是水草名。[90]菱　一名芰，一年生水生草本植物，果實俗稱菱角。按：自「於是乎蛟龍赤螭」至此句，寫上林苑水中及水上之物。[91]矗矗　高聳貌。《史記》無此二字。王念孫說：「矗矗二字，後人所加也；『崇山巃嵸崔巍』六字連讀，後人加『矗矗』二字，而以『崇山矗矗』為句，失之矣。」[92]巃嵸崔巍　皆山勢高峻貌，皆疊韻聯綿詞。[93]嶄巖　山險峻貌，疊韻聯綿詞。[94]嵾嵳　同「參差」。山高下不齊貌，雙聲聯綿詞。[95]九嵕　山名，在今陝西醴泉。[96]巀嶭　山高峻貌，疊韻聯綿詞。[97]南山　即終南山，在長安南，屬秦嶺山脈。[98]峩峩　高貌。[99]巖陁甗錡　王先謙《漢書補注》說：「四字各為義，或巖而峻，或陁而下，或如甗而巀嶭，或如錡而嵌空也。」巖，險峻。陁，即「陁靡」之陁，傾斜貌。甗，甑；錡，三足釜；此以甗錡形容山的形狀。[100]摧崣　山高峻貌，疊韻聯綿詞，同前「崔巍」。[101]崛崎　山陡絕貌。一說，崛崎即崎嶇，山路不平貌。[102]振溪　收蓄溪水。振，收。[103]蹇產　曲折貌，疊韻聯綿詞。[104]溝瀆　水溝。[105]谽呀豁閜　皆空曠貌，形容山谷很深，皆雙聲聯綿詞。谽呀、豁閜皆雙聲字（曉紐字），音義並相近。[106]阜陵別隖　顏師古說：「言阜陵居水中，各別為隖也。」阜，丘；土山。陵，大丘。隖，即「島」字。[107]崴磈嵔廆　皆疊韻字，音義並同，形容山高峻貌。[108]丘虛崛礨　皆堆壠不平貌。丘虛，雙聲聯綿詞。崛礨，古疊韻聯綿詞。[109]隱轔鬱㠥　皆山險曲不平貌，皆疊韻聯綿詞。[110]施靡　同「陁靡」。斜平貌，詳〈子虛賦〉「陁靡」注。[111]陂池　山坡傾斜貌。[112]貏豸　山勢漸平貌，疊韻聯綿詞。[113]沇溶淫鬻　皆水緩流貌，皆雙聲聯綿詞。[114]散渙　即渙散，風行水上，吹散水波之貌，疊韻聯綿詞。[115]夷陸　平陸。夷，平。王先謙說：「言將至平地，水則沇溶而淫鬻，山則散渙而夷陸也。」一說，散渙，分布，言水緩緩流動，分布於平陸之上，亦可通。[116]亭皋　平坦的水邊地。亭，平。[117]被築　言築地使之平。[118]揜　覆蓋。揜，即「掩」字。《史記》正作「掩」。[119]留夷　香草名，或謂即芍藥。[120]結縷　草名，多年蔓生，著地處皆生細根，如線相結，葉如茅。[121]攢　叢生。[122]戾莎　綠色的莎草。戾，同「莀」。深綠色。莎，草名。[123]揭車六句　皆香草名。揭車，一名乞輿，味辛，花白。衡，杜衡，似葵而香，俗名馬蹄香。蘭，蘭花。稾本，草類白芷，根似芎藭。射干，即烏扇耳，十月生。茈薑，即子薑。生薑謂之茈薑。蘘荷，即巴苴，根傍生筍，可以為葅，根可入藥。葴持，即葴蘵，一名寒漿，又名酸漿草，花小而白，莖中心呈黃色，葉苦可食。若，杜若，葉廣披作針形，味辛香。蓀，即荃，香草。鮮支，可染紅色，葉似薊，花似蒲公英，出西方，土人以為染，名為燕支。黃礫，可染黃色。礫，借作「莀」，《說文》：「莀，草也，可以染。」蔣，即菰蒲草，其實即菰米。苧，即荊三棱，又名三棱草，葉似莎草，極長，莖三棱，如削，大如人指，高五六尺，莖端開花。大體皆如莎草，好生水際及淺水中。青薠，似莎而大的植物。[124]布濩　布滿，疊韻聯綿詞。[125]閎澤　大澤。閎，同「宏」。大。[126]延曼　猶言蔓延，延展之意，疊韻聯綿詞。[127]太原　廣大的原野。[128]離靡　連延不斷貌。[129]廣衍　廣布。衍，分布。[130]揚烈　發散濃烈的香氣。[131]郁郁菲菲　香氣四散貌。[132]發越　發散傳播。[133]肸蠁　香氣四布貌，雙聲聯綿詞。[134]布寫　分布而流瀉，即四布之意。寫，同「瀉」。傾瀉。[135]晻薆咇茀　皆香氣濃烈貌，雙聲聯綿詞。泌茀，即〈子虛賦〉之「滭沸」，彼言水盛，此言香烈，其實皆盛之意。按：自「於是乎崇山矗矗」至此句，寫上林苑的山川原野及所生草木。136縝紛　繁密貌。137軋芴　緻密不可分辨之貌。138芒芒　眼花撩亂貌。139恍忽　即「恍惚」，隱約不清，見不真切，難以辨認貌，雙聲聯綿詞。此言苑中景物眾盛，範圍廣大，令人眼花撩亂，難以辨認。140陂　池塘。二句極言其廣大，下言「其南」、「其北」氣候寒暑不同，亦極言其廣大而已。141涌水　《史記》作「踊水」，與「躍波」同義，指波濤騰踊不停。此二句顏師古注：「言其土地氣溫，經冬草木不死，水不凍。」142獽旄四句　皆獸名。獽，牛類，一名封牛，頸上有肉堆。旄，旄牛，四肢有毛，體上之毛雜黑白二色。貘，同貊，似熊，性柔，易馴養。犛，黑色野牛，似旄而小。沉牛，水牛。因其可以沉沒水中，故名沉牛。麈，似鹿而尾大，頭生一角。麋，麋鹿，鹿屬。赤首、圜題，均南方獸名，均以其形之特徵而得名。圜，同「圓」。題，額。一說，題為踶（即蹄）字之誤。窮奇，怪獸名。李善注引張揖曰：「窮奇，狀如牛而猬毛，其音如嘷狗，食人者也。」象，大象。犀，犀牛。143揭　褰衣而渡。此二句顏師古說：「言其土地氣寒，當暑凝凍，地為之裂，故涉冰而渡河也。」144麒麟四句　皆獸名。麒麟，傳說中的仁獸。《史記索隱》引張揖曰：「雄曰麒，雌曰麟，其狀麋身，牛尾，狼蹄，一角。」角端，牛類，其角生於頭頂正中。騊駼，相傳是產於北海中的野獸，狀如馬，一說即野馬。槖駝，即駱駝。蛩蛩，青色的獸，狀如馬，善於奔走。驒騱，一種野馬，毛呈青黑色，上有白鱗，花紋似鼉魚。駃騠，駿馬名。驢，驢子，家畜，供乘騎或供役使。贏，即騾，驢和馬雜交所生。按：自「於是乎周覽泛觀」至此句，寫上林苑中景象，詳述獸類，為下文畋獵張本。145離宮別館　古代帝王於正式宮殿之外別築宮室，以便隨時遊處，謂之離宮。別館，別墅。146四注　向四面延伸。147重坐　兩層的樓房。一說，廊廡上級下級皆可坐，故曰重坐。148華榱　雕繪花紋的屋椽。榱，椽。149璧璫　用玉嵌飾的瓦璫。一說，玉製的椽頭。150纚屬　纚迤相連屬。151步櫩　長廊。櫩，古「檐」字。152周流　周遍通向四方。153中宿　中道而宿，極言走廊之長，須經宿方至。154夷嵕　挖平高山。夷，平。嵕，高的山。155增成　一層又一層。增，同「層」。重疊。成，一重；一層。156巖窔　幽深貌。157杳眇　深邃貌。158廾　古「攀」字，《史記》作攀。159橑　屋椽。160捫　用手觸摸。161奔星　流星。162閨闥　宮中小門。163宛虹　彎曲的虹。164楯軒　欄杆和長廊上的窗。165蚴蟉　龍回旋之貌，疊韻聯綿詞。166箱　通「廂」。正殿兩旁的廂房。167象輿　仙人所乘的用象駕的車。168婉僤　宛轉徐行貌，疊韻聯綿詞，與「蜿蟬」、「蜿蜒」、「宛轉」為同族之音變。169西清　西廂的清室。170靈圉　眾仙之號。一說，仙人名。171燕　燕居；閒居。172偓佺　古仙人名，相傳食松子，體生毛數寸，方眼，善走。173暴　同「曝」。曬太陽。174南榮　南面屋檐之下。榮，屋南檐。175醴泉　甘泉。176清室　猶言「靜室」、「淨室」。177通川　通流不息的河。178盤石　即磐石，《漢書》作「磐石」，大石。179裖崖以石修整崖岸。裖，整。(180)嶔巖　深險貌。(181)倚傾　欹斜傾側。(182)嵯峩嶕嶫　皆高聳貌，皆疊韻聯綿詞。(183)刻削　形容石頭形狀奇特，如經人工雕刻砍削。(184)旁唐　有紋理的美石。一說，廣大貌，疊韻聯綿詞。為磅礴、盤礴之音轉。(185)玢豳　玉有紋理貌。謂文質相雜，雙聲聯綿詞。(186)文鱗　言其文彩斑然鱗次。(187)赤瑕　赤色的玉。(188)駮犖　色彩斑斕貌，疊韻聯綿詞。(189)臿　同「插」。(190)鼂采　美玉名。鼂，「朝」之假借字。傳說此玉每旦有白虹之氣，光采上出，故名朝采。(191)琬琰　美玉名。(192)和氏　即和氏璧，春秋時楚人卞和所得美玉。按：自「於是乎離宮別館」至此句，寫上林苑中閣道、臺觀及珍寶之多。(193)盧橘　橘之一種，每年秋天結實，至次年二月漸青黑，至夏始熟。(194)黃甘七句　皆水果名。黃甘，即黃柑。甘，同「柑」。橙，橙子。楱，亦橘類水果，惟皮有縐紋，故又名皺子。枇杷，常綠樹木，果可食，產於我國南方各省。橪，即酸棗。柿，即柿子。亭，棠梨，俗名海棠果。柰，蘋果類水果，也稱花紅，沙果。厚朴，木名，皮厚，可入藥，其果甘美可食。樗棗，似柿而小。楊梅，其實外肉著核，熟時正赤，味甘酸。櫻桃，又名含桃、荊桃，落葉喬木，春季先葉開花，淡紅色或白色。蒲陶，即葡萄。隱夫，李善、顏師古皆言未詳，高步瀛謂「隱夫」乃「夫栘」之聲轉，即常棣，一名郁李。薁棣，即郁李，果實紫赤味酸。荅遝，木名，果似李。離支，即荔枝。(195)貤　通「迆」。連延。(196)扤　搖動；擺動。(197)榮　花。《爾雅・釋草》：「木謂之榮，草謂之華。」(198)煌煌扈扈　光彩鮮豔貌。(199)沙棠六句　皆木名。沙棠，果木名，俗稱沙果。櫟，橡實。櫧，木名，實如橡實而小。華，即樺樹。楓，即楓樹。枰，一名平仲樹，即銀杏樹。櫨，一名黃櫨，落葉喬木，實扁圓而小，可採蠟。留落，即劉杙，實如梨，味酸甘而核堅。一說，即石榴。胥邪，即椰子樹。仁頻，即檳榔樹。并閭，即椶樹。欃檀，檀樹的一種，無香氣。木蘭，又名杜蘭，林蘭，狀如楠樹，質似柏而微疏，皮辛香似桂，皮、花可入藥。豫章，樟樹一類的樹。女貞，即冬青樹。(200)連抱　幾個人相連才抱得過來，言其大。(201)夸　借作「荂」，即「花」字。(202)蔆楙　即俊茂，高大茂盛。楙，古「茂」字。(203)攢　與下「叢」，皆叢聚一起之意。(204)立　與下「倚」，皆形容樹的形狀或直立，或斜倚。(205)連卷　蜷曲貌。(206)欐佹　委曲蟠戾貌。與「連卷」皆疊韻聯綿詞。(207)崔錯　眾盛貌，一說，交雜貌，雙聲聯綿詞。(208)癹骫　紆盤糾結。(209)抗衡　徑直貌，疊韻聯綿詞。(210)閜砢　互相扶持。(211)扶疏　枝條四布貌，疊韻聯綿詞。(212)幡纚　飛揚貌。(213)紛溶　枝幹竦擢之貌。一說，繁大貌。(214)箾蔘　草木盛貌，雙聲聯綿詞。(215)猗狔　隨風搖曳貌，疊韻聯綿詞，與妸娜、婀娜、猗那、旖旎、猗柅皆為同一語根。(216)藰莅　風吹樹木發出的淒清之聲，雙聲聯綿詞。(217)芔歙　《史記》作「芔吸」。「芔」當是「𡙇」之譌，或「𡙇」之借。《說文》：「𡙇，急也。」「𡙇歙」猶「欻歙」，迅急之貌，指風聲迅疾。(218)管籥　管樂器，簫笛之類。(219)偨池茈虒　猶「參差」，不齊貌，古雙聲聯綿詞，與「參差」為同一語根之音轉。(220)旋還　環繞。還，通「環」。(221)雜襲　相因。

㉒纂輯　猶「累積」。王先謙曰：「雜襲、累積，皆重積之義。」㉓下隰　下到低濕之地。隰，低濕之地。㉔窮　盡。按：自「於是乎盧橘夏熟」至此句，寫上林苑中果木的眾多和樹林的繁茂。㉕玄猨　黑色的雄猴。㉖素雌　白色的雌猴。㉗蜼玃三句　皆獸名。蜼，同「狖」。形如母猴，昂鼻長尾。玃，大猴。飛蠝，能飛的鼯鼠。蛭，一種能飛的獸，據云身生四翼，見《山海經》。蜩，當作⿰豸周，狀如猴，善爬樹。蠼猱，舊注解說不一。按蠼、玃同音相通，上已有玃，此當作⿰犭翟。《玉篇》云：「似獼猴而黃」。蠗、⿰犭翟同音，蠗是⿰犭翟之借。猱亦獼猴。獑胡，形似猿而足短，善騰躍。豰，即白狐子，似鼬而大，以獼猴為食物。蛫，《山海經・中山經》說：「即公之山有獸焉，其狀如龜，而白身赤首，名曰蛫。」一說，猴類。㉘翩幡　便旋輕捷之貌，雙聲聯綿詞。㉙夭蟜　猿猴在樹上嬉戲騰躍貌，疊韻聯綿詞。㉚枝格　枝柯。㉛絕梁　猶言「斷橋」，指無橋可通的溪澗。㉜殊榛　相隔絕的叢林。殊，絕，指隔絕。榛，叢生之木。㉝捷垂條　接持懸垂的枝條，意即攀附這一垂條轉到另一垂條。捷，接。㉞掉希間　騰躍在枝條稀疏而有間隙之處。掉，借作「踔」，《史記》正作「踔」，騰躍。㉟牢落　稀疏貌。㊱陸離　分散貌。下文「先後陸離」同義。與「牢落」皆雙聲聯綿詞。按：牢落，陸離皆雙聲來紐字，音義並相近。㊲爛熳　分散貌，疊韻聯綿詞。㊳娭　同「嬉」。嬉戲。㊴宮宿館舍　可供止宿的離宮別館。㊵百官　各種執事的官員。按：自「於是乎玄猨素雌」至此句，寫上林苑中的猿類動物及可供遊樂之處極多，供應亦極充分。

【語譯】「並且齊國、楚國的這些事又怎麼值得稱道呢？你們沒有見過巨大壯麗的地方，難道就沒有聽說過天子的上林苑嗎？上林苑東面是蒼梧，西面是西極，丹水經過它的南面，紫淵經過它的北際。灞水、滻水始終流在苑中，流進來又流出去的是涇水、渭水。酆水、鎬水、潦水、潏水，曲折迂曲，周旋在上林苑內。八條河浩浩蕩蕩地分別奔流互相背離而各具態勢。東西南北，像駿馬般馳騁往來，從兩峰對峙如同宮闕的椒丘流了出去。流過小洲的岸邊，經過桂樹林中，穿過廣闊的原野。水流迅疾，水勢盛大，順著大丘陵奔騰而下，奔赴狹隘的河口。衝撞大石，衝刷沙壅而成的曲岸，水流咆哮激怒，洶湧澎湃。水盛流急，驚濤湧起，四處橫流而倒轉回折，轉折翻騰，發出互相撞擊之聲，水勢洶湧而鼓怒不平；奔騰起伏如雲之橈屈，蜿蜒盤曲而糾纏繞縈；後波超越前波而趨向低濕之地，向著淺灘急急地流淌前行；沖刷崖岸和沖擊壅塞，翻騰揚沸而奔流不停。臨近小洲，注入谿壑，水聲潺潺地墜落低坑；水流深而浩大，砰磅訇礚，四處流湧，像開水沸騰。

奔馳的水波，飛濺的白沫，急轉直下，猛悍迅疾；向著遠方流去寂靜地無聲無息，安然長逝。然後無涯無際而緩緩流動回旋，泛著白光，向東注入大湖巨澤，池塘水滿而外溢。於是蛟龍、紅色的無角龍、鮔鱛、漸離、鰅、鰫、鰬、魠、禺禺、魼、鰨，各種魚類揚起魚鰭，擺動魚尾，掀動魚鱗，振起魚翅，潛藏在深深的巖岸。魚鱉喧嘩，各種動物眾多，明月大珠與小珠，閃閃發光而照射江邊。蜀石、黃碝這些次於玉的石頭和水晶石，到處堆積，色彩爛熳，五光十色，聚集在那深淵。大雁、鷫鷞、黃鵠、鳿鳥、野鵝、屬玉、交精、旋目、煩鶩、水雞、箴疵、鵁鶄，各種水鳥成群地浮游在水面。牠們自由自在地在水上嬉戲，隨著風浪一起一伏地搖蕩；或依水渚而遊戲，或棲息在小洲之上；唼唼地吃著水草，菱角和藕也咀嚼得很響。於是高山聳立，高峻雄偉，險要無比；密茂幽深的森林和大樹高聳，與山一樣高低不一；九嵕山非常高峻，終南山也高高矗立；或險峻，或傾斜，或如甑一般陡直，或如三足釜一般鼎立，高峻而又陡絕。收蓄溪水，溝通山谷，全是些彎彎曲曲的小溪。山谷深邃空曠，土山大丘竦立水中而各成小島，山勢險峻而有高有低。山險曲不平而又高下傾斜，漸漸地趨向平緩低卑。溪水緩緩流動，分散在平坦的原野；平坦的水邊地有千里之廣，無不被修築成平地。地上掩蓋著蕙草，覆蓋著江蘺；糅集著蘼蕪，雜生著留夷；布滿了結縷草，叢生著綠色的莎草，還有揭車、杜衡、蘭草，稾本、射干、子薑、蘘荷、箴持、杜若、蓀荃、鮮支、黃礫、菰蒲草、三棱草和青薠。各種香草布滿大澤，蔓延到廣闊的原野；連延不斷，廣為分布，隨著風倒伏在地；發散著濃烈的香氣；各種芳香發散傳播，香氣四布而流瀉，濃烈撲鼻。於是舉目四望，四周的景物繁茂美倩，令人眼花撩亂，隱約而不可分辨。看去無始無終，細察無際無邊。日出於苑東的池沼，而降落在西邊的池畔。那南面嚴冬季節還萬物生長，水泉騰踊，水花飛濺。那野獸有㺎牛、旄牛、貊貉、野牛、水牛、麈鹿、麋鹿、赤首、圜題，還有窮奇、大象和犀牛。那北面即使盛夏也天寒地凍，撩起衣裳蹚過冰面。那野獸則有麒麟、角端、騊駼、駱駝、蛩蛩、野馬、駃騠和驢、騾。於是天子臨時居住的宮殿、別墅，布滿山崗，跨越谿谷，高廊向四面延伸，兩層的樓房和屈曲相連的樓閣。華麗的屋椽，嵌玉的瓦璫，可乘輦而行的閣道纚迤連屬；長廊通向四面，長途需要中道住宿。剷平高山，建築廳堂，高臺重疊地一層又一層，還有幽靜深邃的房間。低頭一派深邃而看不見什麼，抬手即可攀摸到青天。流星經過宮中的小門，彎曲的彩虹在欄杆和窗上伸延。青龍在東面廂房回旋。大象駕的仙車在西廂的清室徐行宛轉。靈圉閒居在清閒的館舍，偓佺一類的仙人，曬太陽於屋的南檐。甘泉在靜室內湧出，通流不息的河經過中心的庭院。大石修整的崖岸，深險而欹側傾偏；如同人工雕刻砍削而十分高聳峻險。玫瑰、碧玉、美玉、珊瑚都叢生在裡面。瑉玉、有紋理的美石，文質相雜而文采如魚鱗般燦爛。紅色的美玉色彩斑駁，混雜著穿插其間。朝采，琬琰，和氏璧都出產在上林苑。於是盧橘夏天成熟，黃柑、橙、榛、枇杷、柿子、酸棗、棠梨、柰李、厚朴、楟棗、楊梅、櫻桃、葡萄、隱夫、郁李、荅遝、荔枝，羅布在後宮，排列在後園；連延在丘陵，下伸到平原；飛揚著翠綠的樹葉，擺動著紫色的枝幹；開放著紅色的花朵，懸垂著赤色的花冠；光彩鮮豔，照耀著原野山巒。沙棠、橡樹、櫧樹、樺樹、楓樹、銀杏、黃櫨、留落、椰子、檳榔、并閭、欃檀、木蘭、豫章、女貞，長有千仞，大要幾個人合抱；花朵枝條筆直通暢，果實樹葉巨大繁茂；成叢地竦立或成叢地斜倚，蜷曲蟠戾；錯雜盤結，挺直而互相依倚。下垂的枝條四散分布，落花飛揚不止；枝幹高聳而繁茂，隨著風搖擺不已。發出的聲響淒清迅疾，像鐘磬的聲響，像簫笛的音色；參差不齊，環繞在宮前宮後；互相重疊積累，覆蓋山崗，緣著澗溪，沿著山坡下到卑濕之處，望去沒有開端，深究沒有窮極。於是黑色的雄猴，白色的雌猴，猿狖、大猴，能飛的鼯鼠、蛭、蜩、玃猱、獑猢、白狐子和蛫，棲息在那林間。長聲呼嘯，淒戾鳴叫，輕捷地來回蹦跳；在樹上嬉戲騰躍，高踞在樹的頂梢。越過不相連通的山澗，騰躍在隔絕不通的樹端；攀持著懸垂的樹枝，飛躍在稀疏而有間隙的林間，稀疏分散，四散遠遷。像這樣的地方有數百上千處，往來嬉戲遊樂，可供止宿的離宮別館，庖廚不必移徙，後宮不必搬遷，各種執事的官員一應齊全。

「於是乎背秋涉冬，天子校獵。乘鏤象❶，六❷玉虯❸，拖蜺旌❹，靡❺雲旗❻；前皮軒❼，後道游❽。孫叔❾奉轡❿，衛公⓫驂乘，扈從橫行⓬，出乎四校⓭之中，鼓嚴簿[14]，縱獵者。江河為阹[15]，泰山為櫓[16]，車騎靁起，殷天動地，先後陸離，離散別追[17]，淫淫[18]裔裔[19]，緣陵流澤，雲布雨施。生[20]貔[21]豹，搏豺狼，手[22]熊羆[23]，足壄羊[24]，蒙鶡蘇[25]，絝[26]白虎[27]，被班文[28]，跨[29]壄馬。淩[30]三嵕[31]之危[32]，下磧歷[33]之坻[34]；徑[35]峻赴險，越壑厲[36]水。推[37]蜚廉[38]，弄獬豸[39]；格[40]蝦蛤[41]，鋋[42]猛氏[43]；羂[44]騕褭[45]，射封豕[46]。箭不苟害，解脰[47]陷腦；弓不虛發，應聲[48]而倒。於是乎乘輿弭節[49]徘徊，翱翔往來，睨部曲之進退，覽將帥之變態。然後侵淫[50]促節[51]，儵敻[52]遠去。流離[53]輕禽[54]，蹴履[55]狡獸；轊[56]白鹿，捷[57]狡兔；軼赤電，遺[58]光耀；追怪物，出宇宙；彎蕃弱[59]，滿[60]白羽[61]；射游梟[62]，櫟[63]蜚遽[64]。擇肉[65]而後發，先中而命[66]處；弦矢分，藝[67]殪仆[68]。然後揚節[69]而上浮[70]，淩[71]驚風，歷駭猋[72]，乘虛無[73]，與神俱。躪[74]玄鶴，亂昆雞[75]；遒[76]孔鸞，促鵔鸃[77]；拂[78]翳鳥[79]，捎[80]鳳皇；捷鵷鶵，揜焦明[81]。道盡塗殫，迴車而還；招搖乎襄羊[82]，降集乎北紘[83]；率乎[84]直指，晻[85]乎反鄉[86]。蹷[87]石闕[88]，歷封巒，過鳷鵲，望露寒，下棠梨[89]，息宜春。西馳宣曲[90]，濯鷁[91]牛首[92]，登龍臺[93]，掩細柳[94]。觀士大夫之勤略[95]，均[96]獵者之所得獲，徒車之所轔轢[97]，步騎之所蹂若[98]，人臣之所蹈藉[99]，與其窮極[100]倦谻[101]，驚憚讋伏[102]，不被創刃而死者，他他藉藉[103]，填阬滿谷，揜平[104]彌澤[105]。

於是乎游戲懈怠，置酒乎顥天之臺[106]，張樂乎膠葛之寓[107]；撞千石之鍾，立萬石之虡[108]；建翠華之旗[109]，樹靈鼉之鼓[110]。奏陶唐氏之舞[111]，聽葛天氏之歌[112]；千人唱，萬人和；山陵為之震動，川谷為之蕩波。巴渝[113]宋、蔡[114]，淮南干遮[115]，文成[116]顛歌[117]，族居[118]遞奏，金鼓迭起，鏗鎗闛鞈[119]，洞心[120]駭耳。荊吳鄭衛之聲，韶濩武象[121]之樂，陰淫案衍[122]之音，鄢郢[123]繽紛，激楚[124]結風[125]，俳優[126]侏儒[127]，狄鞮[128]之倡[129]，所以娛耳目、樂心意者，麗靡爛漫[130]於前。靡曼美色[131]，若夫青琴[132]宓妃[133]之徒，絕殊離俗[134]，妖冶[135]嫻都[136]，靚糚[137]刻飾[138]，便嬛[139]綽約，柔橈[140]嫚嫚[141]，嫵媚孅弱[142]，曳獨繭[143]之褕[144]袘[145]，眇[146]閻易[147]以卹削[148]，便姍嫳屑[149]，與俗殊服。芬芳漚鬱[150]，酷烈淑郁[151]；皓齒粲爛[152]，宜笑[153]的皪[154]；長眉連娟[155]，微睇[156]緜藐[157]；色授魂與[158]，心愉[159]於側。

【章　旨】本段寫天子畋獵的盛況和獵後聲色之樂的極盛，以壓倒齊楚的畋獵和遊樂。

【注　釋】❶鏤象　用象牙鑲鏤車輅的車。❷六　用作動詞，指用六條玉龍駕車。❸玉虯　代指白色駿馬。虯，同虬，龍屬動物。❹霓旌　李善注引張揖曰：「析羽毛染以五彩，綴以縷為旌，有似虹蜺之氣也。」❺靡　同「麾」。今寫作「麾」，揮動。❻雲旗　李善注引張揖曰：「畫熊虎於旒為旗，似雲氣也。」❼皮軒　以虎皮為飾的車。❽道游　導車；遊車。李善注引張揖曰：「天子出，道車五乘，游車九乘，在乘輿前。」又李善曰：「言皮軒居最前，而道游次皮軒之後，以為前後相對，為偶辭耳，非謂道游在乘輿之後。」道，同「導」。❾孫叔　一說指太僕公孫賀，一說指古之善御者孫陽。❿奉轡　駕車。⓫衛

公　一說指大將軍衛青，一說指古之善御者衛莊公。按：孫叔、衛公，蓋皆設辭，不必考實。⑫橫行　橫越而行，不由中道而旁出。一說，跋扈縱恣而行，言其勇武而無畏憚。⑬四校　四面的欄柵。古代天子射獵，設木為欄柵。⑭鼓嚴簿　擊鼓於森嚴的鹵簿之中。簿，鹵簿，天子出行時的侍從儀仗。⑮陸　獵區布列的外圍。⑯櫓　望樓。⑰別追　言各有所追逐。⑱淫淫　漸進。⑲裔裔　緩行貌。⑳生　活捉。㉑貔　豹類猛獸。㉒手　用手擊殺。㉓羆　熊類猛獸。㉔壄羊　山羊。壄，同野。㉕鶡蘇　鶡尾。鶡，鳥名，形似雉，性猛好鬥。蘇，尾。郭璞注：「蒙其尾以為帽也。」㉖絝　同「袴」。用作動詞，穿袴。㉗白虎　指袴上的虎形圖案。此二句姚鼐原注云：「鼐按：《續書・輿服志》云：『武冠，環纓無蕤，以青系為緄，加雙鶡尾。五官、左右虎賁、羽林中郎將、羽林左右監皆冠鶡冠。虎賁將虎文袴。襄邑歲獻，織成虎文。』此乃所云『蒙鶡蘇，絝白虎』也。孟康注：『鶡，鶡尾也；蘇，析羽也。』蓋得之，而善注謬甚。郭景純以絝為絆，亦失之。」㉘班文　指繪有虎豹等文采的衣。李善注引司馬彪《續漢書》曰：「虎賁騎皆虎文單衣。」班，《史記》作「豳」，《漢書》作「斑」，按：班、豳、斑古同音通用。㉙跨　騎。㉚淩　「陵」之借，《史記》、《漢書》均作「陵」，登山。㉛三嵕　三成之山。三成猶言「三重」，「三疊」。一說，山名。㉜危　山的最高處。㉝磧歷　不平貌，疊韻聯綿詞。㉞坻　山坂。㉟徑　走過。通「經」。㊱厲　連衣涉水，引申為渡過。㊲推　顏師古曰：「亦謂弄之也。」㊳蜚廉　龍雀，鳥身鹿頭。㊴獬豸　神獸名，似鹿而一角，主觸不直者。㊵格　搏鬥而殺之。㊶蝦蛤　猛獸名。㊷鋋　鐵柄短矛，用作動詞，用短矛殺死。㊸猛氏　亦獸名，似熊而小，毛淺有光澤。㊹羂　同「罥」。用網捕取。㊺騕褭　神馬名，相傳日行萬里。㊻封豕　大豬。㊼脰　頸項。㊽聲　指弦聲。按：自「於是乎背秋涉冬」至此句，寫天子所統領的部曲將校畋獵的盛況。㊾弭節　猶言「按轡徐行」。㊿侵淫　漸進貌，疊韻聯綿詞。(51)促節　疾馳。(52)儵夐　迅疾貌，雙聲聯綿詞。(53)流離　顏師古曰：「困苦之也。」李善注引張揖曰：「放散也。」雙聲聯綿詞。(54)輕禽　輕疾的飛禽。(55)蹴履　踐踏。(56)轊　即〈子虛賦〉「轊騊駼」之轊，用車撞殺。(57)捷　獲。(58)遺　拋在後面。這二句極言其快。(59)蕃弱　《史記》作「繁弱」，夏后氏的良弓。(60)滿　拉滿弓，把弓全拉開，拉弓直至箭頭。(61)白羽　白羽箭。(62)梟　梟羊，似人，長臂，反踵，披髮，食人。一說即狒狒。(63)櫟　借作擽。張揖曰：「捎也。」掠過的意思。(64)蜚遽　天上神獸，鹿頭而龍身。(65)擇肉　擇其矢鏃易入的多肉之處。一說，擇其肥者。(66)命　名。言射中之先，指明其處，然後一射必中，極言其射技之高超。(67)藝　箭靶。這裡指被射中的禽獸。(68)殪仆　被射死而倒下。(69)揚節　舉起馬鞭。一說，揚起旌節。(70)上浮　上升，指向高處進發，其行如飛，故說「上浮」。(71)淩　乘駕。(72)駭猋　狂飆。(73)虛無　指高空。按以上四句皆極言車駕奔馳之迅速，如乘狂風升天一般。(74)躪　蹂躪；踐踏。(75)昆雞　即鵾雞，形似鶴，黃白色。(76)遒　與下「促」

皆逼迫而捕捉之意。77鵕鸃　有文彩的赤雉。78拂　擊。79翳鳥　鳥名，羽毛呈五彩。80捎　借作「箾」，以竿擊鳥。81焦明　西方鳥名，似鳳。82招搖乎襄羊　皆徘徊不前，悠閒自得之貌，皆疊韻聯綿詞。招搖，即逍遙。83北紘　極北的地方。古代以八方為紘。《淮南子・地形》：「九州之外有八澤，八澤之外乃有八紘。北方之紘曰委羽。」此指上林苑的北界。84率乎　輕遽貌。85晻　借作「奄」，忽然；迅疾。86反鄉　順來的方向返回。鄉，借作嚮。87蹷　踏上。88石闕　與下封巒、鳷鵲、寒露，皆宮觀名，在甘泉宮外，漢武帝建元年間所建。89棠梨　與下「宜春」皆宮館名。棠梨在甘泉宮東南。宜春在陝西杜縣東。90宣曲　地名。其地當與牛首山相近（據陳直《漢書新證》）。91濯鷁　划船。濯，通「櫂」。92牛首　池名。《漢書・霍光傳》作「牟首」，在上林苑西。93龍臺　觀名，在豐水西北，靠近渭水。94掩細柳　在細柳休息。掩，休息。細柳，觀名，在昆明池南。95勤略　辛勤智略。一說，作「獲得」解。96均　衡量。97轥轢　蹂躪輾軋。98蹂若　踐踏。99蹈藉　踐踏。100窮極　窮困至極，走投無路。101倦谻　疲乏至極。102讋伏　因恐懼而匍匐不動。103他他藉藉　禽獸屍體縱橫交錯之貌。104掩平　掩蓋平原。105彌澤　填滿沼澤。按：自「於是乎乘輿弭節徘徊」至此句，寫天子親自射獵及考察部下獵獲的情景。106顥天之臺　言臺高上接天宇。107膠葛之寓　寥廓空曠的處所。膠葛，曠遠空闊貌，雙聲聯綿詞。寓，古「宇」字，屋宇。108虡　掛鐘的木架。109翠華之旗　用五彩羽毛裝飾的旗。110靈鼉之鼓　用鼉龍皮蒙的鼓。111陶唐氏之舞　即咸池舞曲。陶唐氏，指帝堯。堯的舞曲名咸池。112葛天氏之歌　《呂氏春秋・古樂》云：「葛天氏之樂，三人操牛尾，投足以歌八闋。」葛天氏，遠古氏族社會的部族首領。113巴渝　舞名。巴西閬中有渝水，獠人居其上，皆剛勇好舞。漢高祖招募以平定三秦。後使樂府習其舞，因名巴渝舞。114宋蔡　皆春秋時國名，這裡指其地的音樂。115淮南干遮　淮南國的樂曲名。淮南，西漢時國名。116文成　漢遼西縣名，其縣人善歌。117顛歌　即滇歌。顛，同「滇」。漢時西南小國，在今雲南昆明一帶。其人能作西南夷歌，因稱滇歌。118族居　《史記》正作「族舉」，具舉，眾樂並演。119鏗鎗闛鞈　鐘聲、鼓聲，皆象聲詞。鏗鎗，字亦作鏗鏘、銵鎗。闛鞈，字亦作鏜鼞、鞺鞈、閶鉿、鏜鞈、闛閤。120洞心　響徹內心。洞，徹。121韶濩武象　皆樂曲名。韶，虞舜之樂。濩，商湯之樂。武，即大武樂，周武王之樂。象，周公之樂。122陰淫案衍　淫靡放縱，皆疊韻聯綿詞。123鄢郢　皆楚地，這裡指兩地的樂舞。124激楚　楚地歌曲名。125結風　歌曲結尾的餘聲。一說，舞曲名。126俳優　古代表演雜戲的人。127侏儒　矮小的人，參加雜戲表演引人發笑的矮子。128狄鞮　古代西方部族名。129倡　古代歌唱的女樂工。130麗靡爛漫　指輕盈靡曼的音樂，皆疊韻聯綿詞。131靡曼美色　膚理細膩柔弱的美女。靡曼，雙聲聯綿詞。「美色」下《史記》、《漢書》均有「於後」二字，《文選》無。李善注：「(色)下或云『於後』，非也。」而五臣注劉良說：「麗靡爛漫，美音聲也；靡曼美色，多姿態也。言娛悅耳目，則置於前後。」五臣本亦有「於後」二字。按：據《史》、《漢》及五臣本，則「於後」屬上為句讀，與「於前」對舉成文；據李善本，則此句意當屬下，言靡曼美色，如青琴、宓妃之徒於側侍酒。132青琴　古神女名。133宓妃　洛水女神。134離俗　遠離世俗，即舉世無雙之意。135妖冶　美好。與姣冶、姚冶、淫冶、姚佚、窕冶、妖豔、容冶、搖豔等，音義並相通。136嫺都　雅麗。137靚糚　指以粉黛為妝飾。糚，同「妝」。138刻飾　王先謙說：「以膠刷鬢使就理，如刻畫然也。」139便嬛　輕麗貌，疊韻聯綿詞。140柔橈　柔弱，形容體態婀娜多姿。141嫚嫚　美好多姿貌。142孅弱　纖細柔弱。143獨繭　一繭之絲，指顏色純一。144褕　襜褕，罩在外面的直襟短衣。145絏　裳裙下端的邊緣。一說，衣袖。146眇　細微貌。147閻易　衣長貌，雙聲聯綿詞。148卹削　衣服邊緣整齊貌，雙聲聯綿詞。149便姍嫳屑　皆步履輕盈、衣服婆娑貌，皆疊韻聯綿詞。按：便姍、嫳屑，平入對轉，音義並相近。150漚鬱　與下「酷烈」均形容香氣很濃。漚鬱，雙聲聯綿詞。151淑郁　香氣清美濃厚，疊韻聯綿詞。152粲爛　潔白鮮明貌，疊韻聯綿詞。153宜笑　聞一多《楚辭校補》引《白帖》某氏注：「宜笑，齒白也。」又「皓齒也。」據此，則「宜笑」與「皓齒」實為互文見義。154的皪　鮮明貌，疊韻聯綿詞，見前「的皪江靡」注。155連娟　眉曲細貌，疊韻聯綿詞。156微睇　目光微視。157緜藐　目光美好貌，雙聲聯綿詞。158色授魂與　與〈七發〉的「目窕心與」意義相類，指女子以姿色、神態勾引人。一說，色授是女子以顏色勾引人，魂與是男子以精神相應接。159愉　借為「輸」，心輸，猶言「傾心」。一說，樂。按：自「於是乎游戲懈怠」至此句，寫天子獵後置酒張樂、享受聲色之樂的盛況。

【語　譯】「於是秋天過去，冬季到來，天子出外圍獵。乘坐著用象牙雕鏤車輅的車子，用六匹白色的駿馬拉車奔馳；飄曳著飾有雲霓的彩幟，揮動著畫有熊虎似雲氣的旌旗；前面有以虎皮為飾的車輛，後面有導車與遊車跟隨。太僕公孫賀駕駛，大將軍衛青在車右警衛；天子的衛隊恣意馳騁，超出四面圍欄的範圍；擊鼓於森嚴的侍從儀仗，放縱打獵的獵手盡情驅馳。以江河做獵區的外圍，泰山做櫓車瞭望觀窺；車隊馬騎如雷霆響起而震天動地，隊伍先後參差不齊，離開分散而各有所追；隊伍緩緩地魚貫進行，緣著山坡，順著川澤，如雲之布滿天空，如雨之在大地普施。活捉了貔豹，打殺了豺狼；用手擊殺了熊羆，用足踩死了野山羊。戴著鶡尾冠，穿上白虎圖案的袴；披上虎豹文采的衣，騎著野生的馬。登上了幾重山的最高頂，走下高低不平的山坡路；經過險峻的大山，奔赴危險的去處；越過山谷，連衣將溪水橫渡。玩弄飛廉鹿，戲弄獬豸獸；搏殺了蝦蛤，用矛刺死了猛氏獸；用網捕取了騕褭神馬，射死了大野豬。羽箭不隨便傷害，射斷了脖頸，射穿了腦顱；弓弦不會白白拉開，隨著弦聲就仆倒在塗。於是天子的車駕按轡徐行，往返旋回；悠閒遊樂，往往來來；看著隊伍的進退，察看將帥的各種神態。然後漸漸地迅速奔馳，忽然間向遠方奔馳而去；驅散了輕捷的飛禽，踐踏了狡猾的猛獸；用車撞死了白鹿，獲取了狡猾的野兔；車速超過了紅色的閃電，突破了光線的速度；追趕怪異的動物，越出了天地宇宙；拉彎了繁弱良弓，拉滿了白色的箭羽；射中了遊蕩的梟羊，掠過了神獸飛遽。選擇矢鏃易入的厚肉而後發射，在射中之先就指定要射之處；弓弦和羽箭一分開，獵物就被射死而倒仆。然後天子揮動馬鞭向高處進發，乘著大風，登上了狂飆；如乘雲登上高空，與神靈一道逍遙。蹂躪了黑色的野鶴，打亂了鵾雞；逼近了孔雀和鸞鳥，靠近了彩色的鵕鸃；打死了五彩的翳鳥，用竹竿打死了鳳皇；獲取了鸞鳳一類鵷雛，捕捉了似鳳的焦明。道已走盡，路已走完，掉轉車頭就回還；徘徊不進而悠閒自得，下降而休止在上林苑極北的邊緣；輕快地一直向前，忽然順著來的方向凱旋。踏上石闕，經過封巒；路過鳷鵲，望見露寒；下到棠梨宮，休息於宜春館；向西奔馳到宣曲，在牛首池裡划船；登上龍臺宮，休息在細柳觀。看看士大夫的辛勤智略，衡量獵手獵獲的多繁；車馬徒眾的蹂躪輾軋，步兵騎兵的蹂踐；大臣們的踐踏，和那些走投無路，極其疲倦，恐懼害怕而匍匐地面，沒有被殺傷就被嚇死的野獸，屍體縱橫交錯，填塞了溪坑和山谷，覆蓋了沼澤與平原。於是天子的遊獵放鬆休息，置酒在高近天宇的高臺，陳設樂舞在空曠的屋宇；撞著一千石重的大鐘，建起一萬石重的鐘虡；樹起用五彩羽毛裝飾的旗，抬出用神靈的鼉龍皮蒙的大鼓；奏著唐堯帝的咸池舞曲，聽著葛天氏的踏歌；千人領先唱，萬人跟著和；山陵為此而震動，河谷為此而揚波。巴渝舞和宋地、蔡地的音樂，淮南國的樂曲干遮，還有文成縣和滇地的民歌。眾樂並奏或諸樂遞奏，鐘聲、鼓聲此伏彼起；鏗鏘鏜鞈之聲，震動人心，驚動人耳。荊、吳、鄭、衛的聲樂，韶、濩、武、象的舞樂；淫靡放縱的音調，鄢地、郢地的舞曲，激楚樂曲尾曲的連延；雜戲演員和侏儒的滑稽表演，狄鞮部落的女歌唱演員；用來愉悅耳目，快樂心意的樂舞，輕盈靡曼地演奏在跟前。膚理細嫩柔弱的美女，像神女青琴、洛水女神宓妃一類人，特別殊異而遠離世俗；美好雅豔，以粉黛濃妝而兩鬢如刻劃般修飾。輕盈美好，體態婀娜，美好而纖細柔弱；拖著顏色純一的絲綢的短衣和裙子，細長而又整齊劃一；步履輕盈，衣服飄飛，與一般人的穿著全不一致；香氣濃烈，異香撲鼻；潔淨的牙齒潔白明晰，長長的眉毛細長微曲；輕輕一瞥，目光美麗；姿色迷人，神態勾人心魄，一片痴情在你身側。

「於是酒中樂酣，天子芒然❶而思，似若有亡，曰：『嗟乎，此大奢侈！朕以覽聽❷餘閒，無事棄日❸，順天道❹以殺伐，時休息於此，恐後葉❺靡麗❻，遂往而不返❼，非所以為繼嗣創業垂統❽也。』於是乎❾乃解酒罷獵，而命有司曰：『地可墾闢，悉為農郊，以贍萌隸❿。隤⓫牆填塹⓬，使山澤之人⓭得至焉。實陂池而勿禁，虛宮館而勿仞⓮，發倉廩以救貧窮，補不足，恤鰥寡，存孤獨。出德號⓯，省刑罰，改制度，易服色，革正朔⓰，與天下為始⓱。』於是歷⓲吉日以齋戒，襲⓳朝服，乘法駕⓴，建華旗，鳴玉鸞㉑，游乎六藝㉒之囿，馳騖乎仁義之塗，覽觀《春秋》㉓之林㉔。射〈貍首〉㉕，兼〈騶虞〉㉖；弋玄鶴㉗，舞干戚㉘；載雲罕㉙，揜群雅㉚；悲〈伐檀〉㉛，樂樂胥㉜；修容乎禮園㉝，翱翔乎《書》圃㉞；述《易》道㉟，放怪獸㊱；登明堂㊲，坐清廟㊳；次群臣㊴，奏得失；四海之內，靡不受獲。於斯之時，天下大說，鄉風㊵而聽，隨流而化；芔然㊶興道而遷義㊷，刑錯㊸而不用；德隆㊹於三王，而功羨㊺乎五帝；若此，故獵乃可喜也。若夫終日馳騁，勞神苦形；罷㊻車馬之用，抏㊼士卒之精㊽；費府庫之財，而無德厚之恩；務在獨樂㊾，不顧眾庶；忘國家之政，貪雉兔之獲；則仁者不由也。從此觀之，齊楚之事，豈不哀哉！地方不過千里，而囿居九百，是艸㊿木不得墾辟，而民無所食也。夫以諸侯之細，而樂萬乘[51]之所侈[52]，僕恐百姓被其尤[53]也。」

【章旨】本段寫天子的悔悟，並決計勵精圖治，戒奢崇儉，發政施仁，與民更始，以示諷諫。

【注釋】❶芒然 同「茫然」。猶「悵然」、「惘然」，失意之貌。❷覽聽 視事聽政。❸無事棄日 閒居無事而虛棄時日。一說，謂不能以虛棄光陰為事。❹順天道 指因秋氣而打獵。秋氣主肅殺，故秋天打獵為「順天道」。❺後葉 後世。《史記》、《漢書》即作「後世」。❻靡麗 奢靡；奢華，疊韻聯綿詞，又倒轉為「麗靡」。❼往而不返 指沉溺於奢侈而不知回頭。❽創業垂統 開創事業，建立傳統以遺後世。❾乎 姚鼐認為「乎」為衍字，而加□刪去。❿贍萌隸 供給平民百姓。贍，贍養；供給。萌隸，平民。萌，「氓」之借，《漢書》即作「氓」。⓫隤 同「頹」。推垮；使倒塌。⓬壍 壕溝。牆和壍都設在苑囿四周，以阻擋外人進入。⓭山澤之人 指居住在郊野的平民百姓。人，《史記》、《漢書》均作「民」，唐人避李世民諱改民為人。⓮仞 滿。按前云「庖廚不徙，後宮不移，百官備具」，即所謂「仞」。今「勿仞」，即指不再出外遊幸。⓯德號 有恩德於人的號令。⓰革正朔 改變曆法。正，指歲首正月。朔，指每月的初一日。古代帝王以「易服色，改正朔」以表示區別於前朝的新氣象。⓱為始 重新開始，建立一個新的開端。按：自「於是酒中樂酣」至此句，寫天子罷廢上林苑，賑濟平民，戒奢崇儉，勵精圖治，改革政治，以與民為始。⓲歷 選擇；挑選。⓳襲 穿。⓴法駕 天子的車駕。天子的鹵簿分大駕、法駕、小駕。據《後漢書・輿服志》載，大駕，公卿奉引，太僕御，大將軍參乘，屬車八十一乘；法駕，則奉車郎御，侍中參乘，屬車三十六乘。「祠宗廟尤省，謂之小駕。」西漢時，大駕僅用於祀天及祭甘泉宮等稀有的隆重場合，通常多用法駕。小駕，有時只有直事尚書一人從駕而已。㉑玉鸞 玉做的鸞鈴。㉒六藝 即六經，指儒家的六部經典著作《詩》、《書》、《易》、《禮》、《樂》、《春秋》。㉓春秋 儒家六經之一，古代統治者把它看做「觀成敗，明善惡」的政治教科書。㉔林 李善注引如淳曰：「《春秋》義理繁茂，故比之於林藪也。」王先謙說：「游其圃，馳其塗，覽其林，皆以射獵之地借喻也。」按：自「歷吉日」句起，至「四海之內，靡不受獲」句止，皆以射獵為喻，語意雙關，實則指修文教，興禮樂之事。㉕貍首　古逸詩篇名，古時諸侯行射禮時奏〈貍首〉以為節。㉖騶虞　《詩經・周南》篇名，古代天子行射禮時奏〈騶虞〉以為節。㉗玄鶴　《書大傳》：「舜樂歌曰〈和伯之樂〉，舞玄鶴。」則玄鶴為舞具。㉘舞干戚　《韓非子・五蠹》：「當舜之時，有苗不服，……乃修教三年，執干戚舞，有苗乃服。」干，盾。戚，斧。皆舞具。㉙雲罕　張於空中的捕鳥網，亦指天子出行時前驅的旌旗。㉚雅　古「鴉」字，烏鴉，借指雅正的賢士。㉛伐檀　《詩經・魏風》篇名。《毛傳》云：「伐檀，刺貪也。在位貪鄙，無功而授祿，君子不得仕爾。」故悲之。㉜樂樂胥　以得賢才為樂。《詩經・小雅・桑扈》云：「君子樂胥，受天之祜。」鄭玄箋：「胥，有才智之名也。祜，福也。王者樂臣下有才智，知文章，則賢人在位，庶官不曠，政和而民安，天予之以福祿。」㉝禮園　以禮為遊樂之園。《史記正義》曰：「禮，所以自修飾，整威儀也。」故可以修飾容貌。㉞書圃　以《尚書》為遊樂之圃。《史記正義》曰：「《尚書》所以明帝王君臣之道也。」故須翱翔觀賞。㉟易道　《周易》的道理。《史記》正義曰：「《易》所以絜靜微妙，上辨二儀陰陽，中知人事，下明地理也。」故須詳述之。㊱放怪獸　李善注引張揖曰：「苑中奇怪之獸不復獵。」㊲明堂　古代天子朝諸侯，明尊卑的地方。㊳清廟　即太廟，指明堂的正堂。㊴次群臣　依次使群臣進諫。次，《史記》、《漢書》作「恣」，謂使群臣恣意進奏，亦可通。㊵鄉風　順著天子的風化。鄉，借作「嚮」。㊶卉然　即「欻然」，迅疾貌。卉，欻之借。㊷遷義　遷嚮禮義。㊸錯　同「措」。廢置。㊹隆　高。㊺羨　富，引申為超出之意。㊻罷　同「疲」。用作使動詞，耗盡。㊼抏　損耗。㊽精　精銳之氣。㊾獨樂　指統治者獨自享樂，不與民同樂。㊿艸　「草」的本字。(51)萬乘　指天子。(52)侈　過度；奢侈，用作意動詞，以為過度，以為奢侈。(53)被其尤　謂受其因過失而帶來的災難。尤，過失。按：自「於是歷吉日以齋戒」至此句，寫天子提倡儒術，修明政治，天下太平，並指出靡侈之不當，用作諷諫。

【語　譯】「於是在喝酒喝到半醉，歌舞演唱到正酣暢的時候，天子悵然地有所思慮，好像丟失了什麼似的，說：『哎呀，這太奢侈了！我視事聽政的業餘時間，閒居無事而虛度時光；順從秋氣肅殺的自然規律而殺伐禽獸，時時來上林苑裡遊戲倘佯；我耽心後世的人追逐奢華，就沉溺於奢侈而不知返回正確的地方；這不是用來開創基業，建立傳統的好主張。』於是就撤掉酒宴，停止遊獵而命令有關的主管官員說：『可以開墾的土地，全都作為農田郊野，用來供給平民衣食；推倒圍牆，填平壕溝，使居住山野的百姓能夠來此；在池塘養滿魚蝦而不禁止捕撈，空著宮館而不再去充實；打開穀倉米倉，用來賑濟貧窮，補充平民糧食的不足；憐恤鰥寡，存問孤獨；頒發有恩德於民的號令，省去嚴刑重罰；改變國家的制度，更改車輿衣服的顏色；重新製訂一年正月初一的日曆，與天下百姓建立一個新的開始。』於是挑選一個吉祥的日子以舉行齋戒，穿上朝會規定的禮服，乘坐規定的法駕。建立起華美的旗幟，讓玉製的鸞鈴叮噹鳴響；遊獵在六藝的園圃之中，奔馳在仁義的道路之上；仔細觀看義理繁茂的林藪《春秋》的景象。射下諸侯行射禮時演奏以為節的古逸詩〈貍首〉，兼取天子行射禮時演奏以為節的古詩〈騶虞〉；射下執著跳舞的舞具玄鶴，舞動象徵武力的盾牌和大斧；載著張掛空中的捕鳥網，捕取那些雅正賢能的士大夫；以諷刺貪鄙而賢人失位的〈伐檀〉詩為可悲，以樂得賢士的「君子樂胥」這首詩為歡娛；在《禮》的園地裡修身養性，在可以「觀成敗，明善惡」的《書》的園圃裡徘徊漫步；闡述《周易》精微的道理，放走苑中怪異的禽獸；登上朝諸侯明尊卑的明堂，坐在太廟裡拜謁先祖；依次使群臣進獻規諫，陳奏或得或失的依據；四海之內的百姓，沒有人不得到好處。在這個時候，天下的人非常喜悅鼓舞；隨著天子的風化而聽命順從，跟著時代的潮流而被感化覺悟；迅速地興隆道德而遷向禮義，刑罰棄置而不再用來懲處；恩德比三王還高，功業比五帝還超出；像這樣，所以打獵就值得歡欣鼓舞。至於整天地馳騁奔波，疲弊精神，勞苦身體；耗盡車馬的使用價值，損耗士卒的精銳之氣；耗費國家府庫的錢財，卻不能增加君主的德澤恩惠；只專注於獨自一人取樂，卻不管平民百姓的生計；忘記了國家的大政，只以貪圖野雞野兔的獵獲為事；那仁義之人是不會走上這不仁之地。從此看來，齊國楚國的事件，豈不值得哀憐嘆息！土地不過千里見方，苑囿卻占去了九百里；這是草木不能夠開墾，百姓也就缺衣少食。憑著一個小小的諸侯，卻以天子都認為奢侈的事為娛樂，我恐怕百姓會因為他們的過失而蒙受災害。」

於是二子愀然❶改容，超若❷自失，逡巡❸避席❹，曰：「鄙人固陋，不知忌諱，乃今日見教，謹受命矣。」

【章　旨】本段寫子虛、烏有先生承認錯誤以收束全文，說明寫〈上林賦〉時諸侯王地位已不能超越天子，大漢聲威已壓倒諸侯王。

【注　釋】❶愀然　變色貌。❷超若　猶言「悵然」，失意貌。超，通「怊」。即「惆」的假借字。❸逡巡　退卻貌，疊韻聯綿詞，與遵遁、巡遁、遜遯、遜遁、遷延等音義均相近。❹避席　離開坐席，表示恭敬。

【語　譯】於是子虛、烏有先生二人刷地一下變了臉色，悵然地像丟失了什麼，後退著離開座席，說：「我輩小人固執淺陋，不知道什麼是不應說的，到現在被先生教誨，我們誠心誠意地接受了。」

【研　析】〈子虛〉、〈上林〉二賦是司馬相如的代表作，也是漢代散體大賦的典型。第一，它們奠定了漢代散體大賦的鋪張揚厲的藝術特色。劉勰《文心雕龍・詮賦》指出賦的特點是「鋪采摛文，體物寫志」。這兩篇賦就以子虛誇楚開始，而烏有先生以齊國壓倒楚國，最後亡是公又以天子壓倒齊、楚，一浪高過一浪，形成了強大的氣勢；又以大量的雙聲、疊韻聯綿詞，對偶句，排比句，層層渲染，更增加了文章詞采的富麗；但也有些地方誇飾過分，又堆砌詞藻，喜用奇詞偏僻字，以表現其誇奇炫博，從而造成艱澀難讀；這些都成為了後來辭賦家的習氣。第二，它們確立了「勸百而諷一」的賦頌傳統。大賦作家的創作目的多在諷諫。但他們想模仿游士說辭的方法，欲擒先縱，把要諫止的事物先極力鋪陳誇飾，以竦動視聽，引起被諫者的興趣，先投其所好，到結尾才「曲終奏雅」，帶出諷諫的本意。結果是諷諫的目的未能達到，反而引起被諫者對諫止事物的更大的興趣。這就是這些大賦作家的悲劇。揚雄就曾總結他的教訓說：「雄以為賦者，將以風也。必推類而言，極麗靡之辭，閎侈鉅衍，競於使人不能加也，既乃歸之於正，然覽者已過矣。往時武帝好神仙，相如上〈大仙賦〉，欲以風，帝反縹縹有凌雲之志。由是言之，賦勸而不止明矣。」而〈子虛〉、〈上林〉二賦就突出地表現了這一弱點。此外，這兩篇賦所採用的這種假設人物以進行客主問答的形式，也成為大賦的定格。因此，這兩篇賦在辭賦發展史上是有突出的地位和重要的意義的。

卷六十七 辭賦類 六

哀二世賦

司馬長卿

【題解】本篇最早見於《史記・司馬相如列傳》和《漢書・司馬相如傳》。二世，秦始皇少子胡亥，與趙高合謀，殺公子扶蘇而自立為帝。司馬相如跟從漢武帝到長楊宮（在今陝西周至東南）打獵，回轉時經過宜春宮（在今西安市東北）。宜春宮本秦離宮，秦二世在這裡被閻樂所殺。司馬相如感其事而賦之，就寫了這篇賦。本篇是繼賈誼的〈弔屈原賦〉之後又一篇弔古的騷體賦。只是賈誼賦是藉弔古來抒發個人的身世感慨，本篇賦則是以弔古來向漢武帝提供歷史鑑戒。秦二世上臺之後，不改變秦始皇的暴政，反而「更始作阿房宮；繁刑嚴誅，吏治深刻，賞罰無當，賦斂無度」（賈誼〈過秦論〉中），終於導致「亡國失埶」，「宗廟滅絕」。這對統治者來說，是一個慘痛的歷史教訓。西漢初的許多政治家都以此為例向統治者提出告戒，只是司馬相如是採用辭賦的形式而已。

登陂阤❶之長阪❷兮，坌❸入曾宮❹之嵯峨❺。臨曲江❻之隑州❼兮，望南山❽之參差。巖巖❾深山之谾谾❿兮，通谷𧮪⓫乎谽谺⓬。汩淢⓭噏習⓮以永逝兮，注平皐⑮之廣衍⑯。觀眾樹之蓊薆⑰兮，覽竹林之榛榛⑱。

【章　旨】本段寫去宜春宮沿途所見景色。

【注　釋】❶陂陁　山坡傾斜貌，疊韻聯綿詞。❷阪　山坡。❸坌　並。❹曾宮　一層層的宮室。曾，層；重。❺嵯峨　高峻貌，疊韻聯綿詞。❻曲江　即曲江池。秦為宜春，漢為樂遊原，有河水水流曲折，故曰曲江，在今陝西西安東南。❼隑州　曲岸的小洲。隑，同「碕」。曲岸頭。州，同「洲」。水中的陸地。❽南山　即終南山，在今陝西西安南。❾巖巖　高峻貌。❿谾谾　長大貌。⓫⿰谷害　深邃。⓬谽⿰谷闌　山谷空闊貌，雙聲聯綿詞。⓭汩淢　疾流貌，雙聲聯綿詞。⓮噏習　疊韻聯綿詞。左思〈吳都賦〉：「荊艷楚舞，吳愉越吟，翕習容裔，靡靡愔愔。」劉淵林注：「翕習容裔，音樂之狀。」按：容裔，亦作「溶滴」，為動貌或水波動盪之貌。疑翕習、噏習亦與義近。噏習，《漢書》作「報」，顏師古注：「輕率意也。」⓯平皐　平坦的水邊地。⓰廣衍　廣闊的沼澤地。衍，低下而平坦的土地。⓱蓊薆　蔭蔽貌，雙聲聯綿詞。⓲榛榛　叢生貌；盛貌。

【語　譯】登上傾斜的山坡啊，並進入一層層高聳的宮室。面對曲江池曲岸的小洲啊，望著終南山的起伏高低不一。高峻的深山又長又大啊，連通的山谷深邃空闊而不見底。山谷裡的溪水迅疾動盪長流而去啊，注入平坦的沼澤之地。只見那些樹木蔥蘢蔭蔽啊，看那竹林叢生而茂密。

東馳土山兮，北揭❶石瀨❷。弭節❸容與❹兮，歷弔❺二世。持身不謹兮，亡國失埶。信讒不寤❻兮，宗廟滅絕。嗚呼哀哉！操行之不得。墳墓❼蕪穢而不修兮，魂無歸而不食❽。夐邈❾絕而不齊❿兮，彌久遠而愈佅⓫。精⓬罔閬⓭而飛揚兮，拾⓮九天⓯而永逝。嗚呼哀哉！

【章　旨】本段總結秦二世「持身不謹」、「信讒不寤」以至「亡國失埶」、「宗廟滅絕」的歷史教訓。

【注　釋】❶揭　褰衣而渡。❷石瀨　石上的急流。❸彌節　同「弭節」。猶言「按轡徐行」。❹容與　徘徊不前貌，雙聲聯綿詞。❺歷弔　言經過其墓而憑弔。歷，經過。❻信讒不寤　指聽信趙高的讒言而殺害李斯。寤，通「悟」。醒悟；覺悟。❼墳墓　指秦二世的墳墓。秦二世被殺之後，以黔首葬在宜春苑中。❽不食　指不血食，即無人祭祀。❾夐邈　皆遠之意。❿絕而不齊　絕嗣而不祭祀。齊，通「齋」。《說文》：「齋，黍稷器所以祀者。」這裡即指祭祀。⓫佅　有「邁」、「末」二音，其字當從末。借作「怽」。《廣韻》：「怽，忘也。」怽、佅同音，與下「逝」為韻。（逝與末古韻均在曷（月）部，《廣韻》在央部，是音之變。）按：自此句以下五句《漢書》無，《史記》有。⓬精　精神；靈魂。⓭罔閬　無所依據貌，疊韻聯綿詞。⓮拾　躡足而上。⓯九天　王逸〈離騷〉注謂指中央及八方。泛指廣闊的天空。

【語　譯】向東奔馳上土山啊，向北撩起衣裳將石上的急流渡濟。按轡徐行而徘徊不進啊，經過秦二世的墳墓而憑弔秦二世。立身處世不小心謹慎啊，亡了國並失去權勢。聽信讒言而不醒悟啊，祖廟也毀滅而絕了祭祀。哎呀可悲哀啊！操守品行都不符合正義。墳墓長滿野草而無人修整啊，魂魄無處可歸而不得血食。永久絕滅而無人祭祀啊，越是久遠就越是被人忘記。靈魂無處依託而到處飛揚啊，躡足登上九天而永遠流逝。哎呀可悲哀啊！

【研　析】用辭賦這種文學體裁來總結歷史的經驗教訓，是一個新的嘗試，因而缺乏前人經驗可供借鑑。司馬相如大致是採用先描寫後議論的形式來寫，然而兩部分未能結合得很好，且都寫得比較抽象，比較一般化，遠不及唐人杜牧之的〈阿房宮賦〉寫得生動形象，深切動人。但它在現存的西漢賦和司馬相如賦中都是別具一格的，故仍值得重視。

大人賦

司馬長卿

【題　解】本篇最早見於《史記・司馬相如列傳》與《漢書・司馬相如傳》。大人，比喻天子。關於本篇的寫作目的，《史記．司馬相如列傳》云：「天子既美子虛之事，相如見上好仙道，因曰：『上林之事未足美也，尚有靡者。臣嘗為〈大人賦〉，未就，請具而奏之。』」相如以為列仙之傳居山澤間，形容甚臞，此非帝王之仙意也。乃遂就〈大人賦〉。」可見其寫作目的在於諷諫。本篇是模仿屈原的〈遠遊〉而創作的，詞句亦多與之雷同。因此，曾有人懷疑〈遠遊〉與本篇是同一作者，〈遠遊〉為此篇之初稿。然全面比較這兩篇賦，首先，創作意圖是迥然不同的。〈遠遊〉是作者「遭沉濁之汙穢兮，獨鬱結其誰語」的情況下，為表達其憤世嫉俗的感情，才「願輕舉而遠遊」的。因此，它自始至終把輕舉遠遊寫得飄飄欲仙，令人神往。而本篇則是針對漢武帝好神仙而進行諷諫，故最後把遊仙寫得非常寂寞孤獨，看做是「超無友而獨存」，「雖濟萬世不足以喜」。至於倣效〈遠遊〉，把遊仙寫得很壯觀，很有氣派，那只是辭賦的「欲抑先揚」的藝術手法的表現，是作為孤獨的反襯。它所產生的藝術效果雖不免於「勸」，但其目的則是為了「諷」。姚鼐說：「鼐按：此賦多取於〈遠遊〉。〈遠遊〉先訪求中國仙人之居，乃上至天帝之宮，又下周覽天地之間，自『於微閭』以下，分東西南北四段。此賦自『橫厲飛泉以正東』以下，分東西南北四段，而求仙人之居意即載其間。末六句與〈遠遊〉語同。然屈子意在遠去世之沉濁，故云『至清而與太初為鄰』；長卿則謂帝若果能為仙人，即居此無聞、無見、無友之地，亦胡樂乎此邪？與屈子語同而意別矣。」這就把兩篇賦的異同辨析得非常清楚了。

世有大人兮，在於中州。宅彌萬里兮，曾不足以少留。悲世俗之迫隘[1]兮，揭輕舉[2]而遠遊。垂絳幡[3]之素蜺[4]兮，載雲氣而上浮。建格澤[5]之長竿[6]兮，總[7]光耀之采旄[8]。垂旬始[9]以為幓[10]兮，抴[11]彗星[12]而為髾[13]。掉[14]指撟[15]以偃蹇[16]兮，又旖旎[17]以招搖[18]。攬[19]欃槍[20]以為旌兮，靡[21]屈虹而為綢[22]。紅杳渺[23]以眩湣[24]兮，猋風㉕涌而雲浮。駕應龍㉖象輿之蠖略逶麗㉗兮，驂赤螭青虯之蚴蟉蜿蜒㉘。低卬㉙夭蟜㉚，据㉛以驕驁㉜兮，詘折㉝隆窮㉞，蠼㉟以連卷㊱。沛艾㊲赳螑㊳，仡㊴以佁儗㊵兮，放散㊶畔岸㊷，驤㊸以孱顏㊹。跮踱㊺輵轄㊻，容以逶麗㊼兮，綢繆㊽偃蹇，怵㚟㊾以梁倚㊿。糾蓼(51)叫奡(52)，蹋(53)以艐(54)路兮，蔑蒙(55)踊躍，騰而狂趡(56)。莅颯(57)卉翕(58)，熛(59)至電過兮，煥然霧除，霍然雲消。

【章旨】本段寫大人感世俗迫隘而準備求仙。

【注釋】❶迫隘　迫促狹隘。《史記索隱》引如淳曰：「武帝云『誠得如黃帝，去妻子如脫屣』，是悲世俗迫隘也。」❷朅輕舉　輕身飛舉而離去。朅，去。❸絳幡　深紅色的旗幟。幡，通「旛」。旗幟。❹素蜺　白色的副虹。❺格澤　星名，一名鶴鐸。❻長竿　《史記集解》引《漢書音義》曰：「格澤之氣如炎火狀，黃白色，起地，上至天，以此氣為竿。」❼總　繫。❽旄　竿頂用旄牛尾為飾的旗。此指繫上格澤星的光耀作為彩色的旗飾。❾旬始　星名。《史記・天官書》：「旬始，出於北斗旁，狀如雄雞。」❿幓　旗幟的旒。⓫抴　拖。⓬彗星　星名，亦稱孛星，俗名掃帚星。以曳長尾為彗，故名。⓭髾　此指旗幟所懸的燕尾狀的羽毛。⓮掉　擺動。⓯指撟　高舉貌。朱起鳳認為「指為揭之訛字」。揭撟，即〈遠遊〉之「抯撟」，雙聲聯綿詞。（詳《辭通》「揭驕」條）。按：朱說是。王逸〈遠遊〉注云：「抯撟，縱心肆志，所願高也。」這裡指撟與偃蹇連文，均有高揚的意思。張揖釋為「隨風指靡」，失之。⓰偃蹇　高貌。一說，旌旗屈撓之貌。疊韻聯綿詞。⓱旖旎　隨風飄揚貌。一說，下垂貌，疊韻聯綿詞。⓲招搖　回翔貌，疊韻聯綿詞。⓳攬　持；摘取。⓴欃槍　彗星的別名。㉑靡　曲；卷起。㉒綢　用作名詞，指纏繞旗幟的錦練。㉓杳渺　深遠貌。㉔眩湣　暗冥無光貌，疊韻聯綿詞。此句《漢書》注引晉灼曰：「言自絳幡以下，眾氣色盛，光采相耀，幽暗炫亂也。」㉕猋風　暴風。此句顏師古說：「如猋之涌，如雲之浮，言輕舉也。」㉖應龍　古代神話傳說中有翼的龍。《楚辭補注・天問》引《山海經圖》曰：「犂丘山有應龍者，龍之有翼也。」㉗蠖略逶麗　龍行或進或止之貌，皆疊韻聯綿詞。逶麗，猶逶迤。㉘蚴蟉蜿蜒　龍行屈曲貌，皆疊韻聯綿詞。㉙低卬　猶言「俯仰」。字亦作低仰，低昂。㉚夭蟜　屈伸自如貌，疊韻聯綿詞。㉛据　借作「倨」。傲慢。㉜驕驁　即「驕傲」。縱恣而不可拘繫貌，疊韻聯綿詞。㉝詘折　同「屈折」。彎曲。㉞隆窮　因彎曲而隆起貌，疊韻聯綿詞。㉟蠼　借作「躍」。《漢書》正作「躩」，盤旋之貌。㊱連卷　卷曲貌，疊韻聯綿詞。㊲沛艾　馬疾行時昂首搖動貌。㊳赳螑　伸頸低昂貌，與前沛艾均疊韻聯綿詞。㊴仡抬頭。㊵佁儗　痴呆貌，引申為凝滯不動貌，疊韻聯綿詞。㊶放散　分散。放亦散之意。㊷畔岸　自縱之貌。一說，分散也。疊韻聯綿詞。㊸驤　昂首。㊹孱顏　本山高峻貌，引申為馬抬頭其口張開貌。一說，不齊貌，疊韻聯綿詞。㊺跮踱　忽進忽退之貌。㊻輵轄　搖目吐舌貌，疊韻聯綿詞。㊼容以逶麗　容，趨翔，謂飄然而前。逶麗，左右相隨，疊韻聯綿詞。㊽綢繆　猶「纏綿」。緊密纏繞，疊韻聯綿詞。㊾怵㚇　奔走，雙聲聯綿詞。㊿梁倚　如屋梁之互相倚靠。51糾蓼　互相牽引，疊韻聯綿詞。52叫奡　互相呼叫，疊韻聯綿詞。53蹋　踩；足著地。54艐　至。55蔑蒙　飛揚貌，雙聲聯綿詞。56趡　奔跑。57苙颯　疾飛貌，顏師古謂颯音立，則苙颯為雙聲聯綿詞。58卉翕　迅疾貌，參閱〈上林賦〉「卉歙」注。59熛　火花。

【語　譯】世上有位大人物啊，居住在中國九州。他的住處覆蓋萬里啊，竟然不值得稍稍停留。悲嘆世俗的迫促狹隘啊，離開它輕身高舉而去遠遊。垂掛著白色雲氣裝飾的深紅色旗幟啊，乘載著雲氣而向上升浮。建立格澤之氣作的長竿啊，繫著格澤的光耀作為裝飾旗幟的彩條。懸垂著旬始星作為旗幟的旒啊，拖著彗星作為旗幟上燕尾狀的羽毛。它們擺動高舉而高高飛揚啊，又隨風飛卷而迴旋飄搖。摘取掃帚星作為旌旗啊，卷起彎曲的彩虹作為纏繞旗竿的錦條。彤紅昏黑各種色彩幽暗炫亂啊，如暴風之湧動，如雲彩之浮飄。駕著應龍和象牙裝飾的車子或進或止啊，以赤色螭龍和青色虯龍做驂馬而蜿曲屈橈。牠們俯仰自如傲慢縱恣而不可拘繫啊，彎曲隆起盤旋而卷曲繞繚。有時昂首疾行而伸頸低昂，有時又抬頭而徘徊不進啊，有時分散自縱而昂首張口長號。牠們有時忽進忽退而搖目吐舌，有時飄然向前而左右相隨啊，緊緊圍繞，高昂著頭，奔走如屋梁之互相依靠持操。互相顧盼呼叫著走上前進的道路啊，飛揚跳躍而飛奔狂跑。迅速疾飛如火花飛濺和閃電突過啊，光明如煙霧散去和烏雲全消。

邪絕少陽❶而登太陰❷兮，與真人❸乎相求。互折❹窈窕❺以右轉兮，橫厲❻❼

飛泉❽以正東。悉徵靈圉❾而選之兮，部署眾神於瑤光❿。使五帝⓫先導兮，反太一⓬而從陵陽⓭。左玄冥⓮而右含靁⓯兮，前陸離⓰而後潏湟。廝⓱征伯僑⓲而役羨門⓳兮，屬岐伯⓴使尚方㉑。祝融㉒警而蹕御㉓兮，清氣氛㉔而後行。屯余車其萬乘兮，綷㉕雲蓋㉖而樹華旗。使句芒㉗其將行㉘兮，吾欲往乎南嬉㉙。

【章旨】本段寫飛升求仙，行程自西而東，又折而南，並役使眾神作為扈從。

【注釋】❶邪絕　斜著渡過。邪，同「斜」。絕，渡過。❷少陽　東極。❸太陰　北極。❹真人　仙人，道家稱存養本性的得道的人。❺互折　交互轉折。❻窈窕　幽深貌，疊韻聯綿詞。❼厲　渡過。❽飛泉　飛谷，在崑崙西，參閱〈遠遊〉「飛泉」注。❾靈圉　即〈上林賦〉之「靈圉」，眾仙之號。❿瑤光　北斗星斗柄上第一顆星。⓫五帝　此指五方之神，即東方太皞，南方炎帝，西方少皞，北方顓頊，中央黃帝。⓬太一　星名，在紫微宮門外天一星南。《史記．天官書》：「中宮天極星，其一明者，太一常居也。」太一為天之尊神，不宜令作侍從，故令反其所居。⓭陵陽　仙人陵陽子明。⓮玄冥　北方之神。⓯含靁　神名，天上造化神，或曰水神。⓰陸離　與下「潏湟」皆神名。陸離，《漢書》作「長離」。潏湟，《漢書》作「矞皇」。顏師古曰：「長離，靈鳥也。」王先謙曰：「陸離不聞有神名，蓋涉下陸離而誤。」⓱廝　古時指幹粗活的奴隸或僕役。用作動詞，役使。⓲征伯僑　仙人名，傳說為燕人，形解而仙。⓳羨門　碣石山上仙人羨門高。⓴岐伯　黃帝的太醫。㉑尚方　使掌管方藥。尚，主管。方，方藥。㉒祝融　南方之神。㉓蹕御　警蹕防禦。蹕，古代帝王出行，禁行人，清道路，稱蹕。御，同「禦」。防禦侵犯的人。㉔氣氛　當為「氛氣」之倒誤，《史記》作「霧氣」。惡氣；妖氛之氣。㉕綷　合；錯雜。㉖雲蓋　合五彩雲為車蓋。㉗句芒　東方之神。㉘將行　帶領隨從者。㉙南嬉　到南方嬉遊。

【語譯】斜著渡過東極而登上北極啊，與仙人互相追求。交互著折向幽深而向右轉啊，橫著渡過飛泉而向正東行遊。全都徵召眾神而從中挑選啊，部署各位神靈在瑤光星上。使五方之帝在前引路啊，叫太一神返回而侍從著陵陽。左邊是玄冥神而右邊是含雷神啊，前面是陸離而後面是潏湟。使喚征伯僑而役使羨門高啊，囑託岐伯使掌握各地藥方。叫祝融神警衛而警蹕防禦啊，清理妖氛之氣而後啟行。聚集我的車子有上萬輛啊，錯雜五彩雲為車蓋而樹起華美的旌旗。使句芒神帶領從行者啊，我想往南方去遊玩娛嬉。

歷唐堯於崇山[1]兮，過虞舜於九疑[2]。紛湛湛[3]其差錯兮，雜遝[4]膠葛[5]以方馳[6]。騷擾衝蓯[7]其相紛挐[8]兮，滂濞[9]泱軋[10]灑[11]以林離[12]。鑽羅列聚[13]叢以蘢茸[14]兮，衍曼[15]流爛[16]壇[17]以陸離[18]。徑入雷室[19]之砰磷鬱律[20]兮，洞出鬼谷[21]之崛礨[22]嵬磈[23]。偏覽八紘[24]而觀四荒[25]兮，朅度九江[26]而越五河[27]。經營[28]炎火[29]而浮弱水[30]兮，杭[31]絕[32]浮渚[33]而涉流沙。奄息[34]總極[35]氾濫[36]水嬉[37]兮，使靈媧[38]鼓瑟而舞馮夷[39]。時若薆薆[40]將混濁兮，召屏翳[41]誅風伯而刑雨師。西望崑崙[42]之軋沕[43]洸忽[44]兮，直徑馳乎三危[45]。排[46]閶闔[47]而入帝宮兮，載玉女[48]而與之歸。舒[49]閬風[50]而搖[51]集兮，亢烏騰[52]而一止。低回[53]陰山[54]翔以紆曲[55]兮，吾乃今目睹西王母[56]。曤然[57]白首戴勝[58]而穴處兮，亦幸有三足烏[59]為之使。必長生若此而不死兮，雖濟[60]萬世不足以喜。

【章 旨】本段寫自南向西的仙遊，會遇眾賢聖神靈，並指出像西王母一樣白首穴處，「雖濟萬世不足以喜」。

【注釋】❶崇山　即狄山，堯所葬處。《山海經・海外南經》：「狄山，帝堯葬於陽。」❷九疑　九疑山，在今湖南寧遠南。《史記・五帝本紀》：「帝舜葬於江南九疑。」❸湛湛　厚積之貌。❹雜遝　聚集之貌，疊韻聯綿詞。❺膠葛　猶「交加」。交雜在一起，雙聲聯綿詞。❻方馳　並馳。方，並列。❼衝蓯　糾結貌，疊韻聯綿詞。❽紛挐　牽持雜亂貌。❾滂濞　眾盛貌，雙聲聯綿詞。❿泱軋　瀰漫，雙聲聯綿詞。⓫灑　糾纏連結。《漢書》作「麗」，義同。⓬林離　眾盛貌，雙聲聯綿詞，字亦作淋離、淋灕。⓭鑽羅列聚　聚集羅列。鑽，借作「攢」，《漢書》即作「攢」，聚集。⓮蘢茸　叢聚密集貌。⓯衍曼　連綿不絕貌，與「蘢茸」並疊韻聯綿詞。⓰流爛　散布，遍布，雙聲聯綿詞。⓱壇　《漢書》作「痑」，並為「嘽」之借字。壇、嘽一聲之轉，嘽、痑古音相通（歌、寒對轉），眾多貌。⓲陸離　參差不齊貌，雙聲聯綿詞。⓳雷室　雷淵，神話傳說中的水名。⓴砰磷鬱律　並雷聲。㉑鬼谷　《史記集解》引《漢書音義》曰：「鬼谷在北辰下，眾鬼之所聚也。」㉒崫礨　不平貌。㉓嵬磈　《漢書》作「崴魁」，高聳貌，與「崫礨」並疊韻聯綿詞。㉔八紘　猶言「八極」。大地的極限。《淮南子・地形》：「九州之外，乃有八殥。……八殥之外而有八紘。」注：「紘，維也，維落天地而為之表，故曰紘也。」㉕四荒　四方荒遠之處。《漢書》作「四海」。㉖九江　長江水系的九條河。一說，即今江西九江。㉗五河　顏師古說：「五河，五色之河也。《仙經》說有紫碧絳青黃之河。」㉘經營　猶言往來。㉙炎火　神話中山名。㉚弱水　神話中水名。《山海經・大荒西經》：「昆侖之丘，……其下有弱水之淵環之，其外有炎火之山，投物輒然。」㉛杭　渡過。㉜絕　橫渡。㉝浮渚　流沙中小塊綠洲。㉞奄息　休息。㉟總極　《漢書》作「葱極」，即葱嶺，古代對今帕米爾高原和崑崙山、天山西段的總名。總，借作「葱」。㊱氾濫　浮游。㊲水嬉　水上遊樂，如賽舟之類。㊳靈媧　女媧，神話傳說中的女帝王，相傳她曾練五色石以補天。㊴馮夷　河伯的字。㊵薆薆　《漢書》作「曖曖」，昏暗貌。㊶屏翳　天神使。一說，雷神。㊷崑崙　神話中山名。《山海經・海內西經》云：「海內昆侖之虛，在西北，帝之下都。昆侖之虛，方八百里，高萬仞。上有長禾，長五尋，大五圍。面有九井，以玉為檻，面有九門，門有開明獸守之。百神之所在。」㊸軋沕　不分明貌。㊹洸忽　《漢書》作「荒忽」，隱約不明貌，雙聲聯綿詞。㊺三危　神話中山名。《山海經・西山經》：「又西二百二十里，曰三危之山，三青鳥居之。」㊻排　推開。㊼閶闔　天門。㊽玉女　神女。㊾舒　伸展，引申有鋪平之意。《漢書》作「登」，登上。㊿閬風　山名，相傳為仙人所居，在崙崑之顛。(51)搖　借作「遙」，《漢書》正作「遙」，遠。(52)亢烏騰　《史記集解》引《漢書音義》曰：「亢然高飛，如烏之騰也。」亢，高。烏，《漢書》作「鳥」。(53)低回　猶「徘徊」。不進貌，疊韻聯綿詞。(54)陰山　神話傳說中的山名，在崑崙之西，見《山海經・西山經》，非今河套以北、大漠以南之陰山。(55)翔以紆曲　迂迴著翔行。(56)西王母　神話中的女神。

《山海經・大荒西經》云：崑崙之丘「有人，戴勝，虎齒，有豹尾，穴處，名曰西王母」。(57)䍮然 潔白貌，《漢書》作「暠然」，義同。(58)勝 華勝，婦女的首飾。(59)三足烏 即青鳥。《山海經・海內北經》：「西王母梯几而戴勝杖，其南有三青鳥，為西王母取食。在崑崙北。」(60)濟 度。此二句顏師古說：「昔之談者咸以西王母為仙靈之最。故相如言大人之仙，娛游之盛，顧視王母，鄙而陋之，不足羨慕也。」

【語　譯】過訪唐堯我到了堯的葬地崇山啊，訪問虞舜我到了舜的葬地九疑。隊伍浩大擁擠而參差不齊啊，聚集交雜在一起而並駕奔馳。紛亂糾結而互相混雜啊，眾盛瀰漫糾纏連結而浩蕩淋離。會集羅列叢聚而密集啊，連綿遍布眾多而又參差。直入雷淵水聲如雷震響啊，穿過鬼谷，道路崎嶇不平而高峻險巇。遍覽大地八方的極限而觀看四方荒遠之處啊，去渡過九江而越過五河之水。往來於炎火山而浮舟於弱水之淵啊，橫著渡過沙漠中的小綠洲而走過沙漠之地。休息在葱嶺然後浮游而在水上遊玩啊，使神靈的女媧彈奏瑟而令馮夷起舞娛嬉。時光好像昏暗而不清亮啊，召喚天神使者責罰風伯而懲辦雨師。向西眺望崑崙山卻隱約不分明啊，就徑直奔馳到了神山三危。推開天門而進入天帝之宮啊，我載著玉女與她一道回歸。鋪平閬風山而遠遠地集合一起啊，像烏鴉騰飛一樣高高飛起而稍稍休息。徘徊在陰山而迂迴翔行啊，我在今天才目睹西王母的容姿。雪白的頭髮戴著華勝而居住在山洞啊，幸而還有三足烏供她役使。一定要長生久視像這樣而不死啊，即使度過一萬代也不值得欣喜。

回車朅來❶兮，絕道❷不周❸，會食幽都❹。呼吸沆瀣❺兮餐朝霞，噍咀❻芝英❼兮嘰❽瓊華❾。嬐❿侵潯⓫而高縱⓬兮，紛鴻涌⓭而上厲⓮。貫列缺⓯之倒景⓰兮，涉⓱豐隆⓲之滂沛⓳。馳游道⓴而修降㉑兮，騖㉒遺霧㉓而遠逝。迫區中㉔之隘陝㉕兮，舒節㉖出乎北垠㉗。遺屯騎於玄闕㉘兮，軼㉙先驅於寒門㉚。下崢嶸㉛而無地兮，上寥廓㉜而無天。視眩眠㉝而無見兮，聽惝怳㉞而無聞。乘虛無㉟而上假㊱兮，超無友㊲而獨存。

【章旨】本段寫自西至北的遊仙，並歸結出求仙之無益以示諷諫之意。

【注釋】❶揭來　離去。❷絕道　度過；取道。絕、道二字同義。❸不周　山名。《山海經・大荒西經》：「大荒之隅，有山而不合，名曰不周。」❹幽都　北方極遠之地。《淮南子・地形》：「八極，西北曰幽都之門。」❺沆瀣　與下「朝霞」，指兩種氣。《楚辭章句》引《陵陽子明經》曰：「春食朝霞。朝霞者，日始欲出赤黃氣也。」「冬飲沆瀣。沆瀣者，北方夜半氣也。」❻噍咀　《漢書》作「咀噍」，即咀嚼、咬嚼。❼芝英　靈芝草的花。英，花。❽嘰　小食。❾瓊華　瓊玉的花。❿嬐　敏疾貌。《說文》云：「嬐，敏疾也。」《漢書》作「傑」，仰望。⓫侵潯　漸進，疊韻聯綿詞。⓬縱　騰躍。⓭鴻涌　盛貌，疊韻聯綿詞。⓮厲　飛舉。⓯列缺　閃電。⓰倒景　即倒影，指閃電下射之影。⓱涉　渡水。顏師古曰：「豐隆將雨，故言涉也。」⓲豐隆　雲神。⓳滂沛　同前「滂濞」。多雨貌，雙聲聯綿詞。⓴游道　遊車；導車。道，同「導」。參閱〈上林賦〉「道游」注。㉑修降　遠遠降下。修，長；遠。㉒騖　馳騖；放馬奔馳。㉓遺霧　把塵霧遺留在後。極言其快速。㉔迫區中　以區中為迫促，被區中所迫促。區中，人世間。㉕隘陝　即「狹隘」。㉖舒節　猶言「按轡徐行」。舒，緩；放鬆。㉗北垠　北方邊地。垠，崖際；邊際。㉘玄闕　北極之山。㉙軼　超越。㉚寒門　北極之門。㉛崢嶸　深遠貌，疊韻聯綿詞。㉜寥廓　《漢書》作「嵺廓」，廣遠貌，疊韻聯綿詞。㉝眩眠　同前「眩湣」。《漢書》即作「眩湣」，暗冥無光貌，疊韻聯綿詞。《楚辭・遠遊》作「儵忽」。㉞惝怳　模糊不清貌，疊韻聯綿詞。按：此四句亦見〈遠遊〉。㉟虛無　空虛之境。㊱假　通「格」。至。㊲友　或作「有」。王先謙曰：「獨存不勞復言無友，作有者是。」

【語譯】掉轉車頭離去啊，度過神山不周，會食在極北的幽都。呼吸著北方夜半的沆瀣之氣啊，吃著日始欲出之氣朝霞。咀嚼著靈芝草的花朵啊，慢慢吃著瓊玉的鮮花。敏疾地漸漸高高騰躍啊，眾多的人群蜂擁般向上飛舉。穿過閃電和閃電射下的倒影啊，渡過豐隆雲神降下的滂沱大雨。讓遊車、導車奔馳而長遠地下降啊，放馬奔馳遺留下塵霧而遠遠地離去。被這狹隘的人世間所迫促啊，按轡徐行我出了北方的邊垠。留下屯聚的車騎在北極之山啊，超過先行的隊伍在北極之門。下面幽深而沒有大地啊，上面空曠而沒有蒼旻。看去暗冥無光而無所目見啊，聽來模糊不清而無所耳聞。乘著虛無之境而向上升去啊，超然無朋無友而只剩我獨自一人。

【研　析】本篇與屈原的〈遠遊〉，不僅創作意圖截然不同，它們的藝術風格也是迥然各別的。第一，〈遠遊〉語氣酣暢，是典型的騷體；而本篇則用了大量的雙聲、疊韻聯綿詞，排比對偶句式，寫得很有氣勢，大不似〈遠遊〉之哀怨憂傷，纏綿悱惻；又喜用奇詞僻字，難讀難懂，亦不如〈遠遊〉之淋漓酣暢；這些都與〈子虛賦〉、〈上林賦〉相類似，而不同於〈遠遊〉。第二，〈遠遊〉的遊仙者是失意文人，蔣驥說他「幽憂之極，思欲飛舉以舒其鬱」而已；所以當「軒轅不可攀援」時，他也只好「吾將從王喬而娛戲」而已；本篇的遊仙者是帝王，他在遊仙受阻之時，可以「召屏翳誅風伯而刑雨師」，氣派亦自不同。

長門賦

司馬長卿

【題　解】本篇最早見於《文選》。長門，長門宮，漢代長安的宮殿之一，在長安城南。據序文，漢武帝陳皇后被疏遠，別居長門宮，而請司馬相如作賦以解悲愁。文中以陳皇后的口吻，細膩地描寫了她失寵以後的思念和悽苦的心情。後人據序文稱漢武帝為「孝武皇帝」，司馬相如死於武帝之前，不應稱其謚號；又稱「陳皇后復得幸」，亦與史實不相符，便懷疑本賦非司馬相如作。但「古人為賦，多假設之辭，序述往事以為點綴，不必一一符同」（《日知錄》卷十九），顧炎武辯之有據。又賦中冬部字與侵部字混押，則可見斷非西漢以後的作品。張惠言認為「非相如不能作」，此亦一證。且古賦流傳，後人間有增刪潤色，亦未可據個別文句定其真偽。故姚鼐仍歸之司馬相如，是有見地的。本篇是代一位失寵的妃嬪抒發其失寵的愁苦。作品細膩地描寫了女主人公失寵之後愁悶悲思，但怨而不怒，還始終在盼念君主的再次臨幸。這當然表現了女主人公對愛情的專一，但更主要的是表現了封建社會中婦女處境的卑微和不幸。在封建社會裡，即使是皇宮中的妃嬪，也還是處於屈辱的地位，只不過是帝王掌中的玩物，隨時都有被拋棄而打入冷宮的危險。本篇在內容上的突出價值，就在於它深刻地揭示了這一主題，寫出了婦女在那個社會中的不幸命運，為詩賦開闢了一個新的描寫領域。後世所謂「宮怨」、「閨怨」一類的作品，實由此發端。可見本篇在文學史上是一篇有開創性的作品。

孝武皇帝陳皇后❶，時得幸，頗妒❷。別在長門宮，愁悶悲思。聞蜀郡❸成都司馬相如天下工為文，奉黃金百斤，為相如文君❹取酒，因于解悲愁之辭。而相如為文以悟主上，陳皇后復得親幸。其辭曰：

【章旨】本段是賦的序文，敘述作賦的背景及其效果。

【注釋】❶陳皇后　漢武帝姑母長公主之女，名阿嬌，初為妃，武帝即位，立為皇后。因驕妒而失寵，別居長門宮。❷頗妒　《漢書·外戚傳》：「皇后擅寵驕貴，十餘年而無子；聞衛子夫得幸，幾死者數焉。」❸蜀郡　郡名，秦置，漢因之。其轄境包有今四川成都及溫江地區大部分縣境，治所在成都。❹文君　卓文君，司馬相如之妻。

【語譯】漢武帝的陳皇后當時很得寵幸，很嫉妒。另外安排居住在長門宮，愁悶悲苦思念。聽說蜀郡成都人司馬相如是天下擅長寫文章的人，就奉獻黃金一百斤為司馬相如的妻子卓文君買酒喝，趁便請司馬相如寫一篇緩解她的悲苦愁悶的文章。司馬相如就寫了篇作品來感悟皇上，陳皇后又得到親近和寵幸。那篇文辭說：

夫何一佳人兮，步逍遙以自虞❶。魂踰佚❷而不返兮，形枯槁而獨居。言我❸

朝往而暮來兮，飲食樂而忘人❹。心慊❺移而不省故兮，交得意而相親。伊予志之慢愚❻兮，懷貞慤❼之歡心。願賜問而自進兮，得尚❽君之玉音❾。奉虛言❿而望誠⓫兮，期城南之離宮⓬。修薄具⓭而自設兮，君曾不肯乎幸臨。廓⓮獨潛⓯而專精⓰兮，天飄飄⓱而疾風。

【章旨】本段寫陳皇后被疏遠之後的苦悶心情。

【注釋】❶虞　忖度。❷踰佚　飛揚；失散。此二句李善說：「言精魂踰佚，形體枯槁，悲悴之甚也。」❸我　指漢武帝。❹人　陳皇后自謂。❺慊　決絕。❻慢愚　傲慢愚笨。❼貞慤　堅定謹厚。❽尚　奉。❾玉音　指君王的話。❿虛言　指沒有實現的「朝往而暮來」的諾言。⓫望誠　望為誠實；希望是誠實的。⓬城南之離宮　指長門宮。⓭薄具　菲薄的飲食。⓮廓　廓然，憂悼在心之貌。⓯獨潛　獨自潛居。⓰專精　專一精誠。⓱飄飄　風迅疾貌。

【語譯】有一個美好的人啊，步履徘徊而暗自忖度。精魂失散而不返回啊，形容枯槁而獨自居處。你說早晨去了晚上就回來啊，但你卻樂於飲食而忘記了我。心已決絕轉移而不顧念舊情啊，交上稱心如意的新歡而與她親近依附。我的想法是有些傲慢愚笨啊，卻懷抱著堅定謹厚的歡愛之心。希望你賜給我問話而自我進見啊，能夠奉答你金玉般的聲音。抱著你虛設的諾言而希望是誠實可靠啊，我在城南的離宮期待你的悃忱。準備了菲薄的飲食我親自操辦啊，君主你竟然不肯光臨。憂心忡忡地獨自幽居而專一精誠啊，天迅疾地吹來陣陣疾風寒氣難禁。

登蘭臺❶而遙望兮，神怳怳❷而外淫❸。浮雲鬱❹而四塞兮，天窈窈❺而晝陰。

雷殷殷而響起兮，聲象君之車音。飄風迴而赴闈❻兮，舉帷幄之襜襜❼。桂樹交而相紛兮，芳酷烈❽之誾誾❾。孔雀集而相存❿兮，玄猿⓫嘯而長吟。翡翠脅翼⓬而來萃兮，鸞鳳飛而北南⓭。心憑噫⓮而不舒兮，邪氣壯而攻中⓯。下蘭臺而周覽兮，步從容於深宮。正殿塊⓰以造天兮，鬱⓱並起而穹崇⓲。間徙倚⓳於東廂兮，觀夫靡靡⓴而無窮。擠㉑玉戶以撼金鋪㉒兮，聲噌吰㉓而似鐘音。刻木蘭以為榱㉔兮，飾文杏㉕以為梁。羅丰茸㉖之游樹㉗兮，離樓㉘梧㉙而相撐。施瑰木㉚之欂櫨㉛兮，委㉜參差以槺梁㉝。時髣髴㉞以物類㉟兮，象積石㊱之將將㊲。五色炫㊳以相曜兮，爛耀耀㊴而成光。緻錯石㊵之瓴甓㊶兮，象瑇瑁㊷之文章㊸。張羅綺之幔帷㊹兮，垂楚組㊺之連綱㊻。撫柱楣㊼以從容兮，覽曲臺㊽之央央㊾。白鶴噭㊿以哀號兮，孤雌跱(51)於枯楊。

【章旨】本段寫陳皇后失寵後登蘭臺、步深宮的悽苦心情。

【注釋】❶蘭臺　臺名。一說，泛指華美的臺，非實指。❷怳怳　心神不定貌。❸淫　游。❹鬱　積。❺窈窈　深遠貌。❻赴闈　從闈門興起。闈，宮中小門。❼襜襜　搖動貌。❽酷烈　香氣很濃厚。❾誾誾　香氣濃烈貌。❿存　照顧；慰問。此指孔雀對鳴，表示親昵。⓫玄猿　黑猿。⓬脅翼　斂翼；收攏翅膀。脅，通「翕」。《說文》：「翕，起也。」段玉裁注：「翕从合者，鳥將起必斂翼也。」⓭北南　或往北或往南。⓮憑噫　氣滿貌；氣悶貌。⓯中　中心；內心。⓰塊　獨立貌。⓱鬱　壯大。⓲穹崇　高貌，疊韻聯綿詞。⓳徙倚　猶「徘徊」。來回不進貌，疊韻聯綿詞。⓴靡靡　細好貌。㉑擠　推開。

㉒金鋪　金飾的門環。㉓噌吰　象聲詞，多指鐘鼓聲，疊韻聯綿詞。㉔榱　屋椽。㉕文杏　杏樹的異種。一說，即銀杏樹。㉖丰茸　裝飾繁富貌，疊韻聯綿詞。㉗游樹　屋上的浮柱。㉘離樓　攢聚眾木貌。一說，嵌空玲瓏貌，雙聲聯綿詞。㉙梧　斜柱交叉。㉚瑰木　瑰奇之木。㉛欂櫨　即斗拱，柱上承梁的方形短木。㉜委　積。㉝㮰梁　中空之貌，疊韻聯綿詞。㉞髣髴　見不真切貌，雙聲聯綿詞。㉟物類　與物相比。類，類比。㊱積石　積石山，古人認為是黃河發源之處。㊲將將　高峻貌。㊳炫　輝映。㊴燿燿　明亮貌。㊵錯石　彩色錯雜的石塊。㊶瓴甓　同「瓴甋」、「令適」。磚。此指鋪地的磚。㊷瑇瑁　龜屬，甲有紋，可用作裝飾。㊸文章　花紋色彩。此二句李善注云：「言累眾石，令之密緻，以為瓴甓，采色間雜，象瑇瑁之文章也。」㊹幔帷　張掛在屋內的帳幕。㊺楚組　楚地出產的絲帶。這裡指用來繫幔帷的帶子。㊻連綱　綱，提綱的繩。此言楚組相連，維繫幔帷，就如提綱的繩一樣。㊼楣　門框上的橫木。㊽曲臺　宮殿名。李善注引《三輔黃圖》：「未央東有曲臺殿。」㊾央央　寬廣貌。㊿噭　哀鳴聲。(51)跱　獨立。

【語　譯】登上蘭臺而向四處瞭望啊，心神不定而外向延伸。浮雲積結而四面遮塞啊，天空深遠而白晝沉陰。雷聲殷殷地響聲四起啊，那響聲好像君主車輛的聲音。旋風回轉而奔赴宮中小門啊，吹起帷帳而搖擺不停。桂樹交錯而互相糾結啊，香氣濃烈而格外芬馨。孔雀棲息而互相問候啊，黑猿叫嘯而長聲哀鳴。翡翠收攏翅膀而來此棲息啊，鸞鳳飛翔或往北去或往南行。內心氣悶而不舒暢啊，邪氣壯盛而侵入心中。走下蘭臺而四處流覽啊，步履安閒舒緩我走在深宮。正殿塊然獨立而上至青天啊，高大的建築同時聳起而高大隆崇。有時在東廂徘徊不定啊，觀看那美好而瑣細的景物無盡無窮。推開玉飾的門戶而搖動金飾的門環啊，聲音噌吰恰似洪鐘。雕刻木蘭用做屋椽啊，裝飾文杏用做梁棟。羅列裝飾繁富的屋上斜柱啊，眾木聚積斜柱交叉而相互支撐。用瑰麗的木材做斗拱啊，聚集一起參差不齊而又中空。有時髣髴不清好像有物可與它相比啊，就像積石山一樣高峻巃嵸。五種彩色輝映而互相照耀啊，光明閃耀而放出亮光。細密的色彩錯雜的石塊做的鋪地磚啊，像瑇瑁龜一樣文采飛揚。張掛著綾羅綢緞的帷帳啊，懸垂著楚地的絲帶如同魚網的總綱。撫摸著屋柱門楣而從容不迫啊，觀看著曲臺殿的巍峩寬廣。白鶴噭噭地悲號啊，失偶的雌鳥獨立在乾枯的白楊樹上。

日黃昏而望絕兮，悵獨託於空堂。懸明月以自照兮，徂❶清夜於洞房。援❷雅琴以變調兮，奏愁思之不可長❸。按流徵❹以卻轉❺兮，聲幼妙❻而復揚。貫歷覽其中操❼兮，意慷慨而自卬❽。左右悲而垂淚兮，涕流離❾而縱橫。舒息悒❿而增欷兮，蹝履⓫起而彷徨。揄⓬長袂以自翳⓭兮，數昔日之諐殃⓮。無面目之可顯兮，遂頹思⓯而就牀。摶⓰芬若⓱以為枕兮，席荃蘭⓲而茝香。忽寢寐⓳而夢想兮，魄若君之在旁。惕⓴寤覺㉑而無見兮，魂迋迋㉒若有亡。眾雞鳴而愁予兮，起視月之精光。觀眾星之行列兮，畢昴㉓出於東方。望中庭之藹藹㉔兮，若季秋之降霜。夜曼曼其若歲兮，懷鬱鬱㉕其不可再更㉖。澹㉗偃蹇㉘而待曙兮，荒㉙亭亭㉚而復明。妾人㉛竊自悲兮，究年歲而不敢忘。

【章旨】本段寫陳皇后入夜之後的思念和悽苦的心情。

【注釋】❶徂　往；消逝。❷援　引；拿過來。❸不可長　言悲從中來，不能久奏。❹流徵　奔放的徵音。流，與〈樂記〉「和而不流」之流同義，有淫放、過度之意。徵，古代五音（宮、商、角、徵、羽）之一，音調較高亢。❺卻轉　轉變，謂由變調轉為流徵。❻幼妙　微妙；精妙。字亦作要妙，要眇。❼中操　合於琴操，也兼喻合於操守，語意雙關。中，合。操，琴曲。❽卬　同「昂」。激昂；昂揚。❾流離　淚流貌，雙聲聯綿詞。❿息悒　歎息憂鬱。⓫蹝履　趿著鞋。⓬揄　引；揚起。⓭自翳　自遮其面。翳，遮蔽。⓮諐殃　過失。諐，同「愆」。⓯頹思　心思敗壞，即灰心喪志。頹，敗壞。⓰摶　揉。⓱芬若　芳香的杜若。若，杜若，香草名。⓲荃蘭　與下「茝」，皆香草名。⓳寢寐　睡熟；入睡。⓴惕　驚。㉑寤覺　醒來。㉒迋迋　驚懼貌。㉓畢昴　星名，畢宿和昴宿，二十八宿中的兩宿。畢昴出於東方為五月、六月。㉔藹藹　月光微暗之貌。㉕懷鬱鬱 心中憂悶。㉖不可再更 意謂不能再忍受。更，經歷。㉗澹 搖動，指感情激動。㉘偃蹇 李善注云：「佇立貌。」㉙荒 李善注云：「欲明貌。」㉚亭亭 遠貌。一說，將至之意。㉛妾人 陳皇后自稱。

【語　譯】日近黃昏而希望破滅啊，失意地獨自託身在空房。明月高懸只好照著自己啊，在洞房裡送走這清夜的時光。拿出雅正的琴來彈奏出變調啊，奏出愁思但不可以久長。彈奏出奔放的徵音而又轉換啊，聲音精妙而高揚。連貫起來依次觀察都合乎琴操啊，意氣感奮而慷慨激昂。左右的人悲傷而流下了眼淚啊，淚水淋漓而縱橫流淌。抒發悲歎憂鬱而更加哽咽抽泣啊，趿著鞋起來而獨自徬徨。揚起長袖而自遮其面貌啊，計數著昔日的過失災殃。再無面目可以在人前顯露啊，只好灰心喪氣地上了床。揉雜著芳香的杜若作為枕頭啊，墊席是蓀荃、蘭草和白芷的芳香。忽然入睡而夢中想像啊，夢魂中宛若君主就在身旁。突然驚醒卻什麼也沒看到啊，神魂驚懼而若有失亡。雄雞們紛紛鳴叫而使我愁悶啊，起來望著月亮潔白的亮光。觀看著星星的行列啊，畢宿昴宿出現在東方。望著院子裡微暗的月色啊，好像是季秋九月降下的濃霜。夜晚漫長好像是整整一年啊，心中憂悶不可以再次經受損傷。感情激動我佇立著等待天明啊，天將放亮又要出現曙光。我私下裡獨自悲愁啊，過完我的一生也不敢將君主遺忘。

【研　析】本篇在藝術上也是富有獨創性的。作品集中刻劃的是一位失寵的妃嬪的感情心理。作者用細膩的筆觸，描寫了她一系列的「尋尋覓覓」的活動。就她活動的時間說，寫她從白晝，到黃昏，到清夜，到待曙；就她活動的範圍說，寫她從蘭臺，入深宮，到正殿，到空堂，到洞房；層次清晰地寫出她從佇立望幸到絕望哀愁的感情變化過程。尤其是情景交融手法的運用更增加了作品的抒情色彩。作品用寫景來配合抒情，使情隨著景物的描寫而逐層深化，從而把這位妃嬪的內心世界描寫得十分豐富，把這位妃嬪的形象也刻劃得十分鮮明。這種表現手法，在它以前的詩賦中雖已出現，但寫得如此細膩，卻是沒有的。孫鑛說：「法度全祖〈國風〉，比〈離騷〉稍微近今。然風骨蒼勁，意趣閑逸；情若略而實無不盡，語不雕琢，而雕琢者莫能及。」這確是司馬相如在藝術上的新貢獻。

難蜀父老

司馬長卿

【題解】本篇最早見於《史記・司馬相如列傳》和《漢書・司馬相如傳》，《文選》收錄。難，詰難，責問。據《史記》載，當唐蒙略通夜郎時，邛、筰之君長聞南夷與漢通，得賞賜多，多欲願為內臣妾，請吏，比南夷。漢武帝問司馬相如，相如認為邛、筰、冉、駹者近蜀，道易通。今誠復通，為置郡縣，愈於南夷。漢武帝就拜司馬相如為中郎將，建節往使。相如「便略定西夷，邛、筰、冉、駹、斯榆之君皆請為內臣。除邊關，關益斥，西至沫、若水，南至牂柯為徼，通零關道，橋孫水，以通邛都。還報天子，天子大悅。相如使時，蜀長老多言通西南夷不為用，唯（雖）大臣亦以為然。相如欲諫，業已建之，不敢，乃著書，籍（藉）以蜀父老為辭，而己詰難之，以風天子，且因宣其使指，令百姓知天子之意」。據此，知本篇的寫作目的有二：一是風天子不要好大喜功，一是「宣其使指，令百姓知天子之意」。但就文章的實際看，本篇對漢武帝「通西南道」的重大意義作了明確的闡述，對否定開發西南夷的言論作了有力的駁斥，對漢武帝「通西南夷道」的「非常之功」作了熱情的讚揚，確實表現了漢武帝的雄才大略和開發落後地區以維護大一統的思想。這是本篇在內容方面的重要意義。至於諷諫漢武帝不要好大喜功，則實難以看出。林雲銘曰：「是文謂宣其使指則可，若謂以風天子，其事已成，不便中絕；且詞中勸百諷一。」這就正確地指出了它「勸百諷一」的效果。「賦者將以風也」，「而不免於勸」，這是大賦作家欲抑先揚的藝術手法所招致的結果。

漢興七十有八載❶，德茂存乎六世❷；威武紛紜❸，湛❹恩汪濊❺，群生霑濡❻，洋溢❼乎方外❽。於是乃命使西征，隨流而攘❾，風之所被，罔不披靡❿。因朝冉⓫

從馳，定笮存邛，略⑫斯榆，舉苞蒲，結軌⑬還轅⑭，東鄉將報，至於蜀都。耆⑮老大夫薦紳⑯先生之徒二十有七人，儼然⑰造焉。辭⑱畢，因進曰：「蓋聞天子之於夷狄⑲也，其義羈縻⑳勿絕而已。今罷三郡㉑之士，通夜郎㉒之塗，三年於茲，而功不竟，士卒勞倦，萬民不贍，今又接以西夷，百姓力屈㉓，恐不能卒業，此亦使者之累也，竊為左右患之。且夫邛、笮、西僰㉔之與中國㉕並㉖也，歷年茲多，不可記已。仁者不以德來，彊者不以力并，意者其殆不可乎！今割㉗齊民㉘以附㉙夷狄，弊所恃㉚以事無用㉛，鄙人固陋，不識所謂。」

【章旨】本段寫蜀父老認為漢武帝開發西南夷是「割齊民以附夷狄，弊所恃以事無用」，因而向使者司馬相如提出質問。

【注釋】❶七十有八載　從漢高祖元年（西元前二〇六年）到漢武帝元光六年（西元前一二九年），凡七十八年。載，年。❷六世　指高祖、惠帝、呂后、文帝、景帝、武帝。❸紛紜　盛貌。❹湛　深厚。❺汪濊　深廣貌，雙聲聯綿詞。❻霑濡　潤澤；浸濕。借指受惠、恩澤普及。《史記》作「澍濡」，時雨潤澤萬物，比喻廣施恩澤。❼洋溢　充滿；廣泛傳播。❽方外　指邊遠地區。❾攘　高步瀛曰：「攘，如〈離騷〉『攘詬』之攘，謂隨其流俗囊括而有之也。顏訓『退卻』，《鈔》訓『攘除』，皆非是。」❿披靡　謂百姓從化如草木隨風倒伏。⓫冉　與下「駹」、「笮」、「邛」、「斯榆」、「苞蒲」，均漢時西南地區少數民族。蒲，《史記》作「滿」。⓬略　取；經略。⓭結軌　扭轉車轍。結，屈；旋。⓮還轅　旋轉車轅。還，同「旋」。轉。轅，車轅，車前駕牲畜的直木。⓯耆　《禮記・曲禮上》：「六十曰耆。」⓰薦紳　同「搢紳」、「縉紳」。指士大夫有官位的人。薦，通「搢」。⓱儼然　形容矜持莊重。⓲辭　謂初詣見之辭。⓳夷狄　古代漢族對四周其他民族的貶稱。⓴羈縻　羈，馬絡頭。縻，牛紖。比喻聯絡、維繫。㉑三郡　指巴郡、蜀郡、廣漢郡。㉒夜郎　古國名，其境約今貴州西北、雲南東北及四川南部地區。建元六年，漢武帝遣唐蒙略通夜郎，置犍為郡，發巴、蜀卒治道，自僰道指牂柯，作者數萬人。治道二歲，道不成，士卒多物故，費以巨萬計。㉓屈　竭盡；窮盡。㉔西僰　漢代西南部的一個民族，在今四川、雲南一帶。㉕中國　中原地區。㉖並　並立，謂無隸屬關係。㉗割　損害。㉘齊民　平民。無有貴賤，故謂之齊民。㉙附　增益，指漢的賞賜。㉚所恃　指中國之人，即齊民。㉛無用　指西南夷。

【語譯】漢朝興起七十八年了，茂盛的恩德存在於六代帝王；威懾的武力強盛，深厚的恩德深廣，百姓受到恩惠，還廣泛傳播到了邊遠地區。於是就派遣使者向西行進，隨其潮流囊括而有之，風教所到的地方，沒有誰不隨風歸服。因而使冉人朝見，使駹人服從，平定筰人，存問邛人，略取斯榆，兼併苞蒲，掉轉車輸，旋轉車轅，向東將報告天子，回到了成都。年老的大夫做官的先生一類人二十七人，莊重地來到使者這兒，拜見的客套話說完，就上前說：「聽說天子對於四周民族，其大旨是籠絡他們不斷絕罷了。現在疲弊三個郡的士卒，修築溝通夜郎國的道路，到現在三年了，可是工程尚未完成，士卒勞苦疲倦，老百姓不富足，現在又接著通西夷，老百姓的力量耗盡，恐怕也不能成就事業，這也是使者的累贅；我們私下裡為您擔憂。並且邛、筰、西僰與中國並列，經歷了許多年代，已經不可記憶了。仁愛之人不用恩德招來他們，強大的人不用武力兼併他們，想來這恐怕不可以吧！現在損害普通百姓來增益四周民族，使自己依靠的百姓疲弊來從事無價值的西夷，我們頑固淺陋，不知道為什麼要這麼做。」

使者曰：「烏謂此邪？必若所云，則是蜀不變服，而巴❶不化俗也，余尚惡聞若說？然斯事體大，固非觀者之所覯❷也。余之行急，其詳不可得聞已，請為大夫麤❸陳其略：蓋世必有非常之人，然後有非常之事；有非常之事，然後有非常之功。夫非常者，固常人之所異也。故曰非常之原，黎民懼焉，及臻❹厥成，天下晏如[5]也。昔者鴻水[6]浡[7]出，氾濫湓[8]溢，民人登降移徙，崎嶇而不安[9]。夏后氏戚[10]之，乃堙鴻水，決江疏河，灑沈[11]贍菑[12]，東歸之於海，而天下永寧。當斯之勤，豈惟民哉！心煩於慮，而身親其勞，躬胝[13]無胈[14]，膚不生毛。故休烈[15]顯乎無窮，聲稱[16]浹[17]乎于茲。且夫賢君之踐位也，豈特委瑣[18]握齪[19]，拘文[20]牽俗，循誦習傳，當世取說云爾[21]哉？必將崇論閎議[22]，創業垂統[23]，為萬世規。故馳騖[24]乎兼容并包，而勤思乎參天貳地[25]。且《詩》[26]不云乎：『普天之下，莫非王土；率[27]土之濱，莫非王臣。』是以六合之內，八方[28]之外，浸潯[29]衍溢[30]，懷生之物[31]，有不浸潤於澤者，賢君恥之[32]。今封疆之內，冠帶之倫[33]，咸獲嘉祉，靡有闕遺矣。而夷狄殊俗之國，遼絕異黨之地，舟輿不通，人迹罕至，政教未加，流風[34]猶微。內之[35]則犯義侵[36]禮於邊境，外之則邪行橫作，放弒[37]其上，君臣易位，尊卑失序，父兄不辜，幼孤為奴，係累[38]號泣，內嚮[39]而怨，曰『蓋聞中國有至仁焉，德洋而恩普，物靡不得其所，今獨曷為遺己』。舉踵思慕，若枯旱之望雨。盭夫[40]為之垂涕，況乎上聖，又惡能已？故北出師以討彊胡[41]，南馳使以誚勁越[42]。四面風德[43]，二方[44]之君，鱗集[45]仰流[46]，願得受號[47]者以億計。故乃關沫、若[48]，徼牂牁[49]，鏤靈山[50]，梁孫原[51]。創道德之塗，垂仁義之統。將博恩廣施，遠撫長駕[52]，使疏逖[53]不閉曶爽[54]，闇昧[55]得耀乎光明，以偃[56]甲兵於此，而息誅伐於彼。遐邇一體，中外禔[57]福，不亦康[58]乎？夫拯民於沉溺，奉至尊之休德，反衰世之陵遲，繼周氏之絕業，斯乃天子之急務也。百姓雖勞，又惡可以已[59]哉？且夫王事[60]固未有不始於憂勤，而終於佚樂者也。然則受命之符[61]，合在於此[62]矣。方將增泰山之封[63]，加梁父之事[64]，鳴和鸞[65]，揚樂頌[66]，上咸五[67]，下登三[68]。觀者未覩指，聽者未聞音，猶鷦明[69]已翔乎寥廓[70]，而羅者[71]猶視乎藪澤。悲夫！」

【章旨】本段寫使者司馬相如闡述漢武帝開發西南夷的重大意義，這是「非常之人」所做的「非常之事」與「非常之功」，以駁斥蜀父老的質問。

【注釋】❶巴 古國名，秦惠文王滅之，置巴郡。治地包括今重慶市和四川南部充達、奉節、彭水、涪陵等地。❷覯 見；遇見。❸麄 同「粗」。按：自「烏謂此邪」至此句，寫司馬相如對蜀父老的質問先作一總的回答。❹臻 至。❺晏如 安然。❻鴻水 同「洪水」。《漢書》、《文選》均作「洪水」，大水。❼浡 湧出。❽溢 涌；水大漲。❾民人二句 高步瀛曰：「《孟子・滕文公篇下》曰：『當堯之時，水逆行，氾濫於中國，民無所定，下者為巢，上者為營窟。』所謂『登降移徙，崎嶇不安』，蓋指此。」崎嶇，傾側不安貌，雙聲聯綿詞。❿戚 憂患；悲哀。⓫漉沉 乾涸其深水。漉，使乾涸。《漢書》、《文選》均作「灑」，顏師古曰：「灑，分也，言分散其深水。」沉，深，指深水。⓬贍菑 安定其災害。贍，通「澹」。《漢書》、《文選》均作「澹」，安定。菑，同「災」。⓭躬胝 身上生有老繭。躬，體。胝，皮膚上生的老繭。⓮胈 人體腳腿上的細毛。⓯休烈 美好的業績。休，美。烈，業。⓰聲稱 名望；名聲。⓱浹 通；流傳。⓲委瑣 拘小節；務瑣碎。⓳握齱 同「齷齪」。氣量狹窄貌，拘牽小節貌，疊韻聯綿詞。⓴文 指成文、條文。㉑循誦二句 顏師古曰：「言非直因循自誦，習所傳聞，取美悅於當世而已。」循，因循；遵循。誦，指誦言。誦言，詩書之言。說，同「悅」。㉒崇論閎議　博徵眾議，深論根本。崇，高。閎，大；深。㉓統　綱紀；準則。㉔馳騖　奔走；奔忙；追逐。㉕參天貳地　《史記索隱》曰：「案：天子比德於地，是貳地也。與己並天為三，是參天也，故《禮》曰『天子與天地參』是也。」參，通「三」。㉖詩　指《詩經》。下引詩見《詩經．小雅．北山》。㉗率　《爾雅》釋為「自」。王引之曰：「自土之濱者，舉外以包內，猶言四海之內，莫非王臣，非專指地之四邊。」㉘八方　四方四維謂之八方。《淮南子．天文》：「東北為報德之維，西南為背陽之維，東南為常羊之維，西北為蹏通之維。」㉙浸潯　漸；漸進。㉚衍溢　滿布。㉛懷生之物　有生命之物。李周翰曰：「謂動植之類也。」㉜賢君恥之　按：自「蓋世必有非常之人」至此句，寫「非常之人」所做的「非常之事」，「固常人之所異。」㉝冠帶之倫　指文明的人。冠帶，本指服制，引申為文明之稱，此指漢族地區的文明的人。倫，類；輩。㉞流風　猶「遺風」。指前代流傳下來的好風氣。㉟內之　與下「外之」，顏師古曰：「內之，謂通其朝獻也。外之，謂棄而絕之也。」王先謙曰：「言其於中國則犯邊，在其國則放弒。自我言之，中國為內，夷狄為外也。」㊱㑴　同「侵」。㊲放弒　放逐弒殺。下殺上謂之弒。㊳係累　猶「縛結」。指被拘囚。㊴內嚮　面向內地。內，指中國，即漢族居住的地區。㊵盭夫　指悍戾之徒。盭，同「戾」。狠戾；暴戾。㊶北出師句　《漢書．武帝紀》曰：「元光六年春，匈奴入上谷，殺略吏民，遣車騎將軍青出上谷，青至龍城，獲首虜七百級。」胡，指匈奴。㊷南馳使句　高步瀛曰：「史言武帝遣莊助喻南越，不言誚責，此或即助事而侈言之，抑後或有此事，而史文略耳。」誚，責。勁越，指南越。勁，強。㊸風德　指為大德所感化。風，化。㊹二方　指西夷及南夷。㊺鱗集　謂如魚之群集。鱗，魚。一說，謂若魚鱗之相次。㊻仰流　仰向水流，比喻對漢德的嚮往，如魚群之仰向流水。㊼受號　接受天子的號令。一說，謂接受天子的爵號。㊽關沬若　以沬水和若水為關。沬，古水名。岷江支流，今四川大渡河。若，古水名，即今四川雅礱江。㊾徼牂牁　以牂牁為邊塞。徼，邊塞，用作動詞，以為邊塞。牂牁，水名，或以為即今濛江，或以為即今盤江，一說即都江，已難確考。㊿鏤靈山　鑿通靈山。鏤，鑿通山道。靈山，山名，在今四川蘆山西北。(51)梁孫原　在孫水架設橋梁。梁，橋，用作動詞，架橋。孫原，孫水之原。孫水，出臺登縣，一名白沙江，又名長河水。南流經邛都縣，又南入若水。(52)長駕　猶言遠馭。駕，駕馭。(53)逖　遠。(54)不閉昒爽　晨光不被阻絕。閉，阻絕。昒爽，天色未明時的曙光。(55)闇昧　昏暗之處。闇，同「暗」。(56)偃　停；止息。(57)禔　安。(58)康　樂；盛美。(59)已　止。按：自「今封疆之內」至此句，闡明開發西南夷的重大意義。(60)王事　王者之事。《漢書》、《文選》均作「王者」。(61)符　祥瑞的徵兆。(62)此　顏師古曰：「合在於憂勤逸樂之中也。」王先謙曰：「此，謂天子通西南夷憂民勤遠之事。」按：二說並通，然以王說較勝。

63增泰山之封　指帝王在泰山上築土為壇以祭天，報天之功。封，帝王築壇祭天。64加梁父之事　指帝王在泰山下梁父山上闢場祭地，報地之功。65和鸞　和諧的鸞鈴。鸞，通「鑾」。鈴。66樂頌　合樂的頌歌。頌，頌聲。67咸五　同於五帝。68登三　加於三王之上。登，加。69鷦明　神鳥，鳳凰之類。70廖廓　天上寬廣之處。71羅者　用網捕鳥的人。按：自「且夫王事固未有不始於憂勤」至「悲夫」句，說明始勞終逸，是成大事的規律，並頌揚漢武帝的偉大，漢德的恢宏，歸結到對蜀父老的批評。

【語　譯】使者說：「怎麼這樣說呢？一定像你等所說的，那是蜀國不改變服飾而巴國不變化習俗，我還怎麼能聽到你們的這些說法呢？然而這件事情事體重大，本來不是一般的觀者所能見到的。我的出發很緊急，那詳情不可能告訴你們了，請給大夫們粗略地陳述一下它的大概：世上一定要有不同尋常的人，然後才有不同尋常的事；有不同尋常的事，然後才有不同尋常的功業。不同尋常，本來就是一般人感到怪異的。所以說不同尋常的開始，老百姓就恐懼；等達到它的成功，天下人就安定習慣了。過去洪水洶湧而出，到處漫溢漲大水，老百姓爬樹登山，四處遷移，傾側而不安定。夏禹王憂慮這件事，就堵塞洪水，決開長江，疏浚黃河，放乾深水，安定災民，使水向東歸到大海，天下就永遠安寧。當這個時候的勞苦，難道只是老百姓嗎？夏禹王心裡被憂慮所煩惱，自身還親自嚐到那勞苦，身上起老繭，腿上無汗毛，皮膚上也不長毛。所以他的美好的業績顯揚到了永遠，名望流傳到了今天。並且賢明的君主登上君位，難道只是拘牽小節，氣量狹窄，拘於條文，牽於習俗，遵循誦讀的詩書，習慣從前的傳聞，在當代獲得大家的喜悅，如此就罷了嗎？他一定要博徵眾議，深論根本，開創事業，留下綱紀，成為萬代的法則。所以他追求容納一切，包容一切，而勞苦地思慮著如何與天地並列為三，與地比德而並列為二。並且《詩經》不是說過嗎：『整個青天之下，沒有地方不是王的國土；自國土之濱，沒有誰不是王的民臣。』因此上下四方之內，四方四維之外，恩德逐漸布滿，一切有生命的東西有不沾潤到他的恩德的，賢明的君主就感到羞恥。現在國境之內，享受文明的人，都得到了很好的福澤，沒有遺漏了。而四周民族習俗不同的國家，遼遠荒涼等類有異的地方，車船不通，人跡少至，政治教化還沒有達到，前代遺留下來的好風氣還很微弱，對內他們就在邊境觸犯道義冒犯禮制，在他們國內就邪僻亂來，胡作非為，放逐弒殺他們的君上。君主和臣下更換了位置，尊貴和卑賤失去了秩序，父子兄弟互相辜負，幼小孤弱淪為奴隸，被囚拘而號啕哭泣，面向著內地抱怨，說『聽說中原地區有最為仁愛的人，德澤洋溢，恩惠普施，事物沒有不得到他的適宜的處所，現在獨獨為什麼遺棄我們自己』。提起足跟想念思慕，好像枯萎乾旱的禾苗盼望雨澤。暴戾的人也要為此而流下眼淚，何況是上聖之人，又怎麼能丟下不管呢？故向北出動軍隊去討伐強大的匈奴，向南派遣使者去責問強硬的南越，四面的人都為漢德感化，西夷、南夷二方的君主，像魚群聚集仰承流水，願意接受大漢號令的人可用億計數，所以就以沫水、若水為關隘，以牂牁為邊界，打通靈山的道路，架設孫水的橋梁，開創道德的途徑，留下仁義的綱紀，將要加大恩德，廣泛施與，遠遠地鎮撫和長久地駕馭，使疏遠之處不閉塞晨光，昏暗之處能照耀光明，以在中國止息戰爭，在四周民族停止討伐，遠近一體，中外安福，不是很好嗎？拯救百姓於沉溺之中，享受到至尊的美好恩德，返回衰世的衰弱，繼承周王朝已斷絕的事業，這就是天子的當務之急。百姓雖然勞苦，又怎麼可以停止呢？並且王者的事業本來沒有不開始是憂患勞苦，而最終卻安逸快樂的。那麼接受天命的符瑞，應該就在這個了。正將要增加泰山的封土，加上禪梁父山的事件，響著和諧的鸞鈴，張揚著合樂的頌歌，對上同於五帝，對下超過三王。你們這些觀看的人沒有看到意旨，傾聽的人沒有聽到聲音，如同鷦明鳥已經飛翔到了天空廣闊之處，可是捕鳥的人還張望著藪澤，可悲啊！」

於是諸大夫芒然喪其所懷來，而失厥所以進❶，喟然❷竝稱曰：「允哉❸漢德，此鄙人之所願聞也。百姓雖勞，請以身先之❹。」敞罔❺靡徙❻，因遷延❼而辭避。

【章旨】本段寫蜀父老的折服，以收束全文。

【注釋】❶於是二句　顏師古曰：「初有所懷而來，欲進而陳之，今並喪失其來意也。」芒然，同「茫然」。《漢書》、《文選》均作「茫然」，迷惘失意貌。呂延濟曰：「不自得之貌。」❷喟然 嘆息貌。❸允哉 誠然如此啊。允，誠；信。❹先之 為之先；做他們的先導。❺敞罔 失意貌，疊韻聯綿詞。❻靡徙 抑退貌，疊韻聯綿詞。❼遷延 退卻貌，疊韻聯綿詞。

【語 譯】於是諸位大夫喪失他們懷抱而來的想法，失去了他們用以進陳的言辭，長聲地歎息著一起稱說道：「的確如此啊大漢的恩德，這是我們這些見識淺陋的人所希望聽到的。老百姓雖然勞苦，請讓我們親自做他們的先導。」失意地向後退讓，於是退卻下來而告辭迴避。

【研 析】本篇《文選》雖然將其收入「檄」一類，但實際上是一篇設論體的辭賦。第一，它有韻。第二，它設客主問答。全文由蜀父老的質問、司馬相如的詰難和蜀父老的折服構成，與大賦的結構完全相一致。第三，它以議論為主，這與大賦的鋪陳體物不類，而與東方朔〈答客難〉、揚雄〈解嘲〉等一類的設論體辭賦則相一致，只是〈答客難〉之類是抒發作者個人的懷才不遇的牢騷，而本篇則是宣揚漢武帝「通西南夷道」的用意，是屬於「宣上德」而不是「通下情」而已。而且行文鋪張揚厲，頗與大賦相類，屠隆說：「此文間有數語類賦體。」這指的就是這種文風。故姚鼐將本篇收入辭賦一類。不過，本篇不以賦名篇，只是一種賦體文而已。本篇議論風發，說理透闢，在設論體中別具一格。王維楨說：「先敘事起，而後詭為問答之辭，其事雖非，而其文則腴。」這指的就是這種文采飛揚的文風。

封禪文

司馬長卿

【題 解】本篇最早見於《史記·司馬相如列傳》、《漢書·司馬相如傳》，《文選》均收錄。古代帝王在泰山上築土為壇以祭天，報天之功，稱封；在泰山下梁父山上闢場作祭地，報地之功，稱禪。歷代帝王都把封禪作為國家的大典，表示他們接受天命，建立王朝，已經達到了國泰民安，可以向天地報告他們的功績了。本篇就是司馬相如勸導漢武帝進行封禪，故命篇曰〈封禪文〉。本篇據《史》、《漢》記載，是司馬相如臨死之前寫的。司馬相如既病危，家居茂陵，漢武帝派所忠去看望，相如已死，其妻獻出此文。本篇是歌頌漢武帝的功德已經超過了歷史上的周王朝，並且列舉了漢武帝宣揚的許多符瑞來證明漢王朝的統治已經獲得成功，因而勸導漢武帝應該進行封禪以報謝天地之功，也就是宣揚他的文治武功。《史記》、《漢書》所收司馬相如的作品多對漢武帝有所規勸，本篇卻對漢武帝作了大力的歌頌。漢武帝一直把賦家視為弄臣，不予重用。司馬相如寫此文的目的，大概是要向漢武帝證明，他也有出謀劃策、規劃國家大典的本領。這大概是他臨死前的一點炫耀而已。果然，漢武帝讀到本篇，很是驚訝。漢武帝正想要宣揚一番自己的功業，司馬相如的謀劃正中下懷。八年之後，至元封元年（西元前一一〇年），就正式採納司馬相如的建議，登封泰山，舉行了封禪大典。

伊上古之初肇，自昊穹❶生民，歷選❷列辟❸，以迄乎秦。率邇者❹踵武❺，逖聽者❻風聲❼。紛綸威蕤❽，堙滅❾而不稱者，不可勝數。繼〈韶〉〈夏〉❿，崇號謚⓫，略可道者，七十有二君⓬。罔若淑⓭而不昌，疇⓮逆失而能存？

【章旨】本段總述古代封禪的七十二君都是順善必昌的聖明君主。

【注釋】❶昊穹　指天。❷選　數。《史記》作「撰」，述。❸辟　君。❹率邇者　遵循近的。率，循。邇，近。❺踵武　足跟足跡。踵，足跟。武，足跡。❻逖聽者　當從《漢書》作「聽逖者」，以與「率邇者」對舉成文。逖，遠。❼風聲　遺風嘉聲，謂遺留的美好的風俗和聲望。❽紛綸威蕤　皆紛亂貌，皆疊韻聯綿詞。❾堙滅　埋沒。❿繼韶夏　謂繼舜禹而起。《史記・封禪書》：舜「歲二月，東巡狩，至于岱宗。」「五載一巡狩，禹遵之。」韶，舜樂。夏，禹樂。此借樂以稱舜禹。⓫崇號謚　提高尊號和謚號。崇，高，引申為高貴、提高。號，《白虎通・號》曰：「號者功之表也，所以表功明德，號令臣下也。」謚，《白虎通・謚》曰：「謚之為言，引也，引列行之迹也，所以進勸成德，使上務節也。」王先謙曰：「尊號人主生時所上，美謚歿後所加。」⓬七十有二君　李善注引《管子》曰：「封泰山，禪梁父者，七十有二家。」⓭若淑　順善。若，順。淑，善。⓮疇　誰。此二句顏師古曰：「言行順善者無不昌大，為逆失者誰能久存也。」

【語譯】上古剛剛開始，自從天降生人民，依次選擇各位君主，一直到了嬴秦。遵循近世的足跟足跡，聽察遠古的遺風嘉聲，紛紜雜亂，埋沒而不被述稱的，不可盡數。繼舜禹而起，提高尊號與謚號，約略可以說出來的，有七十二位賢君。沒有順善而不昌盛，誰個逆失而能久存？

軒轅❶之前，遐哉邈乎❷，其詳不可得聞已。五三六經❸載籍之傳，惟見可觀也。《書》❹曰：「元首❺明哉，股肱❻良哉！」因斯以談，君莫盛於唐堯，臣莫賢於后稷❼。后稷創業於唐❽，公劉❾發迹於西戎❿，文王改制⓫，爰周郅隆⓬，大行越成⓭。而後陵遲⓮衰微，千載亡聲⓯，豈不善始善終哉！然無異端，慎所由於前，謹遺教於後耳。故軌迹夷易⓰，易遵也；湛恩厖洪⓱，易豐也；憲度⓲著明，易則也；垂統理順，易繼也。是以業隆於繦緥⓳，而崇冠乎二后⓴。揆厥所元，終都㉑攸卒，未有殊尤絕迹可考㉒於今者也。然猶躡梁父，登太山，建顯號，施尊名㉓。大漢之德，逢涌原泉㉔，沕潏曼羨㉕，旁魄㉖四塞，雲布霧散，上暢㉗九垓㉘，下泝㉙八埏㉚。懷生之類，沾濡浸㉛潤，協氣㉜橫流，武節㉝猋逝㉞，爾陿游原，迥闊泳末㉟，首惡鬱沒，闇昧昭晰㊱，昆蟲闓懌㊲，回首面內㊳。然後囿騶虞㊴之珍群，徼㊵麋鹿之怪獸㊶，導㊷一莖六穗於庖㊸，犧㊹雙觡共抵之獸㊺，獲周餘放龜於岐㊻，招翠黃乘龍於沼㊼，鬼神接靈圉，賓於閒館㊽。奇物譎詭，俶儻㊾窮變。欽哉，符瑞臻茲，猶以為德薄，不敢道封禪。蓋周躍魚隕杭，休之以燎㊿，微夫斯之為符也，以登介丘51，不亦恧52乎！進攘之道，何其爽與53？

【章旨】本段以周之德與漢之德對比，說明漢德隆盛，已超過周德，而且「符瑞臻茲」，漢應該封禪。

【注釋】❶軒轅　即黃帝，古史傳說中的帝王，居於軒轅之丘，故名曰軒轅。傳說他戰勝炎帝於阪泉，戰勝蚩尤於涿鹿，諸侯尊為天子。❷遐哉邈乎　顏師古曰：「遐、邈，皆遠也。」❸五三六經　五，五帝。三，三王。六經，儒家的六部經典。❹書　下引二句見《虞書・益稷》。❺元首　君主。❻股肱　指大臣。❼后稷　周的祖先，姬姓，名棄，為舜農官，教民稼穡，樹藝五穀，封於邰，稱后稷。❽唐　唐堯時代。❾公劉　周的遠祖，相傳為后稷曾孫。他率民從邰遷至豳，周部族開始強大。❿西戎　我國古代對西部少數民族的總稱。⓫文王改制　《漢書》注引文穎曰：「文王始開王業，改正朔，易服色，太平之道於是成矣。」⓬郅隆　大盛。郅，至。隆，盛。⓭大行越成　大道於是成就。行，道。越，於。一說，謂道德大行於成王。大行，謂道德大行。成，指周成王。姚鼐引姚範曰：「伯父薑塢先生云：成即成王也。下云躡梁父，登泰山，即《管子》所云成王封泰山，禪社首。」⓮陵遲　逐步下降；逐漸。⓯亡聲　謂無惡聲。亡，借作「無」。⓰夷易　平易。⓱湛恩厖洪　深恩浩大。湛，深。厖洪，盛大貌，疊韻聯綿詞。⓲憲度　法度。⓳襁褓　背負小兒的背帶和布兜。這裡代指周成王。成王即位時年幼，故稱為襁褓。⓴二后　謂周文王、周武王。后，君。㉑都　於。㉒考　校，言不得與漢校其德。㉓躡梁父四句　指舉行封禪典禮事。㉔逢涌原泉　言漢德之盛如泉水之噴湧。逢，大。原泉，有本源的泉水。而顏師古曰：「逢讀曰烽。言如烽火之升，原泉之流也。」㉕沕潏曼羨　皆盛大貌，皆疊韻聯綿詞。㉖旁魄　同「旁薄」。廣博；宏偉。雙聲聯綿詞。㉗暢　達。㉘九垓　天空極高遠處，猶言九重天。垓，重。天有九重。㉙泝　流。㉚八埏　地的八方的邊際。埏，大地的邊際。㉛侵　「侵」的異體字。㉜協氣　和氣。㉝武節　猶武德、武道。㉞猋逝　言如飆風之掃蕩。猋，同「飆」。疾風；旋風。㉟爾陿二句　恩德比之如水，近者游其原，遠者浮其末。爾，同「邇」。近。陿，同「狹」。迥，遠。㊱首惡二句　始為惡者皆即湮滅，素暗昧者皆得光明。闇，同「暗」。昭晰，明亮，指受到教化。㊲闓懌　和樂。㊳回首面內　回頭而面向內地，言四方皆嚮往漢德而歸順。㊴騶虞　獸名。《詩》毛傳云：「騶虞，義獸也，白虎黑文，不食生物，有至信之德則應之。」㊵徼　邊界。用作動詞，遮攔。㊶麇鹿之怪獸　似麇鹿而非麇鹿的特異的獸。《漢書·武帝紀》：「元狩元年冬十月，行幸雍，祠五畤，獲白麟。」顏師古注：「麟，麇身，牛尾，馬足，黃色，圓蹄，一角，角端有肉。」即此二句所謂之騶虞、怪獸。㊷導　擇。㊸一莖六穗於庖　謂擇嘉禾之米於庖廚以供祭祀。一莖六穗，謂嘉禾。㊹犧　古時宗廟祭祀用的純色牲畜。用作動詞，以為犧牲。㊺雙觡共抵之獸　指武帝獲獨角分枝的白麟。《漢書·郊祀志》載：武帝「獲一角獸，若麃然。有司曰：『陛下肅祇郊祀，上帝報享，錫一角獸，蓋麟云。』於是薦五畤。」此句即指此事。觡，角。抵，當作「柢」，《文選》即作「柢」，本。《史記集解》引徐廣曰：「武帝獲白麟，兩角共一本，因以為牲也。」㊻周餘放龜於岐　《漢書》注引文穎曰：「周放畜餘龜於沼池之中，至漢得之於岐山之旁。龜能吐故納新，千歲不死。」岐，岐山，在陝西岐山東北。「餘」下《史記》、《文選》均有「珍」字，《史記集解》引《漢書音義》曰：「餘珍，得周鼎也。」按：「得鼎汾水上」在元鼎元年（西元前一一六年），此時司馬相如已死，不可能得知。《漢書音義》非。㊼招翠黃句　顏師古曰：「言招致翠黃及乘龍於池沼耳。翠黃、乘龍，皆神馬名。《漢書·禮樂志》：〈天馬歌〉，「元狩三年馬生渥洼水中作。」《樂府詩集》引李斐曰：「南陽新野有暴利長，武帝時遭刑，屯田燉煌界。數於渥洼水旁見群野馬，中有奇者，與凡馬異，來飲此水。利長先作土人，持勒靽於水旁。後馬玩習。久之，代土人持勒靽，收得其馬，獻之。欲神異之，云從水中出也。」此句即指此事。《漢書》注引孟康曰：「翠黃，乘黃也，龍翼馬身，黃帝乘之而仙。」又曰：「余吾渥洼水中出神馬，故曰乘龍於沼也。」㊽神鬼二句　《漢書》注引文穎曰：「是時上求神仙之人，得上郡之巫長陵女子，能與鬼神交接，治病輒愈，置於上林苑中，號曰神君。有似於古之靈圉，禮待之於閒館舍中也。」事亦見《史記·封禪書》。靈圉，仙人名。㊾俶儻　卓異不凡，雙聲聯綿詞。㊿蓋周二句　周武王伐紂，渡河，白魚躍入王舟。武王認為是祥瑞，遂俯取以燎。杭，舟。休，美。燎，古祭名，焚柴祭天。(51)介丘　大山丘，指登封泰山。(52)恧　慚愧。(53)進攘二句　言周不當封禪而封禪（進），漢當封禪而不封禪（攘），二者多麼差錯呀！攘，古「讓」字，退讓。爽，差錯；過失。

【語　譯】軒轅以前，遼遠呀渺茫啊，那詳情不可能聽到了。五帝、三王、六經等書籍的記載，那還是可以看到的。《書經》說：「國君英明啊！大臣賢能啊！」憑這個說來，君主沒有誰比唐堯更興盛，臣下沒有誰比后稷更賢明。后稷在唐堯時代開創基業，公劉在西戎立功揚名。周文王改革制度，於是周王室就隆興，大道就得以大行。而後來逐漸衰落，可是千年之後尚無不好的名聲，這難道不是善始善終嗎？然而這沒有特異之處，小心開始的行為，謹慎後來遺留的教訓罷了。所以行蹤平易，容易遵循；深恩浩蕩，容易豐盛；法度明確，容易效行；遺留的綱紀條理順暢，容易繼承。因此，事業在一個襁褓小兒手中就興盛而崇高超過了文武二君。測度他們的開始，探究他們的終了，沒有特別卓異的空前絕後的事跡可以與今天相比較。然而他們還是升上梁父山，登上泰山之頂，建立顯赫的尊號，使用尊貴的名稱。我們大漢的恩德，如有本有源的泉水噴湧，盛大磅礴，廣博地充滿四方各地。如雲之布，如霧之散，上達九重之天，下流大地八方的邊際。一切有生命的事物，浸潤沾濕，和氣四處奔流，武德如旋風遠逝。近的游其本源，遠的浮其末尾。開始作惡的人旋即堙滅，昏暗的人得到光明清晰。昆蟲也十分和樂，掉轉頭來面向內地。然後養置騶虞仁獸於園囿，遮攔住似麋鹿而非麋鹿的怪獸。選擇一莖六穗的嘉禾之米於庖廚以供祭祀，犧牲即用雙角共本的野獸。獲取周王朝放養的神龜於岐山，在渥洼水中來招致神馬。鬼神與仙人相交接，客居在閒靜的館舍。奇異的事物怪誕無窮，卓絕不凡而又變幻莫測。可敬啊，吉祥的徵兆到了如此，還認為仁德菲薄，不敢說封禪之事。大致周王朝只有白魚躍入王舟，就認為美好吉祥而取來祭祀。邈小啊，這也數作一種符瑞，來登上大山丘，不是太可羞恥了嗎？封禪和不封禪的作法，是多麼地差錯不一啊！

於是大司馬❶進曰：「陛下仁育群生，義征❷不譓❸。諸夏❹樂貢，百蠻❺執贄❻，德侔❼往初，功無與二。休烈❽浹洽❾，符瑞眾變，期應❿紹至，不特創見。意者太山梁父，設壇場，望幸蓋⓫，號以況⓬榮，上帝垂恩儲祉⓭，將以薦成⓮。陛下謙讓而弗發⓯也，挈⓰三神⓱之歡，缺王道之儀，群臣恧焉。或謂且⓲天為質⓳，闇示珍符，固不可辭⑳；若然辭之，是泰山靡記㉑而梁父罔幾㉒也。亦各並時而榮，咸濟厥世而屈㉓，說者尚何稱於後，而云七十二君哉？夫修德以錫符㉔，奉符以行事，不為進越㉕也。故聖王弗替㉖，而修禮地祇，謁款㉗天神，勒功㉘中岳㉙，以章㉚至尊㉛，舒盛德，發號榮，受厚福，以浸黎民㉜。皇皇㉝哉斯事！天下之壯觀，王者之丕㉞業，不可貶也，願陛下全之㉟。而後因雜㊱縉紳先生之略術㊲，使獲曜日月之末光絕炎㊳，以展采㊴錯事㊵，猶兼正列㊶其義，祓飾㊷厥文，作《春秋》一藝㊸，將襲舊六為七㊹，攄㊺之無窮，俾萬世得激清流，揚微波，蜚㊻英聲㊼，騰㊽茂實㊾。前聖之所以永保鴻㊿名，而常為稱首(51)者用此。宜命掌故(52)悉奏其儀而覽焉。」

【章　旨】本段假借大司馬之口，再頌漢德，並勸導漢武帝舉行封禪大典。

【注　釋】❶大司馬　官名。漢置丞相、御史大夫、太尉。武帝元狩四年，廢太尉，設大司馬，掌軍旅。❷義征　為正義而征討。❸譓　順從；歸服。❹諸夏　指受分封的華夏族各諸侯國。❺百蠻　指我國四周各少數民族。❻贄　初見尊長時所送的禮品。這裡指朝見天子的禮品。❼牟　通「侔」。等同。❽休烈　盛美的事業。❾浹洽　遍及。❿期應　疑當作「應期」，《史記索隱》引胡廣云：「符瑞眾多，應期相繼而至也。」正作「應期」。⓫望幸蓋　盼望皇上臨幸的車蓋。按：此句「蓋」字，顏師古將其屬下讀，注云：「蓋，發語辭也。」姚鼐則「幸蓋」連讀，注云：「伯父薑塢先生云：師古曰『蓋，發語辭』。予謂當如《考工記》『輪人為蓋』之蓋。」⓬況　通「貺」。賜予。⓭儲祉　積福。⓮將以薦成　言將以薦之上天，行告成之禮。薦，獻；進。⓯弗發　猶言「不往」。⓰挈　絕。⓱三神　指上帝、泰山、梁父。一說，指地祇、天神、山岳。⓲且姚鼐注：「伯父薑塢先生云：〈周頌〉『匪且有且』，毛傳云：『且，此也。』」⑲質　謂天意質樸。⑳固不可辭　顏師古曰：「言天道質昧，以符瑞見意，不可辭讓也。」㉑靡記　指無封禪的表記。靡，無。㉒罔幾　無希望。罔，無。幾，通「冀」。希望。㉓屈　絕，指榮名消失。㉔修德以錫符　指人君修德則天賜予符瑞。錫，賜。㉕進越　苟進越禮。㉖替　廢，指不封禪。㉗謁款　告誠。㉘勒功　刻石記功。㉙中岳　即嵩山，五嶽之一，在今河南登封北。《漢書》注引張揖曰：「蓋先禮中岳而幸太山也。」㉚章　通「彰」。明；顯。㉛至尊　指上帝。㉜濅黎民　施恩惠於百姓。濅，浸的異體字，浸潤。㉝皇皇　盛美。㉞丕　大。㉟全之　《漢書》注引張揖曰：「願以封禪全其終也。」㊱因雜　猶言「綜合」。㊲略術　王先謙曰：「猶言道術。」㊳使獲句　言諸儒仰瞻帝德，譬猶日月高敻，僅得曜其餘光遠燄而已。絕，遠。㊴展采　施展其官職。采，官職。㊵錯事　措辦其事業。錯，同「措」。辦理。㊶正列　謂正天時，列人事。㊷祓飾　刪削修飾。祓，除；刪改。㊸作春秋一藝　謂漢綜述大義而新作《春秋》一經。㊹襲舊六為七　承續舊有的六經而成為七經。六，六經。七，謂增漢《春秋》一經而為七經。㊺攄　傳播。㊻蜚　同「飛」。㊼英聲　優異的名聲。㊽騰　升騰；傳送。㊾茂實　茂盛之實。按：「實」與「聲」相對，均就漢新作一經對後世的重大影響而言。㊿鴻　通「洪」。大。[51]稱首　為後人稱舉之首。[52]掌故　官名，太常屬官，掌管禮樂制度舊儀。

【語　譯】於是大司馬上前說：「陛下的仁德養育了一切生物，用正義征討不馴服。華夏各諸侯國樂於進貢，四周各民族拿來朝見的禮物，仁德與古昔的聖君相等同，功業沒有誰能夠超過。盛美的功業遍及四處，吉祥的徵兆紛呈多變，應期相繼而至，不只是初次出現。想來是泰山、梁父設置土壇場地，盼望皇上的車蓋臨幸，來給它們加上尊號並賜予榮寵。上帝賜給恩惠儲積福澤，將用以進獻上天以報告成功。陛下謙虛退讓而不去封禪，斷絕三神的歡心，缺損王道的儀法，群臣深感慚愧而無地自容。有人認為這天意質樸，暗中顯示珍異的符命，本來就不可退讓。如果這樣推辭，那就是泰山沒有封禪的表記而梁父也沒有了希望。古代也是各自在一個時代裡繁榮，都是跨過一個時代就絕亡，那麼談論的人在後世還稱說什麼，而說有七十二位聖君賢王呢？人君修德而天賜符命，遵循符命而進行封禪之事，不算是苟進越禮。所以聖明的君主並不廢棄，而向地神講求禮儀，向天神進獻誠意。在中嶽刻石紀功，而顯揚最尊貴的上帝。舒展盛德，頒發尊號與光榮，接受豐厚的福澤，以施恩於黎民百姓。盛美啊，這封禪之事，是天下的壯觀，王者的大業，不可以貶損，希望陛下決意臨幸。然後綜合士大夫的道術，使他們獲得日月的餘光遠燄，來施展其職守，措辦其事業。還加上正天時，列人事，綜述其大義，刪削修飾其文辭，作成新的《春秋》一藝，將承襲舊的六經而成為七經，傳播到千秋萬世。使萬世能激揚其清流，揚起其微波，飛揚其優異的名聲，傳送其茂盛的實際。前代聖人能永遠全大名而常為後人稱頌之首的原因，就是因為封禪之事。應該命掌故全部進奏其儀法來觀察它的實際。」

於是天子沛然❶改容，曰：「俞❷乎，朕其試哉！」乃遷思回慮，總公卿之議，詢封禪之事，詩❸大澤之博❹，廣❺符瑞之富❻。遂作頌曰：

自我天覆，雲之油油❼。甘露❽時雨，厥壤可游❾。滋液滲漉❿，何生不育；
嘉穀六穗，我穡曷蓄⓫？匪唯雨之，又潤澤之，匪唯濡⓬之，氾⓭布護⓮之。
萬物熙熙⓯，懷而慕思。名山⓰顯位⓱，望君之來。君乎君乎，侯⓲不邁⓳哉？
般般⓴之獸㉑，樂我君囿。白質黑章，其儀可嘉，旼旼㉒穆穆㉓，君子之態。
蓋聞其聲，今視其來，厥塗靡從，天瑞之徵。茲爾於舜，虞氏以興㉔。
濯濯㉕之麟，游彼靈畤㉖。孟冬十月，君徂郊祀。馳我君輿，帝用享祉㉗。
三代之前，蓋未嘗有㉘。
宛宛㉙黃龍，興德而升㉚；采色炫耀，煥炳煇煌。正陽㉛顯見，覺寤黎烝。

於傳載之，云受命所乘㉜。厥之有章，不必諄諄㉝。依類託寓，諭以封巒㉞。

【章　旨】本段寫天子同意封禪，並以頌詩四章，歌頌漢德汪濊，符瑞畢臻，上天示意，以證明應該封禪。

【注　釋】❶沛然　感動貌。❷俞　然，即然其所請。❸詩　用作動詞，謂作詩以歌頌功德，即下四章之頌。❹大澤之博　廣大仁德的普遍，即頌詩首章的內容的概括。❺廣　擴大。❻符瑞之富　指頌詩後三章的內容。❼油油　流動貌。❽甘露　甘美的露水，古人以降甘露為太平的瑞兆。❾厥壤可游　言雨露豐沛，其澤可以游泳。❿滲漉　水下流貌。⓫曷蓄　蓄何，疑問代詞作賓語，前置。曷，何。蓄，儲積；培植。「曷蓄」的答案即上句「嘉穀六穗」。⓬濡　潤濕。⓭氾　普遍；廣泛。⓮布護　散布，疊韻聯綿詞。⓯熙熙　和樂貌。⓰名山　指泰山。⓱顯位　封禪之事。⓲侯　何，疑問代詞。⓳邁　行，指去封禪。按：以上頌第一章，讚揚天子恩澤廣博，如「甘露時雨」，以致有「嘉穀六穗」的祥瑞。⓴般般　同「斑斑」。文采貌。㉑獸　指騶虞。《詩・周南・騶虞》毛傳：「騶虞，義獸也，白虎黑文，不食生物，有至信之德則應之。」㉒旼旼　和貌。㉓穆穆　靜貌。㉔茲爾二句　言騶虞在虞舜也出現過。李善注引文穎曰：「百獸率舞，則騶虞在其中。」按：以上頌第二章，讚揚獲義獸騶虞，是「天瑞之徵」。㉕濯濯　肥澤貌。㉖遊彼靈畤　李善注引《漢書音義》曰：「武帝祠五畤，獲白麟，故言游靈畤也。」畤，古代祭天地五帝之處。秦有四畤：密畤，上畤，下畤，畦畤。漢增一畤：北畤，合為五畤。㉗帝用享祉　言武帝取白麟以燎祭於天，天帝因此歆享而賜予福澤。帝，上帝；天帝。用，因。祉，福。㉘蓋未嘗有　按：以上頌第三章，讚揚武帝獲白麟是「三代之前，蓋未嘗有」的符瑞。㉙宛宛　龍屈伸貌。㉚興德而升　古人認為龍是神物，有德始見，故云。㉛正陽　指龍。《後漢書・五行志五》引應劭曰：「龍者陽類，君之象也。」故稱龍為正陽。㉜受命所乘　《史記索隱》引如淳曰：「書傳所載，揆其比類，以為漢土德，黃龍為之應，見於成紀，故云受命之乘也。」按：《漢書・文帝紀》：「十五年春，黃龍見成紀。」與武帝無涉。此文言符瑞三事，騶虞，雙觡共本之獸，翠黃乘龍，而頌皆與上文相應。故王先謙認為「此謂渥洼神馬事」，黃龍即謂翠黃乘龍，不當遠引文帝事。茲錄以備參考。㉝厥之二句　《漢書》注引文穎曰：「天之所命，表以符瑞，章明其德，不必諄諄然有語言也。」之，謂天的意志。章，顯；表白。諄諄，教導不倦之貌。㉞封巒　指封禪之事。巒，山。按：以上頌第四章，讚揚黃龍出現是「受命所乘」，並謂天示符瑞，應該封禪。

【語譯】於是天子感動地變了臉色，說：「是這樣啊，我就試試吧！」就改變了想法，回轉了思慮，總結了公卿的議論，諮詢了封禪的典故，寫頌詩歌頌了偉大恩澤的廣博，擴大符瑞的豐富。於是寫作頌詩說：

自我上天的覆蓋，天空中烏雲翻滾洶湧。甘美的露水和及時的雨水，其潤澤之處可以游泳。滋潤的水液往下滲透，什麼生物不能孕育。我們的莊稼種出了什麼？一莖六穗的嘉穀。不只是普降雨水，又沾濕灌注。不只是沾濕，還廣泛地散布。萬物和和樂樂，懷念而又思慕。著名的大山和尊顯的名位，盼望著君主的眷顧。君主啊君主，你為什麼不肯前去？

文彩斑斕的義獸，喜愛我君主的園囿。白色的質地和黑色的文采，那儀態的確優秀。牠和樂而又安詳，確有君子的俊茂。大體只聽到過牠的名字，現在卻見到了牠的來到。那來路不是別處，是天命符瑞的徵兆。牠出現在虞舜的時代，虞舜因此興盛顯耀。

肥澤的白麟，游蕩在祭祀天地五帝的去處。在孟冬的十月，君主去舉行郊祀的禮數。牠跑到我君主的車前，上帝因此享用而賜予洪福。這在夏、商、周三代之前，大體是未曾有過。

蜿蜿曲折的黃龍，仁德興盛牠就升騰。采色斑斕顯耀，光采奪目鮮明。純正的陽物顯明出現，喚醒了黎民百姓。在書傳上有過記載，說是接受天命賢君所乘。天的意志有明顯的表示，不必用語言諄諄面命。依託物類來寄寓天意，曉喻以登封泰山的旨令。

披藝❶觀之，天人之際已交❷，上下之情允洽❸。聖王之德，兢兢翼翼❹。故曰：於興必慮衰，安必思危。是以湯武至尊嚴，不失肅祗❺，舜在假典❻，顧省厥遺，此之謂也。

【章　旨】本段寫漢代天人已交，上下允洽，當不忘恭敬，力行封禪，以收束全文。

【注　釋】❶藝　經藝，指儒家的經典。❷天人之際已交　猶言天道人事已經相互溝通，指以上所言符瑞表明漢德已臻至極。際，關係。❸允洽　的確融洽。允，信，表態副詞。❹兢兢翼翼　兢兢業業，小心翼翼。❺肅祇　嚴肅恭敬。❻在假典　察大典。在，察。假，大。

【語　譯】打開經藝一看，天意人事的關係已經溝通，上級與下民的感情確實融洽。聖王的德行，兢兢業業，小心翼翼。所以說：在興盛的時候一定要考慮衰微，安定的時候一定要想到顛危。是以湯、武最尊嚴，不失去嚴肅與恭敬，大舜考察大典禮，顧慮反省它的遺缺的德行，說的就是這個呢。

【研　析】這純粹是一篇歌功頌德的文章。《詩經》裡已有頌詩，不過那種頌詩，大都寫得比較簡略。採用鋪張揚厲的文詞來歌功頌德，備陳符瑞，則始於司馬相如此文。封禪是歷代帝王的國家大典，故本篇歷來受到人們的重視，成為一類文章的開端，《文心雕龍》名之曰「封禪」，《文選》稱之為「符命」。《文心雕龍・封禪》篇說：「觀相如〈封禪〉，蔚為唱首；爾其表權輿，序皇王，炳元符，鏡鴻業，驅前古於當今之下，騰休明於列聖之上，歌之以禎瑞，讚之以介邱，絕筆茲文，固維新之作也。」說本篇是「封禪」這種文章的開端，是開創性的作品，可見其評價之高。的確如此，以賦體來寫頌詩，是司馬相如的創造。姚範說：「〈封禪文〉相如創為之，體兼賦頌，其設意措辭，皆翔躡虛無，非如揚、班之徒誕妄貢諛為蹠實之文也。通體結構若無畔岸，如雲興水溢，一片渾茫駿逸之氣。」這將本篇在體裁和寫作上的特點都說得很透闢，值得玩味。

卷六十八 辭賦類 七

甘泉賦

揚子雲

【題解】本篇最早見於《漢書·揚雄傳》，《文選》收錄。甘泉，本山名，在陝西淳化西北。秦始皇於此建甘泉宮前殿。漢武帝加以擴建，有通天、高光、迎風諸殿，稱甘泉宮，一名雲陽宮。按：揚雄於漢成帝元延元年召至京師，待詔承明之庭。又據《漢書·成帝紀》載：元延「二年春正月，行幸甘泉，郊泰畤」，本篇當作於是年。關於這篇賦的寫作目的，自班固以降，評論家多以為是為諷諫漢成帝而作。但細讀此賦，全在描寫甘泉宮的雄偉壯麗，漢成帝郊祀甘泉泰畤時車駕扈從聲勢之浩大，祭天典禮之隆重以及所獲福澤之豐沛，實在難以看出諷諫之意。漢成帝無子，他這次郊祀甘泉泰畤，目的在祈求子嗣。揚雄一生始終處於進退仕隱的矛盾之中。這時他恰被漢成帝召見，自然希望得到漢成帝的賞識而青雲直上，此時當是他仕進之心占據上風的時候。他獻賦的目的是在投合漢成帝之所好，頌揚他「子子孫孫，長無絕兮」，與他後來向王莽上〈劇秦美新〉之意相同。至於說描寫甘泉宮的華麗是規勸漢成帝不要大興土木，寫齋戒時屏玉女，卻虙妃是規諫漢成帝不要迷戀女色，這層意思不看《漢書·揚雄傳》，實在難以猜透。所以王充批評說：「孝成皇帝好廣宮室，揚子雲上〈甘泉賦〉，妙稱神怪，若曰非人力所能為，鬼神力乃可成。皇帝不覺，為之不止。」（《論衡·譴告》）因此，「奏〈甘泉賦〉以風」的說法實可商榷。就令其中有的描寫或有所諷，也不過是「勸百而諷一」罷了。

孝成帝❶時，客❷有薦雄文似相如❸者。上方郊祠❹甘泉泰畤❺，汾陰❻后土❼，以求繼嗣❽，召雄待詔❾承明❿之庭。正月⓫，從上甘泉。還，奏甘泉賦以風⓬。其辭曰：

【章　旨】本段是賦的序文，說明作賦的背景及目的。序文錄自《漢書・揚雄傳》。《漢書・揚雄傳》基本照錄揚雄〈自序〉。這序文當是揚雄寫〈自序〉時的追述，非作賦時即有此序。

【注　釋】❶孝成帝　名驁，在位二十六年（西元前三三—前七年）。❷客　指揚莊。李善注引揚雄〈答劉歆書〉曰：「雄作〈成都城四隅銘〉，蜀人有楊莊者為郎，誦之於成帝，以為似相如。雄遂以此得見。」❸相如　即司馬相如。❹郊祠　古代於郊外祭祀天地。❺泰畤　古代天子祭天神及五帝之處。《漢書・郊祀志》：「往者，孝武皇帝居甘泉宮，即于雲陽泰畤，祭於南宮。」按：漢武帝元朔五年，立泰畤於甘泉。❻汾陰　地名，以在汾水之南而名，即今山西萬榮。❼后土　古時稱地或土神為后土。漢武帝元鼎四年，立后土祠於汾陰。❽繼嗣　傳宗接代的子嗣。漢成帝無子，故借祭祀天地以求子嗣。❾待詔　猶言候命，等待天子之命。❿承明　殿名，在未央宮。⓫正月　指元延二年（西元前一一年）正月。⓬風　諷諫。李善注：「不敢正言謂之諷。」

【語　譯】漢成帝時，有人薦舉揚雄的文詞像司馬相如。皇上正要去祭祀甘泉宮泰畤的天神，汾陰的后土神，來祈求繼承香火的子嗣，召喚揚雄在承明殿等待詔命。正月，揚雄跟隨皇上到了甘泉宮。回到京師，就上奏這篇〈甘泉賦〉來進行諷諫。它的文辭說：

惟漢十世❶，將郊❷上玄❸，定泰畤❹。雍❺神休❻，尊明號❼，同符❽三皇，錄功❾五帝。卹胤❿錫羨⓫，拓迹⓬開統⓭。於是乃命群僚，歷⓮吉日，協⓯靈辰⓰，星陳⑰而天行⑱。詔招搖⑲與太陰⑳兮，伏㉑鉤陳㉒使當㉓兵；屬㉔堪輿㉕以壁壘㉖兮，梢㉗夔㉘魖㉙而抶㉚獝狂㉛。八神㉜奔而警蹕㉝兮，振㉞殷轔㉟而軍裝㊱；蚩尤㊲之倫帶干將㊳而秉玉戚㊴兮，飛蒙茸㊵而走陸梁㊶；齊總總㊷以撙撙其相膠轕㊸兮，猋駭雲迅奮㊹以方攘㊺。駢羅列布㊻鱗以雜沓㊼兮，柴傂參差㊽魚頡而鳥胻㊾；翕赫曶霍㊿霧(51)集而蒙(52)合兮，半散(53)照爛粲以成章。

【章旨】本段寫漢成帝出行時兵衛之眾盛嚴整。

【注釋】❶十世　指漢成帝。漢自高祖至成帝恰為十世，即高祖、惠帝、呂后、文帝、景帝、武帝、昭帝、宣帝、元帝、成帝。❷郊　郊祀；祭祀天神。❸上玄　指天。❹定泰畤　漢成帝建始二年（西元前三一年）罷甘泉泰畤，在長安南郊祭天。至永始三年（西元前一四年）始以太后詔復甘泉泰畤。永始四年正月至甘泉，郊泰畤，元延二年正月至甘泉，郊泰畤。因其廢而復行，故說「定泰畤」。❺雍　通「擁」。《文選》作「擁」，擁有，聚集。❻休　美；祥。❼明號　光輝的稱號，謂總三皇五帝之號而稱皇帝的這個稱號。❽符　符契；符命。古謂天賜祥瑞與人君，以為接受天命的憑證，叫做符契或符命。❾錄功　紀功。錄，總領。❿卹胤　憂慮後嗣。時漢成帝無子，故云。卹，憂慮；顧念。胤，嗣；後代。⓫錫羨　賜予豐饒。漢武帝以來，郊祀甘泉泰畤，對當地臣民，每有賞賜。漢成帝永始四年郊泰畤，即「大赦天下，賜雲陽吏民爵，女子百戶牛酒，鰥寡孤獨高年帛」。錫羨指此。一說，言神明饒與福祥。錫，賜與。羨，豐富。⓬拓迹　擴大業績。拓，開拓；擴大。⓭統　指皇位代代相傳的系統。⓮歷　選擇。⓯協　合。⓰靈辰　美好時辰。⓱星陳　言群僚如星之陳列。⓲天行　言天子象天之運行。⓳招搖　星名，在北斗杓端。⓴太陰　太歲星的別稱。㉑伏　通「服」。用。㉒鉤陳　星名，在紫微垣內，最近北極。㉓當　主管；典領。㉔屬　同「囑」。囑託。㉕堪輿　天地的總名。一說，造圖宅書的神名。㉖壁壘　軍隊的營壘。㉗梢　同「捎」。《文選》即作「捎」，擊。㉘夔　山林中的鬼怪。夔神如龍，有角，人面。㉙魖　使人耗財的鬼。㉚抶　打。㉛獝狂　惡鬼名。㉜八神　八方之神。㉝警蹕　古代帝王出行時，左右侍衛，止人清道，以戒止行人。㉞振　振奮。一說，眾多。

㉟殷轔　盛多貌，疊韻聯綿詞。㊱軍裝　身著軍服。㊲蚩尤　神話傳說中的人物，古代九黎族的首領。相傳他作器，「兄弟八十一人，並獸身人語，銅頭鐵額，食砂石子，造立兵杖、刀、戟、大弩，威振天下」（《太平御覽》卷八十七引《龍魚河圖》）。㊳干將　劍名，吳人干將所造。㊴玉戚　以玉飾柄的大斧。戚，斧。㊵蒙茸　亂貌，疊韻聯綿詞。㊶陸梁　跳躍。㊷總總與下「撙撙」，皆攢聚貌。㊸膠轕　猶「交加」。雜亂貌。㊹奮　迅疾。㊺方攘　分散貌，疊韻聯綿詞。㊻駢羅列布　羅列分布。駢，並。㊼鱗以雜沓　如魚鱗般眾多聚集。雜沓，眾多聚集貌，疊韻聯綿詞。㊽傑傂參差　皆不齊貌，皆雙聲聯綿詞。㊾魚頡而鳥胻　言如魚之躍，如鳥之翔。頡胻，猶頡頏，上下翔躍貌。頡、頏、胻均古雙聲字。㊿翕赫曶霍　盛疾貌。一說，開合之貌，皆雙聲聯綿詞。音義並相近。(51)霧　地氣。指近地之水蒸氣遇冷凝結成細微水滴，瀰漫空中。(52)蒙　天氣。指陰雲密布，天氣陰暗。(53)半散　即「泮散」。分散；分布。

【語譯】大漢王朝的第十代皇帝，將要祭祀上天，定下在甘泉宮的泰畤舉行祭祀。擁有神靈美好的祥瑞，尊崇太一神和后土神的稱謂，與三皇的符命相同，總有五帝的功績。憂慮沒有子嗣，賜與就十分豐羨，開拓國家的基業，開啟世代相傳的體系。於是就命令所有官吏，選擇吉祥的日子，協合美好的時辰，出行的隊伍，如同星一般布陣，如同天一般運行。詔告招搖星與太歲星啊，使用鉤陳星叫他典領士兵；囑託堪輿神來營造軍陣營壘啊，驅趕木石之怪而鞭打惡鬼獝狂。八方之神奔走警戒而清道啊，振奮眾盛而身著軍裝；如蚩尤般勇武的一類武士帶著利劍持著玉飾的大斧啊，飛者紛亂而走者跳梁；一齊聚集而交錯雜亂啊，如旋風震駭，如飛雲迅疾，奮起而分散四方。羅列分布如魚鱗般相次而眾多紛雜啊，參差不齊如魚之沉浮和如鳥之翱翔；隊伍眾盛迅疾如煙霧瀰漫如烏雲翻滾啊，四散分布，光彩絢爛，璀璨而文采飛揚。

於是乘輿❶乃登夫鳳皇❷兮而翳華芝❸，駟❹蒼螭❺兮六❻素虯❼，蠖略蕤綏❽，灕虖❾滲纚❿。帥爾⓫陰閉，霅然⓬陽開。騰清霄⓭而軼⓮浮景⓯兮，夫何旟旐⓰郅偈⓱之旖旎⓲也。流星旄⓳以電爥⓴兮，咸翠蓋而鸞旗。屯萬騎於中營㉑兮，方㉒玉車㉓之千乘。聲駍隱㉔以陸離㉕兮，輕先疾雷而馺㉖遺風㉗。凌高衍㉘之嵱嵷㉙兮，超紆譎㉚之清澄。登椽欒㉛而狃㉜天門兮，馳閶闔㉝而入凌兢㉞。

【章旨】本段寫漢成帝出行時車輿警衛之眾盛，寫得聲勢浩大，熱鬧非凡。

【注釋】❶乘輿　古稱天子諸侯之車叫乘輿，也用以代稱天子。此指漢成帝。❷鳳皇　以鳳凰為飾的車。❸華芝　指車蓋。言車蓋張開，如華麗的靈芝菌。❹駟　駕車的四匹馬。這裡用作動詞，用四匹馬駕車。❺蒼螭　青龍。螭，古代傳說中一種無角的龍。❻六　駕車的六匹馬。按古代帝王的車駕用六馬。這裡用作動詞，用六匹馬駕車。❼素虯　白龍。虯，傳說中的無角龍。❽蠖略蕤綏　龍行之貌，皆疊韻聯綿詞。❾灕虖　水滲入地下。這裡形容車上飾物下垂。虖，通「乎」。助詞。❿襂纚　下垂貌，雙聲聯綿詞。⓫帥爾　聚集貌。爾，猶「然」。一說，帥爾，即「率爾」，猶「倏爾」。⓬霅然　散貌。一說，霅然，猶颯然。⓭清霄　指天空。⓮軼　突過。⓯浮景　流動的雲光。一說，指日光。⓰旟旐　指旗幟。旟，畫鳥隼的旗。旐，畫龜蛇的旗。⓱郅偈　矗立貌。⓲旖旎　隨風飄揚貌，疊韻聯綿詞。⓳星旄　畫有星文的以旄牛尾為飾的旗。⓴爥　照明。㉑中營　天子之營。㉒方　並列。㉓玉車　以玉為飾的車。㉔駍隱　車聲大而盛。㉕陸離　奔馳貌，雙聲聯綿詞。㉖馺　迅疾貌。㉗遺風　疾風。㉘高衍　高而平的地方。㉙嵱嵷　山峰眾多貌，疊韻聯綿詞。㉚紆譎　曲折。㉛椽欒　山名，在甘泉南。㉜狃　至。㉝閶闔　天門名。㉞凌兢　寒涼之處，疊韻聯綿詞。

【語譯】於是天子登上以鳳凰為飾的車駕啊，遮撐著如華麗的靈芝菌般的車蓋，駕著四條青龍啊套上六條白龍，龍行蜿蜒，下垂著車飾的彩帶。聚攏時如陰雲密布，分散時如陽光四射。升上天空而突過流動的雲光啊，旗幟高懸，隨風飄揚，多麼精彩。飄動著畫有星文飾以旄牛尾的旗如電光閃耀啊，都是飾以翠羽的車蓋和畫有鸞鳥的旗旆。屯聚萬騎於天子的中營啊，並列千乘飾以美玉的車隊。車聲隆隆奔馳迅疾啊，超過疾雷如疾風般輕快。跨過高而平的眾多山峰啊，越過那曲折而清澈的溪流。登上椽欒山而到達天門啊，奔馳在閶闔門前而進入清涼的境界。

是時未轃❶夫甘泉也，迺望通天❷之繹繹❸。下陰潛❹以慘懍❺兮，上洪紛❻而相錯。直嶢嶢❼以造天兮，厥高慶❽而不可乎彌❾度。平原唐❿其壇曼⓫兮，列新雉⓬於林薄⓭。攢⓮并閭⓯與茇葀⓰兮，紛被麗⓱其亡鄂⓲。崇丘陵之駊騀⓳兮，深溝嶔巖⓴而為谷。迬迬㉑離宮㉒般㉓以相燭兮，封巒石關㉔池靡㉕乎延屬㉖。

【章　旨】本段寫道中所見，主要描寫了通天臺的高峻。

【注　釋】❶轃　同「臻」。至。❷通天　臺名，在甘泉宮中。❸繹繹　相連貌。一說，盛貌。❹陰潛　幽暗隱蔽。❺慘懍　寒涼貌。一說，幽暗不明貌。❻洪紛　洪大雜亂。❼嶢嶢　高峻貌。❽慶　語助詞。❾彌　終；竟。❿唐　道路。《爾雅・釋宮》：「廟中路謂之唐。」一說，廣大貌。⓫壇曼　平坦寬廣貌，疊韻聯綿詞。⓬新雉　即辛夷，香木名。樹甚大，其樹枝葉皆香。⓭薄　草木叢生曰薄。⓮攢　聚。⓯并閭　棕樹。⓰茇葀　草名，即薄荷。⓱被麗　分散貌，疊韻聯綿詞。⓲亡鄂　無邊際。鄂，垠鄂，邊際。⓳駊騀　高大貌，疊韻聯綿詞。按「駊騀」猶「嵯峨」。⓴嶔巖　深險貌，疊韻聯綿詞。㉑迬迬　同「往往」。猶言「處處」。迬，古「往」字。㉒離宮　古代帝王正式宮殿之外的宮室，以便隨時遊處。㉓般　同「班」。布列；羅列。㉔封巒石關　皆宮觀名，在甘泉山。李善注引《三輔黃圖》云：「甘泉有石關觀、封巒觀。」按：《三輔黃圖》卷五作石闕觀、封巒觀，云：「雲陽宮記云：宮東北有石門山，岡巒糾紛，千霄透出，有石巖容數百人，上起甘泉觀。」㉕池靡　相連貌，疊韻聯綿詞。㉖屬　連接；連綴。

【語　譯】這時還沒有到達甘泉宮，就望見通天臺光彩奪目。臺下陰暗幽深而寒氣逼人啊，臺上洪大雜亂而互相交錯。高高矗立而上至雲天啊，其高不可以全都度量測出。平原廣大而平坦寬廣啊，布列著辛夷木在樹林和草木叢生之處。聚集著棕樹和薄荷草啊，紛亂地四散紛披而無垠鄂。高高的丘陵如此高大啊，深深的溪溝深險而成為深谷。處處離宮別館依次布列而互相照映啊，封巒觀、石關觀一幢幢互相連屬。

於是大廈雲譎波詭，摧嶉[1]而成觀。仰撟首[2]以高視兮，目冥眴[3]而亡見。正瀏濫[4]以弘惝[5]兮，指東西之漫漫。徒徊徊以徨徨[6]兮，魂固眇眇[7]而昏亂。據[8]軨軒[9]而周流[10]兮，忽坱圠[11]而亡垠[12]。翠玉樹[13]之青葱[14]兮，璧馬犀[15]之瞵㻞[16]。金人[17]仡仡[18]其承鍾虡[19]兮，嵌巖巖[20]其龍鱗。揚光曜[21]之燎燭[22]兮，垂景炎[23]之炘炘[24]。配[25]帝居之懸圃[26]兮，象泰壹[27]之威神。洪臺[28]掘[29]其獨出兮，㯳[30]北極[31]之嶟嶟[32]。列宿[33]迺施[34]於上榮[35]兮，日月纔經於柍桭[36]。雷鬱律[37]於巖窔[38]兮，電儵忽於牆藩。鬼魅不能自逮兮，半長途而下顛[39]。歷倒景[40]而絕飛梁[41]兮，浮[42]蠛蠓[43]而撇[44]天。左欃槍[45]而右玄冥[46]兮，前熛闕[47]而後應門[48]。陰西海[49]與幽都[50]兮，涌醴[51]汩[52]以生川。蛟龍連蜷[53]於東厓兮，白虎敦圉[54]乎崑崙[55]。覽樛流[56]於高光[57]兮，溶[58]方皇[59]於西清[60]。前殿崔巍[61]兮，和氏[62]瓏玲[63]，抗[64]浮柱[65]之飛榱[66]兮，神莫莫[67]而扶傾。閌[68]閬閬[69]其寥廓[70]兮，似紫宮[71]之崢嶸[72]。駢[73]交錯而曼衍[74]兮，嵺[75]嶵隗[76]乎其相嬰[77]。乘雲閣[78]而上下兮，紛蒙籠[79]以棍成[80]。曳紅采之流離[81]兮，颺翠氣之宛延[82]。襲琁室[83]與傾宮[84]兮，若登高眇遠[85]，亡國[86]肅乎臨淵。迴猋[87]肆其碭駭[88]兮，翍[89]桂椒而鬱[90]栘[91]楊。香芬茀[92]以穹隆[93]兮，擊薄櫨[94]而將榮[95]。薌[96]呹肸[97]以棍批[98]兮，聲駍隱而歷鍾[99]。排[100]玉戶而颺金鋪[101]兮，發蘭蕙與芎藭[102]。帷[103]弸環[104]

其拂汩(105)兮，稍暗暗(106)而靚(107)深。陰陽清濁穆羽(108)相和兮，若夔牙(109)之調琴。般倕(110)棄其剞劂(111)兮，王爾(112)投其鉤繩(113)。雖方(114)征僑(115)與偓佺(116)兮，猶仿佛其若夢。

【章旨】本段極力鋪陳甘泉宮的瑰麗堂皇，「乃上比於帝室紫宮，若曰此非人力之所為，黨鬼神可也」。這大概就是揚雄說的用以諷諫之處。

【注釋】①摧嗺　高大雄偉貌，疊韻聯綿詞。按「摧嗺」即「崔巍」。②撟首　抬頭；舉首。③冥眴　眼花撩亂而看不清楚。④瀏濫　環視，周覽，雙聲聯綿詞。⑤弘惝　高大。惝，同「敞」。⑥佪佪以徨徨　即「回皇」，心神不定貌。⑦眇眇　高遠貌。「眇眇」上《文選》無「固」字。⑧據　依；倚靠。⑨軨軒　即「櫺軒」，有窗格的長廊。⑩周流　周迴流覽。⑪坱圠　廣大貌，雙聲聯綿詞。⑫亡垠　無邊無際。⑬玉樹　玉雕飾的樹。顏師古注：「玉樹者，武帝所作，集眾寶為之，用供神也。非謂自然生之。」⑭青蔥　青綠色。⑮璧馬犀　以璧玉製作馬和犀牛。璧，《漢書》作「壁」。顏師古曰：「馬犀者，馬腦及犀角也。以此二種飾殿之壁。」⑯瞵㻞　文彩斑斕貌，疊韻聯綿詞。⑰金人　用銅鑄造的人像。據下文「象泰壹之威神」，此金人似指泰壹神像。又沈欽韓《漢書疏證》引《漢武故事》謂通天臺「上有承露盤仙人掌」，此金人或指金銅仙人。然小說家言，不可信。⑱仡仡　壯勇之貌。⑲鐘虡　懸鐘的木架。⑳嵌巖巖　即「嵌巖」，與「嶄巖」及上文之「嶔巖」等並為同一語根之疊韻聯綿詞，本為險峻貌，這裡為形容鱗甲張開貌。㉑光曜　光輝。㉒燎爤　火炬般照耀。燎，火炬。㉓景炎　大火光。景，大。㉔炘炘　火焰熾盛貌。㉕配　匹敵；匹配。㉖懸圃　山名，相傳在崑崙山上，天帝所居之處。㉗泰壹　即「泰一」，也寫作「太一」，天神之最貴者。㉘洪臺　大臺；高臺。㉙崛　特出貌。㉚檄　《漢書》、《文選》均作「撽」，「檄」當為「撽」之誤。撽，至。㉛北極　北極星。㉜嶟嶟　聳立貌。㉝列宿　眾星宿。㉞施　安施；放置。㉟榮　屋簷兩端上翹的部分，通稱飛簷。㊱柍振　屋簷。此二句極言其高。㊲鬱律　雷聲。㊳巖窔　山的深處，這裡指宮室的幽深之處。㊴顛　墜落；跌下。㊵倒景　指天上最高處。李善注引《陵陽子明經》曰：「倒景氣去地四千里，其景皆倒在下。」又引〈郊祀志〉注曰：「在日月之上，日月反從下照，故其景倒。」景，同「影」。㊶飛梁　浮道之橋，指閣道。㊷浮　過。㊸蠛蠓　同「蔑蒙」。一種遊氣，又為飛揚貌，雙聲聯綿詞。㊹撇　拂。㊺欃槍　彗星的別名。㊻玄冥　北方之神。㊼熛闕　赤色的門闕。(48)應門　正門，在熛闕之內，故曰「後」。(49)西海　神話中的西方之海，泛指西方。(50)幽都　北方極遠之地。(51)醴醴泉；甘泉。(52)汩　水流迅疾貌。(53)連蜷　卷曲貌，疊韻聯綿詞。(54)敦圉　盛怒貌。(55)崑崙　這裡指甘泉宮中一座象徵崑崙山的山。(56)樛流　猶「周流」。一說，屈折也。(57)高光　宮名，在甘泉山。(58)溶　閒暇貌。(59)方皇　即「彷徨」，徘徊不進貌，疊韻聯綿詞。(60)西清　西廂清閒之處。(61)崔巍　高峻貌，疊韻聯綿詞。(62)和氏　和氏璧。此指裝飾壁帶的美玉。《漢書》注引晉灼曰：「以黃金為壁帶，含藍田璧。」按：《漢書・外戚傳》謂漢成帝趙昭儀居昭陽宮，「壁帶往往為黃金釭，函藍田璧」。此晉灼說所本。壁帶，顏師古謂指壁之橫木露出如帶者。(63)瓏玲　空明貌。一說，玉聲，雙聲聯綿詞。(64)抗　舉。(65)浮柱　淩空而立的柱。(66)榱　椽子。(67)莫莫　隱蔽貌。(68)閌　高門貌。(69)閬閬　高大之貌。一說，空虛貌。(70)寥廓　虛靜貌。(71)紫宮　紫微宮，星座名，天帝之宮。(72)崢嶸　高深貌，疊韻聯綿詞。(73)駢　並列。(74)曼衍　相連不絕貌。一說，分布也，疊韻聯綿詞。(75)嶔　山長貌。(76)嶵隗　猶「崔巍」，高峻貌，疊韻聯綿詞。(77)嬰　繞。(78)雲閣　與雲相連的閣道，極言閣道之高。(79)蒙籠　覆蔽貌。一說，膠葛貌，疊韻聯綿詞。(80)棍成　自然而成。(81)流離　光采分布貌，雙聲聯綿詞，同「陸離」。(82)宛延　同「蜿蜒」。長曲貌，疊韻聯綿詞。(83)琁室　以琁玉修建的房子。夏桀王曾作琁室。(84)傾宮　高聳的宮殿。傾，形容其高聳如欲傾墜。商紂王曾作傾宮。李善注引《晏子春秋》曰：「夏之衰也，其王桀作琁室；殷之衰也，其王紂作傾宮。」(85)眇遠　望遠。(86)亡國　此二字《文選》有，《漢書》無。姚鼐注：「亡國字《漢書》無，無是。」按：《漢書》注引應劭曰：「登高遠望，當以亡國為戒，若臨深淵也。」「亡國」二字當係淺人據應劭注妄加，姚說是，當據《漢書》刪。(87)迴猋　旋風。猋，同「飆」。(88)碭駭　震盪。(89)翍　同「披」。分開。(90)鬱　聚集。(91)栘　木名，即唐棣。(92)芬茀　香氣濃盛貌，雙聲聯綿詞，與芬馥、芬郁、芬茲並聲通義同。(93)穹隆　盛貌，疊韻聯綿詞。(94)薄櫨　即斗拱。(95)將榮　飄送飛簷。將，送。(96)薌　風動樹之聲。(97)呹肸　疾散貌，疊韻聯綿詞。(98)棍批　混同排擊。棍，同「混」。批，擊。(99)歷鍾　歷遍編鐘。古時以大小相次之鐘十六懸於鐘架上，各應律呂，稱為編鐘。此言回飆擊樹之聲，大小相和鳴，就如擊遍編鐘所發出的聲音一樣。(100)排　推開。(101)金鋪　金屬門環。(102)芎藭　香草名。(103)帷　帷帳。(104)弸彋　風吹帷帳聲，一說風吹帷帳鼓脹貌，疊韻聯綿詞。(105)拂汩　風動貌，疊韻聯綿詞。(106)暗暗　幽隱貌。(107)靚　同「靜」。(108)穆羽　和諧的羽聲。羽，羽聲，古代五音之一。(109)夔牙　皆古代著名音樂家。夔，相傳為舜時樂官。牙，伯牙，春秋時楚國著名琴師。(110)般倕　皆古代巧匠。般，公輸般，春秋時魯國著名巧匠。倕，堯時巧工，一說黃帝時巧工。(111)剞劂　刻刀。李善注引應劭曰：「剞，曲刀也。劂，曲鑿也。」(112)王爾　古代著名巧匠。(113)鉤繩　圓規與墨線。(114)方　類；等。(115)征僑　〈大人賦〉作征伯僑，古仙人名。(116)偓佺　亦古仙人名。

【語　譯】高大的甘泉宮如雲彩之奇譎，如波濤之詭異，高聳雄偉而成宮觀之形。向上抬頭往高處一望啊，目光模糊而什麼也看不清。從正面望去只見十分高大啊，向東向西都無限延伸。只是叫人心神不定啊，神魂也因其高遠而迷亂昏沉。倚靠著有櫺格的長廊而往四周一望啊，恍惚廣大而無際無垠。翠綠的用玉製作的樹如此青蔥啊，用璧玉製作的馬與犀牛多麼文采繽紛。銅鑄的人像勇健地扛起編鐘的鐘架啊，身披鎧甲片片張開有如龍鱗。飛揚的光焰如火炬般照耀啊，散發著大火光火焰璘璘。可與天帝居住的懸圃相匹配啊，像太一神居住的紫微宮一樣威嚴有神。高大的臺榭特出地挺立啊，高至北極星而聳立蒼旻。眾星宿就像安放在屋簷之上啊，太陽月亮就在屋簷下經行。雷聲在幽深的宮中殷殷振響啊，閃電在牆藩之內大放光明。鬼怪也不能獨自到達啊，走到半途就會墜落顛傾。經過天上最高處而渡過飛架的閣道啊，浮游在遊氣之中而拂拭天庭。宮門左邊畫著彗星右邊畫著玄冥啊，前面是紅色的門樓而後面是正門。其高蔭蔽著西海與幽都啊，醴泉汩汩湧出而成為河川。像蛟龍蜷曲在東邊山厓啊，像白虎怒吼在崑崙之巔。在高光宮中周流觀覽啊，在清閒的西廂悠閒地徘徊周旋。前殿高聳啊，壁帶上裝飾的和氏璧透明新鮮。承舉著凌空而立的屋柱和飛架的椽子啊，似有神明在暗中扶持故不傾顛。宮門高大而虛靜啊，像天帝的紫微宮一樣深邃清閒。駢列交錯而連綿不斷啊，高峻崔巍而互相環繞糾纏。登上聳入雲霄的高閣而上下啊，紛亂覆蔽如生成於自然。拖曳著紅色的彩雲而色彩紛繁啊，飄揚著青翠的雲氣而曲折蜿蜒。仿效夏桀王的琁室與商紂王的傾宮啊，如登高遠望，嚴肅地面對深淵。旋風放肆地震盪搖撼啊，時而披散時而聚攏那桂椒栘楊。香氣芬芳而濃郁啊，薄近斗拱在屋簷間飄散飛揚。響聲迅速振起而混同排擊啊，聲音砰硼而傳至殿上的洪鐘。吹開玉飾的門戶而振動金飾的門環啊，吹拂著蘭花、蕙草與芎藭。殿上帷帳吹得篷篷鼓脹啊，漸漸地吹入幽暗而寂靜的深宮。陰聲陽聲清聲濁聲和諧的羽聲互相唱和啊，如同夔與伯牙鼓琴一樣雍容。公輸般與工倕將棄其曲刀與曲鑿啊，王爾也將放下鉤繩而停工。即使像征伯僑與偓佺啊，亦將心神髣髴如在夢中。

於是事變物化，目駭耳回❶。蓋天子穆然❷珍臺閒館琁題❸玉英❹蜵蜎蠖濩❺之中，惟夫所以澄心清魂，儲精垂恩❻，感動天地，逆釐❼三神❽者。迺搜逑❾索偶❿，皋伊⓫之徒，冠倫⓬魁能⓭，函甘棠之惠⓮，挾東征之意⓯，相與齊⓰乎陽靈⓱之宮。靡薜⓲荔而為席兮，折瓊枝以為芳。噏⓳清雲之流瑕⓴兮，飲若木㉑之露英㉒。集乎禮神之囿㉓，登乎頌祇之堂㉔。建光燿之長旓㉕兮，昭華覆㉖之威威㉗。攀琁璣㉘而下視兮，行遊目㉙乎三危㉚。陳眾車於東阬㉛兮，肆玉軑㉜而下馳。漂㉝龍淵㉞而還㉟九垠㊱兮，窺地底而上迴㊲。風傱傱㊳而扶轄㊴兮，鸞鳳紛其銜㊵蕤㊶。梁㊷弱水㊸之濎濙㊹兮，躡不周㊺之逶蛇㊻。想西王母㊼欣然而上壽㊽兮，屏㊾玉女㊿而卻宓妃(51)。玉女亡所眺其清矑(52)兮，宓妃曾不得施其蛾眉。方攬(53)道德之精剛(54)兮，侔(55)神明與之為資。

【章 旨】本段寫漢成帝祭祀前的齋戒。「屏玉女，卻宓妃」，這大概也是揚雄所說的用以諷諫之處。

【注 釋】❶回 回皇；心神不定。❷穆然 靜默貌。❸琁題 用琁玉裝飾的椽頭。題，頭。❹玉英 玉花，言以玉花飾椽頭。❺蜵蜎蠖濩 刻鏤之形。一說深邃之貌，皆疊韻聯綿詞。❻儲精垂恩 言儲蓄精思，冀神垂恩。恩，《漢書》作「思」。垂思，謂集中思慮。王先謙說：「不如『思』順。」❼逆釐 迎受福澤。逆，迎。釐，通「禧」。福。❽三神 天地人之神。❾搜逑 選擇匹偶。逑，偶。❿索偶 求索配偶。⓫皋伊 皋陶、伊尹。⓬冠倫 為倫輩之首。⓭魁能 才能第一。魁，第一；最先。⓮甘棠之惠 邵伯的恩惠。《詩・召南・甘棠》：「蔽芾甘棠，勿剪勿伐，邵伯所茇。」毛〈序〉云：「甘棠，美邵伯也。邵伯之教，明於南國。」[15]東征之意　周公東征的誠意。周成王時，周公之弟管叔、蔡叔挾武庚以叛，周公親征，誅武庚、管、蔡，平定叛亂，盡忠周王室。[16]齊　齋戒。[17]陽靈　祭天之所。[18]靡　踏倒。[19]噏　同「吸」。[20]流瑕　流霞，即「朝霞」。《楚辭章句．遠遊》「餐朝霞」注引《陵陽子明經》曰：「春食朝霞。朝霞者，日始欲出赤黃氣也。」瑕，通「霞」。[21]若木　神話中木名，即扶桑樹。[22]露英　含露的花。此四句言齋戒自新，居處飲食皆極芳潔。[23]禮神之囿　祭祀天神之處。[24]頌祇之堂　歌頌地神的殿堂。祇，地神。[25]旓　旌旗上的飄帶。[26]華覆　華蓋；華麗的車蓋。[27]威威　猶「葳蕤」，鮮明貌。[28]琁璣　星名，指北斗魁的第四星。[29]遊目　轉動目光，隨意瞻望。[30]三危　山名，一說在今甘肅敦煌，一說在今甘肅岷山之西南。[31]阬　同「岡」。丘陵；土岡。[32]玉軑　玉飾的車轄。軑，車轂端包的冒蓋。[33]漂　浮。[34]龍淵　龍藏之淵，指深潭。[35]還　旋繞。[36]九垠　九重，指九重的深淵。[37]窺地底而上迴　李善注云：「言從東阬下馳，遂浮龍淵而繞其九重，乃窺地底而上歸也。」以上皆設言自齋宮至祭所，王先謙謂其方向是「從北望南，自東徂西」。[38]漎漎　疾行貌。[39]轄　車轄；車鍵。[40]銜　同「啣」。[41]蕤　車上下垂的飾物。[42]梁　橋樑。用作動詞，架橋。[43]弱水　神話中水名，在崑崙山下。[44]潚潒　小水之貌，疊韻聯綿詞。[45]不周　神話中山名。《山海經．大荒西經》：「西北海之外，大荒之隅，有山而不合，名曰不周。」[46]透蛇　曲長貌，疊韻聯綿詞。[47]西王母　神話中女神。《穆天子傳》注：「西王母如人，虎齒，蓬髮，戴勝，善嘯。」[48]上壽　祝酒。[49]屏　除。[50]玉女　神女。[51]宓妃　洛水女神。[52]矑　瞳子。[53]攬　摘取。[54]精剛　精微剛強。[55]侔　齊；取法。

【語　譯】於是事物變化無窮，叫人目光驚駭，聽覺驚疑不定。而天子卻靜默地在椽端用旋玉裝飾的深邃的珍貴的臺榭和閒靜的宮館之中，思考著用來澄清思慮，清潔神魂，儲蓄精神，集中思想，感動天神地祇，以迎接天地人三神降福的途徑。就搜求與皋陶、伊尹相匹配的賢臣，冠絕群輩，才能出眾，包函有邵伯遺澤甘棠的恩惠，周公東征大義滅親的忠誠，跟他們一道齋戒在宮殿陽靈。踏倒香草薜荔而成為坐席啊，折下瓊玉的枝條作為芳香。吸著青雲裡的朝霞之氣啊，飲著若木花的露水當作瓊漿。集合在敬禮天神的園囿，登上頌揚地祇的殿堂。建樹起光彩四射的長柄旗啊，讓華麗的車蓋下垂而放射光芒。攀著北斗星的琁璣而往下看啊，一邊行進，一邊向三危山隨意端詳。在東邊山岡上陳列眾車啊，任憑玉飾的車轄奔馳下翔。漂過龍潭而回旋於九重深淵啊，窺視地底而向上回還。風急急吹來而圍繞著車轄啊，鸞鳥鳳凰紛紛啣著車飾的下緣。架設橋粱渡過小小的弱水啊，登上了連綿起伏的不周山。想舉酒為西王母高興地祝壽啊，屏棄玉女，辭退宓妃。使玉女無法展現她的眉清目秀啊，使宓妃不能施展她美妙的容姿。正要攬取道德精微剛正的精髓啊，取法神明作為祀神的祭儀。

於是欽柴[1]宗祈。燎[2]薰[3]皇天，招搖[4]泰壹，舉洪頤[5]，樹靈旗[6]。樵蒸[7]昆[8]上，配藜[9]四施，東燭滄海，西燿流沙，北熿[10]幽都，南煬[11]丹厓[12]。玄瓚[13]觩髎[14]，秬鬯[15]泔淡[16]，肸蠁[17]豐融[18]，懿懿芬芬[19]。炎[20]感黃龍兮，熛[21]訛[22]碩麟，選巫咸[23]兮叫帝閽，開天庭兮延群神。儐[24]暗藹[25]兮降清壇，瑞穰穰[26]兮委[27]如山。於是事畢功弘，迴車而歸，度三巒[28]兮偈[29]棠棃[30]。天閫[31]決[32]兮地垠[33]開，八荒協兮萬國諧。登長平[34]兮雷鼓[35]磕[36]，天聲[37]起兮勇士厲[38]，雲飛揚兮雨滂沛[39]，於胥[40]德兮麗[41]萬世。

【章旨】本段正面描寫郊祭的隆重和祭罷歸來，並頌揚獲福澤之多。

【注釋】[1]柴　燒柴以祭天。馬融曰：「祭時積柴，加牲其上而燔之。」[2]燎　古祭名，即柴祭。按：以其積柴，故曰柴，以其焚燎，故曰燎。[3]薰　煙氣。[4]招搖　《文選》作「皋搖」，皋搖即招搖，疊韻聯綿詞。招搖，猶招要、招邀。梁蕭統〈七契〉「招搖隆富，徵集豪華」，即招邀之義。此謂積柴焚燎以招泰一神。[5]洪頤　旗名。[6]靈旗　旗名，漢武帝元鼎五年冬禱祀甘泉泰一時所制，畫日月、北斗、龍於幡上，名曰靈旗。見《漢書·郊祀志上》。[7]樵蒸　祭天的柴火。蒸，細小的木柴。[8]昆　《漢書》作「焜」，借作「混」，混同。[9]配藜　即披離，四布貌，疊韻聯綿詞。[10]熿　照明。[11]煬　烘烤；焚燒。[12]丹

匡　丹水之匡。⓭玄瓚　以玄玉裝飾的瓚。瓚，古禮器，裸祭所用盛灌鬯酒的勺，以圭或璋為柄，勺呈曲形，有鼻口，鬯酒從中流出。⓮觩䚁　曲貌，形容勺呈曲形，疊韻聯綿詞。⓯秬鬯　祭祀時灌地所用的以鬱金香合黍釀造的酒，色黃而芬香。秬，黑黍。《尚書・洛誥》孔疏云：「以黑黍為酒，煮鬱金之草，築而和之，使芬香調暢，謂之秬鬯。」⓰泔淡　滿，一說美味，疊韻聯綿詞。⓱肸蠁　分布貌，雙聲聯綿詞。⓲豐融　盛貌，一說饒衍也，疊韻聯綿詞。⓳懿懿芬芬　香氣濃烈貌。⓴炎火光。㉑熛　火花。㉒訛　動。一說，化。㉓巫咸　古神巫名。㉔儐　儐相，贊禮者，贊引賓客的人。㉕暗藹　眾盛貌，雙聲聯綿詞。㉖穰穰　多貌。㉗委　積。㉘三巒　即封巒觀，在甘泉山。㉙偈　休息。㉚棠棃　宮名。㉛天閫　天門。閫，門檻。㉜決　開。㉝地垠　地的邊際。㉞長平　涇水上的阪名。㉟雷鼓　六面鼓。一說，八面鼓，祀天神用之。㊱礚　大聲。㊲天聲　如天之聲，極言其大。㊳厲　猛；嚴整。㊴滂沛　雨多貌，雙聲聯綿詞。㊵胥　皆。㊶麗　美，一說光輝。

【語　譯】於是恭敬地燒柴祭天，嚴肅地祈求福澤。燒柴的香氣升至皇天，招邀了天神泰壹。舉起洪頤，樹起靈旗。柴的火焰一同上升，又四散披離。東面照亮了大海，西面照亮了沙漠之陲。北面照亮了幽都，南面照亮了丹水之湄。玄玉的酒勺其形屈曲，祭祀的秬鬯酒斟滿酒卮。香氣四散分布，芳香濃烈如飴。火光感動了黃龍啊，火花驚動了碩大的麟麒。選拔巫咸去叫開天門啊，打開天庭接迎各路神祇。儐相眾多啊降臨清悠的祭壇，祥瑞眾多啊委積如山。於是祭祀結束，功績巨大，轉動車駕而回歸。經過封巒觀啊，休息在棠梨。天門開啟啊，地垠展開，八荒協調啊，萬國和諧。登上長平阪啊，雷鼓震天動地。巨聲響起啊，勇士猛厲。雲氣飛揚啊，時雨充沛。都得福澤啊，光照萬代。

亂曰：崇崇圜丘❶，隆隱天❷兮，登降峛崺❸，單❹埢垣❺兮。增宮❻參差，駢嵯峨❼兮，岭巆❽嶙峋❾，洞無厓兮。上天之縡❿，杳⓫旭卉⓬兮，聖皇⓭穆穆⓮，信厥對⓯兮。徠⓰祇⓱郊禋⓲，神所依兮，徘徊招搖⓳，靈迉迡⓴兮。煇光眩燿，降厥福兮，子子孫孫，長無極兮。

【章　旨】本段是亂，再次讚頌郊祀的隆重，並致祝福的讚美之辭。

【注　釋】❶圜丘　祭天的大壇。圜，即「圓」。❷隱天　遮天，言其高可遮天。❸岧嶤　曲折綿延貌，疊韻聯綿詞。❹單大貌，一說周也。❺捲垣　圓貌，疊韻聯綿詞。❻增宮　高聳多層的宮殿。❼嵯峨　高峻貌，疊韻聯綿詞。❽岭巆　深邃貌，疊韻聯綿詞。❾嶙峋　層疊高聳貌，疊韻聯綿詞。❿繂　事。⓫杳　高遠。⓬旭卉　幽晦之貌，雙聲聯綿詞。⓭聖皇　指漢成帝。⓮穆穆　端莊盛美貌。⓯厥對　其配，言能與天地相匹配。⓰徠　同「來」。⓱祇　敬。⓲郊禋　祭祀天神。禋，升煙祭天。⓳招搖　猶「徘徊」，徘徊不前貌。按招搖，即「逍遙」，疊韻聯綿詞。⓴迟迡　遊息也，疊韻聯綿詞。

【語　譯】總結語說：高大的圓丘，高可遮天啊，上下的道路曲折，大而又圓啊。層層的宮殿參差不齊，並列而高入天半啊，深邃高聳，深無厓畔啊。上天之事，高遠而幽昧啊，聖明的皇帝莊嚴肅穆，的確可與上天匹配啊。來此敬祭天神，正是神所憑依之處啊，在此徘徊遲疑，神遊息而不肯離去啊。光彩奪目，隆福隆盛啊，子子孫孫，永無止境啊！

【研　析】《漢書・揚雄傳》說：「蜀有司馬相如，作賦甚弘麗溫雅，雄心壯之，每作賦，常擬之以為式。」此賦確有模擬〈子虛〉、〈上林〉、〈大人〉諸賦的痕跡，但在藝術上還是有創造的。第一，司馬相如的大賦都是採用客主問答的形式，「述客主以首引」成為大賦的一般格式。而本篇則打破了這個陳規。它以簡潔的敘述開篇，不設客主問答。第二，其鋪敘之處，從宋玉賦得到啟發，不用四言偶句而用騷體，在漢大賦中也頗別致而不落俗套。第三，語言流暢而有氣魄，雖有艱深之弊，但多雙聲、疊韻形容詞，少有稀奇古怪的名物羅列，這較司馬相如賦也是一個進步。第四，描寫簡潔而生動形象。如描寫祭祀天神一段，僅九十七字，就把祭祀時煙焰熏天，祭品豐潔，群神紛降，降福豐盈的熱鬧場面，寫得有聲有色。這對喜歡堆垛羅列的大賦也是一個革新。孫鑛曰：「大約是規模〈大人賦〉，然只是語意色態間仿佛似之，至立格卻又不同，此所謂脫胎換骨。」這「脫胎換骨」四字正道出了本篇的創造性。漢賦史上揚、馬並稱，這絕不是偶然的。

河東賦

揚子雲

【題解】本篇最早見於《漢書·揚雄傳》。河東，地區名。黃河流經山西、陝西之間，自北向南，故稱山西境內為河東。漢成帝元延二年正月祭甘泉泰畤，其三月祭汾陰后土。此賦即作於祭后土神之後。漢成帝祭后土神後，歸來時，途經唐虞殷周故地，有思慕古風之想。揚雄即上此賦，鼓勵漢成帝自興至治，以擬帝皇之風。可見本篇的寫作目的，既不是諷，也不是頌，而是勸，即鼓勵。因為漢成帝遊覽殷周古跡，追觀先代遺風，思欲齊其德號。揚雄就鼓勵漢成帝，臨淵羨魚，不如歸而結網，重要的不在企羨，而在實踐。因此賦的重點不在汾陰后土神祠及祭祀典禮的描寫，而在漢成帝去祭祀時出巡隊伍的浩大雄壯，祭罷歸來途經各地時的所見所想，以及應如何勵精圖治以建立不平凡的功事。賦中所描寫的政治理想藍圖，雖只不過是按照儒家經典構造而成，而且寫得非常抽象，遠不及司馬相如在〈上林賦〉中為漢武帝設計的仁政理想的具體形象，但他認為「誰謂路遠而不能從」，只要努力，沒有達不到的目的。這對懦弱無能的漢成帝也不失為一種鼓勵。姚鼐說：「〈上林〉之末，有『遊乎六藝之圃』及『翱翔書圃』之語，此文法之，借行遊為喻，言以天道為車馬，以六經為容，行乎帝王之途，何必以巡歷山川以為觀覽乎！」這就指出了本篇的重點是在描寫一種仿照〈上林賦〉構造的政治理想以鼓勵漢成帝，而不在巡歷山川的觀覽。

其三月❶，將祭后土。上迺帥群臣，橫大河，湊❷汾陰❸。既祭，行遊介山❹，回❺安邑❻，顧龍門❼，覽鹽池❽，登歷觀❾，陟西岳以望八荒，迹殷周之虛❿，眇然⑪以思唐虞⑫之風。雄以為臨川羨魚，不如歸而結罔⑬。還，上〈河東賦〉以勸。

其辭曰：

【章　旨】本段是賦的序，交代作賦的背景及作賦的目的。

【注　釋】❶其三月　指漢成帝元延二年三月。❷湊　奔赴。❸汾陰　地名，漢置縣，屬河東郡，即今山西萬榮地。❹介山　山名，在山西介休東南，春秋時晉人介之推隱居此山，因而得名。❺回　迂迴；繞過。❻安邑　縣名，相傳為夏禹的都城，秦置縣，屬河東，在今山東運城境內。❼龍門　山名，在陝西韓城與山西河津之間。❽鹽池　地名，即解池，在今山西運城境，以地出石鹽而名。❾歷觀　歷山上有觀。在今山西永濟東南有雷首山，一名歷山，有舜井。❿虛　同「墟」。故城；廢址。殷都河內（今河南沁陽境），周在歧豐（今陝西鄠縣境），皆殷周故城。⑪眇然　深思貌。⑫唐虞　唐堯虞舜。唐都平陽（今山西平陽），舜都蒲坂（在今山西永濟）。⑬罔　同「網」。

【語　譯】那年三月，將祭祀后土神。皇上就率領群臣，橫渡黃河，奔赴汾陰。祭祀完畢，行進中遊覽介山，繞過安邑，回顧龍門，視察鹽池，登上歷觀，升上西嶽而眺望四面八方，追蹤殷周的故城，深深思念唐堯虞舜的教化。我揚雄以為面對河流而企盼魚，不如歸去自己織魚網。回到京城，就獻上〈河東賦〉，來鼓勵皇上。

文辭說：

伊年❶暮春，將瘞❷后土，禮❸靈祇，謁汾陰於東郊❹。因茲以勒崇❺垂鴻❻，發祥隤祉❼，欽若❽神明者，盛哉鑠❾乎，越不可載已❿。於是命群臣，齊法服⑪，整靈輿。迺撫翠鳳之駕⑫，六⑬先景之乘⑭，掉⑮奔星⑯之流旃⑰，彏⑱天狼⑲之威弧⑳。張燿日㉑之玄旄㉒，揚左纛㉓，被雲梢㉔。奮㉕電鞭㉖，驂㉗雷輜㉘，鳴洪鍾㉙，建五旗㉚。羲和㉛司日，顏倫㉜奉㉝輿，風發飆拂㉞，神騰鬼趡㉟。千乘霆亂㊱，萬騎屈橋㊲，嘻嘻旭旭㊳，天地稠嶅㊴。簸丘跳巒，涌渭躍涇㊵。秦神㊶下㊷讋㊸，跖魂負沴㊹。河靈㊺矍踢㊻，爪華蹈襄㊼。遂臻陰宮㊽，穆穆㊾肅肅，蹲蹲如㊿也。

【章旨】本段描寫漢成帝去河東祭祀后土神時出巡隊伍的浩大聲勢。

【注釋】❶伊年　是年，指祭祀甘泉泰畤之年。❷瘞　瘞埋；祭祀地神。❸禮　祭神以致福。❹東郊　汾陰在西漢京城長安之東，故曰東郊。❺勒崇　刻石以頌美崇名。勒，刻。指刻文於石以頌美功德。崇，崇高的名聲。❻垂鴻　留傳鴻業。鴻，大。指偉大的功業。❼隤祉　降下福澤。隤，降。祉，福。❽欽若　敬順。❾鑠　通「爍」。輝煌。❿越不可載已　謂發祥、降福、敬順神明之事盛美輝煌而不可盡載。越，發語詞，無義。⓫法服　合乎禮法規定的標準服。⓬翠鳳之駕　鳳形而飾以翠羽的車駕。⓭六　指駕六馬。天子乘六匹馬駕的車。⓮先景之乘　行走比日光還快的馬。景，日光。乘，指馬。⓯掉　擺動；晃動。⓰奔星　流星，旗上的飾物。⓱流旃　有下垂飾物的曲柄旗。流，借作「旒」。旗下垂的飾物。旃，赤色曲柄的旗，這裡泛指旗。⓲彏　急張弓。⓳天狼　星名。在東井南，為野將，主侵掠。⑳弧　星名。共有九星，位於天狼星東南，因形似弓弧，故名。㉑燿日　與日相輝映。燿，同「耀」。㉒玄旄　黑色的竿端用旄牛尾為飾的旗。㉓左纛　古代帝王乘輿的裝飾物，用旄牛尾或雉尾製成，設於車衡之左，故名。㉔雲梢　旗上以雲彩為裝飾的飄帶。梢，同「旓」。旗上的飄帶。㉕奮　揮動。㉖電鞭　以電為鞭。《淮南子·原道》：「電以為鞭策。」㉗驂　驂馬。這裡用作動詞，駕。㉘雷輜　聲響如雷的車。輜，有帷蓋可載重的車。這裡泛指車。㉙洪鍾　大鐘。《尚書大傳》：「天子將出，則撞黃鐘之鐘，左五鐘皆應；入則撞蕤賓之鐘，右五鐘皆應。」㉚五旗　五色之旗。皇帝車駕建五旗。㉛羲和　羲氏，和氏，唐虞時管天時的官。一說神話中的日御。㉜顏倫　古代善駕車的人。㉝奉　奉侍；駕御。㉞飆拂　言速如回風掠過。㉟鬼趡　言急如神鬼奔跑。趡，跑。㊱霆亂　言聲如雷霆之盛而亂動。㊲屈橋　壯捷貌。㊳嘻嘻旭旭　自得貌。㊴稠嶅　動搖貌。㊵簸丘跳巒二句　言車騎經過竟使丘巒簸跳，涇渭湧躍。巒，小而銳的山。渭，渭水，源出甘肅渭源西北鳥鼠山，流經陝西境內，東流至潼關入黃河。涇，涇水，源出陝西涇陽西岍頭山，東南流至陝西邠縣，再折而東至高陵南入渭水。㊶秦神　秦文公時，庭中有怪化為牛，走入南山梓樹中，伐梓樹，後化入豐水。文公惡之，作其像以鎮壓，即後世之茸頭神。㊷下　指下入豐水。㊸讋　恐懼。㊹跖魂負沴　言此神自蹈其魂而倚著水邊高地。形容恐懼之甚。跖，蹈；踐踏。沴，通「坻」。水中高地。㊺河靈　河神巨靈，古代神話中劈開華山的河神。㊻矍踢　猶「矍惕」，驚動貌。㊼爪華蹈襄　掌據華山而足蹈襄山。爪，古「掌」字。據；手抓著。華，西嶽華山。蹈，踏；踩。襄，襄山。《漢書》作「衰」。此句下姚鼐注云：「顏監云：『爪，古掌字。』鼐按：《說文》，爪亦丮也，從反爪，諸兩切。丮，持也。故蘇林注此賦云『掌據之』，是即持丮之義，不得謂即掌字也。《水經・河水下》酈注引『掌華蹈襄』，蓋以音近而相承失讀久矣。襄，《漢書》作『衰』，然〈郊祀志〉及《史記・封禪書》並作襄山。此文與矍踢協韻，故知作襄為正，衰字誤也。」㊽陰宮　汾陰之宮。㊾穆穆　沉靜貌。㊿蹲蹲如　行有節奏之貌。

【語譯】祭祀甘泉泰畤這一年的暮春三月，將要祭祀后土，敬禮神靈地祇，在京都的東郊汾陰拜謁。因此就刻石以頌揚崇高的名聲，傳留下偉大的功業，發揚祥瑞，降下福澤，敬順神明，盛大呀輝煌啊，不可以全都記載。於是命令群臣，整齊禮服，整頓威嚴的乘輿。就準備以翠羽為飾的鳳形車，駕著六匹駿馬比日光還迅速，搖動著流星般飄動的旌旗，急張著天狼星旁威嚴的弓弧。張掛著光彩耀目的黑色旄旗，飄動著設在車衡左側的大纛，掛著飾以彩雲的飄帶。揮動馬鞭如閃電般閃灼，駕著雷霆般轟隆震響的輜重車，敲響大鐘，建起五彩的旗幟。羲和掌管時日，顏倫駕御車駕，如巨風般吹動，如暴風般掠過，如神靈般騰躍，如鬼魅般奔跑。上千輛車如雷霆震響而亂動，上萬騎馬健壯敏捷，騰躍得意，地動天搖。丘巒簸盪，涇渭湧躍。秦神入水恐懼，自蹈其魂而倚著小島。河神巨靈震驚，華山手據而襄山足蹈。於是到了汾陰的宮殿，靜穆嚴肅，行動都有節奏。

靈祇既鄉❶，五位❷時敘❸。絪縕❹玄黃❺，將❻紹厥後❼。於是靈輿❽安步，周流容與，以覽虖介山。嗟文公⑨而愍推⑩兮，勤⑪大禹於龍門⑫。灑⑬沉菑⑭於豁⑮瀆⑯兮，播⑰九河⑱於東瀕⑲。登歷觀而遙望兮，聊浮游以經營⑳。樂往昔之遺風兮，喜虞氏㉑之所耕㉒。瞰帝唐㉓之嵩高㉔兮，眽㉕隆周㉖之大寧。汨㉗低回㉘而不能去兮，行睨陔下㉙與彭城㉚。濊㉛南巢㉜之坎坷兮，易㉝豳岐㉞之夷平㉟。乘翠龍㊱而超河兮，陟西岳之嶢崝㊲。雲霏霏㊳而來迎兮，澤滲灕㊴而下降。鬱㊵蕭條㊶其幽藹㊷兮，滃㊸汎沛㊹以豐隆㊺。叱風伯於南北兮，呵雨師於西東。參天地㊻而獨立兮，廓盪盪㊼其亡雙。

【章旨】本段描寫祭畢歸來時，途中所經過的地方及其所見所想。

【注釋】❶鄉 通「饗」。鬼神享受祭品。❷五位 五方之神位。❸時敘 是序，謂皆以次序。時，是。敘，次序。❹絪縕 古代指天地間陰陽二氣交互作用的狀態。❺玄黃 天地之色，天玄而地黃，借指天地。玄，黑。❻將 大。❼厥後 其後，指天地間陰陽二氣大盛於祭祀之後。❽靈輿 天子之車。❾文公 晉文公，名重耳，姬姓，春秋時五霸之一。❿推 介之推，晉文公臣。曾從逃亡十九年，晉文公回國後，賞不及推，遂隱居介山而死。後文公遂封綿上之田為介山以紀念他。⓫勤 勞苦。用作意動詞，慰勞讚嘆之意。⓬龍門 山名。傳說大禹治水，山陵當道，禹鑿龍門以通河水。⓭灑 分散；消除。⓮沉菑 洪水的災害。菑，當作甾。甾，古「災」字。⓯豁 開通。⓰瀆 四瀆，指江、淮、河、濟四水。瀆，溝渠。⓱播 分，指分泄。⓲九河 古代黃河自孟津而北，分為九道，稱為九河。⓳東瀕 東海之濱。瀕，通「濱」。⓴經營 周旋往來。㉑虞氏 指虞舜。㉒所耕 相傳舜曾耕於歷山。㉓帝唐 指唐堯。㉔嵩高 崇高。嵩為「崇」之借字。「崇高」與下「大寧」為對文（用王先謙說）。㉕眽 視。㉖隆周 隆盛的周王朝。㉗汨 淹沒，引申為沉迷。㉘低回 猶「徘徊」，回旋不進貌。㉙陔下 即垓下，地名，在安徽靈璧東南，劉邦擊敗項羽處。㉚彭城 今江蘇徐州，項羽自封為西楚霸王，都彭城。㉛濊　同「穢」。汙穢。用作意動詞，鄙視之意。㉜南巢　地名，即今安徽巢縣。商湯王曾放夏桀王於南巢。㉝易　喜。㉞豳岐　周之舊國。公劉居豳，故址在今陝西栒邑西。古公亶父居岐，故址在今陝西岐山東北。㉟夷平　平安。夷，平。㊱翠龍　相傳為穆天子所乘的馬。馬八尺以上為龍，赤文綠色，故曰翠龍。㊲嶢崝　高峻貌。㊳霏霏　同「霏霏」。雲紛飛貌。㊴滲灕　流貌。㊵鬱　蘊結。此指雲氣濃盛。㊶蕭條　深靜。此指雲氣飄流貌，疊韻聯綿詞。㊷幽藹　蔭蔽；幽暗。㊸滃　雲湧起貌。㊹汎沛　雨大貌，雙聲聯綿詞。㊺豐隆　雨量充足。㊻參天地　與天地並列而三。天地為二儀，王者大位，與之合德，故曰參天地。參，通「三」。㊼廓盪盪　空闊廣大之貌。

【語譯】神聖的地神既已享用祭品，五方之神皆得次序其地位。天地間陰陽二氣交合化育，將大大地成為其後繼。於是皇帝的車駕安閒地行進，周行流覽而安閒自得，去遊覽介山。嗟嘆晉文公而憐愍介之推啊，讚嘆大禹在龍門之間。他消除洪水的災害而疏濬江淮河濟四瀆啊，分散九河直到東面的海邊。登上歷山的宮觀而放目遠望啊，姑且在此漫遊而來往周旋。欣賞過去遺留下來的風尚啊，喜愛虞舜曾經耕種過的土田。遠望唐堯的崇高偉大啊，遙見隆盛的周王朝的穩定平安。因迷戀而徘徊不忍離去啊，將去考察項羽兵敗的陔下與建都的彭城。鄙視夏桀王流放南巢的坎坷不平啊，讚賞曾居豳岐的周部族的安寧。乘著赤文綠色的龍馬而渡過黃河啊，攀登上西嶽華山的高峻崢嶸。雲氣紛飛而來迎候啊，雨露揮灑而普遍降落。雲氣濃盛飄流而深靜陰暗啊，雨澤普施而豐沛充足。喝令風伯吹遍南北東西啊，呵斥雨師普降到東西南北。與天地並列成三而巍巍獨立啊，崇高偉大而無可與之匹敵。

遵逝❶虖歸來，以函夏❷之大漢兮，彼❸曾何足與比功？建乾坤之貞兆❹兮，將悉總之以群龍❺。麗❻鉤芒❼與驂❽蓐收❾兮，服❿玄冥⓫及祝融⓬。敦眾神使式道兮，奮六經以攄頌⓭。隃⓮於穆⓯之緝熙⓰兮，過清廟⓱之雝雝⓲。軼五帝之遐迹兮，躡三皇之高蹤。既發軔⑲於平盈⑳兮，誰謂路遠而不能從？

【章旨】本段寫祭罷回京，並鼓勵漢成帝勵精圖治，不畏艱難，以建立超過唐虞殷周的功業。

【注釋】❶逝　路。❷函夏　包含諸夏。夏為古代漢族人之自稱。❸彼　謂堯、舜、殷、周。❹貞兆　正兆；美好的卦象。兆，徵兆；卦象。❺群龍　《周易》乾、坤二卦皆從龍取象，如〈乾卦〉爻辭云：「初九，潛龍勿用。」「九二，見龍在田。」「九四，或躍在淵。」「九五，飛龍在天。」「上九，亢龍有悔。」〈坤卦〉爻辭云：「上六，龍戰於野，其血玄黃。」此二句言當效法乾坤二卦之剛健柔順之美好徵兆，自強不息，以化育萬物，如龍德之可以配天。❻麗　偶；並駕。❼鉤芒　東方之神。❽驂　驂馬，用作動詞，做驂馬。❾蓐收　西方之神。❿服　服馬。駕車的馬，居中駕轅者稱服，位於兩旁者稱驂。這裡用作動詞，做服馬。⓫玄冥　北方之神。⓬祝融　南方之神。此二句以駕車為喻，言皆役使群神。⓭攄頌　言抒發其志而為頌詩。攄，抒發。頌，即頌詩。⓮踰　超過；越過。⓯於穆　《詩・周頌・清廟》：「於穆清廟，肅雝顯相。」於，讚嘆詞。穆，美。這裡以「於穆」代指〈清廟〉。⓰緝熙　《詩・周頌・昊天有成命》：「於緝熙，單厥心。」緝，繼續。熙，光。這裡以「緝熙」代指〈昊天有成命〉。⓱清廟　《詩・周頌》篇名。⓲雝雝　《詩・周頌・雝》：「有來雝雝，至止肅肅。」雝雝，和樂。這裡以「雝雝」代指〈雝〉。按：〈清廟〉、〈昊天有成命〉、〈雝〉這三首頌詩皆歌頌周文王、周武王、周成王之功德。此言漢德之盛皆過之也。⓳發軔　撤去軔木，意即啟行，動身出發。軔，止車木。將行，即撤去。⓴平盈　平坦無高低之地。

【語譯】沿著大路回到京城，憑藉包容諸夏的大漢王朝啊，那唐、虞、殷、周怎能與之比擬功德？建立起乾坤二卦的美好卦象啊，全都用龍德來加以總括。並駕鉤芒和以蓐收做驂馬啊，以玄冥和祝融做服馬駕車奔馳。督促眾神使標識道路啊，發揮六經來抒寫讚美的頌詩。越過了〈於穆〉與〈緝熙〉詩的頌揚啊，超越了〈清廟〉與〈雝〉詩的讚美。超過了五帝高遠的足印啊，追上了三皇崇高的蹤跡。既已在平坦無頗的大道上啟行啊，誰說路程太遠而不能趕上前人的業績？

【研析】這篇賦的寫作目的，既不在諷，也不在頌，而在於勸，即鼓勵漢成帝奮發圖強，力追唐、虞、殷、周之治。所以寫得樸實莊重，不似揚雄其他賦之恢宏典麗。其中描寫揚雄的政治理想，也無非是儒家的仁政王道，沒有什麼新鮮貨色，又不願意蹈襲司馬相如〈上林賦〉的陳套，所以寫得貧乏而缺乏形象的描寫。本篇在揚雄四篇大賦中篇幅最小，藝術也較差，蕭統《文選》不收本篇，是很有見地的。不過，篇中有些描寫還是很有氣勢的。如描寫漢成帝去汾陰時扈從隊伍的浩大聲勢一段，還是寫得氣勢飛揚，仍不失揚雄賦雄奇的特色。

羽獵賦

揚子雲

【題 解】本篇最早見於《漢書．揚雄傳》，《文選》收錄。羽獵，古代帝王狩獵，士卒負羽箭隨從，稱為羽獵。此賦即描寫天子的狩獵，故以〈羽獵〉命篇。本篇作於漢成帝元延二年十二月。《漢書．成帝紀》元延二年，「冬，行幸長楊宮，從胡客大校獵」。本篇即作於此時。賦的寫作目的，賦序說得很清楚，是「聊因校獵，賦以風之」。本篇確實諷諫的意思較為明顯，但他採用的是司馬相如〈上林賦〉欲抑先揚，欲擒先縱的手法。賦一開始就借論者之口批駁「或稱羲農」，指出古今奢儉不同，不必「同條而共貫」，為漢成帝大規模出獵尋找理論根據。中間則充分發揮賦體文學鋪陳描寫的特點，以華麗的語言，誇張的手法，鋪陳了天子狩獵場面的雄偉壯麗的盛況，真可謂是「天動地岋，猋泣雷厲」。接著又通過鴻生巨儒之口，頌揚這是「崇哉乎德」，其偉大超過唐、虞、大夏、成周，將頌揚推至頂峰。在作了如此鋪陳頌揚之後，突然來一個大轉彎，「上猶謙讓而未俞也」，皇上對這一切並不贊成，突然良心發現而發政施仁，反對奢侈，崇尚節儉，賑濟鰥寡，開放苑囿「與百姓共之」，而且「回軫還衡，背阿房，反未央」，結束這種勞民傷財的活動，與前面的「奢麗誇詡」形成鮮明的對比。這就是所謂卒章歸之節儉，因以諷諫。這種欲抑先揚，欲擒先縱的諷諫方式，有人曾給以很高評價。楊慎曰：「戰國諷諫之妙，相如得之；相如〈上林〉之旨，子雲得之。蓋策士之雄辯，出以才人之麗筆，倍覺巽而善入也。」其實讀賦的人早已沉醉於前面那種熱鬧的鋪陳，而對後面的諷諫已經引不起興趣。

這種欲擒先縱的諷諫手法，實際是「勸百而諷一」，起的作用不大，它受到人們的批評，也不是沒有原因的。不過，其寫作目的在於諷諫，用意還是好的。

其十二月❶羽獵，雄從。以為昔在二帝❷三王宮館臺榭，沼池苑囿，林麓藪澤，財足以奉郊廟❸，御❹賓客，充❺庖廚而已。不奪百姓膏腴穀土桑柘之地，女有餘布，男有餘粟，國家殷富，上下❻交足。故甘露零❼其庭，醴泉流其唐❽，鳳凰巢其樹，黃龍游其沼，麒麟臻其囿，神爵❾棲其林。昔者禹任益虞❿，而上下⓫和，草木茂；成湯好田，而天下用⓬足；文王囿百里，民以為尚小；齊宣王⓭囿四十里，民以為大，裕民之與奪民也。武帝⓮廣開上林，東南至宜春⓯、鼎湖⓰、御宿⓱、昆吾⓲，旁南山⓳，西至長楊、五柞⓴，北繞黃山㉑，濱渭而東，周袤㉒數百里。穿昆明池㉓，象滇河㉔，營建章㉕、鳳闕㉖、神明㉗、馺娑㉘、漸臺㉙、泰液㉚，象海水周流方丈、瀛洲、蓬萊㉛。遊觀侈靡，窮妙極麗。雖頗割其三垂㉜以贍㉝齊民，然至羽獵，甲車戎馬，器械儲偫㉞，禁籞㉟所營，尚泰㊱奢麗誇詡㊲，非堯、舜、成湯、文王三驅㊳之意也。又恐後世復修前好，不折中㊴以泉臺㊵，故聊因校獵㊶，賦以風之。其辭曰：

【章　旨】本段是賦序，說明賦的寫作目的。揚雄認為，上古帝王雖有園囿，但十分節儉，而漢武帝廣開上林，奢麗誇詡，恐後世帝王效法，故作賦以諷。

【注　釋】❶其十二月　指漢成帝元延二年十二月。❷二帝　帝堯、帝舜。❸廟　祖廟。用作動詞，祭祀祖廟。❹御　侍奉；款待。❺充　供給；滿足。❻上下　指君民。❼零　落；降。❽唐　道路。《爾雅·釋宮》：「廟中路謂之唐。」❾爵　通「雀」。❿益虞　任益為虞。益，伯益，舜臣，助禹治水有功。虞，管理山澤的官。⓫上下　指山上和平地。⓬用　財用。⓭齊宣王　戰國時齊國國王，田氏，名辟疆，在位十九年。⓮武帝　指漢武帝。⓯宜春　漢宮名，在今陝西長安南。⓰鼎湖　漢宮名，在今陝西藍田。⓱御宿　漢宮苑名，在今陝西西安南。⓲昆吾　地名，有亭，在今陝西藍田東北。⓳南山　終南山，在長安城南。⓴長楊五柞　皆漢宮名，在周至縣東南，二宮相去八里。㉑黃山　其地有宮，在今陝西興平西南。㉒袤　長。㉓昆明池　漢武帝欲通身毒國，使者至滇，為昆明國所阻。元狩三年，乃於長安近郊穿地作昆明池，象滇池，以習水戰。㉔滇河　即滇池，亦稱昆明池、昆明湖，在雲南昆明西南，周三百里，北流入金沙江。㉕建章　宮名，在長安西。㉖鳳闕　闕名，在建章宮正門左。㉗神明　臺名，上有承露盤，在建章宮正門右。㉘馺娑　殿名，在建章宮西部。㉙漸臺　臺名，高二十餘丈，在泰液池中。㉚泰液　池名，在長安西，建章宮北，周四十頃，中築三山，以象瀛洲，蓬萊、方丈三神山。㉛方丈瀛洲蓬萊　傳說中海中仙山。在東海中央，上專是群龍所聚，有金玉琉璃之宮，三天司命所治處，群仙不欲升天者，皆往來於此。㉜三垂　三邊，指西方、南方、東方。垂，邊。㉝贍　給。㉞儲偫　存備；儲備。㉟禁籞　禁止人不得往來。籞，插竹成籬，繫之以繩，以禁行人。㊱尚泰　還是太。尚，還。泰，太；甚。皆副詞。㊲詡　大。㊳三驅　三次田獵。《禮·王制》：「天子諸侯無事，則歲三田，即一為乾豆，二為賓客，三為充君之庖。」一說，三面驅禽，讓開一路，即網開一面，以示好生之德（此據《周易·比卦》注疏）。㊴折中　謂調和二者，取其中正，無所偏頗。㊵泉臺　臺名，春秋時魯莊公所築，以不合禮制，魯文公於十六年將其毀壞，亦不合禮制。《春秋公羊傳》批評說：「先祖為之，已毀之，不如勿居而已矣。」此句謂宮觀之盛，非成帝所造，勿居而已，當以泉臺為折中。㊶校獵　圍獵。設柵欄圍住禽獸然後獵取。

【語　譯】那年十二月，漢成帝率士卒負羽箭去打獵，揚雄跟從而去。揚雄認為過去在二帝三王的時候，宮館臺榭，池沼苑囿，山林水澤，僅僅夠用來祭祀天地祖宗，招待賓客，供給膳食需要罷了。不掠奪百姓肥沃的種糧食種桑柘的土地，因此女子織布就有餘剩的布匹，男子種田就有餘剩的糧食，國家殷實富裕，君民交相富足。故而甘露降落在他們的庭院，醴泉流淌在他們的廟中道路，鳳凰在他們的樹上築巢，黃龍在他們的水池裡游息，麒麟來到了他們的園囿，神雀棲息在他們的樹林。過去夏禹王任用伯益做掌管山林的官，就山林平地協調，草木茂盛；商湯王愛好打獵，就天下財用充足，周文王的園囿有百里地大，百姓還以為太小；齊宣王的園囿只有四十里地，百姓卻以為太大，這是使百姓富足與掠奪百姓的不同。漢武帝大大地擴建上林苑，南面到了宜春、鼎湖、御宿、昆吾，沿著終南山，西面到了長楊宮、五柞宮，北面繞過黃山宮，沿著渭水邊向東延伸，周長數百里。在其中挖掘昆明池模仿滇池，營造了建章宮、鳳闕、神明臺、馺娑宮、漸臺、太液池，在太液池裡築了方丈、瀛洲、蓬萊三座仙山，像海水環繞周回流動。遊玩觀賞，奢侈豪華，窮盡奇妙，極其華麗。雖然略微劃出它的西、南、東三面給平民打柴放牧，然而到了他來打獵的時候，打獵用的車，被甲的馬，使用的器械，儲備的物品，禁止行人的竹籬的營造，還是過於奢侈華麗，鋪張浪費，不是唐堯、虞舜、商湯王、周文王打獵只是為供祭祀、待賓客、充食用的用意。又恐怕後代人再次追求漢武帝的這種愛好，不採用既已修好就不毀壞也不使用的《公羊春秋》評論泉臺的標準來衡量折中，故姑且因漢成帝又去圍獵，就寫了這篇賦來諷諫。其文辭說：

或稱羲農❶，豈或帝王之彌❷文哉？論者❸云否，各亦並時❹而得宜，奚必同條而共貫❺？則泰山之封❻焉得七十而有二儀❼？是以創業垂統❽者，俱不見其爽，遐邇❾五三❿，孰知其是非？遂作頌⓫曰：麗哉神聖⓬，處於玄宮⓭。富既與地乎侔訾⓮，貴正與天乎比崇⓯。齊桓⓰曾不足使扶轂⓱，楚嚴⓲未足以為驂乘⓳。狹三王之阸僻⓴，嶠㉑高舉而大興。歷㉒五帝之寥廓㉓，陟三皇之登閎㉔。建道德以為師，友仁義與㉕為朋。

【章旨】本段是引言，說明文質只是時代的不同，沒有是非的差別，為頌揚漢成帝盛大規模的羽獵張本。

【注釋】❶羲農　伏羲、神農，傳說中遠古時代的帝王。❷彌　猶「稍稍」。❸論者　揚雄自謂。❹並時　與時代相合。並，合。❺同條而共貫　事理相通，脈絡連貫。指政治措施相同。❻封　即封泰山。❼七十而有二儀　相傳遠古時代登封泰山的有七十二家。儀，禮儀。❽創業垂統　創立帝王的基業，留傳給後代子孫。統，謂世代相傳的系統。❾遐邇　遠近。❿五三　五帝、三王。⓫頌　頌詩。⓬神聖　指漢成帝。⓭玄宮　位於北面的宮殿。《禮記・月令》：「季冬之月，天子居玄堂右个。」又《莊子・大宗師》：「夫道，顓頊得之，以處玄宮。」⓮侔訾　資財相等。侔，等。訾，財。⓯崇　高。《莊子・天道》：「莫神於天，莫富於地，莫大於帝王。故曰帝王之德配天地。」⓰齊桓　齊桓公，春秋時五霸之首。⓱扶轂　指在車側護從。轂，本指車輪中心車軸貫入處的圓木，此借指車。⓲楚嚴　楚莊王。東漢明帝名莊，因諱莊為嚴，春秋時五霸之一。⓳參乘　即車右，坐於車右的陪乘。⓴阸僻　狹小；仄陋。疊韻聯綿詞。㉑嶠　舉步貌。㉒歷　度越。㉓寥廓　空曠高遠貌，聯綿詞。㉔登閎　高大，疊韻聯綿詞。㉕與　與下原有「之」字，姚鼐以為是衍字，故加□刪去。

【語譯】有人稱頌伏羲氏、神農氏，難道是後世帝王漸加文飾嗎？議論的人回答說：不！只是各人的作為與時代相合而得其適宜，何必要事理相同而脈絡聯貫呢？否則，登封泰山，怎麼會留下七十二種禮儀？因此，創立帝王基業傳給子孫的人，都看不到他們的差錯，遠而五帝，近而三王，誰知道他們的是與非？於是創作頌說：華麗啊神聖的天子，處於北面的宮殿之中。富裕既可與大地啊資財相等，尊貴正可與上天啊比擬高崇。齊桓公不夠資格給他推車，楚莊王不夠資格給他驂乘。輕視三王功業的狹小，邁步高舉而大力從事振興。超越五帝的空曠高遠，勝過三王的偉大恢宏。建立道德以為師長，結交仁義以為友朋。

於是玄冬❶季月❷，天地隆烈❸，萬物權輿❹於內，徂落❺於外。帝將惟田于靈之囿❻，開北垠❼，受不周❽之制，以終始❾顓頊、玄冥❿之統。迺詔虞人⓫典澤，東延⓬昆鄰⓭，西馳閶闔⓮。儲積共偫⓯，戍卒夾道，斬叢棘，夷野草，禦⓰自汧渭，經營酆鎬⓱，章皇⓲周流⓳，出入日月，天與地沓⓴。爾迺虎落㉑三嵕㉒以為司馬㉓，圍經㉔百里而為殿門。外則正南極海，邪界虞淵㉕，鴻濛沆茫㉖，碣㉗以崇山。營合圍會，然後先置㉘乎白楊㉙之南，昆明靈沼㉚之東。賁育㉛之倫，蒙㉜盾負羽㉝，杖㉞鏌邪㉟而羅㊱者以萬計。其餘荷垂天之畢㊲，張竟壄之罘㊳，靡㊴日月之朱竿㊵，曳彗星之飛旗㊶。青雲為紛㊷，虹蜺為繯㊸，屬㊹之乎昆侖之墟㊺，渙㊻若天星之羅㊼，浩如濤水之波㊽，淫淫與與㊾，前後要遮㊿。欃槍(51)為闉(52)，明月為候(53)，熒惑(54)司(55)命，天弧(56)發射，鮮扁(57)陸離(58)，駢衍(59)佖(60)路。徽車(61)輕武(62)，鴻絧(63)緁獵(64)，殷殷軫軫(65)，被陵緣阪(66)，窮夐(67)極遠者，相與迾(68)虖高原之上。羽騎營營(69)，昈分(70)殊事，繽紛往來，轠轤(71)不絕，若光若滅者，布乎青林之下。

【章旨】本段寫天子出獵之前獵場與儀衛的準備情況。

【注釋】❶玄冬 冬季。冬季在五行中配屬北方，配屬水，配屬黑色，故稱冬季為玄冬。玄，黑。❷季月 一個季度三個月，分別稱為孟、仲、季。這裡指十二月。❸隆烈 這裡指陰氣隆盛。❹權輿 萌芽；開始。❺徂落 死亡。❻靈之囿 即靈囿，美好的園囿。❼北垠　北邊。❽不周　不周風。《史記・律書》：「不周風居西北，主生殺。」不周之制，謂北方之制或主殺戮的制度。❾終始　終其所始，即繼承之意。❿顓頊玄冥　皆北方之神，主殺戮。⓫虞人　古代掌管山澤苑囿和田獵的官。⓬延　伸延。⓭昆鄰　地名。一說指昆明池邊。⓮閶闔　門名，建章宮之正門。⓯共偫　供給備辦。共，通「供」。偫，具。李善注引郭舍人《爾雅》注：「共，具物也；偫，具事也。」⓰禦　禁禦。將獵其中，故禁止行人，並不讓野獸逃跑出去。⓱酆鎬　與上「汧、渭」，皆水名，皆流經上林苑中。汧渭以東，酆鎬以西，皆為射獵範圍，故需禁禦規度。⓲章皇　猶「彷徨」。遊蕩貌，疊韻聯綿詞。⓳周流　猶「繚繞」，回環旋轉，疊韻聯綿詞。⓴杳　昏暗；深遠。杳，《文選》作「沓」。李善注引應劭曰：「沓，合也。」而顏師古注曰：「謂苑囿之大，遙望日月皆從中出，而天地之際杳然懸遠也。說者反以杳為沓，解云重沓。非唯乖理，蓋以失韻。」㉑虎落　即藩籬，以竹篾相連圍繞遮攔。㉒三嵕　三重山，三峰攢立之山。㉓司馬　營之外門為司馬門，內門為殿門。㉔經　言所圍直徑為百里。㉕虞淵　日所入處。㉖鴻濛沆茫　廣大貌，皆疊韻聯綿詞，聲通韻近，故義亦相同。㉗碣　山特立貌。《文選》作「揭」。李善注：「揭，猶表也。」㉘先置　先置供具，供具於前。㉙白楊　觀名，在昆明池東。㉚昆明靈沼　李善注引《三秦記》曰：「昆明池中有靈沼神池。」㉛賁育　孟賁、夏育，皆古代著名勇士。㉜蒙　翳蔽。㉝羽　羽箭。㉞杖　執持。㉟鏌邪　劍名。一說，大戟。㊱羅　列。一說指網捕禽獸。㊲垂天之罼　遮蔽天空的捕鳥網。㊳竟壄之罘　張滿原野的捕獸網。壄，即「野」字。㊴靡　同「麾」。今寫作「麾」，麾動。㊵日月之朱竿　太常旗的紅色旗竿。太常旗上畫有日月，是王者的儀仗。㊶彗星之飛旗　畫有彗星的飄動的旗。《河圖》：「彗星者，天地之旗也。」此二句語意雙關，既指旗上的圖象，也指以日、月、星為旗。下「青雲」、「虹霓」同。㊷紛　旗旒。㊸纓　旗上的帶子。㊹屬　連綴。言罼、罘、旗與崑崙相連。㊺昆侖之墟　即崑崙山。墟，大山丘。㊻渙　光彩燦爛貌。㊼天星之羅　天上星星的羅列。㊽濤水之波　大水的波濤。㊾淫淫與與　往來貌。㊿要遮　要擊遮攔。(51)欃槍　彗星的別稱。(52)闉　通「堙」。塞。這裡指戰鬥時用以障蔽自己和阻擋敵人的設施。《淮南子・兵略》：「無刑罰之威而相為斥闉要遮者，同所利也。」正與此文之「要遮」與「闉」相應。(53)候　斥候；偵察敵情的人。一說，邊境上伺望偵察的設施。(54)熒惑　火星的別名。(55)司　主持；主管。李善注引《樂緯稽耀嘉》曰：「熒惑主命。」(56)天弧　星名，位於天狼星東南，因形似箭弓，故名。《史記・天官書》：「下有四星曰弧，直狼。」《正義》曰：「弧九星，在狼東南，天之弓也。以伐叛懷遠，又主備盜賊之知奸邪者。」(57)鮮扁　輕疾貌，一說鮮明光燦貌，疊韻聯綿詞。(58)陸離　參差不齊貌，雙聲聯綿詞。(59)駢衍　廣大貌，一說相連貌。(60)佖　相次並列。一說滿。(61)徽車　有徽幟之車，一說迅疾之車。(62)武　矯健。(63)鴻絧　相連貌，一說直馳貌，疊韻聯綿詞。(64)緁

獵　相次貌，疊韻聯綿詞。[65]殷殷軫軫　盛大貌。[66]岅　山坡。[67]敻　遠。[68]迾　同「列」。陳列。《文選》即作「列」。[69]營營　周旋往來貌。[70]昈分　職分分明。昈，明。分，職分。[71]轠轤　連屬貌，一說環轉也，雙聲聯綿詞。

【語　譯】於是在冬季十二月，天地之間陰氣隆盛猛烈，萬物在內部開始萌發，而外部的枝葉卻凋零枯竭。皇帝將在美好的園囿打獵，敞開北邊，承受不周風的制度，來完成北方之神顓頊、玄冥主管殺戮的法則。就命令虞人主管山澤，東面延伸到昆明池邊，西面奔馳到閶闔門側。積儲器物，準備供給，警衛的士兵夾侍行道，砍掉叢生的棘刺，剷除野生的雜草，從汧水、渭水就要禁禦警戒，酆水、鎬水也要把經營規劃做好，徘徊徬徨，周回流行，只見日月從中出入，天與地也懸遠而窈渺。用藩籬遮圍三峰攢立的山作為內門，圍住直徑百里作為內門。營外正南到了大海，斜著以日落的虞淵作為界限邊垠，範圍遼闊廣大，而以高山作為特立的記痕。營衛合攏，包圍會合，然後預先置辦供具於白楊觀的南面，昆明池中靈沼的東面。孟賁、夏育一類人物，擁著盾牌，負著羽箭，持著鏌邪劍而羅列的人有成千上萬。其餘扛著遮蔽天空的捕鳥網，張掛著遮蔽原野的捕獸網，麾動畫有日月的太常旗的旗竿，拖著畫有彗星的飄動的旒旗。以青雲做旗旒，以虹霓為旗帶，一直連接到了崑崙山，光彩燦爛如星星羅列在天，浩瀚廣大如大海捲起猛瀾，往來奔走，前前後後，邀擊遮攔。掃帚星作為障蔽自己而阻攔敵人的工事，明月作為偵察敵情的兵士，營惑星主管命令，天弧星掌管放箭射擊，打獵的隊伍輕捷迅速，前後參差，並列連接而將道路布滿堵塞。有徽幟的車輛輕便矯健，一輛輛相連相接，依次而進，浩浩蕩蕩，布滿山崗，緣著山坡，窮極深遠，一起陳列在高原之上。肩負羽箭的騎兵周旋來往，職分分明，各殊其事，雜亂眾多，來來往往，相連不絕，若明若滅，分布在青林之下。

於是天子乃以陽鼂[1]始出乎玄宮，撞鴻鍾，建九旒[2]，六白虎[3]，載靈輿[4]，蚩尤[5]並轂[6]，蒙公[7]先驅。立歷天之旂[8]，曳捎星之旃[9]，霹靂列缺[10]，吐火[11]施鞭⑫。萃傱⑬沇溶⑭，淋離⑮廓落⑯，戲⑰八鎮⑱而開關⑲；飛廉⑳雲師㉑，吸嚊潚率㉒，鱗羅布列，攢㉓以龍翰㉔。秋秋㉕蹌蹌㉖，入西園，切㉗神光㉘；望平樂㉙，徑竹林，蹂蕙圃㉚，踐蘭唐㉛。舉烽烈火，轡者㉜施技，方㉝馳千駟，狡騎萬帥㉞，虓虎㉟之陳㊱，從橫膠轕㊲，猋拉㊳雷厲，驞駍㊴駖磕㊵，洶洶旭旭㊶，天動地岋㊷。羨漫㊸半散㊹，蕭條數千里外。

【章　旨】本段寫天子出獵時扈從隊伍的雄壯及在路上行進的浩大聲勢。

【注　釋】❶陽鼂　陽明之朝；晴朗的早晨。鼂，《文選》作「晁」。鼂、晁、朝，古字通。❷九旒　龍旗九旒。旒，古旗幟下邊懸垂的飾物。❸六白虎　以六匹白虎馬駕車。白虎，馬名。❹靈輿　天子的車駕。❺蚩尤　神話傳說中的人物，相傳他作兵器，又能興霧。❻並轂　猶言「扶轂」。伴傍扶持車子。❼蒙公　蒙恬，秦始皇時大將。一說即旄頭，帝王儀仗中披髮的前驅騎士。❽歷天之旂　高聳入天的旗。歷，干；犯。旂，同「旗」。❾捎星之旃　拂拭星星的旗。捎，拂。此二句極言旗幟之高。❿列缺　閃電。⓫火　電光。⓬施鞭　放雷。《山海經．大荒東經》：「東海中有波流山，入海七千里。其上有獸，狀如牛，蒼身而無角，一足，出入水則必風雨，其光如日月，其聲如雷，名曰夔。黃帝得之，以其皮為鼓，橛以雷獸之骨，聲聞五百里，以威天下。」施鞭，當與「橛以雷獸之骨」的意思相似。⓭傱　走貌。⓮沇溶　盛多貌，雙聲聯綿詞。⓯淋離　長貌，雙聲聯綿詞。⓰廓落　大也，疊韻聯綿詞。⓱戲　指麾。⓲八鎮　四方四隅為八鎮，即八方之神。⓳開關　開門。姚鼐注云：「鼐按：將獵時先已合圍。天子至，乃復開關入之，然後縱獵。」⓴飛廉　風神。㉑雲師　即雲神，名屏翳。㉒吸嚊潚率　吸，《說文》云：「喘息也。」嚊，《埤蒼》曰：「喘息聲也。」潚率，李善曰：「吸嚊之貌。」古雙聲聯綿詞。㉓攢　聚積。㉔龍翰　龍之毛翰。翰，毛之長大者。㉕秋秋　《文選》作「啾啾」，象聲詞，形容聲音眾多。㉖蹌蹌　行貌。按：顏師古曰：「秋秋蹌蹌，龍驤之貌。」㉗切　近。㉘神光　宮名。而顏師古注云：「切神光者，言車之眾飾相切靡而光起，有若神也。」㉙平樂　館名，在上林苑中。㉚蕙圃　蕙草之圃。㉛蘭唐　長滿蘭草的陂塘。唐，通「塘」。㉜轡者　執轡之人；駕車的人。㉝方　併。㉞萬帥　《漢書》作「萬師」。帥，主帥。師，眾。均言其多。㉟虓虎　咆哮的虎。虓，虎怒吼。㊱陳　通「陣」。㊲膠輵　交加。㊳拉　獵獵，風聲。《漢書》作「泣」，顏師古注：「泣，猋風疾貌也。」㊴驞駍　象聲詞，這裡形容風雷的聲響。雙聲聯綿詞。㊵駖磕　車騎眾多之聲。㊶洶洶旭旭　鼓動之聲。㊷吸　動搖貌。㊸羨漫　猶「衍曼」。散漫貌，疊韻聯綿詞。㊹半散　同「泮散」。猶渙散、解散，疊韻聯綿詞。

【語　譯】於是天子就在一個晴朗的早晨走出冬天居住的黑色宮殿，撞擊大鐘，樹起龍旗有九條飄帶卷舒，駕著六匹白虎馬，乘坐著美好的車輿，蚩尤扶持車子，蒙公在前面馳驅。插著高入雲天的大旗，拖著拂拭星星的華旒，雷霆閃電，閃灼轟鳴。萬眾聚集奔走，連綿不斷，指揮八方之神開門放行。風神雲神，喘著粗氣，布開如魚鱗之羅列，聚攏如龍翰之叢生。啾啾唧唧，行色匆忙，進入西園，靠近神光，遙望平樂館，經過竹林，蹂躪蕙草的園圃，踐踏蘭草的陂塘。舉起烽火，駕車者施展絕技。並列千輛車奔馳，狡健的騎兵有上萬的主帥。咆哮如虎的行陣，縱橫膠葛，如旋風嘩啦啦震響，如雷霆轟隆隆凌厲。響聲砰磅訇磕，鼓動之聲，如天崩地裂，散漫分離，飄零到數千里之外。

若夫壯士忼慨❶，殊鄉別趣，東西南北，騁耆奔欲❷。拖蒼豨❸，跋❹犀犛❺，蹶❻浮麋❼，斮❽巨狿❾，搏玄猨，騰空虛，距連卷❿。踔⓫夭蟜⓬，娭⓭澗間，莫莫紛紛⓮，山谷為之風猋，林叢為之生塵。及至獲夷⓯之徒，蹶松柏，掌⓰蒺蔾，獵⓱蒙蘢⓲，轔⓳輕飛⓴。屨㉑般首㉒，帶修蛇㉓，鉤赤豹，摼㉔象犀，跐㉕巒㉖阬㉗，超唐陂㉘。車騎雲會，登降闇藹㉙，泰華為旒㉚，熊耳㉛為綴㉜。木仆山還㉝，漫㉞若天外。儲與㉟乎大浦，聊浪㊱乎宇內。

【章　旨】本段寫扈從的武士打獵的盛況。

【注　釋】❶忼慨　同「慷慨」。雄健貌，雙聲聯綿詞。❷騁耆奔欲　言各隨嗜欲而奔馳。耆，嗜好。❸狶　野豬。❹跋　踩；踐踏。❺犀犛　犀牛，旄牛。❻蹶　踏；踢。❼浮麋　輕捷的麋。❽斮　斬。❾狿　獸名，似狸而長。❿連卷　蜷曲貌，此指屈曲之木。疊韻聯綿詞。⓫踔　騰躍。⓬夭蟜　樹木盤曲貌，此指盤曲的樹枝。疊韻聯綿詞。⓭娭　戲。⓮莫莫紛紛　塵埃飛揚貌。⓯獲夷　能獲夷狄之人。一說指烏獲、夷羿，都是古代有名的勇士。⓰掌　用手掌擊。⓱獵　通「躐」。踐踏。⓲蒙蘢　草木茂盛之貌，疊韻聯綿詞。⓳轔　輾；軋。⓴輕飛　輕獸飛禽。㉑履　踐踏。㉒般首　虎類猛獸。㉓帶修蛇　以長蛇為帶。修，長。㉔摼　古「牽」字。㉕跐　跨過。㉖巒　小而銳的山。㉗阬　大山崗；大阪。㉘唐陂　蓄水的池塘。㉙闇藹　眾盛貌，雙聲聯綿詞。㉚旒　古旗幟下邊懸垂的飾物。㉛熊耳　山名，秦嶺東段支脈，在河南與陝西邊境。㉜綴　懸垂之索，亦旒一類飾物。㉝山還　山為之回旋。還，回旋。㉞漫　放縱；無拘束。㉟儲與　相羊貌，疊韻聯綿詞。㊱聊浪　放蕩；遊放。雙聲聯綿詞。

【語　譯】至於壯士意氣風發，奔向不同的方向，懷著不同的興趣，向東向西向南向北，馳騁奔跑為著各自嗜欲。拖住青黑的野豬，踩死犀牛與旄牛，踐踏輕捷的麋鹿，斬殺巨大的狿獸，打殺黑色的猿猴，騰躍到空中，跳過大樹的卷曲盤旋，躍過盤曲的樹枝，嬉戲在溪澗之間。塵土飛揚，山谷為此而暴風席捲，叢林為此而飛塵蔽天。及至烏獲、夷羿一類勇士，踏倒松柏，掌擊蒺藜，踩倒密茂的草木，輾死輕捷的猛獸與野雉山雞。足踏猛獸，腰帶長蛇，鉤住赤豹，牽著象犀，跨過山巒和土丘，超越蓄水的塘池。車騎如雲會聚，升降上下遮天蔽地。泰山、華山用做旗旒，熊耳山用做旗綴。樹木倒地，山陵旋轉，無拘無束好像遨遊天外。徘徊在廣闊的水邊，自由自在漫遊在宇宙之內。

於是天清日晏❶，逢蒙❷列眥❸，羿氏❹控弦❺。皇車幽輵❻，光純❼天地，望舒❽彌轡❾，翼乎❿徐至於上蘭⓫。移圍徙陣，浸淫⓬蹵部⓭，曲隊⓮堅重⓯，各按行伍。壁壘天旋，神抶⑯電擊，逢之則碎，近之則破。鳥不及飛，獸不得過，軍驚師駭，刮野掃地⑰。及至罕車⑱飛揚，武騎聿皇⑲，蹈飛豹，羂⑳嘄陽㉑。追天寶㉒，出一方，應駍聲，擊流光㉓。野盡山窮，囊括其雌雄㉔，沇沇溶溶㉕，遙噱㉖乎紘㉗中。三軍芒然㉘，窮冘閼與㉙，亶㉚觀夫剽禽㉛之紲隃㉜，犀兕之抵觸㉝，熊羆之挐攫㉞，虎豹之凌遽㉟，徒角搶㊱題注㊲，蹴竦㊳讋怖㊴，魂亡魄失，觸輻關㊵脰㊶。妄發期中，進退履獲㊷，創淫輪夷㊸，丘累陵聚。

【章旨】本段描寫天子親自在陸地上打獵的盛況。

【注釋】❶晏 晴朗無雲。❷逢蒙 古之善射者，相傳為羿之弟子。❸列眥 同「裂眥」。睜大眼睛。眥，眼眶。❹羿氏 即后羿，也稱夷羿，古之善射者。❺控弦 拉開弓。控，拉；引。❻幽轄 車聲，雙聲聯綿詞。❼純 緣繞。純，明。光純天地猶言光耀天地。❽望舒 月御，給月神駕車的人。❾彌轡 即弭轡，按轡徐行。彌，弭古字通。❿翼乎 莊嚴地。⓫上蘭 觀名，在上林苑中。⓬浸淫 漸進之貌，疊韻聯綿詞。⓭蹵部 收斂部伍。蹵，促；收斂。部，軍隊的部伍。⓮曲隊 部曲隊伍。⓯堅重 堅密而重疊，意指層層圍住。⓰抶 鞭打，言威之盛，所擊抶如鬼神雷電。⓱刮野掃地 言殺獲皆盡，野地似乎掃刮。⓲罕車 裝有捕鳥網的車。⓳聿皇 輕疾貌。⓴羂 同「罥」。用繩索網羅綑住。㉑嘄陽 即狒狒，人面黑身，有毛，反踵，見人則笑。㉒天寶 即陳寶，傳說中的神名，雞頭人身。㉓應駍聲二句 言天寶神下來時駍然有聲，又有光彩，故應其聲而擊其光。㉔雌雄 天寶神有雌雄，相傳得雄者王，得雌者霸。㉕沇沇溶溶 同前「沇溶」。盛多之貌。㉖噱 口內之上下名為噱。一說，噱，借作「谻」。疲倦之極。㉗紘 網。此句言禽獸奔走倦極，皆遙張其噱吐舌於紘網之中。㉘芒然 同「茫然」。言禽獸甚眾，三軍茫然不知所先。㉙窮冘閼與 言見到行止遲疑的野獸就窮追而遮攔之。窮，窮追。閼，遮攔。冘與，猶「冘豫」。行止遲疑之貌。一說言奔走者窮追之，猶豫者遏止之。冘，行。閼，遏止。與，通「豫」。猶豫不定。

㉚亶　古「但」字。僅；只。㉛剽禽　輕疾之禽。㉜紕踰　超越，雙聲聯綿詞。㉝抵觸　冒突；頂撞。㉞拏攫　張牙舞爪。㉟淩遽　戰慄恐懼。㊱角槍　用角碰。槍，觸；碰。㊲題注　用額擊。題，額。注，投；擊。㊳蹶竦　蹙縮竦立。㊴讋怖　恐懼。讋，同「慴」。㊵關　卡住。一說讀作「貫」，穿。㊶脰　頸。㊷履獲　履踐捕獲之物。㊸夷　平。此句言獸被殺傷過度而流血與車輪相平。

【語譯】於是天氣晴朗，紅日彤彤，逢蒙睜大了眼睛，后羿拉開了箭弓。天子的車輿轟隆震響，光彩照亮了大地天空，駕車的望舒神放鬆馬轡繩讓車緩緩前進，嚴肅的隊伍慢慢地到了上蘭宮。移動獵圍，遷徙營陣，漸漸行進，收縮部伍，部曲隊伍堅密重疊，各自依據各自的行伍。營壘如天旋轉，如鬼神抶打，如雷電轟擊，碰上它就被粉碎，靠近它就被打破。鳥來不及飛走，獸來不及跑過，軍隊震驚，師旅駭懼，如剷刮了原野，如掃蕩了大地。等到裝有捕鳥的獵車滾動飛揚，勇猛的騎士敏捷奔忙，踏死飛奔逃跑的虎豹，絆倒人面黑身的鳴陽。追擊獲之可以稱霸稱王的天寶神，窮追至天邊的地方，根據天寶神砰砰的響聲，打擊牠閃動的精光。追到原野盡處和山的盡頭，全部捉住了天寶神的雌雄，獵獲的禽獸極多極多，遠遠地張嘴吐舌在大網之中。三軍茫然不知所措，就奔跑的窮追，猶疑的攔住，只見那些輕疾的飛禽在飛過，犀牛兕牛在亂碰亂觸，熊羆在張牙舞爪，虎豹在戰慄恐懼。只是用角碰擊，用額投注，蹙縮驚恐，魂亡魄失，自觸車輪而卡住頸脖。隨便放射也必定射中，進退都踩到捕獲之物。殺傷過度而血平車輪，獵獲如土丘般累積，如山陵般堆聚。

於是禽殫中衰❶，相與集於靖冥❷之館，以臨珍池❸。灌以岐梁❹，溢以江河，東瞰目盡，西暢亡厓。隨珠和氏，焯爍❺其陂❻。玉石嶜崟❼，眩燿青熒❽，漢女❾水潛，怪物暗冥❿，不可殫形⓫。玄鸞孔雀，翡翠垂榮⓬，王雎⓭關關，鴻雁嚶嚶，群娭乎其中，噍噍⓮昆⓯鳴。鳧鷖⓰振鷺⓱，上下砰磕⓲，聲若雷霆。乃使文身⓳之技，水格⑳鱗蟲，凌堅冰，犯嚴淵㉑。探巖㉒排碕㉓，薄索蛟螭，蹈獱㉔獺㉕，據黿鼉，抾㉖靈蠵㉗。入洞穴，出蒼梧㉘，乘鉅鱗㉙，騎京㉚魚。浮彭蠡㉛，目有虞㉜。方椎夜光之流離㉝，剖明月㉞之珠胎㉟，鞭洛水之宓妃㊱，餉㊲屈原與彭胥㊳。

【章　旨】本段寫天子在水上漁獵的盛況。

【注　釋】①中衰　射中殺盡。衰，殺。②靖冥　深閒。一說極高貌。③珍池　審文意，當是上林苑中之池。以其多珍異之物，故名，猶館舍幽深，故稱「靖冥之館」。《玉海》以為即漢昭帝所穿之琳池。④岐梁　岐山、梁山。岐山在陝西岐山東北，梁山在陝西韓城境。⑤焯爍　光彩貌。⑥陂　池塘，指珍池。⑦嶜崟　高銳貌，疊韻聯綿詞。⑧青熒　光明貌，疊韻聯綿詞。⑨漢女　漢水女神。相傳周時鄭交甫在漢皋遇二女，解佩相贈，忽然不見。⑩暗冥　言處在幽暗不明之處，亦潛藏之意。⑪殫形　盡其形狀。⑫垂榮　言玄鸞、孔雀、翡翠諸鳥羽毛華美，散發出光彩。榮，光榮；光彩。⑬王雎　鳥名，即雎鳩。⑭噍噍　同「啾啾」。鳥鳴聲。⑮昆　同「混」。同。⑯鳧鷖　皆鳥名。⑰振鷺　振翅飛翔的鷺。⑱砰磕　聲音宏大。⑲文身　在身上刺畫圖案或花紋，這是古代越人的風俗。《莊子．逍遙遊》：「越人斷髮文身。」因越人居今江浙一帶，善泅水，故這裡用「文身」代指善泅水的人。⑳水格　在水中搏擊。㉑嚴淵　嚴峻可畏之深潭。㉒巖　岸側險峻之處。㉓排碕　分開曲岸。排，批；分開。碕，曲岸。㉔獱　似狐，青色，居水中，食魚。㉕獺　水獺，如小狗，水居，食魚。㉖抾　執取。㉗蠵　大龜，雄曰瑇瑁，雌曰觜蠵。㉘蒼梧　郡名，郡治在今廣西梧州，轄今廣西東部及廣東肇慶以西的地區。㉙鉅鱗　大的鱗介動物，指蛟螭黿鼉之屬。㉚京　大。㉛彭蠡　湖名，在江西。㉜有虞　指舜。傳說舜南巡狩，死於蒼梧之野。㉝流離　猶「陸離」。光彩貌，雙聲聯綿詞。㉞明月　明月珠。㉟珠胎　珠生於蚌內，如懷孕，故曰珠胎。㊱宓妃　洛水女神。㊲餉　饋贈。㊳彭胥　彭咸、伍子胥。彭咸，殷賢大夫，自投水而死。伍子胥，名員，春秋時楚國人。逃至吳，輔佐吳王闔閭稱霸。後被吳王夫差所殺，投於江中。

【語　譯】於是禽獸盡被射中而殺盡，就互相一道集合在深閒的館舍而面對珍池。它灌入岐山梁山的水，水滿了就向江河流溢，沼池之大，向東放眼不到邊界，向西通向無厓無際。隨侯珠，和氏璧，在珍池裡光彩熠熠。玉石尖銳突出，光彩奪目而明亮晶瑩，漢水女神潛藏水底，珍奇怪物處於幽暗杳冥，不可盡述其形。黑鸞、孔雀和翡翠鳥，都散發著光澤而光亮晶晶，雎鳩鳥互相唱和，鴻雁嚶嚶相鳴，成群地嬉戲池中，啾啾地叫個不停。野鴨、水鴞和振翅飛翔的鸞鷟，飛上飛下，振翅聲砰礚而聲如雷霆。於是使善泅水的技師，在水中擊殺鱗介，輕視堅冰而膽敢冒犯嚴峻的深淵之涯。探視巖側而排擊曲岸，迫近池底去尋找蛟螭，踩死獱獺，引出黿鼉，抓住神怪的大龜。進入洞穴，直至虞舜的死地蒼梧，乘著巨大的鱗介動物，騎著大魚。浮游到彭蠡湖，眼望著舜帝有虞。正將椎擊光彩斑斕的夜光珠，剖開蚌殼裡的明月珠，鞭打洛水女神宓妃，而饋贈愛國詩人屈原與屈死的彭咸和伍子胥。

於茲乎鴻生鉅儒，俄❶軒冕❷，雜❸衣裳，修唐典❹，匡雅頌❺，揖讓於前。昭光❻振燿，蠁曶❼如神，仁聲惠於北狄，武誼❽動於南鄰❾。是以旃裘之王，胡貉之長❿，移⓫珍⓬來享，抗手⓭稱臣。前入圍口⓮，後陳盧山⓯。群公常伯⓰楊朱、墨翟之徒，喟然竝稱曰：「崇哉乎德，雖有唐虞大夏成周⓱之隆，何以侈茲⓲！太古之觀東嶽，禪梁基⓳，舍此世也，其誰與⓴哉？」

【章旨】本段寫鴻生巨儒頌揚天子的功業超過了唐、虞、三代。賦的頌揚至此達到頂峰。

【注釋】❶俄　印；高。❷軒冕　軒車和禮帽。❸雜　指彩色不一。古時官品等級不同的人，其服色不同。❹唐典　堯典；帝堯的典章制度。《尚書》有〈堯典〉篇。❺雅頌　《詩經》中的雅詩頌詩。❻光　與下「燿」，均指美好的政教。❼蠁曶　同「響忽」。疾速，古雙聲聯綿詞。❽武誼　指合乎正義的武事、武功。❾南鄰　南方的鄰邦。此二句的仁聲、武誼，北狄、南鄰都是互文。❿旃裘之王二句　泛指各少數民族的君長。旃裘，同「氈裘」。乃北方民族的衣服，此借指北方少數民族。貉，通「貊」。古代對東北部少數民族的蔑稱。⓫移　以物給人。⓬珍　珍寶。⓭抗手　舉手。⓮圍口　獵營之門。⓯盧山　單于南庭山。⓰常伯　周官名，以從諸伯中選拔而得名。秦漢時稱侍中。⓱唐虞大夏成周　唐堯、虞舜、夏王朝、周王朝。一說，大夏，指夏禹王。成周，指周成王、周公旦。⓲侈茲　大於此；比這侈大。⓳梁基　即梁父，山名，在泰山下。⓴與　推許。一說讀作「歟」，與下「哉」字均為語氣助詞。

【語　譯】這時候，大先生、大儒士坐著高車，戴著禮帽，穿著不同服色的衣裳，講求唐堯的典則，匡正雅頌的樂章，在人前行古禮拱手謙讓。明揚美好的政治，振起輝煌的教化，迅疾如神靈一樣，仁愛的聲問遠施於北方的戎狄，正義的武功震驚了南面的鄰邦。因此，披著氈裘的北方少數民族的君長，都拿出珍寶前來貢獻，舉手臣服歸降。進貢之物，前面已到獵圍營門之口，後面還陳列在匈奴王庭之南的盧山之旁。群臣常伯如古代楊朱、墨翟一類人物，都讚歎著同聲稱揚，說：「崇高啊，皇上的功德，即有唐堯、虞舜、夏王朝、周王朝的隆盛，憑什麼偉大於茲！遠古帝王朝見東嶽泰山，禪祭於梁父之基，捨棄我們這個時代，那還能推許誰呢？」

上猶謙讓而未俞❶也，方將上獵❷三靈❸之流❹，下決醴泉❺之滋。發黃龍之穴，窺鳳凰之巢，臨麒麟之囿，幸神爵❻之林。奢雲夢❼，侈孟諸❽，非章華❾，是靈臺❿。罕徂⓫離宮而輟觀游，土事⓬不飾，木功不彫，丞⓭民乎農桑，勸之以弗怠，儕⓮男女使莫違⓯。恐貧窮者不徧被洋溢之饒，開禁苑，散公儲⓰，創道德之囿，弘仁惠之虡⓱，馳弋⓲乎神明之囿，覽觀乎群臣之有亡。放雉兔，收罝罘⓳，麋鹿芻蕘⑳與百姓共之，蓋所以臻茲㉑也。於是醇洪鬯㉒之德，豐茂世㉓之規，加勞三皇㉔，勖勤五帝㉕，不亦至乎？乃祗莊㉖雍穆㉗之徒，立君臣之節，崇賢聖之業，未遑㉘苑囿之麗，遊獵之靡也。因回軫㉙還衡㉚，背阿房，反未央。

【章旨】本段寫天子幡然悔悟，主動講求仁義禮樂，崇尚節儉，施惠於民，以發揚前代功業，並主動結束這種奢靡的遊獵。

【注釋】❶俞　然，用作動詞，以為然，表示同意。❷獵　取。❸三靈　指日、月、星垂象之感應（《漢書》注引如淳說）。一說指天、地、人之神（《後漢書・班固傳》注）。按：《禮・禮運》：「故天降膏露，地出醴泉。」正與此文相應，當為揚雄所本，應以如淳說為是。三靈之流，即天上日、月、星所流之膏露。❹流　言其和液下流。❺醴泉　甘美的泉水，古以地出醴泉為祥瑞。❻黃龍鳳凰麒麟神爵　皆古代所謂祥瑞之物。爵，同「雀」。❼奢雲夢　以楚靈王雲夢之獵為奢侈。雲夢，楚澤名。《左傳・昭公十年》載，楚靈王與鄭伯田於江南之夢。❽侈孟諸　以宋昭公田於孟諸為奢靡。孟諸，宋藪澤名。《左傳・文公十年》載，楚穆王欲伐宋，宋昭公導以田孟諸。❾非章華　以楚靈王修築章華臺為非。《左傳・昭公七年》載，楚靈王築章華臺，招納犯罪逃亡者居之。章華，臺名，在今湖北監利西北。❿是靈臺　以周文王興建的靈臺為是。靈臺，周文王修築的臺觀。《詩・大雅・靈臺》：「經始靈臺」，箋曰：「觀臺而曰靈者，文王化行似神之精明，故以名焉。」《孟子・梁惠王上》說：文王雖「以民力為臺為沼」，但能「與民同樂」，故揚雄以為是。⓫徂　往。⓬土事　指土木建築。下「木功」亦同。⓭丞　即「拯」，上舉，援引，言援引人民使從事於農桑。⓮儕　偶；相互配偶。一說等、齊，謂劃一其結婚的年齡。⓯莫違　不錯過婚嫁之時。⓰公儲　公家的儲積。⓱虞　古代掌管苑囿田獵的官叫虞人，此即以虞代指田獵。⓲馳弋　馳騁弋射。弋，用帶絲繩的箭射鳥。⓳罝罘　捕獸的網。⓴芻蕘　柴草。㉑臻茲　至此。茲，指前所言「崇哉乎德」。㉒洪鬯　洪大通暢。鬯，通「暢」。㉓茂世　使時勢繁榮。㉔加勞三皇　比三皇更加辛勞。㉕勖勤五帝　比五帝勉勵勤苦。勖，勉勵。㉖祗莊　敬重嚴肅。㉗雍穆　和諧一致。㉘遑　暇。㉙軫　車後橫木。㉚衡　車前橫木。此以軫、衡代指車。衡，同「橫」。

【語　譯】皇上還謙遜退讓而不以為然，正當向上獵取日、月、星的和液，向下開決甘泉的潤澤。發現黃龍的洞窟，窺探鳳凰的巢穴，臨視麒麟的苑囿，遊覽神雀的林薄。以楚靈王雲夢之獵為奢華，以宋昭公的孟諸之田為侈靡，以楚靈王建築章華為非是，以周文王營造靈臺為合理。很少去到離宮別館，停止了觀賞遊歷，土木建築不加裝飾雕鏤，引導民眾從事農耕桑植，勉勵他們不要貪圖安逸，讓男女及時婚嫁，莫錯過婚嫁的時機。恐怕貧窮的人不能普遍受到廣大無邊的富饒，就開放禁止閒人的苑囿，散發公家的儲積，創立道德的規範，擴大仁惠的範圍，馳騁弋射在神明的園圃，觀察群臣的富有與貧瘠。放走野雞與野兔，收起捕獸的羅網，苑中的麋鹿柴草與百姓共同受益，這大概就是達到這個境界的原故吧。於是加厚洪大通暢的德政，擴大繁榮時世的宏規，比三皇更加辛勞，比五帝更加勉勵，這不是最高的境地嗎？於是恭敬和穆的臣僚，為建立君臣的節概，擴大賢聖的事業，沒有閒暇去講究苑囿的華麗，遊獵的侈靡。因而掉轉車頭，背離秦始皇的宮殿阿房，返回到漢高祖的宮殿未央。

【研　析】本篇在形式上雖有模仿司馬相如〈上林賦〉的痕跡，但它不是機械的依樣畫葫蘆，而是有其獨自的創造性。第一，賦的開頭雖有「或」與「論者」的辯駁對答，篇末也有鴻生巨儒的稱頌和「上猶謙讓而未俞」，但那只是全篇創作意圖的說明與歸納，跟賦的正面描寫部分全不相涉，與〈上林賦〉之設客主問答以展開描寫的寫法完全不同，顯然是作者有意要加以變化。第二，〈上林賦〉花去很大的篇幅去描寫上林苑的規模和物產以及獵後的歌舞遊樂，而此賦則徑以羽獵命篇，只是集中描寫羽獵的規模和聲勢，而全不涉及山水物產，不敘及歌舞遊樂。這就比〈上林賦〉寫得更集中，更突出。孫鑛說：「是仿〈上林賦〉；以羽獵名篇，故不敘山水等，鍛鍊甚工，古而腴，雅而峭，才力真可亞於長卿。」賦史上總是揚馬並稱，原因即在於此。

長楊賦有序

揚子雲

【題解】本篇最早見於《漢書・揚雄傳》,《文選》收錄。長楊,漢宮名,故址在今陝西周至東南。據《漢書・成帝紀》元延二年載,「冬,行幸長楊宮,從胡人大校獵」,故賦以〈長楊〉命篇。賦的寫作目的,據揚雄「自序」說是針對漢成帝這次射獵擾害農民,使「農不得收斂」而進行諷諫的。但他採用的是反話正說的寫法。他不正面說漢成帝不該如此射獵,反而似乎是在為漢成帝的這次射獵辯護。賦的描寫是通過子墨客卿與翰林主人的問答展開,採用的是漢大賦「逑客主以首引」的傳統寫法。但賦沒有對長楊宮與射獵場面作描寫鋪陳,而是直接由子墨客卿提出這次射獵「頗擾於農民」的批評,然後由翰林主人對「擾民」之說加以批駁。他指出漢高祖誅暴秦,取天下是為了救民;漢文帝「躬服節儉」以與民休息,是為了富民;漢武帝北伐匈奴,從事四夷是為了安民;漢成帝這次出獵也是為了「平不肆險,安不忘危」,而且很有節制,「車不安軌,日未靡旃」就「從者仿佛,骫屬而歸」了。漢成帝之所以這樣做,「亦所以奉太尊之烈,遵文武之度,復三王之田,反五帝之虞」,從而使百姓安居樂業,社會太平昌盛。而且讓「胡人之獲我禽獸」,也是為了「獲其王侯」,即為了籠絡胡人,安定邊疆,消弭戰爭。這樣來駁斥子墨客卿的批評。最後以子墨客卿承認錯誤作結。賦形似為漢成帝「大誇胡人」作辯護,實際是勸導漢成帝應該以祖宗為榜樣,處處為民著想,「展民之所詘,振民之所乏」,而不要「擾於農民」,正言若反,以達到諷諫的目的。這種以頌為諷的方法,雖難免於「勸百而諷一」的譏刺;但它從正面來啟發皇帝的覺悟,使他自己認識應該做什麼,不應該做什麼,不去觸犯皇帝的逆鱗,至少可以免去犯顏直諫的危險。而且這種為百姓說話的用心也是值得肯定的。

明(ㄇㄧㄥˊ)年(ㄋㄧㄢˊ)❶,上(ㄕㄤˋ)將(ㄐㄧㄤ)大(ㄉㄚˋ)誇(ㄎㄨㄚ)胡(ㄏㄨˊ)人(ㄖㄣˊ)以(ㄧˇ)多(ㄉㄨㄛ)禽(ㄑㄧㄣˊ)獸(ㄕㄡˋ),秋(ㄑㄧㄡ),命(ㄇㄧㄥˋ)右(ㄧㄡˋ)扶(ㄈㄨˊ)風(ㄈㄥ)❷發(ㄈㄚ)民(ㄇㄧㄣˊ)入(ㄖㄨˋ)南(ㄋㄢˊ)山(ㄕㄢ)❸,西(ㄒㄧ)自(ㄗˋ)褒(ㄅㄠ)斜(ㄒㄧㄝˊ)❹,

東至弘農❺，南敺❻漢中❼，張羅網罝罘，捕熊羆豪豬❽虎豹狖玃❾狐兔麋鹿，載以檻車❿，輸長楊射熊館⓫。以網為周阹⓬，縱禽獸其中，令胡人手搏之，自取其獲，上親臨觀焉。是時，農民不得收斂⓭。雄從至射熊館，還，上〈長楊賦〉，聊因筆墨之成文章，故藉翰林以為主人，子墨為客卿以風。其辭曰：

【章　旨】本段是賦序，說明作賦的原因是漢成帝要「大誇胡人以多禽獸」而妨礙農功，作賦的目的是諷諫。

【注　釋】❶明年　指作〈羽獵賦〉的第二年。〈羽獵賦〉作於漢成帝元延二年十二月，此賦當作於元延三年春。❷右扶風　官名。漢武帝太初元年改主爵都尉為右扶風，治右內史地，其地在今陝西長安以西，與京兆、左馮翊為三輔。❸南山　終南山。❹褎斜　山谷名，也稱褒斜道、褒斜谷，在陝西西南，為沿褒水、斜水所形成的河谷。南口稱褒谷，在今勉縣褒城鎮北十里；北口稱斜谷，在今眉縣西南三十里；總長四百七十里，通道山勢險峻，歷來鑿山架木，於懸巖絕壁間修築棧道，舊時為川陝交通要衝。褎，褒的異體字。❺弘農　郡名，漢武帝元鼎四年置，治所在今河南靈寶北。❻敺　古「驅」字。驅趕。❼漢中　郡名，秦置，漢仍之，治所在今陝西南鄭。❽豪豬　獸名，有毛堅銳如刺，長者近尺。❾狖玃　皆猿類。狖，亦作「貁」。長尾猿。玃，亦作「貜」。猴之一種。❿檻車　指設有圍欄裝載猛獸的車。⓫射熊館　館名，在長楊宮。⓬阹　圍獵禽獸之圈。用網或竹、木將禽獸遮攔在山谷之中以便捕獲，叫圍獵。⓭收斂　收割，收穫，指秋季收穫農作物。

【語　譯】第二年，皇上將要向胡人大大誇耀禽獸眾多，秋天，命令右扶風派遣百姓進入終南山，自褒斜谷以西、東至弘農郡，南面驅使漢中的農民，張掛網羅罝罘等獵捕鳥獸的網，捕獲熊羆、豪豬、虎、豹、猿猴、狐、兔、麋鹿，用有圍欄的車裝載著，輸送到長楊宮射熊館。用網做成圍獵的獵圈，將禽獸放入其中，令胡人親手去搏擊牠們，各自取得他們的獵獲，皇上親自到現場去觀看。這時，農民不能收穫。揚雄跟從到了射熊館，回到京城，獻上〈長楊賦〉，姑且因為用筆墨寫成文章，所以假借翰林做主人，子墨做客卿來諷諫。其文辭說：

子墨客卿問於翰林主人曰：「蓋聞聖主之養民也，仁霑❶而恩洽❷，動不為身。今年獵長楊，先命右扶風，左太華❸而右褒斜，椓❹嶻嶭❺而為弋❻，紆❼南山以為罝❽。羅千乘於林莽❾，列萬騎於山隅，帥軍踤阹❿，錫戎獲胡⓫。搤⓬熊羆，拖⓭豪豬，木擁⓮槍纍⓯，以為儲胥⓰。此天下之窮覽極觀也。雖然，亦頗擾於農人。三旬有餘，其廑⓱至矣，而功不圖⓲。恐不識者，外之⓳則以為娛樂之游，內之則不以為乾豆⓴之事，豈為民乎哉？且人君以玄默㉑為神，澹泊為德，今樂遠出以露威靈㉒，數搖動以罷車甲，本非人主之急務也，蒙㉓竊惑焉。」

【章旨】本段借子墨客卿之口，對漢成帝的誇示胡人的擾民舉措提出批評，以引出翰林主人的評述。

【注釋】❶霑　潤澤；沾濡。❷洽　沾潤；潤澤。❸左太華　因太華在長安之東，故言「左」。太華，即西嶽華山，因其西南有少華山，故又稱太華。❹椓　椎築；敲擊。❺嶻嶭　山名。一名嵯峨山，又名慈峨山，在陝西涇陽、三原、淳化三縣交界處。❻弋　通「杙」。小木樁。❼紆　縈繞；環繞。❽罝　捕獸的網；捕兔的網。❾林莽　草木深邃的地方。❿踤阹　聚為圍陣。踤，聚集。一說足蹋。⓫錫戎獲胡　言以禽獸賜予戎狄，令胡人獲取。錫，賜。戎，古代泛指我國西部的少數民族。⓬搤　通「扼」。捉住；掐住。⓭拖　牽引；奪取。⓮木擁　用木遮蔽。擁，遮蔽；壅塞。⓯槍纍　用繩索將竹槍綑綁連綴。槍，削尖的竹竿。⓰儲胥　木柵藩籬之類的東西，作為守衛距障之用。⓱廑　古「勤」字。勞苦；辛勞。⓲功不圖即「不圖功」，不謀求事功。凡人之所為，皆有所圖，今百姓甚勞苦而無圖，言勞而無益。一說言百姓勞苦至極而不見圖謀贍恤之事。又一說，言其功不可圖畫以遺後人。三說當以第一說為近是。圖，謀。⑲外之　與下「內之」，猶言一方面，另一方面。⑳乾豆　祭祀用品。古代祭禮把乾肉放在豆中祭祀天地祖先，為古代統治者田獵的三個目的，即一為乾豆，二為賓客，三為充庖廚之一。乾，乾肉。豆，祭器。㉑玄默　沉靜無為。㉒威靈　威嚴神聖。㉓蒙　自稱謙詞，謂蒙蔽而不明事理。

【語　譯】子墨客卿向翰林主人詢問說：「聽說聖明的君主養育萬民，用仁惠滋潤，用恩德潤澤，一舉一動都不是為了自身。今年到長楊宮去打獵，首先命令右扶風，左邊以太華山為界限，右邊以褒斜谷為邊垠，椎築巀嶭山作為繫牲口的小木樁，環繞終南山作為捕獸的網羅。羅列上千輛車子在草木叢生之處，陳列上萬騎士卒在山的一隅，率領軍士聚成圍獵的圈子，將禽獸賜予戎狄，讓胡人自己獲取奔趨。捉住熊羆，抓住豪豬，用木擁蔽遮攔，用繩綑住竹槍，做成儲胥。這確是天下最壯觀的場面，最快意的嬉娛。雖然這樣，也太擾害了農民的收穫。三十幾天，那勞苦已到至極，可是無功可圖。恐怕不識事理的人，一方面則認為是娛樂遊玩，另一方面認為不是為了祭祀天地祖先而準備乾肉以充實禮器之需，這難道是為了百姓的所需？並且，人君以寂靜無為為神妙，以恬淡寡欲為品德，現在卻喜好遠遠外出以顯露威嚴神聖，多次出動以疲弊車馬兵甲，這本來不是人主最急迫的事務，我內心裡實在感到疑惑呢。」

翰林主人曰：「吁，客何謂茲邪？若客所謂知其一，未睹其二；見其外，不識其內也。僕嘗倦談，不能一一其詳，請略舉其凡，而客自覽其切❶焉。」客曰：「唯唯❷。」

【章　旨】本段寫翰林主人對子墨客卿的批評提出總體的評論以引起下文。

【注釋】❶切　要領。❷唯唯　答應之聲。緩應曰諾，急聲曰唯。

【語譯】翰林主人說：「咦！客人為什麼這樣說呢？像你客人是大家所說的只了解它的一面，不了解它的另一面；只看到它的外表，不認識它的實質。我曾經厭倦談話，不能一條二條地詳細說明，只能約略舉出它的大要，客人自己去觀察它的要領。」客人曰：「好，好。」

主人曰：「昔有彊秦，封豕❶其士，窫窳❷其民。鑿齒❸之徒，相與磨牙❹而爭之。豪俊麋沸❺雲擾❻，群黎為之不康。於是上帝眷顧高祖，高祖奉命，順斗極，運天關❼，橫鉅海，漂❽崑崙，提劍而叱之。所過麾城❾摲邑❿，下將⓫降旗⓬，一日之戰，不可殫記。當此之勤，頭蓬⓭不暇疏⓮，飢不及餐，鞮鍪⓯生蟣蝨⓰，介冑被霑汗，以為萬姓請命乎皇天。迺展民之所詘⓱，振⓲民之所乏，規億載，恢⓳帝業，七年⓴之間，而天下密如㉑也。

【章旨】本段寫漢高祖膺天命，誅暴秦，建立大漢王朝，其目的是為了救民。

【注釋】❶封豕　大豬，比喻貪暴之人。這裡用作動詞，如封豕般對待。封，大。❷窫窳　獸名。《山海經・北山經》云：「其狀如牛，而赤身人面馬足，名曰窫窳。」這裡比喻暴虐貪婪。❸鑿齒　獸名。《淮南子・本經》注云：「鑿齒，獸名，齒長三尺，其狀如鑿，下徹頷下，而持戈盾。」一說，古代傳說中的野人。《山海經・海外南經》注云：「鑿齒亦人也，齒如鑿，長五六尺。」此借指殘暴之徒。❹磨牙　謂磨礪其牙使之銳利。❺麋沸　言如粥在鍋中沸騰。比喻震盪不安。麋，粥。❻雲擾　言如烏雲般擾亂，亦比喻動亂紛擾。❼順斗極二句　意謂隨順天命。順斗極，《文選》李善注引《洛書》曰：「聖人受命，必順斗極。」又引宋均《尚書・中候》注曰：「順斗極為政也。」言接受天命必須如北斗星圍繞北極星一樣。北極星靠近地球自轉的中軸線上，自地球視之，覺其不動，眾星皆繞之旋轉，故古人認為是最尊貴的星，有眾星拱北的說法。天關，星名，即北極星。一說，指二十八宿中的牛宿和角宿。❽漂　搖蕩。❾麾城　招降城池。麾，通「揮」。❿撕邑　奪取郡邑。撕，取。⓫下將　使將領投降。下，用作動詞，降服。⓬降旗　使敵人降下旗幟投降。降，降落。⓭蓬　蓬蒿，秋枯根拔，隨風飛轉，故又名飛蓬、轉蓬。引申為蓬鬆、紛亂。⓮疏　同「梳」。《文選》正作「梳」。⓯鞮鍪　頭盔。⓰蟣蝨　蝨卵和蝨子。⓱詘　古「屈」字。寃屈；委屈。⓲振　通「賑」。救濟。⓳恢　擴大。⓴七年　劉邦自秦二世元年（西元前二〇九年）九月起義，至西元前二〇六年十月攻入咸陽滅秦，封為漢王，至西元前二〇二年稱帝，前後歷時七年。㉑密如　安定。如，詞尾，相當於「然」。

【語　譯】翰林主人說：「過去有個強大的秦王朝，像大野豬一般凶殘地對待他的士子儒生，像窫窳獸一般暴虐他的黎民百姓。如鑿齒獸一樣兇殘的一類人，互相一起磨利牙齒而爭相殘害成性。當時的英雄豪傑如滾粥一樣沸騰不安，如烏雲一樣滾翻不定，所有百姓為此而不得安寧。於是皇天上帝垂愛關注高祖劉邦，高祖奉承天命，依順北斗與北極，運轉天關，橫渡大海，動搖崑崙山，提著寶劍而大聲呵斥他們。所過之處，招降城堡，攻下郡邑，降服敵將，降下旗幟，一天的戰鬥，都不可記述完畢。當這種情況下的勞苦，頭髮蓬亂也無暇梳洗，飢餓也來不及進餐，頭盔生了蝨子和蝨卵，鎧甲也被汗水濕透浸沾，這樣來為百姓向皇天請求性命的保全。於是伸張民眾的寃屈，救濟民眾的困乏，規劃億萬年的宏圖，擴大帝王的事業，七年的時間，天下就安定歡悅。

「逮至聖文❶，隨風乘流❷，方垂意於至寧。躬服節儉，綈衣不敝，革鞜不穿，大廈不居，木器無文❸。於是後宮賤瑇瑁❹而疏珠璣❺，卻❻翡翠之飾，除雕琢之巧，惡麗靡而不近，斥芬芳而不御，抑止絲竹晏衍❼之樂，憎聞鄭衛❽幼眇❾

之聲，是以玉衡正而太階平❿也。

【章旨】本段敘述漢文帝躬行節儉，使百姓富裕，而天下太平。

【注釋】❶聖文　指漢文帝劉恆。❷乘流　乘著漢高祖的潮流。❸躬服節儉五句　《史記・孝文本紀》載：「孝文帝從代來，即位二十三年，宮室苑囿狗馬服御無所增益，有不便，輒弛以利民。嘗欲作露臺，召匠計之，直百金，上曰：『百金，中民十家之產，吾奉先帝宮室，常恐羞之，何以臺為！』上常衣綈衣，所幸慎夫人，令衣不得曳地，幃帳不得文繡，以示敦樸，為天下先。」此所言正與《史記》所載相應。綈，質地粗厚、平滑而有光澤的絲織品。革鞜，革履；皮鞋。❹瑇瑁　瑇瑁龜，產於熱帶海中，甲殼可作裝飾品。❺珠璣　即珠寶。璣，不圓的珠或小珠。❻卻　退；去掉。❼晏衍　邪聲，不純正的奇腔怪調。❽鄭衛　鄭衛之音。本指春秋、戰國時鄭國、衛國的俗樂。這種地方音樂，音調與雅樂不同，被孔子斥為「鄭聲淫」，因此儒家以鄭衛之音為淫蕩的音樂。❾幼眇　微妙曲折。❿玉衡正而太階平　古人認為是天下太平的星象。玉衡，北斗七星的第五星。太階，即「泰階」，即三臺星，在斗魁之下，分上中下三臺，共六星，各兩星相比斜上，形似階梯，故名。

【語譯】「到了漢文帝，隨著漢高祖創建的風氣，趁著漢高祖開創的潮流，正留意於最好的安寧。親自實行節儉，穿著質地粗厚的綈衣只求其不破爛，皮革的鞋子只求其不破裂，不居住高樓大廈，木製器具也不彩繪求精。於是後宮妃嬪賤視瑇瑁，而將珠寶看輕，去掉翡翠羽毛的裝飾，除去雕刻琢磨的細巧晶瑩，厭惡華美奢侈而不接近，廢棄芳香之物而不使用，制止絲竹演奏奇腔怪調的樂曲，憎惡聽到鄭衛的淫靡放蕩的樂聲，於是玉衡端正，太階平正而天下太平。

「其後熏鬻❶作虐，東夷橫畔❷，羌戎❸睚眦❹，閩越❺相亂❻。遐氓為之不安，中國蒙被其難。於是聖武❼勃❽怒，爰整其旅，迺命驃、衛❾，汾沄❿沸渭⓫。雲合霅發，猋⑫騰波流，機駭⑬蠭軼⑭。疾如奔星⑮，擊如震霆。碎轒轀⑯，破穹廬⑰，腦沙幕⑱，髓余吾⑲。遂躐⑳乎王庭㉑，驅橐駝㉒，燒熐蠡㉓。分剺㉔單于㉕，磔裂㉖屬國㉗。夷阬谷㉘，拔鹵莽㉙，刊山石㉚。蹂屍輿廝㉛，係累㉜老弱。吮鋋瘢耆㉝、金鏃淫夷㉞者，數十萬人，皆稽顙㉟樹頷㊱，扶服㊲蛾伏㊳。二十餘年矣，尚不敢惕息㊴。夫天兵㊵四臨㊶，幽都先加㊷；迴戈邪㊸指，南越相夷㊹；靡節西征，羌僰東馳㊺。是以遐方疏俗㊻，殊鄰絕黨㊼之域，自上仁所不化，茂德所不綏㊽，莫不蹻足㊾抗手㊿，請獻厥珍。使海內澹然(51)，永亡邊城之災，金革(52)之患。

【章　旨】本段敘述漢武帝南征北戰，外事四夷，目的是為了安民。

【注　釋】❶熏鬻　即匈奴。我國古代北方民族之一，先後叫鬼方、混夷、獫狁、熏鬻、山戎，秦漢時稱匈奴。漢初常侵擾邊地，成為當時北方的重要邊患。❷東夷橫畔　漢景帝三年，東甌從吳王劉濞叛亂。漢武帝建元三年，閩越發兵圍東甌；建元六年，閩越擊南越；元鼎五年，南越反叛，東越王餘善持兩端，陰使南越。元鼎六年，乃遂反，發兵距漢道，入白沙、武林、梅嶺，殺漢三校尉。東夷，指東越，古代越人的一支，相傳為越王句踐的後裔，居今浙江、福建一帶。秦末，越人諸無、援助劉邦擊敗項羽，漢高祖五年，立諸無為閩越王，都東冶。惠帝三年，立搖為東海王，都東甌。畔，借作「叛」。❸羌戎　我國古代西部民族之一。戎，古代泛指我國西部少數民族。❹睚眦　怒目而視，借指怨忿。一說，猜忌不和貌。漢興，匈奴冒頓單于臣服諸羌，與漢對立，故曰睚眦。❺閩越　指閩越國與南越國。南越，在今廣東、廣西一帶。秦末，趙佗自立為南越王。漢武帝元鼎六年，擊滅南越，置南海、蒼梧、鬱林、合浦、交趾、九真、日南、珠厓、儋耳九郡。❻相亂　指漢武帝建元六年，閩越王郢興兵擊南越邊邑。元鼎五年漢興兵擊南越，東越王餘善又持兩端，陰使南越，元鼎六年遂反，發兵拒漢。❼聖武　指漢武帝劉徹。❽勃　勃然；發怒變色。❾驃衛　驃騎將軍霍去病，大將軍衛青，皆漢武帝時討伐匈奴的名將。❿汾

沄　眾盛貌，疊韻聯綿詞。⑪沸渭　振奮貌。⑫猋　通「飆」。旋風。⑬機駭　如弩機之突發。機，弩機；弓上發箭的裝置。⑭蠭軼　如群蜂之突襲。蠭，「蜂」的本字。軼，突；襲擊。⑮奔星　流星；天空墜落的星。⑯轒轀　攻城的戰車。四輪，排大木為之，上蒙以生牛皮，下可容十人，往來運土填塹，木石所不能傷。此指匈奴的戰車。⑰穹廬　氈帳，大型的圓頂帳篷，為遊牧的匈奴人的住處。⑱腦沙幕　謂腦血塗於沙漠之地。沙幕，即沙漠。⑲髓余吾　謂髓入余吾之水。髓，骨髓，用作動詞，骨體流入。余吾，古水名。在今蒙古鄂爾斯西境。⑳躧　踐踏。㉑王庭　匈奴單于所居之處。㉒橐駝　即駱駝。㉓燒爥蠡　意謂燒壞其養生之具。爥蠡，乾酪，造酪母的原料。㉔分勢　分割；分裂。㉕單于　此借指匈奴。匈奴除單于之外，置左右賢王，左右谷蠡王，左右大將，左右大都尉，左右大當戶，左右骨都侯。諸左方王將居東方，右方王將居西方，而單于之庭居中，各有分地，故分裂之。㉖磔裂　分離；分開。㉗屬國　指附屬匈奴的小國。匈奴北服渾庾、屈射、丁零、鬲昆、薪犂之國，西定樓蘭、烏孫、呼揭及其旁二十六國，東滅東胡王，屬國甚多，故分離之。㉘夷阬谷　平其坑谷。夷，平。阬，同「坑」。㉙拔鹵莽　拔除其雜草叢生的鹽鹼地。拔，拔除；改變。鹵，鹽鹼地。莽，荒草地。㉚刊山石　謂削去山石以打通道路。刊，削除。㉛輿廝　車碾傷殘。輿，用作動詞，用車碾。一說用車載。廝，通「斯」。破裂，傷殘。此指傷殘之人。㉜係累　拘繫；綑綁。㉝吮鋋瘢耆　挨了矛刺而背脊有瘢瘡。吮，吸。鋋，鐵柄短矛。瘢，瘢痕，用作動詞，有瘢痕。耆，脊。㉞金鏃淫夷　中箭過分受傷。鏃，箭頭。淫，過度；過分。夷，傷。㉟稽顙　以額觸地，表示請罪降服。稽，頭至地。顙，額頭。㊱樹頷　叩頭時項向下，則下顎豎向上，亦叩頭之意。樹，通「豎」。豎立向上。頷，下顎；下巴。㊲扶服　即「匍匐」。伏地爬行，疊韻聯綿詞。㊳蛾伏　如蟲蟻般伏地。蛾，同「蟻」。㊴惕息　喘息。形容極其恐懼。㊵天兵　王師，指漢王朝的軍隊。㊶四臨　四至；到達四方各地。㊷幽都先加　匈奴首先被討伐。漢武帝從元光二年（西元前一三三年）開始討伐匈奴，與匈奴連年作戰，將匈奴從漠南趕往漠北極遠之地，解除了北方邊患。幽都，指北方極遠之地。匈奴在漢之北境，此代指匈奴。加，加兵。㊸邪　同「斜」。㊹南越相夷　漢武帝於元鼎五年秋出兵，元鼎六年滅南越國，置九郡。夷，滅。㊺靡節西征二句　漢武帝從建元六年開始通西南夷，至元鼎六年誅且蘭、邛君，殺筰侯，冉駹皆恐，請臣服置吏，乃置越巂、沈犂、汶山、武都四郡，西南夷皆內附。靡節，奉著節。節，符節，古代使臣執以示信之物。征，行。羌，羌族。僰，我國古代西南地區的少數民族。東馳，向東馳行，言馳入京師朝見。㊻疏俗　習俗疏遠；習俗不同。指與漢族習俗不同的邊遠地區。㊼殊鄰絕黨　言與中原鄉黨全不相同。鄉黨，皆古代地方組織。二十五家為鄰，五百家為黨。㊽綏　定撫。㊾蹻足　舉足；踮起腳尖。蹻，同「蹺」。㊿抗手　舉手。(51)澹然　恬靜；安定。(52)金革　猶言甲兵，借以代指戰爭。金，戈矛之屬。革，甲冑之屬。

【語　譯】「那以後匈奴肆行暴虐，東越橫行反叛；羌人怒目相視，閩越與南越互相作亂。遠方的民眾為此而不得安寧，中原人也蒙受了他們的災難。於是聖明的孝武皇帝勃然大怒，就整頓他的軍旅，就命令驃騎將軍霍去病、大將軍衛青，大規模奮力出擊。如烏雲般聚合，如雷電般閃熠；如旋風般翻騰，如波濤般奔洩；如弩機般突發，如蜂群般突起。迅疾如流星墜落，奮戰如雷霆轟擊。打破匈奴攻城的戰車，打碎匈奴帳篷的遮蔽，腦血灑在沙漠地裡，骨髓流入余吾之水。於是踐踏單于的王庭，趕走駱駝，燒毀乾酪。分裂匈奴的各個部落，分離匈奴征服各個附屬國。填平坑窪山谷，拔除鹼地草莽，削平山丘巖石以開闢道路。蹂躪死屍，車輾傷病，拘繫老弱。被短矛刺傷背脊、被鐵箭頭過度射傷的有數十萬人之多，他們都叩首觸額，像蟲蟻般匍匐在地。有二十幾年了，還是不敢大聲喘氣。王師四面出擊，北方的匈奴首先被征戰；掉轉戈矛斜指南方，南越國就被削平為郡縣；使臣奉著符節向西行進，羌族僰人就向東馳入京師朝見。因此，遙遠的地方，不同的習俗，鄉黨殊絕的地段，從來就是最高的仁愛所不能感化，豐茂的恩德所不能羈絆，沒有誰不踮起腳尖，舉起雙手，請求將他們的珍寶貢獻。從而使天下恬靜安定，永遠沒有邊城被侵擾的災難，永遠沒有荷戈披甲奔赴戰場的禍患。

「今朝廷純仁，遵道顯[1]義。并包書林[2]，聖風雲靡[3]。英華[4]沉浮[5]，洋溢八區[6]，普天所覆，莫不沾濡。士有不談王道者，則樵夫笑之。意者以為事罔隆而不殺[7]，物靡盛而不虧，故平不肆險[8]，安不忘危。迺時以有年出兵，整輿[9]竦戎[10]，振師五莋[11]，習馬長楊，簡力[12]狡[13]獸，校武[14]票[15]禽。迺萃然登南山，瞰烏弋⑯，西厭⑰月蚰⑱，東震日域⑲。又恐後代迷於一時之事，常以此為國家之大務，淫荒田獵，陵夷⑳而不禦㉑也，是以車不安軔㉒，日未靡旃㉓，從者仿佛，骫㉔屬而還㉕。亦所以奉太尊㉖之烈㉗，遵文武㉘之度，復三王之田，反五帝之虞㉙。使農不輟耰㉚，工不下機，婚姻以時㉛，男女莫違㉜。出愷悌㉝，行簡易，矜劬勞，休力役。見百年㉞，存㉟孤弱，帥㊱與之同苦樂。然後陳鐘鼓之樂，鳴鞀磬㊲之和，建碣磍之虡㊳，拮隔㊴鳴球㊵，掉㊶八列㊷之舞；酌允鑠㊸，肴樂胥㊹，聽廟中之雍雍㊺，受神人之福祜。歌投頌㊻，吹合雅㊼。其勤若此，故真神之所勞㊽也。方將俟元符㊾，以禪梁甫之基，增泰山之高，延光㊿於將來，比榮乎往號(51)。豈徒欲淫覽浮觀(52)，馳騁秔稻之地，周流梨栗之林，蹂踐芻蕘(53)，誇詡(54)眾庶，盛狖玃之收，多麋鹿之獲哉？且盲者不見咫尺，而離婁(55)燭千里之隅，客徒愛胡人之獲我禽獸，曾不知我亦已獲其王侯(56)。」

【章　旨】本段說明漢成帝這次出獵的目的是為了「平不肆險，安不忘危」，且有節制。

【注　釋】❶顯　明顯。用作動詞，宏揚、尊顯之意。❷并包書林　言廣泛任用文人學士。書林，書學之林；文人學者之群。❸雲靡　如雲彩之華美。靡，富麗；華美。❹英華　本指草木之花，這裡比喻帝王的德澤。❺沉浮　形容盛美、眾多。❻八區　八方。❼殺　衰退；凋落。❽肆險　對危險掉以輕心。肆，放縱；不留心。❾整輿　整頓車馬。❿竦戎　鼓勵士兵。竦，借作「慫」。勸說；鼓勵。戎，軍隊；士兵。⓫五柞　宮名，在盩厔縣。⓬簡力　選拔才力之士。⓭狡　兇猛；狂戾。⓮校

武　考核武力。校，考校；考核。⑮票　借作「剽」。輕捷；輕疾。⑯烏弋　國名。漢時西域三十六國之一，在西域之最西面。⑰厭　服；充塞。⑱月𡾊　月初出處。𡾊，洞穴；窟窿。⑲日域　日初出處。⑳陵夷　逐漸下降。此指對田獵的愛好逐漸發展下去。㉑禦　制止；防禦。㉒車不安軔　車輛不安放止車木，言一刻也不停留。軔，止車木。㉓日未靡旃　日光未移動旗幟的陰影。言一刻也不停止。靡，移動。旃，旗幟。㉔骫　古「委」字。放棄，謂放棄其事。㉕還　旋轉，謂旋轉車頭而歸。㉖太尊　指高祖劉邦。㉗烈　功業；事業。㉘文武　指孝文帝劉恆，孝武帝劉徹。㉙虞　管理山澤的官。這裡與「田」對舉，亦狩獵之意。一說借作「娛」，娛樂。㉚輟耰　停止耕種。輟，止。耰，播種後，覆土保護種子。此泛指耕種。㉛時　時宜。謂能及時婚嫁。㉜違　違棄婚嫁的時機。㉝愷悌　和樂平易。㉞百年　百歲的老人。㉟存　恤問；問候。㊱帥　王先謙曰：「帥，與率同，言悉與之同苦樂也。」㊲鞀磬　均樂器。鞀，同「鼗」。有柄的小鼓。磬，以玉、石或金屬為材料的形似矩的一種樂器。㊳碣磍之虡　言虡刻猛獸，其形甚怒。碣磍，猛獸甚怒貌，疊韻聯綿詞。虡，懸掛鐘磬的木架。㊴拮隔　借作「戛擊」。敲擊；敲打。㊵鳴球　玉磬。㊶掉　搖，謂搖身而舞。㊷八列　即「八佾」，天子之舞，每列八人，共六十四人。㊸酌允鑠　言酌信美以當酒。允，信。鑠，美。《詩・小雅・車攻》：「允矣君子，展也大成。」《詩・周頌・酌》：「於鑠王師。」允鑠即暗用《詩》意。㊹肴樂胥　言以才智為肴。《詩・小雅・桑扈》：「君子樂胥，受天之祜。」鄭箋曰：「有才智之名也。」㊺雍雍　和諧貌，此指宗廟裡和諧的樂曲。《詩・大雅・思齊》：「雍雍在宮，肅肅在廟。」㊻歌投頌　謂歌曲與頌聲相投合。投，合。頌，頌詩；頌聲。㊼吹合雅　謂吹奏聲與雅聲相合。吹，吹奏笙竽等樂器。雅，雅詩；雅樂。㊽神之所勞　謂神所勸勉。《詩・大雅・旱麓》：「愷弟君子，神所勞矣。」《漢書》顏師古注：「勞謂勞來之，猶言勸勉也。」㊾元符　大符瑞。古代統治者自謂受命於天，上天就會降下相應的符瑞，也叫符應。㊿延光　流傳榮耀。延，引申；延長。(51)往號　往古的名號，指五帝三王之類。(52)淫覽浮觀　過分的遊玩和虛浮的觀覽。淫，過分。(53)芻蕘　柴草。(54)誇詡　誇大；誇耀。詡，大言。(55)離婁　相傳為古代視力最好的人，能於百步之外辨察秋毫之末。(56)獲其王侯　言使胡人之王侯常來朝見，如將他們俘獲一般。

【語　譯】「現在國家仁德篤厚，遵循正道，宏揚德義。兼有包羅文士學者之群，聖明的風範如彩雲般華麗。如花木一樣茂盛美好，廣泛傳播到八方各地，廣大的天覆蓋之下的事物，沒有誰不沾沐到恩惠。士人有不談論仁政王道的，就要被打柴的人所恥笑唾棄。所以我認為事情沒有發展到隆盛而不衰落，事物沒有發展到極盛而不缺虧，所以太平時就不要對險阻掉以輕心，安定時就不要忘記災危。於是有時在豐收之年出動軍隊，整頓車馬，鼓舞士氣，在五柞宮振興師旅，在長楊宮訓練騎射的技藝，在獵獲兇猛的野獸時選拔才力之士，在弋射輕捷的飛禽中考核武士的競技。就集結一起登上終南山，眺望西域的烏弋，聲威向西充塞月亮降落的去處，向東震撼了太陽升起的地域。又恐怕後代子孫迷戀這種臨時的事件，經常將這種活動作為國家的重大事務，過分地迷戀打獵，並逐漸發展下去而不能禁禦，因此車子還未安放止車木，日光還未將旗幟的影子推移，跟從的人還未弄清楚是怎麼回事，就丟開一切，掉轉車頭即刻回歸。這就是用來奉承高祖的事業，遵循文帝、武帝的法則，恢復三王田獵的規定，實行五帝任用虞官的最好措施。使農夫不停止耕種，婦女不走下織機，男女能及時婚嫁，不違背婚嫁的時宜。制訂和樂簡易的政策，採取簡明平易的措施，同情辛苦勤勞的百姓，停止濫用民力的行為。接見百歲的老人，省視無依無靠的幼弱孤兒，悉與他們同艱苦，共娛嬉。然後陳列鐘鼓之類的樂器，敲擊使樂聲和諧的玉磬鼗鼓，建立刻有咆哮的野獸的鐘磬木架，敲打玉磬，八八六十四人的舞隊翩翩起舞；斟滿用信義釀造的美酒，樂於有才智之士為佳肴佐輔，聽著宗廟裡演奏的和諧的樂曲，接受神人降給的洪福。歌聲與頌聲相投合，吹奏合乎雅聲的律呂。他的辛苦到了如此地步，真的是神靈所勸勉鼓舞。正將要等待最大的符瑞，祭祀地神於梁父山的基腳，祭祀天神以築壇把泰山增高，將光耀流傳於將來，比榮譽於以往五帝三王的稱號。難道只想要過分的遊玩和虛浮的觀覽，放馬奔馳於種植粳稻的田地，周回行走於梨栗等果木，踐踏柴草，向民眾誇耀吹噓，獵取很多的猿狖，獵獲很多的麋鹿嗎？並且瞎子看不見很近的東西，而離婁能看清千里之外的角落，客人只知吝嗇胡人獵獲了我們的禽獸，竟然不知我們已經將他們的王侯獵獲。」

言未卒，墨客降席❶再拜稽首曰：「大哉體❷乎！允❸非小人之所能及也。迺今日發矇❹，廓然❺已昭矣！」

【章　旨】本段寫子墨客卿承認錯誤以收束全文，實際是肯定帝王應該為民著想，以向漢成帝提出忠告。

【注　釋】❶降席　從坐席上走下來。古人以席薦地而坐，故稱座位為席。❷體　法式；體統。❸允　誠；的確。❹矇　愚昧無知。❺廓然　開闊貌，言心中已豁然開闊。

【語　譯】翰林主人的話還未說完，子墨客卿就從座位上走了下來，拜了兩拜，叩頭說：「偉大啊，國家的體統！的確不是我所能了解的。卻在今日除去了蒙昧，心裡豁然開闊而明亮了！」

【研　析】本篇在藝術上不同於〈甘泉賦〉、〈河東賦〉與〈羽獵賦〉。它模仿司馬相如〈難蜀父老〉的寫法，全文主要駁斥客卿的責難，因此它不似〈甘泉〉等三篇賦一樣以描寫為主，而像〈難蜀父老〉一樣以辯駁為主，圍繞如何做一個為民的聖明皇帝這個中心，先列舉高祖、文帝、武帝的救民、富民、安民以為榜樣，然後闡明理想的君主應該有的作法，形似駁斥子墨客卿，實際是在向漢成帝進行諷諫。它既似〈難蜀父老〉，又有新的創造。行文亦縱橫開闔，頗多散文氣息；文字也比較平易，不似〈甘泉賦〉、〈羽獵賦〉之重辭藻，重鋪排，而有其獨自的特點。孫鑛說：「是仿〈難蜀父老〉，不惟堂構相同，至中間遣詞琢句，亦無不則其步趨，祖其音節，可謂形神俱是。然命意卻又自不同，此所謂脫胎法。」何焯亦云：「〈羽獵〉擬〈上林賦〉，〈長楊〉擬〈難蜀父老〉文。子雲本祖述相如，其奇處非相如所能籠罩，麗處似天才不逮也。」這些評論都正確指出了本篇與〈難蜀父老〉的異同，值得體味。

解　謿

揚子雲

【題　解】本篇最早見於《漢書・揚雄傳》，《文選》收錄。謿，同「嘲」。譏諷。《漢書・揚雄傳》載：「哀帝時，丁、傅、董賢用事，諸附離之者，或起家至二千石。時雄方草《太玄》，有以自守，泊如也。或謿雄以玄尚白，而雄解之，號曰〈解謿〉。」知本篇乃作於哀帝時。本篇是模仿東方朔〈答客難〉而作的。它跟東方朔

〈答客難〉一樣，也是從不遭時著眼，對比了古今之士的不同遭遇。揚雄指出：春秋戰國時期，六合之內，烽煙四起，正是用人之時。因此，士人得以「矯翼厲翮，恣意所存」。今大漢天下一統，普天之下，莫非王土，朝廷上陪侍的官員，多一個少一個皆無關宏旨，不但難遇禮賢下士的當權者，投靠無門，而且還動輒得咎。說明他生不逢時，只能默默草玄，從而抒發了他懷才不遇的滿腹牢騷。東方朔的〈答客難〉重點在揭露專制君主的隨意與奪的威勢，本篇則更進一層，除揭露「當今縣令不請士，郡守不迎師，群卿不揖客，將相不俛眉」之外，還揭露了封建統治者用刑罰、禮樂、詩書來束縛士人以及士人為圖謀進取而「雷動雲合，魚鱗雜襲，咸營於八區」的醜惡現象，以至庸士充斥，奇異之士卻不見容和「高明之家，鬼瞰其室」的現狀，說明作者對當時的封建統治階層喪失了信心，對當時的現實深抱不滿，而決心全身遠禍。揚雄本是一個不甘寂寞的人，內心充滿著出仕與隱遁的矛盾。他自甘寂寞是出於不得已，正如孫鑛所言，「客之所謿，正是其一段牢騷處」。因此，本篇的內容是比較深刻的。

客謿揚子曰：「吾聞上世之士，人綱人紀❶，不生則已，生則上尊人君，下榮父母，析人之珪❷，儋❸人之爵，懷人之符❹，分人之祿，紆❺青❻拖紫，朱丹其轂❼。今子幸得遭明盛之世，處不諱❽之朝，與群賢同行，歷金門❾，上玉堂❿，有日矣。曾⓫不能畫一奇，出一策，上說人主，下談公卿，目如燿星，舌如電光，一從一橫，論者莫當。顧默而作太玄⓬五千文，枝葉扶疏⓭，獨說十餘萬言，深者入黃泉，高者出蒼天，大者含元氣⓮，細者入無倫⓯。然而位不過侍郎⓰，擢纔給事黃門⓱，意者玄得無尚白乎？何為官之拓落⓲也？」

【章　旨】本段假設客人嘲笑揚雄處盛明之世，卻不被重用，只能草寫深奧難懂而又不合時宜的《太玄經》。這是沒有能耐的表現。

【注　釋】❶人綱人紀　為人之綱紀。綱紀，法度；法則。❷珪　古代帝王諸侯舉行隆重儀式時所用的玉製禮器，上尖下方。以圭賜功臣，使執圭朝見。所以分了圭，也就是得到爵位。❸儋　通「擔」。肩挑。這裡引申為承受之意。❹符　古代朝廷用以傳達命令，調兵遣將的憑證，以竹木或金玉為之。❺紆　繫。❻青　與下「紫」，指高官所佩印綬的顏色。李善注引《東觀漢記》曰：「印綬，漢制，公侯紫綬，九卿青綬。」❼轂　車輪中心安軸的部分，代指車。❽不諱　不隱諱。諱，隱諱；畏避。五臣注呂延濟曰：「天子多忌諱而人彌窮貧。忌諱，法令煩也。不諱，謂法令不苛煩也。」❾金門　金馬門。《史記・滑稽列傳》：「金馬門者，宦者署門也。門傍有銅馬，故謂之金馬門。」❿玉堂　漢代殿名。《三輔黃圖》二〈漢宮〉，未央宮有玉堂，建章宮又有玉堂。⓫曾　表示事出意外，竟然。⓬太玄　《太玄經》，揚雄撰。此書模擬《周易》，分八十一首，以擬六十四卦。⓭枝葉扶疎　以樹喻文，言其文彩如樹之枝葉扶疏四布。扶疎，分布貌，疊韻聯綿詞。疎，同「疏」。⓮元氣　本指天地未分以前的混一之氣，此指整個宇宙。⓯無倫　言無等倫，形容極其微小。《文選》作「無間」，言無間隙，亦極言其小。⓰侍郎　官名，秦漢時指郎中令的屬官，為宮廷的近侍。⓱給事黃門　官名，又稱給事黃門侍郎，以給事於黃門，故名。出入禁中，省尚書事。⓲拓落　不遇；不得意。

【語　譯】客人謝笑揚先生說：「我聽說上古之世的士人，可作別人的綱紀法則，不生在世上就罷了，一生在世上，就要對上使君主尊崇，對下使父母榮貴，分到人主的執圭，接受人主的爵位，懷藏人主的符契，分賞人主的俸祿，繫著青色的印綬，曳著紫色的印帶，使乘坐的車子塗飾上紅色。現在，先生有幸能夠遇上一個清明興盛的時代，處在一個沒有忌諱的朝廷，與所有賢能的人站在同一行列，經過金馬門，走上玉堂殿，有很多日子了。竟然不能謀劃一個奇計，想出一個上策，向上說服君主，向下駁倒公卿，目光如明亮的星星，舌辯如閃電的亮光，縱橫馳騁，交錯雜陳，使當世論事的人，沒有誰能夠抵擋。反而寫作《太玄經》五千字，文彩像樹的枝葉四布紛披，僅解說的文字就有十餘萬字，深邃的進入地下的黃泉，高遠的超出青蒼的上天，博大的包含整個宇宙，纖細的細得無有等倫。然而官位不過是個侍郎，升遷才得到個給事黃門，想來你的玄恐怕還是白色的吧？為什麼做官是如此的不得意呢？」

揚子笑而應之曰：「客徒欲朱丹吾轂，不知一跌將赤❶吾之族也！往者周網❷解結，群鹿❸爭逸，離為十二❹，合為六七❺，四分五剖，並為戰國。士無常君，國無定臣，得士者富，失士者貧，矯❻翼厲❼翮❽，恣意所存❾。故士或自盛以橐❿，或鑿坏以遁⓫。是故鄒衍⓬以頡頏⓭而取世資⓮，孟軻雖連蹇⓯，猶為萬乘師⓰。

【章旨】本段說明戰國時期，群雄爭霸，「得士者昌，失士者亡」，士的社會地位十分重要。這是揚雄回答謿笑的第一層。

【注釋】❶赤　誅滅無餘。❷網　本指捕鳥獸魚類的工具，引申為維繫統治的權力。❸群鹿　比喻戰國各諸侯國。❹十二　指魯、衛、齊、楚、宋、鄭、燕、秦、韓、趙、魏、中山十二諸侯國。❺六七　指齊、趙、韓、魏、燕、楚為六國，與秦為七國。❻矯　舉。❼厲　振。❽翮　羽莖，代指翼。❾存　思存；想念。❿自盛以橐　舊注皆云指范睢。范睢，魏人，為魏齊所辱，折脅摺齒。秦昭王使者王稽載以入秦，匿其車中。後得見秦昭王，官至秦相。橐，盛物的袋子，有底曰囊，無底曰橐。沈欽韓曰：「范睢傳無橐盛事。〈秦策〉范睢說昭王云，伍子胥橐載而出昭關，雄言范睢扶服入橐者，疑牽引及之。」按：沈說有理，可供參考。⓫鑿坏以遁　指顏闔。魯君聞顏闔賢，欲以為相，使者往聘，顏闔鑿坏逃走。坏，屋後的牆。⓬鄒衍　戰國時思想家。⓭頡頏　本指鳥上下飛翔。這裡形容上下莫定，變幻莫測的奇異言論。《史記・孟子荀卿列傳》說，鄒衍「乃深觀陰陽消息而作怪迂之變，〈終始〉、〈大聖〉之篇十餘萬言，其語閎大不經」，齊人頌曰「談天衍」。⓮世資　世所資藉；世人資藉以為師。資，藉；依恃。《史說》說：「王公大人觀其術，懼然驚化」，「重於齊；適梁，惠王郊迎，執賓主之禮；適趙，平原君側行撇席；如燕，昭王擁彗先驅，請列弟子之座而受業，築碣石宮，身親往師之。」⓯連蹇　往來困頓，行為不利。《史記・孟子荀卿列傳》載：「游事齊宣王，宣王不能用；適梁，梁惠王不果所言，則見以為迂遠而闊於事情」，「是以所如者不合」。⑯萬乘師　大國君主之師。萬乘，萬輛兵車，有萬乘兵車者為大國。此指大國之君。孟軻「後車數十乘，從者數百人，以傳食於諸侯」，滕文公尤敬禮孟子，多所諮詢。此所謂師，即指其受敬禮，備顧問而言。

【語譯】揚先生笑著回答說：「客人只想要我的車子塗飾上紅色，不知道一旦失誤差跌，就將會使我全家族滅。從前，周王朝的統治權力瓦解分裂，那群鹿般的諸侯爭相奔逸，分散為一十二國，又合併為六國或七國，四分五裂，並列而成為戰國。士人沒有固定不變的君主，國君沒有固定不變的臣下使節，得到士人的就富強，失去士人的就貧弱，士人如鳥一般振翅飛翔，任憑心意之所想慕。所以士人有的如范雎一樣用袋子盛著逃入秦國，有的如顏闔一樣鑿穿後牆逃遁。因此鄒衍憑變幻莫測的奇談怪論而得到世人的資藉信任，孟軻雖然往來困頓，卻還是在大國君主那裡受到敬禮而備顧問。

「今大漢左❶東海，右❷渠搜❸，前番禺❹，後陶塗❺。東南一尉❻，西北一候❼，徽❽以糾墨❾，製以鑕鈇❿。散以禮樂，風以詩書，曠以歲月，結⓫以倚廬⓬。天下之士，雷動雲合，魚鱗雜襲⓭，咸營於八區⓮。家家自以為稷契⓯，人人自以為皋陶⓰。戴縰⓱垂纓⓲而談者，皆擬於阿衡⓳，五尺童子，羞比晏嬰⓴與夷吾㉑。當塗者㉒升青雲，失路者委溝渠，旦握權則為卿相，夕失勢則為匹夫。譬若江湖之崖，渤澥㉓之島，乘鴈㉔集不為之多，雙鳧飛不為之少。昔三仁㉕去而殷虛㉖，二老㉗歸而周熾㉘，子胥㉙死而吳亡，種、蠡㉚存而越霸，五羖㉛入而秦喜，樂毅出而燕懼，范雎以折摺㉜而危穰侯㉝，蔡澤㉞以㉟噤吟㊱而笑唐舉㊲。故當其有事也，非蕭、曹、子房、平、勃、樊、霍㊳則不能安；當其無事也，章句之徒㊴，相與坐而守之，亦無所患。故世亂，則聖哲馳騖㊵而不足；世治，則庸夫高枕而有餘。

【章　旨】本段說明大漢天下一統，士的社會地位大大下降，遠不能與戰國時期相比。這是揚雄回答謿笑的第二層。

【注　釋】❶左　指東方。❷右　指西方。❸渠搜　古西戎國名，在葱嶺西。見《書・禹貢》。《漢書・地理志》作「渠叟」。此以渠搜代指西域小國，不必實指其地。❹番禺　漢縣名，屬南海郡，在今廣州市。❺陶塗　當是地名或國名，其說不一。李善注引應劭曰：「漁陽之北界。」《漢書》作「陶塗」。顏師古曰：「騊駼馬出北海上。今此云『後陶塗』，則是北方國名也。本國出馬，因以為名。」按：師古說近是。《史記・匈奴列傳》：「其奇獸則騊駼驒騱。」疑陶塗即騊駼之產地。揚雄即以此馬或此馬之產地代匈奴以趁韻，猶以渠搜代西域諸國也。陶、椒同韻通假，椒塗即陶塗。這幾句言漢版圖之大。❻尉　官名，即軍尉。漢時，郡有都尉，縣有縣尉。❼候　通「堠」。邊境上偵察伺望的設施。一說指候人，古代迎送賓客的官。此二句東南西北及一尉一候都是互文，言四境安寧，東南西北各設一尉一候即足以守之。❽徽　拘繫。❾糾墨　繩索。墨，即「纆」。兩股繩曰糾，三股繩曰纆，皆古刑具。❿鑕鈇　古代斬刑之刑具。鑕，古代腰斬時用的砧板。鈇，鍘刀。⓫結　繫，引申為約束。⓬倚廬　古代居父母喪時所住的房子，此用以代指守喪之制。應劭曰：「漢律以不為親行三年喪服不得選舉。」這幾句極言漢代政治教化的統一。⓭魚鱗雜襲　如魚鱗之重積。雜襲，猶雜沓，重疊聚積之貌，疊韻聯綿詞。⓮八區　八方。⓯稷契　后稷和契。后稷，周的祖先，名棄，為舜時農官。契，商的祖先，舜時助禹治水有功，為司徒。⓰皋陶　舜臣，掌刑獄事。以上三人皆古賢臣。⓱縰　古時束髮的緇帛。⓲纓　冠纓；結冠的帶子。⓳阿衡　本商代官名，此指伊尹。伊尹，商湯王賢臣，湯以為阿衡。⓴晏嬰　字平仲，春秋時齊人，事齊靈公、莊公、景公，稱賢相。㉑夷吾　管仲的字，春秋時齊人，輔佐齊桓公霸諸侯，一匡天下。晏嬰管仲，皆霸主之臣，非帝王之臣，故羞與之比。㉒當塗者　當路的人；執掌政權的人。㉓渤澥　即渤海。㉔乘鴈　四雁。乘，四。按：王念孫引揚雄《方言》：「飛鳥曰隻，雁曰乘。」謂此「乘」當訓為一，並謂下「雙鳧」之「雙」當為隻字之訛（見《漢書補注》引），可供參考。㉕三仁　指微子、箕子、比干，皆殷末賢人。《論語・

微子》：「微子去之，箕子為之奴，比干諫而死。孔子曰：『殷有三仁焉。』」㉖虛　言其國亡為丘墟。《文選》即作「墟」。㉗二老　指伯夷、太公。《孟子・離婁》：「伯夷避紂，居北海之濱，聞文王作，興曰：『盍歸乎來，吾聞西伯善養老者。』太公避紂，居東海之濱，聞文王作，興曰：『盍歸乎來，吾聞西伯善養老者。』二老者，天下之大老也，而歸之，是天下之父歸之。天下之父歸之，其子焉往！」㉘熾　昌盛。㉙子胥　伍子胥。㉚種蠡　文種、范蠡，輔佐越王句踐十年生聚，十年教訓，而滅吳稱霸。㉛五羖　五羖大夫，指百里奚。百里奚從秦逃到宛，秦穆公以五張羊皮從楚贖回，與語國事，大悅，用為將，遂霸西戎。羖，黑色公羊。㉜折搰　指折脅搰齒。折、搰同義。㉝穰侯　指魏冉，秦昭王母宣太后之弟，為秦相，封穰侯，權重一時。范雎入秦，「言宣太后專制，穰侯擅權於諸侯，涇陽君、高陵君之屬太侈，富於王室。」於是秦昭王廢太后，逐穰侯、高陵、華陽、涇陽君於關外，而拜范雎為相。㉞蔡澤　戰國時燕人。㉟以　《漢書》作「雖」，當從。㊱噤吟　顏師古釋為曲頤貌，即面頰歪而前突。案：顏蓋以「噤」為「頷」之借，其說頗迂曲。噤吟為疊韻聯綿詞，噤，閉口，吟古書與唫常相混。與噤同音並同義。《墨子・親士》：「近臣則喑，遠臣則唫」，《史記・淮陰侯列傳》：「吟而不言」。唫、吟皆閉口不言之義，即其證。故噤吟即閉口不言之意。蔡澤不遇時，無從逞其口辯，故以噤吟形容之。㊲唐舉　戰國時梁人，善相人。蔡澤遊學於諸侯，不遇，從唐舉相。唐舉熟視而笑曰：「先生仰鼻，聳肩，突額，攣膝，吾聞聖人不相，殆先生乎！」蔡澤知唐舉同他開玩笑，乃笑謝而去。後入秦，說范雎以功成身退，乃代范雎為秦相。㊳蕭曹子房平勃樊霍　蕭何、曹參、張良、陳平、周勃、樊噲、霍光。前六人皆漢高祖功臣。霍光，昭帝、宣帝時大臣，官至大司馬大將軍。初受武帝遺詔輔佐昭帝，昭帝死，又策立宣帝，權重一時。㊴章句之徒　謂文儒之人。章句，分析古書的章節句讀。㊵馳騖　奔走；奔忙。

【語譯】「現在大漢王朝東到東海，西達渠搜，南至番禺，北抵陶塗。東南只用一個軍尉，西北只有一個哨所，犯輕罪就用繩索加以拘繫，犯重罪就用斧鉞加以裁制。將禮樂廣為傳播，用《詩》、《書》加以感悟，花時費日加以等待，用統一的喪服加以約束。天下的士人，如雷霆之震動，如烏雲之集聚，如魚鱗之重疊堆集，都在四面八方經營奔走。家家認為自己是后稷和契，人人認為自己像皋陶一樣賢淑。戴著束髮的緇帛，垂著繫冠的絲帶而高談闊論的人，都把自己跟阿衡相比擬，五尺高的小孩都以跟晏嬰、管仲相比而感到羞辱。執掌大權的人就升入青雲，失去權勢的人就委棄在溝渠，早晨掌握權勢就是九卿守相，傍晚失去權勢就是平民匹夫。譬如長江大湖的崖岸，渤海之濱的島嶼，四隻大雁飛來，不會因牠們而使鳥增多，一雙野鴨飛去，也不會因牠而使鳥減少。過去，微子、箕子、比干三位仁人離去而殷朝就變為廢墟，伯夷、太公二位大老歸順而周朝就興盛強大，伍子胥死去而吳國就滅亡，文種、范蠡存在而越國就滅吳稱霸，五羖大夫百里奚入秦穆公就高興，大將樂毅出走燕惠王就害怕，范睢因為打斷肋骨、打掉門牙的恥辱而發憤奪去秦國權相穰侯魏冉的相位，蔡澤雖然無處逞其雄辯而笑謝唐舉的譏笑。所以當天下多事之時，非有蕭何、曹參、張良、陳平、周勃、樊噲、霍光一輩人，天下就不能安泰；當天下無事之時，即使是一群只知分章析句的儒生，一起安坐而守著它，也沒有什麼禍患。所以時局動亂，即使有聖明賢哲的人奔走忙碌，仍然不夠；天下安定，即使平庸之輩執政，也可高枕而臥而綽綽有餘。

「夫上世之士，或解縛而相❶，或釋褐而傅❷；或倚夷門而笑❸，或橫江潭而漁❹；或七十說而不遇❺，或立談而封侯❻；或枉千乘於陋巷❼，或擁彗而先驅❽。是以士頗得信❾其舌而奮其筆，窒隙蹈瑕❿而無所詘⓫也。當今縣令不請士，郡守不迎師，群卿不揖客，將相不俛眉；言奇者見疑，行殊者得辟⓬，是以欲談者卷舌而同聲⓭，欲步者擬⓮足而投跡⓯。鄉使上世之士處乎今，策非甲科⓰，行非孝廉⓱，舉非方正⓲，獨可抗疏⓳，時道是非，高⓴得待詔㉑，下觸聞罷㉒，又安得青紫？

【章　旨】本段說明上古之世，統治者對士非常重視，多方羅致，故可立至卿相；而當今國家安定，即使上世之士生於當今也會無所作為。這是揚雄回答謿笑的第三層。

【注 釋】❶解縛而相 指管仲。齊桓公初與公子糾爭位，管仲為公子糾射齊桓公中其帶鉤。後公子糾失敗被殺，管仲被囚。由於鮑叔的推薦，齊桓公即釋其縛而相之。❷釋褐而傅 指傅說。傅說被褐帶索而庸築於傅巖，武丁得之，舉以為三公。❸倚夷門而笑 指侯嬴。侯嬴乃夷門守關者，魏公子無忌待以上賓之禮。秦伐趙，趙求救於魏。魏懼秦，不敢出兵。無忌以車百餘乘往死，過夷門，侯嬴無所戒，無忌還而問之，侯嬴乃笑而告以竊符救趙之計。夷門，魏都大梁之東門。❹橫江潭而漁 指曾勸屈原隨波逐流的漁父，詳見〈漁父〉。❺七十說而不遇 指孔丘。孔子歷說天下七十君而不一遇。❻立談而封侯 指虞卿。虞卿說趙孝成王，一見，賜黃金百鎰，白璧一雙；再見，為趙上卿，故號為虞卿（見《史記・平原君虞卿列傳》）。「談」下《漢書》有「間」字，《文選》無。姚鼐從《文選》，故刪去。❼枉千乘於陋巷 指小臣稷。齊有小臣稷，齊桓公一日三至而不得見。從者曰：「可以止矣。」桓公曰：「傲視爵祿的士就輕視其君主，傲視霸王的君主就輕視其士。即使他傲視爵祿，我敢傲視霸王嗎？」遂見（見《呂氏春秋・下賢》）。❽擁彗而先驅 指鄒衍。鄒衍至燕，燕昭王擁彗先驅。彗，掃帚。❾信 伸展。❿瑕 瑕釁；裂縫。⓫詘 窮詘，謂不得伸展。⓬得辟 得罪。⓭同聲 隨聲附和。⓮擬 疑，言足猶疑不前。一說，揣度，言揣度他人之足。⓯投跡 待彼行而投其跡，跟著別人走。投，走向；進入。⓰策非甲科 漢代考試，主考者提出若干問題，書之於策，叫策問，分為甲乙科，射策者隨意對答，按其難易而分優劣。李善注：「《史記》曰：『歲課甲科為郎中，乙科為太子舍人。』然甲科為第一。」⓱孝廉 漢代選舉官吏的名目。孝指孝順父母，廉指行為廉潔。⓲方正 漢代選舉科目之一，指行為端方正直。⓳抗疏 上書。抗，舉。疏，古代臣民上書皇帝陳述意見，稱疏，謂疏條其事而言之。⓴高 上等。㉑待詔 等待天子的命令。漢時士人以上書得到皇帝的重視或以才藝被徵召而未任命為官者，使之待詔，有待詔公車，待詔金馬門等名目。㉒聞罷 回報聞知而罷之，言不任用。聞，言已知其上書之事。

【語 譯】「前代的士人，有的一解開囚犯的綑綁就一躍而為國相，有的一脫下奴隸的粗布短衣就做了天子的師傅；有的像侯嬴倚靠著夷門而笑談國事，有的像橫渡江潭而去捕魚的漁父；有的像孔子遊說了七十個君主而不得一遇，有的像虞卿在站著談話之間就得到拜相封侯的爵祿；有的像小臣稷使千乘之國的君主屈尊來陋巷拜訪，有的像鄒衍使燕昭王抱著掃帚為他在前面開路。因此，士人頗能伸展其舌，奮發其筆，利用君臣上下之間的瑕隙而無所窮詘。現在，縣令不請見士人，郡守不尊迎師傅，九卿不恭揖客人，將相不謙遜待士；言談奇異的人被懷疑，行為殊異的人得罪過，因此想要言談的人都捲縮舌頭而隨聲附和，想要行動的人都猶疑不前而跟著別人的足跡行走。假使前代的士人置身於當今的時代，對策不能得甲科，行為不能得孝廉，舉止不能得方正，只可以向皇帝奏上意見書，間或談論些國事的正確與失誤，上等的得到個等待詔令的待遇，下等的觸犯忌諱而得到個「你的意見知道了，回去罷」的答覆，又哪裡能得到大官的青色或紫色的印綬？

「且吾聞之，炎炎者滅，隆隆者絕。觀雷觀火，為盈❶為實，天收其聲，地藏其熱。高明❷之家，鬼瞰其室❸。攫拏❹者亡，默默者存。位極者宗危❺，自守❻者身全。是故知玄❼知默，守道之極❽；爰清爰靜❾，遊神之庭❿；惟寂惟寞⓫，守德之宅。世異事變，人道不殊，彼我易時，未知何如。今子乃以鴟梟⓬而笑鳳皇，執蝘蜓⓭而嘲龜龍，不亦病乎！子徒笑我玄之尚白，吾亦笑子病甚，不遭臾跗、扁鵲⓮，悲夫！」

【章旨】本段說明物極必反，位高必危，還是明哲保身為好，並批評客人不懂得這些深奧的道理是可悲的。這是揚雄回答謿笑的第四層。

【注釋】❶盈　與下「實」，指雷聲與火光。❷高明　指富貴者。《書·洪範》：「無虐煢獨而畏高明。」疏：「高明，謂貴寵之人。」❸鬼瞰其室　意謂天地以謙抑為德，故鬼神亦禍盈而福謙。瞰，視。❹攫拏　妄有搏執牽引，疊韻聯綿詞。❺宗危　言宗族有覆滅之危。❻自守　潔身自好，恬淡寡欲。❼玄　與下「默」，均指清靜無為。❽極　屋脊之棟，比喻最高之處。下「庭」，「宅」均是用屋宇作比喻。李善注引《淮南子·主術》：「天道玄默，無容無則。」按：揚雄《太玄·玄擒》云：「虛形，萬物所道之謂道也。」他認為道空虛無形而為萬物所必由。故這裡說，知道清靜無為，就守住了道的最高境界。❾爰清爰靜　謂恬淡寡欲。爰，語首助詞，無義。❿神之庭　指心中的神明的境界。揚雄《法言·問神》云：「或問神，曰：

心。」又說：「神無所潛而已矣。」意謂神明存於人心，但心要專一深入（即所謂「潛」），才能存神。故這裡說，只有清靜才能進入神明之境。⓫惟寂惟寞　亦無為之義。《莊子・天道》：「夫虛靜恬淡，寂寞無為者，萬物之本也。」揚雄《太玄・玄攡》亦云：「因循無革，天下之理得之謂德也。」以因順自然為德，故這裡說，只有寂寞無為，才能守住德的歸宿之處。⓬鴟梟　鳥名，即貓頭鷹。一說鴟為猛禽，即鷂鷹；梟即鴞，俗名貓頭鷹，舊傳梟食母。古人以為皆惡鳥。⓭蝘蜓　蜥蜴之屬。⓮臾跗扁鵲　皆古時良醫。臾跗，黃帝時人。扁鵲，姓秦，名越人，春秋時人。

【語　譯】「並且我聽說，強烈的火光就會很快熄滅，巨大的雷聲就會很快止息。考察雷聲，觀察火光，好像雷聲盈滿，火光充實，但天可收拾雷聲，地可藏匿火熱。大富大貴的家庭，鬼神也窺視他的家室。濫取妄奪的人必定滅亡，默默無為的人必得保存。地位極高的人宗族都有危險，潔身自守的人必得安全。因此，懂得玄靜，知道沉默，就守住了道的極則；能夠清虛，能夠寂靜，就進入了神明之境；甘守孤寂，願居索寞，就達到了道的歸宿。時代不同了，情況變化了，但做人的道理不會兩樣，他們與我更換一個時代，還不知道他們會怎麼樣呢！現在先生你卻憑著鴟梟般的資質來譏笑鳳凰，拿蜥蜴的眼光來謿弄龜龍，不是大錯而特錯嗎！你譏笑我的玄還發白，我也要笑你病得太重，而沒有遇上良醫臾跗與扁鵲，真是可悲啊！」

客曰：「然則靡❶玄無所成名乎？范、蔡❷以下，何必玄哉？」

【章　旨】本段寫客人再次向揚雄提出責難，以為士人成名的途徑甚多，應乘時立功，不必研究玄理。

【注　釋】❶靡　無。❷范蔡　指范睢、蔡澤。

【語　譯】客人說：「那麼沒有玄就沒有成名的辦法了嗎？范睢、蔡澤以下的人都成了名，何必一定要去研究玄理以求成名呢？」

揚子曰：「范睢，魏之亡命也，折脅[1]拉髂[2]，免於徽索[3]，翕肩[4]蹈背[5]，扶服[6]入橐，激卬[7]萬乘之主[8]，界[9]涇陽[10]，抵[11]穰侯而代之，當[12]也。蔡澤，山東[13]之匹夫也，顉頤[14]折頞[15]，涕唾流沫[16]，西揖彊秦之相[17]，搤其咽，炕其氣[18]，拊其背[19]而奪其位[20]，時也。天下已定，金革[21]已平，都於洛陽，婁敬[22]委輅[23]脫輓[24]，掉[25]三寸之舌，建不拔之策[26]，舉中國徙之長安，適也。五帝垂典[27]，三王傳禮，百世不易，叔孫通[28]起於枹鼓[29]之間，解甲投戈[30]，遂作君臣之儀，得也。《呂刑》[31]靡敝[32]，秦法酷烈，聖漢權制[33]，而蕭何造律[34]，宜也。故有造蕭何律於唐虞之世，則誖矣；有作叔孫通儀於夏殷之時，則惑矣；有建婁敬之策於成周之世，則繆矣；有談范蔡之說於金、張、許、史[35]之間，則狂矣。夫蕭規曹隨[36]，留侯[37]畫策[38]，陳平[39]出奇[40]，功若泰山，響若阺隤[41]，雖其人之贍智[42]哉，亦會其時之可為也。故為可為於可為之時，則從；為不可為於不可為之時，則凶。若夫藺先生[43]收功[44]於章臺[45]，四皓[46]采榮[47]於南山[48]，公孫[49]創業[50]於金馬[51]，驃騎[52]發跡[53]於祁連[54]，司馬長卿竊貲於卓氏[55]，東方朔割名於細君[56]，僕誠不能與此數子者並，故默然獨守吾《太玄》。」

【章　旨】本段說明前世之士適逢其會，故能立功成名。今時不同古，強學所為，必膺世禍，不如默守太玄以求名於後世。

【注　釋】❶脅　從腋下至肋骨盡處。❷骼　腰部下面腹部兩側的骨。❸徽索　繩索，刑具。❹翕肩　縮斂肩膀。翕，斂。❺蹈背　五臣注呂向曰：「書傳無蹈背之事。」按：「蹈」疑是「蹁」之訛，謂卷曲其背。❻扶服　同「匍匐」。手足並用，爬行。雙聲聯綿詞。❼激卬　感慨奮發。❽萬乘之主　指秦昭王。❾界　謂離間其兄弟使疏遠。❿涇陽　涇陽君，秦昭王同母弟。范雎說昭王，昭王將其與穰侯一同逐出關外。⓫抵　擊。⓬當　時機適當。⓭山東　函谷關以東。蔡澤燕國人，故云山東之匹夫。⓮顉頤　下巴上曲。顉，《文選》作「顩」，義同。⓯折頞　鼻梁下塌。⓰涕唾流沫　淚水口水流得滿臉。沫，洗臉。⓱彊秦之相　指范雎。⓲炕其氣　絕其氣。炕，《文選》作「亢」，義同。⓳拊其背　撫摸其背。⓴奪其位　謂蔡澤取代范雎為秦相。㉑金革　指戰爭。㉒婁敬　西漢初人。初，漢高祖劉邦建都洛陽。漢五年（西元前二〇二年），婁敬戍隴西，路過洛陽，脫輓輅，進見劉邦，勸其西都長安。劉邦「即日西都關中」，拜婁敬為郎，賜姓劉氏，號奉春君。㉓委輅　放下車子。委，棄。輅，挽輦的橫木，縛於轅上，供人拉車使用。㉔脫輓　停止拉車。輓，拉車。㉕掉　搖動。㉖不拔之策　使國基堅固不可動搖的計策，指西都長安。㉗垂典　留下制度。㉘叔孫通　西漢初薛人，儒生，為漢高祖劉邦定朝儀，乃拜為太常，賜金五百斤。㉙枹鼓　鼓槌和鼓，也可解為以桴擊鼓。古代作戰，擊鼓進軍，因以指戰爭。叔孫通曾為秦博士，後從項羽，於漢二年（西元前二〇五年）劉邦入彭城時降漢。㉚解甲投戈　解除甲冑，投棄兵戈，指戰爭結束。㉛呂刑　周穆王命呂侯修訂的刑法。《書‧呂刑》記載其內容。《漢書》作「甫刑」，因呂侯後代為甫侯，故〈呂刑〉又稱〈甫刑〉。㉜靡敝　散亂弊壞。㉝權制　權衡時宜以定制度。㉞蕭何造律　《漢書‧刑法志》曰：「相國蕭何攈摭秦法，取其宜於時者，作律九章。」㉟金張許史　漢昭帝、漢宣帝四個大臣、貴戚及其家族。金，指金日磾。張，指張安世。漢武帝死，金日磾、張安世與霍光一道受遺詔輔佐昭帝。許，指許廣漢，漢宣帝許皇后之父。史，指史高，漢宣帝祖母史良娣之侄，一家四人為侯，高官至大司馬車騎將軍。㊱蕭規曹隨　漢初，蕭何為相，漢代的法律及制度多由他制定。曹參繼任為相，因而不改，故云蕭規曹隨。規，定下規模。㊲留侯　張良封留侯。㊳畫策　出謀畫策。《史記‧留侯世家》：「高帝曰：『運籌帷帳中，決勝千里外，子房功也。』」㊴陳平　漢高祖的謀士。㊵出奇　出奇計。陳平曾為劉邦六出奇計。㊶阺隤　山崩塌。姚鼐原註云：「嚮若阺隤者，以狀其聲名之盛。《文選》及《說文》引之，並作響。《漢書》作『嚮』，古字通也。《說文》：『巴蜀名山岸脅之旁著欲落墒者曰氏。氏崩，聲聞數百里。」而阜部又有阺，曰：『秦謂陵阪曰阺。』然則此字作氏，音承旨切，或作阺，音丁禮切。皆本《說文》，義皆可通。」㊷贍智　足智多謀。㊸藺先生　指藺相如，戰國末趙人。㊹收功　指完璧歸趙事。趙得和氏璧，秦昭王欲以十五城易璧，趙王派藺相如奉璧入秦，在章臺挫敗秦王，終於完璧歸趙。趙王以為賢，拜為上大夫。㊺章臺　秦離宮。藺相如使秦時，秦昭王坐章臺接見。㊻四皓　指商山四皓，即東園公、甪里先生、綺里季、夏黃公。四人避秦亂，居於長安之南的商洛山中。㊼采榮　榮的本義為草木的花，此以采榮比喻釣取榮譽。四人年老，以為劉邦侮慢人，義不為漢臣，而劉邦高此四人。後張良勸呂后迎此四人，終於安定了劉盈的皇太子的地位。㊽南山　即商洛山。㊾公孫　指公孫弘。漢武帝時官至丞相。㊿創業　開創事業。(51)金馬　金馬門。公孫弘年六十餘，對策，漢武帝擢弘第一，召入，見容貌甚麗，拜為博士，待詔金馬門。(52)驃騎　指驃騎將軍霍去病。(53)發跡　立功揚名。漢武帝元狩二年（西元前一二一年），霍去病率軍擊匈奴，踰居延至祁連山，斬捕首虜甚多，益封五千戶，由此日以親幸，比大將軍衛青。(54)祁連　祁連山，即天山，橫貫新疆中部。(55)卓氏　蜀郡臨邛富豪卓王孫，有女文君寡居，好音，司馬相如以琴心挑之，文君私奔相如。卓王孫不得已，分予文君僮百人，錢百萬，及其嫁時衣被財物。文君乃與相如歸成都，買田宅，為富人。(56)細君　妻子。有一個伏日，漢武帝詔賜從官肉，大官丞日晏不來，朔獨拔劍割肉而歸。後漢武帝要他自責，他說：「朔來！朔來！受賜不待詔，何無禮也！拔劍割肉，一何壯也！割之不多，又何廉也！歸遺細君，又何仁也！」武帝笑曰：「使先生自責，乃自譽也。」復賜酒一石，肉百斤，歸遺細君。

【語譯】揚先生回答說：「范睢是魏國一個逃命的人，打斷了肋骨，打折了臀部，為了免於拘繫逮捕，縮斂肩膀、卷曲背脊，爬行著躲進囊橐，使萬乘兵車的大國君主發憤感動，離間了涇陽君與秦昭王兄弟的和睦，排擊穰侯魏冉而取代了他的相位，這是時機恰當的緣故。蔡澤是函谷關以東地區的普通平民，下顎上曲，鼻梁下塌，涕水口水流得滿臉都是，向西拱手謁見強秦的國相范睢，掐住他的咽喉，斷絕他的氣息，撫摸他的背脊而取代他的相位，這是遇到了恰當的時機。天下已經安定，戰爭已經平息，在洛陽建立了國都，婁敬放下車子停止拉車，搖動三寸長的舌頭，提出使國家穩固而不可動搖的妙計，把國都從洛陽遷徙到長安，這是碰上了恰當的時宜。五帝留下制度，三王傳下禮樂，千秋萬代不可更易，叔孫通從喧天的戰鼓聲中起家，剛解脫鎧甲，放下戈戟，就制定了君臣朝見的禮儀，這是他得到了適合的時機。周代留下的〈呂刑〉已經敗壞，秦朝的法律又太殘酷，聖明的漢朝權衡時宜而建立制度，蕭何就制定了法律，這是適逢合乎時宜的機遇。所以如果有人在唐堯虞舜的時代去制定蕭何的法律，那就十分乖錯；有人在夏朝殷朝去製作叔孫通的朝儀，那就十分糊塗；有人在周王朝的時候去提出婁敬的計策，那就十分荒謬；有人在金日磾、張安世、許廣漢、史高之間去談論范雎、蔡澤的說辭，那就十分狂惑。蕭何規劃，曹參跟隨，留侯張良出謀畫策，謀士陳平獻異出奇，功勳像泰山之崇高，響聲如山厓之崩隤，雖然是他們足智多謀，也是碰上了可以有所作為的時機。所以在可以有所作為的時代去做可以做的事，就順便；在不可有所作為的時代去做不可做的事，就危險。藺相如在秦國的章臺建立完璧歸趙的功勞，四皓在商洛山中釣取穩固太子地位的榮耀，公孫弘在金馬門創建位至丞相的事業，驃騎將軍霍去病在祁連山建立打破匈奴的功勳，司馬相如在卓王孫家裡得到財物，東方朔在伏日裡割下烤肉而歸遺細君，我的確不能與這些有名的人物並列，所以只能默默無為而獨自守著我的《太玄》耕耘。」

【研　析】本篇在寫法上也是模仿東方朔〈答客難〉主客論難的形式。但東方朔〈答客難〉時時以滑稽出之，比較詼諧；而本篇則寫得更嚴肅，更沉痛，表現了揚雄對那個時代的完全絕望。東方朔〈答客難〉純用議論散文，本篇則多用排比對偶，大體押韻，語言更整飭，更放縱馳騁。東方朔〈答客難〉是一問一答，主旨在說明他「終不見用」的原因；本篇則兩問兩答，主旨在說明他不能乘時立功而「獨守吾《太玄》」的原因。姚鼐說：「此文前半以取爵位富貴為說，後半以有所建立於世成名為說。故范雎、蔡澤、蕭、曹、留侯前後再言之而義別，非重複也。末數句言人之取名，有建功於世者，有高隱者，又有以放誕之行使人驚異，若司馬長卿、東方朔，亦所以致名也。今進不能建功，退不能高隱，又不肯失於放誕之行，是以不能與數子者並，惟著書以成名耳。」這就指出了本篇在結構布置上的特點。孫鑛云：「立格亦仿東方，而詞加雅鍊整飭，故是賦家之所長。」又曰：「氣蒼勁，詞精腴，姿態復橫逸，可謂青出於藍。」因此，本篇雖受東方朔〈答客難〉的影響，但在思想上和藝術上仍有自己的特點。

解難

揚子雲

【題解】本篇最早見於《漢書・揚雄傳》。《太玄》寫成之後，有人責問揚雄，說他的《太玄經》太艱深，太難讀，「眾人不之好也」，揚雄就寫了本篇予以回答。他說，深奧的道理眾人不一定懂得。從自然到社會，很多奇妙偉大的東西，眾人就不了解。因此，《太玄》一般人讀不懂，就證明它的偉大。他還引孔子作《春秋》自比，說你們看不懂不要緊，我等待後世的知音。從這種自頌自讚的口吻中，可見他對《太玄》是多麼自負和自信。不過，揚雄的這種辯解，也確實有點強詞奪理。艱深的道理，眾人不一定都懂，但作者的目的應期於使人懂得。故作艱深，叫人讀不懂，就違背了著書立說的目的。《太玄》也實在太玄妙，太難讀。班固就批評它「觀之者難知，學之者難成」，並說：「自雄之沒，至今四十餘年，其《法言》大行，而《玄》終不顯。」這就說明讀不懂的東西，讀者是不喜歡的，人們的批評不是沒有道理的。讀本篇可以作為一個歷史的教訓來加以借鑑。

客難揚子曰：「凡著書者，為眾人之所好也。美味期乎合口，工聲❶調於比耳❷。今吾子迺❸抗辭❹幽說❺，閎意❻眇指❼，獨馳騁於有亡之際❽，而陶冶❾大鑪❿旁薄群生歷覽者茲年⓫矣，而殊不寤。亶⓬費精神於此，而煩學者於彼，譬畫者畫於無形，弦者放⓭於無聲，殆不可乎？」

【章旨】本段寫客人批評揚雄此作過於玄妙離奇，非眾人所好。

【注　釋】❶工聲　精美的音樂。工，精美；精妙。❷比耳　順耳。比，從；和順。❸迺　同「乃」。卻。❹抗辭　高深其辭，謂說些高深莫測的話。抗，高。❺幽說　艱深其說，謂發些幽深莫測的議論。幽，深；隱。❻閎意　閎大其旨意，謂誇大不著邊際的意思。閎，大。❼眇指　幽暗其主旨，謂寫些精微難辨的意旨。❽有亡之際　有與無的交界處，謂涉獵一些十分玄妙的領域。❾陶冶　本指燒製陶器與冶煉金屬。引申為造成、化育之意。❿大鑪　指天地。賈誼〈鵩鳥賦〉：「天地為爐兮，造化為工。」鑪，同「爐」。⓫茲年　言其久。茲，通「滋」。益。⓬亶　徒；只。⓭放　通「倣」。依，仿效。

【語　譯】客人責難揚先生說：「大凡著書立說是為了讓大家喜好。美好的滋味期望合乎口味，精妙的音樂調節到聽來順耳。現在先生您卻說些高深莫測的言辭，發些幽微難懂的議論，講些閎大不經的意思，發表些精微難辨的意旨，獨自涉獵在有與無的交界之處，而鑄造天地，廣被萬物，閱讀的人讀了好多年，卻完全不能領悟。您白白地在這裡耗費精神，又使學習的人在那裡勞苦，好像畫畫的人畫些無形的圖畫，彈琴的人彈些無聲的樂音，這恐怕不可以吧？」

揚子曰：「俞❶。若夫閎言崇議，幽微之塗，蓋難與覽者同也。昔人有觀象於天，視度於地，察法於人者❷。天麗❸且彌，地普而深，昔人之辭，迺玉迺金。彼豈好為艱難哉？埶不得已也。獨不見夫翠虯❹絳螭❺之將登虖❻天？必聳身於蒼梧❼之淵，不階浮雲，翼疾風，虛舉❽而上升，則不能撠❾膠葛❿，騰九閎⓫。日月之經不千里，則不能燭六合，燿八紘⓬；泰山之高不嶕嶢⓭，則不能浡滃⓮雲而散歊烝⓯。是以宓犧氏⓰之作《易》也，緜絡⓱天地，經以八卦，文王附六爻⓲，孔子⓳錯其〈象〉⓴而彖其〈辭〉㉑，然後發天地之臧㉒，定萬物之基。〈典〉〈謨〉㉓

之篇，〈雅〉〈頌〉㉔之聲，不溫純深潤㉕，則不足以揚鴻烈㉖而章㉗緝熙㉘。蓋胥靡㉙為宰，寂寞㉚為尸㉛；大味必淡，大音必希；大語叫叫㉜，大道低回㉝。是以聲之眇㉞者，不可同於眾人之耳；形之美者，不可棍㉟於世俗之目；辭之衍㊱者，不可齊於庸人之聽。今夫弦㊲者，高張㊳急徽㊴，追趨㊵逐者㊶，則坐者不期而附矣。試為之施〈咸池〉㊷，揄㊸〈六莖〉㊹，發〈蕭韶〉，詠〈九成〉㊺，則莫有和㊻也。是故鍾期㊼死，伯牙㊽絕弦破琴，而不肯與眾鼓；獿人㊾亡，則匠石㊿輟斤而不敢妄斲(51)。師曠(52)之調鍾(53)，竢(54)知音者之在後也；孔子作《春秋》，幾(55)君子之前睹(56)也。老聃(57)有遺言，貴知我者希(58)，此非其操(59)與？」

【章旨】本段寫揚雄認為，凡是偉大的事物必有不平凡的表現形式，高深的道理眾人不一定懂得。不能因為眾人不懂，就放棄對高深理論的探討，說明他的《太玄》不會因為眾人不懂就不偉大。這是揚雄對客人責難的回答。

【注釋】❶俞　答應之詞，然，是。❷昔人三句　《易·繫辭》曰：「古者包犧氏之王天下也，仰則觀象於天，俯則觀法於地，觀鳥獸之文與地之宜，近取諸身，遠取諸物，於是始作八卦。」此三句用其意。❸麗　附著，言天是日月星辰附著的地方。一說麗，同「離」。明，言天道著明。❹翠虬　青綠色的虬龍。虬，同「虯」。傳說中的無角龍。❺絳螭　深紅色的螭龍。絳，深紅色。螭，傳說中無角的龍。❻虖　同「乎」。❼蒼梧　山名，又名九疑山。❽虛舉　憑空飛舉。❾撠　接觸；觸及。❿膠葛　輕清上浮的雲氣。⓫九閎　九天之門。⓬八紘　大地的極限，猶言八極。《淮南子·地形》：「八殥之外，而有八紘。」注：「紘，維也，維落天地而為之表，故曰紘也。」⓭嶕嶢　高聳貌。⓮涬溟　雲氣四起貌。王念孫曰：「『涬滃雲』與『散歊烝』對文，則浡當訓為作。《爾雅》：『浡，作也。』」郭注曰：『浡然，興作貌。』」。滃，雲氣貌。⑮歊烝　熱氣上出貌。⑯宓犧氏　即伏犧氏。⑰緜絡　包羅；纏繞。⑱文王附六爻　傳說周文王將八卦交相重疊，演為六十四卦，三百八十四爻。文王，周文王。相傳周文王被商紂王拘於牖里時，推演《周易》八卦為六十四卦，成為《周易》的骨幹。附，附益；增加。六爻，《周易》將組成卦的⚊和⚋叫爻，⚊為陽爻，⚋為陰爻，每卦三爻，兩卦相重，則為六爻。⑲孔子句　相傳孔子給《周易》作十翼：上彖、下彖、上象、下象、上繫、下繫、文言、說卦、序卦、雜卦。⑳錯其象　象，指〈象傳〉，《周易》十翼之一，為解釋卦、爻之辭。總釋一卦之象者曰大象，論一爻之象者曰小象。大象、小象交錯解釋六十四卦，故曰錯其象。㉑彖其辭　以彖辭斷定其一卦之義。辭，指彖辭，為《周易》十翼之一，相傳為孔子所作。孔穎達《周易正義》曰：「彖，斷也，斷定一卦之義，所以名為彖也。」〈彖傳〉就是說明一個卦的基本意義。㉒臧　通「藏」。收藏；蘊藏。㉓典謨　指《尚書》中的〈堯典〉、〈舜典〉、〈大禹謨〉、〈皋陶謨〉諸篇。㉔雅頌　指《詩經》的〈小雅〉、〈大雅〉及〈周頌〉、〈魯頌〉、〈商頌〉。㉕溫純深潤　溫雅純粹精深潤澤。㉖鴻烈　偉大的功業。鴻，大。烈，業。㉗章　通「彰」。顯現；表明。㉘緝熙　光明。此指光明之德。㉙胥靡　虛無；空無所有。張晏曰：「胥，相也；靡，無也；言相師以無為作宰者也。」高步瀛曰：「胥靡字雙聲連語，不當作相師以無為解。蓋胥靡即虛無音轉。」按：高說極是。㉚寂寞　寂靜無為。《莊子・天道》曰：「恬淡寂寞，虛無無為。」㉛尸　本古代祭祀時，代死者受祭，象徵死者神靈的人。《儀禮・士虞禮》：「祝迎尸。」注：「尸，主也。孝子之祭，不見親之形象，心無所繫，立尸而主意焉。」引申為主體、主持之義。㉜叫叫　指聲音遠而微弱。㉝低回　紆迴曲折。㉞眇　精妙；精微。㉟棍　同「混」。混同。㊱衍　豐富廣博。㊲弦　通「絃」。琴絃。用作動詞，彈琴。㊳高張　扭緊琴絃。張，緊。㊴急徽　加快節奏。徽，琴面指示音節的標誌。㊵追趨　追隨聽者的趣味。趨，趣味。㊶逐者　追逐聽者的嗜好。者，通「嗜」。㊷咸池　古樂曲名，相傳為堯樂。㊸揄　揮；彈奏。㊹六莖　古樂曲名，相傳為顓頊之樂。㊺發蕭韶二句　《尚書・益稷》：「簫韶九成。」孔疏引鄭玄曰：「成，猶終也。」音樂奏完一遍叫一成。蕭韶，相傳為舜樂之名。九成，即韶樂。九成，言多次演奏。㊻和　應和；跟隨著唱。㊼鍾期　鍾子期，春秋時楚國人，精於音律。伯牙鼓琴，志在高山，志在流水，鍾子期都能聽而知之。㊽伯牙　春秋時楚國人，以善鼓琴著稱。據《呂氏春秋・本味》載，伯牙鼓琴，只有鍾子期能夠領會琴意。鍾子期死，伯牙破琴絕絃，終身不復鼓琴，以為世上再無知音。㊾獿人　古代傳說中善於塗抹牆壁的人。㊿匠石　名石的匠人，古代傳說中的巧匠。《漢書》注引服虔曰：「獿，古之善塗塈者也。施廣領大袖以仰塗，而領袖不汙。有小飛泥誤著其鼻，因令匠石揮斤而斲，知匠石之善斲，故敢使之也。」(51)斲　砍削。(52)師曠　字子野，春秋時晉國人，生而目盲，善辨聲樂，為古代著名樂師。(53)鍾　通「鐘」。樂器。(54)竢　等待。據《漢書》注引應劭曰：「晉平公鍾，工者以為調矣，師曠曰：『臣竊聽之，知其不調也。』至於師涓，而果知鍾之不調。是師曠欲善調之鍾，為後世之有知音。」(55)幾　通「冀」。希望。(56)前睹　以前事為鑑。(57)老耼　春秋戰國時思想家，道家學派的創始人，楚國苦縣人，曾為周藏書室史官。相傳他著《老子》五千言。(58)貴知我者希　《老子》第七十章：「知我者希，則我貴矣。」(59)操　操守；品行。

【語　譯】揚先生回答說：「是的。至於閎大的言辭，高深的議論，幽深微味的途徑，大都是難以與觀看的人一同認識的。從前有人觀測天的星象，視察地的維度，察看人的法則。天明著而寬廣，地廣大而深沉，前人的言辭，真實美麗而如玉如金。他們難道是喜歡故作艱深嗎？那是出於不得已呢。難道沒有看到綠虬紅螭將要飛騰登天嗎？牠們必須竦身而起於蒼梧之淵，如果不以浮雲為階梯，以疾風為翅膀，憑空飛舉而上升，就不能觸及輕清升起的雲氣，飛騰到九天的門庭。太陽月亮的經行沒有千里，就不能照亮天地四方，照耀到大地的邊境；泰山的高度不高聳，就不能興起濃厚的雲氣而散發熱氣的蒸騰。因此，伏犧氏作《易》的時候，就包羅天地，而以八卦為頭緒，周文王增益為六爻，孔子又交錯地寫下〈象傳〉和〈彖辭〉，這樣之後，才闡發天地的蘊藏，奠定萬物的基礎。《尚書》中〈典〉、〈謨〉之類的篇章，《詩經》中〈雅〉、〈頌〉之類的樂曲，不溫雅純粹深微潤澤，就不足以發揮偉大的功業和顯現光明的美德。大抵以空無所有為主宰，以寂靜無為為尸主；最美的滋味必定清淡寡味，最妙的音樂必定無聲靜寞；最偉大的語言必定遙遠細弱，最偉大的道理必定迂迴曲折。所以最美妙的音樂，不可以混同於眾人的耳朵；最美麗的形象，不可以混同於眾人的眼目；最豐富的言詞，不可齊一於庸人的聽覺。現在撥絃彈琴的人，扭緊琴絃，加快節奏，追隨聽者的趣味，追逐聽者的嗜好，那麼坐下來欣賞的人就會不約而同地歸附奔湊。假如為他們張設〈咸池〉，演奏〈六莖〉，歌唱〈蕭韶〉，吟詠〈九成〉，就沒有人跟隨著和應了。因此，鍾子期死去，伯牙就扯斷絃，砸破琴，不肯給一般的聽眾彈奏；獿人死去，匠石就停止揮動斧子而不敢隨便砍削。師曠要調諧鐘聲，知道有懂音律的人在後世等候；孔子寫作《春秋》，是希望君子察看往事而作為鑑戒。老聃有遺留的話說：『理解我的人少，我就更可貴了。』這不就是他的品行節操嗎？」

【研　析】本篇是揚雄為回答客人對他的《太玄》的責難和為他的《太玄》的艱深莫測辯駁而寫作的。故全文以微妙的事物，艱深的道理必為一般人所不能理解作為中心論點，從自然界的日月風雲，翠虯絳螭，到伏犧作《易》，伯牙破琴，匠石輟斤，師曠調鐘，到孔子作《春秋》，以證明「大味必淡，大音必希，大語叫叫，大道低回」的道理，從而歸結到「貴知我者希」，以表明他對《太玄》偉大的自信。文章旁徵博引，反覆論證，以證明他的《太玄》艱深難讀，這正是《太玄》偉大而不同尋常之處。文章氣勢磅礡，論據充足，論證充分，雖有點強詞奪理，但富有極強的辯駁力，故使客人不敢再置一詞。這是一篇論難體議論文，但文中大體有韻，運用了很多形象的描寫，語句亦多對偶排比，整齊而又錯落。因此，本篇不是一般的議論文，它與東方朔的〈答客難〉和揚雄自己的〈解謿〉一樣，是辭賦家的議論，同樣是一篇設論體的辭賦。

反離騷

揚子雲

【題　解】本篇最早見於《漢書・揚雄傳》。班固曰：「（揚雄）又怪屈原文過相如，至不容，作〈離騷〉，自投江而死，悲其文，讀之未嘗不流涕也。以為君子得時則大行，不得時則龍蛇，遇不遇，命也，何必湛身哉！乃作書，往往摭〈離騷〉文而反之，自岷山投諸江流以弔屈原，名曰〈反離騷〉。」這對本篇的創作意圖及題意作了明確的解釋。本篇是揚雄一篇招致毀譽不同的作品。毀之者以為是「雄固為屈原之罪人，而此文乃〈離騷〉之讒賊」（朱熹《楚辭後語》），譽之者以為是「蓋深悼三閭之淪沒，非愛原極切，不至有斯文」（胡應麟《詩藪・雜篇》）。其實，這兩種評價都有失偏頗，未能了解揚雄的創作意圖。揚雄的創作意圖，班固說得很明確，揚雄對屈原蒙受濁世的毀謗打擊，是深表同情的，「悲其文，讀之未嘗不流涕」，這一點在賦中就有明顯的表露，如「惟天軌之不群兮，何純潔而離紛」！揚雄對屈原也是深有不滿的。其不滿集中在一點，就是屈原那種對黑暗現實的堅決抗爭，義無反顧的鬥爭精神。揚雄認為，「君子得時則大行，不得時則龍蛇，遇不遇，命也」，不必去抗爭。這是揚雄世界觀中消極退隱、明哲保身思想的反映。揚雄處於西漢末年的亂世，加上他對《周易》中的盈虛消長之道浸潤很深，因此他思想上出世與入世的鬥爭很激烈。一般知識分子的「立德」、「立功」的欲望驅使他想有所作為，而向漢成帝上歌功頌德的〈甘泉賦〉、〈河東賦〉、〈羽獵賦〉、〈長楊賦〉，又向王莽上〈劇秦美新〉。而「位極者宗危」的現實又驅使他自甘寂寞，本篇就是他這種自甘寂寞的深刻流露。這與屈原的精神是背道而馳的。吳汝綸曰：「此篇子雲有以自寄，故發端於此。」信然。

有周氏❶之蟬嫣❷兮，或鼻祖於汾隅❸。靈宗❹初諜❺伯僑❻兮，流於末之揚侯❼。淑❽周楚之豐烈❾兮，超❿既離⓫虖皇波⓬。因江潭⓭而㴶⓮記⓯兮，欽弔楚之湘纍⓰。惟天軌⓱之不辟⓲兮，何純絜而離⓳紛。紛纍以其淟涊⓴兮，暗纍以其繽紛。漢十世㉑之陽朔㉒兮，招搖㉓紀於周正㉔。正皇天之清則㉕兮，度后土之方貞㉖。圖㉗纍承彼洪族㉘兮，又覽纍之昌辭㉙。帶鉤矩㉚而佩衡㉛兮，履欃槍㉜以為綦㉝。纍初貯厥麗服㉞兮，何文肆㉟而質䫏㊱？資㊲娵娃㊳之珍髢㊴兮，鬻九戎㊵而索賴㊶。

【章　旨】本段敘述揚雄自己的家世及寫作〈反離騷〉的原因，表明對屈原內懷美質而遭遇不幸的深切同情。

【注　釋】❶有周氏　即周王朝，姬姓。有，詞頭，無義。❷蟬嫣　連綿不絕。疊韻聯綿詞。❸汾隅　汾水之側。汾水，源出山西武寧管涔山，南流至曲沃縣西折，至河津縣入黃河。揚氏始祖伯僑，為周王朝之支庶，初食采邑於晉之揚邑，因以為氏。揚在河汾之間，故曰汾隅。隅，邊側之地。❹靈宗　美好的宗族。靈，美好，一說神聖。❺諜　譜牒；宗譜。用作動詞，修宗譜。❻伯僑　揚氏的始祖名。❼揚侯　揚氏的遠祖。《漢書・揚雄傳》載，戰國初，晉六卿爭權，韓、趙、魏興而范中行、智伯失敗，逼迫楊侯，楊侯就逃到楚之巫山，因家於此。楊侯，《漢書》作「揚侯」。❽淑　善；讚美。❾周楚之豐烈　周楚的大功，指揚氏從汾隅徙巫山，歷周至楚，親見其豐美的功業。烈，功業。❿超　遠。⓫離　歷；經歷。⓬皇波　大波，指黃河長江。揚氏從晉揚邑徙楚巫山，經歷了黃河長江。⓭江潭　長江的深淵。⓮淮　往。⓯記　書記，謂弔文，即指這篇〈反離騷〉。⓰湘纍　指屈原。諸不以罪死曰纍。屈原無辜而赴湘以死，故稱湘纍。一說纍，囚也，言其沉沒湘流，如纍囚然。⓱天軌　天道。⓲辟　明。⓳離　遭遇。⓴淟涊　汙濁，疊韻聯綿詞。㉑漢十世　指漢成帝。漢自高祖劉邦至成帝劉驁恰為十世。㉒陽朔　漢成帝年號（西元前二四—前二一年）。㉓招搖　星名，在北斗杓端。㉔周正　周曆的正月，即夏曆的十一月，言己以此時弔屈原。㉕清則　清明的法則。㉖方貞　方正堅貞。㉗圖　按其系圖；根據圖書譜牒。㉘洪族　大族。屈原與楚王同姓，其始祖屈瑕乃楚武王之子，封於屈，因以為氏，故稱洪族。㉙昌辭　美辭，指屈原的作品。㉚鉤矩　即規矩，指木工的圓規和曲尺，用以畫圓畫方。㉛衡　水平器。㉜欃槍　彗星的別名。古人認為彗星出現則不祥，視為妖星。此用以比喻邪惡。㉝綦　鞋帶。這裡指履跡，足印。此二句言屈原雖懷方正之行，卻蹈履不祥之跡，以致放退。㉞麗服　謂「扈江離與辟芷兮，紉秋蘭以為佩」之類。㉟文肆　文彩放肆；文彩飛揚。㊱質䶬　質性狷狹。指恨世不用己而自沉。䶬，狹。㊲資　採購。㊳娵娃　閭娵、吳娃，皆古美女。㊴髢　裝襯的假髮。㊵九戎　戎，我國古代西部的少數民族。九言其種族之多。九戎被髮，髢雖珍好，無所可用。㊶賴　利。

【語譯】我揚氏與周王朝親屬相連啊，始祖受封的揚邑就在汾水之陬。揚氏這個美好的宗族的譜牒就從伯僑開始啊，流傳到了後來的揚侯。讚美周與楚的豐功偉業啊，揚侯就遠遠地經歷了黃河與長江的大波。我因長江的深淵而投去這篇弔辭啊，敬弔楚國屈死湘水的屈原湘纍。真是天道也不清明啊，為什麼純粹潔淨的人卻遭此災難。用那汙穢骯髒使你紛亂不安啊，用那交錯紛雜使你昏暗迷亂。在大漢十世皇帝的陽朔年間啊，北斗杓端指向周曆正月的時候。以皇天清明的法則為標準啊，以大地的方正堅貞為法度。根據圖譜他承接那樣偉大的宗族啊，又看到他那些華美的辭章。屈原雖佩著規矩和衡器啊，卻踐踏上妖星欃槍足跡的不祥。起初貯積了那樣美好的服飾啊，為什麼文彩如此飛揚而性質狷狹卻至此極？如同採購美女的珍貴假髮啊，出售於九戎而求利一樣白費氣力。

鳳皇翔於蓬陼❶兮，豈駕鵝❷之能捷❸？騁驊騮❹以曲囏❺兮，驢騾連蹇❻而齊足❼。枳棘❽之榛榛❾兮，蝯❿貁⓫擬⓬而不敢下。靈修⓭既信椒蘭⓮之唼佞⓯兮，吾纍忽焉而不蚤⓰睹？衿⓱芰⓲茄⓳之綠衣兮，被夫容⓴之朱裳。芳酷烈而莫聞兮，固不如襞㉑而幽之離房㉒。閨中容競淖約㉓兮，相態以麗佳㉔。知眾嫭㉕之嫉妒兮，何必颺㉖纍之蛾眉㉗？懿神龍之淵潛㉘兮，竢慶雲㉙而將舉。亡春風之被離㉚兮，孰焉知龍之所處㉛？愍吾纍之眾芬兮，颺爗爗㉜之芳苓㉝。遭季夏之凝霜兮，慶㉞天顇㉟而喪榮。橫㊱江湘以南泝兮，云走乎彼蒼梧。馳江潭之汎溢兮，將折衷㊲虖重華㊳。舒中情之煩或㊴兮，恐重華之不纍與。陵㊵陽侯㊶之素波兮，豈吾纍之獨見許㊷？

【章　旨】本段批評屈原不應炫耀才智而與群小競爭，遭遇亂世而不能獨善其身。

【注　釋】❶蓬陼　蓬藋叢生之陼。陼，同「渚」。水中小塊陸地。❷駕鵝　野鵝。❸捷　及。❹驊騮　駿馬名。❺曲囏　屈曲艱難險阻之處。囏，即「艱」字的古文。❻連蹇　行走不利，疊韻聯綿詞。❼齊足　足力相等，行進速度相同。❽枳棘　多刺的惡木。比喻艱難險惡的環境。❾榛榛　枝梗叢生貌。❿蝯　同「猿」。猿猴。⓫貁　也作「狖」。似猿，卬鼻而長尾。⓬擬　通「疑」。⓭靈修　指楚王。⓮椒蘭　喻指隨俗變節的邪佞之徒。〈離騷〉，「余以蘭為可恃兮，羌無實而容長。」又：「椒專佞以慢慆。」一說，指令尹子椒、子蘭。⓯唼佞　讒言。⓰蚤　古「早」字。⓱衿　繫，結，指繫帶。⓲芰　即「菱」。⓳茄　顏師古曰：「茄亦荷字也，見張揖《古今字譜》。」⓴夫容　即「芙蓉」，荷花。〈離騷〉：「製芰荷以為衣兮，集芙蓉以為裳。」㉑襞　摺疊衣服。㉒離房　別房。㉓容競淖約　在容貌上競爭美好柔媚。容，容貌。淖約，即綽約，美好柔弱貌，疊韻聯綿詞。應劭曰：「眾士競善，猶女競容也。」㉔相態以麗佳　言競為佳麗之態以相傾軋。㉕嫭　美女。㉖颺　同「揚」。宣揚；表現。㉗蛾眉　眉如蠶蛾，美好貌。〈離騷〉：「眾女嫉余之蛾眉。」㉘淵潛　在深淵潛藏。㉙慶雲　五色雲，古以為祥瑞之物。㉚被離　眾盛貌，疊韻聯綿詞。㉛所處　潛藏的地方。此四句言屈原不能隱德以自取禍。晉灼曰：「龍誒風雲而後升，士須明君而後進。國無道則愚，誰知其所邪？」顏師古曰：「龍以隱居待雲為美，以譏屈原不能隱，自取禍也。」㉜爗爗　光盛美茂貌。㉝苓　香草名。㉞慶　語助詞。㉟顇　古「悴」字。憔悴。此四句痛惜屈原遭遇非時而早凋謝。晉灼曰：「雄愍屈原光香，奄先秋遇凋，生亦不辰也。」㊱橫　橫渡。㊲折衷　同「折中」。調和二者，取其中正之理。㊳重華　舜名。〈離騷〉：「濟沅湘以南征兮，就重華而陳辭。」㊴煩或　煩悶疑惑。〈離騷〉自「就重華而陳辭」以下至「霑余襟之浪浪」，即所謂「中情之煩或」。或，同「惑」。㊵陵　乘。㊶陽侯　傳說中的波神。本古之諸侯，有罪，自投江，其神為大波。㊷獨見許　此疑指屈原自沉非舜之所讚許。

【語　譯】鳳凰在長滿蓬藿的小洲上翱翔啊，哪裡能趕得上野鵝的敏捷？讓駿馬騂騮在屈曲險阻的道路上奔馳啊，行走不便驢騾行進的速度可與之並列。在枳木和棘刺叢生的處所啊，敏捷的猿猴也要猶疑而不敢輕易下去相較。楚王既已聽信椒蘭這類小人的讒言啊，你屈原為什麼如此輕忽而不早點看到？繫好芰荷裁製的綠衣啊，披上芙蓉縫製的紅裳。香氣濃烈而無人聞出啊，不如摺疊而幽藏於別房。閨房中婦女競爭容顏的美好柔媚啊，競為佳麗的姿態以相傾軋炫耀。既已知道那些美女在嫉妒你啊，你又何必顯露你的美貌？讚美神龍潛藏在深淵啊，等待五色祥雲才遠舉高飛。沒有眾盛的春風的吹拂啊，誰知道神龍潛藏在哪裡？哀憐你屈原披戴著眾多的芳草啊，還飄揚著光盛美茂的香苓這類香花。卻遭遇到季夏的嚴霜啊，終於夭折憔悴而失去榮華。橫渡長江湘水而往南啊，一直走到那蒼梧之野。馳向那氾濫溢滿的江潭啊，請虞舜重華來決斷這中正的道理。向重華抒發你內心的煩悶疑惑啊，還恐怕虞舜不會同意給你作主。你乘著波神陽侯的白波去沉江自殺啊，難道虞舜獨獨對此就加以讚許？

精❶瓊靡❷與秋菊❸兮，將以延夫天年；臨汨羅❹而自隕兮，恐日薄❺於西山。

解扶桑❻之總❼轡兮，縱令之遂奔馳。鸞皇騰而不屬❽兮，豈獨飛廉❾與雲師❿？卷薜芷⓫與若蕙⓬兮，臨湘淵而投之；棍⓭申椒與菌桂⓮兮，赴江湖而漚⓯之。費椒稰⓰以要⓱神兮，又勤索彼瓊茅⓲；違靈氛⓳而不從兮，反湛身於江皐⓴。纍既廾㉑夫傅說㉒兮，奚㉓不信而遂行？徒恐鶗鴂㉔之將鳴兮，顧㉕先百草為不芳！初纍棄彼虙妃㉖兮，更思瑤臺之逸女㉗。抨㉘雄鴆㉙以作媒兮，何百離㉚而曾不壹耦㉛？乘雲蜺㉜之旖柅㉝兮，望昆侖㉞以樛流㉟。覽四荒而顧懷兮，奚必云女㊱彼高丘㊲？

【章旨】本段就〈離騷〉的一些描寫與屈原的行為對照，批評屈原言行不一。

【注釋】❶精　用作使動詞，精細加工。❷瓊靡　瓊玉的末屑。〈離騷〉：「精瓊靡以為粻。」❸秋菊　〈離騷〉：「夕餐秋菊之落英。」❹汨羅　汨羅江，在今湖南東北部。❺薄　迫；逼近。〈離騷〉：「老冉冉其將至。」「日忽忽其將暮。」這四句意謂屈原「精瓊靡與秋菊」，將以延年，且憂年老與日暮，卻又自投汨羅以死，言行何以相反如此！❻扶桑　神話中木名，傳說日出其下。❼總　結；繫。〈離騷〉：「總余轡於扶桑。」「聊消遙以相羊。」❽屬　連綴。〈離騷〉：「鸞皇為余先駕。」❾飛廉　風神。〈離騷〉：「後飛廉使奔屬。」❿雲師　名豐隆。〈離騷〉：「雷師告余以未具。」《漢書》注應劭引作「雲師」，疑當時別本「雷師」即作「雲師」。審揚雄意，也是以雷師為雲師。這四句仍是就屈原曾欲延年留日而加以發揮。意謂你屈原說總轡消搖，何以忽然解轡，令車馬奔馳，自促其壽命？這種行為，是別人無法追蹤的。言其太驚世駭俗了。⓫薜芷　薜荔、白芷，皆香草名。⓬若蕙　若，杜若，即杜衡，與蕙皆香草名。〈離騷〉：「貫薜荔之落蕊。」「雜杜衡與芳芷。」「又樹蕙之百畝。」⓭棍　綑束。⓮申椒與菌桂　皆香木名。〈離騷〉：「雜申椒與菌桂。」⓯漚　長時間浸泡，言棄擲不用。這四句顏師古曰：「皆以自喻德行芬芳也，今何為自投江湘而喪此芳乎？」⓰椒稰　椒，香物，用以降神者。稰，精米，用以享神者。⑰要　猶「迎」。〈離騷〉：「懷椒糈而要之。」⑱瓊茅　即藑茅，一種靈草。⑲靈氛　古代善於占卜的人。〈離騷〉：「索藑茅與筳篿兮，命靈氛為余占之。」⑳江皐　江邊高地。這四句顏師古說：「既不從靈氛之占，何為費椒糈而勸瓊茅也?」㉑廾　即「攀」。攀援；羨慕。㉒傳說　人名，初築於傅巖，殷高宗舉以為相。〈離騷〉：「說操築於傅巖兮，武丁用而不疑。」㉓奚　何。此二句顏師古曰：「既攀援傳說，何不信其所行，自見用而遂去?」㉔鷤搗　即鵜鴂，杜鵑鳥。㉕顧　反而。〈離騷〉：「恐鵜鴂之先鳴兮，使夫百草為之不芳!」這兩句朱熹說：「徒以鷤搗之將鳴而憂，而不慮反先百草以就死也。」㉖虙妃　即「宓妃」。洛水女神。〈離騷〉：「求宓妃之所在。」「雖信美而無禮兮，來違棄而改求。」㉗瑤臺之逸女　即有娀氏之女簡狄，帝嚳妃。逸女，同「佚女」。美女。〈離騷〉：「望瑤臺之偃蹇兮，見有娀之佚女。」㉘抨　通「伻」。使。㉙雄鴆　雄鳩、鴆鳥。〈離騷〉：「吾令鴆為媒兮，鴆告余以不好。雄鳩之鳴逝兮，吾猶惡其挑巧。」㉚百離　言所遇之多。離，遭遇。㉛耦　合；成雙；匹配。此四句譏刺屈原所求過苛，執心不定。㉜雲蜺　雲和彩虹。㉝旖柅　同「旖旎」。飛揚貌，疊韻聯綿詞。㉞昆侖　崑崙山，我國古代神話中眾神居住的地方。㉟樛流　猶「周流」，周行流覽，疊韻聯綿詞。㊱女　用作動詞，娶；以女嫁人。〈離騷〉：「忽反顧以流涕兮，哀高丘之無女。」「將往觀乎四荒。」㊲高丘　指楚。女以喻仕，高丘喻楚，言何必要仕於楚。

【語　譯】你精細地加工瓊玉的末屑與秋天的菊花啊，將用來延長天年；臨近汨羅江卻又自殞其身啊，恐懼就等於太陽迫近了西山。解開繫在扶桑樹上的馬韁繩啊，放縱牠讓牠奔馳。即使鸞鳥鳳凰飛騰也追趕不上啊，難道只是飛廉和雲師?捲藏起薜荔、白芷、杜若與蕙草啊，來到湘江卻把它投入深潭。綑縛起申椒與菌桂啊，奔赴江湖卻將它們浸泡於波瀾。你耗費香椒與精米去迎接神靈啊，又辛勤地索取那藑茅；卻又違背靈氛吉祥的占卜啊，反而自沉其身於江濤。你既羨慕而攀援傳說啊，為什麼又不相信他而就匆匆離去?你徒然擔心杜鵑鳥將要鳴叫啊，卻反而先百草枯萎你就預先凋落!你起初拋棄那無禮的宓妃啊，更思念那瑤臺上有娀氏的美女。使雄鳩與鴆鳥去為媒作伐啊，為什麼遇到那許多美女卻找不到一個配偶?你乘坐的彩雲和虹蜺是那麼輕盈柔媚啊，望著崑崙而往返徘徊。看到四方極遠的荒涼之地而無限感慨啊，你為什麼一定要在這高丘之上娶妻?

既亡鸞車之幽藹❶兮，焉駕八龍之委蛇❷？臨江瀕❸而掩涕❹兮，何有九招❺與九歌❻？夫聖哲之不遭兮，固時命之所有；雖增欷❼以於邑❽兮，吾恐靈修之不纍改。昔仲尼之去魯兮，斐斐❾遲遲❿而周邁⓫。終回復於舊都兮，何必湘淵與濤瀨⓬？溷⓭漁父之餔歠⓮兮，絜沐浴之振衣⓯。棄由聃⓰之所珍兮，蹠⓱彭咸之所遺⓲！

【章　旨】本段惋惜屈原不慕許由、老聃之所珍而從彭咸之所遺，批評屈原不應該沉江自殺。

【注　釋】❶幽藹　猶「晻藹」，盛貌。雙聲聯綿詞。❷委蛇　屈曲自得之貌，疊韻聯綿詞。〈離騷〉：「駕八龍之婉婉兮，載雲旗之委蛇。」❸瀕　通「濱」。水邊。❹掩涕　掩面流淚而哭泣。涕，眼淚。❺九招　即「九韶」。相傳為舜的樂曲——韶樂。《書·益稷》：「簫韶九成。」故稱「九韶」。❻九歌　〈離騷〉：「奏九歌而舞韶兮，聊假日以媮樂。」此四句言〈離騷〉之言不實，並譏其哀樂亦不相副。❼增欷　屢次歎息。增，重複；屢次。❽於邑　愁苦鬱結，哽咽，雙聲聯綿詞，字亦作嗚咽、嗚噎、嗚唈、於悒，又轉為鬱邑。〈離騷〉：「曾歔欷余鬱邑兮，哀朕時之不當。」❾斐斐　往來貌。❿遲遲　徐行貌。⓫周邁　周行，謂周遊列國。《孟子·萬章下》：「孔子之去齊，接淅而行；去魯，曰：『遲遲吾行也。』去父母國之道也。」⓬濤瀨　大波濤與急流。此舉孔子與屈原對比，譏原楚既不能用，卻不忍離去而自沉，不合於古人去就之道。⓭溷　同「混」。⓮歠　飲；喝。〈漁父〉載漁父謂屈原曰：「何不餔其糟而歠其釃？」⓯振衣　抖去衣上的灰塵。〈漁父〉載屈原曰：「新沐者必彈冠，新浴者必振衣。」⓰由聃　許由、老聃。⓱蹠　蹈；走上。⓲遺　遺跡。〈離騷〉：「願依彭咸之遺則。」此又非屈原不慕由、聃高蹤，而遵彭咸遺則。

【語　譯】你既然沒有鸞車的遮天蔽日啊，哪裡又能駕著八條飛龍而屈折婀娜？面對江邊你掩面流淚而哭泣啊，哪裡又有那九韶與九歌？聖哲之人不能遭遇盛世啊，這本是時機命運中常有的事故；即使你頻頻歎息而鬱結哽咽啊，我恐楚王也不會為你而改變態度。過去孔子離開父母之邦魯國的時候啊，徘徊依戀才去列國周遊。到了晚年還是回到他的故國啊，你又何必自投於湘水的大波與急流？以漁父的餔糟歠醨為混濁啊，以沐浴後彈冠振衣為淨潔。終於拋棄許由與老聃所珍視的守身之道啊，而走上彭咸投水自殺的遺則！

【研析】本篇在形式上是騷體，不過它跟漢代那些亦步亦趨的擬騷之作不同，它真實地表達了作者個人的思想感情，表現了作者獨特的個性，絕不是無病呻吟。而且在前人作品的基礎上作翻案文章，也是從本篇開始的，這對後世的詩、賦、文都有影響。如揚雄有〈酒賦〉，柳宗元則作〈瓶賦〉以反之，蔡邕有〈青衣賦〉，張超則作〈誚青衣賦〉以反之，淮南小山有〈招隱士〉，左思、陸機有〈招隱詩〉，王康琚則有〈反招隱詩〉以反之，如此等等，不一而足。《文心雕龍．哀弔》云：「揚雄弔屈，思積功寡，意深文略，故辭韻沉膇。」按：「意深文略」，唐寫本作「意深反騷」。意深反騷，猶言立意反騷。沉膇，洩沓不鮮之意。劉勰認為，子雲此文，意在反騷，故了無新意，還是因為它反騷而加以貶斥的。這是欠公允的。

卷六十九　辭賦類　八

兩都賦并序

班孟堅

【題　解】本篇最早見於《後漢書·班固傳》，《文選》收錄。《後漢書》無序，《文選》有。正文亦間有出入。兩都，指西漢都城長安和東漢都城洛陽。本篇是班固辭賦的代表作，也是漢大賦的著名作品。東漢建都洛陽，而關中父老猶望復都長安。先是杜篤作〈論都賦〉，以關中表裡山河，先帝舊京，不宜改營洛邑，光武帝都洛陽也只是「主上方以邊垂為憂，忿葭萌之不柔，未遑於論都而遺思雍州也」，即也只是一時的權宜之計。至東漢明帝時，西都長安之議依然存在。這場爭論涉及到用什麼指導思想建國的問題，在東漢初期有頭等重要的意義。班固本篇就完全是站在朝廷的立場，為東都洛陽辯護，反對西土耆老的西都長安之議。本篇除前面的序是說明賦的源流和作賦的意圖之外，主要是兩大部分，即〈西都賦〉和〈東都賦〉。〈西都賦〉的創作意圖，用班固自己的話說是「極眾人之所眩曜」，即借西都賓之口，極力鋪陳長安形勢之險要，郊野之富庶，宮室之華麗，田遊之娛樂。賦中對「後嗣之末造」雖不無批判，但這不是作者主要的創作意圖。班固這麼描寫主要是為〈東都賦〉作反襯。儒家認為，國家之固「在德不在險」，治國需要遵循禮制，反對僭侈。班固正是從這一點立論的。西都形勢雖險，但不是治國的根本，漢高祖當時建都長安也是出於「計不得已」。長安宮室之盛，田遊之樂，更是踰越禮制，是末代子孫奢華的表現，更非治國之要務。所以描寫越是鋪張揚厲，對批判西都長安之議就越是有力的鋪墊。〈東都賦〉則與前賦針鋒相對，重點放在「建武之治，永平之事」，即東漢統治者的一切制度都是遵循禮制的，一切措施都是符合節儉愛民的，一切作為都是以前代聖主明君為準則的。修建城隍宮室，只是「增周舊」，「備制度」，即使田遊也「必臨之以〈王制〉，考之以〈風〉〈雅〉」，與「後嗣之末造」完全不同。東漢最初的幾位皇帝雖吸取西漢衰亡的教訓而比較開明，但實際上當時東都的宮殿還是極其華麗的。這些，班固都為之作了回護。班固這樣寫，出發點還是儒家的禮制和仁德。如果對統治者有所規諫的話，也只是勸導他們要按儒學的規定辦事。祝堯把〈西都賦〉看作「賦中之賦」，把〈東都賦〉看作「賦中之雅」，把五首詩看作「賦中之頌」，不無道理。歷代文人推崇〈兩都賦〉，原因即在於此。前人過分強調它的諷諫意義，不符合作品的創作意圖。

或曰：賦者，古詩❶之流也。昔成康❷沒而頌聲寢❸，王澤竭而詩不作❹。大漢初定，日不暇給❺。至於武宣❻之世，乃崇禮官，考文章❼。內設金馬❽石渠❾之署，外興樂府❿協律⓫之事，以興廢繼絕，潤色⓬鴻業⓭。是以眾庶悅豫，福應⓮尤盛，〈白麟〉、〈赤鴈〉、〈芝房〉、〈寶鼎〉之歌⓯，薦於郊廟⓰；神爵、五鳳、甘露、黃龍之瑞⓱，以為年紀。故言語侍從之臣⓲，若司馬相如、虞丘壽王、東方朔、枚皐、王襃、劉向之屬⓳，朝夕論思⓴，日月獻納㉑。而公卿大臣，御史大夫倪寬、太常孔臧、太中大夫董仲舒、宗正劉德、太子太傅蕭望之等㉒，時時間作。或以抒下情而通諷諭，或以宣上德而盡忠孝，雍容揄揚，著於後嗣，抑亦〈雅〉〈頌〉之亞㉓也。故孝成㉔之世，論㉕而錄之，蓋奏御者千有餘篇，而後大漢之文章，炳焉與三代同風。且夫道有夷隆㉖，學有麤密㉗，因時而建德者，不以遠近㉘易則。故皋陶㉙歌虞㉚，奚斯㉛頌魯㉜，同見采於孔氏，列於〈詩〉、〈書〉，其義一也。稽之上古則如彼㉝，考之漢室又如此㉞。斯事㉟雖細，然先臣之舊式，國家之遺美，不可缺也。臣竊見海內清平，朝廷無事，京師修宮室，浚城隍㊱，起苑囿㊲，以備制度。西土㊳耆老㊴，咸懷怨思，冀上㊵之睠顧，而盛稱長安舊制，有陋洛邑之議。故臣作〈兩都賦〉，以極眾人之所眩曜，折㊶以今之法度。其辭曰：

【章旨】本段是賦序，首先說明賦的源流，是漢代賦論的重要著作。接下指出其寫作意圖是「極眾人之所眩曜，折以今之法度」，為理解本篇提供了線索。

【注釋】❶古詩　指《詩經》裡的詩。據〈毛詩大序〉，《詩》有六義，其二曰賦。班固認為，賦這種文學體裁是《詩》六義中的賦這種表現手法演變而來，故稱賦為「古詩之流」。❷成康　周成王、周康王。成康之治是我國歷史上豔稱的太平盛世。❸寢　息；停止。❹詩不作　孟子曰：「王者之迹熄而詩亡。」這二句言周道既衰，〈雅〉〈頌〉並廢。❺日不暇給　事務繁多而時間不足。❻武宣　漢武帝、漢宣帝。❼考文章　考校禮樂制度。文章，指禮樂制度。❽金馬　金馬門，官署名。武宣之世，舉賢良對策，獲獎拔者多待詔於此。❾石渠　石渠閣，漢代宮中藏書之處，在未央宮中。❿樂府　主管音樂的官府。⓫協律　校正音樂律呂，使之和諧。此指掌管音樂的官員。樂府，漢初已設立，至武帝時，定郊祀之禮，設立樂府，掌管宮廷、巡行、祭祀所用的音樂，兼採民歌配以樂曲，以李延年為協律都尉，樂府遂成為龐大機構。⓬潤色　本指修飾文字，使有文彩，引申為使事物有光彩。⓭鴻業　大業，指王業。⓮福應　福祥徵應，指下舉白麟、神雀之類。⓯白麟句　白麟，古代傳說中的鹿類動物，古人視為吉祥的徵兆。《漢書·武帝紀》，元狩元年冬十月，「行幸雍，祠五時，獲白麟，作〈白麟之歌〉」。赤雁，太始三年二月，「行幸東海，獲赤雁，作〈朱雁之歌〉。」芝房，元封二年六月，「甘泉宮內產芝，九莖連葉，作〈芝房之歌〉。」寶鼎，元鼎四年六月，「得寶鼎后土祠旁，作〈寶鼎之歌〉。」⑯郊廟　郊祀和宗廟。此言將所獲祥瑞，令樂府作歌以進之郊祀和祖廟。⑰神爵句　神爵，《漢書・宣帝紀》，神爵元年三月，詔曰：「幸萬歲宮，神爵翔集，其以五年為神爵元年。」應劭曰：「前年神爵集於長樂宮，故改年。」神爵，即神雀。五鳳，又神爵四年冬十月，「鳳皇十一集杜陵。」「十二月，鳳皇集上林。」因改次年為五鳳元年。應劭曰：「先者鳳皇五至，固以改元云。」甘露，又甘露元年，詔曰：「乃者鳳皇甘露降集」，因以改元。黃龍，又黃龍元年，顏師古曰：「《漢注》云此年二月黃龍見廣漢郡，故改年。」⑱言語侍從之臣　以文辭充當皇帝侍從的臣下。言語，指文辭。⑲司馬相如句　所舉六人均為辭賦家。虞邱壽王，字子貢，武帝時辭賦家。《漢書・藝文志》載吾丘壽王賦十五篇。虞邱，一作吾丘。枚皐，字少孺，枚乘之子，武帝時辭賦家，〈漢志〉載枚皐有賦百二十篇。王褒，字子淵，宣帝時辭賦家，〈漢志〉載王褒有賦十六篇。劉向，字子政，元帝、成帝時著名學者，〈漢志〉載劉向有賦三十三篇。⑳論思　講論精思。㉑獻納　指獻納辭賦。㉒御史大夫句　御史大夫，官名，主管彈劾、糾察，以及掌圖籍祕書，漢三公之一。倪寬，武帝時人。〈漢志〉：「倪寬賦二篇。」太常，官名，掌禮樂郊廟社稷事宜，漢九卿之一。孔臧，孔安國從兄，武帝時為太常，始與博士等議勸學勵賢之法。〈漢志〉：「孔臧賦二十篇。」大中大夫，官名，掌議論。姚鼐原注云：「按：漢武帝前本有中大夫，此是在省中官也。大中大夫，必中大夫之巨者，故稱大也。中大夫，武帝後改為光祿大夫，其秩比二千石。則董生為大中大夫時，其秩或中二千石，或比二千石也。其後大中大夫蓋不復內侍，但屬光祿勳，其秩僅千石，反小於光祿大夫矣。此必昭、宣以後之制，〈百官表〉未詳言其升降，但云秩千石，則非公卿大臣。而賈生自大中大夫為長沙傅，亦何為降黜乎？此實非舊制。據孟堅此序，足知表之漏闕矣。又〈仲舒傳〉但云為中大夫，不云為大中大夫，亦是漏也。」按：姚鼐說是，錄以備考。董仲舒，武帝時著名學者，有〈感士不遇賦〉。宗正，官名，掌王室親族事務。劉德，景帝第三子，立為河間王，武帝謂之千里駒。〈漢志〉：「劉德賦九篇。」太子太傅，官名，掌輔導太子。蕭望之，宣帝時為太子太傅，〈漢志〉：「蕭望之賦四篇。」㉓亞　僅次一等的，言僅比〈雅〉〈頌〉稍遜。㉔孝成　即漢成帝劉驁。㉕論　敘；編次。㉖夷隆　降和升。㉗麤密　粗疏和精密。麤，通「粗」。不精。㉘遠近　猶「古今」。㉙皋陶　相傳為虞舜時掌管刑獄的賢臣。㉚歌虞　《尚書・益稷》載有皋陶頌虞舜之歌，曰：「元首明哉！股肱良哉！庶事康哉！」㉛奚斯　魯公子魚之字。㉜頌魯　《詩・魯頌・閟宮》：「新廟奕奕，奚斯所作。」韓詩以為此詩是奚斯作以歌頌魯僖公的。㉝如彼　指皋陶歌虞，奚斯頌魯。㉞如此　指漢人進獻辭賦。㉟斯事　此事，指作賦。㊱城隍　沒有水的城壕。《說文》：「隍，城池也。有水曰池，無水曰隍。」㊲苑囿　古代帝王劃定的畜養禽獸的獵區。㊳西土　指西都長安，故址在今陝西西安西北。㊴耆老　老人。

《國語》韋昭注：「六十日耆，七十日老。」特指有聲望的老者。❹上　皇上，指漢明帝。❹折　折服，使屈服。以上二句劉良注曰：「言先作〈西都賦〉，極陳奢麗；後作〈東都賦〉，盛陳法度以折之。」

【語譯】有人說：賦是古詩的流變。過去周成王、周康王死去，歌頌王澤的詩歌就停止了，王者的恩澤竭盡，詩也就衰落了。大漢王朝剛剛安定，事務繁多而時間不足。到了漢武帝、漢宣帝的時代，就推崇掌禮儀的官考校禮樂法度。宮內設立金馬門、石渠閣之類的官署，宮外興辦樂府和諧律都尉之類的事務，來使荒廢的東西復興，絕滅的事物延續，使偉大的王業更加有光彩。因此老百姓高興，福祥徵應尤其興盛，〈白麟〉、〈赤鴈〉、〈芝房〉、〈寶鼎〉一類的歌曲，進獻給郊祀和宗廟；神爵、五鳳、甘露、黃龍一類的祥瑞，用來作為年號。所以用文辭侍從皇上的臣下，如司馬相如、虞邱壽王、東方朔、枚皐、王褒、劉向一類人，從早到晚講論精思，每日每月獻上辭賦。而公卿大臣，御史大夫倪寬、太常孔臧、大中大夫董仲舒、宗正劉德、太子太傅蕭望之等人，也時時抽空隙寫作。有的用來抒發臣下的情思來通達諷諫曉諭的意思，有的用來宣揚皇上的德澤以竭盡忠孝的情懷，文詞溫雅，歌頌稱揚，傳揚於後代，也只比〈雅〉詩、〈頌〉詩略遜一籌。所以在漢成帝的時候，編次收錄它們，大概進獻的辭賦作品有千多篇，而後大漢的文章，輝煌燦爛，與夏、商、周三代同一風貌。並且大道有衰落興盛，學問有粗疏精密，依託時代來建立功德的人，不會因為古今不同而改變法則。所以皐陶歌頌虞舜，奚斯歌頌魯君，同樣都被孔夫子採入，列在《詩經》、《尚書》，那道理是一樣的。考察上古是那樣，考察漢代又是這樣。這件事情雖然細小，然而這是先世臣下的舊有法則，是國家遺留的美好事物，是不可以缺少的。我私下裡見到國家安定太平，朝廷沒有事故，京城修築宮室，疏濬城壕，建設苑囿，以完備各項制度。西都長安的長老，都懷抱怨望思念，希望皇上的懷戀，就大大地稱頌長安舊的制度，有鄙視東都洛陽的議論。所以我寫作〈兩都賦〉，用來極力陳述眾人所誇耀的事物，然後用今天的法度來加以折服。它的文辭說：

有西都賓❶問於東都主人曰：「蓋聞皇漢之初經營也，嘗有意乎都河洛矣，輟而弗康，實用❷西遷，作我上都❸。主人聞其故而睹其制乎？」主人曰：「未也。願賓攄懷舊之蓄念，發思古之幽情，博我以皇道❹，弘❺我以漢京❻。」賓曰：「唯唯。」

【章　旨】本段述客主以首引，寫西都賓向東都主人提出西都，以引起下文對西都的誇耀。

【注　釋】❶西都賓　與下東都主人，皆賦中假設的人物。《後漢書》注：「中興都洛陽，故以東都為主，而謂西都為賓也。」❷實用　同「是用」。因此；所以。❸上都　猶「首都」，指長安。漢高祖五年，婁敬建議西都關中，左右大臣皆山東人，多勸高祖都洛陽，故說「嘗有意乎都河洛」。後漢高祖接受婁敬、張良建議，即日西都關中，故說「輟而弗康」。❹皇道　大道；帝王之道。❺弘　亦擴大之意。❻漢京　指長安。

【語　譯】西都賓問東都主人說：「聽說大漢王朝在最初籌劃的時候，曾經有意思要建都洛陽，後來停止而認為不安定，因此向西遷徙，興建了我們的首都長安。主人你聽到過那往事和看到過那制度嗎？」主人回答說：「沒有。希望你西都賓抒發懷念舊都的積蓄的思念，發表思念往事的幽深的感情，用帝王之道來開拓我的眼界，用大漢京都來擴展我的見聞。」西都賓說：「好的！好的！」

「漢之西都，在於雍州❶，實❷曰長安。左❸據函谷、二崤❹之阻，表以太華、終南之山。右❺界褒斜❻、隴首❼之險，帶以洪河涇渭之川。眾流之隈❽，汧❾涌其西。華實之毛❿，則九州之上腴⓫焉；防禦⓬之阻，則天地之隩⓭區焉。是故橫被⑭六合，三成帝畿⑮。周以龍興⑯，秦以虎視。及至大漢受命而都之也，仰悟東井⑰之精⑱，俯協《河圖》⑲之靈。奉春⑳建策，留侯㉑演成㉒。天人㉓合應，以發皇㉔明。乃眷㉕西顧㉖，實惟作京。於是睎㉗秦嶺㉘，睋㉙北阜㉚，挾㉛灃灞㉜，據㉝龍首㉞。圖皇基於億載，度宏規而大起。肇自高而終平，世增飾以崇麗。歷十二㉟之延祚，故窮泰㊱而極侈。建金城㊲之萬雉㊳，呀㊴周池㊵而成淵，披三條㊶之廣路，立十二之通門㊷。內則街衢㊸洞達，閭閻㊹且千㊺。九市㊻開場，貨別隧㊼分。人不得顧，車不得旋，闐㊽城溢郭，旁流百廛㊾。紅塵四合，煙雲相連。於是既庶且富，娛樂無疆，都人士女，殊異乎五方㊿。遊士擬於公侯，列肆侈於姬姜(51)。鄉曲豪舉(52)游俠之雄，節慕原嘗(53)，名亞(54)春陵。連交合眾，騁騖(55)乎其中。

【章　旨】本段寫西都長安山川形勢的險要和經過十二代增修的城郭市肆的完固繁華。

【注　釋】❶雍州　古〈禹貢〉九州之一，今陝西、甘肅及青海額濟納之地即古雍州。❷實　同「是」。❸左　古時東方稱左。❹二崤　即崤山，又名嶔崟山，在河南洛寧北，西北接陝縣界。山分南北二陵，相距三十五里，故稱二崤。其山上有峻坡，下臨絕澗，不容兩車並進，為絕險之地。❺右　古時西方稱右。❻褒斜　古通道名，在陝西省西南，為沿褒水、斜水所形成的河谷。山勢險峻，舊時為川陝交通要道。褒，褒的異體字。❼隴首　即隴山，又名隴坻、隴坂，在今陝西隴縣至甘肅平涼一帶，山勢險峻，為陝甘要隘。❽隈　水流彎曲處。❾汧　汧水，源出甘肅六盤山南麓，經陝西隴縣千陽入渭水。《後漢書》無此二句。❿毛　指草木，謂草木蕃滋如毛之生於皮。《穀梁傳・定公元年》傳：「凡地之所生謂之毛。」⓫上腴　上等的肥沃。〈禹貢〉雍州「厥田惟上上」。⓬防禦　謂關禁。⓭隩　同「奧」。深。⓮橫被　猶言「光被」。《淮南子・地形》：

「玉横維其西北之隅。」高誘注：「横，光也。」被，覆蓋。一說以威力相脅曰横。被，及。言關中地險，逞威則及於六合。⑮帝畿　猶言「王畿」。古代稱王城附近周圍千里的地方。周、秦、西漢都建都關中，故曰「三成帝畿」。⑯龍興　比喻新王朝如龍之興起。⑰東井　星名，即二十八宿中的井宿，秦之分野。《漢書・高帝紀》：「元年冬十月，五星聚於東井，沛公至霸上。」應劭曰：「東井，秦之分野，五星所在，其下當有聖人以義取天下。」漢人認為這是劉邦將做皇帝的「瑞應」。⑱精靈，此指靈應。⑲河圖　讖緯書的名稱，其書出於西漢，後失傳。《後漢書》注引《河圖》曰：「帝劉季，日角戴聖，斗匈龍股，長七尺八寸。昌光出軫，五星聚井，期之興，天授圖，地出道，予張兵鈐劉季起。」這是漢人偽造的劉邦將成帝業的「符應」。⑳奉春　指婁敬。婁敬首建西都長安之策，漢高祖封他為奉春君。㉑留侯　指張良。張良封留侯。㉒演成　婁敬建策之後，大臣多欲都洛陽，劉邦猶疑未決，問張良。張良堅決主張西都長安，劉邦乃即日車駕幸長安，故曰「演成」。演，引。㉓天人　指東井、河圖等瑞應和婁敬、張良的進說。㉔皇　指漢高祖。㉕眷　回視。㉖西顧　向西看，謂入關。按：以上寫長安的形勢。㉗睎　望。㉘秦嶺　這裡指終南山。㉙睋　視。㉚北阜　即北山。《後漢書》注：「北阜即今三原縣北有高阜，東西橫亙者是也。」㉛挾　帶。㉜灃灞　指灃水、灞水。灃水出秦嶺，經西安入渭。灞水出藍田谷，入渭。㉝據　依。㉞龍首　山名，在長安縣北，蕭何建未央宮於此。㉟十二　西漢自漢高祖至漢平帝為十二帝。㊱泰　奢泰：奢侈。《後漢書》作「奢」。㊲金城　言城之堅如金屬鑄造。㊳雉　古代計量城牆面積的單位。《左傳・隱公元年》「都城過百雉」注：「方丈曰堵，三堵曰雉。一雉之墻，長三丈，高一丈。」㊴呀　大空。用作使動詞。擴大；掘空。㊵周池　指四周的護城河。㊶三條　《周禮・冬官》：「匠人營國方九里，旁三門。」每門有大路，故曰「三條之廣路」。㊷十二門　都城每旁三門，四面為十二門，故曰「十二之通門」。㊸衢　《爾雅・釋宮》曰：「四達謂之衢。」㊹闠　里中門。㊺且千　言其多。且，將。㊻九市　《後漢書》注引《漢宮闕疏》曰：「長安九市，其六在道西，三在道東。」㊼隧　市集上的道路。㊽闐　同「填」。填塞。㊾廛　本指商人存儲貨物的房舍，此泛指市肆。㊿五方　四方和中央。(51)姬姜　周王朝姬姓，齊國姜姓，姬姜常通婚姻，因以為貴族婦女的美稱。(52)豪舉　舉止豪爽。《後漢書》作「豪俊」。(53)原嘗　指戰國時趙國的平原君趙勝和齊國的孟嘗君田文。(54)亞　次。(55)騁騖　猶「馳逐」。按：以上寫長安的城郭市肆。

【語　譯】「大漢的西都，位置在雍州，就叫做長安。東方據有函谷關和崤山的險阻，表記著太華山和終南山。西方以褒斜道和隴首山為界限，環繞著黃河、涇水、渭水等河川。在眾多水流的彎曲之處，汧水奔流在它們的西邊。開花結果的草木，是九州上等的膏腴；關禁防禦的險阻，是天下深奧的地區。所以它的光彩覆蓋著四方上下，三次成為帝王的京都。周王朝像龍一般飛騰興起，秦王朝像虎一樣雄視眈眈。等到大漢王朝接受天命而建都這裡啊，向上領悟到五星聚於東井的靈應，向下符合《河圖》所說的「帝劉季」的神靈。奉春君婁敬首先提出建議，留侯張良引導完成。天意人事符合相應，啟發了皇帝的聖明。就回首向西顧視，這就成了大漢的京城。於是望著終南山，看著北面的高阜，挾帶著灃水和灞水，占據著山岡龍首。圖謀億萬年大業的基礎，規劃宏大的規模而大規模地著手。始自高祖而終於平帝，世世增修而宏大壯麗。皇位經歷十二帝的延續，所以窮極奢泰而極其侈靡。建築起如金屬鑄造的城牆有上萬雉，擴大四周的護城河成為深淵，每方開闢三條寬闊的道路，四面建立起十二座通達的城門。城內就街市大道四通八達，閭里的門有將近上千。九個集市開闢商場，貨物分類放置而道路各自相連。人不能反顧，車不能回旋，填塞了內城又充滿了外城，城外還有市肆成百上千。飛揚的灰塵從四面會合，地上的煙塵和天上的雲彩相接相連。於是既人口眾多又非常富有，各種娛樂無盡無窮，都城裡的人男男女女，跟別處地方全不相同。一般的遊人可與王公侯伯相比擬，市肆裡的婦女比貴族婦女更加奢侈成風。鄉村裡的豪傑俊士和游俠之士的傑出代表，節操羨慕平原君與孟嘗君，名聲僅次於春申君與信陵君。他們連結朋友會合眾人，在其中馳逐追奔。

「若乃觀其四郊，浮遊近縣，則南望杜、霸❶，北眺五陵❷，名都對郭❸，邑居相承。英俊之域，紱冕❹所興，冠蓋❺如雲，七相❻五公❼。與乎州郡之豪傑，五都❽之貨殖❾，三選❿七遷⓫，充奉陵邑。蓋以彊榦⓬弱枝⓭，隆上都而觀萬國也。封畿之內，厥土千里⓮，卓犖⓯諸夏，兼其所有。其陽則崇山⓰隱天，幽林穹谷，陸海珍藏，藍田⑰美玉。商、洛⑱緣其隈⑲，鄠、杜⑳濱其足，源泉灌注，陂池㉑交屬㉒，竹林果園，芳草甘木，郊野之富，號為近蜀㉓。其陰則冠以九嵕㉔，陪以甘泉，乃有靈宮㉕，起乎其中。秦漢之所極觀㉖，淵雲㉗之所頌歎㉘，於是乎存焉。下有鄭白㉙之沃㉚，衣食之源。提封㉛五萬，疆埸㉜綺分㉝，溝塍㉞刻鏤，原隰㉟龍鱗㊱。決渠降雨，荷插㊲成雲，五穀垂穎㊳，桑麻鋪㊴棻㊵。東郊則有通溝大漕㊶，潰渭洞河㊷，泛舟山東，控引㊸淮湖㊹，與海通波。西郊則有上囿禁苑㊺，林麓藪澤陂池連乎蜀漢㊻，繚以周牆，四百餘里。離宮別館㊼，三十六所㊽，神池靈沼㊾，往往而在。其中乃有九真㊿之麟(51)，大宛(52)之馬，黃支(53)之犀，條枝(54)之鳥，踰崑崙，越巨海，殊方異類，至於三萬里。

【章　旨】本段極力鋪寫西都郊野的廣闊富庶。

【注　釋】❶杜霸　杜陵（漢宣帝陵）、霸陵（漢文帝陵），在長安城南，故曰「南望」。❷五陵　高帝葬長陵，惠帝葬安陵，景帝葬陽陵，武帝葬茂陵，昭帝葬平陵，合稱五陵，在長安城北，故曰「北眺」。❸對郭　謂與京都城郭相對。❹紱冕　古代士大夫的服飾。紱，蔽膝。古代祭服的一種。冕，禮帽。這裡代指高官顯位之人。❺蓋　車蓋，車上遮陽的傘。❻七相　《文選》李善注云：「《漢書》：韋賢為丞相，徙平陵；車千秋為丞相，徙長陵；黃霸為丞相，徙平陵；平當為丞相，徙平陵；魏相為丞相，徙平陵。」相，丞相。❼五公　李善云：「《漢書》曰：張湯為御史大夫，徙杜陵；杜周為御史大夫，徙茂陵；蕭望之為前將軍，徙杜陵；馮奉世為右將軍，徙杜陵；史丹為大將軍，徙杜陵。」公，御史大夫、將軍的通稱。❽五都　指洛陽、邯鄲、臨淄、宛、成都，是西漢時除京城外的五大都市。❾貨殖　本指經商，這裡指商人。❿三選　選擇三種人，謂吏二千石，高貲富人，豪傑兼併之家。⑪七遷　謂將上述三種人遷徙到七個陵墓。漢代從漢高祖開始到漢宣帝，七位皇帝都選擇上述三種人遷徙到新建的陵墓來居住以充實墓陵人口。⑫榦　樹幹，比喻帝室。⑬枝　樹枝，比喻諸侯。⑭千里　古代規定「王畿千里」。⑮卓犖　卓絕出眾，疊韻聯綿詞。⑯崇山　高山，指終南山。⑰藍田　指陝西藍田藍田山，以出產美玉著稱。⑱商洛　商縣、上洛縣。⑲隈　山的彎曲處。⑳鄠杜　鄠縣、杜陽縣。㉑陂池　湖澤池塘。陂，澤畔障水的堤岸。㉒交屬　交錯相連。㉓近蜀　巴蜀土地肥美，有山林竹樹蔬食果實之饒，今南山亦有之，故曰「近蜀」。㉔九嵕　山名，在陝西醴泉北，山有九峰高聳。㉕靈宮　指甘泉宮，在甘泉山。㉖極觀　指秦漢之君皆於此山極其遊觀之樂。秦始皇於甘泉山置林光宮，漢武帝又起甘泉宮，益壽、延壽館，通天臺。㉗淵雲　指王褒和揚雄。王褒，字子淵；揚雄，字子雲，皆西漢著名辭賦家。㉘頌歎　王褒作有〈甘泉頌〉，揚雄作有〈甘泉賦〉。㉙鄭白　指鄭國渠和白渠。鄭國渠，據《史記・河渠書》載，韓國使水工鄭國說秦，令引涇水為渠，傍北山，東注洛，溉田四萬餘頃，名曰鄭國渠。白渠，武帝時，趙中大夫白公奏穿渠引涇水，首起谷口，尾入櫟陽，溉田四千餘頃，因名白渠。㉚沃　灌溉。又時人歌之曰：「田於何所？池陽谷口。鄭國在前，白渠起後。舉臿為雲，決渠為雨。涇水一石，其泥數斗。且溉且糞，長我禾黍。衣食京師，億萬之口。」故曰「衣食之源」。㉛提封　通共，舉其總數而言。《廣雅》：「提封，都凡也。」王念孫謂提封即都凡之聲轉。一說，提，舉；凡。封，謂四封之內。《漢書・刑法志》「提封萬井」注引李奇曰：「提，舉也，舉四封之內也。」提，《後漢書》作「隄」。㉜疆埸　田土的疆界。㉝綺分　像錦繡般分布。㉞溝塍　流水溝和田埂。㉟原隰　高平之地和低濕之地。㊱龍鱗　言如龍鱗般地排列。㊲插　《後漢書》作「臿」。農具名，即鍬。㊳穎　帶芒的穀穗。㊴鋪　布。《後漢書》作「敷」。義同。㊵棻　通「紛」。茂盛貌。㊶漕　漕渠，水運糧食的渠道。㊷潰渭洞河　《漢書・武帝紀》載元光六年春，穿漕渠通渭。潰、洞皆穿通之意。㊸控引　猶言「控制」。㊹淮湖　淮指淮水。《史記・河渠書》云：「滎陽下引河東南為鴻溝，以與濟、汝、淮、泗會。」湖，未詳所指。或係泛指淮水下流的湖泊，也可能是指射陽湖。春秋時吳王夫差由廣陵（今揚州）鑿邗溝，經射陽湖入淮，溝通江淮間的水道。㊺上囿禁苑　即上林苑。㊻蜀漢　蜀郡和漢中一帶。㊼離宮別館　帝王正式宮殿之外別建的宮館。㊽三十六所　《後漢書》注引《三輔黃圖》曰：「上林有建章、承光等十一宮，平樂、繭館等二十五，凡三十六所。」㊾神池靈沼　即池沼。神、靈言其奇異美好。㊿九真　漢郡名，轄境相當今越南清化、河靜兩省及義安省東部地區。(51)麟　麒麟，傳說中有仁德的奇獸。《漢書・宣帝紀》：「九真獻奇獸。」(52)大宛　古代西域國名，盛產良馬。武帝時李廣利殺大宛王毋寡，獲汗血馬。(53)黃支　古國名。《漢書・平帝紀》：「元始二年春，黃支國獻犀牛。」注引應劭曰：「黃支在日南之南，去京師三萬里。」(54)條支漢西域國名，在安息以西，臨西海，有大鳥，卵如甕。

【語譯】「至於觀察它四面的郊野，周遊附近的各個縣，那麼向南就望見杜陵、霸陵，向北就望見五位皇帝的墓陵，臨近京城的著名的都邑與京都的城郭相對，各地的村落互相接承。英俊之士聚居的地區，高官顯貴在這裡產生，冠冕車蓋如浮雲般眾多，出了七位丞相五位公卿。跟各州各郡的豪傑，五座都邑的富商，選擇三種人遷徙到七座陵墓，去充實供奉陵墓的村莊。這是為了加強主幹削弱枝葉，抬高京城的地位而監視各郡國的行藏。京都地區之內，它的土地有一千里，比中原各地卓絕出眾，兼有它們所有物產之美。它的南面有終南山高入天空，有深林深谷，水陸的珍奇寶藏，藍田縣出產美玉。商縣、上洛縣緣著它的彎曲處，鄠縣、杜陽縣臨近它的基足，洶湧的泉水不停的灌注，湖澤池塘交相連屬，竹林果園，芳草甘木，郊野的富裕，號稱接近巴蜀。它的北面以九嵕山為首，伴隨有甘泉山，即有美好的甘泉宮矗立山巔。秦皇、漢武所極其遊觀，王褒、揚雄所讚嘆頌揚，就是這個地方。下面有鄭國渠、白渠的灌溉，是京師衣食的來源。總共有灌溉面積五萬頃，田土的疆界錦繡般分布均勻，水溝和田埂像雕刻的花紋，高地和低濕之地排列有如龍鱗。決開渠道就如同降雨，扛著鐵鍬如雲彩般無際無垠，五穀垂下了豐碩的果實，桑麻也茂盛地分布延伸。東郊有四通八達的渠道運河，貫穿了渭水與黃河，舟船直達山東地區，控制著淮河與射陽湖，一直連接著大海的洪波。西郊則有上等的皇室的苑囿，有林麓藪澤，湖泊池塘連通到蜀郡和漢中，四周繞著圍牆，共有四百多里。皇帝臨時住宿的宮館，共有三十六所，奇異美好的池沼，各處都有。其中就有九真郡進獻的麒麟，大宛國進貢的駿馬，黃支國進獻的犀牛，條支國進貢的大鳥，跨過崑崙，越過大海，不同地方的不同的物類，來自三萬餘里。

「其宮室也，體象❶乎天地，經緯❷乎陰陽。據坤靈❸之正位，倣太紫❹之圓方。樹中天之華闕[5]，豐[6]冠山之朱堂[7]。因瓌材[8]而究奇，抗應龍[9]之虹梁[10]。列棼橑[11]以布翼[12]，荷棟桴[13]而高驤[14]。雕玉瑱[15]以居楹，裁金壁以飾璫[16]。發五色之渥彩[17]，光爓[18]朗以景彰[19]。於是左城右平[20]，重軒[21]三階[22]。閨房[23]周通，門闥[24]洞開[25]。列鐘虡[26]於中庭，立金人[27]於端闈[28]。仍增崖[29]而衡閾[30]，臨峻路[31]而啟扉[32]。徇[33]以離宮別寢[34]，承以崇臺閒館，煥若列宿，紫宮是環。清涼、宣溫，神仙、長年，金華、玉堂，白虎、麒麟[35]，區宇[36]若茲，不可殫論。增盤[37]崔嵬[38]，登降炤爛[39]，殊形詭制[40]，每各異觀。乘茵[41]步輦[42]，惟所息宴[43]。後宮則有掖庭、椒房[44]，后妃之室，合歡、增城、安處、常寧、茝若、椒風、披香、發越、蘭林、蕙草、鴛鸞、飛翔之列。昭陽[45]特盛，隆乎孝成[46]，屋不呈材，牆不露形，裛[47]以藻繡[48]，絡以綸連[49]，隨侯明月[50]，錯落其間，金釭銜璧[51]，是為列錢[52]。翡翠[53]火齊[54]，流耀[55]含英，懸黎垂棘[56]，夜光在焉。於是玄墀[57]釦砌[58]，玉階彤庭，碝磩[59]綵緻[60]，琳瑉[61]青熒[62]，珊瑚碧樹[63]，周阿[64]而生。紅羅[65]颯纚[66]，綺組[67]繽紛，精曜華爥[68]，俯仰如神。後宮之號，十有四位[69]，窈窕繁華[70]，更盛迭[71]貴，處乎斯列者，蓋以百數。左右庭中朝堂百僚之位[72]，蕭曹魏邴[73]，謀謨乎其上。佐命[74]則垂統[75]，輔翼則成化，流大漢之愷悌[76]，蕩亡秦之毒螫[77]。故令斯人揚樂和之聲[78]，作畫一之歌[79]，功德著乎祖宗，膏澤洽乎黎庶。又有天祿石渠[80]，典籍之府，命夫惇誨故老，名儒師傅，講論乎六藝[81]，稽合[82]乎同異。又有承明金馬[83]，著作之庭，大雅宏達[84]，於茲為群，元元本本[85]，殫見洽聞[86]，啟發篇章，校理祕文[87]。周以鉤陳[88]之位，衛以嚴更[89]之署，總禮官[90]之甲科[91]，群[92]百郡之廉孝[93]。虎賁贅衣[94]，閹尹閽寺[95]，陛戟[96]百重，各有典司[97]。周廬[98]千列，徼道[99]綺錯[100]，輦路經營[101]，修除[102]飛閣。自未央而連桂宮[103]，北彌[104]明光[105]而亙[106]長樂[107]。陵墱道[108]而超西墉[109]，掍[110]建章[111]而外屬[112]。設璧門[113]之鳳闕[114]，上觚棱[115]而棲金爵[116]。內則別風[117]嶕嶢[118]，眇[119]麗巧而聳擢[120]，張千門而立萬戶，順陰陽[121]以開闔。爾乃正殿[122]崔嵬層構[123]厥高臨乎未央[124]，經駘盪[125]而出馺娑，洞枍詣與天梁[126]。上反宇[127]以蓋戴[128]，激日景而納光[129]。神明[130]鬱[131]其特起，遂偃蹇[132]而上躋[133]，軼[134]雲雨於太半[135]，虹霓迴帶[136]於棼楣[137]。雖輕迅與僄狡[138]，猶愕眙[139]而不能階。攀井幹[140]而未半，目眩轉[141]而意迷。捨櫺檻[142]而卻倚，若顛墜而復稽[143]。魂怳怳[144]以失度，巡迴塗[145]而下低。既懲懼於登望，降周流以傍徨，步甬道[146]以縈紆，又杳窱[147]而不見陽。排飛闥[148]而上出，若遊目於天表，似無依而洋洋[149]。前唐中[150]而後太液，覽滄海之湯湯[151]。揚波濤於碣石[152]，激神岳[153]之嶈嶈[154]。濫瀛洲[155]與方壺，蓬萊起乎中央。於是靈草冬榮[156]，神木叢生，巖峻崷崒[157]，金石崢嶸[158]。抗仙掌[159]以承露，擢[160]雙立之金莖[161]。軼埃堨[162]之混濁，鮮[163]顥氣之清英[164]。騁文成[165]之丕誕[166]，馳五利[167]之所刑[168]，庶松喬[169]之群類，時遊從乎斯庭。實列仙之攸館[170]，非吾人之所寧[171]。

【章　旨】本段極力鋪陳西都宮室的雄偉壯麗。

【注　釋】[1]體象　取象，言建築宮室其方圓取象於天地。[2]經緯　指南北和東西，言其南北東西合乎陰陽之法則。[3]坤靈　地神。[4]太紫　太微垣、紫微宮。太微垣，星座名，三垣之上垣，位於北斗之南，軫翼之北，有十星，以五帝座為中樞，成屏藩之狀。紫微宮，一名紫宮，星座名，三垣之中垣，位於北斗東北，有十五星，東西列，以北極為中樞，成屏藩之狀。《後漢書》注引《春秋合誠圖》曰：「太微，其星十二，四方。」又引《史記．天官書》曰：「環之匡衛十二星，藩臣，皆曰紫宮。」則是太微方而紫微圓。[5]中天之華闕　言高及半天的華麗宮闕。[6]豐　大，用作使動詞，大建。[7]冠山之朱堂　在山頂的朱堂。冠山，在山頂，如山之冠。朱堂，指未央宮，漢高祖七年，蕭何主持營造，倚龍首山建前殿，立東闕、北闕、武庫、太倉等。[8]瓌材　珍奇的棟梁之材。[9]應龍　傳說中有翼的龍，這裡形容屋梁形似應龍。[10]虹梁　其曲如虹之梁。[11]棼橑　閣樓的棟和屋椽。[12]翼　飛檐。[13]荷棟桴　棟桴荷之倒文，言棟桴荷棼橑及翼而高驤。棟，正梁。桴，二梁。[14]驤　舉。[15]瑱　通「磌」。柱下石礎。[16]璫　椽頭裝飾。[17]渥彩　潤澤的色彩。[18]光爓　光輝。爓，同「焰」。[19]景彰　陰影顯明。景，同「影」。彰，明。[20]左墄右平　左側步行故築臺階；右側乘車上下，故使平坦。墄，臺階。[21]重軒　雙重的欄杆。[22]三階　南面之階有三。《周禮．考工記．匠人》：「夏后氏世室九階」，鄭玄注：「南面三階，三面各二也。」此言三階，則知為南面之階。[23]閨房　小室。[24]闥　宮中小門。[25]洞開　通開；大開。[26]虡　懸鐘的木架。[27]金人　銅鑄的人像。[28]端闈　宮殿的正門。[29]增崖　層疊的山崖。增，同「層」。[30]衡閾　橫著門限。衡，同「橫」。閾，門限，門下橫木為內外之限。[31]峻路　高峻的路。宮殿建在山上，因山崖置門限，故門臨峻路。[32]扉　門。按：以上總寫西都宮室的莊嚴雄偉。[33]徇　繞。[34]別寢　正式臥室之外的臥室。《爾雅．釋宮》：「無東西廂，有室曰寢。」[35]清涼宣溫四句　並宮殿名。《後漢書》注引《三輔黃圖》曰：「未央宮有清涼殿、宣室殿、中溫室殿、金華殿、大玉堂殿、中白虎殿、麒麟殿，長樂宮有神仙殿。」注又曰：「長年，亦殿名。」㊱區宇　猶言區域。此指宮館的區域。上下四方曰宇，指空間。㊲增盤　層疊盤屈。增，同「層」。㊳崔嵬　高峻貌，疊韻聯綿詞。《後漢書》作「業峨」，義同。㊴炤爛　光輝燦爛。㊵殊形詭制　形制奇異詭譎。㊶茵　車上的墊子，引申為輿車（小車）。㊷步輦　即輦，人抬的車。漢時唯皇帝、皇后及婕妤得乘輦。這裡指乘輦而行。㊸宴　安閒，亦休息之意。㊹掖庭椒房　與下合歡、增城、安處、常寧、茝若、椒風、披香、發越、蘭林、蕙草、鴛鸞、飛翔，皆后妃所住的宮殿名。㊺昭陽　宮殿名，漢成帝趙昭儀所居。據《漢書．外戚傳》，趙皇后弟「絕幸，為昭儀，居昭陽舍，其中庭彤朱，而殿上髹漆，切皆銅沓黃金塗，白玉階，壁帶往往為黃金釭，函藍田璧，明珠翠羽飾之。」可見其奢侈之甚，故言「特盛」。㊻孝成　即漢成帝。㊼裛　纏繞。㊽藻繡　華美的錦繡。㊾綸連　結青絲綬的網絡，即綮彩。㊿隨侯明月　指隨侯珠、明月珠，皆古代著名的寶珠。(51)金釭銜璧　壁帶上以金環飾之，其中鑲嵌璧玉。釭，宮室壁帶上的環狀飾物。(52)列錢　宮殿牆壁上的飾物，金環裡鑲著璧玉，排列在一條橫木（稱壁帶）上，像一串錢似的。(53)翡翠　指翡翠鳥羽毛。(54)火齊　珠名。(55)耀　光彩。(56)懸黎垂棘　皆古代著名的寶玉名。(57)玄墀　塗漆的墀。墀，殿上空地。(58)釦砌　猶「鏤砌」。釦，《說文》：「金飾器也。」砌，臺階。《後漢書》作「切」，借作「砌」。(59)碝磩　似玉之石。(60)綵緻　花紋細密。(61)琳琘　玉石名。琘，當作瑉。(62)青熒　光明貌，疊韻聯綿詞。(63)碧樹　碧玉雕刻的樹。碧，青綠色的玉。(64)阿　曲隅，言珊瑚碧樹周繞庭院而生。(65)紅羅　指後宮美女穿的綾羅。(66)颯纚　衣裳長而下垂貌，雙聲聯綿詞。(67)綺組　素地起花紋的絲帶。(68)華燭　光華照耀。燭，照。(69)十有四位　《漢書．外戚傳》：「適（嫡）稱皇后，妾皆稱夫人。又有美人、良人、八子、七子、長使、少使之號焉。至武帝則制倢伃、娙娥、傛華、充依，各有爵位，而元帝加昭儀之號，凡十四等云。」(70)繁華　青春年少。(71)迭　遞。按：「蓋以百數」句以上鋪敘西都後宮之盛。(72)左右句　姚鼐原注云：「周時天子諸侯朝皆在廷，不在堂。惟《考工記》云：『外有九室，九卿朝焉。』此通言治事之所曰朝耳。漢時治事亦在廷中，與古同。異於古者，皆坐而非立也。其朝堂蓋本為大臣所次止，略如古之九室。《前漢書》內不見朝堂事，如〈霍光傳〉議立帝，固在廷也。至後漢則陳球議竇太后事，袁安議北單于事，並在朝堂矣。而熹平四年議歷，則又在司徒府廷中。似議人少則在堂，人多則在廷耶？以東京之事推之，西都或亦然耶？此朝堂蓋亦南向，在殿廷外偏東，故〈西都賦〉云朝堂承東，非如後世朝房之制也。而班云『左右廷中』者，自指百僚位言之，非朝堂有左右。」錄以備考。(73)蕭曹魏邴　蕭何，漢高祖時丞相。曹參，惠帝時丞相。魏相、邴吉，皆宣帝時丞相。(74)佐命　古代帝王建立王朝自謂承受天命，因稱輔佐之臣為佐命。(75)垂統　以王業傳給子孫。(76)愷悌　和樂簡易，疊韻聯綿詞。(77)毒螫　指暴虐政治留下的餘毒。(78)樂和之聲　原注云：「鼐按：此用王襄令王褒作〈中和樂職宣布詩〉事。善注引《孔叢子》

「功善者其樂和』，非也。」(79)畫一之歌　蕭何死，曹參為相，一遵蕭何之法，百姓歌之曰：「蕭何為法，較若畫一。曹參代之，守而弗失。載其清靜，民以寧一。」(見《史記・曹相國世家》)(80)天祿石渠　漢殿閣名，在未央宮北，為藏典籍之處。(81)六藝　指禮、樂、射、御、書、數六種科目，又指《詩》、《書》、《禮》、《樂》、《易》、《春秋》六經。此處當指後者。(82)稽合　考合，謂考校典籍之異同。(83)承明金馬　皆宮殿名。承明廬，漢殿名，在未央宮中。金馬門，見前注。(84)大雅宏達　指雅正博通之士。(85)元元本本　謂能探究事物道理的原始。元、本皆初、始之義。(86)殫見洽聞　謂見聞極廣。殫，盡。洽，遍。(87)祕文　指祕書，宮廷內的藏書。(88)鉤陳　星名，在紫微宮內。《後漢書》注引《漢書音義》曰：「鉤陳，紫宮外星也，宮衛之位亦象之。」意謂像鉤陳環衛紫宮一樣，皇宮周圍亦有守衛者的崗位環繞著。(89)嚴更　督察行夜的更鼓。(90)禮官　掌禮儀之官。秦置奉常掌宗廟禮儀，漢景帝改名太常。(91)甲科　奉常屬官有博士，掌試策，考其優劣，為甲乙之科。(92)群　亦聚集之意。(93)廉孝　廉潔孝順。漢有孝廉科目，由各郡國薦舉。二句言各郡國所舉之孝廉皆聚集於禮官所主持之考試。以「署」、「孝」音近，故錯綜其文以就韻，又當時以對策見獎拔者，多充侍從之臣，故承上言侍衛而兼及之。(94)虎賁贅衣　皆官名。漢武帝置期門郎，平帝時更名虎賁郎，主宿衛。贅衣即綴衣，主衣之官。(95)閹尹閽寺　並宦官。閹尹主宮室出入，閽寺主宮門。(96)陛戟　近臣持戟陳於階陛之下。(97)典司　主管。典，《後漢書》作「攸」，所。按：以上鋪敘西都官署建置之周備。(98)周廬　周繞宮廷的宿衛之廬。原注云：「鉤陳之位，郎衛也；周廬千列，卒衛也。」(99)徼道　巡邏警戒的道路。(100)綺錯　縱橫交錯。(101)經營　周旋往來。(102)修除　通往樓閣的長階梯。除，《後漢書》作「涂」，通「塗」。路。(103)桂宮　漢宮名，在未央宮北。(104)彌　終止。(105)明光　漢宮殿名，在未央宮北。(106)亙　連接。《後漢書》作「絙」，義同。(107)長樂　漢宮名，在未央宮東。(108)墱道　有臺階的道路，即閣道。(109)墉　城牆。(110)棍　連通。《後漢書》作「混」。(111)建章　漢宮名，漢武帝所建，在長安西城外，隔城與未央宮相對。(112)外屬　與城外相連屬。屬，連綴。(113)壁門　漢宮門名。(114)鳳闕　漢宮闕名，皆屬建章宮。《史記・孝武本紀》於是作「建章宮，……其東則鳳闕，高二十餘丈；其南則有壁門之屬」。《索隱》：「《三輔故事》云：北有圜闕高二十丈，上有銅鳳皇，故曰鳳闕也。」(115)觚棱　殿堂上最高之處。殿堂屋角的瓦脊成方角棱瓣之形，故云。觚，《後漢書》作「柧」。(116)金爵　即鳳闕上的銅鳳皇。爵，同「雀」。(117)別風　漢宮闕名，一名折風，《三輔故事》謂在「建章宮東」，或謂即鳳闕。按：《史記・孝武本紀》鳳闕在建章宮東，《三輔故事》謂在北，未知孰是。若據《三輔故事》則非一處。(118)嶕嶢　高聳貌，疊韻聯綿詞。(119)眇　通「妙」。奇妙。(120)聳擢　聳起；高聳。(121)陰陽　指晚上和白天。(122)正殿　指建章宮前殿。(123)層構　重疊的結構，意指樓閣重疊。(124)臨乎未央　臨視未央宮，即比未央宮高。(125)駘盪　與下馺娑、枍詣，皆建章宮中的別殿。[126]天梁　亦宮名。此句「與」上原有「以」字，因與下三字義不相屬，《後漢書》無，故姚氏柾去。[127]反宇　飛檐向上翻卷仰起。宇，屋檐。[128]蓋戴　覆蓋。[129]激日景句　言宮殿的光輝與日影相激射，日影下照而反納其光。景，同「影」。[130]神明　臺名，在建章宮內，上立銅仙人，手擎承露盤。[131]鬱　盛貌。[132]偃蹇　高貌，疊韻聯綿詞。[133]躋　升。[134]軼　突過。[135]太半　凡數三分有二為太半。[136]迴帶　縈迴纏繞。[137]棼橑　棟與橫梁。[138]僄狡　輕疾勇猛。[139]愕眙　驚視。[140]井幹　樓名。《史記・孝武本紀》：「乃立神明臺、井干樓，高五十餘丈，輦道相屬焉。」[141]眩轉　昏眩旋轉。[142]櫺檻　欄杆。[143]稽　留。[144]怳怳　同「恍恍」。心神不定。[145]迴塗　回轉的道路。[146]甬道　複道，樓閣之間架設的通道。[147]杳窱　同「窈窕」。幽深貌，疊韻聯綿詞。[148]飛闥　閣上臨空如飛的門。[149]洋洋　無所歸依貌。[150]唐中　與後「太液」皆池名。唐中在建章宮西，太液在建章宮北。[151]湯湯　大水急流貌。[152]碣石　古山名。山頂有巨石特出，其形如柱。原來矗立海畔，後海岸前移，遂失舊貌。在今河北昌黎西北。這裡指池岸邊的假山。[153]神岳　指前碣石山。[154]嶈嶈　激流沖擊山石聲。[155]瀛洲　與下「方壺」、「蓬萊」，原為傳說中海上的三座仙山。漢武帝在太液池中築三座山，像瀛洲、方壺、蓬萊。[156]冬榮　冬天不凋謝。[157]嶕嶢　高峻貌。《後漢書》作「崔崒」。[158]崢嶸　高峻貌，疊韻聯綿詞。[159]仙掌　在建章宮中。《後漢書》注引《三輔故事》：「建章宮承露盤，高二十丈，大七圍，以銅為之，上有仙人掌承露，和玉屑食之。」按：《三輔黃圖》說：「銅仙人舒掌承銅盤、玉杯，以承雲表之露。」與《三輔故事》所言稍異。[160]擢　聳起。[161]金莖　指銅柱。《漢書・郊祀志》云，漢武帝曾「作柏梁、銅柱、仙人掌之屬」。按：張衡〈西京賦〉曰：「立修莖之仙掌，承雲表之清露。」則此金莖即支撐承露盤者。[162]埃壒　塵土。壒，《後漢書》作「磕」，音義同。[163]鮮　潔淨，言使顥氣之清英潔淨而不染塵埃。[164]顥氣之清英　指露水。顥，潔白。英，精華；精粹。[165]文成　指文成將軍少翁。漢武帝好神仙，常受方士的欺騙。據《漢書・郊祀志》載：齊人少翁以方術見上，拜為文成將軍，「文成言：『上即欲與神通，宮室被服非象神，神物不至。』乃作畫雲氣車，及各以勝日駕車避惡鬼。又言作甘泉宮，中為臺室，畫天地泰一諸神鬼，而置祭具以致天神。」後方術敗露，被殺。[166]丕誕　大而荒誕。丕，大。誕，荒誕；虛妄。《文選》五臣注張銑曰：「誕，猶術也。」亦通。[167]五利　指五利將軍欒大。欒大也是方士，與少翁同師。他比少翁更精於騙術，曾對漢武帝說：「臣常往來海上，見安旗、羨門之屬，顧以為臣賤，不信。……臣之師曰：『黃金可成而決河可塞，不死之藥可得，仙人可致也。』」漢武帝信以為真，乃拜大為五利將軍（見《漢書・郊祀志》）。[168]刑　借作「型」。法。[169]松喬　赤松子、王子喬，皆古代傳說中的仙人。[170]攸館　居住的地方。攸，所。館，用作動詞，作館舍，居住。[171]寧　安。按：以上鋪敘西都離宮別館的高峻華麗，兼及漢武帝求仙之事。

【語譯】「它的宮室啊，從天圓地方取法其形象，其東西南北依據日光的背陰和向陽。依據地神端正的位置，倣效紫微宮的圓和太微垣的方。樹立起高及半天的華麗的宮闕，大建覆蓋山頂的紅色殿堂。依照珍奇的棟梁之材而盡其奇巧，樹立起如應龍般屈曲如虹的大梁。排列棟木和椽木來布置飛檐，由正梁和二梁扛著而高高昂揚。雕刻玉石的石礎來安放楹柱，裁剪金璧來裝飾椽頭的瓦璫。散發著五彩斑爛的潤澤的色彩，光輝明亮而陰影清晰亮堂。於是左邊是臺階而右邊是平路，雙重的欄杆南面有三個臺階。小房室四處布滿，宮中的門戶大開。在院子裡擺列鐘架，在宮殿的正門設立銅人。依據重疊的山崖而橫著門限，面對峻峭的道路而開著大門。繞著正式宮殿的宮室和寢宮，承接著高臺閒館，煥然如眾多星宿，環繞著紫微宮一般。清涼殿、宣室殿、中溫室殿、神仙殿、長年殿、金華殿、玉堂殿、白虎殿、麒麟殿，宮殿的區域像這樣，不可以述說詳盡。這些宮殿層疊盤屈而高峻，上下光輝燦爛，形制奇特詭異，每每各自異觀。乘著小車或坐著輦車，任憑在哪裡休息安閒。後宮就有掖庭、椒房，后妃的宮室，有合歡、增城、安處、常寧、茝若、椒風、披香、發越、蘭林、蕙草、鴛鸞、飛翔一類。昭陽宮特別華麗，在孝成帝時最為興盛，房屋不呈現木材，牆壁不顯露原形，纏繞著五彩的錦繡，網絡著青絲綬結的綸連，隨侯珠和明月珠，交錯地分布在它們中間，金環裡鑲嵌著璧玉，這就叫做列錢。翡翠羽和火齊珠，泛著光彩還含著精英，懸黎璧和垂棘璧，還有夜光珠也存在其中。於是塗漆的丹墀和雕鏤的臺階，玉石的臺階和紅色的院庭，碝碱石花紋細密，琳瑉玉光彩鮮明，珊瑚樹和碧玉雕刻的樹，周繞著庭曲而生。美人穿的紅色綾羅長而下垂，素地起花紋的絲帶色彩繽紛，精彩閃爍又光華照耀，俯仰之態猶如神人。后宮的名號，一十四種，美好而青春年少，更相興盛，更相貴重，處在這個行列的人，大概要用百來計數。在朝廷的左右兩側，朝堂裡百官的位置，有蕭何、曹參、魏相、邴吉，在其上出謀劃策。輔佐天命就能留下王業，輔佐天子就能成就風化教育，流布大漢的和樂簡易，滌蕩亡秦暴虐的餘毒。所以讓這些人宣揚歡樂和諧的樂聲，產生劃一的歌曲，功勳恩德在祖宗的時代顯著，豐厚的恩澤沾潤著黎民百姓。又有天祿閣、石渠閣，這些收藏圖書典籍的府庫，任命那些殷勤教誨的長老，著名的儒者和師傅，講誦討論六經，考校典籍的相同和不同之處。又有承明廬、金馬門，這些著作的府庭，任命那些雅正博通之士，在這裡聚結成群，探究事物道理的元始，運用他們廣博的見聞，闡明發揮篇義章旨，校正整理祕籍舊文。環繞著鉤陳星環衛紫微宮一樣的位置，警衛著督察夜行的更鼓的官署，總聚禮官考試的甲科之士，聚集著各郡國選拔的廉孝的科目。虎賁郎主管宿衛，綴衣主管衣服，還有宦官主管宮門和宮室出入，階陛的戟擺列有上百重，各自都有主管和掌握。周繞宮廷的宿衛之廬有上千列，巡邏警戒的道路縱橫交錯，輦車的道路周旋往來，有通往樓閣的長階級和飛聳的高閣。自未央宮一直連接桂宮，北面到了明光宮而一直連接著長樂。登上有臺階的閣道而越過西面的城牆，連通建章宮而與城外相連屬。在璧門設有鳳闕，登上殿堂的最高處而棲息著金爵。其中有別風闕特別高峻，奇妙華麗精巧而高高聳擢，張開上千的門設立上萬的戶，順著白天黑夜而打開閉闔。這就正殿高聳，重疊的結構很高，向下臨視著未央宮，經過駘盪殿，走出馺娑殿，穿過枍詣殿和天梁宮。向上翻卷仰起的飛檐覆蓋著，宮殿的光輝與日影相激射而反納其光。神明臺華麗地特出聳起，就高高地向上升揚，突過雲雨三分有二，虹霓縈迴纏繞在它的屋棟與橫梁。雖然輕捷迅疾而勇猛，就驚視而不能緣階級上升。攀著井幹樓未及一半，目光昏眩旋轉而心意迷茫。捨棄欄杆而後退倚靠，好像要掉了下來而又稽留停住。神魂恍忽不定而失去風度，就緣著回轉的道路下到低處。既然對登高遠望感到恐懼，就降下來周轉行遊而徘徊不定，在甬道裡漫步而縈繞紆迴，又極幽深而見不到光明。排開閣上臨空如飛的門而向上走去，好像在天外隨意瞻望，似乎無有依靠而無倚無憑。前面有唐中池而後面有太液池，像看到大海的波濤洶湧。在碣石山揚起波濤，激盪這座神山而將山石沖撞。漂浮到海中仙山瀛洲與方壺，在它的中央有蓬萊山高聳。在這裡靈草冬天還茂盛，神木遍地叢生，山巖陡峭而高峻，金石突兀崢嶸。舉起仙掌來承接露水，高聳著並立的銅柱高擎。越過塵埃的混濁，使潔白的露水更加潔淨。放任文成將軍少翁大大的荒誕，馳騁五利將軍欒大的法則典型，希望赤松子、王子喬一類的人物，時時跟從行遊在這種院庭。這實在是神仙們居住的處所，不是我輩人所安寧。

「爾乃盛娛遊之壯觀，奮大武[1]乎上囿，因茲以威戎[2]夸狄，耀威靈而講武事。命荊州[3]使起鳥，詔梁野[4]而驅獸，毛群[5]內闐[6]，飛羽[7]上覆，接翼側足[8]，集禁林[9]而屯聚。水衡[10]虞人[11]，修其營表[12]，種別群分[13]，部曲[14]有署。罘網[15]連紘[16]，籠山絡野，列卒周匝，星羅雲布。於是乘輿[17]備法駕[18]，帥群臣，披飛廉[19]，入苑門。遂繞酆鄗[20]，歷上蘭[21]，六師[22]發逐，百獸駭殫[23]，震震爚爚[24]，雷奔電激，草木塗地，山淵反覆[25]。蹂躪其十二三，乃拗怒[26]而少息。爾乃期門佽飛[27]，列刃鑽[28]鍭，要趹[29]追蹤，鳥驚觸絲，獸駭值鋒。機[30]不虛掎[31]，弦不再控，矢不單殺，中必疊雙，颮颮紛紛[32]，矰繳[33]相纏，風毛雨血[34]，灑野蔽天。平原赤[35]，勇士厲，猨狖失木[36]，豺狼懾竄。爾乃移師趨險，並蹈潛穢[37]，窮虎[38]奔突，狂兕觸蹶。許少[39]施巧，秦成力折，掎[40]僄狡[41]，扼[42]猛噬[43]，脫角挫脰[44]，徒搏獨殺。挾師[45]豹，拖熊螭[46]，曳犀犛，頓[47]象羆，超洞壑[48]，越峻崖，蹶[49]嶄巖[50]，巨石隤[51]，松柏仆，叢林摧，草木無餘，禽獸殄夷。於是天子乃登屬玉[52]之館，歷長楊[53]之榭[54]，覽山川之體勢，觀三軍之殺獲。原野蕭條，目極四裔[55]，禽相鎮壓[56]，獸相枕藉。然後收禽會眾，論功賜胙[57]，陳輕騎以行炰[58]，騰酒車以斟酌，割鮮野食，舉燧[59]命爵[60]。饗賜畢，勞逸齊[61]，大輅[62]鳴鑾[63]，容與徘徊。集乎豫章[64]之宇，臨乎昆明[65]之池，左牽牛[66]而右織女，似雲漢之無涯。茂樹蔭蔚[67]，芳草被隄，蘭茝發色，曄曄猗猗[68]，若摛錦布繡，燭耀乎其陂[69]。玄鶴白鷺，黃鵠鵁鶄，鶬鴰鴇鶂，鳧鷖鴻鴈，朝發河海，夕宿江漢，沉浮往來，雲集霧散。於是後宮乘輚輅[70]，登龍舟，張鳳蓋[71]，建華旗[72]，袪[73]黼帷[74]，鏡[75]清流，靡[76]微風，澹淡[77]浮。櫂女[78]謳，鼓吹[79]震，聲激越，謍[80]厲[81]天，鳥群翔，魚窺淵。招[82]白閒[83]，下[84]雙鵠，揄[85]文竿[86]，出比目[87]。撫[88]鴻罿[89]，御矰繳，方舟[90]並鶩，俛仰[91]極樂。遂乃風舉雲搖，浮游溥[92]覽，前[93]乘秦嶺[94]，後越九嵕，東薄河華，西涉岐雍[95]，宮館所歷，百有餘區，行所朝夕，儲不改供。禮上下而接[96]山川，究休祐[97]之所用，采遊童之讙謠，第從臣之嘉頌[98]。

【章　旨】本段極力鋪敘西都田獵遊樂的盛況。因帝王遊獵亦打著取牲以供祭祀的旗號，故因及祭祀之事，而采風獻頌之事亦附及之。

【注　釋】❶大武　盛大的武事。古代以田獵作為軍事演習。❷戎　與下「狄」並指古代我國邊境各少數民族。❸荊州　〈禹貢〉九州之一，包括今兩湖及江西西部。❹梁野　指梁州，〈禹貢〉九州之一，包括今陝西南部及四川。這裡舉荊、梁以概其餘，言令九州之人使鳥起飛，並驅逐其獸，使集中於上林苑。❺毛群　指獸類。❻闐　同「填」。充滿。❼飛羽　指鳥類。❽接翼側足　使鳥翼相接，獸足側立，皆言其多。❾禁林　帝王的苑囿園林。以禁止他人活動，故稱禁林。❿水衡　水衡都尉，官名，掌諸池苑。⓫虞人　掌山澤之官。⓬營表　以繩度地，插上標誌。這裡指為田獵準備的各種標誌。表，樹立的標誌。⑬種別群分　以種相別，以群相分，言部曲各有所主。⑭部曲　古時軍隊的編制單位。《文選》注引《續漢書》曰：「將軍皆有部。大將軍營五部，部有校尉一人。部下有曲，曲有軍候一人。」⑮罘網　捕獸之網。⑯紘　網上的綱繩。⑰乘輿　代指天子。《後漢書》及《文選》注均引蔡邕《獨斷》曰：「天子至尊，不敢褻瀆言之，故託於乘輿。」⑱法駕　皇帝出行的車駕，按其規模有大駕、法駕、小駕之分。大駕，公卿奉引，太僕御，大將軍參乘，屬車八十一乘；法駕，京兆尹奉引，侍中參乘，奉車郎御，駕六馬，屬車三十六乘。⑲飛廉　漢宮館名。言率百官自飛廉館而入苑中。⑳酆鄗　均地名。酆，在今陝西鄠縣東。鄗，在今陝西西安西南。㉑上蘭　漢宮觀名，在上林苑中。㉒六師　亦稱六軍。周制，天子有六軍。㉓駭殫　驚懼。殫，通「憚」。㉔震震爚爚　光明貌，一說奔走之貌。㉕反覆　猶言「傾動」。㉖拗怒　抑制憤怒。㉗期門佽飛　皆官名。期門，掌執兵出入護衛，漢武帝置，元帝改名虎賁郎。佽飛，掌弋射，為漢少府屬下武官。㉘鑽　借作「攢」。聚。《文選》即作「攢」。㉙跌　奔，指奔跑之獸。㉚機　弩牙；弓上發箭的裝置。㉛掎　發射。㉜飑飑紛紛　眾多貌。㉝矰繳　繫有絲繩用以射鳥的短箭。㉞風毛雨血　言毛血雜下如風雨。㉟赤　言被血染紅。㊱失木　因恐懼而從樹上掉下。㊲潛穢　幽深而榛蕪之林。㊳窮虎　被追擊得走投無路的虎。㊴許少　與下「秦成」，皆勇士名。生平事跡不詳。㊵掎　捉住。㊶僄狡　輕捷之獸。㊷扼　捉。㊸猛噬　凶猛咬人的獸。㊹挫脰　折斷脖頸。㊺師　同「獅」。㊻螭　一種猛獸。㊼頓　挫傷。㊽洞壑　深的山谷。《後漢書》作「迥壑」，迥亦深之意。㊾蹶　撼動。㊿嶃巖　這裡指高峻的山石。又為山石高峻貌。《後漢書》作「巉巖」，義同。(51)隤　塌落。(52)屬玉　漢觀名，在萯陽宮。(53)長楊　漢行宮名，在上林苑內，故址在今陝西盩厔東南。(54)榭　用木構築的臺。(55)四裔　四方極遠之地。(56)鎮壓　重壓。鎮，壓；重。(57)胙　餘肉。(58)炰　烤肉。(59)舉燧　燃起火光。(60)命爵　勸酒。爵，盛酒器，一升曰爵。按：以上寫田獵的盛況。(61)齊　勞者賜多，逸者賜少，故曰齊。(62)大輅　天子乘坐的車。輅，《文選》作「路」，義同。(63)鑾　鑾鈴，車上的鈴。《後漢書》作「鸞」，義同。(64)豫章　觀名，在上林苑。(65)昆明　池名，在長安附近，周圍四十里，廣三百三十二頃。(66)牽牛　與下「織女」本指天上兩個星宿。這裡指昆明池的兩個石人。《後漢書》注引《漢宮闕疏》曰：「昆明池有二石人，牽牛織女之象也。」(67)蔭蔚　草木茂盛貌，雙聲聯綿詞。(68)曄曄猗猗　美麗之貌。(69)陂　陂塘，指昆明池。(70)輚輅　臥車。輅，《後漢書》作「路」，義同。(71)鳳蓋　鳳凰傘，帝王儀仗用，其制未詳，可能是其上繡有鳳凰，也可能是飾以鳳羽。(72)華旗　綵旗。(73)袪　舉起。(74)黼帷　繡花的帷幕。此指龍舟上的帷幕。(75)鏡照。(76)靡　隨。(77)澹淡　隨風漂浮貌。(78)櫂女　划船的女子。(79)鼓吹　鼓樂簫管之聲。(80)訇　大聲。(81)厲　至；附。(82)招取。(83)白鵰　《後漢書》注云：「弩有黃閒之名，此言白閒，蓋弓弩之屬。」《文選》作「白鷴」，鳥名。(84)下　射落。(85)揄引。(86)文竿　竿以翠羽為文飾。(87)比目　魚名。(88)橅　《後漢書》、《文選》均作「撫」，當從。持取之意。(89)鴻罿　大的捕鳥網。罿，《後漢書》作「幢」，舟中的幢蓋。(90)方舟　兩舟相併。(91)俛仰　一俯一仰，指每個活動。按：以上寫水上嬉遊之樂。(92)溥　同「普」。遍。(93)前　與下「後」分指南、北。(94)秦嶺　此指終南山。(95)岐雍　岐山和雍縣。岐山在陝西岐山東北。雍，漢縣名，即今陝西岐山。(96)接　亦祭祀之意。(97)休祐　美好的福澤。(98)嘉頌　美好的賦頌。按：以上兼及采風獻頌之事。

【語譯】「至於大興娛樂嬉遊的壯麗場面，在上林苑內大規模舉行軍事演習，因此來向戎狄誇耀威武，顯示威力神聖而講求軍事。命令荊州使趕起飛鳥，詔令梁州使驅趕猛獸，各種野獸充滿苑內，各種飛鳥覆蓋天宇，鳥翼相接而獸足側立，集中到上林苑而屯積集聚。水衡都尉和虞人，修治那紮營的標誌，以種類相別，以各群相分，各路部隊均有部署。捕獸的網綱繩相連，籠罩山崗和滿布原野，排列的士卒四處布滿，如星之羅列和如雲之遍布。於是天子準備法駕，帥領群臣，打開飛廉館，進入苑門。於是繞過酆地、鄗地，經過上蘭宮，六師出發追逐，所有野獸驚駭震恐，奔騰飛跑，如雷霆奔騰，如電光激射，草木倒地，山崩地裂。踐蹈了十分之二三，才抑制憤怒而稍微休息。至於期門官和佽飛官，排列刀刃和攢聚箭頭，攔截奔跑之獸和追逐獸的行蹤，飛鳥驚懼而觸著絲網，野獸震駭而碰上刀鋒。弩牙絕不白白引發，弓弦不兩次拉動，一箭不只是射殺一個，一射必定射中一雙，槍林箭雨，射鳥的短箭互相糾纏，飛毛如風，灑血如雨，灑遍原野，遮蔽青天。平原被血染紅，勇士更加振奮，猿猴從樹上掉下，豺狼因恐懼而奔竄。於是轉移部隊趨向險阻，並且踏上幽深的荊棘，走投無路的老虎狂奔亂突，瘋狂的野牛觸碰而倒地。許少施展技巧，秦成竭力摧擊，捉住輕捷之獸，捕捉凶猛咬人的動物，拉脫獸角而折斷獸頸，空手搏擊而獨自殺戮。挾住獅子豹子，拖住熊和螭，拉住犀牛犛牛，挫傷大象熊羆，超越深的山谷，越過峻峭的山崖，撼動高峻的山石，巨大的石頭崩塌，松柏樹倒下，叢生的樹林被摧折，草木沒有留下一點，禽獸全被殺絕。於是天子就登上屬玉這座宮館，經過長楊宮的臺榭，觀察山河的體態形勢，觀看三軍的殺戮捕獲。原野寂靜無聲，放目遠望四方邊遠之地，禽鳥互相堆壓，野獸互相枕藉。然後收住獵鷹會合大眾，評論功勞而賜予餘肉，陳列輕騎而分賜烤肉，駕馭酒車而給大家酌酒，切割鮮肉在野外食用，燃起火光叫大家盡情享受。賞賜酒食完畢，勞者逸者各得所欲，天子乘坐的大輅響起鑾鈴，安閒自得而來往猶疑。聚集在豫章觀的屋檐下，面對著昆明池，左邊是牽牛而右邊是織女，像天河一樣無際無涯。密茂的樹木蔥蘢繁茂，芳香的野草覆蓋著大堤，蘭花白芷閃耀著綵色，光彩燦爛十分美麗，好像舒展錦緞和羅布刺繡，照耀在昆明池的四圍。玄鶴、白鷺，黃鵠、鵁鶄，鶬鴰、鴇鶂，鳧鷖、鴻鴈，早晨從江海出發，傍晚就棲宿在江漢，或沉或浮來來往往，如雲會集又如霧四散。於是後宮的妃嬪乘坐著臥車，登上龍舟，張掛起鳳凰傘，樹立起華綵的旗旒，掛起繡花的帷幕，照著清澈的水流，跟隨著微微的風，自然地舒展漂浮。划船的女子唱著歌，鼓樂簫管之聲震響，聲音激越昂揚，大聲飄到了天上，鳥聽到群起而飛，魚聽到窺淵而深藏。取來白閒弓，射下一雙黃鵠，舉起文飾的釣竿，釣起比目魚。拿起大捕鳥網，使用射鳥的短箭鏃，兩舟相併一齊划動，一俯一仰都極盡歡樂。於是就如風之舉，如雲之搖，四處周遊，普遍觀看，南面登上終南山，北面跨越九嵕山，東面迫近黃河和太華，西面到達岐山和雍縣，所經過的宮館，有百多個去處，所到之處無論朝夕，儲積足夠供給而不需改易其供具。敬禮天神地祇而祭祀山川神靈，全有祈求美好福澤所用的祭品，採集遊玩的兒童的歡快的歌謠，品第侍從之臣所獻的美好的賦頌。

「於斯之時，都都相望，邑邑相屬，國藉十世❶之基，家承百年之業，士食舊德之名氏，農服先疇❷之畎畝，商循族世之所鬻，工用高曾之規矩，粲乎隱隱❸，各得其所。若臣者，徒觀迹於舊墟❹，聞之乎故老，十分未得其一端，故不能徧舉也。」

【章旨】本段是西都的總結，與篇首「攄懷舊之蓄念，發思古之幽情」相應，歌頌西漢帝王的遺澤。

【注釋】❶十世　十代。與下「百年」都是舉成數以言其久遠。❷先疇　祖先的田地。❸隱隱　明盛貌。❹舊墟　故都。

【語譯】「在這個時期，一座座都市互相望見，一個個縣邑互相連接，國家憑藉著十代的基礎，家庭繼承著百年的舊業，士人食用著先世德澤的名號姓氏，農民耕種著祖先留下的田地，商人遵循著舊族先世出售的貨物，工人使用著高祖曾祖的規矩，鮮明啊特別鮮明，各自得到他們的處所。像我這種人，僅僅是從故都看到一點遺跡，從故舊老人那裡聽到這些，十分還沒有得到它的一分，所以不能全面地列舉了。」

東都主人喟然而歎曰：「痛乎風俗之移人也！子實秦人，矜❶夸館室，保界❷河山，信識昭襄❸而知始皇矣，烏覩大漢之云為❹乎？夫大漢之開元❺也，奮布衣以登皇位，由數期❻而創萬世，蓋六籍❼所不能談，前聖靡得而言焉。當此之時，功有橫❽而當天❾，討有逆而順民❿，故婁敬度勢而獻其說，蕭公⓫權宜而拓其制⓬。時豈泰⓭而安之哉？計不得以已也。吾子曾不是睹，顧曜後嗣之末造⓮，不亦暗乎？今將語子以建武⓯之治，永平⓰之事，監⓱於太清⓲，以變子之惑志。

【章旨】本段寫東都主人批評西都賓矜誇西都館室，不知東都、西都之別，以引起下文。

【注釋】❶矜　亦「誇」之意。❷保界　謂守山河之險以為界。❸昭襄　秦昭襄王，名則，又名稷，秦武王之異母弟。❹云為　猶言「所為」。言意有所在。《漢書．王莽傳》：「帝王相改，各有云為。」即此意。❺開元　創始。元，始。《後漢書》作「開原」，義同。❻數期　幾年。劉邦從起兵到即帝位前後凡八年。期，周年。❼六籍　即六經。❽橫　橫逆不順理，謂以臣代君。❾當天　合天意，指劉邦入關時五星聚於東井。❿順民　順人心，指劉邦入關時秦人爭獻牛酒。⓫蕭公　指蕭何。

⓬制　指修建長安的規模制度，如修建未央宮之類。⓭泰　奢泰；奢侈。按：《漢書・高帝紀》載，七年，「蕭何治未央宮，立東闕、西闕、前殿、武庫、太倉。上見其壯麗，甚怒，謂何曰：『天下方未定，故可因以就宮室。且夫天子以四海為家，非令壯麗，無以重威，且亡令後世有以加也。』上說。」故這裡說，當時都長安，不是以其泰侈而安之，是計有不得已之處。⓮末造　末代的造作。〈西都賦〉：「世增飾以崇麗。」故這裡以後繼的末代造作相譏。⓯建武　漢光武帝年號。⓰永平　漢明帝年號。⓱監　通「鑑」。言以之為鑑。⓲太清　即下文「鏡至清」之「至清」，指清靜寡欲重禮樂教化的政治思想，與《莊子》、《淮南子》所說的「太清」不盡相同。

【語　譯】東都主人長長地歎了口氣說：「可傷痛呀，風俗的改變人啊！你確實是秦地人，誇耀宮館殿室，守山河之險以為界，的確只認識秦昭襄王和了解秦始皇，哪裡能看到大漢的用意所在呢？大漢的創始呀，從平民奮起而登上皇帝的寶座，由幾年的奮戰而開創萬世的基業，這大概是六經不能說清楚，前代聖人也沒有能說明白的。當這個時候，功有橫逆不順理而符合天意，計有悖逆不合道而順乎民心的，所以婁敬揣度形勢而進獻他的意見，蕭何權衡時宜而擴展它的制度。當時難道是因為西都泰侈而以之為安嗎？是當時計有不得不這樣的原由。你先生竟然看不到這一點，反而誇耀後代子孫的造作，不是太糊塗了嗎？現在我將告訴你建武時的治理，永平時的事實，以禮樂教化的政治思想為鑑戒，來改變你的迷惑的想法。

「往者王莽❶作逆，漢祚中缺，天人致誅，六合相滅。於時之亂，生民幾亡，鬼神泯絕❷。壑無完柩，郛罔遺室。原野厭人之肉，川谷流人之血。秦項之災❸猶不克半，書契以來未之或紀。故下民號而上訴，上帝懷而降監❹，乃致命乎聖皇❺。於是聖皇乃握乾符❻，闡坤珍，披皇圖❼，稽帝文，赫然❽發憤，應若興雲。霆擊昆陽❾，憑怒❿雷震。遂超大河，跨北嶽⓫，立號⓬高邑⓭，建都河洛⓮。紹⓯

百王之荒屯⑯，因造化⑰之盪滌⑱，體元⑲立制，繼天⑳而作。系唐統㉑，接漢緒，茂育群生，恢復疆宇。勳兼乎在昔，事勤乎三五㉒。豈特方㉓軌並跡，紛綸㉔后辟㉕，治近古之所務，蹈一聖㉖之險易㉗云爾哉？且夫建武之元㉘，天地革命，四海之內，更造夫婦，肇有父子，君臣初建，人倫實始，斯乃伏犧氏㉙之所以基皇德也。分州土，立市朝，作舟輿，造器械，斯乃軒轅氏㉚之所以開帝功也。龔㉛行天罰，應天順民，斯乃湯武㉜之所以昭㉝王業也。遷都改邑，有殷宗㉞中興之則焉；即土之中㉟，有周成㊱隆平㊲之制焉。不階㊳尺土一人㊴之柄，同符㊵乎高祖。克己復禮㊶，以奉終始㊷，允㊸恭乎孝文㊹。憲章㊺稽古，封岱㊻勒成㊼，儀炳乎世宗㊽。按六經而校德，眇㊾古昔而論功，仁聖之事既該，而帝王之道備矣。

【章　旨】本段寫光武再造漢室的盛德和定都洛陽的創業偉績及其制度的完備。

【注　釋】❶王莽　字巨君，代漢做皇帝，建國號曰新，後為赤眉軍所殺。❷泯絕　滅絕。人者神之主，生民既亡，故鬼神的祭祀亦絕。❸秦項之災　秦王朝末年到項羽，戰亂前後共八年。❹降監　下視，謂下視可以為君者。❺聖皇　指光武帝劉秀。❻乾符　與下「坤珍」均指天地所降的祥瑞，舊時迷信指帝王受命於天地的吉祥徵兆。乾，指天。坤，指地。❼皇圖　與下「帝文」均指圖、書、讖、緯之文，如河圖、洛書之類。據《後漢書・光武紀》載，建武元年，彊華奉〈赤伏符〉曰：「劉秀發兵捕不道，四夷雲集龍鬭野，四七之際火為主。」又讖書《春秋演孔圖》曰：「卯金刀，名為劉，赤帝後，次代周。」所謂符瑞圖讖，即這類騙人的把戲。❽赫然　發怒貌。《後漢書》作「赫爾」，義同。❾昆陽　地名，在今河南葉縣。更始元年（西元二三年），劉秀率兵三千，大破王莽軍數十萬於昆陽，殺王尋，消滅莽軍主力，為歷史上以少勝多的著名戰例之一。

⑩憑怒　盛怒。⑪北嶽　指常山。《後漢書・光武紀》載：「及更始至洛陽，乃遣光武以破虜將軍行大司馬事。十月，操節北渡河，鎮慰州郡。」二年，破殺王郎於邯鄲，又擊敗銅馬、青犢等部，河北大體為劉秀所有。⑫立號　建立帝號，指即皇帝位。⑬高邑　縣名，屬河北省。建武元年，諸將請上尊號，行至鄗，光武於是命有司築壇場於鄗南千秋亭五成陌，六月己未，即皇帝位，改鄗為高邑。⑭建都河洛　建武元年「冬十月癸未，車駕入洛陽，幸南宮卻非殿，遂定都焉」。⑮紹　繼。⑯荒屯　猶言廣居，指廣大的土地。屯，人所聚居之處。⑰造化　天地；大自然。這裡指天地神祇的意志。⑱盪滌　雙聲聯綿詞，沖洗；清洗。意謂人民推翻王莽的暴虐統治，是執行神的意志做清掃汙穢的工作，劉秀即因之以成功。⑲體元　體法天地生物之德。《易・乾卦》：「大哉乾元，萬物資始。」⑳繼天　繼承天意。《穀梁傳・宣公十五年》：「為天下主者天也，繼天者君也。」㉑唐統　漢人說劉氏是唐堯之後，故說「系唐統」。唐，指唐堯帝。㉒三五　三皇五帝。㉓方　並。㉔紛綸　雜糅貌，意指賢愚不齊。疊韻聯綿詞。㉕后辟　君主。㉖一聖　指劉邦。㉗險易　險阻和平坦，舊說謂「喻治亂」。按：此指劉邦以關中為險阻而建都，以洛陽為平坦而棄之。舊說未達其意。㉘元　始。㉙伏犧氏　《易・繫辭》說庖犧氏始作《易》八卦，八卦首乾坤。〈繫辭〉說：「天尊地卑，乾坤定矣。高卑以陳，貴賤位矣。」這裡說「人倫實始」，當是就作八卦而推擬之。㉚軒轅氏　即黃帝。㉛龔　通「恭」。㉜湯武　商湯王、周武王。㉝昭　明；發揚。㉞殷宗　指殷商君主盤庚。時商王室衰亂，盤庚率眾自奄（今山東曲阜）遷都於殷（今河南安陽），殷道復興。㉟土之中　指洛陽。《尚書・召誥》稱洛陽為「中土」，言其居全國的中心。㊱周成　周成王，周武王之子，名誦。㊲隆平　興盛太平。周成王時，周公旦在平定商紂王之子武庚及東方諸侯的叛亂後，在洛陽修建周城作為陪都，鎮撫殷之頑民，才使天下太平。㊳階　因；憑藉。㊴尺土一人　指很小的封地。㊵同符　事跡相同如符契之相合。㊶克己復禮　克制自己回復到禮制。《論語・顏淵》載孔子曰：「克己復禮為仁。」㊷終始　指死者和生者。㊸允　信；誠實。㊹孝文　漢文帝劉恆。㊺憲章　效法舊章。㊻封岱　在泰山上築壇祭天。岱，泰山。㊼勒成　刻石記載成功。勒，刻石。㊽世宗　漢武帝廟號。漢武帝元封元年（西元前一一〇年）曾登封泰山。後又三度到泰山修封。光武帝中元元年（西元五六年），根據《河圖會昌符》及讖文的說法，亦封禪泰山。㊾眇　視。

【語　譯】「過去王莽篡漢為逆，大漢的皇位半途絕缺，天意人事給予誅罰，整個天下要將他誅滅。在這時的動亂，人民差不多死盡，鬼神的祭祀滅絕。山谷裡沒有完整的棺材，城郭裡沒有遺留的家室。原野吃飽了人民的肉，川谷淌流著人民的血。秦王朝、項羽時的災難還不能達到這時的一半，自有文字記載的歷史以來還沒有過這樣的記載。所以下土之民號哭著向上帝控訴，上帝也同情顧念而向下觀察，於是就將天命交給了聖明的光武帝。於是聖明的光武帝就握有上天的符命，明示大地的祥瑞，打開偉大的圖書，稽考讖緯的文字，勃然大怒而起兵，響應的人如雲一般興起。像雷霆般轟擊昆陽，盛怒如雷之震響不已。於是跨過黃河，跨越北方的山岳，在高邑建立帝號，建立的都城就在河洛。繼承了前代所有帝王的廣大領土，憑藉著造物主的沖刷洗滌，體察天地的生物之德而建立制度，繼承天意而振作興起。繼續了唐堯傳下的系統，延續了大漢的功勳業績，滋潤著一切生物，恢復了舊有的疆場。功勳兼有過去的一切，事業的勞苦超過了三皇五帝。難道只是並駕齊驅，混雜在過去的君主之列，仿照近古所專注的作法，走著漢高祖認為的長安阻險洛陽平坦的路如此而已嗎？並且在建武年間的初始，天地正在更改天命，整個國家之內，再造了夫婦，開始有了父子，君臣關係剛剛建立，人與人的正常關係這才開始，這就是伏犧氏用來建立帝王之德的基礎的措施。分割各州土地建立州郡，建立市集與朝廷，製造舟船和車輛，造作用具和器械，這就是軒轅氏用來開創帝業的辦法。恭謹地實行上天的懲罰，上應天命，下順民心，這就是商湯王、周武王發揚王業的途徑。遷徙國都，改換居邑，有殷高宗武丁中興的法則；就國土的正中建立洛邑，有周成王興隆太平的體制。不憑藉一寸土、一個人的權柄，跟漢高祖如同符契般相印。克制自己，恢復禮制，來將死者和生者奉侍，信實恭謹，如同孝文帝。效法舊章，稽考古事，登封泰山，刻石記載成功的業績，禮儀明於孝武帝。依據六經而考校仁德，看著古代而評論功業，仁德聖明之事既已完全，帝王的大道也已完備了呢。

「至於永平之際，重熙而累洽❶，盛三雍❷之上儀，修袞龍❸之法服❹，鋪鴻藻❺，信景鑠❻，揚世廟❼，正予樂❽。人神之和允洽❾，群臣之序既肅❿。乃動大輅⓫，遵皇衢⓬，省方巡狩，窮覽萬國之有無，考聲教之所被，散皇明以燭幽。

然後增周舊[13]，修洛邑，扇[14]巍巍，顯翼翼[15]，光漢京於諸夏，總八方而為之極[16]。於是皇城之內，宮室光明，闕庭神麗，奢不可踰，儉不能侈[17]。外則因原野以作苑，順流泉而為沼，發蘋藻以潛魚，豐圃草[18]以毓[19]獸，制同乎梁鄒[20]，誼[21]合乎靈囿[22]。若乃順時節而蒐狩[23]，簡[24]車徒以講武，則必臨之以〈王制〉[25]，考之以〈風〉〈雅〉。歷[26]〈騶虞〉[27]，覽〈駟驖〉[28]，嘉〈車攻〉[29]，采〈吉日〉[30]，禮官整儀，乘輿乃出。於是發鯨魚[31]，鏗華鐘[32]，登玉輅，乘時龍[33]，鳳蓋棽麗[34]，龢鑾[35]玲瓏[36]，天官[37]景從，寢[38]威盛容。山靈護野，屬御方神[39]，雨師汎灑[40]，風伯清塵，千乘雷起，萬騎紛紜，元戎[41]竟[42]野，戈鋋[43]彗[44]雲，羽旄[45]掃霓，旌旗拂天。焱焱炎炎，揚光飛文[46]，吐爓[47]生風，欱[48]野歕[49]山，日月為之奪明，丘陵為之搖震。遂集乎中囿，陳師按屯[50]，駢部曲，列校隊[51]，勒三軍，誓將帥。然後舉烽伐鼓，申令三驅[52]，輶車[53]霆擊，驍騎電騖[54]，由基[55]發射，范氏[56]施御，弦不睼[57]禽，轡不詭遇[58]，飛者未及翔，走者未及去。指顧倏忽，獲車已實，樂不極盤[59]，殺不盡物，馬踠[60]餘足[61]，士怒未泄，先驅復路，屬車案節[62]。於是薦三犧[63]，效[64]五牲[65]，禮神祇，懷[66]百靈，覲明堂[67]，臨辟雍[68]，揚緝熙[69]，宣皇風[70]，登靈臺[71]，考休徵。俯仰乎乾坤，參象乎聖躬[72]，目中夏而布德，瞰四裔而抗稜[73]。

西盪河源，東澹海漘[74]，北動幽崖[75]，南燿朱垠[76]。殊方別區，界絕而不鄰，自孝武之所不征，孝宣之所未臣，莫不陸讋水慄[77]，奔走而來賓。遂綏[78]哀牢[79]，開永昌[80]，春王三朝[81]，會同[82]漢京。是日也，天子受四海之圖籍，膺[83]萬國之貢珍，內撫諸夏，外綏百蠻[84]。爾乃盛禮興樂，供帳[85]置乎雲龍[86]之庭，陳百寮[87]而贊[88]群后[89]，究皇儀而展帝容。於是庭實[90]千品，旨酒萬鍾[91]，列金罍[92]，班玉觴，嘉珍御，太牢[93]饗[94]。爾乃食舉[95]雍徹[96]，太師[97]奏樂，陳金石，布絲竹，鐘鼓鏗鎗[98]，管弦曄煜[99]。抗五聲[100]，極六律[101]，歌九功[102]，舞八佾[103]，〈韶〉〈武〉[104]備，泰古畢。四夷[105]間奏，德廣所及，〈僸〉〈佅〉〈兜離〉[106]，罔不具集。萬樂備，百禮暨，皇歡浹[107]，群臣醉，降烟熅[108]，調元氣[109]。然後撞鐘告罷，百寮遂退。

【章旨】本段頌揚明帝時東都城郭禮樂的建設的合乎禮制，即使田獵也「樂不極盤，殺不盡物」，只根據禮制「三驅」而止，以至文德遠播，四夷賓服。

【注釋】❶洽 協和。言光武既光明協和，而明帝又繼之，故曰「重熙而累洽」。❷三雍 辟雍、明堂、靈臺，合稱三雍，為古代帝王舉行祭祀典禮的地方。❸袞龍 卷龍衣，古代帝王及上公的繡有龍的禮服。❹法服 禮法規定的標準服。《後漢書・明帝紀》載，永平「二年春正月辛未，宗祀光武皇帝於明堂，帝及公卿列侯始服冠冕，衣裳、玉佩、絇屨以行事。禮畢，登靈臺」。「三月，臨辟雍，初行大射禮」。❺鴻藻 大藻。藻，藻繢；文彩，指禮儀、服冕之類。❻景鑠 大美，指明帝詔書中稱頌光武之美。《詩・周頌・酌》「於鑠王師」，毛傳：「鑠，美。」按：〈酌〉是歌頌周武王之詩，此用「景鑠」，亦兼取其義。❼揚世廟　謂上尊號光武廟曰世廟。❽予樂　用於郊廟朝會的正樂。永元二年，明帝至辟雍，「升歌鹿鳴，下管新宮，八佾具修，萬舞於庭」，又三年「初奏文始、五行、武德之舞」等，都是所謂「正予樂」。永平二年改大樂為大予樂。❾允洽　的確協和。❿肅　嚴肅。謂明帝修禮崇樂，故神人和而群臣肅。⓫大輅　天子乘坐的木車。⓬皇衢　大道。⓭周舊　周王朝的舊制。周公營洛邑，漢又增修之，故曰增。⓮扇　通「煽」。熾盛貌。⓯翼翼　莊嚴宏偉貌。二句《後漢書》作「翩翩巍巍，顯顯翼翼」。⓰極　中，指洛陽居全國之中。⓱奢不二句　言奢者居之，不可踰越，儉者居之，不以為侈，極言其奢儉合乎禮法。⓲圃草　大片草地。李善注：「韓詩曰『東有圃草』，薛君曰：『圃，博也。』」⓳毓　同「育」。養育。⓴梁鄒　古代天子打獵的地方。《後漢書》注引《魯詩傳》曰：「古有梁鄒者，天子之田也。」㉑誼　同「義」。行為合宜。㉒靈囿　周文王的苑囿。㉓蒐狩　打獵。春獵曰蒐，冬獵曰狩。㉔簡　選。㉕王制　《禮記》篇名。〈王制〉篇曰：「天子諸侯無事則歲三田，田不以禮曰暴天物。」㉖歷　視。《爾雅・釋詁》：「歷，相也。」㉗騶虞　〈國風・召南〉篇名。《毛傳・騶虞序》曰：「天下被文王之化，則庶類蕃殖，蒐田以時，仁如騶虞，則王道成也。」㉘駟驖　〈秦風〉篇名。〈詩序〉曰：「駟鐵，美襄公也。始命有田狩之事，園囿之樂焉。」㉙車攻　〈小雅〉篇名。〈詩序〉曰：「車攻，宣王復古也。宣王能內修政事，外攘夷狄，復文武之境土，備器械，復會諸侯於東都，因田獵而選車徒焉。」㉚吉日　〈小雅〉篇名。〈詩序〉曰：「吉日，美宣王田也。能慎微接下，無不自盡，以奉其上焉。」㉛鯨魚　這裡指刻杵作鯨魚形，用以撞鐘。㉜華鐘　鐘有篆刻之文，故曰華鐘。㉝時龍　隨方色之馬。《禮記・月令》：大子春天「駕蒼龍」，夏天「駕赤騮」，季夏「駕黃騮」，秋天「駕白駱」，冬天「駕鐵驪」。龍，指八尺以上的駿馬。㉞棽麗　鳳蓋下覆貌。《後漢書》作「颯灑」，亦「棽麗」之音轉。㉟龢鑾　車鈴。龢，「和」之異體。㊱玲瓏　玉聲，這裡形容車鈴清脆的響聲。雙聲聯綿詞。㊲天官　包括大小官吏，言如天所列之官。㊳寑止，謂止其威武。《後漢書》作「祲」，注云：「盛也。」㊴屬御方神　言屬車之御乃四方之神。屬御，侍從車輛的御者。㊵汎灑　遍灑。㊶元戎　大兵車。㊷竟　滿。㊸鋋　鐵柄短矛。㊹彗　掃。㊺羽旄　羽毛製作的指麾旗。㊻飛文　文彩飛揚。㊼爓　同「焰」。火光。㊽欱　啜；吮吸；吞噬。㊾歕　同「噴」。噴射。㊿按屯　止而屯駐。(51)校隊　校獵的隊伍。百人為一隊。(52)三驅　一說指三度驅禽而射之，三度就停止。見《易・比卦》孔疏。一說指左右後三面圍著驅禽，留一面不合圍。亦見《易・比卦》孔疏。一說指一年舉行三次田獵。見《漢書・五行志》顏師古注。三說皆可通。(53)輶車　輕車。《後漢書》作「輕車」。(54)騖　奔馳。(55)由基　養由基，春秋時楚人，善射，故由他發射。(56)范氏　相傳為夏禹時人，善御，故由他行御。(57)睨　視。《後漢書》作「失」。(58)詭遇　打獵時不按禮法規定而橫射禽獸。(59)盤　樂。《後漢書》作「般」，義同。(60)踠　《後漢書》

章懷注及《文選》李善注都釋為「屈也」。按：《玉篇》曰：「踠，伸腳也。」古字多具正反兩義，此字之義當為屈伸其足。馬行必屈伸其足，故說尚有餘力。(61)餘足　足有餘力。(62)案節　猶言「按轡徐行」。(63)三犧　祭祀天、地、宗廟三者的牲畜。(64)效　獻。(65)五牲　麋、鹿、麏、狼、兔。(66)懷　招來。(67)明堂　古代帝王祭上帝、朝諸侯及宣明政教的地方。(68)辟雍　古代帝王為貴族子弟所設立的大學，也是天子尊禮耆年碩德的退休大臣（所謂「三老」、「五更」）的典禮之所。(69)緝熙　光明，謂宣揚光明之德。(70)皇風　天子之風。風，指教化。(71)靈臺　周文王曾建靈臺，西漢亦有靈臺，在長安西北，為觀察天象之所。此指東漢光武帝中元元年所修之靈臺，在洛陽漢魏故城南，高六丈，方二十步，其遺址尚存，是我國現存的最早的一座天文臺遺址。(72)參象句　意謂要與天地合其德。參，比。象，指天地之象。聖躬，指天子。(73)抗稜　舉威；揚威。(74)海濱　海邊。(75)幽崖　幽都之崖，北方極遠之地。(76)朱垠　猶言「丹崖」，南方極遠之地。這四句說威德遠布四極。(77)陸讋水慄　言內外震恐。陸，指居於陸地者。水，指遠在海外者。讋、慄，皆恐懼之貌。(78)綏　安撫。(79)哀牢　我國古代西南地區的少數民族。(80)永昌　漢郡名，郡治在今雲南寶山縣。永平十二年，哀牢國王柳貌相率內屬，漢以其地置永昌郡。(81)春王三朝　指正月初一。以其為歲、月、日的開始，故稱三朝。(82)會同　指諸侯朝見天子。時見曰會，眾見曰同。(83)膺　受。(84)百蠻　泛指諸夏以外的各少數民族。(85)供帳　供設帷帳，指安排來朝者的住處。(86)雲龍　漢宮門名。《後漢書》注引戴延之《記》曰：「端門東有崇賢門，次外有雲龍門。」(87)百寮　同「百僚」。百官。(88)贊　引導。(89)群后　分封的諸侯王，各地長官和臣服的小國之君。后，君。(90)庭實　庭中陳列的貢物。(91)鍾　酒器。(92)金罍　與下「玉觴」皆酒器。(93)太牢　牛羊豕三牲齊備。(94)饗　設宴款待；犒賞。(95)食舉　當食舉樂。(96)雍徹　食畢，奏雍以撤食。雍，樂名，古代天子宴諸侯撤食時所奏的樂曲。(97)太師　樂官。(98)鏗鎗　鐘鼓相雜之聲，疊韻聯綿詞。(99)曄煜　繁盛貌，雙聲聯綿詞。(100)五聲　指宮、商、角、徵、羽。(101)六律　陽為律，陰為呂。六律指黃鍾、太簇、姑洗、蕤賓、夷則、無射。(102)九功　六府三事之功。六府，指水、火、金、木、土、穀。三事，指正德、利用、厚生。(103)八佾　古代天子專用的樂舞。佾，舞行。每行八人，八行，共六十四人。(104)韶武　皆樂曲名。韶，韶樂，相傳為虞舜之樂。武，歌頌周武王克殷武功的樂曲。(105)夷　本指我國古代東方的少數民族，此係泛指。(106)僸侏兜離　古代四方少數民族的音樂名。《文選》李善注：「《孝經鉤命決》曰：『東夷之樂曰〈佅〉，南夷之樂曰〈任〉，西夷之樂曰〈林離〉，北夷之樂曰〈僸〉。』毛萇《詩》傳曰：『東夷之樂曰〈韎〉，南夷之樂曰〈任〉，西夷之樂曰〈朱離〉，北夷之樂曰〈禁〉。』然說樂是一而字並不同，蓋古音有輕重也。」僸，《後漢書》作「仱」。(107)皇歡浹　天子盡歡。皇，指天子。浹，徹；透。(108)烟熅　天地間陰陽二氣共相和會之狀。《易・繫辭下》：「天地絪縕，萬物化醇。」意謂二氣調和交會則萬物生長得好。雙聲聯綿詞。109元氣　古人認為有一種產生天地萬物的混一之氣，稱為元氣。元氣內含陰陽二氣。二氣和合交會，叫做元氣調和。元氣調和則風調雨順，天下太平。

【語　譯】「到了永平的時候，更加光明，更加和諧，加重辟雍、明堂、靈臺的上等禮儀，製作繡有卷龍的禮法規定的標準禮服，鋪布大的文采，稱頌光武帝大美的功德，頌揚光武廟叫做世廟，訂正郊祀朝會的正樂。人與神的調和的確協和，群臣的次序已經嚴肅。於是出動大車，緣著大路，省察四方，巡視各處，仔細視察各個地方的有無，考察聲威教化的被覆，散布天子的光明以照耀幽暗之處。然後增加周王朝的舊制，修築洛陽的城郭，熾盛崇高，光明肅穆，向中原各地顯耀大漢的京都，統領八方而作為它的中軸。於是皇城之內，宮殿館室光亮明敞，門闕殿庭神聖壯麗，奢侈者不可踰越，節儉者不能更奢侈。宮外則依據原野而建造苑囿，順著流泉而修建池沼，種植蘋藻等水草來潛藏魚類，培植大片的野草來養育野獸，制度與梁鄒相同，道義合乎周文王的靈囿。至於根據不同季節來打獵，簡選車馬徒眾來講究武事，就一定用〈王制〉來加以對照，用〈風〉、〈雅〉來加以考究。看看〈騶虞〉，看看〈駟驖〉，讚揚〈車攻〉，採納〈吉日〉，禮官整頓禮儀，皇上的車輿這才出去。於是發動鯨魚形的鐘杵，撞擊刻有篆文的華麗的鐘，登上玉飾的車，駕著合時宜的龍，鳳凰傘飄飄下垂，和諧的鑾鈴響聲玲瓏，百官如影子般隨從，止其威武而盛其陣容。山神護衛著原野，侍從車輛的御者都是四方之神，雨師遍灑雨水，風伯清掃灰塵，千乘獵車如雷聲隆隆震響，上萬的騎士雜沓紛紜，大兵車布滿原野，戈和鐵柄短矛掃著浮雲，羽毛製作的指麾旗上掃霓虹，旌旗遮蔽藍天。閃爍明亮，飛騰文采而飄揚光焰，吐射火光而產生大風，吞噬原野和噴射山巒，日月因此失去光明，邱陵因此動搖震撼。於是集中在園囿之中，陳列師眾，止而屯駐，比並部曲，列成校隊，部署三軍，與將帥誓師大會。然後舉起烽火，敲擊戰鼓，一再命令三度驅禽，輕車如雷霆轟擊，勇猛的騎士如閃電般馳騖，養由基放箭，范氏施行駕御，放箭不用看著飛禽，駕車也不違背規矩，飛的沒來及飛走，跑的沒來及跑去。一剎那間，裝載獵物的車已經裝滿獵物，快樂不到極限，捕殺不把物殺絕，馬足屈伸奔跑尚有餘力，旺盛的士氣尚未盡泄，前面的車騎回歸舊路，隨從的車也按轡慢步。於是進獻三種牲畜，獻上五種犧牲，敬禮天神地祇，招來各種神靈，朝諸侯於明堂，親自降臨辟雍，宣揚光明的仁德，宣傳天子的教化之聲，登上靈臺，考察吉祥美好的象徵。仰觀天文，俯察地理，與聖明的天子比較其德行，近看中原華夏族所居之地而頒布恩德，遠望四方極遠之地而揚播威名。西面震動了黃河之源，東面驚動海邊，北面驚動了幽都之崖，南面照耀了南方的邊緣。不同的方位和不同的地區，邊界隔絕而不相接觸，自從孝武皇帝所不曾征討，孝宣皇帝所未曾臣服，沒有誰不陸居者戰慄，遠在海外者恐懼，奔跑著而來歸服。於是安撫哀牢，開發永昌，在正月元旦那一天，一齊朝見到大漢的京城。這一天啊，天子接受天下的地圖戶籍，接受各地的珍寶貢物，對內安撫中原華夏聚居之地，對外安撫四方各個少數民族。這就加強禮儀，興起禮樂，供設帷帳放置在雲龍門的院庭，陳列百官而引導各地君長，盡展皇帝的儀容。於是庭中陳列的貢物上千種，美酒上萬鍾，列著金罍，擺著玉觴，美好的珍饈進用，牛羊豕三牲犒賞。這就當食舉樂，奏〈雍〉撤食，太師演奏音樂，陳列金石，布列絲竹，鐘鼓齊鳴，管弦響徹。興起五聲，極盡六律，歌唱九功，舞列八佾，〈韶〉樂、〈武〉樂齊備，泰古之樂全部演奏完畢。四夷之樂相間演奏，仁德廣達所到之地，〈僸〉、〈佅〉、〈兜離〉，各地音樂無不全部聚集。各種音樂全備，各種禮儀全至，皇上極盡歡樂，群臣盡都喝醉，降下陰陽二氣的和會之狀，調和化育天地萬物的元氣。然後撞鐘告知罷會，百官於是退去。

「於是聖上覩萬方之歡娛，又沐浴❶於膏澤，懼其侈心之將萌，而怠於東作❷也，乃申舊章❸，下明詔，命有司，班❹憲度❺，昭節儉，示太素❻。去後宮之麗飾，損乘輿之服御，抑工商之淫業❼，興農桑之盛務。遂令海內棄末❽而反本❾，背偽而歸真。女修織紝❿，男務耕耘，器用陶匏⓫，服尚素玄⓬。恥纖靡⓭而不服，賤奇麗而不珍，捐金於山，沉珠於淵。於是百姓滌瑕盪穢而鏡至清，形神寂漠⑭，耳目不營⑮。嗜欲之源滅，廉恥之心生，莫不優游而自得，玉潤而金聲。是以四海之內，學校如林，庠序⑯盈門，獻酬⑰交錯，俎豆莘莘⑱，下舞上歌，蹈德⑲詠仁。登降⑳飫宴之禮既畢，因相與嗟歎玄德㉑，讜言㉒弘說㉓，咸含和而吐氣㉔，頌曰『盛哉乎斯世』！

【章　旨】本段讚美天子節儉務本，重視教化，因而民風敦樸，海內清平。

【注　釋】❶沐浴　霑受。❷東作　農務。❸舊章　謂勸農之詔。❹班　布。❺憲度　法度。❻太素　樸素，也是節儉之意。❼淫業　不正之業。古代重農，故視工商為淫業。❽末　指工商。❾本　指農桑。❿織紝　紡織。⓫陶匏　陶器和葫蘆瓜做的器具，言不用金玉之類。⓬素玄　白的和黑的，言不尚彩繪。⓭纖靡　細緻與華麗之物。纖，細紋絲帛。⓮寂漠　同「寂寞」。這裡指恬淡無嗜欲的精神狀態。⓯營　惑亂。⓰庠序　古時地方所設的學校。《漢書・平帝紀》：元始三年「立學官，郡國曰學，縣、道、邑、侯國曰校，鄉曰庠，聚曰序。」這是王莽當政時的措施。東漢地方學校之制未詳。然光武及明帝皆重視京師的太學，明帝還親自至辟雍講經，當時地方學校想亦較發達。《後漢書・儒林傳》所載東漢初年在地方上私人授徒者頗多，亦可作旁證。⓱獻酬　謂飲酒時互相酬勸。⓲莘莘　眾多貌。⓳蹈德　舞蹈其德。⓴登降　猶揖讓。㉑玄德　深藏不著於外的品德。㉒讜言　直言；善言。㉓弘說　正大之論。㉔含和句　謂心地和悅而言辭慷慨。

【語　譯】「於是聖明的皇上看到各個地方的歡樂娛悅，又霑受著豐厚的恩德，害怕奢侈之心將要萌發，而對於耕作放鬆懈怠，於是重申舊的章程，降下明確的聖詔，命令主管的官吏，頒布憲令法度，明令節儉，昭示樸素。去掉後宮華麗的裝飾，減損天子的使用之物，抑制工商一類的不正之業，提倡農桑一類興盛的事務。於是命令天下背棄末業而反回本業，拋棄詐偽而回復樸素。婦女講求紡織，男子專心種植，器具使用陶器和匏器，服飾崇尚白的和黑的，以細緻華麗之物為羞恥而不使用，輕視奇巧麗靡而不珍視，把金玉捐棄在山，把珠寶沉入到淵底。於是百姓洗去缺點與掃除過惡而以最清明政治教化相對照，形體精神恬淡寡欲，耳目不惑亂昏眊。嗜欲的根源消滅，廉恥的思想產生，沒有誰不悠閒自得而自足於己，如玉之溫潤，如金屬發出清脆宏亮的響聲。是以整個國家之內，學校如林，各地方學校學生盈門，飲酒酬勸交相回報，祭祀的禮器到處列陳，一面跳舞，一面歌唱，舞蹈其德，歌詠其仁。揖讓宴飲的禮儀既已完畢，因而互相一道讚嘆這深藏不露的仁德，正直的言詞，宏大的議論，都心地和悅而言辭慷慨，讚頌說『興盛啊這個時代』！

「今論者但知誦虞夏之書❶，詠殷周之詩❷，講義文❸之易，論孔氏之《春秋》，罕能精古今之清濁，究漢德之所由。唯子頗識舊典，又徒馳騁❹乎末流❺，溫故知新已難，而知德者鮮矣。且夫僻界西戎，險阻四塞，修其防禦，孰與處乎土中，平夷洞達，萬方輻湊❻？秦嶺九嵕，涇渭之川，曷若四瀆❼五嶽，帶河❽泝洛❾，圖書❿之淵？建章甘泉⓫，館御⓬列仙，孰與靈臺明堂，統和⓭天人？太液昆明⓮，鳥獸之囿，曷若辟雍海流⓯，道德之富？游俠踰侈，犯義侵禮，孰與同履法度，翼翼⓰濟濟⓱也？子徒習秦阿房之造天⓲，而不知京洛之有制也；識函谷之可關，而不知王者之無外⓳也。」

【章　旨】本段比較東都、西都的山川形勢和宮苑制度的優劣，說明東都優於西都。並批評西都賓見聞淺薄，不識大體。

【注釋】❶虞夏之書 指《尚書》的〈虞書〉、〈夏書〉。❷殷周之詩 指《詩經》中的〈商頌〉和周詩。❸羲文 伏羲氏，周文王。舊說伏羲氏畫八卦，周文王作卦辭。❹馳騁 本指縱馬奔馳，引申為信口誇飾。❺末流 衰亂時代的不良風氣。❻輻湊 如輻條集中於車軸。❼四瀆 指江、河、淮、濟四水。❽帶河 以黃河為帶。❾泝洛 上泝洛水。❿圖書 指河圖洛書。《易・繫辭》：「河出圖，洛出書。」⓫建章甘泉 指建章宮和甘泉宮。⓬館御 言設宮館以奉迎列仙。御，迎。⓭統和 總領協和，言綰合神與人的關係而協和之。靈臺為觀天象之所，明堂為享上帝、朝諸侯及頒布政教之處，故說有統和天人之用。⓮太液昆明 指太液池，昆明池。⓯海流 如海之流行。辟雍四周有水環繞，象徵四海，故曰「海流」。⓰翼翼 恭敬貌。⓱濟濟 多威儀貌。⓲造天 至天，極言其高。⓳無外 不分內外。王者是整個天下的君主，故曰「無外」。《公羊傳》曰：「王者無外。」

【語譯】「現在談論的只知道誦讀虞、夏的書，吟詠殷、周的詩，研究伏羲氏、周文王的《易》，討論孔子的《春秋》，少有能夠精通古今的善惡好壞，探究漢德的來由。只有你先生還知道一點舊的典故，又只在末代不良風流方面添醋加油，溫習舊的知道新的已經很難，而知道仁德的人就少了。並且偏僻地以西戎為界，四面有關山險阻阻塞，來修建它的防禦，哪裡比得上處在國土之中，平坦通達，各個方向如輻條般向車軸集湊？終南山、九嵕山，涇水、渭水這樣的河川，哪裡比得上四瀆五嶽，以黃河為帶，上泝洛水，出現河圖洛書的深淵？建章宮、甘泉宮，設宮館以奉迎諸位神仙，哪裡比得上靈臺、明堂，能綰合協和人與天？太液池、昆明池，飼養鳥獸的苑囿，哪裡比得上辟雍如大海流行，道德的豐富？游俠之士過度放縱，侵犯道義觸犯儀禮，哪裡比得上共同遵行法度，恭敬而多威儀？你只熟知秦王朝阿房宮的高入雲天，不知道京都洛陽有一定的法制；知道函谷關可以作關，而不知道王者是不分內外呢。」

主人之辭未終，西都賓矍然失容，逡巡❶降階，惵然❷意下❸，捧手欲辭。主人曰：「復位，今將授子以五篇之詩。」賓既卒業[4]，乃稱曰：「美哉乎斯詩！義正乎揚雄，事實乎相如，匪唯主人之好學，蓋乃遭遇乎斯時也。小子狂簡[5]，不知所裁[6]，既聞正道，請終身而誦之。」其詩曰：

於昭明堂，明堂孔[7]陽[8]；聖皇[9]宗祀[10]，穆穆煌煌。上帝宴饗[11]，五位[12]時序[13]；誰其配之[14]？世祖光武。普天率土[15]，各以其職[16]，猗與[17]緝熙，允[18]懷[19]多福。

乃流辟雍，辟雍湯湯[20]。聖皇莅止[21]，造舟為梁[22]。皤皤[23]國老[24]，乃父乃兄。抑抑[25]威儀，孝友光明。於赫[26]太上[27]，示我漢行[28]。洪化惟神，永觀[29]厥成。

乃經[30]靈臺，靈臺既崇。帝勤時登，爰考休徵。三光[31]宣精，五行[32]布序[33]。習習[34]祥風，祁祁[35]甘雨。百穀蓁蓁[36]，庶草蕃廡[37]。屢惟豐年，於皇樂胥。

嶽[38]修貢兮川效[39]珍，吐金景[40]兮歊[41]浮雲。寶鼎見兮色紛縕[42]，煥其炳[43]兮被龍文[44]。登祖廟[45]兮享聖神[46]，昭靈德兮彌[47]億年。

啟靈篇[48]兮披瑞圖，獲白雉[49]兮效素烏，嘉祥阜兮集皇都。發皓羽兮奮翹英[50]，客潔朗兮於淳精。彰皇德兮侔周成[51]，永延長兮膺天慶。

【章　旨】本段寫西都賓表示折服以照應前文，並以五詩作結，以歌頌當今王朝禮樂昌明，教化流行，以至祥瑞備臻，國泰民安。

【注　釋】❶逡巡　退卻貌，疊韻聯綿詞。❷慄然　恐懼貌。❸意下　心意低下，表示心服。❹卒業　讀完全詩。❺狂簡　謂志大而於事疏略。❻裁　裁制，謂斟酌取捨。《論語・公冶長》載孔子曰：「吾黨之小子狂簡，斐然成章，不知所以裁之。」❼孔　甚。❽陽　明。❾聖皇　指漢明帝。❿宗祀　廟祭，祭祀祖廟，謂祭祀光武帝於明堂。⓫宴饗　指鬼神受享祭祀的酒食。⓬五位　五方之神，謂東方蒼帝靈威仰，南方赤帝赤熛怒，中央黃帝含樞紐，西方白帝白招拒，北方黑帝汁光紀。⓭時序　各依其方位之次序而祭祀之。⓮配之　謂與上帝配祀。李善注引《東觀漢紀》：「明帝宗祀五帝於明堂，光武皇帝配之。」⓯普天率土　猶言普天之下，率土之濱，指疆境之內。率，循。⓰各以其職　謂四海之內各以其職來助祭。⓱猗與　歎美之辭。⓲允　誠；信。⓳懷　來。謂有此光明之德，誠可招來很多福澤。⓴湯湯　大水急流貌。㉑蒞止　來到。明帝永平二年「三月，臨辟雍，初行大射禮。」㉒梁　橋梁。㉓皤皤　頭髮斑白貌。㉔國老　指退職的卿大夫。我國古代有在學校供養國老的禮儀。漢代尚保留此制。被尊養的代表稱為三老五更。東漢時，三老從曾任三公的人中遴選，五更從曾任九卿的人中遴選。明帝永平三年曾臨辟雍，「尊事三老，兄事五更」（《後漢書・明帝紀》），故這裡說頭髮斑白的國老即是父是兄。㉕抑抑　美貌。㉖於赫　歎美之詞。㉗太上　天子，指漢明帝。㉘行　《詩・小雅・鹿鳴》「示我周行」，毛傳：「行，道也。」㉙觀　多；讚美。一說示。㉚經　量度；籌劃。㉛三光　指日、月、星。㉜五行　指金、木、水、火、土。㉝布序　謂各順其性，無有乖謬和災害。㉞習習　和煦貌。㉟祁祁　眾盛貌。㊱蓁蓁　茂盛貌。㊲蕃廡　生長茂盛。㊳嶽　山嶽。《後漢書・明帝紀》，永平六年「二月，王雒山出寶鼎，廬江太守獻之」。「嶽修貢」指此。㊴效　獻。永平十一年，「漅湖出黃金，廬江太守以獻」。「川效珍」指此。㊵金景　猶言「金光」。景，同「影」。㊶歊　氣上升貌。㊷紛縕　盛貌，疊韻聯綿詞。㊸煥其炳　皆明亮、鮮明之意。其，猶「然」。煥其，猶煥然。㊹被龍文　謂鼎上刻鏤有龍文。㊺祖廟　指光武廟。《後漢書・明帝紀》，詔曰：「太常其以礿祭之日，陳鼎於廟，以備器用。」㊻聖神　指光武帝之神靈。㊼彌　終。㊽靈篇　與下「瑞圖」均指洛書河圖。㊾白雉　《後漢書・明帝紀》永平十一年，「時白雉所在出焉」。㊿翹英　美麗如花的尾羽。翹，尾。(51)周成　周成王時，越裳獻白雉，故曰「侔周成」。

【語　譯】東都主人的話還沒說完，西都賓就驚恐地變了臉色，倒退著從堂上走下階臺，恐懼地低下心意，拱手想要告辭。東都主人說：「回到原來的座位，現在我將授與你五篇詩。」西都賓已經讀完全詩，就稱讚說：「多美啊這些詩！它的意義比揚雄賦嚴正，它的事件比相如賦真實，這不只是你東都主人好學多識，而是遇到了這個好時代。我小子志大而才疏，不知道如何斟酌取捨，現在既已聽到了正確的道理，請讓畢生都記住它。」那詩說：

哎呀明亮的明堂！明堂特別當陽。聖明的皇上祭祀宗廟，嚴肅恭敬而美盛飛揚。上帝受享祭祀的酒食，五方之神也各依其時序祭祀。誰來與上帝配祀？乃是世祖光武皇帝。普天之下，率土之濱，各以他們的職分前來助祭。盛美呀光明，誠可招來很多福氣。

泮水奔流的辟雍，辟雍裡大水流淌。聖明的皇上降臨，就編舟作為橋梁。白髮蒼蒼的國老，即是父是兄。天子那美麗莊嚴的容顏舉止，孝順父母友愛兄弟的德行得以光大顯明。哎呀至高無上的天子，指示了我漢家的大道興隆。偉大的教化真是神妙，人們永遠讚美它的成功。

就籌建靈臺，靈臺既已高聳峻峭。皇帝辛勤地時時登臨，來考察那美好的徵兆。三光散布它的精光，五行各自依其次序。和煦地吹著和風，充沛地降下甘雨。各種作物生長茂盛，各種野草生長繁茂。屢次得到豐收年成，哎呀皇上真是快樂。

山嶽修其貢職啊河川獻出珍寶，吐射著金光啊氣升浮雲之表。寶鼎出現啊色澤紛縕，光輝燦爛啊刻滿龍文。獻上祖廟啊供獻聖明的神靈之前，顯示神靈之德啊遠至億萬年。

打開神靈的篇章啊打開祥瑞的畫圖，捕獲白雉啊獻出白烏，嘉美的祥瑞很多啊聚集到皇都。散發白色羽毛啊振動尾羽美如花，容貌潔白明朗啊哎呀純粹精華。顯示皇上的仁德啊與周成王相等同，無限延長啊享受福慶永無窮。

【研析】本篇在賦的發展史上是具有重要意義的。首先，從內容看，西漢大賦主要描寫田獵遊樂，聲色狗馬，而本篇則著重描寫京都的形勝、制度和文物，為漢大賦開拓了一個新的描寫領域。西漢大賦，如司馬相如的

〈子虛〉、〈上林〉，雖結意於節儉施仁以示諷諫，而主旨則在誇耀漢家天子的聲威，以張天子而抑諸侯；而本篇的主旨則在張揚漢家天子的仁德禮制，應天順人，標榜東漢統治者的崇儒思想，使賦染上了濃厚的儒學和讖緯神學的色彩。其次，從語言看，西漢大賦那種誇張失實的成分和堆砌詞藻，好用奇詞僻字的現象明顯地減少了，而運用經典成語和引用歷史掌故的現象則更為突出了。班固借西都賓之口說他的這篇賦「義正乎揚雄，事實乎相如」，這是切合實際的。它的「義」確乎是儒學化了，「事」也基本上符合實際。第三，從藝術風格看，西漢大賦由於誇飾和語言散文化，占主導地位的是雄奇瑰麗的風格；而本篇由於思想的儒學化和語言的經典化，從而缺乏司馬相如賦中那種縱橫疏宕的氣勢和揚雄賦中那種瑰麗奇譎的詞采，而形成一種典雅的風格。這些都標誌東漢辭賦的演變和發展。因此，本篇雖有模仿司馬相如賦與揚雄賦的痕跡，但說它「仍舊是西漢大賦的繼續，沒有自己的獨特風格」，也不完全符合實際。

舞賦

傅武仲

【題解】本篇最早見於《文選》。它是我國第一篇專門描寫舞蹈藝術的文學作品。它細膩地描寫了舞者的儀容，獨舞和隊舞的情狀，其描寫之細膩生動，具體形象，是前所未有的。同時以歌舞為業的女藝人，在漢代被稱為「倡伎」，受人歧視。傅毅卻對她們極為尊重，不僅注意到她們優美的舞姿，而且注意到她們高尚的情操。在描寫她們色藝雙全的同時，還著意揭示她們靈魂的高尚和美好，不僅寫得相當傳神，而且格調高雅，是我國藝術史上難得的歌舞藝術史料。而且賦中還表現了傅毅頗為進步的藝術觀。他指出「小大殊用，鄭雅異宜」，反對一味推崇「陳清廟協神人」的雅樂而詆毀、排斥「娛密坐接歡欣」的俗樂的世俗偏見。這在「鄭聲淫」而鼓噪著一片反對「鄭衛之音」的經學思想嚴重窒息人們的思想，抑制俗樂的東漢時期，是對儒家音樂美學理論的重大突破，對人們認識音樂舞蹈藝術的本質及其社會功能有重要意義。因此，本篇不僅是極有價值的音樂舞蹈藝術史料，而且是一篇極為重要的有關音樂舞蹈藝術美學著作。

【作　者】傅毅（西元四七？—九二年？），字武仲，扶風茂陵（今陝西興平）人。章帝時為蘭臺令史，拜郎中，與班固、賈逵共校內府祕書，為車騎將軍馬防所尊禮，引為軍司馬。馬氏敗，免官歸。和帝永元元年，車騎將軍竇憲復請為主記室。憲遷大將軍，以毅為司馬。竇憲敗時，傅毅已死。著述有詩、賦、誄、頌、祝文、七激、連珠凡二十八篇。其賦今存〈舞賦〉（見《文選》）、〈洛都賦〉、〈雅琴賦〉、〈七激〉（見《藝文類聚》），為節錄）、及〈反都賦〉（見《水經．伊水注》）、〈扇賦〉（見《北堂書鈔》）、〈竇將軍北征頌〉（見《藝文類聚》）、〈西征頌〉（見《御覽》）殘文。

楚襄王❶既游雲夢❷，使宋玉賦高唐之事❸，將置酒宴飲，謂宋玉曰：「寡人欲觴❹群臣，何以娛之？」玉曰：「臣聞歌以詠言❺，舞以盡意。是以論其詩不如聽其聲，聽其聲不如察其形。〈激楚〉、〈結風〉、〈陽阿〉❻之舞，材人之窮觀，天下之至妙。噫！可以進乎？」王曰：「其如鄭❼何？」玉曰：「小大殊用❽，鄭雅❾異宜，弛張❿之度，聖哲所施。是以〈樂〉⓫記干戚⓬之容，〈雅〉⓭美蹲蹲之舞⓮，《禮》設三爵之制⓯，〈頌〉⓰有醉歸之歌⓱。夫〈咸池〉、〈六英〉⓲，所以陳清廟⓳協神人也；鄭衛之樂，所以娛密坐⓴接歡欣也。餘日㉑怡蕩㉒，非以風民也，其何害哉？」王曰：「試為寡人賦之。」玉曰：「唯唯！」

【章　旨】本段是引言，假設楚襄王與宋玉的對話，引出歌舞的場面以便展開描寫。

【注　釋】❶楚襄王　戰國時楚國國君，名橫，楚懷王之子。❷雲夢　澤名，在今湖北、湖南兩省間。❸賦高唐之事　指宋玉的〈高唐賦〉、〈神女賦〉。這裡是假設其事以為賦之發端。❹觴　酒器。用作動詞，宴請。❺歌以詠言　《尚書・舜典》：「詩言志，歌永言。」〈毛詩大序〉：「言之不足，故嗟歎之；嗟歎之不足，故詠歌之；詠歌之不足，不知手之舞之，足之蹈之也。」所以說歌是歌詠其言，舞是曲盡其意。❻激楚結風陽阿　皆古樂曲名。❼鄭　指鄭國的樂舞。春秋時，鄭國、衛國興起一種不同於雅樂的新音樂，稱為鄭衛之音，儒家視之為淫聲。這裡是說激楚、結風、陽阿諸舞，同於鄭聲。❽小大殊用　小大，指《詩經》中的〈小雅〉和〈大雅〉。殊用，用處不同。《禮記・樂記》載師乙曰：「廣大而靜，疏達而信者，宜歌〈大雅〉；恭儉而好禮者，宜歌〈小雅〉。」〈毛詩大序〉曰：「雅者，正也，言王政之所由廢興也。政有大小，故有〈小雅〉焉，有〈大雅〉焉。」這都是小大殊用之說。❾鄭雅　指鄭聲和雅樂。❿弛張　放鬆或拉緊弓弦，比喻對鄭聲和雅樂的廢棄和採用。⓫樂　指《禮記・樂記》。⓬干戚　盾和斧，武舞所執的舞具。《禮記・樂記》說：「比音而樂之，及干戚羽旄謂之樂。」⓭雅　這裡指《詩經・小雅》。⓮蹲蹲之舞　《詩・小雅・伐木》：「坎坎鼓我，蹲蹲舞我。」蹲蹲，舞貌。⓯三爵之制　爵，酒器。《禮記・玉藻》云：「君子之飲酒也，受一爵而色灑如也。二爵而言言斯，禮已三爵而油油以退。」⓰頌　這裡指《詩經・魯頌》。⓱醉歸之歌　《詩・魯頌・有駜》云：「鼓咽咽，醉言歸，於胥樂兮！」⓲咸池六英　皆古樂曲名。咸池，相傳為堯樂，一說黃帝之樂。六英，傳說為帝嚳之樂。⓳清廟　天子的祖廟。⓴密坐　相挨而坐。㉑餘日　暇日，休息的時候。㉒怡蕩　怡悅放蕩。

【語　譯】楚襄王既已遊覽雲夢澤，使宋玉鋪敘了高唐的故事，將要置酒宴飲，告訴宋玉說：「我想要宴飲群臣，用什麼來娛樂他們呢？」宋玉說：「我聽說歌是歌詠其言，舞是曲盡其意。因此談論那詩，不如聽那樂聲；聽那樂聲，不如察看舞形。〈激楚〉、〈結風〉、〈陽阿〉這些舞蹈，是有才能的人最可觀的，是天下最美妙的。哎呀！可以進用嗎？」楚襄王說：「無奈它們接近鄭聲，把這怎麼辦呢？」宋玉說：「〈小雅〉、〈大雅〉用處不同，鄭聲、雅樂適合不同需要，放鬆和緊張的法度，聖明的人各有施用的地方。因此〈樂記〉記載有盾和斧的姿容，〈小雅〉讚美過蹲蹲的舞姿，《禮記・玉藻》設置有三爵的制度，〈魯頌〉收集有醉歸的歌頌。那〈咸池〉、〈六英〉，是用來陳設在祖廟裡協和神和人的樂曲；鄭、衛之樂是用來娛悅緊挨著坐在一起以連接歡欣的音樂。休息的時候娛悅放鬆一下，不是用來感化人民，那有什麼妨礙呢？」楚襄王說：「你試著替我把它描寫一番。」宋玉說：「好的！好的！」

「夫何皎皎❶之閒夜兮，明月爛以施光。朱火❷曄❸其延起❹兮，燿華屋而熺❺洞房。黼帳❻袪❼而結組❽兮，鋪首❾炳以焜煌❿。陳茵席而設坐兮，溢金罍⓫而列玉觴⓬。騰觚爵⓭之斟酌⓮兮，漫⓯既醉其樂康⓰。嚴顏和而怡懌⓱兮，幽情形而外揚。文人不能懷其藻⓲兮，武毅⓳不能隱其剛。簡惰⓴跳踃㉑，般㉒紛挐㉓兮，淵塞㉔沉蕩㉕，改恆常兮。

【章旨】本段寫夜宴的歡樂，為舞蹈的出場創造出歡快的氣氛。

【注釋】❶皎皎　光明貌。❷朱火　指蠟燭的火光。❸曄　光輝燦爛。❹延起　蔓延而起，言其多。❺熺　明。❻黼帳　錦繡帷帳。❼袪　舉。❽結組　用絲帶繫好。❾鋪首　門上用以銜環的底盤，作獸形，或飾以金銀。❿焜煌　盛貌，言月色與燭光交會于鋪首而光輝甚盛。雙聲聯綿詞。⓫金罍　青銅酒器，比酒尊大。⓬玉觴　玉杯。⓭觚爵　皆古酒器。《論語．雍也》「觚不觚」注：「觚，禮器，一升曰爵，二升曰觚。」⓮斟酌　酌酒；篩酒。⓯漫　任意；隨意。⓰康　亦「樂」之意。⓱怡懌　和悅，疊韻聯綿詞。⓲藻　辭藻，言必形諸言辭。⓳武毅　勇武剛毅之人。⓴簡惰　疏簡怠惰之人。簡，怠慢。㉑跳踃　跳躍，疊韻聯綿詞。㉒般　樂。㉓紛挐　牽持雜亂，言醉後彼此手足相加，混雜在一起。㉔淵塞　深遠而誠實之人。《詩．邶風．燕燕》：「其心塞淵。」㉕沉蕩　沉醉放蕩。

【語譯】「在一個光明的閒暇的夜晚啊，明月燦爛而放射著清光。紅色的燭光光焰燦爛地蔓延而起啊，照耀著華屋又照亮了洞房。錦繡的帷帳張掛著而用絲帶繫好啊，門環的底盤明亮地光彩飛揚。陳列著褥子而設置座位啊，斟滿了金罍又擺列著玉觴。舉起觚爵而斟上美酒啊，隨心所欲地既已喝醉而其樂洋洋。嚴肅的容顏也和緩而愉悅啊，幽深的情懷也表現出來而向外顯揚。文人不能懷藏他們的辭藻啊，勇武剛毅之人也不能隱藏其剛強。簡慢怠惰之人也蹦騰跳躍，歡樂地互相牽持混雜啊！深遠而誠實之人也沉醉放蕩，完全改變了平常的神態啊！

「於是鄭女出進，二八徐侍❶。姣服極麗，姁媮❷致態❸。貌嫽妙❹以妖蠱❺兮，紅顏曄其揚華❻。眉連娟❼以增繞❽兮，目流睇❾而橫波❿。珠翠的皪⓫而炤燿兮，華袿⓬飛髾⓭而雜纖羅⓮。顧形影，自整裝。順微風，揮若芳⓯。動朱脣，紆⓰清揚⓱。亢音⓲高歌，為樂之方。歌曰：『攄予意以弘觀兮，繹⓳精靈⓴之所束。弛緊急之弦張㉑兮，慢末事之委曲。舒恢炱㉒之廣度㉓兮，闊㉔細體㉕之苛縟㉖。嘉〈關雎〉㉗之不淫兮，哀〈蟋蟀〉㉘之局促。啟泰貞㉙之否隔㉚兮，超遺物㉛而度俗。』揚〈激徵〉㉜，騁〈清角〉，贊㉝舞〈操〉㉞。奏均曲㉟，形態和，神意協。從容得，志不劫㊱。

【章　旨】本段寫舞者「從容得，志不劫」的神態，並通過舞女的歌詞宣揚舞蹈具有舒展人的胸懷，擺脫苛縟的陳規陋習，乃至「啟泰貞之否隔兮，超遺物而度俗」的巨大作用。

【注　釋】❶徐侍　謂緩步而侍立於宴飲之側。❷姁媮　神態嬌媚貌，疊韻聯綿詞。❸致態　言表現出嬌媚的神態。❹嫽妙　俊美，疊韻聯綿詞。❺妖蠱　妖豔迷人。❻揚華　揚其光彩。❼連娟　眉細曲貌，疊韻聯綿詞。❽增繞　言眉細長如繞於額。

❾流睇　轉目斜視。❿橫波　言目光流動如水波蕩漾。⓫的皪　鮮明貌，疊韻聯綿詞。⓬華袿　華麗的上衣。袿，婦女的上衣。⓭飛髾　飄動的燕尾。髾，燕尾之屬，古代婦女的服飾。⓮纖羅　纖細的綺羅。⓯若芳　杜若的芳香。若，杜若，香草名。⓰紆　低垂。⓱清揚　《詩・鄭風・野有蔓草》：「有一美人，清揚婉兮。」毛傳：「眉目之間婉然美也。」清，指目。揚，指眉。⓲亢音　高音。亢，通「抗」。舉。⓳繹　解釋；解散。⓴精靈　猶言「精神」。㉑弦張　張著的琴弦。㉒恢　廣大貌，疊韻聯綿詞。㉓廣度　寬闊的胸懷。㉔闊　闊略；擺脫。㉕細體　細小的體式，指繁文縟節。體，法式；規矩。㉖苛縟　苛細繁瑣。㉗關雎　《詩經・周南》篇名。《論語・八佾》：「〈關雎〉樂而不淫，哀而不傷。」㉘蟋蟀　《詩經・唐風》篇名。〈詩序〉：「〈蟋蟀〉，刺晉僖公也。儉不中禮，故作是詩以閔之。」儉不中禮，即局促之意。㉙泰貞　太極真氣，即所謂「元氣」，指一種原始物質。㉚否隔　閉塞不通，指陰陽不調和。《呂氏春秋・古樂》云：「昔者朱襄氏之治天下也，多風而陰氣畜積，萬物解散，果實不成，故士達作為五弦琴，以來陽氣，以定群生。……昔陶唐氏之始，陰多滯伏而湛積，水道壅塞，不行其原，民氣鬱閼而滯著，筋骨瑟縮不達，故作為舞以宣導之。」傅毅說樂舞可以開啟泰貞之否隔，即此意。㉛遺物　遺棄世事；遺棄物累。㉜激徵　與下「清角」，皆雅曲名。㉝贊　唱。一說助。㉞舞操　舞曲。一說謂舞而奏操。操，琴曲名。㉟均曲　經過調諧器調諧的樂曲。均，古樂器的調諧器。㊱不劫　不脅迫，亦「從容」之意。

【語　譯】「於是舞女出來侍奉，一十六人緩步而侍立於側。美好衣著極其華麗，神情嬌媚而表現出嫵媚的神態。容貌俊美而妖豔迷人啊，紅潤的容顏光豔而神彩婀娜。眉毛微曲細長而高繞於額啊，眼光轉動斜視而如蕩漾的水波。珠寶翠羽光澤鮮明而照耀啊，華麗的衣服飄動著燕尾而雜著纖細的綾羅。回視著形體的倩影，自己整頓衣裝。順著微風，散發著杜若的芬芳。啟動紅潤的嘴唇，低垂著柳眉和目光。揚起聲音高聲歌唱，作為取樂的良方。歌唱道：『抒發我的心意而擴大我的眼光啊，解除我精神的拘束。放鬆緊緊地綳著的琴弦啊，廢棄細微末節之事的追逐。舒展廣大的寬闊胸懷啊，擺脫細微的法式的束縛。讚美〈關雎〉的不過分啊，哀歎〈蟋蟀〉的局限齷齪。開啟太極真氣的閉塞不通啊，超脫地揚棄物累而超越世俗。』揚起徵聲的激越，演起角音的清徹，唱起伴舞的琴操。奏起和諧的樂曲，形體精神互相和諧，神情意氣也完全和諧。舒緩安閒而自得，心態安詳而不脅迫。

「於是躡節鼓❶陳❷，舒意自廣。游心無垠，遠思長想❸。其始興也，若俯若仰，若來若往，雍容惆悵，不可為象。其少進也，若翶❹若行，若竦若傾，兀動❺赴度❻，指顧應聲。羅衣從風，長袖交橫，駱驛❼飛散❽，颯擖❾合并❿。鶣鷅⓫燕居⓬，拉揩⓭鵠驚，綽約⓮閒靡⓯，機迅⓰體輕。姿⓱絕倫之妙態，懷愨素⓲之潔清。修儀操以顯志兮，獨馳思乎杳冥。在山峨峨，在水湯湯⓳，與志遷化，容不虛生。明詩⓴表指㉑，嘳息㉒激昂，氣若浮雲，志若秋霜。觀者增歎，諸工㉓莫當。

【章　旨】本段寫獨舞的美妙，並表現獨舞者「氣若浮雲，志若秋霜」的內在素質和高尚情操。

【注　釋】❶節鼓　擊節之鼓。❷陳　列；就列，謂就舞列。❸游心二句　這是形容舞者開始舞蹈時舒意凝神的姿態。❹翶　俗「翱」字。翱翔；飛翔。❺兀動　靜止和活動。❻赴度　合乎節奏。❼駱驛　相連不絕貌，疊韻聯綿詞。❽飛散　形容舞袖散開。❾颯擖　《藝文類聚》卷四十三引〈舞賦〉作「颯遝」，六臣注本《文選》作「颯沓」，群飛貌。這裡是飛舞貌。按：颯遝、颯沓為疊韻聯綿詞。遝、擖主要元音相近，颯擖即颯遝之聲轉。❿合并　對飛散言，指舞袖收束。⓫鶣鷅　輕盈貌。雙聲聯綿詞。⓬燕居　如燕之居停。⓭拉揩　飛貌，疊韻聯綿詞。⓮綽約　美貌，疊韻聯綿詞。⓯閒靡　閒緩而柔靡。⓰機迅　靈巧敏捷。⓱姿　通「資」。《釋名》：「姿，資也。」一本作「資」，憑藉之意。⓲愨素　貞忠樸素。⓳湯湯　大水貌。《列子・湯問》：「伯牙善鼓琴，鍾子期善聽。伯牙鼓琴，志在高山。鍾子期曰：『善哉！峨峨兮若泰山。』志在流水，鍾子期曰：『善哉！洋洋兮若江河。』」此用其事，言舞者與樂曲情感相印，如高山流水之音。⓴明詩　言歌中有詩，舞者表而明之。㉑表指　表現其意指。指，通「旨」。㉒嘳息　歎息。嘳，同「喟」。㉓工　李善謂指樂師。按賦意似指工於舞者。

【語　譯】「於是緊跟擊節的鼓聲走向舞列，舒展心意而毫不勉強。心思飛向無邊無際，想得遙遠而又寬廣。那獨舞剛剛開始呀，好像低俯又好像上仰，好像走來又好像前往，溫雅閒暇而又悵然失志，難以描摹出那形象。她稍向前進呀，好像在飛翔又好像在步行，好像是竦立又好像是斜傾，靜止和活動都合乎節奏，一指一顧都應和著曲聲。綾羅的衣服隨風飄動，長長的舞袖交錯縱橫，舞袖連接不斷地飄飛散開，飛舞起來又收束暫停。輕快如飛燕落下，飛舞如鴻鵠飛驚，美麗安閒而又柔靡，靈巧敏捷而體態輕盈。憑藉著無與倫比的美妙姿態，懷抱著貞忠樸素的高潔與澄清。修飾儀容操守而顯露心志啊，獨自馳騁思慮而飛向高遠渺茫的蒼旻。心志在山則似高峻無比，心志在水則似大水奔騰，隨著心意遷移變化，舞容不是毫無依據而生。表明歌詞的情思和表現歌詞的意旨，長聲嘆息而振奮昂揚，氣概高潔如同浮雲，意志清肅如同秋霜。觀看的人長聲讚歎，所有舞者沒有誰能趕上。

「於是合場遞進，案次而俟。埒材❶角妙❷，夸容❸乃理。軼態橫出，瑰姿譎起。眄般鼓❹則騰清眸，吐哇咬❺則發皓齒。摘齊❻行列，經營❼切儗❽。彷彿神動，迴翔竦峙。擊不致策❾，蹈不頓趾❿。翼爾⓫悠往，闇⓬復輟已。及至迴身還入⓭，迫於急節；浮騰⓮累跪⓯，跗蹋⓰摩跌⓱。紆形赴遠⓲，漼⓳似摧折⓴；纖縠㉑蛾飛㉒，紛猋㉓若絕。超踰鳥集，縱弛殟歿㉔，蜲蛇姌嫋㉕，雲轉飄曶㉖。體如游龍，袖如素蜺。𥌒瞍㉗而拜，曲度㉘究畢㉙。遷延㉚微笑，退復次列。觀者稱麗，莫不怡悅。

【章　旨】本段寫「軼態橫出，瑰姿譎起」的合舞的容態。

【注　釋】❶埒材　較量材技。埒，等同。❷角妙　角斗巧妙。角，競爭。❸夸容　美容。夸，美。❹般鼓　即盤與鼓。李善注云：「盤鼓之舞，載籍無文，以諸賦言之，似舞人更遞蹈之而為舞節。」按：據李注引張衡〈七盤舞賦〉、王粲〈七釋〉、卞蘭〈許昌宮賦〉及出土漢畫中〈七盤舞〉的形象資料，知舞者是在地上排列盤或鼓或盤鼓並列，一般用七個或三、五個不等，舞者穿長袖舞衣，在盤的周圍或盤上舞蹈。李善「舞節」之說非是。❺哇咬　輕盈靡曼的歌曲。❻摘齊　言指斥之而使行列整齊。摘，指斥。齊，用作使動詞，使整齊。❼經營　猶「周旋」。往來之貌，疊韻聯綿詞。❽切儗　摩切比擬。儗，通「擬」。謂周旋往來，肩相摩切而比擬之以使齊一。❾策　呂延濟曰：「謂相連擊動以相夸鬬，不致驅策也。」朱存曰：「此二句蓋一言手，一言足。上文注引〈七釋〉云，『揄皓袖以振策』，即此『擊不致策』也。」據此，則「策」為舞者所執的道具——鞭子。「擊不致策」，謂手擊似策不動。意似未明。按：策當依一本作「爽」。《詩・衛風・氓》：「女也不爽。」毛傳：「爽，差也。」即差錯之意。謂樂者擊節準確而不出現差錯。❿蹈不頓趾　李善注：「蹈鼓節而足趾不頓，言輕且疾也。」⓫翼爾　如鳥之展翅飛翔。爾，語助詞。⓬闇　同「奄」。奄忽；迅疾。⓭還入　旋轉而入舞場。⓮浮騰　輕舉跳躍。⓯纍跪　不停地以膝跪地。⓰跗蹋　用足趾踏。跗，足趾。蹋，同「踏」。一說反足跗以象蹈。跗，足背。⓱摩跌　以足摩地而倒伏。跌，踼跌，失足傾倒。《文選》李善注曰：「以足摩地而揚跌也。」又引《字書》曰：「跌，失蹠也。」揚跌，即踼跌。《說文》：「跌，踼也。」「踼，跌也。」所引《字書》指《字林》。⓲赴遠　舉身往上跳躍。⓳漼　折貌。⓴摧折　折斷，言屈曲其體似折斷一樣。㉑纖縠　細縠。縠，縐紗。㉒蛾飛　如蛾之飛，言其輕盈如蛾。㉓紛猋　飛揚貌。㉔殟歿　舒緩貌，疊韻聯綿詞。㉕姌嫋　長貌，雙聲聯綿詞。㉖飄曶　如飄風之迅疾。曶，同「忽」。㉗瞭眑　慢慢地收斂容態。瞭，借作「邌」。《說文》：「邌，徐也。」眑，當為「收」之誤。《文選》作「黎收」，李善注云：「言舞將罷，徐收斂容態而拜。」㉘曲度　樂曲的節奏。㉙究畢　盡畢。㉚遷延　退卻貌，疊韻聯綿詞。

【語　譯】「於是整場舞隊交遞而進，依著次序而互相等待。較量材伎而角鬥巧妙，美麗的容顏修飾得極有光彩。出眾姿態四處表現，瑰麗的姿容異常瀟灑。斜視著盤和鼓揚起了清明的眼神，唱起輕盈靡曼的歌曲就露出潔白的牙齒。指揮呵斥而使行列整齊，周旋往來肩相摩切而比擬以使之齊一。仿佛如神仙飛動，迴轉飛翔而又肅靜竦立。樂師擊節準確而不出現差錯，舞者蹈節而舞而不停頓足趾。如鳥展翅飛翔般往遠處飄去，迅速地又立即停止。等到轉身旋轉而入舞場，被急迫的節奏所迫促；輕舉跳躍又不停地以膝跪地，用足踏地又以足摩地而倒伏。紆曲其形體縱身往上跳躍，曲折地似乎折斷了筋骨；細密的縐紗如蛾子般輕輕飛舞，輕盈地飄揚好似斷絕。超越前進又迅速如鳥之飛集，放縱鬆弛而又慢慢飄起，長長的隊列斜行而去，如行雲回轉又如飄風迅疾。身體如飛游的蛟龍，舞袖如白色霓虹升起。慢慢地收斂容顏而揖拜，樂曲的節奏也全都完畢。緩緩退去而微露笑容，退回到原來的位置。觀看的人都說美妙，沒有誰不興高彩烈。

「於是歡洽宴夜，命遣諸客。擾躟❶就駕，僕夫正策。車騎竝狎❷，巃嵸❸逼迫。良駿逸足，蹌捍❹凌越❺。龍驤❻橫舉，揚鑣❼飛沫。馬材不同，各相傾奪❽。或有踰埃❾赴轍❿，霆駭電滅，蹠地遠群，闇跳⓫獨絕；或有宛足⓬鬱怒⓭，般桓不發，後往先至，遂為逐末⓮；或有矜容愛儀，洋洋⓯習習⓰，遲速承意⓱，控御緩急。車音若雷，騖驟⓲相及⓳。駱漠⓴而歸，雲散城邑㉑。天王燕胥㉒，樂而不溢。娛神遺老㉓，永年之術。優哉游哉，聊以永日。」

【章旨】本段寫舞後宴飲者散去，寫得車馬喧騰，或緩或急，神態各異。

【注釋】❶擾躟　猶「擾攘」。紛亂貌，雙聲聯綿詞。❷狎　擁擠。❸巃嵸　本為高峻貌，引申為積聚貌，疊韻聯綿詞。❹蹌捍　馬急奔之貌。❺凌越　超越。❻龍驤　如蛟龍之昂舉。驤，昂舉；騰躍。❼揚鑣　揚動著馬嚼子。❽傾奪　爭先奔跑。❾踰埃　飛奔在滾滾塵埃之前。極言其快速。❿赴轍　奔向行車的道路。轍，車輪的行跡，此指行車之道。⓫闇跳　迅速奔馳。闇，借作「奄」。奄忽；迅疾。跳，行疾貌。⓬宛足　曲足；按足，言按足緩行。⓭鬱怒　鬱結憤怒，形容暫時沉住氣而不狂奔。⓮逐末　古以農耕為務，以經商為逐末。然逐末者易致富，而務本者難成功，故這裡以之為喻，言後發先至，就如逐末一樣易於達到目的。李善曰：「言逸材之馬，雖後往而能先至，遂為驅逐者之末也。逐者，以發足為本。」一說，謂「在最末追逐」。諸說似皆迂曲難通。⓯洋洋　莊敬貌。⓰習習　和調之貌。⓱承意　隨意；任意。⓲騖驟　奔馳。⓳相

及 相連屬。⑳駱漠 相連奔馳貌，疊韻聯綿詞，即「駱驛」之音轉。㉑雲散城邑 言車馬歸去，城邑之中寂然而空，有如雲散。㉒燕胥 宴飲。燕，同「宴」。酒宴。胥，語助詞。㉓遺老 遺忘年老。

【語　譯】「於是歡情融洽宴飲已至深夜，命人送走諸位賓客。紛紜擾攘而登上車子，駕車夫揮鞭出發。車輛馬騎互相擁擠，聚積一起互相逼迫。好的駿馬奔跑得快，緊急奔馳而將他馬超越。如蛟龍騰躍橫奔而去，揚動著馬嚼而飛噴著白沫。馬的材質本不相同，各自互相傾軋搶奪。有的飛騰在滾滾塵埃之前而奔向車道，如雷霆震響又如電光閃滅，蹴踏地面而遠出群馬，迅疾奔馳無法與之相匹；有的按足緩行而鬱積憤怒，徘徊逗留而暫不進發，最後前往而最先趕到，就如同商賈的易達目的；有的愛惜儀容，莊重恭謹而溫良和諧，或慢或快隨心所欲，控制駕御或緩或急。車馬之聲如雷貫耳，奔騰馳騁而互相連接。相連不斷一同歸去，城裡如同雲散去般空寂。大王相與宴飲，歡樂而又不過分淫泆。娛樂精神而遺忘年老，這正是長壽的竅訣。悠閒呀自得呀，姑且用來消磨時日。」

【研　析】本篇的主要成就表現在對歌舞的細膩描寫。賦中描寫歌舞場面，在屈原的〈招魂〉和枚乘的〈七發〉中就已開始。但那都只是一些粗線的概述。這種描寫，只能給人留下些大體的印象，難以看出歌舞具體的美。而本篇所寫的歌舞，則大大前進了一步。中間三段，先寫舞者的儀容，次寫獨舞之狀，次寫隊舞之容，其刻劃形容，極其細膩委曲，遠非〈招魂〉、〈七發〉中寫舞的段落可以比擬。尤其寫歌舞能注意舞者的神情，強調她「懷慤素之潔清」，「氣若浮雲，志若秋霜」，表現傅毅已洞察到舞者的高尚精神境界，並有意識地揭示出來，使欣賞者的感情也得以提高。這是一個非常可貴的創作經驗，說明傅毅對歌舞觀察的深入細緻已向前大大跨進了一步。同時，語言也清新平易，注意力集中於對形象的描寫，而有意避免西漢辭賦堆砌奇辭僻字的惡習，說明賦發展到東漢時期風氣正在演變。賦的主體部分是中間三段，前後兩段寫夜宴的聚散，只是為寫歌舞場面創造一個合宜的環境，渲染一種熱烈的氣氛，以突出歌舞娛樂精神的審美氛圍。張惠言曰：「序既分鄭雅，賦復先擬醉狀，明此為淫樂，所以示戒，詩人賓筵之意也。」又云：「末綴此段見散遣之時，傾奪如此，絕無尊卑前後之禮，則其先之無威儀可知，與首段相始終也。」（《七十家賦鈔》）他於其中去探求什麼示戒的微意，恐不免穿鑿之嫌。

卷七十 辭賦類 九

二京賦

張平子

【題解】本篇最早見於《文選》，分為〈西京賦〉、〈東京賦〉二篇。《後漢書》本傳題作〈二京賦〉，姚氏依《後漢書》以〈二京〉命篇而合為一篇。西京指西漢都城長安，東京指東漢都城洛陽。本篇是張衡乃至漢大賦的著名代表作。《後漢書》本傳說：「永元中，舉孝廉，不行；連辟公府，不就。時天下承平日久，自王侯以下，莫不踰侈。衡乃擬班固〈兩都〉，作〈二京賦〉，因以諷諫。精思附會，十年乃成。」據此，知此賦當作於其未出仕之時，是模擬班固〈兩都賦〉而作的。與〈兩都賦〉一樣，它先借憑虛公子之口，極力鋪陳西京的繁華奢靡，窮奢極欲，「取樂今日，遑恤我後」的不顧及一切的瘋狂享樂。然後又借安處先生之口極力描寫東京的合乎禮制，漢明帝的節儉愛民，從而漢德廣被，四方悅服，並批評憑虛公子論西京之失。但〈兩都〉、〈二京〉的寫作目的是不同的。班固〈兩都〉：「極眾人之所眩曜，折以今之法」的目的是批評「陋洛邑之議」，為東漢王朝建都洛陽進行辯護。張衡〈二京〉借安處先生之口批評憑虛公子誇耀西京奢靡之失，讚揚東漢王朝的節儉愛民，目的是勸導統治者應該躬行節儉，體恤民隱，從而諷諭當時「莫不踰侈」的奢靡之風，還特地在賦末提出載舟覆舟的道理，向統治者提出警告，告誡他們不可「好勦民以媮樂，忘民怨之為仇也；好殫物以窮寵，忽下叛而生憂也」，表現了張衡對當時時局的深刻憂慮。此外，本篇對西東京的文物制度也作了詳盡的描寫，如百戲大儺，都市商賈，游俠辯士，這些描寫為後世研究漢代的文化史、經濟史，乃至伎藝史、宗教史都提供了寶貴資料。這是本篇的重要價值。因此，雖模擬〈兩都〉，但其內容之豐富卻是〈兩都〉所不及。

【作　者】張平子（西元七八—一三九年），名衡，南陽西鄂（今河南南陽北）人。年少好學，遊於三輔，入京師，觀太學，遂通五經，貫六藝。年二十八，任南陽太守鮑德主簿。安帝公車特徵，任郎中，再遷為太史令。順帝初，復為太史令。後遷侍中。永和初，任河間相。視事三年，召為尚書，永和四年卒。張衡是東漢傑出科學家。兩次擔任太史令期間，致思天文，研究陰陽，寫出了天文學名著《靈憲》，創造了第一架渾天儀，又發明了候風地動儀。他又是著名的文學家，辭賦家，所作有詩、賦、銘、七言、七辯等。其賦今存十三篇，有些只剩殘文。其中以〈二京賦〉、〈南都賦〉、〈思玄賦〉和〈歸田賦〉最有名。

有憑虛公子❶者，心奓❷體忲❸，雅好博古，學乎舊史氏，是以多識前代之載。言於安處先生曰：「夫人在陽時❹則舒，在陰時❺則慘，此牽乎天者也。處沃土則逸，處瘠土則勞，此繫乎地者也。慘則尟❻於歡，勞則褊於惠，能違之者寡矣。小必有之，大亦宜然。故帝者因天地以致化，兆民承上教以成俗。化俗之本，有與推移。何以覈❼諸？秦據雍❽而強，周即豫❾而弱，高祖都西而泰，光武處東而約❿。政之興衰，恆由此作。先生獨不見西京之事與？請為吾子陳之。

【章　旨】本段寫憑虛公子向安處先生提出西京，為下文鋪敘西京發端。

【注　釋】❶憑虛公子　與下安處先生均為虛構的人物。❷奓　通「侈」。闊大。❸忲　舒泰。❹陽時　指白晝和春夏。❺陰時　指夜晚和秋冬。❻尟　同「鮮」。稀少。❼覈　同「核」。考核；查驗。❽雍　雍州，古九州之一，在今陝西中部和甘肅東部。〈禹貢〉說雍州「厥土惟黃壤，厥田惟上上」，即沃土。❾周即豫 指周平王東遷洛邑。豫，古豫州，包括今河北南部和河南省。〈禹貢〉說豫州「厥土惟壤，下土墳壚，厥田惟中上」。言其土質鬆散，低下處為黑剛土，與雍州相比，自然是瘠土。❿約 窮約；困弱。

【語譯】有一位憑虛公子，心情闊大，身體舒泰，平素愛好博通古事，跟從史官學習，因此了解了許多前代的事實。他對安處先生說道：「人在當陽的時候就舒展，在陰暗的時候就悲淒，這是受天時牽制的。居住在肥沃的土地就安逸，居住在貧瘠的土地就勞苦，這是跟地利相連繫的。悲淒就少歡樂，勞苦就少恩惠，能夠違背這個的是很少的。小的事情一定有這種情況，大的事情也應該是這樣。所以作為帝王的人依據天時地利來傳布教化，億萬百姓接受君上的教化來養成風俗。教化風俗的根本，有跟隨著轉移變換的東西存在。怎麼檢驗它呢？秦國占據雍州就強盛，周王朝遷至豫州就衰弱，高祖建都西京長安就安泰，光武帝處在東京洛陽就貧約。政治的興盛衰落，經常由這個來定奪。先生難道就沒有看到西京的事實嗎？我請求為先生陳說。

「漢氏初都，在渭之涘❶。秦里其朔，實為咸陽。左❷有崤函❸重險桃林❹之塞，綴以二華❺，巨靈❻贔屭❼，高掌遠蹠❽，以流河曲，厥跡猶存。右有隴坻❾之隘，隔閡華戎，岐梁汧雍❿，陳寶鳴雞⓫在焉。於前則終南太一⓬，隆崛⓭崔崒⓮，隱轔⓯鬱律⓰，連岡乎嶓冢⓱。抱杜含鄠⓲，欱灃吐鎬⓳，爰有藍田⓴珍玉，是之自出。於後則高陵平原，據渭踞涇，澶漫㉑靡迤㉒，作鎮㉓於近。其遠則有九嵕甘泉㉔，涸陰沍寒㉕，日北至㉖而含凍，此焉清暑。爾乃廣衍㉗沃野，厥田上上，實為地之奧區㉘神皐㉙。昔者大帝㉚悅秦繆公㉛而覲之，饗以鈞天廣樂㉜。帝有醉焉，乃為金策㉝，錫用此土，而翦㉞諸鶉首㉟。是時也，並為彊國者有六㊱，然而四海同宅西秦，豈不詭哉？自我高祖之始入也，五緯㊲相汁㊳以旅於東井㊴，婁敬㊵委輅㊶，幹非其議㊷。天啟㊸其心，人惎㊹之謀，及帝圖時㊺，意亦有慮乎神祇，宜㊻其可定以為天邑㊼。豈伊不虔思於天衢㊽？豈伊不懷歸於枌榆㊾？天命不滔㊿，疇(51)敢以渝(52)。

【章　旨】本段寫西京山川形勢的險要以及漢高祖順應天心人意而定都於此的經過。

【注　釋】❶涘　水邊。漢高祖劉邦定都長安，在渭水南，故曰「在渭之涘」。❷左　與下「右」、「前」、「後」，均以長安為中心而面南的方向而言。左，指東；右，指西；前，指南；後，指北。❸崤函　指崤山、函谷關。❹桃林　桃林塞，要塞名，其地約相當於今河南靈寶以西，陝西潼關以東地區。❺二華　指太華山與少華山。❻巨靈　河神。❼贔屓　用力之貌。❽高掌遠蹠　謂高舉手掌以擘，遠伸足掌以蹬。蹠，足跟；足掌。《文選》李善注引薛綜注曰：「古語云：此本一山，當河水過之而曲行，河之神以手擘開其上，足踏離其下，中分為二，以通河流。手足之迹，于今尚存。」❾隴坻　即隴山，在今陝西隴縣至甘肅平涼一帶。❿岐梁汧雍　皆山名，皆在今陝西境內。⓫陳寶鳴雞　神名，在陳倉，故曰陳寶。李善注引《漢書》曰：「秦文公獲若石，于陳倉北阪城祠之。其神光輝若流星，從東方來，集于祠城，則若雄雉，其聲殷殷云，野雞夜鳴。以一太牢祠之，名曰陳寶。」⓬終南太一　皆山名。終南山在陝西西安南。太一即太白山。《文選》李善注曰：「《漢書》曰：太一山，古文以為終南。《五經要義》曰：太一，一名終南山，在扶風武功縣。此之終南、太一，不得為一山明矣。蓋終南，南山之總名，太一，一山之別號耳。」⓭隆崛　特起貌。⓮崔崒　危峻貌。雙聲聯綿詞。⓯隱轔　不平貌。疊韻聯綿詞。⓰鬱律　高貌。疊韻聯綿詞。⓱嶓冢　山名，在今陝西寧強北。⓲抱杜含鄠　言終南、太一二山包含杜陵和鄠縣。杜，杜陵，漢宣帝墓陵，在今陝西西安東南。鄠，縣名，即今陝西戶縣。⓳欱灃吐鎬　謂灃水流入，鎬水流出。欱，吸入。灃，水名，原出陝西秦嶺，流經西安西北，注入渭水，為關中八水之一。鎬，水名，源出陝西長安南，北流入渭，其流久湮。⓴藍田　山名，在陝西藍田東，驪山之南阜，以產美玉著稱。㉑澶漫　寬廣貌。疊韻聯綿詞。㉒靡迤　斜平貌。疊韻聯綿詞。㉓鎮　指一方的主山。㉔九嵕甘泉　皆山名。九嵕山在陝西醴泉東北。甘泉山在陝西淳化西北。㉕涸陰沍寒　謂寒氣凝涸。涸，與「沍」同義。凝結。陰，寒氣。㉖日北至　指夏至。這一天太陽行至北回歸線，為北半球一年最長的一天。至，極。㉗衍　低下而平坦的地。㉘奧區　內地；腹地。奧，高深。㉙神皐　張銑謂「神者美言之，澤畔曰皐」。㉚大帝　天帝；上帝。㉛秦繆公即秦穆公，春秋五霸之一。㉜鈞天廣樂　指天上的音樂。鈞天，上帝所居。廣樂，廣大之樂。㉝金策　飾金的簡冊，用於封賞的文書。㉞翦　盡；全部。㉟鶉首　星次名，指朱鳥七宿中的井、鬼二宿，古以為秦之分野，指秦地。㊱六　指楚、齊、燕、韓、趙、魏六國。㊲五緯　指金、木、水、火、土五顆行星。㊳汁　通「協」。調協；會合。㊴東井　指井宿，秦之分野。《漢書》曰：「漢元年十月，五星聚於東井，沛公至霸上。」㊵婁敬　秦末漢初人，曾勸諫高祖西都長安。㊶委輅　放下輦車。委，棄置。輅，挽輦的橫木。㊷斡非其議　張銑曰：「言婁敬以議都洛陽為非而正之。」㊸天啟　指五星聚於東井。㊹惎　教。㊺圖時　謂籌劃定都之時。㊻宜　與「儀」古字通。《說文》：「儀，度也。」言度其可安定之地以為天邑也。㊼天邑　帝都。㊽天衢　天路。衢，四通八達的大路。比喻通顯之地。此指東京洛陽。㊾枌榆　漢高祖為豐縣枌榆鄉人，初起兵時禱於枌榆社。㊿滔　與「謟」音義同。疑。(51)疇　誰。(52)渝　易；改變。

【語　譯】「漢朝最初建都，就在渭水之旁。秦王朝居處在它的北面，這就是咸陽。東面有崤山、函谷關的重重險阻和桃林要塞，連接著太華山和少華山，河神巨靈孔武有力，高舉手掌猛擊，遠伸足掌狠蹬，以使彎曲的河水暢流，那遺跡至今猶存。西邊有隴山的險隘，隔斷華夏與西戎，岐山、梁山、汧山、雍山，陳寶鳴雞也在此顯神通。在南面就有終南山、太一山，特起高峻，崎嶇高聳，山崗一直連接嶓冢。懷抱杜陵，包含鄠縣，灃水流入，鎬水流出，還有藍田珍貴的美玉，也是從這裡產出。在北面就有高的山陵和平原，寬闊而傾斜平坦，在附近作為一方的主山。那遠處則有九嵕山、甘泉山，凝結陰氣，凝結嚴寒，時至夏至而猶含霜凍，這裡清涼而無酷暑難堪。這就有廣闊的低下平坦的土地和肥沃的原野，那田土是上中之上，這是大地的中心地帶和神奇的天壤。過去天帝喜悅秦穆公而召見他，以天帝居所的廣大的音樂賜賞。天帝有些沉醉，就頒布金飾的簡冊，賜予他這片土地，而盡有鶉首星座所分野的地方。這個時候，一道成為強國的有六個國家，然而天下統一歸向西秦，難道不是奇特而異樣？自從我高祖開始進入秦地，五顆行星互相聚會，而旅居於東井，婁敬放下輦車，就否定那建都洛陽的議論而加以糾正。上天啟發他的思想，婁敬教給他嘉謀良圖，等到高祖圖謀建都的時候，或許考慮到了天地神祇，估量它可以安定而作為帝都。難道不嚴肅地想到洛陽是四通八達的康衢？難道不懷念回到自己的故鄉枌榆？天命不可以懷疑，誰敢改變這人謀與天符。

「於是量徑輪，考廣袤[1]，經城洫[2]，營郭郛。取殊裁於八都[3]，豈稽度於往舊？爾乃覽秦制，跨周法，狹百堵[4]之側陋，增九筵[5]之迫脅[6]。正紫宮[7]於未央，表嶢闕[8]於閶闔[9]。疏龍首[10]以抗殿[11]，狀巍峩以岌嶪[12]。亙雄虹[13]之長梁，結棼橑[14]以相接。蔕[15]倒茄[16]於藻井[17]，披紅葩之狎獵[18]。飾華榱[19]與璧璫[20]，流景曜[21]之韡曄[22]。雕楹玉碣[23]，繡栭[24]雲楣[25]。三階重軒[26]，鏤檻[27]文梍[28]。右平[29]左城[30]，青瑣[31]丹墀[32]。刊層[33]平堂，設切厓隒[34]。坻[35]崿[36]鱗眴[37]，棧齴巉嶮[38]。襄岸[39]夷塗，修路陵險。重門襲[40]固，姦宄[41]是防。仰福帝居，陽曜陰藏[42]。洪鐘萬鈞[43]，猛虡[44]趪趪[45]。負筍業[46]而餘怒，乃奮翅而騰驤[47]。朝堂[48]承東，溫調延北，西有玉臺，聯以昆德。嵯峨崨嶫[49]，罔識所則。若夫長年神仙，宣室玉堂，麒麟朱鳥，龍興含章[50]，譬眾星之環極[51]，叛[52]赫戲[53]以煇煌。正殿路寢[54]，用朝群辟[55]。大夏[56]耽耽[57]，九戶[58]開闢。嘉木樹庭，芳草如積。高門有閌[59]，列坐金狄[60]。內有常侍謁者[61]，奉命當御[62]，外有蘭臺[63]金馬[64]，遞宿迭居。次有天祿石渠[65]校文之處，重以虎威章溝[66]嚴更[67]之署。徼道[68]外周，千廬[69]內附。衛尉[70]八屯[71]，警夜巡晝，植鎩[72]懸瞂[73]，用戒不虞。

【章旨】本段寫未央宮的壯麗宏偉和環繞未央宮的宮殿官署之多及宿衛的嚴密。

【注釋】[1]於是二句　謂測量土地的面積。徑輪，謂圓的直徑和周長。廣袤，謂方形的橫長和直長。汪師韓曰：「徑，其中也；輪，其外也；廣，言橫也；袤，言直也。凡物圓則有徑輪，方則有廣袤。」一說，徑輪，指南北；廣袤，指東西。[2]城洫　城牆和護城河。洫，護城河。《周禮・考工記・匠人》：「廣八尺深八尺謂之洫。」[3]八都　猶言「八方」。[4]百堵　《詩・小雅・斯干》：「築室百堵。」〈毛詩序〉云：「斯干，宣王考室也。」此借指周宮室。堵，〈鴻雁〉毛傳云：「五板為堵。」[5]九筵　《周禮・考工記・匠人》：「周人明堂度九尺之筵，東西九筵。」此借指周明堂。筵，鋪於地上的坐具。[6]迫脅　猶「狹小」。[7]紫宮　紫微宮，星座名，三垣之一。而李善注云：「未央宮一名紫微宮。然未央為總稱，紫宮其中別名。」[8]嶢闕　高的門闕。[9]閶闔　天門。借指宮殿正門。[10]龍首　山名，在陝西長安北，蕭何築未央宮於此。[11]抗殿　舉殿。指未央宮建於龍首山之上。[12]岌嶪　高險貌。[13]雄虹　古人將虹分為雌雄，色彩鮮明的叫雄虹。此形容殿梁色彩明麗。[14]棼橑　檁條和屋椽。[15]蔕　花蒂。用作動詞。綴繫；懸掛。[16]茄　荷莖。[17]藻井　繪有文彩狀如井幹的天花板，有荷菱等圖案。[18]狎獵　重接層疊貌。疊韻聯綿詞。[19]華榱　華麗的椽子。[20]璧璫　璧玉裝飾的瓦當。[21]景曜　光彩；光輝。[22]韡曄　光彩鮮明貌。雙聲聯綿詞。[23]碣　柱下石礎。[24]栭　斗栱；柱頂承托棟梁的方木。[25]楣　房屋的橫梁。即二梁。[26]重軒　兩道走廊。[27]檻　欄杆。[28]槐　檐前連接椽頭的長板。[29]平　殿階前文石平鋪的部分。[30]墄　臺階。[31]青瑣　宮門上鏤刻的青色連環圖紋。[32]丹墀　殿前塗飾丹漆的空地。[33]刊層　削去厚層。刊，削。[34]厓隒　峭直而有棱角。隒，同「廉」。廉隅；棱角。[35]坻　臺階。[36]崿　通「堮」。邊。[37]鱗眴　同「嶙峋」。矗立貌。疊韻聯綿詞。[38]棧齴巉嶮　皆高峻之貌。皆疊韻聯綿詞。[39]襄岸　高臺階。襄，高。岸，階。[40]襲　重。[41]姦宄　寇賊。李善注引孔安國《尚書傳》曰：「寇賊在外曰姦，在內曰宄。」[42]仰福二句　李善注引薛綜注曰：「帝居，謂太微宮，五帝所居。福，猶同也。太微宮陽時則見，陰時則藏。言今長安宮，上與之同法矣。」按：福，借作「副」。與之相副，故曰「猶同也」。㊸鈞　三十斤為一鈞。㊹猛虡　作猛獸形的虡。虡，懸掛鐘的支架的柱子。㊺趪趪　威武貌。㊻筍業　鐘架上的橫木和擋板。懸鐘的橫木為筍，筍上的板為業。㊼騰驤　高舉奔馳。㊽朝堂　與下「溫調」、「玉臺」、「昆德」，皆殿與臺名。㊾嵯峨崨嶫　皆高峻貌。皆疊韻聯綿詞。㊿長年神仙四句　皆宮殿名。[51]極　北極星。[52]叛　通「煥」。光亮。[53]赫戲　光彩鮮明貌。雙聲聯綿詞。[54]正殿路寢　周曰路寢，漢曰正殿，天子聽政之所。[55]群辟　百官。謂王侯公卿大夫士。辟，君。[56]大夏　殿名。姚鼐原注云：「鼐按：路寢謂長樂宮正殿，其殿名大夏。〈董卓傳〉注引《三輔故事》云：『漢置銅人長樂宮大夏殿前。』」[57]耽耽　通「沉沉」。深邃貌。[58]九戶　九門。天子路寢，凡九室，室有一門。[59]有閌　高貌。有，詞頭，無實義。[60]金狄　即銅人。《史記・秦始皇本紀》載：始皇收天下兵，銷以為金人十二，各重千斤，置於宮中。[61]常侍謁者　李善注引薛綜注曰：「常侍，閹官。謁者，寺人也。」而姚鼐原注云：「常侍謁者，皆士人。〈息夫躬傳〉有中常侍宋弘，〈董賢傳〉有中常侍王閎。薛綜注謂閹官，誤矣。閹官中常侍，後漢之制耳。謁者，後漢選孝廉為之，前漢無定制。其寺人之謁者，若〈高后紀〉中謁者張釋卿是也。然灌嬰亦名中謁者，則士人為常侍謁者，並可加中字。顏監謂加中字者為閹，亦非也。」[62]奉命當御　李善注：「奉傳詔命而遮當進也。」御，進。[63]蘭臺　臺名，漢代宮廷藏書處。[64]金馬　門名，宦者署門。[65]天祿石渠　皆閣名，是皇家藏書處，在未央宮北。[66]虎威章溝　皆更署名。[67]嚴更　夜間打更警戒。[68]徼道　巡邏的路。[69]廬　駐紮近衛軍的宿舍。[70]衛尉　官名，掌宮門、屯兵。[71]八屯　八營，謂長水、中壘、屯騎、虎賁、越騎、步兵、射聲、胡騎八營，皆宿衛王宮，衛尉掌之。[72]鎩　長矛。[73]瞂　盾。

【語　譯】「於是丈量直徑和周長，考察寬度和長度，修建城牆和護城河，又營造外城以加強防護。從八方選擇特殊的體制，難道只從往昔考察法度？於是審視秦朝的體制，超越周朝的舊法，以百堵的宮室為狹窄簡陋，以九筵的明堂為狹小逼窄。在未央宮定了紫微宮的規模，在正門樹立高聳的門闕。挖平龍首山樹建宮殿，形狀峻峭高險而危臬。橫亙著像鮮豔的彩虹般的長梁，連結著檩條和椽子而與之連接。在藻飾的天花板上懸掛著倒置的荷莖，披散著紅豔豔的花朵而重重疊疊。裝飾著華麗的椽子和壁飾的瓦當，閃耀著光彩鮮明強烈。雕刻花紋的柱子和玉製的石礎，錦繡般的斗栱和繪有雲彩的房屋的橫梁。三座臺階和兩道走廊，雕花的欄杆和彩繪的屋檐板色澤輝煌。右邊是平路而左邊是臺階，鏤刻青色連環圖紋的宮門和殿前空地塗著丹漆放著紅光。削去厚層平整堂基，設置臺階峭直而棱角端方。臺階的邊緣高高聳立，高峻而不可登降。高高的臺階和平坦的道路，長長的道路峻峭危險而難以登上。幾重的門戶重重堅固，將寇賊的侵襲提防。向上與天帝的住處太微宮相副，向陽時顯現而背陰時隱藏。大鐘重達三十萬斤，飾有猛獸的鐘架威武雄壯。它肩負著掛鐘的橫木和擋板而好像怒氣沖沖，就振動翅膀而向上飛翔。朝堂殿承接東面，溫調殿延伸向北，西邊有玉臺，聯接著殿名昆德。高高地聳立著，不知道仿效誰的法則。至於其他宮殿如長年、神仙，宣室、玉堂，麒麟、朱鳥，龍興、含章，譬如眾星之環繞北極星，光彩鮮明而又輝煌。正殿和正室，用來朝見各級官吏。大夏殿深邃幽靜，九扇大門一齊開啟。美好的樹木栽植在庭院，芳草繁茂如同堆積。高高的大門高高樹立，旁邊排列坐著銅人十二。裡面有常侍、謁者，奉傳詔命而遞進當值，在蘭臺和金馬門，輪流宿衛交替住宿。其次有天祿閣、石渠閣，這些校刊文字的去處，加上有虎威署、章溝署，這些夜間打更警戒的官署。巡邏的道路在外邊四周環繞，上千的住宿衛士的廬舍在裡面依附。衛尉掌管著八營衛士，夜晚警戒而白天巡視，豎著長矛和橫著盾牌，用來警戒不可預測的意外事故。

「後宮則昭陽飛翔，增成合驩，蘭林披香，鳳凰鴛鸞❶，群❷窈窕之華麗，嗟❸內顧之所觀。故其館室次舍❹，采飾纖縟❺，裛❻以藻繡❼，文以朱綠，翡翠火齊❽，絡以美玉，流❾懸黎❿之夜光，綴隨珠以為燭。金戺⓫玉階，彤庭煇煇⓬。珊瑚⓭琳⓮碧，瓀⓯珉⓰璘彬⓱，珍物羅生，煥若崑崙。雖厥裁⓲之不廣，侈靡踰乎至尊。於是鉤陳⓳之外，閣道穹隆⓴，屬長樂與明光㉑，徑北通乎桂宮㉒。命般爾㉓之巧匠，盡變態乎其中。於是後宮不移，樂不徙懸㉔，門衛供帳，官以物辨㉕，恣意所幸，下輦成燕。窮年忘歸，猶弗能徧，瓌異日新，殫所未見。

【章 旨】本段寫後宮的華麗廣大和供給的豐富充足。「窮年忘歸，猶弗能徧，瑰異日新，殫所未見」，可見其奢侈的程度。

【注 釋】❶昭陽飛翔四句 皆殿室名。❷群 聚集。❸嗟 李善注：「發聲也。」胡克家考訂當作「羌」。發語辭。❹次舍 後宮郎衛宿衛休息之處。在內為次，在外為舍，次其宿衛所在，舍其休沐之處。❺纖縟 細密而華麗。❻裛 纏繞。❼藻繡 彩色圖案。❽翡翠火齊 翡翠鳥羽和玫瑰珠石。❾流 閃耀。❿懸黎 美玉名。⓫戺 砌；堂前階石的兩端。⓬煇煇 赤色貌。⓭珊瑚 由珊瑚蟲分泌的石灰質骨骼聚集而成，形如樹枝。⓮琳 美玉。⓯瑌 石之次玉者。⓰珉 似玉之石。⓱璘彬 文彩繽紛貌。疊韻聯綿詞。⓲厥裁 其體制。指後宮的制度。厥，其。⓳鉤陳 星名，在紫微垣內，最近北極。《晉書．天文志》：「北極五星，鉤陳六星，皆在紫宮中。……鉤陳，後宮也，大帝之正妃也，大帝之常居也。」因借以指稱後宮。⓴穹隆 長曲貌。疊韻聯綿詞。㉑長樂與明光 二宮殿名。長樂宮，在未央宮東。明光殿，在未央宮北桂宮內。㉒桂宮 宮名，在未央宮北。㉓般爾 魯般、王爾，皆古代著名巧匠。㉔懸 懸掛鐘磬等樂器的木架。㉕辨 古通「辦」。六臣本正作「辦」。具備；辦理。

【語 譯】「後宮就有昭陽、飛翔，增成、合驩，蘭林、披香，鳳凰、鴛鸞，聚集著美好華麗的女子，向裡邊一看，所見都是美色名媛。所以那館舍和郎衛宿衛休息之所，五彩裝飾細密而繁縟，纏繞著彩色的圖案，裝飾著朱紅與碧綠。翡翠鳥羽和玫瑰珠石，連綴著各種美玉，懸黎玉在夜晚閃耀著光輝，連綴著隨侯珠夜晚也有光如燭。金飾的階石和玉石的臺階，紅色的庭院紅光一片有如朝曛。珊瑚、琳玉、碧石，瑌石、珉石文采繽紛，各種珍奇的寶物羅列叢生，光輝燦爛有如神仙居住的崑崙。雖然那體制還不廣大，那奢侈靡麗已經超過了至尊。於是在後宮之外，有閣道長而彎曲地相通，連接著長樂宮與明光殿，經過北面一直通向桂宮。命令魯般、王爾一類的巧匠，在其中變盡奇巧與神工。於是後宮不用遷移，樂器不須搬動樂懸，門戶警衛和供應設施，官吏將一應事物備辦周全，任憑心意臨幸哪裡，下了車子就有歡樂和酒宴。一整年忘記返回，還不能四處都走遍，奇異的事物日新月異，全都是所未曾見。

「惟帝王之神麗，懼尊卑之不殊。雖斯宇之既坦，心猶憑[1]而未攄。思比象於紫微，恨阿房之不可廬。覜[2]往昔之遺館，獲林光[3]於秦餘[4]。處甘泉之爽塏[5]，乃隆崇[6]而弘敷[7]。既新作於迎風[8]，增露寒與儲胥[9]。託喬基於山岡，直墆霓[10]以高居。通天[11]訬[12]以竦峙，徑百常而莖擢[13]。上辯華以交紛[14]，下刻陗[15]其若削。翔鶤[16]仰而不逮，況青鳥與黃雀！伏[17]櫺檻[18]而頫[19]聽，聞雷霆之相激。柏梁[20]既災，越巫陳方，建章[21]是經，用厭[22]火祥[23]。營宇之制，事兼未央。圜闕[24]竦以造天，若雙碣[25]之相望。鳳騫翥[26]於甍標[27]，咸遡[28]風而欲翔。閶闔之內，別風[29]嶕嶢[30]。何工巧之瑰瑋，交綺[31]豁以疏寮[32]。干雲霧而上達，狀亭亭以岧岧[33]。神明[34]崛[35]其特起，井幹[36]疊而百增。峙[37]遊極[38]於浮柱，結重欒[39]以相承。累層構而遂隮，望北辰而高興。消雰埃於中宸[40]，集重陽[41]之清澂。瞰宛虹之長鬐[42]，察雲師之所憑[43]。上飛闥而仰眺，正覩瑤光與玉繩[44]。將乍往而未半，怵悼慄[45]而聳兢[46]。非都盧[47]之輕趫[48]，孰能超而究升！馺娑駘盪[49]，燾奡桔桀[50]，枍詣承光[51]，睽罛庨豁[52]。增桴[53]重棼[54]，鍔鍔列列[55]。反宇[56]業業[57]，飛檐轙轙[58]。流景內照，引曜日月[59]。天梁[60]之宮，實開高闈，旗不脫扃[61]，結駟方蘄[62]，櫟輻[63]輕騖，容於一扉。長廊廣廡，連閣雲蔓。閈[64]庭詭異，門千戶萬。重閨幽闥，轉相踰延。望窈寮⑥⑤以徑廷⑥⑥，眇⑥⑦不知其所返。既乃珍臺蹇產⑥⑧以極壯，墱道邐倚⑥⑨以正東，似閬風⑦⓪之遐坂⑦①，横西洫⑦②而絕金墉⑦③。城尉不弛柝，而內外潛通。前開唐中⑦④，彌望廣潒⑦⑤，顧臨太液⑦⑥，滄池漭沆⑦⑦。漸臺⑦⑧立於中央，赫昈昈⑦⑨以弘敞。清淵⑧⓪洋洋，神山峩峩。列瀛洲⑧①與方丈，夾蓬萊而駢羅。上林岑⑧②以壘嶵⑧③，下嶄巖⑧④以嵒齬⑧⑤，長風激於別隯⑧⑥，起洪濤而揚波。浸石菌⑧⑦於重涯⑧⑧，濯靈芝以朱柯⑧⑨。海若⑨⓪遊於玄渚⑨①，鯨魚失流而蹉跎。於是采少君⑨②之端信，庶欒大⑨③之貞固，立修莖⑨④之仙掌⑨⑤，承雲表之清露，屑瓊蘂⑨⑥以朝餐，必性命之可度。美往昔之松喬⑨⑦，要⑨⑧羨門⑨⑨乎天路。想升龍⑩⓪於鼎湖⑩①，豈時俗之足慕！若歷世而長存，何遽營乎陵墓⑩②？

【章　旨】本段寫甘泉宮、建章宮的雄偉壯麗以及太液池的浩瀚和仙人承露盤的高峻。由此從城內宮殿轉到城外離宮。

【注　釋】❶憑　憂悶；煩悶。❷闚　同「覓」。察視。❸林光　秦離宮名，胡亥時所造，縱橫各五里，漢又於其旁起甘泉宮，故址在陝西淳化西北甘泉山。❹秦餘　林光宮本秦故宮，故云。❺爽塏　明亮乾燥。❻隆崇　高峻貌。疊韻聯綿詞。❼弘敷　猶延蔓、廣布。❽迎風　館名，漢武帝所建，故云新作，在甘泉山。❾露寒與儲胥　皆館名，漢武帝所建，在甘泉山。《漢書・武帝紀》：武帝因秦林光宮，元封二年增通天、迎風、儲胥、露寒。❿墆霓　高聳貌，疊韻聯綿詞。⓫通天　臺名，在甘泉宮中。《漢書・武帝紀》：元封二年，「作甘泉通天臺」。⓬訬　高。⓭莖擢　特出貌。⓮辯華以交紛　言文彩交錯。

辮，雜色花紋。⑮刻陗　謂刻令險峭。陗，同「峭」。⑯鶤　鳥名。《穆天子傳》：鶤雞飛八百里。郭璞曰：「鶤即鵾雞。鵾與鶤同。」⑰伏　憑；身體向前倚靠著。⑱櫺檻　欄杆。櫺，欄杆上雕有花紋的木格子。檻，欄杆。⑲頫　同「俯」。屈身；低頭。⑳柏梁　臺名，漢武帝元鼎二年建。故址在今陝西長安西北長安故城內。㉑建章　宮名，漢武帝太初元年建，位於未央宮西。故址在今陝西長安西。㉒厭　通「壓」。鎮壓；壓服。㉓祥　凶險的徵兆。《史記・封禪書》載：太初元年（西元前一〇四年）十一月乙酉，「柏梁災。越人勇之曰：『越俗有火災，復起屋必以大，用勝服之。』於是作建章宮，度為千門萬戶。前殿度高未央。其東則鳳闕，高二十餘丈。其西則唐中，數十里虎圈。其北治大池，漸臺高二十餘丈，命曰太液池，中有蓬萊、方丈、瀛洲、壺梁，像海中神山龜魚之屬。其南有玉堂、壁門、大鳥之屬。乃立神明臺、井幹樓，度五十丈，輦道相屬焉。」㉔圜闕　圓的門闕。圜，同「圓」。闕，古代宮廟及墓門立雙柱者謂之闕。㉕碣　碣石山，古山名，在河北昌黎西北。㉖鶱翥　飛舉貌。㉗甍標　屋脊的頂端。甍，屋脊。標，末。㉘遡　向；迎。㉙別風　宮闕名。漢武帝太初元年作建章宮，其東為鳳闕，一名別風。㉚嶕嶢　高聳貌。疊韻聯綿詞。㉛交綺　交結綺文。即窗。㉜豁以疏寮　皆空虛之貌。豁，空。疏寮，即「疏寥」。空虛貌。㉝亭亭以苕苕　皆高聳貌。㉞神明　臺名，在建章宮內。㉟崛　高貌。㊱井幹　樓名，在建章宮內。㊲峙　猶「置」。㊳極　棟。㊴欒　柱上承梁的曲木。㊵中宸　指半空中。宸，薛綜注：「天地之交宇也。」㊶重陽　指高空。㊷髾　脊。㊸憑　依。二句謂從臺上俯視，虹與雲皆在其下。㊹璿光與玉繩　北斗星的第七星和第五星兩星。㊺悼慄　因恐懼而顫抖。㊻聳兢　驚慌。聳，借作「慫」。驚。㊼都盧　國名，在南海一帶，其人善緣登高木。㊽趫　便捷。㊾馺娑駘盪　皆殿名，在建章宮中。㊿燾奡桔桀　高大特出貌。皆疊韻聯綿詞。(51)枍詣承光　皆殿名，在建章宮中。(52)睽罛庨豁　深邃空曠貌。(53)桴　屋棟。(54)棼　閣樓的棟。(55)鍔鍔列列　高峻貌。(56)反宇　屋檐向上翹起。(57)業業　高峻貌。(58)巘巘　高峻貌。(59)引曜日月　言檐板彩飾與日月光輝互相輝映。(60)天梁　宮名。(61)扃　車上固定旗桿的橫木。(62)方釿　將四條轠繩併在一起趕車。方，併。釿，借作「靳」。馬銜。(63)轢輻　謂以物擊車輻發聲以促馬疾行。轢，擊；擦。(64)閈　牆垣。(65)窊寥　同「窈寥」。深邃貌。疊韻聯綿詞。(66)徑廷　相距很遠。《莊子・逍遙遊》：「大有逕庭」，逕庭即「徑廷」。成玄英疏：「猶過差」，即差別很大之意。(67)眇　眇茫恍惚。(68)蹇產　高貌。疊韻聯綿詞。(69)邐倚　起伏曲折貌。疊韻聯綿詞。(70)閬風　山名，相傳為仙人所居，在崑崙山之巔。(71)遐坂　長坡。遐，遠。(72)洫　護城河。(73)金墉　西面的城牆。金，西方之稱。墉，城牆。(74)唐中　池名，在建章宮西。(75)廣潒　廣闊無邊貌。疊韻聯綿詞。(76)太液　池名，在建章宮北。(77)滌沆　寬廣貌。疊韻聯綿詞。(78)漸臺　臺名，在太液池中。(79)赫昈昈　赤色鮮明豔麗。赫，赤色；紅光。(80)清淵　池名，在建章宮北。李善注引《三輔故事》曰：「建章北作清淵海。」(81)瀛洲　與下「方丈」、「蓬萊」，並傳說中東海裡的三座仙山，漢武帝在太液池中造三山以似之。(82)林岑　險峻貌。疊韻聯綿詞。(83)壘嵬　險峻不平貌。疊韻聯綿詞。(84)嶄巖　突兀險峻貌。疊韻聯綿詞。(85)嵒齬　山石錯落不齊貌。雙聲聯綿詞。(86)隝　同「島」。指池中其他島嶼。(87)石菌　石芝，與下「靈芝」均為仙草名，為仙人所食。(88)重涯　指池邊。(89)朱柯　靈芝的赤莖。(90)海若　海神名。(91)玄渚　深水岸邊。《國語・越語下》韋昭注：「水邊亦曰渚。」(92)少君　李少君，漢代方士，以祠竈、穀道、卻老的方術而被漢武帝寵信。(93)欒大　漢代方士，以求仙藥，致仙人，煉黃金取信於漢武帝。(94)修莖　《漢書・郊祀志上》：「其後又作柏梁、桐柱、承露仙人掌之屬矣」，顏師古注引《三輔故事》云：「建章宮承露盤高二十丈，大七圍，以銅為之，上有仙人掌承露，和玉屑飲之。」修莖當指承露盤下之銅柱。(95)仙掌　即托承露盤之仙人掌。(96)瓊蘂　古代傳說中瓊樹的花蕊，似玉屑。蘂，同「蕊」。花心。(97)松喬　赤松子、王子喬，皆仙人名。(98)要　借作「邀」。遮留。(99)羨門　古仙人名。(100)升龍　《史記・封禪書》載方士公孫卿曰：「黃帝采首山銅，鑄鼎於荊山下。鼎既成，有龍垂胡髯下迎黃帝。黃帝上騎，群臣後宮從上者七十餘人，龍乃上去。」升龍即指黃帝乘龍登仙而去。(101)鼎湖　黃帝乘龍升天的地方。(102)豈時俗三句　《史記・封禪書》載漢武帝聽了公孫卿的話以後說：「嗟乎！吾誠得如黃帝，吾視去妻子如脫躧耳。」

【語　譯】「想起帝王的神聖壯麗，恐怕尊卑沒有懸殊。雖然這些屋宇已經廣闊，心中還是煩悶而不能舒展自如。想要仿效天帝的紫微宮，遺憾的是阿房宮不可居住。審視往昔遺留的宮館，得到了林光宮在秦王朝的舊墟。它建築在明亮乾燥的甘泉山上，卻高峻而又廣延四布。既已新建了迎風館，又增加了露寒和儲胥。寄託高高的基礎於山崗之上，向上高聳而高高雄踞。通天臺高高地聳立，高度有百尋而十分特出。上面雜色花紋縱橫交錯，下面刻峭險峻如同砍削。飛翔的鵾雞也不能飛到，何況是青鳥和黃雀！倚靠著欄杆俯首傾聽，聽到了雷聲相互衝激。柏梁臺既已遭到火災，越地的巫師就陳述良方，建造建章宮，用來鎮壓火災的禍殃。營造屋宇的體制，規模加倍於蕭何營造的宮殿未央。圓圓的門闕竦立到達半天，好像兩座碣石山互相對望。鳳鳥飛舉於屋脊的頂端，都向著風好像就要飛翔。在宮殿正門之內，別風門闕峻峭崇高。多麼精巧而又奇麗，交結綺紋的窗戶空曠寂寥。觸犯雲霧而向上伸展，形狀高聳而峻峭。神明臺高高地特出挺立，井幹樓重重疊疊有上百層。安置懸浮的屋棟在臨空的楹柱之上，連結柱上承梁的曲木而互相擔承。積累層層的結構就向上延伸，望見北極星高高地飛升。塵埃煙霧在半空中消散，凝聚著高空的清澈與澄明。可以看到彎曲的彩虹的長長的背脊，可以看到雲神在那裡依憑。登上飛舉的門樓小屋而向上瞻望，正好看到瑤光星和玉繩星。將要偶爾登上而未到一半，就恐懼驚慌而戰戰兢兢。不是都盧國輕巧便捷的勇士，誰能超越他而全部攀登！駁娑殿和駘盪殿，高大而又特出，枍詣殿和承光殿，深邃而又空闊。層層的屋棟和重重的門樓棟，高高地聳矗。屋檐向上翹起伸入半空，屋檐像飛鳥向上飛舉。閃耀的光彩向內照射，與日月的光輝互相輝映襯托。天梁宮殿，它開了扇高高的門扉，旗幟不必從車上拔下，連結四匹馬的車子韁繩合併把持，敲擊車輻讓馬輕快地奔跑，在一扇門裡可以容納牠的奔馳。長長的走廊和高敞的廊屋，連接的閣道如雲氣蔓延。牆垣庭院奇特怪異，門有上千戶有上萬。重重的宮門和幽深的小門，輾轉互相延伸通連。望去深邃而相距很遠，眇茫恍惚不知道怎麼回轉。於是珍奇的臺閣高聳而極其壯麗，閣道起伏曲折而朝向正東，好像閬風山巔的長坡，橫亙在西邊的護城河和城牆的要衝。守城的衛士不要放下巡夜用的木梆，而裡裡外外暗中相通。前面開闢了唐中池，一眼望去浩瀚汪洋，回頭臨視太液池，池如大海水勢洶湧而寬廣。漸臺矗立在它的中央，紅光鮮明豔麗而弘大寬敞。清淵池廣遠無涯，其中有神山高聳嵲嶫。並列著神山瀛洲和方丈，夾著假山蓬萊而相併羅列。上面險峻而高低不平，下面突兀而錯落。不停地吹拂的風激盪著其他的島嶼，掀起大波重重疊疊。浸潤著生長在池邊的石菌，洗滌著靈芝菌紅色的菌莖。海神海若在深水岸邊浮游，鯨魚也失去流水而失足蹭蹬。於是採取李少君的端方信實，希望欒大的堅貞牢固，豎立在長長的銅柱上的仙人掌，承接著雲外的清潔的朝露。和著磨細的瓊花玉屑而用作早餐，生命一定可以超越常度。讚美往昔的仙人赤松子與王子喬，遮留住仙人羨門子在那天空的道路。想起黃帝在鼎湖乘龍升天，這混濁的人世間哪裡值得羨慕！如果能經歷世世代代而長生不老，又何必匆匆忙忙去修建陵墓？

「徒觀其城郭之制，則旁開三門，參塗[1]夷庭[2]，方軌十二[3]，街衢相經。廛里端直，甍宇[4]齊平。北闕甲第，當道直啟。程[5]巧致功，期不陁陊[6]。木衣綈錦，土被朱紫。武庫禁兵，設在蘭錡[7]。匪石[8]匪董，疇能宅此。爾乃廓開九市[9]，通闤[10]帶闠[11]。旗亭[12]五重，俯察百隧[13]。周制大胥[14]，今也惟尉[15]。瓌貨方至，鳥集鱗萃。鬻者兼贏[16]，求者不匱。爾乃商賈百族，裨販[17]夫婦，鬻良雜苦[18]，蚩眩[19]邊鄙。何必昏[20]於作勞，邪贏[21]優而足恃。彼肆人之男女，麗美奢乎許史[22]。若夫翁伯濁質張里[23]之家，擊鐘鼎食，連騎[24]相過，東京公侯，壯何能加？都邑游俠，張趙[25]之倫，齊志無忌[26]，擬跡田文[27]，輕死重氣，結黨連群。實蕃[28]有徒，其從如雲。茂陵[29]之原[30]，陽陵[31]之朱[32]，趫悍虓豁[33]，如虎如貙[34]。睚眦[35]蠆芥[36]，屍僵路隅。丞相[37]欲以贖子罪，陽石汙而公孫誅。若其五縣[38]游麗辯論之士，街談巷議，彈射[39]臧否。剖析毫釐，擘肌分理。所好生毛羽，所惡成創痏[40]。郊甸[41]之內，鄉邑殷賑，五都[42]貨殖，既遷[43]既引[44]。商旅聯槅[45]，隱隱展展[46]。冠帶交錯，方轅接軫[47]。封畿千里，統以京尹[48]。

【章旨】本段寫西京商賈貿易的發達和游俠辯士的眾多。

【注釋】❶參塗　指西京城。每面有三門，三條道路。塗，道。❷夷庭　平坦筆直。❸方軌十二　謂城牆四面十二門皆可並車通過，言其寬闊。方，並。❹甍宇　屋檐。❺程　顯示。❻阤陊　崩壞。疊韻聯綿詞。❼蘭錡　兵器架。蘭，放其他兵器的器具。錡，盛弩的器具。❽石　與下「董」，指石顯與董賢。石顯，漢元帝時權臣，官至中書令，貴幸傾朝。董賢，漢哀帝寵臣，官至大司馬衛將軍，封高安侯，貴傾朝廷。❾九市　指長安城內有九個商業區。《三輔黃圖》卷二引《廟記》云：長安市有九，各方二百六十步。六市在道西，三市在道東。凡四里為一市，致九州之人。❿闤　市牆。⓫闠　市門。⓬旗亭　市樓。⓭隧　兩旁的店鋪街道。⓮大胥　周代都邑中主管市場的官員，即胥師，尊其職，故曰大。《周禮．地官》：「司市，胥師二十，肆則一人。」⓯尉　李善注曰：「《漢書》曰：京兆尹，長安四市皆屬焉，與左馮翊、右扶風為三輔。然市有長丞而無尉，蓋通呼長丞為尉耳。」而李周翰曰：「《周禮》市制大胥職，今但屬三輔都尉。」⓰兼贏　成倍的利潤。⓱裨販　小販。《周禮．地官．司市》：「大市，日仄而市，百姓為主。朝市，朝時而市，商賈為主。夕市，夕時而市，販夫販婦為主。」⓲雜苦　混雜劣質品。苦，惡。⓳蚩眩　欺侮迷惑。⓴昬　借作黽，勉；努力。㉑邪贏　猶「餘贏」。高步瀛曰：「胡紹煐曰：邪當讀與餘同。邪贏猶餘贏。《左傳．文公元年》：『歸餘於終。』《史記．曆書》作『歸邪於終』。《集解》引韋昭曰：『邪，餘分也。』此言餘贏優而足恃也。」㉒許史　指許廣漢、史高及其家族，二人分別為漢宣帝、漢元帝時外戚。宣帝時，史家封侯二人，食邑各六千戶。許家封侯三人，元帝時復封許嘉為侯。事詳《漢書．外戚傳》。㉓翁伯濁質張里　皆西京大富豪。《漢書．貨殖傳》：「翁伯以販脂而傾縣邑，張氏以賣醬而隃侈，質氏以洒削（修治劍鞘）而鼎食，濁氏以胃脯（燒烤羊胃）而連騎，張里以馬醫而擊鐘。」㉔連騎　車騎相連。謂其隨從之多。㉕張趙　指張回、趙君都，《漢書．游俠傳》說他們「皆長安名豪，報仇怨養刺客者」。㉖無忌　魏無忌。即信陵君。㉗田文　即戰國時齊孟嘗君。㉘蕃　多。㉙茂陵　漢武帝陵墓，在今陝西興平東北。㉚原　原涉，字巨先，祖父武帝時以豪傑自陽翟徙茂陵。涉殺季父仇，郡國諸豪及長安、五陵諸為氣節者歸慕之。涉遂傾身與相待，人無賢不肖填門，在所閭里盡滿客。㉛陽陵　漢景帝陵墓，在今陝西高陵西南。㉜朱　朱安世，西京大俠。㉝趫悍虓豁　膽氣雄豪。皆雙聲聯綿詞。㉞貙　一種猛獸，形似虎。㉟睚眦　怒視；發怒時瞪大眼睛。㊱蔕芥　猶「蒂芥」。小鯁刺；小矛盾。《漢書．游俠傳》載，原涉「外溫仁謙遜，而內隱好殺，睚眦於塵中，觸死者甚多」。㊲丞相　《漢書．公孫賀傳》載：「賀子敬聲，代賀為太僕，父子並居公卿位。敬聲以皇后姊子，驕奢不奉法，征和中擅用北軍錢千九百萬，發覺，下獄。是時詔捕陽陵朱安世不能得，上求之急，賀自請逐捕安世以贖敬聲罪。上許之。後果得安世。……安世遂從獄中上書，告敬聲與陽石公主私通，及使人巫祭祠詛上，且上甘泉當馳道埋偶人，祝詛有惡言。下有司案驗賀，窮治所犯，遂父子死獄中，家族。」丞相，指公孫賀，太初二年（西元前一〇三年）代石慶為丞相。陽石，陽石公主，漢武帝女。公孫，指公孫賀、公孫敬聲父子。㊳五縣　指長陵、安陵、陽陵、茂陵、平陵。㊴彈射　用語言指責。㊵創痏　創傷留下的痕跡。比喻受到讒害。㊶郊甸　五十里為郊，百里為甸。此泛指郊區。㊷五都　指洛陽、邯鄲、臨淄、宛、成都五大都會。㊸遷　轉運到別處。李善注：「遷，謂徙之於彼。」㊹引　販運到此地。李善注：「引，謂納之於此。」㊺聯槅　謂載貨車連接不斷。言賈人甚多。槅，《說文》：「大車軛也。」此借指車。㊻隱隱展展　車行聲。㊼軫　車後橫木。㊽京尹　京兆尹，漢三輔之一，掌治京師，下轄十二縣。其長官亦稱京兆尹。

【語譯】「只看那內城外郭的制度，城牆每面開三座城門，三條道路平坦筆直，十二座城門都能並車通過，四通八達的大路交錯經歷。街巷端方挺直，屋檐平整齊一。皇城北面第一等的住宅，門對著大道筆直開啟。竭盡奇巧盡力施工，預期永不倒塌崩毀。木材披上綢緞錦繡，磚土繪上朱紅青紫。武器庫中皇家的兵器，盛放在放置兵器的器具。不是姓石的和不是姓董的，誰又能夠居住在這裡。這就大大開闢九個集市，通向市區的牆垣和連接市區的門戶。市樓高至五層，俯視能看清上百的街道店鋪。周朝的制度是大胥管理，現在只有三輔都尉。珍奇的貨物從四方運來，如鳥棲息又如魚鱗積聚。出售的人賺取成倍的利潤，求取的人也不缺乏所需的貨物。這裡就有商賈百姓，小販夫婦，出售優質產品混雜著偽劣產品，欺騙迷惑邊遠地區的男女。哪裡有必要努力從事生產，那多餘的財利優厚而足夠依恃。那些街市居民的男男女女，其麗美超過了著名的貴族許氏和史氏。至於像翁伯、濁氏、質氏、張里等豪富大家，以鐘鼓伴奏用鼎烹肉進食，隨從車騎相連而互相經過，東京洛陽的公侯，其威風怎麼能夠超過？都邑裡輕生重義而急人之難的俠士，像張回、趙君都一類人，思想仿效信陵君魏無忌，行為模擬孟嘗君田文，輕視死亡重視義氣，結成黨羽連結成群。其徒眾確實很多，其隨從多如浮雲。茂陵的原涉，陽陵的朱安世之徒，勇猛果斷膽氣雄豪，有如猛虎有如貙獸。瞪目怒視一類的小小矛盾，就要死屍僵死在道路的一隅。丞相公孫賀想要贖買他兒子公孫敬聲的罪過，結果是陽石公主的名聲被汙損而公孫父子也被懲處。至於那五縣的遊覽辯論的人士，在街上談說在巷中議論，來評論抨擊好壞利害。他們剖析一毫一釐的精細，能分析事物的表層也辨析事物的隱蔽。他們喜歡的就要使之長出羽毛，他們痛恨的就要使之變出瘡瘢痕跡。郊區之內，鄉村都邑都富裕殷實，五個都會的商賈，既將此處的貨物轉運到彼，又將彼地的貨物販運到此。商賈行旅車騎相聯，車聲隆隆此伏彼起。高冠博帶互相交錯，車轅相併車軫連繫。京都一帶地方千里，由京兆尹加以統領管理。

「郡國[1]宮館，百四十五[2]。右極盩厔[3]，并卷酆鄠[4]。左暨河華[5]，遂至虢土[6]。上林禁苑，跨谷彌阜。東至鼎湖[7]，斜界細柳[8]。掩長楊[9]而聯五柞[10]，繞黃山[11]而款牛首[12]。繚垣[13]緜聯，四百餘里。植物斯生，動物斯止。眾鳥翩翻，群獸駓騃[14]。散似驚波，聚似京峙[15]。伯益[16]不能名，隸首[17]不能紀。林麓之饒，於何不有。木則樅栝椶柟，梓棫楩楓[18]。嘉卉灌叢，蔚若鄧林[19]。鬱蓊薆薱，橚爽櫹槮[20]，吐葩颺榮，布葉垂陰。草則葴莎菅蒯，薇蕨荔芁，王芻莔臺，戎葵懷羊[21]，苯䔿[22]蓬茸[23]，彌皋被岡。篠簜[24]敷衍[25]，編町成篁。山谷原隰，泱漭[26]無疆。迺有昆明[27]靈沼[28]，黑水玄阯[29]，周以金隄，樹以柳杞。豫章[30]珍館，揭[31]焉中峙[32]，牽牛[33]立其左，織女處其右。日月於是乎出入，象扶桑[34]與濛汜[35]。其中則有黿[36]鼉[37]巨鼈，鱣鯉鱮鮦，鮪鯢鱨鯊[38]，修額短項，大口折鼻，詭類殊種。鳥則鷫鷞鴰鴇，駕鵝鴻鶤[39]，上春候來，季秋就溫。南翔衡陽[40]，北棲鴈門[41]。奮[42]隼[43]歸鳧[44]，沸卉[45]軿訇[46]。眾形殊聲，不可勝論。

【章　旨】本段補敘諸離宮苑囿，重點突出上林苑與昆明池。

【注　釋】❶郡國　漢時地方行政區劃分為郡與國。郡直轄於朝廷，國分封於諸王侯。此言離宮別館在諸郡國者。❷百四十五　李善注引《三輔故事》曰：「秦時殿觀百四十五所。」❸盩厔　縣名，漢屬右扶風，今陝西周至。❹酆鄠　均地名。酆，在今陝西戶縣東。鄠，縣名，即今陝西戶縣，漢屬右扶風。❺河華　黃河、華山。❻虢土　指春秋時北虢，在今河南陝縣。姚鼐原注云：「善注：右扶風有虢縣，非是。此當引〈地志〉宏農郡陝縣故虢國，《左傳》『東盡虢略』是也。」❼鼎湖　地名，在華陰東。❽細柳　地名，在今陝西西安西南。❾長楊　漢行宮名，故址在今陝西周至東南。因宮有長楊樹而名。❿五柞　漢宮名，故址在今陝西周至東南，有五柞樹，因以名宮。⓫黃山　山名，在陝西興平北，亦名黃麓山。⓬牛首　山名，在今陝西戶縣西南。⓭繚垣　繚繞的牆垣。一說，垣，當作「亙」。繚亙，繚繞連接。⓮騤駸　急走貌。疊韻聯綿詞。⓯京峙　高土。京，高。峙，水中有土。薛綜注：「言禽獸散走之時，如水驚風而揚波，聚時如水中之高土也。」⓰伯益　人名，舜臣，相傳助禹治水有功。《列子．湯問》：「北海有魚名鯤，有鳥名鵬，大禹行而見之，伯益知而名之。」此反用其意。⓱隸首　人名，黃帝史官，始造算數。⓲木則二句　皆木名。樅，樹身似柏，樹葉似松，即柳杉。栝，樹身似松，樹葉似柏，即檜樹。椶，同「棕」。棕櫚。柟，同「楠」。楠木。梓，紫葳科落葉喬木。棫，一種灌木，莖葉多細刺。楩，南方大木名，與樟樹相似。楓，楓樹，葉至秋而紅。⓳鄧林　神話中樹林。《山海經．海外北經》：「夸父與日逐走，渴欲得飲，飲於河渭，河渭不足，北飲大澤，未至，道渴而死，棄其杖，化為鄧林。」⓴鬱蓊二句　薛綜注：「皆草木盛貌也。」鬱蓊，雙聲聯綿詞。薆蘙，疊韻聯綿詞。橚爽，胡紹煐曰：「言木之高大也。」櫹槮，胡紹煐曰：「亦高大也。」皆雙聲聯綿詞。㉑草則四句　皆草名。葴，酸漿草。莎，莎草，地下有紡綞形之細長塊根，稱香附子，入藥。菅，又稱菅茅、苞子草，莖可作繩織屨，莖葉之細者可以覆蓋屋頂。蒯，多年生草，莖供編織。薇，即巢菜，又名野豌豆。蔓生，莖葉似小豆，可生食或作羹。蕨，菜名，嫩葉可食，莖多澱粉。荔，馬藍。苀，蠡實，三月開紫碧花，五月結實作角子。根細長，通黃色。王芻，藎草。《爾雅．釋草》注：「今呼鴟腳沙。」莔，藥草名，即貝母。臺，夫須，即莎草，可為蓑笠。戎葵，蜀葵。懷羊，香草名。㉒苯䔿　草木叢生貌。疊韻聯綿詞。㉓蓬茸　茂盛貌。疊韻聯綿詞。㉔篠簜　皆竹名。篠，小竹，可為箭。簜，大竹。㉕敷衍　散布；蔓延。㉖泱漭　廣闊無際貌。疊韻聯綿詞。㉗昆明　池名，在長安西南。漢武帝元狩三年鑿。池周圍四十里，廣三百三十二頃。池東出為昆明渠。後池水涸竭。㉘靈沼　神池名，在昆明池中。㉙阯　同「沚」。小渚；小沙洲。㉚豫章　臺觀名，漢武帝造，在昆明池中。㉛揭　挺拔；高舉。㉜峙　聳立。㉝牽牛　與下「織女」，本指牽牛星與織女星。此指豫章觀旁雕刻的以牽牛、織女命名的兩尊石像。㉞扶桑　神話中木名，傳說日出其下。㉟濛汜　太陽落下的地方。㊱黿　似鱉而大。㊲鼉　鼉龍。即揚子鱷。㊳鱣鯉二句　皆魚名。鱣，即鱘鰉魚。鯉，鯉魚。鱮，即鰱魚。鮦，即鱧，俗稱黑魚。鮪，鱘魚，似鱣而背上無甲，色青碧。鯢，俗稱娃娃魚。鱨，一名黃頰。鯊，吹沙小魚。㊴鳥則二句　皆鳥名。鸕鷀，水鳥，雁的一種，長頸，其羽毛可製裘。鴰，俗稱灰鶴。鴇，又名地鵏，似雁而大，無後趾。駕鵝，野鵝。鴻，大雁。鶤，同「鵾」。鵾雞。㊵衡陽　今湖南衡陽。衡山七十二峰中有回雁峰，相傳雁至此即折回。回雁峰即在衡陽南。㊶鴈門　山名，即句注山，在山西代縣西北。《山海經・海內西經》云：「雁門山，雁出其間。」㊷奮　起飛。五臣本作「集」。胡克家曰：「薛（案指薛綜注）自作集，集隼與歸鳧對文。」可備一說。㊸隼　鷂屬，即鶚，凶猛善飛。㊹鳧　野鴨。㊺沸卉　胡紹煐曰：「沸卉猶沸渭，盛疾貌。」雙聲聯綿詞。一說，鳥奮飛之聲。㊻軿訇　鳥奮飛聲。疊韻聯綿詞。

【語譯】「在各郡和各侯國的宮殿館舍，共有一百四十五所。西面遠至盩厔，並有包括酆和鄠。東面遠至黃河和華山，就到了北號的國土。上林苑這禁止外人的苑囿，跨過山谷遮蔽了丘阜。東面到了鼎湖，斜著連界細柳。覆蓋長楊宮而連接五柞宮，環繞黃山而到達牛首。繚繞盤旋而聯延相接，共有四百多里。植物在這裡生長繁殖，動物在這裡生息棲止。許多鳥類飛舞翱翔，成群的野獸急行奔走。散去時如水驚風而揚波，聚集時似水中堆集的高土。伯益不能指出名稱，隸首不能加以計數。森林山麓的富饒，哪樣東西這裡沒有。樹木就有樅栝棕柟，梓棫楩楓，美好的花卉和灌木叢生，蔥蘢茂盛有如鄧林。草木茂密蔥郁，樹木高大百尋，開著鮮花舒展著花朵，密布的樹葉留下濃蔭。草就有葴、莎、菅、蒯，薇、蕨、荔、苀，王芻、莔、臺，戎葵、懷羊，草木叢生而茂盛，布滿高地又覆蓋山崗。小竹大竹散布蔓延，成片的竹林布滿田野山梁。高山溪谷平原低濕之地，廣大遼闊而無際無疆。還有昆明池中的靈沼，深黑色的水中的黑色的小渚，環繞著堅固的堤防，栽種著柳樹和杞樹。豫章觀這座珍奇的館舍，高高地在其中聳矗，牽牛星立於其左，織女星處於其右。日月從這裡升起和落下，像日出扶桑和日落濛汜。其中有黿、鼉、巨鱉，鱣、鯉、鱮、鮦，鮪、鯢、鱨、鯊，長長的額頭和短短的頸項，大大的口和彎曲的鼻，奇異的種類和不同的物種。鳥類就有鸕鷀、鴰、鴇，駕鵝、鴻、鶤，早春隨時令飛來，秋季就飛去而趨向和暖溫存。向南飛到衡陽的回雁峰，向北就棲息在雁門。奮飛的鶬鷹和歸宿的野鴨，飛翔迅疾而拍翅聲軿訇。各種形狀各種聲音，不可以詳盡談論。

「於是孟冬作陰，寒風肅殺。雨雪飄飄，冰霜慘烈。百卉具零，剛蟲❶搏摯❷。爾乃振天維❸，衍❹地絡，蕩川瀆，簸林薄。鳥畢駭，獸咸作，草伏木棲，寓居穴託，起彼集此，霍繹紛泊❺。在彼靈囿❻之中，前後無有垠鍔❼。虞人❽掌焉，為之營域❾。焚萊平場，柞❿木翦棘。結罝百里，迒⓫杜蹊塞。麀⓬鹿麌麌⓭，駢田⓮偪仄⓯。天子乃駕彫軫⓰，六⓱駿駮⓲，戴翠帽，倚金較⓳。璿弁⓴玉纓㉑，遺光㉒儵爚㉓。建玄弋㉔，樹招搖㉕，棲㉖鳴鳶㉗，曳雲梢㉘。弧旌枉矢㉙，虹旃㉚蜺旄。華蓋㉛承辰㉜，天畢㉝前驅。千乘雷動，萬騎龍趨。屬車㉞之簉㉟，載獫猲獢㊱。匪惟玩好，迺有祕書，小說九百，本自虞初㊲。從容之求，實俟實儲。於是蚩尤㊳秉鉞，奮鬣被般㊴。禁禦不若，以知神姦。魑魅魍魎㊵，莫能逢旃㊶。陳虎旅㊷於飛廉㊸，正壘壁㊹乎上蘭。結部曲㊺，整行伍，燎京㊻薪，駴㊼雷鼓㊽。縱獵徒，赴長莽。迾㊾卒清候，武士赫怒，緹衣㊿韎韐(51)，睢盱(52)拔扈。光炎(53)燭天庭，囂聲振海浦。河渭為之波盪，吳嶽(54)為之阤堵(55)。百禽㥄遽(56)，騤瞿(57)奔觸。喪精亡魂，失歸忘趨。投輪關❺❽輻，不邀自遇。飛罕潚箾❺❾，流鏑擂爆❻⓿。矢不虛舍，鋋❻❶不苟躍。當足見蹍❻❷，值輪被轢。僵禽斃獸，爛若磧礫❻❸。但觀罝羅之所羂結，竿殳❻❹之所揘畢❻❺，叉蔟❻❻之所攙捔❻❼，徒搏之所撞挘❻❽，白日未及移其晷，已獮❻❾其什七八。若夫游鷮❼⓿高翬❼❶，絕阬❼❷踰斥❼❸，毚兔❼❹聯猭❼❺，陵巒超壑，比諸東郭❼❻，莫之能獲。乃有迅羽❼❼輕足❼❽，尋景追括❼❾。鳥不暇舉，獸不得發，青骹❽⓿摯於韝❽❶下，韓盧噬於緤❽❷末。及其猛毅❽❸髬髵❽❹，隅目❽❺高眶❽❻，威懾兕虎，莫之敢伉❽❼。乃使中黃❽❽之士，育獲❽❾之儔，朱鬉❾⓿鬣髽❾❶，植髮如竿。袒裼❾❷戟手❾❸，奎踽❾❹盤桓。鼻赤象，圈巨狿❾❺，摣❾❻狒猬❾❼，批❾❽窳狻❾❾。揩枳落⓵⓿⓿，突棘藩，梗林⓵⓿⓵為之靡拉⓵⓿⓶，樸叢⓵⓿⓷為之摧殘。輕銳僄狡趫捷⓵⓿⓸之徒，赴洞穴，探封⓵⓿⓹狐，陵重巘，獵昆駼⓵⓿⓺，杪⓵⓿⓻木末，擭⓵⓿⓼獑猢⓵⓿⓽，超殊榛，摕⓵⓵⓿飛鼯⓵⓵⓵。是時後宮嬖人⓵⓵⓶，昭儀⓵⓵⓷之倫，常亞於乘輿，慕賈氏之如皐⓵⓵⓸，樂〈北風〉之同車⓵⓵⓹，盤⓵⓵⓺于游畋，其樂只且。

【章旨】本段寫田獵場面的聲勢浩大，獵獲物的眾多和歡樂的非常。

【注釋】❶剛蟲　凶猛的禽畜，如鷹犬之屬。❷搏摯　猛擊。摯，五臣本作「鷙」。❸天維　與下「地絡」，皆指大網。維，大網。絡，網。❹衍　布開。❺霍繹紛泊　飛行奔走之貌。❻靈囿　天子畜養禽獸的苑囿。靈，形容其神聖美好。❼垠鍔　邊際；邊界。鍔，通「堮」。界壠。❽虞人　古代掌管山澤苑囿和田獵的官。❾營域　指經營獵場。域，界。指獵場。❿柞　砍伐。⓫迒　道路。⓬麀　母鹿。⓭麌麌　鹿群聚貌。⓮駢田　聚集貌。疊韻聯綿詞。⓯偪仄　迫近密集貌。⓰彫軫　有雕飾的車。軫，車後橫木。此代指車。⑰六　用作動詞。用六匹馬駕車。古代天子車駕六馬。⑱駁　馬毛色不純，毛色青白相雜的馬。⑲較　車箱兩旁橫木，跨於輢上者。⑳璿弁　用美玉為飾的馬冠。璿，同「璇」。美玉。弁，馬冠。按：姚鼐原注：「鼐按馬冠自名鋄耳。《左傳》：子玉自為瓊弁玉纓，賦正用此，言服皮弁以獵耳，豈馬冠乎？」㉑纓　駕車用的套馬的革帶。㉒遺光　餘光。謂金玉散發出來的光彩。㉓儵爚　閃爍貌。疊韻聯綿詞。㉔玄弋　星名，也指畫有此星的旗。㉕招搖　星名，亦指畫有此星的旗。薛綜注：「玄弋，北斗第八星名，為矛頭，主胡兵。招搖，第九星名，為盾。今鹵簿中畫之於旗，建樹之以前驅。」㉖棲　著。謂畫其形於旗上。㉗鳴鳶　鳴叫的鷂鷹，畫於旗上者。《禮記·曲禮上》：「前有塵埃，則載鳴鳶。」鄭玄注：「載謂舉於旌首以警眾也。鳶鳴則天將風，風起埃生。」鳶，鷂鷹。㉘雲梢　繪有雲彩的旗。㉙弧旌枉矢　皆星名，畫以飾旗。弧，在天狼星東南，九星，狀如弓。枉矢，類大流星，蛇行而蒼黑，望之如有毛羽然。㉚旃　赤色曲柄的旗。㉛華蓋　星名。華蓋七星，其柢九星，合十六星，如蓋狀，在紫微宮中，臨勾陳上，以蔭帝座。此言天子車蓋繪有華蓋星以象徵天帝。㉜辰　北極星。薛綜注：「華蓋星覆北斗，王者法而作之。」㉝天畢　星名。李善〈兩都賦〉注引《風俗通》曰：「兩師，畢星也。」此言前驅旗上繪畢星，以象徵兩師灑水清道。㉞屬車　皇帝的侍從車輛。秦漢以來，皇帝大駕屬車八十一乘，法駕屬車三十六乘。㉟簉　副車。指大駕最後一乘懸豹尾的車。㊱獫猲獢　皆獵犬。長嘴曰獫，短嘴曰猲獢。㊲虞初　指《虞初周說》，九百四十三篇，屬小說家者流，今佚。虞初，河南洛陽人，漢武帝時以方士侍郎，乘馬，衣黃衣，號黃車使者。其說以《周書》為本。見《漢書·藝文志》。㊳蚩尤　古九黎族部落酋長。《太平御覽》卷七十八引《龍魚河圖》云：「黃帝攝政前，有蚩尤兄弟八十一人，並獸身人語，銅頭鐵額，食沙石子，造立兵杖、刀、戟、大弩，威振天下。」此言畫蚩尤像於旌頭以示威武。㊴般　虎皮。㊵魑魅魍魎　傳說中山林水澤的神怪。魑，山神。魅，鬼怪。魍魎，水神。㊶旃　之。姚鼐原注：「鼐按：此六句謂旃頭。」㊷虎旅　虎賁、旅賁。虎賁，掌王出入儀衛之士。言如猛虎之奔走，喻其勇猛。旅賁，古代帝王出行時護車的勇士。㊸飛廉　與下「上蘭」，皆館名，在上林苑。㊹壘壁　軍營的圍牆。此指軍陣。㊺部曲　李善注引司馬彪《續漢書》曰：「大將軍營五部，部有校尉一人。部下有曲，曲有軍候一人。」㊻京　高。㊼鼖　擂；擊。《周禮·夏官·大司馬》：「鼓皆鼖」，鄭玄注：「疾雷擊鼓曰鼖。」㊽雷鼓　古樂器名。鄭眾謂雷鼓六面，有革可擊。鄭玄謂雷鼓八面。祀天神時用之。㊾迾　遮。謂禁止行人。㊿緹衣　武士的服裝。緹，橘紅色。(51)韎韐　皮革製的染色的護胸甲。韎，李善注：「《毛詩》曰『韎韐有奭』，毛萇曰：『韎者，茅蒐染也。』」韐，古代用以護胸的革甲。《管子·小匡》「輕罪入蘭盾韐革二戟」，注：「韐革，重革，當心著之，可以禦矢。」(52)睢盱　仰視貌。形容高傲之態。雙聲聯綿詞。(53)炎　通「焰」。(54)吳嶽　此與上文「河渭」對舉，當指二山。《漢書・郊祀志》：「自華以西，名山七：曰華山，薄山，岳山，岐山，吳山，鴻冢，瀆山。」吳嶽，即指吳山、岳山。⑤⑤陁堵　崩壞貌。雙聲聯綿詞。⑤⑥悽遽　驚怖慌張。⑤⑦駭瞿　張目驚視貌。⑤⑧關　通「貫」。穿過；通過。⑤⑨潚箾　鳥網的形狀。一說，鳥著網貌。雙聲聯綿詞。⑥⓪掩㩧　箭射中物聲。雙聲疊韻聯綿詞。⑥①鋋　小矛。⑥②躧足踏。⑥③磧礫　河灘上的細石。⑥④殳　木杖。⑥⑤揘鬲　撞擊。⑥⑥蔟　刺物。⑥⑦攙捔　刺透；刺穿。⑥⑧撞抋　撞倒；打倒。⑥⑨獮殺死。⑦⓪鷮　鷮雉，長尾雉，雉之一種。⑦①翬　大飛。⑦②阬　同「坑」。地上深陷處。⑦③斥　澤崖；池岸。⑦④毚兔　狡兔。⑦⑤聯猭　奔跑貌。疊韻聯綿詞。⑦⑥東郭　狡兔名。《戰國策・齊策》：「夫韓盧，天下之駿狗也；東郭逡，海內之狡兔也。環山三，騰岡五，韓盧不能及之。」⑦⑦迅羽　指獵鷹。⑦⑧輕足　指獵狗。⑦⑨括　箭的末端。此指箭。⑧⓪青骹　足脛青色的猛鷹。⑧①韝　用以擒鷹的革製的袖套。⑧②紲　牽犬繩。此二句薛綜注曰：「鷹下韝而擊，犬攣末而齧，皆謂急搏不遠而獲。」⑧③猛毅　指凶猛殘暴的野獸。⑧④髬髵　怒獸奮鬣貌。⑧⑤隅目　眼成四角形。⑧⑥高眶　眼眶高高吊起。與上「隅目」皆形容猛獸瞪目怒視而可怖之貌。⑧⑦伉　通「抗」。抵擋。⑧⑧中黃　中黃伯，古代的大力士。李善注引《尸子》曰：「中黃伯曰：『余左執泰山之猨，而右搏雕虎。』」⑧⑨育獲　夏育、烏獲，皆古著名力士。⑨⓪朱鬘　深紅色的帶髻頭飾。⑨①鬤髽　露出髮髻而以麻束之。⑨②袒裼　赤身露體。⑨③戟手　手臂微曲而呈戟形。⑨④奎踽　兩足分開。奎，兩股之間。踽，旁行。⑨⑤貚　形似貍而身體長的大獸。⑨⑥摣　捕捉。⑨⑦狒猬　狒狒和刺猬。狒，獸身人面，身有毛，被髮迅走，食人。猬，其毛如刺。⑨⑧批　揪住。⑨⑨貐狻　猰貐和狻猊。猰貐，猛獸，似貙，食人。狻猊，即獅子。①⓪⓪枳落　枳木的籬笆。枳，木名，如橘而小，葉多刺。落，籬笆。①⓪①梗林　棘刺的叢林。即指上「枳落」。梗，有刺的草木。①⓪②靡拉　倒伏。①⓪③樸叢　灌木叢。樸，叢生的樹木。①⓪④僄狡趫捷　迅疾勇猛矯健敏捷。①⓪⑤封　大。①⓪⑥昆駼　即騉駼，一種野馬，薛綜注：「如馬，歧蹄，善登高。」①⓪⑦杪　木末。用作動詞。爬上樹梢。①⓪⑧擭　抓住。①⓪⑨獑猢　獸名，猿屬，毛黑，腰圍白毛如帶，前肢白毛尤長。①①⓪摕　捕獲。①①①飛鼯　鼠名，俗稱飛鼠，形似蝙蝠，因其前後肢之間有飛膜，能在樹林間滑翔。①①②嬖人　被寵幸的妃嬪。嬖，幸。①①③昭儀　女官名，漢元帝所置，位似丞相，爵比諸侯王。①①④賈氏之如皐　《左傳・昭公二十八年》載：「昔賈大夫惡，取妻而美，三年不言不笑。御以如皐，射雉，獲之，其妻始笑而言。」賈氏，賈國之大夫。如，往。皐，澤畔高地。①①⑤北風之同車　《詩・邶・北風》：「惠而好我，攜手同車。」北風，《詩・邶風》篇名。①①⑥盤　樂。

【語　譯】「於是初冬時節陰氣興起，寒冷的北風酷烈肅殺。落下的雪片紛紛飛揚，冰凍嚴霜景象淒厲。各種草木全都殞落，蒼鷹獵犬正好搏擊。這時就整理蓋天的大網，布開滿地的網絡，震盪河川溝渠，顛簸山野林薄。飛鳥全都驚動，野獸全都逃逸，得草而伏，遇木而棲，苟安而居，值穴而託，從彼處逃離又聚集此地，不停地飛行奔走。在那天子的神聖美好的苑囿之中，前前後後多得不可計數。虞人掌管著，為打獵營建了獵場的疆域。焚燒野草平整場地，砍伐樹木翦除荊棘。張設的網絡覆蓋百里，道路被堵住小徑被阻塞。母鹿成群聚集，互相連接而迫近密集。天子就駕駛著裝飾華麗的車，套著六匹毛色不一的馬匹，戴著翠羽裝飾的帽子，倚靠著車箱兩旁金飾的橫木。馬戴著美玉為飾的馬冠和套著玉飾的革帶，散發的光彩閃閃灼灼。建樹著畫有玄弋星的旗子，樹立起畫有招搖星的大旗，旗上畫著鳴叫的鴟鷹，旗幟招展如雲彩飄飛。畫有弧旌和枉矢星，曲柄旗鮮如彩虹，旄牛尾旗燦如雌霓。如華蓋星承接北極星，畫有天畢星的旗在前面馳驅。上千乘車如雷霆震動，上萬馬騎如蛟龍奔趨。隨從車輛的最後一乘懸豹尾的車，載著獵犬獫和猲獢。不只是有美好的玩物，還有祕府的圖書，小說有九百多種，都出自武帝時的虞初。不是急迫的需求，有的要等待有的有積儲。於是蚩尤般的猛士執操著大斧，揚起鬍鬚披著虎皮而色彩斑斕。禁止防禦暴逆不順，而知道神靈與邪奸。山林水澤的神靈和鬼怪，沒有誰能碰見。陳列虎賁、旅賁在飛廉館，端正軍陣在上蘭館。連結部校和曲候，整頓行列和隊伍，焚燒高高的柴堆，敲響八面的大鼓。放出打獵的士卒，奔赴長長的林莽。遮禁行人的士卒清道候望，武士們赫然發怒，穿著紅衣和帶上護胸甲，張目仰視而驕橫強暴。光焰照亮了天庭，喚叫聲震動了大海之浦。黃河、渭水為此而波濤洶湧，吳山、岳山為此而崩壞傾墮。各種禽鳥驚怖慌張，張目驚視而狂奔亂觸。喪失了精靈亡失了魂魄，失去了歸路而不知奔向何處。投向車輪貫穿車輻，不用遮截自然相遇。飄飛的捕鳥網網口大張，飛飄的羽箭乒乒乓乓地射中獵物。箭不會白白地放射，小矛不會隨便投戳。碰上足就被踩死，碰上車輪就被輾過。僵死的飛禽和斃命的野獸，燦爛若河灘上的小石。只看見網羅所繫縛的禽獸，竿杖所擊殺的獵物，刀叉之所刺殺穿透，徒手搏擊之所撞擊倒仆，太陽還沒來得及移動日影，就已經殺死了十分之七八。至於飛跑的長尾雉高高飛舉，橫越陷坑越過小澤，狡黠的野兔急急奔跑，登上山頂超越山谷，可以和東郭㕙相比，沒有誰能夠把牠抓獲。還有迅疾的獵鷹和輕捷的獵狗，追尋影子追趕箭鏃。鳥還沒來得及起飛，獸還沒有能發足，青色腳脛的雄鷹就搏擊在皮革袖套之下，獵犬韓盧就咬噬在牽犬繩之末。和那些凶猛凶暴的野獸豎起鬃鬣，眼睜成四角，高高吊起眼眶，威風震懾老虎兕牛，沒有誰能將牠抵擋住。就使中黃伯一類的大力士，夏育、烏獲一輩人物，深紅的帶子飾髻而以麻綰束，直立的髮髻如同竹竿。赤身裸體曲肱如戟，兩足分開徘徊不前。牽住赤象的鼻子，圍捕巨大的獌狿，捕捉狒狒和刺猬，揪住猰貐和狻猊。擦過枳棘的籬笆，突過棘刺的藩籬，棘刺的叢林為此而被踐踏倒伏，灌木叢為此而被踩倒摧毀。那些輕快迅疾勇猛矯健的人，奔赴洞穴，探尋大狐，登上重重山嶺，獵獲野馬昆駼，爬上樹木的末梢，抓住猿一類的獑猢，跨過大的榛子樹，捕捉能滑翔的飛鼯。這時後宮裡被寵幸的美人，如昭儀一輩人，常常跟隨著天子乘坐的車輿，羨慕賈大夫的往澤畔射獵，喜好〈北風〉這首詩的「攜手同車」，很高興去遊玩打獵，真是夠快樂歡愉。

「於是鳥獸殫，目觀窮，遷延邪睨，集乎長楊之宮。息行夫，展車馬，收禽舉胔❶，數課眾寡。置互❷擺牲，頒賜獲鹵❸。割鮮野饗，犒勤賞功。三軍六師❹，千列百重。酒車酌醴，方駕授饔。升觴舉燧，既釂❺鳴鐘。膳夫❻馳騎，察貳廉❼空❽。炙炰❾夥，清酤鈠❿，皇恩溥，洪德施，徒御悅，士忘罷⓫。巾車⓬命駕，迴旆⓭右移。相羊⓮乎五柞之館，旋憩乎昆明之池。登豫章⓯，簡矰紅⓰。蒲且⓱發，弋⓲高鴻。挂⓳白鶴，聯飛龍⓴。磻㉑不特絓㉒，往必加雙。於是命舟牧㉓，為水嬉。浮鷁首㉔，翳雲芝㉕，垂翟葆㉖，建羽旗。齊栧女㉗，縱櫂歌。發引和，校鳴葭㉘，奏〈淮南〉㉙，度〈陽阿〉㉚。感河馮㉛，懷湘娥㉜。驚蝄蜽㉝，憚蛟蛇。

然後釣魴鱧㉞，纚㉟鰋鮋㊱，摭紫貝㊲，搏耆龜，搤㊳水豹㊴，馽㊵潛牛㊶。澤虞㊷是濫，何有春秋！擿㊸漻澥㊹，搜川瀆㊺。布九罭㊻，設罜䍡㊼，摷㊽鯤鮞㊾，殄水族。蘧藕拔，蜃蛤㊿剝，逞欲畋魰51，效獲麑52麇53。摎蓼浶浪54，乾池滌藪，上無逸飛，下無遺走。擭55胎拾卵，蚳蝝56盡取。取樂今日，遑恤我後。

【章旨】本段寫獵後在長楊宮犒賞將士的熱鬧場面和在昆明池的水上射釣嬉遊之樂。

【注釋】❶胔 此指獸肉。❷互 掛肉架。❸獲鹵 擄獲的獵物。鹵，同「虜」。❹三軍六師 指天子的軍隊。三軍，指步、車、騎三軍。六師，即六軍。三軍，《文選》作「五軍」。李善注云：「《漢官儀》，漢有五營。五軍，即五營也。」❺釂 飲酒完畢。張銑注：「舉燧齊飲，鳴鐘告盡也。」❻膳夫 掌管食飲的官。❼廉 目驗；視。❽空 無。謂沒有得到。薛綜注：「言宰夫騎馬行視肴有兼重及無者也。」❾炙炰 燒烤的肉。❿夥 多。⓫罷 通「疲」。按：以上寫獵後的犒賞。⓬巾車 主車官。⓭旆 雜色鑲邊的旗。此泛指旗。⓮相羊 猶「徜徉」。漫遊徘徊之貌。疊韻聯綿詞。⓯豫章 臺名，在昆明池中。⓰矰紅 繫有紅絲繩的射鳥的箭。薛綜注：「繳，射矢，長八寸，其絲名矰。」⓱蒲且 人名，古之善射者。李善注引《列子》曰：「蒲且子之弋，弱矢纖繳，乘風而振之，連雙鶬於青雲也。」⓲弋 用繳射鳥。⓳挂 謂矢上絲繩掛於鳥上。⓴飛龍 鳥名。㉑磻 以石為箭鏃的箭。㉒絓 絆住。㉓舟牧 管理舟船的官。㉔鷁首 指船，古畫鷁首於船頭，故名。鷁，水鳥名，形如鶩而大，羽色蒼白，善翔。

㉕雲芝 船頂畫雲氣和芝草為裝飾。㉖翟葆 用翟羽為飾的傘狀器物。翟，長尾的山雉。葆，車蓋。㉗櫂女 划船的女子。㉘葭 同「笳」。樂器名。㉙淮南 樂曲名。㉚陽阿 樂曲名。㉛河馮 河神馮夷。㉜湘娥 傳說舜妃娥皇、女英，死後為湘水神。㉝蝄蜽 水怪。㉞魴鱧 皆魚名。魴，一名鯿魚。鱧，黑魚，即鮦。㉟纚 一種箕形的網，狹後廣前。此用作動詞。用纚捕取。㊱鰋鮋 皆魚名。鰋，即鮎魚，身滑無鱗，其涎黏滑，故名。鮋，似鱔。㊲紫貝 亦稱文貝，蚌蛤類軟體動物，產海中，白質如玉，殼有紫點紋。㊳搤 同「扼」。用力掐住。㊴水豹 水獸名，形似豹。㊵馽 同「縶」。羈絆；拴住。㊶潛牛 水獸名，形角似水牛。㊷澤虞 管理水澤的官。㊸擿 通「剔」。搜括

乾淨。㊹瀏灕　小水別名，謂水池、水洼。㊺川瀆　河流水渠。㊻九罭　密網。㊼罜麗　小網。㊽摷　抄取。㊾鯤鮞　魚苗。㊿蜃蛤　蚌類，大曰蜃，小曰蛤。(51)畋斂　打獵捕魚。斂，同「漁」。(52)麛　幼鹿。(53)麇　小麋鹿。(54)摎蓼浶浪　搜索驚擾之貌。摎蓼，疊韻聯綿詞。浶浪，雙聲聯綿詞。(55)擭　捕取。(56)蚳蝝　蟻卵和幼蝗。古皆以為食品。

【語　譯】「於是鳥獸殺盡，眼目所見亦盡窮，退卻回旋而斜視兩旁，聚集在長楊宮。休息士卒，整頓車馬，收集飛禽舉報獸肉，計數考核獵獲的多寡。設置肉架擺出獵物，頒發賞賜把獵獲分給部下。割下鮮肉在野外賜食，犒賞勤勞賞賜有功。車、步、騎三軍和六師，一列千人陳列百重。載酒車給大家斟上醴酒，並列車駕授與熟食香氣正濃。舉起酒杯燃起火炬，飲酒既已完畢就敲響大鐘。主管膳食的官員騎馬奔馳，考察兼有和目驗無空。燒烤的肉食多得如林，美酒多得成池，皇上的恩惠廣博，大的恩德普施，扈從的官員喜悅，士卒忘疲。主管車駕的官員下命駕車，掉轉大旗向右轉移。漫遊徘徊在五柞館，隨即休息在昆明池。登上豫章臺，簡選的射矢絲繩通紅。善射的蒲且放箭，去射那高飛的飛鴻。射中了白鵠，連帶著飛龍。矢箭頭不只是射中一個，一射就射中一雙。於是命令管舟船的官，開始水上的遊嬉。浮著畫有鷁首的船，覆蓋的裝飾畫有雲氣與靈芝，垂著野雞羽飾的傘蓋，豎起羽毛裝飾的旗。統一划船女子的動作，放聲唱著划船的歌。發聲領唱和跟著唱，比賽吹奏鳴葭，奏演名曲〈淮南〉，演奏古曲〈陽阿〉。感動了河神馮夷，感動湘水神湘娥，驚動了水怪蝄蜽，恐嚇了蛟龍和大蛇。然後釣取魴鱧，捕取鰋鮋，拾取紫貝，搏取老龜，掐住水豹，拴住潛牛。管水澤的官濫取濫捕，哪裡還管什麼早春和深秋！水池水洼都搜刮乾淨，搜盡河流和水溝。布下密網，張設小網羅，抄取小魚苗，滅絕水中動物。荷花蓮藕拔盡，大蚌小蚌都剖剝，放縱嗜欲去打獵捕魚，抓獲幼鹿和小麋鹿。搜索驚擾，放乾池塘洗淨澤藪，天上沒有逃逸飛去，地上沒有遺留逃走。捕取獸胎拾取鳥卵，蟻卵幼蝗全都索取。取樂只管今天，哪裡有閒空顧念我的以後。

「既定且寧，焉知傾阤❶。大駕幸乎平樂❷，張甲乙❸而襲❹翠被❺。攢珍寶之玩好，紛瑰麗以奓靡。臨迥望之廣場，程角觝[6]之妙戲。烏獲[7]扛鼎，都盧[8]尋橦[9]。衝狹[10]鷰濯[11]，胸突銛鋒。跳丸劍[12]之揮霍[13]，走索[14]上而相逢。華嶽[15]峩峩，岡巒參差。神木靈草，朱實離離。總會仙倡[16]，戲豹舞羆。白虎鼓瑟，蒼龍吹篪，女娥[17]坐而長歌，聲清暢而蜲蛇。洪涯[18]立而指麾，被毛羽之襳襹[19]。度曲未終，雲起雪飛。初若飄飄[20]，後遂霏霏。複陸[21]重閣，轉石成雷。礔礰[22]激而增響，磅磕[23]象乎天威。巨獸百尋，是為曼延[24]。神山崔巍，欻從背見。熊虎升而拏攫，猨狖超而高援。怪獸陸梁[25]，大爵[26]踆踆[27]。白象行孕[28]，垂鼻轔囷[29]。海鱗變而成龍，狀蜿蜿[30]以蝹蝹。舍利[31]颬颬[32]，化為仙車，驪駕[33]四鹿，芝蓋[34]九葩。蟾蜍[35]與龜，水人弄蛇。奇幻儵忽[36]，易貌分形。吞刀吐火，雲霧杳冥。畫地成川，流渭通涇。東海黃公[37]，赤刀粵祝[38]。冀厭[39]白虎，卒不能救。挾邪[40]作蠱，於是不售。爾乃建戲車，樹修旃[41]，侲僮[42]程材，上下翩翻。突倒投而跟絓，譬隕絕[43]而復聯。百馬同轡[44]，騁足並馳。橦末[45]之伎，態不可彌。彎弓射乎西羌，又顧發乎鮮卑[46]。

【章旨】本段寫平樂觀百戲表演的神奇精妙。

【注釋】❶阤　壞；崩塌。❷平樂　觀名，大作樂處，在長安縣西。❸甲乙　甲帳、乙帳的略稱。漢武帝造帳幕，以甲、乙編次。帳多故以甲乙次第之。❹襲　服；蓋。❺翠被　用翠鳥羽為飾的被子。❻角觝　本為互相角力的一種技藝，後為百戲之總名。李善注：「兩兩相當，角力技藝射御，故名角觝也。」❼烏獲　秦武王時力士。❽都盧　國名，在南海一帶，其人善緣高。❾尋撞　爬竿表演。撞，《文選》作「橦」，木竿。❿衝狹　以草為環，四周插刀，表演者躍身從中穿過，似今之竄圈。⓫鷰濯　以盤盛水置前，表演者坐其後，躍身張手跳前，以足偶節跳過水，復卻坐，如燕之濯浴。⓬跳丸劍　雜伎名。高步瀛《文選李注義疏》引朱珔曰：「葉氏樹藩謂戰國時有蘭子者，以技干宋元君，以雙枝長倍其身，屬其脛，並趨並馳，弄七劍，迭而躍之，五劍常在空中。此見《列子・說符》篇。」此為跳劍。又「《後漢書・西域傳》注引魚豢《魏略》云：大秦國多奇幻，跳十二丸巧妙。」此為跳丸。類似今之手技。跳，弄。丸，彈丸。⓭揮霍　丸劍在空中上下揮舞貌。雙聲聯綿詞。⓮走索　薛綜注：「長繩繫兩條於梁，舉其中央，兩人各從一頭上，交相度，所謂儛絙者也。」類似今之走鋼絲。⓯華嶽　高步瀛曰：「此亦假為華嶽之形。」類似後世山車。華嶽，西嶽華山。下神木，松柏靈壽之屬。靈草，靈芝之類。離離，實垂貌。⓰仙倡　薛綜注：「偽作假形，謂如神也。」即藝人扮演為神仙。下「豹」、「羆」、「白虎」、「蒼龍」，皆為假頭。篪，古管樂器。⓱女娥　謂扮演舜妃娥皇、女英。⓲洪涯　傳說中的仙人名，即黃帝臣子伶倫，帝堯時已三千歲，仙號洪涯。涯亦崖。⓳襳襹　羽衣輕揚貌。雙聲聯綿詞。⓴飄飄　與下「霏霏」，薛綜注：「雪下貌。皆巧偽作之。」類似今之魔術。㉑複陸　複道。樓閣間有上下兩重通道而架空者稱複道，俗稱天橋。㉒礔礰　同「霹靂」。迅猛的雷聲。㉓磅礚　雷霆聲。張銑曰：「雲雷霹靂之屬，皆幻化為之。」㉔曼延　百戲的一種。即「漫衍」。《漢書・西域傳贊》：「武帝作漫衍之戲」。㉕陸梁　跳躍貌。雙聲聯綿詞。㉖大爵　高步瀛注：「此蓋象條枝大鳥。」當即今之鴕鳥。爵，借作「雀」。㉗踆踆　跳躍貌。㉘孕　此指哺乳。薛綜注：「偽作大白象，從東來，當觀前，行且乳，鼻正轔囷也。」㉙轔囷　屈曲貌。疊韻聯綿詞。㉚蜿蜿　與下「蝹蝹」，皆龍行蜿延屈伸舞動之貌。㉛舍利　獸名。薛綜注：「性吐金，故曰舍利。」㉜颬颬　張口貌。㉝驪駕　並駕。㉞芝蓋　以芝草為車蓋。㉟蟾蜍　俗稱癩蝦蟆。《抱朴子・對俗》：「蟾蜍壽三千歲。」㊱儵忽　疾速貌。按：以下六句所言皆為幻術，類似今之魔術表演。《漢武故事》載漢武帝於未央庭中設「四夷之樂，雜以奇幻，有若鬼神。……其雲雨雷電，無異於真；畫地為川，聚石成山，倏而變化，無所不為」。可與此參證。㊲東海黃公　東海郡的一位巫師。東海，漢郡名，郡治在郯，即今山東郯城。李善注引《西京雜記》曰：「東海人黃公，少時能幻，制蛇御虎，常佩赤金刀。及衰老，飲酒過度，有白虎見於東海，黃公以赤刀往厭之，術不行，遂為虎所食。故云不能救也。皆偽作之也。」㊳粵祝　越地的巫祝。漢時越人善巫術詛咒。粤，通「越」。㊴厭　通「壓」。鎮壓；抑制。㊵挾邪　謂懷挾邪術的人。㊶旃　此指頂端有旗的竿子。㊷侲僮　幼童。此指耍雜技的小演員。㊸殞絕　謂身下墜離開竿子。㊹轡　馬轡繩。㊺橦末　竿子頂端。㊻鮮卑　古民族名。東胡的一支。漢初居遼東，後為匈奴所敗，分保鮮卑山，故以為號。按：此皆指橦上之戲。

【語譯】「既已穩定並且安寧，哪裡還管它崩塌傾圮。天子的車駕來到平樂觀，張掛起甲帳、乙帳而覆蓋著翠鳥羽為飾的被子。聚積珍奇寶貴的玩好之物，夾雜著瑰奇美好而顯示奢侈華麗。面對著寬闊平坦的廣場，檢閱著角觝一類的奇妙的百戲。烏獲一類的大力士扛起大鼎，都盧國善攀緣的人爬緣竿橦。衝過狹小的圈環如燕子洗滌，胸脯突過銳利的刀鋒。舞動彈丸刀劍而上下揮轉，在懸空的索上行走而在索上相逢。西嶽華山高高聳峙，山岡山巒高下參差。神奇的樹木和靈芝仙草，鮮紅的果實沉甸甸地下垂。全都會聚各路神仙，戲耍虎豹而舞弄熊羆。白虎彈奏琴瑟，蒼龍吹奏箕箎。娥皇女英坐著長聲歌唱，歌聲清脆悠揚而曲折高低。洪涯仙站立著指揮，披著毛羽的仙衣而飄揚翻飛。歌唱還未完畢，就烏雲翻滾白雪飄飛。起初好像鵝毛飛灑，後來就迷天蓋地。雙層的閣道和雙層的樓閣，轉動大石如同疾雷。迅猛的雷聲激盪而更加震響，砰磅聲像天神在顯示靈威。大獸長有百尋，這就叫做曼延。神山高高聳起，忽然從牠背上出現。熊虎上場而互相搏鬥，猿狖跳起而高高攀援。怪獸跳躍，大雀蹦跳蹁躚。白象邊行走邊哺乳，垂下的長鼻屈曲伸展。海魚變化而成龍，形狀屈伸而蜿蜒。舍利獸張開大口，變化成了仙車，並駕著四匹仙鹿，芝草的車蓋有九朵奇葩。長壽的蟾蜍與大龜，水鄉的人在玩耍蟒蛇。奇妙的變幻迅疾快速，更換面貌分化外形。吐出刀刃吐出火焰，烏雲般的煙霧杳杳冥冥。地上一畫就成江河，流淌著清渭與濁涇。東海的黃公，手持赤金刀學著越巫詛咒。希望鎮壓白虎，終於不可拯救。挾有邪術的人施行蠱惑，於是邪術不能出售。這就建起戲車，樹立長竿，小演員顯示技巧，上上下下來回滾翻。突然倒轉頭蹦跳而用足倒掛，好像要掉下脫離而又與竿子相聯。百匹駿馬同一轡繩，放開四足一起奔馳。竿端的技巧，花樣百出而不可詳盡描繪。拉開弓射向西羌，又回頭射向鮮卑。

「於是眾變盡，心酲醉。盤樂極，悵懷萃❶。陰戒期門❷，微行❸要屈❹。降尊就卑，懷璽藏紱。便旋閭閻，周觀郊遂❺。若神龍之變化，彰后皇❻之為貴。然後歷掖庭❼，適歡館，捐衰色，從嬿婉。促中堂之隘坐❽，羽觴❾行而無筭。祕舞更奏，妙材騁伎。妖蠱❿豔夫夏姬⓫，美聲暢於虞氏⓬。始徐進而羸形，似不任乎羅綺。嚼⓭清商而卻轉，增嬋娟以跐豸⓮。紛縱體而迅赴，若驚鶴之群罷⓯。振朱屣於盤樽⓰，奮長袖之颯纚⓱。要紹⓲修態，麗服颺菁⓳。眳藐⓴流眄，一顧傾城㉑。展季㉒桑門㉓，誰能不營㉔？列爵十四㉕，競媚取榮。盛衰無常，惟愛所丁㉖。衛后㉗興於鬒髮㉘，飛燕㉙寵於體輕。爾乃逞志究欲，窮歡極娛。鑒戒唐詩㉚，他人是媮㉛。自君作故㉜，何禮之拘？增昭儀㉝於婕妤㉞，賢既公而又侯㉟。許趙氏以無上㊱，思致董於有虞㊲。王閎爭於坐側，漢載安而不渝。

【章　旨】本段寫燕遊聲色之樂。

【注　釋】❶萃　至。❷期門　官名，掌執兵出入護衛。❸微行　指尊貴者改裝出行，以隱蔽身分。❹要屈　謂屈降身分。要，「夭」的借字。《說文》：「夭，屈也。」❺郊遂　指郊區。舊謂國都百里內為郊，郊外百里為「遂」。❻后皇　后土皇天。此指皇帝。❼掖庭　宮中旁舍，妃嬪居住的地方。❽隘坐　密坐。❾羽觴　酒器，作雀鳥狀，左右形如兩翼。❿妖蠱　媚惑。一說，即妖冶。「蠱」、「冶」通用。⓫夏姬　春秋時鄭穆公女，陳大夫御叔妻。與陳靈公、孔寧、儀行父私通，改嫁連尹襄老，又改嫁申公巫臣。⓬虞氏　李善注引《七略》曰：「漢興，善歌者魯人虞公，發聲動梁上塵。」⓭嚼　吟；細聲唱。⓮跐豸妖豔貌。疊韻聯綿詞。⑮群羆　呂延濟曰：「驚鶴群羆，舞容似之。」一說，羆，當為「罷」字之誤，言舞者之迅赴，如驚鶴之群罷。胡刻《文選》正作「罷」。罷，歸。⑯盤樽　此指盤舞，置盤樽於地，舞者足更遞蹈之而舞。樽，盛酒器。⑰颯纚　長袖舞動貌。雙聲聯綿詞。⑱要紹　美好貌。疊韻聯綿詞。⑲颺菁　華彩飛揚。颺，同「揚」。菁，花；華彩。⑳眳藐　猶「綿藐」。好視貌。雙聲聯綿詞。㉑一顧傾城　《漢書・外戚傳》載李延年歌曰：「北方有佳人，絕世而獨立。一顧傾人城，再顧傾人國。」此形容美女魅力極大。㉒展季　春秋魯大夫展禽，字季。封於柳下，諡惠，又稱柳下惠。以端正不亂著稱。㉓桑門　即「沙門」。僧徒，梵語室羅摩拏的音譯。㉔營　惑；迷惑。㉕列爵十四　據《漢書・外戚傳》，漢興，因秦之稱號，帝正嫡稱皇后，妾皆稱夫人，凡十四等，秩祿有差。㉖丁　當。㉗衛后　漢武帝衛皇后，字子夫。《漢書・外戚傳》載，子夫為平陽主謳者。武帝過平陽主，見而悅之，得幸，入宮生子，遂立為皇后。㉘鬒髮　稠美的黑髮。李善注引《漢武故事》曰：「子夫得幸，頭解，上見其髮美，悅之。」㉙飛燕　漢成帝趙皇后，善歌舞，以其體輕，號曰飛燕。㉚唐詩　指《詩經・唐風・山有樞》這首詩。詩曰：「山有樞，隰有榆。子有衣裳，弗曳弗婁；子有車馬，弗馳弗驅。宛其死矣，他人是媮。」意謂有衣裳車馬而不知及時享受，死後就盡為他人享樂。㉛媮　樂。一說，當讀作「偷」，竊取。㉜作故　開創新例。前所未有，開創先例。故，通「古」。㉝昭儀　古女官名，漢元帝所置。《漢書・外戚傳》載，孝元傅婕妤，有寵，乃更號曰昭儀，在婕妤上。昭其儀，尊之也。㉞婕妤　宮中女官，漢武帝時置，位視上卿，爵比列侯。㉟賢既公句　賢，董賢，字聖卿，雲陽（今陝西淳化西北）人。成帝時為太子舍人。哀帝立，授黃門郎，駙馬都尉侍中。善媚上，倍受哀帝寵幸，出則同車，入則左右，貴震朝廷。年二十二，官至大司馬衛將軍，領尚書。元壽二年，任大司馬，封高安侯。哀帝卒，自殺。㊱許趙氏句　趙氏，指漢成帝妃趙昭儀，皇后趙飛燕女弟，深得漢成帝寵幸。《漢書・外戚傳》載：漢成帝許美人產子，趙昭儀非常忿恨，啼泣不肯食，帝曰：「約以趙氏，故不立許氏。使天下無出趙氏上者，毋憂也。」㊲思致四句　《漢書・佞幸傳》載：「後上置酒麒麟殿，賢父子親屬宴飲，王閎兄弟侍中中常侍皆在側。上有酒所，從容視賢笑曰：『吾欲法堯禪舜，何如？』閎進曰：『天下乃高皇帝天下，非陛下之有也。陛下承宗廟，當傳子孫於亡窮，統業至重，天子亡戲言！』上默然不說，左右皆恐。」致，致政。董，指董賢。有虞，指虞舜。舜受堯禪為帝。王閎，成帝外家平阿侯王譚之子，官為中常侍。載，則。語助詞。渝，變。

【語　譯】「於是各種雜伎魔術表演完畢，心中久已沉醉。遊玩喜樂到了頂點，惆悵的情緒突然而至。暗中告誠期門郎，要微服出行而降尊屈節。降低尊貴而扮做卑賤，懷著玉璽而藏起印帶。回轉徘徊在閭里之間，周遍地觀賞郊野。像神龍般變化無常，來顯示皇帝的尊貴。然後經過掖庭，走向歡樂的宮館，捐棄容顏衰退的宮女，追尋那姿色美好的新歡。在堂中緊緊地挨坐在一起，不停地傳杯遞盞。稀見的歌舞輪流演奏，美妙的材人施展絕技。那妖媚比夏姬更加迷人，那美聲比虞公更加流利。開始慢慢進來而形體瘦弱，好像經受不起那綾羅絲綺。低吟著那清亮的商聲而向後轉體，更增加了那美好和妖豔。紛紛輕舉身體而迅疾飄飛，好像受驚的仙鶴而成群歸去。在盤樽上舞動鮮紅的絲鞋，舞動長袖而輕輕飄起。那婀娜美好的姿態，華美的服飾華彩飛揚。閃灼著秋波而轉動目光，回頭一看使全城人都來觀賞。除了展季和僧徒，誰能不被迷惑而輕狂？分列爵位一十四等，大家競相嫵媚來爭取榮光。被寵幸和不被寵幸沒有固定，只看歡愛被哪個碰上。衛皇后就因稠密的黑髮而發跡，趙飛燕就因體態輕盈而被欣賞。這就放縱心意窮極欲望，受盡快樂和享盡歡愉。以〈唐風·山有樞〉這首詩為鑑戒，美好的享受留給他人去取樂娛歡。從你來開創新的事例，何必被禮法所牽拘？漢元帝在婕妤之上增設昭儀，董賢既為三公而又封侯。漢成帝許諾趙昭儀以沒有在她之上的地位，還想要傳位於董賢而效法唐虞。王閎在座側直言爭諫，漢朝的統治才得以安穩而沒有變更的憂慮。

「高祖創業，繼體承基，暫勞永逸，無為而治。耽樂是從，何慮何思？多歷年所，二百餘期❶。徒以地沃野豐，百物殷阜，巖險周固，襟帶❷易守，得之者強，據之者久。流長則難竭，柢❸深則難朽，故奢泰肆情，馨烈❹彌茂。鄙生❺生乎三百之外，傳聞於未聞之者，曾髣髴其若夢，未一隅之能覩。此何異於殷人屢遷❻，前八而後五，居相❼圮耿❽，不常厥土。盤庚作誥❾，帥人以苦。方今聖上，同天號於帝皇，掩四海而為家，富有之業，莫我大也。徒恨不能以靡麗為國華，獨儉嗇以齷齪⑩，忘〈蟋蟀〉⑪之謂何。豈欲之而不能，將能之而不欲與？蒙⑫竊惑焉，願聞所以辯之之說也。」

【章旨】本段寫應該盡情享樂，而方今聖上「獨儉嗇以齷齪」，因而提出詰難，以引出下文安處先生的回答。按：此以上《文選》分作〈西京賦〉。

【注釋】❶二百餘期　西漢王朝自高祖元年（西元前二〇六年）至王莽地皇四年（西元二十四年），共二百三十年。❷襟帶　謂山川屏障環繞如衣襟衣帶。比喻地勢險要。❸柢　樹根。❹烈　事業；功業。❺鄙生　見識淺陋的人。憑虛公子對自己的謙稱。❻殷人屢遷　李善注引《尚書》曰：「自契至成湯八遷。」又引〈尚書序〉曰：「盤庚五遷。」❼居相　李善注引〈尚書序〉曰：「河亶甲居相。」相，地名，在今河南內黃東南。❽圮耿　李善注引〈尚書序〉曰：「祖乙圮於耿。」孔安國曰：河水所毀曰圮。」耿，地名，今山西河津有耿城。❾盤庚作誥　據《史記‧殷本紀》：殷自湯至盤庚十世。盤庚即位後，決定自奄（今山東曲阜）遷都至殷，遭臣民反對，於是他發表講話，曉諭以遷都的必要。今《尚書》中〈盤庚〉三篇即是。❿齷齪　局促；拘於小節。⓫蟋蟀　《詩‧唐風》篇名。〈毛詩序〉曰：「蟋蟀，刺晉僖公也。儉不中禮，故作是詩以閔之，欲其及時以禮自虞樂也。」⓬蒙　愚鈍。此為憑虛公子的謙稱。

【語譯】「高祖創立基業，嗣位的君主繼承他的根基，暫時的勞苦獲得永久的安逸，達到了無為而治的境地。只管縱情地沉迷享樂，還有什麼顧慮什麼思念？經歷了許多年數共有二百多年。只是因為土地肥沃原野廣闊，各種物產殷實富裕，山巖險阻周繞而堅固，像衣襟衣帶般環繞而容易守禦，得到它就強大，據有它就長久。水流長就難枯竭，樹根深就難腐朽，所以縱情地奢侈享樂，那美好的事業就更加繁茂。我生活在三百年之後，聽到了以前沒有聽說過的往事，竟然髣髴不清如在夢中，一個角落也沒能看得仔細。這跟殷人屢次遷都有何差異，前有八次而後有五次，居住相地河水又沖壞耿都，不經常在那固定的土地。盤庚發布誥命，率領殷人去吃苦費力。當今聖明的皇上跟三皇五帝同一大號，掩有四海而為一家，富有的事業沒有誰比我們更偉大。只是遺憾不能以侈靡華麗作為國家的榮耀，只是儉樸鄙嗇而拘泥小節，忘記了〈蟋蟀〉那首詩說的是什麼。難道是想要做而不能做，還是能夠做而不想做呢？我心裡感到疑惑，希望聽到用來辯解的說法。」

安處先生於是似不能言者，憮然有間，乃莞爾而笑曰：「若客所謂末學膚受，貴耳而賤目者也。苟有胸而無心，不能節之以禮，宜其陋今而榮古矣。由余❶以西戎孤臣，而悝❷繆公❸於宮室，如之何其以溫故知新，研覈是非，近於此惑也？

【章旨】本段寫安處先生對憑虛公子的「陋今而榮古」提出總的批評，以開啟下文的描寫議論。按：此段以下《文選》分作〈東京賦〉。

【注釋】❶由余　春秋時秦國大夫。李善注引《史記》曰：「由余本晉人，亡入西戎，相戎王。使來聘秦，觀秦之強弱。穆公示以宮室，引之登三休之臺。由余曰：『臣國土階三尺，茅茨不翦，寡君猶謂作之者勞，居之者淫。此臺若鬼為之，則神勞矣。使人為之，則人亦勞矣。』於是穆公大慚。」❷悝　嘲。❸繆公　即秦穆公，春秋五霸之一。

【語譯】安處先生於是似乎說不出話來，茫然自失了好一會兒，就微微笑了笑說：「像你客人是大家所說的學問無根柢，體會不深，看重耳聞而輕視目見的人。真的只用胸臆接受而不用心思慮，不能用禮法來節制，那麼以今日東京之節儉為鄙陋，而以往昔西京的奢侈為榮貴就是應該的了。由余是西戎的孤陋寡聞之臣，卻能對秦穆公的宮室加以嘲諷，你是一個博古通今而精審事理的人，怎麼卻與秦穆公的糊塗認識相近似呢？

「周姬之末，不能厥政，政用多僻。始於宮鄰❶，卒於金虎❷。嬴氏搏翼❸，擇肉❹西邑❺。是時也，七雄並爭，競相高以奢麗。楚築章華❻於前，趙建叢臺❼於後。秦政利觜長距❽，終得擅場❾，思專其侈，以莫己若。乃構阿房❿，起甘泉⓫，結雲閣⓬，冠南山。征稅盡，人力殫。然後收以太半⓭之賦，威以參夷之刑。其遇民也，若薙氏⓮之芟草，既蘊崇⓯之，又行火焉。慄慄⓰黔首，豈徒跼高天蹐厚地⓱而已哉？乃救死於其頸⓲。毆以就役，惟力是視，百姓不能忍，是用息肩於大漢，欣戴高祖。

【章　旨】本段寫亡秦奢侈，百姓不堪，因而「欣戴高祖」。

【注　釋】❶宮鄰　指奸佞之臣接近帝王。宮，君。言小人在位，與君為鄰。❷金虎　言小人貪頑如金之堅，凶惡如虎。李善注：「言小人在位，比周相進，與君為鄰。貪求之德堅若金，讒謗之言惡如虎也。」❸摶翼　據孫志祖等考證，當作「傅翼」，著翼，言如虎添翼。❹擇肉　比喻選擇肥沃險要的地方。❺西邑　指秦都咸陽一帶。❻章華　臺名，春秋時楚靈王建造，在今湖北監利西北。❼叢臺　臺名，戰國時趙武靈王建造，在今河北邯鄲。❽利觜長距　觜，通嘴。特指鳥喙。距，雞爪。這裡形容秦始皇像隻鬥雞。❾擅場　此以鬥雞場為喻，強者戰勝弱者，專據一場。擅，專。❿阿房　阿房宮。始皇三十五年開始修築。⓫甘泉　宮名，在甘泉山。⓬雲閣　閣名，二世建造，高入雲，故名。⓭太半　《史記集解》引韋昭注：「凡數三分有二為太半。」⓮薙氏　周官名，掌除草。薙，除草。⓯蘊崇　積聚。⓰慄慄　同「惵惵」。恐懼貌。⓱跼高天蹐厚地　謂窘迫而無所容身。跼，屈身；傴僂。蹐，累足；小步行走。《詩·小雅·正月》：「謂天蓋高，不敢不跼；謂地蓋厚，不敢不蹐。」⓲救死於其頸　《國語·周語上》：「兵在其頸，不可久也。」此言兵在頸，救死不暇。

【語　譯】「在周王朝的末年，不能加強它的統治，政治因而多有邪僻。開始於君主親近小人，終於小人貪佞如堅金，凶惡如惡虎。秦國如虎添翼，選擇了咸陽這片肥沃險要的土地。這個時候，七國爭雄，競爭以奢侈華麗互相超軼。楚國率先建築了章華臺，緊跟著趙國又將叢臺建立。秦王嬴政如利觜長爪的鬥雞，終於能專擅一場，思想著專有那奢侈，認為天下沒有誰能趕得上自己。於是就構築阿房，建起甘泉，結構雲閣，超越覆蓋終南山。徵稅用盡，人力用完。然後收取三分之二的賦稅，還用滅三族的酷刑相威脅。他對待百姓，好像周官薙氏剷除雜草，既把它們堆積起來，還要用火將它們燒滅。擔驚受怕的老百姓，難道只是在高天之下要屈身，在厚地之上要小步行走就完了嗎？就如刀刃在頸，只想救死。驅趕百姓去服勞役，就只看他們有多少氣力，百姓不能忍受，因此想到大漢來休息休息，就高興地擁戴高祖。

「高祖膺籙受《圖》❶，順天行誅，杖朱旗❷而建大號。所推❸必亡，所存必固。埽項軍於垓下❹，紲子嬰於軹塗❺。因秦宮室，據其府庫，作洛❻之制，我則未暇。是以西匠營宮，目翫❼阿房，規摹踰溢，不度不臧，損之又損，然尚過於周堂。觀者狹而謂之陋，帝已譏其泰而弗康❽。且高既受命建家，造我區夏矣。文❾又躬自菲薄，治政升平之德。武❿有大啟土宇⓫，紀禪肅然⓬之功。宣⓭重威以撫和戎狄⓮，呼韓⓯來享。咸用紀宗存主⓰，饗祀不輟，銘勳彝器⓱，歷世彌光。今舍純懿而論爽德，以《春秋》所諱⓲而為美談，宜無嫌於往初⓳，故蔽善而揚惡，祇吾子之不知言也。必以肆奢為賢，則是黃帝合宮⓴，有虞總期㉑，固不如夏癸㉒之瑤臺㉓，殷辛㉔之瓊室㉕也，湯武㉖誰革而用師哉？盍亦觀東京之事以自寤乎？且夫天子有道，守在海外，守位以仁，不恃隘害。苟民志之不諒，何云巖險與襟帶？秦負阻於二關㉗，卒開項㉘而受沛，彼偏據而規小，豈如宅中而圖大？

【章　旨】本段頌揚漢德本以節儉愛民為本，恃德不恃險，以引起下文對東京的描寫。

【注　釋】❶膺籙受圖　謂帝王接受圖籙，應運而興。膺，受；當。籙，符讖，帝王自稱其所謂天賜的符命之書。圖，《河圖》，讖緯書名。《演孔圖》曰：「卯金刀，名為劉。中國東南出荊州，赤帝後，次代周。」❷朱旗　《漢書・高帝紀》載，高祖拔劍斬蛇，後人至蛇所，見一老嫗夜哭曰：「吾子，白帝子也，化為蛇，當道。今者赤帝子斬之，故哭。」劉邦自以為即赤帝子，起義立為沛公時，旗幟皆赤。❸推　擊；伐。「所推」之上原有「而」字，姚鼐以為是衍字，而加框刪去。❹埽項軍句　謂劉邦於垓下殲滅項羽。埽，同「掃」。❺紲子嬰句　謂秦王子嬰在軹道旁向劉邦投降。《史記・秦始皇本紀》載：劉邦率軍攻入武關，「子嬰即係頸以組，白馬素車，奉天子璽符，降軹道旁。」軹，軹道，亭名，在陝西西安東北。❻作洛　謂如周王朝經營洛邑。❼目翫　猶習見。❽帝已譏句　《史記・高祖本紀》載，七年，高祖自將擊韓王信，「蕭丞相營作未央宮，立東闕、北闕、前殿、武庫、太倉。高祖還，見宮闕壯甚，怒，謂蕭何曰：『天下匈匈苦戰數歲，成敗未可知，是何治宮室過度也？』」❾文　指漢文帝劉恆。❿武　指漢武帝劉徹。⓫土宇　疆土。《漢書・武帝紀》載，元鼎六年，定越地以為南海、蒼梧、鬱林、合浦、交阯、日南、珠厓、儋耳郡。元朔二年，收河南地，置朔方、五原郡。元狩二年，置武威、酒泉郡。元鼎六年，又分置張掖、敦煌郡。元鼎六年，置武都、牂柯、越巂、沉黎、文山郡。元封二年，置樂浪、臨屯、玄菟、真番郡。元皆武帝大啟土宇之實。⓬肅然　山名，在泰山東麓，今山東萊蕪東北。《漢書・武帝紀》載，元封元年，武帝「遂登封泰山，至於梁父，然後升禪肅然」。⓭宣　指漢宣帝劉詢。⓮撫和戎狄　匈奴世與漢為敵。至宣帝時，匈奴內亂，五單于爭立。宣帝助呼韓邪單于平定內亂，復統一匈奴。從此匈奴親漢，不再南侵。⓯呼韓　呼韓邪單于，單于名號，名稽侯狦。宣帝甘露二年，呼韓邪單于款五原塞，願奉國珍朝三年正月。⓰紀宗存主　謂記錄功德於宗廟，存其木主，代代祭祀不止。紀，錄。宗，宗廟。主，刻木為神主，置廟中以祭祀。姚鼐原注云：「西漢本以高帝為太祖，文帝為太宗，武帝為世宗。及光武建武十九年，又尊宣帝曰中宗。故並曰紀宗存主。」⓱彝器　古代青銅祭器，如鐘鼎尊俎之類。⓲春秋所諱　《公羊傳・隱公十年》：

「六月壬戌，公敗宋師於菅。辛未，取郜。辛巳，取防。取邑不日，此何以日？一月而再取也。何言乎一月而再取？內大惡諱。此其言甚之何？春秋錄內而略外。於外大惡書，小惡不書。於內大惡諱，小惡書。」春秋，指孔子據魯史所編定的史書，儒家五經之一。諱，隱諱。指對內隱諱大惡。⑲宜無嫌句　言憑虛公子當然會對過去的奢泰不嫌棄。⑳合宮　相傳為黃帝的明堂，以草蓋之，名曰合宮。㉑總期　相傳為虞舜的明堂，以草蓋之，名曰總期。㉒夏癸　夏桀王，名癸。㉓瑤臺　美玉砌成之臺。極言其華麗。㉔殷辛　指商紂王，名辛。㉕瓊室　瓊玉所築之室。極言其奢華。李善注引《汲冢古文》曰：「夏桀作傾宮瑤臺，殫百姓之財；殷紂作瓊室，立玉門。」㉖湯武　指商湯王、周武王。㉗二關　武關、函谷關。㉘項　項羽。

【語譯】「我高祖接受圖讖和符命，順應天意實行誅戮，高舉紅旗而建立偉大的稱號。他所打擊的必定覆亡，他所保存的必定穩固。在垓下掃蕩了項羽的軍隊，在軹道旁接受了秦王子嬰的降服。因襲秦王朝的宮室，據有他們的府庫，像周朝經營洛邑的制度，我高祖沒有暇空去考慮。因此秦時工匠營建宮室，看慣了華麗的宮殿阿房，規模法度大大超過舊制，不考慮這樣做是不好的主張，雖然減損而又減省，然而還是超過了周代的殿堂。觀看的人認為狹隘而說它簡陋，高皇帝卻已譏諷它太奢侈而不安詳。並且高祖既已接受天命建立了國家，締造了華夏的帝國。孝文皇帝又親自實行省儉，政治達到了太平的境地。孝武帝又大大地開拓疆土，記載了在肅然山掃地祭祀地神的功績。孝宣帝加重威武來安撫和睦戎狄，匈奴呼韓邪單于來貢獻珍物。因此都能在宗廟裡記錄功德保存神主，享受祭祀永不停止，把功勳銘刻在青銅祭器之上，經歷世世代代而更加光大。現在你卻捨棄高尚美好的德行，而來談論有過失的品德，以《春秋》所隱諱的作為美談，你當然會對過去的奢侈不嫌諱，所以遮蔽美德而宣揚惡德，這就恰好表明你先生不能判斷傳聞的是非當否。必定認為奢侈放縱就是好，那麼就是認為黃帝的合宮，虞舜的總期，本來就不如夏桀王的瑤臺，殷紂王的瓊室了，那商湯王、周武王還革誰的命而發動軍事呢？你何不看看東京的事實來使自己醒悟呢？並且天子有治國之道，守衛就在四海之外，守住皇位依靠仁德，不憑仗險阻與要害。假如人民的心意不信任，那還談什麼險要與以山河為襟帶？秦王朝憑仗有武關與函谷關的險阻，終於向項羽打開而將沛公劉邦接納，那西京偏據關中，規模狹小，哪裡比得上東京居天下之中而腹地廣大？

「昔先王[1]之經邑[2]也，掩觀九隩[3]，靡地不營。土圭[4]測景，不縮不盈[5]，總風雨之所交，然後以建王城。審曲面勢，泝[6]洛背河，左伊[7]右瀍[8]，西阻九阿[9]。東門于旋[10]，盟津[11]達其後，太谷[12]通其前。迴行道乎伊闕[13]，邪徑捷乎轘轅[14]。太室[15]作鎮[16]，揭[17]以熊耳[18]。底柱[19]輟流，鐔[20]以大伾[21]。溫液[22]湯泉，黑丹[23]石緇[24]。王鮪[25]岫居，能鼈[26]三趾。虙妃[27]攸館，神用挺紀[28]。龍圖授羲[29]，龜書畀姒[30]。召伯[31]相宅，卜惟洛食[32]。周公初基，其繩則直。萇弘[33]魏舒[34]，是廓[35]是極。經途九軌[36]，城隅九雉[37]。度堂以筵，度室以几。京邑[38]翼翼[39]，四方所視。漢初弗之宅，故宗緒中圮[40]。巨猾[41]間亹[42]，竊弄神器，歷載三六[43]，偷安天位。於時蒸民，罔敢或貳，其取威也重矣。我世祖[44]忿之，乃龍飛白水[45]，鳳翔參墟[46]。授鉞[47]四七[48]，共工[49]是除。欃槍[50]旬始[51]，群凶靡餘。區宇乂[52]寧，思和求中。睿哲[53]玄覽[54]，都茲洛宮。曰止曰時[55]，昭明有融[56]。既光厥武，仁洽道豐。登岱勒封[57]，與黃[58]比崇。」

【章旨】本段寫東京形勢的居中險要和光武帝定都於此的偉大正確。

【注釋】[1]先王　謂周成王。[2]邑　指洛邑。即洛陽。[3]九隩　九州之內。[4]土圭　古代用以測日影、正四時和測度土地的器具。[5]盈　長。薛綜注曰：「謂圭長一尺五寸，夏至之日，豎八尺，表日中而度之。圭影正等，天當中也。若影長於圭，則太近北。圭長於影，則太近南。近北多寒，近南多暑，近東多風，近西多雨。」❻泝　向。❼伊　伊水。❽瀍　瀍水。❾九阿　即九曲坂，在今河南宜陽西北。阿，曲。❿旋　旋門關，在河南滎陽汜水鎮。⓫盟津　津名，即孟津，在今河南孟津，洛陽北。⓬太谷　山谷名，一名通谷，在洛陽城南。⓭伊闕　地名，在今河南洛陽南。兩山對峙，望之若闕，伊水歷其間北流，故謂之伊闕。⓮轘轅　山名，又關口名，在河南偃師東南。山路險阻，凡十二曲，循環往還，故稱轘轅。⓯太室　山名，即嵩山，五嶽中的中嶽，在今河南登封北。⓰鎮　一方的主山。⓱揭　表；外。⓲熊耳　山名，在河南盧氏。以東西兩峰相峙，狀如熊耳而名。⓳底柱　亦作砥柱，山名，亦名三門山，原在今河南三門峽東北黃河急流中，形如砥柱，故名。今因已修水庫，不見。⓴鐔　劍鼻。謂劍柄下端人握處下兩旁突出的部分。比喻地勢險要。㉑大岯　山名，亦作大伾，在今河南浚縣西南。㉒溫液　溫泉，浴之可以除病，在洛陽南龍門。㉓黑丹　即墨石脂，一名石墨，南人謂之畫眉石。㉔石緇　即緇石，可作磨刀石。此倒言之以協韻耳。㉕王鮪　魚名，今稱鱘魚。㉖能鼈　三足鼈。《爾雅．釋魚》：「鼈三足曰能。」《山海經．中山經》：「大訾之山，其陽狂水出焉。其中多三足鼈。」㉗虙妃　洛水女神。㉘紀　紀年；計算年歲。薛綜注引《傳》曰：「成王遷九鼎於洛邑，卜年七百，十世三十。後皆如其言。故云神所挺紀，謂告年紀之處也。」㉙龍圖授羲　薛綜注引《尚書傳》曰：「伏羲氏王天下，龍馬出河，遂則其文，以畫八卦，謂之河圖。」龍圖，即龍馬所負之圖。羲，即伏羲氏，我國古代傳說中首畫八卦的帝王。㉚龜書畀姒　薛綜注引《尚書傳》曰：「天與禹，洛出書。謂神龜負文而出，列於背。」龜書，即列於龜背的文書，《漢書．五行志》引劉歆說以為「禹治洪水，賜雒書，法而陳之，《洪範》是也」。畀，與；賜。姒，指大禹。禹為姒姓。㉛召伯　即召公奭，姬姓，周文王庶子，食邑於召，故稱召公。曾受命視察洛邑，鎮守東都。㉜食　謂吉兆。㉝萇弘　春秋時周大夫。《國語．周語下》曰：「敬王十年，劉文公與萇弘欲城周，為之告晉。」㉞魏舒　春秋時晉國大夫，諡獻子。《左傳．昭公三十二年》載：「范獻子謂魏獻子曰：『與其戍周，不如城之。天子實云，雖有後事，晉勿與知可也。從王命以紓諸侯，晉國無憂，是之不務，而又焉從事？』魏獻子曰：『善。』冬十一月，晉魏舒、韓不信如京師，合諸侯之大夫於狄泉，尋盟，且令城成周。」㉟廓　猶規。㊱經途九軌　李善注：「《周禮》：國中經途九軌。鄭玄注：塗容九軌，謂轍廣也。」經途，指南北的道路。軌，車轍。此指一輛車的寬度。㊲城隅九雉　李善注：「《周禮》曰：王城隅之制九雉。鄭玄云：雉，度也。謂高一丈長三丈為雉。」城隅，城樓。因位於城角，城曲處，故稱為城隅。㊳京邑　大邑。指洛陽。㊴翼翼　莊嚴雄偉貌。㊵圮　絕。㊶巨猾　指王莽。㊷舋　字本作「釁」。間隙。言王莽因成帝、哀帝無子嗣，元后秉政，漢祚微弱，篡奪帝位。㊸三六　一十八。謂王莽篡位一十八年。㊹世祖　光武帝劉秀的廟號。㊺白水　水名，源出湖北棗陽東北大阜山。光武帝舊宅在白水北二里南陽白水鄉。㊻參墟　謂光武帝初為更始帝大司馬討王郎於河北，河北為參宿的分野。參，參宿，二十八宿之一。㊼授鉞　薛綜注：「《六韜》曰：凡國有難，君召將以授斧鉞。」鉞，斧鉞。㊽四七　謂中興二十八將。高步瀛《文選李注義疏》引朱祐景〈丹等傳論〉曰：「中興二十八將，前世以為上應二十八宿。永平中，顯宗追念前世功臣，乃圖畫二十八將於南宮雲臺。」㊾共工　人名，相傳為堯時大臣，為「四凶」之一，被流放於幽州。此以比喻王莽。㊿欃槍　星名，即彗星，俗稱掃帚星。(51)旬始　星名。《史記・天官書》：「旬始，出於北斗旁，狀如雄雞。其怒，青黑，象伏鼈。」按：二星皆比喻群凶。(52)乂　治理。(53)睿哲　聖哲。指光武帝。(54)玄覽　通覽。言通見此洛陽宮殿。(55)時　是。言當止居是洛邑。(56)融　長。(57)登岱勒封　《後漢書・光武帝紀》載：中元元年春正月，東巡狩。二月，幸魯，進幸泰山，柴望岱宗，登封泰山，禪於梁父。岱，泰山。勒，刻石記功。封，在泰山頂上築壇以祭祀天神。(58)黃　黃帝。《史記・封禪書》載：黃帝封泰山，禪云亭。

【語　譯】「往昔周成王經營洛邑的時候，全面觀察了九州之內，沒有地方不去經營。用土圭測量了日影，日影不短不長剛好與土圭齊平，總括了風雨的交會之處，然後就建築了王城。審視地形的曲直和面對地理的形勢，面對著洛水而背靠著黃河，左邊是伊水右邊是瀍水，西面有險阻九阿。東面就向旋門關敞開，盟津通向它之後，太谷通向它之前。向遠路走就到達伊闕，傾斜的小路就直達轘轅。太室山作為一方主山，外面繞著熊耳山。底柱山阻住了河流，像劍口的險要是大伾。溫液流淌的溫泉，出產黑丹和緇石。大鮪魚藏居在山洞，能鼈只有三足。虙妃女神就居住在這裡，神明因此特別計算出周朝的年歲。龍馬負圖授與伏羲，神龜負書給與大禹。召伯視察住處，占卜只有洛邑吉利。周公最初奠定基礎，用繩丈量都很端直。萇弘和魏舒，就規劃築城此地。南北的道路有九道車轍，城角的城樓高達九雉。用坐席的寬度九尺來丈量殿堂，用小几的長度七尺來丈量館室。京邑洛陽莊嚴雄偉，是四方效法的準則。西漢之初不在這裡定居，所以宗廟的統緒就半途斷絕。老奸巨猾的王莽窺伺間隙，暗中玩弄神器，經歷了一十八年，苟且安居帝位。這時期眾多的百姓，沒有誰敢三心二意，他奪取的威勢重到了至極。我世祖光武帝對此十分氣憤，就像龍一樣從白水騰飛而起，像鳳一樣翱翔在參宿之墟。授兵權於二十八將，誓將共工般凶惡的王莽掃除。像欃槍星旬始星一樣的凶人，掃蕩得全不剩餘。國家就太平安寧，思求陰陽之和而居天下之中。聖明的光武帝通觀全局，就定都在這洛陽的皇宮。停止居住在這裡，德行昭明而無盡無窮。既光大了那武德，又仁德廣博而道義永豐。登上泰山刻石記功築壇祭天，可與遠古的黃帝來比擬那尊崇。

「逮至顯宗[1]，六合殷昌。乃新崇德[2]，遂作德陽[3]。啟南端之特闈[4]，立應門[5]之將將[6]。昭仁惠於崇賢[7]，抗義聲於金商[8]。飛雲龍[9]於春路[10]，屯神虎[11]於秋方[12]。建象魏[13]之兩觀[14]，旌六典[15]之舊章。其內則含德章臺，天祿宣明，溫飭迎春，壽安永寧[16]。飛閣神行，莫我能形[17]。濯龍芳林[18]，九谷八溪。芙蓉覆水，秋蘭被涯。渚戲躍魚，淵游龜蠵[19]。永安[20]離宮，修竹冬青。陰池[21]幽流[22]，玄泉[23]洌清。鵯鶋[24]秋棲，鶻鵃[25]春鳴。鵙鳩[26]麗黃[27]，關關嚶嚶[28]。於南則前殿[29]雲臺[30]，龢驩安福[31]，謻門[32]曲榭，邪阻城洫[33]。奇樹珍果，鉤盾[34]所職。西登少華[35]，亭候[36]修敕。九龍[37]之內，實曰嘉德[38]，西南其戶，匪雕匪刻，我后[39]好約，乃宴斯息。於東則洪池[40]清籞[41]，淥[42]水澹澹[43]。內阜川禽，外豐葭菼[44]。獻鼈蚳[45]與龜魚，供蝸蠯[46]與菱芡[47]。其西則有平樂[48]都場[49]，示遠之觀，龍雀[50]蟠蜿[51]，天馬[52]半漢[53]。瑰異譎詭，燦爛炳煥。奢未及侈，儉而不陋，規遵王度[54]，動中得趣。於是觀禮，禮舉儀具。經始勿亟，成之不日。猶謂為之者勞，居之者逸，慕唐虞之茅茨[55]，思夏后之卑室(56)。乃營三宮(57)，布教頒常。複廟重屋，八達九房。規天矩地，授時順鄉(58)。造舟(59)清池，惟水泱泱(60)。左制辟雍(61)，右立靈臺(62)。因進(63)距衰(64)，表賢簡能。馮相(65)觀祲(66)，祈褫(67)禳災。

【章旨】本段寫明帝時東京的城內宮殿和城外宮觀的完備和奢儉得中，合乎禮制。

【注釋】❶顯宗　東漢明帝劉莊的廟號。❷崇德　南宮殿名。❸德陽　北宮殿名。姚鼐原注云：「崇德殿在南宮，見〈蔡邕傳〉注。光武時本有，故曰新。德陽殿在北宮，見〈靈紀〉。明帝始立，故曰作。南北宮相距三里。薛綜注乃云『崇德宮在東，德陽宮在西，相去五十步』，殆是誤也。」❹南端之特闈　南方正門端門特有的宮門。南端，指南方正門，叫端門。闈，宮門。❺應門　中門。《周禮‧天官‧閽人》注：「王有五門，外曰皋門，二曰雉門，三曰庫門，四曰應門，五曰路門。」❻將將　嚴正之貌。❼崇賢　崇德殿東門名。薛綜注：「謂東方為木，主仁，如春以生萬物，昭天子仁惠之德。故立崇賢門於東也。」❽金商　崇德殿西門名。薛綜注：「西為金，主義，若秋氣之殺萬物，抗天子德義之聲，故立金商門於西。」❾雲龍　德陽殿東門名。❿春路　東方道。東方於時為春，故東方道曰春路。⓫神虎　德陽殿西門名。⓬秋方　西方道。西方於時為秋，故西方曰秋方。⓭象魏　宮廷外的闕門。古宮廷門外有二臺，上作樓觀，上圓下方，兩觀雙植，門在兩旁，中央闕然為道，以其懸法，謂之象魏。⓮兩觀　宮殿門外的兩座高臺，上有樓觀，可居可望遠，故謂之觀。⓯六典　李善注引《周禮》曰：「太宰掌建邦之六典，一曰治典，二曰教典，三曰禮典，四曰政典，五曰刑典，六曰事典。」⓰其內四句　含德、章臺、天祿、宣明、溫飭、迎春、壽安、永寧，皆殿名。薛綜注：「皆以休令為名，美時君之德，在應門內也。」⓱飛閣二句　薛綜注：「言閣道相通，不在於地，故曰飛。人不見行往，故曰神。形，謂天子之形容，言我無能說其形狀也。」一說，形，見。言行於飛閣之中，莫我能見。⓲濯龍芳林　皆園苑名。濯龍園近北宮，中有濯龍池，後漢為遊宴之所。芳林苑，在故洛陽城內西北隅，與宮城相接，有東西二門。姚鼐原注云：「《續漢志》：濯龍，園名，近北宮。善注謂池名。按池固名濯龍，然賦乃指謂園。」⓳蠵　大龜。⓴永安　宮名，在北宮東北。㉑陰池　水池。水稱陰。㉒幽流　謂伏流，從地下流通於河。㉓玄泉　即泉水。水色黑，故曰玄泉。玄，黑。㉔鵯鶋　鳥名，鴉屬，又名雅烏，小而多群，腹下白。㉕鶻鵃　鳥名，似山鶡而小，短尾，青黑色，多聲。㉖鵾鳩　水鳥名。又名王雎，俗稱魚鷹。㉗麗黃　鳥名，即黃鸝。㉘關關嚶嚶　鳥鳴聲。㉙前殿　路寢，天子、諸侯的正室。㉚雲臺　臺名。洛陽南宮有雲臺，明帝畫中興功臣三十二人於雲臺，即此。㉛龢驩安福　二殿名，並在德陽殿之南。㉜謻門　冰室門。《水經注・穀水》：「謻門，即宣陽門也。門內有宣陽冰室。」㉝洫　城下池。薛綜注：「冰室門及樹，皆屈曲邪行，依城池為道也。」㉞鉤盾　官名。漢少府屬官，有鉤盾令丞，主管苑囿。㉟少華　此指西園中的假山名少華者。㊱亭候　亭中候館，有樓，可以觀望。亭，行人停留宿食的處所。秦漢制度，十里一亭，十亭一鄉。㊲九龍　南宮門名。門上有三銅柱，柱上有三龍相糾繞，故曰九龍。㊳嘉德　殿名，在九龍門內。㊴我后　指漢明帝。㊵洪池　池名，在洛陽東三十里。㊶籞　李善注引《漢書音義》應劭曰：「籞，在池水上作室，可以棲鳥，鳥入則捕之。」㊷淥　水清。㊸澹澹　水搖動貌。㊹葭菼　蘆葦和蘆荻。㊺蜃　大蛤蜊。㊻蠯　體形狹長的蚌。㊼菱芡　菱角和雞角。芡，水生植物，又名雞頭，種子名芡實。㊽平樂　觀名，在洛陽故城西。㊾都場　聚會的廣場。都，聚會。㊿龍雀　傳說中神鳥，即飛廉。此指金屬所鑄之像。(51)蟠蜿　盤曲貌。疊韻聯綿詞。(52)天馬　銅馬。李善注引華嶠《後漢書》曰：「明帝至長安迎取飛廉并銅馬，置上西門平樂觀也。」(53)半漢　恣睢縱弛之貌。疊韻聯綿詞。(54)王度　先王的法度。(55)茅茨　用茅草蓋屋。極言其簡陋。李善注引《墨子》曰：「堯舜茅茨不翦，采椽不刊。」(56)卑室　卑陋的居室。《論語・泰伯》：「禹卑宮室而盡力於溝洫。」(57)三宮　指明堂、辟雍、靈臺。姚鼐原注：「三宮皆在平城門外。平城門，洛陽南門也。」(58)複廟四句　此言明堂的建設制度。複廟，指屋頂蓋瓦又蓋茅草的廟。《後漢書・光武帝紀》載，中元元年，「起明堂、靈臺、辟雍」。重屋，即蓋茅瓦兩層之屋。八達九房，《後漢書・光武帝紀》注引《禮圖》曰：「建武三十一年，作明堂，上員下方，十二堂法日辰，九室法九州，室八窗，八九七十二，法一時之王。室有十二戶，法陰陽之數。」八達九房，即八窗九室。規天矩地，明堂上圓下方，即上法天之圓，下法地之方。規，圓規。指圓。矩，曲尺。指方。授時，李善注引《三輔黃圖》曰：「明堂順四時行令也。」順鄉，謂常隨時月而居其不同方向。如《禮記・月令》所言「孟春居蒼龍左个」之類。鄉，借作「嚮」。方向。(59)造舟　以舟相比次為橋。(60)泱泱　深廣貌。(61)辟雍　周王朝為貴族子弟所設的大學，為朝廷頒行教化的地方。(62)靈臺　古代觀察天象的處所。薛綜注：「言德陽殿東有辟雍，於西有靈臺。謂於其上班教令者曰明堂，大合樂射饗者曰辟雍，司曆紀候節氣者曰靈臺也。」(63)因進　因其進，舉而用之。(64)距衰　衰減者，拒而退之。此句言在辟雍簡選賢能。(65)馮相　即馮相氏，掌天文之官。(66)祲　指陰陽二氣相侵所形成的徵象不祥的雲氣。(67)禠　福。

【語　譯】「等到到了顯宗明帝，天下富裕繁昌。就重新裝修了崇德殿，還修建了新殿德陽。開啟了南面端門這特出的宮門，建立了應門嚴正端莊。表明仁惠之德於東門崇賢，高舉德義之聲於西門金商。高闕雲龍門於東路，屯居神虎門於西方。建築了闕門的兩座樓觀，公布了六典這舊有的規章。它的內部有大殿含德、章臺，天祿、宣明，溫飭、迎春，壽安、永寧。在飛架的閣道神祕地行往，沒有誰能見到我的身形。濯龍園和芳林苑，有九條山谷八道小溪。芙蓉花覆蓋水面，秋天的蘭花長滿水涯。水邊有蹦跳的魚在嬉戲，深潭裡浮游著龜和大龜。永安宮這座離宮別館，長長的竹子冬日青青。水池的水在地下流淌，泉水冰涼澄清。鵯鶋鳥秋天棲栖於此，鶺鴒鳥春天在此爭鳴。雎鳩鳥和黃鸝鳥，唧唧喳喳叫個不停。在南面前殿和雲臺，龢驩和安福，冰室門和屈曲的臺榭，傾斜地依靠著城牆和溝洫。奇特的樹木和珍奇的果實，由鉤盾令丞掌握。向西登上假山少華，亭中的瞭望樓修整嚴肅。九龍門之內，這宮殿就叫嘉德。那門向西南開著，沒有精雕沒有細刻。我們的君主愛好節儉，就安定地在這裡休息。在東面有洪池和清涼的陰棚，清澈的水動搖不息。裡面有許多水禽，外面有很多蘆葦和蘆荻。出產鼉、大蛤蜊和龜魚，供給蝸牛、長蚌和菱角、芡實。它的西面即有平樂觀前集會的廣場，在此作樂以使遠人觀看的宮觀，銅鑄的龍雀盤曲蹲伏，銅鑄的天馬縱恣而不可羈絆。形狀奇異怪誕，光彩鮮明燦爛。奢華而沒達到侈靡，儉約而不簡陋，規模遵循先王的法度，舉動符合禮法的旨意。於是觀察禮儀，禮儀全都備具。開始經營並不急迫，完成它也不限時日。還認為建設它的人勞苦，居住它的人安逸，羨慕唐堯虞舜的茅草蓋屋頂，思念夏禹王的簡陋宮室。就修建明堂、辟雍、靈臺三宮，宣傳教化頒布舊章。茅瓦兩重屋頂的宗廟，一室共有八窗九房。效法天的圓和效法地的方，授與不同的季節而順應不同的方向。編舟為橋的清池，那水深廣汪洋。東邊建造辟雍，西邊建立靈臺。因其進而舉用並拒退衰弱，表出賢能簡擇英才。馮相氏觀測不祥的雲氣，祈求福澤而禳除禍災。

「於是孟春元日，群后旁戾❶。百僚師師❷，於斯胥洎❸。藩國奉聘，要荒❹

來質。具惟帝臣，獻琛執贄。當覲乎殿下者，蓋數萬以二⑤。爾乃九賓⑥重，臚人⑦列，崇牙⑧張，鏞⑨鼓設。郎將司階，虎戟交鎩⑩。龍輅⑪充庭，雲旗拂霓。夏正三朝⑫，庭燎晢晢⑬。撞洪鐘，伐靈鼓⑭，旁震八鄙，軯磕隱訇⑮。若疾霆轉雷而激迅風也。是時稱警蹕⑯已，下雕輦於東廂⑰。冠通天⑱，佩玉璽，紆⑲皇組⑳，要㉑干將。負斧扆㉒，次席㉓紛純㉔，左右玉几，而南面以聽矣。然後百辟乃入，司儀辨等，尊卑以班，璧羔皮帛㉕之贄既奠，天子乃以三揖之禮禮之。穆穆焉，皇皇焉，濟濟焉，將將焉㉖，信天下之壯觀也。乃羨㉗公侯卿士，登自東除㉘。訪萬幾㉙，詢朝政，勤恤民隱，而除其眚㉚。人或不得其所，若己納之於隍㉛。荷天下之重任，匪怠皇㉜以寧靜㉝。發京㉞倉，散禁財，賚皇僚，逮輿臺㉟。命膳夫以大饗，饔餼㊱浹乎家陪㊲。春醴惟醇，燔炙芬芬㊳。君臣歡康，具醉熏熏㊴。千品萬官，已事而踆㊵。勤屢省，懋㊶乾乾㊷。清風協於玄德㊸，淳化通於自然。憲先靈㊹而齊軌，必三思以顧愆。招有道於側陋㊺，開敢諫之直言。聘邱園㊻之耿絜，旅束帛之戔戔㊼。上下通情，式㊽宴且盤㊾。

【章　旨】本段敘述元日朝會宴饗的隆重熱烈的盛況。

【注釋】❶戾　至。言諸侯正月元旦從四方而至，各來朝享天子。❷師師　端整貌。一說，互相師法。❸胥洎　相及。言元日，百官於此相連及而來朝賀。❹要荒　指要服、荒服。要服指離王城一千五百里至二千里的地區。荒服指離王城二千五百里的地區。要荒總言離王城外極遠的地方。❺數萬以二　謂以萬計數者二，即二萬。❻九賓　古代朝會大典設的禮賓人員。九賓之說不一。一說為公、侯、伯、子、男、孤、卿、大夫、士。一說指九個接待賓客的人。一說謂王、侯、公、卿、二千石、六百石、下及郎、吏、匈奴侍子，凡九等。❼臚人　即鴻臚，掌朝賀慶弔之贊導相禮的官。❽崇牙　懸掛鐘磬的木架上端所刻鋸齒。此代指鐘架。❾鏞　大鐘。❿郎將二句　言虎賁中郎將率虎賁郎官於殿門持戟交刃夾階而立。郎將，郎官的統領，即虎賁中郎將。交鎩，猶交刃。⓫龍輅　駿馬駕的車。馬八尺曰龍。輅，天子之車。⓬夏正三朝　夏曆正月初一為歲、月、日之始，故稱三朝。⓭晢晢　光亮貌。⓮靈鼓　六面鼓。⓯軿礚隱訇　形容鐘鼓之聲。⓰警蹕　古時帝王出入稱警蹕。左右侍衛為警，止人清道為蹕，以戒止行人。⓱東廂　姚鼐原注云：「鼐按：天子下輦於東廂前者，乃謁陵禮。若朝，則〈叔孫通傳〉固云『輦出房』也。此廂字必房字之誤，而薛、李注皆未辯之。」而高步瀛《文選李注義疏》則謂：「東廂、東房可以通稱。下輦之地，上陵朝會同。姚謂廂字必房字之誤，恐不然也。」錄以備考。⓲通天　冠名，為乘輿常服。⓳紆　垂。⓴皇組　大印綬。㉑要　腰之本字。用作動詞。在腰間佩掛。㉒斧扆　繡有斧文的屏風，設天子座位之後。㉓次席　竹席。㉔紛純　絲帶的邊緣。紛，本指旗上的飄帶。此即指絲帶。純，邊緣；鑲邊。㉕璧羔皮帛　謂朝見者依不同身分所執的禮品。《周禮・春官・大宗伯》：「子執穀璧，孤執皮帛，卿執羔，大夫執雁，士執雉。」㉖穆穆焉四句　《禮記・曲禮下》：「天子穆穆，諸侯皇皇，大夫濟濟，士將將。」鄭玄曰：「威儀容止之貌。」穆穆，端莊盛美貌。皇皇，美盛貌。濟濟，徐行有節貌。將將，容貌舒揚貌。㉗羨　延請；引進。㉘東除　東階。天子從中階，諸侯從東西階。除，階臺。㉙萬幾　指帝王日常的紛繁政務。幾，微。言當戒懼萬事之微。㉚眚　災異；疾苦。㉛隍　乾涸的護城河。㉜皇　通「遑」。暇；懈怠。㉝寧靜　姚鼐原注云：「鼐意作寧靜以怠皇，則於韻協。」高步瀛《文選李注義疏》云：「眚、靜，古音耕部。隍，陽部。通轉為韻。姚鼐謂隍是阱字之誤。又謂匪怠皇以寧靜作寧靜以怠皇，皆臆改，無據。」錄以備考。㉞京　大。㉟輿臺　泛指地位低下的人。古代分人為十等，輿為第六等，臺為第十等。《左傳・昭公七年》：「人有十等：王臣公，公臣大夫，大夫臣士，士臣皁，皁臣輿，輿臣隸，隸臣寮，寮臣僕，僕臣臺。」㊱饔餼　熟食與生肉。㊲家陪　謂公卿大夫之家。家，卿大夫的采地食邑。陪，陪臣。諸侯之大夫，對天子自稱陪臣。㊳芬芬　香氣盛貌。㊴熏熏　和悅貌。㊵踆　退。㊶懋　勉。㊷乾乾　自強不息貌。㊸玄德　指自然無為的素質。㊹先靈　薛綜注：「先聖之神靈，即謂堯舜也。」㊺側陋　偏僻簡陋之處；地位卑賤。㊻邱園 同「丘園」。丘墟；園圃。指隱居的地方。㊼旅束帛句 《易・賁卦》爻辭：「賁於丘園，束帛戔戔。」李善注引王肅云：「失位無應，隱處丘園，蓋蒙闇之人，道德彌明，必有束帛之聘也。」旅，陳。戔戔，委積之貌。㊽式 用。㊾盤 樂。言君情通於下，臣情達於上，故能國家安而君臣歡樂。

【語 譯】「於是在夏曆正月初一元旦，諸侯公卿從四方而至。百官互相師法，相連及而來到這裡。諸侯國來奉獻聘問，要服、荒服都來入質。都是皇帝的臣下，獻上珍寶拿著見面的禮物。應當在金殿之下朝見的人，大概有二萬還要超出。這就禮賓的人員重疊，贊導的官員羅列，鐘架鼓架施張，大鐘大鼓陳設。郎將主管階陛，虎賁郎執戟交叉而立。駿馬駕駛的大車充滿庭院，高入雲天的旗幟拂拭著雌霓。夏曆的新年正月初一，庭院裡的火炬光亮明晰。撞著大鐘，敲著六面鼓，普遍地震動了四面八方，響聲鏜鎝轟隆。好像疾雷滾動，而激盪著迅猛的大風。這時警戒清道已經完畢，天子就在東廂下了雕鏤的車箱。戴著通天冠，佩著玉印，垂著大印綬，腰間掛著干將劍。背靠著畫斧紋的屏風，竹席用絲帶鑲邊，左側右側擺設著玉製的矮几，處理政事而面向南面。然後各諸侯就進入，司儀人員辨別等第引見，尊卑按著不同的班次，璧、羔、皮帛等禮品已經進獻，天子就用三次拱手的禮節答謝他們的敬意。盛美啊，端莊啊，行動有節啊，容貌舒揚啊，的確是天下最壯麗的景象呢。於是引進公侯卿士，自東面階臺登升。訪問各種紛繁的事務，諮詢朝廷的大政，辛勤地顧惜人民的痛苦，而除去他們的疾苦災眚。有人得不到安定的處所，好像是自己推他們掉入護城河中。肩負著天下的重任，不能懈怠而只顧寧靜。打開大倉，散發皇家的錢財，賜與百官，兼及輿臺。命令主食之官大大賜與飲食，熟食生肉遍及到卿大夫之家。冬釀春成的醴酒酒味醇厚，烤肉香氣甚佳。君臣愉悅歡樂，都喝醉而快樂和諧。各個品級各種官吏，朝會完畢就退出還家。辛勤地多次省察，勉力而自強不息。清淳的風化與自然無為的品德相協調，淳樸的教化與自然造化相混一。效法先聖堯舜而與他們並駕齊驅，一定再三思考而想到錯誤過失。在那些地位低下的人中招聘有道之人，敞開引進敢於進諫的直言之士。聘請處於丘墟園圃的耿直廉潔的人才，陳列綑束的絲帛高高堆積。上下的情愫溝通，因此國家安定而君臣歡悅。

「及將祀天郊[1]，報地功[2]，祈福乎上玄[3]，思所以為虔。肅肅之儀盡，穆穆之禮殫。然後以獻精誠，奉禋祀[4]，曰允[5]矣天子也。乃整法服[6]，正冕帶，珩紞紘綖[7]，玉笄綦會[8]。火龍[9]黼黻[10]，藻繂[11]鞶[12]厲[13]。結飛雲[14]之袷輅[15]，樹翠羽之高蓋，建辰旒[16]之太常[17]，紛焱悠[18]以容裔[19]，六玄虯[20]之奕奕[21]，齊騰驤而沛艾[22]。龍輈[23]華轙[24]，金鍐[25]鏤鍚[26]，方釳[27]左纛[28]，鉤膺[29]玉瓖[30]。鑾[31]聲噦噦[32]，和鈴[33]鉠鉠[34]。重輪貳轄[35]，疏轂[36]飛軨[37]。羽蓋葳蕤[38]，葩瑵[39]曲莖[40]。順時服[41]而設副[42]，咸龍旂[43]而繁纓[44]。立戈迆[45]戛[46]，農輿輅木[47]。屬車九九[48]，乘軒[49]並轂。琱[50]弩重旃[51]，朱旄[52]青屋[53]。奉引既畢，先輅[54]乃發。鑾旗皮軒[55]，通帛[56]綪旆[57]。雲罕[58]九斿[59]，闟戟[60]轇輵[61]。髶髦[62]被繡，虎夫戴鶡[63]。駙[64]承華[65]之蒲梢[66]，飛流蘇[67]之騷殺[68]。總輕武[69]於後陳，奏嚴鼓[70]之嘈囋[71]。戎士介而揚揮[72]，戴金鉦[73]而建黃鉞。清道案列，天行[74]星陳。肅肅[75]習習[76]，隱隱轔轔。殿未出乎城闕，旆[77]已迴乎郊畛[78]。盛夏后之致美[79]，爰恭敬於明神。爾乃孤竹之管，雲和[80]之瑟。雷鼓[81]鼘鼘[82]，六變[83]既畢。冠華[84]秉翟[85]，列舞八佾[86]。元祀惟稱，群望[87]咸秩。颺槱燎[88]之炎煬[89]，致高煙乎太一。神歆馨而顧德，祚[90]靈主以元吉。然後宗上帝於明堂，推光武[91]以作配。辨方位[92]而正則，五精[93]帥而來摧[94]。尊赤氏[95]之朱光[96]，四靈[97]懋[98]而允懷。於是春秋改節，四時迭代。蒸蒸(99)之心，感物(100)增思。躬追養(101)於廟祧(102)，奉蒸嘗(103)與禴祠。物牲辯(104)省，設其楅衡(105)。毛炰(106)豚胉(107)，亦有和羹(108)。滌濯靜(109)嘉，禮儀孔明。萬舞(110)奕奕(111)，鐘鼓喤喤(112)。靈祖皇考，來顧來饗。神具醉止，降福穰穰。

【章旨】本段寫郊祀及四時祭祀宗廟的隆重禮儀及神靈歆享而「降福穰穰」的盛況。

【注釋】❶郊　郊野。李善注引《白虎通》曰：「祭天必在郊者，天體至清，故祭必於郊，取其清絜也。」❷報地功　報去年土地之功。❸上玄　上天。❹禋祀　對天神的祭祀。以祭神的牲體和玉帛置於柴上，燒柴煙起上升，表示告天。《周禮・春官・大宗伯》：「以禋祀祀昊天上帝。」注：「禋之言煙，……燔燎而升煙，所以報陽也。」一說，精意以享，謂之禋祀。❺允　誠。❻法服　禮法規定的標準服。❼珩紞紘綖　皆冠上飾物。珩，通「衡」。結冠冕放髮髻上的橫簪。紞，懸瑱之繩，垂於冠之兩旁。紘，古代冠冕上著於頷下的帶子，帶子兩端上結於簪。綖，古代覆蓋在冠冕上的黑布。❽綦會　玉飾冠紐。《周禮・夏官・弁師》：「王之皮弁，會五采玉璂。」鄭玄注：「會，縫中也。璂，讀如薄借綦之綦。綦，結也。皮弁之縫中，每貫結五采玉十二以為飾，謂之綦。」❾火龍　指衣服上畫的火和龍。❿黼黻　古代禮服上繪繡的花紋。黼，黑白相間如斧形的花紋。黻，黑青相間如亞形的花紋。⓫藻繂　玉墊。木製，外包熟皮，繪水藻圖形。⓬鞶　束衣的大帶。⓭厲　帶下垂貌。⓮飛雲　言以翠羽為車蓋，狀如飛雲。⓯袷輅　帝王的副車。⓰辰旒　畫日月辰的十二旒的旗。辰，謂日月星。旒，旗下邊懸垂的飾物。⓱太常　旗名。畫日月星，天子十二旒。⓲焱悠　從風飄揚貌。雙聲聯綿詞。胡紹煐謂「焱」當為「猋」。猋，悠音近，二字平列，並從風貌。⓳容裔　旌旗搖動貌。雙聲聯綿詞。⓴玄虯　黑色的無角龍。此指黑色駿馬。㉑奕奕　高大貌。㉒沛艾　馬搖頭貌。疊韻聯綿詞。㉓龍輈　輈端刻龍頭的車轅。㉔轙　車軛上穿轡的環。㉕金鍐　馬首飾物。高廣各五寸，上如玉華形，在馬髦前。㉖鏤鍚　馬額上的飾物，刻金為之。鏤，雕飾。㉗方釳　乘輿馬頭上插翟羽之具。姚鼐原注云：「方釳，薛注語不分明。劉昭注〈輿服志〉引蔡邕《獨斷》云：鐵廣數寸，在馬鍐後。後有三孔，插翟尾其中。又許慎《說文》云：乘輿馬頭上防釳，插以翟尾、鐵翮、象角，所以防網羅，釳去之。鼐按：蔡、許二說合，其制乃明。而《獨斷》馬鍐後之後字，當為前字或上字之誤。所云翟尾，蓋以鐵為其形耳。賦內方字宜讀作防。」㉘左纛　帝王乘輿上用犛牛尾或雉尾製成的飾物，設在車衡左邊，故稱左纛。㉙鉤膺　馬腹帶飾，套於馬胸前頸上的裝具，用寬帶製成，帶上有鉤，下飾垂纓，又名繁纓。㉚玉瓖　馬帶上的玉飾。㉛鑾　鑾鈴，在車衡者稱鑾。㉜噦噦　和鳴聲。㉝和鈴　車鈴，在車軾者稱和。㉞鉠鉠　和盛貌。㉟轄　固定車輪與車軸的插入軸端孔穴的銷釘。㊱疏轂　雕鏤的車轂。疏，雕鏤。轂，車輪中間車軸貫入處的圓木。㊲飛軨　車軸的飾物。薛綜注：「以緹紬廣八尺，長柱地，畫左青龍，右白虎，繫軸頭，取兩邊飾。」㊳葳蕤　鮮麗貌。疊韻聯綿詞。㊴葩瑵　花形的裝飾品，以金作花形。㊵曲莖　言葩瑵的花莖屈曲。㊶時服　隨季節變更的服色。漢制分五時設服。〈禮儀志〉：「立春，京師百官衣青；立夏，衣赤；先立秋十八日，衣黃；立秋，衣白；立冬，衣皁。」此包括車馬，亦各隨其色。㊷副　指五時副車。蔡邕《獨斷》曰：「法駕，上所乘曰金根車，駕六馬，有五色。安車五色，各立一車，皆駕四馬，是謂五時副車。」㊸龍旂　畫交龍圖紋的旗。古帝王作儀衛用。㊹繁纓　馬腹帶飾。參閱前注㉙「鉤膺」。㊺迤　指斜著插。㊻戛　長矛。㊼輅木　乘馬無飾的車。㊽九九　八十一。天子大駕屬車八十一乘。㊾軒　一種曲輈有轓的車。㊿⿰王斬　通「箙」。盛弓弩器。(51)旃　赤色曲柄的旗。(52)朱旄　紅色旄牛尾。(53)青屋　車蓋裡為青色。(54)先輅　前車。言導引之次已定，前車乃發。(55)鸞旗皮軒　皆車名。鸞旗，指插有畫鸞鳥旗的車。皮軒，蒙虎皮的車。(56)通帛　即旃，赤色曲柄的旗。(57)綪旆　大紅色的旗。綪，本草名，可以染赤。引申為赤色。(58)雲罕　天子出行時為前導的旗。(59)九斿　旗名。斿，古代旗幟的下垂飾物。(60)闟戟　長戟，插車上，作為儀仗前驅。按：胡紹煐曰：「鸞旗、皮軒、通帛、綪旆、雲罕、九斿、闟戟，皆車名。《後漢書．輿服志》：龍旂九斿，七仞齊軫。鳥旟七斿，五仞齊較。亦謂諸侯以下之建於車上者。此通帛、綪旆當同〈輿服志〉。又云：屬車四十六乘，前驅有九斿、雲罕、鳳皇、闟戟、皮軒、鸞旗，明六者皆車名。竊謂以鸞旗等建車中，故遂以所建者名車。」胡說是，當從。(61)轇輵　參差縱橫貌，胡紹煐以為驅馳之貌。雙聲聯綿詞。(62)髶髦　頭髮披散。謂武夫披髮衣繡為前驅。(63)虎夫戴鶡　謂武士戴鶡冠。虎夫，猶言虎士，勇猛之士。鶡，鳥名，即鶡雞，勇健善鬥，至死乃止。以鶡羽飾冠，謂之鶡冠，漢時武官之冠。(64)駙　駕副車的馬。用作動詞。即駕之意。(65)承華　馬廄名。(66)蒲梢　駿馬名，大宛所產。(67)流蘇　以五彩羽毛或絲線製成的穗子。常用作車馬、帷帳等的飾物。(68)騷殺　下垂飄動貌。雙聲聯綿詞。(69)輕武　輕車、武車，皆古之兵車。(70)嚴鼓　急促的鼓聲。(71)嘈囋　喧鬧聲。(72)揮　通「徽」。旗；幡。(73)金鉦　金屬樂器，鐲鐃之屬，軍中用代號令。(74)天行　天子之行。(75)肅肅　莊重貌。(76)習習　行進貌。(77)旆　指前車。(78)郊畛　郊界。(79)致美把美給與。《論語．泰伯》：禹「惡衣服而致美於黻冕，菲飲食而致孝於鬼神」。(80)雲和　山名，出美木，用為瑟，其聲清亮。(81)雷鼓　八面鼓。(82)鼝鼝　鼓聲。(83)六變　猶六遍。《周禮．春官．大司樂》鄭注：「變，猶更也，樂成則更奏也。」(84)華指建華冠，古代樂人的帽子，以鐵為柱卷，串大銅珠九枚，形似縷簏，飾以鷸羽。(85)翟　用作舞具的雉羽。(86)八佾　一行八人，八八六十四人。天子的舞隊。(87)群望　祭祀群山。望，古代祭祀山川的專稱。遙望而祭，故稱望。(88)槱燎　焚燒堆積的柴火。槱，積柴。(89)炎煬　火焰熾猛。(90)祚　報。(91)光武　指光武帝劉秀。(92)方位　謂四方中央之位。言祀五帝於明堂，座位各處其方。(93)五精　五方星之神。(94)摧　至。(95)赤氏　南方赤帝赤熛怒。根據陰陽五行家的說法，漢以火德王，故尊赤帝。(96)朱光　謂火。(97)四靈　五帝謂東方蒼帝神名靈威仰，南方赤帝神名赤熛怒，中央黃帝神名含樞紐，西方白帝神名白招拒，北方黑帝神名協光紀。除去赤帝，餘四帝，故曰四靈。靈，神。(98)懋　悅。(99)蒸蒸　孝敬。(100)感物　感四時之物，即春韭卵，夏麥魚，秋黍肫，冬稻雁，孝子感此新物，則思祭祖先。(101)追養　指祭祀。李善注引《禮緯》曰：「祭者，所以追養繼孝也。」(102)廟祧　古代帝王立七廟，對其世次疏遠之祖，則依制遷去神主而藏於祧，故遷去的神主也稱祧。這裡泛指祖先。(103)蒸嘗與下「禴祠」，皆祭名。春祭曰祠，夏曰禴，秋曰嘗，冬曰蒸。(104)辯　借作「遍」。(105)楅衡　縛在牛角上以防觸人的橫木。(106)毛炰　連毛裹泥燒烤的小豬。(107)豚胉　豬肩甲。(108)和羹　用不同調味品配製的羹湯。《毛詩．烈祖》鄭箋曰：「和羹者，五味調，腥熟得節，食之於人性安和。」(109)靜　通「淨」。潔淨。(110)萬舞　用於宗廟祭祀的舞。舞者執干戚羽籥。(111)奕奕　盛美貌。(112)喤喤　響亮。

【語譯】「等到將要在郊野祭祀天神，報答去年土地物產之功，向上天祈求福澤，思考著怎樣表示恭敬。用盡了恭敬的禮儀，使盡了肅謹的禮容。然後就奉獻精誠，舉行對天神的焚煙祭祀，說的確啊，這是天帝之子。就整理禮服，端正禮冠帶，禮冠上的橫簪、懸瑱繩、帶子和覆蓋的黑布，玉石的簪子和玉飾的冠紐結。畫火畫龍繪繡花紋的禮服，木製的玉墊還有衣帶輕盈地垂下。連結狀如飛雲的副車，插上翠羽的高高的車蓋，建起畫日月星的旗旒的太常旗，紛紛飄揚而隨風搖擺。駕著六匹黑馬高大雄壯，一起奔騰而馬頭搖曳。刻龍的車轅和彩繪的繩環，金飾的鍐和刻鏤的鍚。插翟羽的器具方釳和車左的旄牛尾的大纛，馬腹的革帶用玉嵌鑲。鑾鈴聲噦噦，和鈴聲鏘鏘。雙輪以二轄固定，刻有花紋的車轂飄著緹紬的車軨。羽毛的車蓋華美鮮麗，金製的花形如爪而屈曲花莖。依據不同季節的服色而設置副車，都插著畫交龍圖紋旗和馬腹革帶下飾垂纓。豎插著戈斜插著矛，耕作車用的是未經雕琢的原木。跟從的副車八十一乘，乘坐的有遮蔽的車三行並列車轂。盛弓弩的箭袋和雙重的大紅的曲柄旗，紅色旄牛尾為飾的青色的車屋。導引安排既已完畢，前驅的車乘就動身出發。插鸞旗的車蒙虎皮的車，赤色曲柄旗和大紅的旗幟。高入雲際的前導旗和九個旗旒的彩旗，插在車上的長戟縱橫交錯。武士披頭散髮又穿著繡衣，戴著武冠以鶡羽為飾。駕著承華廄裡的蒲梢馬，飛動的絲繩穗子飄揚搖曳。全部的輕車、武車在後陳列，敲響急促的鼓聲喧鬧不息。武士穿戴甲冑揚著小旗，帶著發號令的金鉦而樹立著黃金的斧鉞。清理了道路依次行進，天子之行如星列陳。莊重地緩緩行進，車聲隱隱轔轔。後車還未走出城門，前車已到了郊野的中心。讚美夏禹王的把美給與祭服，獻出恭敬給與明神。這就吹奏孤生之竹做的笛管，彈奏雲和山的木製的琴瑟。八面鼓敲得咚咚響，樂曲六遍已演奏完畢。戴著建華冠拿著雉羽，排列舞隊有八佾。大祭祀正在舉行，群山的望祭都有次秩。揚起柴堆焚燒的火焰熾烈，把高高的煙獻給天神太一。天神享用這馨香而眷念天子的德行，就賜予明主以巨大的福澤。然後在明堂尊祀上帝，推舉光武皇帝作為陪祭。辨別不同方位而端正法則，五星之神相率而來到這裡。尊崇南方赤帝赤熛怒的火光，四方的神靈很高興而的確安逸。於是春秋改換季節，一年四季更相替代。孝敬先祖的心意，被四時不同物品感動而增加懷思。親自祭祀在祖廟祧廟，奉獻冬蒸秋嘗與夏禴春祠。祭祀的牲畜普遍地省視，在牛角縛上橫木以免意外發生。連毛裹泥燒烤的乳豬和豬肩甲，還有五味調和的湯羹。洗濯得潔淨而美好，禮儀也非常條理分明。祭祀的萬舞熱鬧美好，鐘鼓之聲鏜鞈鏗鏘。神靈祖先和偉大的先父，都來眷顧子孫都來享用馨香。神靈都已醉飽，降與的福澤無法計量。

「及至農祥❶晨正❷，土膏脈起❸。乘鑾輅❹而駕蒼龍，介❺馭間以剡❻耜❼。躬三推❽於天田，修帝籍❾之千畝。供禘郊❿之粢盛⓫，必致思乎勤己⓬。兆民勸於疆場[13]，感懋力以耘耔。春日載陽[14]，合射辟雍[15]。設業[16]設虡[17]，宮懸金鏞[18]。鼖鼓[19]路鼗[20]，樹羽幢幢[21]。於是備物，物有其容。伯夷[22]起而相儀，后夔[23]坐而為工[24]。張大侯[25]，制五正[26]，設三乏[27]，厞[28]司旌[29]。并夾[30]既設，儲乎廣庭。於是皇輿夙駕，輦[31]於東階以須。消啟明[32]，掃朝霞，登天光於扶桑[33]。天子乃撫[34]玉輅，時[35]乘六龍。發鯨魚[36]，鏗[37]華鐘[38]。大丙[39]弭節，風后[40]陪乘。攝提[41]運衡[42]，徐至於射宮[43]。禮事展，樂物具，〈王夏〉[44]闋，〈騶虞〉[45]奏。決拾[46]既次[47]，彫弓斯彀[48]。達餘萌[49]於暮春，昭誠心以遠喻[50]。進明德而崇業，滌饕餮[51]之貪欲。仁風衍[52]而外流，誼[53]方激而遐騖。日月會於龍狵[54]，恤民事之勞疚。因休力以息勤，致歡忻於春酒[55]。執鑾刀[56]以袒割[57]，奉觴豆於國叟[58]。降至尊以訓恭，送迎拜乎三壽[59]。敬慎威儀，示民不偷[60]。我有嘉賓，其樂愉愉[61]。聲教布濩[62]，盈溢天區[63]。

【章　旨】本段寫天子躬耕籍田，鼓勵農桑和在辟雍舉行大射和尊養國老的禮儀。

【注　釋】❶農祥　星名，即房星。❷晨正　房星正月中晨見南方，指立春之日。❸脈起　地氣發動。❹鑾輅　有鑾鈴的車，天子之車。《禮記·月令》：孟春之月，乘鑾輅，駕蒼龍。❺介　武士，居車右。薛綜注：「天子車，帝在左，御在中，介處右。」❻剡　鋒利。❼耜　原始農具，耒的下端。裝在犁上，用以翻土，形狀如鍬。李善注：「置耒耜於車右與御者之間，明以勸農。」❽三推　古代帝王為表示勸農，每年舉行一次耕籍之禮，掌犁推行三周，稱三推。❾籍　籍田。古代帝王於春耕前親耕農田，以寓勸農之意。《漢書・文帝紀》：「其開藉田，朕親率耕」，注引韋昭曰：「藉，借也。借民力以治之，以奉宗廟，且以率天下，使務農也。」古籍、藉互用。⑩禘郊　謂祭天於南郊。禘，祭名。祭天曰禘。⑪粢盛　祭品。指盛在祭器內的黍稷。《左傳・桓公六年》：「粢盛豐備。」注：「黍稷曰粢，在器曰盛。」⑫勤己　使己勤。謂親耕籍田，以供宗廟之粢盛。⑬疆埸　田畔。⑭載陽　暖和。載，則。⑮辟雍　為貴族子弟所設的大學。《東觀漢紀》：「永平三年，上初臨辟雍，行大射禮。」⑯業　古時樂器架上裝飾用的大版。刻如鋸齒狀，用以懸掛鐘、鼓、磬等。⑰虡　懸掛鐘磬的木架。⑱鏞　大鐘。⑲鼖鼓　大鼓，長八尺。⑳路鼗　四面鼓。㉑幢幢　羽飾繁盛貌。一說，同「童童」。光潔貌。㉒伯夷　唐虞時明禮之官。㉓后夔　舜臣，掌樂之官。㉔工　樂師。《儀禮・大射禮》：「大射，工六人」，鄭注曰：「工，謂瞽矇，善歌諷誦詩者也。」㉕侯　箭靶。㉖五正　以布畫五方正色於箭靶之上。正，箭靶的中心。㉗乏　古代行射禮時報靶人用來護身的器具，用皮革製成，像小屏風。箭矢射到時力已減弱，故稱乏。㉘屝　隱蔽。㉙司旌　報靶人。㉚并夾　古代習射時從箭靶上取箭的用具。矢著侯高，人手不能及，則以并夾取之。㉛輂　卻；退。姚鼐原注云：「《說文》：輂，連車也。一曰：卻車抵堂為輂。」㉜啟明　星名，即金星。先日出而出，故稱啟明。㉝扶桑　神話中木名，傳說日出其下。㉞撫　猶「據」。㉟時　謂各隨其時，若春乘蒼龍，夏乘赤騮之屬是。王念孫曰：「此作『時乘六龍』者，因注引《周易》而誤。『撫玉輅』以下四句，句各三字。此處獨多一字，與上下不協。」㊱鯨魚　撞鐘的杵。因刻作鯨魚形，故名。〈東都賦〉：「發鯨魚」，薛綜注曰：「海中有大魚名鯨，海又有獸名蒲牢。蒲牢素畏鯨，鯨魚擊蒲牢，輒大鳴。凡鐘欲令聲大者，故作蒲牢於上，所以撞之者，為鯨魚。」㊲鏗　猶「擊」。㊳華鐘　鐘有篆刻之文，故曰華。㊴大丙　古得道之人，能以神氣御陰陽。一說，太一之御。㊵風后　黃帝時三公。㊶攝提　星名，共六星，位於大角星兩側。古以攝提隨斗杓（玉衡）所指之方向，確定月份。㊷衡　玉衡，北斗星第五星。薛綜注：「攝提有六星。玉衡，北斗中星，主迴轉，並飾於車上。」㊸射宮　天子舉行大射禮的處所，又是考試貢士的場所，即辟雍。㊹王夏　樂曲名，王出入初奏之樂。㊺騶虞　樂曲名，王射以〈騶虞〉為節。《周禮・春官・大司樂》：「大射，王出入，令奏〈王夏〉；及射，令奏〈騶虞〉。」㊻決拾　射具名。決，扳指，用骨製，射者套於左手大拇指，用以鉤弦。拾，臂衣，革製，著於左臂，用以護臂。㊼次　排列有序。㊽彀　張滿弓弩。㊾餘萌　暮春才萌生的草木。李善注引《白虎通》曰：「天子所以射者何？助陽氣，達萬物也。」㊿遠喻　向遠方曉諭。李善注引《白虎通》曰：「名之為侯者何？明諸侯不朝者，則當射之。然則射者，帝誠心遠喻於下也。」(51)饕餮　古代貪於飲食、冒於貨賄的壞人。《左傳・文公十八年》：「縉雲氏有不才子，貪於飲食，冒於貨賄，侵欲崇侈，……天下之民以比三凶，謂之饕餮。」(52)衍　布。(53)誼通「義」。合宜的道理、行為。54龍豝　星名，東方蒼龍七宿中的尾星。《國語・楚語下》：「日月會於龍豝」，韋昭注：「豝，龍尾也。謂周十二月，夏十月，日月合辰於尾上。」此即指夏曆十月。55春酒　冬釀春成之酒。56鑾刀　有鈴的刀，古祭祀割牲用。57袒割　袒露左臂割牲，表示恭敬。李善注引《東觀漢記》曰：「永平二年，詔曰：十月元日，始尊事三老，兄事五更，朕親袒割牲。」58國叟　指三老、五更。59三壽　本指壽之三等，上壽百二十，中壽百年，下壽八十。後稱三老為三壽。60偷　澆薄；不厚道。61愉愉　和悅之貌。62布濩　散布。濩，流散。63天區　謂上下四方。指整個天下。

【語譯】「等到房星早晨在南方出現，肥沃的土壤地氣發起。乘著有鑾鈴的大車而駕著蒼龍，在車右和御者之間插著銳利的農器。親自在天子的田中推犁三周，耕種皇帝的籍田千畝。供給在郊外祭天的糧食，必定專心想著勤勞自己。眾百姓在田地裡得到鼓勵，都努力去除草種地。春天裡暖和起來，一起射箭去那辟雍。設置大版設置木架，在宮中懸掛起大金鐘。八尺大鼓和四面鼓，裝飾的羽毛光豔色濃。於是準備好了器物，器物都有儀容。伯夷站起來贊禮，后夔坐下來充當樂工。張掛起大箭靶，設製了五個五彩的靶心，設置了三個護身器，隱蔽著報靶人。拔箭的夾子既已準備，在寬廣的庭院裡放存。於是皇帝的車子一大早就駕好，退到東面的臺階等待。啟明星消失，早晨的雲霞掃淨，紅太陽升起在東方。天子就倚靠著玉飾的車子，隨季節駕著六條龍。舉起鯨魚杵，撞擊篆刻的鐘。大丙執轡駕車，風后車右陪乘。攝提星運轉玉衡星，慢慢地來到了射宮。禮儀事務已展現，樂器物品已具備，〈王夏〉樂曲已經演奏完畢，〈騶虞〉樂曲也已經演奏。扳指和臂衣已經依次放好，雕花的弓也已拉開。使暮春才萌生的草木暢達生長，向遠方表明皇帝的誠心所在。推進明德而興盛事業，滌蕩像饕餮那樣的壞人的貪婪嗜欲。仁風散布而向外流淌，道義正激盪而遠遠馳騖。日月會於龍豝星的十月，顧惜農民農事的勞苦疲累。因而休整勞力而停止勤勞，用冬釀春熟的酒使大家歡欣愉快。拿著有鑾鈴的刀袒露左臂割肉，向國家的大老獻上酒杯食器。降低至尊的身分而訓導恭謹，向三老拜迎其來而拜送其去。嚴肅謹慎這威儀，向民眾展示敦樸而不澆薄。我有美好的賓客，那歡樂非常和悅。聲威教化向四方散布，充滿了整個天下。

「文德既昭，武節是宣。三農❶之隙，曜威中原。歲惟仲冬，大閱西園❷。虞人掌焉，先期戒事❸。悉率❹百禽，鳩❺諸靈囿。獸之所同，是惟告備。乃御小戎❻，撫輕軒❼。中畋❽四牡，既佶❾且閑❿。戈矛若林，牙旗⓫繽紛。迄於上林，結徒為營。次和⓬樹表，司鐸⓭授鉦⓮。坐作進退，節以軍聲。三令五申，示戮斬牲⓯。陳師鞠⓰旅，教達禁成。火烈⓱具舉，武士星敷。鵝鸛魚麗⓲，箕張翼舒。軌塵掩迒⓳，匪疾匪徐。馭不詭遇⓴，射不翦毛。升獻六禽㉑，時膳四膏㉒。馬足未極，輿徒不勞。成禮三驅㉓，解罘放麟㉔。不窮樂以訓儉，不殫物以昭仁。慕天乙㉕之弛罟，因教祝㉖以懷民。儀姬伯㉗之渭陽㉘，失熊羆而獲人。澤浸昆蟲，威振八寓。好樂無荒，允文允武。薄狩於敖㉙，既瑣瑣焉；岐陽㉚之蒐㉛，又何足數？

【章旨】本段寫天子獵於上林苑的合乎禮制，極有節制，「不窮樂以訓儉，不殫物以昭仁」。

【注釋】❶三農　指春夏秋三個農事季節。《國語・周語上》：「三時務農，一時講武。」韋昭注：「三時，春夏秋。」❷西園　指上林苑。❸戒事　調敕戒群吏修整獵具。戒，告。❹率　斂。❺鳩　聚。❻小戎　古兵車的一種，有司所乘，故曰小戎。❼輕軒　兵車名，用以向敵挑戰的車。❽中畋　猶「中乘」。謂居中之車。❾佶　健壯。❿閑　通「嫻」。熟練。⓫牙旗　大將所建的以象牙為飾的大旗。⓬和　和門；軍之正門。⓭司鐸　主管發號施令的官。鐸，軍中發號施令的樂器。⓮鉦　軍樂器，亦名丁寧。形似鐘而狹長，有長柄，以槌敲擊。行軍時用以節止步伐。⓯斬牲　斬殺牲口以示警戒。言有不用命者，斬之若牲。⑯鞫　告誡。⑰火烈　持火炬者的行列。烈，通「列」。⑱鵝鸛魚麗　皆陣名。⑲迒　跡。⑳詭遇　指打獵時不按禮法規定而橫射禽獸。㉑六禽　鴈、鶉、鷃、雉、鳩、鴿。據《周禮・天官・庖人》鄭司農注。㉒四膏　牛膏香，犬膏臊，雉膏腥，羊膏羶。據《禮記・內則》鄭注。㉓三驅　三面驅禽，讓開一路，以示好生之德。一說，指一曰乾豆，二曰賓客，三曰充君之庖。㉔麟　此指大鹿。㉕天乙　商湯王名。㉖教祝　《呂氏春秋・異用》篇載：「湯見祝罟者，置四面，其祝曰：『從天墜者，從地出者，從四方來者，皆離吾網。』湯曰：『噫！盡之矣。非桀，孰為此也？』湯收其三而置其一面，更教祝曰：『昔蛛蝥作網罟，今之人好舒，欲左者左，欲右者右，欲高者高，欲下者下，吾取其犯命者。』漢南之國聞之，曰：『湯之德及禽獸矣。』四十國歸之。」㉗姬伯　周文王殷時為西伯，姬姓，故稱姬伯。㉘渭陽　《史記・齊世家》載：呂尚以漁釣干周西伯。西伯將出獵，卜之，曰：「所獲非龍非彲，非虎非羆，所獲霸王之輔。」於是周西伯獵，果遇太公於渭之陽，與語大悅，載與俱歸，立為師。㉙敖　地名，古鄭地，在今河南鄭州。周宣王狩於敖。㉚岐陽　岐山之南。岐，山名，在今陝西岐山東北。㉛蒐　周成王曾大蒐於岐山之陽。蒐，打獵。春獵為蒐。

【語　譯】「文德既已昭明，武節這就宣傳。在春夏秋三時農事的空隙，炫耀威武於山野平原。一年的仲冬十一月，大規模檢閱在那西園。管山澤的虞人掌管射獵，在日期約定之前就告誡準備武事。全部收集各種禽獸，聚集在這神靈的園囿。禽獸的集中，這就可說是全都準備。就駕著兵車小戎，倚著兵車輕軒。中間的車子駕著四匹公馬，既很健壯又調習熟練。戈矛如林，主將飾以象牙的大旗隨風飛翻。一直到達上林苑，止住徒眾結紮軍營。依次第進入軍中正門而樹立標記，掌管發號施令的人授與施令的金鉦。行止進退，節制都靠軍令之聲。再三地告誡申明，表示懲罰還殺牲示警。陳列六師告誡軍旅，教令已達禁令已成。成列的火炬全都燃起，武士如星四布。鵝、鸛、魚麗的陣式，如箕張開如翼展舒。車輪揚起的塵土掩蓋了車跡，不急迫匆忙也不舒緩安徐。駕車不違背禮法的規定，射禽不射斷羽毛。進獻六種飛禽，按季節進食四種脂膏。馬的奔跑沒有困倦，徒眾也不疲勞。三面驅禽的禮節已完成，就解開網罟放走游麟。不窮盡歡樂來訓導恭儉，不殺盡生物來昭示慈仁。羨慕商湯王天乙的解開網罟，因而教導祝禱來懷柔萬民。效法西伯周文王在渭水之北，失去熊羆而獲得賢人。恩澤浸潤了昆蟲，威聲震動了八方各處。喜好娛樂不要沉溺過度，的確像周文又的確像周武。在敖地周宣王的狩獵，既微不足道；周成王在岐山之南的蒐狩，又哪裡值得計數？

「爾乃卒歲大儺[1]，毆除群厲。方相秉鉞，巫覡操茢[2]，侲子[3]萬童[4]，丹首玄製。桃弧[5]棘矢，所發無臬[6]，飛礫雨散，剛癉[7]必斃。煌火[8]馳而星流，逐赤疫於四裔。然後淩天池[9]，絕[10]飛梁，捎[11]魑魅[12]，斮[13]獝狂[14]，斬蜲蛇[15]，腦[16]方良[17]。囚耕父[18]於清泠[19]，溺女魃[20]於神潢[21]，殘夔魖[22]於罔像[23]，殪野仲[24]而殲游光。八靈[25]為之震慴，況鬾蜮[26]與畢方[27]。度朔[28]作梗[29]，守以鬱壘[30]，神荼副焉，對操索葦。目察區陬[31]，司執遺鬼。京室密清[32]，罔有不韙[33]。於是陰陽交和，庶物時育。卜征[34]考祥，終然允淑。乘輿巡乎岱嶽，勸稼穡於原陸。同衡律[35]而壹軌量[36]，齊急舒於寒燠[37]。省幽明以黜陟，乃反旆而迴復。望先帝之舊墟[38]，慨長思而懷古。俟閶風[39]而西遐，致恭祀乎高祖。既春遊[40]以發生，啟諸蟄於潛戶。度秋豫[41]以收成，觀豐年之多稌[42]。嘉田畯[43]之匪懈，行致賚於九扈[44]。左瞰暘谷[45]，右睨玄圃[46]。眇天末以遠期，規萬世而大摹。且歸來以釋勞，膺多福以安念[47]。總集瑞命，備致嘉祥。圉[48]林氏之騶虞[49]，擾[50]澤馬[51]與騰黃。鳴女牀之鸞鳥[52]，舞丹穴之鳳皇[53]。植華平[54]於春圃，豐朱草[55]於中唐[56]。惠風廣被，澤洎幽荒。北爕丁令[57]，南諧越裳[58]。西包大秦[59]，東過樂浪[60]。重舌之人[61]九譯，僉稽首而來王[62]。

【章旨】本段寫天子大儺以驅除鬼域而為民祈福以及巡視四方以勸農興教，從而祥瑞畢臻，四方悅服的情景。

【注釋】[1]儺　古代驅除疫鬼的祭祀儀式，稱儺祭，其中心人物稱方相氏，祭時身披熊皮，頭戴假面，一手持戈，一手揚盾，率領披毛頂角的「十二獸」，及由大隊少年兒童扮演的「侲子」，到宮室各處跳躍呼號，以驅除疫鬼。[2]茢　苕帚。古代迷信，用苕帚以掃除不祥。[3]侲子　李善注引《續漢書》曰：「大儺，謂逐疫，選中黃門子弟，十歲以上，十二以下，百二十人，為侲子。皆赤幘皁製，以逐惡鬼於禁中。」[4]萬童　侲子可百二十人，也可更多。此言其多也。[5]桃弧　謂弓。古時迷信，謂鬼畏桃木，故儺時以桃製弓。[6]臬　箭靶。[7]剛癉　謂鬼之剛強而疲病者。癉，病。[8]煌火　火光。此句言鬼之逃急如火馳星流。[9]天池　指海。[10]絕　直渡。[11]捎　殺。[12]魑魅　迷信傳說中的山神鬼怪。[13]斮　擊。[14]獝狂　惡鬼名。[15]蜲蛇　神名。李善注引《莊子》：「蜲蛇之狀，其大若轂，其長若轅，紫衣而朱冠也。」[16]腦　用作動詞。擊破其頭。[17]方良　傳說中的山精鬼怪名，食死人腦。[18]耕父　主乾旱之神。[19]清泠　水名，在南陽西鄂山上。[20]女魃　傳說中的旱鬼。[21]神潢　水名，未知所在。[22]夔魖　皆鬼怪名。夔，木石之怪，如龍，有角鱗甲，光如日月，見則其邑大旱。魖，耗財鬼。[23]罔像　傳說中的水怪。[24]野仲　與下「游光」，皆惡鬼名。[25]八靈　八方之神。[26]魃蜮　皆鬼怪名。魃，小兒鬼。蜮，古代傳說一種能含沙射人，使人發病的怪物。[27]畢方　傳說中的怪鳥，兩足一翼，常銜火在人家作怪災。[28]度朔　神話傳說中山名，在東海中。[29]梗　刻桃木為人形。[30]鬱壘　與下「神荼」，皆神名。李善注引《風俗通》曰：「《黃帝書》：上古時有神荼，鬱壘昆第二人，性能執鬼，度朔山上有桃樹，二人於樹下常簡閱百鬼，鬼無道理者，神荼與鬱壘持以葦索，執以飼虎。是故縣官常以臘祭夕，飾桃人，垂葦索，畫虎於門，以禦凶也。」[31]區陬　角落間隙之間。[32]密清　安寧清靜。[33]韙　善。按：以上寫年終大儺。[34]征　行。[35]衡律　衡器與音律。衡，測定物體重量的器具，即稱。[36]軌量　車道和量器。軌，車的軌跡。指車道的寬窄。量，測量物體體積的器具。即升斗斛之類。[37]燠　熱；煖。[38]舊墟　指長安。[39]閶風　閶闔風。即秋風。[40]春

遊　謂天子春季出外巡行。《晏子春秋・內篇・問下》：「春省耕而補不足者謂之游。」[41]秋豫　謂天子秋天出外巡視。《晏子春秋・內篇・問下》：「秋省實而助不給者謂之豫。」[42]稌　稻。[43]田畯　勸農之官。[44]九扈　主管農事的官。[45]暘谷　日出之處。《淮南子・天文》：「日出於暘谷。」[46]玄圃　即「懸圃」。神話中地名，相傳在崑崙山頂。[47]念　寧。按：以上寫天子省方勸教。[48]圉　圈養。[49]林氏之騶虞　《山海經・海內北經》：「林氏國有珍獸，大若虎，五采畢具，尾長於身，其名騶吾，乘之日行千里。」騶虞，即騶吾，義獸，白虎黑文，不食生物，有至信之德則應之。[50]擾　馴。[51]澤馬　與下「騰黃」，皆神馬名。澤馬，表示祥瑞的馬。《孝經・援神契》：「王者德至山林，則景雲見，澤出神馬。」（《古微書》二八）騰黃，又名乘黃。《太平御覽》八九六引《符瑞圖》曰：「騰黃者，神馬也，其色黃，一名乘黃。……其狀如狐，背上有兩角。出白氏之國，乘之壽三千歲。」[52]女牀之鸞鳥　《山海經・西山經》曰：「女牀之山，有鳥焉，其狀如鶴，五色文，名曰鸞鳥，見則天下安寧。」[53]丹穴之鳳皇　《山海經・南山經》曰：「丹穴之山，有鳥焉，其狀如鵠，五采，名曰鳳皇。是鳥也，飲食自歌自舞，見則天下安寧。」[54]華平　瑞木。天下平，其華則平。有不平處，其華則向其方傾。[55]朱草　一種紅色的草，古人以為瑞草。《鶡冠子・度萬》：「聖王之德，下及萬靈，則朱草生。」[56]中唐　大門至廳堂的路。唐，庭。[57]丁令　也作「丁零」、「丁靈」。古民族名。漢時為匈奴屬國，遊牧於我國北部和西北部廣大地區。[58]越裳　古南海國名。[59]大秦　我國古時稱羅馬帝國為大秦，以在海西，亦曰海西國。[60]樂浪　漢郡名，漢武帝元封三年置。[61]重舌之人　通曉外族語言能口譯之人。即翻譯官。[62]來王　古代諸侯定期朝見天子，叫來王。按：以上寫祥瑞畢臻，遠方悅服。

【語　譯】「這就在年終臘月舉行大儺之祭，驅除各種疫氣。方相氏拿著斧鉞，巫師們拿著苕帚，很多幼童扮演的侲子，戴著赤色頭巾披著黑色斗篷。手拿桃木的弓和棘刺的箭，向四處放射，箭如飛騰的石子像暴雨般飛散，剛強與疲病的鬼都要倒斃。像火光急馳和流星墜落，把凶惡的疫鬼驅逐到四方邊地。然後來到大海之上，直渡過飛架的橋梁，殺死山神魑魅，擊殺惡鬼猾狂，斬斷蜲蛇神，打出方良鬼的腦漿。把旱神耕父囚禁在清泠之水，把旱鬼女魃溺死在神潢，殘殺木石之怪夔和耗財鬼魖以及水怪罔像，射殺惡鬼野仲和游光。八方之神都為此驚恐，何況是小兒鬼鬾和怪物蜮以及怪鳥畢方。用度朔山的桃木雕作神像，守護神是鬱壘，神荼神作副手，相對拿著蘆葦搓成的繩索。眼睛注視著各個角落縫隙，主持捕捉逃亡的野鬼。京城裡安寧清靜，再沒有不善之事。於是陰陽二氣交合和諧，眾物都得以及時撫育。占卜出行考問吉祥，結果是的確美好而無事故。天子就巡視泰山，鼓勵農事在平原大陸。統一衡器和音律、車道和量器，齊一急迫舒緩與寒冷和暑熱。省察昏暗賢明而給與罷免或提升，就掉轉大旗走向歸路。遙望著先帝的舊都長安，就慨然長思而懷念往古。等到閶闔風吹來就向西遠去，把嚴肅的祭祀獻給高祖。既在春天出遊來助成生物的萌發生長，開啟潛藏於洞穴的動物。又在秋天巡視來助長收穫年成，觀看那豐年裡豐收的稻穀。嘉獎督促農事的官吏毫不懈怠，頒行賞賜給與主管農業的九扈。向東看著暘谷，向西看著玄圃，遠視天的盡頭作為遠的目的地，規劃著千秋萬代的大法度。暫且歸來以解除士卒的勞苦，享受這眾多的福澤而安寧幸福。全部集中了祥瑞符命，全面招來了美好吉祥。圈養了林氏國的騶虞義獸，馴服了神馬澤馬與騰黃。鳴叫的有女牀山的鸞鳥，舞蹈的有丹穴山的鳳皇。種植華平花在那春圃，大量栽培朱草在那中唐。仁惠之風吹遍各地，恩澤達到了偏遠荒涼的地方。北面和睦了丁零族，南面調協了南海之國越裳。西面包羅了大秦國，東面超過了新郡樂浪。翻譯人員經多次翻譯，都伏地叩頭來朝見我王。

「是故論其遷邑易京，則同規乎殷盤❶；改奢即儉，則合美乎〈斯干〉❷；登封降禪，則齊德乎黃軒❸；為無為，事無事，永有民以孔安。遵節儉，尚素樸，思仲尼之克己，履老氏❹之常足❺。將使心不亂其所在，目不見其可欲。賤犀象，簡珠玉，藏金於山，抵❻璧於谷。翡翠不裂，瑇瑁❼不蔟❽。所貴惟賢，所寶惟穀。民去末而反本，咸懷忠而抱慤❾。於斯之時，海內同悅，曰：吁！漢帝之德，侯其禕而❿！蓋蓂莢⓫為難蒔也，故曠世而不覿。惟我后能殖之，以至和平，方將數⓬諸朝階。然則道胡不懷，化胡不柔，聲與風翔，澤從雲遊。萬物我賴，亦又何求？德寓⑬天覆，輝烈光燭，狹三王之趢起⑭，軼五帝之長驅，踵二皇⑮之遐武，誰謂駕遲而不能屬！東京之懿未罄，值余有犬馬之疾⑯，不能究其精詳，故粗為賓言其梗槩如此。若乃流遁忘反，放心不覺，樂而無節，後離⑰其戚。一言幾於喪國，我未之學也。

【章旨】本段總的讚揚東京建設的合乎禮制和漢德的廣被，其偉大遠遠超過前代。

【注釋】❶殷盤　殷王盤庚。盤庚時王室衰亂，盤庚率眾自奄（今山東曲阜）遷都於殷（今河南安陽），商復興。❷斯干　《詩・小雅》篇名。《漢書・劉向傳》：「向上疏曰：周德既衰而奢侈，宣王賢而中興，更為儉宮室，小寢廟，詩人美之，〈斯干〉之詩是也。」❸黃軒　黃帝，姓公孫，名軒轅，故稱黃軒。黃帝曾封泰山。❹老氏　指老子。❺常足　《老子》曰：「知足之足常足矣。」❻抵　當作「扺」。投；擲。❼瑇瑁　形狀像龜的爬行動物，產於熱帶海中，甲殼可作裝飾品。❽蔟　刺取；乂取。❾慤　樸實；謹慎。❿禕而　美好。而，語尾助詞。⓫蓂莢　古代傳說的瑞草名。一名曆莢。相傳堯時有草夾階而生，隨月生死。每月朔日生一莢，至月半則生十五莢。至十六日後，日落一莢，至月晦而盡。若月小，則餘一莢，厭而不落，以是占日月之數。⓬數　指計數蓂莢而知月之大小。⓭德寓　恩德的範圍。寓，同「宇」。屋宇；屋蓋。⓮趢起　局小貌。疊韻聯綿詞。⓯二皇　伏羲氏、神農氏，我國古代傳說中的兩位聖明君主。⓰犬馬之疾　謙言自己有病。⓱離　同「罹」。遭遇。

【語譯】「因此談到那遷徙京邑更換京城，則與殷王盤庚同一規模；改變奢侈回復節儉，則與〈斯干〉詩讚美的周宣王完全相符；登封泰山下禪梁父，則與黃帝軒轅的德行並駕齊驅；作為無為，從事無事，永久擁有人民而安定寬舒。遵循節儉，崇尚素樸，想著孔子的克制自己，實踐老子的知足常足。將使心不被所處的地位擾亂，眼睛看不見那可喜的嗜欲。輕視犀牛大象，忽略珠寶美玉，讓黃金藏在山裡，把璧玉投在山谷。翡翠鳥羽不被扯裂，瑇瑁龜不被刺取。認為寶貴的只是賢材，看重的只有穀物。百姓離開末業而返回本業，都懷著忠信而懷抱樸素。在這個時候，四海之內同時歡悅，說：啊！漢帝的德行，真是美好啊！大致蓂莢是難以栽培的，所以隔了很多世代而不曾再見。只有我們的君主能夠種植它，而達到天下和平，正將在堂朝的階陛旁將它計數。那麼道義怎麼不使人懷念，教化怎麼不使人懷柔，名聲與風一道飛翔，恩澤跟雲一道浮遊。萬物都依賴著我，我又還有什麼要求？恩德的範圍像天一般地覆蓋，光輝強烈光彩照燭，以三王的局促為狹小，超越五帝而縱轡長驅。跟上伏羲、神農二位聖君遙遠的足跡，誰說我駕車遲了而不能將他們追續！東京的優越還未說完，剛好碰上我患有小恙，我不能探究它的精細詳情，所以粗略地給你客人說它的梗概像這樣。至於流連忘返，放縱的心思不能察覺，享樂而無節制，後來就要遭遇憂戚。一句話就近於使國家滅亡，你這樣的歪道理，我到現在還沒有學過。

「且夫挈瓶之智❶，守不假❷器，況纂❸帝業而輕天位？瞻仰二祖❹，厥庸❺孔肆❻，常翹翹❼以危懼，若乘奔而無轡。白龍魚服，見困豫且❽。雖萬乘❾之無懼，猶怵惕於一夫。終日不離其輜重❿，獨微行其焉如？夫君人者，黈纊⓫塞耳，車中不內顧。珮以制容，鑾以節塗。行不變玉，駕不亂步。卻走馬以糞車⓬，何惜騕褭⓭與飛兔？方其用財取物，常畏生類之殄也；賦政任役，常畏人力之盡也。取之以道，用之以時，山無槎枿⓮，畋不麑⓯胎。草木蕃廡⓰，鳥獸阜滋。民忘其勞，樂輸其財。百姓同於饒衍，上下共其雍熙。洪恩素蓄，民心固結，執義顧主，夫懷貞節。忿姦慝⓱之干命，怨皇統之見替。玄謀⓲設而陰行，合二九⓳而成譎。

登聖皇⑳於天階，章漢祚之有秩。若此故王業可樂焉。今公子苟好勦㉑民以媮樂，忘民怨之為仇也；好殫物以窮寵，忽下叛而生憂也。夫水所以載舟，亦所以覆舟，堅冰作於履霜，尋木起於蘖栽㉒。昧旦丕㉓顯，後世猶怠，況初制於甚泰，服者焉能改裁？故相如壯上林之觀，揚雄騁羽獵之辭，雖系以頹牆填壍，亂以收罝解罘，卒無補於風規，祇以昭其愆尤。臣濟奓以陵君，忘經國之長基。故函谷擊柝於東，西朝顛覆而莫持㉔。凡人心是所學，體安所習，鮑肆不知其臰，翫其所以先入。〈咸池〉㉕不齊度於鼃咬㉖，而眾聽或疑。能不惑者，其惟子野㉗乎！」

【章旨】本段論述治國者當兢兢業業，勤恤民隱，牢記載舟覆舟的道理，批評憑虛公子論西京之失。

【注釋】❶挈瓶之智　喻小智。挈，提。❷假　借。此二句出《左傳・昭公七年》：「雖有挈瓶之智，守不假器，禮也。」❸纂　繼承。此句指漢成帝欲禪位於董賢事。❹二祖　指漢高祖和光武帝。❺庸　功。❻肄　勤苦。❼翹翹　高而危殆貌。❽豫且　古神話中漁者名。《說苑・正諫》云：「吳王欲從民飲，伍子胥曰：『昔白龍下清泠之淵，化為魚，漁者豫且射中其目。白龍不化，豫且不射。君今棄萬乘之位，而從布衣之士飲酒，臣恐有豫且之患。』」此責憑虛公子「陰戒期門，微行要屈」的說法。❾萬乘　天子。此指秦始皇、漢高祖。秦始皇東遊，於博浪沙被張良派力士所擊，中其副車。漢高祖於柏人亭，幾為貫高所殺。❿輜重　載物並臥息其中之車。⓫黈纊　黃綿。古之冕制，以黃綿大如丸，懸於冕之兩旁，以示不聽無益之言。⓬卻走馬句　語出《老子》。《老子》曰：「天下無道，戎馬生於郊。天下有道，卻走馬以糞。」河上公曰：「糞者，糞田也。兵甲不用，卻走馬以務農田。」⓭騕褭　與下「飛兔」，皆駿馬名。⓮槎枿　樹木砍伐的再生枝。斜斫曰槎，斬而復生曰枿。⓯麑胎　幼鹿和獸胎。⓰蕃廡　滋長茂盛。⓱姦慝　指王莽。慝，惡。⓲玄謀　猶「陰謀」。玄，深；幽遠。⓳二九　十八。指王莽篡漢稱帝十八年。⓴聖皇　指光武帝。㉑勦　勞擾。㉒蘖栽　再生枝和幼苗。蘖，樹木砍去後重生的枝條。㉓丕大。此二句謂開始行大明之道，後世子孫猶尚懈怠。㉔持　扶。薛綜注：「謂王莽之兵猶擊柝守函谷關，而三輔兵已自入長安宮，朝廷顛殞，無復扶持也。」而姚鼐原注云：「鼐按：西朝顛覆，指王莽篡弒之事，薛注失之。」㉕咸池　樂曲名。堯樂。一說，黃帝樂。㉖鼃咬　淫邪不正之樂。㉗子野　師曠，字子野，春秋時晉國樂師。生而目盲，善辨聲樂。

【語　譯】「並且有提瓶汲水的小智慧，還知守住而不出借汲水器，何況是繼承帝王的大業，卻輕視這皇帝的大位？瞻仰高祖和世祖光武皇帝，他們建立功業非常勤苦，經常提心弔膽地憂慮恐懼，好像乘騎奔馳的馬而無轡繩駕御。白龍披上魚的裝束，就要被漁父豫且困苦。雖然天子無所畏懼，還是要對一介匹夫警惕戒懼。整天地不離開輜重車，偏偏微服私行到哪裡去？做人君主的人用黃綿球塞住耳朵，在車中也不向內回顧。用玉珮來節制步行的容止，用鑾鈴來節制車行的速度。步行不改變玉聲的節奏，駕車不打亂有規律的腳步。退下戰馬用來拉裝肥料的車，哪裡還顧惜駿馬騕褭與飛兔？當他用財取物，經常害怕生物物種的滅絕；收取賦稅和派遣勞役，經常畏懼人力的枯竭。索取它按一定的規律，使用它按一定的時期，山上樹木沒有砍伐的再生枝，打獵不獵取幼鹿和獸胎。草木生長茂盛，鳥獸大量的繁殖。百姓忘卻了他們的疲勞，樂意輸送他們的貲財。百姓同樣地富庶，君上臣民共享和樂喜悅。巨大的恩德平素積蓄，民心鞏固團結，掌握正義顧念君主，每個人懷抱堅貞之節。忿恨奸邪凶惡的王莽觸犯天命，怨恨皇帝的統緒被廢絕。設置陰謀而暗中進行，合計一十八年成就了他的詭譎。使聖明的光武皇帝登上帝位，表明了大漢的皇位有固定的規則。像這樣，所以帝王的事業才可歡樂呢。現在你公子假如喜好勞擾百姓來苟且尋樂，忘記了百姓怨恨的成為讎仇；喜好竭盡物力來窮極驕奢，輕視臣民背叛的產生憂愁。水可以用來載舟，也可以用來覆舟，堅固的冰凍開始於踩著的濃霜，大樹起始於幼苗。像一天的黎明一開始就行大明之道，後代子孫還會懈怠，何況開始的制度就非常奢泰，適應了的人怎麼能改變這剪裁？所以司馬相如極力描寫上林苑的壯觀，揚雄極力鋪陳負羽箭打獵的文辭，雖然以推倒圍牆填塞壕溝來結束，以收起捕鳥網解開捕獸網來做結尾詞，終於對風範規程沒有補益，只是表明了他們的差錯過失。臣下更加奢侈而陵駕君主，忘記了國家長遠的根基。所以函谷關還在東方敲著巡更的梆筒，西漢王朝就顛覆而不能扶持。大凡人總是心裡肯定他們學習的東西，身體安於他們習慣的事物，在漬魚店就聞不到腥臭，習慣他們先前沾染的習俗。〈咸池〉古樂與淫邪之樂的節奏不同，而許多聽樂的人卻會有人疑惑。能夠不疑惑的人，大概只有著名音樂家師曠子野啊！」

客既醉於大道，飽於文義，勸德❶畏戒❷，喜懼交爭，罔然❸若酲❹。朝罷夕倦，奪氣褫魄之為者。忘其所以為談，失其所以為夸。良久乃言曰：「鄙哉予乎！習非而遂迷也，幸見指南於吾子。若僕所聞，華而不實；先生之言，信而有徵。鄙夫寡識，而今而後，迺知大漢之德馨，咸在於此。昔常恨三墳五典❺既泯，仰不覩炎帝帝魁❻之美，得聞先生之餘論，則大庭氏❼何以尚茲？走❽雖不敏，庶斯達矣！」

【章　旨】本段寫憑虛公子認識錯誤，表示折服，以收束全文。

【注　釋】❶德　指安處先生所述東京之德。❷戒　指安處先生對憑虛公子的告誡批評。❸罔然　同「惘然」。失意而不知所以貌。❹酲　病酒。❺三墳五典　皆古書名。相傳三墳為三皇之書，五典為五帝之書。❻炎帝帝魁　傳說中的古帝王。姜姓。因以火德王，故稱炎帝。相傳以火名官，作耒耜，教人耕種，故又號神農氏。帝魁，神農名。❼大庭氏　傳說中的上古帝王。一說，即炎帝。炎帝號曰大庭氏。❽走　猶「僕」。自稱謙詞。

【語　譯】客人既陶醉於大道，又飽足於文義，被東京之德所鼓舞又對安處先生的批評感到敬畏，欣喜和恐懼在胸中交相爭鬥，迷惘地好像酒醉。早晨疲勞到晚仍困倦，好像奪了氣失了魄似的。忘記了他認為的美談，失去了他的誇耀。好久才說道：「我真淺薄啊！學習了錯誤的東西就被它迷惑，幸而被你先生指明正確的方位。像我所聽說的，華麗而不切實際；先生的話，信實而有證驗。我鄙人知識少，從今以後，才知道大漢仁德的馨香，都集中在這一點。過去經常遺憾三墳、五典既已泯滅，向上看不到炎帝帝魁的美德，今天聽到先生這番高論，那麼古帝大庭氏怎麼能夠超過？我雖不聰慧，差不多也已通達事理。」

【研析】本篇在藝術上雖有模仿班固〈兩都賦〉的痕跡，但洋洋灑灑，長達八千餘言，規模大大超過了班固。篇中，它通過憑虛公子之口，極力誇飾了西京山川形勢的雄偉壯麗，突出了長安宮殿臺閣的壯觀侈靡，反映了長安士民殷富，都市繁華和生活的驕奢恣肆，充分顯示了大漢帝國的強大奢侈和物質文化的發達繁榮，呈現出一種壯麗之美。它又借安處先生之口，讚美了兩漢各代帝王「膺籙受圖」的文治武功，又極狀東京形勢的寬闊廣大，各項建設的去奢即儉，合乎禮制，各項活動的極有節制，勤恤民隱，又呈現出嚴肅端莊之美。這些特色在〈兩都賦〉中都已基本具備，但張衡寫得更詳盡，更生動，更恣肆。其次，本篇的諷諫意圖也貫穿全賦始終，如血液流遍整個身體，不像司馬相如、揚雄賦之「曲終而奏雅」、「勸百而諷一」。它以「諷諭」的筆調駕御全篇的描寫議論，一讀就明白作者肯定什麼，批判什麼。如描寫西京生活的放縱奢侈，窮奢極欲，絕難引起羨慕之情。寫東京的去奢即儉，節制嗜欲，又使人覺得應該如此。特別在賦末專寫一段議論來批評驕奢違禮的危害，告誡統治者要牢記載舟覆舟的道理，十分發人深省。可見它的描寫無不體現張衡的「諷諫」意圖。這對漢大賦的「諷諫」傳統是一種革新。它「精思附會，十年乃成」，可見作者的苦心經營。人們對本篇內容的豐富，結構的宏偉，氣勢的磅礴，詞采的華美，是容易看到的。而對它結思的精密，意旨的深遠，則容易忽視。而這一點恰是它的成功之處。因此，本篇雖模仿〈兩都〉，但張衡本在有意要超過它。事實上，張衡的創作目的是達到了，是青出於藍而勝於藍的。何焯云：「〈兩京〉全祖孟堅，而語加峭拔，鋪張尤甚，此長篇之極軌也。孟堅意主和平，平子多含諷刺。看其兩賦間開合處，用意深婉。」這就指出了本篇對班固〈兩都賦〉的繼承與發展。

思玄賦

張平子

【題　解】本篇最早見於《後漢書．張衡傳》，《文選》收錄。玄，道，語本《老子》：「玄之又玄，眾妙之門。」《後漢書》本傳云：張衡「後遷侍中，帝引在帷幄，諷議左右。嘗問衡天下所疾惡者。宦官懼其毀己，皆共目之，衡乃詭對而出。閹豎恐終為其患，遂共讒之。衡常思圖身之事，以為吉凶倚伏，幽微難明，乃作〈思玄賦〉，以宣寄情志。」可見本篇是感於世路艱難而作。它揭露了當時政治的黑暗，環境的險惡，表現了士人在此環境中的苦悶與徬徨。中國傳統知識分子的奮鬥目標是「學而優則仕」。沒有官做或官運不亨通，就叫「失志」。但官位有限，不能每個士人都登上高位，遇到明主，所以各個時代都有賢人失意之作。特別像張衡的時代，社會黑暗，宦官外戚相遞把持政權，對正直士人的排斥打擊更加厲害。如本篇就深刻揭露了「眾偽之冒真」、「淑人之希合」的現實，寫出了士人「遭遇之無常」，「畏立辟以危身」的險惡處境，表現了他們進退維谷的惶惑心理。本篇也表現了士人不與惡勢力同流合汙的品德，探討了士人在此類環境中的出路。面對黑暗現實，中國傳統的正直士人有兩種態度。一種是堅持鬥爭，誓死不渝，直到以身殉其理想。這種態度以屈原為代表，後世亦不乏其人。大多數人是回避鬥爭，保持自身的清白。張衡就屬於全身遠禍的這一類。本篇的開頭和結尾都寫了他品行的高潔和不願與惡勢力同流合汙而潔身自好的願望。潔身自好不是士人的宿願，是被環境逼迫的結果，有過激烈的思想鬥爭。神遊中所見到的景象以及文王和黃帝的勸戒，實際上都是內心思想鬥爭的形象化。這也是一種鬥爭形式，只是比較消極，對惡勢力沒有任何損傷。但把這一部分人從統治階層中分離出來，成了他們的離心力。這是有意義的。因此潔身自好也是值得肯定的。反映士人的窮通出處，寫出士人的失意與牢騷，是漢賦的傳統主題，也是我國文學的傳統主題。本篇即深刻地表現了這一主題。

仰先哲之玄訓[1]兮，雖彌高而弗違。匪仁里[2]其焉宅兮？匪義迹其焉追？潛服膺以永靖[3]兮，緜日月而不衰。伊中情之信脩兮，慕古人之貞節。竦[4]余身而順止[5]兮，遵繩墨而不跌[6]。志摶摶[7]以應懸[8]兮，誠心固其如結。旌[9]性行以製佩兮，佩夜光與瓊枝。纗[10]幽蘭之秋華兮，又綴之以江離[11]。美襞積[12]以酷烈兮，允塵[13]邈而難虧。既姱麗而鮮雙兮，非是時之攸珍。奮余榮而莫見兮，播余香而莫聞。幽獨守此仄陋[14]兮，敢怠皇[15]而舍勤？幸二八[16]之遻[17]虞兮，嘉傅說[18]之生殷。尚前良之遺風兮，恫後辰而無及。何孤行之煢煢兮，孑不群而介立！感鸞鷖[19]之特棲兮，悲淑人之希合。彼無合而何傷兮，患眾偽之冒真。旦[20]獲讟[21]於群弟兮，啟金縢[22]而後信。覽烝民之多僻兮，畏立辟[23]以危身。增煩毒以迷惑兮，羌孰可為言已[24]！私湛憂而深懷兮，思繽紛而不理。願竭力以守誼兮，雖貧窮而不改。執彫虎而試象兮，阽焦原而跟趾[25]。庶斯奉以周旋兮，要既死而後已。俗遷渝[26]而事化兮，泯規矩之員[27]方。寶蕭艾於重笥兮，謂蕙茝之不香。斥西施而弗御兮，縶[28]騕褭[29]以服箱[30]。行頗僻而獲志兮，循法度而離殃。惟天地之無窮兮，何遭遇之無常？不抑操而苟容兮，譬臨河而無航。欲巧笑以干媚兮，非余心之所嘗[31]。襲溫恭之黻衣[32]兮，被禮義之繡裳。辮[33]貞亮以為鞶[34]兮，雜伎藝以為珩[35]。

昭綵藻與琱瑑㊱兮，璜㊲聲遠而彌長。淹棲遲以恣欲兮，耀靈㊳忽其西藏。恃己知㊴而華予兮，鶗鴂㊵鳴而不芳。冀一年之三秀㊶兮，遒㊷白露之為霜。時亹亹㊸而代序兮，疇㊹可與乎比伉㊺？咨姤嫮㊻之難並兮，想依韓㊼以流亡㊽。恐漸冉㊾而無成兮，留則蔽而不彰。

【章　旨】本段寫自己才能的出眾，品德的高潔，以及在眾偽冒真的時代，自己猶豫狐疑不知所措的處境和心情。

【注　釋】❶玄訓　玄遠的教訓。❷仁里　《論語・里仁》：「里仁為美，宅不處仁，焉得知？」此泛指風俗淳樸的地方。❸靖　同「靜」。思；謀。❹竦　企立。表示肅敬。❺止　禮。❻跌　差錯。❼摶摶　下垂貌。❽應懸　朱銘曰：「此承上繩墨言。《考工記》：輪人為輪，縣之以眡其輻之直也。注云：從旁以繩縣之，中繩，則鑿正輻直矣。應縣，謂其心正直合於繩墨之縣。」❾旌　明。❿纗　系。⓫江蘺　香草名。與上「夜光」、「瓊枝」、「幽蘭」，皆比喻堅貞高潔的品行。⓬襞積　本指衣裙折疊多，這裡形容美很多。疊韻聯綿詞。⓭塵　久。⓮仄陋　同「側陋」。低賤卑微的地位。⓯皇　通「遑」。暇。⓰二八　指八愷、八元。《左傳・文公十八年》：「昔高陽氏有才子八人，蒼舒、隤敳、檮戭、大臨、尨降、庭堅、仲容、叔達，齊、聖、廣、淵，明、允、篤、誠，天下之民謂之八愷。高辛氏有才子八人，伯奮、仲堪、叔獻、季仲、伯虎、仲熊、叔豹、季貍，忠、肅、恭、懿，宣、慈、惠、和，天下之民謂之八元。此十六族也，世濟其美，不隕其名。以至於堯，堯不能用。舜臣堯，舉八愷，使主后土，以揆百事，莫不時序，地平天成。舉八元，使佈五教于四方，父義、母慈、兄友、弟共、子孝，內平外成。」⓱遌　遇。⓲傅說　殷時賢人，武丁相。與伊尹齊名。出身微賤，築於傅巖。殷高宗武丁夢得賢相，名曰說，訪諸野，得之，舉以為相。⓳鸞鷖　鳳凰之類的神鳥。比喻賢人君子。⓴旦　西周初周公姬旦。㉑讟　誹謗；怨言。㉒金縢　用銅皮緘封的祕密文件櫃。《尚書・金縢》載：周武王克商二年，天下未定。武王有疾，周公作冊書告神，請代武王死。事畢，納冊書於金縢之匱。武王死，周公攝政。管叔、蔡叔以殷武庚叛，流言謂周公將不利於成王。周公東征。

亂平，成王未知周公之志，疑之。會有風雷之變，成王啟金縢之書，得知周公之忠誠，乃親迎之。㉓辟　法。《詩・大雅・板》：「民之多僻，無自立辟。」㉔己　謂己志。《後漢書》李賢注：「言己之志，無可與言者也。」㉕執彫虎二句　《文選》舊注引《尸子》曰：「中黃伯曰：余左執太行之獶，而右搏彫虎，唯象之未與，吾心試焉。有力者則又願為牛，欲與象鬭以自試。今二三子以為義矣，將惡乎試之？夫貧賤，太行之獶也；疏賤，義之彫虎也。而吾日遇之，亦足以試矣。」又曰：「莒國有石焦原者，廣五十步，臨百仞之谿，莒國莫敢近也。有以勇見莒子者，獨卻行齊踵焉，所以稱於世。夫義之為焦原也亦高矣，賢者之於義，必且齊踵，此所以服一時也。」《後漢書》李賢注：「衡言躬履仁義，不避險難，亦足以服一代之人也。」彫虎，指虎有文。阽，臨。㉖還渝　還移變化。㉗員　通「圓」。㉘縶　羈絆。㉙騕褭　駿馬名。㉚服箱　拉車；駕車。服，「負」的假借字。負荷。箱，車箱。此指車。㉛訔　行。㉜溫恭之黻衣　謂以溫恭為衣。黻，青與黑的花紋。㉝辮　交織；編織。㉞鞶　束衣的大帶。㉟珩　佩玉。㊱琠瑑　雕刻花紋。㊲璜　佩玉，形如半璧。按：以上六句言佩服之美，喻道德之盛。㊳燿靈　指日。㊴己知　猶知己。㊵鶗鴂　鳥名。喻讒人。〈離騷〉：「恐鶗鴂之先鳴兮，使夫百草為之不芳。」㊶三秀　靈芝草。靈芝一年開花三次，故又稱三秀。㊷遒　迫。方秀遇霜。喻賢而遇讒。㊸亹亹　行進貌。㊹疇　誰。㊺比伉　比並匹配；相偶為伴。伉，偶。㊻嫮　美好。言嫉妒者憎惡美人，故難與並。㊼韓　韓眾，齊仙人。或作「韓終」。為王採藥，王不肯服，終自服之，遂得仙。㊽流亡　謂流遁亡去。即遠遊。㊾漸冉　猶逐漸。

【語譯】仰慕先世賢哲玄遠的教訓啊，雖然極其高遠而不敢棄違。不是仁愛的閭里怎能居住啊？不是道義的足跡怎敢追隨？深深地牢記心中而永遠思念啊，連接著日月而不衰微。內在情懷的確美好啊，仰慕古人堅貞的品節。端正我的身體而順從禮法啊，遵循法度而不出差忒。心志下垂而與懸掛的繩墨相應合啊，的確心地堅固如繩索繫結。表明心性品行而製作佩飾啊，佩上夜光珠和瓊玉枝。編織幽谷蘭草秋日的鮮花啊，又連綴著香草江蘺。美好堆積而香氣濃烈啊，的確久遠而難以損虧。既美麗而又少有匹配啊，不是這個時代所看重。揚起我的鮮花而沒人看見啊，播揚我的芳香而沒有人聽見看中。幽苦孤獨而守著這卑賤低微的地位啊，怎敢怠惰偷閒而捨棄勤奮？以八愷八元遇到虞舜為幸運啊，讚美傳說的生在商殷。景慕前代賢良遺留的風尚啊，痛惜我落後時代而追趕不及。孤立的行為多麼孤獨啊，孤單地不合群而獨自站立！感歎鸞鷺的孤單棲息啊，悲歎善良之人少有遇合。他們沒有遇合又有何傷害啊，耽憂的是眾多的虛偽假冒淳真。周公旦從群弟處遭遇誹謗啊，只有打開金縢而後得到信任。看到眾民的多有邪僻啊，害怕自己建立法度而危害自身。層層的煩悶憂愁和迷惘疑惑啊，誰可以跟他談談自己的志趣！私自深深憂慮而又深深懷思啊，思緒紛亂而不可整治。願意竭盡力量而遵守道義啊，雖然貧賤困窮而不改易。抓住斑斕虎而與大象比試啊，走向焦原而足跟臨近峭壁。希望奉持這種信義以與世交往啊，相約到死而後停止。世俗遷移變更而事事變化啊，泯滅圓規曲尺的圓和方。把臭草蕭艾寶貴地藏在兩層的衣箱啊，卻說蕙草白芷不芳香。斥退美女西施而不寵幸啊，羈絆駿馬騕褭去拉車箱。行為偏頗邪僻而欲望得逞啊，遵循法度卻遭遇禍殃。想到天地的無窮無盡啊，為什麼我的遭遇卻沒有固常？不貶抑節操而苟合取容啊，好比面對大河而無船航。想要巧媚嬉笑去求得寵幸啊，不是我的內心所認為可行。穿上溫良恭敬的彩繪上衣啊，披著禮法道義的繡花裙裳。編織貞忠誠信作為大帶啊，雜集伎藝作為佩珩。昭明五彩的藻飾和雕刻的花紋啊，佩玉的鳴聲遠而更長。長久地遊息而放縱欲望啊，太陽很快就向西隱藏。憑仗了解自己的人來使我榮耀啊，只怕鶗鴂鳥一鳴叫就不芬芳。希望靈芝一年開三次花啊，卻逼迫於白露變成了濃霜。時間很快行進而四季交相代替啊，誰可以與我匹配成雙？感歎嫉妒和美麗難以並立啊，想要依隨仙人韓眾而逃遁流亡。恐怕逐漸地沒有成就啊，留下來卻被人遮蔽而不得張揚。

心猶豫而狐疑兮，即岐阯❶而臚❷情。文君❸為我端著❹兮，利飛遯❺以保名。歷眾山❻以周流兮，翼迅風❼以揚聲。二女感❽於崇嶽❾兮，或冰折❿而不營。天蓋高而為澤⓫兮，誰云路之不平！勔⓬自強而不息⓭兮，蹈玉階⓮之嶢崢⓯。懼筮氏之長短⓰兮，鑽東龜⓱以觀禎。遇九皐之介鳥⓲兮，怨素意之不逞。遊塵外而瞥⓳

天兮，據冥翳⑳而哀鳴。鵰鶚㉑競於貪婪兮，我修絜以益榮。子㉒有故於玄鳥㉓兮，歸母氏㉔而後寧。

【章　旨】本段寫在徬徨猶疑中請文王卜筮以請示去向。卜筮之象皆勸其隱遁保名，並求得大道方可安寧，為下文遊仙作鋪墊。

【注　釋】❶岐阯　岐山之下。相傳周文王居此，故往就之。❷臚　陳。❸文君　即周文王。「文王拘而演《周易》」，故請為筮。❹端蓍　指占卜。端，正。蓍，草名，一本多莖。我國古代常用以占卜。❺利飛遯　《易・遯卦》上九：「肥遁，無不利。」《文選》舊注引《九師道訓》曰：「遁而能飛，吉孰大焉。」故曰「利飛遯」。舊注又曰：「肥遁，最在卦上，居無位之地，不為物所累，矰繳所不及，遁之最美，故名肥遁。處陰長之時而獨如此，故曰利飛遁以保名。」遁，卦名，艮下乾上。遯，遁的異體字。❻歷眾山　遁卦從初六至九三為艮，艮為山，故云。❼翼迅風　遁卦從六二至九四為巽，巽為風，故云。翼，鳥翅膀。用作動詞。乘；拍。❽二女感　遁卦上九變而為咸。咸，感也。咸卦艮下兌上，從初二至九四為巽。巽為長女，兌為少女，故曰二女。❾崇嶽　高山。艮為山，故云。❿冰拆　拆，《後漢書》、《文選》均作折。按：當作折，形近而譌。咸卦從九三至九五為乾卦，從九四至上六為兌卦。〈說卦〉：「乾為冰。」「兌為毀折。」乾與兌相交錯，故曰冰折。⓫天蓋高而為澤　遁上為乾，上九變而為兌，乾為天，兌為澤，故云。舊注曰：「言天高尚為澤，雖復險戲，世路可知，誰言其路不通者乎？欲其行也。」⓬勔　勉勵；努力。⓭自強而不息　《易・乾・象》：「天行健，君子以自強不息。」⓮蹈玉階　〈說卦〉：「乾為金為玉。」故云。⓯嶢崢　高貌。⓰長短　謂卜筮。《左傳・僖公四年》：「卜人曰：筮短龜長，不如從長。」⓱東龜　古占卜用龜有六種，青色者為東龜。《周禮・春官・龜人》：「龜人掌六龜之屬，各有名物：天龜曰靈屬，地龜曰繹屬，東龜曰果屬，西龜曰雷屬，南龜曰獵屬，北龜曰若屬。各以其方之色與其體，辨之。」注：「天龜玄，地龜黃，東龜青，西龜白，南龜赤，北龜黑。」⓲九皋之介鳥　指鶴。《後漢書》注：「《龜經》有棲鶴兆也。言卜得鶴兆也。」九，喻深遠。皋，水邊地。《詩・小雅・鶴鳴》：「鶴鳴於九皋，聲聞於天。」⓳瞥　視。一說，瞥，讀為擊，擊；拂。言鶴遊塵外而上拂天。⓴冥翳　高遠。㉑鵰鶚　猛禽。比喻小人。㉒子　李善曰：「此假卜者之辭也。」㉓玄鳥　謂鶴。指卜得鶴兆。㉔母氏喻道。《老子》：「天下有始以為天下母。既得其母，又知其子。」河上公曰：「道為天下物母也。」

【語譯】心裡猶豫不決而疑惑不定啊，就到岐山之下而抒發感情。周文王為我端正蓍草占卜啊，有利於用飛遁以保全清名。經歷眾山而四處流轉啊，乘著大風而揚播名聲。長女少女感觸於高山啊，有時如冰折毀而不可經營。天很高卻變成了大澤啊，誰說道路崎嶇不平！努力自強而不停息啊，踏上玉階這高峻的行程。恐怕筮卦的長短不一啊，就鑽鑿東龜來觀察吉祥的明徵。遇到深遠的水邊高地的大鳥啊，埋怨平素的意願不能得逞。浮遊塵埃之外而瞥見天宇啊，依據高遠之處而哀鳴。猛禽鵰鶚競爭於貪財貪食啊，我卻美好高潔來增益光榮。你跟玄鳥有故舊之情啊，只有歸向母氏而後安寧。

占既吉而無悔❶兮，簡元辰而俶❷裝。旦余沐於清源兮，晞余髮於朝陽。漱飛泉之瀝液❸兮，咀石菌❹之流英。翾鳥舉而魚躍兮，將往走乎八荒❺。過少皞❻之窮野❼兮，問三邱❽於句芒❾。何道真之淳粹兮，去穢累而飄輕。登蓬萊而容與兮，鼇❿雖抃⓫而不傾。留瀛洲而采芝⓬兮，聊且以乎長生。憑歸雲而遐逝兮，夕余宿乎扶桑⓭。飲青岑之玉醴兮，餐沆瀣⓮以為粻⓯。發昔⓰夢於木禾⓱兮，穀⓲崑崙之高岡。朝吾行於暘谷⓳兮，從伯禹⓴乎稽山㉑。嘉群神之執玉㉒兮，疾防風㉓之食言。指長沙之邪徑㉔兮，存重華乎南鄰㉕。哀二妃㉖之未從兮，翩繽㉗處彼湘濱。流目眺夫衡阿㉘兮，覩有黎㉙之圮㉚墳。痛火正㉛之無懷㉜兮，託山陂以孤魂。愁鬱鬱㉝以慕遠兮，越邛州㉞而游遨。躋㉟日中於昆吾㊱兮，憩炎火㊲之所陶㊳。揚芒熛㊴而絳天兮，水泫沄㊵而涌濤。溫風㊶翕㊷其增熱兮，惄㊸鬱悒㊹其難聊。顝㊺羈旅而無友兮，余安能乎留茲。顧金天㊻而歎息兮，吾欲往乎西嬉。前祝融㊼使舉麾㊽兮，纚㊾朱鳥㊿以承旗。躔(51)建木(52)於廣都(53)兮，摭(54)若(55)華而躊躇。超軒轅(56)於西海兮，跨汪氏(57)之龍魚(58)。聞此國之千歲兮，曾(59)焉足以娛余？

【章旨】本段寫「占既吉而無悔」，即準備出遊，並遊歷了東方、南方、西方，皆無所獲。

【注釋】❶悔　《後漢書》注：「惡也。」指凶險、災禍。❷俶　整。❸瀝液　水滴；細流。❹石菌　石芝。即靈芝。❺八荒　八方極遠之地。按：以上寫出遊的準備。❻少皞　亦作少昊，傳說中古部落首領名。名摯，字青陽，黃帝子，已姓。以金德王，故也稱金天氏。邑窮桑，都曲阜，號窮桑帝。❼窮野　即窮桑之野。地在魯城北，即今山東曲阜城北。❽三邱　指傳說東海中的蓬萊、方丈、瀛洲三座神山。❾句芒　東方主管樹木的神。❿鼇　傳說中的海中大龜。⓫抃　拍手。此指舞動。《文選》李善注引《列仙傳》曰：「巨鼇負蓬萊山而抃於滄海之中。」⓬芝　靈芝。《後漢書》注引東方朔《十洲記》曰：「瀛洲，在東海之東，上生神芝仙草，有玉石膏出泉如酒味，名之為玉酒，飲之令人長生。」⓭扶桑　神話中木名，傳說日出其下。⓮沆瀣　屈原〈遠遊〉王逸注引《淩陽子》：「冬飲沆瀣者，北方夜半氣也。」⓯粻　米糧。⓰昔　夜。⓱木禾　穀類植物，也叫玉山禾。《山海經．海內西經》：「昆侖之墟，方八百里，高萬仞。上有木禾，長五尋，大五圍。」⓲穀　生。按：衡夢木禾生昆侖之岡，昆侖為西方之山，此當指夢境，非親往見之。⓳暘谷　日出處。《淮南子．天文》：「日出於暘谷，浴於咸池，拂於扶桑，是謂晨明。」⓴伯禹　即夏禹。禹父鯀為崇伯，鯀死禹繼為崇伯，故稱伯禹。㉑稽山　即會稽山，在今浙江紹興東南。相傳禹會諸侯江南計功，故名。㉒執玉　執玉帛而朝見。《左傳．哀公七年》：「禹合諸侯於塗山，執玉帛者萬國。」㉓防風　古部落酋長名。《國語．魯語下》：「昔禹致群神於會稽之山，防風氏後至，禹殺而戮之，其骨節專車。」㉔邪徑　從會稽西南向長沙，故曰斜徑。邪，同「斜」。㉕南鄰　舜葬於蒼梧，在長沙南，故曰南鄰。㉖二妃　指舜之二妃娥皇、女英。㉗翩繽　李周翰注：「美貌。」《後漢書》作「翩儐」。李賢注：「翩，連翩也。儐，棄也。」舜南巡，二妃未之從，追至洞庭，聞舜死於蒼梧，葬於九疑山，乃投湘水而死，遂為湘水之神。故云翩繽處彼湘濱。㉘衡阿　衡山之阿。衡，衡山，五嶽之一，在今湖南衡山。阿，曲處。㉙有黎　顓頊之子祝融，為高辛氏火正，葬於衡山。㉚圮　崩塌毀壞。《後漢書》注引盛弘之《荊州記》云：「衡山南有南正重黎墓。楚靈王時山崩，毀其墳，得營丘九頭圖焉。」㉛火正　南方掌管火的神。㉜懷　歸。㉝鬱鬱　盛貌。㉞邛州　古州名。《文選》舊注引《四海圖》曰：「交廣南有邛州，其處極熱。」㉟躋　登。㊱昆吾　日正午所經之處。《淮南子・天文》：「日出於暘谷，至於昆吾，是謂正中。」注：「昆吾邱，在南方。」㊲炎火　傳說中的火山。《後漢書》注引東方朔《神異經》曰：「南方有火山，長四十里，廣四五里，晝夜火然。」《文選》李善注引《山海經》曰：「西海之南，其外有炎火之山。」㊳陶　猶炎熾。㊴芒熛　光芒；火花。㊵泫沄　沸騰貌。一說，水流貌。㊶溫風　《後漢書》注：「炎風也。」㊷翕　熾。㊸惄　思。㊹鬱悒　憂悶貌。雙聲聯綿詞。㊺顚　獨。按：以上寫遊南方。㊻金天　西方，少昊所主。《文選》舊注引《家語》曰：「孔子曰：生為明主，死配五行。少皞配金。」㊼祝融　南方主管火的神。由南往西，故使祝融舉旗。㊽麾　作指揮用的旗。㊾纚　連屬。㊿朱鳥　二十八宿中南方七宿（井、鬼、柳、星、張、翼、軫）的總名。七宿連起來像鳥形。朱，赤色，像火，南方屬火，所以叫朱鳥。(51)躔　踐；經歷。(52)建木　神話中木名。木高百仞，無枝，日中無影，眾天神由此上下。詳《淮南子・地形》、《山海經・海內南經》。(53)廣都　古傳說中地名。《山海經・海內經》：「西南黑水之間，有都廣之野，后稷葬焉。其城方三百里，蓋天地之中。」《淮南子・地形》：「南方曰都廣。」注：「都廣，國名也。山在此國，因復曰都廣山。」按：上引《山海經》、《淮南子》並作「都廣」，此作「廣都」，當倒誤。(54)摭　拾取。(55)若　若木，神話中謂長在日入處的一種樹木。《山海經・大荒西經》：「大荒之中，有衡石山、九陰山、洞野之山，上有赤樹，青葉赤花，名曰若木。」注：「生昆侖西，附西極，其華光赤下照地。」《淮南子・地形》：「若木在建木西，末有十日，其華照地下。」注：「末，端也。若木端有十日，狀如蓮花。」(56)軒轅　傳說中國名。《山海經・海外西經》云：「軒轅之國，在窮山之際，其不壽者八百歲。」又〈大荒西經〉云：「有軒轅之國，江山之南棲為吉，不壽者乃八百歲。」(57)汪氏　神話中西海外國名。《文選》李善注：「汪氏國在西海外，此國足龍魚也。」(58)龍魚　即龍鯉，穿山甲的別名。《山海經・海外西經》云：「龍魚陵居在其北，狀如貍。一曰鰕，即有神聖乘此以行九野。一曰鱉魚，在夭野北，其為魚也如鯉。」(59)曾　副詞。表示事出意外。竟；豈。

【語　譯】占卜既然吉利而無凶險啊，選擇吉日良時我就整頓行裝。早晨我在清澈的源泉洗了頭髮啊，曬乾我的頭髮在那朝東的山岡。用飛灑的泉水的細流漱洗啊，咀嚼那石芝飄灑的花香。飛鳥翱翔而魚兒跳躍啊，我將奔往那八面極遠的地方。經過少皞的窮桑之野啊，詢問海中三座神山於東方之神句芒。得道的真人多麼淳真精粹啊，棄去汙穢俗累而瀟灑輕盈。登上蓬萊山而安閒自得啊，負山的大龜雖然舞動而不顛傾。留在瀛洲山採集靈芝草啊，姑且用它來獲得長生。依靠著歸雲而遠遠離去啊，晚上我就住宿在扶桑樹上。飲著青青的高山的玉酒啊，吃著沆瀣之氣作為食糧。打開占夢書驗視我昨晚夢見的木禾啊，生長在那崑崙山高高的山岡。早晨我走到了日出的暘谷啊，跟隨夏禹王在會稽之山。讚美群神執玉帛朝見啊，痛恨防風氏不實踐諾言。指向往長沙的斜徑啊，訪問舜帝重華在那南方的比鄰。哀嘆娥皇、女英未從舜南巡啊，接連摒棄處在那湘水之濱。放眼眺望那衡山的曲隅啊，看到了有黎的崩毀的墳。痛惜這位火神沒有了歸宿啊，依託山坡的是那孤單的靈魂。憂愁鬱結而仰慕遠方啊，越過邛州而遊遨。登上日正中午的昆吾丘啊，休息在炎火的熾烤熏陶。飛揚的光芒火花照紅了天空啊，水沸騰而涌起波濤。熱風熾烤而增加炎熱啊，憂思忡忡而難以依靠。孤獨地旅行在外而無朋友啊，我怎麼能在此久留。回顧西方我歎息啊，我想去西方舒散心思。前面使南方火神舉起指揮旗啊，接連使朱鳥扛著大旗。經過在廣都的建木啊，拾取若木的花朵我猶豫狐疑。超過西方的軒轅國啊，跨過汪氏國的龍鯉。聽說這國家的人都壽長千歲啊，但哪裡能夠使我歡喜？

思九土之殊風兮，從蓐收❶而遂徂。欻神化而蟬蛻❷兮，朋精粹而為徒。蹶❸白門❹而東馳兮，云台❺行乎中野。亂❻弱水❼之潺湲❽兮，逗華陰之湍渚❾。號馮夷❿俾清津兮，櫂龍舟以濟予。會帝軒⓫之未歸兮，悵徜徉而延佇。怬⓬河林⓭之蓁蓁⓮兮，偉〈關雎〉之戒女⓯。黃靈⓰詹⓱而訪命兮，樛⓲天道其焉如。曰近信而遠疑兮，六籍闕而不書。神逵[19]昧其難覆[20]兮，疇克謀而從諸？牛哀病而成虎兮，雖逢昆其必噬[21]。鼈令殪而尸亡兮，取蜀禪而引世[22]。死生錯其不齊兮，雖司命其不晰[23]。竇號行於代路兮，後膺祚而繁廡[24]。王肆侈於漢庭兮，卒銜恤而絕緒[25]。尉厖眉而郎潛兮，逮三葉而遘武[26]。董弱冠而司袞兮，設王隧而弗處[27]。夫吉凶之相仍兮，恆反仄而靡[28]所。穆屆天以悅牛兮，豎亂叔而幽主[29]。文斷袪而忌伯兮，閹謁賊而寧后[30]。通人[31]闇於好惡兮，豈昏惑而能剖？嬴擿讖而戒胡兮，備諸外而發內[32]。或輦賄而違車兮，孕行產而為對[33]。慎竈顯以言天兮，占水火而妄訊[34]。梁叟患夫黎邱兮，丁厥子而剚刃[35]。親所睼[36]而弗識兮，矧幽冥之可信？毋縣攣[37]以涬[38]己兮，思百憂以自疹。彼天監之孔明兮，用棐忱[39]而祐仁。湯蠲體以禱祈兮，蒙厖褫以拯民[40]。景三慮以營國兮，熒惑次於他辰[41]。魏顆亮以從治兮，鬼亢回以斃秦[42]。咎繇邁而種德兮，樹德懋於英六[43]。桑末寄夫根生兮，卉既凋而已育[44]。有無言而不酬兮，又何往而不復？盍遠迹以飛聲兮，孰謂時之可蓄？

【章旨】本段寫遊於中央，訪命黃帝，說明吉凶相仍，福禍無定，只有修德方可回天獲福，並得到黃帝「遠迹以飛聲」的忠告。

【注釋】❶蓐收　西方之神。❷蟬蛻　言去故就新，若蟬之脫殼。蛻，蟬、蛇之類脫皮去殼。❸蹶　踏。❹白門　古代把天地八方分為八門，西南方為白門。《淮南子・地形》：「自東北方曰方土之山，曰蒼門；東方曰東極之山，曰開明之門；東南方曰波母之山，曰陽門；南方曰南極之山，曰暑門；西南方曰編駒之山，曰白門；西方曰西極之山，曰閶闔之門；西北方曰不周之山，曰幽都之門；北方曰北極之山，曰寒門。凡八極之雲，是雨天下；八門之風，是節寒暑。」❺台　我。自稱代詞。❻亂　橫渡。❼弱水　古稱水弱不能勝舟楫者曰弱水。《山海經・大荒西經》：「西海之南，流沙之濱，赤水之後，黑水之前，有大山，名曰昆侖之丘。其下有弱水環之。」郭璞注：「其水不勝鴻毛。」❽潺湲　流貌。疊韻聯綿詞。❾湍渚　華山北臨黃河，如急流邊的小洲，故云。❿馮夷　河神名。《後漢書》注引《聖賢冢墓記》曰：「馮夷者，弘農華陰潼鄉隄首里人，服八石，得水仙，為何伯。」⓫帝軒　黃帝軒轅氏。⓬怬　同「呬」。休息。⓭河林　樹林名。《山海經・中山經》云：「貧山之首曰敖岸之山。……北望河林，其狀如蒨如舉。」⓮蓁蓁　茂盛貌。⓯偉關雎句　此用魯詩說。魯詩認為〈關雎〉作於周康王時，諷諫周康王晏起，「故詠淑女，冀以配上」。《漢書・杜周傳》：「禍敗曷常不由女德？是以佩玉晏鳴，〈關雎〉歎之。」李奇曰：「后夫人雞鳴佩玉去君所，周康王后不然，故詩人歎而傷之。」偉，用作動詞。讚美。關雎，《詩・國風》篇名。⓰黃靈　指黃帝的神靈。⓱詹　至。⓲樛　求。⓳神逵　謂天道。逵，四通八達的道路。⓴覆　審。㉑牛哀二句　《後漢書》注引《淮南子》曰：「昔公牛哀病七日，化而為虎。其兄覘之，虎搏而殺之，不知其兄也。」牛哀，人名，魯人。昆，兄。噬，咬。㉒鼈令二句　《後漢書》注引揚雄《蜀王本紀》曰：「荊人鼈令死，其尸流亡，隨江水上至成都，見蜀王杜宇，杜宇立以為相。杜宇號望帝，自以德不如鼈令，以其禪之，號開明帝。下至五代，有開明尚，始去帝號，復稱王。」鼈令，蜀王名。殪，死。禪，傳位。引，長。㉓晣　明。㉔竇號行二句　呂太后時，出宮人以賜諸王，竇姬家在清河，願如趙近家，遣宦者吏，必置我趙伍中。宦者忘之，誤置代伍中，姬泣涕不欲往，相強乃行。至代，代王獨幸竇姬，生景帝，後立為皇后。景帝生十四子，後至光武帝中興。事見《漢書・外戚傳》。竇，漢文帝竇皇后，漢景帝母。代，漢諸侯國名，地在今河北蔚縣一帶，此時代王為漢高祖子劉恆，後立為漢文帝。膺祚，接受帝位。繁廡，茂盛。謂後世子孫繁榮昌盛。㉕王肆侈二句　《漢書・外戚傳》載：漢平帝王皇后，王莽女，聘以黃金二萬斤，遣劉歆等奉乘輿法駕，迎皇后於莽第，授皇后璽綬，登車稱警蹕，益封莽地滿百里，賜迎皇后及行禮者，自三公以下至騶宰執事，皆增秩，賜金帛。及王莽篡位，后常稱疾不朝。會莽誅，后自投火中而死。王，指漢平帝王皇后。肆侈，放縱奢侈。銜恤，含憂。絕緒，言無後代。㉖尉厖眉二句　《後漢書》注引《漢武故事》曰：「上至郎署，見一老郎，鬢眉皓白，問：『何時為郎？何其老也？』對曰：『臣姓顏，名駟，以文帝時為郎。文帝好文而臣好武，景帝好老而臣尚少，陛下好少而臣已老，是以三葉不遇也。」上感其言，擢為會稽都尉。」尉，指會稽都尉顏駟。厖眉，眉毛花白。郎潛，謂沉淪郎署而不得陞遷。郎，官名，直宿衛，為侍從之職。葉，世。武，指漢武帝。㉗董弱冠二句　《漢書・佞幸傳》載：董賢，字聖卿，雲陽人，深得漢哀帝寵信。年二十二官至三公，封高安侯。哀帝死，董賢自殺，家惶恐夜葬。王莽疑其詐死，有司奏賢治第宅，造冢壙，倣效無極，不異王制。王莽乃發賢棺驗視，裸其尸，因埋獄中。董，指董賢。弱冠，古謂男子年二十為弱冠。司袞，官至三公。袞，三公之服。王隧，按王制建造的墓冢。隧，墓道。弗處，謂董賢死後不能入葬預造的墳墓。㉘靡　無。㉙穆屆天二句　《左傳・昭公四年》載：魯叔孫豹有罪適齊，及庚宗，遇婦人而通之。豹至齊，夢天壓己，不勝，顧而見人，黑而上僂，深目而豭喙，號之曰：「牛，助余。」乃勝之。旦而視其徒，無之。後魯召叔孫豹歸，還過庚宗，婦人獻雉，曰：「余子已能捧雉而從我矣。」召而見之，則所夢也，號之曰牛，使為豎（宮中小臣）。牛欲亂其室而有之。及叔孫豹有疾，牛詐謂外人曰：「夫子疾病，不欲見人。」勿進食，遂餓而死。穆，叔孫豹的謚號。屆，至。牛，指豎牛。叔，指叔孫豹。主，大夫稱主。此指叔孫豹。㉚文斷袪二句　《國語・晉語四》載：初，晉獻公使寺人勃鞮伐晉文公於蒲城，文公踰垣走，勃鞮斬其袪。及文公回國，勃鞮求見。此時呂甥、冀芮畏逼，悔納文公，謀作亂。勃鞮知之，故求見文公，公遽見之，勃鞮以呂甥、冀芮之謀告文公。文公會秦穆公於王城，殺呂甥、冀芮。文，晉文公，名重耳，春秋五霸之一。袪，袖。忌，怨。伯，謂伯楚，勃鞮字。閹，即寺人，主管宮中閉門的役者。此指勃鞮。謁，告。賊，指謀亂欲殺晉文公的呂甥、冀芮。寧，安。后，君。指晉文公。㉛通人　明達之人。指叔孫穆子、晉文公等。㉜嬴擿讖二句　《史記・秦始皇本紀》載：燕人盧生奏錄圖書，曰「亡秦者胡也」。始皇乃使將軍蒙恬發兵三十萬人北擊胡，略取河南地，築長城以為塞。三十七年，始皇崩，遺詔使扶蘇與喪會咸陽而葬。趙高乃與胡亥謀，脅迫李斯篡改遺詔，立胡亥為太子，賜公子扶蘇死。後胡亥為趙高所殺，秦遂亡。嬴，秦姓。此指秦始皇嬴政。擿，發。讖，預言吉凶得失的文字、圖記。胡，我國古代泛稱北方邊地民族為胡。此指匈奴。外，指匈奴。內，指胡亥。㉝或輦賄二句　《文選》舊注曰：「昔有周犨者，家甚貧，夫妻夜田。天帝見而矜之，問司命曰：『此可富乎？』司命曰：『命當貧，有張車子財可以假之。』乃借而與之，期曰：『車子生，急還之。』田者稍富，致貲巨萬。及期，忌司命之言，夫婦輦其賄以逃，與行旅者同宿。逢夫妻寄車下宿，夜生子，問名於夫，夫曰：『生車間，名車子也。』從是所向失利，遂便貧困。」輦，運。賄，財。車，謂張車子。㉞慎竈二句　《文選》李善注云：「《左氏傳》：昭公二十四年五月乙未朔，日有食之。梓慎曰：『將水。』叔孫昭子曰：『旱也。日過分而陽猶不剋，剋必甚，能無旱乎？』秋八月，大雩，旱也。叔孫之言驗也，則梓慎之言不驗。又昭公十八年夏五月，火始昏見。丙子，風。裨竈言於子產曰：「宋、衛、陳、鄭將同日火，若我用瓘斝玉瓚禳之，猶必不火。」子產不予。裨竈曰：「不用吾言，鄭又將火。」鄭人請用之。子產曰：「天道遠，人道邇，非所及也，何以知之？竈焉知天道？」遂不與，亦不復火。今言梓慎、裨竈，是顯明天道之人，占於水火，亦有妄為，言事之難知也。」慎，梓慎，魯大夫。竈，裨竈，鄭大夫。顯，明。訊，告。㉟梁叟二句　《文選》李善注引《呂氏春秋》曰：「梁國之北，地名黎丘，有奇鬼焉，善效人之子姪昆弟之狀。邑丈人有之市而醉歸者，黎丘之鬼效其子之狀，扶而道苦之。丈人歸，酒醒而誚其子曰：『吾為汝父也，豈謂不慈哉？我醉，汝道苦我，何故？』其子泣而觸地曰：『孽矣！無此事也。昔也往責（債）於東邑人，可問也。』其父信之曰：『譆！是必奇鬼，固嘗聞之矣。』明日復之市，欲遇而刺殺之。明旦之市而醉，其真子恐其父之不能反也，遂往迎之，丈人望見之，拔劍而刺之。丈人智惑於似其子者，而殺於真子。」梁叟，梁國的老者。丁，當。厥，其。剚刃，用刀劍插入物體。㊱睼　視。㊲緜攣　係貌。猶牽制。疊韻聯綿詞。㊳涬　引。㊴棐忱　輔助誠實。㊵湯蠲體二句　《後漢書》注曰：「《帝王紀》曰：湯時大旱七年，殷史卜曰：『當以人禱。』湯曰：『必以人禱，吾請自當。』遂齋戒，翦髮斷爪，以己為牲，禱於桑林之社，果大雨。」蠲，潔。厖，大。禠，福。拯，救。㊶景三慮二句　《文選》李善注引《呂氏春秋》曰：「宋景公有疾，司馬子韋曰：『熒惑守心，心，宋之分，君當之。若祭，可移於相。』公曰：『相，寡人之股肱。豈可除心腹之疾，移於股肱可乎？』曰：『可移於民。』公曰：『民者國之本，國無民，何以為國？如何傷本而救吾身乎？』曰：『可移於歲。』公曰：『歲所以養民，歲不登，何以蓄民？』子韋曰：『君善言三，熒惑必退三舍，延命二十一年。』」景，宋景公，春秋時宋國國君。三慮，謂景公三次為他人謀劃考慮。營，謀。熒惑，火星的別名。次，宿。辰，指星。㊷魏顆二句　《左傳‧宣公十五年》：「秋七月，秦伐晉，次於輔氏。魏顆敗秦師於輔氏，獲杜回，秦之力人也。初，魏武子有嬖妾，無子。武子有疾，命顆曰：『必嫁是。』疾病，則曰：『必以為殉！』及卒，顆嫁之，曰：『疾病則亂，吾從其治也。』及輔氏之役，顆見老人結草以亢杜回。杜回躓而顛，故獲之。夜夢之曰：『余，汝所嫁婦人之父也。爾用先人之治命，余是以報。』」魏顆，魏武子（名犨）之子。亮，信。回，杜回，秦國力士。㊸咎繇二句　《尚書‧大禹謨》：「皋陶邁種德。」舊注：「邁，行。種，布。」《史記‧夏本紀》：「禹封皋陶之後於英、六。」咎繇，即皋陶，舜臣。懋，通「茂」。英六，古國名。英，在今安徽金寨東南。六，在今安徽六安北。㊹桑末二句　《文選》李善注：「言桑末寄夫根生，桑末既凋，而寄生已茂。以喻皋陶之後，封於英、六，眾國已滅，而英、六獨存，言積德之後，必有餘慶也。」桑末，木名。根生，寄生，植物名。卉，草木總名。育，生息。

【語　譯】想到九州的風習不同啊，我就跟從西方之神蓐收而遠走。很快如神變化如蟬脫殼啊，我結交精粹淳美作為伴侶。踏上西南之門白門而向東奔馳而去啊，我就行走在那原野。橫渡過緩緩流淌的弱水啊，逗留在華山北面這急流邊的小洲。呼喚河伯馮夷使他平靜渡口啊，駕著龍舟來渡我過河。碰上黃帝軒轅氏沒有歸來啊，惆悵徘徊而久久站住。休息在河林的茂盛的林中啊，讚美〈關雎〉這首詩告誡淑女。黃帝的神靈來到我就去詢問命運啊，探求天道到底何如。黃帝說：近的相信而遠的懷疑啊，六經遺缺而不記錄。天道暗昧而難以審核啊，誰能謀劃而聽從它？公牛哀病了變成猛虎啊，即使遇到兄長也一定咬噬。鱉令死後屍體流亡啊，取得蜀帝的禪位而傳位五世。生死交錯而不齊一啊，即使司命之神也弄不明晰。竇姬在去代國的路上號哭行走啊，後代卻繁榮昌盛而接受帝位。王皇后放縱奢侈於漢家宮廷啊，最終卻含著憂戚而絕了後嗣。都尉顏駟眉毛花白而沉淪郎署啊，經歷三代卻碰到了漢武帝。董賢二十歲就穿上袞服位至三公啊，建設王的墓道死後卻不能入葬安處。那吉和凶互相因襲啊，經常反覆不定而無定所。叔孫穆子夢天壓己而看上豎牛啊，豎牛卻撓亂叔孫家而幽閉了穆子。晉文公因斬斷衣袖而怨恨伯楚啊，這個閹宦卻告訴了賊人而安定了君主。通達事理的人尚且對好惡一時糊塗啊，哪裡有溺愛迷惑能分析明瞭？秦始皇嬴政發現「亡秦者胡」的讖言就防備胡人啊，防備了外面的胡人禍亂卻發生在家內。有個人車拉財貨想逃離車子啊，孕婦生產丈夫卻以車子為對。梓慎、裨竈明白地說出天道啊，占卜的水災火災卻是無根據的胡說。梁國的老叟討厭黎邱奇鬼啊，遇到他的兒子卻挨了刀刃。親眼所見而不能識別啊，何況是幽暗不明之事卻可相信？不要被牽制而引憂於己啊，想著各種憂患而使自己耽心謹慎。那天的視聽非常明亮啊，因此輔助誠信而保佑仁人。商湯王潔淨身體去祈求禱告啊，蒙受大福而拯救了人民。宋景公三次考慮他人而為國謀劃啊，熒惑星就移居到了其他的星辰。魏顆明確地聽從他父親清醒時的吩咐啊，鬼就絆倒杜回而損害了秦。皋陶行而布德啊，樹立的恩德就繁茂在英地和六地。桑末樹上寄生的寄生樹啊，百草彫謝它卻已生息。哪有沒有話而不會酬答啊，又往何處去而不復回？何不遠遠離去而飛揚名聲啊，誰說這時間可以等待？

仰矯❶首以遙望兮，魂儵惘❷而無儔。逼區中之隘陋兮，將北度而宣遊。行積冰之磑磑❸兮，清泉沍❹而不流。寒風淒其永至兮，拂穹岫之騷騷❺。玄武❻縮於㲉中兮，騰蛇❼蜿而自糾。魚矜❽鱗而并凌❾兮，鳥登木而失條。坐太陰❿之屏室兮，慨含欷⓫而增愁。怨高陽⓬之相寓⓭兮，伷⓮顓頊⓯而宅幽。庸⓰織路⓱於四裔兮，斯與彼其何瘳。望寒門⓲之絕垠兮，縱余緤⓳乎不周。迅猋⓴潚㉑其媵㉒我兮，鶩翩飄㉓而不禁。越谽⿰口閜㉔之洞穴兮，漂通川之碄碄㉕。經重⿸广音㉖乎寂寞兮，愍墳羊㉗之深潛。

【章　旨】本段寫遊北方及地下。悲歎其寒冷寂寞，無所收穫，難以久居。

【注　釋】❶矯　舉。❷儵惘　失意貌。疊韻聯綿詞。❸磑磑　堅固貌。❹沍　凍結。❺騷騷　風勁貌。❻玄武　北方太陰之神，其形象為龜。❼騰蛇　龍類，能興雲霧而遊其中。❽矜　竦。❾并凌　積冰。并，聚。凌，冰。❿太陰　極盛的陰氣。指北方。⓫欷　抽咽聲。⓬高陽　帝顓頊。⓭寓　居所；住處。《山海經・大荒北經》云：「東北海之外，大荒之中，河水之間，附禺之山，帝顓頊與九嬪葬焉。」⓮伷　小貌。用作動詞。輕視。⓯顓頊　古帝名，五帝之一。相傳為黃帝之孫，意昌之子，號高陽氏。⓰庸　勞苦。⓱織路　在路上往來。⓲寒門　傳說中北方極寒冷的地方。《淮南子・地形》：「北極之山曰寒門。」⓳緤　馬韁繩。⓴猋　同「飆」。旋風。㉑潚　疾速。㉒媵　送。㉓翩飄　迅疾貌。雙聲聯綿詞。㉔谽⿰口閜　空大貌。雙聲聯綿詞。㉕碄碄　深貌。㉖重⿸广音　地下。⿸广音，古「陰」字。㉗墳羊　土怪。《國語・魯語下》：「土之怪曰墳羊。」

【語　譯】抬起頭我向遠方眺望啊，神魂惆悵失意而無匹儔。被區域之中的狹隘鄙陋逼迫啊，我將向北走去而普遍遨遊。行走在堅硬的積冰之上啊，清澈的泉水也凍結而不奔流。寒風凜冽地遠遠吹來啊，吹拂著高山而響聲騷騷。玄武龜蜷縮在牠的甲殼之中啊，騰蛇蜷曲著而自我纏繞。魚竦著鱗而聚積冰淩之中啊，鳥棲在樹上也抓不住枝條。坐在北方的隱蔽之室啊，慨歎著含著抽咽而增添了憂愁。歎息高陽氏的察看住所啊，輕視顓頊住在北極的幽都。勞苦地在四方邊遠的路上往來奔走啊，這北方的寒冷與那南方的炎熱又有何差異劣優。遙望著寒門那絕遠的邊界啊，放鬆我的馬韁繩在神山不周。急捲的旋風很快地送我啊，迅速的奔馳而不可制止。走向大而空的洞穴啊，漂流在深深的長河裡。經過地下是那麼寂寞荒涼啊，哀憐土怪墳羊深深地埋在地底。

追荒忽[1]於地底兮，軼無形[2]而上浮。出石密[3]之闇野兮，不識蹊之所由。速燭龍[4]令執炬兮，過鍾山[5]而中休。瞰瑤谿之赤岸[6]兮，弔祖江之見劉[7]。聘王母於銀臺[8]兮，羞玉芝[9]以療飢。戴勝[10]憖[11]其既歡兮，又誚余之行遲。載太華之玉女[12]兮，召洛浦之宓妃[13]。咸姣麗以蠱媚兮，增嫮[14]眼而蛾眉。舒訬婧[15]之纖腰兮，揚雜錯之袿徽[16]。離朱脣而微笑兮，顏的礫[17]以遺光。獻環琨[18]與琛[19]縭[20]兮，申厥好以玄黃[21]。雖色豔而賂美兮，志浩蕩[22]而不嘉。雙材[23]悲於不納兮，並詠詩而清歌。歌曰：「天地烟熅[24]，百卉[25]含葩。鳴鶴交頸，雎鳩相和。處子懷春，精魂回移[26]。如何淑明[27]，忘我實多。」將答賦而不暇兮，爰整駕而亟行。瞻崑崙之巍巍兮，臨縈河之洋洋。伏靈龜以負坻[28]兮，亘螭龍[29]之飛梁。登閬風[30]之層城[31]

兮，搆不死㉜而為牀。屑瓊蘂以為糇兮，剸㉝白水㉞以為漿。抨㉟巫咸以占夢兮，乃貞吉之元符㊱。滋令德於正中㊲兮，含嘉秀㊳以為敷。既垂穎而顧本㊴兮，亦要思乎故居。安和靜而隨時兮，姑純懿之所廬。

【章旨】本段寫從地下至天上的途中，拜會西王母，登臨崑崙山。求美女與〈離騷〉中之求美女同意，尤與「雖信美而無禮兮，來違棄而改求」的宓妃之求相一致。

【注釋】❶荒忽　無形貌；隱約不分明貌。雙聲聯綿詞。❷無形　指混沌的元氣。❸石密　《山海經・西山經》：「西北四百二十里，曰峚山。其上多丹木，員葉而赤莖，黃花而赤實，其味如飴，食之不飢。……黃帝乃取峚山之玉榮，而投之鍾山之陽。……自峚山至鍾山，四百六十里。」峚，郭璞云：「音密。」蓋「峚」、「密」古字通。李善注曰：「然下既有鍾山，此石密疑是密山。」石，《後漢書》作「右」，注云：「右，謂西方也。」❹燭龍　神名。《山海經・大荒北經》：「西北海之外，赤水之北，有章尾山。有神，人面蛇身而赤，直目正乘，其瞑乃晦，其視乃明，不食不寢不息，風雨是謁。是燭九陰，是謂燭龍。」❺鍾山　神話中山名，在密山西北。❻瑤谿之赤岸　謂鍾山東的瑤崖。❼祖江之見劉　《山海經・西山經》：「鍾山，其子曰鼓，其狀人面而龍身，是與欽䲹殺葆江於昆侖之陽，帝乃戮之鍾山之東曰瑤崖，欽䲹化為大鶚。」葆江，即祖江。郭璞注：「葆或作祖。」神話中人名。劉，殺。❽銀臺　西王母所居。❾玉芝　《本草經》：「白芝一名玉芝。」❿戴勝　西王母的服飾。代指西王母。勝，玉勝；玉製的婦女髮飾。⓫憖　笑貌。⓬太華之玉女　華山女神。《後漢書》注引《詩含神霧》曰：「太華之山，上有明星玉女，主持玉漿，服之成仙。」⓭洛浦之宓妃　洛水神女宓妃，相傳為伏羲氏女，溺死洛水，遂為洛水之神。⓮嫮　美好。⓯訬婧　苗條貌。⓰袿徽　婦女的上衣和香囊。⓱的皪　鮮明貌。疊韻聯綿詞。⓲環琨　珠璧的佩玉。《文選》注引《白虎通》曰：「所以必有珮者，表德見所能也。故循道無窮則佩環，能本道德則佩琨。」⓳琛　珍寶。⓴縭　帶。一說香袋。㉑玄黃　本指黑色黃色，此指彩色的綿帛。㉒浩蕩　放肆縱恣而心無所主貌。㉓雙材　謂玉女、宓妃。㉔烟熅　陰陽二氣和合貌。雙聲聯綿詞。㉕芔　卉的古體字。草的總稱。㉖回移　回環轉移。形容心神不定。㉗淑明　指張衡。㉘伏靈龜句　《後漢書》：「謂水中高地，以龜負之，可以架橋也。」坻，水中小洲或高地。㉙螭龍　無角的龍。

㉚閬風　山名，相傳為仙人所居，在崑崙之巔。㉛層城　古代神話謂崑崙有層城九重，分三級：下層為樊桐，一名板桐；中層叫玄圃，一名閬風。上層叫層城，一名天庭，為太帝所居，上有不死之樹。見《淮南子・地形訓》。㉜不死　指層城的不死樹。㉝斞　酌；舀。㉞白水　神話中水名。王逸〈離騷〉：「朝吾將濟於白水」注云：「白水出昆侖之山，飲之不死。」㉟抨使。㊱元符　好的徵兆。元，善。㊲正中　指「發昔夢於木禾兮，穀昆侖之高岡」的木禾。《說文》：「禾，嘉穀也。至二月始生，八月而熟，得時之中，故謂之禾。」㊳嘉秀　《文選》注：「言己有令德，類禾之有嘉秀。」秀，穀類抽稼開花。㊴顧本　《淮南子・繆稱》高誘注：「禾垂穎而向根，君子不忘本也。」本，根。

【語　譯】在地底我追趕那恍忽無形的元氣啊，超過那無形的元氣我向上升浮。走出西邊密山昏暗的原野啊，不認識那小路之所經由。召喚燭龍叫牠舉起火炬啊，走過鍾山我半途暫作停留。遠望瑤谿紅色的崖岸啊，弔念祖江的被殺頭。在銀臺我訪問西王母啊，吃著白靈芝而醫治荒飢。西王母喜笑而又歡樂啊，又責備我行動緩遲。她載來太華的女神玉女啊，又召來洛水邊的女神宓妃。都嬌媚美麗而又迷人啊，更加上美好的媚眼和細曲的長眉。舒展她們苗條的細腰啊，飛揚著色澤斑斕的上衣和香囊。張開紅脣微微含笑啊，姿色鮮明而光彩飛揚。獻上佩玉環和琨以及珍寶的衣帶啊，還用彩色絲綢來表明她們美好的願望。雖然姿色豔麗饋贈也美好啊，我卻心無所主而不以為嘉。這兩位美女悲嘆我不接納啊，並且吟詠詩作而高聲唱歌。唱道：「天地間陰陽二氣和合，百草都開放鮮花。鳴叫的鶴兩頸相交，雎鳩鳥互相唱和。姑娘們想要出嫁，心神不定而受盡折磨。怎麼啦你這美好明智的人兒，忘記我實在太多。」我想要賦詩回答卻沒有閒空啊，於是整頓車駕我就啟行。遙望那崑崙山高大巍峨啊，面對著彎曲的河水洶湧奔騰。讓靈龜蹲伏來肩負水中高地啊，橫著無角龍作為飛駕的橋梁。登上閬風山來到層城啊，架設不死樹作為臥床。碾碎瓊玉的花作為乾糧啊，舀些白水作為水漿。使神巫巫咸為我占視那木禾的夢啊，卻是大吉大利的美好徵兆。在那端正適中的季節來培植美好的德行啊，包含著美好的禾花而光彩照耀。既然垂下穀穗而看著禾根啊，我也要思念我的故居。安心於和睦恬靜而跟隨上時節啊，姑且住在這純潔美好的住處。

戒庶僚❶以夙會兮，僉供職而並迓。豐隆❷軯❸其震霆兮，列缺❹曄❺其照夜。雲師䨴❻以交集兮，涷雨❼沛其灑塗。轙❽琱❾輿而樹葩兮，擾❿應龍⓫以服輅。百神森其備從兮，屯騎羅而星布。振余袂而就車兮，修劍揭⓬以低昂。冠咢咢⓭其映蓋兮，佩綝纚⓮以煇煌。僕夫儼⓯其正策兮，八乘⓰騰而超驤⓱。氛旄⓲溶⓳以天旋兮，蜺旌飄以飛揚。撫軨軹⓴而還睨兮，心勺藥㉑其若湯。羨上都㉒之赫戲㉓兮，何迷故而不忘？左青琱㉔以揵芝㉕兮，右素威㉖以司鉦㉗。前長離㉘使拂羽兮，委水衡㉙乎玄冥㉚。屬箕伯㉛以函㉜風兮，澂㉝淟涊㉞而為清。曳雲旗之離離㉟兮，鳴玉鑾之譻譻㊱。涉清霄而升遐兮，浮蠛蠓㊲而上征。紛翼翼㊳以徐戾㊴兮，焱回回㊵其揚靈。叫帝閽使闢扉兮，覿天皇於瓊宮㊶。聆〈廣樂〉㊷之九奏兮，展泄泄㊸以肜肜㊹。考治亂於律均㊺兮，意建始而思終。惟般逸之無斁㊻兮，懼樂往而哀來。素女㊼撫絃而餘音兮，太容㊽吟曰念哉㊾。既防溢而靖志兮，迨我暇以翱翔㊿。

【章旨】本段寫遊天帝之宮。謁見天皇，聆聽廣樂，但懼樂往哀來，因而警戒逸樂。

【注釋】❶庶僚　眾僚佐。指下豐隆、列缺等。僚，執役服事的人。❷豐隆　雷神。❸軯　象聲詞。此指雷聲。❹列缺　閃電。❺曄　光亮。❻䨴　陰暗貌。❼涷雨　暴雨。❽轙　車衡上穿過轡繩的大環。用作動詞。安上環。❾琱　以玉飾車。❿擾　馴服。⓫應龍　有翼的龍。⓬揭　擺動。⓭咢咢　高聳貌。⓮綝纚　盛飾貌。雙聲聯綿詞。⓯儼　莊敬貌。⓰八乘　指八條駕車的龍。⓱超驤　謂高高奔馳。⓲氛旄　雲氣做的旄旗。氛，雲氣。旄，杆頂用旄牛尾為飾的旗。⓳溶　動。⓴軨

軹　車箱的欄木。㉑勺濼　熱貌。言顧瞻鄉國而心熱。疊韻聯綿詞。㉒上都　天帝之都。指天上。㉓赫戲　光盛貌。雙聲聯綿詞。㉔青琱　青文龍。《禮記・曲禮上》：「左青龍而右白虎。」㉕揵芝　豎起芝形車蓋。揵，豎。芝，指車蓋。㉖素威　指白虎。㉗鉦　古樂器名，亦名丁寧，行軍時用以節止步伐。㉘長離　即鳳。㉙水衡　官名，掌山澤。㉚玄冥　水神。㉛箕伯　風師。《風俗通》曰：「風師者，箕星也，主簸物，能致風氣也。」㉜函　猶「含」。㉝澂　澄清。㉞洪涊　汙濁。㉟離離　下垂飄揚貌。㊱譻譻　即「嚶嚶」。車鈴聲。㊲蠛蠓　指游氣。㊳翼翼　飛貌。㊴戾　至。㊵回回　光貌。㊶瓊宮　天帝之宮。㊷廣樂　傳說是天上的一種樂曲。《史記・扁鵲倉公列傳》：「簡子寤，語諸大夫曰：『我之帝所甚樂，與百神遊於鈞天，廣樂九奏，不類三代之樂，其聲動心。』」㊸洩洩　舒暢和樂貌。㊹彤彤　同「融融」。和樂貌。㊺律均　定音律的器具。《文選》李善注曰：「《琴道》曰：琴七絃，足以通萬物而考治亂也。《樂汁圖徵》曰：聖人往承天助以立五均。均者，亦律調五聲之均也。宋均曰：均長八尺，施絃以調六律五聲。」㊻斁　厭。㊼素女　傳說中的神女名，黃帝時方術之女，長於音樂，善鼓琴。㊽太容　黃帝樂師。㊾念哉　《後漢書》注曰：「戒逸樂也。」㊿翱翔　《後漢書》注：「將遠逝也。」

【語譯】告誡眾僚佐早早會合啊，都要嚴於職守而一道迎迓。雷神豐隆轟隆隆地震響雷霆啊，閃電的光亮照亮了黑夜。雲神雲師陰暗地聚集攏來啊，暴雨充足地灑掃道路。在玉飾的車上安上穿轡繩的環又插上鮮花啊，馴服有角的龍用來駕駛大輅。百神熙熙攘攘地緊緊跟隨啊，屯聚的車騎羅列如眾星密布。揮起我的衣袖就登上車啊，長劍幌動而一低一昂。帽子高高聳起而與車蓋相映啊，佩飾繁盛而又輝煌。駕車夫嚴肅地舉起馬鞭啊，八條龍騰起而迅速奔忙。雲氣的旄牛尾旗揮動而天也旋轉啊，雌霓羽毛旗飄動而飛揚。撫摸著車箱的木格欄而回首一望啊，內心灼熱有如滾湯。羨慕天帝之都的光明顯亮啊，為什麼迷戀故居而不能忘？車左有青文龍豎起靈芝菌般的車蓋啊，車右的白虎掌管指揮的鉦。前面有鳳鳥使拂動羽飾旗啊，主管山澤的官就委派水神玄冥。囑託風神箕伯來吹起風啊，澄清汙濁而使道路潔淨。拉起雲旗而隨風飄揚啊，玉製的鸞鈴嚶嚶響鳴。渡過清亮的雲霄而升到遠處啊，飄過游氣而向上飛行。紛紛飛行而徐徐地來到天庭啊，火花閃閃而顯示威靈。叫喚天帝的守門人使他打開天門啊，參見天帝在那瓊玉之宮。聆聽〈廣樂〉的多次演奏啊，的確舒暢而又和樂沖融。考察治亂於調諧音律的器具啊，揣摩它的開始也要想到它的善終。想到歡樂安逸如無厭倦啊，只怕歡樂一過悲哀就來。神女素女撫弄琴弦而有餘音啊，黃帝的樂師太容吟唱說「想著這哩」。既已防止迷於逸樂而安定了心志啊，等我閒空就要遠走高飛。

出紫宮❶之肅肅兮，集太微❷之閬閬❸。命王良❹掌策駟❺兮，踰高閣❻之將將❼。建罔車❽之幕幕❾兮，獵青林❿之芒芒⓫。彎威弧⓬之拔刺⓭兮，射嶓冢⓮之封狼⓯。觀壁壘⓰於北落⓱兮，伐河鼓⓲之磅硠⓳。乘天潢⓴之汎汎㉑兮，浮雲漢之湯湯㉒。倚招搖㉓攝提㉔以低徊剹流㉕兮，察二紀㉖五緯㉗之綢繆遹皇㉘。偃蹇㉙夭矯㉚娩㉛以連卷㉜兮，雜沓叢顇㉝颯以方驤㉞。戫汩㉟飂淚㊱沛㊲以罔象㊳兮，爛漫麗靡㊴藐以迭逷㊵。淩驚雷之砊磕㊶兮，弄狂電之淫裔㊷。踰庬鴻㊸於宕冥㊹兮，貫倒景㊺而高厲㊻。廓盪盪㊼其無涯兮，乃今窺乎天外。據開陽㊽而頫眡兮，臨舊鄉之暗藹㊾。悲離居之勞心兮，情悁悁㊿而思歸。魂眷眷而屢顧兮，馬倚輈(51)而徘徊。雖遊娛以媮(52)樂兮，豈愁慕之可懷(53)。

【章旨】本段寫遊於天外，並因俯見舊鄉而思歸。

【注釋】❶紫宮　星座名。古代天文家分天體恆星為三垣，中垣有紫微十五星，亦稱紫宮。此指天帝之宮。❷太微　星座名，三垣之上垣，位於北斗之南，軫翼之北，其星十二，為天帝南宮。❸閬閬　明亮而大。❹王良　星名。《史記・天官書》：「漢中四星曰天駟，旁一星曰王良。王良策馬，車騎滿野。」《文選》李善引《春秋元命苞》曰：「漢中四星，天騎，一曰天駟，旁一星王良，主天馬也。」❺駟　星名，即天駟。❻高閣　閣道星。屬奎宿。《史記・天官書》：「紫宮……後六星絕漢抵營室，曰閣道。」注：「閣道，北斗輔……閣道六星在王良北。」❼將將　高貌。❽罔車　指畢宿，二十八宿之一，有八星，狀如捕兔網，故謂之「罔車」。罔，同「网」。即「網」。❾幕幕　覆蓋周密貌。❿青林　星名，即天苑星，天帝的園囿。⓫芒芒　廣大貌。⓬威弧　星名，即弧矢星，共九星，位於天狼星東南。因形似弓箭，故名。⓭拔剌　象聲詞。張弓發矢聲。疊韻聯綿詞。⓮嶓冢　山名，在甘肅天水西南。《文選》注云：「《河圖》曰：嶓冢，山名。此山之精，上為星，名封狼。」⓯封狼　大狼，星名，即天狼星，在東井南。⓰壁壘　星名，十二星，橫列在營室南，天軍之垣壘。⓱北落　星名，在壁壘旁，一顆大星，為天軍之門。⓲河鼓　星名，《晉書・天文志》：「河鼓三星，旗九星，在牽牛北。」一說，河鼓即牽牛星。⓳磅硠　象聲詞。鼓聲。疊韻聯綿詞。⓴天潢　星名，有八星，在王良星旁，為天河的渡口。㉑汎汎　漂浮貌。㉒湯湯　大水急流貌。㉓招搖　星名，北斗杓端的第七顆星。㉔攝提　星名。屬亢宿，共六星，位於大角星兩側。㉕剹流　回轉貌。雙聲聯綿詞。㉖二紀　指日、月。㉗五緯　指金、木、水、火、土五星。㉘遹皇　行貌。㉙偃蹇　回翔靈活貌。疊韻聯綿詞。㉚夭矯　屈伸自如貌。疊韻聯綿詞。㉛娩　跳躍。㉜連卷　長曲貌。疊韻聯綿詞。㉝叢顇　眾多雜亂貌。雙聲聯綿詞。㉞方驤　並馳。方，並。㉟戫汨　疾速貌。雙聲疊韻聯綿詞。㊱飂淚　迅疾貌。雙聲聯綿詞。㊲沛　迅疾。㊳罔象　仿佛相似貌。疊韻聯綿詞。㊴麗靡　相續貌。疊韻聯綿詞。㊵迭逿　無檢速貌。雙聲聯綿詞。㊶砊磕　象聲詞。雷聲。㊷淫裔　連續閃電貌。雙聲聯綿詞。㊸痝鴻　廣大未分的混沌之氣。㊹宕冥　渺遠的天空。㊺倒景　指天上最高遠的地方。謂在日月之上，日月反從下照，故其影倒。景，同「影」。㊻厲　飛揚；疾飛。㊼廓盪盪　空曠貌。㊽閒陽　北斗的第六顆星。㊾暗藹　遠貌。雙聲聯綿詞。㊿悁悁　憂悶貌。(51)輈　車轅。(52)婾　同「愉」。快樂。(53)懷　安。

【語　譯】走出那莊嚴肅靜的天帝的紫宮啊，來到了明亮廣大的太微垣。命令王良星掌管驅趕天駟星啊，走過那高高的閣道星之間。建樹起覆蓋周密的捕兔網啊，在廣闊的青林打獵遊玩。拉開威武的天弧拔剌作響啊，射殺那嶓冢山上的大狼。在北落星觀看那天軍的壁壘啊，敲打河鼓星而響聲磅硠。乘船到天河的渡口漂浮啊，浮游在天河而河水洋洋。倚靠著招搖星、攝提星而紆回宛轉啊，觀察那日月五星的纏繞奔忙。它們回翔靈活屈伸自如地相連接地跳躍前進啊，眾多而紛雜地發出颯颯的風聲而並列騰驤。迅疾匆忙地奔跑彷彿相似啊，散亂分布而又互相連續地相隔遙遠而雜亂無章。乘著轟隆震響的驚雷啊，那耀眼的閃電也連續放射。在天上最高遠的地方超越那廣大混沌的元氣啊，穿過倒影我高高飛去。空空曠曠而又無邊無際啊，到而今我已走盡了天外。倚靠著開陽星我俯視下界啊，看到了我舊鄉的渺遠。悲歎離開故居而使我心憂啊，心情憂悶而想回轉。神魂依戀而不停的回顧啊，馬也倚靠車轅而徘徊不前。雖然遠遊愉快而歡樂啊，這憂愁思慕怎麼能夠使我心安！

出閶闔兮降天途，乘焱忽兮馳虛無❶。雲菲菲❷兮繞余輪，風眇眇❸兮震余旟❹。繽連翩❺兮紛暗曖❻，儵❼眩眃❽兮反常閭❾。收疇昔之逸豫兮，卷淫放之遐心。修初服之娑娑❿兮，長余佩之參參⓫。文章奐⓬以粲爛兮，美紛紜以從風。御六藝之珍駕兮，遊道德之平林⓭。結典籍而為罟兮，敺儒墨而為禽⓮。玩⓯陰陽之變化⓰兮，詠雅頌之徽⓱音。嘉曾氏⓲之〈歸耕〉⓳兮，慕歷阪⓴之嶔崟㉑。恭夙夜而不貳㉒兮，固終始之所服㉓。夕惕若厲㉔以省諐㉕兮，懼余身之未敕㉖。苟中情之端直兮，莫吾知而不恧㉗。默無為㉘以凝志兮，與仁義乎逍遙。不出戶而知天下㉙兮，何必歷遠以劬勞？

【章　旨】本段寫神遊返歸舊鄉以後的打算：遠遊無益，決心歸耕，並遵循先師教誨，居仁由義，以保持自身的高潔。與〈歸田賦〉同一主旨。

【注　釋】❶虛無　指天空。❷菲菲　同「霏霏」。雲盛貌。❸眇眇　風吹拂貌。❹旟　繪有鳥隼的旗。❺連翩　連續不斷貌。疊韻聯綿詞。❻暗曖　昏暗不明貌。雙聲聯綿詞。❼倏　忽。❽眩眃　目視不明貌。❾常閭　故里。❿娑娑　舒展貌；盛美貌。⓫參參　長貌。⓬奐　同「煥」。光輝。⓭平林　平原上的樹林。《詩‧小雅‧車舝》：「依彼平林。」箋：「平林之木茂，則耿介之鳥往集焉。」⓮為禽　指當作獵獲物。⓯玩　研習；體會。⓰陰陽之變化　《文選》李善注曰：「《孫卿子》曰：『四時代御，陰陽變化。』《周易》曰：『四時變化。』」⓱徽　美。⓲曾氏　指孔子弟子曾參。⓳歸耕　琴曲名。《後漢書》注引《琴操》曰：「〈歸耕〉者，曾子之所作也。曾子事孔子十餘年，晨覺，眷然念二親年衰，養之不備，於是援琴鼓之曰：『往而不反者年也，不可得而再事者親也。歔欷歸耕來日，安所耕歷山盤乎！』」⓴歷阪　即歷山，在今山東歷城南。相傳舜曾耕於歷山。㉑嶔崟　高峻之貌。㉒不貳　無二心。一說，貳為「忒」字之譌。忒，差錯。㉓服　從事；實行。㉔夕惕若厲　《周易‧乾卦》：「君子終日乾乾，夕惕若厲，無咎。」惕，懼。厲，危險。㉕諐　古「愆」字。過失。㉖敕　同「勅」。整治。㉗恧　羞愧。㉘無為　《老子》：「上德無為而無以為。」㉙不出戶而知天下　《老子》：「不出於戶以知天下，不窺於牖以知天道。其出彌遠，其智彌尟。」故呂向注曰：「言行道德，玩篇籍，不出於戶，天下可知，何必劬勞以遠遊？」

【語　譯】走出天門啊我走下天路，乘著疾風啊我奔向天空的歸途。雲氣瀰漫啊圍繞我的車輪，清風吹拂啊吹動畫鳥隼的旗旟。亂紛紛連續不斷啊而又昏暗不明，忽然昏昏糊糊啊我返回了我的故居。收起往日的安閒歡樂啊，捲起我淫溢放散的遠遊之心。修整我最初那舒適的衣服啊，加長我的佩帶長過我身。文采光輝鮮明燦爛啊，非常美麗而隨風展伸。駕御六藝這珍奇的車駕啊，遨遊在道德的平原上的樹林。編織古代文獻作為網罟啊，驅趕儒家墨家作為獵獲的珍禽。研習陰陽二氣的變化啊，吟詠雅詩、頌詩的美好之音。讚美曾子的〈歸耕〉之曲啊，羨慕舜耕的歷山的高聳。早晚恭謹而無二心啊，本來是我自始至終所做的事。每晚驚懼害怕危險來反省差錯啊，懼怕我自身未能整飭。只要我內情端方正直啊，沒人了解我而不羞恥。默默無為而凝聚心志啊，與仁義一道安閒自適。不出門戶就了解天下大事啊，何必辛勤勞苦地去遠遊尋覓？

系❶曰：天長地久歲不留，俟河之清❷祇懷憂。願得遠度以自娛，上下無常窮六區。超踰騰躍絕世俗，飄遙神舉逞❸所欲。天不可階仙夫稀，〈柏舟〉悄悄吝不飛❹。松喬❺高跱❻孰能離❼，結精❽遠遊使心攜❾。迴志朅來❿從玄諆⓫，獲我所求⓬夫⓭何思？

【章　旨】本段寫治世不可等到，遠遊求仙亦無所收穫，只有「迴志朅來從玄諆」，才能「獲我所求」，歸結到「思玄」以收束全文。

【注　釋】❶系　束；結。言總結一篇之意。與「亂」同意。❷俟河之清　《左傳・襄公八年》：「周詩有之曰：俟河之清，人壽幾何？」杜預注：「逸詩也。言人壽促而河清遲，喻晉之不可待。」❸逞　快。❹柏舟句　柏舟，《詩・邶風》篇名。〈詩序〉曰：「柏舟，言仁而不遇也。衛頃公之時，仁人不遇，小人在側。」詩云：「憂心悄悄，慍於群小。」又曰：「靜言思之，不能奮飛。」《後漢書》注云：「鄭玄注云：『舟，載度物者也。今不用，而與眾物汎汎然俱流水中，諭仁人不用，而與群小並列。』悄悄，憂貌也。臣不遇於君，猶不忍奮翼而飛去。吝，惜也。衡亦不遇其時，而為宦者所讒，故引以自諭也。」❺松喬　赤松子、王子喬，皆古仙人名。❻跱　踞。謂得仙高踞。❼離　通「麗」。附著。❽結精　謂凝聚精神。❾攜　《後漢書》注：「攜，離也。」謂使心離散。《文選》李善注引《公羊傳》何休注曰：「攜，猶提將也。」提將即提攜。謂使心提攜思慕。❿朅來　離去。來，語助詞，無義。⓫諆　謀。《後漢書》注：「諆或作謀。諆亦謀也。」⓬獲我所求　指「從玄諆」。即獲得玄遠之道。⓭夫　《文選》李善注：「夫，復也。」

【語　譯】總結說：天長地久年歲卻不停留，等待黃河的澄清只是使我憂愁。希望能遠遠超越來自我歡愉，上天下地沒有固定我遊遍了宇宙。超越騰躍我要脫離這世俗，飄動飛揚神遊世外來實現我的思欲。天高不可用階梯上升而仙人也少有，抱著〈柏舟〉詩的憂思可惜我不能飛走。赤松子、王子喬得仙高踞誰能相遇，聚結精神遠遊使我心思離散痛苦。回心轉意離去求仙而追從玄道，獲得了我所追求的玄道又還思念什麼？

【研　析】本篇在藝術上是模仿班固的〈幽通賦〉而作，但實際上完全是承襲楚辭。第一，它運用的是楚辭的比興象徵手法。楚辭的特點，王逸指出是：「善鳥香草，以配忠貞；惡禽臭物，以比讒佞；靈修美人，以媲於君；宓妃逸女，以譬賢臣；虯龍鸞鳳，以託君子；飄風雲霓，以為小人。」這些比興手法，本篇都大量運用。第二，運用大量神話歷史故事以構造形象。楚辭：「陳堯舜之耿介，稱湯武之祗敬」，「譏桀紂之猖披，傷羿澆之顛隕」，「託雲龍，說迂怪，豐隆求宓妃，鴆鳥媒娀女」，「康回傾地，夷羿彈日，木夫九首，土伯三目」，「依彭咸之遺則，從子胥以自適」，諸如此類的神話故事，歷史人物大量出現，成為楚辭抒情和構造形象的重要手段。本篇也是如此。第三，運用幻想神遊以表現理想與內心苦悶。〈離騷〉、〈遠遊〉都描寫了神遊天地上下的幻想境界，以表現作者「上下求索」的精神和思想鬥爭。本篇的遊仙就是源於楚辭。至於騷體句式的運用更是楚辭的遺響。故從總體來說，它創造少而因襲多，文字亦太繁複而欠精練。不過作為一個大作家，張衡還是有某些新的開拓。如何念修云：「張平子與班孟堅生年相去不遠，但班視張為前輩耳。而才氣俱橫絕一代。班作〈兩都〉，張便作〈二京〉，班作〈幽通〉，張便作〈思玄〉，……唯末段天外一遊，不特班所無，亦〈騷〉所無，視之〈二京〉角觝大儺，尤為奇妙。遠想出宏域，真令人一讀一擊節也。」這就是本篇的一點獨創。

卷七十一 辭賦類 十

魯靈光殿賦有序

王子山

【題　解】本篇最早見於《文選》。魯靈光殿，宮殿名，舊址在今山東曲阜東，漢景帝子魯恭王劉餘所建。據《水經注・泗水》載：「孔廟東南五百步，有雙石闕，即靈光之南闕。北百餘步，即靈光殿基，東西二十四丈，南北十二丈，高丈餘，東西廊廡別舍，中間方七百餘步。闕之東北，有浴池，方四十許步，中有釣臺，方十步，臺之基岸悉石也。」可見其規模之大。《漢書・魯恭王傳》載：魯恭王「好治宮室苑囿狗馬」。本篇所寫當係當時的實際情況。它是我國賦史上第一篇專門描寫宮殿的賦。作者花了很大氣力，描寫了魯靈光殿的宏偉巍峨，富麗堂皇。作者寫作本篇的本意，在表現他對漢王室的頌揚，說明魯靈光殿的「巋然獨存」，乃是「神明依憑支持，以保漢室」。但一個小小的諸侯王，就建築起如此雄偉壯麗的宮殿，在當時生產工具極其落後原始的情況下，不知耗費了多少人力、物力、財力。這就在客觀上暴露了漢代貴族階級生活的豪華奢侈。同時，作者對大殿宏偉壯麗的規模結構，對建築上的雕刻彩繪的豐富精彩，都作了細緻生動的描繪。這也給我們保存了一份研究古代建築藝術的寶貴資料。

【作　者】王延壽，字文考，一字子山，東漢著名學者王逸之子，南郡宜城（今湖北宜城）人。生卒年不詳，約生於漢安帝延光中，約卒於漢桓帝建和中。少有俊才，遊魯國，作〈魯靈光殿賦〉。後蔡邕亦擬作此賦，未成，及見延壽所作，遂為之輟筆。曾得異夢，以為不詳，乃作〈夢賦〉以自勵。後渡湘水溺死，死時年僅二十餘歲。他是我國文學史上早熟而又早夭的作家之一。所作今存除本篇外，尚有〈夢賦〉及〈王孫賦〉（殘）。以本篇最有名。

魯靈光殿者，蓋景帝程姬之子恭王餘❶之所立也。初恭王始都下國❷，好治宮室，遂因魯僖❸基兆❹而營焉。遭漢中微，盜賊❺奔突，自西京未央、建章❻之殿，皆見隳壞❼，而靈光巋然獨存。意者豈非神明依憑支持，以保漢室者也？然其規矩制度，上應星宿❽，亦所以永安也。予客自南鄙❾，觀藝❿於魯，覩斯而眙⓫，曰：嗟乎！詩人之興，感物而作。故奚斯⓬頌僖，歌其路寢⓭，而功績存乎辭⓮，德音昭乎聲。物以賦顯，事以頌宣，匪賦匪頌，將何述焉？遂作賦曰：

【章　旨】本段是賦序，說明作賦的原因是，看到靈光殿的「巋然獨存」，感於「奚斯頌僖」的歷史事實，因作此賦以頌揚「神明依憑支持，以保漢室」。

【注　釋】❶恭王餘　魯恭王劉餘，以漢景帝前元二年立為淮陽王，前元三年徙封魯王，在位二十六年，死後諡恭。❷下國　諸侯國，這裡指魯國。國在天子京都之下，故稱下國。❸魯僖　指春秋時魯國國君魯僖公，西元前六五九－前六二七年在位。❹基兆　基礎地域。《詩．魯頌．閟宮》載魯僖公興建路寢及新廟，又〈泮水〉載其興建泮宮，擴大了魯宮室的範圍，故魯恭王因其基兆。兆，域。❺盜賊　指王莽時赤眉、銅馬等反王莽的軍隊。❻未央建章　皆宮殿名。未央宮，漢高祖建。建章宮，漢武帝建。❼見隳壞　被毀壞。西元二十二年，漢宗室劉玄（更始帝）所統率的新市、平林軍攻破長安，殺王莽。次年，赤眉軍攻入長安，殺劉玄。西元二十六年，赤眉軍以糧盡棄長安，光武帝所遣將鄧禹入長安。這段時期，長安戰亂頻仍，遭到嚴重破壞。❽星宿　列宿，這裡指二十八宿中的室宿，即營室。《爾雅．釋天》：「營室謂之定。娵觜之口，營室東壁也。」

郭璞注：「定，正也，作宮室皆以營室中為正。」此言靈光殿的規矩制度皆與室宿相應。❾南鄙　南方邊遠地區。王延壽荊州南郡宜城人，故自稱來自南鄙。❿藝　六藝，即禮、樂、射、御、書、數。據《博物志》載：「王子山與父叔師（王逸字）到太山從鮑子真學算。」故云「觀藝於魯」。⓫眙　驚視。⓬奚斯　魯公子魚的字，魯僖公之臣。⓭路寢　天子諸侯的正寢。《詩・魯頌・閟宮》：「松桷有舄，路寢孔碩。新廟奕奕，奚斯所作。」毛傳云：「有大夫公子奚斯作是廟也。」《文選》李善注引韓詩薛君曰：「言其新廟奕奕然盛，是魯公子奚斯所作也。」王延壽的看法與韓詩同。故這裡說，奚斯歌頌魯僖公，即歌頌他的路寢。⓮辭　文辭，指〈閟宮〉一詩。

【語　譯】魯靈光殿是漢景帝程姬的兒子魯恭王劉餘建築的。起初魯恭王開始在他的封地魯國建作都城，喜好修建宮室，就依據魯僖公的基礎地域而營造了這座宮殿。遭遇漢王室半途衰落，造反的奔走唐突，從西京長安未央宮、建章宮一類宮殿，都被毀壞，而靈光殿卻巍然屹立獨自存在。我料想難道不是神明依據支持來保護漢王室的嗎？然而它的規模制度，與天上的星宿相對應，這也是它永久平安的原因。我從南方邊地來此客遊，到魯國來觀摩技藝，看到這個就吃驚地望著，說：哎呀！《詩經》的詩歌作者的興起，都是被外物感動而寫作的。所以魯公子奚斯歌頌魯僖公，歌頌他的正寢，魯僖公的功績就因有〈閟宮〉一詩而保存，魯僖公的德音就因有〈閟宮〉一曲而昭明。外物因為有賦而顯揚，事物因為有頌而鮮明，沒有賦沒有頌，我們將表述什麼呢？於是就寫了這篇賦說：

粵若稽古帝漢❶，祖宗濬哲欽明❷，殷五代❸之純熙❹，紹伊唐❺之炎精❻。荷天衢以元亨❼，廓宇宙而作京。敷皇極❽以創業，協神道❾而大寧。於是百姓❿昭明，九族⓫敦序⓬。乃命孝孫⓭，俾⓮侯於魯。錫介珪⓯以作瑞，宅附庸⓰而開宇⓱。乃立靈光之祕殿，配紫微⓲而為輔。承明堂⓳於少陽⓴，昭列㉑顯於奎㉒之分野㉓。

【章　旨】本段首敘魯恭王劉餘受封於魯而建造了靈光殿。

【注　釋】❶粵若稽古帝漢　此仿《尚書・堯典》「粵若稽古帝堯」的句法。偽孔傳云：「若，順；稽，考也。能順考古道而行之者帝堯。」孔疏引鄭玄說：「訓稽為同，訓古為天，言能順天而行之，與之同功。」其訓若為順，與孔傳同。自南宋蔡沈謂「粵若」為發語辭，於是後人遂以「粵若稽古」為一句。其說雖甚通侻，然非漢以來相承之說，故此不取蔡沈說。❷濬哲欽明　深邃的智慧，恭敬而聖明。按《尚書・堯典》「欽明文思安安」，〈舜典〉「濬哲文明」，此合二句為一句以頌漢帝。❸五代　指周、商、夏、虞、唐。❹純熙　指純熙之德，即盛美光明之德。❺伊唐　指帝堯。❻炎精　指火。陰陽五行家認為堯以火德王（見《帝王世紀》），漢承堯運，故曰「紹伊唐之炎精」。❼元亨　大通。《易・乾卦》云：「元亨利貞。」〈文言〉曰：「元者，善之長也。亨者，嘉之會也。」❽皇極　帝王統治的準則。《尚書・洪範》：「建用皇極。」孔疏：「皇，大也。極，中也。」❾神道　鬼神之道。《易・繫辭》：「聖人以神道設教。」❿百姓　古指百官及貴族。《國語・周語》「百姓兆民」注：「百姓，百官也，官有世功，受氏姓也。」漢時已逐漸擴大為泛指所有臣民。然此處之「百姓昭明」為《尚書・堯典》語，當仍用古義。⓫九族　自高祖至玄孫為九族。一說指父族四，母族三，妻族二為九族。⓬敦序　謂分其次第而親厚之。敦，厚。⓭孝孫　指魯恭王劉餘。劉餘為文帝劉恆之孫，故稱「孝孫」。⓮俾　使。⓯珪　帝王諸侯所執的長形玉版，上圓（或尖）下方，表示符信。⓰附庸　附屬於諸侯的小國。⓱開宇　開拓疆宇。周成王封周公之子伯禽於魯，以周公有大功，除本土外，還賜以附庸。《詩・魯頌・閟宮》：「乃命魯公，俾侯於東，錫之山川，土田附庸。」此用其事。言恭王所居之國，亦有附庸以開拓疆土如伯禽然。這是言其疆域之大。⓲紫微　本指星座紫微垣，這裡比喻帝王的宮殿。⓳明堂　古代帝王宣明政教的地方。此指東方蒼龍七宿中的心宿。《史記・天官書》：「東方蒼龍心、房。心為明堂。」《索隱》引《春秋・說題辭》曰：「房、心為明堂，天王布政之宮。」又李善注引《漢書》曰：「泰山郡奉高縣有明堂，武帝造。」但武帝所造之明堂建於恭王封魯後。賦所言當指古明堂。⓴少陽　指東方。魯在東，故云「少陽」。㉑列　位次，指魯在諸侯王中的位次。一說指殿宇排列。㉒奎　二十八宿中的奎宿。魯地為奎婁星宿之分野。㉓分野　古代天文學把二十八宿的位置跟地上州國的位置相對應，稱分野。

【語　譯】順考古道而行的帝國大漢，它的祖宗有深邃的智慧而又恭敬聖明，光大了唐虞夏商周五代的盛美光明之德，繼承了唐堯火德的精英。肩負天道而大大亨通，開拓了宇宙而建作京城。敷布帝王統治的最高準則，協和鬼神之道而大獲安寧。於是百官職責明確，九族都依次序而得到了親厚。就命令孝孫劉餘，使他在魯國做了諸侯。賜予大的長形玉版以作為符瑞，據有附屬國而開拓疆宇。就建造了靈光這座宮殿，配合京都帝王的宮殿而成為陪襯依附。它上承心宿而處於東方，標明其位次而顯現於奎宿的分野。

瞻彼靈光之為狀也，則嵯峨嶵嵬，峗巍㠥㟪❶，吁可畏乎！其駭人也！迢嶢❷倜儻，豐麗博敞，洞轇轕❸乎其無垠也。邈希世而特出，羌瓌譎而鴻紛❹，屹山峙以紆鬱❺，隆崛岉❻乎青雲。鬱坱圠❼以嶒峵❽，崱❾繒綾❿而龍鱗⓫。汩⓬磑磑⓭以璀璨，赫⓮燡燡⓯而燭坤⓰。狀若積石⓱之嶈嶈⓲，又似乎帝室之威神。崇墉岡連以嶺屬⓳，朱闕⓴巖巖㉑而雙立。高門擬於閶闔，方二軌㉒而並入。

【章　旨】本段描寫靈光殿高俊宏偉的外觀。

【注　釋】❶嵯峨嶵嵬峗巍㠥㟪　皆高峻貌或高聳貌，皆疊韻聯綿詞。❷迢嶢　高貌，疊韻聯綿詞。❸轇轕　廣大貌，雙聲聯綿詞。❹鴻紛　大而多。❺紆鬱　深曲貌，雙聲聯綿詞。❻崛岉　高聳屹立貌，疊韻聯綿詞。❼坱圠　高低不平貌，雙聲聯綿詞。❽嶒峵　深空貌，疊韻聯綿詞。❾崱　高峻貌。❿繒綾　不平貌，疊韻聯綿詞。⓫龍鱗　謂如龍鱗之差參不齊。⓬汩　光潔貌。⓭磑磑　同「皚皚」。白貌。⓮赫　赤色鮮明貌。⓯燡燡　光明貌。⓰燭坤　照耀大地。燭，照。坤，地。⓱積石　山名。大積石山即今大雪山，在青海南部。小積石山在今甘肅臨夏西北，皆黃河之所流經。⓲嶈嶈　高貌。⓳岡連以嶺屬　謂如山岡山嶺之相連接。⓴朱闕　紅色的宮門。闕，宮門前並立的雙柱。㉑巖巖　高嚴貌。㉒軌　車輪所輾之跡，代指車。

【語　譯】看那靈光殿的形狀啊，宏偉雄峻而高高矗立，哎呀！真可怕呀！真嚇人呢！它高峻而卓異不俗，高大壯麗而寬廣開闊，深邃廣大而無垠堮。世上希有而特別突出，奇麗詭異而洪大紛亂，屹然似山之竦峙而深邃屈曲，隆起聳立而高入青雲之處。積結高低而幽深空洞，高峻不平如龍鱗之差參不一。光亮潔白而又明淨，紅色鮮明發亮將大地照耀如同白日。形狀像積石山一樣的高，又像天帝之室的神聖威武。高牆如同山岡山嶺之相連不斷，紅色的宮門高大而莊嚴地成雙峙立。高大的門可與天門相比擬，相並的兩車可以並排而入。

於是乎乃歷夫太階❶以造其堂，俯仰顧眄，東西周章❷。彤彩之飾，徒何為乎！澔澔涆涆❸，流離爛熳❹。皓壁暠曜❺以月照❻，丹柱歙赩❼而電烻❽。霞駮❾雲蔚❿，若陰若陽。瀖濩燐亂⓫，煒煒煌煌⓬。隱陰夏⓭以中處，霐泓⓮寥窲⓯以崢嶸⓰。鴻爌炾以爣閬⓱，飋⓲蕭條而清泠。動滴瀝⓳以成響，殷雷應其若驚。耳嘈嘈以失聽，目矎矎⓴而喪精。駢密石與琅玕㉑，齊玉璫㉒與璧英㉓。遂排金扉而北入，霄㉔靄靄而晻曖㉕。旋室㉖便娟㉗以窈窕㉘，洞房㉙窈窱㉚而幽邃。西廂踟躕㉛以閑宴，東序㉜重深而奧祕。屹䁰瞑㉝以勿罔㉞，屑㉟黶翳㊱以懿濞㊲。魂悚悚其驚斯，心猥猥㊳而發悸。

【章　旨】本段寫進入殿堂所見的大概和它令人驚悸的壯麗幽邃。

【注　釋】❶太階　高階。❷周章　猶「周流」。周回行走。❸澔澔涆涆　即「澔旰」。光澤鮮盛貌。❹流離爛熳　皆光彩分布貌。流離，雙聲聯綿詞。爛熳，疊韻聯綿詞。❺暠曜　白光貌，疊韻聯綿詞。❻月照　言白壁白光閃耀，如月之朗照。❼歙赩　赤色貌，雙聲聯綿詞。❽電烻　如閃電般熾盛。烻，光熾盛貌。❾霞駮　如彩霞般斑駁。❿雲蔚　如雲彩之蔚盛。⓫瀖濩燐亂　皆色彩眩曜不定貌。瀖濩，疊韻聯綿詞。燐亂，雙聲聯綿詞。⓬煒煒煌煌　光彩鮮明貌。⓭陰夏　向北的殿室。

夏，借作「廈」。⓮霐　幽深貌。⓯寥窲　幽深之貌，雙聲聯綿詞。⓰崢嶸　深邃貌，疊韻聯綿詞。⓱爌炾以爣閬　爌炾、爣閬，皆寬敞明亮之貌，皆疊韻聯綿詞。⓲飋　風涼貌。⓳滴瀝　水下滴的響聲，疊韻聯綿詞。⓴矎矎　目光繚亂貌。㉑琅玕　美石。㉒玉璫　玉飾的椽頭。㉓璧英　有花紋的璧玉。㉔霄　冥暗。㉕晻曖　昏暗貌，雙聲聯綿詞。㉖旋室　曲折回環的宮室。一說，旋，通「璇」。謂以璇玉飾室。㉗便娟　紆回曲折貌，疊韻聯綿詞。㉘窈窕　深曲貌，疊韻聯綿詞。㉙洞房深邃的內室。㉚窌窱　深邃貌，疊韻聯綿詞。按即窈窕之音轉。㉛踟躕　《文選》張載注：「踟躕，連閣傍小室也，踟或移字。」李善曰：「相連貌。」按：張以為「踟躕」即「簃（移）廚」。《爾雅・釋宮》：「連謂之簃。」郭璞注：「堂樓閣邊小屋，今呼之簃廚，連（閣）觀也。」（閣字據《御覽》所引補）。李善注亦就此加以引申。但張指實，李則以西序本與閣連，故以為相連貌。兩說均可通。㉜序　義同「廂」。㉝瞑瞑　視不明貌，疊韻聯綿詞。㉞勿罔　不清晰貌，雙聲聯綿詞。㉟屑　瑣屑者，指眾多小房間。㊱曖翳　隱蔽貌，雙聲聯綿詞。㊲懿濞　《五臣注》呂延濟說：深邃貌，疊韻聯綿詞。按：懿有深義。濞，疑為「淠」之借。《詩・小雅・小弁》：「萑葦淠淠。」毛傳云：「淠淠，眾也。」懿濞，言深邃而眾多。㊳猥猥　畏懼貌。

【語　譯】於是就經過高階而走進殿堂，抬頭低頭細心觀看，東邊西邊行走端詳。紅色彩繪的裝飾，卻是怎麼製作的啊！光澤鮮盛，光彩四布耀眼。白色的牆壁銀光閃耀如同明月朗照，紅色的柱子紅光閃耀如同強烈的閃電。如彩霞斑駁又如烏雲蔚盛，好像一片陰暗又好像充滿光線。色彩耀眼不定，光澤鮮明輝煌。向北的殿屋隱處其中，昏暗寂靜而又深藏。大房間寬敞而又明亮，微風習習十分清涼。一顆水珠滴下都成巨響，像雷聲相應叫人驚惶。聲音嘈雜使人失去聽力，眼花撩亂使人喪失目光。並列的細密之石和琅玕石，整齊地排列著玉飾的瓦璫。於是推開金飾的門而進入北面，只見一片冥暗而昏黑無光。環繞的房間紆回而深曲，深邃的內室幽深而微茫。西邊的廂房相連而清閒安靜，東邊的廂房幽深而祕密隱藏。特出的叫人望不清晰，細小的隱蔽深奧而不可計量。神魂恐懼而被它震驚，心中畏懼而恐慌。

於是詳察其棟宇，觀其結構。規矩應天❶，上憲觜陬❷。倔佹❸雲起，嶔崟❹

離樓❺。三間❻四表❼，八維❽九隅❾。萬楹叢倚❿，磊砢⓫相扶。浮柱⓬岹嵽⓭以星懸⓮，漂⓯嶢峴⓰而枝柱。飛梁⓱偃蹇⓲以虹指⓳，揭蘧蘧⓴而騰湊㉑。層櫨㉒磥佹㉓以岌峩㉔，曲枅㉕要紹㉖而環句㉗。芝栭㉘欑羅㉙以戢孴㉚，枝掌㉛杈枒㉜而斜據㉝。傍夭蟜㉞以橫出，互黝糾㉟而搏負。下岪蔚㊱以璀錯㊲，上崎嶬㊳而重注㊴。捷獵㊵鱗集，支離㊶分赴㊷，縱橫駱驛，各有所趣。

【章旨】本段寫殿堂的總體結構。它「規矩應天，上憲觜陬」，結構雄偉而複雜。

【注釋】❶應天　謂與天文星宿相應。❷觜陬　指二十八宿中的室宿。因室宿與壁宿四星四方如口，故稱觜陬。觜陬雙聲，《爾雅·釋天》作娵觜，一作娵訾。《正義》引孫炎曰：「娵訾之嘆則開口，營室東壁四方似口，故因名也。」則觜陬義為嘆息。古人以室宿在黃昏出現於正南方時為營造宮室之時。此言靈光殿的建造是效法室宿的。參看前「星宿」注。❸倔佹　猶「譎詭」。變化多端貌，古雙聲聯綿詞。❹嶔崟　高貌，疊韻聯綿詞。❺離樓　眾木攢聚貌，雙聲聯綿詞。❻三間　指東序、西廂屋各三間。❼四表　指宮殿之外的四面。❽八維　指四方四角。❾九隅　八維兼中央。隅，角。❿叢倚　叢聚而倚立。⓫磊砢　狀大之貌，一曰參差不齊貌，雙聲聯綿詞。⓬浮柱　梁上之柱。⓭岹嵽　高遠貌，雙聲聯綿詞。⓮星懸　如星之懸，言其多。⓯漂　輕貌。⓰嶢峴　不安貌，古雙聲聯綿詞。⓱飛梁　凌空架設的閣道。⓲偃蹇　高曲貌，疊韻聯綿詞。⓳虹指　如虹之行。《淮南子·原道訓》：「然而趨舍指湊。」高誘注：「指，所之也。指湊，猶言行止也。」此處之指正與下句湊相對。⓴蘧蘧　高聳貌。㉑騰湊　向上湊聚。湊，止。㉒層櫨　重疊的斗拱。櫨，大柱柱頭承托棟樑的方木，即斗拱。㉓磥佹　高聳貌，疊韻聯綿詞。㉔岌峩　高危貌，雙聲聯綿詞。㉕曲枅　彎曲的斗拱。枅，即櫨。李善注：「枅櫨為一，此重言之，蓋有曲直之殊耳。」㉖要紹　曲貌，疊韻聯綿詞。㉗環句　如連環之相鉤連。㉘芝栭　梁上繪有芝草圖案的短柱。栭，即櫨。㉙欑羅　攢聚布列。㉚戢孴　眾貌，疊韻聯綿詞。㉛枝掌　支柱；斜柱。李善注引《說文》曰：「掌，柱也。」㉜杈枒　歧出貌，疊韻聯綿詞。㉝斜據　傾斜而相依託。㉞夭蟜　特出之貌，疊韻聯綿詞。㉟黝糾　林木相連繞貌，疊韻聯綿詞。㊱岪

蔚 突出貌，疊韻聯綿詞。[37]璀錯 眾盛貌，雙聲聯綿詞。[38]崎嶬 高峻危險貌，疊韻聯綿詞。[39]重注 重疊聚注。[40]捷獵 參差相接貌，疊韻聯綿詞。[41]支離 分散貌，疊韻聯綿詞。[42]分赴 分別指向各方。

【語譯】於是仔細察看它的棟宇，觀察它的結構。它的構造式樣與天文星宿相應，向上效法營室而建造。變化多端如雲之興起，高高聳立由眾木攢聚所構。東序西廂屋各三間與宮殿四周的外表，四方四角為八維和中央兼八維是九角。上萬的柱子叢聚倚立，參差不齊地互相扶持。梁上之柱高高注立如眾星懸掛，輕飄不安而支撐相依。飛架的閣道高而屈曲如彩虹飛動，高高飛舉而向上湊集。重疊的斗拱高聳而似搖搖欲墜，彎曲的斗拱屈曲而如連環之相鉤。梁上繪芝的短柱攢聚布列而重重疊疊，枝柱歧出傾斜而互相依靠。旁側突現而橫出，互相連繞而又攢搏荷負。下面突出而錯綜複雜，上面高危而重疊聚注。參差相接如魚鱗之相集，離散而向著各自的方向縱橫交錯。

爾乃懸棟結阿[1]，天窗綺疏[2]。圓淵[3]方井，反植[4]荷蕖。發秀吐榮，菡萏[5]披敷。綠房[6]紫菂[7]，窋咤[8]垂珠。雲楶[9]藻梲[10]，龍桷[11]雕鏤。飛禽走獸，因木生姿。奔虎攫挐以梁倚，仡[12]奮舋[13]而軒鬐[14]。虯龍騰驤以蜿蟺[15]，頷若動而躨跜[16]。朱鳥[17]舒翼以峙衡[18]，騰蛇[19]蟉虯[20]而遶榱[21]。白鹿孑蜺[22]於欂櫨[23]，蟠螭[24]宛轉而承楣[25]。狡兔跧伏於柎[26]側，猨狖攀椽而相追。玄熊蚺蛟[27]以齗齗[28]，卻負戴[29]而蹲跠[30]。齊首目以瞪眄[31]，徒眽眽以狋狋[32]。胡人[33]遙集於上楹，儼雅[34]跽而相對。仡欺猥[35]以鵰䀹[36]，䫜顤顟[37]而睽睢[38]。狀若悲愁於危處，憯[39]嚬蹙[40]而含悴。神仙岳岳㊶於棟間，玉女窺窗而下視。忽瞟眇㊷以響像㊸，若鬼神之髣髴。圖畫天地，品類群生。雜物奇怪，山神海靈。寫載其狀，託之丹青㊹。千變萬化，事各繆形。隨色象類，曲㊺得其情。上紀開闢，遂古㊻之初。五龍㊼比翼，人皇九頭㊽。伏羲鱗身㊾，女媧㊿蛇軀[51]。鴻荒[52]朴略，厥狀睢盱[53]。煥炳[54]可觀，黃帝唐虞。軒冕以庸[55]，衣裳有殊[56]。下及三后[57]，淫妃[58]亂主[59]。忠臣孝子，烈士貞女。賢愚成敗，靡不載敘。惡以誡世，善以示後。

【章　旨】本段寫宮殿中的雕刻繪畫藝術的豐富多彩和生動形象。

【注　釋】①阿　曲隅。②綺疎　刻鏤著花紋的窗格子。③淵　深潭。這裡指建築上雕刻的池塘。下「方井」同。④反植　倒植。荷花刻鏤於天窗之上，從下視之，故曰倒植。⑤菡萏　荷花的別稱。⑥房　指蓮蓬。⑦菂　蓮子。《爾雅・釋草》：「荷，芙蕖，其莖茄，其葉蕸，其本蔤，其花菡萏，其實蓮，其根藕，其中的，的中薏。」⑧窋咤　物在穴中突出貌。此形容蓮子突出於蓮蓬之中。雙聲聯綿詞。⑨雲楶　雕有雲氣的斗拱。楶，柱頭斗拱，即櫨。⑩藻梲　雕有水草花紋的梁上短柱。梲，梁上短柱。⑪龍桷　雕有龍紋的椽子。桷，方形的椽子。⑫仡　抬頭。⑬奮舋　聳動。⑭軒鬐　飛動頸鬣。鬐，馬鬣。這裡指虎的頸毛。⑮蜿蟺　盤屈貌，疊韻聯綿詞。⑯躨跜　動貌，疊韻聯綿詞。⑰朱鳥　指鳳。⑱峙衡　峙立衡上。衡，樓殿邊的欄杆。⑲騰虵　傳說中能飛行的蛇。虵，蛇的異體字。⑳蟉虬　曲貌，疊韻聯綿詞。㉑榱　屋的椽子。㉒子蜺　伸頭之貌，疊韻聯綿詞。㉓欂櫨　即斗拱。㉔蟠螭　盤著的龍。㉕楣　房屋上的橫梁，即二梁。㉖柎　斗拱上的橫木。㉗蚺蜕　吐舌貌，疊韻聯綿詞。㉘齗齗　露齒貌。㉙負戴　謂負載棟樑。㉚蹲跠　蹲踞。跠，箕踞，即臀部著地，兩腿前伸的坐式。㉛瞪眄　瞪目斜視。㉜狋狋　怒貌。㉝胡人　我國古代稱北方的民族為胡，也泛指外國或外族的人。這裡指楹柱上的胡人形象。㉞儼雅　莊重恭謹貌，雙聲聯綿詞。㉟欺猥　醜貌，疊韻聯綿詞。李善注：「大首也。」五臣注李周翰曰：「面狹也。」

皆醜陋之意。㊱鵰眅　如大雕之驚視。鵰，猛禽名，似鷹而大，黑褐色。眅，驚視。㊲顱顤顟　李善注：「大首深目之貌。」按：此三字同韻。《廣韻・肴》部「顤」字下以「顱顤」連釋，「顟」字下以「顤顟」連釋，皆云：「胡人面也。」又《廣韻・幽》部有蚴蟉，釋為「龍貌」，則顱顟亦得相連。疑此顱顤顟即從「龍貌」取義，言其深目高鼻，面不平整，且多鬚，如龍然。㊳睽睢　張目貌，疊韻聯綿詞。㊴憯　同「慘」。慘痛。㊵嚬蹙　皺眉蹙額，悲愁不樂之貌。㊶岳岳　挺立貌。㊷瞟眇　視不分明貌，疊韻聯綿詞。㊸響像　猶「依稀」。仿佛不清晰貌，一曰指音響形象，疊韻聯綿詞。㊹丹青　本指丹砂、青雘等繪畫用的顏料，這裡代指圖畫。㊺曲　全。㊻遂古　上古；遠古。㊼五龍　遠古神話中駕龍飛行的人。李善注引《春秋・命歷序》曰：「皇伯、皇仲、皇叔、皇季、皇少五姓，同期俱駕龍。周密與神通，號曰五龍。」㊽九頭　傳說三皇中的人皇有九頭。李善注引《春秋・命歷序》曰：「人皇九頭，提羽蓋，乘雲車，出暘谷，分九河。」㊾鱗身　傳說伏羲氏龍身人首。㊿女媧　或謂即伏羲氏之妹，或謂為伏羲氏之婦，相傳她曾煉五色石以補天。(51)蛇軀　相傳女媧氏蛇身人首。(52)鴻荒　大荒，謂太古混沌初開之世。(53)睢盱　粗野貌，雙聲聯綿詞。(54)煥炳　文彩煥發貌。(55)軒冕以庸　言用軒冕以賞賜有功之人。軒，車。冕，冠。庸，功。(56)衣裳有殊　言有功者賞，無功者否，故有殊異。殊，異；不同。(57)三后　夏商周三代的君主。后，君主。(58)淫妃　指夏桀王之妃妹喜，商紂王之妃妲己，周幽王之妃褒姒。(59)亂主　昏亂之主，指夏桀王、商紂王、周幽王。

【語　譯】高懸的棟樑連結著曲隅，天窗上裝著刻鏤花紋的窗櫺。深的水潭畫在方的井格，雕鏤的荷花倒植在房頂。開放著朵朵鮮花，披散分布欣欣向榮。綠色的蓮蓬和紫色的蓮子，顆顆突現像垂著珍珠玉瑛。繪有雲氣的斗拱和水藻的短柱，龍紋的椽子雕刻極精。飛翔的禽和奔跑的獸，依據木材的不同形狀而姿態橫生。奔跑的猛虎爭奪搏持如屋樑之互相倚靠，舉頭晃動而鬣毛飛舉鬖鬖。虯龍向上飛騰而盤曲，下顎好像在擺動不停。鳳鳥展翅峙立於殿前的欄杆，能飛的蛇屈曲著在屋椽上纏繞回縈。白鹿在斗拱之間伸出頭來，盤著的龍蜿蜒曲折與二樑相承。狡兔蜷伏在斗拱橫木的傍邊，猨猴攀緣著椽子而互相追逐。黑熊張嘴吐舌而呲牙露齒，退卻負載著棟樑而蹲踞。同時舉首張目而瞪目斜視，徒然注視而忿怒。外國人遠遠地聚集在楹柱的上部，莊重恭謹地長跪著相對而語。抬起那醜陋的頭如大雕之驚視，大首高鼻而瞪著深陷的雙目。樣子像悲傷愁苦地處於危險之處，慘痛地皺眉蹙額而含著憂傷痛楚。神仙挺立於樑棟之間，玉女在窗間竊視而向下看顧。惚怳不甚分明而依稀可見，像鬼神一樣髣髣髴髴。繪畫了天地，分品別類畫出了各種生靈。奇奇怪怪的各類事物，像山神和海神一道降臨。描寫記載了他們的形狀，全部依靠圖畫寫出他們的神形。事物雖然千變萬化，各有他不同的外形。循著他們的神態與種類，全得其物的實情。上古記載了開天闢地，直到遠古之初。五個能駕龍飛行的人並冀飛行，人皇氏有九個頭顱。伏羲氏龍身人首，女媧氏人的頭而蛇的身軀。混沌初開的時代樸質簡略，那情狀鄙野粗疏。文彩煥發很有可觀，那是黃帝和堯的唐與舜的虞。他們用軒車禮帽以獎勵有功，用衣裳服制來區別一般與特殊。向下直至夏商周三代的帝王，淫蕩的后妃與昏亂的君主。忠良之臣和孝順之子，剛強之士與堅貞之女。賢明的愚笨的成功的失敗的，沒有什麼不載錄記敘。壞的用來告誡時君，好的用來昭示後嗣。

於是乎連閣承宮，馳道❶周環。陽榭❷外望，高樓飛觀❸。長途升降❹，軒檻❺曼延。漸臺❻臨池，層曲九成。屹然特立，的爾❼殊形。高徑華蓋❽，仰看天庭。飛陛❾揭孽❿，緣雲上征。中坐⓫垂景，頫視流星。千門相似，萬戶如一。巖突⓬洞出，逶迤詰屈。周行數里，仰不見日。

【章　旨】本段寫靈光殿建築群的高大深邃和建築技巧的精湛高超。

【注　釋】❶馳道　人君車馬所行之道。李善注云：「馳道，人君所行之道也。君以乘車馬，故以馳為名也。」❷陽榭　高大的臺榭。李善注云：「大殿無內室謂之榭，樹而高大謂之陽。」❸飛觀　五臣注呂向曰：「觀，闕也。言飛者謂高。」❹升降　上下，言有長的閣道上下樓榭。❺軒檻　欄杆。❻漸臺　本天上星名。《隋書・天文志》：「東足四星曰漸臺，臨水之臺也。」因稱臨水之臺曰漸臺。《水經注・泗水注》：「闕東北有浴池，方四十許步。中有釣臺，方十步。」釣臺即此漸臺。❼的

爾　分明貌。❽華蓋　星名，在紫微垣中。❾飛陛　向上直升的階臺。❿揭孽　極高貌，疊韻聯綿詞。⓫中坐　半途而止。⓬巖宎　幽深貌，雙聲聯綿詞。《文選》作「巖突」，言如在山巖下穿過。突，穿過。

【語　譯】於是連接樓閣和承接宮殿，有馳道周繞環列。高大的臺榭向外瞭望，高峻的樓臺與高大的門闕。長長的閣道上下臺榭，有欄杆圍護連綿不絕。漸臺面臨著水池，重疊曲折高達九層。高峻地特出而立，分明地有特異的外形。高可直上華蓋星座，抬頭即可望見天帝的殿廷。直上的臺階極高極高，緣著青雲直往上升。半路上即可見到日影下垂，低頭即可見到流星。千門都相似，萬戶皆如一。深幽隱蔽如從洞中走出，連接不斷而又宛延曲折。周繞著行走數里，抬頭見不到那輪紅日。

何宏麗之靡靡❶，咨用力之妙勤。非夫通神之俊才，誰能克成乎此勳。據坤靈❷之寶埶❸，承蒼昊❹之純殷❺。包陰陽之變化，含元氣❻之烟熅❼。玄醴❽騰涌於陰溝，甘露❾被宇而下臻。朱桂黝儵❿於南北，蘭芝阿那於東西。祥風翕習⓫以颸灑⓬，激芳香而常芬。神靈扶其棟宇，歷千載⓭而彌堅。永安寧以祉福，長與大漢而久存。實至尊⓮之所御，保延壽而宜子孫。苟可貴其若斯，孰亦有云而不珍！

【章　旨】本段讚美靈光殿據有重要位置，擁有眾多祥瑞，因而「神靈扶其棟宇」而「長與大漢而久存」。

【注　釋】❶靡靡　富麗；華美。❷坤靈　地神。❸寶埶　可寶貴的地勢。埶，即「勢」字。❹蒼昊　指天。《爾雅・釋天》：「春為蒼天，夏為昊天。」❺純殷　大中。純，大。殷，中，指中正之道。按：這兩句是照應前面「承明堂於少陽，昭列顯於奎之分野」的。少陽為東方，據陰陽五行家言，「東方者陽氣始動，萬物始生」（《白虎通·五行》）。故說是據地之寶勢。魯地又上承天之心宿，明堂為發布政教之所，故說承天之大中。❻元氣　指化成天地萬物的混一之氣。❼烟熅　元氣蒸騰貌，雙聲聯綿詞。這兩句是進一步就魯在東方而加以發揮，言其深得生長萬物的元氣的哺育。❽玄醴　深黑色的醴泉。醴，本指甜酒，這裡指甘美的泉水。❾甘露　甘美的露水。古人迷信以降甘露為太平的瑞兆。❿黝儵　茂盛貌，疊韻聯綿詞。⓫翕習　盛貌，疊韻聯綿詞。⓬颯灑　風吹草木聲，雙聲聯綿詞。⓭千載　從魯恭王劉餘至王延壽時寫作〈魯靈光殿賦〉時不足三百年，言千載乃誇飾之詞。⓮至尊　極其尊貴，代指皇帝。按：魯王不得稱至尊。考漢武帝曾數至泰山封禪，然史不言其至魯。東漢光武帝建武三十年、中元元年均曾經「幸魯」，明帝永元十五年亦東巡至魯，並親至孔廟。靈光殿臨近孔廟。此處「至尊」當指光武帝或明帝，也可能兼指二人。

【語　譯】多麼宏麗而華美呀！使用的力量確實精妙辛勤。不是那通達神明的英俊之才，誰能成就如此的功動！據有地神的寶貴形勢，承接蒼天的偉大正中。包容著陰陽的變化，蘊含著元氣的蒸騰。黑色的甘泉湧流於陰溝，甘美的露水被覆屋檐而向下滴零。紅色的桂花在南北茂盛開放，蘭花芝草在東西搖曳繁榮。和風颯颯地不停吹拂，激盪著芳香而香氣不停。神靈扶持著它的棟宇，經歷了千年而更加堅牢不傾。永遠安寧而得福，長久地與大漢並存。的確是最尊貴的人所使用，保祐他長壽而多子多孫。假如像這樣的可貴，有誰說它並不足珍！

亂曰：彤彤靈宮❶，巋嶵❷穹崇❸，紛厖鴻❹兮。崱屴嵫釐❺，岑崟❻崰嶷❼，駢巃嵸❽兮。連拳❾偃蹇❿，崘菌⓫踡跜⓬，傍欹傾⓭兮。歇欻幽藹⓮，雲覆霮䨴⓯，洞杳冥兮。葱翠紫蔚⓰，礧碨⓱瓌瑋，含光晷兮。窮奇極妙，棟宇已來，未之有兮。神之營之，瑞我漢室，永不朽兮。

【章　旨】本段是亂詞，以總的讚歎作結。

【注　釋】❶靈宮　指靈光殿。靈，美；善。❷巋嵬　高大之貌，疊韻聯綿詞。❸穹崇　高貌，疊韻聯綿詞。❹厖鴻　大貌，疊韻聯綿詞。❺崱屴嵫釐　皆高峻貌，皆疊韻聯綿詞。崱屴、嵫釐乃一聲之轉。❻岑崟　峻險貌，疊韻聯綿詞。❼崰嶷　峻險貌，疊韻聯綿詞。❽巃嵸　高貌，疊韻聯綿詞。❾連拳　屈曲貌，疊韻聯綿詞。❿偃蹇　高聳貌，疊韻聯綿詞。⓫崙菌　屈曲盤結貌，疊韻聯綿詞。⓬踡嵼　屈曲貌，疊韻聯綿詞。⓭攲傾　傾側貌。⓮歇欻幽藹　皆幽深貌，皆雙聲聯綿詞。⓯靄靄　繁雲貌。一曰幽邃之貌，雙聲聯綿詞。⓰蔥翠紫蔚　文彩繁盛貌。⓱礧碨　綴著貌，一曰大石貌，疊韻聯綿詞。

【語　譯】總結說：紅彤彤的美好宮殿，巨大高峻，紛雜而龐大啊。高高矗立，陡峭險峻，並列而高入天外啊。屈曲盤繞，紆回鬱結，向傍邊傾側啊。深邃幽暗，如濃雲覆蓋，幽深而昏黑啊。文彩斑斕，連綴著珍奇，包含著太陽的光彩啊。窮盡奇特極盡精妙，自有屋宇以來，未曾有過這樣的佳話啊。它是神明的營造，成為漢室的祥瑞，永遠也不會朽壞啊！

【研　析】本篇在藝術上有其獨創性。第一，對宮殿建築的描寫，雖然〈上林〉、〈甘泉〉諸賦中已開其端，但專門描寫宮殿的賦，則這是首例。第二，賦的前段寫大殿結構的宏偉，已頗有形象的描繪。「屹山峙以紆鬱，隆崛岉乎青雲」，這是寫建築之高；「崇墉岡連以嶺屬」，這是寫建築之大。兩筆鉤勒，就把宮殿的壯美勾畫了出來。尤其是描寫建築上的雕刻繪畫藝術一段，能著眼於藝術形象的再現，尤為生動。如形容龍則謂其「頷若動而躨跜」，描寫虎則謂其「佹奮舋而軒鬐」，刻劃猿猴則謂其「攀椽而相追」，描繪胡人則謂其「狀若悲愁於危處」，表現玉女則謂其「窺窗而下視」，皆甚為精妙，不但肖其形，且能傳其神。這既表現了作者對藝術作品的卓絕的欣賞水平和描繪形象的高超的藝術才能，也表現了當時雕刻繪畫藝術的精妙技藝。孫鑛批評說：「此賦在六朝時甚有名。然亦衹拾班、張之緒餘，未見有獨至處。」這是不公允的。但賦中堆砌了許多雙聲、疊韻的喻況形容詞，沿襲著西京大賦喜用奇詞僻字的習氣。作者的目的是想加強作品的形象性，結果反而使有的地方形象模糊不清，語言亦深澀難讀。孫鑛又批評說：「文氣古勁，可以上追子雲，而聱牙詰屈之處亦不少，與王子淵〈洞簫賦〉亦正相近也。」這應是一個失敗的教訓。

登樓賦

王仲宣

【題　解】本篇最早見於《文選》。王粲所登之樓，《文選》李善注據盛弘之《荊州記》定為當陽城樓，五臣注劉良注則認為是荊州江陵城樓，另有研究者據《水經注．沮水注》與〈漳水注〉定為麥城城樓。稽之史籍，並依據賦中所描寫的情景，當以李善說最為恰當，今學者多從之。王粲於漢獻帝初平三年（西元一九二年），因董卓之亂而避居荊州，依附劉表，歷時一十五年，一直不被重用。有一次，他登上當陽城樓，就寫了本賦來抒發他的苦悶與牢騷。賦中，通過他所見所感的描寫，表現了作者因久留異地而產生的鄉土之思，抒發了因時局動亂而又懷才不遇的悲憤之情，表達了作者盼望建功立業和渴望國家統一的強烈願望。這三者的中心是時局的動亂和自己的懷才不遇。正因如此，他才產生鄉思，才有建立功業以實現國家統一的願望。這表現的正是建安時期的一種時代精神，也正是「建安風骨」的重要體現。因此，本篇是建安時期抒情小賦的著名代表作品。

【作　者】王粲（西元一七七—二一七年），字仲宣，山陽高平（今山東鄒縣西南）人。「建安七子」之一。年輕時就很有才名，深得蔡邕的賞識。十七歲時，因西京擾亂，他避難荊州，依荊州刺史劉表，一直未被重用。後歸曹操，任丞相掾，賜爵關內侯，官至侍中。王粲長於詩賦，在「建安七子」中，文學成就最高，劉勰《文心雕龍．才略》稱他為「七子之冠冕」，與曹植合稱「曹王」。後人輯有《王侍中集》。今存有辭賦二十六篇（包括殘句）。

登茲樓以四望兮，聊假日以銷憂。覽斯宇之所處兮，實顯敞而寡仇[1]。挾[2]

清漳❸之通浦❹兮，倚曲沮❺之長洲❻。背墳衍❼之廣陸兮，臨皋隰❽之沃流。北彌陶牧❾，西接昭邱❿。華實蔽野，黍稷⓫盈疇。雖信美而非吾土兮，曾何足以少留。

【章　旨】本段寫荊州地勢的險要，物產的富饒，是登樓之所見。但「雖信美而非吾土」，又轉入下文。

【注　釋】❶寡儔　無可比擬。寡，少。儔，匹敵。❷挾　帶。❸漳　水名，發源於湖北南漳西南，東南流經當陽，與沮水會合，又東南流經江陵而流入長江。漳水清澈，故稱清漳。❹浦　大水的支流與別的河流相通之處。❺沮　水名，發源於湖北保康西南，在當陽境與漳水會合，經江陵西境流入長江。沮水彎曲，故稱曲沮。❻長洲　水中長形的陸地。❼墳衍　地勢高起為墳，廣平為衍。❽皋隰　水邊的高地和低下的濕地。❾陶牧　陶朱公范蠡的墳墓所在的郊野。陶，鄉名，相傳為陶朱公范蠡的葬地。牧，郊外。❿昭邱　楚昭王的墳墓，在當陽縣外。⓫黍稷　兩種糧食作物。黍，黃米。稷，高粱。一說，亦名粢、穄、穈，古稱百穀之長，故穀神、農官皆名稷。

【語　譯】登上這座城樓向四面瞭望啊，姑且假借時日來銷解憂戚。看到這座城樓所處的地勢啊，確實明亮寬敞而少有匹敵。挾帶著清澈的漳水支流的岔口啊，倚靠著彎曲的沮水的長長的綠洲。背靠著高地和廣平的地的廣闊原野啊，面對著水邊高地和低濕之地的可供灌溉的河流。北面遠至陶朱公墓地的郊野，西面連接楚昭王的墳墓荒邱。花木和果實遮蔽原野，黃米和高粱等糧食作物長滿田疇。雖然的確美好而不是我的故鄉啊，哪裡值得我在此稍作停留！

遭紛濁❶而遷逝❷兮，漫踰紀❸以迄今。情眷眷而懷歸兮，孰憂思之可任❹！憑軒檻以遙望兮，向北風而開襟。平原遠而極目兮，蔽荊山❺之高岑❻。路逶迤而脩迥❼兮，川既漾❽而濟❾深。悲舊鄉之壅隔❿兮，涕橫墜⓫而弗禁。昔尼父⓬之在陳兮，有歸與之歎音。鍾儀幽而楚奏⓭兮，莊舄顯而越吟⓮。人情同於懷土兮，豈窮達而異心！

【章旨】本段寫思鄉懷歸的鄉關之情，突出鄉情之深切，不因窮而變異。

【注釋】❶紛濁　紛擾汙濁，比喻亂世。此指東漢末年長安的戰亂。❷遷逝　遷徙流亡。此指作者逃離長安而避難荊州。❸踰紀　超過了十二年。十二年為一紀。按王粲於漢獻帝初平三年離開長安至荊州，至作賦已超過十二年，則此賦當作於漢獻帝建安九年至十二年（西元二〇四—二〇七年）之間。❹任　當；承受。❺荊山　山名，在今湖北南漳西北。❻岑　高而小的山。此泛指山。❼脩迥　長而遠。❽漾　長。❾濟　渡過。❿壅隔　阻塞隔絕。⓫橫墜　形容涕淚交墜。⓬昔尼父　《論語・公冶長》載：「子在陳曰：『歸與！歸與！』」朱熹《論語集注》曰：「此孔子周流四方，道不行而思歸之歎也。」此王粲借以自比。尼父，即孔子。《禮記・檀弓上》：「魯哀公誄孔子曰：『天不遺耆老，莫相予位焉！嗚呼哀哉，尼父！』」陳，春秋時國名，在今河南淮陽及安徽亳縣一帶。⓭鍾儀句　鍾儀，春秋時楚國樂官，在與鄭國的一次戰爭中被鄭俘虜，獻給晉國，晉將其囚於軍府。後晉侯命他操琴，他彈奏的仍是楚國的樂曲。事詳《左傳・成公九年》。幽，囚。⓮莊舄句　莊舄，戰國時越人，在楚國做大官，病中發出的呻吟聲，仍是楚國的方音。顯，官位顯赫；官居要職。

【語譯】遇到了世道動亂而遷徙流亡啊，長久地超過了十二年以至而今。心情深切眷戀而想著回去啊，誰能將這種憂思擔承！倚靠著欄杆而向遠方瞭望啊，向著北方我敞開了衣襟。平原遼闊我放目遠望啊，遮蔽我的視線被那荊山高高的山岑。路道曲折而又長遠啊，河流既長而渡過又太深。悲歎故鄉被阻塞隔絕啊，淚水交墜而難以自禁。昔日孔子困在陳國啊，有過「回去吧」的歎息之音。鍾儀被囚於晉而仍彈奏楚國的舊曲啊，莊舄顯達病中卻發出越國的呻吟。人情都是懷念故土啊，哪裡會因官位困頓或顯貴而變異其心！

唯日月之逾邁❶兮，俟河清其未極。冀王道之一平兮，假高衢❷而騁力。懼匏瓜之徒懸❸兮，畏井渫之莫食❹。步棲遲❺以徙倚❻兮，白日忽其將匿。風蕭瑟而並興兮，天慘慘而無色。獸狂顧以求群兮，鳥相鳴而舉翼。原野闃其無人兮，征夫行而未息。心悽愴以感發兮，意忉怛❼而憯惻❽。循階除❾而下降兮，氣交憤❿於胸臆。夜參半⓫而不寐兮，悵盤桓以反側。

【章　旨】本段寫時光流逝，才能不能施展的苦悶和「冀王道之一平兮，假高衢而騁力」的願望。

【注　釋】❶逾邁　過往；流逝。❷高衢　大路；大道。❸匏瓜之徒懸　《論語・陽貨》：「子曰：吾豈匏瓜也哉？焉能繫而不食？」謂不能像匏瓜那樣只是懸在那裡，而不為世所用。匏瓜，葫蘆瓜。❹井渫之莫食　《周易・井卦》：「井渫不食，為我心惻。」此借言井雖淘淨，卻無人飲用，比喻自己雖潔身自持，而不被任用。渫，淘淨穢濁。❺棲遲　遊息，疊韻聯綿詞。❻徙倚　猶「徘徊」。行止不定貌，疊韻聯綿詞。❼忉怛　憂勞悲痛，雙聲聯綿詞。❽憯惻　悽涼傷痛，雙聲聯綿詞。❾階除　階梯。《文選》李善注引司馬彪〈上林賦〉注曰：「除，樓階也。」❿交憤　交結鬱積。憤，懣悶；鬱積。而朱珔《文選集釋》曰：「此處交憤即狡憤，交乃狡之借字耳。」狡憤，指煩躁不安。⓫參半　及半。參，及；至。

【語　譯】日月不停地流逝啊，等待黃河澄清只怕等不及。期望國家的政局統一平穩啊，假借大道讓我能施展才力。害怕孔子說的匏瓜白白地懸掛啊，畏懼《周易》說的井淘淨了卻無人提汲。我行走遊息而行止不定啊，白日迅速地將向西山藏匿。風聲颯颯而一并吹來啊，天空昏暗而全無彩色。野獸慌亂地四顧而尋找獸群啊，飛鳥互相鳴叫而振動翅翮。原野寂靜而無人聲啊，只有行人在行走而未休息。內心悲傷而感觸齊發啊，心意憂傷而悽涼悲切。沿著階梯我走了下來啊，悶氣在胸中鬱積交結。夜已及半而不能入睡啊，感傷懊惱我猶疑不定而在床上輾轉反側。

【研　析】本篇是一篇抒情小賦。它以抒情作為謀篇布局的線索，本期「聊假日以銷憂」，故「登茲樓以四望」。

結果因所見富庶的原野而引起思鄉之情，因思鄉之情而引發對時局動亂和自己懷才不遇的強烈悲憤，以至「夜參半而不寐」，更引發出內心的感傷懊惱。時間則從白晝寫到薄暮，寫到夜半，層次清晰地把內心的憤懣揭示出來。全篇以簡潔的手法，清新的語言寫景抒情，寫得情景交融，尤其賦末一段的「白日忽其將匿」數句，描繪出一派黃昏時候淒清蕭瑟的景象，以烘托作者內心的孤憤與悲涼，充滿了抒情詩的韻味，做到了言有盡而意無窮，一改漢賦那種以鋪陳堆砌為能事的惡習，標誌著抒情小賦的完全成熟，展示著從兩漢時期到魏晉時期賦風的轉變。周平園說：「篇中無幽奧之詞，雕鏤之字，期於自攄胸臆，書盡言，言盡意而止，無取乎富麗也。前因登樓而極目四望，因極目四望而動其憂時感事、去國懷鄉一片愁思。首尾凡三易韻，段落自明。行文低回俯仰，尤為言盡而意不盡。」這就準確地揭示出了本篇在藝術上的特點。

鷦鷯賦有序

張茂先

【題解】本篇最早見於《文選》，《晉書・張華傳》亦收錄，但無序。鷦鷯，小鳥名，俗稱黃脰鳥。《晉書》本傳云：「初未知名，著〈鷦鷯賦〉以自寄。陳留阮籍見之，嘆曰：『王佐之才也。』由是名聲始著。」而《文選》李善注引臧榮緒《晉書》曰：「少好文義，博覽墳典，為太常博士，轉兼中書郎，雖栖處雲閣，慨然有感，作〈鷦鷯賦〉。」關於本篇的寫作時間，二說不同。陸侃如《中古文學繫年》認為：「臧說較可信。理由有二：第一，賦中的牢騷不像二十左右的人所有的，移於三十左右較合理。第二，湯球輯臧榮緒《晉書》卷五及王隱《晉書》卷六，均有『中書郎成公綏亦推華文義勝己』的話，綏為中書郎在景元中。」不過，據陸書載，成公綏遷中書郎在陳留王景元四年（西元二六三年），張華兼中書郎即真在陳留王咸熙元年（西元二六四年）。則此賦當作於晉武帝代魏前不久。此時司馬氏與曹氏爭奪權力的鬥爭，以司馬氏取勝而基本結束。張華親身經歷了這場殘酷的鬥爭。因他出身庶族，加以「少孤貧」，所以能如鷦鷯一樣全身遠禍而暗自慶幸，故作此賦以見意。賦中，張華以鷦鷯自喻，與禰衡〈鸚鵡賦〉同，但自出機杼，不相蹈襲。它取義於莊子「鷦鷯巢於深林，不過一枝」，宣揚的是莊子哲學的以無用為大用。為突出此旨，賦中還以雕鶚、蒼鷹、鸚鵡、鷄鶡等的遭殺戮，受束縛或不得自由，以反襯鷦鷯的「不懷寶以賈害，不飾表以招累」，表現的正是作者在痛定思痛之後能得以保全自己的喜悅之情。它深刻反映了魏晉之際政治鬥爭的激烈與殘酷。我們聯繫當時許多人士被殺害來反觀這段歷史，就會對賦中所表現的慶幸之情有更加深切的體會。

【作　者】張華（西元二三二—三〇〇年），字茂先，范陽方城（今河北固安南）人。少孤貧，自牧羊，學業優博，辭藻溫麗。魏末舉太常博士，入晉為中書令。以襄贊平吳之功，封廣武縣侯。官至司空。趙王倫之變為孫秀所害。張華博物洽聞，世無與比，撰有《博物志》。原有集，已散佚，張溥輯有《張茂先集》。其賦今存六篇，以〈鷦鷯賦〉最有名。

鷦鷯，小鳥也，生於蒿萊之間，長於藩籬之下，翔集❶尋常之內，而生生❷之理足矣。色淺體陋，不為人用；形微處卑，物莫之害；繁滋族類，乘❸居匹❹遊；翩翩然❺有以自樂也。彼鷲鶚鶤鴻❻，孔雀翡翠❼，或淩❽赤霄❾之際，或託絕垠❿之外，翰⓫舉足以沖天，觜距⓬足以自衛。然皆負矰⓭嬰繳⓮，羽毛入貢。何者？有用於人也。夫言有淺而可以託深，類有微而可以喻大，故賦之云爾。

【章　旨】本段是序，以鷦鷯的「形微處卑，物莫之害」與鷲鶚鶤鴻等的「負矰嬰繳，羽毛入貢」相較，說明本篇「類有微而可以喻大」的創作本意。

【注　釋】❶集　止，棲息。❷生生　養生。❸乘　雙。《廣雅・釋詁》四曰：「乘、匹，二也。」禽類以雙數為乘。❹匹　偶。《文選》李善注引《列女傳》：「姜后曰：雎鳩之鳥，猶未常見其乘居而匹遊。」❺翩翩然　自得之貌。❻鷲鶚鶤鴻　皆大鳥名。鷲，即「雕」，猛禽，似鷹而大，黑褐色。鶚，猛禽，棲水邊，捕魚為食，俗稱魚鷹。鵾，鵾雞，似鶴，黃白色。鴻，鴻鵠，即天鵝。❼翡翠　鳥名，亦名翠雀。雄赤曰翡，雌青曰翠。❽淩　淩駕；超越。❾赤霄　有紅色雲的天空。❿絕垠　天邊之地。垠，邊際。⓫翰　鳥羽；翅膀。⓬觜距　指鳥的利嘴和利爪。⓭負矰　被箭射中。負，猶「被」。遭。矰，繫有生絲繩的箭。⓮嬰繳　被絲繩纏繞。嬰，纏繞。繳，射鳥時繫在箭上的生絲繩。

【語譯】鷦鷯是小鳥，繁育在雜草之間，生長在籬笆之下，飛翔棲息在幾尺丈餘之內，而養生覓食的法則就足夠了。色澤淺淡，形體醜陋，不為人類所用；形體微小，居處低下，外物沒有什麼來危害牠；繁殖牠的種類，成雙地棲息，成對地遨遊；悠閒自得地有自己的快樂。那大雕、魚鷹、鵾雞、天鵝，孔雀、翡翠，有的飛到布滿紅雲的天空的邊際，有的寄託在絕遠的天的邊際之外，翅膀振起足夠衝向天空，尖嘴利爪足夠用來自衛。然而都被箭射中，被絲繩纏住，羽毛作為進獻的貢品。為什麼呢？牠們對人類有用呀。那語言有淺近卻可以寄託深奧的道理，物類有微小卻可以說明巨大的寓意，所以我就寫賦來描寫牠。

何造化❶之多端兮，播群形於萬類。惟鷦鷯之微禽兮，亦攝生❷而受氣❸。育翩翾❹之陋體，無玄黃❺以自貴。毛弗施於器用，肉弗登於俎味❻。鷹鸇過猶俄翼❼，尚何懼於罿罻❽？翳薈❾蒙蘢❿，是焉遊集。飛不飄颺⓫，翔不翕習⓬。其居易容，其求易給。巢林不過一枝，每食不過數粒。棲無所滯⓭，游無所盤⓮。匪陋荊棘，匪榮茝⓯蘭。動翼而逸，投足而安。委命順理⓰，與物無患。伊茲禽之無知，何處身之似智。不懷寶⓱以賈害，不飾表以招累。靜守約⓲而不矜，動因循以簡易。任自然以為資，無誘慕於世偽⓳。

【章旨】本段寫鷦鷯無用於世，亦與世無爭，故能遠禍而不賈害招累。

【注釋】❶造化　指創造化育萬物的大自然。❷攝生　取得生命。攝，吸取。❸受氣　謂承受陰陽化育之氣。王充《論衡・自然》：「天地合氣，萬物自生。」❹翩翾　小飛貌，疊韻聯綿詞。❺玄黃　黑色和黃色。這裡指羽毛的多種彩色。❻俎味　指用作祭祀的祭品。俎，古代祭祀時用以置肉的禮器。❼俄翼　傾翼而過，言鷦鷯太小，鷹鸇亦不捕食。❽罿罻　捕鳥的網。罻，小網。❾翳薈　草木密茂貌，疊韻聯綿詞。❿蒙蘢　覆蔽貌，此指草木叢生之處，疊韻聯綿詞。⓫飄颻　高飛貌。⓬翕習　急疾貌，疊韻聯綿詞。⓭滯　阻滯。謂棲息時所需地方很小，故沒有甚麼能妨礙牠。⓮盤　樂。⓯茝　香草名，蘭草之類。⓰順理　順應自然的法則。⓱懷寶　懷藏珍寶，指鷦鷯一身無可寶之物。⓲守約　保持簡約。約，簡略。⓳世偽　世俗的虛偽欺詐。

【語譯】大自然多麼頭緒紛繁啊，傳布各種形態給予各種物類。就是鷦鷯這種小鳥啊，也獲得生命而稟受著陰陽的精氣。孕育出只能小飛的簡陋形體，沒有玄黃的彩色用以自我尊貴。羽毛不施用到器物用具之上，肉食不登用於俎豆的滋味。鷹鸇飛過也傾側翅膀不理睬，還對捕鳥網有什麼懼畏？草木茂盛而覆蔽的地方，牠就在那裡飛遊棲息。起飛不求高揚，翱翔也不急疾。牠的居住容易安身，牠的需求容易供給。築巢不過一枝樹枝，每吃一頓不過幾顆米粒。棲息沒有什麼阻礙，遊飛不必作樂尋歡。不鄙視荊條棘刺，不看重茝草芝蘭。鼓動翅膀就是逸樂，踏動爪趾就得安閒。聽從命運安排又順應自然法則，不成為外物的禍患。這小鳥看似無知無識，牠處身卻似有大哲大智。不懷藏寶物來招引禍害，不修飾外表來招惹牽累。靜處時保持簡約而不自我誇耀，飛動時依循舊法而簡略便易。因任自然以為憑藉，不誘惑和羨慕世俗的欺詐虛偽。

鵰鶡❶介其觜距，鵠鷺❷軼於雲際。鵾雞竄於幽險，孔翠❸生乎遐裔。彼晨鳧❹與歸鴈，又矯❺翼而增❻逝。咸美羽而豐肌，故無罪而皆斃。徒銜蘆❼以避繳，終為戮於此世。蒼鷹鷙而受緤❽，鸚鵡惠❾而入籠。屈猛志以服養，塊❿幽縶⓫於九重⓬。變音聲以順旨，思摧翮⓭而為庸⓮。戀鍾代⓯之林野，慕隴坻⓰之高松。雖蒙幸於今日，未若疇昔之從容。海鳥鶢鶋⓱，避風⓲而至；條枝⓳巨雀⓴，踰嶺㉑自致。提挈萬里，飄颻㉒逼畏㉓。夫惟體大妨物㉔，而形瓌足瑋㉕也。

【章旨】本段寫雕鶚等鳥皆因「體大妨物，而形瓌足瑋」，皆遭遇不幸，與鷦鷯形成鮮明對比。

【注釋】❶鵰鶚　皆猛禽名。鵰，即「鷲」。鶚，羽毛黃黑色，形似雉而大，嗜鬥。❷鵠鷺　皆鳥名。鵠，即天鵝。鷺，白鷺，俗稱鷺鷥。❸孔翠　指孔雀和翡翠。❹晨鳧　野鴨。常以晨飛，故稱晨鳧。❺矯　通「撟」。高舉。❻增　通「曾」。高。❼銜蘆　《淮南子．修務訓》：雁「銜蘆而翔，以備矰弋」。蘆，即蘆葦，生於濕地或淺水的植物。❽受緤　被繫住。緤，拴繫。❾惠　通「慧」。聰慧。鸚鵡經訓練能效人發音，故曰慧。❿塊　孤獨貌。⓫幽縶　囚禁。⓬九重　指宮廷，極言其深遠。⓭摧翮　損傷羽翮。翮，羽莖，指代鳥翼。⓮為庸　為人所用。庸，用。⓯鍾代　皆產鷹之地。鍾，鍾山，《文選》李善注引東方朔《十洲記》曰：「北海外有鍾山。」一說為崑崙山的別稱。代，代郡，古代國，地在今河北蔚縣一帶。代，《文選》作「岱」，李善注曰：「鍾、岱二山，鷹之所產。」又引《漢書》曰：「趙地鍾、岱，迫近胡寇。」據此，則鍾、岱二山，皆在趙地，未詳所在。⓰隴坻　即隴山，在今陝西隴縣至甘肅平涼一帶，產鸚鵡。⓱鶢鶋　海鳥名，即突鶩，大如馬駒。⓲避風　《國語．魯語上》曰：「海鳥曰爰居，止於魯東門之外二日。展禽曰：『今茲海其有災乎！夫廣川之鳥獸，恆知而避其災也。』是歲海多大風。」⓳條枝　漢西域國名，在安息以西，臨西海，在底格里斯、幼發拉底兩河之間。⓴巨雀　即駝鳥，生活於沙漠區的大鳥。《後漢書．西域傳》載條枝國出大雀。《後漢書．和帝紀》永元十三年載：「安息國遣使獻師子及條枝大爵。」爵，即雀。㉑嶺　指葱嶺。葱嶺，古代對今帕米爾高原和崑崙山、天山西段的統名。地勢極高，有世界屋脊之稱。《漢書．西域傳》載：出西域有兩道，南道西踰葱嶺，則大月氏、安息。㉒飄颻　飄泊貌，疊韻聯綿詞。此指大雀經長途飄泊而被獻到漢朝。㉓逼畏　此指鶢鶋鳥被海風所逼迫，故畏懼而逃至魯國。㉔體大妨物　指鶢鶋鳥因體大難以隱蔽而受害於風。㉕形瓌足瑋　指條枝大雀因形狀奇偉而值得珍貴。瓌，同「瑰」。奇偉。瑋，美好。用作意動詞，以為瑋，珍視之意。

【語譯】大雕鶡鳥武裝牠們的尖嘴利爪，天鵝白鷺高高地飛越到青雲之際。鶡雞逃竄到幽僻險阻的地方，孔雀翡翠生長在遙遠的邊地。那晨飛的野鴨和南歸的大雁，又高舉雙翼而高高飛逝。都因為羽毛美麗而肌肉豐美，所以無罪而都被殺斃。白白地銜著蘆葦來躲避繫絲繩的箭，終究被殺死在這世界。蒼鷹凶猛而被縛住，鸚鵡聰慧而捉入金籠。委屈牠凶猛的本性來服從飼養，孤獨地被囚禁於君門九重。改變音聲來順從人的旨意，想著損傷羽翼來為人所用。眷戀著鍾山代郡的樹林原野，思慕著隴山高大的青松。雖在今日得到了人的寵愛，卻不如往日的自在從容。海鳥鶢鶋，躲避大風來到魯國東門之外；條枝國的大雀，越過葱嶺來到漢朝的宮內。攜帶著走過萬里，飄泊不定或被海風所逼。只是因為形體巨大妨礙了他物，形態奇瑋而值得人們珍視。

陰陽陶蒸❶，萬品一區。巨細舛錯❷，種繁類殊。鷦螟❸巢於蚊睫，大鵬❹彌乎天隅。將以上❺方不足，而下❻比有餘。普天壤以遐觀，吾又安知小大之所如❼！

【章旨】本段寫天下萬物，「巨細舛錯」，鷦鷯「上方不足，而下比有餘」，以「齊大小」的觀點為之辯護，也是對牠的進一步肯定。

【注釋】❶陶蒸　陶鑄蒸騰。陶，陶器，即用黏土為原料燒製而成的器皿。這裡用作動詞，製造之意。蒸，熱氣蒸騰貌。❷舛錯　交雜；交錯。❸鷦螟　也作「焦螟」，「焦冥」。傳說中一種極小的蟲。《晏子春秋・外篇第八》載：「東海有蟲，巢於蟁睫，再乳再飛，而蟁不為驚。臣嬰不知其名，而東海漁者命曰焦冥。」❹大鵬　傳說中最大的鳥，由鯤變化而成。《莊子・逍遙遊》載：「北冥有魚，其名為鯤。鯤之大不知其幾千里也。化而為鳥，其名為鵬。鵬之背不知其幾千里也。怒而飛，其翼若垂天之雲。」❺上　指大鵬。❻下　指鷦螟。❼小大之所如　猶言大小的結果。《莊子・秋水》：「以差觀之，因其所大而大之，則萬物莫不大；因其所小而小之，則萬物莫不小；知天地之為稊米也，知豪末之為丘山也，則差數睹矣。」此言大小皆相對而言，無有固定，故不可知。如，往；歸。

【語　譯】陰陽二氣陶鑄蒸騰，各種物類生長在同一寰區。巨細夾雜交錯，物種繁多而類別懸殊。鷦螟蟲在蚊子的眼睫毛上築巢，大鵬鳥充滿天的一隅。鷦鷯鳥將比上有不足，比下卻有餘。從整個天地來遠觀，我又怎麼能知曉大小的結果何如！

【研　析】這是一篇詠物賦。詠物之作貴在有寄託，貴在言在此而意在彼，能表現作者的思想感情。否則，描寫再逼真，也不過是無神彩的說明書而已。本篇詠的是鷦鷯，寄託的是作者慶幸他因既無才幹又與世無爭故能在激烈的政治鬥爭中得以全身遠禍的喜悅之情，寓意深刻。它託物言志，與禰衡〈鸚鵡賦〉同，但作者將鷦鷯置於宇宙之中來觀察，最後以「齊大小」作結，賦中又以鵰鶚等遭禍受縛以反襯鷦鷯之「處身之似智」，更不蹈襲前人窠臼而有創新。祝堯《古賦辨體》曰：「凡咏物之賦，須兼比興之義，則所賦之情不專在物，特借物以見我之情爾。蓋物雖無情而我則有情，物不能辭而我則能辭，要必以我之情推物之情，以我之辭代物之辭，因之以起興，假之以成比，雖曰推物之情，而實言我之情；雖曰代物之辭，而實出我之辭，本於人情，盡於物理，其詞自工，其情自切，使讀者莫不感動，然後為佳。此賦蓋與〈鸚鵡〉、〈野鵝〉二賦同一比興，故皆有古意。」祝堯看重的正在比興。語言方面，作者只求達意，不重藻飾，卻樸質、精煉而生動，無漢賦鋪陳堆砌之弊，亦無南北朝賦只重詞藻聲律之病，具有自然通俔的特色，在魏晉賦中也別具一格。

秋興賦有序

潘安仁

【題　解】本篇最早見於《文選》。因秋景而感懷，故名〈秋興賦〉。本篇作於晉武帝咸寧四年（西元二七八年）。潘岳從晉武帝泰始四年（西元二六八年）舉秀才，僅於咸寧二年遷太尉掾，轉虎賁中郎將。固「才名冠世，為眾所疾，遂棲遲十年」（見《晉書》本傳），僅得一次遷陞，沉淪下僚，心中十分苦悶，因作此賦以抒發其不得志的牢騷。賦由覽花蒔育，至秋凋零，想到宋玉〈九辯〉中悲秋的名句，因而引發愁思。賦從廣闊的空間鋪敘秋天的蕭瑟：勁風吹，樹灑落，蟬寒鳴，雁南飛，微陽短晷，涼夜方長，從而勾引出無限感慨。並提出應以「至人之休風」，擺脫塵俗的羈絆，淡於名利，歸隱田園，表現出高雅的情致。潘岳一生，熱中富貴，甚至望塵而拜賈謐，其母也誚他「乾沒不已」。這種高雅情致不過是他仕途蹭蹬的一點牢騷。本篇歷來被譏為「志深軒冕而汎詠皐壤，心纏機務而虛述人外」（《文心雕龍・情采》）。其實，「用之則行，舍之則藏」（《論語・述而》），是中國士人的普遍心態。而追求功名是其主導的一面，寄情山水只是情緒苦悶之際的一種心理補償而已。故范文瀾說：「魚與熊掌，本所同欲，不能得兼，勢必去一，而反身綠水，固未嘗忘情也。故塵俗之縛愈急，林泉之慕彌深，彥和所譏，尚非伊人。」（《文心雕龍注》）這對潘岳是無須深責的。這正說明當時仕途的險惡，反映了當時士人冷外熱中的一種普遍心態。當時，陸機、左思均作有〈招隱詩〉，石崇作有〈思歸引〉，然同為賈謐「二十四友」，即是明證。因此，本篇對我們認識當時士人的心態和仕途的險惡有一定的認識意義。

【作　者】潘岳（西元二四七─三〇〇年），字安仁，滎陽中牟（今河南中牟）人。少以才穎見稱鄉邑，號為「神童」。早舉秀才，因「才名冠世，為眾所疾，遂棲遲十年」，才遷太尉掾，兼虎賁中郎將。太康三年（西元二八二年），出為河陽令，轉懷縣令。因勤於政事，調補尚書支度郎。晉惠帝初，太傅楊駿召為主簿。楊駿被殺，他亦牽連除名。不久，選為長安令，補著作郎，轉為散騎侍郎，遷給事黃門侍郎。趙王倫輔政時，他被趙王倫的親信孫秀構陷，與石崇同時被殺，夷三族。西晉時，潘岳與陸機齊名，鍾嶸《詩品》稱「陸才如海，潘才如江」。善於抒寫哀思，常寫得悽切動人。張溥輯有《潘黃門集》一卷。今存賦二十四篇。《文選》即收其賦八篇，是《文選》收賦最多的一人。

晉十有四年❶，余春秋三十有二，始見二毛❷。以太尉掾❸兼虎賁中郎將❹，寓直於散騎之省❺。高閣連雲，陽景❻罕曜，珥❼蟬冕❽而襲紈綺❾之士，此焉遊處。僕野人❿也，偃息不過茅屋茂林之下，談話不過農夫田父之客。攝官⓫承乏⓬，猥廁朝列，夙興晏寢，匪遑底⓭寧。譬猶池魚籠鳥，有江湖山藪⓮之思。於是染翰⓯操紙，慨然而賦。於時秋也，故以〈秋興〉名篇。其辭曰：

【章旨】本段是賦序，敘述作賦的原由，點明仕途失意，因秋興感而「有江湖山藪之思」的主旨。

【注釋】❶晉十有四年　指晉開國以後的年數，即咸寧四年（西元二七八年）。❷二毛　黑髮中間有白髮。❸太尉掾　指潘岳充任晉太尉賈充的屬官。太尉，秦官，金印，紫綬，掌軍事。後代多沿置。賈充於晉武帝咸寧二年由司空轉太尉，辟潘岳為太尉掾。掾，本為佐助之義，後通稱副官佐貳吏為掾。❹虎賁中郎將　皇宮主宿衛的官。咸寧四年，潘岳兼虎賁中郎將。❺散騎之省　散騎的官署。散騎，官名，侍從皇帝左右，掌規諫，不典事。省，官署。虎賁中郎將無專署，寄寓散騎之省當值辦公。❻陽景　日光的光線。❼珥　插。❽蟬冕　蟬紋冠，侍中、中常侍所戴。《後漢書·輿服志》：「武冠，一曰弁武大冠，諸武官冠之。侍中、中常侍加黃金璫，附蟬為文，貂尾為飾。」《古今注》：「貂者，取其有文采而不炳煥。蟬，取其清虛識變也。」❾紈綺　貴族之服。紈，細絹。綺，有花紋的絲帛。❿野人　鄉野之人，沒有爵祿的平民。按：潘岳出身官宦之家，祖瑾，安平太守；父芘，琅玡內史，所言並不真實。⓫攝官　暫領官職。攝，代領。⓬承乏　言本不稱職，由於缺乏人才，就暫時擔任。乏，謂缺乏人選。⓭底　引致；達到。⓮藪　草澤之地。⓯染翰　以筆蘸墨。翰，筆。

【語譯】晉的十四年，我的年齡三十二歲，就開始出現黑白兩種頭髮。憑著太尉掾兼虎賁中郎將的官職，寄寓在散騎的官署裡值勤。高聳的樓閣上接青雲，陽光很少照耀，戴著蟬紋冠穿著綢緞衣的人士，就在這裡遊息安處。我是一個爵位低賤的人，居住不過在茅草屋密茂樹林之下，談話不過是些農夫之類的人。暫領官職代替缺乏的人選，混雜在朝臣的行列之中，早起晚睡，沒有閒暇得到安寧。譬如那池中的魚，籠中的鳥，有回到河流湖泊山林沼澤的想法。於是就以筆蘸墨，拿出紙張，很有感慨地寫了這篇賦。這時是秋天，所以就用〈秋興〉為篇名。它的文辭說：

四運❶忽其代序兮，萬物紛以迴薄❷。覽花蒔❸之時育兮，察盛衰之所託。感冬索❹而春敷❺兮，嗟夏茂而秋落。雖末士❻之榮悴兮，伊人情之美惡。善乎宋玉之言曰：「悲哉秋之為氣也，蕭瑟兮草木搖落而變衰。憀慄❼兮若在遠行，登山臨水送將歸。」夫送歸懷慕徒之戀兮，遠行有羈旅之憤。臨川感流以歎逝❽兮，登山懷遠而悼近。彼四慼❾之疚心兮，遭一塗❿而難忍。嗟秋日之可哀兮，諒⓫無愁而不盡。

【章旨】本段寫有感於春榮秋落和宋玉悲秋之言，說明因秋而悲乃是人之常情。

【注釋】❶四運　運轉的四季。❷迴薄　猶言往返激蕩。迴，反。薄，迫；逼。❸蒔　移植；栽種。❹索　盡，指草木凋落。❺敷　布，指萬物生長。❻末士　微末之士，多用於自謙。一說，「末士」即「末事」。士、事字同。❼憀慄　悽愴貌，雙聲聯綿詞。❽臨川句　暗用《論語·述而》「子在川上曰：逝者如斯夫」語意，應上句「臨水」。❾四慼　指上述「遠行」、「送歸」、「登山」、「臨川」四種悲愁。慼，悲傷。❿一塗　一個方面，指「四慼」中之一慼。⓫諒　誠；確實。

【語譯】運轉的四季迅速地依次相代啊，萬物眾多雜亂而往返激盪相迫。看到花的栽植按時繁育啊，觀察它的一盛一衰都有所依託。感慨它冬天凋零而春天生長啊，嗟嘆它夏天茂盛而秋天零落。雖微末之士也有盛衰啊，人之常情就有喜悅和厭惡。真好呀宋玉的話說：「可悲啊秋天這種氣候，淒涼啊草木動搖脫落而變得衰落。悽愴啊好像遠行在外，登上高山、面對流水而送人歸去。」那送人歸去有懷慕同伴的眷戀啊，遠行在外有滯留他鄉的悲憤。面對河川感嘆流水就如此流逝啊，登上高山就懷念遠古而悲悼今近。那四種悲愁使人心痛啊，遇到一件就叫人難忍。嗟嘆秋日的可哀傷啊，確實沒有什麼悲愁不是無窮無盡。

野有歸燕，隰有翔隼❶。游氛朝興，槁葉夕隕。於是乃屏輕箑❷，釋纖絺❸，藉❹莞蒻❺，御袷衣❻。庭樹槭❼以灑落兮，勁風戾❽而吹帷。蟬嘒嘒❾以寒吟兮，鴈飄飄而南飛。天晃朗❿以彌高兮，日悠揚⓫而浸微。何微陽⓬之短晷兮，覺涼夜之方永。月朣朧⓭以含光兮，露淒清以凝冷。熠燿⓮粲於階闥⓯兮，蟋蟀鳴乎軒屏⓰。聽離鴻之晨吟兮，望流火⓱之餘景。宵耿介⓲而不寐兮，獨展轉於華省⓳。

【章旨】本段從聲音、色彩、光感諸方面細寫秋景的淒清蕭瑟和自己由此而生的遲暮之感。

【注釋】❶隼 猛禽，凶猛善飛，即鶻。❷箑 扇。❸絺 細葛布。此指細葛布衣服。❹藉 鋪墊，坐臥其上。❺莞蒻 蒲草編織的坐臥用具。莞，蒲草。蒻，墊席。❻袷衣 夾衣。❼槭 樹枝光禿之貌。❽戾 勁疾貌。一說，至。❾嘒嘒 蟬鳴聲，象聲詞。❿晃朗 猶「爽朗」。天空明淨之貌。⓫悠揚 日入貌。一說，遲緩之貌。⓬微陽 衰陽，指秋天的陽光。⓭朣朧 欲明之貌。⓮熠燿 螢火。⓯階闥 階臺門口。闥，宮中小門。⓰軒屏 長廊的壁。軒，有窗的長廊。屏，當門的小牆，屏蔽室內，故曰屏。⓱流火 星名，即心宿。心宿夏曆五月黃昏在中天，六月逐漸偏西，七月更加下流，故稱流火。《詩・豳・七月》：「七月流火。」⓲耿介 猶「耿耿」。煩躁不安之貌。⓳華省 華麗的官署。此指作者值勤的散騎省。

【語譯】野外有歸來的燕子，原隰有飛翔的鶻鷹。浮游的霧氣早晨興起，枯槁的樹葉夜晚凋零。於是就棄去輕便的扇子，脫去纖細的葛衣，鋪上蒲草的墊席，穿上夾衣。院子裡的樹光禿禿地飄灑凋落啊，強勁的寒風有力地吹動帳帷。寒蟬嘒嘒地悽慘鳴叫啊，大雁不停的向南而飛。天空明淨而更加高遠啊，太陽西沉而逐漸衰微。秋天的日子多麼地短暫啊，感覺清涼的夜晚正在加長。月色微明而散發著淡光啊，露水淒清而凝結著寒涼。螢火蟲在階臺門口閃閃發光啊，蟋蟀鳴叫在有壁障的長廊。聽著離群的大雁早晨的悲吟啊，望著西沉的大火星的餘光。夜晚煩躁懊惱而不能入睡啊，我獨自翻來覆去在這華麗的廳堂。

悟時歲之遒盡❶兮，慨俛首而自省。斑鬢髟❷以承弁兮，素髮颯❸以垂領。仰群俊❹之逸軌❺兮，攀雲漢以遊騁。登春臺❻之熙熙❼兮，珥金貂❽之炯炯❾。苟趣舍之殊塗兮，庸詎識其躁靜❿？聞至人⓫之休風⓬兮，齊天地於一指⓭。彼知安而忘危兮，固出生而入死⓮。行投趾於容跡⓯兮，殆不踐而獲底。闕側足⓰以及泉兮，雖猴猨而不履⓱。龜祀骨於宗祧兮，思反身於綠水⓲。且斂衽⓳以歸來兮，忽投紱⓴以高厲㉑。耕東皐㉒之沃壤兮，輸黍稷之餘稅。泉涌湍於石間兮，菊揚芳於崖澨㉓。澡秋水之涓涓兮，玩遊儵㉔之潎潎㉕。逍遙乎山川之阿，放曠乎人間之世。優哉游哉，聊以卒歲！

【章旨】本段感歎自己與「群俊」趨舍殊塗，表示自己鄙棄世俗榮華，希望歸隱田園的高雅情趣。

【注釋】❶遒盡　將盡。遒，迫近。❷髟　髮長貌。❸颯　凋零；衰老。一說，雜亂貌。❹群俊　指蟬冕紈綺之士。俊，才智出眾。❺逸軌　指仕途得意，如超車前進之士。逸，超邁。軌，車輪跡，代指車。❻春臺　指登眺遊玩的勝處。❼熙熙和樂之貌。《老子》第二十章：「眾人熙熙，如享太牢，如登春臺。」❽金貂　黃金璫與貂尾，與「序」中「蟬冕」均指皇帝侍從侍中、中常侍的冠飾，參閱「序」注❽。❾炯炯　光亮貌。❿躁靜　動靜；行止。言群俊「攀雲漢以遊騁」，而己慕「至人之休風」，道路不同，行止亦必相悖。⓫至人　指道德修養達到最高境界的人。《莊子・田子方》：「得至美而遊乎至樂，謂之至人。」⓬休風　猶言「高風」。善美的風操。休，美。⓭齊天地句　《莊子・齊物論》：「天地一指也，萬物一馬也。」郭象注：「仰觀俯察，莫不皆然。是以至人知天地一指也，萬物一馬也。」意謂天地萬物猶如一指，無所謂彼此是非。齊，齊一；等同。⓮彼知安二句　言至人視安危生死為齊一，故不介意。彼，指至人。忘危，安危既等同，故可忘。《老子》第五十章：「出生入死。」《韓非子・解老》：「人始於生而卒於死，始謂之出，卒謂之入，故曰出生入死。」⓯容跡　容納足跡，指僅可容足的一小片地。⓰闕側足　謂沿置足之側往下挖掘。闕，通「掘」。側足，置足之側。⓱履　踏；踩。此四句李善注：「言人之行，捉趾在乎容跡之地，近不踐而獲安，若以足外為無用，欲闕之及泉，雖則捷若猴猨，亦不能履也。」又引《莊子・外物》云：「惠子謂莊子曰：『子言無用。』莊子曰：『知無用而可與言用矣。夫地非不廣且大也，人之所用容足耳。然則側足而塹之致黃泉，人尚有用乎？』惠子曰：『無用。』莊子曰：『然則無用之為用也亦明矣。』」⓲龜祀骨二句　《莊子・秋水》云：「莊子釣於濮水，楚王使大夫二人往先焉，曰：『願以境內累矣。』莊子持竿不顧，曰：『吾聞楚有神龜，死已三千歲矣，王巾笥而藏之廟堂之上。此龜者，寧其死為留骨而貴乎？寧生而曳尾於塗中乎？』二大夫曰：『寧生而曳尾塗中。』莊子曰：『往矣，吾將曳尾於塗中。』」此喻富貴遇害，再想回到貧賤亦不可得。宗祧，宗廟。祧，遠祖廟。⓳斂衽　整頓衣襟。此代指整理行裝。斂，收拾。⓴投紱　指棄官。紱，繫印的綬帶。㉑高厲　高蹈，即隱居。厲，疾飛；飛揚。㉒東皐　田野或高地的泛稱。李善注：「水田曰皐，東者取其春意。」㉓崖澨　山崖和水邊。澨，水畔。㉔遊鯈　游魚。鯈，小魚。㉕潎潎　魚游水貌。《莊子・秋水》：「莊子與惠子遊於濠梁之上。莊子曰：『鯈魚出游從容，是魚之樂也。』惠子曰：『子非魚，安知魚之樂？』莊子曰：『子非我，安知我不知魚之樂？』」

【語　譯】想到一年的歲月就要過完啊，感慨地低下了頭而自我反省。斑白的鬢髮長長地承接皮冠啊，白髮雜亂地下垂到衣領。抬頭看見那些英俊之士超車前進啊，攀持高遠的銀河而優游馳騁。如登上遠眺的高臺而其樂無窮啊，冠上的金璫與貂尾閃閃發亮。如果不是志趣不同而走向不同的道路啊，怎麼能認識那躁動與寧靜？

聽到至人的美好風尚啊，把天地萬物等同於一指。那至人知道安全也忘卻危難啊，本來就以始為生而以終為死。行走時置足於僅可容足的地方啊，足旁的空地不去踩它卻感到安全無比。假如挖掘足側的空地直至黃泉啊，即使敏捷的猿猴也不敢踐履。大龜已將枯骨置於宗廟供奉啊，這時才想到要返回置身於綠水。將要整頓行裝而歸去啊，迅疾投印棄官而高蹈鄉里。在田野的肥沃土壤裡耕種啊，用多餘的穀物交納租稅。泉水在石間湧冒急流啊，菊花在山邊水側揚吐芳菲。在緩緩流淌的秋水裡洗澡啊，玩賞游魚在河溝裡戲水。在山邊水邊自由自在啊，無拘無束在這人世間裡。悠閒啊自得啊，姑且以此來度過我這一輩子。

【研 析】自宋玉〈九辯〉之後，悲秋是文學作品一個常寫的主題，內容並不新鮮。然後世文人寫秋思，多宋玉〈九辯〉與潘岳〈秋興賦〉並提，說明本篇自有它獨到的藝術成就。第一，宋玉〈九辯〉隨物興感，不甚注重意境的層次。本篇則逐層展開描寫，更為鮮明具體。如寫秋景一段，先抓住秋天的特徵，描繪出淒清的秋景；然後用「何微陽」二句一轉，構成從白晝到秋夜的過度；又用「聽離鴻」二句一轉，寫出秋景所勾引起的無限感慨。這不但寫得情景交融，景物布置也更有條理，更為省淨。第二，它不是一味停留在悲秋上，而是將自己與「群俊」對比，提出既趨舍殊塗，躁靜不同；表明自己要用「至人之休風」來看待一切，逃離仕途的危險而歸隱田園。然後以輕鬆的筆觸描寫出一派林泉秋日之樂，表達出自己的閒適之情。一篇中寫出兩種秋景，兩種心情，也與宋玉〈九辯〉的一味悲愁迥然不同。它寫景細膩生動而不失於繁蕪，詞彩絢麗明淨而不傷於雕琢，行文流暢自然，用典淺近明白，均能代表潘岳賦的風格。後人稱道本賦，實乃有據，不為虛美。

笙　賦

潘安仁

【題　解】本篇最早見於《文選》。笙，管樂器名，列管匏中，施簧管端，大者十九簧，小者十三簧。這是一首描寫樂器的賦。「賦者，鋪也」，賦以鋪陳描寫為其特徵。但本篇對製作笙的材料——匏和竹的生長環境和笙的製作及形狀未作過多描寫。它著重描寫的是笙的吹奏。描寫吹奏也不是泛泛而談，而是選擇兩個不同的場面來描寫。一個是寫一名失意的孤獨者在一個盛大的宴會上的吹奏及其笙聲感人的情景。一個是在送別酒闌的親朋小宴上的吹奏及其技壓群芳。通過兩個不同場景中人物矛盾複雜心理的展示，描繪出笙聲的豐富多采，美妙絕倫。如寫失意的孤獨者吹奏的一段，借助笙音的變化，將人物滿腔的失意悲憤唯妙唯肖地表現出來，笙聲的美妙也藉此而得到生動具體的充分描繪，充分表現了當時樂器演奏技藝的精妙和音樂的強有力的美感力量，是我們研究當時音樂的極有價值的資料。但篇中所表現的音樂理論則仍承襲了儒家的樂教觀點，強調音樂的政治教化作用，並指責鄭衛之音是邪淫，要用醇正的笙聲來加以抵制。這種觀點是保守的。不過全賦對笙聲的怡悅情性的娛樂作用和美感力量是作了充分的肯定。這反映了作者在儒家樂教觀點影響下，理論與實踐的矛盾。而這種現象在漢魏六朝的樂舞賦中是普遍存在的。

河汾❶之寶，有曲沃❷之懸匏❸焉；鄒魯❹之珍，有汶陽❺之孤篠❻焉。若乃緜蔓❼紛敷❽之麗，浸潤靈液❾之滋，隅隈❿夷險之埶，禽鳥翔集之嬉，固眾作者⓫之所詳，余可得而略之也。

【章　旨】本段寫製作笙的材料——匏和竹的產地及其生長環境。

【注　釋】❶河汾　黃河和汾水，指山西西南部地區。汾，汾水，黃河支流，源出山西寧武管涔山，南流至曲沃西折，在河津入黃河。❷曲沃　故城在今山西聞喜東北。❸懸匏　有柄的匏瓜。《文選》李善注引崔豹《古今注》曰：「匏，瓠也。有柄曰懸匏，可為笙。曲沃者尤善。」匏，瓠瓜，即葫蘆瓜。❹鄒魯　指今山東鄒縣至曲阜一帶。鄒，鄒縣，屬山東。魯，春秋時諸侯國名，故城在今山東曲阜。❺汶陽　縣名，故城在今山東寧陽北。❻孤篠　孤生的小竹。篠，小竹。《文選》李善注引戴凱之《竹譜》曰：「篠出魯郡，堪為笙也。」❼緜蔓　延長貌，疊韻聯綿詞。❽紛敷　散開貌，雙聲聯綿詞。❾靈液　指雨露。靈，美好。❿隅限　山角和山的彎曲處。⓫眾作者　謂王褒〈洞簫賦〉、馬融〈長笛賦〉、嵇康〈琴賦〉等，皆述山川之勢，禽獸所遊於竹木之間，故此略而不云。

【語譯】河汾之間的寶物，有曲沃的有柄葫蘆；鄒魯地區的珍品，有汶陽的孤生小竹。至於它們纖長披散的麗姿，沾沐雨露的潤滋，山角山曲平坦險峭的地勢，禽鳥飛翔棲息的遊嬉，本來是許多作者詳細描寫過的，我就可以省略不提。

徒觀其制器也，則審洪纖，面❶短長。剫❷生簳❸，裁熟簧❹。設宮分羽，經徵列商❺。泄❻之反謐，厭❼焉乃揚。管攢羅❽而表❾列，音要妙❿而含清。各守一⓫以司應，統大魁⓬以為笙。基黃鍾⓭以舉⓮韻，望鳳儀⓯以擢⓰形。寫皇翼⓱以插羽，摹鸞音以厲⓲聲。如鳥斯企，翾翾⓳歧歧⓴。明珠在咮㉑，若銜若垂。脩楇㉒內辟，餘簫㉓外逶㉔。駢田㉕獵攦㉖，鉀鑠㉗參差。

【章　旨】本段寫笙的選材、製作及其外形特徵。

【注　釋】❶面　面向；視。❷剫　割。❸簳　小竹。❹熟簧　以熟銅製作的簧片。簧，樂器中有彈性的薄片，用以振動發聲。❺設宮二句　指排列好宮商角徵羽五音。宮、羽、徵、商，皆古樂五聲音階中的音階名。此舉四以代指五音。❻泄　歇息；發散。此指手指彈起。❼厭　通「擫」。以手指按捺。❽攢羅　聚集排列。❾表　標記，指音序。❿要妙　精微貌，疊韻聯綿詞。⓫一　指一聲。⓬魁　首，此指笙座，即安插笙管的匏首。⓭黃鍾　古樂十二律之一，聲調最洪大響亮。⓮舉《呂氏春秋・自知》高誘注：「舉，猶正也。」⓯鳳儀　謂笙管排列，其形參差，象鳳之翼。儀，容止儀表。⓰擢　選拔。

⑰皇翼　鳳皇的翅膀。⑱厲　飛揚；踊起。⑲翾翾　初起貌。⑳歧歧　飛行貌。㉑咮　鳥嘴。此指笙座上突出如鳥嘴的吹口。㉒脩樀　長管。脩，通「修」。長。樀，笙兩側的竹管。㉓餘簫　指長管之外諸管。㉔逶　逶迤；漸斜之貌。㉕駢田　布集連屬貌，疊韻聯綿詞。㉖獵攞　不齊貌，雙聲聯綿詞。㉗鉀鰈　鱗次重疊貌，疊韻聯綿詞。

【語　譯】只看那製作的器具呀，就仔細觀察材料的大小，察看它的短長。砍下活的小竹，裁製熟銅的笙簧。設置宮調安排羽聲，規劃微徵又排列清商。手指歇息反而寂靜，手指按捺才其聲飛揚。眾管聚集羅布而按標記排列，聲音精微美妙而包含著淒清。每管各守一聲而主管應和，統一在巨大的笙座就成了笙。以黃鍾為基調而端正音韻，望著鳳的儀表而設製外形。摹寫鳳皇的翅膀所插的羽毛，仿效鸞鳥的鳴叫而編排笙聲。如鳥企立，欲舉翅起飛。明珠嵌在吹口，像銜著又像下垂。長的竹管向內開孔，其餘的竹管向外傾斜。連接排列而高低不一，鱗次重疊而參差不齊。

於是乃有始泰終約，前榮後悴，激憤於今賤，永懷乎故❶貴。眾滿堂而飲酒，獨向隅❷以掩淚。援鳴笙而將吹，先嗢噦❸以理氣。初雍容以安暇，中佛鬱❹以怫愲❺。終嵬峩❻以蹇愕❼，又颯遝❽而繁沸❾。罔❿浪孟⓫以惆悵，若欲絕而復肆⓬。懰⓭檄糴⓮以奔邀⓯，似將放而中匱。愀愴⓰惻淢⓱，虺韡⓲煜熠⓳，沉淫⓴氾豔㉑，霅曄㉒岌岌㉓。或案衍㉔夷靡㉕，或竦踊㉖剽急㉗，或既往不反，或已出復入。徘徊布濩㉘，渙衍㉙葺襲㉚。舞既蹈而中輟，節將撫而弗及㉛。樂聲發而盡室歡，悲音奏而列坐泣。檷㉜纖翮㉝以震幽簧，越上筩㉞而通下管。應吹噏以往來，隨抑揚以虛滿。勃㉟慷慨以憀亮㊱，顧躊躇以舒緩。輟〈張女〉㊲之哀彈，流〈廣陵〉㊳之名散。詠〈園桃〉㊴之夭夭㊵，歌〈東下〉㊶之纂纂㊷。歌曰：「〈東下〉纂纂，朱實離離㊸。宛㊹其落矣，化為枯枝。人生不能行樂，死何以虛諡為！」爾乃引飛龍㊺，鳴〈鵾雞〉㊻，〈雙鴻〉㊼翔，〈白鶴〉㊽飛。〈子喬〉㊾輕舉，〈明君〉㊿懷歸，〈荊王〉(51)喟其長吟，〈楚妃〉(52)歎而增悲。夫其悽唳(53)辛酸，嚶嚶關關(54)，若離鴻之鳴子也；含㖸(55)嘽諧(56)，雍雍喈喈(57)，若群雛之從母也。郁捋(58)劫悟(59)，泓宏(60)融裔(61)，哇咬(62)嘲哳(63)，壹何察惠(64)！訣厲(65)悄切(66)，又何磬折(67)！

【章旨】本段寫一位孤獨的失意者在盛大宴會上的吹奏及其笙聲動人的美感力量。

【注釋】❶故　往日；過去。此四句李善注引桓子《新論・琴道》曰：「雍門周見孟嘗君，孟嘗君曰：『先生鼓琴，亦能令人悲乎？』對曰：『臣之所能令悲者，先貴而後賤，故富而今貧。』於是雍門揮琴，而孟嘗君流涕。」❷隅　角落。此二句李善注引《說苑》曰：「古人於天下，譬一堂之上。今有滿堂飲酒，有一人獨索然向隅泣，則一堂之人皆不樂。」❸嘔噦　調理一下嗓子。❹佛鬱　聲不舒暢之貌，疊韻聯綿詞。❺怫懵　鬱積不暢貌，疊韻聯綿詞。❻嵬峩　高直貌，雙聲聯綿詞。❼蹇愕　正直之貌。❽颯遝　聲湧起貌，疊韻聯綿詞。❾繁沸　聲高揚貌，雙聲聯綿詞。❿罔　通「惘」。迷惑。⓫浪孟　放縱貌。李善注：「失志之貌。」又張銑注：「大聲也。」疊韻聯綿詞。⓬肆　放縱，指大聲。⓭懰　留宿；停住。⓮檄糴　直上之貌，疊韻聯綿詞。⓯奔邀　疾速貌。⓰愀愴　憂傷貌，雙聲聯綿詞。⓱惻減　傷痛貌。⓲咃韡　繁盛貌，疊韻聯綿詞。⓳煜熠　熾盛貌，雙聲聯綿詞。⓴沉淫　沉浮不定貌。㉑氾豔　放縱貌。㉒霅曄　急疾貌。㉓岌岌　高聳貌。㉔案衍　曲折貌。一說聲低而長。疊韻聯綿詞。㉕夷靡　平而漸低貌，疊韻聯綿詞。㉖竦踴　急速上揚貌，疊韻聯綿詞。㉗剽急　急疾。㉘布濩　散布之貌，疊韻聯綿詞。㉙渙衍　分散貌。㉚葺襲　重聚貌，疊韻聯綿詞。㉛舞既蹈二句　李善注：「言以笙聲為主，故舞者足蹈中止而待之，歌者將撫節而恐不及。」輟，停止。㉜擫　同「捻」。以指搓轉，指吹笙的指法。㉝纖翮　細管。翮，羽莖，此指排列如鳳之羽莖的笙管。㉞箭　竹管。㉟勃　突然。㊱憀亮　清徹響亮，雙聲聯綿詞。㊲張女　古曲名。郭茂倩《樂府詩集》四「弦曲」引《古今樂錄》曰：「古有四曲，其張女四弦、李延年四弦、嚴卯四弦三曲闕。」㊳廣陵　〈廣陵散〉，彈曲名。《世說新語‧雅量》曰：「嵇中散臨刑東市，神氣不變，索琴彈之，奏〈廣陵散〉，曲終，曰：『潘孝尼嘗請學此散，吾靳固不與，〈廣陵散〉於今絕矣。』」㊴園桃　古曲名。李善注引曹丕〈園桃行〉曰：「夭夭園桃，無子空長。虛美難假，偏輪不行。」㊵夭夭　美盛貌。㊶棗下　指古〈咄唶歌〉，古曲名。李善注引古〈咄唶歌〉曰：「棗下何攢攢，榮華各有時。棗欲初赤時，人從四邊來。棗適今日賜，誰當仰視之？」㊷纂纂　聚集貌。同「攢」。㊸離離　下垂貌。㊹宛　同「菀」。枯萎貌。㊺飛龍　古曲名。李善注引《漢書》曰：「房中樂有飛龍章。」按：即《漢書‧禮樂志》所載唐山夫人〈安世房中歌〉第七章「飛龍秋，游上天」。㊻鶤雞　古曲名。李善注：「古相和歌有鶤雞曲。」㊼雙鴻　古曲名，未詳。㊽白鶴　古曲名。李善注：「古樂府有〈飛來雙白鶴〉篇。」㊾子喬　古曲名。李善注：「《歌錄》曰：吟嘆四曲：〈王昭君〉、〈楚妃歎〉、〈楚王吟〉、〈王子喬〉，皆古辭。」子喬，即王子喬，古仙人。《列仙傳》：「王子喬者，太子晉也，道人浮丘公接以上嵩高山。」㊿明君　即王昭君。晉人因避司馬昭諱，改稱明君。漢元帝宮人。竟寧元年，匈奴呼韓邪單于入朝，求美人為閼氏，帝與昭君，以結和親。昭君戎服乘馬，提琵琶出塞，卒葬於匈奴。(51)荊王　古曲名，即〈楚王吟〉。《樂府詩集‧相和歌辭‧吟歎曲》引《古今樂錄》曰：「古有八曲，其〈小雅吟〉、〈蜀琴頭〉、〈楚王吟〉、〈東武吟〉四曲闕。」(52)楚妃　古曲名，即〈楚妃歎〉。晉石崇作辭。內容詠歎春秋時楚莊王夫人樊姬諫莊王狩獵及進賢事。按：以上四句謂四曲情趣各異，吹奏時給人以不同感受。(53)悽唳　悲傷哀痛，疊韻聯綿詞。(54)嚶嚶關關　鳥鳴聲。(55)含咽　鼓腮作氣貌，雙聲聯綿詞。(56)嘽諧　舒緩和諧。(57)雍雍喈喈　聲音和諧遠播。(58)郁捋　短促貌。一說，吹笙時以口就孔。(59)劫悟　迫脅貌。一說，氣相衝激。(60)泓宏　聲大貌，疊韻聯綿詞。(61)融裔　聲長貌，雙聲聯綿詞。(62)哇咬　聲音繁雜細小。(63)嘲哳　聲音繁細。(64)惠　柔美。(65)訣厲　形容聲音激越清澈。(66)悄切　猶「淒切」。憂傷貌，雙聲聯綿詞。(67)磬折　言其聲若磬形之曲折，形容聲音宛轉回旋。

【語　譯】於是就有一個人開始富有而後來窮困，先前榮華而後來憔悴，他對今日的貧賤激動感慨，而長久懷念往日的富貴。很多人坐滿一堂而飲酒，他獨自向著角落而流淚。拿起清亮的笙將要吹奏，先清理嗓門而理順中氣。起初吹得溫和文雅而從容不迫，中間又紆結不暢而嗚咽鬱積。最終笙聲直上而尖峭淒厲，又眾聲湧起而高揚不息。迷惘響亮而失意煩惱，好像將要斷絕而又放縱恣肆。停留直上而迅疾，好像將要放開而又中途停息。憂傷悲痛，繁盛熱烈，沉浮飄蕩，高聳急疾。有時曲折低平，有時上揚悍急，有時既已前去就不返回，有時既已出來又復折入。猶疑不定而分散四布，渙散而又重新聚集。跳舞者既為蹈節而中途停頓，歌唱者將要撫節而唯恐不及。愉悅的聲音吹出則滿屋的人都高興，悲傷的聲音奏完則在座的人都哭泣。按捺細管就震動管內簧片，簧聲就越過上管而通向下管。應和呼氣吸氣而氣或往或來，跟隨聲音的高低而氣或虛或滿。突然聲音激昂而嘹亮，轉而又徘徊不前而變得舒緩。停住〈張女〉古曲的淒清彈奏，流布〈廣陵〉這曲名散。吟詠〈園桃〉曲裡的「夭夭園桃」，歌唱〈咄唶歌〉裡的「棗下何攢攢」。歌唱道：「棗樹下棗子聚集，朱紅的果實下垂。枯萎而墜落啊，變成了枯枝。人生不能及時行樂，死了哪裡用得著那諡號的虛詞！」於是就吹奏古曲〈飛龍〉，吹奏古曲〈鵾雞〉，〈雙鴻〉曲如大雁翱翔，〈白露〉曲如白鶴翻飛。〈王子喬〉曲描寫王子喬輕舉成仙，〈王昭君〉曲歌唱王昭君懷鄉思歸，〈楚王吟〉曲感慨楚王的悲吟，〈楚妃歎〉曲悲歎楚妃的重重傷悲。那哀痛辛酸的吹奏，唧唧喳喳，好像離群的大雁在喚呼牠的幼子；含嘲而舒緩和諧的吹奏，柔軟溫存，好像幼鳥追隨牠們的慈母。短促迫脅，高亢悠揚，繁雜細碎，多麼明著而柔美！激越淒切，又是多麼曲折宛轉！

若夫時陽[1]初暖，臨川送離。酒酣徒擾，樂闋日移。疎客始闌，主人微疲。弛絃韜籥[2]，徹塤[3]屏篪[4]。爾乃促[5]中筵，攜友生，解嚴顏，擢[6]幽情。披黃包[7]以授甘[8]，傾縹瓷[9]以酌醽[10]。光歧[11]儼[12]其偕列，〈雙鳳〉[13]嘈以和鳴。晉野[14]悚而投琴，況齊瑟[15]與秦箏[16]。新聲變曲，奇韻橫逸[17]。縈纏[18]歌鼓，網羅鍾律。爛熠爚⓳以放豔⓴，鬱蓬勃以〈氣出〉㉑。秋風詠於燕路㉒，〈天光〉㉓重乎〈朝日〉㉔。大不踰宮，細不過羽㉕。唱發〈章〉〈夏〉㉖，導揚〈韶〉〈武〉㉗。協和陳宋，混一齊楚㉘。邇不逼㉙而遠無攜㉚，聲成文㉛而節有敘㉜。

【章　旨】本段寫笙在送別酒闌時的親朋小宴上的吹奏及其超越前代樂曲的感人情景。

【注　釋】❶時陽　指春季。李善注引《神農本草》曰：「春夏為陽。」❷籥　古管樂器。有吹籥、舞籥二種。吹籥似笛而小，三孔。舞籥長而六孔，可執作舞具。此當指吹籥。❸塤　同「壎」。古代一種用陶土燒製的吹奏樂器。大如鵝蛋，上尖下平中空，頂一孔為吹口，前四孔，後二孔。❹篪　當為「箎」字之譌，《文選》即作「箎」，古管樂器，以竹為之，長尺四寸、圍三寸，八孔，一孔上出一寸三分，名翹，橫吹之。小者尺二寸。❺促　謂促膝而坐。❻擢　起，謂表露。❼黃包　指橘柚等的黃皮。❽甘　指橘。❾縹瓷　青白色的瓷瓶。縹，青白色。❿酃　酃酒。《水經注・耒水》云：「酃縣有酃湖，湖中有洲，洲上居民，彼人資以給釀酒甚醇美，謂之酃酒。歲常貢之。」⓫光歧　裝飾華麗的並列的眾管。李善注：「光，華飾也。歧，眾管也。以其分別，故謂之歧。或作伎，謂光華之伎也。」伎，歌舞女藝人。⓬儼　整齊貌。⓭雙鳳　曲名。李善注引《西京雜記》曰：「成帝侍郎善鼓琴，能為雙鳳之曲。」⓮晉野　春秋晉國樂師師曠，字子野，故曰晉野。⓯齊瑟　相傳齊人多善鼓瑟。李善注：「《史記》，蘇秦說齊王曰：臨淄其民無不吹竽鼓瑟。《歌錄》有〈美人篇〉、〈齊瑟行〉。」⓰秦箏　類似瑟的絃樂器，傳為秦蒙恬所造。李斯〈諫逐客書〉：「夫擊甕叩缻，彈箏搏髀，而歌呼嗚嗚快耳目者，真秦之聲也。」⓱橫逸　縱橫奔放。⓲縈纏　縈回盤繞，此為包容之意。⓳熠爚　光明貌，雙聲聯綿詞。⓴放豔　謂吹奏相和曲〈豔歌行〉。㉑氣出　謂吹奏相和曲〈氣出唱〉。㉒秋風句　謂吹奏平調曲〈燕歌行〉。曹丕〈燕歌行〉：「秋風蕭瑟天氣涼。」又《樂府詩集・相和歌辭・平調曲・燕歌行》引《廣題》曰：「燕，地名也，言良人從役於燕，而為此曲。」㉓天光　曲名。㉔朝日　曲名。李善注：「傅玄〈長篇歌〉有〈天光篇〉，魏文帝〈善哉行〉有〈朝日篇〉。言既奏〈天光〉，又奏〈朝日〉，故曰重也。」㉕大不二句　調笙音域適中，五音準確。宮、羽，五音中的兩個音調，此代指五音。㉖章夏　指堯樂〈大章〉、禹樂〈大夏〉。㉗韶武　指舜樂〈大韶〉，周武王樂〈大武〉。㉘協和二句　調笙聲能移風易俗，協和陳宋齊楚之風。李善注引《樂動聲儀》曰：

「樂者移風易俗。所謂聲俗者，若楚聲高，齊聲下；所謂事俗者，若齊俗奢，陳俗利巫也。」㉙逼 侵迫，謂雖與君親近而不侵犯君。李善注：「凡人邇近者好在逼迫，此樂中乃有不逼之聲。」㉚攜 離攜，謂有二心。李善注：「凡人相遠者，好在攜離，此頌中乃有遠不攜離之音。」㉛文 指五音交錯。《易・繫辭下》：「物相雜，故曰文。」㉜敘 通「序」。

【語譯】至於春天開始暖和，面對流水而送人遠離。酒喝得正高興而客人鬧哄哄地，音樂完畢而日影西移。疏遠的客人開始離去，主人也稍覺力竭精疲。就放鬆琴弦而收起小笛，撤去塤也摒退篪。這就在酒筵間促膝而坐，偕同摯友親朋，緩和嚴肅的臉色，顯露深藏的真情。剝開黃包皮而授與甘美的橘柚，傾斜青白色瓷瓶而斟上美酒名酃。華麗的笙管整齊地有序排列，吹奏〈雙鳳〉曲嘈嘈地似鳳鳥和鳴。晉國的師曠都丟開琴，何況是齊國的瑟和秦國的箏。新作的聲樂和變化的曲調，奇特的音韻縱橫奔逸。包容了節歌的鼓點，網羅了鐘磬的音律。光彩閃耀地吹奏出〈豔歌行〉，氣勢強盛地吹奏出〈氣出唱〉曲。吹出〈燕歌行〉好像秋風在燕地悲吟，吹完〈天光〉曲又吹奏〈朝日〉。大聲不超過宮，細聲不超過羽。倡導發揚古樂〈大章〉、〈大夏〉，引導宣揚古曲〈大韶〉、〈大武〉。調和了陳國和宋國的風氣，齊一了齊國和楚國的習俗。靠近的不逼迫而遠離的不攜貳，聲音五音交錯而悅耳和諧，節奏也抑揚頓挫而有次序。

彼政有失得，而化以醇薄。樂所以移風於善，亦所以易俗於惡。故絲竹之器未改，而桑濮❶之流已作。惟簧也能研群聲之清，惟笙也能總眾清之林❷。衛無所措其邪，鄭無所容其淫❸。非天下之和樂，不易之德音❹，其孰能與於此乎！

【章旨】本段以儒家的樂教觀，強調音樂移風易俗的作用和笙聲純正，能抵制鄭衛邪淫之音的巨大力量。

【注　釋】❶桑濮　桑間濮上。《禮記・樂記》：「桑間濮上之音，亡國之音也。」鄭玄注：「濮水之上，地有桑間者，亡國之音於此水出。」濮，水名，為古黃河濟水分流。其源，一出於河南封丘境的古濟水，一出於今原陽縣境的古黃河。以黃河改道，已湮沒。❷林　如林之多。❸衛無所二句　《禮記・樂記》：「鄭衛之音，亂世之音也。」又曰：「鄭音好濫淫志，宋音燕女溺志，衛音趨數煩志，齊音敖辟喬志。此四者皆淫於色而害於德，是以祭祀弗用也。」❹德音　歌頌功德的音樂。《禮記・樂記》：「天下大定，然後正六律，和五聲，弦歌詩頌，此之謂德音。德音謂之樂。」

【語　譯】那政治有得有失，而教化有厚有薄。音樂可以用來把風氣移向善，也可以使習俗轉向惡。故管弦一類的樂器未改，就興起了桑間濮上一類的淫樂。只有笙簧能研求各種聲樂的清醇，只有笙簧能總括眾多若林的清音。衛國的音樂沒有處所放置它的邪惡，鄭國的俗樂沒有地方容納它的僻淫。不是天下的平和之樂，不是天下的歌頌功德之音，那誰能參與到這種笙聲呢！

【研　析】這是一篇描寫樂器的賦。描寫樂器不始於潘岳，僅《文選・音樂》類所收即有王褒〈洞簫賦〉、馬融〈長笛賦〉、嵇康〈琴賦〉。這些描寫樂器的賦，結構上有一個共同的特點，就是先描寫製作樂器的材料的生長環境，次描寫樂器的製作過程，再描寫樂器演奏的樂聲的優美動人。一篇賦就由這三部分組成，故篇幅一般都比較長大。本篇雖也未能完全擺脫這個老套，但它對笙材的生長環境的描寫只用八句一筆帶過，對笙的製作描寫也極簡單，而著重描寫的是笙的演奏。寫笙的演奏，也不是泛泛而談，而是選擇兩個場面，將笙在這兩種不同環境裡的吹奏描繪出來，寫出笙聲的豐富多彩，美妙絕倫。如第三段寫出抑揚起伏慷慨激越的笙聲來表現孤獨失意的吹奏者的失意悲憤之情，使「悲音奏而列坐泣」，與白居易〈琵琶行〉所描寫的歌女的琵琶聲有同工異曲之妙。又如第四段寫在一個和顏悅色各抒幽情的親朋小宴上的吹奏則又與前者的激起幽咽不同，「新聲變曲，奇韻橫逸。縈纏歌鼓，網羅鍾律」，寫出笙聲的和美歡快，悅人情性。這種將笙聲與吹奏者的感情和吹奏環境協調起來的描寫，則是潘岳打破前人窠臼的創新。故孫琮說：「起只落落數行，省卻無數鍛鍊，是其命意高超處。後亦風調流俊，不肯讓前人獨步。」

射雉賦 有序

潘安仁

【題解】本篇最早見於《文選》，無序，序是吳汝綸校本據《文選》李善注增。雉，俗稱野雞，鶉雞類。雄者羽色美麗，尾長，可作裝飾品。雌者羽黃褐色，尾較短。這是一篇描寫畋獵的賦。寫畋獵不始於潘岳，僅《文選‧畋獵》類就收有司馬相如〈子虛賦〉、〈上林賦〉，揚雄〈羽獵賦〉、〈長楊賦〉。不過，那些賦寫的都是帝王的圍獵，並帶有軍事演習的性質。其規模巨大，往往將士成千上萬，網罟彌山遍野，射獵飛禽走獸，殺獲填坑滿谷。本篇描寫的是射獵一種小動物——雉，而且是翳射，即射者隱蔽在掩體中，以媒雉（即馴養的雌雉）於春夏之際雉的交尾期引來野的雄雉，射者伺機而射之。不但獵物單一，而且規模極小。這說明，到了潘岳生活的晉代，由於國勢遠不如漢代富強，統治者既無心也無力進行那種大規模的圍獵，射獵僅成為一種個人或少數人的娛樂活動。因此，那種大規模的圍獵大賦就衰落下去，而因受到抒情詠物小賦的影響，這種描寫小規模的田獵活動的賦就興盛起來，僅晉代，除潘岳外，尚有成公綏〈射兔賦〉，夏侯湛〈獵兔賦〉，潘尼〈釣賦〉，徐廣〈釣賦〉，王廙〈釣魚賦〉，可惜都已殘缺。這類賦的特點是：規模體制狹小，題材單一集中，情調輕鬆悠閒，目的無軍事演習性質而純為盤遊娛樂。所以從這類賦的出現，我們既可以看到時代風氣的變化，也可以看到賦體文學演變的軌跡。因此，本篇的出現其意義是巨大的。

余徙家於琅邪❶，其俗實善射。聊以講肄之餘暇，而習媒翳❷之事，遂樂而賦之也。

【章旨】本段是序，交代賦的寫作時地和寫作意圖。

【注　釋】❶徙家於琅邪　晉武帝泰始元年（西元二六五年），司馬倫封琅邪郡王。約於此時辟潘岳父潘芘為內史，岳隨其父徙家至琅邪，是時岳年十九歲。琅邪，郡名，地在今山東膠南諸城一帶。❷媒翳　以媒雉伏射。媒，指以馴養的雉招引野雉前來，因名曰媒。翳，指隱以射雉的掩蔽物。

【語　譯】我遷家到琅邪郡，那裡的習俗都善於射箭。我姑且在講論學習的空閒時間，來練習用媒雉引來野雉以躲藏在掩蔽體中伏射的事，於是就用賦來鋪陳描寫這種活動。

涉青❶林以游覽兮，樂羽族之群飛。聿❷采毛之英❸麗兮，有五色之名翬❹。厲❺耿介之專心兮，奓❻雄豔之姱❼姿。巡邱陵以經略兮，畫墳衍❽而分畿❾。於是青陽❿告謝⓫，朱明⓬肇授⓭，靡木不滋，無草不茂。初莖蔚其曜新，陳柯槭⓮以改舊。天泱泱⓯以垂雲，泉涓涓而吐溜。麥漸漸⓰以擢芒，雉鷕鷕⓱而朝雊⓲。眄箱籠⓳以揭驕⓴，睨驍媒㉑之變態。奮勁骹㉒以角槎㉓，瞵㉔悍目以旁睞㉕。鶯㉖綺翼而䞓撾㉗，灼繡頸而衮㉘背。鬱㉙軒翥㉚以餘怒，思長鳴以效能。

【章　旨】本段寫野雉的形性和媒雉的形態，並點明時令為春末夏初，正值射雉之時。

【注　釋】❶青　李善注引薛君《韓詩章句》曰：「青，靜也。」❷聿　語首助詞。而《文選》徐爰注曰：「聿，述也。述序羽族之中，采飾英麗，莫過翬也。」❸英　優異；傑出。❹翬　五采山雉。《爾雅・釋鳥》：「伊洛而南，素質五采皆備成章曰翬。」❺厲　嚴整。❻奓　通「侈」。大；豐。❼姱　美。徐爰注：「言雉嚴整其不群之性，奮揚其雄豔之貌，見敵必戰，不容他雜，此之謂英麗也。」❽墳衍　肥沃平曠的土地。墳，高地。衍，平地。❾畿　疆界。徐爰注：「言周行邱陵，因其墳衍以為疆界，分而護之，不相侵越也。雉一界之類，要以一雄為主，餘者雖眾，莫敢鳴鴝也。」❿青陽　指春天。《爾雅・釋天》：「春為青陽。」⑪謝　李善注：「《楚辭》曰：青春受謝。王逸曰：謝，去也。」⑫朱明　指夏天。《爾雅・釋天》：「夏為朱明。」⑬肇授　開始來到。肇，始。授，給與；付與。⑭槭　樹枝光禿貌。⑮泱泱　通「英英」。雲起貌。⑯漸漸　麥芒之狀。⑰鷕鷕　雌雉鳴聲。⑱雊　雉鳴。⑲箱籠　盛媒雉的竹器。此代指媒雉。⑳揭驕　放肆自得之貌，雙聲聯綿詞。㉑驍媒　勇健的媒雉。㉒骹　脛骨近足細處。㉓角槎　斜斫。角，斜。槎，斫。㉔瞵　瞪眼看。㉕睞　旁視。此二句徐爰注曰：「奮其堅勁之脛以利距邪斫，瞵其剛戾之目以旁視其敵也。」㉖鶯　羽毛有文彩貌。㉗䞓撾　紅色大腿。䞓，赤色。撾，髀；大腿。㉘袞　本指古代帝王及上公祭宗廟所穿的禮服，五采齊備。這裡用作形容詞，有文彩貌。㉙鬱　暴怒貌。㉚軒翥　飛舉；起飛。此二句徐爰注曰：「鬱然暴怒，軒舉長鳴，思見野敵，效其才能也。」

【語譯】步入寂靜的樹林以周遊觀覽啊，很高興鳥類成群地翻飛。牠們的羽毛英俊美麗啊，有五采斑斕的著名的野雞。嚴整牠的剛強勇敢和專心一志啊，富有勇武豔麗的美妙的容姿。周行巡視邱陵來規劃領地啊，劃分高地平地來分出封畿。在此時，春天宣告過去，夏天開始來到，沒有樹木不滋長，沒有野草不繁茂。初生的幼苗茂盛地顯耀新姿，陳舊的枝條改變了光禿禿的舊貌。天上不停地飄著白雲，泉水緩緩地流淌喧鬧。麥苗一叢叢地抽出麥芒，野雞咯咯地在早晨鳴叫。看著籠子裡的媒雉悠閒自得，瞧著勇健的媒雉不同平常的姿態。揮動強勁的足脛用爪斜斫，瞪著突出的大眼向四旁環視警戒。文彩飛揚的美麗的翅膀和紅色的大腿，色澤鮮明的錦繡般的脖頸和華美的脊背。勃然暴怒地振翅起飛而有餘怒，想長聲鳴叫來顯示牠的才能氣概。

爾乃搫①場拄翳，停僮②蔥翠③。綠柏參差，文翮④鱗次⑤。蕭森⑥繁茂，婉轉輕利。衷⑦料戾⑧以徹鑑⑨，表厭躡⑩以密緻。恐吾游⑪之晏起，慮原禽⑫之罕至。甘疲心於企想，分倦目以寓視。何調翰⑬之喬桀⑭，邈疇類而殊才。候扇⑮舉而清叫，野聞聲而應媒。褰微罟⑯以長眺，已踉蹡⑰而徐來。摛⑱朱冠之艷赫⑲，敷藻翰之陪鰓⑳。首葯㉑綠素，身拖黼繪㉒。青鞦㉓莎㉔靡，丹臆蘭綷㉕。或蹶㉖或啄，時行時止。斑尾揚翹，雙角㉗特起。良游㉘呃喔㉙，引之規㉚裡。應叱愕立，擢身竦峙㉛。捧㉜黃間㉝以密彀，屬㉞剛罫㉟以潛擬㊱。倒禽紛以迸㊲落，機㊳聲振而未已。山鷩㊴悍害，猋迅已甚。越壑凌岑，飛鳴薄廩㊵。鼙牙㊶低鏃，心平望審㊷。毛體摧落，霍㊸若碎錦。逸群之儁，擅場挾兩。櫟㊹雌妒異，倏來忽往。忌上風之餮切㊺，畏映日之儻朗㊻。屏發布而累息㊼，徒心煩而技懩㊽。伊義鳥㊾之應機㊿，啾(51)攫地以厲響。彼聆音而逕進，忽交距(52)以接壤。彤盈窗以美發(53)，紛首頹(54)而臆仰。

【章　旨】本段寫設翳伺雉的情景和射獵媒雉引來的三種野雉的景況。

【注　釋】❶搫　掃除。❷停僮　茂密貌，雙聲聯綿詞。❸蔥翠　青綠色。此指翳的顏色，雙聲聯綿詞。❹文翮　此形容綠柏的枝葉如有文采的鳥翅。翮，羽莖，代指鳥翼。❺鱗次　此亦形容綠柏枝葉如魚鱗之相次。❻蕭森　錯落聳立貌，雙聲聯綿詞。❼衷　裡面，指翳內。❽料戾　孔小而通明貌，雙聲聯綿詞。❾徹鑑　透徹看見。❿厭躡　重重密布。⓫游　徐爰注：「雉媒名。江淮間謂之游，游者，言可與游也。」⓬原禽　指野雉。徐爰注曰：「雉不處下濕，故曰原禽也。」⓭調翰　指媒雉。徐爰注：「媒性調良，故謂調翰。」翰，通「鶾」。赤羽的山雞。⓮喬桀　俊逸貌，雙聲聯綿詞。⓯扇　徐爰注：「扇，布也，形如手巾。將欲媒雊，振布令有聲，媒便清叫，野雉聞即應而出也。」⓰罟　翳瞭望孔上的網。⓱踉蹡　行走遲滯貌，疊韻聯綿詞。⓲摛　舒展。⓳艴赫　赤色貌，雙聲聯綿詞。⓴陪鰓　鳥羽奮張貌，疊韻聯綿詞。㉑葯　徐爰注引《方言》曰：「葯，纏也，猶纏裹也。」㉒黼繪　花紋藻繪。黼，古代禮服上繡的黑白相間的花紋。繪，彩繡。㉓鞦　雉尾。鞦，本指絡於牛馬股後的革帶，雉尾似之，故曰鞦。㉔莎　草名，俗稱香附子草。㉕綷　錯雜。㉖蹶　行急貌。㉗雙角　雉首上有兩毛成角狀。㉘游　指媒雉。㉙呃喔　鳥鳴聲。㉚規　指規定的可射範圍。㉛竦峙　聳立。此二句徐爰注曰：「既入可射之內，來迅不止，因便叱之，雉聞聲即驚，竦身而立者也。」㉜捧　舉。㉝黃間　弩名，一名黃肩。㉞屬　注矢於弦。㉟剛罫　弩矢的箭頭，以鐵為之，形如十字，各長三寸，方似罔罫（羅網的方格）。此即指箭。㊱擬　瞄準。㊲迸　躍起。㊳機　弩機，弓上發箭的裝置。㊴山鷩　有文彩的赤雉，似山雞而小，冠背毛黃，腹下赤，項綠色，其性悍戾憨害，飛走如風之猋。㊵廩　徐爰注：「翳中盛飲食處，今俗呼翳名曰倉也。」㊶牙　弩牙，弩上發矢的機。㊷望審　瞄準。㊸霍　分散貌。㊹櫟　搏擊。㊺餮切　微動之聲，疊韻聯綿詞。㊻儻朗　昏暗不明貌，疊韻聯綿詞。此二句徐爰注：「言其忌聲而畏光也。」㊼累息　猶「屏息」。不敢出氣。㊽技懩　徐爰注：「有技藝欲逞曰技懩也。」㊾義鳥　指媒雉。徐爰注：「為人致敵，故名曰義媒。」㊿應機　適應時機。徐爰注：「見野雉紛紜雜中，啾然擭地而鳴，引令來鬭。」51啾　爪抓地聲。52交距　爪距相交，指兩雉相鬥。距，雞爪，此指雉爪。53美發　指發矢的最佳時機。54頹　墜落。徐爰注曰：「既與媒戰，形當翳窗，發弩極美，正射其頸，首頹向後，臆仰卻斃也。」

【語　譯】這就掃除場地撐起掩體，密茂而又青翠。碧綠的柏樹參差不齊，像文飾的鳥翅又像魚鱗依次排列。錯落聳立而又繁茂，轉移也輕捷便利。裡面小孔通明而能看清楚，外表重重密布而嚴密細緻。擔心我的媒雉起得太晏，考慮原野的野雉就會少至。樂意在企望想像中疲弊心思，情願疲倦目力來注意審視。調養的媒雉多麼俊逸，超越同類而有特異之才，等候布巾舉起而清亮鳴叫，野雉聽到鳴聲就應和雉媒。撩起小網我向遠處瞭望，野雉已乍行乍止地慢慢前來。舒展紅色的雉冠而紅光閃耀，鋪布彩色的羽毛而豎起張開。頭頸纏裹著綠毛白羽，身上披著花紋彩繡。青色的尾間如莎草倒伏，紅色的胸脯像蘭草錯雜交集。有時急走有時啄食，有時慢行有時停止。斑斕的雉尾高高翹舉，頭頂的雙角高高挺立。馴養的媒雉咯咯地鳴叫，引誘牠來到射擊圈裡。跟隨我的叱聲牠受驚停止，挺起身子高高地聳立，我舉起黃間弩悄悄拉開，搭上剛罫箭暗暗瞄準雉體。射倒的野雉紛亂地蹦起又迭落，弩箭的響聲還未停息。有文彩的小赤雉剽悍凶猛，像暴風迅疾真太厲害。越過溪澗又跨過山嶺，邊飛邊叫迫近掩體的所在。舉起弩牙壓低箭鏃，平心靜氣地仔細瞭望準備。牠的毛體一箭射落，像錦繡被射得紛飛粉粹。超越同類的英俊之才，專據一場又挾持兩雉。搏擊雌雉又嫉妒異類，忽而前來又忽而飛逝。有風吹動牠就忌諱，白日昏暗牠就懼畏。放棄揮動的布巾而屏住呼吸，只是心中煩悶而盼望施展我的射技。那媒雉就適應時機，啾啾地抓響地面而響聲凌厲。那野雉聽到聲音就直往前進，忽而兩爪相交而爭鬥不息。紅色照滿瞭望孔正是射擊的良好時機，（一箭射去）紛紛地雉頭墜落而雉胸仰跌在地。

或乃崇墳❶夷靡❷，農不易❸壠❹。稊菽❺叢糅，翳薈❻菶茸❼。鳴雄振羽，依於其冢。撊❽降邱以馳敵，雖形隱而草動。瞻挺穟❾之傾掉❿，意淰躍⓫以振踊。瞰⓬出苗以入場，愈情駭而神悚。望黶⓭合而翳皛⓮，雉脥肩⓯而旋踵。欣余志之精銳，擬⓰青顱而點⓱項。亦有目不步體，邪眺旁剔⓲。靡聞而驚，無見自鷩⓳。周環回復，繚繞磐辟⓴。戾㉑翳旋把，縈隨所歷。彳亍㉒中輟，馥㉓焉中鏑㉔。前㓐㉕重膺㉖，傍截疊翮。若夫多疑少決，膽劣心狷㉗。內無固守，出不交戰。來若處子，去如激電。闚閃㉘蘙㉙葉，幎歷㉚乍見。於是算分銖㉛，商遠邇，揆懸刀㉜，騁絕技。如轒㉝如軒㉞，不高不埤㉟。當咮值胸，裂膆㊱破觜。

【章　旨】本段寫三種不同習性的野雉的射獵和射獵者射技的高妙。

【注　釋】❶崇墳　高地。墳，堤岸。❷夷靡　平衍低降之貌，疊韻聯綿詞。此言堤墳逐漸降低。❸易　治理，指耕種。❹壠　本指田地分界的土堆，此即指荒地。❺稊菽　指雜草。稊，草名，結實如小米。菽，野生的豆類。❻翳薈　草木茂盛貌，疊韻聯綿詞。❼菶茸　茂盛貌，疊韻聯綿詞。❽撊　急動貌。❾挺穟　挺立的草穟。穟，通「穗」。穀類結實的頂端部分。❿掉搖擺。⑪滃躍　動貌。⑫暾　漸出貌。⑬鬣　昏暗，此指草木密茂。⑭皛　顯；明亮。⑮脥肩　同「脅肩」。縮斂肩膀，即斂身。⑯擬　揣度；估量。此指瞄準。⑰點　中；著。⑱剔　古字通「惕」。驚。⑲鸗　鳥驚視貌。⑳磐辟　退縮迴旋貌，雙聲聯綿詞。㉑戾　旋轉。㉒彳亍　小步行走欲行又止之貌，雙聲聯綿詞。㉓馥　中鏃聲。㉔鏑　箭鏃，代指箭。㉕劙　割裂。㉖重膺　羽毛厚厚的胸部。膺，胸。㉗狷　褊急。㉘闚閤　竊視；偷看。㉙藹　同「稭」。麥莖。㉚幎歷　模糊；迷離。㉛分銖　弩牙後刻劃，定矢所至遠近之處。㉜懸刀　弩牙後刀，一名機，發箭的裝置。㉝轋　同「輊」。車前重向下叫輊。㉞軒　車後重高仰。《詩・小雅・六月》：「戎車之安，如輊如軒。」毛傳：輊，摯。鄭箋：「戎車之安，從後視之如摯，從前視之如軒，然後適調也。」此言俯仰恰到好處。㉟埤　同「卑」。低。㊱膆　鳥類的膆囊，喉下儲存食物處，俗稱食袋。

【語　譯】有時高地逐漸傾斜，農民不耕稼的荒田廢井。雜草叢聚糅積，長得十分茂盛。鳴叫的野雉振起毛羽，依據在牠的山頂。急急地降下山丘奔赴敵雉，雖然形體隱蔽而草卻動搖不定。看那挺立的草穗傾斜擺動，心中就震盪跳動而不得安靜。漸漸從草叢出來而進入射場，情緒更加驚駭而神情更加震恐。牠望著草叢昏暗叢聚而掩體顯露，就斂縮身體而向後旋轉足踵。可喜我的心志專一敏銳，瞄準牠青的腦袋卻射中頩頸。也有的雉目光與身體的步履不協調，斜著察看而四旁警惕。沒聽到什麼就吃驚，沒看到什麼就驚視。來來往往，回旋退避。扭轉掩體旋動把柄，環繞著跟隨牠走向哪裡。牠欲行欲止又中途停下，啪地一聲中了箭鏑。前面割裂了厚毛的胸部，旁邊射斷了雙翅。至於有的雉多疑慮而少果敢，膽子很小而心無決斷。內心沒有固定目標，出來也不交戰。來時像處女般忸忸怩怩，去時像急急的閃電。偷窺著野麥的莖葉，隱隱約約偶爾出現。於是算定射程，商定遠邇，度量發箭的弩機，施展絕妙的射技。如車前俯又如車後仰，不高也不低。對著鳥嘴正中胸部，射破膆囊又射裂鳥嘴。

夷險殊地，馴麤異變。昃不暇食，夕不告勸。昔賈氏之如皐，始解顏於一箭。醜夫為之改貌，憾妻為之釋怨❶。彼遊田之致獲，咸乘危以馳騖，何斯藝之安逸，羌禽從其己豫❷。清道而行，擇地而住。尾飾鑣❸而在服，肉登俎而永御。豈惟皁隸，此焉君舉。若乃耽槃❹流遁❺，放心不移，忘其身恤，司其雄雌，樂而無節，端操或虧。此則老氏之所誡❻，而君子之所不為。

【章　旨】本段寫翳射的快樂和它與一般遊獵的不同，並以不可「耽槃流遁」，當樂而有節作結。

【注　釋】❶昔賈氏四句　《左傳・昭公二十八年》：「昔賈大夫惡（按：指貌醜），娶妻而美，三年不言不笑。御以如皋，射雉，獲之，其妻始笑而言。賈大夫曰：『才之不可以已。我不能射，女遂不言不笑夫！』」賈氏，即賈大夫。皋，水旁地。憾妻，指賈大夫妻，嫌其夫醜而怨恨，故稱憾妻。❷己豫　言禽來就己，故豫而不勞。豫，安樂。❸鑣　馬嚼子，馬口中所銜鐵具露出在外的兩頭部分。❹槃　快樂。❺流遁　樂而忘返。❻老氏之所誡　《老子》第十二章：「馳騁田獵，令人心發狂。」老氏，即老子，名聃，春秋時哲學家，著有《老子》。

【語　譯】射獵的地點有平坦險峻的差別，射的雉有馴良粗鹵的異變。過了中午還來不及吃飯，到了傍晚還不知道疲倦。過去賈大夫去到沼澤地，他的妻子對他的一箭才露出笑臉。貌醜的丈夫為此而改變容顏，怨恨的妻子為此而消除積怨。那出遊打獵的得到獵獲，都要冒著危險去放馬奔馳，哪裡比得上這種技藝的安閒舒適，野雉主動飛來而自己卻安樂無危。掃乾淨道路才進行布置，選擇好場地才支撐掩體停住。雉尾裝飾馬嚼子在手中執持，肉放置在木几上而永作進用的食物。難道只是衙門的差役，這個呀連君主也很羨慕。至於沉溺於這種快樂而忘記返回，放散的心思不可轉移，忘記了自身的憂患，一心想著那雉的雄雌，喜好而無節制，端正的操守就有損虧。這就是老子所要告誡的，君子所不肯做的行為。

【研　析】本篇描寫的是射雉，而且是翳射，其規模、場面遠不如漢代的畋獵大賦之浩大壯觀，已顯示了本篇在畋獵賦中的特色。而且除了首段寫了雉的形性，射雉的最好季節和媒雉的形態之外，賦的主體則扣住「射雉」二字，使之既不同於以射獵為主的畋獵賦，又不同於以詠雉為主的詠物賦，而且將射與雉緊緊結合著描寫，既寫出各種雉的不同習性，也寫出射雉者的各種不同心態和射技。即使寫雉也一一都是從射雉者眼中看出，寫出射雉者根據不同的雉而採用不同的射法，寫出射雉者射技的高超，寫得細緻、具體而生動，使讀者如目睹耳聞一般。末段結以射雉之樂和老子「馳騁田獵，令人心發狂」的告誡，亦緊扣射雉，不似漢大賦之曲終奏雅，來一個與主體描寫無關的規諫的尾巴，表現出本篇在藝術上獨具的成就。孫琮說：「前說雉，後說射。雉不一種，射不一法，慘澹經營，幾使物無遁情。段段以射意作收，方與〈雉賦〉有別。終言寓意於物，而不留意於物，亦從〈游獵〉諸篇得來，可見作賦未嘗無法。」這準確地道出了本篇在藝術上的特點。

酒德頌

劉伯倫

【題　解】本篇最早見於《文選》、《晉書》本傳亦收入。酒德，酒的德性。頌，即賦。《周禮・大師》注曰：「頌之言誦也，容也。誦今之德，廣以被之。」是頌本兼誦容二義。而漢人謂「不歌而誦謂之賦」。故有些不是「美盛德之形容」的只可誦的頌即是賦之一種。如馬融〈廣成頌〉，《文心雕龍・頌讚》即說它「雅而似賦」，潘岳〈藉田賦〉，臧榮緒《晉書》就稱為〈藉田頌〉。故姚氏將此篇收入「辭賦類」。本篇雖頌酒德，表現的卻是作者縱酒放誕、狂放不羈的生活習性以及他對「名教」、「禮法」和禮法之士的蔑視與嘲笑，反映的正是魏晉名士的風度與作風。《晉書》本傳載：「常乘鹿車，攜酒一壺，使人荷鍤隨之，謂曰：『死便埋我。』」其妻勸其戒酒，他說：「吾不能自禁，惟當視鬼神自誓耳。便可具酒肉。」妻從之。伶跪祝曰：「天生劉伶，以酒為名。一飲一斛，五斗解酲。婦兒之言，慎不可聽。」仍引酒御肉，隗然復醉。這就是所謂魏晉名士風度。為什麼會出現這種情況呢？這是與當時的政治鬥爭分不開的。司馬氏為奪取曹氏政權，一方面提倡「禮法」、「名教」以示向士族靠攏，一方面大肆殺戮以剷除異己。當時士人都不敢談政治，於是清議變為清談，一些士人也多以沉醉的放誕不羈來表示反抗與不滿。這是被時代扭歪了的一種人性。所以本篇也曲折地反映了當時文人在政治上沒有出路的悲憤之情。

【作　者】劉伶，字伯倫，沛國（今安徽宿縣）人。生卒年不詳。放情肆志，蔑視禮法，縱酒放達，常以細宇宙齊萬物為心。澹默少言，不妄交遊，與阮籍、嵇康等友善，稱竹林七賢。仕晉為建威參軍。泰始初對策，盛言無為之化。時輩皆以高第得調，伶獨以無用罷。以壽終。未嘗措意文翰，唯著〈酒德頌〉一篇。

有大人先生❶，以天地為一朝，萬期為須臾，日月為扃牖，八荒為庭衢。行無轍迹，居無室廬，幕天席地，縱意所如。止則操卮❷執觚❸，動則挈榼❹提壺。惟酒是務，焉知其餘。有貴介公子，搢紳處士，聞吾風聲，議其所以。乃奮袂攘襟，怒目切齒，陳說禮法，是非鋒起❺。

【章　旨】本段寫大人先生縱酒放誕的生活作風和他對禮法之士的指責的不顧。

【注　釋】❶大人先生　均對人的敬稱。此為假託的人物，實為作者的自指。❷卮　酒器，容量四升。❸觚　古代酒器。長身侈口，口部與底部呈喇叭狀。❹榼　古代盛酒的器具。❺鋒起　齊起，言其勢猛而難拒。

【語　譯】有一位大人先生，把開天闢地以來看做一個早晨，把一萬年看到片刻般迅速，把太陽月亮作為門窗，把八方極遠之地作為庭院和通途。行走沒有車跡，居住沒有房屋，以天為帳幕和以地為墊席，隨著心意任其往哪兒飛走。停下來舉起酒杯拿起酒瓶，一行動就提著酒甕帶著酒壺。只是專注於喝酒，怎麼還知道其他事物。有一個尊貴的公子，一個插笏大帶的處士，聽到我的作風的名聲，就議論我這樣的不是。他揮動衣袖撩起衣襟，瞪著大眼又咬緊牙齒，陳說禮教法度，是非就不可阻擋地興起。

先生於是方捧甖❶承槽，銜杯漱醪❷。奮髯箕踞，枕麴❸藉❹糟。無思無慮，其樂陶陶。兀然而醉，豁爾而醒。靜聽不聞雷霆之聲，孰視不覩泰山之形。不覺寒暑之切肌，利欲之感情。俯觀萬物，擾擾焉❺如江漢❻之載浮萍。二豪❼侍側，焉如蜾蠃之與螟蛉❽。

【章旨】本段寫大人先生以豪飲爛醉的行為來回擊禮法之士的責難。

【注釋】❶甖　口小腹大的盛酒器。❷醪　濁酒。❸麴　同「麯」。酒母，俗稱酒麯。❹藉　墊，坐臥其上。❺擾擾焉　紛亂貌。❻江漢　指長江、漢水。❼二豪　指貴介公子和搢紳處士。❽焉如句　李善注：「二豪，公子、處士也。隨己而化，類蜾蠃之變螟蛉也。」蜾蠃，蟲名，一種青黑色細腰蜂。為寄生蜂的一種。產卵於螟蛉幼蟲體內，吸取為養料。蜾蠃後代即從螟蛉幼蟲體內孵出。古人誤以為蜾蠃養螟蛉幼蟲為子。故李善以為「類蜾蠃之變螟蛉」。而五臣注呂向注曰：「蜾蠃、螟蛉，彼小蟲也。言此二人侍我之側，何如此二蟲？言見之微小也。」按：二說皆可通。

【語譯】大人先生這時正捧著酒甖承接著注酒的槽，銜著酒杯口含著濁酒佳肴。翹起鬍鬚伸腿而坐，枕著酒麯還墊著酒糟。沒有思念沒有考慮，那快樂自在逍遙。昏昏沉沉地喝醉，開開朗朗地清醒。一靜一動聽不到雷霆的聲響，仔細瞧也看不見泰山的崢嶸。感覺不到嚴寒酷暑的逼近肌膚，利害嗜欲的動其神情。低頭看那萬物，亂紛紛地如長江漢水裡飄蕩的浮萍。那二位豪士站立身旁，就如寄生蜂蜾蠃改變那桑蟲螟蛉。

【研析】本篇篇幅雖短，卻寥寥數筆描寫出了一位頂天立地唯酒是務而渺視一切的大人先生，亦即作者自己的高大形象。他看似不問世事，實則是感情激憤；他表面疏懶頹放，實則是對「禮法」、「名教」的蔑視；他信奉莊子哲學，實則是繼承其憤世疾俗之情。這就是典型的魏晉名士的風度。本篇在體裁上雖名曰頌，實則是賦，故它打破頌用四言韻語的舊格，句式長短參差；行文亦似散似駢，駢散結合，亦是魏晉辭賦的典型風格。文字亦莊亦諧，寓莊於諧，在辭賦中亦別具一格。何焯《義門讀書記》評論說：「攝莊生之旨，為有韻之文，仍不失瀟灑自得之趣，真逸才也。」

歸去來辭

陶淵明

【題解】本篇最早見於蕭統編《陶淵明集》及《文選》。今本《陶淵明集》題作〈歸去來兮辭〉，並有序。序云：「余家貧，耕植不足以自給。幼稚盈室，缾無儲粟，生生所資，未見其術。親故多勸余為長吏，脫然有懷，求之靡途。會有四方之事，諸侯以惠愛為德，家叔以余貧苦，遂見用為小邑。於時風波未靜，心憚遠役，彭澤去家百里，公田之利，足以為酒，故便求之。及少日，眷然有歸歟之情。何則？質性自然，非矯勵所得。飢凍雖切，違己交病。嘗從人事，皆口腹自役。於是悵然慷慨，深愧平生之志。猶望一稔，當斂裳宵逝。尋程氏妹喪於武昌，情在駿奔，自免去職。仲秋至冬，在官八十餘日，因事順心，命篇曰〈歸去來兮〉。乙巳歲十一月也。」來，語助辭。辭，古代文體的一種。本篇一般認為是陶淵明四十一歲辭去彭澤縣令歸隱時所作（今人錢鍾書則認為「作於歸去之前」，所敘皆「先歷歷想」，見《管錐篇》第四冊）。他生活於東晉政權日趨衰落之時，作為正直的士大夫，他置身官場，對現實看不順眼，又無可奈何，就毅然辭官歸隱。這說明在那爾虞我詐的官場中，他感到很不自由，精神上極為壓抑，因此，寧肯挨餓受凍，也不肯去同流合汙。本篇即是他決心告別官場的宣言書。篇中既描寫了他擺脫羈絆，如籠鳥重返自然的喜悅心情，也敘述了與親友交遊及有事西疇的樂趣，也點明他歸隱是「世與我而相違」，「富貴非吾願」，其憤世疾俗之情還是在欣然自得的意境中泄露了出來。篇中所表現的正是我國古代士人不與汙濁現實同流合汙的高貴品質。這種逃避的反抗雖是消極的，但這種品德還是難能可貴的。同時，在內容上，它繼張衡〈歸田賦〉之後，更細緻更具體地描寫出安靜閒適的田園生活和恬靜優美的田園風光，更開拓了田園辭賦的主題。

【作者】陶潛（西元三六五—四二七年），字淵明，又字元亮，潯陽柴桑（今江西九江西南）人。少懷高尚，博學善屬文，脫穎不羈，任真自得，為鄉里所稱。從二十九歲至四十一歲曾斷續地做過江州祭酒、鎮軍參軍、建威參軍、彭澤令等官，棄官歸隱後不再出仕，唯遇酒則飲，嘗自謂羲皇上人。卒於劉裕代晉建宋後七年，有《陶淵明集》傳世。

歸去來兮，田園將蕪胡不歸？既自以心為形役❶，奚惆悵而獨悲？悟已往之不諫，知來者之可追❷。實迷途其未遠，覺今是而昨非。舟遙遙❸以輕颺❹，風飄飄而吹衣。問征夫以前路，恨晨光之熹微❺。

【章旨】本段寫對過去求官出仕的悔恨和棄官歸隱的決心以及在歸途中的愉快心情。

【注釋】❶既自句　陶淵明本心不願做官，因「生生所資，未見其術」，不得不為生活而奔走四方，因此說心神為形體所役使。❷追　挽回；補救。《論語．微子》：「往者不可諫，來者猶可追。」❸遙遙　船在水上飄流之貌。❹颺　飛揚，形容船行駛輕快。❺熹微　光亮微弱。熹，同「熙」。光明。

【語譯】歸去吧，田園將要荒蕪怎麼還不回去？既然自己把心神做了形體的役使，為什麼要感傷懊惱而獨自傷悲？領悟了已經過去的事不可挽救，可知道未來的日子可以補救無疑。確實誤入歧途還不太遠，覺得今天做得正確而過去是錯誤的行為。船飄飄蕩蕩地輕快行駛，風飄飄地吹著我的衣。向行人探問前面的路程，遺憾著太微弱呀那早晨的光輝。

乃瞻衡宇❶，載欣載奔。僮僕歡迎，稚子候門。三徑❷就荒，松菊猶存。攜幼入室，有酒盈樽。引壺觴以自酌，眄庭柯以怡顏。倚南窗以寄傲，審容膝❸之易安。園日涉以成趣，門雖設而常關。策扶老❹以流憩，時矯❺首而遐觀。雲無心以出岫❻，鳥倦飛而知還。景翳翳❼以將入，撫孤松而盤桓。

【章　旨】本段寫到家後家人歡迎欣喜的親切和庭園隱居生活的閒適愉快。

【注　釋】❶衡宇　橫木為門的簡陋居室。《詩・陳風・衡門》：「衡門之下，可以棲遲。」後借指隱者所居。衡，同「橫」。宇，屋宇。❷三徑　李善注引《三輔決錄》曰：「蔣詡，字元卿，舍中三徑，唯羊仲、求仲從之遊，皆挫廉逃名不出。」後遂以三徑指隱士的住處。❸容膝　僅夠容納膝，形容住處的狹小。❹扶老　手杖的別稱。❺矯　舉。❻岫　山洞。❼翳翳　昏暗貌。

【語　譯】就看到我橫木為門的簡陋居室，又高興又奔跑。僕人們表示歡迎，孩子們在門前等候。三條小路接近荒蕪，松樹菊花還保存完好。牽著小孩走進屋子，還有美酒滿罈滿窖。拿來酒壺酒杯我自斟自飲，斜視著院子裡的樹木來愉悅容顏。倚靠著南窗寄託我的高傲，詳知容膝的小居室易獲得平安。在園子裡每天走走也有趣味，門雖設置卻常常閉門。拄著手杖而時遊時息，有時抬頭向遠處看看。雲無意地從山洞裡冒出，鳥飛疲倦了也知道回還。太陽昏暗將要落下，我撫摸著孤松而徘徊流連。

歸去來兮，請息交以絕遊。世與我而相遺❶，復駕言❷兮焉求！悅親戚之情話，樂琴書以消憂。農人告余以春及，將有事乎西疇。或命巾車❸，或棹孤舟。既窈窕❹以尋壑，亦崎嶇而經邱。木欣欣以向榮，泉涓涓而始流。善萬物之得時，感吾生之行休❺。

【章　旨】本段寫歸隱後在優美的自然景色中參加耕作和與親友交往的樂趣，以及吾生行休的感歎。

【注　釋】❶遺　棄。《陶淵明集》作「違」。❷駕言　指駕車出遊。言，語助詞。❸巾車　有布篷的車子。❹窈窕　幽深貌，疊韻聯綿詞。❺行休　將要結束，指死亡。行，將要，副詞。

【語　譯】歸去吧，請停止交往斷絕交遊。世道既已將我遺棄，還駕車出行有什麼追求！高興地和親朋戚友談談知心話，以彈琴讀書為樂而消除憂愁。農人告訴我春天來到，將要耕種那西面的田疇。有時派輛有布篷的車，有時划著一葉小舟。既幽深地尋找山谷，又高低不平地經過山邱。樹木欣欣地趨向繁榮，清泉緩緩地開始涓流。羨慕萬物得到了時機，感歎我的生命將要罷休。

已矣乎，寓形宇內❶復幾時！曷不委心任去留❷？胡為遑遑❸欲何之？富貴非吾願，帝鄉❹不可期。懷良辰以孤往，或植❺杖而耘耔。登東皐以舒嘯❻，臨清流而賦詩。聊乘化❼以歸盡❽，樂夫天命復奚疑！

【章　旨】本段寫宇宙無窮人生有限的感慨和樂天知命的人生態度。

【注　釋】❶寓形宇內　猶言「活在世上」。寓，寄。形，形體。❷去留　指死生。❸遑遑　匆忙而心神不定貌。❹帝鄉　仙鄉。❺植　通「置」。放下。❻嘯　撮口發出長而清越的叫聲。❼化　造化；自然界的變化。❽歸盡　走向盡頭，指死去。

【語　譯】算了吧，寄寓形體在宇宙之內還有幾多時日！為什麼不隨著心意任憑死去或活著？為什麼心神不定地匆匆忙忙去向哪裡？富貴不是我的願望，仙鄉也不可期待。想念著好時光就孤身前往，有時放下手杖去培培土拔除草芥。登上東邊高地我舒氣長聲呼嘯，面對清澈的流水我寫寫詩歌。姑且隨著大自然的變化而走向死亡，以安於天命為樂又還疑慮什麼！

【研　析】本篇之所以能廣為傳誦，除了它表現了真摯可貴的情操和高尚的生活情趣之外，還在於它在藝術上的獨特成就。它用平淡清新的語言，行雲流水的筆調，通過景物環境的烘托，行蹤細節的描寫，創造出一種恬然自得的意境，把自己的感受再現在讀者面前，「沛然如肺腑中流出，殊不見有斧鑿痕迹」（李格非語），讓讀者如親臨其境，親歷其情。孫鑛曰：「風格亦本楚騷，但騷侈此約，騷華此實。其妙處乃在無一語非真境，而語卻無一字不琢煉，總之成一種沖泊趣味。雖不是文章當行，要可稱逸品。」其稱非「文章當行」，乃是孫氏重文彩之故，當然不是確論；其稱「逸品」，則自當之無愧。蓋陶淵明雖生活於晉宋之際文風正發生由淡趨華的轉變的時候，而他的文風仍受東晉文風影響，沿襲其平淡風格。但他不是玄學家，更不信佛，所作皆抒寫自己的真情實感。他又不慕榮利，傲視世俗，脫略世故，故其詩文在平淡之中又富有生動的情趣，其描寫的田園風光與田園生活又使人耳目一新，其成就當然遠遠超過那些淡乎寡味的玄言詩而自成一格。蘇軾謂「其詩質而實綺，癯而實腴」。本篇亦復如是。其傳誦千古絕非偶然。

蕪城賦

鮑明遠

【題　解】本篇最早見於《文選》。蕪城，指廣陵城，故治在今江蘇揚州。廣陵，從戰國時楚懷王開始興建，到西漢初吳王劉濞據廣陵，將其建成當時全國的大都市之一。後江都易王非、廣陵厲王胥皆都於此。但到南朝劉宋時連遭兩次大破壞。先是宋文帝元嘉二十七年（西元四五〇年）十二月，北魏太武帝拓跋燾大舉南侵，據廣陵，進至瓜步。廣陵太守劉懷之逆燒城府船乘，盡率其民渡江。元嘉二十八年正月，太武帝北撤，又「俘廣陵居人萬餘家以北」，「所過州郡，赤地無餘」（《南史・文帝紀》）。至孝武帝劉駿大明三年（西元四五九年），竟陵王劉誕據廣陵反，沈慶之討平之。「帝命城中無大小悉斬，慶之執諫，自五尺以下全之，於是同黨悉誅。城內女口為軍賞，男丁殺為京觀，死者尚數千人。每風晨雨夜，有號哭之聲」（《南史・竟陵王劉誕傳》）。鮑照大約於大明三、四年間至廣陵，看到一片衰敗景象，乃作此賦以抒發其今昔之感。賦中，鮑照極力鋪陳廣陵今昔的盛衰變化，對亂後的荒涼破敗寄寓了深沉的感慨，指出統治者幻想「萬祀而一君」，最終卻不免化為泡影，落得個「瓜剖而豆分」的結局。這對那些妄圖割據的封建統治者是一個嚴正的警告。許槤《六朝文絜》說：「宋孝武時，臨海王子頊有逆謀。照為參軍，隨至廣陵，見故城荒蕪，乃漢吳王濞所都。濞以叛逆被滅。照因賦其事以諷子頊。」可見其寫作目的是很明確的。同時，他還通過對蕪城的誇飾，揭露了宋孝武帝、沈慶之之流夷戮無辜的罪行，也含有對當時南北分裂而造成社會巨大不幸的慨嘆。因此，其主題是重大的。不過，賦中所表現的華屋丘山、人生無常的感慨，雖是對統治者的諷刺，也含有悲觀的消極因素，調子是比較低沉的。

【作者】鮑照（西元四一四—四六六年），字明遠，東海（今江蘇漣水北）人，家居建康（今南京市）。他出身貧寒，因獻詩給臨川王劉義慶，被擢為國侍郎。孝武帝即位，遷太學博士，兼中書舍人。歷任秣陵、永嘉縣令。臨海王子頊為荊州，照為前軍參軍，掌書記，故世稱鮑參軍。明帝泰始二年，子頊附晉安王子勛反對明帝，被殺。照死於亂軍之中。鮑照在當時受門閥制度壓抑，很不得志，作品中充滿了懷才不遇的感慨和對門閥士族的不滿。其詩文賦皆有較高成就，與謝靈運、顏延之並稱為「元嘉三大家」。其賦今存十篇。有《鮑參軍集》。

瀰迤❶平原，南馳蒼梧❷漲海❸，北走紫塞❹鴈門❺。拖❻以漕渠❼，軸❽以崑岡❾。重江複關之隩❿，四會五達之莊⓫。

【章旨】本段寫廣陵城的地勢：平坦險要，居四通八達的中心。

【注釋】❶瀰迤 相連斜平之貌，疊韻聯綿詞。❷蒼梧 漢郡名，即今廣西梧州及其附近。❸漲海 南海的別名。❹紫塞 即長城。李善注引崔豹《古今注》曰：「秦所築長城土色皆紫，漢塞亦然，故稱紫塞。」❺鴈門 漢郡名，在今山西北部。❻拖 牽引。❼漕渠 運糧的渠道，此指古運河邗溝，即今自江蘇江都西北抵淮安的運河。❽軸 車軸。用做動詞，做車軸。❾崑岡 蜀岡的異名，在江蘇江都西北，一名阜岡，亦名廣陵岡，古廣陵城即在其上。❿隩 深隱之處。⓫莊 大道。《爾雅．釋宮》：「五達謂之康，六達謂之莊。」

【語譯】傾斜的平原，向南奔向蒼梧郡和南海，向北直抵長城和鴈門。像大船以運糧的渠道做牽引，像車軸廣陵城即建在崑岡。處在重重江水層層關卡的深處，有四通八達的大道康莊。

當昔全盛之時，車挂轊❶，人駕肩❷。廛閈❸撲地❹，歌吹❺沸天。孳❻貨鹽田❼，鏟❽利銅山❾。才力雄富，士馬精妍。故能奓❿秦法，佚周令，劃崇墉，刳⓫濬洫⓬，圖修⓭世以休命。是以板築⓮雉堞⓯之殷，井幹⓰烽櫓⓱之勤⓲，格⓳高五嶽，袤廣⓴三墳㉑。崪㉒若斷岸，矗似長雲。製磁石㉓以禦衝㉔，糊頳壤㉕以飛文㉖。觀基扃㉗之固護，將萬祀㉘而一君。出入三代㉙，五百餘載，竟瓜剖而豆分。

【章旨】本段極力描寫廣陵城昔日的繁盛：人煙稠密，物產豐富，城池堅固。

【注釋】❶挂轊 車軸頂端互相碰撞，形容車輛極多。轊，車軸的頂端。❷駕肩 肩膀被擠得抬起，形容人多極其擁擠。❸廛閈 指居民住宅。廛，市民居住的區域。閈，里門。❹撲地 遍地。撲，盡。❺吹 指簫、笛、笙、簧等樂器吹奏的聲音。❻孳 蕃殖；增殖。❼鹽田 指吳王劉濞煮海水為鹽。❽鏟 取；開掘。❾銅山 指吳王劉濞利用所屬豫章郡內的銅山鑄錢。《史記・吳王濞列傳》：「吳有豫章郡銅山，濞招致天下亡命者盜鑄錢，煮海水為鹽。」⑩奓　同「侈」。此為超越之意。⑪刳　挖。⑫濬洫　深池，指護城河。⑬修　長。⑭板築　指修建城牆。板，築牆用的夾板。築，搗土的杵。⑮雉堞　指城牆。雉，城牆高一丈長三丈叫一雉。堞，即女牆，城牆上如鋸齒狀的矮牆。⑯井幹　樓名。《史記・孝武本紀》：「乃立神明臺井幹樓，度五十餘丈，輦道相屬焉。」《索隱》：「言築累萬木轉相交架，如井幹。」井幹，井上的欄架。此借指城樓。⑰烽櫓　烽火瞭望臺。烽，古時報警的煙火。櫓，城上守禦的瞭望樓。⑱勤　複雜工巧。⑲格　標準；格局。此指高度。⑳袤廣　指長和闊。長度南北曰袤，東西曰廣。㉑三墳　未詳。一說：《詩》曰：「遵彼汝墳。」又曰：「鋪彼淮墳。」《爾雅》曰：「墳莫大於河墳。」此蓋三墳。一說，兗州土黑墳，青州土黑墳，徐州土赤埴墳。此三州與揚州接。一說，廣陵東有海，南有江，北有淮。墳即濆，謂其地域之廣，奄有江、淮、海也。高步瀛說：「諸說皆未確，轉不如缺疑為善。」㉒崪　高峻。㉓製磁石　製磁石為門。李善注引《三輔黃圖》曰：「阿房宮以磁石為門，懷刃者止之。」㉔衝　突，指突然的襲擊。㉕赬壤　赤色泥土。㉖文　指牆上的圖案文飾。㉗基扃　指城闕。扃，門上的關鍵。㉘祀　年。《尚書・伊訓》注：「夏曰歲，商曰祀，周曰年，唐虞曰載。」㉙三代　指漢、魏、晉。

【語譯】當往昔全盛的時候，車輛多得軸頭相碰撞，行人擁擠得伸頸聳肩。住宅閭里布羅滿地，歌聲樂聲沸騰喧鬧直達雲天。增殖財貨有海邊的鹽田，謀取財利有銅山可以鑄錢。人才物力雄厚富足，士卒戰馬精幹良堅。所以能超越秦朝的法度，突破周朝的規定，築建起高崇的城牆，開掘深深的護城河，圖謀永世有美好的天命。因此修築城牆的精巧無比，烽火瞭望臺的高峻超群，高度高過五嶽，縱橫抵達三墳。高聳如斷裂的崖岸，矗立齊天上的浮雲。門上嵌製磁石來防禦突然的襲擊，塗上紅色泥土而文采繽紛。看那城牆門闕的堅牢防護，好像可萬年而一姓為君。經過僅只三個朝代，五百多年，竟然如瓜被剖而破又如豆被四散而分。

澤葵❶依井，荒葛❷罥❸塗。壇❹羅虺蜮❺，階鬭麏❻鼯❼。木魅山鬼，野鼠城狐，風嗥❽雨嘯，昏見晨趨。飢鷹厲❾吻，寒鴟❿嚇⓫雛⓬。伏虣⓭藏虎，乳⓮血餐虜。崩榛⓯塞路，崢嶸⓰古馗⓱。白楊早落，塞草前衰。稜稜⓲霜氣，蔌蔌⓳風威。孤蓬⓴自振，驚砂坐㉑飛。灌莽㉒杳而無際，叢薄㉓紛其相依。通池㉔既已夷，峻隅又已頹。直視千里外，惟見起黃埃。凝思寂聽，心傷已摧㉕。若夫藻扃㉖黼㉗帳、歌堂舞閣之基，琁淵㉘碧樹、弋林㉙釣渚㉚之館，吳蔡齊秦之聲，魚龍㉛爵馬㉜之玩，皆薰歇燼滅，光沉響絕。東都㉝妙姬，南國㉞佳人，蕙心㉟紈質㊱，玉貌絳脣，莫不埋魂幽石，委骨窮塵，豈憶同輿之愉樂，離宮㊲之苦辛哉！

【章旨】本段極力鋪敘廣陵今日的荒涼：環境陰森，城池破敗，宮館毀壞，美女煙消。

【注釋】❶澤葵　青苔的別名。❷葛　多年生蔓草，塊根可入藥，可製成葛粉食用，莖的纖維可製葛布。俗稱葛茅藤。❸罥　掛；纏繞。❹壇　庭院。❺虺蜮　指虺和蜮。虺，毒蛇。蜮，古稱短狐，能含沙射人為災。❻麏　獸名，即麞，形似鹿而小。❼鼯　俗稱飛鼠，形似蝙蝠，前後趾間有飛膜，能在樹林中滑翔。❽嗥　野獸號叫。❾厲　同「礪」。磨。❿鴟　鷂鷹，猛禽，似鷹而較小。⓫嚇　怒斥聲。⓬雛　小鳥。一說指與鸞鳳同類的鵷雛。⓭虣　李善注：「《字書》曰：虣，古文暴字，蒲到切。虣或為彪。《爾雅》曰：彪，白虎。」按：當從一本作彪。⓮乳　猶「飲」。⓯榛　叢生的樹木。⓰崢嶸　陰森幽暗貌，疊韻聯綿詞。⓱馗　同「逵」。大路。⓲稜稜　霜氣嚴寒貌。⓳蔌蔌　風聲勁疾貌。⓴蓬　蓬蒿。秋枯根拔，風捲而飛轉，故又名飛蓬或轉蓬。㉑坐　無故，自然而然。㉒灌莽　叢生的草木。㉓叢薄　草木相雜而生。㉔通池　指護城河。㉕摧　折；傷痛。㉖藻扃　彩繪的門。藻，文彩；修飾。㉗黼　《周禮・考工記》：「黑與白謂之黼。」指黑白相間的花紋。㉘琁淵　琁玉為飾的池。㉙弋林　射鳥之林。弋，用繫絲繩的箭射鳥。㉚釣渚　釣魚的池。渚，水邊。㉛魚龍　古代雜戲。《漢書・西域傳贊》注：「魚龍者，為舍利之獸，先戲於庭極，畢乃入殿前激水，化成比目魚，跳躍漱水，作霧障日，畢，化成黃龍八丈，出水敖戲於庭，炫耀日光。」㉜爵馬　亦古代雜戲。爵，同「雀」。〈西京賦〉「大雀踆踆」，即鴕鳥緩緩行走。又

「百馬同轡」，即用一轡繩作駕御百馬奔馳之狀。㉝東都　指洛陽。陸機〈擬東城一何高〉詩曰：「京洛多妖麗，玉顏侔瓊蕤。」㉞南國　泛指江南。曹植〈雜詩〉：「南國有佳人，容華若桃李。」《文選》李善注：「南國謂江南也。」㉟蕙心　猶「芳心」。蕙，香草名，比喻女子純美之心。㊱紈質　柔細的體質。紈，白色細絹，比喻女子潔白細嫩的肌膚。㊲離宮　帝王正式宮殿之外別築的宮殿。此指失寵妃嬪所處的冷宮。

【語　譯】青苔長到了井邊，荒蕪的葛藤纏繞著路途。庭院裡爬滿了毒蛇鬼蜮，階臺上有飛鼠在爭鬥戲娛。木石的妖怪和山中的鬼魅，野外的老鼠和城牆下的野狐，在風中嗥叫在雨中呼嘯，在黃昏出現在早晨奔趨。飢餓的蒼鷹在磨礪嘴爪，凶猛的鴟鷹在怒斥恐嚇鳥的幼雛。蹲伏的白虎和潛藏的猛虎，在飲鮮血在吃肌膚。倒下的灌木叢堵塞了道路，陰森昏暗的是那古道荒歧。白楊樹早早凋落，邊塞的草提前枯萎。嚴寒的晨霜的冷氣，勁疾的寒風的餘威。孤零的飛蓬自己拔起，滾滾的沙塵無故而飛。灌木林深遠而無邊際，草木叢紛亂而緊緊相依。環繞的護城河既已淤塞，高峻的城樓也已崩塌傾隳。一直看到千里之外，只見灰黃的塵土滾滾飛來。凝神思索靜心傾聽，心中傷痛悲哀。至於那有彩繪的門戶花紋的帷帳，歌唱的廳堂舞蹈的樓閣的建築，璇玉的池碧玉的樹，射鳥的林釣魚的島的宮館，吳國、蔡國、齊國、秦國的音樂，魚龍、爵馬一類的雜戲遊玩，都香氣消散，灰燼熄滅，光彩消失，聲響斷絕。東都的美女，江南的佳人，蕙草般純美的心靈和紈素般白嫩的體質，玉一般的容貌和紅豔豔的雙脣，沒有誰不把神魂埋於幽深的石間，把骸骨委棄在灰塵，哪裡還能想起與帝王同車的歡愉快樂，被貶入冷宮的痛苦酸辛呢！

天道如何？吞恨者多。抽琴命操❶，為〈蕪城〉之歌。歌曰：邊風急兮城上寒，井❷逕❸滅兮丘隴❹殘。千齡兮萬代，共盡兮何言！

【章　旨】本段以歌作結，抒發作者華屋丘山、人生無常的感慨，以示對統治者的諷刺。

【注　釋】❶命操　猶言「作曲」。操，琴曲。❷井　古制八家為井，後引申為鄉里，人口聚居地。❸逕　同「徑」。小路。❹邱隴　指墳墓。

【語　譯】自然的規律到底怎樣呢？懷抱遺憾的人真多。我取來琴作支琴曲，就寫了這首〈蕪城歌〉。歌說：

邊塞的風很急啊城上清寒，市井的小路消失啊墳墓摧殘。千年啊萬代，一道消滅啊還有何言！

【研　析】這是一篇駢賦，卻被古文家姚鼐看中而選入本書，這不是偶然的。首先是本篇通過強烈的對比所形成的強大的氣勢。賦用對比手法，將廣陵昔日之盛與今日之衰進行對照描寫；為使對照更加鮮明，並作了適當的藝術誇張。而它寫昔日之盛正是為了突出今日之衰，前者為後者作鋪墊，用古文家的話說，這叫「蓄勢」。「從盛時極力說入，總為蕪字張本，如此方有勢有力」（許槤《六朝文絜》評語）。全文一氣貫注而下，如長江大河，奔騰洶湧，最後歸結到蕪城之歌的感慨作結，其寫法與賈誼〈過秦論上〉極相彷彿。陳繹曾《詩譜》說：「六朝文藝衰緩，唯劉越石、鮑明遠有西漢氣骨。」姚氏看中的正是這種「氣骨」。其次，本篇詞采清麗，饒有風華，誇飾而不堆砌，華美而不柔靡，這又不同於漢賦；雖對偶句多，且以四六言為主，但不呆板而富有變化，駢儷而不失於纖巧，又與齊梁賦有很大的不同；它充分體現出鮑照「發唱驚挺，持調險急，雕藻淫豔，傾炫心魄」（蕭子顯《南齊書・文學傳論》）的風格特點。姚鼐說本篇「驅邁蒼涼之氣，驚心動魄之詞，皆賦家之絕境也」，可見其對這種風格的充分肯定。林紓說：「入手言廣陵形勝及其繁盛，後乃寫其凋敝衰颯之形，俯仰蒼茫滿目悲涼之狀，溢於紙上，真足以驚心動魄矣。」可見古文家對本篇的肯定是一致的。

卷七十二 辭賦類 十一

訟風伯

韓退之

【題解】本篇《昌黎先生集》歸入「雜著」類，但其體式則似賦。訟，控告；責備。風伯，風神。據史載，唐德宗貞元十九年（西元八〇三年），正月不雨直至七月，旱情嚴重。林雲銘《韓文起》卷七云：「時京兆尹李實務徵求以給進奉，公時為御史，因天旱，言京畿百姓窮困，今年稅物徵未得者，請俟來年，遂坐貶山陽令。故以旱雲為風所止，雨澤不得下降，作個題目，暗刺李實之怒己也。此楚辭之義也。」宋人晁公武亦云：「旱以諭時澤不下流，風以比小人實為此屬，雲以媲君子欲施而不可得，以夫為此屬者間之也。」（朱熹《楚辭後語》引）但細讀全文，本篇雖涉及民生，但亦停留在對風伯為害的譴責，似難確指其比興意義。其實，對諷刺說前人就有過懷疑。如清人沈闇《韓文論述》卷三就說過：「舊說謂貞元十九年正月至七月不雨，權臣裴延齡、李齊運、京兆尹李實之徒，不顧旱饑，專事誅求，使君恩澤不得下流，猶風吹雲，雨不得降，故公作此刺之。未知然否？」故本篇只是表現了韓愈對自然災害為害人民的深切同情而已，至於其諷諭寄託的比興意義則有待讀者自行領悟。

維茲之旱兮，其誰之由？我知其端兮，風伯是尤❶。山升雲兮澤上氣，雷鞭車兮雷搖幟，雨寖寖❷兮將墜，風伯怒兮雲不得止。

【章　旨】本段指責風伯吹散雲氣使雨澤不得降下。

【注　釋】❶尤　罪過；過失。❷寖寖　欲雨之貌。

【語　譯】這次旱災啊，是由誰作祟？我知道那緣由啊，是風伯的過失。山升起了雲啊大澤升起了氣，雷聲隆隆像趕車啊雷光閃閃像搖旗幟，雨氣濃濃啊將要下墜，風伯一怒吼啊雲不得停滯。

暘烏❶之仁兮念此下民，閟❷其光兮不鬭❸其神。嗟風伯兮其獨謂何，我於爾兮豈有其他？求其時兮修祀事，羊甚肥兮酒甚旨。食足飽兮飲足醉，風伯之怒兮誰使！雲屏屏❹兮吹使醨❺之，氣將交兮吹使離之。鑠❻之使氣不得化，寒之使雲不得施。嗟爾風伯兮，欲逃其罪又何辭？

【章　旨】本段寫風伯享其祭祀，卻阻其降雨，實難以逃其罪責。

【注　釋】❶暘烏　太陽。古代神話稱日中有烏，因稱日為暘烏。❷閟　閉；止息。❸鬭　競勝；顯示。❹屏屏　雲聚貌。❺醨　薄。❻鑠　消散。

【語　譯】太陽的仁愛啊掛念著下土的人民，隱閉他的光芒啊不顯示他的威神。哎呀風伯啊你還將說什麼，我們對你啊哪點還做得不夠？按時按節啊舉行祭祀，羊很肥啊酒也很美。吃的足夠吃飽啊喝的足夠喝醉，風伯的發怒啊是誰使你如此！烏雲滾滾啊你吹散使它變薄，雨氣將要交接啊吹開使它離散飄泊。消散它使雨不得下落，寒冷它使雲不得變雨潤物。哎呀你風伯啊，想逃其罪責又怎能推託？

上天孔明兮有紀有綱，我今上訟兮其罪誰當。天誅❶加兮不可悔，風伯雖死兮人誰汝傷？

【章　旨】本段寫將上訴於天以正風伯之罪，且風伯雖死而無人同情。

【注　釋】❶誅　懲罰；殺戮。

【語　譯】上天非常聖明啊有法紀有綱常，我現在向上天控告啊那罪過由誰承當。上天的懲罰施加啊不可追悔，風伯即使死去啊又有誰為你悲傷？

【研　析】本篇近似騷體賦。騷體賦一般用以抒情，而本篇則用以指控風伯之罪。其命意已不同於前人。前人遇旱，多歸咎於旱魃。《詩・大雅・雲漢》：「旱魃為虐，如惔如焚。」即其例。王應麟《困學紀聞》卷九云：「《周官・小祝》寧風旱。漢代田之法，能風與旱。此昌黎所以訟風伯也。」韓愈對旱災不罪旱魃而罪風伯，此又是另闢蹊徑而不肯蹈襲前人處。何焯《義門讀書記・昌黎集》卷二云：「曹子建〈誥咎〉文假天帝之命，以詰風伯雨師。公訟風伯，蓋本於此。」此雖有所本，而遣詞命意實與曹文全不相同。文貴立意新穎，此韓愈之所以為大家。

進學解

韓退之

【題　解】本篇《昌黎先生集》亦歸「雜著」類。「解」，亦文體名，其文以「辯釋疑惑、解剝紛難為主」（徐師曾《文體明辨序說》始於揚雄之〈解嘲〉，更早則可追溯到東方朔〈答客難〉。其性質與論、說、議、辯相近，但本篇採用鋪排手法，且多用韻，故本書歸入辭賦一類。但其實只是一篇賦體文而已。進學，增進學業，包括業與行兩個方面。本篇作於唐憲宗元和八年（西元八一三年）韓愈任國子博士期間，《舊唐書・韓愈傳》說：「（愈）復為國子博士，愈自以才高，累被擯黜，作〈進學解〉以自喻。」本篇假設國子先生與太學諸生的論辯，抒發了作者不被重用、屢遭貶斥的不滿情緒，表現了他對執政者不以才德取人，用人不公不明的滿腔怨氣，嘲諷了社會的庸俗。同時，通過諸生之口，對他政治上崇儒學，反佛老，文學上博涉傳統，閎中肆外，人品上敢作敢為，長通於方，是韓愈對自己為人的全面肯定。從中可以看到韓愈仕途蹭蹬，完全是執政不明的結果。吳楚材、吳調侯評云：「公自貞元十八年至元和七年屢為國子博士，官久不遷，乃作〈進學解〉以自喻。主意全在宰相，蓋大材小用，不能無憾。而以怨懟無聊之詞託之人，自責自咎之詞託之己，最得體。」可見諸生的詰難正是韓愈的自譽與對指執政者的控訴。同時，文中提出的「業精於勤，荒於嬉；行成於思，毀於隨」，並指出要注意自身的「業精」與「行成」，不要斤斤計較個人得失，對我們仍然具有十分重要的意義。

國子先生❶晨入太學❷，招諸生立館下，誨之曰：「業精於勤，荒於嬉；行成於思，毀於隨❸。方今聖賢相逢，治具❹畢張。拔去兇邪，登崇❺畯良❻。占小善者率以錄，名❼一藝者無不庸。爬羅剔抉❽，刮垢磨光❾。蓋有幸而獲選，孰云多而不揚？諸生業患不能精，無患有司之不明；行患不能成，無患有司之不公。」

【章　旨】本段寫國子先生教誨諸生，只要注意自身的「業」與「行」，無患有司之不公不明，以引出全篇的議論。

【注釋】❶國子先生　唐代對國子博士（官名）的尊稱。元和七年春，韓愈官國子博士，故此國子先生乃韓愈自況。❷太學　唐代國子學與太學分設。韓愈為國子博士，故此太學當指國子學。因唐代國子學相當於古代的太學，故稱國子學為太學。❸隨　因循隨俗。❹治具　指法令。《史記・酷吏列傳》：「法令者，治之具也。」❺登崇　提拔推崇。❻畯良　才德優良之人。畯，通「俊」。千人才為俊。❼名　通曉。《釋名・釋言語》：「名，明也。」❽爬羅剔抉　指選拔人才。爬，爬梳；整理。羅，搜羅。剔，分辨。抉，選擇。❾刮垢磨光　指造就人才。磨光，磨之使光。

【語譯】國子先生早晨來到太學，召集學生們站立在學舍堂下，教誨他們說：「學業在勤奮中精湛而在嬉戲中荒廢；品行在慎思中成就而在因循隨俗中毀壞。現在聖君賢相相逢，法令全都得以張揚。除去兇惡奸邪，提拔英俊馴良。有一點優點的人大都得以錄用，通曉一種技藝之人沒有不進用朝堂。盡力搜羅選擇，精心刮去污垢而磨之使放光。大概有無實才而僥倖獲得選拔，哪裡有多才藝而不被選拔表彰？你們只擔心學業不純精，不要擔心官吏的不清明；只擔心品行的不能形成，不要擔心官吏的不公平。」

言未既，有笑於列者曰：「先生欺予哉！弟子事先生，於茲有年矣。先生口不絕吟於六藝❶之文，手不停披於百家之編。記事者必提其要，纂言者❷必鉤其玄❸。貪多務得，細大不捐。焚膏油❹以繼晷，恆兀兀❺以窮年。先生之業可謂勤矣。觝排❻異端，攘斥佛老。補苴❼罅漏❽，張皇❾幽渺❿。尋墜緒⓫之茫茫，獨旁搜而遠紹⓬。障百川而東之，迴狂瀾於既倒。先生之於儒，可謂有勞矣。沉浸醲郁⓭，含英咀華。作為文章，其書滿家。上規⓮姚姒⓯，渾渾⓰無涯；周誥⓱殷盤⓲，佶屈聱牙⑲；《春秋》⑳謹嚴㉑，《左氏》浮夸㉒；《易》㉓奇而法，《詩》㉔正而葩。下逮《莊》、《騷》㉕，太史㉖所錄，子雲相如，同工異曲㉗。先生之於文，可謂閎其中㉘而肆其外㉙矣。少始知學，勇於敢為。長通於方㉚，左右具宜。先生之於為人，可謂成矣。然而公不見信於人，私不見助於友。跋前躓後㉛，動輒得咎。暫為御史㉜，遂竄南夷㉝。三年㉞博士，冗㉟不見治。命與仇謀，取敗幾時㊱。冬暖而兒號寒，年豐而妻啼飢。頭童㊲齒豁，竟死何裨？不知慮此，而反教人為？」

【章旨】本段寫諸生以先生「業精」、「行成」而累遭貶斥為例，提出質疑，盡情傾吐了韓愈心中的積憤和不平。

【注釋】❶六藝　六經。❷纂言者　立論的書。纂，同「撰」。編集。❸鉤其玄　探索它的深奧道理。玄，深奧；神妙。此指深奧的理論。❹膏油　指點燈的油脂。膏，油脂。❺兀兀　勤勉不止貌。❻觝排　抵制排斥。觝，通「抵」。❼苴　襯墊，引申為填塞空虛之意。❽罅漏　裂縫；缺漏。❾張皇　張大，引申為闡發之意。❿幽渺　指幽深隱微的道義。⓫墜緒　指墜落不振的儒學。緒，事業，這裡指古聖賢相傳的道統。⓬紹　繼承。⓭醲郁　濃厚馥郁，指典籍的意味。醲，同「濃」。郁，香氣盛。⓮規　取法。⓯姚姒　指《尚書》中的〈虞書〉和〈夏書〉。姚，虞舜的姓，代指〈虞書〉。姒，夏禹的姓，代指〈夏書〉。⓰渾渾　深遠貌。⓱周誥　指《尚書．周書》中的〈大誥〉、〈康誥〉、〈酒誥〉、〈召誥〉、〈洛誥〉等，代指〈周書〉。⓲殷盤　指《尚書．商書》中的〈盤庚〉，代指〈商書〉。殷，即商。⓳佶屈聱牙　指文辭艱澀難讀。佶屈，屈曲。聱牙，語句拗口。⓴春秋　古籍名，相傳為孔子據魯史修訂而成，為儒家五經之一。㉑謹嚴　《春秋》文辭簡省，並寓有褒貶之義，故曰「謹嚴」。㉒浮夸　《左傳》記事詳盡，文辭鋪張華美，故曰「浮夸」。浮，指藻飾。夸，指張大。與今所說含有貶義的「浮夸」意義不同。㉓易　指《周易》，其中所闡明的事理又正確而有法則，故曰「奇而法」。㉔詩　指《詩經》。孔子說它「思無邪」(見《論語·為政》),而文辭華美,故曰「正而葩」。㉕莊騷　指《莊子》和《楚辭》。㉖太史　指太史公司馬遷。㉗同工異曲　本指樂工奏樂,技巧一樣高超,而所奏曲調則各異。此指《莊》、《騷》、《史記》及揚雄、司馬相如的作品各有特點。㉘中　指作品的內容。㉙外　指作品的文辭。㉚方　道;理。㉛跋前躓後　指進退兩難。《詩·豳風·狼跋》:「狼跋其胡(狼項下的懸肉),載疐(同躓)其尾。」言狼前進就踩著牠的胡,後退就踩著牠的尾,形容進退不得。跋,踐踏。躓,挫折;阻礙。㉜御史　官名,掌糾察。韓愈在唐德宗貞元十九年(西元八〇三年)由四門博士遷監察御史。㉝南夷　南方夷狄所居之地,此指連州陽山縣(今屬廣東)。貞元十九年,因關中旱飢,韓愈上表請求停徵賦稅,得罪權臣,被貶為連州陽山縣令。㉞三年　多年。韓愈貞元十八年為四門博士。唐憲宗元和元年自江陵府法曹參軍,召拜國子博士,二年,以國子博士分司東都,尋改都官員外郎,河南縣令,入都為職方員外郎,七年,再官國子博士。故云多年為博士。舊傳「三年博士」作「三為博士」。而《新唐書·韓愈傳》云:「元和初,權知國子博士,分司東都,三歲為真。」故云「三年博士」。按:較之二說,當以多年為博士為是。㉟冗　閒散,謂博士沒有許多公事可辦。㊱幾時　不時;隨時。㊲童　禿頂。

【語　譯】先生的話還未說完,有個學生就在隊列裡笑著說:「先生欺騙我們呀!弟子侍奉先生,到如今有些年頭了。先生口裡不停地吟誦六經的文詞,手不停地翻閱諸子百家的著述。記事的書一定提挈記載事件的要點,議論的書一定鉤出深奧道理的線索。無滿足地求多而追求有所收穫,細的大的全不放棄忽略。點上燈燭來延續白晝,經常勤憤努力從年初直到歲末。先生對事業,可以說是辛勤謹恪了。你抵制排斥異端邪說,攘除斥責佛教莊老。補充填塞儒學的裂縫缺漏,闡明宏揚儒學的精微深奧。尋求曠遠而衰落不振的道統,獨自普遍搜求而遠承前聖的大道。堵塞所有河川使它們向東流去,把已傾瀉的洶湧潮流扭回舊貌。先生對於儒述,可以說是有功勞了。沉浸於濃厚馥郁的典籍意味,仔細品味著典籍的精華。寫作的文章著作,那書籍堆滿了你的家。向上取法《尚書》中的〈虞書〉、〈夏書〉,它深遠廣闊而無際無涯;〈周書〉的各誥和〈商書〉的〈盤庚〉,艱澀難讀而佶屈聱牙;《春秋》經謹飭嚴密,《左氏傳》鋪張華美如霞;《周易》奇妙而有法則,《詩經》純正而美妙如花。向下到了《莊子》、《楚辭》,太史公司馬遷《史記》的記錄,揚雄以及司馬相如,他們技巧同樣精湛而演奏著不同的樂曲。先生對於文章,可以說是內容博大精深而文詞波瀾壯闊了。少年時開始懂得學習，就勇於實踐作為。長大了貫通大道，或左或右無不適宜。先生的為人，可以說是完美無疵了。然而公事不被人信任，私事沒有朋友出來幫助。踩著前頭又阻礙後面，一舉一動總是得罪過。短時間做過御史，卻被放逐到南邊荒涼的地方。當了多年的博士，閒散的官位又表現不出政治的特長。命運總與仇敵結合，隨時都失敗蒼皇。冬天暖和可兒女哭訴寒冷，年歲豐收可妻號叫饑荒。頭頂禿了牙齒脫落，直到死去可有何補償？先生不知去想想這些，卻反而來教訓別人要自強？」

先生曰：「吁！子來前。夫大木為杗❶，細木為桷❷，欂❸櫨❹侏儒❺，椳❻闑❼居❽楔❾，各得其宜。施以成室者，匠氏之工也。玉札❿丹砂⓫，赤箭⓬青芝⓭，牛溲⓮馬勃⓯，敗鼓之皮，俱收並蓄，待用無遺者，醫師之良也。登明選公，雜進巧拙，紆餘⓰為妍，卓犖⓱為傑，較短量長，惟器是適者，宰相之方也。昔者孟軻好辨，孔道以明，轍環天下，卒老於行；荀卿⓲守正，大論是弘，逃讒於楚，廢死蘭陵⓳。是二儒者，吐辭為經，舉足為法，絕⓴類離倫，優入聖域，其遇於世何如也？今先生學雖勤而不繇其統，言雖多而不要其中，文雖奇而不濟於用，行雖修而不顯於眾。猶且月費俸錢，歲靡廩粟。子不知耕，婦不知織，乘馬從徒，安坐而食。踵㉑常途之促促㉒，窺陳編以盜竊。然而聖主不加誅，宰臣不見斥，茲非其幸與？動而得謗，名亦隨之。投閒置散，乃分之宜。若夫商㉓財賄之有無，計班資㉔之崇庳㉕，忘己量之所稱，指前人之瑕疵㉖，是所謂詰匠氏之不以杙㉗為楹，而訾醫師以昌陽㉘引年，欲進其豨苓㉙也。」

【章旨】本段寫國子先生針對諸生的質疑加以申辯，形似貶斥自己，實則將自己比作孟軻、荀況的不遇其時，暗中諷諭朝廷用人的不公不明。

【注釋】❶宗　棟梁。❷桷　屋椽。❸欂　壁柱。❹櫨　斗拱；柱上短木。❺侏儒　梁上短木。❻椳　承托門戶轉軸的門臼。❼闑　古代房屋門中間所豎的短木。❽扂　門閂。❾楔　門框兩側的長木。❿玉札　植物名，即地榆，可供藥用。⓫丹砂　朱砂。⓬赤箭　草名。其根暴乾可以入藥，稱天麻。⓭青芝　藥名，又名龍芝。按：以上四種為貴重藥品。⓮牛溲　即牛遺，車前草的別名。可供藥用。⓯馬勃　菌類植物，生濕地及腐木上，可供藥用。按：此二種藥與敗鼓之皮都是便宜的藥。⓰紆餘　才氣從容之貌，疊韻聯綿詞。⓱卓犖　卓絕出眾。疊韻聯綿詞。⓲荀卿　名況，戰國時著名學者，趙國人。遊學於齊，為祭酒，被讒至楚，春申君用為蘭陵令。春申君死，被廢，死於蘭陵。⓳蘭陵　故地在今山東蒼山縣西南。⓴絕　與下「離」，皆超越之意。㉑踵　足跟。用作動詞，踐履。㉒促促　小心謹慎之貌。㉓商　計較；謀算。㉔班資　班列資格，指品秩。㉕庳　同「卑」。卑下。㉖瑕疵　喻缺點或過失。瑕，玉的斑點。疵，小病。㉗杙　小木樁。㉘昌陽　即昌蒲。《證類本草》卷六：「昌蒲，久服輕身，聰耳明目，延年益心智。」㉙豨苓　藥草名，即豬苓。《證類本草》卷十三：「豬苓利水道，一名猳豬屎。」生土底，皮黑作塊，似豬屎，故名。一名猳豬屎。

【語譯】先生說：「咦！你上前來。大木做棟梁，細木做屋椽，斗拱梁杠，門臼門閂，各自得適宜的用途。用來建成屋宇房間，這是匠人的精明。地榆朱砂，天麻龍芝，車前草與馬勃，爛鼓的牛皮，全都收集一併儲存，等待使用而不遺棄，這是醫師的高明。提拔人才看得明白而選用人才態度公正，好的和差的一道進用，美好之才優裕從容，俊傑之才卓絕出眾，校量他們的優劣長短，只以器度才能為重，這是宰相的方略。從前孟軻喜好辯論，孔子的學說得以光大發明，車跡周遍了天下，終於在周遊中度過一生；荀卿堅守正道，偉大的理論得以宏揚，逃到楚國躲避讒言，被廢棄而死在蘭陵這個地方。這兩位大儒，講的話是經典，做的事足供後人取法，超過同類超越同輩，優秀得進入了聖明的領域，他們在世上的遭遇又怎麼樣呢？現在我學習雖然勤憤而不遵循那道統，言論雖然很多而沒有找到那要點，文章雖然奇妙而不適合於時用，品行雖然美好而沒有在大眾中顯現。還是每月耗費俸錢，每年消耗倉廩裡的糧食。兒子不知道耕種，妻子不懂得紡織，騎著馬跟隨著一群學生，安坐著只管吃食。小心謹慎地走在平常的道路上，竊取舊有書籍而無高見卓識。然而聖明的君主不施加懲罰，宰相大臣不將我棄斥，這不是很僥倖嗎？一行動就得到毀謗，名聲跟著它也就到來。投置在閒散的官位，是我的本分應該。至於計算財資貨幣的有無，計較班列資格的高低，忘記自己能力的適合與否，去指責前人的背矩違規，這就是所說的詰難匠人不用小木樁做屋柱子，指責醫師用昌蒲延長年壽，而想進獻豭豬屎呢！」

【研　析】這是一篇設論體作品。它與賦一樣，假設客主問答以展開辯論，來抒發作者的不平與牢騷，其用意與東方朔〈答客難〉與揚雄〈解嘲〉同。但它又與東方朔和揚雄，特別後世大量的擬作不同：第一，東方朔、揚雄皆高自誇詡，而本篇則正話反說，「設為問答，意若自責，卻反自譽。其敘失意處，正是其得意處。前人謂道高毀來，德修謗興，文公正以此兩句自責」（過珙評）。第二，東方朔、揚雄的文章以散句為主，用韻亦稀，行文與散文無異。而本篇則以四六駢句為主，基本上兩句一韻，中間夾雜些散文句子。而且語言華美，音韻和諧，語句流暢，不似東方朔、揚雄之純為議論文，因而更接近辭賦。儲欣《昌黎先生全集錄・雜著》云：「其體自漢人來，其文則漢未有。自此文出，而〈客難〉、〈解嘲〉、〈賓戲〉接踵倣效者，於是乎絕矣。信乎其能超前而斷後也。」蔡鑄《蔡氏古文評注補正全集》卷七云：「按《唐書》公本傳錄公文僅二篇，一為〈佛骨表〉，一為此文。作〈佛骨表〉則貶職，作〈進學解〉則遷官，升沉何常，在公初不計也。但此篇巧於規避，立言得體，故執政奇其才而擢用之也。沈確士曰：首段發端，中間是駁，後段是解，體格是從〈客難〉、〈解嘲〉、〈答賓戲〉得來。而此文揚人抑己，尤勝前作，公文不以雕飾為工，而此篇極修詞之妙，尤具排山倒海之勢。至篇中用韻語，亦步子雲之後，更為可誦云。」至於本篇語言之精粹，在此類文中尤少其匹，許多已成成語流傳至今，如提要鉤玄，焚膏繼晷，補苴罅漏，含英咀華，佶屈聱牙，動輒得咎，啼饑號寒，牛溲馬勃，投閒置散，較短量長，在不到一千字的短文裡，即有如此多的句子變為成語，可見其語言成就之高。

送窮文

韓退之

【題解】本篇《昌黎先生集》歸入「雜文」類，實際上也是賦體文。送窮，唐代民俗，於正月晦（陰曆每月最後一天叫晦）日舉行。姚合〈晦日送窮三首〉其一云：「年年到此日，瀝酒拜街中。萬戶千門看，無人不送窮。」可見此習俗之盛。窮鬼，相傳為高辛氏之子，「不著完衣，宮中號為窮子。其後正月晦日死，宮中葬之，相謂曰：『今日送卻窮子。』自爾相承送之。」（《昌黎集》卷三十六本篇題注）窮，困厄，古代士人指仕途不暢。本篇作於元和六年（西元八一一年）韓愈四十四歲任河南令時。時韓愈屢遭擯斥，仕途很不得志。故篇中通過與窮鬼的對話，抒發了韓愈的滿腹牢騷，表現了他「君子固窮」，寧與窮相守而不「蠅營狗苟」的高尚品德。同時，通過對窮鬼的控訴，正話反說，表現了韓愈為人處世的堅持正義和治學為文的不同流俗。文中所說的「智窮」，即操行堅正，不欺詐，不害人；「學窮」即好探幽鉤玄，窮究物理；「文窮」即不作媚俗文字，好作破格奇文；「命窮」即勇於負責，恥於爭利；「交窮」即待人真心實意，肝膽相照。儲欣《昌黎先生全集錄．雜文》云：「自訴實自譽也，與〈進學解〉同。」正道出了作者的用意。然而正因為他有這種難能可貴的高尚品德，卻不為時人所理解，不為世俗所容忍，只能與窮相守而困厄窮年，無機會施展自己的理想與才幹，這就更加深刻地反映了當時社會的不合理。所以它在詼諧中表達的是重大的主題，是寓莊於諧，讀者幸勿略過而純以滑稽視之。

元和六年正月乙丑晦，主人使奴星❶結柳作車，縛草為船，載糗❷輿粻❸，牛繫軛❹下，引帆上檣❺，三揖窮鬼而告之曰：「聞子行有日矣，鄙人不敢問所塗❻。竊具船與車，備載糗粻，日吉時良，利行四方。子飯一盂❼，子啜❽一觴，攜朋挈儔，去故就新。駕塵❾彍❿風，與電爭先。子無底滯⓫之尤⓬，我有資⓭送之恩。子等有意於行乎？」

【章　旨】本段寫送窮及對窮鬼的祝詞，表現了韓愈擺脫困窮的願望。

【注　釋】❶奴星　名「星」的奴僕。❷糗　乾糧。❸粻　米糧。❹軛　車軛；扼住牲畜頸部的器具。❺檣　桅杆；船上張帆的柱子。❻塗　路。用作動詞，走。❼盂　盛食物的器具。❽啜　嘗；飲。❾駕塵　指駕車疾馳而揚起塵土。❿彍　張，指掛帆張風。⓫底滯　停滯；稽留。底，止。⓬尤　怨。⓭資　資助；供給。

【語　譯】元和六年正月乙丑晦日，主人我使名叫星的奴僕結紮柳條做成車，綑縛茅草做成船，裝載著乾糧與米糧，牛繫縛在車軛之下，升起船帆張掛在桅杆之上，向窮鬼拜揖三次而禱告它說：「聽說你要走有好多天了，我不敢問你要走的路途。我準備了船和車，裝滿了乾糧米糧，日子吉利時辰吉祥，有利於行走四方。你吃一碗米飯，你喝一杯酒漿，攜帶你的朋友率領你的伴侶，離開舊居走向新的主人。駕車在滾滾煙塵裡飛奔和揚帆迎風，可與閃電爭個先後輸贏。你沒有停滯淹留的怨恨，我有資助送行的恩惠。你們這些鬼有意於啟行動身嗎？」

屏息潛聽，如聞音聲。若嘯❶若啼，砉欻❷嘎嚶❸。毛髮盡豎，竦肩縮頸。疑有而無，久乃可明。若有言者曰：「吾與子居，四十年餘❹。子在孩提❺，吾不子愚。子學子耕，求官與名。惟子是從，不變於初。門神戶靈，我叱我呵。包羞❻詭隨❼，志不在他。子遷南荒❽，熱爍濕蒸。我非其鄉，百鬼欺陵。太學四年❾，朝虀❿暮鹽。惟我保汝，人皆汝嫌。自初及終，未始背汝。心無異謀，口絕行語。於何聽聞，云我當去？是必夫子信讒，有間⓫於予也。我鬼非人，安用車船？鼻齅⓬臭香，糗粻可捐。單獨一身，誰為朋儔？子苟備知，可數已不？子能盡言，可謂聖智。情狀既露，敢不迴避！」

【章旨】本段寫窮鬼的自我辯解，實際上概述了韓愈數十年的仕途蹭蹬，是他不得志的傾訴。

【注釋】❶嘯　嘬嘬出聲。❷砉欻　細小窸窣聲，雙聲聯綿詞。❸嚘嚶　雜亂聲，雙聲聯綿詞。❹四十年餘　此時韓愈四十四歲。❺孩提　指初知發笑尚在襁褓中的幼兒。❻包羞　蒙受羞辱。❼詭隨　曲意隨從。❽子遷南荒　指韓愈於唐德宗貞元十九年由監察御史貶為連州陽山令。❾太學四年　韓愈唐憲宗元和元年夏由江陵府法曹參軍召回京師，權知國子博士分教東都，三年即真，四年改都官員外郎守東都。是為國子博士前後歷四年。❿虀　細切的醬菜或腌菜。⓫間　間離；挑撥是非。⓬齅　同「嗅」。以鼻聞味。

【語　譯】我屏住呼吸暗中偷聽，好像聽到了音聲。好像嘬嘬呼嘯又好像啼泣，窸窸窣窣細碎難以聽清。我毛髮全都豎起，聳起肩膀縮著脖頸。好像有聲卻又聽不到，好久才聽分明。好像有人在說：「我和你一道居處，四十年還有多餘。你還在幼兒時期，我不認為你痴愚。你學習你耕種，求得了官職和名聲。我只是跟隨著你，和當初一樣沒有變更。門戶的神靈，對我叱罵對我呵斥不停。我蒙受羞辱曲意隨從，心意不向別處斜傾。你貶謫南方荒涼之地，熱浪烤炙濕氣熏蒸。那不是我的故鄉，各種鬼怪將我欺凌。你在太學裡四年，早餐吃點醃菜晚餐吃點白鹽。只有我保護著你，別人都將你來嫌。自始至終，我未曾背棄過你。心裡沒有別的打算，口裡沒有說要走的意思。你在哪裡聽到，說我要離你而去？這一定是你先生聽信讒言，有人要間離你我。我是鬼不是人，哪裡用得著車和船？鼻子聞聞香味就足夠，乾糧米糧都可棄捐。我單身一人，誰做我的朋友伴侶？你如果全都知曉，可不可以一一指出？你能全都說出，可以說是聖明智慧。情況既已敗露，我怎麼敢不返回躲避！」

主人應之曰：「子以吾為真不知也耶？子之朋儔，非六非四，在十去五，滿七除二❶。各有主張，私立名字。捩❷手覆羹，轉喉觸諱❸。凡所以使吾面目可憎，語言無味者，皆子之志也。其名曰智窮：矯矯亢亢❹，惡圓喜方，羞為姦欺，不忍害傷。其次名曰學窮：傲數❺與名❻，摘抉❼杳微，高挹❽群言，執神之機。又其次曰文窮：不專一能，怪怪奇奇，不可時施，祇以自嬉。又其次曰命窮：影與形殊❾，面醜心妍，利居眾後，責在人先。又其次曰交窮：磨肌戛骨❿，吐出心肝，企足以待，寘我仇冤。凡此五鬼，為吾五患。飢我寒我，興訛造訕。能使我迷，人莫能間。朝悔其行，暮已復然。蠅營⓫狗苟⓬，驅去復還。」

【章旨】本段寫韓愈對窮鬼的控訴，實際是對自己為人處世和治學為文的高貴品質的概括，以及由此帶來的不幸。

【注釋】❶非六非四三句　皆為「五」之意，故作累句，以增強詼諧效果。❷捩　扭轉。❸諱　忌諱；顧忌。此二句即動輒得咎之意。❹矯矯亢亢　剛強正直之貌。❺數　術數，指曆數占卜之術。❻名　名物，指有關典章制度一類的學問。❼摘抉　摘取；挑剔。❽挹　攝取；酌取。❾影與形殊　比喻現象和實質不一致。❿磨肌戛骨　比喻待人至誠。磨，通「摩」。撫摩。戛，敲擊。⓫蠅營　像蒼蠅般飛來飛去。比喻到處鑽營。⓬狗苟　如狗一般苟且偷生，不講節操。

【語譯】主人我回答它說：「你以為我真的不知道你嗎？你的朋輩同類，不是六不是四，在十要去掉五，滿七要除去二。各有各的主張，私自還取了名字。一轉手就打翻羹湯，一開口就觸犯忌諱。一切使我面目可憎，語言無味的原因，都是你的意思。那名字就叫做智窮：剛強正直，痛恨圓滑而喜歡端方，以欺詐奸邪為羞恥，不忍心為害將人損傷。其次叫做學窮：輕視術數與名物，摘取深奧隱微的道理，全面地攝取各家學說，掌握事物神妙的變化規律。又其次叫做文窮：不專有一種才能，怪異而又稀奇，不可以為時人應用，只可以自我娛嬉。又其次叫做命窮：影子與形體不一樣，面目醜陋而心地良善，有利可圖則居於眾人之後，承擔責任則在別人前面。又其次叫做交窮：撫摩肌膚又輕擊骨骼，向人吐出心肝，踮起足跟來等待，卻把我當做仇冤。總之這五種鬼怪，就是我的五種禍患。使我飢餓使我寒凍，製造謠言還毀謗不斷。能夠使我迷惑，別人卻不能離間。早晨我後悔那種行為，到傍晚又是這般。像蒼蠅到處鑽營如小狗苟且偷生，把你趕走你又回還。」

言未畢，五鬼相與張眼吐舌，跳踉❶偃仆❷，抵❸掌頓腳，失笑相顧。徐謂主人曰：「子知我名，凡我所為。驅我令去，小黠大癡。人生一世，其久幾何？吾立子名，百世不磨。小人君子，其心不同。惟乖於時，乃與天通。攜持琬琰❹，易一羊皮；飫於肥甘，慕彼糠糜❺。天下知子，誰過於予？雖遭斥逐，不忍子疏。

謂予不信，請質《詩》、《書》。」

【章　旨】本段寫窮鬼的第二次自辯，實則是說明只有高風亮節，才能百世流芳；蠅營狗苟，必致身敗名裂。

【注　釋】❶跳踉　跳躍。❷偃仆　後仰前俯。❸抵　當作「扺」。擊；拍。❹琬琰　美玉，與下「肥甘」喻百世不磨之名。❺糜　粥。與上「羊皮」喻遇時之浮榮。

【語　譯】我的話還沒說完，五個鬼一道張大眼睛吐出舌頭，蹦蹦跳跳而後仰前仆，擊掌頓腳，發出笑聲而互相盼顧。慢慢地告訴我說：「你知道我們的名字，和我們的一切所作所為。驅趕我們叫我們離去，這是小處聰明而大處愚痴。人生在世一輩子，那時日又有幾多？我們樹立你的名聲，卻百世不會消磨。小人和君子，那心地實不相同。只有違背時俗，才能與天理相通。拿著美玉，去交換一張羊皮；飽食肥美甘甜的食物，卻羨慕那糠煮的粥糜。天下的人了解你，誰能超過我們？雖然被你驅逐，我們不忍棄你而疏遠不親。認為我們不可相信，請你去向《詩》、《書》諮詢。」

主人於是垂頭喪氣，上手❶稱謝❷。燒車與船，延❸之上座。

【章　旨】本段寫願與窮鬼為友，以「君子固窮」作結，實則是無可奈何的自我寬慰。

【注　釋】❶上手　舉起手。❷謝　認錯；道歉。❸延　請。

【語　譯】主人於是垂頭喪氣，舉起手表示認錯。就燒掉了柳條車與茅草船，延請它們坐在上座。

【研　析】本篇在形式上乃是模擬揚雄〈逐貧賦〉，但絕非亦步亦趨，而是有新的創造。第一，〈逐貧賦〉一問一答，此賦乃兩問兩答。第一答敘述自身遭遇，第二答高自讚譽，使賦於詼諧中更帶幾分血淚。第二，〈逐貧賦〉乃四言詩體賦，此篇乃以文名，更富有散文的韻味。第三，對窮鬼形象動作有細膩的描寫，如第二段寫靜聽鬼的動靜，第四段描寫鬼的嬉笑，使之更富形象性，此亦〈逐貧賦〉所無。黄庭堅《山谷題跋》卷四云：「〈送窮文〉蓋出於揚子雲〈逐貧賦〉，制度始終極相似。而〈逐貧賦〉文類俳，至退之亦諧戲，而語稍莊，文采過〈逐貧〉矣。大概擬前人文章，如子雲〈解嘲〉擬宋玉（按當作東方朔）〈答客難〉，退之〈進學解〉擬子雲〈解嘲〉，柳子厚〈晉問〉擬枚乘〈七發〉，皆文章之美也。」葉夢得《避暑錄話》卷上云：「〈送窮文〉即〈逐貧賦〉也，小有出入，便成一家。」這說的一點不假。本篇雖名曰「文」，實似賦體。其一，它採用了賦體以客主問答展開描寫的形式。其二，全文有韻，屬韻文。其三，它以濃彩重筆描寫窮鬼，合乎「鋪采摛文，體物寫志」的要求。故晁補之將其收入《續楚辭》。祝堯《古賦辨體》卷十云：「若夫賦中有文體者，反不若此等之文為可入於賦云。」姚鼐將其收入「辭賦類」，是有一定道理的。

釋言

韓退之

【題　解】本篇出自《昌黎先生集》。徐師曾《文體明辨序說》云：「按字書云：『釋，解也。』文既有解，又復有釋，則釋者，解之別名也。蓋自蔡邕作〈釋誨〉，而郤正〈釋譏〉、皇甫謐〈釋勸〉、束晳〈玄居釋〉，相繼有作；然其詞旨不過遞相祖述而已。至唐韓愈作〈釋言〉，別出新意，乃能追配邕文，而免蹈襲之陋。即此二篇，亦可以備一體矣。」按這種文章還是從東方朔〈答客難〉發展而來，蔡邕〈釋誨〉就明言是「感東方朔〈答客難〉」而作，屬於「設論」體文章。本篇作於唐憲宗元和二年（西元八〇七年）。元和元年六月，韓愈自江陵府法曹參軍召拜國子博士，即遇讒毀，韓愈乃作此文加以辯釋以抒其憤。〈送窮文〉是哭窮叫苦，本篇乃是寫韓愈的憂讒畏譏。道高毀來，德修謗興，乃是封建社會官場爾虞我詐、爭權奪利的社會通病。林雲銘《韓文起》評語卷八云：「宦途中相傾軋，只是行讒一著。公之行事，無可指摘，但以文名之盛，坐其目中無人，傲上不恭，理似有可信。況權貴日受諂諛，習為固然，一聞其傲於言，必不暫容而加察。古今宦途，名為畏途，皆以此也。」元和二年，韓愈即為避讒而以國子博士分司東都，可見文中所說之「讒言果不行」，乃是回護，而非事實。因此，此篇主旨乃是揭露封建官場的黑暗腐敗，正人君子不容於時的黑暗現實。「眾女嫉余之蛾眉兮，謠諑謂余以善淫」，從屈原到韓愈都深受其害，也深惡痛絕。因此，本篇對我們了解封建官場的互相傾軋有一定的認識意義。

元和元年六月十日，愈自江陵❶法曹❷詔拜國子博士，始進見今相國鄭公❸。公賜之坐，且曰：「吾見子某詩，吾時在翰林，職親而地禁，不敢相聞。今為我寫子詩書為一通以來。」愈再拜謝，退錄詩書若干篇，擇日時以獻。

【章旨】本段寫謠言興起的緣由是相國鄭公求韓愈詩文而韓愈錄以進獻。

【注釋】❶江陵　唐府名，治所在今湖北江陵。❷法曹　司法官署名。唐宋之制在府稱法曹參軍事，在州稱法曹司法參軍事，在縣稱司法。掌刑法獄訟事。❸鄭公　名駰，字文明，滎陽人。德宗時，為翰林學士，遷中書舍人。憲宗即位，拜中書侍郎同中書門下平章事，即宰相。

【語譯】元和元年六月十日，我韓愈從江陵府法曹參軍事奉命授官國子博士，開始就進見現在的宰相鄭公。鄭公賜與我座位坐下，並且說：「我看到過你的某些詩，我當時在翰林院任翰林學士，職位親近皇帝而地居內廷禁地，不敢與你通音問。現在給我抄寫你的詩和文章做一份送來。」我拜了又拜表示感謝，退出來就抄錄了詩和文章若干篇，選擇了個好時機獻了上去。

於後之數月❶，有來謂愈者曰：「子獻相國詩書乎？」曰：「然。」曰：「有為讒於相國之座者曰：『韓愈曰：「相國徵余文，余不敢匿，相國豈知我哉？」』子其慎之！」愈應之曰：「愈為御史❷，得罪德宗朝❸，同遷於南者凡三人❹，獨愈為先收用，相國之賜大矣。百官之進見相國者，或立語以退，而愈辱賜坐語，相國之禮過矣。四海九州之人，自百官已下，欲以其業❺徹❻相國左右者多矣，皆憚而莫之敢，獨愈辱先索，相國之知至矣。賜之大，禮之過，知之至，是三者於敵以下受之，宜以何報？況在天子之宰乎？人莫不自知，凡適於用之謂才，堪❼其事之謂力。愈於二者，雖日勉焉而不迨。束帶執笏❽，立士大夫之行，不見斥以不肖，幸矣，其何敢敖❾於言乎？夫敖雖凶德，必有恃而敢行。愈之族親鮮少，無扳聯之埶於今；不善交人，無相先相死❿之友於朝。無宿資蓄貨⓫以釣聲埶，弱於才而腐於力，不能奔走乘機抵巇⓬以要⓭權利，夫何恃而敖？若夫狂惑喪心之人，蹈河而入火，妄言而罵詈者，則有之矣。而愈人知其無是疾也，雖有讒者百人，相國將不信之矣，愈何懼而慎與？」

【章旨】本段寫小人向相國進讒言而韓信堅信讒言必不能得逞。

【注　釋】❶數月　高步瀛《古文辭類纂箋》云：「陳景云曰：按月南宋本作日為是，洪譜同。公始見鄭相，在元和元年六月，而李翰林以次年征月入相，相去僅七月，以下文再云累月語推之，則前當作數日明矣。」❷御史　官名，唐有侍御史、殿中御史和監察御史，掌彈劾監察之權。韓愈為監察御史在唐德宗貞元十九年（西元八〇三年）。❸得罪德宗朝　唐德宗貞元十九年，關中天旱饑荒，韓愈上書請寬民租稅，觸犯當朝，被貶為連州陽山令。❹三人　與韓愈一同上書被貶的還有張署、李方叔。❺業　學業，此指詩文等篇卷。❻徹　通；達。指進獻。❼堪　能承當。❽束帶執笏　指做官。笏，古代朝會時所執的手板，有事則書於上，以備遺忘。❾敖　通「傲」。❿相先相死　《禮記・儒行》：「儒有善以相造也，見善以相示也，爵位相先也，患難相死也。」先，猶「讓」。⓫宿資蓄貨　蓄積財貨。⓬抵巇　鑽營。⓭要　通「徼」。求；取。

【語　譯】在那之後幾個月，有人來告訴我韓愈說：「你進獻了詩書給相國了嗎？」我說：「是。」那人說：「有人在相國的座前進讒言說：『韓愈說：「相國求取我的文章，我不敢隱藏，相國哪裡能了解我呢？」』你要小心啊！」我回答說：「我做監察御史，在德宗時得了罪過，同時被貶官到南方去的總共三個人，獨有我韓愈是最先被收錄任用，相國的恩賜很大了。百官去進見相國的人，有的站著說幾句話就退出，而我韓愈卻承蒙賜給座位坐著談話，相國的禮遇就很高了。四海九州的人，從百官以下，想拿他們的詩文篇卷進獻給相國的人多得很，都害怕而不敢這樣做，獨有我韓愈承蒙他主動求取，相國對我的了解就到極限了。恩賜的大，禮遇的高，了解的深，這三者對於地位資歷相當以下的人得到它，應該用什麼來回報呢？何況是天子的宰相呢？人沒有誰不了解自己，一般說適合於任用就叫有才幹，能承當事務就叫有能力。我韓愈對於這二者，即使每天努力還達不到。束著大帶執著手板站在士大夫的行列，不因為無才而被斥逐，就很幸運了，哪裡還敢於講些傲慢的話呢？傲慢雖是壞德性，必定有憑仗才敢去做。我韓愈家族親屬少，在現在沒有可攀緣聯絡的權勢；不善與人結交，在朝廷沒有職位相讓患難相死的朋友。沒有蓄積資財來求得名聲權勢，才幹很弱，能力很壞，不能四處奔走趁著機會來求得權利，憑仗什麼來傲慢？至於那些狂妄惑亂喪失理智的人，跳進黃河投入火海、胡言亂語而咒罵責備別人的人，那是有的。可是我韓愈別人都知道我沒有這種毛病，即是進讒言的有上百的人，相國也不會相信他們的，我韓愈害怕什麼要謹慎呢？」

既累月，有來謂愈曰：「有讒子於翰林舍人❶李公❷與裴公❸者，子其慎與！」愈曰：「二公者，吾君朝夕訪焉，以為政於天下，而階❹太平之治。居則與天子為心膂❺，出則與天子為股肱❻，四海九州之人，自百官已下，其孰不願忠而望賜？愈也不狂不愚，不蹈河而入火，病風❼而妄罵，不當有如讒者之說也。雖有讒者百人，二公將不信之矣，愈何懼而慎？」

【章　旨】本段寫小人向李公和裴公進讒言，而韓愈同樣堅信讒言不能得逞。

【注　釋】❶舍人　指中書舍人，官名，唐代為掌管詔令、侍從、宣旨、接納上奏文書等事的官員。❷李公　指李吉甫，字弘憲，趙郡（今河北趙縣）人。德宗時，任太常博士、州刺史等職。憲宗嗣位，徵拜考工郎中，知制誥，旋召入翰林，為學士，轉中書舍人。❸裴公　指裴垍，字弘中，河東聞喜（今山西聞喜北）人。元和初，召入翰林為學士，轉考功郎中，知制誥，尋遷中書舍人。❹階　本指階臺、階梯。用作動詞，升至、進入之意。❺心膂　比喻親信。膂，脊骨。❻股肱　比喻輔佐大臣。股，大腿。肱，手臂。❼風　通「瘋」。顛狂。

【語　譯】既已過了幾個月，又有人來告訴我韓愈說：「又有人進讒言於翰林學士、中書舍人李大人和裴大人，你還是謹慎小心點罷！」我韓愈說：「這兩位大人，我們的君主早晚都在諮詢他們呢，正在治理天下而升入太平的政治局面。在內廷是天子的親信，在朝廷是天子的輔佐大臣，四海九州的人，自百官以下，誰不希望盡忠而得到恩賜？我韓愈不瘋狂也不愚蠢，不會跳進黃河也不會投入火海，患瘋病而胡亂謾罵，不應當有如進讒言的所說的那樣。雖然講壞話的有上百的人，兩位大人必將不相信他們，我韓愈害怕什麼而要小心謹慎呢！」

既以語應客，夜歸，私自尤曰：「咄！市有虎❶，而曾參殺人❷，讒者之效也。《詩》❸曰：『取彼讒人，投畀❹豺虎。豺虎不食，投畀有北❺。有北不受，投畀有昊❻。』傷於讒，疾❼而甚之之辭也。又曰：『亂之初生，僭❽始既涵。亂之又生，君子信讒。』始疑而終信之之謂也。孔子曰：『遠佞人❾。』夫佞人不能遠，則有時而信之矣。今我恃直而不戒，禍其至哉！」徐又自解之曰：「市有虎，聽者庸也。曾參殺人，以愛惑聰也。〈巷伯〉之傷，亂世是逢也。今三賢方與天子謀所以施政於天下，而階太平之治，聽聰而視明，公正而敦大。夫聽明則視聽不惑，公正則不邇讒邪，敦大則有以容而思。彼讒人者，孰敢進而為讒哉？雖進而為之，亦莫之聽矣，我何懼而慎！」

【章旨】本段寫韓愈憂懼讒言的可畏，並堅信讒言不可能得逞。

【注釋】❶市有虎　《戰國策・魏策二》：「龐葱與太子質於邯鄲，謂魏王曰：『今一人言市有虎，王信之乎？』王曰：『否。』『二人言市有虎，王信之乎？』王曰：『寡人疑之矣。』『三人言市有虎，王信之乎？』王曰：『寡人信之矣。』龐葱曰：『夫市之無虎，明矣，然而三人言而成虎。今邯鄲之去大梁也，遠於市。而議臣者過於三人矣，願王察之矣。』」比喻流言之可畏。❷曾參殺人　《戰國策・秦策二》：「甘茂之魏，約伐韓，王迎甘茂於息壤。甘茂曰：『昔者曾參處費，費人有與曾子同名族者而殺人。人告曾子母曰：「曾參殺人。」曾子之母曰：「吾子不殺人。」織自若。有頃焉，人又曰：「曾參殺人。」其母尚織自若也。頃之，一人又告之曰：「曾參殺人。」其母懼，投杼踰墻而走。今臣之賢不及曾子，而王之信臣又未若曾子之母也，疑臣者不適三人，臣恐王之投杼也。』」❸詩　引詩見《詩經・小雅・巷伯》。〈詩序〉曰：「巷伯，刺幽王也。寺人傷於讒，故作是詩也。」❹畀　給予。❺有北　北方寒冷不毛之地。❻昊　即天。昊，元氣博大貌，故以指天。❼疾　痛恨。❽僭　毛傳云：「僭，數。」孔疏引王肅曰：「讒人數緣事始自入，盡得容其讒，言有漸也。」鄭箋云：「僭，不信也。群臣之言不信與信，盡同之不別也。」朱熹注云：「僭始，不信之端也。言亂之所以生者，由讒人以不信之言，始入而王涵容，不察其真偽也。」按：此引詩見《詩經・小雅・巧言》。毛序云：「巧言，刺幽王也。大夫傷於讒，故作是詩也。」按：《毛詩》以僭為譖之借字。毛傳「數」亦愬之借字，言始疑而終信之，似毛鄭二義均可通。❾遠佞人　見《論語・衛靈公》。佞人，善於花言巧語，阿諛奉承的人。

【語　譯】既已用話語回答了客人，夜晚歸來，私自責怪自己說：「唏！市集上有老虎，曾參殺了人，這是進讒言的效果。《詩經》說：『拿了那說讒言的人，投給豺狼猛虎。豺狼猛虎不吃，投到了北極荒涼之處。北方也不接受，只好投向那茫茫的天宇。』這是詩人對讒言十份傷痛，疾恨到了很厲害的程度而發出的言辭。《詩經》又說：『動亂的開始產生，是君主對不信之言開始有所採信。動亂的再次加深，是統治者聽信讒言。』這是說開始疑惑而最終聽信讒言了。孔夫子說：『遠遠離開那些能說會道的阿諛奉承的人。』那些花言巧語阿諛奉承的人不能遠離，那有時就會聽信他們了。現在我憑仗著為人正直而不警戒，災禍就會到來呢！」慢慢地又自我寬解說：「相信市集上有虎，那聽話的是平庸的人。相信曾參殺了人，是因為親子之愛迷惑了聽覺。〈巷伯〉那首詩的傷痛，是遭逢了動亂的時代。現在三位賢者正與天子謀劃用來治理天下的辦法，而進入天下太平的政治局面，聽覺靈敏，視覺明亮，公平正直而又敦厚寬大。聽覺靈敏視覺明亮，那麼聽覺視覺都不會迷惑，公平正直，那麼就不會接近讒慝邪惡之人，敦厚寬大，那麼就有用以寬容和思索的餘地。那些進讒言的人，誰敢於進去說壞話呢？即使進去說了壞話，也沒有誰聽信他們的，我害怕什麼而要小心謹慎呢！」

既累月，上命李公相❶。客謂愈曰：「子前被言於一相❷，今李公又相，子其危哉！」愈曰：「前之謗我於宰相者，翰林❸不知也；後之謗我於翰林者，宰相不知也。今二公合處而會言，若及愈，必曰：『韓愈亦人耳，彼敖宰相，又敖翰林，其將何求？必不然。』吾乃今知免矣。」既而讒言果不行。

【章旨】本段寫韓愈堅信鄭公李公必不會聽信讒言，而「讒言果不行」，以對李、鄭二相進行回護。

【注釋】❶李公相　憲宗元和二年正月，以中書舍人李吉甫為中書侍郎、同中書門下平章事，即宰相。李公，指李吉甫。❷一相　指鄭絪。鄭絪元和元年拜相。❸翰林　指李吉甫，元和元年拜翰林學士。

【語譯】已經又過了幾個月，皇上任命李吉甫大人做宰相。客人告訴我韓愈說：「你以前被進讒言於一個宰相，現在李大人又做宰相，你真是危險了！」我韓愈說：「以前有人向宰相鄭大人毀謗我，翰林學士李大人不知道；後來有人向李翰林毀謗，宰相鄭大人不知道。現在兩位大人會聚一處而進行交談，假如談到我韓愈，必定說：『韓愈也是人，他傲視宰相，又傲視翰林，將求得什麼呢？一定不會這樣。』我而今知道免禍了。」過了一陣，讒言果然行不通。

【研析】這是一篇設論體的文章。但比一般的這種文章寫得更複雜，更為波瀾起伏。首先，問答多變。除開頭一段是敘述事件引起的原因外，文章主體有四問四答，而且其中還有自問自解。其次，分析細緻。文章反覆分析對方為官公正，為人精明，必不信讒；分析自己無權無勢，不愚不狂，必不傲言；無不細密入微，末了還指出「而讒言果不行」加以證實。特別其中自尤自解一段，先以「市有虎」、「曾參殺人」的故事說明讒言之可畏，然後又以時代不同聽者對象不同以證明讒言之不足畏。這種自尤自解更是以前這種設論體文章所沒有的。文章就是通過這種反覆細密的分析，寫出了韓愈的一片憂讒畏譏之心，寫得十分深刻，也十分沉痛。林雲銘《韓文起》評語卷八云：「是篇分五大段，驟閱之，似平直無波；細味其中，每段皆有許多曲折。總是一片憂讒畏譏之心，前思後想，不能放下，因而自駁自解，忽得絕處逢生之機。謂可徼倖望外，亦無聊之極矣，悲哉！」這分析十分中肯。不過，本篇雖然採用了客主問答，但全文無韻，只是一篇雜記、雜感之類的「雜文」。姚鼐「以義在諷託」，將其歸入「辭賦類」，實可商榷。

前赤壁賦

蘇子瞻

【題解】赤壁，山名，亦名赤鼻，在湖北黃岡，屹立於長江之濱，下有赤鼻磯。蘇軾根據傳說以為是漢末周瑜敗曹操處。其實，周瑜敗曹操處在湖北蒲圻（今改名赤壁市）長江南岸，與黃岡赤壁非一地。蘇軾曾兩次遊覽赤壁，作賦兩篇。本篇作於宋神宗元豐五年（西元一〇八二年）七月黃州貶所。蘇軾於元豐二年因「烏臺詩案」貶為黃州團練副使，不得簽署公事，不能擅離貶所，實際上處於被監視的地位。這是蘇軾仕途步入逆境的開端，也是他政治上最失意最痛苦的時期。但蘇軾並不悲觀絕望，而是以十分曠達的態度來對待逆境。

本篇即是他胸襟曠達，不以得失為懷的人生態度的具體表現。賦中，首先描寫了蘇軾面對浩瀚的長江，徐來的清風與皎潔的明月，因而「飲酒樂甚」的場面。接著由客人嗚嗚的簫聲引出樂極而悲，通過客人之口，寫出宇宙的無窮，人生的有限，表現出對生命的極大關切和對短暫人生無可奈何的慨嘆。然後通過蘇子的答辯，以「變」與「不變」、「盡」與「無盡」皆為相對而言的辯證觀，說明人應該以達觀的態度來看待一切，不必計較個人得失，而應該隨遇而安，盡情享受這自然的美景與人生的樂趣。從而又由悲而樂，表明這種曠達的思想戰勝了客人那種悲觀的情調，形似皆大歡喜的大團圓的結局。不過，這場客主辯論，實際上也是蘇軾內心矛盾的形象化。它從側面反映出蘇軾政治失意的苦悶與痛苦，以及在精神上幻想得到解脫的思想轉折過程。因此，本篇是研究蘇軾的思想和人生態度的重要資料。

壬戌[1]之秋，七月既望[2]，蘇子與客泛舟，遊於赤壁之下。清風徐來，水波不興。舉酒屬客，誦明月之詩[3]，歌窈窕之章[4]。少焉，月出於東山之上，徘徊於斗牛❺之間。白露橫江，水光接天。縱一葦❻之所如，淩萬頃之茫然。浩浩乎如馮虛❼御風，而不知其所止；飄飄乎如遺世❽獨立，羽化❾而登仙。於是飲酒樂甚，扣舷而歌之。歌曰：「桂❿棹兮蘭槳，擊空明⓫兮泝⓬流光⓭。渺渺兮予懷，望美人⓮兮天一方。」客⓯有吹洞簫⓰者，倚歌而和之。其聲嗚嗚然，如怨如慕，如泣如訴；餘音嫋嫋，不絕如縷；舞幽壑⓱之潛蛟，泣孤舟之嫠婦⓲。

【章　旨】本段寫月夜暢遊長江和飲酒歌唱之樂以及由客人簫聲的嗚咽引出的悲涼。

【注　釋】❶壬戌　神宗元豐五年歲次壬戌。❷既望　指農曆的每月十六日。既，已。望，農曆每月的十五日。❸明月之詩　指《詩經・陳風・月出》。一說，指曹操〈短歌行〉，詩中有「明明如月，何時可掇」和「月明星稀，烏鵲南飛」之句。❹窈窕之章　指《詩經・陳風・月出》的第一章：「月出皎兮，佼人僚兮，舒窈糾兮，勞心悄兮。」窈窕與窈糾音近，故稱為「窈窕之章」。❺斗牛　斗宿、牛宿，星宿名。斗宿的分野在安徽、江西一帶，牛宿的分野在江蘇、浙江一帶。❻葦　像葦葉般的小船。《詩經・衛風・河廣》：「誰謂河廣，一葦杭之。」❼馮虛　乘空。馮，同「憑」。乘。虛，指空曠無際的天空。❽遺世　脫離世俗。❾羽化　古人稱飛升成仙。❿桂　與下「蘭」，皆形容划船用具的精美。⓫空明　形容月亮照映水中澄明之色。⓬泝　同「溯」。逆流而進。⓭流光　隨著水波閃動的月光。⓮美人　借指作者所思慕的人。⓯客　趙翼《陔餘叢考》卷二十四云：「東坡〈赤壁賦〉「客有吹洞簫者」，不著姓字。吳匏庵有詩云：『西飛一鶴去何祥，有客吹簫楊世昌。當日賦成誰與註？數行石刻舊曾藏。』據此則乃楊世昌也。按東坡〈次孔毅父韻〉：『不如西土楊道士，萬里隨身只兩膝。』又云：『楊生自言識音律，洞簫入手清且哀。』則世昌之善吹簫可知。匏庵藏帖信不妄也。按世昌，綿竹道士，字子京，見王註蘇詩。」可備一說。⓰洞簫　樂器名。單管直吹，正面五孔，背面一孔者為洞簫。⓱幽壑　深淵。⓲嫠婦　寡婦。

【語　譯】壬戌年的秋天，七月十六日，蘇子與客人划著船在赤壁山下遊覽。清風緩緩地吹來，水面沒有波浪。

拿起酒勸請客人，吟誦著明月的詩歌，歌唱著窈窕的篇章。一會兒，月亮從東山升起，徘徊在斗宿與牛宿之間。白色的煙霧籠罩江面，水光連接著藍天。任憑葦葉般的小船去向哪裡，飄蕩在煙波浩渺一望無際的江面。空曠無際地好像駕著清風升入天空，而不知道在何處停止；輕輕升起好像離開人世獨立太空，像蟲子羽化而成了神仙。於是喝著酒非常高興，就敲著船邊唱起歌來。唱道：「桂樹的棹啊蘭草的槳，拍打著水月交映的江面啊在晃動的水月交輝中逆流而上。悠遠無涯啊我的懷念，遙望美人啊在天的一方。」有個吹洞簫的客人，配合歌聲應和著它。那簫聲嗚嗚地響，如抱怨如仰慕，如哭泣如傾訴，餘剩的聲音宛轉悠揚，久不斷絕如遊絲細縷；使深淵裡潛藏的蛟龍起舞，使孤舟裡的寡婦淚如雨注。

蘇子愀然，正襟危坐而問客曰：「何為其然也？」客曰：「『月明星稀，烏鵲南飛❶』，此非曹孟德❷之詩乎？西望夏口❸，東望武昌❹，山川相繆❺，鬱❻乎蒼蒼❼，此非孟德之困於周郎❽者乎？方其破荊州，下江陵❾，順流而東也，舳艫❿千里，旌旗蔽空，釃⓫酒臨江，橫槊賦詩，固一世之雄也，而今安在哉？況吾與子漁樵於江渚⓬之上，侶魚鰕⓭而友麋鹿。駕一葉之扁舟，舉匏尊⓮以相屬。寄蜉蝣⓯於天地，眇滄海之一粟。哀吾生之須臾，羨長江之無窮。挾⓰飛仙以遨遊，抱明月而長終⓱，知不可乎驟得，託遺響⓲於悲風。」

【章旨】本段寫與客人的問答，表現出宇宙無窮，人生易老而功業無成的無限惆悵。

【注釋】❶月明星稀二句　此二句詩見曹操〈短歌行〉。❷曹孟德　曹操，字孟德。❸夏口　鎮名。地當漢水入長江之口，因漢水自沔陽以下兼稱夏水，故稱夏口，即今湖北舊漢口地。❹武昌　今湖北鄂城。❺繆　同「繚」。纏繞。❻鬱　茂盛貌。❼蒼蒼　深青色。❽周郎　即周瑜。漢獻帝建安十三年，曹操率軍南下，周瑜與劉備合兵，大敗曹操於赤壁，即有名的赤壁之戰。❾江陵　今湖北江陵。建安十三年，曹操率軍南下擊劉表，劉表死，其子劉琮率眾向曹操投降，曹操不戰而占領荊州（治所在今湖北襄陽）。又於當陽擊敗劉備，遂占據江陵。❿舳艫　舳，船後舵。艫，船頭。泛稱船隻。⓫釃　斟。⓬渚　水中小洲。⓭鰕　通「蝦」。⓮匏尊　用葫蘆瓜做的酒杯。匏，葫蘆，外殼可作瓢，俗稱瓢葫蘆。尊，同「樽」。盛酒的器具。⓯蜉蝣　蟲名。壽命短者數小時，長者六、七日。舊時常用以比喻生命的短促。⓰挾　持；攜。⓱長終　長在；永不終結。⓲遺響　猶「餘音」。指簫聲。

【語譯】蘇子變了臉色，整理衣襟端正地坐好，問客人說：「為什麼簫聲會這樣悲涼呢？」客人說：「『月明星稀，烏鵲南飛』，這不是曹操的詩嗎？西望夏口，東望武昌，山川互相纏繞，茂盛而又青蒼，這不是曹操被周瑜戰敗的地方嗎？當他打破荊州，攻下江陵，順著江流進兵而東呀，船隻千里相接，旗幟遮蔽了天空，斟上美酒面對江水，橫持長矛吟誦詩篇，本是一個時代的一位英雄，可是而今哪裡去了呢？何況我們和你在這江中和小洲上捕魚打柴，以魚蝦為伴而與麋鹿為友。駕著一葉小船，舉起葫蘆的酒瓢而互相勸酒。像蜉蝣蟲一樣寄託在天地之間，如大海裡一粒小米般渺小。哀嘆我們的一生只有一轉瞬的工夫，羨慕長江的無盡無窮。伴著飛行的仙人四出遊覽，抱著明月而無始無終，知道這一切不可驟然得到，所以寄託這餘剩的聲響在這悲涼的秋風。」

蘇子曰：「客亦知夫水與月乎？逝者如斯❶，而未嘗往也；盈虛者如代❷，而卒莫消長也。蓋將自其變者而觀之，則天地曾不能以一瞬；自其不變者而觀之，則物與我皆無盡也，而又何羨乎？且夫天地之間，物各有主，苟非吾之所有，雖一毫而莫取。惟江上之清風，與山間之明月，耳得之而為聲，目遇之而成色，取之無禁，用之不竭。是造物者❸之無盡藏❹也，而吾與子之所共食❺。」客喜而笑，洗盞更酌。肴核既盡，杯盤狼籍。相與枕藉❻乎舟中，不知東方之既白。

【章　旨】本段寫蘇子以變與不變、盡與無盡皆為相對的辯證觀點，說明人應達觀，不要以得失為懷，因而轉悲為樂。這是蘇軾曠達的表現和自我寬慰。

【注　釋】❶逝者如斯　《論語・子罕》：「子在川上曰：『逝者如斯夫，不舍晝夜。』」❷代　替代。按：各本代皆作彼，此據蘇軾自書〈赤壁賦〉石印本。❸造物者　指化育萬物的大自然。❹無盡藏　佛家語，意謂無盡的寶藏。❺食　劉大櫆選本引《朱子語類》曰：「如食邑之食，猶言享也。」按：「食」各本多作「適」，此據蘇軾手書〈赤壁賦〉石印本及《宋文鑒》。劉大櫆選本引明人婁子柔曰：「佛經有『風為耳之所食，色為目之所食』語，東坡蓋用佛典。食字味長，不可與適字等。」❻枕藉　枕著墊著，形容緊挨著雜亂地睡在一塊兒。

【語　譯】蘇子說：「客人也知道那水和月亮嗎？江水像這樣不停地流去，而江水依然如故，似未曾向前流淌；月亮一盈一虧像交相替代，而月還是那月，似未曾有消有長。大體從變的角度來看，那麼天地也不過是一轉瞬；從不變的角度來看，那麼萬物與我們人都是無窮無盡，我們又還羨慕什麼呢？並且天地之間，事物各有其主，假如不是我們應該有的，即使一絲一毫也不要拿取。只有江上的清風，與山間的明月，耳朵聽到它就成為樂聲，眼睛看到它就成為美色，拿取它無人禁止，享用它也不會完結。這是造物主無盡的寶藏，我和你們可以享用不絕。」客人高興地笑了，洗刷杯盞重新斟酒。菜肴果品已經吃盡，杯子盤子雜亂地堆集。大家一起枕著墊著睡在船中，不知道東方已經發白。

【研　析】這是一篇記遊的賦。但除了開篇記載了在一個清風明月的夜晚遊覽赤壁長江，描寫了長江水天月色之外，文章的主體部分純是議論。它首先借客人之口闡明了宇宙無窮、人生有限的消極悲觀的人生觀。「哀吾生之須臾，羨長江之無窮」，情調多麼低沉。然後借蘇子之口闡明了變與不變、盡與無盡的辯證關係，並以此為指導思想，說明人應該達觀灑脫，豁達大度，隨遇而安，不要以個人得失為懷。這是兩種人生態度的尖銳對立。而這些議論又不是憑空而發的說教，而是緊扣遊覽來寫。客人的議論與遊地密切相關。相傳歷史上煊赫一時的英雄曹操、周瑜都已成陳跡，一般人更是歷史的匆匆過客，客人產生悲觀情緒就非常自然。蘇子的議論則緊扣水與月，由水與月流逝圓缺以說明事物變與不變的關係，亦屬水到渠成。連說明人應隨遇而安也用「江上之清風，與山間之明月」為例，抽象的哲理就成了可觸及的形象。而這些議論又是以濃厚的抒情筆調來寫的。客人的議論將歷史與現實結合，吐出了胸中無限感慨。蘇子的議論瀟灑脫略，不似哲學家的闡理，而是詩人的訴說，更富詩的韻味。這樣，本篇將寫景、說理、抒情緊緊結合，情文並茂，情理相生，而極富感染的力量。這又是一篇文賦，是繼六朝駢賦和唐代律賦之後出現的一種散文化的新賦體。它採用客主問答，全文部分有韻，保留了賦的特點。但篇中雖有許多對偶句，而行文卻完全是散文的氣韻，甚至還有許多散文句子，使全篇如行雲流水，舒轉自如，不似駢賦律賦板滯，又不似漢賦之堆垛，形成一種舒展流暢而又跌宕多姿的藝術風格。方苞說：「所見無絕殊者，而文境邈不可攀。良由身閒地曠，胸無雜物，觸處流露，斟酌飽滿，不知其所以然而然。豈唯他人不能摹效，即使子瞻更為之亦不能如此調適而鬯遂也。」本篇之成為千古絕唱，並非偶然。

後赤壁賦

蘇子瞻

【題　解】這次遊赤壁是在前次遊赤壁二月之後，故稱〈後赤壁賦〉。這次赤壁之遊是在初冬十月，「山高月小，水落石出」，描寫了一派寥落肅殺的景象，渲染出一種淒清幽峭的意境，表達了蘇軾滿腔的仕途失意的淒苦情懷。處於逆境中的蘇軾，常借老莊思想來排遣胸中的苦悶，這就是〈前赤壁賦〉中所表現曠達灑脫的人生態度。他也常與道士交往，雖並不相信能成神仙，但嚮往道士的超塵脫俗。本篇關於孤鶴的掠舟而過和夢中與道士交談的描寫，就正是他幻想超塵脫俗的虛幻思想的曲折反映，同樣表現了蘇軾對他當時處境的不滿和幻想從失意的痛苦中解脫出來的嘗試。

是歲十月之望，步自雪堂❶，將歸於臨皋❷。二客從予過黃泥之坂❸。霜露既降，木葉盡脫。人影在地，仰見明月。顧而樂之，行歌相答。已而歎曰：「有客無酒，有酒無肴，月白風清，如此良夜何？」客曰：「今者薄暮，舉網得魚，巨口細鱗，狀如松江❹之鱸❺。顧安所得酒乎？」歸而謀諸婦。婦曰：「我有斗❻酒，藏之久矣，以待子不時之需。」

【章旨】本段寫月白風清的夜景引發的再遊赤壁的雅興。

【注釋】❶雪堂　蘇軾於東坡建築的住所，在黃岡縣東。蘇軾〈雪堂記〉曰：「蘇子得廢圃於東坡之脅，築而垣之，作雪堂焉，號其正曰雪堂。堂以大雪中為之，因繪雪於四壁之間，無容隙也。起居偃仰，環顧睥睨，無非雪者。蘇子居之，真得其所居者也。」❷臨皋　亦名臨皋亭，在黃岡縣南大江濱，蘇軾時寓居於此。❸黃泥之坂　即黃泥坂，在黃岡縣東，雪堂至臨皋之間的山坡，在東坡附近。❹松江　即吳淞江，由吳江東流與黃浦江會合，再北上出吳淞口入海，以產四腮鱸魚著名。❺鱸　魚名，巨口，細鱗，頭大，古名銀鱸，玉花鱸。產於松江者曰四腮鱸。❻斗　古代酒器。

【語譯】這一年十月十五日，從雪堂步行，將回到臨皋去，兩位客人跟從我經過黃泥坂。露霜既已降臨，木葉全都脫落。人影映在地上，抬頭看見明月。看著非常快樂，一邊行走一邊吟唱而互相和答。不久就歎息說：「有客人卻沒有酒，有了酒又沒有菜肴，月色潔白夜風清涼，我們怎麼處置這樣美好的夜晚呢？」客人說：

「今天臨近傍晚，撒開網捕得條魚，大口細鱗，形狀像松江的四腮鱸。但是從哪裡得到酒啊？」回到家裡跟妻子商量這個意圖。妻子說：「我有美酒一壺，收藏了許久了，正等待你隨時的所需。」

於是攜酒與魚，復遊於赤壁之下。江流有聲，斷岸❶千尺。山高月小，水落石出。曾日月之幾何，而江山不可復識矣！予乃攝衣而上，履巉巖❷，披蒙茸❸，踞虎豹❹，登虬龍❺。攀棲鶻❻之危巢，俯馮夷❼之幽宮。蓋二客不能從焉。劃然長嘯，草木震動，山鳴谷應，風起水涌。予亦悄然而悲，肅然而恐，凜乎其不可留也。反而登舟，放乎中流，聽其所止而休焉。時夜將半，四顧寂寥。適有孤鶴，橫江東來。翅如車輪，玄裳縞衣❽，戛然長鳴，掠❾余舟而西也。

【章旨】本段寫夜遊赤壁所見的淒清幽峭的景色，表達出蘇軾失意的淒苦心情。

【注釋】❶斷岸　指陡峭的懸崖。❷巉巖　險峻的山巖。❸蒙茸　雜亂貌，疊韻聯綿詞。此指叢生的雜草。❹虎豹　此指形似虎豹的巖石。❺虬龍　形容屈曲如虬龍的古木。❻鶻　即隼，猛禽，巢於懸巖之上。《東坡志林．赤壁洞穴》：「斷岸壁立，江水深碧，二鶻巢其上。」❼馮夷　河神名，即河伯。《文選》張衡〈思玄賦〉李注引舊注：「河伯，華陰潼鄉人也。姓馮氏，名夷。浴於河中而逆死，是為河伯。」❽玄裳縞衣　黑裙白衣。丹頂鶴（俗稱仙鶴）身上純白，尾羽黑色，故云。玄，黑。裳，裙，指鶴尾。縞，白。❾掠　拂過；擦過。

【語譯】於是帶著酒和魚，再次遊覽赤壁山下。江水的流淌發出聲響，陡峭的巖岸高達千尺。山高峻月即變小，水降落石即露出。距上次並沒有多少時日，而江山就變得不再認識了！我於是撩起衣襟攀登而上，走上險峻的山巖，撥開叢生的雜草叢，蹲在如虎豹般奇異的石上，登上如虬龍般屈曲的古松。攀視棲息於懸巖的野鶻的高巢，俯視水神馮夷水底的深宮。那兩位客人就不能跟從。突然爆裂般傳來一聲長嘯，草木都被震動，山巒鳴響山谷回應，風吹起而水洶湧。我也心境淒涼地悲愁，全身竦肅地驚恐，害怕而不敢久久停留。就返回小舟，飄蕩在江中的水流，任憑它停在哪裡而休止沉浮。這時夜晚將近過半，四面一看寂靜無聲。恰好有一孤鶴，橫越江面從東飛來。翅膀如同車輪，黑色的裙子白色的上衣，戛戛地長叫一聲，擦過我的小舟而向西翻飛。

須臾客去，予亦就睡。夢一道士，羽衣❶翩躚❷，過臨皋之下，揖余而言曰：「赤壁之遊樂乎？」問其姓名，俛而不答。「嗚呼噫嘻，我知之矣！疇昔❸之夜，飛鳴而過我者，非子也耶？」道士顧笑，余亦驚悟。開戶視之，不見其處。

【章　旨】本段寫睡夢中夢見道士的情景，寄託了蘇軾超脫塵俗的幻想。

【注　釋】❶羽衣　《漢書・郊祀志上》：「五利將軍亦衣羽衣，立白茅上受印，以視（示）不臣也。」顏師古注：「羽衣，以鳥羽為衣，取其神仙飛翔之意也。」按：五利將軍為欒大，是漢武帝時方士。後世因稱道士為羽士，道士服為羽衣。❷翩躚　舞者旋轉之貌，此指羽衣如舞者旋轉時舞衣飄飛之貌，疊韻聯綿詞。❸疇昔　往日，此指昨日。

【語　譯】一會兒客人走了，我也就睡了。夢見一位道士，穿著的羽衣隨風飄飛，經過臨皋亭下，向我拱手說道：「赤壁的遊玩快樂嗎？」問他的名和姓，低著頭不回答。「哎呀哎呀，我知道了！昨天夜晚，邊飛邊叫著飛過我的小舟的不就是你嗎？」道士望著我發笑，我也一驚而醒寤。打開門向外一看，卻已不見他的去處。

【研　析】本篇與前篇賦雖採用同一文體，描寫同一題材，而意境、情趣和感情色彩卻大有不同。前次是初秋七月，刻劃的是一片清風明月的秋色；這次是十月，刻劃的是一派水落石出的初冬之景。前次之遊主要是月夜汎舟於江中；這次則主要是攀登赤壁山的懸崖峭壁。前篇的重點是闡說哲理，表達出蘇軾曠達灑脫的達觀情懷；本篇的重點是敘事寫景，渲染出一派淒清幽峭的意境，並通過夢境，寄託了蘇軾超塵脫俗的虛無思想。因而它表現出與前篇完全不同的藝術特色。元人虞集說：「陸士衡云：『賦體物而瀏亮。』坡公〈前赤壁賦〉已曲盡其妙，後賦尤精。於體物如『山高月小，水落石出』，皆天然句法。末用道士化鶴之事，尤出人意表。」可見一位大作家任何題材都可以寫出傑出的作品。

哀祭類

文體介紹

哀祭是哀悼祭奠死者或祭祀鬼神的一種文體。哀，指哀辭。《文心雕龍・哀弔》云：「短折曰哀。哀者，依也。悲實依心，故曰哀也。以辭遣哀，蓋不淚之悼，故不在黃髮，必施夭昏。」據此，知哀辭是哀悼夭折者（指未滿二十歲的未婚者）的文辭，如曹植的〈行女哀辭〉、潘岳的〈金鹿哀辭〉之類。但一些身遭不幸而死的人亦可以用哀辭哀悼，即徐師曾《文體明辨序說》所說的「或以有才而傷其不用，或以有德而痛其不壽」。哀辭，一般前有序以記述死者生前的才德，與作者的關係及其死因，後則以韻語（或四言，或六言，或騷體）以抒寫其對死者的哀傷惋惜之情。哀辭的寫作要求「情主於痛傷，而辭窮乎愛惜」（《文心雕龍・哀弔》），即感情以哀痛為主，措辭則要盡量抒寫其對死者的憐惜。如果「奢體為辭，則雖麗而不哀；必使情往會悲，文來引泣，乃其貴耳」（同上引），這就是說哀辭必須感情濃烈，哀傷感人，能催人淚下，方是佳作。如果僅僅辭藻華麗，而哀傷之情卻表達不充分，則不算上乘。韓愈的〈獨孤申叔哀辭〉、〈歐陽生哀辭〉即哀辭的優秀之作。哀辭出現是比較早的。《詩經・秦風・黃鳥》一詩寫秦穆公死後國人哀悼秦國的優秀人士子車氏之三子被用來殉葬，含意深沉，感情真切，可算是用詩歌形式寫的哀辭。至漢代，「漢武封禪，而霍子侯暴亡，帝傷而作詩，亦哀辭之類矣」（同上引）。這些作品雖屬哀辭性質，但不以「哀辭」名篇，只可算是哀辭的濫觴。至後漢，「班固初作〈梁氏哀辭〉，後人因之，代有撰者」（徐師曾《文體明辨序說》）。班固〈梁氏哀辭〉，今已不見，而嚴可均《全後漢文》則收有班固〈馬仲都哀辭〉。接著蘇順著《哀辭》十六篇，張升亦有哀辭，可惜其文已佚，但可看作是哀辭的開端。魏晉以後，哀辭逐漸盛行，以後代有繼作，成為哀祭文的重要一部分。

哀辭只是一種表示哀悼的抒情文，不一定在某種儀式上宣讀。而祭文則是在祭祀儀式上宣讀的一種文體。它前後有固定的格式。前有「某年某月某日，某某（指致祭者）謹以清酌庶饈（或其他祭品）之儀，致祭於某某（指受祭者）之靈前曰」，後則以「尚饗」二字結束，中間才是祭文主體。祭祀的對象可分為下列數種：㈠剛剛死去的親戚朋友，也有死後有了一段時間才去祭祀的。㈡祖先。中國人重視宗族，祖先的生日、忌日以及一年四季的「禴祠烝嘗」（春祭曰祠，夏祭曰禴，秋祭曰嘗，冬祭曰烝）都要舉行祭祀。㈢神靈，包括天地、山川之神以及人們尊奉的各種神。㈣一些文人仰慕或同情的古人，如賈誼〈弔屈原文〉、韓愈〈祭田橫墓文〉之類，這類祭文又稱作弔文。祭文就是祭祀這些對象時在祭祀儀式上宣讀的文辭。

祭文的形式多種多樣，不拘一格。大體有散體，有駢體，有韻文體。散體祭文，顧名思義是用散文寫作，實際是一種抒情散文。代表作有韓愈〈祭十二郎文〉。該文款款敘述韓愈與其侄十二郎早年的家境，成年後別易會難的苦況與悲悔以及聞噩耗後的悲痛悽愴之情，寫得情真意切，凄楚動人，《古文觀止》稱為「祭文中千古絕調」。不過，姚鼐認為散體不是祭文正格，故不選入。駢體也是祭文的重要形式，產生過不少名篇。如劉令嫺〈祭夫徐敬業文〉，抒寫其亡夫的痛切之情，寫得情切哀深，情詞凄絕。不過，姚鼐是古文家，反對駢文，故駢體祭文一律不入選。韻文體祭文則以四言和騷體為主，間亦有六言和雜言。不過，自唐代古文運動之後，古文家以散體來寫韻文，如歐陽修〈祭石曼卿文〉，行文全為散文氣勢，只是雜以稀疏的韻腳而表明它是韻文。這又是一種獨特的風格。

前已言之，祭文是在祭祀儀式上宣讀的文辭。賈誼〈弔屈原賦〉，《文選》就題作〈弔屈原文〉而歸入「弔文」一類。因其用騷體且多鋪陳，故有人又題作〈弔屈原賦〉而歸入「辭賦」一類。姚鼐據《文選》而將其收入「哀祭」類，亦未嘗不可。但屈原〈九歌〉雖為祭祀神鬼，但其表演形式是由巫覡扮演神人而載歌載舞以娛神的歌舞劇形式；宋玉〈招魂〉、景差〈大招〉是巫覡演唱的招魂詞；漢武帝〈悼李夫人賦〉更是抒情辭賦，既不演唱，也不宣讀，更屬辭賦一類。這些作品皆與在祭祀儀式上宣讀的祭文不相類，後世文體分類學家亦未有將其收入「哀祭」類的。姚鼐將這些作品收入「哀祭」類，純屬一家之言，不可視為哀祭文之正格。

祭文的寫作，「大抵禱神以悔過遷善為主，祭故舊以道達情意為尚。若夫諛辭巧語，虛文蔓說，固弗足以動神，而亦君子之所厭聽也」（吳訥《文章辨體序說》）。祭神的祭文則要向神祇表示祭祀的虔誠以祈求神明的庇佑，祭親友的祭文則要真切地抒寫出對死者的哀悼之情，祭祖先的祭文則要寫出對祖先的孝敬之心，而且要符合祭祀者的身分，做到情真意切，彼此不可移易方為佳作。倘若只是虛詞蔓說，泛泛而談，皆非好的作品。

祭祀是中國古代一種十分重要的社會活動。在祭祀活動中，通過巫覡來溝通神與人的關係。參與祭祀活動的，除巫覡以外，還有祝史。祝史的職責就是寫作並宣讀祝辭以示祈禱，被稱作祝文。這種祝文就是後世祭文之濫觴。正式以吊文命題的當數賈誼的〈弔屈原文〉，而第一次以祭文命題的當數曹操的〈祭橋玄文〉（嚴可均《全三國文》題作〈祀故太尉橋玄文〉）。魏晉以後，祭文逐漸盛行，至唐宋以後，祭文更成為人們日常生活中廣泛應用的一種文體，更出現許多哀祭文的名篇。時至今日，哀祭文仍被廣泛應用，祭文仍是讀書人要學習寫作的一種重要文體。

卷七十三 哀祭類 一

九歌・東皇太一

屈原

【題解】〈九歌〉，樂曲名，原本是楚地民間祭祀神鬼的歌曲，共十一篇，「以『九』為名者，取『簫韶九成』、啟〈九辯〉、〈九歌〉之義」（洪興祖《楚辭補註》）。作為《楚辭》的〈九歌〉，則是屈原流放江南時期在原民間祭歌的基礎上整理加工而成的一個組詩，每篇各自獨立，而又構成一個祀神的體系。它以巫師表演的形式，載歌載舞，以祭祀天神地祇人鬼之神，具有濃厚的神話色彩，充分體現了民間祭歌的特點，表現出楚地民俗信鬼好巫，富於幻想和追求的精神。但篇中對大自然的熱烈禮讚，同樣也寄託了屈原對光明、正義、理想的追求；而那些失戀的憂傷哀怨的故事，則融入了屈原因屢遭挫折而產生的失望、孤獨的痛苦心情；〈國殤〉對死難烈士的讚美，則表達了屈原頌揚為國捐軀的愛國情懷。因此，〈九歌〉又無不染上屈原主觀的感情色彩。它風格清新綺麗，韻律悠揚婉轉，完全不同於悲憤憂思的〈離騷〉、〈九章〉，是屈原作品中獨具一格的一組生動優美的抒情樂歌。

東皇太一，朱熹《楚辭集注》云：「太一，神名，天之尊神。祠在楚東，以配東帝，故云東皇。」本篇是祭祀東皇太一即天神的樂歌，由迎神的女巫合唱，一巫扮飾東皇太一，先端坐於神壇之上享受祭祀，後在群巫擁簇下翩翩起舞，把祭祀活動推向高潮。全篇描寫了歌舞娛神的熱鬧場面和人們對東皇太一的熱烈禮讚，表達了人們對這位尊神的尊敬之情。

吉日兮辰良，穆❶將愉兮上皇❷。撫長劍兮玉珥❸，璆鏘❹鳴兮琳琅❺。

【章旨】本段寫選擇吉日良辰祭祀天神和天神的降臨。

【注釋】❶穆　整肅貌。❷上皇　指東皇太一。❸玉珥　玉飾的劍柄。珥，劍鼻，劍柄與劍身相接兩旁的突出部分。此代指劍柄。❹璆鏘　玉相撞擊的聲音，雙聲聯綿詞。❺琳琅　美玉名。

【語譯】吉利的日子啊美好的時辰，整肅恭敬啊將要娛樂天神。手持長劍啊玉飾的劍柄，叮噹地鳴響啊美玉奇珍。

瑤席❶兮玉鎮❷，盍❸將把❹兮瓊芳❺。蕙肴烝❻兮蘭藉❼，奠桂酒兮椒漿。揚枹❽兮拊鼓，疏緩節兮安歌❾，陳竽❿瑟⓫兮浩倡⓬。

【章旨】本段寫祭品的芳潔豐厚和歌舞場面的熱烈盛大。

【注釋】❶席　坐次，此指神位。❷鎮　用來壓席的器具。❸盍　合。❹將把　奉持。❺瓊芳　可貴如瓊玉的香草，巫持以舞的道具。❻烝　進。❼藉　墊。❽枹　擊鼓槌。❾安歌　徐歌。一說指安詳地歌唱。❿竽　管樂器名。管長四尺二寸，三十六簧。⓫瑟　絃樂器名。琴類，二十五絃。⓬倡　同「唱」。

【語譯】瑤玉的神位啊美玉的壓席，合併著奉持啊貴如瓊玉的花草芳香。用蕙草裹著魚肉進獻啊用蘭草墊底，進獻了桂花浸過的美酒啊蘭草泡過的酒漿。舉起鼓槌啊擊鼓，放慢節奏啊緩緩地歌，竽笙齊奏啊大聲地唱。

靈❶偃蹇❷兮姣服，芳菲菲❸兮滿堂。五音❹紛兮繁會❺，君❻欣欣兮樂康。

【章　旨】本段寫神巫俱舞，芳香滿堂，眾樂齊奏，神靈歡喜。

【注　釋】❶靈　神，指巫扮飾的東皇太一。❷偃蹇　夭矯貌，形容舞姿的迴翔靈活。❸菲菲　香氣濃盛貌。❹五音　指宮、商、角、徵、羽五音。❺繁會　錯雜，謂眾多聲響交織一起。❻君　指東皇太一。

【語　譯】神靈翩翩起舞啊穿著美麗的服裝，香氣濃烈啊充滿廳堂。五音繁盛啊一齊交會，上皇欣喜啊歡樂安詳。

【研　析】本篇描寫的東皇太一，先是端坐祭壇，後雖與群巫俱舞，卻任憑群巫擁簇讚美，他始終一言不發，這正表現了他無所不能的宇宙化身的特徵和在人們心目中至高無上的地位。本篇所祀為最尊貴的天神，故寫得莊嚴肅穆而又熱烈奔放。開始歌舞在平緩的節奏中進行，當天神走下祭壇，在群巫擁簇下翩翩起舞時，則眾樂齊奏，一片歡騰，充分表達了世人歌頌天神虔誠祈福的願望。朱熹《楚辭集注》云：「此篇言其竭誠盡禮以事神，而願神之欣悅安寧，以寄人臣盡忠竭力，愛君無己之意，所謂全篇之比也。」他認為本篇純為比體，是屈原竭忠盡禮以事君的願望的表現。而蔣驥《山帶閣注楚辭》則云：「〈九歌〉所祀之神，太一最貴。故作歌者但致其莊敬，而不敢存慕戀怨憶之心，蓋頌體也。亦可知〈九歌〉之作，非特為君臣而托以鳴冤者矣。朱子以為全篇之比，其說亦拘。」按蔣說最為通倪，當以蔣說為是。

九歌・雲中君

屈　原

【題　解】雲中君，雲神，名豐隆，一名屏翳。本篇是祭祀雲神的樂歌，由迎神女巫獨唱，一巫扮飾雲中君伴舞。本篇描寫了祭祀雲神的全過程，由準備迎神到神的降臨，享受祭祀到匆匆離去和去後人們的思念。而這一切都是從迎神女巫的口中唱出。整個祭祀場面熱烈隆重，莊嚴肅穆，充分表達了人們對雲神的崇敬與膜拜。雲神是一位降施雨澤滋潤萬物的尊神，故同〈東皇太一〉一樣，篇中充滿了禮讚的敬意。末了雲神離去，人們思念太息，既含有對雲中君是否接受了人們的祭祀祈禱的困惑與疑慮，也概括了人們契闊離合別易會難的人生喟歎。王夫之《楚辭通釋》云：「凡此類或自寫其忠愛之惻悱，亦有意存焉，而要為神言。舊注以『夫君』為懷王，則舛雜不通矣。」按王說極確，當從。

浴蘭湯兮沐芳，華采衣兮若英❶。靈❷連蜷❸兮既留，爛昭昭❹兮未央。謇❺將憺❻兮壽宮❼，與日月兮齊光。

【章　旨】本段寫迎神女巫準備迎神和雲神降臨祭所。

【注　釋】❶英　花。❷靈　神。此指巫扮飾的雲中君。❸連蜷　屈曲貌，形容雲的舒卷自如，疊韻聯綿詞。❹爛昭昭　光明貌。❺謇　楚人語助詞。❻憺　悅；安。❼壽宮　供神之處。

【語　譯】洗澡於蘭草浸泡的熱水啊洗髮的水亦很芳香，穿上華麗的采衣啊像鮮花一樣。雲神迴旋舒卷啊既已停留，神光燦爛啊無盡無疆。多麼安樂啊處在祭壇，和日月啊同樣輝煌。

龍駕兮帝❶服，聊翺遊兮周章❷。靈皇皇❸兮既降，猋❹遠舉兮雲中。覽冀州❺兮有餘，橫四海兮焉窮。思夫君❻兮太息，極勞❼心兮慅慅❽。

【章　旨】本段寫雲神匆匆離去和人們的深深思念。

【注　釋】❶帝　王逸注：「帝，謂五方之帝也。言天尊雲神，使之乘龍，兼衣青黃五采之色，與五帝同服也。」❷周章　往來急遽貌，雙聲聯綿詞。❸皇皇　猶「煌煌」。光明貌。❹猋　迅疾貌。❺冀州　《淮南子・覽冥》高誘注：「冀，九州中，謂今四海之內。」即中國之總名。❻夫君　指雲中君。王夫之曰：「夫，音扶，語助詞。稱夫君者，親之之詞，猶言阿翁阿母。」❼勞　憂。❽忡忡　憂思不寧貌。

【語　譯】駕著龍車啊穿著五采的服裝，姑且翱遊空中啊急遽來往。神光燦爛啊既已臨降，迅疾地高高飛舉啊去到天上。觀覽中國啊有餘有剩，橫布四海啊哪有限量！思念著您啊長聲嘆息，想得好苦啊憂思心傷。

【研　析】本篇是從迎神女巫的眼中來描寫雲神的。祂著帝服，駕飛龍，昭爛未央，光齊日月；祂對祭祀是既「留」，既「憺」，而又猋然遠舉，目覽冀州，橫布四海，寫出一種迷離恍惚的境界，刻劃出雲神那舒卷自如，變化迅疾，飄移不定，不可捉摸的藝術形象。這一切都完全符合雲神的特徵。賀貽孫曰：「各章俱有觖望惆悵，惟恐神不來之意。獨〈雲中君〉不恨其不來，而恨其易去。蓋雲之來去甚疾，不若諸神之難降，但降而不留耳。『翱遊』、『周章』四字，畫出雲之情狀。『靈皇皇兮既降，猋遠舉兮雲中』，出沒無端，俊甚！快甚！『覽冀州兮有餘，橫四海兮焉窮』，有俯視天下滄海一粟之意。高人快士相見時不令人親，去後常令人思，勞心忡忡，亦雲神去後之思也。」這就指出了本篇刻劃雲神的特點。

九歌・湘君

屈　原

【題　解】湘君和湘夫人是湘水的一對配偶神。它最初只不過是古人對自然物象的神化，是古人自然崇拜的表現。而後來又和虞舜和二妃的故事結合。秦博士認為湘君乃「堯女，舜之妻」（《史記・秦始皇本紀》），劉向、鄭玄皆主此說（《列女傳》、《禮記・檀弓》注）；王逸則認為湘君乃湘水神，而湘夫人則為二妃娥皇、女英，舜南巡不返，二妃追至洞庭，投湘水而死，遂為湘夫人。而郭璞則認為：「湘君、湘夫人，猶河洛之有宓妃也，……安得謂之堯女？」（《山海經・中山經》注）；司馬貞則提出「夫人是堯女，則湘君當是舜」（《史記・秦始皇本紀索隱》）；而韓愈卻認為「堯之長女娥皇為舜正妃，故曰君；其二女女英，自宜降曰夫人也」（〈黃陵廟碑》）；顧炎武、王夫之更明確說「湘君者，湘水之神，而夫人其配也」（《楚辭通釋》）。今人則多主湘君、湘夫人為湘水配偶神之說。其內容是寫這對配偶神的戀愛故事。本篇是由女巫扮飾湘夫人獨唱，表演她與男神湘君約會卻久等不至，去尋找又不遇，因而產生的深切的思慕怨望之情，寫她們熱烈相戀而又無緣會合的悲劇故事，從而使人們從神的身上看到自身的不幸，而奮力去爭取愛情的自由幸福。同時也寓託了詩人對人生不幸的感慨，象徵忠於理想、孜孜以求的坎坷遭遇。而對理想的貞忠與追求正是愛國志士忠於國家、民族的美好情操。

君不行兮夷猶❶，蹇誰留兮中洲❷？美要眇❸兮宜修❹，沛❺吾乘兮桂舟。令沅湘❻兮無波，使江水兮安流。望夫君兮未來，吹參差❼兮誰思？

【章　旨】本段寫湘夫人盼望等待湘君卻不見湘君赴約的失望與痛苦。

【注　釋】❶夷猶　遲疑不前。❷中洲　即洲中。洲，水中可居之地。❸要眇　美好貌，疊韻聯綿詞。❹宜修　修飾得宜。❺沛　疾行貌。❻沅湘　沅水，湘水，湖南二水名，流入洞庭湖。❼參差　洞簫。《風俗通》云：「舜作簫，其形參差不齊，象鳳翼也。」

【語　譯】你不走啊遲疑不前，為誰淹留啊在那水中的小洲？美好苗條啊打扮得宜，趕快走啊坐著我的桂木小舟。叫沅水、湘水啊不要掀波，使長江水啊安穩地流。盼望你啊遲遲不來，吹起洞簫啊將誰掛念心頭？

駕飛龍❶兮北征，邅❷吾道兮洞庭。薜荔❸拍❹兮蕙綢❺，荃橈❻兮蘭旌。望涔陽❼兮極浦，橫大江兮揚靈❽。揚靈兮未極，女嬋媛❾兮為余太息。橫流涕兮潺湲，隱思君兮陫側❿。

【章　旨】本段寫湘夫人駕舟尋找湘君而不遇的焦急與悲傷。

【注　釋】❶飛龍　舟名。狀如龍，極快，故曰飛龍。❷邅　轉；改變行程。❸薜荔　與下「蕙」、「荃」、「蘭」皆香草名。❹拍　榑壁，指以薜荔為席裝飾船艙壁。一說，拍，通「膊」。短袖衣。蔣驥云：「拍，《周禮・醢人》注與膊同，肩也。又短袂衣亦曰膊，以護膊而名，猶以絡胸為膺也。」一說，「拍」為「帕」之誤，為旗幟之總名。❺綢　縛束；纏繞。一說，「綢」讀作「幬」，楚人以床帳為「幬」。❻橈　船槳。❼涔陽　洲渚名，在洞庭湖與長江之間。洪興祖《楚辭補註》云：「今澧州有涔陽浦。《水經》云：涔水出漢中南鄭縣東南旱山，北至沔陽縣南，入于沔。」注云：「涔水，即黃水也。」❽揚靈　顯揚神異。靈，神靈。❾嬋媛　牽持不舍貌。一說，氣急而喘之貌，疊韻聯綿詞。❿陫側　同「悱惻」。憂悶鬱悒貌。

【語　譯】駕起飛速的龍舟啊向北前行，掉轉行程啊我轉道洞庭。以薜荔裝飾艙壁啊束以蕙草，以荃草為槳啊以蘭花為旌。望著涔陽啊那遙遠的水邊，橫渡大江啊顯揚威靈。顯揚我神的威靈啊他尚未到達，侍女牽掛啊為我長聲歎息。淚水滿面啊不停流淌，痛心思念啊我憂悶鬱悒。

桂櫂❶兮蘭枻❷，斲冰兮積雪。采薜荔兮水中❸，搴芙蓉兮木末❹。心不同兮媒勞，恩不甚兮輕絕。石瀨❺兮淺淺❻，飛龍兮翩翩。交不忠兮怨長，期不信兮告予以不閒。

【章　旨】本段寫湘夫人對湘君的疑慮：說他「心不同」、「恩不甚」，埋怨他「交不忠」，還以「不閒」相欺騙。

【注釋】❶櫂　船槳。❷枻　船舷。一說，短槳。❸采薜荔句　薜荔生長陸地，緣木而生，今採之水中，必無所獲，比喻用力雖勤而必不可得。❹搴芙蓉句　芙蓉生長水中，今求之木末，亦必勞而無功，白費氣力。❺瀨　急湍之水。水激石間為瀨。❻淺淺　水急流水花飛濺貌。

【語譯】桂木為槳啊蘭草為舷，鑿冰開路啊在那厚厚的積雪。採集薜荔草啊在那水中，摘取芙蓉花啊在那木末。心思不同啊媒妁徒勞，恩情不深啊看輕斷絕。石上急流啊水花飛濺，飛行的龍舟啊輕快向前。結交不忠啊怨恨深長，期約不守信任啊還告訴我說不得空閒。

朝騁騖兮江皋❶，夕弭節❷兮北渚。鳥次兮屋上，水周兮堂下。捐余玦❸兮江中，遺余珮兮澧❹浦。采芳洲兮杜若❺，將以遺兮下女❻。時不可兮再得，聊逍遙兮容與。

【章旨】本段寫湘夫人與湘君的決絕態度而又藕斷絲連不忍離去的矛盾心情。

【注釋】❶皋　水旁高地。❷弭節　止息；停下。弭，止。節，馬鞭。❸玦　玉佩名，似環而有缺口，表示決斷、決絕之意。❹澧　水名，在今湖南，流入洞庭湖。❺杜若　香草名。❻下女　侍女，望她代己致意。一說，指下界之女。

【語譯】早晨我奔馳啊在那江邊高地，夜晚我止息啊在那北面的洲土。鳥止宿啊在屋頂，水環繞啊在廳堂之下。丟下我的玦玉啊在江水之中，遺棄我的佩帶啊在澧水之浦。採集芳草洲上啊那香草杜若，將要用來贈與啊情郎的侍女。時機不可啊再次得到，姑且遊玩啊悠閒漫步。

【研析】古代用歌舞娛神也就是娛樂自己。而湘君、湘夫人僅為一水之神，非神之尊貴者，故以戀愛故事來祭祀。本篇寫湘夫人生活於水中，能使沅湘無波，江水安流，極具水神的特點。但她極為多情，有思念的哀愁，有失戀的痛苦，有對情人的怨憤與留戀，又是一位極富感情的豐滿的女性形象。篇中寫她追求的執著，情思的纏綿，描寫得非常細膩。因而這位女神似神非神，似人非人，飄飄忽忽，令人神往。

九歌・湘夫人

屈　原

【題　解】湘夫人是湘水女神，與湘君是配偶神。本篇是男巫扮飾湘君獨唱，抒寫她對湘夫人望之不見，遇之無由的凄苦哀怨之情。寫的是神話故事，反映的卻是人的生活，是現實生活的反映。在古代，祭祀活動也是娛樂活動。所以祀神的樂歌反映一些人的生活和感情是不足為怪的。神祇是現實生活的幻想的反映。人有愛情生活，有悲歡離合；神當然也有愛情生活，也有悲歡離合。而且，其失戀的哀怨憂傷，又與屈原一生不遇於君而極其失意，在情調上也有相通之處，其中自然也反映了屈原的某種情緒。不過，如果如林雲銘所說，本篇與〈湘君〉二章，「皆〈離騷〉求女之意，暗喻楚王。『媒勞』二字，即〈離騷〉媒拙之意，暗喻楚之近臣。求神自始至終不能一遇，即〈離騷〉信讒齋怒，成言悔遁之意，暗喻己不得於君」，這就太拘泥，純粹成了比體，失去了祀神樂歌的特點。

帝子❶降兮北渚，目眇眇兮愁予。嫋嫋兮秋風，洞庭波兮木葉下。登白蘋❷兮騁望，與佳❸期兮夕張❹。鳥何萃❺兮蘋中？罾何為兮木上？沅有芷❻兮澧有蘭，思公子❼兮未敢言。慌惚❽兮遠望，觀流水兮潺湲。

【章　旨】本段寫湘君對湘夫人的盼望思念和望而不見的哀怨之情。

【注　釋】❶帝子　指湘夫人。相傳她是帝堯之女，古代「女」亦稱「子」，故稱帝子。❷白蘋　一種水中浮草，即馬尿花。❸佳　即佳人，指湘夫人。❹張　陳設；張設帷帳。❺萃　集。二句言鳥當在木上而反集水草之中，罾當施水中而反在樹木之上，比喻所願不得，徒費心力。❻芷　白芷，香草名。❼公子　猶「帝子」。指湘夫人。❽慌惚　不真切貌，雙聲聯綿詞。

【語　譯】公主降臨啊在那北面的小洲，極目遠望啊使我發愁。習習吹拂啊秋風，洞庭起波啊落葉蕭蕭。登上白蘋啊縱目遠望，與佳人約會啊我夜晚張設帷帳。鳥為何聚集啊蘋草之中？罾為何張設啊在樹木之上？沅水有白芷啊澧水有蘭草，思念公主啊我不敢直講。模糊不清啊我向遠方瞭望，看著那流水啊緩緩流淌。

麋❶何為兮庭中？蛟何為兮水裔❷？朝馳余馬兮江皋，夕濟兮西澨。聞佳人兮召予，將騰駕❸兮偕逝。築室兮水中，葺❹之兮荷蓋❺。蓀壁兮紫❻壇❼，播芳椒兮成堂。桂棟兮蘭橑❽，辛夷❾楣❿兮葯⓫房。罔⓬薜荔兮為帷，擗⓭蕙櫋⓮兮既張。白玉兮為鎮⓯，疏⓰石蘭⓱兮為芳。芷葺兮荷屋，繚之兮杜衡⓲。合百草兮實⓳庭，建芳馨⓴兮廡門。九疑㉑繽兮並迎，靈之來兮如雲。

【章　旨】本段寫湘君幻想與湘夫人會見時的盛況與歡悅以及陳設的華貴。

【注　釋】❶麋　獸名，似鹿而大。❷裔　邊。二句言麋當在山林而在庭中，蛟龍當在深淵而在水邊，比喻所處失常，赴約徒勞。❸騰駕　駕車奔騰飛馳。❹葺　用茅草覆蓋房屋。❺蓋　指屋頂。❻紫　紫貝，蚌蛤類軟體動物名。產海中，白質如玉，殼有紫點紋。❼壇　庭院。❽橑　屋椽。❾辛夷　香木名，初春開花。❿楣　門上橫梁。⓫葯　即白芷，香草名。⓬罔　同「網」。編結。⓭擗　劈開；剖析。⓮櫋　屋檐板。⓯鎮　鎮壓坐席之物。⓰疏　分布；分陳。⓱石蘭　香草名。⓲杜衡　香草名。似葵而香，根入藥。⓳實　充實。⓴芳馨　總指各種香草。馨，香。㉑九疑　山名，在湖南寧遠東南，相傳舜葬於九疑。此指九疑山諸神靈。

【語譯】麋鹿為何吃食啊在那庭中？蛟龍為何遊玩啊在那淺灘？早晨我驅車奔馳啊在那江邊高地，傍晚我渡過江啊來到西岸。聽到佳人啊召喚我，將駕車奔騰啊一同往前。建築住宅啊在那水中，覆蓋它啊用荷葉蓋頂。荃草飾壁啊紫貝鋪庭，鋪開芳椒啊做成大廳。桂木為梁啊木蘭為椽，辛夷為楣啊白芷鋪設臥房。編織薜荔啊做成帷帳，劈析蕙草啊結彩簷上。白玉啊做鎮席，分布石蘭啊散發芳香。芷草覆蓋啊荷葉蓋頂，圍繞它啊用那杜衡。聚集各種芳草啊充實庭院，陳設各種香花啊在那走廊的門。九疑山諸神紛紛啊齊出迎接，神靈前來啊眾盛如雲。

捐余袂兮江中，遺余褋❶兮澧浦。搴汀❷州兮杜若，將以遺兮遠者❸。時不可兮驟得，聊逍遙兮容與。

【章旨】本段寫湘君對湘夫人的失望與眷戀不捨。

【注釋】❶褋　單衣；外衣。❷汀　水中或水邊平地。❸遠者　指湘夫人。

【語譯】丟掉我的衣袖啊江水之中，遺棄我的單衣啊澧水之濱。摘取水邊平地啊香草杜若，將用來贈與啊遠方的情人。時機不可啊屢次得到，姑且遊玩啊舒展心神。

【研析】本篇寫的是湘水男神。他所見是洞庭的秋風落葉，他能「登白蘋」，他築室水中而且馨香華貴，完全寫出了湘水神的特點。但他又多情熱心，既有思念的哀愁，又有美妙的幻想，還有失戀的痛苦，又富有人的感情，刻劃出一個神人結合的豐滿的藝術形象。為刻劃這一形象，作者運用了多種表現手法，如秋風落葉的情景交融的描寫，鳥萃罾為等比興手法的運用，荃壁紫壇等鋪彩摛文的鋪陳，捐袂遺褋等動作描寫，生動地表現了人物豐富的內心世界，使人物生動傳神，有血有肉。林雲銘曰：「開篇『嫋嫋兮秋風』二句，是寫景之妙；『沅有芷』二句，是寫情之妙；其中皆有情景相生，口中說不得之妙。」信哉！同時，全篇語言優美，音韻悠揚，感情纏綿，具有獨特風格，與〈離騷〉、〈九章〉迥異其趣。但充滿哀怨憂傷，又與〈離騷〉、〈九章〉在情調上有一致之處。這說明本篇是屈原在民間祭祀樂歌的基礎上加工而成的。

九歌・大司命

屈　原

【題　解】大司命是主管人類壽夭的神，在古人心目中，他當然尊嚴而不可侵犯。本篇即祭祀司命之神的樂歌，由男巫扮飾大司命，女巫扮飾迎神者對歌對舞，表現了人們對司命之神的敬畏與尊敬，反映了古人因生產力低下而無法了解人類生死的奧祕；又因各種自然的社會的災難，人們無法掌握自身的生死命運；因而幻想冥冥中有神在主宰，而寄希望於神靈的保佑。神既降臨而又速速離去，人們尊敬他卻又挽留不得。這實際上表現了古人對自身命運之謎的迷惘與困惑。自然也注入了詩人自己的深沉思索，表現了屈原自己對自身遭遇的迷惘與惆悵。

「廣開兮天門❶，紛吾乘兮玄雲。令飄風兮先驅，使涷雨❷兮灑塵。」「君❸回翔❹兮以下，踰空桑❺兮從女❻。」

【章　旨】本段寫大司命「乘玄雲」離天宮而下，迎神女巫「踰空桑」以迎之。

【注　釋】❶天門　傳說為天帝所居的紫微宮門。❷涷雨　暴雨。❸君　指大司命。❹回翔　盤旋飛翔。❺空桑　古代傳說中之山名，在魯地，一說在楚地。❻女　同「汝」。你。蔣驥《山帶閣注楚辭》云：「君與女，皆指神，君尊而女親也。」

【語譯】「大大敞開啊天國大門，我乘著啊滾滾烏雲。叫旋風啊在前開道，使暴雨啊清洗路塵。」「你盤旋飛翔啊飄然而下，我越過空桑山啊將你緊跟。」

「紛總總❶兮九州，何壽夭兮在予！高飛兮安翔，乘清氣❷兮御陰陽❸。」「吾❹與君兮齊速❺，導帝之兮九阬❻。」

【章旨】本段寫大司命主宰人的壽夭，飄飄彷彿地降臨神壇，迎神女巫導之九阬。

【注釋】❶總總　眾多貌，指人類。❷清氣　天空中清明之氣。❸陰陽　指陰陽二氣。古以陰陽解釋萬物的生死變化。大司命主管人的生死，故云「御陰陽」。❹吾　迎神女巫自指。❺齊速　蔣驥云：「齊其神速也。言司命憑神御氣，不疾而速，而從之者常與之齊。」王逸《楚辭章句》作「齋速」，注云：「齋，戒也。速，疾也。」洪興祖《楚辭補註》云：「齋速者，齋戒以自敕也。」一說，同「齋遬」。《禮記・玉藻》鄭玄注云：「謙愨貌。」即謙虛忠厚之意。❻九阬　蔣驥注：「坑、崗同。今荊州府松滋縣及長沙府益陽縣皆有九崗山，又常德府有九崗沖，皆屬楚地，未知孰指。」而洪興祖云：「坑音岡，山脊也。《周禮・職方氏》：九州山鎮，曰會稽、衡山、華山、沂山、岱山、嶽山、醫無閭、霍山、恆山也。《淮南》曰：天地之間，九州八極，土有九山，山有九塞。何謂九山，會稽、泰山、王屋、首山、太華、岐山、太行、羊腸、孟門也。原言司命代天操生殺之柄，人君亦代天制一國之命，故欲與司命導帝適九州之山，以觀四方之風俗，天下之治亂。」而高步瀛曰：「以九州鎮山為此九坑，亦無他證。故戴謂九坑義未聞，較為審慎。」按：阬同坑。

【語譯】「紛紛擾擾啊九州之人，為何長壽短命啊在我主張。高高飛舉啊安逸翱翔，乘著清明之氣啊駕御著陰陽二氣的生化更張。」「我與你啊一同前進，引導天帝啊登遊九阬。」

「靈衣兮披披❶，玉佩兮陸離❷。壹陰兮壹陽❸，眾莫知兮余所為。」「折疏麻❹兮瑤華❺，將以遺兮離居❻。老冉冉兮既極，不寖近兮愈疏。」

【章　旨】本段寫大司命降臨祭壇，變幻莫測，迎神女巫贈以疏麻以示敬意。

【注　釋】❶披披　長貌。❷陸離　參差貌，一說，文采斑斕貌，雙聲聯綿詞。❸一陰句　猶言神光離合而乍陰乍陽，謂神光飄忽不定。❹疏麻　神麻。王夫之《楚辭通釋》云：「舊說以為麻花，白似玉，服食可卻老延年。」❺瑤華　玉花。洪興祖曰：「瑤華，麻花也，其色白，故比於瑤。此花香，服食可致長壽，故以為美，將以贈遠。」❻離居　指即將離去的大司命。

【語　譯】「穿上神靈的衣啊長而又長，戴上玉佩啊閃爍金光。一忽兒陰暗啊一忽兒明亮，眾人沒誰知曉啊我為啥奔忙。」「折下神麻啊那潔白如玉的麻花，將要用來贈給啊即將離去的大神。衰老漸漸啊既已到來，不逐漸接近啊就更加不親。」

「乘龍❶兮轔轔，高馳兮沖天。」「結桂枝兮延佇❷，羌愈思兮愁人。愁人兮奈何？願若今兮無虧。固人命兮有當❸，孰離合❹兮可為？」

【章　旨】本段寫大司命乘龍離去，迎神女巫感今別之易，慮後會之難，但願其保佑人壽無虧。

【注　釋】❶龍　指龍駕的車。❷延佇　久久站立。❸當　主；定數。❹離合　指人與神的離別會合。此四句戴震《屈原賦注》曰：「言今雖與神隔離，尚未至有虧道相絕也。『願若今之無虧』，則離而未必不合，此皆欲親之之辭。因又言即此離合之不偶，固命有當然，非人所得為，以結前得相從而後離居之意。」

【語　譯】「坐上龍車啊車聲隆隆，我高高奔馳啊沖向天空。」「編結桂枝啊久久站立，越是思念啊使人愁悶。使人愁悶啊該怎麼辦？但願像現在啊永無虧損。本來人壽啊既有定數，怎會因為離合啊而有變動？」

【研析】本篇乃男巫扮大司命與女巫扮迎神女而載歌載舞，儼然似一幕歌舞獨幕劇。篇中寫大司命神光離合，乍陰乍陽，匆匆降臨，又匆匆離去，寫出了他神通廣大，因他主宰人類壽命而神氣十足，不可一世，尊嚴而不可侵犯；迎神女巫則虔誠地迎接他的降臨，導之九阬，贈以疏麻，希望和他親近；神走後，她還久立盼望，無限惆悵，只希望她保佑人們青春長在，不要因離去而不歡欣，表現出人們對大司命的尊敬、愛戴和企盼；兩個人物的形象都相當鮮明，在當時表演一定是一個十分感人的場面。篇中雖有神去後的企盼與哀愁，但充滿希望，且前面的場面很熱烈，與〈湘君〉、〈湘夫人〉的纏綿悱惻又是另一種風貌。

九歌・少司命

屈原

【題解】少司命是執掌人類子嗣和保護兒童的女神。本篇即祭祀少司命的樂歌，由男巫扮飾主祭者獨唱，女巫扮飾少司命伴舞。全篇都是通過主祭男巫的眼光來描寫少司命的。篇中刻劃了一個下到民間，為民除害的人類後嗣保護者的美麗的女神形象，表達了生產力極其低下而因各種災害無力保護後代的古代人，盼望有一個神來協助他們保護後代的美好願望，熱烈讚美了這位女神為保護人類後代而愁苦和「撫彗星」、「竦長劍」，為保護幼童而操勞的偉大愛心。這實際上是對古代婦女的精神品德的讚美。篇中主祭男巫對少司命的若痴若狂的傾倒和熱戀，既反映了女神的美麗動人，也反映了人們追求愛情的美好願望和失戀的痛苦。其中「悲莫悲兮生別離，樂莫樂兮新相知」，更概括了人的一種普遍體驗和共同感受，深含哲理，今天讀來，仍然感人肺腑，能引起強烈的共鳴。

秋蘭兮蘼蕪❶，羅生兮堂下。綠葉兮素華，芳菲菲❷兮襲予❸。夫人兮自有美子，荃❹何以兮愁苦！

【章　旨】本段寫祭壇的芳香潔淨和滿臉愁苦的少司命的降臨。

【注　釋】❶蘼蕪　香草名。又名茳蘺，即芎藭苗。❷菲菲　香氣濃盛貌。❸予　主祭男巫自指。❹荃　香草名。此借指少司命。

【語　譯】秋蘭花啊蘼蕪草，一併生長啊廳堂之下。綠色的葉啊白色的花，清香陣陣啊撲向我。世人啊自有嬌兒倩女，你又為何啊憂悶愁苦！

秋蘭兮青青❶，綠葉兮紫莖。滿堂兮美人，忽獨與余兮目成❷。入不言兮出不辭，乘回風兮載雲旗。悲莫悲兮生別離，樂莫樂兮新相知。荷衣兮蕙帶，儵❸而來兮忽而逝。夕宿兮帝郊，君誰須❹兮雲之際？與女❺沐兮咸池❻，晞❼女髮兮陽❽之阿❾。望美人兮未來，臨風怳❿兮浩歌。

【章　旨】本段寫主祭男巫對女神少司命的愛慕與熱烈追求和少司命的離去。

【注　釋】❶青青　茂盛貌。❷目成　以目光傳情。❸儵　忽然。❹須　等待。❺女　同「汝」。你，指少司命。❻咸池　神話中水名，日浴處。按：此句上各本有「與女遊兮九河，衝風至兮水揚波」二句。朱熹注云：「古本無此二句，王逸亦無注。《補》曰：『此〈河伯〉章中語也。』當刪去。」❼晞　曬乾。❽陽　朝陽；向陽。一說，指陽谷，即暘谷，日所出處。❾阿　曲處；曲隅。❿怳　通「恍」。恍惚；心神不定貌。

【語　譯】秋蘭啊青而又青，綠色的葉啊紫色的莖。擠滿廳堂啊都是美人，忽然只與我啊目光傳情。進來不語啊出去不辭，乘著旋風啊載著雲旗。悲中最悲啊莫過於活著分離，樂中最樂啊莫過於新結相知。荷葉為衣啊蕙草為帶，突然降臨啊忽然飛逝。夜晚住宿啊天帝的郊野，你等待誰啊在浮雲的邊際？跟你一道洗頭啊在咸池，曬乾你的秀髮啊在朝陽的山阿。遠望美人啊不見前來，迎風悵惘啊放聲高歌。

孔❶蓋兮翠旍❷，登九天兮撫❸彗星❹。竦長劍兮擁幼艾❺，荃獨宜兮為民正❻。

【章　旨】本段讚美女神少司命對「幼艾」的保護。

【注　釋】❶孔　指孔雀。❷旍　同「旌」。指用旄牛尾和彩色鳥羽作竿飾的旗。❸撫　掃除。❹彗星　俗名掃帚星。古人以為是妖星，比喻凶穢邪惡。❺幼艾　嬰兒。艾，美好。❻正　主；長。

【語　譯】孔雀毛的車蓋啊翡翠毛的旗旌，登上九重天啊掃除彗星。高舉長劍啊保護幼童，只有你適合啊做下民的君卿。

【研　析】本篇的少司命雖出場伴舞，但全由主祭男巫獨唱，完全是從主祭男巫的眼中來刻劃她的形象。她美麗善良，她為人間「美子」而愁苦，她「撫彗星」，「竦長劍」，是兒童的保護神。但她又有人的感情。她獨與主祭男巫「目成」，雖最後「忽而逝」，卻引起了主祭男巫的傾倒。讚禮與戀情相結合，寫得更加富有人情味。蔣驥說：「〈大司命〉之辭肅，〈少司命〉之辭昵，尊卑之等也。」正指出了這一特點。其中失戀的悵惘或寄託著屈原不得於君的愁苦，但只在情調上有某種相似之處。而前人解釋多牽強地附會屈原身世，以至使之完全失去民間祭歌的特色。故姜亮夫云：「以祭巫歸結擁幼艾為民正，與〈大司命〉篇之壽夭在予相應。古今讀者，多不解此，而紛然以屈子身世，附會其中，宜其言之無當於文理也。」這就明確指出了這種牽強附會之不當。

九歌・東君

屈原

【題解】東君即太陽神。本篇即祭祀太陽神的樂歌，由男巫扮飾太陽神領唱，眾巫扮飾觀者伴唱。篇中塑造了太陽神英俊雄武的形象，讚揚了他贈送人間光和熱，並為民除害的偉大功績。東君是大公無私的正義力量的化身，反映了古代人祈求天神恩澤人民、除暴安良的美好願望。關於本篇的編次，聞一多《楚辭補校》云：「〈東君〉與〈雲中君〉皆天神之屬，其歌辭亦宜相次。顧今本二章部居懸絕，無義可尋，其為錯簡，殆無可疑。余謂古本〈東君〉次在〈雲中君〉前。《史記・封禪書》、《漢書・郊祀志》并云，『晉巫祠五帝、東君、雲中君』，《索隱》引王逸亦云『東君、雲中君』，見《歸藏易》（今本注無此文），咸以二神連稱，明楚俗致祭，詩人造歌，亦當以二神相將。且惟〈東君〉在〈雲中君〉前，〈少司命〉乃得與〈河伯〉首尾相銜，而〈河伯〉首二句乃得闌入〈少司命〉中耳。」錄以備考。

暾❶將出兮東方，照吾❷檻❸兮扶桑❹。撫余馬兮安驅，夜皎皎兮既明。駕龍輈❺兮乘雷❻，載雲旗兮委蛇。長太息兮將上，心低徊兮顧懷。羌聲色❼兮娛人，觀者憺❽兮忘歸。

【章旨】本段由男巫東君歌唱，表現太陽初升時的情景。王夫之云：「古者祭日，必於春朝東向而禮之，迎初升陽氣。此寫承祭之景也。」

【注釋】❶暾　初升的太陽。一說，日將出時，光明溫暖之貌。❷吾　東君自稱。❸檻　欄杆。❹扶桑　神木名，傳說日出其下。王逸注：「日以扶桑為舍檻，故曰『照吾檻兮扶桑』也。」❺輈　車轅。朱熹注：「龍形曲似之，故以為輈。」❻雷指車輪。朱熹注：「雷氣轉似輪，故以為車輪。」❼聲色　指日出時情景。王夫之曰：「日出委蛇之容，乍升乍降，搖曳再三，若有太息低佪顧懷之狀。晶光炫采，如冶金閃爍，觀者容與而忘歸。此景唯泰、衡之顛及海濱觀日能得之。並言聲者，破雲霞，出滄海，若有聲也。」❽憺　安然；安樂。

【語　譯】燦爛的朝陽將出啊在東方，光彩照耀我的欄杆啊在扶桑。控制我的馬啊慢慢前行，夜色光明啊已經天亮。駕著龍形的車轅啊乘著的車輪如雷滾動，載著畫雲氣的旗啊隨風飄揚。長聲歎息啊徐徐上升，心裡遲疑啊顧念觀望。那聲音色彩啊使人娛悅，觀看的人安樂流連啊而歸家都忘。

縆❶瑟兮交❷鼓，簫鐘❸兮瑤簴❹。鳴箎❺兮吹竽❻，思靈保❼兮賢姱。翾❽飛兮翠曾❾，展詩兮會舞。應律❿兮合節，靈之來兮蔽日。

【章　旨】本段由眾巫伴唱，表現歡迎東君的熱鬧的歌舞場面。

【注　釋】❶縆　緊，指將絃擰緊。❷交　對擊。❸簫鐘　擊鐘。簫，《廣雅‧釋詁》三云：「擳，擊也。」一說，指與簫聲相應之鐘。❹瑤簴　使簴搖動。瑤，動。簴，懸鐘木架。一說，指懸鐘之木，以玉飾之也。❺箎　同「篪」。古管樂器，以竹為之，長尺四寸，圍三寸，一孔上出一寸三分，橫吹之。❻竽　管樂器名，管三十六簧，長四尺二寸。西元一九七二年長沙馬王堆一號漢墓出土的隨葬物中有竽，二十二管，分前後兩排。❼靈保　神巫，指扮日神的男巫。❽翾　小飛。❾曾　舉；狀舞容。❿律　樂律。古代樂律有陰律、陽律各六，合為十二律，即黃鐘、大簇、姑洗、蕤賓、夷則、無射；大呂、夾鐘、仲呂、林鐘、南呂、應鐘，合稱律呂。

【語　譯】擰緊瑟絃啊交相擊鼓，敲擊大鐘啊搖動鐘簴。吹響篪啊吹奏竽，思念神巫東君啊賢良媚嫵。輕盈飛舞啊如翠鳥飄舉，吟誦詩章啊一齊起舞。應和樂律啊合乎節奏，神靈來降啊遮天蔽日。

青雲衣兮白蜺❶裳，舉長矢兮射天狼❷。操余弧❸兮反淪降❹，援❺北斗❻兮酌桂漿。撰余轡兮高駝❼翔，杳冥冥❽兮以東行。

【章　旨】本段由男巫東君歌唱，表現他為民除害，降落西方，冥冥東行以備再出的情景。

【注　釋】❶蜺　同「霓」。副虹，位於主虹外側。❷天狼　星名。《晉書・天文志》：「狼一星，在東井南，為野將，主侵掠。」❸弧　弧矢星，其星九顆，像弓，在狼東南，主備盜賊，矢常指向天狼星。❹淪降　沉落，指夕陽西下。❺援　持；引。❻北斗　星名，共七星，在紫宮南，其形似酒器。❼駝　王逸《楚辭章句》曰：「一作馳，一無此字。」洪興祖《補註》曰：「高馳翔者，喻制世馭民於萬物之上。」按「駝」當為「馳」之異體字。❽杳冥冥　夜色昏暗貌。

【語　譯】我穿上青雲衣啊繫上白霓裳，舉起長箭啊射向天狼。拿著我的弓啊降落西方，拿起北斗啊舀取酒漿。握住我的馬轡繩啊高高奔馳飛翔，在昏黑的夜晚啊走向東方。

【研　析】東君是位天神，地位尊貴，所以只由他自述其慢慢從東方升起，並「舉長矢」、「射天狼」以為民除害，然後降落的全過程，表現他不停地將光和熱撒向人間的大公無私的美德；眾巫也只描述迎神的歌舞場面以表示對東君的歡迎與尊敬。全篇只是一片頌揚光明的禮讚之聲，與〈湘君〉、〈湘夫人〉、〈少司命〉的情意纏綿迥異其趣。其中也許寄託了屈原去讒賊以明君德的願望。故王夫之云：「此章之旨，樂以迎神，必驅袚妖氛之蔽，而後可使神聽和平，陽光遠照，其寓意於去讒以昭君之明德者，事與情會，而因寄所感，固不待比擬而自見。」正是這樣。本篇是祭歌，主旨在頌揚神的功德，以表達人們的虔誠敬祀之情。這種寄託只可從意象上以意會之，不可以拘泥坐實。

九歌・河伯

屈原

【題解】河伯是黃河之神。本篇即祭祀河伯的樂歌，由女巫扮飾迎神女獨唱，男巫扮飾河伯伴舞，表演他們兩次同遊黃河到最後分手話別的情景，讚美黃河的源遠流長，波瀾壯闊，頌揚河伯的不辭辛苦，上下巡視黃河的勤勞；其送別南浦則表現了人們對河伯的思慕與懷念。朱熹說：「既已別矣，而波猶來迎，魚猶來送，是其眷眷之無已也。三閭大夫豈至是而始歎君恩之薄乎！」其中也許寄寓了屈原的這種感情，但這是祭歌，主要是表達古代楚人對黃河的頌美與禮讚。黃河不在楚境，為何楚人卻祭祀河伯？本來「河為四瀆長」（王逸《楚辭章句》語），是中華民族的發祥地，楚文化亦深受中原文化的影響，楚民族亦中華民族的組成部分。故王夫之《楚辭通釋》曰：「楚昭王有疾，卜曰『河為祟』。昭王謂非其境內山川，弗祀焉。昭王能以禮正祀典，故已之，而楚固嘗祀之矣。民間亦相蒙僭祭，遙望而祀之，〈序〉所謂『信鬼而好祠』也。」這大概就是楚祀河伯的原因。

與女❶遊兮九河❷，衝風❸起兮橫波。乘水車❹兮荷蓋，駕兩龍兮驂❺螭。登崑崙兮四望，心飛揚兮浩蕩❻。日將莫兮悵❼忘歸，惟極浦兮寤❽懷。

【章旨】本段寫迎神女巫偕河伯同遊黃河，西登河源崑崙的情景。

【注釋】❶女　同「汝」。指河伯。❷九河　朱熹注云：「九河：徒駭、太史、馬頰、覆鬴、胡蘇、簡、潔、鉤磐、鬲津也。禹治河至兗州分為九道，以殺其溢，其間相去二百餘里，徒駭最北，鬲津最南，蓋徒駭是河之本道，東出分為八枝也。」此代指黃河。❸衝風　回風；旋風。❹水車　能行水上的車。❺驂　古代一車四馬，兩服兩驂。兩側的馬叫驂。❻浩蕩　本指水勢壯闊，此形容心胸開闊。❼悵　惱恨。一說，疑為「儋」字之誤。❽寤　覺。聞一多疑為「顧」字之誤，顧懷，即思念。

【語　譯】和你同遊啊九河，回風驟起啊水面掀波。乘著水車啊荷葉為車蓋，駕著兩龍啊以螭龍驂駕。登上崑崙啊四面眺望，心神飛揚啊胸懷浩蕩。白日將晚啊悵然忘歸，想到極遠的水邊啊我顧盼懷思。

魚鱗屋兮龍堂，紫貝闕❶兮朱宮，靈❷何為兮水中？

【章　旨】本段寫迎神女巫與河伯回到河伯居住的龍堂朱宮而引起的疑問。

【注　釋】❶闕　門樓。❷靈　神，指河伯。

【語　譯】以魚鱗為屋啊廳堂畫龍，紫貝為門樓啊紅色寢宮，你為何啊居住水中？

乘白黿❶兮逐文魚❷，與女遊兮河之渚。流澌❸紛兮將來下。子❹交手兮東行，

送美人❺兮南浦。波滔滔兮來迎，魚鄰鄰❻兮媵❼予。

【章　旨】本段寫迎神女巫偕河伯順流東下並送別南浦的情景。

【注　釋】❶黿　大鱉，俗稱癩頭龜。❷文魚　魚之有紋彩者，如紅鯉之類。❸澌　解凍時夾有冰凌的流水。❹子　指河伯。❺美人　亦指河伯。蔣驥說：「子尊之，美人親之也。」❻鄰鄰　多貌。一說，相連貌。❼媵　送。

【語　譯】乘著白色大鱉啊彩色的鯉魚隨游，與你同遊啊河中小洲。夾雜冰凌的流水啊將要下流。與你攜手啊順水東行，遠送美人啊南面水邊。波浪滔滔啊前來迎接，魚群擁擠啊送我回還。

【研　析】黃河是我國北部最大的河流，古人認為它西源於崑崙，東流注渤海，幾乎貫穿整個北部中國；又非楚國境內山川，故寫法與諸篇均不同。它既不寫祭祀的場面，亦非純粹的禮讚，又非愛情故事，而是寫由迎神女巫偕同男巫河伯上下巡視黃河，以顯示黃河的長遠壯闊，河伯的神奇靈異，以及話別時對河伯的眷戀之情，從而表現出這是「遙望而祀之」的特殊的祭祀場面。而迎神女巫所見的河伯又具有黃河之神的特點。他乘水車，駕兩龍，乘白黿，從文魚，這只有水神才能具有；他登崑崙以四望，見流澌而來下，這只有黃河才具備；從而顯示了它獨特的藝術風貌。

九歌·山鬼

屈　原

【題　解】山鬼即山神。郭沫若認為，篇中「采三秀兮於山間」的「於山」即巫山，「凡楚辭兮字具有於字作用，如『於山』非巫山，則於字為累贅」（《屈原賦今譯》）。如此，則山鬼即巫山神女。本篇即祀巫山神女的祭歌，由女巫飾巫山神女獨唱。這是一首戀歌，細膩地描寫了山鬼的美麗多情以及她與情人約會而不得見面時的相思與痛苦。山鬼這一形象具有深刻內涵。她意態閒雅，姿容秀麗，具有我國南方山林的特點，可以說她是自然美的人格化；她又含情脈脈，渴望愛情，又是一位美麗多情的少女形象的典型。她是自然美與人格美的高度概括與巧妙組合，具有重要的審美意義。而朱熹卻認為，這是「託意君臣之間」，「而終不能忘君臣之義」。這種解釋太拘泥牽強，使之失去了民間祭歌的意義。故王夫之說：「此章纏綿依戀，自然為情至之語，見忠厚篤悱之音焉。然非必以山鬼自擬，巫覡比君，為每況愈下之言也。」（《楚辭通釋》）信哉！信哉！

若有人兮山之阿❶，被薜荔兮帶女蘿❷。既含睇兮又宜笑❸，子❹慕予兮善窈窕。乘赤豹兮從文貍❺，辛夷❻車兮結桂旗。被石蘭兮帶杜衡，折芳馨❼兮遺所思。

【章　旨】本段寫山鬼的修飾打扮和她準備赴情人約會時的情景。

【注　釋】❶阿　曲隅。❷女蘿　一種蔓生植物，又名兔絲。❸宜笑　言口齒美好，適宜於笑。❹子　指山鬼所愛慕的人。❺文貍　毛黃黑相雜的貍。貍，同「狸」。❻辛夷　香木名。❼芳馨　泛指香花。

【語　譯】彷彿有人啊在山的角落，披著薜荔啊繫著女羅。既含情脈脈啊又適宜喜笑，你愛慕我啊美麗苗條。乘著赤豹啊隨著文貍，辛夷為車啊結桂枝為旗。披著石蘭啊繫著杜衡，折束香花啊贈與思念的人兒。

余處幽篁❶兮終不見天，路險難兮獨後來。表❷獨立兮山之上，雲容容❸兮而在下。杳冥冥兮羌晝晦，東風飄兮神靈❹雨。留靈脩❺兮憺忘歸，歲既晏兮孰華予。

【章　旨】本段寫山鬼等待情人而不見的情景。

【注　釋】❶幽篁　深密的竹林。❷表　特出貌。❸容容　紛亂變動貌。❹神靈　指雨神。❺靈脩　指山鬼所思慕的人。

【語　譯】我處在深密的竹林啊終日不見青天，道路險阻艱難啊獨自落在後邊。特出地我獨自站立啊在高山上，雲霧翻騰啊在山下迴旋。深沉昏暗啊白晝也昏黑，東風飄飄啊細雨綿綿。留住情郎啊安樂忘歸，年歲已晚啊誰使我華鮮。

采三秀❶兮於山間，石磊磊❷兮葛蔓蔓❸。怨公子❹兮悵忘歸，君思我兮不得間。山中人❺兮芳杜若❻，飲石泉兮蔭松柏，君思我兮然疑❼作。雷填填❽兮雨冥冥冥，猿啾啾❾兮狖❿夜鳴。風颯颯兮木蕭蕭，思公子兮徒離憂。

【章　旨】本段寫山鬼感到被情人遺棄後的痛苦心情。

【注　釋】❶三秀　芝草。芝一年三次開花，故稱三秀。❷磊磊　亂石堆積貌。❸蔓蔓　蔓延貌。❹公子　指山鬼思念的人。❺山中人　山鬼自指。❻杜若　香草名。❼然疑　是如此而又懷疑，形容山鬼對情人將信將疑的心理狀態。❽填填　雷聲。❾啾啾　猿鳴聲。❿狖　長尾猿。

【語　譯】採摘靈芝啊在巫山之間，亂石堆積啊葛藤蔓延。怨恨公子啊我悵然忘歸，你在想我啊因不得空閒。我這山中之人啊香如杜若，喝著石間山泉啊蔭蔽著松柏。你思念我啊，是否如此啊疑團頓作。雷聲隆隆啊陰雨昏冥，猿聲啾啾啊狖夜晚悲鳴。風聲颯颯啊木聲蕭蕭，思念公子啊我徒然遭遇憂愁。

【研　析】本篇成功地塑造了山鬼這一形象。她披薜荔，帶女蘿，乘赤豹，從文貍，活動場所全在山間，具有山神的特點。她喜孜孜地去與情人約會，卻久等而情人不至，於是她焦急，進而她懷疑，進而她深感失戀的痛苦。這一感情變化的過程刻劃得十分細膩。為突出她情緒變化的層次，篇中運用了情景交融的手法。用山間的雲雨迷茫烘托她的迷惘，用雷雨交加渲染她感情的激越，把環境景物與人物感情結合起來，更豐滿了山鬼的形象。全篇語言優美，情感纏綿，其風格與〈離騷〉、〈九章〉不同；但充滿愁怨，又與之有一致之處。這表明本篇是屈原在民間祭歌的基礎上加工而成，既保持了民間祭歌的特色，又寄寓著屈原的某些情緒。

九歌・國殤

屈　原

【題　解】國殤，指死於國事的鬼魂。戴震云：「殤之二義：男女未冠笄而死者，謂之殤；在外死者，謂之殤。殤之言傷也。國殤，死國事，則所以別於二者之殤也。」(《屈原賦注》)本篇是悼念為國犧牲的將士的祭歌，由男巫飾迎祭者獨唱。全篇描寫了戰士為國英勇戰鬥、不怕犧牲的戰鬥場面，熱烈讚揚了他們英勇殺敵、奮不顧身的愛國精神，表現了他們同仇敵愾、英勇不屈的高貴品質。篇中所寫楚軍的潰敗是有歷史根據的。據史載，自齊楚絕交之後，楚軍連敗於秦。楚懷王十七年丹陽之戰，斬甲士八萬，虜大將屈匄，取漢中郡；二十八年，殺楚將唐昧，取重丘；二十九年，死者二萬，殺楚將景缺；三十年，取楚八城；頃襄王元年斬首五萬。戰爭雖敗，戰士的犧牲精神是值得尊敬的。楚人祭祀他們，是為了寄託哀思，繼承遺志，學習烈士的犧牲精神，誓死戰鬥到底的堅決意志。這是楚國人民愛國思想的集中體現，也是屈原愛國思想的集中表現。林雲銘曰：「先敘其方戰而勇，既死而武，死後而毅。極力描寫，不但以慰死魂，亦以作士氣，張國威。」正是如此。

操吳戈❶兮被犀❷甲，車錯轂❸兮短兵❹接。旌蔽日兮敵若雲，矢交墜兮士爭先。陵余陣兮躐❺余行，左驂殪❻兮右❼刃傷。霾❽兩輪兮縶❾四馬，援玉枹❿兮擊鳴鼓。天時懟⓫兮威靈⓬怒，嚴殺⓭盡兮棄原野。

【章旨】本段寫驚天地泣鬼神的戰鬥場面和戰士英勇殺敵不惜犧牲的英雄氣概。

【注釋】❶吳戈　吳國所產的戈，以鋒利著稱。❷犀　動物名，也稱犀牛，體大於牛，皮極堅厚，古人多用以製鎧甲。❸轂　車輪貫軸處。❹短兵　指刀劍一類的短兵器。❺躐　踐踏。❻殪　倒地而死。❼右　指右驂。❽霾　同「埋」。言車輪不動若埋。❾縶　絆住。❿枹　鼓槌。⓫懟　怨。朱熹注：「言己適值天之怨怒。」⓬威靈　神靈。⓭嚴殺　猶言鏖戰痛殺。蔣驥注：「日嚴者，若有監督之者然。」

【語譯】拿起吳國所產的戈啊披上犀牛皮的甲，戰車交錯車軸頭啊短兵器相交接。旌旗遮天蔽日啊敵人如雲聚集，流矢紛紛墜落啊戰士爭先殺敵。敵人攻入我軍陣啊踐踏我軍行，左邊驂馬被殺死啊右側驂馬被殺傷。埋住了兩隻車輪啊絆住了四匹戰馬，拿起玉飾鼓槌啊猛擊響鼓。老天怨怒啊神靈發怒，鏖戰痛殺而盡啊拋屍原野。

出不入兮往不反，平原忽❶兮路超遠。帶長劍兮挾秦弓❷，首雖離兮心不懲❸。

誠既勇兮又以武，終剛強兮不可陵。身既死兮神以靈，魂魄毅❹兮為鬼雄。

【章旨】本段讚揚戰士義無反顧壯烈犧牲的愛國精神和對他們的熱情禮讚和深切悼念。

【注釋】❶忽　渺茫貌。❷秦弓　秦地以產良弓著名。《漢書・地理志》：「秦有南山檀柘，可為弓幹。」❸懲　悔恨。❹毅　堅強；果敢。《左傳・宣公二年》：「殺敵為果，致果為毅。」孔疏云：「致此果敢乃名為毅，言能強毅以立功。」

【語譯】出征就沒想歸來啊前進就不想回返，平原遼闊渺茫啊路途遙遠。帶著長劍啊挾持秦弓，身首分離啊心不悔恨。的確勇敢啊又武藝高強，終始剛烈堅強啊不可欺侮蹂躪。身體雖已死去啊精神靈氣盈充，魂魄堅強果敢啊是鬼中的英雄。

【研析】本篇祭祀的是為國捐軀的愛國志士而不是天地山川之類的自然神，因此它完全採取比較現實的手法，具體描寫了激烈的戰鬥場面和戰士英勇殺敵而壯烈犧牲的情景，而沒有神異變幻的浪漫色彩。語言質樸，色彩鮮明，聲調悲壯，慷慨而激越，與〈九歌〉中其他篇章迥異其趣，與屈原其他作品之富有浪漫色彩者亦不相同。它在屈原作品中是別具一格。蔣驥云：「按古者戰陣無勇而死，葬不以翣，不入兆域。故於此歷敘生前死後之勇，以明宜在祀典也。懷襄之世，任讒棄德，背約忘親，以至天懟神怨，國蹙兵亡，徒使壯士橫尸膏野，以快敵人之意。原蓋深悲而極痛之，其曰『天時懟兮威靈怒』，著衂兵之非偶然也。嗚呼！其旨微矣。」

可見屈原這樣寫是有其政治目的的。

九歌・禮魂

屈原

【題　解】本篇是送神曲，為各篇所共用。魂就是神。前所祀十神，包括天神地祇人鬼，故稱魂而不稱神。送神是祭祀的最後一幕，故曰禮魂。篇中表示了古人對所有神鬼的敬禮與祝願。「長無絕兮終古」，就是古人對神的最大願望，希望神能長久地保祐自己。故王夫之說：「凡前十章，皆各以其所祀之神而歌之。此章乃前十祀之所通用，而言終古無絕，則送神之曲也。舊說謂以禮善終者，非是。以禮善終者，各有子孫以承祀，別為孝享之辭，不應他姓祭非其鬼。而篇中更不言及所祭者，其為通用明矣。」今人多從王說。

成禮兮會鼓❶，傳芭❷兮代舞，姱女倡兮容與。春蘭兮秋菊❸，長無絕兮終古。

【注　釋】❶會鼓　合鼓；眾鼓齊鳴。一說，眾樂齊奏，以鼓為節。❷芭　通「葩」。花。❸春蘭兮秋菊　朱熹注：「春祠以蘭，秋祠以菊，即所傳之葩也。」

【語　譯】完成了禮儀啊一齊擊鼓，傳遞鮮花啊更迭起舞，美麗的歌女歌唱啊安閒媚嫵。春持蘭花啊秋持黃菊，長期無有斷絕啊直至永久永久。

【研　析】本篇是〈九歌〉的最後一章，相當於「亂」。歌詞雖短，場面卻宏大而熱烈，眾樂齊奏，群巫起舞，擊鼓傳花，放聲高歌，所有被祭祀的神鬼和參與祭祀的巫覡，全都出場致意，以完成神人之間的最後一次交往，並期望永無斷絕，把祭祀的盛況推向高潮，而在一片祝願聲中降下帷幕。故姜亮夫教授說：「以全詩詞義觀之，蓋九祀既畢，合諸巫而樂舞，蓋樂中之合奏也。故以千古崇祀不絕之義，以總告諸神靈之前。」樂中之合奏，即本篇的特點。

招魂

宋玉

【題解】招魂是古代的遺俗，一種迷信活動。人死後，以其上衣升屋，站在北面最高處，呼喚說：「皐，某復！」連呼三次，乃下覆其尸，冀其復生。於是而不生，乃行死事。荊楚之俗，或以施之活人，為活人招魂。關於本篇作者，司馬遷《史記・屈原賈生列傳》定為屈原作，王逸《楚辭章句》題宋玉作。自後學者多從王說。至明黃文炳《楚辭聽直》始疑之，清林雲銘《楚辭燈》證成之。至今學者多認定為屈原作。關於為誰招魂，定為宋玉作者則認為是宋玉為屈原招魂。如王逸說：「宋玉憐哀屈原，忠而斥棄，愁懣山澤，魂魄放佚，厥命將落。故作〈招魂〉，欲以復其精神，延其年壽。」而定為屈原作者，一說是屈原自招其魂。如林雲銘說：「或謂世俗招魂，皆出他人之口。不知古人以文滑稽，且有生而自祭者，又何嫌於自招？」一說是招楚懷王之魂。如郭沫若說：「文辭中所敘宮廷居住之美，飲食服御之奢，樂舞遊藝之盛，不是一個君王是不能相稱的。」（《屈原研究》）一說是為陣亡貴族武士招魂。如林庚說：「本篇是屈原為三閭大夫時所作，是描寫為陣亡的貴族武士們舉行葬禮的作品。」（《中國歷代詩歌選》）近人多主為楚懷王招魂說。而姚鼐定本篇為宋玉作，自然認為是宋玉為屈原招魂，故將其歸入「哀祭類」。今依其說以證成之。篇中表現了宋玉對屈原遭遇不幸的深切同情和希望屈原能「復其精神，延其年壽」，魂魄不要遊蕩於江南荒野而回歸郢都的美好願望。

朕幼清以廉潔兮，身服義而未沬❶。主❷此盛德兮，牽於俗而蕪穢。上無所考此盛德兮，長離殃而愁苦。帝告巫陽❸曰：「有人在下，我欲輔之。魂魄離散，汝筮予之。」巫陽對曰：「掌夢❹！上帝其命難從。若必筮予之，恐後謝❺之不能復用巫陽焉！」乃下招曰：

【章　旨】本段是序，敘述屈原遭憂而魂魄離散，上帝命巫陽為之招魂。

【注　釋】❶沫　已。一說，與昧同，昏暗。❷主　守；意所專注。❸巫陽　古代神話中的神巫，名陽。《山海經·海內西經》：「開明東有巫彭、巫抵、巫陽、巫履、巫凡、巫相。」❹掌夢　不詳，疑有脫誤。王逸曰：「招魂者，本掌夢之官所主職也。」❺謝　萎落；徂謝。

【語　譯】我自幼小就清白而廉潔啊，自身實行仁義而不停止。堅守這種盛美的德行啊，卻受世俗的牽累而荒蕪汙穢。君主無處考察這種盛德啊，我長久地遭遇禍殃而愁苦不已。天帝告訴巫陽說：「有個賢人在下界，我想輔助他。他的魂魄已經離散，你用筮卦的方法將魂魄還與他。」巫陽回答說：「這是掌夢官的事！上帝的命令難以聽從。假若筮卦才去給與他，恐怕落在他凋謝之後，就不能再用我巫陽來招魂了。」於是就下降到人間招魂說：

魂兮歸來！去君之恆幹❶，何為乎四方些❷？舍君之樂處，而離彼不祥❸些！

魂兮歸來！東方不可以託❹些！長人❺千仞❻，惟魂是索些。十日❼代出，流金鑠石些。彼皆習之，魂往必釋些。歸來歸來！不可以託些！魂兮歸來！南方不可以止些！雕題❽黑齒❾，得人肉以祀❿，以其骨為醢些。蝮蛇⓫蓁蓁⓬，封狐⓭千里⓮些。雄虺⓯九首，往來倏忽，吞人以益其心些。歸來歸來！不可久淫⓰些！魂兮歸來！西方之害，流沙千里些。旋入雷淵⑰，靡散而不可止⑱些。幸而得脫，其外曠宇些。赤蟻若象⑲，玄蠭若壺⑳些。五穀不生，叢菅㉑是食些。其土爛人㉒，求水無所得些。彷徉無所倚，廣大無所極些。歸來歸來！恐自遺賊些！魂兮歸來！北方不可以止些！增㉓冰峨峨㉔，飛雪千里些。歸來歸來！不可以久些！魂兮歸來！君無上天些！虎豹九關，啄害下人些。一夫九首，拔木九千㉕些。豺狼從目，往來侁侁㉖些。懸人以嬉㉗，投之深淵些。致命㉘於帝，然後得瞑㉙些。歸來歸來！往恐危身些！魂兮歸來！君無下此幽都㉚些！土伯㉛九約㉜，其角觺觺㉝些。敦脄㉞血拇，逐人駓駓㉟些。參㊱目虎首，其身若牛些。此皆甘人，歸來歸來，恐自遺災些！

【章　旨】本段是招魂詞的開始，極寫東西南北天上地下有種種危害，勸魂歸來以免遭不測。

【注　釋】❶恆幹　固定的軀幹。恆，常；固定不變。幹，軀體。❷些　語末助詞，無義。沈括《夢溪筆談》三〈辯証〉一：「今夔峽湖湘及南北江僚人，凡禁呪句尾皆稱『些』，此乃楚人舊俗。」❸不祥　指下文所寫四方上下各種災異。按：以上是招魂詞的總綱。❹託　託身；寄託。❺長人　《神異經》曰：「東南方有人焉，周行天下，身長七丈，腹圍如其長，不飲不食，朝吞惡鬼三千，暮吞三百。此人以鬼為飯，以露為漿，名曰尺。」《山海經・大荒東經》：「東海之外，大荒之中，有大人之國。」郭注引《河圖玉版》曰：「從崑崙以北九萬里，得龍伯國，人長三十丈。」❻仞　長度單位，八尺曰仞。❼十日　《山海經・海外東經》：「湯谷上有扶桑，十日所浴，在黑齒北。居水中，有大木，九日居下枝，一日居上枝。」又〈大荒南經〉云：「羲和者，帝俊之妻，生十日。」據此，十日，乃帝俊之子。❽雕題　《山海經・海內南經》有「雕題國」，郭璞

注：「點涅其面，畫體為鱗采，即鮫人也。」題，額。❾黑齒　《山海經・海外東經》有「黑齒國」。《文選・吳都賦》劉逵注引《異物志》云：「西屠以草染齒，染白作黑。」按：「雕題黑齒」均指南方野蠻人一種文身的習俗。❿祀　祭祀。朱熹注：「南人常食蠃蜯，得人之肉，則用以祭神，復以其骨為醬而食之，今湖南北有殺人祭鬼者，即其遺俗也。」⓫蝮蛇　一種毒蛇，多居濕地，螫人立死。⓬蓁蓁　積聚貌。⓭封狐　大狐。⓮千里　王夫之謂「能為妖怪，倏忽千里」。⓯雄虺　一種蟒蛇。虺，毒蛇，大者長八九尺，扁頭大眼，色如泥土，俗稱土虺蛇。⓰淫　淹；久留。⓱雷淵　西海，蔣驥謂「即西域河源所注之雷翥海」。⓲止　謂被流沙挾裹旋轉而不可停止。⓳赤蟻若象　蔣驥注引《八紘譯史》云：「蟻國在極西，其色赤，大如象，其聚千里。」⓴玄蠭若壺　蔣驥注引《五侯鯖》云：「大蜂出崑崙，長一丈，其毒殺人，蓋即此類。」按：二句極言蟻蜂之大。㉑菅　野草。㉒爛人　言其土灼熱，焦爛人肉。㉓增　通「層」。㉔峨峨　高峻貌。㉕拔木九千　言力能拔九千之木而不倦。㉖侁侁　迅疾貌。一說，眾多貌。㉗懸人以嬉　朱熹注：「豺狼得人，先懸其頭，用之娭戲，已乃擲於深淵而棄之也。」㉘致命　請命。㉙瞑　閉目。王夫之注：「瞑，死而瞑目也。投入九淵，而以其神異，能令人不死，反告之帝，然後瞑目，謂求死不得也。」㉚幽都　地下，猶言陰曹地府。㉛土伯　后土之侯伯，即土神，猶言地府魔王。㉜約　屈曲。一說，節。㉝觺觺　角銳利貌。一說，角高貌。㉞敦脄　肥厚的背脊肉。敦，厚。脄，脊側之肉。㉟駓駓　疾走貌。㊱參　同「三」。

【語　譯】魂啊回來！離開你固定的軀體，為什麼跑向四方啊？拋棄你安樂的處所，而去遭遇災難禍殃啊！魂啊回來！東方不可以託身啊！長大的人長至千仞，專只尋求人的靈魂啊。十個太陽輪番升起，能使金屬流淌和熔化頑石啊。那裡的人都已習慣，你的魂去必定銷釋啊。回來回來！那裡不可以寄託啊！魂啊回來！南方不可以停留啊！那些額上雕花牙齒塗黑的人，得到人肉就用來祭祀，把他的骨骼剁為肉醬佳餚啊。蝮蛇四處聚積，大狐為怪迅疾千里啊。一種大毒蛇有九個頭，往往來來非常迅速，吞吃人使其心得到補益啊。回來回來！南方不可以長久停止啊！魂啊回來！西方的災害，流動的沙海茫茫千里啊！被風沙捲入雷淵，糜爛解散而不可制止啊。僥倖能夠脫險，那外面也是空曠的原野啊。紅蟻如同大象，黑蜂如同葫蘆啊。五穀不能生長，只把叢叢茅草吃食啊。那土灼熱能烤爛人，找水也無處可得啊。往來遊蕩無有依靠，地方廣大沒有邊際啊。

回來回來！恐怕給自己帶來危害啊！魂啊回來！北方不可停止啊！層層堅冰高聳，飛雪飄灑千里啊。回來回來！北方不可停留太久啊！魂啊回來！你不要去那上天啊！虎豹守著九重天門，吃食並危害下界凡人的安全啊。一個人有九個頭，一口氣能拔樹九千啊。豺狼怒豎雙目，成群結隊來去往還啊。把人弔起嬉戲玩耍，然後投向深淵啊。等到向天帝請命，然後才得閉上雙眼啊。回來回來！去那裡恐怕危害自身啊！魂啊回來！你不要去這地府啊！后土神的侯伯身體九道彎曲，那角尖銳如弩啊。肥厚的脊肉和帶血的爪指，追逐人迅疾奔走啊。三隻眼睛頭如猛虎，那身軀像頭野牛啊。這些都喜愛吃人肉。回來回來！恐怕會自惹災禍啊！

魂兮歸來！入修門❶些！工祝❷招君，背行先些。秦篝❸齊縷❹，鄭緜絡❺些。招具該備，永嘯呼❻些。魂兮歸來！反故居❼些！天地四方，多賊姦些。像設❽君室，靜閒安些。高堂邃宇，檻❾層軒些。層臺累榭❿，臨⓫高山些。網戶⓬朱綴⓭，刻方連⓮些。冬有突廈⓯，夏室寒些。川谷徑復⓰，流潺湲些。光⓱風轉蕙，氾⓲崇⓳蘭些。經堂入奧⓴，朱塵㉑筵㉒些。砥室翠翹㉓，絓曲瓊㉔些。翡翠㉕珠被，爛齊光些。蒻阿㉖拂㉗壁，羅幬㉘張些。纂組綺縞㉙，結琦璜㉚些。室中之觀，多珍怪些。蘭膏明燭，華容㉛備些。二八㉜侍宿，射㉝遞代些。九侯㉞淑女，多迅眾㉟些。盛鬋㊱不同制㊲，實滿宮些。容態好比㊳，順㊴彌代㊵些。弱顏固植㊶，謇㊷其有意些。姱容修態，絙㊸洞房些。蛾眉曼睩㊹，目騰光㊺些。靡㊻顏膩理，遺視矊㊼

些。離榭㊽修幕，侍君之閒些。翡帷翠幬，飾高堂些。紅壁沙版㊾，玄玉之梁些。仰觀刻桷㊿，畫龍蛇些。坐堂伏檻，臨曲池些。芙蓉始發，雜芰荷51些。紫莖屏風52，文緣波些。文異豹飾53，侍陂陀54些。軒輬55既低56，步騎羅些。蘭薄57戶樹，瓊木58籬些。魂兮歸來！何遠為些？

【章　旨】本段極寫楚都宮室、女色、別館的壯麗美好，招魂歸來享用。

【注　釋】❶修門　楚郢都城門。❷工祝　工巧的男巫。善其事曰巧，男巫曰祝。❸篝　竹籠，招魂用具。❹縷　絲線，以飾篝者。❺緜絡　靈幡；招魂幡。❻嘯呼　指招魂的呼叫。❼故居　舊居。按：以上總寫招魂儀式。❽像設　謂設其形貌於室而祠之，若今人神主牌位、照片之類。而王逸注曰：「言乃為君造設第室，法像舊廬，所在之處，清靜寬閒而安樂也。」❾檻　欄杆，用作動詞，以欄杆圍繞。❿榭　築土石曰臺，臺上建屋曰榭。⓫臨　下臨，言高出高山。⓬網戶　刻戶為網狀方孔，即隔亮。⓭朱綴　用紅色塗其交綴之處。⓮方連　相連的方格，即網狀圖案。⓯穾夏　深邃的房屋。穾，幽深隱暗。夏，同「廈」。大屋。⓰徑復　經過而反覆環繞。⓱光　晴明。⓲氾　同「汎」。搖動貌。⓳崇　通「叢」。聚。一說，充，謂「充實蘭蕙，使之芬芳」（王逸說）。一說，高也（五臣注）。⓴奧　宮室機密之處，即內室。㉑塵　承塵之省，即天花板。㉒筵　竹席。言人由堂而入室，則上有承塵，下有竹席，皆以朱紅為飾。㉓翠翹　翠鳥的尾羽。用翠羽所製之拂塵用具，如今之雞毛撣子。王逸注：「以翠鳥之羽，雕飾玉鉤，以懸衣服也。」蔣驥注：「翠，翠鳥尾毛。翹，高出之貌。疑飾於床榻者也。」㉔曲瓊　玉鉤。㉕翡翠　美石，亦稱硬玉。以全為碧綠而透明者最為珍貴。㉖蒻阿　蒻席和細繒。蒻，草名，可以為席。阿，阿緆，即細繒。㉗拂　蔽；覆蓋。㉘羅幬　紗羅床帳。羅，一種輕軟有孔的絲織品。幬，帳子。㉙纂組綺縞　泛指各色彩帶。纂，赤色絲帶。組，五色相雜的絲帶。綺，有花紋的絲帶。縞，白色絲帶。㉚奇璜　稀有的半圓形的玉。奇，一作琦，玉名。㉛華容　華麗容顏，指美女。㉜二八　十六人，分二列。王逸注：「言大夫有二列之樂，故晉悼公賜魏絳女樂二八，歌鍾二肆也。」㉝射　厭倦。謂意有厭倦，則使更遞相代。㉞九侯　九服諸侯，泛指各諸侯國。王夫之注：「九侯，紂諸侯，進女于紂者，女不喜淫，言美人貞靜似之也。」㉟迅眾　迅疾而勝於眾人。一說，其來迅疾，眾多於此。㊱盛鬋　濃密的髮鬢。鬋，鬢。㊲制　式樣。㊳比　親附；親近。㊴順　柔順。一說，通「洵」。猶言「實在是」。㊵彌代　蔣驥注：「猶云蓋世。」王逸注：「彌，久也。言美女眾多，其貌齊同，姿態美好，自相親比，承順上意，久則相代也。」㊶固植　心志堅固，不可侵犯。固，堅。植，志。一說，猶言「亭亭而立」。植，立。㊷謇　語首助詞。一說，正言貌，言「謇然發言，中禮意也」（王逸注）。㊸緪　通「亙」。接連；綿亙。㊹曼睩　輕盈一瞥。曼，長；美。睩，視貌。㊺騰光　顧盼有光彩。㊻靡　細膩；美好。㊼睇　含情脈脈貌。㊽離榭　正式宮殿之外的臺榭，猶言「離宮」。蔣驥曰：「離榭二語，承上起下，言非徒深居洞房，凡有游覽，靡不隨侍也。」㊾沙版　丹沙塗飾的木板。版，通「板」。㊿桷　方形的椽子。(51)芰荷　菱角。兩角者菱，四角者為芰。(52)屏風　水生植物名，即水葵，亦名荇菜，莖紫色。(53)豹飾　指侍衛武士以豹皮為服飾。(54)陂陀　傾斜貌，指臺沼高下不平之處，疊韻聯綿詞。(55)軒輬　有蓬的車和有窗的臥車，皆侍女從載之車。(56)低　屯；停下。言官屬之車，既已屯止。一說，俯，言俛車而待登。(57)薄　附；挨著。「言所造舍種樹蘭蕙，附於門戶」（王逸注）。一說，薄，叢生。(58)瓊木　瓊玉之木，泛指名貴樹木。

【語　譯】魂啊回來！請進入修門啊！善於事神的巫師招喚你，倒退著引你前奔啊。秦國的竹籠和齊國的絲線，鄭國的靈幡給你招魂啊。招魂用具十分齊全，長聲地呼喚沒有停頓啊。魂啊回來！返回你原來的家門啊！天上地下和那四方，多是害人的凶奸啊。靈位設放在你的住室，清靜而又安閒啊。高大的廳堂和深邃的屋宇，長長的走廊繞著欄杆啊。層層高臺和座座臺榭，下面臨著高山啊。網狀的門戶紅漆著交綴處，雕刻的方格相連啊。冬天有幽深的房屋，夏天的屋子涼爽微寒啊。溪流山谷經過環繞，流水流淌得歡啊。晴朗的和風搖晃著蕙草，搖動著叢叢春蘭啊。經過廳堂進入內室，紅色的天花板和竹席鋪墊啊。平滑石板鋪設的房屋有翠羽撣子，掛在玉鉤之上啊。翡翠和珍珠的被子，色彩燦爛一齊放著亮光啊。蒻席和細繒覆蓋牆壁，還張掛著紗羅的帷帳啊。絲織采帶五光十色，半圓的美玉繫在帳上啊。室中的觀賞，多是珍寶而形狀奇怪啊。蘭香的油脂和明亮的燈燭，花顏玉貌的美人齊備啊。十六個侍女侍奉寢宿，厭倦了就輪流替代啊。各國諸侯送來美女，大多數迅疾而勝於一般模樣啊。濃密的鬢髮不同式樣，充滿宮廷濟濟一堂啊。容貌體態美好而親近人，實在是蓋世無雙啊。柔弱容顏和堅固的心志，表現出意密情長啊。美好的容貌和苗條的體態，接連不斷擠滿洞房啊。細曲的長眉目光輕盈一瞥，一顧一盼神采飛揚啊。柔嫩的玉顏和細膩的肌膚，秋波一轉情態萬方啊。宮外的臺榭和高大的帷幕，當你閒暇她們就侍立身旁啊。翡羽的帷幕和翠羽的帷帳，裝飾著高大的廳堂啊。紅泥的牆壁和塗丹沙的木板，黑色的美玉做棟樑啊。抬頭看那雕花的屋椽，畫著龍蛇的圖樣啊。坐在堂上或倚靠欄杆，面對著彎曲的池塘啊。荷花剛剛開放，還有菱角夾雜中央啊。紫色莖杆的水葵，文采隨波蕩漾啊。穿著文采奇異的豹皮服飾的武士，侍立在臺沼高下不平的地方啊。有篷的有窗的車子既已停下，步兵騎士羅列成行啊。叢叢蘭草門前種植，珍貴的樹木圍成籬牆啊。魂啊回來！為何要跑去遠方啊？

室家遂宗❶，食多方些。稻粢❷穱❸麥，挐❹黃粱些。大苦鹹酸，辛甘行❺些。肥牛之腱❻，臑❼若芳些。和酸若苦，陳吳羹些。胹❽鼈炮羔，有柘漿❾些。鵠酸臇❿鳧，煎鴻鶬些。露雞⓫臛⓬蠵⓭，厲⓮而不爽⓯些。粔籹⓰蜜餌，有餦餭⓱些。瑤漿蜜勺⓲，實羽觴⓳些。挫⓴糟凍飲，酎㉑清涼些。華酌既陳，有瓊漿些。歸來反故室，敬而無妨些。肴羞未通㉒，女樂羅些。陳鐘按㉓鼓，造新歌些。〈涉江〉、〈采菱〉㉔，發㉕〈揚荷〉㉖些。美人既醉，朱顏酡㉗些。娭光㉘眇視㉙，目曾波㉚些。被文服纖㉛，麗而不奇些。長髮曼鬋㉜，豔陸離㉝些。二八㉞齊容，起鄭舞些。衽若交竿㉟，撫案㊱下些。竽瑟狂會，搷㊲鳴鼓些。宮庭震驚，發〈激楚〉㊳些。吳歈㊴蔡謳，奏〈大呂〉些。士女雜坐，亂而不分些。放陳㊵組纓㊶，班㊷其相紛些。鄭衛妖玩㊸，來雜陳些。〈激楚〉之結㊹，獨秀先㊺些。菎蔽㊻象棊㊼，有六簙㊽些。分曹㊾並進，遒㊿相迫些。成梟(51)而牟(52)，呼五白(53)些。晉制犀比(54)，費(55)白日些。鏗(56)鍾搖簴(57)，揳(58)梓瑟些。娛酒不廢，沉日夜些。蘭膏明燭，華鐙(59)錯(60)些。結撰(61)至思，蘭芳假(62)些。人有所極，同心賦(63)些。酎飲盡歡，樂先故些。魂兮歸來！反故居些！

【章旨】本段極寫飲食、歌舞、玩耍的盛美多樣，招魂歸來享用。

【注釋】❶宗　王逸注：「眾也。言君九族室家，遂以眾盛。」蔣驥注：「尊也。言室家之人，欲盡其宗尊之意。」按：二說皆可通。❷粢　稷；小米。❸穱　早熟的麥稻等穀物。❹挐　揉雜。❺行　用，此言五味並用。❻腱　蹄筋。❼臑　爛。❽濡　煮。❾柘漿　甘蔗糖漿。柘，同「蔗」。❿臇　清炖。⓫露雞　露棲之雞。露棲雞肥美無毒，故重之。⓬臛　紅燒。⓭蠵　一種大龜。⓮厲　味道濃烈。⓯爽　敗。指敗壞胃口。⓰粔籹　一種食品。搓麵成細條，組之成束，扭作環形，以油炸之，今稱饊子。⓱餦餭　飴糖，即糖膏。⓲䍪勺　甜酒。䍪，蜜的異體。勺，同「酌」。酒。⓳羽觴　酒器。作雀鳥狀，左右形如兩翼。一說，插鳥羽為觴，促人速飲。⓴挫　壓，謂壓去其糟為清酒。一說，摧，謂摧爛其糟。㉑酎　醇酒。㉒通　遍；齊。一說，徹，謂收去。㉓按　擊。㉔涉江采菱　皆楚地歌曲名。㉕發　猶「唱」。㉖揚荷　即「陽阿」。楚地歌曲名。㉗酡　飲酒面紅貌。㉘娭光　歡樂的目光。㉙眇視　猶微睇，含情偷看。㉚曾波　形容目光如流波。曾，通「層」。形容目光流動如層層波浪。㉛纖　細軟的絲織品。㉜曼鬋　美麗的鬢髮。㉝陸離　光彩斑斕貌，雙聲聯綿詞。㉞二八　指兩行舞列。一列八人。㉟交竿　言舞人迴轉衣襟，相交如竿。㊱撫案　拍掌案節。撫，拍。一說，形容舞袖低俯。㊲填　通「搷」。擊。㊳激楚　楚歌舞之名。㊴歈　與下「謳」，皆歌曲之意。㊵放陳　猶言「亂扔」。放，散。㊶組纓　繫玉的絲帶和繫帽的絲帶。㊷班　列坐。一說，通「斑」。雜亂貌。㊸妖玩　美好的女子。言鄭衛之女，其服飾製作，皆妖冶可玩。㊹結　曲尾，即尾聲。一說，指裝束。㊺秀先　歌曲優秀而先進。王夫之說：「曲終而奏〈激楚〉，獨秀於先作之樂也。」而蔣驥則云：「惟歌舞〈激楚〉之曲者，其裝束尤秀異而先出於眾也。一按：二說不同，皆可通。㊻崑蔽　玉製的博箸。一說，竹製的籌碼。㊼象棊　象牙製的棋子。棊，棋的本字。㊽六簙　古代一種棋戲。兩人對弈，各用六個棋子，故稱六簙。㊾曹　偶，指弈棋的對手。㊿遒　聚。一說，急。51梟　古博戲的采名。其制不詳。52牟　同「侔」。相等。言弈者勢均力敵，不相上下。一說，倍。倍勝謂之牟，猶多取利謂之牟利。53五白　古代博戲的一種采。大約對擊殺對方梟棋有利，故弈者呼其出現。54犀比　賭具名，其制未詳。一說，犀比，雜色之稱，指一種雜色的博具。55費　光貌。王逸注云：「言晉國工作簙棊箸，比集犀角，以為雕飾，投之皜然如日光也。」一說，消。費白日，猶言消日。56鏗　鐘聲。用作動詞，敲擊鐘使發出鏗聲。57簴　懸鐘木架。58揳　同「戛」。彈奏。59鐙　燈的異體字。60錯　以金塗飾。一說，同「措」。置。一說，交錯，指燈光互相輝映。皆可通。61結撰　猶云「構思撰述」，即撰寫文章。62假　大。言其吐屬清妙，若蘭蕙之芳，發越而盛大。63賦　賦詩；寫作詩歌。言在座之人，各以其思致發為歌誦以相唱和。

【語譯】同族的人濟濟一堂，食品更多種多樣啊。大米小米和早熟的麥稻，還摻雜有黃粱啊。遍及苦味鹹味酸味，辛辣和甘甜全都用上啊。肥牛的蹄筋，爛熟而又芳香啊。調和著酸和苦，陳上吳國風味的羹湯啊。水煮鱉魚和燒烤羊羔，還有甘蔗糖漿啊。醋炒天鵝和清炖野鴨，煎炒大雁和鴿鶬啊。露棲的雞和紅燒大龜，味濃而不將胃口敗傷啊。油炸饊子和蜜製餻餅，還沾有飴糖啊。玉一般潔淨的美酒和甜酒，斟滿了插鳥羽的酒觴啊。濾去酒糟製成冷飲，醇厚而又清涼啊。華美的酒杯既已陳設，還有潔淨如玉的酒漿啊。返回你的舊居，受尊敬而無損傷啊。美味菜肴還未上遍，女子樂舞就已張羅啊。陳設鐘又敲鼓，編造有新的樂歌啊。〈涉江〉曲、〈采菱〉曲，還唱著舊曲〈揚荷〉啊。美人既已喝醉，紅潤的臉上紅暈更多啊。歡樂的眼神含情一瞥，目光似層層秋波啊。披著文繡穿著羅綺，華美而不離奇啊。長長的秀髮和美妙的鬢角，豔麗而放射光輝啊。兩列八人的舞列同樣的容飾，歌舞起鄭國的歌舞啊。衣襟回轉相交如竿，拍掌案節徐徐退下啊。竽瑟一齊猛奏，敲著咚咚的響鼓啊。宮廷都震動驚駭，唱起那昂揚的〈激楚〉啊。吳國的歌曲和蔡國的歌曲，還演奏樂律〈大呂〉啊。男士女士錯雜而坐，雜亂而不相分啊。玉帶帽帶亂丟亂扔，列坐一起而雜亂紛紜啊。鄭國、衛國的美女，都來雜坐羅陳啊。〈激楚〉曲的結尾，只有它秀麗超群啊。玉製籌碼和象牙棋子，還有那博戲六簙啊。

分成對手一道進攻，聚在一起相互逼迫啊。成為梟棋而勢均力敵，就大聲呼叫五白啊。晉國製造的犀比賭具，金光燦燦如同白日啊。敲擊大鐘搖動鐘架，彈奏著梓木製作的瑟啊。飲酒取樂而不停止，沉湎地度過日日夜夜啊。蘭香的油膏做的明燭，美麗的燈用黃金塗飾啊。構思撰述竭盡心思，像蘭蕙般芳香而盛大啊。人人竭盡情思、同心賦詩言志啊。飲用醇酒竭盡歡情，樂有老友親故啊。魂啊回來！回到你原來的住處啊。

亂曰：獻歲發春兮，汩❶吾南征。菉❷蘋齊葉兮，白芷生。路貫廬江❸兮，左❹長薄❺。倚沼畦瀛❻兮，遙望博❼。青驪結駟兮，齊千乘。懸火❽延起兮，玄❾顏烝❿。步及驟處⓫兮，誘騁先⓬。抑騖若⓭通兮，引車右還⓮。與王趨夢⓯兮，課後先。君王親發⓰兮，憚⓱青兕⓲。朱明⓳承夜兮，時不可淹。皋蘭被徑兮，斯路漸。湛湛⓴江水兮，上有楓。目極千里兮，傷春心㉑。魂兮歸來哀江南㉒！

【章旨】本段是「亂」辭，寫屈原放逐江南時所見所想，回憶與楚懷王田於雲夢的情景及現今路徑荒蕪，不足以處，呼喚魂急歸郢都。

【注釋】❶汩 迅疾貌。❷菉 草名，亦名王芻，可製黃色染料。一說，通「綠」。與下「白」相對為文。❸廬江 王逸注：「地名也。」未言所在。洪興祖《補註》引《漢書・地理志》：「廬江出陵陽東南，北入江。」王夫之注云：「廬江，舊以為出陵陽者，非是。襄、漢之間有中廬水，疑即此水。」林庚以為即長滿蘆葦之長江。❹左 「長薄在江北，時東行，故言『左』也」(王逸說)。而蔣驥說：「左，指江南言。浮江而西，則南為左矣。」❺長薄 王逸注：地名，在江北。蔣驥注：在江南。而王夫之說：「長薄，山林亙望皆叢薄也。」猶言廣闊的草木叢。❻沼畦瀛 泛指江南湖泊沼澤地區。沼，池沼。畦，田壟；長條田地。瀛，沼澤地。❼博 廣闊。按：以上寫屈原放逐江南時所見所歷。❽懸火 懸燈，言懸燈夜獵林中。一說，指火把，古代焚林而田，所持以點火者。❾玄　天。❿烝　升，火氣上行。言火氣升天，玄容變赤色。⓫步及驟處　指步行者和乘馬馳驟者、處上者，言三者分以圍獸。及，與，連詞。一說，言從獵之士，步行而追及奔馬之處。及，追及，動詞。處，處所，名詞。⓬誘騁先　言己獨馳騁而為君先導。誘，導。一說，居馬之先而引導其所向。⓭若　順。⓮還同「旋」。轉。王逸注：「言抑止馳騖者，順通共獲，引車右轉以遮獸也。」蔣驥注：「抑止馳騖者，使順通獵事，引車右轉以射獸之左也。」⓯夢　楚江南大澤名，與江北雲澤合稱雲夢澤。⓰發　放箭；發射。⓱憚　懼。一說，通「殫」。斃。⓲兕　野牛。按：以上寫屈原回憶當年與楚懷王田於夢澤的情景。⓳朱明　日。日又紅又亮，故稱朱明。⓴湛湛　水深貌。㉑傷春心　王逸注：「言湖澤博平，春時草短，望見千里，令人愁思而傷心也。」蔣驥注：「今則目斷千里，瞻望無期，回首春時，傷心欲絕。」㉒哀江南　言江南土地僻遠，山林險阻，誠可哀傷，不足以處，欲使屈原復歸於郢，故言江南之地可哀如此。按：以上言時光流逝，當日路徑荒蕪，江南可哀，不可久留，勸魂速歸於郢。

【語　譯】尾聲說：新年開始春天剛到啊，急匆匆我向南遠行。王芻蘋草的葉子已經長齊啊，白芷亦已萌生。路途穿過廬江啊，左側即是長薄。沿著池沼、田壠和沼澤地啊，遠遠地我所見廣博。四匹青黑馬駕著車啊，聚集有上千乘，舉起的燈火連延不斷啊，黑色的天空照得通明。步行者追及奔馬之處啊，我放馬馳騁引導向前。抑止馳聚者使順從通暢啊，指引車馬向右轉旋。與楚王一道奔馳夢澤啊，考察獵者誰後誰先。君王親自放箭啊，射死了青色犀牛。又紅又亮的太陽取代了黑夜啊，日子一天天逝去而不可淹留。北邊的蘭草覆蓋路徑啊，當年的這條路已成荒徑。深深的江水啊，上有楓林。放目遙望千里啊，春光明媚而心緒傷悲。魂啊回來，江南實在可哀。

【研　析】本篇也可能是在民間招魂詞的基礎上加工改造而成。它以華麗的詞藻，鋪陳的手法，對四方天上地下的險惡環境，對貴族生活的豪華奢靡，都發露無遺，極盡鋪張誇飾之能事，遠非《詩經》及先秦其他著作所可比擬。這就開啟了漢賦鋪陳華靡的風氣，對大賦的發展的影響是非常巨大的。孫鑛說：「構格奇，撰語麗，侈談怪說，瑣陳縷述，務窮其變態，自是天地間一種瑰瑋文字，前無古，後無今。」又說：「不過逐段鋪排耳，而詞句之工，文采之富，姿態之妍，已備於此。楚國詞人，並稱屈宋，有以夫！」這就指出了本篇在鋪陳詞彩方面的特點。

大招

景差

【題解】本篇最早見於王逸《楚辭章句》。它因〈招魂〉而廣大之，故曰大招。如王夫之說：「今按此篇亦招魂之辭，略言魂而繫之以大，蓋亦因宋玉之作而廣之，其意以〈招魂〉盛稱服食居遊聲色之美，而不及王伯之道，未足以厭賢士之心，故仍其意而廣之。」其說大招之意甚明。然學者尚有其他解釋，如蔣驥即說「稱為大者，尊君之辭」（因他認為本篇乃屈原招楚懷王之魂，故云），這裡不一一列舉。關於本篇的作者，王逸即說：「屈原之所作也，或曰景差，疑不能明也。」而朱熹則說：「凡差語皆平淡醇古，意亦深靖閒退，不為詞人墨客浮誇豔逸之態，然後乃知此篇決為差作無疑也。」故姚鼐定本篇為景差作，然今人尚多疑義。今依姚鼐定本篇為景差招屈原之魂說以解釋之。本篇同樣表現了景差對屈原不幸遭遇的深切同情。它與〈招魂〉不同的是：〈招魂〉只是「外陳四方之惡，內崇楚國之美」；而本篇則「崇懷、襄之德以比三王，能任用賢，公卿明察，能薦舉人，宜輔佐之以興至治」（王逸語），招魂歸來輔佐楚王以成就其美政理想。朱熹說：「其於天道之詘伸動靜，蓋若粗識其端倪；於國體時政，又頗知其所先後，要為近於儒者窮理經世之學。」這就是本篇稱大招之原因。

【作　者】景差，楚國人。生平事跡不詳。《史記·屈原賈生列傳》說：「屈原既死之後，楚有宋玉、唐勒、景差之徒者，皆好辭而以賦見稱；然皆祖屈原之從容辭令，終莫敢直諫。」據此，知景差是楚國繼屈原、宋玉之後的又一位楚辭作家，是楚國王族昭、屈、景三氏族成員之一。

青春爰❶謝❷，白日昭❸只❹。春氣奮發，萬物遽❺只。冥❻淩❼浹❽行，魂無逃只。魂魄歸徠❾，無遠遙只！魂乎歸徠，無東無西，無南無北只！東有大海，溺水浟浟❿只。螭龍⓫並流，上下⓬悠悠⓭只。霧雨淫淫⓮，白皓膠⓯只。魂乎無東，湯谷⓰寂寥只。魂乎無南！南有炎火千里，蝮蛇蜒⓱只。山林險隘，虎豹蜿⓲只。鰅鱅⓳短狐⓴，王虺㉑騫㉒只。魂乎無南，蜮傷躬只。魂乎無西！西方流沙，漭㉓洋洋㉔只。豕首縱㉕目，被髮鬤㉖只。長爪踞牙，誒㉗笑狂只。魂乎無西，多害傷只。魂乎無北！北有寒山㉘，逴龍㉙赩㉚只。代水㉛不可涉，深不可測只。天白顥顥㉜，寒凝凝㉝只。魂乎無往，盈㉞北極只。

【章旨】本段陳述四方險惡之多，勸魂歸來而不要前往，以免遭遇危害。

【注釋】❶爰　王逸、洪興祖、朱熹、王夫之、蔣驥各本均作「受」。高步瀛《古文辭類纂箋》云：「吳先生曰：『受』乃『爰』字之誤。江文通〈自敘〉作『青春爰謝』。《文選．射雉賦》、江文通〈雜體詩〉注引並作『爰』，應據改。」爰，及；於是。❷謝　序，謂四時之序。一說，謝，謂冬去春來。❸昭　明。冬寒則日無光輝，春氣暖和，而後日光昭明。❹只　句末語氣助詞，可表終結，也可表感歎。❺遽　同「蘧」。動貌，言春氣發生，蟄蟲昭蘇，草木萌動。一說，猶「競」，言萬物蠢然競起而生。❻冥　玄冥，北方之神。❼陵　王逸、朱熹、王夫之、蔣驥本均作「凌」，王注：「猶馳也。」❽浹　周遍。按：此句高步瀛《古文辭類纂箋》云：「吳先生曰：凌當為陵。冥凌猶幽陵，謂地下也。浹行，謂春氣徹於地下也。」❾徠　古「來」字。❿浟浟　疾流貌。⓫螭龍　傳說中無角的龍。⓬上下　謂與波流相上下。⓭悠悠　游動貌。⓮淫淫　流貌。⓯皓膠　白色的霧氣凝聚不散貌。⓰湯谷　即暘谷，日出處。⓱蜒　長曲貌。⓲蜿　行貌。⓳鰅鱅　短狐類，狀如犁牛。一說，魚名。鰅，皮有文。鱅，也叫黑鰱，胖頭魚。頭大，似鰱而黑，生活在淡水中。⓴短狐　鬼蜮，傳說中水中一種能含沙射人影的怪物。㉑王虺　大蟒蛇。㉒騫　舉頭貌。㉓漭　漭沆；寬廣貌。㉔洋洋　廣遠無涯貌。㉕縱　豎。㉖鬤　髮亂貌。㉗誒強笑貌。傳說有獸名狒狒，長髮豕首，執人則笑，爪其血而飲。㉘寒山　山名。《淮南子・地形》：「北方曰北極之山，曰寒門。」寒山疑即寒門。㉙逴龍　王逸注：「山名也。赩，赤色，無草木貌也。言北方有常寒之山，陰不見日，名曰逴龍。其土赤色，不生草木，不可過之，必凍殺人也。」洪興祖《補註》云：「《山海經》：『西北海之外，有章尾山，有神，身長千里，人面蛇身而赤，是燭九陰，是謂燭龍。疑此逴龍即燭龍也。』」㉚赩　赤色。㉛代水　神話中水名。㉜顥顥　冰雪昭耀之貌。㉝嶷　通「凝」。冰雪固結貌。㉞盈　滿。言北極充滿冰雪。

【語譯】春天於是依次取代冬天，太陽的光輝金光燦爛哩。春天的暖氣振起發動，萬物都萌生出現哩。地下春氣遍行，魂不要奔逃哩。魂魄回來，不要離家路遠迢迢哩。魂啊回來，不要東去不要西去，不要去南方也不要去北方哩。東面有大海，溺死人的海水迅疾流淌哩。無角的龍隨水流動，一上一下游得歡暢哩。海氣如霧如雨翻騰不止，白茫茫一片凝聚不散哩。魂啊不要東去，日出的暘谷荒無人煙哩。魂啊不要往南！南方有炎熱的火焰千里，有毒的蝮蛇長而曲盤哩。山林險峻狹隘，虎豹橫行其間哩。狀如犁牛的短狐和鬼蜮，還有大蟒蛇高舉腦袋哩。魂啊不要往南，鬼蜮會將你身體傷害哩。魂啊不要往西，西方流動的風沙廣闊得無邊無岸哩。有怪物豬頭豎目，披著毛髮一片散亂哩。長長的爪指如鋸的牙齒，見人就狂笑而凶悍哩。魂啊不要往西去，多有傷害和危險哩。魂啊不要往北！北方有寒山，燭龍照射一片紅色哩。代水不可渡過，它深不可測哩。天空冰雪照耀得一片白光，寒氣濃濃地固結哩。魂啊不要前往，北極充滿著冰雪哩。

魂魄歸徠，閒以靜只。自恣❶荊楚，安以定只。逞志究欲，心意安只。窮身永樂，年壽延只。魂乎歸徠，樂不可言只。五穀六仞，設菰粱❷只。鼎臑❸盈望，和致芳只。內❹鶬鴿鵠❺，味❻豺羹只。魂乎歸徠，恣所嘗只。鮮蠵❼甘雞，和楚酪❽只。醢豚苦❾狗，膾苴蓴❿只。吳酸⓫蒿蔞⓬，不沾薄⓭只。魂乎歸徠，恣所擇只。炙鴰烝鳧，煔[14]鶉敶[15]只。煎鰿[16]臛[17]雀，遽[18]爽存[19]只。魂乎歸徠，麗以先[20]只。四酎[21]并孰，不歰[22]嗌[23]只。清馨凍飲[24]，不歠役[25]只。吳醴白糵[26]，和楚瀝[27]只。魂乎歸徠，不遽惕[28]只。代[29]秦鄭衛，鳴竽張只。伏戲[30]〈駕辯〉[31]，楚〈勞商〉[32]只。謳和〈揚阿〉[33]，趙簫倡[34]只。魂乎歸徠，定空桑[35]只。二八接武，投詩賦只。叩鐘調磬，娛人亂只。四上[36]競氣[37]，極聲變只。魂乎歸徠，聽歌譔[38]只。

朱脣皓齒，嫭[39]以姱只。比德[40]好閒[41]，習[42]以都[43]只。豐肉微骨，調[44]以娛只。魂乎歸徠，安以舒只。嫮目宜笑，蛾眉曼只。容則秀雅，穉[45]朱顏只。魂乎歸徠，靜以安只。姱修滂浩[46]，麗以佳只。曾頰[47]倚耳[48]，曲眉規[49]只。滂[50]心綽[51]態，姣麗施[52]只。小腰秀頸，若鮮卑[53]只。魂乎歸徠，思怨移[54]只。易中[55]利心[56]，以動作只。粉白黛黑，施芳澤[57]只。長袂拂面，善留客只。魂乎歸徠，以娛昔[58]只。

青[59]色直眉，美目媔[60]只。靨輔[61]奇牙，宜笑嗎只。豐肉微骨，體便娟[62]只。魂乎歸徠，恣所便[63]只。夏[64]屋廣大，沙堂[65]秀只。南房小壇，觀絕霤[66]只。曲屋[67]步櫚，宜擾[68]畜只。騰駕步遊，獵春囿[69]只。瓊轂[70]錯[71]衡，英華假[72]只。茝[73]蘭桂樹，鬱[74]彌路只。魂乎歸徠，恣志慮[75]只。孔雀盈園，畜鸞皇只。鵾鴻群晨[76]，雜鶖鶬[77]只。鴻鵠代遊[78]，曼[79]鷫鷞[80]只。魂乎歸徠，鳳皇翔[81]只。

【章 旨】本段極言楚國飲食、歌舞、媵妾、居遊之盛美，招魂回來享用。

【注 釋】❶恣 放縱；聽任。❷菰粱 菰米，即雕胡米，可以為飯，古以為六穀之一，味道香美。❸臑 通「胹」。煮熟。❹內 鼎內所有。一說，同「納」。放入。一說，同「肭」。肥。❺鶬鴿鵠 皆鳥名。鶬，鶬鴰，大如鶴，青蒼色或灰色。鴿，鴿子。鵠，天鵝，似雁而大，頸長，羽毛純白，飛翔甚高。❻味 猶「和」。調和。❼蠵 大龜。❽酪 乳漿，用牛羊馬等乳汁製成。❾苦 苦酒，即酢。一說，以膽和醬。一說，以豉調和。❿苴蓴 一名蘘荷，多年生草，葉尖長類薑，嫩芽供食用作香料。⓫酸 用作動詞，做成酸菜。吳人工為之。⓬蒿蔞 草名。蒿，白蒿，春生，秋乃香美可食。蔞，蔞蒿，葉似艾，生水中，脆美可食。⓭沾薄 多汁而無味。⓮煔 煮肉。⓯敶 即「陳」。陳列。⓰鰿 即鯽，鯽魚。⓱臛 肉湯。用作動詞，煮肉湯。⓲遽 王夫之注：「遽，與渠同，猶言如許也。」⓳爽存 美味猶存。爽，王夫之注：「食之有異味，今俗言味佳者為爽口。」⓴麗以先 言眾品並集，而以麗美者居先。㉑四酎 四次重釀的醇酒。㉒歰 同「澀」。滯澀。㉓嗌 喉。㉔歠 同「飲」。㉕役 姚鼐原注云：「薑塢先生云：《詩》『禾役穟穟』，毛傳云：『役，列也。』」不歠役，言雖不及飲而皆陳列於前也。」一說，差役，言不給低賤的差役飲用。㉖蘖 酒麴。㉗瀝 清酒。㉘不遽惕 言酒可忘憂，無惶遽怵惕之患。按以上言飲食之盛美。㉙代 古國名。地在今河北蔚縣一帶。㉚伏戲 即伏羲。㉛駕辯 古樂曲名，相傳為伏羲氏之樂。㉜勞商 楚樂曲名。㉝揚阿 即「陽阿」。楚樂曲名。㉞倡 發起；先倡。㉟空桑 瑟名。一說，楚地名。㊱四上 王逸注：「四上，謂上四國，代秦鄭衛也。」洪興祖《補註》：「四上，謂聲之上者有四：謂代秦鄭衛之鳴竽也，伏戲之〈駕辯〉也，楚之〈勞商〉也，趙之簫也。」王夫之說：「四上，上聲四韻相叶；古樂府有〈上聲歌〉，蓋平濁上清，聲之清者也。」蔣驥注：「四上，未詳。今管色字譜有四音上音，或即其遺也。」按：四說不同，當以洪說為近是。㊲競氣 謂引氣競人於高渺，即競相爭勝。㊳譔 具備。按：以上言樂歌之美妙。㊴嫭 同「嫮」。美好。㊵比德 言眾女之德相同。㊶好閒 言性閒靜而不輕佻。㊷習 調習；調教。㊸都 美；醇雅。㊹調 和；言和藹善娛人。㊺穉 同「稚」。幼小。㊻滂浩 廣大貌，指肌膚豐滿。王夫之說：「滂，浩蕩也，言修飾盡致，兼眾美也。」亦可通。㊼曾頰 面頰豐滿。曾，重。頰，臉的兩旁。㊽倚耳 耳貼後，很恰當。倚，側。㊾規 圓規，言眉曲如半圓。㊿滂 本指大水湧流，此指情意有餘而外湧。(51)綽 綽約；柔美貌。(52)施 猶展現。(53)鮮卑 蔣驥注：「鮮卑，東胡別號，其腰帶鉤名犀毗，亦曰鮮卑。言美人之腰頸，狀若帶鉤之小而秀也。」(54)移 去；言可忘去恩怨。(55)易中 和易其中，猶言心意和易。中，心中。(56)利心 巧慧其心。猶言心思巧慧。(57)芳

澤　古時婦女用以潤髮的香油。58昔　通「夕」。夜晚。59青　黑色，指眉之色。60嫿　美目貌。61靨輔　頰邊微渦，俗稱酒渦。62便娟　輕盈美麗貌，疊韻聯綿詞。63便　安適。按：以上寫美女的眾多。64夏　大。65沙堂　以丹砂塗飾之堂。66霤　屋檐承水之處。67曲屋　周閣，即樓間架設的閣道，用以連接各樓。68擾　馴養。69囿　園囿，指養禽獸的地方。70轂　車軸頭，以瓊玉飾之，故曰瓊轂。71錯　以金塗飾。72假　大；盛。73茝　白芷，香草名。74鬱　濃郁的香氣。75處　安處；居住。處，王逸、朱熹、王夫之、蔣驥各本均作「慮」。76晨　晨鳴。77鵹鶬　即禿鶖，狀似鶴而大。78代遊　相代飛遊，往來遊戲。79曼　曼衍；連綿不絕貌。80鷫鷞　鳥名，似雁，長頸綠身。81翔　飛翔。按：以上言居室遊觀之樂。

【語　譯】魂啊回來，閒適而安靜哩。在楚國可以隨意自便，閒暇而又安定哩。痛快心意窮盡欲望，心意都自安哩。終身長樂，年壽長久伸延哩。魂啊回來，快樂不可盡言哩。五穀長得高達六仞，還有菰米美如黃粱哩。鼎鍋裡煮的食物滿眼都是，烹調得極其芳香哩。鼎內有鶬鴰、鴿子和天鵝，還烹調著豺狗的羹湯哩。魂啊回來，任憑你來品嘗哩。新鮮的大龜和肥美的雞肉，調和著楚國的乳漿哩。小豬斫成肉醬苦酒烹製狗肉，細切的蘘荷很香哩。吳人用白蒿和蔞蒿做成酸菜，味道不濃也不薄哩。魂啊回來，任憑你選擇哩。燒烤鶬鴰清蒸野鴨，水煮鵪鶉也陳列哩。油煎鯽魚燒湯野雀，這樣的美味還存在哩。魂啊回來，美味都擺在前列哩。四次重釀的美酒一齊成熟，不滯澀喉嚨而容易下嚥哩。清香的冷飲，不喝也放在面前哩。吳國的甜酒白色的酒麴，摻和著楚國的酒液哩。魂啊回來，沒有惶遽和怵惕哩。代國秦國鄭國衛國，響亮的竽已經陳放哩，伏羲的〈駕辯〉，楚國的〈勞商〉哩。歌唱應和著〈陽阿〉，趙國的洞簫領唱哩。魂啊回來，還有調好了弦的瑟名叫空桑哩。二列八人的舞隊接步而出，合著歌詞的節奏哩。敲擊大鐘協調著石磬，娛人的是尾聲的合奏哩。上等的四類音樂競相爭勝，極盡聲音的變化哩。魂啊回來，好聽的歌舞都具備呢。紅潤的嘴唇潔白的牙齒，美麗又漂亮哩。品德齊一性好閒靜，調教得都很馴良啊。豐滿的肉質和微細的骨骼，和藹而娛悅難忘啊。魂啊回來，安定而舒暢哩。美麗的眼睛最宜喜笑，蠶蛾觸鬚般的眉毛又細又長哩。容貌法則秀麗溫雅，紅潤的容顏如兒童的臉龐哩。魂啊回來，清靜而又安詳哩。美麗苗條肌膚豐滿，漂亮而鮮妍哩。面頰豐滿雙耳貼後，彎彎的眉毛像半圓哩。情意濃厚體態柔美，姣好美麗全都展現哩。細小的腰肢秀麗的頸脖，像鮮卑衣帶般細軟哩。

魂啊回來，憂思愁怨都已不見哩。內心和易心思巧慧，都憑動作表現哩。白的脂粉黑的眉膏，髮上塗著香油哩。長長的衣袖遮著臉，善於將客人挽留哩。魂啊回來，夜晚就娛悅無憂呢。黑色正當雙眉，烏溜溜的眼睛真是美哩。深深的酒渦美麗的牙齒，適宜喜笑最是嬌媚哩。豐滿的肉質細微的骨骼，體態輕盈而美麗哩。魂啊回來，任憑你要怎樣安適呢。大屋非常寬廣巨大，丹砂塗飾的廳堂秀麗美妙哩。南邊房屋和小的壇堂，臺榭有特高的下水管道哩。周曲的閣道和走廊，適合馴養野獸哩。駕車騰馳或步往遊歷，打獵在長滿春草的園囿哩。瓊玉裝飾的車軸頭和塗金粉的車前橫木，色澤鮮豔奪目哩。白芷蘭草和桂樹，濃烈的香氣充滿道路哩。魂啊歸來，這裡可以放心居住哩。孔雀群聚園中，還有鸞鳥鳳凰哩。鵾雞鴻雁成群地在早晨鳴叫，還雜有秃鶖鶬鴰哩。大雁天鵝來往飛遊，還有連接不斷的鷫鷞哩。魂啊歸來，鳳凰在這裡翱翔哩。

曼澤怡面，血氣盛只。永宜厥身，保壽命只。室家盈廷，爵祿盛只。魂乎歸徠，居室定只！接徑❶千里，出若雲只。三圭❷重侯❸，聽類神只。察篤夭隱❹，孤寡存只。魂乎歸徠，正始昆❺只！田邑千畛❻，人阜昌❼只。美冒❽眾流❾，德澤章只。先威後文，善美明只。魂乎歸徠，賞罰當只！名聲若日，照四海只。德譽配天，萬民理只。北至幽陵❿，南交阯⓫只。西薄羊腸⓬，東窮海只。魂乎歸徠，尚賢士只！發政獻⓭行，禁苛暴只。舉傑壓陛⓮，誅譏罷⓯只。直贏⓰在位，近禹麾⓱只。豪傑執政，流澤施只。魂乎歸徠，國家為只！雄雄赫赫⓲，天德⓳明只。三公⓴穆穆㉑，登降堂只。諸侯畢極㉒，立九卿㉓只。昭質㉔既設，大侯㉕張只。執弓挾矢，揖辭讓㉖只。魂乎歸徠，尚三王㉗只！

【章旨】本段陳述楚國君賢臣良，政治清明，用賢任能，招魂回來輔佐楚王以實現其美政理想。

【注釋】❶接徑　壤地相連接。言楚國境界，徑路交接，方千餘里。❷三圭　謂公、侯、伯。公執桓圭，侯執信圭，伯執躬圭，故言三圭。❸重侯　謂子、男。子、男共一爵，故言重侯。洪興祖注：「公、侯、伯、子、男，同謂之諸侯。三圭比子、男為重侯。」❹夭隱　早亡及病痛之人。❺始昆　猶言先後。言優待夭死疾痛之人，撫恤孤寡，是決定仁政施行的先後。❻昣　田間的道路。❼阜昌　熾盛；眾多。❽冒　覆庇。❾眾流　群類，包括人及鳥獸草木之類。❿幽陵　即幽州，今河北北部及遼寧一帶。⓫交阯　古地名，指五嶺以南一帶地區。⓬羊腸　阪名，在山西靜樂境。⓭獻　賢者。⓮壓陛　鎮撫殿廷。壓，鎮。陛，殿階。⓯罷　通「疲」。疲弱無能之輩。一說，罷，止息。謂責罰之事，可以息而不用。⓰直贏　謂理直而才有餘者。贏，餘。一說，直贏，猶「正直」。贏，通「嬴」，直。而姚鼐原注云：「董塢先生云：《呂覽・求士》篇：禹治水，得陶、化益、直窺、橫革、之交。《荀子・成相》：得益、皐陶、橫革、直成為輔。《戰國策》：禹有五丞。此直、贏，即五丞之二也。」可備一說，錄以備考。⓱麾　稱舉，即選舉之意。一說，意指，言禹舉用直諫，與同意指。⓲雄雄赫赫　威勢盛貌。⓳天德　配天之德。⓴三公　《書・周官》：「立太師、太傅、太保，茲惟三公。」輔助國君掌握大權的最高官員。㉑穆穆　和美貌。㉒極　至；言諸侯皆來朝見。㉓九卿　古時中央政府的九個高級官職。周以少師、少傅、少保、冢宰、司徒、宗伯、司馬、司寇、司空為九卿。按：三公、九卿，皆天子之制。㉔質　射侯；箭靶。㉕侯　箭靶，用布或柔革製成，上畫熊、虎、豹、麋、鹿等形。《儀禮・鄉射禮》：「凡侯：天子熊侯，白質；諸侯麋侯，赤質；大夫布侯，畫以虎豹；士布侯，畫以鹿豕。」㉖揖辭讓　朱熹注：「上手延登曰揖，壓手退避曰讓，致語以讓曰辭。古者大射、燕射、鄉射之禮，將射者皆執弓挾矢以相揖，又相辭讓，而後升射。戰國時此禮已廢久矣，故景差特於卒章言此，以招屈原之魂，欲其來歸，而尚此三王之道，以矯衰世之失也。」揖，古時拱手禮。《論語・八佾》：「子曰：君子無所爭，必也射乎！揖讓而升，下而飲，其爭也君子。」㉗三王　夏禹王、商湯王、周文王。王夫之曰：「此上極言治功化理之美，一皆屈子所志，而楚之君臣不能用者。故幻設一郅隆之象，以慰其幽怨，而誘之使歸，所為曲達忠貞之隱願，且以見非是則澤畔離魂，犯四方之不祥，雖爢爛而不反。其言愈博，其志愈悲矣。」

【語　譯】細膩光潤面容和悅，血氣強盛哩。長久地適宜你的身體，能保障你的壽命哩。同族之人充滿朝廷，爵位俸祿都很興盛哩。魂啊回來，王室也很穩定哩！壤地相接廣闊千里，人民眾多其出如雲哩。公侯伯子男五等諸侯，聽政明斷如神哩。訪察優待夭亡疾痛，孤兒寡婦得到撫恤慰問哩。魂啊回來，施政的先後理順哩！鄉村都邑道路千條，人民眾盛繁昌哩。美德庇護各種物類，恩德君澤得到發揚哩。先威武而後文德，既美善而又明光哩。魂啊回來，賞功罰罪都很得當哩！名聲如日，照耀四海哩。恩德聲譽可與天相配，萬民得到治理哩。北面到達幽州，南面到了交阯哩。西面靠近羊腸阪，東面遠至大海哩。魂啊回來，尊尚賢能之士哩。發布政令賢者施行，苛刻殘暴得到禁止哩。選舉豪傑鎮撫殿廷，責罰彈劾疲軟之士哩。正直之士都在官位，像夏禹選拔官吏哩。豪傑之士執掌政權，恩澤流行廣施不止哩。魂啊回來，國家得到治理哩。威勢非常強盛顯赫，配天之德大大發揚哩。三公和樂美好，上下於朝廷殿堂哩。諸侯都來朝見，建立起九個卿相哩。明亮的箭靶既已設立，大箭靶亦已懸張哩。拿著弓挾著箭，拱手謙遜辭讓哩。魂啊回來，現在凌駕在三王之上哩。

【研　析】本篇有明顯的模仿〈招魂〉的痕跡，本因對〈招魂〉有所不滿，才重作一篇以廣而大之。但與〈招魂〉相比較，在藝術上，無論是對四方險惡危險的描寫，還是對楚都宮殿、飲食、美女、遊觀的刻劃，都比〈招魂〉顯得粗糙板滯而缺乏生氣。只是末尾一段大談楚國政治的清明，與〈招魂〉不同，這大概就是作者要重作一篇的用意。這種極力對楚國政治的頌揚，既有勸魂歸來輔佐之意，也有以頌為諷，勸導楚王應該如是奮發圖強的諷諫之意。這種曲終奏雅的寫法，對漢大賦的「其要歸引之節儉」（《史記・司馬相如列傳》）和「既乃歸之於正」（《漢書・揚雄傳》）的「托諷諭以申情」的寫法，產生過巨大的影響。吳汝綸說：「此宜為招屈子之詞。起言頃襄王初政，方明魂無遠遙，此諷君之婉詞也。後言三圭、重侯聽聽極於幽隱，無不雪之冤，魂歸而輔治也。文字古質，而義則視〈招魂〉為儉，奇麗亦少遜之，殆依仿〈招魂〉而為之者。」這就指出了本篇在寫法上的優點與缺點。

弔屈原賦

賈生

【題解】本篇最早見於《史記》、《漢書》及《文選》。《文選》題作〈弔屈原文〉，列入「弔文」類，故姚鼐將其列入「哀祭類」。本篇是現存最早提及屈原其人的作品，具有重要的歷史價值。《漢書・賈誼傳》云：「誼既以適（謫）去，意不自得，及度湘水，為賦以弔屈原。」據此，知本篇作於漢文帝四年（西元前一七六年）賈誼貶為長沙王太傅之初。賈誼的遭遇與屈原頗為相似。他以弱冠之年即深得漢文帝賞識，一歲中超遷為太中大夫，擬擢為公卿。因力主改革政制，被權貴中傷，出為長沙王太傅。本篇即對屈原的不幸遭遇表示了深切的同情，實際是賈誼借酒澆愁，表現其對自身不幸遭遇的慨歎。篇中還對屈原不肯「瞝九州而相君」提出了異議。屈原「睠顧楚國，繫心懷王」，固然有較濃厚的留戀鄉土的故國之情，但也表現了屈原受血緣氏族觀念和忠君觀念影響較深。賈誼則是就戰國時期，特別是中後期，多數士人都擇主而事的觀點立論。然其意不在責難屈原，而是借此對其不見用表示深沉的悲憤和惋惜。

恭承嘉惠❶兮，竢罪❷長沙❸。仄聞❹屈原兮，自沉汨羅❺。造託湘流兮，敬弔先生。遭世罔極❻兮，迺隕厥身。烏虖❼哀哉兮，逢時不祥！鸞鳳❽伏竄兮，鴟梟❾翱翔。闒茸❿尊顯兮，讒諛得志。賢聖逆曳⓫兮，方正倒植。世謂隨夷⓬溷兮，謂跖蹻⓭廉。莫邪⓮為頓⓯兮，鈆⓰刀為銛。于嗟默默⓱兮，生⓲之無故。斡⓳棄周鼎⓴兮，而寶康瓠㉑。騰駕罷牛兮驂㉒蹇㉓驢，驥垂兩耳兮服鹽車㉔。章甫㉕薦㉖屨兮，漸不可久。嗟苦㉗先生兮，獨離此咎！

【章旨】本段交代作賦的原由，並以大量事實說明黑白混淆賢愚倒置，是歷史的規律，既以傷悼屈原，亦以自抒悲憤。

【注釋】❶嘉惠　美好的恩惠，敬稱皇帝的詔令。❷竢罪　待罪。漢人謙稱居官任職為「待罪」。❸長沙　西漢初長沙國，其都城在今湖南長沙。❹仄聞　猶「側聽」。傾耳而聽，表示恭敬。仄，同「側」。❺汨羅　水名，在今湖南汨羅入洞庭湖。❻罔極　無正確的準則。極，中；準則。❼烏虖　同「嗚呼」。感歎詞。❽鸞鳳　比喻賢者。❾鴟梟　貓頭鷹，比喻惡勢力。❿闒茸　指下材不肖之人。章炳麟《新方言・釋言》：「闒為小戶，茸為小草，故並舉以狀微賤也。」⓫逆曳　反引；拉向相反的方位。⓬隨夷　指卞隨和伯夷。卞隨，殷之賢士。湯以天下讓卞隨，隨不肯受，投稠水而死。伯夷，殷末孤竹君之子，與弟叔齊均主動謙讓君位繼承權。後因反對周武王伐紂，不食周粟而死。二人後世多舉以為清廉高尚人士的代表。⓭跖蹻　指盜跖和莊蹻。盜跖，春秋時魯國人。因反對當時統治者，被稱為盜。跖，其名。莊蹻，戰國時楚國人，大盜。⓮莫邪　寶劍名。《吳越春秋》：「吳王使干將造劍二枚，一曰干將，一曰莫邪。」⓯頓　借作「鈍」，不鋒利。⓰鈆　「鉛」的異體字。⓱默默　不得意。⓲生　先生，指屈原。先生，古人多簡稱生，如賈生、伏生、轅固生之類。⓳斡　轉，引申為「反」。⓴周鼎　指九鼎，相傳為夏禹王所鑄造。夏商周三代視為傳國之寶。㉑康瓠　破瓦壺。瓠，同「壺」。一說，廓落無用的大瓠。康，大。瓠，葫蘆。㉒驂　用作動詞，做驂馬。㉓蹇　跛。㉔服鹽車　駕載鹽之車，一種賤役。《戰國策・楚策》：「夫驥服鹽車，上太行，中阪遷延，負轅不能上，伯樂下車哭之也。」服，駕。㉕章甫　殷時冠名。㉖薦　墊。㉗嗟苦　嘆息傷慨。中井曰：「苦，傷之也。」

【語譯】恭敬地接到皇帝美好的詔命啊，貶謫我任職長沙。傾耳聽到了屈原啊，自己沉溺在汨羅。來到湘江因託流水啊，恭敬地悲弔先生。遭遇的世道沒有準則啊，就隕落了你的生命。嗚呼可哀啊，遭遇的時代不吉祥。鸞鳥鳳凰潛伏躲藏啊，貓頭鷹卻上下飛翔。無才無德之人尊貴顯赫啊，進讒阿諛之人得志。聖明賢能之人倒著拖拉啊，端方正直之人倒著放置。說卞隨和伯夷汙濁啊，說盜跖和莊蹻清廉。莫邪寶劍是鈍啊，鉛刀是鋒利尖尖。哎呀不得意啊，先生無故遭禍。轉而丟棄周朝的寶鼎啊，卻把破瓦壺當作寶物。飛騰地駕著疲牛啊，驂馬又用跛驢。千里馬垂著兩耳啊，拉著載鹽的大車。章甫冠用來墊鞋啊，只一會兒而不可長久。我嘆息傷憫先生啊，偏偏遭遇到了這樣不幸的災禍。

誶❶曰：已矣！國其莫我知兮，獨堙鬱❷其誰語？鳳漂漂❸其高遰❹兮，夫固自縮❺而遠去。襲❻九淵❼之神龍兮，沕❽深潛以自珍。彌❾融爚❿以隱處兮，夫豈從螘⓫與蛭螾⓬？所貴聖人之神德兮，遠濁世而自藏。使騏驥可得係羈⓭兮，豈云異夫犬羊！般⓮紛紛其離此尤兮，亦夫子之辜⓯也！瞝⓰九州而相君兮，何必懷此都⓱也！鳳皇翔於千仞兮，覽悳輝焉下之。見細德之險微⓲兮，搖⓳增翮⓴而去之。彼尋常之汙瀆㉑兮，豈能容吞舟之魚㉒！橫江湖之鱣鯨㉓兮，固將制於螻蟻㉔。

【章　旨】本段列舉大量比喻說明賢士只有遠離濁世才能自免災禍，既以悲屈原之不幸，亦以歎自己之生不逢時。

【注　釋】❶誶　《史記》作訊，二字古通。《史記索隱》曰：「訊，猶宣也，重宣其意。」當與楚辭篇末之「亂」相似。❷堙鬱　煩悶貌，雙聲聯綿詞。❸漂漂　同「飄飄」。輕快貌。❹遰　同「逝」。去。❺縮　收斂。❻襲　掩藏。❼九淵　九重之淵，極言其深。❽沕　潛藏貌。❾彌　遠離。❿融爚　光明。⓫螘　同「蟻」。⓬蛭螾　螞蝗和蚯蚓。螾，同「蚓」。⓭係羈　拘係羈絆。⓮般　亂貌。⓯辜　罪咎；過失，是激憤的反語。辜，《漢書》、《文選》均作「故」，於義為長。⓰瞝　四顧；環視。⓱此都　指楚國郢都。⓲險微　險惡微小。險微，《文選》作「險徵」，險惡的徵兆，於義為長。⓳搖　疾；迅速。《漢書》作「遙」，義同。⓴增翮　高擊；上擊；高高飛去。翮，通「擊」。《漢書》、《文選》均作「擊」。一說，指翅膀。㉑汙瀆不流動的小渠。汙,《左傳》疏引服虔曰:「水不流謂之汙。」㉒吞舟之魚 指大魚。㉓鱣鯨 鱣魚和鯨魚,均為大魚。㉔螻蟻 螻蛄和螞蟻,皆昆蟲名。螻蟻,《史記》作「蟻螻」。按:為與上文「辜」、「都」、「下」、「去」、「魚」叶韻,作「蟻螻」為恰當。

【語 譯】重宣其意曰:罷了!國家沒有誰了解我啊,獨自煩悶又向誰傾訴?鳳鳥輕快地高高飛走啊,本是自己收斂而遠遠離去。掩藏在九重深淵的神龍啊,深深地潛藏而自我珍重。遠離光明而隱蔽居處啊,哪裡肯跟從螞蟻和螞蝗蚯蚓?著重的是聖人的神明之德啊,遠離這混濁的世道而自我珍藏。假使麒麟與千里馬能夠拘係羈絆啊,怎能區別於犬羊!亂紛紛地遭遇這種罪過啊,也是你老先生的過錯。環視九州而輔佐那聖君啊,何必懷念這個國都!鳳凰飛翔在千仞的高空啊,看到聖德的光輝就落下。看到小德之人的險惡徵兆啊,就迅疾高飛而離去。那幾尺大的積水小渠啊,怎能容納能吞舟的大魚!橫梗在江湖的鱣魚鯨魚啊,本來就要被螻蛄螞蟻所制服。

【研 析】賦自宋玉以後,明顯地在由抒情向體物的方向轉變。宋玉的〈風賦〉、〈高唐賦〉、〈神女賦〉、〈招魂〉,景差的〈大招〉、荀況的〈賦篇〉,無不以鋪陳體物為其特徵,屈原賦那種「發憤」的抒情基調正在改變。而本篇的重點則仍在抒情,而不在體物,而且句式與表現手法也與屈原〈九章〉相似。如每兩句用一嘆詞「兮」字,並夾在兩句的中間,並大量採用比興與歷史故事來抒發憤懣,這些都與屈原賦是一脈相承的。但賈誼是一位勇於創新的作家。首先,在內容方面,本篇與漢代的擬騷之作不同,它有真情實感。他傷悼屈原,是「因以自諭」,是借以抒發他自己懷才不遇的牢騷。在形式上,篇中多用對偶句、排比句、反詰句、感嘆句,形成一種鋪張揚厲的風格,與他的名文〈過秦論〉相似,保持著戰國遊士說辭那種雄辯的餘風。這又與屈賦不全相同。孫鑛曰:「視〈鵩鳥〉稍較有騷人之致,氣甚豪蕩,詞亦瑰琦,第述意太分明,便覺近今。」又說:「質處近古,是西京風格。」這就說明,本篇既上承屈原,又具有漢初的獨特風格,是漢初騷體賦的傑出的代表作。

悼李夫人賦

漢武帝

【題解】本篇最早見於《漢書・外戚傳》。李夫人，中山（今河北定縣、唐縣一帶）人。漢武帝劉徹妃。妙麗善舞，因其兄李延年得召見而寵幸，生一子昌邑哀王劉賀。早卒。李夫人病重時，漢武帝去探望她，要求見她一面。她以久病容貌毀壞，蒙被不肯見，只以昌邑王及她兄弟為託。死後，漢武帝思念不已，令方士齊人少翁設帷帳，夜招致其神。漢武帝遙見之，愈益相思悲感，為作詩，又自為作賦。賦中細膩地描寫了他對李夫人的思念之情，表現了生死茫茫、幽明路隔的無限悵惘，表達了漢武帝對李夫人永不相忘的慘怛相思。本篇雖為帝王之作，表達的卻是深厚的夫妻之情，寫作頗為真切動人，是頗為優秀的悼亡之作。

美連娟❶以脩嫮❷兮，命樔❸絕而不長。飾新宮❹以延貯兮，泯不歸乎故鄉。慘鬱鬱其蕪穢兮，隱處幽❺而懷傷。釋輿馬於山椒❻兮，奄❼修夜之不陽。秋氣憯❽以淒淚❾兮，桂枝❿落而銷亡。神煢煢以遙思⓫兮，精⓬浮游而出畺⓭。託沉陰⓮以壙⓯久兮，惜蕃華⓰之未央⓱。念窮極之不還兮，惟幼眇⓲之相羊。函荾荴⓳以俟⓴風兮，芳雜襲㉑以彌章。的㉒容與以猗靡㉓兮，縹㉔飄姚㉕虖㉖愈莊。燕淫衍㉗而撫楹兮，連流視㉘而娥揚㉙。既激感而心逐兮，包紅顏㉚而弗明。驩接狎以離別兮，宵寤夢之芒芒。忽遷化而不反兮，魂放逸以飛揚。何靈魂之紛紛兮，哀裴回㉛以躊躇。執路㉜日以遠兮，遂荒忽㉝而辭去。超㉞兮西征㉟，屑㊱兮不見。寖淫敞怳㊲，寂兮無音，思若流波，怛㊳兮在心。

【章旨】本段細寫李夫人的美貌，並傷痛她壽命不長而過早死去。

【注釋】❶連娟　纖弱苗條貌，疊韻聯綿詞。❷脩嫮　長而美。脩，同「修」。長，指身材高。❸櫟　通「剿」。斷絕。❹新宮　待神之處。❺隱處幽　謂隱身處於墳墓而幽藏。❻山椒　山陵。椒，山頂。❼奄　通「淹」。停滯。❽憯　通「慘」。悽慘。❾淒淚　寒涼貌，疊韻聯綿詞。❿桂枝　桂枝芳香，比喻李夫人。⓫遙思　指對兒子劉賀及兄弟李延年、李廣利的掛念。⓬精　精魂。⓭畺　同「疆」。疆域，指人間。⓮沉陰　深沉陰暗，指地下。⓯壙　與「曠」同。久遠。⓰蕃華　茂盛的鮮花，喻盛年。⓱未央　未半。央，盡。言年歲未半，而蕃華早落，故痛惜之。⓲幼眇　猶「窈窕」。美好貌，疊韻聯綿詞。⓳函荾扶　言李夫人之色如春花含荾敷散以待風。函，包函。荾，花穗。扶，散發；敷布。⓴俟　等待。㉑雜襲　重積貌。㉒的　鮮明；明白。㉓猗靡　婉順貌，疊韻聯綿詞。㉔縹　同「飄」。飛揚。㉕飄姚　飄動貌，疊韻聯綿詞。㉖虖　同「乎」。語氣助詞。㉗淫衍　縱欲放蕩貌，雙聲聯綿詞。㉘流視　猶「流睇」。轉目斜視。㉙娥揚　揚其蛾眉。按：此二句追述平生歡宴之時。㉚包紅顏　言藏在墳墓之中不可見。包，藏。一說，謂李夫人病危，漢武帝去探望，求見一面，李夫人藏其顏色，不肯見帝，而囑託其家室。㉛裵回　往返迴旋貌，疊韻聯綿詞。㉜執路　姿態道路，謂與李夫人的關係。㉝荒忽　猶「恍惚」。隱約不分明貌。雙聲聯綿詞。㉞超　遙遠。㉟征　行。以日為喻，故言西行。㊱屑　倏忽；急劇。㊲敞怳　模糊；不真切貌，疊韻聯綿詞。㊳怛　悲傷；慘痛。

【語譯】美麗纖弱而苗條美好啊，生命卻斷絕而不久長。裝飾靈堂我久久等待啊，你卻泯滅而不返故鄉。慘痛積結而墳墓荒蕪啊，隱身處於幽暗而使我悲傷。放下車馬在那山陵啊，停滯在長長的黑夜而不見陽光。秋風悽慘而又寒涼啊，桂枝般芳香的你卻凋落而銷亡。你神靈孤獨卻遠遠地想著兒子和弟兄啊，精魂卻飄泊而升入天堂。託身在昏暗的地下而曠日持久啊，可惜你如盛開的花朵而正值輝煌。想到你永遠不再回來啊，想到你的苗條我就猶豫徬徨。如春花含穗敷散而等待風啊，芳香濃鬱而更顯揚。你的確安閒而又婉順啊，隨風飄動而愈益端莊。你盡情宴飲而拍柱放歌啊，接連轉目顧盼而蛾眉低昂。我既感動激盪而心中追隨啊，你卻將紅顏掩藏而不明彰。高興地接觸親近卻又離別啊，夜晚夢中醒來我很渺茫。你忽然死去而不返回啊，魂魄放散而四處飛揚。為什麼靈魂如此忙亂啊，我哀歎迴旋而猶豫不前。與你的姿態道路一天天地遙遠啊，就隱約不明而破鏡難圓。遠遠地啊如日西行，忽然啊就已不見。逐漸啊模糊不清，寂靜啊無有聲音。我思緒啊如同流水，悲傷啊永在我心。

亂曰：佳俠❶函光，隕朱榮❷兮。嫉妒闒茸❸，將安程❹兮！方時隆盛，年夭傷兮。弟子增❺欷，洿沫❻悵兮。悲愁於邑❼，喧❽不可止兮。嚮❾不虛應，亦云已❿兮。嫶妍⓫太息，嘆稚子⓬兮。懰慄⓭不言，倚所恃⓮兮。仁者不誓，豈約⓯親兮？既往不來，申⓰以信兮。去彼昭昭⓱，就冥冥⓲兮。既下新宮，不復故庭⓳兮。嗚呼哀哉，想魂靈兮！

【章旨】本段是亂辭，寫李夫人逝世給親人帶來的悲痛及表示自己永不相忘的思念之情。

【注釋】❶佳俠 猶「佳麗」。❷朱榮 紅花，比喻李夫人。❸闒茸 卑賤。❹程 度量；衡量。此二句顏師古注：「言嫉妒闒茸之徒不足與夫人為程品也。」❺增 通「層」。接連不斷。❻洿沫 淚流滿面。洿，通「汙」。汙穢。沫，洗臉。❼於邑 憂悶鬱結貌，哽咽貌，雙聲聯綿詞。❽喧 哀哭不止。顏師古曰：「朝鮮之間謂小兒哭不止名為喧。」❾嚮 響聲。❿已 止。顏師古曰：「嚮之隨聲，必當有應，而今涕泣徒自已耳，夫人不知之，是虛其應。」一說，即《漢書．外戚傳》所載武帝探病，夫人蒙被不見，再三要求，「夫人遂轉嚮歔欷而不復言」。⓫嫶妍 憂傷瘦損。⓬稚子 小孩，指李夫人子昌邑王劉賀。《漢書》注引孟康曰：「夫人蒙被，歔欷不見帝，哀其子小而孤也。」⓭懰慄 憂傷；悲愴。⓮恃 依賴；憑藉。《漢書》

注引孟康曰：「恃平日之恩，知上必感念之也。」⑮約　誓約，指預先規定須共同遵守的條文或條件。《漢書》注引如淳曰：「仁者之行惠尚一，不以為恩施，豈有親親而反當以言約乎？」⑯申　重複；一再。顏師古曰：「死者一往不返，情念酷痛，重以此心為信，不有忽忘也。」⑰昭昭　明亮，指人世間。⑱冥冥　昏暗，指地下陰間。⑲故庭　謂平生所居宮室之庭，即「舊居」之意。

【語　譯】尾聲說：佳麗之人掩藏了光輝，如凋落了紅色的鮮花啊。嫉妒卑賤之人，怎能與你比量妍華啊！你正當青春年少，年壽卻過早夭亡啊。兄弟兒子不停地抽泣，淚流滿面而悵望哀傷啊。悲愁憂悶鬱結，哀哭聲不可制止啊。譬如響聲沒有回應，也只好止哭而已啊。憂傷瘦損而長聲歎息，慨歎著年幼的孩子啊。悲愴而一言不發，有平日的恩寵可以倚恃啊。仁愛的人不結誓言，哪有誓約反而對著親人？你既走了不再回來，我就把信誓重申啊。離開這光明的人世，走向那昏暗的陰間啊。既已走下靈堂，不回到你原來的庭院啊。哎呀可哀哩，我想著你靈魂的出現啊！

【研　析】這是一篇悼亡之作。悼亡詩在《詩經》中即已出現，〈唐風・葛生〉即是一篇悼亡詩。那是一位女子追悼她的亡夫。詩中雖用了比興手法，但寫得比較簡單粗糙。像本篇這樣細膩地描寫對死者的思念之情，這是第一篇。篇中抒發漢武帝對李夫人的思念難忘，寫得纏綿悱惻，哀婉動人，充分體現了賦「鋪采摛文」的特點。王世貞《藝苑卮言》云：「〈思李夫人賦〉，長卿下，子雲上。」確實如此。就抒情的細膩宛轉說，本篇確實不及司馬相如〈長門賦〉，當在其下；但揚雄賦中確實沒有這種細膩的抒情之作，當在其上。葛立方《韻語陽秋》批評本篇「反複數百言，綢繆眷戀一女子」，這是道學家的觀念，自不足論。但他用「綢繆眷戀」四字來評價本篇，確實也道出了本篇在藝術上的特點。本篇為後世悼亡之作所祖，絕不是偶然的。

卷七十四　哀祭類　二

祭田橫墓文

韓退之

【題解】田橫（?—西元前二〇二年），秦末狄（今山東高青東南）人。戰國時齊國田氏之後。陳涉起義反秦，橫與從兄田儋起兵。儋敗死，他收齊散卒，得數萬人，反擊項羽於陽城（今山東莒縣），復收齊地城邑，立田廣為齊王，自為相。韓信破齊，橫自立為齊王。復為漢兵所敗。劉邦稱帝後，橫與部眾五百人逃至海上。劉邦招降，橫與客二人往洛陽，未至三十里，羞為漢臣，自殺。留居島中之徒眾，聞橫死，亦皆自殺。司馬遷《史記・田儋列傳》說：「於是迺知田橫兄弟能得士也。」本篇作於唐德宗貞元十一年（西元七九五年），愈年二十八歲。是時，愈雖已中進士，但試博學鴻詞科不中，三上宰相書又不報。因此，當他往洛陽路經田橫墓時，深嘆田橫能得士而己卻不逢知己者；又嘆田橫雖能得士而所得非賢士，故不免敗亡，而己乃真賢士卻無求之者，至使己壯志難酬。故感慨萬千，就寫了本篇來抒發其胸中的失意和憤懣，對當時的統治者不納賢士埋沒人才提出了強烈的譴責。茅坤曰：「借田橫發自己一生悲感之意。」這就是本文的主旨。《史記正義》曰：「齊田橫墓在偃師（今屬河南）西十五里。」

貞元十一年九月，愈如東京[1]，道出田橫墓下。感橫義高能得士，因取酒以祭，為文而弔之。其辭曰：

【章旨】敘述寫作本篇的經過。

【注釋】❶東京　指洛陽。唐都長安（今陝西西安），而以洛陽為東京。

【語譯】貞元十一年九月，我韓愈到東京洛陽去，路過田橫墓下。感嘆田橫道義高能得士人之心，於是取來酒肴祭奠，寫祭文來弔祭他。那文辭說：

事有曠百世而相感者，余不自知其何心！非今世之所稀❶，孰為使余歔欷而不可禁？余既博觀乎天下，曷有庶幾乎夫子❷之所為？死者不復生，嗟余去此其從誰？

【章旨】讚嘆田橫能得士心，自己非常嚮往。

【注釋】❶稀　沈欽韓曰：「稀，當作希。《莊子讓王篇音義》：『希，望也。』言田橫之事非今世所尚也。」按：沈說於義為長。❷夫子　指田橫。

【語譯】事情有相隔一百代而互相感應的，我也不知道那是什麼心！那不是當今世人之所崇尚，是什麼使我抽泣嘆息而不可自禁？我廣泛地觀察過天下的人，哪個有接近先生你的所作所為？死去了的不能復活，嘆息我丟棄了這個又去跟從誰？

當秦氏之敗亂，得一士而可王。何五百人之擾擾❶，而不能脫夫子於劍鋩❷？抑所寶❸者非賢？亦天命之有常？

【章　旨】嘆息田橫雖能得士而所得非真士，故不免於敗亡。

【注　釋】❶擾擾　紛亂貌。此指眾多。❷鋩　鋒鋩；刀劍的尖端。❸寶　用作動詞，重視；看重。

【語　譯】當秦王朝破敗動亂的時候，得一個賢士即可稱霸稱王。為什麼有五百人這麼眾多，卻不能使先生你脫離刀劍的鋒鋩？大約是你所看重的不是賢士？還是老天爺的意旨本來就有常規？

昔闕里❶之多士❷，孔聖亦云其遑遑❸。苟余行之不迷❹，雖顛沛❺其何傷？

【章　旨】從孔子也遑遑無君，想到只要「余行之不迷」，即「雖顛沛其何傷」，以聊作自我寬慰。

【注　釋】❶闕里　相傳為春秋時孔子授徒之所，在洙、泗之間。孔子時無闕里之名，其名始見於《漢書・梅福傳》。❷多士　孔子門徒有賢人七十，弟子三千，故云。❸遑遑　驚恐不安貌。《孟子・滕文公下》：「孔子三月無君，則遑遑如也。」❹苟余行之不迷　《離騷》：「及行迷之未遠。」為此語所本。姚鼐云：「此是公少作，故猶取屈子成句。」❺顛沛　傾覆；仆倒。此形容人事困頓。

【語　譯】過去孔子授徒的闕里有那麼多賢士，孔聖人也曾顛沛流離。只要我的行為不迷亂，即使遭遇困頓又有什麼關係？

自古死者皆一，夫子至今有耿光❶。跽❷陳辭而薦酒，魂髣髴而來享。

【章　旨】最後又歸結到讚揚田橫。

【注　釋】❶耿光　明光;光輝。❷跽　古人席地而坐,以兩膝著地,兩股貼於兩腳跟上。股不著腳跟為跪。跪而聳身直腰為跽,亦稱長跪。

【語　譯】自古以來死去的都是一樣,只有先生你到而今還有光芒。長跪著陳述了言辭又進獻了好酒,你的魂魄好像來此享用品嘗。

【研　析】本篇雖題為哀祭,但主旨不在傷悼死者,而是借祭弔古人來抒發自己心中對當時統治者閉塞賢路,使自己壯志難伸的不滿與牢騷。這就別具一格,與一般的哀祭文不同。同時,在一百餘字的篇幅中,作者從自己的遭遇想到田橫,從田橫又想到孔子也遑遑無君,聊以寬慰自己。然後又想到田橫的千古英名不朽。一波三折,如幽咽流泉,從石縫中緩緩流出。文中又多以反詰語出之,讓讀者有無限想像的空間。卻又一氣貫注,流轉自如,確為文中聖品,表現出韓愈駕御語言的能力。

潮州祭神文

韓退之

【題　解】本篇作於唐憲宗元和十四年(西元八一九年)潮州刺史任內。文凡五:其一,到任謁太湖神;其二,祈雨太湖神;其三、四、五為謝晴城隍、界石、太湖等神。此為第二首,晁本題作〈又祭止雨文〉。以前,人們凡遇到水旱災荒,就向神靈祈禱以求保佑。這是一種迷信活動。韓愈是千餘年前的唐代人,也相信這種迷信活動,遇到久雨傷農就替百姓向當地的太湖神祈禱以求止雨,這不足為怪。但文中也表現了他對民生疾苦和農業生產的關心,作為一位地方官員,還是應該稱道的。潮州,州名,治所在今廣東潮安。

維年月日❶,潮州刺史韓愈❷,謹以清酌腶脩❸之奠❹,祈於大湖神❺之靈曰:

【章旨】這是開端。一般的祭文都如此開始。

【注釋】❶維年月日　五百家注本作「維元和十四年歲次己亥六月丁未朔六日壬子」。此為稿本的縮寫。❷潮州刺史韓愈　五百家注本作「持節潮州諸軍事守潮州刺史韓愈」。刺史，官名，為一州的行政長官。❸清酌腶脩　祭神的貢品。清酌，祭祀所用的酒。腶脩，搗碎加上薑桂的乾肉。腶，加有薑桂的乾肉。脩，乾肉。❹奠　設酒食以祭。此指祭品。❺大湖神　沈欽韓引《方輿紀要》云：「潮州府潮陽縣東十五里曰太湖山，南臨海，下有龍潭。」又引《名勝志》云：「禱雨輒應。《昌黎集》有〈祭潭文〉，即此。」

【語譯】某年某月某日，潮州刺史韓愈小心地用清酌腶脩的祭品，向太湖神的神靈祈禱說：

稻既穟❶矣而雨，不得熟以穫也；蠶起且眠❷矣而雨，不得老以簇❸也。歲且盡矣，稻不可以復種，而蠶不可以復育也；農夫桑婦，將無以應賦稅，繼衣食也。

【章旨】寫久雨給農桑帶來的危害。

【注釋】❶穟　通「穗」。穀類結實的頂端部分。此用作動詞。抽穗。❷眠　蠶在一段時間內不吃不動的生理現象。秦觀《蠶書》曰：「蠶生明日，桑或柘葉風戾以食之，九日，不食一日一夜，謂之初眠。又七日再眠。又七日三眠。又七日或五日，不食二日，謂之大眠。」❸簇　承蠶作繭的工具，以葦草或竹等紮成。此用作動詞。謂上簇作繭。

【語譯】稻穀已經抽穗而久雨不止，就不能成熟而收穫了；蠶蟲活動並且三眠而久雨不止，就不能成熟而作繭上簇了。一年將過完，稻穀不可以再種植，蠶蟲不可以再孵育了；種田的農夫，養蠶的桑婦，就將沒有什麼用來交納賦稅，維持衣食了。

非神之不愛人，刺史失所職也。百姓何罪，使至極❶也！神聰明而端一❷，聽不可濫以惑也。刺史不仁，可坐以罪；惟彼無辜，惠以福也。劃劆❸雲陰，卷❹月日也。幸身有衣，口得食，給神役也；充上之須，脫刑辟❺也。

【章旨】寫事神不謹，罪在刺史，望神降晴，以拯救黎民。

【注釋】❶極　窮困。❷神聰明而端一　《左傳・莊公三十二年》：「神聰明正直而壹者也。」端，正。❸劃劆　割裂；分割。❹卷　謂卷雲去月日之陰影。❺刑辟　猶言「刑法」。

【語譯】不是神不愛百姓，是刺史沒能盡到職責義務。百姓有何罪過，使他們到了窮困而走投無路。神是聰明端正而專一的，視聽不可以過度而迷惑。刺史沒有仁德，可以法辦他的罪過；只有這些無辜的百姓，須要惠愛而給以洪福。你撥開陰雲，卷去烏雲而現出月日。希望使百姓身有衣穿，口有飯吃，供給神的差役。滿足在上位者的需求，逃脫刑法的懲處。

選牲為酒，以報靈德也。吹擊管❶鼓，侑❷香潔也。拜庭跪坐，如法式也。不信當治，疾殃殛❸也。神其尚饗！

【章旨】寫虔誠祭祀，望神降福。

【注釋】❶管　管樂器，如笙、笛之類。❷侑　勸；輔助。❸殃殛　給予災禍。

【語譯】精選牲口，釀造美酒，來報答神靈的恩德。吹奏管樂，搥擊大鼓，勸神享用香潔的祭物。在庭院裡跪拜起立，一如禮儀法度。不信我的誠意，就應當治我的罪，趕快降給我災禍。神你來享用吧！

【研　析】哀祭文形式雖多種多樣，但以有韻者為正格。故《文心雕龍》將「哀弔」歸入韻文一類。本篇同樣有韻，自屬有韻之文。但行文純是散文，全無六朝以來韻文的板滯之弊。而且每一韻的末尾都用「也」字收束，又使人覺得整齊而有規律。曾國藩曰：「別出才調，岸然入古。」這道出了本篇的特點。

祭張員外文

韓退之

【題　解】本篇作於唐憲宗元和十二年（西元八一七年）。張員外，指張署。員外，指正員以外的官員。張署，以進士舉博學宏詞，為校書郎，官至澧州刺史，改河南令，卒，年六十。事詳本書卷四十三〈河南令張君墓誌銘〉。本篇記敘了作者與張署同朝為官的經歷，描寫了二人驁岸不馴的性格特點，表達了作者對張署連遭打擊，以致鬱鬱寡歡而死的不幸遭遇的深切同情，描寫了作者與張署同遭貶謫，同病相憐的深厚友情，從一個側面揭露了當時官場的險惡和正直之士不容於時的黑暗現實。曾國藩曰：「以奇崛嗚其悲鬱，鏖戰鬼神，層疊可愕。」文章確實寫得聲淚俱下，極富感情。

維年月日，彰義軍❶行軍司馬❷守太子右庶子❸兼御史中丞❹韓愈，謹遣某乙，以庶羞清酌之奠，祭於亡友故河南縣❺令張十二員外之靈。

【章　旨】這是祭文的開端。一本無此段。

【注　釋】❶彰義軍　唐方鎮名。唐於蔡州置淮西節度使，後改為彰義軍。治所在今河南汝南。❷行軍司馬　官名。唐開元中各節度使皆置行軍司馬，掌軍政，權任甚重。❸太子右庶子　太子屬官，正四品，掌侍從獻納啟奏。❹御史中丞　官名，為御史大夫之貳。按李翺〈韓公行狀〉曰：「遷中書舍人，改太子右庶子。元和十二年，上使裴丞相為淮西節度使。丞相請以公行。於是以公為御史中丞，賜三品衣魚，為行軍司馬。」❺河南縣　縣名，今河南洛陽。

【語　譯】某年某月某日，彰義軍行軍司馬守太子右庶子兼御史中丞韓愈，派遣某人，用眾多佳肴和美酒等祭品，向亡友原河南縣令張十二員外的神靈祭奠。

貞元十九❶，君為御史❷。余以無能，同詔並跱❸。君德渾剛，標高揭己❹。有不吾如，唾猶泥滓。余戇而狂，年未三紀❺。乘氣加人，無挾自恃。

【章　旨】寫貞元十九年同官御史。

【注　釋】❶貞元十九　即西元八〇三年。❷御史　官名。唐有侍御史、殿中侍御史和監察御史。此指監察御史，掌分察百官、巡撫州縣獄訟、祭祀及監諸軍出使等。〈張君墓誌銘〉：「自京兆武功尉，拜監察御史。」❸跱　立。言己與張署俱拜監察御史，掌制詔。❹標高揭己　言張署自視甚高，不與流俗為類。標，顯出；表明。揭，高舉。❺年未三紀　韓愈為監察御史時年三十五歲，故云。紀，十二年歲星一周為一紀。

【語　譯】貞元十九年，你官為監察御史。我無德無能，同奉詔命與你並立。你品德樸實剛正，顯示崇高而高高突出自己。如果有人不如你，你唾棄他如汙泥濁水。我剛直愚笨而狂妄，年齡未滿三十六歲。乘著意氣侵陵別人，沒有倚仗卻自己以為了不起。

彼婉孌❶者，實憚吾曹。側肩帖耳❷，有舌如刀❸。我落陽山❹，以尹鼯猱❺；君飄臨武❻，山林之牢❼。歲弊❽寒兇，雪虐風饕❾。顛於馬下，我泗君咷。夜息南山⑩，同臥一席。守隸防夫⑪，觝⑫頂交跖⑬。洞庭漫汗⑭，黏天無壁⑮。風濤相豗⑯，中作霹靂。追程盲進，颿⑰船箭激。南上湘水，屈氏所沉⑱。二妃行迷，淚蹤染林⑲。山哀浦思，鳥獸叫音。余唱君和，百篇在吟。

【章　旨】寫二人同遭小人讒毀而同時南遷。

【注　釋】❶婉孌　年少美好貌。此指便佞小人。❷側肩帖耳　窺伺之貌。❸有舌如刀　謂讒諂小人以言傷人。韓愈與張署、李方叔同為御史。時方旱饑，上疏乞寬民徭，為李實所讒，俱貶南方縣令，愈又與署同赴貶所。❹陽山　指貞元十九年冬，韓愈貶連州陽山令。❺鼯猱　借指陽山民眾。鼯，鼠名，俗稱飛鼠。形似蝙蝠，因前後肢之間有飛膜，能在樹林中滑翔。猱，獮猴。韓愈〈劉生詩〉：「陽山窮邑惟猿猴。」❻臨武　縣名，今屬湖南。按愈與署同得罪，署貶郴州臨武令。❼牢　牢獄。言臨武偏僻，四周皆山林，如牢獄然。❽弊　盡。❾饕　饕餮，古代傳說中惡獸名。此用作形容詞，言風肆虐如饕餮般兇殘。❿南山　指商山，在今陝西商縣東南。韓愈〈赴江陵途中寄贈三學士〉詩云：「商山季冬月，冰凍絕行輈。」⓫守隸防夫　指押送的官差。⓬觝　觸；碰。⓭跖　足跟；腳掌。⓮漫汗　廣大貌，疊韻聯綿詞。⓯壁　崖岸。言洞庭湖水天相接，一望無際。⓰豗　水相擊聲。⓱颿　船帆。⓲屈氏所沉　屈原自沉之汨羅江為湘水支流，故云。⓳二妃行迷二句　《述異記》：「昔舜南巡，而葬於蒼梧之野。堯之二女娥皇、女英追之不及，相與慟哭，淚下沾竹，竹上紋為之斑斑然。」

【語　譯】那些便佞的小人，害怕我輩人是真。側著肩帖著耳窺伺我們，他們有舌如刀劍般傷人。我貶到陽山，主管的民眾野蠻得如同鼯鼠獮猴；你貶到臨武，偏僻的山林如同囚牢。一年將盡寒氣兇猛，風雪肆虐如饕餮般叫嗥。跌落在馬下，我流著鼻涕你放聲哀號。夜晚在南山休息，你我同臥一張床席。押送我們的官差，頭頂相碰足掌交織。洞庭湖浩瀚廣大，水天相連一望無際。狂風巨浪相互撞擊，其中發出的巨響如同霹靂。兼程趕路盲目前進，張帆的船如引發的箭一般急疾。向南來到湘江，那是屈原自沉的水濱。舜之二妃迷失方向，揮灑的淚水將竹林染上斑痕。在山悲哀在水愁思，只聽到鳥獸的叫聲。我先寫你接和，很多詩篇就這樣寫成。

君止於縣❶，我又南踰。把醆相飲，後期有無？期宿界上，一夕相語。自別幾時，遽變寒暑。枕臂攲眠，加余以股❷。僕來告言，虎入廄處。無敢驚逐，以我驂❸去。君云：「是物，不駿於乘。虎取而往，來寅其徵❹。我預在此，與君俱膺。」猛獸果信，惡❺禱而憑？

【章　旨】寫二人在陽山、臨武時相約會於境上。

【注　釋】❶縣　指臨武縣。❷枕臂攲眠二句　謂同榻而臥，形容二人親密無間的情狀。攲，斜；傾側。❸驂　驢子。❹虎取而往二句　言驢被虎咬去，乃是好的徵兆。來寅，來年正月。寅，十二地支之一。正月建寅，寅屬虎，故云。❺惡　何。高步瀛曰：「此著當日無聊之慰藉，以見憂患相同，望歸之切，非真信其兆之驗也。此皆韓文詼詭處。」

【語　譯】你就停住在臨武縣，我又越過臨武踏上向南的路途。手持酒盞相互勸飲，不知後會之期是有是無？相約明年相會境上同宿，整個晚上相互切切私語。自從別後曾幾何時，卻很快就變換了寒暑。我們枕著臂膀斜靠著躺下，你把腿放在了我的腹部。僕人來告訴說，老虎進入了馬棚裡。沒人敢去驚嚇驅趕，老虎就把驢子咬走。你說：「這種驢子，對於乘騎並非好的畜牲。老虎將牠咬去，明年正月就會有吉兆降臨。我預先就在這裡，與你一同接受這美好的象徵。」猛獸的徵兆果然靈驗可信，怎樣祈禱才可以有據有憑？

余出嶺❶中，君竢州❷下。偕掾❸江陵❹，非余望者。郴山奇變，其水清寫。泊沙倚石，有遌無捨❺。衡陽❻放酒，熊咆虎嗥❼。不存❽令章❾，罰籌❿蝟毛⓫。委舟湘流，往觀南嶽⓬。雲壁潭潭⓭，穹林⓮攸擢⓯。避風太湖，七日鹿角⓰。鉤登大鮎⑰，怒頰⑱豕豞⑲。臠盤炙酒，群奴餘啄⑳。走官㉑階下，首下尻高㉒。下馬伏塗㉓，從事㉔是遭。

【章 旨】寫二人同掾江陵，北歸途中同遊南嶽、洞庭。

【注 釋】❶嶺 指騎田嶺，五嶺之一，在今湖南郴縣、宜章間，陽山至郴州途中。❷州 指郴州州治，今湖南郴州。❸掾 唐順宗永貞元年（西元八〇五年），愈與署皆改江陵府掾，愈法曹，署功曹。❹江陵 唐府名，治所在今湖北江陵。❺有遌無捨 言遇美景無不去觀賞。遌，遇到。❻衡陽 縣名，今屬湖南。❼熊咆虎嗥 狀二人酣飲大呼。咆、嗥，皆野獸吼叫。❽存 察；問。❾令章 酒令。❿罰籌 罰酒的籌碼。唐人會飲，違令者則以籌記其罰。⓫蜩毛 刺蜩之毛。言其多。⓬南嶽 即衡山，主峰在今湖南衡山縣。⓭潭潭 深邃貌。⓮穹林 高大的樹林。⓯擢 高聳。⓰鹿角 山名，在今湖南岳陽南洞庭湖畔。⓱鮎 魚名。身滑無鱗，其涎黏滑，故名。⓲怒頰 張開兩頰。頰，臉的兩旁。此指魚的鰓部。⓳豕豞 像豬一樣吼叫。豞，豬吼聲。⓴餘啄 啄其餘。啄，咬；吃。按「啄」字有ㄓㄨㄛˊ和ㄓㄡˋ兩個音讀，此為押韻當讀ㄓㄡˋ。㉑走官 猶「趨官」，謂參見長官。㉒首下尻高 指跪伏行禮。尻，臀部。㉓伏塗 俯伏道旁，即避道。㉔從事 州刺史之幕僚。沈德潛曰：「公為江陵判司，是郡掾；從事等乃幕僚，故須下馬避道。」從事是遭，即遭遇從事的倒置。

【語 譯】我從騎田嶺過來，你在郴州府治等待。一同走赴任江陵掾，這使我喜出望外。郴州的山奇異而變化多端，那裡的水也清澈地傾瀉。泊舟沙灘倚靠巖石，遇到美景決不棄捨。在衡陽開懷暢飲，像熊吼又像虎嗥。不管他什麼酒令，被罰的籌碼多如蜩毛。在湘水邊捨舟登岸，去遊觀衡山南嶽。雲霧繚繞的山崖幽暗深邃，高大的樹林高高地聳擢。躲避洞庭湖的風浪，在鹿角山停了七日，釣上一條大鮎魚，張開兩頰像豬叫不息。切上大盤肉塊溫上美酒，一群奴僕還吃上我們的餘瀝。在階下趨拜長官，低頭伏地臀部高翹。下馬俯伏道旁，遇到了州郡的幕僚。

余徵博士❶，君以使已❷。相見京師，過願之始。分教東生❸，君掾雍首❹。兩都❺相望，於別何有？解手❻背面，遂十一年❼。君出我入，如相避然。生闊死休❽，吞❾不復宣。

【章旨】寫二人到京後分手，遂不復見達十一年。

【注釋】❶博士　教授官，唐有太學國子諸博士，和律學博士、算學博士、醫學博士等。唐憲宗元和元年（西元八〇六年）六月，韓愈被召為國子博士。❷使已　謂使命完畢。據韓愈〈河南令張君墓誌銘〉：「半歲，邕管奏君為判官，改殿中侍御史，不行，拜京兆府司錄。」疑其間曾奉使至京。❸分教東生　元和二年，韓愈以國子博士分教東都洛陽諸生。東，指東都洛陽。❹君掾雍首　張署拜京兆府司錄參軍。京兆府為唐都所在，又是《尚書・禹貢》所劃的雍州之地，故稱京兆為「雍首」。❺兩都　唐以京兆府為西京，亦曰上都；河南府為東京，亦曰東都，故曰「兩都相望」。❻解手　分手。❼十一年　按自元和二年韓愈以國子博士分教東都，與署分手，此後雖各有多次遷陟，但官地各異，至元和十二年署卒，恰為十一年。❽休　止。指死後永不復見。❾吞　吞聲；心有怨恨而不敢作聲。

【語譯】我徵召為國子博士，你奉使也已停止奔忙。在京師互相見面，超過了我原有的願望。我分教東都諸生，你做了京兆府掾吏。東西兩都遙遙相望，對於分別有何關係？分手不得見面，結果竟達十一年。你離開京城我就回到京城，好像是互相躲避一般。活著遠離死後永別，我吞聲忍痛又復何言！

刑官屬郎❶，引章訐奪❷。權臣❸不愛，南康是斡❹。明條謹獄，氓獠❺戶歌。用遷澧浦❻，為人受瘥❼。還家東都，起令河南。屈拜後生，憤所不堪❽。屢以正免，身伸❾事蹇❿。竟死不昇，孰勸為善？

【章旨】寫張署末年屢屢受人排擠，潦倒而死。

【注釋】❶刑官屬郎　〈墓誌銘〉：「歲餘，遷尚書刑部員外郎。」❷引章訐奪　〈墓誌銘〉：「守法爭議，棘棘不阿。」引章，謂援引章程法令。訐奪，即「棘棘不阿」之意。訐，發人陰私。奪，決定去取。即堅持己見之意。❸權臣　掌權而專橫的大臣。王元啟曰：「此權臣大概指李逢吉。」❹南康是斡　即斡南康的倒置。斡，轉。南康，即虔州（治所在今江西贛州），玄宗時曾改為南康郡。〈墓誌銘〉：「遷尚書刑部員外郎，守法爭議，棘棘不阿，改虔州刺史。」❺氓獠　指虔州民眾。獠，古代對一些少數民族的侮辱性稱呼。❻澧浦　指澧州（治所在今湖南澧縣）。〈墓誌銘〉：「改澧州刺史。」❼為人受瘥　指張署為澧州刺史時，曾抵制觀察使將州賦稅加倍的苛求。參見〈墓誌銘〉。❽屈拜後生二句　指張任河南縣令時，其上司年輕且為其素不好者，大不適，數月即辭去。參見〈墓誌銘〉。❾身伸　指立身不屈。❿事蹇　指遭際艱難。蹇，困苦。

【語譯】你做刑部員外郎，依據章程而發人陰私堅持正確主張。專權大臣不喜歡你，就把你轉到了南康。你申明律條小心治獄，老百姓戶戶歌頌不休。你卻因此遷徙到澧州，又為百姓承受愆尤。免官回家住在東都，又起用為河南縣令。卻要屈身拜見年輕後生，你又憤恨而不能忍此處境。屢次因正直而免官，立身雖剛正不屈遭遇卻十分可憐。後竟死去而不得遷陞，這怎能勉勵別人去為善為賢？

丞相❶南討❷，余辱司馬❸。議兵大梁❹，走出洛下。哭不憑棺，奠不親斝❺。不撫其子，葬不送野。望君傷懷，有隕❻如瀉。銘君之績❼，納石壤❽中。爰及祖考，紀德事功。外著後世，鬼神與通。君其奚憾，不余鑑衷！嗚呼哀哉！尚饗！

【章旨】寫作者對張署死去的哀悼。

【注　釋】❶丞相　指裴度。❷南討　指平淮西。元和十二年裴度為淮西宣慰處置使兼彰義軍節度使，督師攻破蔡州，擒吳元濟，平定淮西。❸余辱司馬　是時韓愈為行軍司馬。❹議兵大梁　韓愈曾自請入大梁，說宣武軍節度使韓弘協力征討淮西。大梁，今河南開封。❺斝　古代銅製酒器。這裡用作動詞，澆酒祭奠。❻隕　落。此指落下的淚水。❼銘君之績　指韓愈為張署寫了墓誌銘。❽壤　土。此指張署的墳墓。

【語　譯】裴丞相率軍向南進討，我被任命為行軍司馬。我要去大梁議論軍事，已走出了洛陽城下。所以哭你不能靠著你的棺柩，祭奠不能親自舉杯傾灑。不能撫慰你的子女，埋葬也不能送你到原野。遠望你使我悲痛，眼淚如流水般傾瀉。銘記了你的業績，埋進了你的墓中。於是上及你的祖考，記載了你們的品德、事業和事功。在外的文字流傳後世，它將與鬼神相通。你還有什麼遺憾，而不體諒我的曲衷！嗚呼可哀啊！希望你來享用！

【研　析】祭奠朋友的哀祭文最忌一般化的陳辭濫調，而必須將祭者與死者的深厚友情敘述出來，方是上乘。本篇就是以抒情的筆調敘述了韓愈與張署在患難中的同病相憐與互相鼓勵。文中作者從與張署同為御史寫起，寫到同時南遷，同遇境上，又同掾江陵，同至京師然後分手，直到張署死去，作者還為之撰墓誌銘，撰文弔祭，將他們患難與共的生死之交寫得極為真摯動人。同時，文中又以詩賦的鋪陳手法，將韓愈與張署驁岸不馴的性格特點及在患難中互相支持的深厚友誼形象地描繪出來，使讀者如見如聞。如描寫洞庭湖的風浪：「洞庭漫汗，黏天無壁。風濤相豗，中作霹靂」；如描寫他們在衡陽的豪飲：「衡陽放酒，熊咆虎嗥。不存令章，罰籌蝟毛」。這種形象描寫比比皆是。這就大大增加了文章的形象性。這種抒情性與形象性描寫相結合，就使這篇祭文具有了明顯的個性化的特點，只可是韓愈祭奠張署而不可用於祭奠他人。儲欣說：「公詩瑰麗，讀此文如無詩。」確實，本篇很具有抒情詩的特點。

祭柳子厚文

韓退之

【題解】本篇作於唐憲宗元和十五年五月。因柳宗元在唐順宗時參與了王叔文的革新運動，被貶為永州司馬。後調任柳州刺史。元和十四年十月卒於柳州。這時，韓愈正由潮州調徙袁州（治所在今江西宜春）。大概柳宗元的靈柩運回家鄉河東解縣（今山西運城西南）時路經袁州，故韓愈得親臨柩前致祭。本篇對柳宗元的逝世表示了深切的痛惜，對柳宗元的懷才不遇，徒然成就了他的文名表示了深切的同情，對柳宗元的臨終託付表示了決不辜負，寫出了韓愈與柳宗元的相互理解與信任之深刻。文章同樣寫得極為真摯而動人。正如儲欣所云：「服膺其文，悲其遇，而允其所托，勤勤懇懇，宛如面談。」

維年月日❶，韓愈謹以清酌庶羞之奠，祭於亡友柳子厚之靈。

【章旨】這是祭文的開端，點明祭奠的時間與祭奠對象。

【注釋】❶維年月日　這是稿本的省寫。具體時間是：元和十五年五月五日。

【語譯】某年某月某日，韓愈用美酒和眾多佳肴等祭品，在亡友柳子厚的神靈前祭奠。

嗟嗟子厚，而至然耶？自古莫不然，我又何嗟？人之生世，如夢一覺❶。其間利害，竟亦何校？當其夢時，有樂有悲。及其既覺，豈足追維！

【章　旨】寫由子厚之死，想到人生如夢，不足追究，以自我寬解。錢基博曰：「未抒悲哀，先自寬解，細味乃益沉痛。」

【注　釋】❶如夢一覺　《莊子・齊物論》：「方其夢也，不知其夢也，覺而後知其夢也。」覺，睡醒。

【語　譯】哎呀子厚，你就到了這個地步嗎？從古到今沒有誰不是如此，我又還嗟嘆什麼？人生在這世上，就如大夢醒了過來。這中間的利與害，究竟有什麼值得計較疑猜？當你在夢中的時候，有快樂也有傷悲。等到你已經醒來，哪裡值得去計度追惟！

凡物之生，不願為材。犧樽❶青黃❷，乃木之災。子之中棄❸，天脫馽羈❹；玉珮瓊琚❺，大放厥辭。富貴無能，磨滅誰紀？子之自著，表表❻愈偉。不善❼為斲，血指❽汗顏❾；巧匠旁觀，縮手袖間。子之文章，而不用世；乃令吾徒，掌帝之制❿。子之視人，自以無前；一斥不復，群飛刺天⓫。

【章　旨】寫柳宗元雖遭中棄，卻助成了他的文學成就；而他的文學才華卻又妨礙了他仕途的發展。

【注　釋】❶犧樽　古代酒器。作犧牛形。也有於樽腹刻劃牛形者。這裡用作動詞。雕刻為犧樽。❷青黃　青與黃兩種色彩。這裡用作動詞，謂塗飾紋彩。《莊子・天地》：「百年之木，破為犧樽，青黃而文之，其斷在溝中。比犧樽於溝中之斷，則美惡有間矣，其於失性，一也。」❸中棄　謂中年被棄置。柳宗元被貶為永州司馬時，年僅三十二，故云。❹馽羈　拴縛馬足的繩索和馬籠頭。引申為「束縛」之意。馽，也作「馵」，絆住馬足。❺玉珮瓊琚　喻文章之貴與音節之美。❻表表　卓立特出之貌。❼不善　指不會砍斲的人。❽血指　謂手指流血。❾汗顏　謂額上流汗。顏，額。《老子》：「夫代大匠斲者，希不傷其手矣。」❿掌帝之制　唐時，由翰林學士與中書舍人分掌內、外制，為皇帝起草制詔。元和元年韓愈以考功員外郎知制誥。制，帝王的命令。⓫群飛刺天　謂無能的人飛黃騰達。

【語　譯】大凡物的生長，不希望像木一樣成為有用之材。雕刻為犧樽塗繪上紋彩，卻是原木的禍災。你的中年被棄置不用，是上天脫去你的羈絆鎖枷；像玉佩瓊琚一樣美麗鏗鏘，大大地施展出你的文學才華。富貴之人無德無能，死了就消失有誰記錄？你的自我顯露，卓立而更加偉大突出。不會砍斲的人去指流血滿頭大汗；巧妙的匠人從旁觀察，兩隻手籠在衣袖中間。你的文章，不為世所用；卻叫我們這輩人去掌管皇帝的制誥詔令。你看別人，自己認為高出前古；卻一被排斥就不再復用，那些無能之輩卻滿天飛舞。

嗟嗟子厚，今也則亡！臨絕之音，一何琅琅❶！徧告諸友❷，以寄厥子❸。不鄙謂余，亦託以死❹。凡今之交，觀埶厚薄；余豈可保，能承子託❺？非我知子，子實命我。猶有鬼神，寧敢遺墮❻？念子永歸，無復來期，設祭棺前，矢心❼以辭。嗚呼哀哉！尚饗！

【章　旨】寫柳宗元臨死以幼子幼女相託，表明自己決不辜負重託。

【注　釋】❶琅琅　清朗響亮的聲音。❷諸友　指劉禹錫、李程、韓愈、韓泰、韓曄等。詳見劉禹錫〈祭柳員外文〉。❸以寄厥子　柳宗元死時，其長子才四歲，次子始生，故云。寄，託。❹託以死　謂以死後之事相託付。❺凡今之交四句　吳闓生曰：「反跌下文，以明子厚相知之深，託己之重。」❻猶有鬼神二句　吳闓生曰：「止此已足。血誠自任之語，似淡而實深，極沉鬱惻怛之致。」❼矢心　以誓言表明心跡。矢，誓。

【語　譯】哎呀子厚，現在你已死亡了呀！臨死前的話語，說得多麼清朗響亮！你普遍地告訴諸位朋友，來託付你的兒子。你認為我也不鄙俗，也託付我你死後的家事。大凡現今的結交，要看權勢的厚薄；我難道可以確保，能承擔起你的囑託？不是我了解你，實在是你命令我。如果還有鬼神存在的話，我怎敢遺忘丟落？想到你長久地走了，再沒有未來相會的日期，因此在你棺柩前設祭，以言辭發誓來表明我的心跡。哎呀可哀啊！希望你來享用！

【研析】這也是一篇祭奠朋友的哀祭文。但韓愈與柳宗元不似韓愈與張署有共同遭遇經歷，韓柳只是文字之交，所以在寫法上又有不同。其重點是寫同情柳宗元的不幸遭遇，讚嘆他的文學成就，痛惜他為文才所累而不能在政治上有所作為，以及他們二人的互相信任：柳宗元的臨終託付與韓愈的誓不辜負。這同樣寫得獨樹一幟而不可他移。林雲銘《韓文起》卷九評云：「開手彼此不敘官爵，以明千古性命之交，與自己骨肉無異，親狎之至也。其大意謂人無不死，即生前之窮通得失，可以付之夢覺，不足輕重。所痛惜者，以蓋世文章，竟不能供國家之用。實因前此為才名所誤，以致一斥不復，反不如碌碌之徒，得以致身通顯，使人皆以才為戒耳。末以生死相託之情，自矢不負。一片血淚，不忍多讀。」對此文的剖析是比較中肯的。

祭侯主簿文

韓退之

【題　解】本篇作於唐穆宗長慶三年。侯主簿，名喜，字叔起，上谷（今河北易縣）人。貞元進士，官終國子主簿。主簿，官名。國子主簿，掌稽核簿書。侯喜為國子主簿，韓愈做過國子博士、國子祭酒，曾是同僚，二人過從甚密。韓愈詩有〈贈侯喜〉、〈送侯喜〉、〈寄侯喜〉及〈侯喜至〉等篇，且薦之於陸祠部、盧汝州，可見其關係之密切。本篇重點就在追敘他們二人的交往與交情，且寫得情真意摯，節短韻長，充分表達了韓愈對侯喜的懷念與對侯喜之死的痛惜。儲欣曰：「『忘形之交。』『誰不富貴』數語，其哭也慟。」文章確實是寫得極為沉痛的。

維年月日，吏部侍郎❶韓愈，謹遣男殿中省❷進馬❸佶❹，致祭於亡友故國子主簿侯君之靈。

【章旨】這是哀祭文的開端，點明祭奠對象是侯主簿。

【注釋】❶吏部侍郎　長慶二年，韓愈由兵部侍郎轉吏部侍郎。❷殿中省　官署名，為六省之一，掌皇帝飲食、服裳、車馬等事。❸進馬　官名，戎服執鞭，侍立於馬之左，隨馬進退。用資蔭（即因先世有功而推恩得賜的官爵）簡擇。❹佶　人名，韓愈子，或云即韓昶之舊名。

【語譯】某年某月某日，吏部侍郎韓愈派遣兒子殿中省進馬韓佶，向亡友原國子主簿侯君的神靈祭奠。

嗚呼！惟子文學❶，今誰過之？子於道義，困不捨遺❷。

【章旨】稱讚侯喜的文才與品行。

【注釋】❶文學　文學才華，指文章寫得好。韓愈〈與汝州盧郎中論薦侯喜狀〉：「其人為文甚古。」〈與祠部陸員外書〉：「文章之尤者，有侯喜者。」❷捨遺　捨棄；遺棄。謂侯喜對於道義，即使身處困境也不捨棄遺失。韓愈〈與汝州盧郎中論薦侯喜狀〉：「(喜) 立志甚堅，行止取捨，有士君子之操。」

【語譯】哎呀！只有你的文章好，現今誰能超過你？你對於道義的堅守，就算困苦也不捨棄遺失。

我狎我愛，人莫與夷❶。自始及今，二紀❷於茲。我或為文，筆俾子持。唱我和我，問我以疑。我釣❸我遊，莫不我隨。我寢我休，莫爾之私。朋友昆弟，情敬異施❹。惟我於子，無適不宜❺。棄我而死，嗟我之衰。相好滿目，少年之時。日月云亡，今其有誰？誰不富貴，而子為羈❻！我無利權❼，雖怨曷為！

【章　旨】寫自己與侯喜的深厚友情。

【注　釋】❶夷　等。謂侯喜與己最親近，他人莫之能比。❷二紀　十二年為一紀。二紀即二十四年。韓愈自貞元十六年去徐居洛，與侯喜結交，至長慶三年，適二十四年。❸我釣　韓愈〈贈侯喜〉詩曰：「吾党侯生字叔起，呼我持竿釣溫水。」❹異施　謂處置不同。兄弟主情，朋友主敬，故曰「異施」。❺無適不宜　言己與侯喜誼兼兄弟朋友，故二者皆可適用。❻為羈　身為羈旅。韓愈〈與汝州盧郎中論薦侯喜狀〉：「(喜)家貧親老，無援於朝，在舉場十餘年，竟無知遇。」又：「喜辭親入關，羈旅道路。」❼利權　財政大權。韓愈〈與汝州盧郎中論薦侯喜狀〉：「常欲薦之於主司，言之於上位，名卑官賤，其路無由。」

【語　譯】與我親近與我友愛，別人沒有誰能與你相齊。從結識開始直到現在，已有二十四年的日期。我有時寫文章，就使你代筆。你寫詩給我或和我詩作，還常向我質疑。我釣魚我出遊，沒有哪次你不跟隨。我睡覺我休息，沒有誰像我偏愛你。朋友與兄弟，主情主敬各有所施。只有我和你，二者無不適宜。你棄我而死，感嘆我也已體衰。相好的滿目都是，那是少年之時。日月一天天失去，現在還剩有誰？何人不得富貴，可是你卻羈旅無為！我又沒有財政大權，雖然抱怨又有何補益！

子之方葬，我方齋祠❶。哭送不可，誰知我悲？嗚呼哀哉！尚饗！

【章　旨】寫自己因齋戒祠祀而不能哭送的悲哀。

【注　釋】❶齋祠　齋戒；祠祀。

【語　譯】你正要出葬的時候，我卻正在齋戒祀祠。哭著送你也做不到，誰能了解我的傷悲？哎呀可哀啊！希望你來享用！

【研　析】這又是一篇祭奠朋友的哀祭文。文中描寫了韓愈與侯喜二十四年的密切交往，充分表達了韓愈對與侯喜交情的深切追念以及因「齋祠」而不能親臨哭送的深刻遺憾。而且韓文一般都寫得奇崛瘦折，而本篇則只以平易的語言，款款敘出心中對朋友的思念與哀悼，因而別具一種風味。這樣的哀祭文確實難以移用於他人。林雲銘《韓文起》卷八評云：「是篇把其有文行而不遇處，略點在前；後面耑向交情上重重疊疊用了許多『子』字『我』字，說得二十分親狎。則生不能薦，死不能送，便見得有二十分悲哀也。公文怪怪奇奇，此獨平平敘出，以其情摯耳。」用「平平」和「情摯」四字來評論本篇，確實道出了此中奧祕。

祭薛助教文

韓退之

【題　解】本篇作於元和四年（西元八〇九年）。薛助教，名公達，字大順，河東（郡治在今山西永濟蒲州鎮）人。貞元十九年進士，累官協律郎，國子助教。韓愈〈上張徐州薦薛公達書〉稱其「抱驚世之偉材，發言挺志，夐絕天秀；服仁食義，融內光外，剛直簡質，與世不常」。元和四年二月十四日，暴病卒，年僅四十七歲。助教，官名。幫助國子祭酒、博士教授生徒。唐時，國學、太學、廣文館、四門學皆有助教。本篇對薛公達的突然死去表示了極其沉痛的悲悼之情。雖然寫得極其簡略，只就突然病逝略作點染，其悲痛之情卻同樣充溢於字裡行間。

維元和四年，歲次己丑，後三月❶二十一日景寅❷，朝議郎❸守國子博士韓愈，太學助教侯繼❹，謹以清酌之奠，祭於亡友國子助教薛君之靈。

【章旨】本段是哀祭文的開端，點明祭祀時間、對象以及舉行祭奠的人。

【注釋】❶後三月 閏三月。❷景寅 即「丙寅」。唐避世祖（唐高祖李淵之父）李昞諱改。據韓愈〈國子助教河東薛君墓誌銘〉，薛公達以閏三月二十一日發引。此文發引日同僚公祭之作。❸朝議郎 官階名，散官，正六品上。韓集作「朝散郎」。❹侯繼 人名，與韓愈同舉貞元八年進士，元和四年又同官學省，韓愈為博士，侯繼為助教。六月，韓愈分司東都，侯繼出任河南尹王鍔參謀。韓愈有〈送侯參謀赴河中幕〉詩。

【語譯】元和四年，己丑歲，閏三月二十一日丙寅，朝議郎守國子博士韓愈、太學助教侯繼，用美酒的祭品，向亡友國子助教薛君的神靈祭奠。

嗚呼！吾徒學而不見施設❶，祿又不足以活身。天於此時，奪其友人。同官太學，日得相因❷。奈何永違，祇隔數晨。笑語為別，慟哭來門。藏棺蔽帷，欲見無緣。皎皎眉目，在人目前。酌以告誠，庶幾有神。嗚呼哀哉！尚饗！

【章旨】本段是哀祭文的主體，表述對薛公達突然病逝的哀痛。

【注釋】❶施設 施用設置。即實踐、實行之意。❷因 依；親近。

【語譯】哎呀！我們這些人學了學問卻不能付諸實施，俸祿又不足以養活自身。老天爺在這個時候，又奪去我們的友人。一同在太學為官，每天都能相近相親。怎麼這永遠的分別，只隔了幾個早晨。我們分手時歡言笑語，卻痛哭著來到你的門。你藏入棺材帷幕遮蔽，想要見你也沒有機緣。你清清楚楚的眉目，還活動在人們的眼前。斟杯酒來哭告我們的誠心，希望你靈驗有神。哎呀！可哀啊！希望你來享用。

【研　析】因為韓愈與薛公達只是一般的同僚，交情不深，交往的時間也不長，並且是與侯繼同祭。所以文中只就薛公達的突然病逝表示其悲悼之情，沒有敘及生平交往與友情的深厚。這是對一般朋友的哀祭文的寫法。王文濡曰：「此似徇寅誼（按指同僚的交情）為之，交淺情疏，簡略固宜如是。」不過，他對薛公達的猝死以及同僚的驚愕還是描寫得十分形象而具體的，非一般的泛泛而談者可比。

祭虞部張員外文

韓退之

【題　解】本篇作於唐憲宗元和十年（西元八一五年）。虞部，官名。唐有虞部郎中、員外郎，屬工部，掌京師街巷種植、山澤苑囿、草木薪炭、供頓田獵之事。張員外，名季友，字孝權，安定（今甘肅涇川北）人。貞元八年進士，累官監察御史，轉殿中侍御史，終虞部員外郎，故稱張員外。本篇敘述了與張季友同榜中進士、同朝為官二十餘年的友誼，對張季友的道德品行作了熱烈的讚揚，對張季友的病逝表示了沉痛的哀悼，寫得同樣極為哀痛。

維年月日，愈等❶謹以清酌庶羞之奠，謹敬祭於亡友張十三員外之靈。

【章　旨】本段是祭文的開端，點明祭者及祭奠的對象及時間。

【注　釋】❶愈等　指中書舍人王涯、考工郎中知制誥韓愈、禮部侍郎崔群、京兆尹許季同、考功員外郎庾承宣、河中節度判官殿中侍御史邢冊等。六人皆張季友同榜中貞元八年進士。

【語　譯】某年某月某日，韓愈等人用美酒及眾多佳肴的祭品，向亡友張十三員外的神靈祭奠。

嗚呼！往在貞元❶，俱從賓薦❷。司我明試❸，時❹維邦彥❺。各以文售❻，幸皆少年。群遊旅❼宿，其歡甚焉。出言無尤，有獲同喜。他年諸人，莫有能比。倏忽逮今，二十餘歲❽。存皆衰白，半亦辭世。外纏公事，內迫家私。中宵興歎，無復昔時。如何今者，又失夫子。懿德柔聲，永絕心耳。

【章　旨】本段敘情，追述同舉進士、同官二十餘年的交情和現今或老或死的可悲。

【注　釋】❶貞元　唐德宗年號。❷賓薦　《周易・觀卦・六四》：「觀國之光，利用賓於王。」後因以舉子應進士試入京為觀光上國，或稱賓薦。❸明試　指進士考試。《尚書・舜典》：「明試以功。」❹時　是；此。❺邦彥　國中英俊之士。此指陸贄。陸贄為唐德宗名相。他主持貞元八年的進士考試，所得多天下孤雋偉傑之士，包括張季友、韓愈等人皆同榜中試，號龍虎榜。❻文售　憑文章中試。❼旅　眾。❽二十餘歲　自唐德宗貞元八年至唐憲宗元和十年凡二十三年。

【語　譯】哎呀！過去在貞元之時，我們都去京師參加進士考試。主持這次考試的人，是國中的英俊之士。我們各自憑著文章中試錄取，那時我們都還年輕。一起出遊一起住宿，那歡樂非常充盈。隨便說話沒人責怪，如有所獲就大家歡喜。其他年分考取的那些人，沒有誰可與我們相比。一轉眼就到現在，總共過了二十幾年。活著的人都體衰髮白，半數早已離開人世。在外有公事纏身，在家各有家事相逼。半夜起來放聲長嘆，再也沒有從前的時日。怎麼到了今天，又失去你老夫子。你美好的品德溫柔的聲音，永遠在我們的心中和耳邊消失。

廬❶親之墓，終喪❷乃歸。陽瘖避職❸，妻子不知。分司憲臺❹，風紀由振。

遂遷司虞❺，以播華問❻。不能老壽❼，孰究其因？託嗣於宗，天維不仁。酒食備設，靈其降止。論德敘情，以視諸誄❽。尚饗！

【章　旨】本段論德，稱讚張季友事親盡孝，為官清正，並悲嘆他的死去。

【注　釋】❶廬　茅草房。此用作動詞，築廬居住。❷終喪　過完喪期。古代臣為君、子為父母、妻為夫要服喪三年，稱三年之喪。據韓愈為其所寫的〈墓誌銘〉稱張季友母卒曾守墓三年。❸陽瘖避職　據韓愈所作〈墓誌銘〉載，貞元十六年，張愔為徐州團練使，拜章請張季友為判官，授協律郎。季友始不痛絕，詔下，大悔，即詐稱疾，不言三年。愔死乃言。陽，通「佯」。假裝。❹憲臺　御史官職的通稱。元和二年，張季友由荊南判官拜監察御史，三年後分司東臺，轉殿中侍御史。季友為殿中侍御史時，「按皇甫氏子母病不侍，走京師求試職」，將其解職。❺司虞　唐高祖武德三年（西元六二〇年）曾改虞部曰「司虞」。❻華問　美名。問，通「聞」。聲譽。❼不能老壽　據〈墓誌〉：張季友病卒於洛陽，年五十四，故云。❽誄　文體名，哀悼死者的文章。

【語　譯】你在母親墳旁築室居住，過完三年喪期才回歸。假裝瘖啞逃避任職，妻子兒女也不得而知。你分管御史臺，風俗法紀由此得到整頓。於是遷陞為司虞，你的美名傳播遠近。不能年老高壽，誰能探究其原因？把子嗣託給了宗族，老天爺實在不愛人。現在擺設酒食，神靈你就降臨。評述了你的品德敘述了我們的友情，就把它當做一篇誄文。希望你來享用。

【研　析】韓愈與張季友只是同榜進士，同朝為官，可能個人交情不是很深。同時，這是同榜的許多同僚共祭，必須符合所有共祭者的身分和特點。所以文中對個人交情追述得極少，只是同祭者與死者的共同友誼。重點是突出同榜，因為這是唐代得人才最多的最著名的一榜。略敘同朝為官，又著重寫垂暮之年失去摯友的悲痛以及死者的品德。這就很符合同祭者的身分。這種文章是很難寫的，容易流於一般化。韓愈卻將他們的交情平平地敘述出來，如泣如訴，寫得還是極為動人的，表現出文學大家無所不可的文學天才。王文濡曰：「言簡而意盡，不嫌其為平淡也。」的確是這樣。

祭穆員外文

韓退之

【題解】本篇約作於唐德宗貞元十四年（西元七九八年）左右，是代崔愬寫來祭奠其友穆員外的，故一本題作〈崔侍御祭穆員外文〉，舊注作「為崔侍御作」。穆員外，名員，字與直，懷州河內（今河南沁陽）人。工為文。《舊唐書》謂員官終檢校員外郎，故稱穆員外。《新唐書》謂員官終侍御史。本篇追敘了崔愬與穆員二十餘年的交情：寫了他們在患難中相識後親密無間的交往，寫了他們同遭冤屈下獄又同時得釋平反的經過，寫了他們久別重逢滔滔敘舊的喜悅以及穆員死去崔愬弔祭的悲痛，寫得十分沉痛，十分感人，讀後能夠使人抽泣哽咽。

嗚呼❶！建中❷之初，予居於嵩❸。攜扶北奔，避盜來攻❹。晨及洛師❺，相遇一時。顧我如故，眷然❻顧之。子有令聞❼，我來自山。子之畯明❽，我鈍而頑。道既云異，誰從知我？我思其厚，不知其可。於後八年，君從杜侯❾。我時在洛，亦應其招❿。留守⓫無事，多君子僚⓬。罔有疑忌，惟其嬉遊。草生之春，鳥鳴之朝。我轡⓭在手，君揚其鑣⓮。君居於室，我既來即。或以嘯歌，或以偃側⓯。誨余以義，復我以誠。終日以語，無非德聲。

【章　旨】本段追敘崔翹與穆員最初的交往及其深厚友情。

【注　釋】❶嗚呼　一本篇首有：「維年日月，故人博陵崔翹謹以清酌之奠，祭於亡友穆六端公之靈」一段，為祭文之開端部分。端公，唐時侍御史的俗稱。❷建中　唐德宗年號。❸嵩　嵩山，亦稱嵩高，在河南登封北，五嶽中的中嶽。❹避盜來攻　建中元年成德節度使（治恆州，今河北正定）李寶成死，其子李惟岳謀襲父職，朝廷不許。二年李惟岳聯絡魏博節度使田悅、淄青節度使李正己、山南東道節度使梁崇義叛亂，「河南士民騷然驚駭」（《資治通鑑》）。❺洛師　猶言「洛京」。唐都長安，以洛陽為東京。師，京師。❻眷然　懷念器重貌。❼令聞　美好的聲望。《舊唐書．穆寧傳》載：穆員與其兄贊、質，其弟賞皆有令譽，時人以珍味喻之：贊為酪，質為酥，員為醍醐，賞為乳腐。❽畯明　猶「俊明」。優秀明達。❾杜侯　指杜亞。貞元五年十二月，杜亞為東都留守。亞辟穆員為從事，檢校員外郎。❿亦應其招　崔翹時亦為杜亞所辟。⓫留守　古代帝王巡幸、出征時，以親王或重臣鎮守京師，得便宜行事，稱京師留守。其他行部、陪都亦有常設或間設留守者。此指東京留守。⓬多君子僚　謂同僚多為君子。僚，同官或朋輩。⓭轡　駕馭牲口的嚼子和韁繩。⓮鑣　馬嚼子。⓯偃側　猶言「偃仰」。指生活悠然自得，無所拘忌。

【語　譯】哎呀！建中初年，我住在嵩高山中。攜幼扶老向北逃奔，躲避那賊寇的進攻。早晨就抵達洛京，我們倆偶然相遇。你待我如同老友，器重地照顧愛護。你有美好的名望，我卻來自深山。你才質優秀處事明達，我卻遲鈍而又愚頑。兩人的本質既然不一，從哪裡你能了解我？我想著你的厚道，不知道要怎樣做才可。在八年之後，你跟從杜亞做了幕僚。我當時正在洛陽，也接受了他的聘招。在留守處事情甚少，其同僚多是君子。沒有什麼猜疑顧忌，只是嬉戲遊樂不止。青草生長的春天，小鳥鳴叫的早晨。我手握著馬韁繩，你的馬嚼子高揚展伸。你居住在家，我來你家拜訪。有時就叫嘯歌呼，有時就仰臥側躺。你用道義教誨我，用誠心對待我。整日地跟我交談，沒有不是善言佳果。

主人❶信讒，有惑其下。殺人無罪，誣以成過。入救不從，反以為禍❷。赫赫有聞，王命三司。察我於獄，相從係縲❸。曲生何樂？直死何悲？上懷主人，內閔其私❹。進退之難，君處之宜。

【章　旨】寫二人因堅持正義而被捕下獄的情景。

【注　釋】❶主人　指東都留守杜亞。❷殺人無罪四句　令狐運為東京牙門將，杜亞惡其為人。會盜劫輸絹於洛北，運適畋近郊。亞意其為之，命員及從事張弘靖鞫其事，員報無此事。亞怒，囚員等。更以愛將金操服之。金笞運從者十餘人，二人死，九人自誣服，竟無贓狀。亞以聞，請流運嶺表。❸赫赫有聞四句　德宗令侍御史李元素、刑部員外郎崔從實、大理司直盧士瞻三司覆案，元素察其冤，如運跡似行盜，以曾捕人於家，配流歸州，員等由是獲免。赫赫，顯明盛大貌。三司，理獄之官。這裡指御史、刑部和大理寺。係縲，拘捕囚禁。❹私　指自己個人的事。

【語　譯】主人聽信讒言，被其部下蠱惑。無罪而誣服殺人，誣枉他構成罪過。你去拯救他沒有聽從，反而惹來災禍。事情重大而被皇上聽到，皇上命三司案覆。到監獄來了解案情，我們都一道被捕。不堅持正義活著有何歡樂？堅持正義死了有何可悲？你對上懷戀主人，內心又憂慮個人自身的安危。在這進退兩難之際，你卻處置得情理皆宜。

既釋於囚，我來徐州。道之悠悠，思君為憂。我如京師，君居父喪❶。哭泣而拜，言詞不通。我歸自西，君反吉服❷。晤言無他，往復其昔❸。不日而違，重我心惻。

【章　旨】寫久別重逢相見敘舊的喜悅和分別的悲愁。

【注　釋】❶父喪　員父穆寧卒於永貞元年十一月。❷吉服　對喪服而言，指平時的服裝。謂居喪期滿。❸往復其昔　言反覆所談，皆是往事。

【語　譯】既從牢獄釋放，我就來到徐州。道路相隔如此遙遠，想念你我整日懷憂。我來到京師，你又處在父喪之中，我哭泣而又跪拜，言詞卻不能相通。我從西方歸來，你已穿上吉服。見面後沒有別的可談，反反覆覆談論往事。沒有幾天我們又分手，更加重我內心的悲戚。

自後聞君，母喪❶是丁❷。痛毒之懷，六年❸以并。孰云孝子，而殞厥靈❹！今我之至，入門失聲。酒肉在前，君胡不餐？升君之堂，不與我言？嗚呼死矣，何日來還！

【章　旨】寫穆員外死後親臨祭奠的哀傷。

【注　釋】❶母喪　員母裴氏卒於貞元十三年六月。❷丁　當；遭遇。❸六年　指父母俱亡。父喪三年，母喪三年，故云「六年」。❹殞厥靈　指死去。靈，魂靈。

【語　譯】從此後我又聽說，你遭遇了母喪。內心痛楚至極，父親母親均已死亡。誰知你身為孝子，卻死去而不復生。現在我來到你家，一入門就痛哭失聲。好酒好肉擺在面前，你為何不來吃喝？我登上了你的廳堂，你怎麼不跟我說話？哎呀你死了，什麼時候還能回來與我敘舊！

【研　析】這是一篇代人作的哀祭文。這種文章很難寫得好。代人言情，無切膚之痛，難以寫得有真情實感。本篇卻將崔愬與穆員的交情寫得情真意切，有同膚受。在款款敘述的同時，加上一些形象的描寫，如「草生之春，鳥鳴之朝。我轡在手，君揚其鑣。君居於室，我既來即。或以嘯歌，或以偃側」。這當然只是想當然之詞，卻寫得如同親自參加了一般。代人哀悼能寫得如此入情入理，形象具體，只可用於此而不可施於彼，這種寫作技巧是很值得認真地體味的。

祭房君文

韓退之

【題　解】本篇寫作時間未詳。房君，名次卿，字蜀客，河南（今河南洛陽）人。韓愈為其父武所作的墓誌中稱武有六子，「其長曰次卿。次卿有大才，不能俯仰順時，年四十餘，尚守京兆興平尉」。林雲銘稱其「乃東野（孟郊）一流人物，負才不遇而死也」。君，對人的敬稱。本篇對房次卿的懷才不遇而死表示了極大的悲痛，並表示要撫卹其妻子以安慰其靈魂於九泉之下。「君乃至於此，吾復何言」，九個字就把滿腹辛酸與同情傾瀉出來。陳天定云：「此嗚咽之聲，一句一咽，痛甚。」三十六字，兩聲嘆息，三個轉折，如幽咽流泉，從石縫中轉轉折折流出，叫人不忍卒讀。

維某年月日，愈謹遣舊吏皇甫悅❶，以酒肉之饋❷，展祭於五官❸蜀客之柩前。

【章　旨】本段是祭文的開端，點明祭奠時間及祭奠對象。

【注　釋】❶皇甫悅　人名，生平事跡不詳。❷饋　祭品。❸五官　司曆之官。《新唐書・百官志二》：「五官靈臺郎各一人」，注：「武后長安二年，置挈壺正。乾元元年與靈臺郎、保章正、司曆、司辰，皆五官之名。」

【語　譯】某年某月某日，韓愈派遣舊吏皇甫悅，用美酒佳肴的祭品，在五官房蜀客的靈柩之前舉行祭奠。

嗚呼！君乃❶至於此，吾復何言！若有鬼神，吾未死，無以妻子為念！嗚呼！君其能聞吾此言否？尚饗！

【章旨】本段是祭文的主體，對房次卿之死表示悲痛，並表明必撫卹其妻孥以盡朋友之道。

【注釋】❶乃 竟，表示事出意外。

【語譯】哎呀！你竟然到了這個地步，我還有什麼可說的！假若有鬼神存在，只要我沒有死，你就不要掛念你的妻子兒女！哎呀！你還能聽到我說的這些話嗎？希望你能來享用！

【研析】這是一篇極短的祭文。全文才三十六個字，卻似乎把作者內心對房次卿懷才不遇而死的悲痛與同情都傾瀉了出來。而且打破祭文以韻文為正格的寫法，純用散句，似乎他來不及精雕細刻，只是大叫幾聲。這幾聲卻勝過千言萬語，使人悲痛欲絕。林雲銘《韓文起》卷八評云：「生前舊識，死後卹其妻孥，以慰其魂於九泉。此等高誼，令千載下窮途之士，讀之輒為心死。計全篇不過三十六字，可與〈祭十二郎〉千百言並讀。總以其情之真摯，能通鬼神而貫金石，初不覺其詞之短耳。」方苞曰：「止此數語，便可包嬴越劉。」說它可以超越秦漢，未免過譽。不過，這確是一篇奇文。

獨孤申叔哀辭

韓退之

【題解】本篇作於唐德宗貞元十八年（西元八〇二年）。獨孤申叔，字子重，年二十二，中貞元十三年進士，又二年，用博學宏詞為校書郎，又三年，居父喪，未期而卒，年僅二十七歲。哀辭，文體名。徐師曾《文體明辨》云：「哀辭者，哀死之文也，故或稱文。夫哀之為言依也，悲依於心，故曰哀；以辭遣哀，故謂之哀辭也。」本篇抒發了韓愈對獨孤申叔不幸早逝的沉痛哀悼，對造物主的不公平提出了尖銳質難，對獨孤申叔的才質品行作了熱烈的讚揚。茅坤說：「悲痛特甚，詩以怨者也。」本篇的確帶有諷諭詩的味道。

眾萬之生，誰非天耶？明昭❶昏蒙，誰使然耶？行❷何為而怒，居❸何故而憐耶？胡喜厚其所可薄，而恆不足於賢耶？將下民之好惡，與彼蒼懸❹耶？抑蒼茫無端，而暫寓其間耶？死者無知，吾為子慟而已矣！如有知也，子其自知之矣！

【章　旨】借對天的質問抒發對獨孤申叔不壽早死的哀悼。

【注　釋】❶明昭　指人的明智。❷行　指死去。《呂氏春秋・知接》：「居者無載，行者無理。」注：「行，謂即世也。」❸居　指活著的人。方東樹曰：「此即生為居人，死為行人之旨。」❹懸　懸殊；不同。韓愈於同年所作的〈與崔群書〉曾說：「見賢者恆不遇，不賢者比肩青紫；賢者恆無以自存，不賢者志滿氣得；賢者雖得卑位則旋而死，不賢者或至眉壽。不知造物者意竟如何？無乃所好惡與人異心哉？又不知無乃都不省記，任其生死壽夭邪？」此數句即此意。

【語　譯】萬事萬物的發生，哪一樣不是天的安排呢？那麼人的明智與愚昧，又是誰將其分開呢？天為什麼對死去的人還怒，而為什麼緣故對活著的人愛惜關懷呢？天為什麼對可以少給的人卻給與豐厚，而經常不足於賢才呢？難道是下民的好惡與那蒼蒼者不一樣呢？還是天只是個蒼蒼茫茫無邊無際的東西，而暫時寄寓到這宇宙中來呢？死去的人如果沒有知覺，我為你慟哭而已！如果有知覺的話，那你自己就已知曉此中道理！

濯濯❶其英，曄曄❷其光。如聞其聲，如見其容。嗚呼遠矣，何日而忘！

【章　旨】本段讚美獨孤申叔的才質品行。

【注　釋】❶濯濯　光明貌。❷曄曄　明盛美茂貌。

【語　譯】清朗地放射出精粹的亮光，明盛地散發出強烈的光芒。我如同聽到了他的聲音，我如同見到了他的模樣。哎呀！他已離我們遠去，我卻什麼時候能夠遺忘！

【研　析】哀辭有韻，句式也有規定。徐師曾曰：「其文皆用韻語，而四言騷體，惟意所之。」本篇卻打破常規。雖有韻，卻大體用散文句式來寫，使哀辭也趨向散文化。而且一開始就向天提出一連串質問，如鼓點般節奏急促，同司馬遷一樣，對天也提出了大膽的懷疑。這樣一質問，把韓愈對獨孤申叔不幸早死的哀痛充分表達了出來。林雲銘《韓文起》卷八評云：「劈頭絕不提起申叔一字，只將天道不可知處反覆推問，且為普天下人抱了許多不平之恨，則申叔之賢自見。末略點出平日所見所聞不能暫忘之意，即交情之深，亦無不見。省卻無數拖沓話頭，比歐陽詹哀辭另是一格。總之，昌黎為文，篇篇變換，不比今人無論千百篇，止有一枝筆也。」所評極為中肯。

歐陽生哀辭有序

韓退之

【題　解】本篇約作於唐德宗貞元十六年冬韓愈赴京參調至十七年春出京之前。歐陽生，名詹，字行周，泉州晉江（今屬福建）人。貞元八年進士，官國子監四門助教。本篇較詳細地敘述了歐陽詹的生平事跡和與韓愈的交往，讚美了他的文才品德，對他的壯志未酬即齎志以歿表示了極大的哀痛，特別對他的養志之孝作了熱烈的讚揚，這既寬慰了歐陽詹的垂暮之年的父母的悲傷，亦以解歐陽詹的早死之憾。林雲銘謂詹獨破閩俗之見，離親遠仕，閩人必以為非；又仕途不達，客死他鄉，閩人必以為戒。韓愈這樣讚嘆其能以志養，其名譽亦足以榮親，是為歐陽詹解嘲（見《韓文起》卷八評語）。其理或然。但哀辭主旨在哀悼死者，這是沒有疑義的。

歐陽詹世居閩越❶，自詹以上，皆為閩越官，至州佐縣令者，累累❷有焉。閩越地肥衍❸，有山泉禽魚之樂。雖有長材秀民，通文書吏事與上國❹齒者，未嘗肯出仕。

【章旨】本段寫自詹以前閩越人未肯出仕。

【注釋】❶閩越　古國名。漢高祖封無諸為閩越王，後為武帝所滅，置閩中郡。其地在福建一帶，治泉州晉江縣。❷累累　連續不斷。唐制：閩中郡縣官不由吏部選用，以京官五品以上者一人充專使，就地選補，以御史一人監之。每四年一選，稱作「南選」。故詹之上世雖不出閩越卻能在本地為官。❸衍　豐饒；富實。❹上國　指京師及中原地區。

【語譯】歐陽詹家世世代代居住在閩越，從詹以上，都做閩越地區的官，做到州裡的僚屬、縣裡的縣令的，連接不斷地出現呢。閩越地區土地肥沃富饒，有山間流泉禽鳥魚蝦的快樂。即使有傑出的才幹優秀的人才，精通公文案卷官吏事務可與京師及中原地區的人才並列的人，也從來不願出外做官。

今上❶初，故宰相常袞❷為福建諸州觀察使❸，治其地。袞以文辭進，有名於時❹；又作大官，臨莅其民。鄉縣小民有能誦書作文辭者，袞親與之為客主之禮。觀遊宴饗，必召與之。時未幾，皆化翕然❺。詹於時獨秀出，袞加敬愛，諸生皆推服。閩越之人舉進士，由詹始❻。

【章　旨】本段敘閩越由詹始有舉進士者。

【注　釋】❶今上　指唐德宗李适。❷常袞　京兆（今陝西西安）人。唐代宗大曆年間為相。德宗即位，袞言事獲罪，貶潮州刺史。故稱「故宰相」。❸觀察使　官名。唐於諸道置觀察使，位次於節度使。無節度使之州，亦特設觀察使，管轄一道或數州。唐德宗時，楊炎入相。楊炎與常袞素相友善。故常袞於建中元年由潮州刺史遷福建觀察使。❹袞以文辭進二句　《舊唐書・常袞傳》：袞「文章俊拔，當時推重」。❺翕然　聚合趨附貌。《新唐書・常袞傳》：「始閩人未知學。袞至，為設鄉校，使作為文章，親加講導，與為客主鈞禮，觀遊燕饗與焉。由是俗一變，歲貢士與內州等。」❻由詹始　貞元八年歐陽詹與韓愈等同登第。

【語　譯】當今皇上初年，原宰相常袞出任福建各州的觀察使，治理這個地區。常袞憑藉文章華美進用，在當時很有名氣；又做了大官，管理那裡的人民。鄉裡縣裡的民眾中有能讀書寫文章的人，常袞親自跟他講求賓主的禮節。觀賞遊玩宴飲酒食，一定召喚來跟他一道享用。時隔不久，百姓都感化趨附。歐陽詹在那時特別優秀突出，常袞給與敬禮愛護，那些學生都推崇佩服。閩越地區的讀書人考中進士，就從歐陽詹開始。

建中、貞元❶間，余就食江南❷，未接人事，往往聞詹名閭巷間。詹之稱於江南也久。貞元三年，余始至京師，舉進士，聞詹名尤甚。八年春，遂與詹文辭同考試登第，始相識。自後詹歸閩中❸，余或在京師、他處，不見詹久者。惟詹歸閩中時為然，其他時與詹離，率不歷歲，移時則必合，合必兩忘其所趨，久然後去。故余與詹相知為深。

【章　旨】本段敘韓愈與歐陽詹的相識與交往。

【注　釋】❶建中貞元　皆唐德宗年號。❷余就食江南　韓愈有別業在宣城。建中二年，成德、魏博、山南、平盧節度相繼稱亂。三年，王武俊、李希烈反。四年，涇原姚令言犯京師，德宗幸奉天，朱泚犯奉天。興元元年，李懷光反，如梁州。韓愈以中原多故，避地江左。❸閩中　古郡名，秦置。後以閩中泛指福建省地。

【語　譯】建中、貞元之間，我到江南地區去過活避難，沒有與人世上的各種事情接觸，往往在里巷之間聽到歐陽詹的名聲。歐陽詹在江南地區被稱揚很久了。貞元三年，我才到京城想考進士，聽到歐陽詹的名聲就更加顯赫了。貞元八年春天，我就與歐陽詹同以文章考取進士，我們才互相認識。自此以後，歐陽詹回福建去了，我有時在京城或在別的地方，很久沒有見到歐陽詹。只是在歐陽詹回到福建的時候是這樣，其他時間與歐陽詹分離，大都不超過一年，過一段時間就必定會面，會面就必定兩個人都忘記去過的地方，很久然後離去。所以我與歐陽詹相結識最深。

詹事父母盡孝道，仁於妻子，於朋友義以誠，氣醇以方，容貌嶷嶷然❶。其燕私❷善謔以和，其文章切深喜往復，善自道❸。讀其書，知其於慈孝最隆也。十五年冬，余以徐州從事❹，朝正於京師。詹為國子監四門助教❺，將率其徒伏闕下，舉余為博士。會監有獄，不果上。觀其心有益於余，將忘其身之賤而為之也。嗚呼！詹今其死矣。

【章　旨】本段敘歐陽詹的品德、文才及對自己的知遇。

【注　釋】❶嶷嶷然　魁梧貌。❷燕私　在寢室安息。此指在平時休息之時。燕，安息。❸自道　敘述自己。《論語・憲問》：「夫子自道也。」❹從事　官名，州刺史之佐吏。主管文書，察舉非法。時韓愈為徐州節度推官。❺四門助教　學官名。唐代於太學，置四門博士六人，助教六人，直講四人。

【語　譯】歐陽詹侍奉父母竭盡孝道，對妻子兒女仁愛，對朋友講道義和忠誠，氣質淳厚而方正，容貌魁梧。他在平常休息之時善開玩笑而和順，他的文章中肯深刻而喜歡低徊反覆，善於敘述自己。讀他的書，就知道他對於仁慈孝悌最推重。貞元十五年冬天，我以徐州從事的身分來京師朝見正月。歐陽詹這時任國子監四門學助教，將率領他的學生俯伏皇宮門下，薦舉我為國子監博士。碰上國子監有訟獄，書沒有上成。看他的用心只要對我有益，將會忘記他自身的地位卑賤而去做的。哎呀！歐陽詹現在已經死了。

詹，閩越人也。父母老矣，捨朝夕之養以來京師，其心將以有得於是而歸為父母榮也。雖其父母之心亦皆然。詹在側，雖無離憂，其志不樂也；詹在京師，雖有離憂，其志樂也。若詹者，所謂以志養志者與！詹雖未得位，其名聲流於人人，其德行信於朋友，雖詹與其父母，皆可無憾也。詹之事業文章，李翺既為之傳❶。故作哀辭以舒余哀，以傳於後，以遺其父母，而解其悲哀，以卒詹志云。

【章　旨】本段敘撰寫此文的目的是「以卒詹志」。以上是序。

【注　釋】❶李翺既為之傳　今《李文公集》不存此傳，當已亡佚。

【語　譯】歐陽詹是閩越地區人。他父母老了，他捨棄朝夕的奉養而來到京城，他的心裡將以為在這裡有所得而拿回去作為父母的榮耀。即使他父母的心意也都是這樣。歐陽詹在他們身旁，雖然沒有離別的憂慮，他們心裡不高興；歐陽詹在京城，雖然有離別的憂慮，他們心裡高興。像歐陽詹，大概可以說是以父母的意旨來奉侍父母的吧！歐陽詹雖然沒有得高的爵位，他的名聲流傳在人們當中，他的德行在朋友中得到信任，即使歐陽詹本人和他的父母，都可以沒有遺憾了。歐陽詹的事業和文章，李翺已經給他寫了傳記。所以我寫了這篇哀辭，來抒發我的悲哀，用來傳於後世，用來送給他的父母來解除他們的悲哀，用來成就歐陽詹的心意呢。

求仕與友兮，遠違其鄉。父母之命兮，子奉以行。友則既獲兮，祿實不豐。以志為養兮，何有牛羊❶？事實既修兮，名譽又光。父母忻忻❷兮，常若在旁。命雖云短兮，其存者長。終要必死兮，願不永傷。

【章旨】本段讚美歐陽詹奉父母之命出仕，仕雖不達而名聲亦足以榮耀宗族。

【注釋】❶牛羊　謂以牛羊奉養父母。❷忻忻　欣喜得意貌。

【語譯】求官職和找朋友啊，遠遠離開家鄉。父母的意旨啊，兒子奉行不忘。朋友已經找到啊，俸祿卻實在不豐決。以父母的意旨為奉養啊，哪裡在乎殺牛宰羊？事實既已達到目的啊，名譽又大放光芒。父母欣喜得意啊，好像兒子常在身旁。性命雖然短暫啊，可保存的東西將會久長。人終歸要死啊，希望不要長久悲傷。

友朋親視兮，藥物甚良。飲食孔❶時兮，所欲無妨。壽命不齊兮，人道之常。在側與遠兮，非有不同。山川阻深兮，魂魄流行。祀祭則及兮，勿謂不通。哭泣無益兮，抑哀自強。推生知死兮，以慰孝誠。嗚呼哀哉兮，是亦難忘。

【章　旨】本段寫歐陽詹雖死，精神永存，因此不必悲傷。以上是哀辭。

【注　釋】❶孔　甚；非常。

【語　譯】朋友親自去看望啊，藥物都很精良。飲食非常及時啊，所希望的東西都無礙無妨。壽命不一致啊，這是人道的正常情況。在身旁與在遠處啊，沒有什麼兩樣。山川雖然阻絕啊，魂魄可以通行來往。舉行祭祀他就會趕來啊，不要說不通陰陽。哭泣沒有益處啊，抑制悲哀自我堅強。推理活人就知道死者啊，來安慰他孝順誠懇的心腸。哎呀可哀啊，這實在叫人難忘。

【研　析】本篇的寫法與〈獨孤申叔哀辭〉又不一樣。它首先用序詳細記載了歐陽詹的為人處世以及與韓愈本人的交往，敘事簡潔明快，人物形象鮮明，是一篇傑出的傳記文學。哀辭則集中對歐陽詹的志養之孝作了熱烈的讚揚，說他名譽遠播，雖「祿實不豐」，亦足以榮宗耀祖，故雖死猶生，又寫得紆迴往復，纏綿悱惻，讀之既能給人鼓舞，又能催人淚下。儲欣說：「序則司馬，辭則靈均，皆師其意不師其辭者。」他說本篇序像《史記》，辭像〈離騷〉，只是不是從字面上模仿，細細品味，的確如此。

祭韓侍郎文

李習之

【題　解】韓愈卒於唐穆宗長慶四年（西元八二四年）十二月二日，李翺作本文時，韓愈已「喪車來東」，當作於長慶五年春。韓愈官終吏部侍郎，故題一作〈祭吏部韓侍郎文〉。本篇對韓愈在思想和文學方面的成就作了高度的概括，並預言他將名垂千古。韓愈一生的主要業績在排斥佛老、弘揚儒學和提倡古文、改革文風兩個方面。這兩項成就的確使他名留青史。李翺的讚譽恰如其分，並非虛美。文中還對韓愈能堅持己見、不管黜升的堅定立場表示了崇高的敬意，對韓愈對他的幫助和關心表示了由衷的感激之情，對韓愈的死表示沉痛的哀悼。這些都寫得非常感人。

嗚呼！孔氏云遠，楊墨恣行。孟軻拒之❶，乃壞於成❷。戎風❸混華❹，異學魁橫。兄常辨之❺，孔道益明。建武❻以還，文卑質喪。氣萎體敗，剽剝不讓。儷花鬭葉❼，顛倒相上❽。及兄之為，思動鬼神。撥去其華，得其本根。開合怪駭，驅濤湧雲。包劉❾越嬴❿，並武⓫同殷⓬。六經⓭之風，絕而復新。學者有歸，大變於文。兄之仕宦，罔辭於艱，疏奏⓮輒斥，去而復遷。升黜不改，正言亟聞。

【章旨】本段稱讚韓愈排斥佛老、弘揚儒學和提倡古文、改革文風的功績和不論仕途升黜而堅持正義的品德。

【注釋】❶孟軻拒之　《孟子．滕文公下》曾斥楊墨云：「楊氏為我，是無君也；墨氏兼愛，是無父也。無父無君，是禽獸也。……吾為此懼，閑先王之道，距楊墨，放淫辭，邪說者不得作。」❷壞於成　功敗垂成，未竟全功之意。❸戎風　指佛教。佛教傳自西域，故稱「戎風」。戎，古代泛指我國西部的少數民族。❹華　我國古代稱華夏，省稱華。《左傳．定公十年》：「裔不謀夏，夷不亂華。」疏：「中國有禮儀之大，故稱夏；有服章之美，謂之華。華夏一也。」❺兄常辨之　退之學首闢佛老，故先及之。❻建武　東漢光武帝年號。《舊唐書．韓愈傳》曰：「自魏晉以還，為文者多拘偶對，而經誥之指歸，遷雄之氣格，不復振起矣。」❼儷花鬭葉　謂講求詞藻華美與對仗工整。儷，成對；配偶。❽顛倒相上　謂顛倒字句以求勝過別人。❾劉　指漢朝。漢朝皇帝劉姓。❿嬴　指秦朝。秦嬴姓。⓫武　周武王，代指周朝。⓬殷　殷商，即商朝。⓭六經　《新唐書．韓愈傳贊》曰：「至貞元、元和間，愈遂以六經之文為諸儒倡，障隄末流，反刓以樸，剗偽以真。自愈歿，其言大行。學者仰之，如泰山北斗云。」⓮疏奏　古代臣下呈給皇上的奏章。疏，條陳，專稱書面向皇帝陳述政見為上疏。奏，進，包括進言、上書皆稱奏。按韓愈於貞元十九年遷監察御史，因關中旱飢，愈上疏請寬民傜，被貶為連州陽山令，改江陵法曹參軍，入為權知國子博士，遷刑部侍郎。因上疏請燒佛骨，貶潮州刺史，移袁州刺史，入遷國子祭酒。

【語　譯】哎呀！孔夫子離我們遠了，楊朱、墨翟之言恣意流行。孟軻抵制楊墨之道，功業竟未全成。外域佛教邪風擾亂華夏，異端邪說大肆專橫。老兄常常駁斥它，孔子之道更加鮮明。自從建武年間以來，文氣卑弱文質盡喪。氣勢柔弱體格敗壞，剽竊剝取爭先不讓。像並列紙花競爭絹葉，顛倒字句以求出人之上。等到老兄寫文章，情思可驚動鬼神。拋棄其華茂的外表，得到了他的本根。大開大合怪異駭俗，像洶湧的波濤和滾動的浮雲。包容劉漢超越嬴秦，併兼周朝混一商殷。六經的樸實文風，斷絕了又得到更新。學者有所歸依，大大改變了文章的氣氛。老兄的為官，不辭避艱難。上了疏文奏章總被貶斥，逐去後又得升遷。不管升遷罷黜都不改變，正直的言論多次聽聞。

貞元十二❶，兄在汴州❷，我遊❸自徐❹，始得兄交。視我無能，待予以友，講文析道，為益之厚。二十九年❺，不知其久。兄以疾休，我病臥室，三來視我，笑語窮日。何荒不耕❻，會之以一❼。人心樂生，皆惡言凶，兄之在病，則齊其終❽。順化❾以盡，靡惑於中❿。別我千萬，意如不窮。臨喪大號，決裂肝胸。

【章　旨】本段寫自己與韓愈的交往以及韓愈曠達的生死觀。

【注　釋】❶貞元十二　唐德宗貞元十二年（西元七〇六年）。❷兄在汴州　貞元十二年秋，韓愈為汴州觀察使推官。汴州，今河南開封。❸遊　遊宦，指外出求官謀職。❹徐　徐州，治所在今江蘇徐州。❺二十九年　自唐德宗貞元十二年至唐穆宗長慶四年，恰二十九年。❻何荒不耕　猶言學問沒有甚麼不去涉獵。荒，荒地，代指偏僻的學問領域。❼會之以一　言能融會貫通。會，融會；理解。一，一理，指一個基本的道理。《論語・里仁》：「子曰：『參乎！吾道一以貫之。』」❽齊其終　謂韓愈達觀，能齊一生死。張籍〈祭退之〉：「公有曠達識，生死為一綱。及當臨終晨，意氣亦不荒。」齊，等同；齊一。

❾化　造化；自然界生成萬物的功能。❿中　心中；胸中。

【語　譯】貞元十二年，老兄在汴州，我自徐州來求官，才得與兄相結交。看到我無能，以朋友待我，研習古文辨析儒學，使我得益非常深厚。相交二十九年，不覺得時間長久。老兄因病休假，我也抱病躺在內室，你三次來探視我，歡言笑語整天整日。你什麼荒地不去耕耘，卻能夠用一個道理將其貫穿一起。人心都高興活著，卻討厭說到死亡，老兄當在病中，卻把生死看做一樣。跟隨自然的變化而過完一生，在心中沒有疑慮猜詳。千言萬語跟我話別，意思好像還未訴盡衷腸。對著你的喪我大聲號哭，哭裂肝臟哭破胸腔。

老聃言壽，死而不亡❶。兄名之垂，星斗之光。我譔兄行❷，下於太常❸。聲殫❹天地，誰云不長？喪車來東❺，我刺廬江❻。君命有嚴，不見兄喪。遣使奠斝❼，百酸攪腸。音容若在，曷日而忘！嗚呼哀哉！尚享！

【章　旨】本段寫韓愈將名垂千古和自己不能親臨祭奠的悲哀。

【注　釋】❶老聃言壽二句　《老子》第三十三章：「死而不亡者壽。」王弼注：「身沒而道猶存。」不亡，即道不朽，永垂千古之意。❷行　指行狀，文體名，記述死者生平行事的文章。李翱作有〈韓公行狀〉。❸太常　官名，掌禮樂郊廟社稷祭祀事宜。此謂將行狀交太常議諡。韓愈諡曰「文」，故世稱韓文公。❹殫　盡。猶言「傳遍」。❺喪車來東　韓愈河南河陽（今河南孟縣）人，死於洛陽。此指歸葬祖塋。❻我刺廬江　《舊唐書・李翱傳》載：翱為禮部郎中，因面數宰相李逢吉之過，被出為廬州刺史。刺，謂出任刺史。廬州，州名，治所在今安徽合肥。❼斝　古代銅製酒器。此即指酒杯。

【語　譯】老聃講壽長，是說人雖死而精神卻不消亡。老兄的名字流傳後世，如同星辰北斗永放光芒。我為兄撰寫了行狀，已經下達太常。名聲傳遍天涯海角，誰說不會久長？你的喪車向東而來，我做刺史遠在廬江。

皇上的指令非常嚴峻，我不能看望兄長遠出奔喪。只能派使者灑奠一杯水酒，萬種辛酸擾亂我的肝腸。你的聲音笑貌好像還在，什麼時候我會遺忘！哎呀！可哀啊！希望你能來享用！

【研　析】韓愈是傑出的思想家和偉大的文學家。他排斥佛老、弘揚儒學和提倡古文、改革文風，對當時和後世都產生過重大影響。本篇抓住韓愈的這兩個方面來寫，讚美其成就，預言其影響，都恰如其分，符合被祭者的實際。而且是以朋友的身分來寫，這一切都是親耳所聞，親目所見，所以寫得極為親切，極為具體，使人感覺到這種讚譽符合實際，並非虛美。這就使得本篇具有了鮮明的個性特點，只能是李翱用來祭奠韓愈而不可以更換施用於他人。王文濡曰：「習之知昌黎最深，故能言之親切如此。文亦具體昌黎。」

卷七十五　哀祭類　三

祭資政范公文

歐陽永叔

【題　解】本篇作於宋仁宗皇祐四年（西元一〇五二年）。資政，殿名。真宗建龍圖閣，以閣之東序為資政殿。特置資政殿學士，後來宰相罷職，多任此官。慶曆四年（西元一〇四四年），范仲淹罷參政後，即任此官。范公，即范仲淹，字希文，官至參知政事，後拜資政殿學士，可參見本書卷四十五歐陽修所作〈神道碑銘〉。他任參知政事時曾主持過「慶曆新政」。但他的革新主張受到了守舊官僚的激烈反對，使他在官場也多次起伏，最後死在調往穎州的途中。歐陽修也屬於范仲淹革新派的人物，所以本篇集中對小人誣謗中傷范仲淹作了尖銳的指責，對范仲淹堅持革新主張決不氣累的鬥爭精神給予了熱烈的讚揚，對他死後得美諡和謠言不攻自破作了大力肯定。雖是哀祭，實則是對范仲淹一生政績的歌頌與肯定，是范仲淹一生的政治結論。

嗚呼公乎❶！學古居今，持方入員❷，丘軻❸之艱，其道則然。公曰彼惡，謂公好訐；公曰彼善，謂公樹朋❹。公所勇為，謂公躁進；公有退讓，謂公近名❺。讒人之言，其何可聽！先事而斥，群譏眾排；有事而思，雖仇謂材❻。毀不吾傷，譽不吾喜；進退有儀❼，夷❽行險止。

【章　旨】本段寫小人對范仲淹的造謠中傷以及范仲淹的不以為意而泰然處之。

【注　釋】❶嗚呼公乎　此上集本有「日月，廬陵歐陽修謹以清酌庶羞之奠，致祭於故資政殿學士、尚書戶部侍郎范文正公之靈曰」三十七字，為哀祭文的開端。❷持方入員　宋玉〈九辯〉：「圜鑿而方枘兮，吾固知其鉏鋙而難入。」方，指方正的榫頭。員，同「圓」。指圓的鑿孔。❸丘軻　指孔丘與孟軻，他們在世時，皆不遇於時，皆曾周遊列國以求官。孔子還曾厄於陳蔡之間，畏於匡。❹朋　指朋黨，排斥異己的宗派小集團。❺近名　邀取名聲。❻雖仇謂材　景祐三年，宰相呂夷簡訴仲淹越職言事，薦引朋黨，離間君臣。仲淹由是落職，知饒州。及趙元昊反，康定元年呂夷簡復相，復仲淹天章閣待制，知永興軍，為陝西經略安撫副使。呂夷簡還言於仁宗曰：「仲淹長者，朝廷方將用之，豈可但復舊職？」❼儀　法度；標準。❽夷　平坦；平易。

【語　譯】哎呀范公呀！學習古人而活在當今，等於拿著方榫楔入圓圈，孔丘、孟軻的艱辛遭遇，那規律就是這般。你說「那個人壞」，他們說你喜歡揭短；你說「那個人好」，他們說你結黨拉朋。你勇於去做某事，他們說你急躁冒進；你有所退卻謙讓，他們說你急功邀名。讒諂小人說的話，怎麼可以去聽？在事件發生之前預先指出，他們群起譏諷並力阻撓；事件已經發生才出謀畫策，即使仇人也說你才幹很高。毀謗不能傷害我，讚揚我也不歡喜；一進一退都有法度，道路平坦就前進道路艱險就停止。

嗚呼公乎！舉世之善，誰非公徒❶？讒人豈多，公志不舒。善不勝惡，豈其然乎？成難毀易，理又然歟？

【章　旨】本段寫對范仲淹遭遇中傷的同情。

【注　釋】❶徒黨；同類之人。

【語　譯】哎呀范公呀！整個世上的好人，誰不是你的徒黨？讒諂小人豈在眾多，你的心裡就不舒暢。善人不能戰勝壞人，難道就是這樣？成功難破壞容易，事理又就是這個狀況？

嗚呼公乎！欲壞其棟，先摧桷榱❶；傾巢破鷇❷，披折旁枝。害一損百❸，人誰不罹❹？誰為黨論❺，是不仁哉❻！

【章　旨】本段寫小人對范仲淹的中傷是「害一損百」，危害了國家。

【注　釋】❶桷榱　椽子；放在檁上架屋瓦的木條。方曰桷，圓曰榱。此處以棟喻范仲淹，以桷榱喻蘇舜欽等。據歐陽修〈湖州長史蘇君墓誌銘〉載：范仲淹薦舉蘇舜欽，召試得集賢校理。自元昊反，兵出無功。天子奮然用三四大臣，欲盡革眾弊以紓民，於是范仲淹與富弼多所設施，而小人不便。顧人主方信用，思有以撼動。於是以事中傷蘇舜欽。舜欽除名，所會賓客悉坐貶逐，於是中傷者喜曰：「吾一舉網盡之矣。」其後三四大臣，相繼罷去，天下事卒不復施為。❷鷇　待母鳥哺食的幼鳥。此指鳥卵。❸害一損百　打擊蘇舜欽，意在整垮范仲淹，結果是「慶曆革新」失敗，導致國家衰敗，人人遭殃，故云。❹罹　遭殃；遭遇憂患。❺黨論　朋黨的說法。據歐陽修〈神道碑銘〉載：呂夷簡與范仲淹交論上前。凡贊成范仲淹的人都被呂夷簡指為黨，朋黨之論遂起。❻是不仁哉　歐陽修《新五代史・唐六臣傳論》曰：「嗚呼！始為朋黨之論者誰歟？甚乎作偽者，真可謂不仁之人哉！」

【語　譯】哎呀范公呀！想要損害棟樑，先要摧垮架瓦的椽皮；鳥巢翻了鳥卵必破，還折斷了旁邊的樹枝。陷害了一個人損害了許多人，人們哪一個不遇禍遭災？誰製造這朋黨的說法，這是個不仁的斗筲之材！

嗚呼公乎！易名❶諡行❷，君子之榮。生也何毀？沒也何稱？好死惡生，殆非人情。豈其生有所嫉，而死無所爭？自公云亡，謗不待辨；愈久愈明，由今可見。始屈終伸，公其無恨！寫懷平生，寓此薄奠。

【章　旨】本段讚美范仲淹一生光明磊落，死後得殊榮，謠言都不攻自破。

【注　釋】❶易名　指給予諡號以更換本名。❷諡行　謂依據一生行事來定諡號。范仲淹死後諡「文正」。據《諡法解》：「經緯天地曰文，道德博聞曰文，學勤好問曰文，慈惠愛民曰文，愍民惠禮曰文，賜民爵位曰文。內外賓服曰正。」故「文正」是美諡。

【語　譯】哎呀范公呀！更換名字依據行事定諡，這是君子的光榮。活著時為什麼要毀謗？死了為什麼又這般相稱？喜樂死去而厭惡活著，這大概不是人之常情。難道他活著時有所嫉恨，死後就沒有了紛爭？自從你死了之後，毀謗就不用去爭辯；時間愈久真相愈明，從現在就可以看見。開始受委屈最終得到申雪，你應當沒有遺恨吧！抒寫懷念你平生的遭際，寄寓在這菲薄的祭奠。

【研　析】這篇哀祭文不去追敘祭者與被祭者的昔日交情，不去表白對死者的哀悼，而專門論述他一生的政治遭遇，專門論述小人對他的造謠中傷以及小人用心之險惡，讚揚死者在這一門爭中的光明磊落和最終勝利，儼然像賈誼的〈弔屈原文〉，可與歐陽修本人寫的〈朋黨論〉參照著來讀。這種哀祭文議論縱橫，別具一格，說明大家作文必自創新，不肯蹈襲前人窠臼的精神。王文濡曰：「文正一生，包括殆盡，移置他人不得。」這的確只能是歐陽修用來祭奠范仲淹而不可移置於他人。

祭尹師魯文

歐陽永叔

【題解】本篇作於宋仁宗慶曆七年（西元一〇四七年）。尹師魯，名洙，累官至起居舍人，坐貶崇信軍節度副使，徙監均州酒稅，卒，年僅四十七歲。事詳本書卷四十七歐陽修〈尹師魯墓誌銘〉。尹洙十年之間，凡三貶官。唐末五代時，文格卑弱。尹洙倡為古文，簡而有法。歐陽修曾從尹洙遊。他對推動宋代文風的變革起過一定作用，仕雖不達，在文學方面卻取得一定成就。本篇即對尹洙的窮愁潦倒於荒僻的貶所表示了深切的同情，對尹洙的不以窮達生死為懷的曠達人生觀表示了由衷的讚美，對他在文學方面的成就作了極大的肯定，表示了對尹洙之死的沉痛哀悼。文章寫得抑揚跌宕，綽有情致。張伯行曰：「師魯與公始倡為古文詞，相知最厚，擯斥而死。故公特寫其磊落之致，悲愴之思。」正是因為「相知最厚」，才能寫得這樣深切而動人。

嗟乎師魯❶！辨❷足以窮萬物，而不能當一獄吏❸；志可以狹四海，而無所措其一身。窮山之崖，野水之濱❹，猿猱之窟，麋鹿之群，猶不能容於其間兮，遂即萬鬼而為鄰。嗟乎師魯！世之惡子之多，未必若愛子者之眾；而其窮而至此兮，得非命在乎天而不在乎人？

【章旨】本段對尹洙窮困潦倒於荒涼偏僻的貶所表示了深切的同情。

【注釋】❶嗟呼師魯　此上集本有「維年月日，具官歐陽修謹以清酌庶羞之奠，祭於亡友師魯十二兄之靈曰」二十九字，為祭文的開端。❷辨　通「辯」。論辯；有口才。❸不能當一獄吏　歐陽修〈尹師魯墓誌銘〉載：「初，師魯在渭州，將吏有違其節度者，欲按軍法斬之而不果。其後吏至京師，上書訟師魯以公使錢貸部將，貶崇信軍節度副使，徙監均州酒稅。」獄吏，指治其獄者。❹窮山之崖二句　此指均州貶所。均州，即今湖北均縣，地在武當山東北，均水之旁。窮山野水，當指武當山與均水。

【語　譯】哎呀師魯！你的辯論口才足夠用來徹底探究萬物，卻不能用來對付一個獄吏；你的志向可以把四海看得很狹窄，卻沒有地方容納你的一身。荒山的山崖，野水的水濱，猿猴的洞穴，麋鹿的成群，你還是不能在其間容身啊，於是就靠近眾多鬼怪而與之為鄰。哎呀師魯！世上厭惡你的人多，未必有喜歡你的人那麼眾多；而你卻窮困潦倒到這個程度啊，這豈不是命運掌握在天老爺手中而不在我們人自身？

方其奔顛斥逐，困厄艱屯❶，舉世皆冤，而語言未嘗以自及；以窮至死，而妻子不見其悲忻。用舍進退，屈伸語默。夫何能然？乃學之力。至其握手為訣，隱几待終，顏色不變，笑言從容❷。死生之間，既已能通於性命；憂患之至，宜其不累於心胸。自子云逝，善人宜哀；子能自達，余又何悲？惟其師友之益，平生之舊，情之難忘，言不可究。

【章　旨】本段對尹洙不以窮達生死為意的曠達襟懷表示了由衷的讚賞。

【注　釋】❶艱屯　艱難。屯，難。❷至其握手為訣四句　歐陽修〈尹師魯墓誌銘〉：「得疾，無醫藥，舁至南陽求醫。疾革，憑几而坐，顧妻子在前，無甚憐之色；與賓客言，終不及其私。」韓稚圭〈尹公墓表〉：「疾革，對賓客妻子無一戚言，整冠帶，盥濯，怡然隱几而卒。」訣，永別。隱几，倚靠几案。

【語　譯】當你奔忙顛沛被排斥放逐之時，困頓窮厄而艱難莫伸，整個世界的人都為你鳴冤，而你的談話從來沒有涉及自身；因為窮困而至於死去，妻子兒女沒有見過你的悲戚歡欣。任用捨棄進仕退野，屈曲伸展說話沉默。為什麼能夠這樣？這都是學問的力量所得。至於握手與人永別，靠著几案等待善終，臉色一點不變，歡言笑語態度從容。在死和生之間，已經能夠通達本性命運；那麼憂患的來臨，應該不會連累你的心胸。自從你死去，善人應該悲哀；而你能如此曠達，我又何必傷悲？只是這老師與朋友的教益，平時的舊情厚誼，感情上難以忘懷，語言也不可以表述完畢。

嗟乎師魯！自古有死，皆歸無物。惟聖與賢，雖埋不沒。尤於文章，焯❶若星日。子之所為❷，後世師法。雖嗣子尚幼❸，未足以付予；而世人藏之，庶可無於墜失。子於眾人，最愛余文。寓辭千里❹，侑❺此一尊❻。冀以慰子，聞乎不聞？尚饗！

【章　旨】本段讚美尹洙的文學成就和表示對尹洙之死的哀悼。

【注　釋】❶焯　照耀。❷所為　指所寫的詩文。歐陽修〈尹師魯墓誌銘〉：「師魯為文章，簡而有法，博學強記，通知古今，長於《春秋》。其與人言，是是非非，務窮盡道理乃已。」尹洙著有《河南集》二十七卷。❸嗣子尚幼　歐陽修〈尹師魯墓誌銘〉：「有子四人，連喪其三，女一，適人亦卒。而其身終以貶死。一子三歲，四女未嫁，家無餘貲。」❹寓辭千里　尹洙病於均州，死於南陽，歸葬於洛陽。時歐陽修知揚州，故云。❺侑　勸。❻尊　酒器。古代用作祭祀的禮器。

【語　譯】哎呀師魯！從古以來就有死亡，人又回到那空洞無物。只有那聖人與賢人，雖然被埋葬也不會消沒。尤其是關於文章，照耀得如同星星白日。你所寫作的詩文，是後世的老師和法則。雖然你兒子還很幼小，還不足以託付交與給他；而世人收藏著它們，大概可以不用擔心它們會丟棄消失。你在你們這些人中，最喜愛我的文章。我在千里之外把哀傷寄託在這些話裡，用來勸你喝上這一觴。希望這能夠安慰你，你聽得到還是聽不精詳？希望你來享用！

【研析】歐陽修與尹洙的關係是亦師亦友，歐陽修自己說是「師友之益，平生之舊」。本篇卻很少在個人師友關係方面用筆，只是把尹洙的被貶，把尹洙的為人，把尹洙的文學成就一一敘述出來，而且夾敘夾議，以議帶敘；同時，雖然有韻，還有騷體句，而行文全似散文，流暢平易，讀來彷彿是司馬遷的《史記．伯夷列傳》，叫人一唱三歎，而不似韓愈文章奧折奇崛。錢基博曰：「運散文之長短句，夾敘夾議以叶韻，錯綜震蕩，而變韓文之密栗堅峭者，自歐陽修始。祭尹、石兩文其著也。」宋代文風至歐陽修而大變，喜議論、散文化是其兩大趨勢，觀此文即可知矣。

祭石曼卿文

歐陽永叔

【題解】本篇作於宋英宗治平四年（西元一〇六七年）。石曼卿，名延年，累舉進士不中，以為三班奉職。歷官大理寺丞，遷太子中允，祕閣校理，卒，年僅四十八歲。事詳本書卷四十六歐陽修〈石曼卿墓表〉。本篇縱論了人的形與名的關係，指出偉大傑出的人必定是形雖滅而名存。然後歸結到石延年也必然如此，雖然埋於地下，與古今各種人物一樣，不過是荒墳一座；但石延年必會「不化為朽壤，而為金玉之精」，即英名永存。這是對石延年的讚美。最後才對石延年之死表示不能忘情，還是臨風隕涕。文章寫得氣勢矯健，音節蒼涼，在哀祭文中又是一種風格。

嗚呼曼卿❶！生而為英❷，死而為靈❸。其同乎萬物生死，而復歸於無物者，暫聚之形；不與萬物共盡，而卓然其不朽者，後世之名。此自古聖賢莫不皆然，而著在簡冊❹者，昭如日星。

【章旨】本段簡要論述人形亡而名存的道理，為下文評論石延年張本。

【注釋】❶嗚呼曼卿　此上集本有「維治平四年七月日，具官歐陽修謹遣尚書都省令史李敭至于太清，以清酌庶羞之奠，致祭於亡友曼卿之墓下而弔之以文曰」五十字，為祭文的開端。❷英　傑出；優異。多指才德出眾。《禮記·禮運》：「大道之行也，與三代之英。」注：「英，俊選之尤者。」❸靈　神靈。❹簡冊　書籍；史籍。

【語譯】哎呀曼卿！活著時是英才，死了是神靈。那跟萬物的生死一樣而又回到那空無一物的，是暫時聚合的人之形；不跟隨萬物一起消失而特異地那不衰朽的，是後世的名聲。這從古以來的聖人賢人沒有誰不都是這樣，那寫在書籍裡的人，燦爛得如同白日與星星。

嗚呼曼卿！吾不見子久矣❶，猶能髣髴子之平生。其軒昂磊落，突兀崢嶸❷，而埋藏於地下者，宜其不化為朽壤，而為金玉之精。不然，生長松之千尺，產靈芝❸而九莖❹。奈何荒煙野蔓，荊棘縱橫，風淒露下，走燐❺飛螢？但見牧童樵叟，歌吟而上下，與夫驚禽駭獸，悲鳴躑躅而咿嚶❻。今固如此，更千秋而萬歲兮，安知其不穴藏狐貉❼與鼯鼪❽？此自古聖賢亦皆然兮，獨不見夫纍纍乎曠野與荒城❾！

【章　旨】本段寫石延年雖埋藏地下，墳墓淒清，而精神卻永存。

【注　釋】❶吾不見子久矣　石延年死於宋仁宗康定二年即慶曆元年（西元一〇四一年），歐陽修作此文時，已是宋英宗治平四年（西元一〇六七年），已隔二十七年，故云。❷其軒昂磊落二句　歐陽修〈石曼卿墓表〉云：「狀貌偉然，喜酒自豪，若不可繩以法度。」此二句即描寫他這種狀貌和氣概。軒昂，形容氣概不凡。磊落，高大，比喻人的俊偉。突兀，高貌。崢嶸，高峻貌，比喻超越尋常。❸靈芝　菌類植物。古人以芝為瑞草，故名靈芝。❹九莖　一幹九莖。九莖靈芝古人認為是祥瑞之物。《漢書・武帝紀》曰：元封二年，甘泉宮內產芝，九莖連葉，作〈芝房之歌〉。❺燐　燐火，俗稱「鬼火」。❻咿嚶　鳥獸啼叫聲。❼貉　狗獾，似貍，銳頭尖鼻，晝伏夜出。❽鼯鼪　皆動物名。鼯，俗稱飛鼠。形似蝙蝠，因其前後肢之間有飛膜，能在樹林中滑翔。鼪，即「鼬」。善捕鼠，故有鼠狼之稱。❾城　佳城，指墓地。張華《博物志・異聞》載，夏侯嬰死，得石有銘曰：「佳城鬱鬱，三千年，見白日，吁嗟滕公居此室。」遂葬之。稱墓地為佳城，本此。

【語　譯】哎呀曼卿！我沒有見到你很久了，我還能想像得出你的生平。你氣概不凡而俊偉，高高聳立卓爾不凡，而被埋葬在地下，料想你不會化為腐朽的土壤，而會變為金石的純精。不這樣，也會長出高大千尺的松樹，或者產出靈芝草而有九莖。卻怎麼會是這麼荒涼的煙霧，野生的蔓草，荊條棘刺四處叢生，風聲淒厲寒露飄零，遊動的鬼火和飛翔的火螢？只見那放牧的兒童和打柴的老叟，歌唱吟哦著上上下下，以及那些受驚的飛禽與震駭的走獸，在這裡淒涼地悲鳴，來回走動而發出悽慘的叫聲。現在就已經是這個樣子，經過千年萬載之後，又怎麼知曉不會有狐狸狗獾和飛鼠臭鼬來此打洞謀生？這是從古以來聖人賢人都會如此啊，你難道沒有看見那連接不斷的空曠的原野和荒涼的墳墓佳城！

嗚呼曼卿！盛衰之理，吾固知其如此，而感念疇昔，悲涼淒愴，不覺臨風而隕涕者，有愧乎太上之忘情❶。尚享！

【章　旨】本段寫對石延年之死表示哀悼。

【注　釋】❶太上之忘情　《世說新語．傷逝》曰：「王戎喪兒萬子，山簡往省之，王悲不自勝。簡曰：『懷抱中物，何至於此！』王曰：『聖人忘情，最下不及情。情之所鍾，正在我輩。』」太上，最上等的，指聖人。

【語　譯】哎呀曼卿！興盛衰落的道理，我本來就知道是這樣，卻對過去的日子感慨繫念，悲嘆淒涼而冷落傷情，不知不覺地面對涼風而掉下了眼淚，這實在有愧於最偉大的聖人能忘掉私情！希望你能來享用祭品。

【研　析】「本朝人尚理」（嚴羽《滄浪詩話》語），喜歡發議論，是宋文的特點。這股風氣也波及到哀祭文。歐陽修的一些哀祭文就是這樣。例如本篇就大開大合，議論了人的形與名的關係，強調要形亡而名存，才能永垂不朽。然後歸結到石延年雖已與前人一樣是荒墳一座，但他名將永存，又與哀祭石延年聯繫起來，議論與讚美緊密結合著。同時，本篇不是祭於靈前而是祭於死後二十幾年的墳墓之前。故全文皆從墓前著筆，將死後埋藏地下荒冢淒清的景象描繪得十分可怖。然墓雖荒而名永存，又與祭石延年掛起鉤來。文章四處生發開去，又處處緊扣中心。林雲銘曰：「此遺祭曼卿墓下之詞，非始死而弔奠，故全在墓上著筆，而從曼卿平生之奇串入生發，其大意從雍門子琴一段脫化來，文情濃至，音節悲哀，不忍多讀。」正道出了此中奧祕。

祭蘇子美文

歐陽永叔

【題　解】本篇作於宋仁宗慶曆八年（西元一〇四八年）。蘇子美，名舜欽，尋舉進士，累官大理評事。康定中被劾落職，居蘇州，築滄浪亭以自娛。後起為湖州長史，尋卒，年僅四十一歲。詳本書卷四十七歐陽修〈湖州長史蘇君墓誌銘〉。舜欽少慷慨有大志，狀貌奇偉。時學者為文，多拘對偶。獨舜欽與穆修好為古文詩歌，一時豪俊，多從之遊，與梅堯臣齊名，為歐陽修所推重。本篇對他的文學成就作了熱烈的讚揚和大力的肯定，對他的政治才幹未能得到發揮表示了極大的惋惜，對他的遭人詆毀給予了極大的同情，讚揚他仕雖不達卻反而成就了他的文學事業。文章寫得聲情並茂，是極好的抒情文字。

哀哀❶子美，命止斯耶？小人之幸，君子之嗟！

【章旨】本段感嘆蘇舜欽命運不佳，令君子嗟嘆，作一總起。

【注釋】❶哀哀　悲傷不已。此上集本有「維年月日，具官歐陽修謹以清酌庶羞之奠，致祭於亡友湖州長史蘇君子美之靈曰」三十三字。

【語譯】可哀歎呀子美，你的命運就是這樣嗎？這是小人的幸運，君子的感歎咨嗟！

子之心胸，蟠屈龍蛇。風雲變化，雨雹交加，忽然揮斧❶，霹靂轟車❷。人有遭之，心驚膽落，震仆如麻。須臾霽止，而四顧百里，山川草木，開發萌芽。子於文章，雄豪放肆，有如此者，吁可怪邪！

【章旨】本段讚美蘇舜欽的詩文寫得如同霹雷而震驚天下。

【注釋】❶揮斧　指打雷。傳說中謂雷神手持大斧，雷神揮動斧，即放雷。❷轟車　轟隆隆的車聲。此用以形容雷聲之大。

【語譯】你的心裡胸中，蟠屈著龍蛇。每當風雲變幻不止，大雨冰雹交錯落下，雷神忽然揮動大斧，震耳的炸雷像轟隆滾動的大車。人如果遇到了它，必會心驚膽戰，震駭倒下如同一團亂麻。一會兒雨過天青，而四面一看百里之內，山川的草木，都生長出來而開始萌芽。你的文章，雄俊豪邁而無拘無束，就好像這雷雨一樣呀，哎呀真是怪異十足呢！

嗟乎世人，知此而已；貪悅其外，不窺其內❶。欲知子心，窮達❷之際。金石雖堅，尚可破壞；子於窮達，始終仁義。惟人不知，乃窮至此。蘊而不見，遽以沒地。獨留文章，照耀後世。

【章　旨】本段感歎世人不了解蘇舜欽的內在本質，以致使他功業無成，只留下文學成就。

【注　釋】❶內　指內在本質。歐陽修〈墓誌銘〉云：「君狀貌奇偉，慷慨有大志。少好古，工為文章。所至皆善政。官於京師，位雖卑，數上疏論朝廷大事，敢道人之所難言。」❷窮達　困阨與顯達，指官運不濟和官運亨通。

【語　譯】可歎啊世上的人，只知道他這一點而已；貪圖喜愛他的外在表現，而沒有看到他的骨子裡。想要了解他的心胸，只有在困阨與顯達的交接之際。金石雖然堅硬，那還是可以破壞；你對於困阨與顯達，自始至終遵循著仁德道義。只是別人不了解，所以才窮愁困阨到如此田地。蘊藏著沒有表現出來，就懷抱著它埋沒在墳地。只留下了大塊文章，照耀著千秋萬世。

嗟世之愚，掩抑毀傷❶。譬如磨鑑，不滅愈光❷。一世之短，萬世之長。其間得失，不待較量。哀哀子美，來舉予觴。尚饗！

【章　旨】本段感嘆小人毀傷蘇舜欽，但徒勞無益，肯定他可以「不滅愈光」。

【注　釋】❶掩抑毀傷　歐陽修〈墓誌銘〉：「乃以事中君，坐監進奏院祠神，奏用市故紙錢會客，為自盜，除名。君名重天下，所會客皆一時賢俊，悉坐貶逐。」❷譬如磨鑑二句　古代以金屬為鏡，日久昏暗，須加磨治使之復明。此處以磨治比喻掩抑毀傷，以不滅愈光比喻蘇舜欽的道德文章更加放射光彩。鑑，鏡子。

【語　譯】可嘆啊世人的愚笨，喜歡掩蓋壓抑毀謗中傷。譬如磨礪鏡子，不能磨滅它反而使它更放光芒。一時的不幸遭遇，卻成就了萬世的榮光。這中間的所得與所失，不必去較短量長。可哀啊子美，舉起酒杯來飲下這杯酒漿。希望你來享用！

【研　析】本篇與歐陽修前幾篇哀祭文的寫法不一樣。前幾篇都以發論議為骨架，在議論中來哀悼死者，辯白死者的冤屈。這完全是宋文的作風。本篇則不議論，只是讚美蘇舜欽的文學成就，用形象的比喻把蘇舜欽文章的風格形容得具體而鮮明。然後惋惜他的政治才能未能得以施展，而只成就了他的文學事業，並使他得以名垂千古。全文純是讚嘆與惋惜，哀悼之情即寄寓其中。它完全以抒情取勝而不以議論見長，保留著唐代哀祭文的格調。錢基博說：「此文蓋蛻韓〈祭柳子厚文〉而自為變化。〈祭范公文〉是宋格，此乃唐調。」仔細品味，就能體味出它們的不同。

祭梅聖俞文

歐陽永叔

【題　解】本篇作於宋仁宗嘉祐五年（西元一〇六〇年），梅聖俞，名堯臣，累官至尚書都官員外郎。工詩，與歐陽修為詩友。詳本書卷四十七歐陽修〈梅聖俞墓誌銘〉。本篇追敘了作者與梅堯臣三十年的交情，慨嘆梅堯臣本應多壽卻先己而死以致自己朋友飄零、孤身獨存的淒苦，並許以撰寫墓誌銘為己任。文章寫得聲淚俱下，表現了歐陽修與梅堯臣的深厚友誼。

昔始見子，伊川之上[1]，予仕方初，子年亦壯[2]。讀書飲酒，握手相歡，譚辨鋒出[3]，賢豪滿前。謂言仕宦，所至皆然，但當行樂，何有憂患？子去河南[4]，余貶山峽❺，三十年間❻，乖離會合。晚被選擢，濫官朝廷❼，薦子學舍❽，吟哦六經。余才過分❾，可愧非榮；子雖窮阨，日有聲名。

【章　旨】本段追敘歐陽修與梅堯臣三十年的交情。

【注　釋】❶昔始見子二句　宋仁宗天聖八年，歐陽修中進士。第二年，出任西京留守推官。時錢惟演任河南府尹兼西京留守，幕府內多名士，尹洙、謝絳與河南主簿梅堯臣等，更以其創作活動和歐陽修產生密切關係，對年僅二十五歲的歐陽修的文學創作產生過重要影響。伊川，即伊河，出河南盧氏東南，東北流經嵩縣、伊川、洛陽，至偃師入洛河。此以伊川代指洛陽。此上集本有「維嘉祐五年歲次庚子，七月丁亥朔，九日乙未，具官歐陽修謹率具官呂某、劉某以清酌庶羞之奠，致祭於亡友聖俞之靈而言曰」五十字，為祭文的開端。❷壯　壯年，古以三十歲為壯。天聖九年，梅堯臣恰為三十歲。❸鋒出　鋒刃齊出。比喻言詞銳利，議論縱橫。❹子去河南　錢惟演為河南府知府時，梅堯臣於天聖九年調任河南縣主簿。明道元年，梅堯臣改任河陽縣（今河南孟縣）主簿，離開洛陽。河南，縣名，時為洛陽首縣。❺余貶山峽　景祐三年范仲淹貶饒州，余靖、尹洙也先後落職。歐陽修亦得罪當權者，被貶為夷陵（今湖北宜昌）縣令。山峽，指夷陵縣。❻三十年間　自天聖九年歐陽修結識梅堯臣至嘉祐五年，恰為三十年。❼晚被選擢二句　至和元年八月歐陽修奉詔入京，九月，遷翰林學士。二年，乞外任，改翰林侍讀學士，集賢殿修撰。七月，復領舊職。濫官，為官的謙詞。濫，失實；名實不符。❽薦子學舍　嘉祐元年，歐陽修薦梅堯臣為國子監直講。學舍，指國子監。❾分　職分；名分；素質。

【語　譯】過去我開始見到你，是在洛陽伊川之上，那時我剛剛做官，你的年紀也正當青壯。我們讀書飲酒，握握手相互盡歡，我們談辯議論縱橫馳騁，賢士豪傑坐滿座前。說是做官任職，到哪裡都是一般，只管及時行樂，有什麼憂慮禍患？後來你離開河南縣，我也被貶謫到山峽。三十年間，我們有時分離有時會合。晚年我被選用提拔，濫充官職到了朝廷，我薦舉你來國子監任職，吟唱朗誦六經。我的才幹超過了我的本分，只感到羞愧而並非光榮；你雖然遭遇阨運而仕途不達，卻一天天揚其美名。

予狷❶而剛，中遭多難❷，氣血先秏，髮鬚早變。子心寬易，在險如夷，年實加我，其顏不衰。謂子仁人，自宜多壽；予譬膏火❸，煎熬豈久？事今反此，理固難知，況於富貴，又可必期？

【章旨】本段感嘆梅聖俞本應多壽，卻先己而死。

【注釋】❶狷　偏激；急躁。❷中遭多難　指政治上多次受到打擊。歐陽修天聖九年任西京留守推官。景祐元年入京充任館閣校勘。景祐三年貶夷陵令。康定元年入京，復任館閣校勘。慶曆三年知諫院，慶曆四年任龍圖閣直學士、河北都轉運按察使。慶曆五年降知滁州。❸膏火　油燈；燈火。《莊子・人間世》：「山木自寇也，膏火自焚也。」

【語譯】我偏激而又倔強，一生中遭遇了許多災難，血氣先已消耗殆盡，頭髮鬍鬚顏色早已改變。你性情寬厚而又平易，遇到危險也如履平地。年齡雖然比我大，你的顏色一點也沒有衰萎。大家都說你是仁愛之人，自然應該高壽；我則好像油燈，日日煎熬豈能長久？現在事實卻與此相反，其中道理難以知曉，又何況是那富貴，又怎麼可以期待得到？

念昔河南，同時一輩❶，零落之餘，惟予子在。子又去我，今存兀然❷。凡今之遊，皆莫余先。紀行琢辭❸，子宜予責，送終恤孤，則有眾力❹。惟聲與淚，獨出予臆！

【章旨】本段概嘆朋輩凋零，並自任撰寫墓誌銘的重任。

【注 釋】❶同時一輩　天聖九年同在錢惟演幕府的知名人士有歐陽修、尹洙、謝絳、梅堯臣、張子野等人，共倡導詩文革新運動。尹洙、謝絳、張子野都先梅堯臣去世。❷兀然　昏沉貌，言存者無幾。一本正作「今存無幾」。❸紀行琢辭　指寫作墓誌銘。琢，雕琢；修飾文句。❹送終恤孤二句　參見歐陽修〈梅聖俞墓誌銘〉。恤，同「卹」。撫卹；周濟。孤，幼而無父曰孤。梅堯臣死時有子四人，女未嫁者一人。

【語 譯】回想過去我們在河南，同時的我們這一輩，死亡凋零剩下來的，只有我和你還在。現在你又離我而去，只剩我孤零零一個健在。大凡現在與我交往的人，沒有誰年齡比我還大。記錄你的行事寫成文章，這應是我的職責，辦理你的喪事周濟你的子女，那有眾人之力。只有這哭聲與熱淚，出自我的胸臆！

【研 析】哀祭文是哀悼死者的文章，自然以抒情為正格。宋人則喜於哀祭文中發議論。這就使唐代的哀祭文與宋代的哀祭異趣。本篇則與歐陽修的〈祭蘇子美文〉一樣，不發議論，只是款款地敘述其友情，感嘆梅堯臣先己而去，以致自己友朋凋零殆盡，孤苦零丁，並且兔死狐悲，由梅聖俞的死感嘆自己的衰老，句句在向死者傾訴衷腸，好似在與老朋友敘舊話別，寫得情致纏綿，聲淚俱下，保留著唐音唐韻的醇厚風味。王文濡曰：「無一字一句不自肺腑中流出，足當真摯二字。」感情真摯確是本篇的特點。

祭歐陽文忠公文

蘇子瞻

【題 解】本篇作於宋神宗熙寧五年（西元一〇七二年）。這年九月，蘇軾聞歐陽修訃，當時他正在杭州通判任上，於是哭於孤山惠勤之室，為文祭之，即本篇。歐陽文忠公，即歐陽修，他死後謚「文忠」。歐陽修是北宋時期的大文學家，又是當時的重臣，又是蘇軾的恩師，蘇軾在宋仁宗嘉祐二年考中進士，就是歐陽修知貢舉的。本篇則從大處著筆，讚美了歐陽修在政治文化上的重大作用，感嘆他的逝世是國家社會的重大損失，對他因與王安石政見不合而告老隱退及逝世表示了極大的惋惜，對歐陽修對他們父子的賞識提攜表示了由衷的感激，對自己由於官守而不能親臨喪前弔祭表示了極大的遺憾。文章寫得莊重肅穆，完全符合祭奠大臣、祭奠恩師的身分。

嗚呼哀哉！公之生於世，六十有六年，民有父母，國有蓍龜❶，斯文❷有傳，學者有師。君子有所恃而不恐，小人有所畏而不為。譬如大川喬嶽❸，不見其運動，而功利之及於物者，蓋不可以數計而周❹知。

【章旨】本段讚美歐陽修活著對國家社會的重大作用。

【注釋】❶蓍龜　蓍草和龜甲，古時卜筮的用具，筮用蓍草，卜用龜甲。古以卜筮解決疑難，故這裡用蓍龜比喻決策的大臣。《宋史・歐陽修傳》：「未幾，參知政事，預定策。」❷斯文　《論語・子罕》：「文王既沒，文不在茲乎？天之將喪斯文也，後死者不得與於斯文也；天之未喪斯文也，匡人其如予何！」朱熹注：「道之顯者謂之文，蓋禮樂制度之謂。」按：即指儒家的文化傳統。❸喬嶽　高山，指東嶽泰山。喬，高。❹周　遍；全部。

【語譯】哎呀可悲哀呀！您生在世上，六十六年了，老百姓像有了父母，國家像有了決疑的蓍草和靈龜，禮樂制度等文化傳統有了傳承，學者有了可以遵循的名師。君子有所憑仗而不害怕，小人有所畏懼而不敢胡作非為。譬如那大河高山，看不到它們的運動，而其功業恩澤流布到萬物的，大概不可以用數字計算而全都可得而知。

今公之沒也，赤子❶無所仰芘❷，朝廷無所稽疑❸。斯文化為異端❹，而學者至於用夷❺。君子以為無為為善❻，而小人❼沛然❽自以為得時。譬如深山大澤，龍亡而虎逝，則變怪雜出，舞鰌鱓❾而號狐貍❿。

【章　旨】本段寫歐陽修的死是國家社會的重大損失。

【注　釋】❶赤子　嬰兒。引申為子民百姓。❷芘　通「庇」。遮蔽；庇護。❸稽疑　決斷疑難之事。稽，考核；查考。❹異端　古代儒家稱其他持不同見解的學派。《論語・為政》：「攻乎異端，斯害也矣。」朱熹注：「異端，非聖人之道，而別為一端，如楊、墨是也。」此指佛教及其學說，見歐陽修〈本論〉。❺用夷　《孟子・滕文公上》：「吾聞用夏變夷者，未聞變於夷者也。」用夷，謂用蠻夷之學改變諸夏之學。夷，古代對異族的貶稱。此亦指佛教及其他學說。❻無為為善　猶言「無與為善」，謂為善者無所助。❼小人　樓鑰《崇古文訣》謂：異端二句指王安石。此指章惇、呂惠卿輩。❽沛然　洋洋自得而無所憚忌之貌。❾鰌鱓　泥鰍、鱔魚。鰌，即「鰍」。鱓，同「鱔」。俗稱「黃鱔」。❿貍　同「狸」。獸名，似狐而小，身肥而短。

【語　譯】現在您去世了，善良的人沒有了仰望庇蔭，朝廷也沒有什麼可仗以決斷猶疑。禮樂制度等文化傳統變成了異端邪說，而學者到了應用落後民族的東西。君子認為無人可與為善，而小人則洋洋得意自以為得到了時機。譬如那深邃的山林巨大的沼澤，龍消失了虎離去了，那麼各種變異鬼怪交相出現，使泥鰍黃鱔起舞而野狐狸貓四處號叫嗚啼。

昔其未用也，天下以為病；而其既用也，則又以為遲。及其釋位❶而去也，莫不冀其復用；至其請老❷而歸也，莫不惆悵失望，而猶庶幾於萬一者，幸公之未衰。孰謂公無復有意於斯世也，奄一去而莫予追❸。豈厭世溷濁，潔身而逝乎？

將民之無祿❹，而天莫之遺❺？

【章　旨】本段對歐陽修的告老隱退和逝世表示極大的「惆悵失望」。

【注　釋】❶釋位　指辭去相位。宋神宗嘉祐五年（西元一〇六〇年），歐陽修拜樞密副使，六年，升為參知政事。宋英宗治平四年（西元一〇六七年），歐陽修稱疾辭職出京，知亳州。❷請老　告老；請求退休。宋神宗熙寧元年（西元一〇六八年），歐陽修連上表乞致仕，不允，八月，轉兵部尚書，改知青州，充京東路安撫使。三年七月，改知蔡州，連章告老。六月，以觀文殿學士太子少師致仕，七月歸潁。❸莫予追　猶言「予莫追」。予，指天下之人。❹無祿　無福。❺天莫之遺　《左傳・哀公十六年》載，孔子卒，魯哀公誄之曰：「旻天不弔，不憖遺一老。」遺，留下；遺留。之，指歐陽修。

【語　譯】以前您未被任用，天下人都感到有缺陷；等到您已被任用，大家又認為用您用得太遲。等到您放棄宰相職位而離去，沒有誰不希望您能再被任用；等到您請求退休而回到潁州啊，沒有誰不心情鬱悶而深感失望，但還保存著萬分之一的希望，希望您還沒有體衰。誰知道您對這世道再沒有意思，忽然就離我們而去使我們沒法追隨。難道是厭惡這世道太混濁，為保持您自身的高潔而離去呢？還是老百姓沒有福分，天老爺不肯將您留下片時呢？

昔我先君❶，懷寶遯世❷，非公則莫能致❸；而不肖無狀，因緣出入受教於門下❹者，十有六年❺於茲。聞公之喪，義當匍匐❻往弔，而懷祿❼不去，愧古人❽以忸怩。緘❾詞千里，以寓一哀而已矣，蓋上以為天下慟，而下以哭其私❿。嗚呼哀哉！

【章　旨】本段寫對歐陽修提攜賞識的感激和因官守而不能親臨祭奠的遺憾。

【注　釋】❶先君　指蘇軾的父親蘇洵。蘇洵卒於宋英宗治平二年（西元一〇六六年），至蘇軾寫本篇時已死，故稱先君。❷懷寶遯世　蘇洵至二十七歲才發憤讀書。但考進士不中，考茂才異等亦不中。乃閉門讀書，精研經史百家之學。由於博覽群書，於是下筆千言，頃刻而就，文名大振。寶，指才學。遁，逃離。遁世，指不做官。❸致　招來。嘉祐元年，蘇洵攜其文及其二子蘇軾、蘇轍入汴京謁見歐陽修，歐陽修對他的文章大加讚賞，以為賈誼、劉向不能過，於是公卿士大夫爭相傳誦而文名大盛。❹門下　門庭之下。代指弟子。嘉祐二年，蘇軾與其弟蘇轍同中進士，是科歐陽修知貢舉，皆出其門下。❺十有六年　從宋仁宗嘉祐二年到宋神宗熙寧五年，恰十六年。❻匍匐　伏地而行；爬行。疊韻聯綿詞。❼懷祿　留戀爵位。❽愧古人　《後漢書・桓鸞傳》載，時太守向苗有名跡，乃舉鸞孝廉，遷膠東令，而苗卒。鸞即去職奔喪，終三年然後歸。又〈傳燮傳〉載，再舉孝廉，聞所舉郡將喪，乃棄官行服。又《魏志・王朗傳》載，除菑丘長，師太尉楊賜。賜薨，棄官行服。所謂古人，蓋指此等。時蘇軾通判杭州，不能去官赴潁奔喪，故云。❾緘　束縛；封閉。此指寄發。❿私　私情，指個人的師生之情。

【語　譯】過去我父親，懷抱才學而逃避人世，不是您不能招他出來；而無才的我更無功狀成績，追隨您出入您的門庭之下接受教育，到現在已有十六年之期。驚聞您逝世的噩耗，按道義應當跪拜著前來弔祭，可是我懷戀祿位，在古人面前感到羞愧而無地自為。從千里之外寄來這篇祭文，用來寄託我的一點悲哀罷了，大概是對上為天下人慟哭，對下為表達我個人的師生之情而哭泣悲啼。哎呀可悲哀呀！

【研　析】這是一篇祭奠恩師的哀祭文。而這位恩師還是當時文壇的泰斗，國家的重臣。這種哀祭文必要求寫得莊重肅穆，以表達出祭奠者的敬仰與感激之情。本篇就抓住歐陽修在世時對國家政治文化的重大作用和他的逝世對國家社會的重大損失來寫，寫出了歐陽修是國家的柱石之臣的崇高形象，令人敬仰和對他逝世的惋惜。對歐陽修因與王安石政見不合而告老退隱表示了極大的遺憾，因為蘇軾也是反對王安石新法的。在這一點上，他們師生政見一致，所以對歐陽修之告老與退隱特別感到痛惜。王文濡曰：「大處落墨，勁氣直達，讀之想見古大臣之概。」這的確寫出了歐陽修為國家柱石的作用。最後還對歐陽修對他們父子的獎掖提攜表示了由衷的感激，對自己由於官守不能親臨喪前弔祭表示了深切的遺憾。這些也都完全符合學生的身分與口吻。寫哀祭文最重要的是要符合祭奠者與被祭奠者的身分。本篇就很好地做到了這一點。

祭柳子玉文

蘇子瞻

【題解】本篇約作於宋神宗熙寧九、十年（西元一〇七六—一〇七七年）之間。柳子玉，名瑾，潤州（今江蘇鎮江）人，一說吳（今江蘇蘇州）人。柳瑾在當時詩壇比較活躍，與王安石、梅堯臣、黃庭堅、蘇軾、蘇轍都有唱和，與蘇軾又有姻親關係，其子柳仲遠是蘇軾之堂妹婿。蘇軾稱之為「耆老」，可見年歲比蘇軾大。但仕途不達，潦倒而死。本篇對柳瑾的詩才作了熱情的讚美，對柳瑾的懷才不遇表示了極大的同情，對柳瑾與蘇軾在錢塘的交遊作了親切的回憶，並談到了蘇軾與柳瑾的姻親關係，是舊友兼親戚，因此對柳瑾之死表示了沉痛的哀悼。文章寫得淺露明白，道盡無餘，自是宋文風格。

猗歟❶子玉，南國❷之秀。甚敏而文，聲發自幼。從橫武庫❸，炳蔚文囿。獨以詩鳴，天錫雄咮❹。元輕❺白俗❻，郊寒❼島瘦❽。嘹然❾一吟，衆作卑陋。

【章旨】本段讚歎柳瑾的詩寫得好。

【注釋】❶猗歟　歎美詞。《詩・商頌・那》：「猗與那與，置我鞉鼓。」毛傳：「猗，歎詞。」❷南國　泛指南方。柳瑾潤州人，故稱「南國」。❸從橫武庫　《晉書・裴頠傳》：「頠字逸民，弘雅有遠識，博學稽古，自少知名。御史中丞周弼見而嘆曰：『頠若武庫，五兵縱橫，一時之傑也。』」從橫，即縱橫，奔放而無拘束。❹咮　鳥嘴，此指嘴。❺元輕　元指元稹（西元七七九—八三一年），字微之，河南河內人，唐代著名詩人。元稹作有〈會真詩〉等豔情詩，故曰「輕」。輕，輕佻。

❻白俗　白指白居易（西元七七二—八四六年），字樂天，先世太原，徙下邽。唐代偉大詩人。白居易詩通俗易懂，「老嫗都解」，故曰俗。俗，通俗；凡庸。❼郊寒　郊指孟郊（西元七五一—八一四年），字東野，湖州武康人，唐代著名詩人。其詩有理致，然苦思奇澀，多蕭瑟清冷之境，故曰「寒」。❽島瘦　島指賈島（約西元七九三—八六五年），字閬仙，范陽人，唐代著名詩人。島曾為僧，其詩多蕭瑟淒苦，喜苦吟，故曰「瘦」。❾嘹然　指聲音高而響亮。

【語　譯】真是了不起啊子玉，你是南方的優秀人士。非常聰慧而有文才，從幼小就名聲外露。像武器庫裡武器交錯，在文壇上文采鮮明華麗。特別以詩歌著名，天老爺賜予你一張雄辯的嘴。元稹詩輕浮白居易詩鄙俗，孟郊詩淒苦賈島詩清寂。你嘹亮地放聲一唱，那些詩作全都因為鄙陋而廢。

凡今卿相，伊昔朋舊。平視❶青雲❷，可到寧驟。孰云坎軻❸，白髮垂脰❹。才高絕俗，性疎來詬。謫居窮山❺，遂侶猩狖❻。夜衾不絮，朝甑❼絕餾❽。慨然懷歸，投棄纓綬❾。潛山❿之麓，往事神后⓫。道味自飴⓬，世芬莫齅⓭。凡世所欲，有避無就。謂當乘除⓮，併畀之壽。云何不淑⓯，命也誰咎。

【章　旨】本段寫柳瑾仕途不達，命運坎坷，潦倒而死。

【注　釋】❶平視　對面直視。❷青雲　比喻高官顯爵。❸坎軻　不平貌，此指仕途不順達。❹脰　頸項。❺謫居窮山　蘇軾有〈和柳子玉謫官壽春，舟過宛丘，寄詩二首〉。❻狖　長尾猿。❼甑　瓦製蒸器，俗稱「蒸籠」。❽餾　蒸煮時冒出的蒸氣。《說文》：「餾，飯氣蒸也。」❾纓綬　繫冠的帶子和繫印的帶子。這裡代指官職。❿潛山　即今天柱山，在安徽潛山縣西北。⓫往事神后　蘇軾詩〈送柳子玉赴靈山〉，清人查慎行注曰：「本集〈雜記〉云：子玉嘗夢赴司命真君召，未幾，果有監靈仙觀之命。」神后，即指天柱山靈仙觀供奉的九天司命真君。《太平寰宇記》曰：「淮南道舒州懷寧縣，潛山在縣西北二十里。其山有三峰：一天柱山，一潛山，一皖山。三山相去隔越。天柱即司玄洞府，九天司命真君所主。唐天寶中，玄宗夢九天司命真君現於天柱山，置祠宇。皇朝就修真君祠為靈仙觀。」⓬飴　糖膏。此指甜蜜。⓭齅　同「嗅」。以鼻聞味。⓮乘除　抵銷。⓯不淑　弔唁及嘆惋之詞。此指人死。

【語　譯】大凡今天的卿相，過去的友朋故舊。說你與高官顯爵對面直視，必定可以迅速達到！誰知你仕途並不平坦，直到白髮垂在頸後。你才氣縱橫脫離世俗，你性情疏闊招來了恥辱。貶謫到這荒僻的山野，只好與猩猩和長尾猴為友。夜晚蓋的被子沒有綿絮，早晨蒸鍋裡沒有蒸氣外冒。感慨地想念回鄉，丟棄這官帽和印綬。來到潛山的山麓，去事奉神君以求保佑。品味大道自覺甜蜜，世俗的芳香不想聞到。凡是世人想要的東西，你都回避而不去接近染手。這樣得失兩相抵消，本應該給你高壽。怎知你卻不幸死去，這是命運呀罪責向誰追究！

頃在錢塘❶，惠然我覯。相從半歲，日飲醇酎❷。朝遊南屏❸，莫宿靈鷲❹。雪窗飢坐，清闋❺間❻奏。沙河❼夜歸，霜月如晝。綸巾❽鶴氅❾，驚笑吳婦。會合之難，如次❿組繡⓫。翻然⓬失去，覆水何救？

【章　旨】本段寫回憶在錢塘與柳瑾的交遊之樂和今日失去的可惜。

【注　釋】❶頃在錢塘　宋神宗熙寧四年，蘇軾因與王安石政見不合，出通判杭州。錢塘，即今浙江杭州。❷醇酎　酒名，重釀之醇酒。❸南屏　山名，在杭州市西。怪石聳秀，亭榭參差，中穿一洞，巖石若屏。❹靈鷲　山名，在杭州靈隱寺旁，因此靈隱寺亦稱靈鷲寺。❺闋　樂曲一首為一闋。此代指樂曲。❻間　更迭；更遞。❼沙河　塘名。《西湖遊覽志》曰：「沙河塘宋時居民甚盛，碧瓦紅檐，歌管不絕。外沙河自永昌門北繞城，前沙河在菜市門外，後沙河在艮山門外。」❽綸巾　古時用青絲帶編的頭巾，又名諸葛巾。相傳為三國時諸葛亮所創。❾鶴氅　鳥羽製裘，用作外套，美稱鶴氅。❿次　編織。⓫組繡　指絲織品。⓬翻然　改變貌。

【語　譯】不久前我在錢塘，你友善地來看望問候。跟我一塊過了半年，每天喝著上好的酒。早晨遊歷了南屏山，晚上就在靈鷲寺住宿。在雪窗之前空腹靜坐，清亮的樂曲不斷的演奏。從沙河夜晚歸來，霜夜的月亮照耀得如同白晝。戴著青絲頭巾穿著羽製外套，吳地婦女都吃驚取笑。會合的艱難，如同編織絲帶刺繡。突然改變而失去一切，如同倒掉的水怎能挽救？

維子耆老❶，名德俱茂。嗟我後來，匪友惟媾❷。子有令子❸，將大子後。頎然❹二孫，則謂我舅。念子永歸，涕如懸霤❺。歌此奠詩，一樽往侑❻。

【章　旨】本段寫自己與柳瑾還有姻親關係，並表示對柳瑾之死的哀悼。

【注　釋】❶耆老　老人。六十曰耆，七十曰老。特指受人尊重的老者。❷媾　姻戚。蘇軾堂妹嫁柳瑾之子柳仲遠為妻，故云。❸令子　佳兒。對別人兒子的美稱。此指柳仲遠。❹頎然　修長貌。❺霤　屋檐水。❻侑　勸酒。

【語　譯】正因為你是耆宿老人，名聲道德同榮並茂。可嘆我生在你後，不只是朋友還有姻戚的情愫。你有一個好的兒子，將會光大你的後嗣。高高大大的兩個孫兒，都叫我舅舅。想到你永遠歸去，淚水如同懸掛的屋霤。歌唱著這首祭奠你的詩篇，來勸你一杯美酒。

【研　析】柳瑾能詩，但非著名詩人，做官也沒有表現出有傑出的才幹；與蘇軾的關係也只是一般的親友而非至親摯友。要給這樣一個人寫祭文也確實難以下筆。本篇則從詩才、官宦、交遊、姻戚四個方面來寫，把柳瑾寫成一個有傑出詩才、政才，並與作者有密切交往的朋友，難免有點言過其實，有諛死之嫌（這是這類文章易犯的通病）。但讀來還是覺得感情真切，完全符合一般哀祭文的要求。而且行文流俐淺露，款款道來，如訴衷腸，別是一番韻味。王文濡曰：「徐氏以此文無古厚氣息，謀局製句純是宋人詩筆，以文格論不宜入《纂》，僕竊是之。」他們認為「此文無古厚氣息」，是因為他們喜歡唐文之醇厚含蓄，而不喜歡這類文章之表露無遺。其實，表露無遺也是一種文章的風格，不應該完全否定。

代三省祭司馬丞相文

蘇子由

【題　解】本篇作於宋哲宗元祐元年（西元一〇八六年），是蘇轍代三省寫的祭奠司馬光的祭文。三省，指政事堂。《宋史・職官志》：「宋承唐制（唐三省中書、門下、尚書三省之長，實宰相之職）。宰相不專任，三省長官尚書、門下並列於外，又別置中書禁中，是為政事堂，與樞密對掌大政。」司馬丞相，即司馬光（西元一〇一九—一〇八六年），字君實，陝州夏縣（今山西夏縣）人。北宋著名歷史學家、政治家。歷事仁宗、英宗、神宗三朝。因反對王安石的新法，退居洛陽達十五年。哲宗初，起為門下侍郎，拜尚書左僕射，悉去熙寧新法之為民害者。在相位八月而卒，故稱司馬丞相。本篇對司馬光在宋神宗去世、宋哲宗即位之初，稟承眾望，出任門下侍郎兼尚書左僕射，盡廢新法之為民害者，如青苗法、保甲法之類，安定人心，鞏固政權的歷史業績作了熱情的讚揚，對司馬光的去世表示了痛切的惋惜與沉痛的哀悼，對司馬光起用的繼任者廢除新法表示了堅定的決心以告慰司馬光的在天之靈。全文寫出了一位有孚眾望的政治家的形象，寫得莊重樸實，而又令人感泣，完全符合三省祭奠元老大臣的身分。

嗚呼！元豐[1]末命[2]，震驚四方，號令所從，帷幄[3]是望。公來自西[4]，會哭於庭。縉紳[5]咨嗟，復見老成[6]。太任[7]在位，成王[8]在左，曰予惸惸[9]，誰恤[10]予禍。白髮蒼顏，三世之臣[11]，不留相予，誰左右[12]民？公出於道，民聚而呼，皆曰吾父，歸歟歸歟⑬。公畏莫當，遄返洛師⑭。授之宛邱⑮，實將用之。

【章旨】本段寫宋神宗去世、宋哲宗即位之初，朝廷及百姓對司馬光的期待。

【注釋】❶元豐　宋神宗年號，共八年（西元一〇七八—一〇八六年）。❷末命　皇帝臨終前的遺命。此指宋神宗遺命。據《續資治通鑑》載：神宗死前一年，意欲立太子，且有「以司馬光、呂公著為師保」之言。❸帷幄　宮室的帷幕。此代指英宗高后，神宗之母，哲宗之祖母。哲宗即位，年僅八歲，由高太后聽政，廢王安石新法，任用司馬光、文彥博等舊黨，打擊變法派，史稱「元祐更化」。❹西　指西京洛陽。時司馬光居洛陽。神宗死，司馬光自洛陽來汴京會哭。❺縉紳　插笏於紳。此代指古之仕者，垂紳插笏，故稱士大夫為縉紳，或作搢紳。❻老成　年高德厚之人。❼太任　周季歷之妃，周文王之母。此代指英宗高后。《宋史．后妃傳》曰：「英宗宣仁聖烈高皇后，亳州蒙城人。生神宗皇帝。神宗立，尊為皇太后。元豐八年，帝不豫，浸劇。宰執王珪等入問疾，乞立延安郡王為皇太子，太后權同聽政。帝頷之。哲宗嗣位，尊為太皇太后。驛召司馬光、呂公著，並命為相，使同心輔政。一時知名士彙進於廷。凡熙寧以來政事弗便者，次第罷之。」❽成王　周成王，名誦。即位時年幼，由周公旦攝理政事。此代指宋哲宗。哲宗即位時年僅八歲。❾惸惸　孤獨貌。❿恤　憂慮；顧惜。⓫三世之臣　三世，謂仁宗、英宗、神宗三朝。司馬光仁宗朝仕至起居舍人，知諫院；英宗朝進龍圖閣直學士；神宗即位，首擢光為翰林學士，遂為御史中丞兼翰林侍讀學士；故云。⓬左右　幫助；輔翼。⓭公出於道四句　蘇軾〈司馬溫公行狀〉曰：「神宗崩，公赴闕臨。衛士見公入，皆以手加額曰：『此司馬相公也。』民遮道呼曰：『公無歸洛，留相天子，活百姓。』所在數千人聚觀之。」⓮公畏莫當二句　蘇軾〈司馬溫公行狀〉曰：「公懼，會放辭謝，遂徑歸洛。」當，承受。遄，急速；趕快。師，京師。洛陽為北宋西京，故稱洛師。⓯宛邱　地名，隋置宛丘縣，即今河南淮陽，北宋時為陳州治所。蘇軾〈司馬溫公行狀〉曰：「詔除公知陳州，且過闕入見。至則拜門下侍郎。」

【語譯】哎呀！元豐皇帝的臨終遺命，震驚了天下四方，是號令發出的所在，也是皇太后的期望。您從西京洛陽來到汴京，奔喪會哭來到朝廷。士大夫咨嗟感歎，又見到了年高德重的公卿。皇太后在位聽政，年幼的皇上坐在左側，說我現在是孤獨之人，誰來顧惜我的災禍困厄。你花白的鬢髮灰白的臉色，是三朝皇帝的老臣，不留下來輔佐我，誰又來幫助百姓黎民？您出外來到路上，百姓聚集歡呼，都說您是我們的老父，回來吧！回來吧！不要躊躕。您害怕不敢承當，趕快返回到西京洛陽。就授予你陳州知州，實際是要重用您這位忠良。

公之來思，岌然❶特立，身如槁木❷，心如金石❸。時當宅憂❹，恭默不言❺。一二卿士❻，代天❼斡旋❽。事棼❾如絲，眾❿比⓫如櫛⓬。治亂之幾⓭，間不容髮。公身當之，所恃惟誠。吾民苟安，吾君則寧。以順得天，以信得人。鉏去太甚⓮，復其本原。白叟黃童⓯，織婦耕夫，庶幾休焉，日月以須。公乘安輿⓰，入見延和⓱。裕民之言，之死靡他。

【章旨】本段寫司馬光在哲宗即位之初，順從民意，入朝為相，廢除新法之為民害者，以安定士民之心。

【注釋】❶岌然　高貌。❷槁木　《莊子・達生》曰：見痀僂者承蜩，曰：「吾處身也，若厥株拘；吾執臂也，若槁木之枝。」此言用心專一，行為端直。❸金石　《後漢書・王常傳》曰：「帝於大會中指常謂群臣曰：『此家心如金石，真忠臣也。』」此言立場堅定，忠心耿耿。❹宅憂　天子居喪。❺恭默不言　指哲宗未親政。❻一二卿士　指司馬光、呂公著等。❼天　指皇帝。❽斡旋　扭轉；調解。此指處理政事。❾棼　紊亂。❿眾　眾臣，指王珪、蔡確等。⓫比　勾結。⓬櫛　梳篦的總稱。⓭幾　機遇；跡兆。⓮太甚　太過分。按：蘇氏兄弟並不主張盡廢新法，只主張廢除太過分者，如青苗法等，故這裡只提「太甚」。⓯黃童　兒童。幼童髮黃色，故稱。⓰安輿　即安車。老年人和婦女乘坐的車子。⓱延和　殿名，在景福殿南，祥符七年建。

【語　譯】您既已回到朝廷，就高高地特立在官位，身體像枯槁的樹木般端直，心地像堅硬不變的金石。當時皇上正在守喪，只是恭謹沉默而不語言。就由幾位卿相大臣，代替皇上行使處理政務的職權。事情紊亂如一束亂絲，很多人勾結就如梳篦排列。治和亂的機遇，其間隙容不下一根頭髮。您親自擔當這一切，憑仗的東西只有一片赤誠。老百姓假如安定，君主也就能夠安寧。您以順從得到天意，您以誠信得到人心。除去那些太過分的弊政，恢復它本有的原形。白髮老人黃髮兒童，紡織的婦女耕種的農夫，希望得到休養生息，每日每月都在等待尋呼。您乘坐著安穩的車子，到延和殿去進見。寬裕百姓的諾言，至死也不改變。

將享合宮❶，百辟❷咸事。公病於家，臥不時起。明日當齋，公訃暮聞。天以雨泣，都人酸辛。禮成不賀❸，人識君意。龍袞❹蟬冠❺，遂以往襚❻。

【章　旨】本段寫司馬光的逝世和朝廷對他的禮遇。

【注　釋】❶享合宮　指宋哲宗為其父宋神宗喪事完畢時舉行的祫祭。合宮，相傳為黃帝的明堂。此即借指明堂。明堂為古代帝王宣明政教的地方。凡朝會、祭祀、慶賞、選士、養老、教學等大典，均於此舉行。《宋史・哲宗紀》：「元祐元年九月丙辰朔，司馬光薨。己未，朝獻景靈宮。辛巳，大享明堂，以神宗配，大赦天下。」❷百辟　百官。❸禮成不賀　《宋史・司馬光傳》：光卒，「太皇太后聞之，慟，與帝即臨其喪，明堂禮成不賀。」❹龍袞　謂畫有卷曲龍形的袞服。袞，古代帝王及上公祭宗廟所穿的禮服。❺蟬冠　以貂尾蟬文為飾的禮帽。《宋史・輿服志》：「朝服，一曰進賢冠，二曰貂蟬冠，皆朱衣、朱裳。」❻襚　向死者贈送衣被。也指贈給死者的衣被。《宋史・司馬光傳》：「贈太師，溫國公，襚以一品禮服。」

【語　譯】將在明堂祭祀上帝和先皇，所有官吏大臣都各司其職。您卻病倒在家，只能躺在病榻休息。第二天應當沐浴齋戒，您的訃告在傍晚就已報聞。天也下雨好似哭泣，國都的人都痛苦傷心。祭祀也只舉行儀式而不慶賀，人們都知道皇上的用意。繪卷龍的袍飾蟬文的冠，用來作為贈與您的衣被。

公之初來，民執弓矛❶；逮公永歸，既耕且耰❷。公雖云亡，其志則存。國有成法，朝有正人❸。持而守之，有進毋隕❹。匪以報公，維以報君。天子聖明，神母❺萬年。民不告勤，公志則然。死者復生，信我此言。嗚呼哀哉！尚享！

【章　旨】本段寫司馬光死後，繼位者將繼承其遺志而盡廢新法，以報君安民。

【注　釋】❶民執弓矛　此指王安石的保甲法。其法十家為一保，有保長。五十家為一大保，有大保長。十大保為一都保，有正副都保正。家有兩人以上者，選一人做保丁。保丁自備弓箭，演習武藝戰陣。同保範圍內如發生犯法事件，保丁須檢舉揭發或追捕。❷逮公永歸二句　指廢除保甲法。永歸，指死去。耰，播種後，覆土保護種子。此泛指耕種。❸正人　指呂公著、文彥博、范純仁、劉摯、程頤等人，時皆在朝。❹持而守之二句　司馬光病中有與呂公著書云：「光以身付醫，以家事付愚子，惟國事未有所託，今以屬公。」光死後，呂公著獨當國政，盡廢新法。❺神母　指太皇太后高氏。

【語　譯】您剛出來之時，老百姓拿著弓箭戈矛；等到您長辭離世，老百姓都耕種培苗。您雖然已經死去，您的遺願卻還保存。國家有了現成的法規，朝廷有了君子正人。只要維持而固守著它，堅持前進而不改變。不只是用來報答您，也是用來報答君主的掛念。當今皇上神聖英明，聖明的太皇太后萬歲千年。老百姓不再勞苦，您的遺願就是這般。死了的人如能復生，都會相信我這番語言。哎呀可哀啊！希望您來享用！

【研　析】司馬光是北宋時期一位傑出的歷史學家，又是歷仕三朝皇帝的元老大臣，還是反對王安石新法的守舊派官僚的首領。活到六十八歲。對這樣一位元老大臣和守舊派領袖，如何代表三省來寫祭奠他的祭文，確是一件令人頗費周章的事。三省是宋代最高的行政機構，司馬光曾是其首腦。這時的三省已完全是舊黨得勢，正在著手全面廢除熙寧新法。而且蘇氏兄弟對王安石新法也是持反對態度的。在這一點上，蘇轍與司馬光，與三省官僚政見是一致的。因此，本篇對司馬光的史學成就隻字不提，對他歷仕三朝的行事也只一筆帶過，而著重抓住他在哲宗朝為相八個月時著手起用舊黨、廢除新法一點來寫。這就突出了司馬光的政治態度與政治業績，而且以讚頌的筆調來寫，這也表明了作者與三省同僚跟司馬光政見的一致。這樣就將司馬光的政治態度與政治業績寫得集中而突出，把司馬光作為一個政治家的形象寫了出來。朱熹說：「祭溫公文，只有子由好。」集中突出，態度鮮明，它好就在這一點。

祭范潁州文

王介甫

【題解】本篇作於宋仁宗皇祐四年（西元一〇五二年）。范潁州，指范仲淹。罷參知政事後，出為河東陝西宣撫使，遷戶部侍郎，徙青州，後調知潁州，未至而卒，故稱范潁州。本篇概括了范仲淹一生的仕宦生涯，讚揚了范仲淹為官的剛直不阿敢作敢言，特別對他在防禦西夏的戰爭中所建樹的功勳和在主持「慶曆新政」的過程中所取得的政績作了熱情的歌頌，對他建立義田救濟族人的義舉作了熱烈的讚揚，表明了王安石對范仲淹的敬佩和仰慕。所以本篇既是祭奠范仲淹的哀祭文，又是范仲淹一生行事的概括和總結，可看作是范仲淹的政治結論。范仲淹是北宋時期傑出的政治家、軍事家。這樣的結論是當之無愧的。

嗚呼我公，一世之師。由初迄終，名節無疵。明肅❶之盛，身危志殖❷。瑤華❸失位，又隨以斥❹。治功亟聞，尹❺帝之都。閉姦興良❻，稚子歌呼。赫赫之家❼，萬首俯趨；獨繩其私❽，以走江湖❾。士爭留公，蹈禍不慄。有危其辭，謁與俱出❿。風俗之衰，駭正怡邪。蹇蹇⓫我初，人以疑嗟。力行不回，慕者興起。

儒先⑫酋酋⑬，以節相侈⑭。

【章旨】本段讚美范仲淹出仕之初即剛正不阿敢作敢言的精神就感化了許多儒士。

【注釋】❶明肅　指真宗后仁宗之母章獻明肅劉太后。歐陽修所撰〈神道碑銘〉載：仁宗初年，「當太后臨朝聽政時，以至日大會前殿，上將率百官為壽。有司已具。公上疏，言天子無北面，且開後世弱人主以彊母后之漸。其事遂已。又上書，請還政天子，不報。」❷殖　立；樹立。❸瑤華　宮名。此指仁宗郭皇后。《宋史・后妃傳》：「仁宗郭皇后廢，詔封為淨妃，玉京沖妙仙師，賜名清悟，居長樂宮。景祐元年，出居瑤華宮。」❹又隨以斥　歐陽修〈神道碑銘〉曰：「會郭皇后廢，率諫官御史伏閤爭，不能得，貶知睦州，又徙蘇州。」❺尹　府尹，官名。唐西都、東都、北都等各置府尹。宋於汴京置開封府尹。這裡用作動詞，做府尹。❻閉姦興良　歐陽修〈神道碑銘〉曰：「以公知開封府。開封素號難治。公治有聲，事日益簡。暇則益取古今治亂安危為上開說，又為百官圖以獻。」❼赫赫之家　指宰相呂夷簡。赫赫，顯赫盛大貌。❽繩其私　謂糾彈其用人不公。繩，糾彈；彈劾。《宋史・范仲淹傳》：「時呂夷簡執政，進用者多出其門。仲淹上百官圖指其次第曰：『如此則公，如此則私。』夷簡不悅。」❾走江湖　指被貶謫饒州。歐陽修〈神道碑銘〉：「由是呂丞相怒，至交論上前，公求對辯語切，坐落職，知饒州。」❿士爭留公四句　《宋史・范仲淹傳》載：「殿中侍御史韓瀆希宰相旨，請書仲淹朋黨，揭之明堂。於是祕書丞余靖上言，仲淹以一言忤宰相，遽加貶竄，請追改前命。太子中允尹洙自訟與仲淹師友，且嘗薦己，願從降黜。館閣校勘歐陽修以高若訥在諫官，坐視而不言，移書責之。由是三人者偕坐貶。」士，指余靖、尹洙、歐陽修等人。慄，戰慄；害怕。謁，稟告；請求。⓫蹇蹇　通「謇謇」。忠直貌。《易經・蹇卦》：「王臣謇謇，匪躬之故。」⓬儒先　指以道德文章著稱的士人。⓭酋酋　聚集貌。⓮侈　多；稱許。

【語譯】啊呀我的前輩，您是一個時代的尊師。您從開初直至去世，名聲品德沒有一點瑕疵。當明肅太后權勢正盛，您身冒危險而用心端直。郭皇后廢居瑤華宮，您提意見跟著又被排斥。治理的政績屢次上聞，召為開封府尹管理京都。阻止姦邪培植善良，連小孩也鼓舞歡呼。權勢顯赫的宰相之家，萬人都俯首奉趨；您獨獨去糾彈他的陰私，於是被貶謫到了江湖。許多人士爭著挽留您，踏上災禍也不戰慄。言辭說得聳人聽聞，於是一同被貶斥出去。社會風氣如此衰敗，使正直震駭使邪惡歡欣。您起初忠直不阿，別人因此疑慮而嗟歎不停。您卻全力推行而決不回頭，仰慕的人就一齊興起。儒士們紛紛聚集，各以氣節而互相推許不已。

公之在貶，愈勇為忠。稽❶前引古，誼❷不營躬❸。外更三州❹，施有餘澤。如釃❺河江，以灌尋尺❻。宿贓❼自解，不以刑加。猾盜涵❽仁，終老無邪。講藝絃歌❾，慕來千里。溝❿川障澤，田桑有喜。

【章旨】本段讚美范仲淹連任地方官吏時興利除害的政績。

【注釋】❶稽　考察。❷誼　同「義」。道義，合宜的行為。❸營躬　謀身，謀求自身的利益。❹三州　指饒州、潤州、越州。❺釃　分流；決開。❻尋尺　八尺。尋，古代長度單位，八尺為一尋。二句比喻大材小用。❼宿贓　早先的小偷。贓，盜竊的財物。此指盜竊。❽涵　沉浸。❾講藝絃歌　指范仲淹在饒、潤、越三州建立郡學，興辦教育。藝，六藝，指儒家的六經。絃歌，古詩皆可以配樂歌詠誦讀，故以代指學習、授業。按：宋代州郡辦學，以范仲淹為最早。❿溝　溝渠。用作動詞，指修建溝渠以利灌溉。

【語譯】您在貶謫的地方，更加勇敢地盡忠盡職。您考察前事引證往古，堅持道義而不謀求自身的利益。在外地更換了三個州郡，都給百姓帶來巨大的恩澤。這如同決開大江大湖，去灌溉旱地幾尺。早先的盜賊自動解散，不必用刑罰去加以懲治。奸猾的大盜也沉浸於仁愛之中，一直到老再沒有邪念。您講求六藝加強教育，仰慕的人從千里之外投奔到您這裡。您修築溝渠堵塞沼澤，五穀桑麻都豐收有喜。

戎孽❶猘❷狂，敢齕❸我疆。鑄印刻符，公屏❹一方。取將於伍，後常名顯❺。

收士至佐，維邦之彥❻。聲之所加，虜不敢瀕❼。以其餘威，走敵完鄰❽。昔也始至，瘡痍❾滿道。藥之養之，內外完好。既其無為，飲酒笑歌。百城宴❿眠，吏士委蛇⓫。

【章　旨】本段寫范仲淹鎮守陝西防禦西夏時威震四方終致邊境安寧的功績。

【注　釋】❶戎孽　指西夏。戎，古代泛指我國西部的少數民族。孽，忤逆；不孝順。❷猘　瘋狗。❸齮　側齒咬。此指侵犯。宋仁宗寶元元年（西元一〇三八年），西夏趙元昊稱帝，入侵西北邊境。❹屏　屏障。用作動詞，遮蔽；防護。歐陽修〈神道碑銘〉曰：「而趙元昊反河西。乃以公為陝西經略安撫副使，還龍圖閣直學士。是時新失大將，延州危。公自請守鄜延扞賊，乃知延州。」❺取將於伍二句　據《宋史・狄青傳》、〈郭逵傳〉、〈種世衡傳〉，宋名將狄青、郭逵、種世衡等皆范仲淹所甄拔，其中狄青是由士卒擢用為將。❻收士至佐二句　〈范仲淹傳〉曰：「汎愛樂善，士多出其門下。」葉夢得《石林燕語》曰：「范文正公用人多取氣節，闊略細故。故孫威敏、滕達道之徒，皆深所厚者。為帥府辟置，多謫籍未牽敘。」又如范仲淹曾舉歐陽修、張方平為經略掌書記。彥，美士；才德出眾之人。❼瀕　臨近；靠近。姚鼐注：「言虜不敢近邊也。」❽以其餘威二句　慶曆二年（西元一〇四二年），西夏入侵，涇原路馬步軍副都總管葛懷敏戰死。范仲淹率兵連夜赴援，西夏聞之而退。❾瘡痍　創傷，也比喻人民疾苦。❿宴　安；樂。⓫委蛇　雍容自得貌。

【語　譯】戎狄西夏忤逆不順如瘋狗般癲狂，膽敢侵犯我國土邊疆。皇上鑄造印信雕刻符璽，讓您捍衛西北一方。您從行伍提拔將率，這些將率後來都名聲顯赫。您甄拔士人直至佐貳，都是國家的俊士英特。您的名聲所到之處，敵人不敢臨近。還用您的餘威，嚇走敵寇保全了鄰境。過去您剛來之時，受苦受傷的百姓將道路堵塞。您醫治他們養育他們，使境內境外都完好無缺。既然這樣太平無事，大家就飲酒歡笑放聲高歌。所有城鎮都可安穩睡覺，官吏士民都自得安舒。

上嘉曰材，以副樞密❶。稽首❷辭讓，至於六七。遂參宰相❸，釐❹我典常❺。扶賢贊❻傑，亂穴❼除荒❽。官吏於朝，士變於鄉。百治具修，偷惰勉強。彼閼❾不遂，歸侍帝側。卒屏❿於外，身屯⓫道塞。謂宜耇⓬老，尚有以為。神乎孰忍，使至於斯！蓋公之才，猶不盡試。肆⓭其經綸⓮，功孰與計。

【章　旨】本段寫范仲淹任樞密副使、參知政事時主持「慶曆新政」的功績並惋惜其失敗。

【注　釋】❶樞密　指樞密院。宋樞密院與中書省分掌軍政，號為「二府」。有樞密使、樞密副使等官。范仲淹於慶曆三年春召為樞密副使。五讓，不許，乃就道。❷稽首　舊時所行的跪拜禮。跪拜時頭至地曰稽首。❸參宰相　范仲淹於慶曆三年召為樞密副使後數月即以為參知政事（副宰相）。❹釐　正；訂正；更正。❺典常　法規；法典。指「慶曆新政」。❻贊　幫助；輔助。❼亂穴　姚鼐引姚範云：「亂穴，穴疑當作冗。亂，治也。」按：姚說是，當從。冗，多餘；閒散。此指多餘的官員。❽荒　《逸周書・諡法》：「好樂怠政曰荒。」按：范仲淹條對所陳十事有：「明黜陟」、「抑僥倖」、「精貢舉」、「擇長官」，皆在扶掖賢才，減損冗員。❾彼閼　指那些被裁汰阻塞的人。《宋史・范仲淹傳》：「仲淹以天下為己任，裁削倖濫，考覆官吏，多所劾舉，人心不悅。自任子之恩薄，磨勘之法密，僥倖者皆不便。」閼，遮蔽；阻塞。❿屏　排斥；摒棄。《宋史・范仲淹傳》：「攻者益急，仲淹亦自請罷政事，乃以為資政殿學士，陝西四路安撫使，知邠州。其在中書所施為，亦稍沮罷。」⓫屯　艱難，被阻塞而不得伸展。⓬耇　老；高年。⓭肆　放縱；盡展。⓮經綸　此指籌劃治理國家的才幹。

【語　譯】皇上嘉獎說您是人才，就任用您做樞密副使。您叩頭推辭謙讓，直到六次七次。於是就做副宰相，就著手訂正法典綱常。扶植賢才贊助俊傑，治理冗雜的官員廢除荒怠的典章。於是官吏在朝廷發生變化，士人在鄉里也不似平常。所有治理都得到整頓，偷安懶惰之人也勉力奮發自強。那些被您阻塞的人不能如願，就回到了皇上的身旁。終於把您排擠出去，使您身處困境並阻塞您的主張。大家認為您雖年事已高，但可以有所作為。神明呀怎麼忍心，使您到了這個境地！大概您的才幹，還沒有全都應用。如果讓您的滿腹經綸充分發揮，那功業的巨大誰人能夠說中。

自公之貴，廄庫逾空。和其色辭，傲訐以容。化於婦妾，不靡❶珠玉。翼翼公子❷，弊綈❸惡粟。閔死憐窮，惟是之奢。孤女以嫁，男成厥家❹。孰堙❺於深？孰鍥❻乎厚❼？其傳其詳，以法永久。

【章旨】本段寫范仲淹儉克自己而建立義田救濟族人的博愛精神。

【注釋】❶靡　奢侈；浪費。《宋史・范仲淹傳》：「非賓客不重肉。妻子衣食，僅能自充。」❷公子　仲淹四子：純祐、純仁、純禮、純粹，皆有成。❸綈　一種質地粗厚的絲織品。❹孤女以嫁二句　錢公輔〈義田記〉：「平生好施與，方貴顯時，於其里中買負郭常稔之田千畝，號曰義田，以養濟群族。族之人，日有食，歲有衣，嫁娶凶葬皆有贍。」❺堙　埋。❻鍥　刻。❼厚　指石。按：二句指刊刻於石碑的錢公輔的〈義田記〉。

【語譯】自從您地位尊貴，馬棚倉庫更加虛空。您顏色和睦語言溫潤，連傲慢而好發人陰私的人也能寬容。您感化了婦女婢妾，不浪費珠寶金玉。您的恭謹的兒子，都穿著綈袍吃著粗糙的米粟。同情死者憐恤貧困，在這一點您捨得錢花。使孤苦的女子能出嫁，貧困的男子能成家。什麼埋在深地？什麼刻在厚石？那義田的記載十分詳盡，將永久被人學習。

碩人❶今亡，邦國之憂。矧鄙不肖，辱公知尤❷。承凶❸萬里❹，不往而留。涕洟馳辭，以贊醪羞❺。

【章　旨】本段寫范仲淹之死是國家的損失和自己的弔祭。

【注　釋】❶碩人　偉人；賢德之人。❷辱公知尤　「尤辱公知」的倒置。❸凶　指范仲淹去世的噩耗。❹萬里　泛言其甚遠。時王安石通判舒州（治所在今安徽潛山），范仲淹卒於徐州，故云。❺醪羞　酒肴。醪，濁酒。此泛指酒。羞，美味的食物。

【語　譯】偉大的人物現在死了，這是國家的災禍憂愁。況且我是個無才之人，尤其被您賞識收留。在萬里之外聽到噩耗，卻不能去奔喪而留在舒州。流著眼淚鼻涕送來這篇祭辭，用來輔助這美酒珍饈。

【研　析】范仲淹對王安石來說，是政治上的老前輩。王安石也是一位改革家，在改革北宋弊政方面，與范仲淹有共同的政見。故王安石對范仲淹的為人處世和他的改革精神特別敬仰。所以本篇對范仲淹的一生分三個階段從四個方面作了高度的概括，熱烈讚揚了范仲淹的政治功績和堅持正確意見而不動搖的改革精神。文章純用四言，如同一首頌詩，整飭嚴肅，與其讚揚協調一致。茅坤說：「荊公為人，多氣岸不妄交，所交者皆天下名人。故於其歿也，其文多奇崛之氣，悲愴之思，令人讀之不能不掩卷而涕洟。」本篇確實有這樣的藝術效果。方苞許為「祭韓、范諸公文，此為第一」，不為過譽。

祭歐陽文忠公文

王介甫

【題　解】本篇作於宋神宗熙寧五年（西元一〇七二年）。歐陽文忠公，即歐陽修。晚年雖與王安石政見不合，但他是北宋時詩文革新運動的領袖，史學成就卓著，且品德高尚，為世人共識。本篇熱烈讚揚了歐陽修的文學成就，歌頌了歐陽修不管仕途升降而堅持果敢剛正的品德節操，頌揚了歐陽修在宋仁宗末年參與決策擁立英宗而功成身退的出處大節，表示了自己對歐陽修逝世的惋惜之情。蔡上翔曰：「歐公之其人，其文，其立朝大節，其坎坷困頓，與夫平生知己之感，死後臨風遙望之情，無不具見於其中。」文章確實寫出了歐陽修一生的事業成就與出處大節，非深知歐陽公者不能道。

夫事有人力之可致，猶不可期，況乎天理之溟漠❶，又安可得而推？惟公生有聞於當時，死有傳於後世，苟能如此足矣，而亦又何悲！

【章　旨】本段讚揚歐陽修是「生有聞於當時，死有傳於後世」的偉大人物。

【注　釋】❶溟漠　空曠渺茫貌。雙聲聯綿詞。

【語　譯】有些事人力可以招來，但還是不可預期，何況是那渺渺茫茫的天理，又怎麼可以推理而知？只有您活著在當時就有名望，死了可以流傳到後世，假如能夠這樣就足夠了，又還何必傷悲！

如公器質之深厚，知識之高遠，而輔學術之精微，故充於文章，見於議論，豪健俊偉，怪巧瑰琦❶。其積於中者，浩如江河之停蓄❷；其發於外者，爛如日星之光輝。其清音幽韻，淒如飄風急雨之驟至；其雄辭閎辨，快如輕車駿馬之奔馳。世之學者，無問乎識與不識，而讀其文，則其人可知。

【章　旨】本段讚揚歐陽修的文章寫得好。

【注　釋】❶豪健俊偉二句　此言歐陽修詩文的風格。歐文多紆徐往復，條達流暢；而詩則學韓愈，頗多奇趣。❷停蓄　匯聚蓄積。

【語　譯】您的器度資質的深厚，見聞學識的高遠，而又輔助以學術的精深微妙，故充滿於文章之中，表現於議論之內，豪邁矯健英俊奇偉，險怪巧妙而又瑰麗珍奇。那蘊積在胸中的，浩瀚無邊如同江河的匯聚積蓄；那表現在外表的，燦爛輝煌如同日月的光輝。那清亮的音節和幽深的韻律，淒厲如同旋風急雨的突然而至；那雄偉的詞令和閎大的論辯，輕快如同輕車駿馬的奔馳。世上的學者，不用問他認識您還是不認識您，只要讀了您的文章，那您的為人就可得而知。

嗚呼！自公仕宦四十年❶，上下往復，感世路之崎嶇，雖屯邅❷困躓❸，竄斥流離，而終不可掩者，以其公議之是非。既壓復起，遂顯於世❹，果敢之氣，剛正之節，至晚而不衰❺。

【章　旨】本段讚揚歐陽修仕宦雖有起伏，而品德節概卻端正不改。

【注　釋】❶仕宦四十年　按：歐陽修自宋仁宗天聖八年甲科及第授祕書省校書郎充西京留守推官，至宋神宗熙寧四年致仕，凡四十二年。此舉其整數。❷屯邅　難行不進貌。比喻處境不利，進退兩難。《易經・屯卦》：「屯如邅如。」疏：「屯是屯難，邅是邅迴。」❸躓　跌倒。❹既壓復起二句　歐陽修於宋仁宗景祐三年因為范仲淹鳴不平，貶為夷陵令。慶曆三年任知諫院，升龍圖閣直學士，河北都轉運按察使。慶曆五年，遭御史臺彈劾，降知滁州，轉知揚州、穎州，出知地方官達十一年。至嘉祐初，加龍圖閣學士，知開封府，拜禮部侍郎兼翰林侍讀學士。嘉祐五年，任樞密副使，次年任參知政事。幾經起伏，至此達到頂峰。❺果敢之氣三句　吳充〈歐陽公行狀〉：「公為人剛正，質直閎廓，未嘗屑屑於事。見義敢為，患害在前，直往不顧，用是數至困逐。及復振起，終不改其操。」

【語　譯】啊呀！自您做官四十年，或上或下，時往時復，感歎人生的道路崎嶇不平，雖然阻礙曲折困頓顛仆，流竄斥逐而顛沛流離，但始終不能掩蓋的，那是公眾議論的是非。既被壓抑又重新起用，於是顯用於世，而果斷敢為的氣概，剛直端正的氣節，直到晚年也不減退衰微。

方仁宗皇帝臨朝之末年，顧念後事，謂如公者，可寄以社稷之安危。及夫發謀決策，從容指顧，立定大計，謂千載而一時❶。功名成就，不居而去❷，其出處進退，又庶乎英魄靈氣，不隨異物腐散，而長在乎箕山之側與潁水之湄❸。然天下之無賢不肖，且猶為涕泣而歔戲❹；而況朝士大夫，平昔遊從，又予心之所嚮慕而瞻依？嗚呼！盛衰興廢之理，自古如此，而臨風想望，不能忘情者，念公之不可復見，而其誰與歸❺？

【章　旨】本段寫歐陽修在仁宗末年參與決策擁立英宗而功成身退歸隱山林的事跡，及其逝世後自己想望。

【注　釋】❶方仁宗皇帝臨朝之末年八句　《宋史・歐陽修傳》：「其在政府，與韓琦同心輔政。時東宮猶未定，與琦等協定大計。」又〈韓琦傳〉：「琦乘間進曰：『皇嗣者天下安危之所繫，何不擇宗室之賢者，以為宗廟社稷計？』又與曾公亮、張昪、歐陽修亟言。會司馬光、呂誨皆有請。帝遽曰：『朕宮中常養二子，小者近不慧，大者可也。』琦請其名。帝以宗實告。宗實，英宗舊名也。琦等遂力贊之，議乃定。」❷不居而去　歐陽修自英宗治平三年（西元一〇六六年）起，多次上表辭官。宋神宗熙寧四年（西元一〇七一年）以太子少師致仕。❸而長在句　相傳堯時高士許由、巢父隱於潁水之南的箕山之下。歐陽修致仕後居潁州，死後葬於新鄭縣境內，近於箕山。箕山，山名，在今河南登封東南。潁水，水名，源出河南登封西南，東南流，至皖北入淮。湄，水邊。❹歔戲　同「歔欷」。嘆息；哭泣。❺誰與歸　歸向誰。歸，宗仰。《禮記・檀弓下》：「文子曰：『死者如可作也，吾誰與歸？』」

【語　譯】正當仁宗皇帝的末年，想到自己身後的事，認為像您這樣的人，可以寄託國家政權的安危。等到出謀決策，從容不迫地指揮顧盼，建立制定安定國家的大計，認為這是千載一時的良機。功名已經成就，您不占有而主動離去，那出仕家居進用退隱的品德操守，又差不多像是英魄靈氣，不會隨著異物腐敗散去，而是長久地存在於箕山之側與潁水之湄。然而天下無論是賢士還是不才之人，都將為您的去世流下眼淚鼻涕而哀歎抽泣；何況是朝中的士大夫，平時與您相從交往，又是我心中所嚮往景慕而瞻仰相依？啊哎！盛衰興廢的道理，從古以來就是如此，可是面對著清風懷念思慕，而不能忘卻情懷的，是想到您不可能再相見，我今後又宗仰誰呢？

【研　析】這也是一篇祭奠政治上、文學上的前輩的哀祭文。歐陽修雖反對王安石的新法，但王安石還是十分仰慕歐陽修的為人，「嘗以其可任大事」，「意在引之執政以同天下之政」（魏泰《東軒筆錄》）。故在本篇中，王安石對歐陽修還是充滿了敬仰之情，讚揚了歐陽修的文學成就及出處大節。寥寥數百字，概括了歐陽修一生的文章事業，寫得簡括而又形象。雖有韻，但行文全似散文，以議論夾帶敘述，開合轉承，極其自然，有一氣呵成之妙。這是散文家的哀祭文，其起承轉合，全在流暢自然，是無有端倪可尋的。茅坤許為「歐陽公祭文，當以此為第一」，是很有見地的。

祭丁元珍學士文

王介甫

【題　解】本篇作於宋英宗治平四年（西元一〇六七年）。丁元珍學士，指丁寶臣（西元一〇〇九—一〇六七年），常州晉陵（今江蘇常州）人。宋仁宗景祐元年進士，官至尚書司封員外郎。因他曾官太常博士、祕閣校理，編校祕閣書籍，故稱之為學士。丁寶臣是歐陽修好友，王安石同僚。事詳本書卷四十六歐陽修〈集賢校理丁君墓表〉、卷四十九王安石〈祕閣校理丁君墓誌銘〉。本篇對丁寶臣給予自己的支持幫助表示了衷心的謝意，對丁寶臣的受人排擠以致困頓而死表示了深切的同情，並以撰寫墓誌銘作為己任來寄託自己的哀思。這裡表達的完全是一片對摯友的純真的友情，並無阿諛之辭，寫得卻十分沉痛。

我初閉門，屈首書詩；一出涉世，茫無所知。援挈❶覆護，免於阽危❷；雝培❸浸灌，使有華滋。微吾元珍，我殆弗植。如何棄我，隕命一昔❹？

【章　旨】本段寫丁寶臣對自己的栽培愛護，並痛惜他的不幸逝世。

【注　釋】❶援挈　提攜；幫助。❷阽危　面臨危險。阽，危；臨危。❸雝培　培植；培養。雝，通「壅」。壅土培苗。❹昔　通「夕」。《廣雅・釋詁四》：「昔，夜也。」

【語　譯】我起初關門閉戶，埋頭攻讀書詩；一出門步入社會，就茫茫然不知所為。你提攜我庇護我，使我免於災危；你栽培灌溉，使我華茂繁滋。如果沒有你元珍，我大概難以自立。怎麼你又拋棄了我，一個晚上就撒手而逝？

以忠出恕，以信行仁；至於白首，困阨窮屯。又從擠之❶，使以躓死；豈伊人尤❷？天實為此。

【章　旨】本段讚美丁寶臣的品德和同情他的遭遇。

【注　釋】❶擠之　丁寶臣曾知剡縣，徙知端州，坐海賊儂智高陷城失守，奪一官，徙置黃州。久之，復得太常丞，還祕閣校理。後十餘年，御史建言請復治寶臣前事，奪其職而黜之。乃通判永州，待闕於晉陵，中風卒。❷尤　罪過；過失。

【語譯】你以忠心推行恕道，你以誠信實行仁心；直至頭髮變白，你困頓窮厄潦倒難伸。又有人從而排擠你，使你困頓而死；這哪裡是人的過錯？實在是老天爺要你如此。

有磐❶彼石，可誌於邱。雖不屬❷我，我其徂❸求。請著君德，銘之九幽❹。以馳❺我哀，不在醪羞。

【章旨】本段寫自己要為丁寶臣作墓誌銘以表達哀思。

【注釋】❶磐　大石。這裡用作形容詞，石大貌。❷屬　通「囑」。託付。❸徂　往。❹九幽　地下極深處。此泛指地下。❺馳　寄託；表達。

【語譯】那石塊多麼巨大，可作墓誌埋在墳丘。雖然沒有託付於我，我可以去主動請求。讓我記載下你的功德，把它銘刻在地下荒郊。用以表達我的哀思，不在那美酒佳肴。

【研析】哀祭文多阿諛之辭。人死了就蓋棺論定，故人們喜歡多說好話，以安慰死者，勸勉生者。這是一般哀祭文的通病。本篇則完全從友情著筆來寫，只敘述了丁寶臣對自己的提攜幫助，同情他的不幸遭遇，並表示要為之撰寫墓誌銘以寄託哀思，表達的完全是一片真摯的友情，擺脫了哀祭文的俗套。語言亦樸質而矜煉，與所表達的純真友情協調一致。吳闓生曰：「四言之體，自退之後，唯介甫為工。不及韓之瑰怪恣肆，而矜煉崛屼，句法亦極錯綜變化，奥樸入古，最為可觀。其訣專在多用逆折之筆也。」不從文章的內容著眼，純從文字的轉折著筆，這用的是評點派的評點法。但他指出本篇語言「矜煉崛屼」，「奥樸入古」，這還是中肯的。

祭王回深甫文

王介甫

【題解】本篇作於宋英宗治平二年（西元一〇六五年）。王回（西元一〇二三—一〇六五年），字深甫，潁州汝陰人。中進士後官亳州衛真縣主簿。王安石的好友。事詳本書卷四十九王安石〈王深甫墓誌銘〉。本篇對王回的死表示了沉痛的哀悼。王回比王安石還小一歲，卻先王安石而去，因而引發哀思，王安石對自己的前景也表示了深沉的憂慮。特別他認識王回是由其母親的推薦介紹。此時其母逝世不久，又失去其母推薦的一位好友，這就更增加了幾分悲痛。所以本篇寫得十分沉痛，讀之催人淚下。

嗟嗟深甫，真棄我而先乎？孰謂深甫之壯❶以死，而吾可以長年❷乎？

【章旨】本段悲嘆王回的不幸逝世。

【注釋】❶壯　古以三十歲為壯，後稱三四十歲壯盛時期為壯年。王回死時年僅四十三歲。❷長年　高壽；長壽。

【語譯】可嘆呀深甫，你真的丟棄我就先走了嗎？有誰認為像你深甫這樣強壯卻死去，而我卻可以長壽而至老嗎？

維吾昔日，執子之手，歸言子之所為，實受命於吾母。曰如此人，乃可與友。吾母知子，過於予初。終子成德❶，多吾不如。

【章旨】本段由王回想到王安石自己的母親，並深讚王回為人品德的高尚。

【注釋】❶成德　盛德；全德。

【語譯】回想我在從前，握著你的手，回家說起你的所作所為，實際上是我聽從了母親的教誨。母親說像你這樣的人，才可與他結為朋友。我母親了解你，超過了我認識你的當初。終於你成就的德行，有很多是我所不如。

嗚呼天乎！既喪吾母，又奪吾友。雖不即死，吾何能久？摶胸❶一慟，心摧❷志朽❸。泣涕為文，以薦❹食酒。嗟嗟深甫，子尚知否？

【章旨】本段寫王回之死使自己十分痛心。

【注釋】❶摶胸　捶胸。❷摧　沮喪；崩壞。❸志朽　志氣衰敗。❹薦　進；獻。

【語譯】啊呟蒼天啊！既已失去我的母親，又奪去了我的朋友。即使我不立即死去，我又怎麼能夠活得長久？捶著胸脯一聲痛哭，我的心已摧裂志氣也已衰朽。流著眼淚鼻涕寫下這篇祭文，用來進獻佳肴美酒。可嘆啊深甫，你還能夠知道否？

【研析】祭朋友的哀祭文必須寫出對朋友的深情，方為上品。《文心雕龍・哀弔》云：「哀者，依也。悲實依心，故曰哀也。」「必使情往會悲，文來引泣，乃其貴耳。」本篇就做到了這一點。文章沒有介紹死者的生平事跡，更沒有不實的阿諛之辭，而只在他們的交情上著筆。特別與其母之喪聯繫起來，就更增加了幾分悲痛。劉大櫆說：「受母命而為友，哭友因以哭母，入骨之痛。」王安石為文，不肯蹈人窠臼，而喜自闢蹊徑，富於獨創。於此可見一斑。

祭高師雄主簿文

王介甫

【題　解】本篇作於宋英宗治平三年（西元一〇六六年），時王安石正在江寧（今江蘇南京）居母喪除服不久。高師雄，生平事跡不詳，據本篇所記，當為江寧人。主簿，官名。縣之主簿主諸簿目，從九品。按：漢以後中央機構及地方郡、縣均設主簿。據文中「垂老一命，終於遠域」之語，高師雄當為縣主簿，是最低級的官。本篇敘述了王安石與高師雄在江寧兩次交往的經過，嘆惜了高師雄命運坎坷官運不濟的悲慘遭遇，對他的逝世表示了沉痛的哀悼。文雖不多，卻感情真摯，表現了王安石與高師雄的深厚友誼和王安石對朋友感情的篤厚。

我始寄此❶，與君往還，於是康定❷、慶曆❸之間。愛我勤❹我，急我所難。日月一世，疾於跳丸❺。南北幾時，相見悲歡。

【章　旨】本段寫自己在南京結識高師雄並得到他的幫助。

【注　釋】❶此　指江寧（今江蘇南京）。《王文公年譜考略》曰：「寶元二年，父楚公益卒。楚公通判江寧，既卒於官，葬於江寧牛首山，子孫遂家焉。」❷康定　宋仁宗年號，共一年（西元一〇四〇年）。❸慶曆　宋仁宗年號，共八年（西元一〇四一—一〇四八年）。王安石康定元年丁父憂，慶曆元年服闋。❹勤　幫助；厚待。❺丸　彈丸。韓愈〈秋懷〉詩曰：「日月如跳丸。」

【語　譯】我起初寄居在這裡，與你結友往還，那時是康定、慶曆年間。你愛護我幫助我，我有困難你援助不厭其煩。太陽月亮交相輪轉，人生一世快如跳動的彈丸。我們一南一北相隔沒有幾天，一見面就有悲有歡。

去歲憂除❶，追尋陳迹❷。淮水❸之上，冶城❹之側。握手笑語，有如一昔❺。屈指數日，待君歸舲❻。安知彌年❼，乃見哭庭❽？

【章　旨】本段悲嘆高師雄去年還見過面，誰知今年就死去。

【注　釋】❶去歲憂除　指除母憂。《年譜考略》曰：「嘉祐八年八月，母吳氏卒於京師。治平元年公在江寧居喪，二年七月服除。三年、四年公在江寧。」❷陳迹　舊跡。王安石先居江寧，至是復居之，故曰陳迹。❸淮水　即秦淮河，從方山西經金陵（今南京市）城中，北入長江。相傳秦始皇於方山掘流，西入江，亦曰淮，因稱秦淮。❹冶城　古城名，故址在今南京市朝天宮附近。相傳三國吳（一說春秋吳王夫差）冶鐵於此，故名。❺一昔　猶言「昨日」。❻舲　有窗的小船。❼彌年　終年；滿年。❽哭庭　《禮記・檀弓上》：「孔子哭子路於中庭。」鄭玄注，「寢中庭也。與哭師同親之。」孔穎達疏：「若其不親，當哭於寢門外，與朋友同。」

【語　譯】去年我除去母親的喪服，在南京追尋過去的遺跡。在那秦淮河畔，冶城的旁側。我們握手有說有笑，這一切好像就在昨日。我彎曲指頭計數日子，等待你歸來的有窗小船。哪知剛滿一年，就慟哭於你的庭前？

維君家行，可謂修飭❶。如其智能，亦豈多得？垂老一命❷，終於遠域。豈惟故人，所為歎惜？撫棺一奠，以告心惻。

【章　旨】本段寫高師雄的家世才能本應高官，卻至晚年才得個主簿的低職，而且不幸死去，因而十分悲傷。

【注　釋】❶飭　謹慎。❷一命　為最低一級官階。後用以泛指官職低微。命，官階。

【語　譯】你們家的家世德行，可以說是謹慎整治。像你的智慧才能，又哪裡能夠多得？直到將近老年才得個最低的官職，並死在那遠遠的他鄉異域。難道只是老朋友，才要為你嘆息？撫摸著你的棺材來祭奠，來告訴你我內心的悲傷至極。

【研　析】本篇寫法與前篇又不相同。前篇重在抒情，本篇重在敘事。文中記敘了王安石與高師雄在江寧的兩次交往以及高師雄在將暮之年的才得「一命」，而且不幸「終於遠域」的悲慘遭遇。通過這些敘述來表現他們二人之間的深厚友誼及對高師雄之死的深切悲悼。而且敘事也只敘友情，不事阿諛吹捧，敘其「家行」和「智能」亦僅云「修飭」和「亦豈多得」而已，使人並不覺得過分。《藝苑卮言》卷四云：「介甫之文峭而潔。」這類文章就是「峭而潔」者。

祭曾博士易占文

王介甫

【題　解】本篇作於宋仁宗慶曆七年（西元一〇四七年），王安石時年二十六歲。曾博士，名易占（西元九八九—一〇四七年），字不疑，建昌南豐（今屬江西）人，曾鞏之父。中進士後官太子中允太常丞博士，知泰州之如皐、信州之玉山二縣，故稱曾博士。事具王安石〈太常博士曾公墓誌銘〉。本篇對曾易占的被人誣陷而罷官，並鬱鬱而死表示了極大的同情。著重議論了萬事萬物都有成有毀。人作為萬物之一，其有窮通生死，乃是事物發展之必然，不必置憂慮於其間，以寬慰死者，亦以寬慰活著的人。最後表示曾氏後繼有人，出了如曾鞏這樣以文名一時的大文豪，更可不必悲傷。但其情難忘，還是要哭泣祭奠，又歸結到哀祭上來。這種寬慰乃是無可奈何的故作曠達，實際表達的是更加深刻的同情與悲傷，讀後更加令人悲痛。

嗚呼！公以罪廢，實以不幸。卒困以夭，亦惟其命❶。命與才違，人實知之。

名之不幸，知者為誰？公之閭里，宗親黨❷友，知公之名，於實無有。

【章旨】本段寫曾易占被誣陷以致困窮而死，並且不為人所理解。

【注釋】❶公以罪廢四句 據王安石〈太常博士曾公墓誌銘〉載：曾易占為官剛正不阿，知信州玉山（今屬江西）時，信州刺史錢仙芝有所求，易占不與，遂遭誣陷而失博士，歸不仕者十二年。復去京師，至南京病，遂卒。❷黨 古代地方基層組織。五百家為黨。

【語譯】啊哎！您以罪過而被廢黜，實在是您的不幸。終於困窮而死去，也實在是您的苦命。命運與才幹相違背，人們都知道這個。名聲的不幸，知道的又有哪個？您的家鄉村里，您的宗族的親屬和鄉里的朋友，知道您的名聲，對於實際一點用處也沒有。

嗚呼公初，公志如何？孰云不諧，而阨❶孔多。地大天穹❷，有時而毀。星日脫敗❸，山傾谷圮。人居其間，萬物一偏❹。固有窮通，世數之然。至其壽夭，尚何憂喜！要之百年，一蛻❺以死。方其生時，窘若囚拘❻；其死以歸，混合空虛。以生易死，死者不祈❼。惟其不見，生者之悲。

【章旨】本段論述世界萬事萬物都有成有毀，人生其間有窮通生死，乃事物發展之必然，故不必悲傷喜悅，以此來相寬慰。

【注釋】❶阨 同「阸」。困厄。❷穹 高大。❸脫敗 脫指日月蝕，敗指星隕。❹偏 邊；側。指一部分。❺蛻 解脫；蛻變。❻窘若囚拘 言窘困得如同囚犯之被拘束。賈誼〈鵩鳥賦〉：「愚士繫俗兮，窘若囚拘。」❼以生易死二句 《莊子·

至樂》云：「髑髏見夢曰：『子欲聞死之說乎？死無君於上，無臣於下，亦無四時之事，從然以天地為春秋，雖南面王不能過也。』莊子不信曰：『吾使司命復生子形，為子骨肉肌膚，反子父母妻子閭里知識，子欲之乎？』髑髏深矉蹙額曰：『吾安能棄南面王樂，而復為人間之勞乎？』」此二句用其意。祈，求。

【語　譯】啊哎在您的開初，您的志向又怎麼樣？誰知道並不和諧，而困厄又多得不可相抗。厚地廣闊蒼天空曠，有時也會崩毀。日月星辰有時也被蝕或隕落，高山有傾倒深谷也有遷徙。人類在它們中間，只是萬物的一類。本來就有窮困通達，世道的運數就是這樣奇異。至於高壽早死，哪還有什麼值得悲傷歡喜！總之活到一百歲，到頭來也要變化而死。當活著的時候，窘困得像個囚犯被拘留；等到他一死歸天，一切都變得空寂虛無。以活著來交換死去，死去的人還不祈求。只是那種快樂看不見，所以活人才會悲戚含憂。

公今有子❶，能隆公後。惟彼生者，可無甚悼。嗟理則然，其情難忘。哭泣馳辭，往侑❷奠觴。

【章　旨】本段寫曾易占有賢子「能隆公後」，本可不悲，但「其情難忘」，所以還是「哭泣馳辭」，歸結到哀祭。

【注　釋】❶子　曾易占有六子：曄、鞏、牟、宰、布、肇。其中曾鞏在當時就頗有文名，曾布哲宗朝官至知樞密院。❷侑　助；勸。

【語　譯】您現在有賢能兒子，能夠光大您的身後。所以那些活著的人，可以不必過度哀悼。哎呀按道理應該如此，那情感上卻難以相忘。號哭著陳上這篇祭辭，去輔助這祭奠的酒漿。

【研　析】這位曾博士，只做過兩任知縣，在家閒居十二年，可見名聲不大，與王安石也可能交往不多，且年紀比王安石大三十二歲。對這樣一位前輩，既無情可抒，亦無事可敘。但他是王安石很佩服的朋友曾鞏的父親，又非祭不可。於是王安石抓住他為官時被人誣陷落職一事生發開去，從整個宇宙的成毀變化，大大地議論了一番人的窮通得失生死壽夭的不必繫心的道理，並以莊子的生不如死的快樂來安慰生者，寬慰死者，祇在末尾以「其情難忘」來表示一點哀悼之意。這在哀祭文中又別具一格。

祭李省副文

王介甫

【題　解】本篇作於宋仁宗天聖六年（西元一〇二八年）。據《玉海・郊祀部》載，宋仁宗天聖六年詔於順天門外八角鎮建西太一宮，奉安十神。九月成，十一月宰臣張士遜為奉安使，以黃麾仗自禁中迎神像奉安。李省副，名壽朋，字延老，徐州豐（今江蘇豐縣）人。賜進士出身，進戶部鹽鐵副使。〈職官志〉載：「三司通管鹽鐵度支戶部，號曰計省。副使以員外郎以上歷三路轉運使及六路轉運使充。」故稱李壽朋為李省副。本篇對李壽朋的突然得暴病死去表示了沉痛的哀悼，寫出了大家對李壽朋突然死去的「環視太息」。最後特別點出王安石自己和死者的特殊關係，悲傷更甚，以突出是作者的私祭而非公祭。這就更符合祭奠者的身分。

嗚呼！君謂死者，必先氣索❶而神零。孰謂君氣足以薄雲漢❷兮，神昭晰❸乎日星，而忽隕背乎，不能保百年之康寧？

【章　旨】本段寫李壽朋於神氣正旺的年齡卻突然死去。

【注　釋】❶索　盡。❷雲漢　天河；銀河。❸昭晰　明亮。

【語　譯】啊哎！你認為死去的人，必定是意氣耗盡而精神凋零。誰知你意氣足夠迫近天河啊，精神明亮得如同日月辰星，卻忽然隕落死去呢，而不能保住壽至百年的康泰與安寧？

惟君別我，往祠太乙❶。笑言從容，愈於平日。既至即事❷，升降❸孔秩。歸鞍在塗，不返其室。訃聞士夫，環視太息。矧我於君，情何可極？具茲醪羞，以告哀惻。

【章旨】本段寫李壽朋突然死去後大家的吃驚和悲痛和作者自己的特別哀傷。

【注釋】❶太乙　即太一，神名，天神之貴者，北極神之別名。❷即事　就事；作事。事，指祭祀太乙神之事。❸升降　指祭祀時在祭壇上的上升下降。

【語譯】你告別於我，去祭祀天神太乙。你言談歡笑從容不迫，精神勝過往日。已經到達祭所從事祭祀工作，上升下降次序非常明晰。回家的鞍馬還在途中，卻不能返回家室。士大夫聽到你的訃告，大家都相視而歎息。何況我對於你，感情哪裡有個終極？就辦備些美酒佳肴，來告訴你我的哀傷痛惜。

【研析】本篇不敘交遊，不敘死者的生平事跡，只抓住他突然暴病而死來寫，並將他去祭祀前的神氣十足和突然病逝進行對比，將他祭祀時「笑言從容」和「升降孔秩」的行動與士大夫們聽到他的訃聞的驚愕太息進行對比，來突出他的猝死的令人悲傷和自己的更加悲痛。茅坤說：「有逸調，有雋思。」大概這就是所謂逸調和雋思吧。

祭周幾道文

王介甫

【題解】本篇作於宋英宗治平三年（西元一〇六六年），時王安石年四十五歲。周幾道，名濤（西元一〇二二—一〇六六年），故郫人，徙居海陵。中慶曆六年進士。歷亳州觀察推官，撫州軍事推官，著作佐郎，祕書丞，太常博士，尚書屯田員外郎，知汝州梁、杭州錢塘二縣。事具王安石〈尚書屯田員外郎周君墓誌銘〉。本篇追敘了王安石與周濤年輕時的意氣風發，特別強調了王安石後來衰頹蒼老的情狀，以突出周濤之死的出人意外。然後指出周濤對自己的情意纏綿，更突出自己失去這樣一位知心朋友的悲痛。最後表示弔祭之意。文雖不多，卻幾經轉折，以突出吃驚與傷悼之意。痛惜之情，溢於言表。

初我見君，皆童而幘❶，意氣豪悍，崩山決澤。弱冠❷相視，隱憂❸阸❹窮，貌則侔年，心頹如翁。

【章旨】本段追憶年輕時的意氣風發和悲嘆現在自己的未老先衰。

【注釋】❶幘　頭巾。用作動詞，裹著頭巾。❷弱冠　〈曲禮〉曰：「二十曰弱冠。」❸隱憂　深憂。《詩・邶・柏舟》：「耿耿不寐，如有隱憂。」毛傳：「隱，痛也。」❹阸　同「阨」。困厄。

【語譯】起初我見到你，都是童年裹著頭巾，意志氣概豪邁而強悍，可使山崩塌使澤決口而波光粼粼。成年以後抬頭一看，深懷憂慮苦厄困窮，容貌與年齡還大體相當，可內心衰敗如同老翁。

俛仰悲歡，超然❶一世；皓髮黧❷馘❸，分當先弊。孰知君子❹，訃我稱孤❺。發封涕洟，舉屋驚呼。

【章旨】本段寫突然接到周濤訃告的吃驚情狀。

【注釋】❶超然　超凡脫俗貌。❷黧　色黑而發黃。❸馘　臉。❹君子　指周濤之子。❺孤　無父曰孤。

【語譯】周旋應付有悲有歡，儘管一生擺脫世俗的得失牽累；但還是頭髮白了臉色黃黑，按本分我當先你而逝。誰知你的兒子，向我發訃告自我稱孤。我打開信函眼淚鼻涕齊流，整個屋子裡的人都吃驚而大呼。

行與世乖❶，惟君繾綣❷。弔禍問疾，書猶在眼。序銘於石❸，以報德音❹。設辭雖褊❺，義不愧心。君實愛我，祭其如歆❻。

【章旨】本段寫對周濤之死表示哀悼。

【注釋】❶乖　背離。❷繾綣　猶「纏綿」。情意深厚貌。❸序銘於石　王安石有〈尚書屯田員外郎周君墓誌銘〉。❹德音　此指善意、恩情。❺褊　狹小；狹窄。❻歆　猶「食」、「享」。指用酒食祭祀鬼神。

【語譯】我的行為與世道背離，只有你對我情意纏綿。弔慰我的災禍探問我的疾病，封封書信還在我的眼前。寫個墓誌銘刻在石上，來報答你的恩情。使用的言詞雖然狹窄，內容卻無愧於心。你確實痛愛我，我來祭奠大概你會降臨。

【研析】本篇是弔祭周濤的哀祭文，但對周濤其人卻下筆很少，重點在敘述作者自己：敘述自己年輕時的意氣風發，今日的衰頹蒼老，本應「分當先弊」，這樣來突出周濤之死的突然和王安石自己的驚愕。然後又敘述自己「行與世乖」，只有周濤對自己情深意厚。於周濤死後，自己只有寫墓誌銘來報答他，紀念他。這樣轉出弔祭的本意來。文章處處以自己來襯托死者，這在祭文的寫法上又是一種格式。王安石為文惟陳言務去，喜自創新意。其文簡潔省淨，峻峭矯健。「篇無餘語，語無餘字，往往來千百言數十轉於數行中」（蔡上翔《王荊公年譜考略》）。本篇即很好地體現了這種特點，讀者自可仔細體味之。

祭東向原道文

王介甫

【題　解】據《年譜》，皇祐元年，王安石在鄞縣。是年復歸京師。二年在京候差遣，授殿中丞。此文云：「既來自東。」則知東向之死當在宋仁宗皇祐二年（西元一〇五〇年），本篇亦當作於是年。東向，字原道，與王安石同年進士，生平事跡不詳。據本篇，知為揚州人，嘗知壽春縣。本篇描寫了東向年輕時的意氣風發，英俊有為，記述了他仕途坎坷，壯志未酬，懷才不遇的悲慘遭遇，記載了王安石與東向「學則同游，仕則同科」的深厚友誼以及東向死後王安石的弔唁悲傷。寫得感情真摯，聲淚俱下，失去摯友的悲痛欲絕之情溢於言表。

嗚呼東君，其❶信然耶？奚仇友朋？奚怨室家？堂堂去之，我始疑嗟。惟昔見君，田子之自❷；我欲疾走，哭諸田氏。吾靡❸不赴，田疾不知。今乃獨哭，誰同我悲？

【章　旨】本段寫東向死後，自己只能獨自哭泣。

【注　釋】❶其　代指東之死訊。❷田子之自　即「自田子」的倒置，意謂是由田子介紹。田子，生平事跡不詳。❸靡　羈絆；束縛。

【語　譯】啊哎東老兄，你的死訊果然確實嗎？為什麼不顧朋友？為什麼使家庭嗟怨？現在你公然地離去，我才開始疑慮嗟嘆。我以前見到你，是由田先生的介紹；我想要趕快跑去，到田家去哭訴陳道。我被事情絆住不能前去，田先生疾恨不知內情。現在我獨自哭泣，誰與我同放悲聲？

始君求仕，士莫敢匹。洪洪其聲，碩碩❶其實。霜落之林，豪鷹雋❷鸇❸，萬鳥避逃，直摩❹蒼天。躓❺焉僅仕，后❻愈以困，洗藏銷塞❼，動輒失分❽。如羈駿馬，以駕柴車，側身墮首❾，與蹇❿同芻⓫。命又不祥，不能中壽⓬，百不一出⓭，孰知其有？

【章　旨】本段哀嘆東向才質出眾，卻命運不佳，仕既不得意，命又不得長。

【注　釋】❶碩碩　厚實貌。❷雋　同「俊」。才質出眾。❸鸇　猛禽名。❹摩　迫近。❺躓　困頓；挫折。❻后　借作「後」。❼洗藏銷塞　洗去隱藏銷除阻塞，形容小心謹慎，努力從事。❽動輒失分　猶言「動輒得咎」。❾墮首　猶言「俯首」。低頭。❿蹇　跛。這裡指跛腿的驢子。⓫芻　草料。這裡用作動詞，吃草料。⓬中壽　次於上壽為中壽。其說不一。《左傳・僖公三十二年》孔疏：「中壽百。」《莊子・盜跖》以中壽為八十。《淮南子・原道》以中壽為七十。《呂氏春秋・安死》以中壽為六十。⓭百不一出　謂其才智百分未能表現出一分。

【語　譯】開始你出來求官任職，士人沒有誰敢與你相比。洪大響亮是你的聲音，厚重篤實是你的本質。你像那經霜的樹林裡，豪邁的蒼鷹和英俊的鷂鸇，所有鳥類逃離躲避，你卻直衝雲天。剛剛出仕就遇到挫折，後來就更加窘困，你雖然小心從事，卻一舉一動都失去分寸。如同絆住駿馬用來駕御柴車，側著身子低著腦袋，與那跛驢同阜同芻。命運又不吉祥，還不能活到中等年壽，百分的才智未能使出一分，誰知道你才智的豐厚？

能知君者，世孰予多？學則同游，仕則同科❶。出作揚官❷，君實其鄉。傾心倒肝，迹斥形忘。君於壽食❸，我飲鄞水❹，豈無此朋，念不去彼。

【章旨】本段寫王安石與東向同學同科同在一地為官的友情。

【注釋】❶同科　宋仁宗慶曆二年　吳育知貢舉，取進士四百三十二人。王安石、東向皆中是科。❷揚官　慶曆二年，王安石出任簽書淮南判官，在揚州韓琦幕下任職。揚，指揚州，治所在今江蘇江都。❸壽食　指出任宋淮南道壽州壽春縣令，即今安徽壽縣。❹我飲鄞水　慶曆七年，王安石調知鄞縣，即今浙江寧波。

【語譯】能夠了解你的人，世上誰比我還多？我們學習則一同出遊，做官又同中一科。我到揚州來做官，那就是你的家鄉。你對我傾盡心血倒出肝膽，形跡都脫略遺忘。你在壽春做官，我在鄞縣任職，難道沒有別的朋友，我思想上老是忘不了那裡。

既來自東❶，乃臨❷君喪，閟閟❸陰宮❹，梗野榛荒。東門之行，不幾日月，孰云於今，萬世之別？嗟屯❺怨窮，閔❻命不長，世人皆然，君子則亡。予其何言，君尚有知，具此酒食，以陳我悲。

【章旨】本段悲嘆東向之死跟自己是「萬世之別」，因而憂從中來。

【注釋】❶既來自東　宋仁宗皇祐元年，王安石歸京師，二年在京師候差遣。鄞縣在汴京東南，故曰「來自東」。❷臨哭弔曰臨。❸閟閟　幽深貌。❹陰宮　指墳墓。❺屯　艱難。❻閔　憐惜；哀傷。

【語　譯】我既已自東來到京師，就來哭弔你的死亡，這深深閉藏的墳墓，在這荊棘叢生的原野一片荒涼。我到東門去走走，沒有多少日月，誰知到了現在，卻成了萬世的永別？嗟嘆艱難埋怨窮困，憐惜壽命的不長，世上的人都是如此，像你這樣的君子卻要死亡。我還有什麼話可說，如果你還能有知，我就設下了這些酒食，來陳述我的痛楚傷悲。

【研　析】本篇又是一篇以敘事為主的哀祭文，不過敘事的順序又有變化。它先敘東向之死，再敘東向的為人，再敘東向與自己的友誼，最後才寫到自己的弔祭。它不是單敘友情，也非單敘東向的生平遭遇，文雖短而所敘內容卻十分廣泛。王安石的這些祭文中，〈祭范潁州文〉、〈祭歐陽文忠公文〉、〈祭丁元珍學士文〉、〈祭高師雄主簿文〉，皆是以敘事來表示哀悼的祭文。但它們的敘事，因弔祭者的生平事跡以及死者與王安石的關係各不相同，因而敘述的方法皆不一樣。仔細體會其中的不同，就可以從中領略出一些寫作哀祭文的竅訣。

祭張安國檢正文

王介甫

【題　解】本篇不知作於何時，以文中「吾兒逝矣，君又隨之」之語推之，當作於熙寧十年或元豐初。張安國，生平事跡不詳。《資治通鑑長編》載，熙寧八年，前揚州司法參軍張安國為光祿寺丞，權檢正中書刑房公事。故稱張安國檢正。《宋史・職官志》曰：「中書省檢正官，五房各一人，掌糾正省務。熙寧三年置，以京朝官充。」本篇先寫聽到張安國死信時的哀傷，接著對張安國的才能品德進行了高度的評價和熱烈的讚揚，以襯托他死去的可惜。最後才表示對張安國死去的哀悼。文中寫王安石由其子的關係才認識張安國，而其子死去不久又失去張安國。悲子悲張，就更增加了幾分悲痛。文章確實是寫得十分沉痛的。

嗚呼！善之不必福，其已久矣，豈今於君始悼歎其如此？自君喪除❶，知必顧予，怪久不至，豈其病歟？今也君弟，哭而來赴❷。天不姑釋一士，以為予助，何生之艱，而死之遽？

【章　旨】本段寫聽到張安國訃告時，王安石的驚嘆哀傷。

【注　釋】❶自君喪除　按：事跡不詳，大概是張安國為其父或其母守喪服滿期。❷赴　同「訃」。報喪。

【語　譯】啊哎！善人不一定得福，這種情況已經很久了，難道現在對你才哀悼嘆息是如此？自從你除去喪服，知道你一定會來看望我，奇怪的是許久不見你來，難道是你有疾病災禍？現在你的弟弟，哭泣著來告知我你已死去。天老爺也不姑且留下一個士人來幫助我，為什麼活著如此艱難而死去又如此迅速？

君始從我，與吾兒❶遊。言動視聽❷，正而不偷❸。樂於飢寒，惟道之謀❹。既掾司法❺，議爭讞❻失。中書大理❼，再為君屈。遂升宰屬❽，能撓❾強倔。辨正獄訟，又常精出。豈君刑名❿，為獨窮深？直諒⓫明清，靡所不任⓬。人恌莫知，乃惻我心。君仁至矣，勇施而忘己；君孝至矣，孺慕⓭以至死。能人所難，可謂君子。

【章　旨】本段讚美張安國的才能和品德。

【注　釋】❶吾兒　指王安石之子王雱，字元澤，官至天章閣待制兼侍講，遷龍圖閣直學士。❷言動視聽　《論語・顏淵》曰：「非禮勿視，非禮勿動，非禮勿言，非禮勿聽。」❸偷　苟且；怠惰。❹惟道之謀　「惟謀道」的倒置。《論語・衛靈公》曰：「君子謀道不謀食。」❺掾司法　指為揚州司法參軍。掾，本為佐助之義，後通稱副官佐貳吏為掾。司法，主管刑法的官。❻讞　議罪。❼中書大理　指任權檢正中書刑房公事。中書，中書省，總管國家政事的官署。大理，大理寺，掌管刑獄的官署。❽升宰屬　原注曰：「十二月九日又遷。」但不知張安國這次遷升的具體職務，大概是宰相的屬官。❾撓　折服。❿刑名　即刑法。三國魏制新律，將舊律散置於正律中，將刑法名稱移於律首，作刑名篇。晉於刑名中又分法例篇，北齊合為名例，歷代因之。故以刑名代指刑法。⓫諒　誠信。⓬任　勝任；能承擔。⓭孺慕　如孺子之慕念其親。《孟子・萬章上》曰：「人少，則慕父母；知好色，則慕少艾；有妻子，則慕妻子；仕則慕君，不得於君則熱中。大孝終身慕父母。」孺，孺子，兒童的通稱。慕，愛慕；思念。

【語　譯】你起初跟從我，是因為你與我兒交往。你言談舉止顧盼聞聽，端正而不怠惰魯莽。安心於飢寒生活，只對道義十分景仰。既已做了司法的掾屬，評議爭執判決過失。在中書省的大理寺，再一次被你折服。於是就升任宰相的屬官，能折服強悍和倔犟之徒。你辨別糾正獄訟案件，又常常精到突出。難道是你對於刑法，獨獨研究得透徹精深？你正直誠實而又精明清廉，沒有什麼事你不能勝任。人們輕視而不了解你，就使我非常傷心。你仁愛到了極點，勇於施捨而忘卻自己；你孝順到了極點，像小孩一樣愛慕父母一直到死。能夠做到別人難做的事，你可以說是正人君子。

嗚呼！吾兒逝矣❶，君又隨之。我留在世，其與幾時？酒食之哀，侑以言辭。

【章　旨】本段寫對張安國之死的哀痛與祭奠。

【注　釋】❶吾兒逝矣　王安石之子王雱死於宋神宗熙寧九年，年三十三歲。

【語　譯】啊哎！我的兒子死了，你又跟隨而去。我留在這個世上，還能有多少時日？用酒食祭奠的哀痛之外，還輔助著這些言語。

【研析】本篇與王安石前面的那些哀祭文有個很大的不同。前面的哀祭文除〈祭范潁州文〉、〈祭歐陽文忠公文〉二篇中王安石對他特別敬仰的前輩有熱烈的讚揚之外，其他很少有讚揚之聲。而本篇對這樣一位不知名的小人物卻大加讚揚，讚揚他有傑出的政治才幹，讚揚他「仁」、「孝」至極，給予了他極高的評價。這除了襯托其死去的可惜之外，我以為主要是因為張安國是王安石的晚輩，是王安石之子王雱的朋友。對這樣的晚輩說幾句好話，既無吹捧逢迎之嫌，又可有愛護晚輩之譽，且無與其他祭文雷同之失。這樣寫，正符合長輩的身分。

宣左人哀辭

方靈皋

【題解】本篇作於康熙五十二年方苞剛出刑部獄之後不久。宣左人，名不詳，安徽桐城（今安徽桐城）人。一生以授徒為生。事詳本篇所記。本篇分序和哀辭兩部分。序較詳細地記載了宣左人與作者交往的經過，讚揚了他能急朋友之難，為營救方苞而四出奔走的深厚友情，對宣左人的死表示了沉痛的哀悼和深切的惋惜。哀辭則感嘆宣左人生為糊口而奔走四方，不得仔細觀賞家鄉山水之勝，而死後能歸葬家山，是了結了平生之願，亦無可悲。這是強作寬解，實則表達的是更加深切的哀痛。文章寫得情致深厚，表現作者與宣左人由泛交到深相知的純篤的友情。

左人與余生同郡❶，長而客遊同方，往還離合，踰二十年而為汎交❷。己丑庚寅❸間，余頻至淮上，左人授徒邗江❹，道邗數與語，始異之。其家在龍山❺，吾邑山水奇勝處也。每語余居此之樂，而自恨近六十，猶栖栖❻於四方。余久寓金陵❼，亦倦遊思還故里，遂以辛卯❽正月至其家。左山右湖❾，皐壤❿如沐，留連⓫信宿⓬，相期⓭匝歲⓮定居於此。

【章　旨】本段寫方苞與宣左人由泛交到深相知的經過，並相約還家鄉山水奇勝處定居。

【注　釋】❶郡　古代行政區劃名，以郡統縣。至明、清改郡為府。方苞、宣左人皆桐城縣人，屬安慶府。❷汎交　一般的交情。汎，同「泛」。一般；廣泛。❸己丑庚寅　即康熙四十八年（西元一七〇九年）、四十九年（西元一七一〇年）。❹邗江　即邗溝，水名，即江蘇境內揚州北西至淮安縣北入淮的運河。此代指揚州。❺龍山　即大龍嶺，在懷寧縣北，桐城縣南，為安慶府的主山。❻栖栖　忙碌不安貌。❼久寓金陵　據蘇惇元《方望溪先生年譜》載，康熙四十五年方苞應禮部試，成進士第四名。屆殿試，聞母疾，遽歸。及抵江南，藩臬公延先生主講義學。金陵，今江蘇南京。❽辛卯　即康熙五十年（西元一七一一年）。❾左山右湖　大龍嶺東有石塘、破崗湖，故云。❿皐壤　原野。⓫留連　逗留而捨不得離開。⓬信宿　謂兩三日。《詩・有客》毛傳曰：「一宿曰宿，再宿曰信。」⓭期　邀約。⓮匝歲　滿一年，指一年之後。匝，周。

【語　譯】宣左人與我出生在同一個郡，長大了又在同一方向出遊，我們出去回來離別會合，超過了二十年而只是一般的朋友。在己丑、庚寅這兩年間，我多次到淮河邊上，宣左人在邗江教書，我路過邗江多次與他交談，才開始覺得他不同一般。他的家鄉在大龍，是我們桐城縣山水特別美的地方。每次跟我談起居住那裡的快樂，就自己遺憾年近六十，還是四處奔忙不安。我較長時間寄居金陵，也對客遊感到厭倦而想回老家，就在辛卯年正月來到他家。那裡左邊是山，右邊有湖，原野潔淨如同剛洗過的頭髮一般，在那裡逗留了兩三天，互相約定一年之後就定居在這裡。

而是冬❶十月，以《南山集》牽連被逮❷。時左人適在金陵，急余難，與二三骨月兄弟之友❸相先後。在諸君子不為異，而余固未敢以望於左人也。王辰❹夏，余繫刑部，左人忽入視。問何以來，則他無所為。將歸，謂余曰：「吾附人舟車不自由。以天之道，子無恙，尋當歸，吾終待子龍山之陽❺矣。」及余邀❻寬法出獄，隸❼漢軍❽，欲附書報左人，而鄉人來言左人死矣。時康熙五十二年也。

【章　旨】本段寫宣左人在方苞蒙難入獄時積極營救與入京探視的友情，惜其出獄時而宣左人已死。

【注　釋】❶是冬　指康熙五十年冬。❷以南山集牽連被逮　《南山集》，戴名世的文集。被認為有大逆語被左都御史趙申喬告發。戴名世被殺，方苞因為《南山集》作序，被捕，解往北京刑部獄，論斬。經李光地等營救，方免死。❸骨月兄弟之友　指同里劉捷、姊夫馮庚、清澗白斑、溧水武文衡、高淳張自超等好友。骨月兄弟，至親的兄弟。月，同「肉」。❹王辰　指康熙五十一年（西元一七一二年）。❺陽　山南曰陽。❻邀　承。❼隸　附屬。❽漢軍　指漢軍旗。清未入關前，除滿州八旗外，又編有蒙古八旗與漢軍八旗。方苞出獄後，發往漢軍旗下為奴，並以白衣入直南書房。雍正元年才赦歸原籍，並全族均得赦免。

【語　譯】就在這一年的冬季十月，我因為《南山集》案牽連被逮捕。這時宣左人剛好在金陵，為我的禍難而焦急奔走，跟我的幾位如至親兄弟般的朋友先後營救。這在其他的那幾位朋友不足為奇，可我本來就不敢對宣左人有期望。王辰年夏天，我被拘留在刑部監獄，宣左人忽然進來探視。問他為什麼來到京城，卻沒有別的事情。他將要回去，告訴我說：「我搭乘別人的船車不自由。按照天的規律，你沒有災禍，不久就會回來，我始終在龍山的山南等待你。」等到我承蒙寬赦出獄，隸屬漢軍旗籍，想要寫封信告訴宣左人，而家鄉人來說宣左人已經死了。這時是康熙五十二年。

龍山地偏而俗淳，居者多壽耇❶，左人父及伯叔父皆八九十。左人貌魁然❷，其神凝然❸，人皆曰當得大年❹。雖左人亦自謂然，而竟止於此。余與左人相識幾三十年，而不相知；相知踰年，而余及於難；又踰年，而左人死。雖欲與之異地相望，而久困窮，亦不可得。此恨有終極耶？辭曰：

【章旨】本段寫宣左人死後，方苞的哀痛與惋惜。

【注釋】❶壽耇　高壽；長壽。耇，老；高年。❷魁然　高大；魁偉。❸凝然　安詳；端莊。❹大年　高壽。

【語譯】大龍嶺地方偏僻而風俗淳樸，居住這裡的人多得高壽，宣左人的父親和伯父、叔父都是八、九十歲。宣左人形貌魁偉，神態安詳，別人都說他應當得高壽。即使宣左人自己也認為是如此，而終竟卻止於這個年壽。我與宣左人互相認識將近三十年，卻並不互相了解；互相了解才過一年，我就遭遇禍難；又過一年，宣左人就死了。即使想要跟他在不同的地方互相探望，可是長時期地困厄窮苦，也不能做到。這種遺恨能有終境極限嗎？哀辭說：

嗟子精爽❶之炯然❷兮，今已陰為野土❸。閉兩心之所期❹兮，永相望於終古❺。川原信美而可樂兮，生如避而死歸。解人世之糾纏❻兮，得甘寢其何悲？

【章　旨】本段是哀辭，寫宣左人死後歸葬家山，終如其願，因此不必悲傷。

【注　釋】❶精爽　猶「精神」。❷炯然　明亮；光明。❸陰為野土　《禮記・祭義》：「骨肉斃於下，陰為野土。」鄭注：「陰讀依蔭之蔭，言人之骨肉蔭於地中為土壤。」陰，埋藏。❹期　邀約；約定。❺終古　久遠。❻糾纏　繩索，引申為纏繞聯結。

【語　譯】可嘆你的精神如此明朗啊，現在已埋入地中變為野土。斷絕了我們兩人的邀約啊，只能長久地相約於永久永久。山川原野的確美而可樂啊，活著逃避似的遠離死了卻能回歸。解脫人世間的糾纏紛繞啊，能夠甜美地長眠地下又有什麼值得傷悲？

【研　析】本篇以流暢的文字，記敘著他與宣左人三十餘年的交往與其深厚的友誼，表達出他對宣左人之死的深切的哀悼，寫得感情真摯。宣左人期盼安定生活和能急朋友之難的純樸而富有正義感的形象也躍然紙上。哀辭用騷體，雖無什麼新意，但也無說教色彩，寫得同樣充滿著深情厚意。這在方苞的文章中是難得的好作品。

武季子哀辭

方靈皐

【題　解】本篇作於康熙五十六年（西元一七一七年）。武季子，名洙，溧水（今江蘇溧水）人。其父武文衡，字商平，是方苞的至交，方苞稱其是「骨月兄弟之友」。武文衡有三子，武洙是其最小的兒子，故稱武季子。他為父喪四出奔走，最後客死北京，年僅二十一歲。事詳本篇所記。本篇序文記述了武洙為父喪奔走的殷切，記載了武文衡三個兒子皆早死的慘狀及其故家衰落家庭不和的困難處境，對武洙勤奮好學正寄與厚望而又不幸死去表示了極大的哀痛。哀辭也表達了對武洙之死的哀悼和望其魂能返回故鄉的良好祝願。文章寫得情深意切，表現了作者對友情的篤厚與對晚輩的關切。

康熙丙申❶夏，聞武君商平之喪，哭而為墓表❷，將以歸其孤❸。冬十月，孤洙至京師，曰：「家散矣，父母大父母❹諸兄七喪蔑❺以葬，為是以來。」叩所學，則經書能背誦矣，授徒某家。冬春間數至，假唐宋諸家古文自繕寫。首夏❻，余出塞❼，返役，而洙死已浹日❽矣。

【章　旨】本段記武洙為父喪奔走至京師及客死北京的情形。

【注　釋】❶康熙丙申　即康熙五十五年（西元一七一六年）。❷哭而為墓表　方苞有〈武商平墓表〉。❸孤　父死曰孤，指武文衡之子。❹大父母　祖父母。❺蔑　無。❻首夏　猶言「孟夏」。指陰曆四月。❼余出塞　指從康熙出巡塞外。康熙五十六年夏四月，奉皇太后巡幸塞外，駐蹕熱河，九月，駐蹕西爾哈烏里雅蘇臺，冬十月，還京師。❽浹日　十日。古代用干支紀日，自甲至癸，十日為一周匝，稱浹日。浹，周匝。

【語　譯】康熙丙申年夏天，聽到武商平的死信，哭泣著寫了墓表，將要寄給他的兒子。這年冬天十月，他兒子武洙來到京城，說：「我們家散了，父母祖父母幾個老兄共死了七個人，沒有什麼用來安葬，為了這個我才來。」問他的學習情況，經書已經能背誦了，在某人家教書。在冬、春之間，多次來這裡，借唐宋諸家的古文，親自抄寫。初夏，我去塞外，等到我出差回來，武洙已經死了十天了。

始商平有子三人，余皆見其孩提❶以及成人。長子洛，為邑諸生❷，卒年二十有四。次子某，年二十有一，將受室❸而卒。洙其季也。憶洙五六歲時，余過商平，常偕群兒喧聒❹左右。少長，抱書從其父往來余家。及至京師，則幹軀偉然。余方欲迪❺之學行，以嗣其宗，而遽以羈死❻。有子始二歲。

【章　旨】本段寫武商平三子皆不幸早死，特別武洙，方苞正寄予厚望，卻「羈死」京師。

【注　釋】❶孩提　指初知發笑，尚在襁褓中的幼兒。《孟子・盡心上》曰：「孩提之童。」趙岐注：「孩提，二三歲之間，在襁褓，知發笑，可提抱者也。」❷諸生　明清時經省各級考試錄取入府、州、縣學者，稱生員。生員有增生、附生、廩生、例生等名目，統稱諸生。❸受室　娶妻。室，妻。《禮記・曲禮上》曰：「三十日壯，有室。」注：「有室，有妻也。」❹喧聒　喧鬧之聲刺耳。❺迪　啟迪；開導。❻羈死　客死。羈，寄居作客在外。

【語　譯】起初武商平有三個兒子，我都見過他們的幼小時期以至長大成人。大兒子名洛，是縣裡的生員，死時二十四歲。次子名某，年二十一歲，將要娶妻就死了。武洙是小兒子。回憶武洙在五、六歲的時候，我到武商平家，經常跟隨一群小孩在左右吵鬧喊叫。稍微長大一點，抱著書本跟從他父親跟我家來往。等到他來到京城，就已是身材高大。我正要開導他學問德行，來繼承他的家風，卻很快就客死在外。他有個兒子才兩歲。

商平生故家❶而窶艱迫阨❷，視細民有甚焉。又父母皆篤老❸，煩急家事，淩雜米鹽，無幾微輒生瑕釁❹。然卒能約身隱情以盡其恩，而不愆❺於義，余每歎其行之難❻也。而既羸❼其躬，復札❽其後嗣，嗚呼！世將絕而後乃繁昌者，於古有之矣，其果能然也耶？

【章　旨】本段悲嘆武商平家境艱難窘困而兒子又早死的不幸。

【注釋】❶故家　謂世家大族。❷窶艱迫阸　貧窮困苦。窶，貧而簡陋。❸篤老　謂年老之甚。❹瑕釁　即「瑕隙」。指事端、矛盾。❺愆　違背。❻余每歎其行之難　方苞〈武商平墓表〉曰：「君與物無町畦，然內行潔修。授徒多人，歲入不過三十金。冬常寒，衣冠敝履穿而力孝，養親無違志。其父老矣，不事詩書，非博塞，終日焦然。每失負，從親丐貸，君隨而私償之，率以為常。父大安，以為於家無累也。君性耿介，非其義，一毫不取，坐困甚。」於此可見其家境艱難。❼羸　瘦弱；疲病。❽札　夭死。

【語譯】武商平出生在世家大族而貧窮困苦，比平民還更加超過呢。又父母親都非常年老，煩瑣急迫的家務事，凌亂煩雜的米鹽之事，無論什麼細微之事總是產生事端。然而最終能夠約束自身隱藏實情來完成他的恩養，而不違背大義，我每每感嘆他行為的艱難。而既使他的身體瘦弱，又夭折他的後嗣，啊哎！世上有將要絕滅而後才繁榮昌盛的事，這在古代已經有了，難道果真是如此嗎？

洙卒於丁酉❶十月十日，年二十有一，藁葬❷京師郭東江寧❸義冢❹。余志歸其喪，事有待，先以鳴余哀。其辭曰：

【章旨】本段記武洙死亡的時間，藁葬的地點及將歸其喪的願望。

【注釋】❶丁酉　即康熙五十六年（西元一七一七年）。❷藁葬　草葬。❸江寧　今南京市。❹義冢　公墓。

【語譯】武洙死於丁酉年十月十日，年二十一歲，草葬在京師外城東面的江寧公墓。我打算送他的喪回故鄉，事情還要等待，先寫了這篇哀辭來表達我的悲哀。其辭說：

嗟爾生兮震愆❶，罹百憂兮連延❷。蹇孤遊兮局窄❸，命支離❹兮為鬼客。天屬❺盡兮煢煢❻，羌地下兮相從。江之干❼兮淮❽之汭❾，翳先靈兮日延企❿。魂朝發兮暮可投，異生還兮路阻修。孺子⓫號兮在室，永護呵⓬兮無失。

【章旨】本段是哀辭，哀嘆武洙生時生活艱難，死後又為鬼客，望其魂能返回故鄉，呵護子嗣。

【注釋】❶震愆 《楚辭・哀郢》：「何百姓之震愆。」王逸注：「震，動也；愆，過也，百姓震動而觸罪也。」❷連延 連續不斷貌。❸局窘 窘迫。❹支離 分散貌。❺天屬 有血緣關係的直系親屬，如父子、兄弟、姊妹等。❻煢煢 孤零貌。❼干 岸；水畔。❽淮 此指秦淮河。❾汭 水邊；水涯。❿延企 伸頸舉踵地盼望。⓫孺子 兒童，指武洙之子。⓬護呵 守護呵禁。

【語譯】可嘆你一出生啊就震盪而遭災難，遭遇多種災禍啊接連不斷。為父死出遊啊窘困迫窄，命運衰敗啊做了鬼客。血緣至親死盡啊孤苦零丁，只有到地下啊去相依從。長江的岸邊啊秦淮河的水畔，先人的神靈啊在伸頸舉踵地盼念。你的魂靈早上出發啊傍晚可以抵達，跟活著回去不同啊路途長遠險狹。孩子號哭啊在你老家，你要長期守護呵禁啊確保無差。

【研析】本篇與前篇一樣，是方苞寫得比較清新流暢的文章。文中沒有說教，只以樸質的語言敘述武家的不幸遭遇。不過，其記敘方法卻與前篇不同。前篇是依時間順序來記。本篇則無一定次序。既寫武洙，也寫其父其兄，既敘武家的沒落窘困，也敘武家的家庭不和，看去似乎零零雜雜。但就是這些零零雜雜的瑣事，正寫出了武洙家境的艱難與作者對武洙的深切同情與哀痛。所以這些事件，似為信手拈來，實乃經過仔細選擇，儘管內容龐雜，頭緒紛繁，卻能巧妙地組織起來為一個中心服務。這就是散文散而有緒的特點。王文濡曰：「中間寫出故家中落，家庭勃溪（引者按勃溪乃爭鬥之意）之況，可謂達難達之辭。」他正看出了散文這種組織材料的特點。

祭史秉中文

劉才甫

【題解】本篇不知作於何時。史秉中的生平事跡亦不詳。劉大櫆〈哭史秉中詩〉云：「我游我釣我為文，何處相隨不見君！」可見他們交誼的深厚。本篇記載了劉大櫆與史秉中一起讀書一道出遊的兩無猜忌的交往與他們「慘愴相顧」的失意心情，說明了他們的結交是外於名利的貧賤之交和作者「動輒有尤」的困苦處境，也表示了劉大櫆在史秉中死後不能對其家庭給予幫助的內疚。全文表現了他們兩人之間的深厚友誼和作者失去知心朋友的悲痛以及這兩位失意文人的滿腹牢騷。在世上像他們這樣的不計名利的貧賤之交是十分難能可貴的。

嗚呼！我居帝里❶，闃寂❷寡聊❸，徐氏之自❹，得與子交。暱❺我畏我，諮我道義，六藝❻之玄，奇章逸字❼。既我讀書，假子之廬，於子焉飯，歡然有餘。或提一觴，遠適墟墓❽，長松之陰，慘愴相顧。問我與子，胡為其然？我不自知，子亦不言。

【章旨】本段記敘劉大櫆與史秉中二人兩無猜忌親密無間的交往和他們的失意心情。

【注釋】❶帝里　京城，指北京。❷闃寂　寂寞；孤寂。❸寡聊　少有依靠。寡，少。聊，依賴；寄託。按：劉大櫆自雍正四年（西元一七二六年），二十九歲時進京應舉，七年、十年兩次參加順天鄉試，皆只中副榜貢生；乾隆元年（西元一七三六年）參加博學鴻詞科考試黜落，乾隆十五年（西元一七五〇年）參加經學特科考試又落選。這段時間，劉大櫆雖以文名於京師，僅一些學官邀為幕僚，參與校閱文章。故云。❹徐氏之自　「自徐氏」的倒置。徐氏，名字籍里事跡均不詳。高步瀛《古文辭類纂箋》：「疑即徐昆山也。昆山屢見才甫詩中」。可供參考。❺暱　同「昵」。親近。❻六藝　即六經。❼逸字　原指不見於《說文》等字書的古字。此泛指難識之字。❽墟墓　猶言「丘墓」。叢葬的墓地。

【語　譯】啊哎！我住在京城裡，孤獨寂寞無賴無聊，從姓徐的人那裡，得與你結交。你親近我畏懼我，向我詢問大道仁義，六經中的深奧主旨，奇妙的文章和難認的怪字。既然我在讀書，就在你家中寄居，於是又在你家吃飯，那歡樂還有多餘。有時提著一壺酒，遠遠地去那荒墳野墓，在高大松樹的樹蔭之下，淒楚悲傷互相盼顧。問我和你，為什麼會這般？我自己不知道，你也不語不言。

凡今之朋，利名是賴❶，惟我與子，不營其外❷。我乖❸於世，動輒有尤，惟與子處，如疾斯瘳❹。如何今日，子又我棄，獨行煢煢❺，低顏失氣。自子云沒，寡妻去帷❻，皤皤❼二老❽，於何其依？子之奇窮，匪我能救，哭泣陳辭，惟心之疚。

【章　旨】本段寫作者自己與史秉中是外於名利的貧賤之交和史死後不能給予幫助的哀傷內疚。

【注　釋】❶利名是賴　「賴名利」的倒置，依靠名和利。❷外　指名利等身外之物。❸乖　背離；不一致。❹瘳　病愈。❺煢煢　孤獨貌。❻去帷　改嫁。❼皤皤　頭髮斑白貌。❽二老　指父母。

【語　譯】大凡今天的朋友，都依靠那名和利，只有我和你，把這身外之物拋棄。我與這世道不相一致，一舉一動都被人指責不休，只有和你在一起，好像疾病痊愈無慮無求。怎麼到了今天，你又將我丟棄，我一人獨活孤孤單單，低著腦袋失去了勇氣。自從你死去，你寡居的妻子也改嫁而離，頭髮斑白的雙親，有什麼可靠可依？你的少有的窮困，不是我能拯救，哭泣著獻上這篇文詞，只覺得心中感到內疚。

【研　析】這位史秉中不知為何許人，大概與作者一樣，也是一位窮愁潦倒的失意文人。所以文章就著重從貧賤之交著筆，寫他們一起討論學問，寫他們一道出遊，且「慘愴相顧」而鬱鬱寡歡，都寫得栩栩如生。文中特別提到作者自己與世不合，只有與這位史秉中交遊於名利之外，才有「如疾斯瘳」之感。這種失意的牢騷也充滿著字裡行間。對這樣一位知心朋友的死，當然令作者痛心。因而文章寫得感情真摯，催人淚下。行文四句一轉韻，宛如一首首四言詩聯綴成篇，結構上也獨具特色。姚鼐原注曰：「琅然之音，與退之爭長。」這位學生對他老師的文章雖然有點過譽，但本篇也確實有些特色。

祭吳文肅公文

劉才甫

【題　解】本文不知作於何時。吳文肅公，名字籍里生平事跡均不詳。高步瀛《古文辭類纂箋》云：「有清一代，吳姓無謚文肅者，或疑文恪之誤（吳士玉謚文恪）。然才甫別（有）〈祭吳文恪公文〉。且姬傳錄才甫文，不容誤也。俟考。」這是一篇祭奠地位高德齒尊的長輩的哀祭文。這位長者特別賞識劉大櫆，給予了劉大櫆很隆重的禮遇。劉大櫆一生潦倒，連個舉人也未考取，官也只做到黟縣教諭。因此他對這位長者就充滿著一種知遇之感。篇中就具體地描繪出了這位吳文肅公對他的賞識與尊重，對失去這樣一位知己長者也就感到特別傷痛。文中充滿了對這位長者的敬仰之情，也暗暗透露出作者科場失意知己難逢的牢騷不平之氣。一個失意文人能得到這樣一位賞識自己的人也確實難得。姚鼐說：『親布衾裯，權其厚薄。』令讀者皆生感嘆。」

嗚呼！我初見公，公在內閣❶，皓髮朱顏，笑言磊落❷。追念平生，朋好遊從，欷歔晚遇，石友❸之功。留我信宿❹，取酒斟酌，親布衾裯❺，權❻其厚薄。我生蓋寡，得此於人，而況公德，齒爵❼皆尊。

【章　旨】本段追敘作者得到吳文肅公的降尊禮遇而非常感激。

【注　釋】❶內閣　明清兩代政務機構。清初以國史院、祕書院、弘文院內三院為內閣，設大學士，參與軍政機密。雍正時設軍機處，掌軍政要務，後來內閣便徒有虛名。❷磊落　灑脫不拘，直率開朗之貌。❸石友　情誼堅如金石之友。❹信宿　兩三天。❺衾裯　寢時覆體之具。衾，大被。裯，同「幬」。帳。❻權　衡量；權衡。❼齒爵　年齡和官位。《孟子・公孫丑下》：「天下有達尊三：爵一，齒一，德一。」

【語　譯】啊呀！我最初見到您，您在內閣任職，皓白的頭髮紅潤的臉色，言談歡笑光明磊落。追想我這一生，親朋好友相從遊遨，感歎我遇見您太晚，那是我最要好的朋友的功勞。您留我住了兩三天，拿酒來親自給我斟酌，親自安排被子帷帳，還要掂量一下是厚是薄。我一生中很少遇到過，在別人那裡得到這種待遇，何況您的德望、地位年齡都比我尊貴。

公年七十，稱觴❶命坐，落落❷群賢，其中有我。我謂公健，百歲可望，相見無幾，遽哭於堂。嗚呼！人之生世，蘧然一夢❸，惟其令名，一世傳頌。死而不死，夫又何悲？為知己痛，哭泣陳辭。

【章　旨】本段悲歎吳文肅公突然死去，使自己失去知己，因而特別傷痛。

【注　釋】❶稱觴　舉杯。《詩・豳・七月》：「稱彼兕觥。」朱熹《詩集傳》注：「稱，舉也。」❷落落　多貌。❸蘧然

一夢　《莊子・齊物論》曰：「昔者莊周夢為胡蝶，栩栩然胡蝶也。……俄然覺，則蘧蘧然周也。」蘧然，驚動之貌。

【語　譯】您年已七十，舉起酒杯命我坐下，許許多多的賢才，其中就有我在。我認為您身體健康，一百歲可以期望，誰知見面後沒有幾天，很快就慟哭在您的堂上。啊哎！人生在這世上，突然驚醒原來只是一場大夢，只有那美好的名望，一世人都在傳頌。死了等於沒有死，又有什麼值得傷悲？為了解自己的人悲痛，就哭泣著獻上這些言詞。

【研　析】本篇祭奠的對象與上篇不同，是一位「齒爵皆尊」的長者。因此寫法也與上篇不同。這位長者降尊敬禮作者這樣一個雖有些文名但無任何功名的白衣秀士，使作者十分感激。因此祭文就抓住這一點來寫。寫這位長者「親布衾裯，權其厚薄」，寫這位長者「取酒斟酌」，還要「稱觴命坐」。這些細節都生動地表現出了吳文肅公的禮賢下士，也表現出了作者得到這種知遇之恩的感激之情，從中也就透露出了作者受冷遇太多恨知己太少的憤激不平之情，因此對吳文肅公的逝世也就感到特別傷痛。結構上同樣採用四句一轉韻的寫法，音節急促，更好地表達出作者的感激與不平。

祭舅氏文

劉才甫

【題　解】本篇作於清康熙六十年（西元一七二一年）。舅氏，指楊紹奭，字稺棠，桐城（今安徽桐城）人。「於書無所不讀，少工為科舉之文，而鬱不得志。既困無所合，而讀書益奮發不衰。年已老，頭白且禿，猶依燈火就讀《禮經》，至城上三鼓不輟。」事詳本書卷五十一劉大櫆〈舅氏楊君權厝志〉。本篇哀歎了楊紹奭的絕嗣無後，記載了楊紹奭對劉大櫆寄與的殷切期望以及作者「零落無狀」而愧對舅氏的羞愧之情。文章雖只短短幾句，卻寫得情真意切，其痛在骨。王文濡曰：「甥舅有知己之感，故言之痛切如此。」正因為劉大櫆對其舅氏楊紹奭有真情實感，祭文才寫得如此痛楚辛酸。

維年月日，劉氏甥大櫆謹以清酌庶羞之奠❶，致祭於舅氏楊君稺棠先生之靈。

【章旨】本段是哀祭文的開端，記載祭奠的時間和祭奠的對象。

【注釋】❶奠　本指設酒食以祭。此用作名詞，指祭奠的祭品。

【語譯】某年某月某日，姓劉的外甥大櫆用美酒佳肴的祭品，向舅舅楊君稺棠先生的神靈祭奠。

嗚呼舅氏，以君之毅然❶直方長者，而天乃絕其嗣續❷，使煢煢之孤魄，依於月山❸之址。

【章旨】本段感歎楊紹爽無有後嗣，只能作孤獨的無血食之鬼。

【注釋】❶毅然　堅強果敢貌。❷嗣續　後嗣；子孫。吳汝綸曰：「『續』字疑衍，與『趾』不韻。『嗣』與下『趾』、『喜』皆韻。」錄以備考。❸月山　在桐城縣城北。

【語譯】啊呀舅舅，憑著您是一位堅強果敢端方正直的長者，而天老爺卻要斷絕您的後嗣，使您孤孤單單的孤魂，憑依在這月山的山足下。

櫆不肖，未嘗學問，然君獨顧之而喜，謂：「能光劉氏之業者，其在斯人，吾未老耄❶，庶幾❷猶及見之矣。」嗚呼！孰知君之忽焉以歿，而不肖之零落無狀，今猶若此。尚饗！

【章　旨】本段追敘舅舅對自己的殷切期望，感歎自己的一事無成。

【注　釋】❶老耄　年老。古稱八十曰耄。❷庶幾　表示希望或推測之辭。劉大櫆〈舅氏楊君權厝志〉曰：「舅氏於諸甥中，尤愛憐櫆，嘗撫予指吾父而言曰：『此子殆能大劉氏之門，然未知吾及見之否？』」

【語　譯】我大櫆無才幹，未曾好好做學問，然而您獨獨看著我就高興，認為：「能夠光大劉姓家業的，就在這個人，我還沒有年老，也許還能趕得上看到這種情況。」啊哎！誰知您卻突然死去，而我這個不才之人飄零敗落而無任何功狀成績，現在還是如此。希望您來享用！

【研　析】劉大櫆這位舅舅也是個落魄文人，雖工為科舉之文，卻連個舉人也沒有考中，與劉大櫆有相同遭遇，又無子嗣，因而對劉大櫆抱有殷切的期望。而劉大櫆一生也極不得志。文中只把這些情況作了如實的記載，而這兩位落魄文人的滿腹牢騷與滿腔怨恨就都躍然紙上，寫得情真意切而十分感人。行文也用散體，參差錯落，似有韻，又似無韻，把他們胸中的那股不平之氣曲折地表達出來。因此，本篇在劉大櫆的文章中可謂上乘之作。

附錄

古文辭類纂序目

姚鼐

鼐少聞古文法於伯父薑塢先生及同鄉劉耕南先生，少究其義，未之深學也。其後遊宦數十年益不得暇獨以幼所聞者寘之胸臆而已乾隆四十年，以疾請歸。伯父前卒，不得見矣。劉先生年八十，猶喜談說，見則必論古文。後又二年，余來揚州，少年或從問古文法。夫文無所謂古今也，惟其當而已。得其當，則《六經》至於今日，其為道也一。知其所以當，則於古雖遠，而於今取法，如衣食之不可釋；不知其所以當，而敝棄於時，則存一家之言，以資來者，容有俟焉。於是以所聞習者，編次論說，為《古文辭類纂》。其類十三：曰論辨類、序跋類、奏議類、書說類、贈序類、詔令類、傳狀類、碑誌類、雜記類、箴銘類、頌贊類、辭賦類、哀祭類。一類內而為用不同者，別之為上下編云。

論辨類者，蓋原於古之諸子，各以所學著書詔後世。孔孟之道與文，至矣。自老莊以降，道有是非，文有工拙。今悉以子家不錄，錄自賈生始。蓋退之著論，取於《六經》、《孟子》，子厚取於韓非、賈生，明允雜以蘇、張之流，子瞻兼及於《莊子》。學之至善者神合焉，善而不至者貌存焉。惜乎子厚之才，可以為其至，而不及至者，年為之也。

序跋類者，昔前聖作《易》，孔子為作〈繫辭〉、〈說卦〉、〈文言〉、〈序卦〉、〈雜卦〉之傳，以推論本原，廣大其義。《詩》、《書》皆有序，而《儀禮》篇後有記，皆儒者所為。其餘諸子，或自序其意，或弟子作之，《莊子·天下》篇、《荀子》末篇，皆是也。余撰次古文辭，不載史傳，以不可勝錄也。惟載太史公、歐陽永叔表、志、敘論數首，序之最工者也。向、歆奏校，書各有序，世不盡傳，傳者或偽。今存子政〈戰國策序〉一篇，著其概。其後目錄之序，子固獨優已。

奏議類者，蓋唐、虞、三代聖賢陳說其君之辭，《尚書》具之矣。周衰，列國臣子為國謀者，誼忠而辭美，皆本謨、誥之遺，學者多誦之。其載《春秋》內外傳者不錄，錄自戰國以下。漢以來有表、奏、疏、議、上書、封事之異名，其實一類。惟對策雖亦臣下告君之辭，而其體少別，故寘之下編。兩蘇應制舉時所進時務策，又以附對策之後。

書說類者，昔周公之告召公，有〈君奭〉之篇。春秋之世，列國士大夫，或面相告語，或為書相遺，其義一也。戰國說士，說其時主，當委質為臣，則入之奏議；其已去國或說異國之君，則入此編。

贈序類者，老子曰：「君子贈人以言。」顏淵、子路之相違，則以言相贈處。梁王觴諸侯於范臺，魯君擇言而進，所以致敬愛，陳忠告之誼也。唐初贈人，始以序名，作者亦眾。至於昌黎，乃得古人之意，其文冠絕前後作者，蘇明允之考名序，故蘇氏諱序，或曰引，或曰說，今悉依其體，編之於此。

詔令類者，原於《尚書》之誓、誥。周之衰也，文誥猶存。昭王制，肅強侯，所以悅人心而勝於三軍之眾，猶有賴焉。秦最無道，而辭則偉。漢至文、景，意與辭俱美矣，後世無以逮之。光武以降，人主雖有善意，而辭氣何其衰薄也。檄令皆諭下之辭，韓退之〈鱷魚文〉，檄令類也，故悉傳之。

傳狀類者，雖原於史氏，而義不同。劉先生云：「古之為達官名人傳者，史官職之。文士作傳，凡為圬者、種樹之流而已。其人既稍顯，即不當為之傳，為之行狀，上史氏而已。」余謂先生之言是也。雖然，古之國史立傳，不甚拘品位，所紀事猶詳。又實錄書人臣卒，必撮序其平生賢否。今實錄不紀臣下之事，史館凡仕非賜謚及死事者，不得為傳。乾隆四十年，定一品官乃賜謚。然則史之傳者，亦無幾矣。余錄古傳狀之文，並紀茲義，使後之文士得擇之。昌黎〈毛穎傳〉，嬉戲之文，其體傳也，故亦附焉。

碑誌類者，其體本於《詩》，歌頌功德，其用施於金石。周之時，有石鼓刻文，秦刻石於巡狩所經過，漢人作碑文，又加以序。序之體，蓋秦刻琅邪具之矣。茅順甫譏韓文公碑序異史遷，此非知言。金石之文，自與史家異體，如文公作文，豈必以效司馬氏為工耶？誌者，識也。或立石墓上，或埋之壙中，古人皆曰誌。為之銘者，所以識之之辭也。然恐人觀之不詳，故又為序。世或以石立墓上曰碑，曰表，埋乃曰誌，及分誌、銘二之，獨呼前序曰誌者，皆失其義。蓋自歐陽公不能辨矣。墓誌文錄者尤多，今別為下編。

雜記類者，亦碑文之屬。碑主於稱頌功德，記則所紀大小事殊，取義各異，故有作序與銘詩、全用碑文體者，又有為紀事而不以刻石者。柳子厚紀事小，文或謂之序，然實記之類也。

箴銘類者，三代以來，有其體矣。聖賢所以自戒警之義，其辭尤質，而意尤深。若張子作〈西銘〉，豈獨其理之美耶？其文固未易幾也。

頌贊類者，亦《詩‧頌》之流，而不必施之金石者也。

辭賦類者，風雅之變體也。楚人最工為之，蓋非獨屈子而已。余嘗謂〈漁父〉及〈楚人以弋說頃襄王〉、〈對楚王問〉，皆設辭無事實，皆辭賦類耳。太史公、劉子政不辨，而以事載之，蓋非是。辭賦固當有韻，然古人亦有無韻者，以義在託諷，亦謂之賦耳。漢世校書，有〈辭賦略〉，其所列者甚當。昭明太子《文選》，分體碎雜，其立名多可笑者。後之編集者，或不知其陋而仍之。余今編辭賦，一以漢略為法。古文不取六朝人，惡其靡也。獨辭賦則晉、宋人猶有古人韻格存焉。

惟齊、梁以下，則辭益俳而氣益卑，故不錄耳。哀祭類者，《詩》有〈頌〉，《風》有〈黃鳥〉、〈二子乘舟〉，皆其原也。楚人之辭至工，後世惟退之、介甫而已。

凡文之體類十三，而所以為文者八：曰神、理、氣、味、格、律、聲、色。神、理、氣、味者，文之精也；格、律、聲、色者，文之粗也。然苟舍其粗，則精者亦胡以寓焉？學者之於古人，必始而遇其粗，中而遇其精，終則御其精者而遺其粗者。文士之效法古人，莫善於退之，盡變古人之形貌，雖有摹擬，不可得而尋其跡也。其他雖工於學古，而跡不能忘。揚子雲、柳子厚於斯蓋尤甚焉，以其形貌之過於似古人也而遽擯之，謂不足與於文章之事，則過矣。然遂謂非學者之一病，則不可也。

乾隆四十四年秋七月，桐城姚鼐纂集序目。

姚鼐傳

《清史稿》卷四八五

姚鼐，字姬傳，桐城人，刑部尚書文然玄孫。乾隆二十八年進士，選庶吉士，改禮部主事。歷充山東、湖南鄉試考官，會試同考官，所得多知名士。四庫館開，充纂修官。書成，以御史記名，乞養歸。

鼐工為古文。康熙間，侍郎方苞名重一時，同邑劉大櫆繼之。鼐世父範與大櫆善，鼐本所聞於家庭師友間者，益以自得，所為文高簡深古，尤近歐陽修、曾鞏。其論文根極於道德，而探原於經訓。至其淺深之際，有古人所未嘗言。鼐獨抉其微，發其蘊，論者以為辭邁於方，理深於劉。三人皆籍桐城，世傳以為桐城派。

鼐清約寡欲，接人極和藹，無貴賤皆樂與盡懽；而義所不可，則確乎不易其所守。世言學品兼備，推鼐無異詞。嘗仿王士禎《五七言古體詩選》為《今體詩選》，論者以為精當云。自告歸後，主講江南紫陽、鍾山書院四十餘年，以誨迪後進為務。嘉慶十五年，重赴鹿鳴，加四品銜。二十年，卒，年八十有五。所著有《九經說》十七卷，《老子、莊子章義》，《惜抱軒文集》二十卷，《詩集》二十卷，《三傳補注》三卷，《法帖題跋》二卷，《筆記》四卷。

子景衡，舉人，知縣。有雋才，鼐故工書，景衡學其筆法，能亂真。

校刊古文辭類篹後序

李承淵

桐城姚姬傳先生所為《古文辭類篹》，早已風行海內，學者多有其書矣。顧先生於此書，初篹於乾隆四十四年，時主講揚州梅花書院。乾、嘉之間，學者所見大抵皆傳鈔之本，至嘉慶季年，先生門人興縣康中丞紹鏞，始刊於粵東。道光五年，江寧吳處士啟昌復刊於金陵。然康氏所刊，乃先生乾隆間訂本。後二三十年，先生時加審訂，詳為評注，而圈點亦與康本互有異同。蓋先生之學，與年俱進，晚年造詣益深，其衡鑑古人文字尤精且密矣。然吳氏刊本，係先生晚年主講鍾山書院時所授，且命付梓時去其圈點。道光以來，外省重刊，大抵據康氏之本，而吳本僅同治間楚南楊氏校刊家塾，不甚行世。而外間學者雖多讀此書，容有未知康刊為先生中年訂本，吳刊為先生晚年定本，又未知先生命名《古文辭類篹》。「篹」字本《漢書・藝文志》，康氏不明「篹」字所由來，誤刊為「古文辭類纂」至今《古文辭類纂》之名大著，鮮有知為「篹」字本義者已。又耳食之徒，以康本字句時有脫譌，不如吳本經先生高第弟子梅伯言、管異之、劉殊庭諸君讎校之精。然康氏刊本，實出先生高弟李申耆，李君又實司校刊之役者也。

承渊少讀此書，先後得康、吳兩本互為校勘，乃知各有脫譌，均未精善，所謂齊則失矣，而楚亦未為得者也。不知為姚先生原本所據，尚非各種精本，未及詳勘；抑亦諸君子承校此書，不免以輕心掉之者也。二十年來，承渊凡見宋元以後、康熙以前各書舊槧有關此書校勘者，隨時用硃墨筆注於上下方，積久頗覺近完美。又桐城老輩，如方望溪侍郎代果親王所為《古文約選》劉海峰學博所為《唐宋八家文約選》，均用圈點，學者稱之。姚先生承方、劉二公之業，亦嘗示學者前輩批點，可資啟發，即所纂此書，不但評注數有增加，而圈點亦隨時釐訂，惜往年無由得見耳。

頃與先生鄉人蘭陵逸叟相往還，偶談此書，逸叟即出行笥所錄姚先生晚年圈點本見示，大喜過望。詢所由來，乃得諸其鄉先生蘇厚子徵君惇元，徵君即得諸姚先生少子耿甫上舍雉家藏原本而錄之者也。承渊早歲浮家，久離鄉土，念吾滁州僻處江、淮之間，四方書賈足跡罕至，鄉塾所讀，不過俗行《古文析義》、《觀止》等本，不足啟發後學神智，乃假逸叟藏本，錄其圈點於所校本上，付諸手民，刊於家塾，庶幾吾滁可家有其書，不為俗本所囿矣。至刊版改從毛氏汲古閣所刊古書格式，字畫力求精審，又康刻於姚先生所錄漢文，時用《漢書》古字。今考姚先生所錄漢文，其例不一，有以己意參用《史記》、《文選》及司馬氏《資治通鑑》、真氏《文章正宗》等書字句者，今亦酌為變通。凡一文參用各本者，則均用通行宋字。惟單據《漢書》本文，則仍遵用《漢書》本字，以存其真。

惟姚先生定本，雖有圈點，而無句讀。承渊伏念，窮鄉晚進，所讀古文，不惟藉前人圈點獲知古人精義所在，即句讀尤不可輕忽。句讀不明，精義何有。昔班氏《漢書》初出，當時如大儒馬融，至執贄於曹大家，請授句讀。韓昌黎〈上兵部李侍郎書〉，亦有「究窮於經傳、史記、百家之說，沉潛乎訓義，反覆乎句讀」之論。我朝乾隆三年冬，詔刊《十三經》、《二十一史》，時方侍郎苞曾上〈重刊經史事宜劄子〉，中一條有「舊刻經史，俱無句讀，蓋以諸經注疏及《史記》、前後《漢書》，辭義古奧，疑似難定故也。因此纂輯引用者，多有破句。臣等伏念，必熟思詳考，務期句讀分明，使學者開卷了然，乃有裨益」云云。意至美也，法至善也，惜當時竟未全行。今姚先生所篹此書，既精且博，論者以漢、唐文字，句法古奧，多有難明。承淵以為唐、宋以來，洋洋大篇，句讀亦未易全曉，矧窮鄉晚進，讀書不多，頓見此書，恉義未通，不免以破句相授，貽誤來學，匪為淺鮮。今承淵竊取方公之義，每讀一篇，精思博考，句點分明；雖未必一一有合古人，而大要固已無失。昔顏祕監之注《漢書》，胡景參之注《資治通鑑》，間有破句，有失兩書本恉者。以二公之學識通博，精神措注，尚未能毫髮無憾，而況後人學識精神，遠出二公之下者哉！惟有不偏執己見，勤學好問，一有會悟，隨時改正而已。惟承淵所讀，間有句讀與前人有異，及近代名公，偶有句讀能補前人所未明者，且有刪改康、吳原書字句，恐滋後人所疑者，容當別為札記一編，附於本書之後。不過使窮鄉晚進，增廣見聞，便於誦習而已，非敢云能補姚先生之所不逮也。

第康、吳之本，校刊雖未精善，而兩序實能發明姚先生所篹大恉，今仍附錄之，俾讀者詳悉，而承淵更不敢再贊一辭焉。

光緒二十七年，歲在辛丑，正月元日，滁州後學李承淵書於上海求要堂寓。

古文辭類纂後序

康紹鏞

余撫粵東之明年，兒子兆奎師武進李君兆洛申耆來，語次及桐城姚姬傳先生《古文辭類纂》一書在其家。余嘗受學於先生，凡語弟子，未嘗不以此書；非有疾病，未嘗不訂此書。蓋先生之於是亦勤矣。顧未有刻，因發書取其本，校付梓人，序其後曰：

先生博通墳籍，學達古今，尤善文章。然銘之必求其人，言之必附於道，生平未嘗苟作也。以乾隆二十八年入翰林，散館改刑部，歷官郎中，典試山東、湖南。當國家平治之際，而己無言責，於廷臣集議，嘗引大體無所附麗。于文襄公方招致文學之士，欲得先生出其門，先生不應，謝病歸。歸後數年，客揚州，有少年從問古文法者，於是集次秦、漢以來至方望溪、劉海峰之作，類而論之，總七百篇，七十四卷。

先生之著述多矣，何獨勤勤於是哉？蓋以為古文之衰，且七百年，本朝作者以十數，然推方望溪、劉海峰。望溪之言曰：「學行繼程朱而後，文章介韓歐之間。」為得其正。昔之君子學古先聖王之書，通其指要，致其精粗，本末賅備，然後形而為言，崇之如山，放之如海，渾合元氣，細湊無倫。其於事也，資之無窮，用之不竭，如飲食水火之不可釋者，文之至盛也。次則鏡治亂之體，救當世之急，言出乎己，不必古人之盡同也；量足以立，不必事行之於我也。若夫不偏不該，馳騁事物，縱麗可喜，不失尺寸，則所謂小言者矣。秦、漢、唐、宋，文章閎雋，後世莫及，亦比於其次而已。然猶代不數人，人不數篇，蓋難也如是。以至於今，不知古人之純備，不究修辭之體要，而決裂規矩，沉酣淫詖者，往往而然。後生小子，循而習之，則古文之學，將不可復振已乎！不有開之，孰能起之？開之以言，不若導之以道，導而不然，導而不當，則亦俟焉以語來者。嗚呼！言之無文，行而不遠，必也言有物而行有恆，乃得與於作者之林矣。

先生為先榮祿庚午同年，伯父茂園先生之友。余從宦金陵，侍先生於鍾山講席。先生曰：「為學不可以不勤，植品不可以不端。學勤則所得固，品端則行不移，而知致焉，氣充焉。所守於內者如此，其施於外者宜何如哉！」是先生之教也。其所著有《惜抱軒詩文集》二十六卷，《九經說》十七卷，《三傳補注》一卷，《惜抱軒筆記》八卷，皆已刻。《古文辭類纂》七十四卷，今之所刻也。

康紹鏞謹識。

古文辭類纂序

吳啟昌

桐城姚惜抱先生撰有《古文辭類纂》七十五卷。先生晚年，啟昌任為刊刻，請其本而錄藏焉。未幾，先生捐館舍，啟昌亦以家事卒卒，未及為也。後數年，與縣康撫軍刻諸粵東，其本遂流布海內。啟昌得之，以校所錄藏，其間乃不能無稍異。蓋先生于是書，應時更定，沒而後已。康公所見，猶是十餘年前之本，故不同也。

夫文辭之纂，始自昭明，而《文苑英華》等集次之。其中率皆六代、隋、唐駢麗綺靡之作，知文章者，蓋擯棄焉。南宋以後，呂伯恭、真希元諸君稍取正大，而所集殊隘。迄於有明，唐應德、茅順甫文字之見，實勝前人，然所選或止科目時文之計。自茲以降，蓋無論矣。且夫無離、朱之明，則不能窮青、黑；無夔、曠之聰，則不能正宮、羽；無孔、孟之賢聖，則不能等差舜、武，品題夷、惠。文辭者，道之餘；纂文辭者，抑教之末也。顧非才足於素，學溢於中，見之明而知之的，則益何以通古今、窮正變、論昔人而毫釐無失也哉？逞私臆而言之，陋而不可為也；執一得而言之，狹而不足為也。自梁以來，纂文辭者日眾，而至今訖無善本，其以是也夫！

先生氣節、道德，海內所知，茲不具論。其文格則授之劉學博，而學博得之方侍郎。然先生才高而學識深遠，所獨得者，方、劉不能逮也。蚤休官，耄耋嗜學不倦，是以所纂文辭，上自秦、漢，下至於今，搜之也博，擇之也精，考之也明，論之也確。使夫讀者若入山以采金玉，而石礫有必分；若入海以探珠璣，而泥沙靡不辨。嗚呼！至矣，無以加矣。纂文辭者，至是而止矣。

啟昌於先生，既不敢負已諾，又重惜康公之勤，而所見未備。遂取向所錄藏本，與同門管異之同、梅伯言曾亮、劉殊庭欽，同事讎校，閱二年而書成。是本也，舊無方、劉之作，而別本有之，今依別本仍刻入者，先生命也。本舊有批抹圈點，近乎時藝，康公本已刻入，今悉去之，亦先生命也。

道光五年秋八月，受業門人江寧吳啟昌謹記。

全書篇目索引

說明：本索引按照作者所處時代，分別為先秦、漢魏六朝、唐宋、明清四個時期，並按其先後次序編排。各家被選之篇目，則按照在本書各類中出現之前後排列。姚氏原只標作者字號者，今特注明其名諱。篇目之下，先標冊數，次標頁碼。上有＊號著，表此篇下有作者介紹。

一 先秦時期

屈原

二 漢魏六朝時期

三　唐宋時期

李習之（翱）

歐陽永叔（修）

四　明清時期